Charles Baudelaire
Sämtliche Werke/Briefe

Band 1

Charles Baudelaire
Sämtliche Werke/Briefe

In acht Bänden

Herausgegeben von
Friedhelm Kemp und Claude Pichois
in Zusammenarbeit mit
Wolfgang Drost

Band 1

Zweitausendeins

Juvenilia - Kunstkritik

1832-1846

Übersetzungen von Guido Meister, Friedhelm Kemp, Dolf Oehler, Ulrike Sebastian und Wolfgang Drost. Kommentar von Friedhelm Kemp und Wolfgang Drost.

Herstellung der Lizenzausgabe:
Dieter Kohler & Bernd Leberfinger, Nördlingen.
Druck: Brönner & Daentler, Eichstätt.
Einband: G. Lachenmaier, Reutlingen.
Umschlag: Angelo Marabese.

Diese Ausgabe gibt es nur bei Zweitausendeins im Versand (Postfach, D-60381 Frankfurt am Main) oder in den Zweitausendeins-Läden in Berlin, Essen, Frankfurt, Freiburg, Hamburg, Köln, München, Nürnberg, Saarbrücken, Stuttgart.

In der Schweiz über buch 2000, Postfach 89, CH-8910 Affoltern a. A.

ISBN 3-86150-094-9

BRIEFE
1832–1846

AN ALPHONSE BAUDELAIRE

Den 1. Februar 1832. Lyon

Lieber Bruder,

Du hast mir aufgetragen, Dir am ersten jedes Monats zu schreiben, und ich komme meiner Verpflichtung nach.

Ich will Dir meine Reise erzählen.

Mamas erste Kopflosigkeit: als sie unsere Sachen aufs Verdeck laden läßt, merkt sie, daß sie ihren Muff nicht mehr hat, und ruft mit theatralischem Entsetzen: »Mein Muff!« Ich antworte ihr seelenruhig: »Ich weiß, wo er ist, und hole ihn dir.« Sie hatte ihn auf einer Bank im Kontor liegenlassen.

Wir steigen in die Postkutsche und fahren endlich ab. Was mich betrifft, so ärgerte ich mich anfangs sehr über die Muffs, Wärmflaschen, Fußsäcke, Männer- und Frauenhüte, Mäntel, Kopfkissen, Decken, in rauhen Mengen, die Mützen aller Art, die Schuhe, gefütterten Pantoffeln, Stiefeletten, Körbe, Marmeladen, Bohnen, Brot, Mundtücher, riesiges Geflügel, Löffel, Gabeln, Messer, Scheren, Faden, Näh- und Stecknadeln, Kämme, Kleider, Unterröcke, in rauhen Mengen, wollene Strümpfe, Korsetts, alle übereinander gestapelt, Biskuits und alles übrige, an das ich mich nicht mehr erinnern kann.

Daraus ersiehst Du schon, lieber Bruder, daß ich, der ich keine Sekunde stillhalten kann und immer von einem Fuß auf den anderen hüpfe, mich überhaupt nicht rühren und *kaum* ans Fenster gelangen konnte.

Bald war ich wieder guter Dinge wie gewohnt. Wir wechselten die Pferde in Charenton und setzten unseren Weg fort; ich erinnere mich nicht mehr recht an die Poststationen und gehe deshalb zum Abend über. Als der Tag zur Neige ging, sah ich ein sehr schönes Schauspiel, nämlich die untergehende Sonne; diese rotglühende Farbe bildete einen seltsamen Kontrast zu den Bergen, die so blau waren wie die denkbar dunkelste Hose. Ich hatte meine kleine Seidenmütze aufgesetzt und ließ es mir in den Polstern des Wagens wohl sein, und mir schien, immerfort zu reisen wäre ein Leben, das mir wohl gefallen würde; ich wollte Dir gerne noch mehr erzählen, aber eine *verflixte Übersetzung* zwingt mich, meinen Brief hier zu schließen.

Dein kleiner Bruder.
Charles Baudelaire

Vergiß nicht, meine Schwester und Théodore in meinem Namen zu umarmen. Die Fortsetzung meiner Reise will ich Dir am 1. März schicken.
Mama und Papa schicken Dir liebe Grüße.

AN ALPHONSE BAUDELAIRE

[Lyon, 3. März 1832]

Lieber Bruder,

Ich war in Villeneuve-la-Guerre stehengeblieben und setze meinen Reisebericht fort.
Nachdem wir diese Stadt verlassen hatten, fuhren wir lange Zeit über eine Landstraße, die sehr eintönig wirkte und von zwei Reihen dürrer Bäume ohne jegliches Grün gesäumt war. Ich erinnere mich nicht mehr genau an unsere Reise, aber ich weiß, daß später zahlreiche Steigungen kamen und daß uns einmal zehn oder elf Pferde vorgespannt wurden; weil ich mich wie gesagt nicht mehr genau erinnere, komme ich jetzt zu dem Augenblick, da wir uns Chalon nähern.
Kurz vor dieser Stadt gab es eine Anhöhe, und wir stiegen aus, Mama, die Magd und ich. Da ich immer in Bewegung sein, laufen und von einem Fuß auf den anderen hüpfen muß, war ich sowohl Mama als auch der Postkutsche weit voraus. Bald verlor ich beide aus den Augen. Dabei muß ich Dir offen gestehen, daß ich richtig froh war, denn ich wirkte wie ein *Herr*, der sich allein auf der Landstraße von Chalon nach Lyon befand.
Mama wollte wieder einsteigen, und ich war nicht da. Endlich hörte ich ihre Stimme, die mich zurückrief, weil Mama wieder in die Postkutsche steigen wollte, und als ich hinkam, hörte ich,

wie einer der Reisenden die folgenden auf mich gemünzten Worte sagte: »Da kommt der junge Herr, der ganz allein auf der Landstraße vorausläuft.« Ich fühlte mich unwillkürlich glücklich, weil man mich als Herrn bezeichnete. Alles Übrige ist so schön und so schwierig zu beschreiben, daß ich darüber nachdenken muß, bis ich Dir meinen nächsten Brief schreibe.
Umarme Théodore und meine Schwester herzlich. Viele Grüße an Herrn und Frau Ducessois. Antworte mir bitte.

Dein kleiner Bruder.
Ch. Baudelaire

AN ALPHONSE BAUDELAIRE

[Lyon, 3. Juli 1832]

Lieber Bruder,

Es ist wirklich Zeit, Dir ebenfalls zu schreiben, denn ich muß gestehen, daß ich recht faul war. Ich habe Dir nichts zu erzählen, höchstens, daß ich die Lyoneser jetzt verabscheue, daß sie unsauber sind, geizig und eigennützig, daß ich auf bessere Plätze vorgerückt bin, daß ich in Griechisch Achter, Neunter, Elfter und Vierzehnter war, Siebzehnter und Elfter in Griechisch, usw. Es gefällt mir kein bißchen in der Pension, sie ist schmutzig, schlecht geführt, unordentlich, die Schüler sind boshaft und schmutzig wie alle Lyoneser; von den fünf Parisern, die wir hier in der Pension sind, kann ich nur zwei gernhaben, und dabei hat der eine beinahe sein ganzes Leben in Marseille verbracht. Du hast vergessen, mir Deine Hausnummer zu schreiben, hoffentlich hast Du den Brief trotzdem erhalten. Lebewohl, ich umarme Dich und die ganze Familie.

Ch. Baudelaire

AN ALPHONSE BAUDELAIRE

[Lyon, 25. März 1833]

Lieber Bruder,

Großer Aufruhr in der Schule. Ein Lehrer hat einen Schüler so geschlagen, daß er jetzt ein Brustleiden hat. Er ist schwer krank und kann nicht aufstehen. Ich will Dir alles erzählen. Nachdem dieser Schüler eine halbe Stunde lang an seiner Aufgabe herumstudiert hatte, ohne sie zu verstehen, gab er Zettel herum, um die Lösung zu erhalten. Der Aufseher erwischte ihn und sagte ihm seine gewohnten Albernheiten. Der andere schrieb nochmals einen Zettel, worauf eine Tracht Prügel folgte, auf die der Schüler mit ein paar Fußtritten antwortete. Der Pauker will diesem Kampf schleunigst ein Ende machen und versetzt ihm einen Tritt ins Kreuz. Die Trommel schlägt zum Abendessen. Der Schüler nimmt seinen gewohnten Platz im Glied ein, der Aufseher erklärt, er sei unwürdig, mit den anderen zu gehen, und läßt ihn ganz hinten anstehen. Nach dem Abendessen sperrt er ihn aus demselben Grund im Kohlenkeller ein. Von Zeit zu Zeit kam er, ihn zu prügeln; der Schüler hatte Lenden wie Brei, er konnte ihm keinen Widerstand leisten. Wir gehen schlafen. Zwei Tage später, Ausgang. Ich komme am Abend zurück und erfahre, daß der Schüler im Krankenzimmer ist, weil er sich nicht mehr aufrecht halten konnte und im Glied ohnmächtig geworden ist. Die Krankenschwester ist entschlossen, alles zu tun, damit der Pauker gehen muß, aber das ist noch ungewiß, denn er ist sehr *Liebkind* beim Schulvorsteher.

Wir haben im Hof seinetwegen so randaliert, daß der Schulvorsteher es in seiner Wohnung gehört hat. Da hat dieser Pauker über das, was wir seinetwegen anzettelten, gelacht, aber er lachte *gallig*. Ich gehöre zu den Aufwieglern. Ich will nicht einer von jenen *Arschleckern* sein, die Angst haben, den Studienaufsehern zu mißfallen.

Rache an denen, die ihre Rechte mißbraucht haben. Das war eine der Inschriften auf den Barrikaden von *Paris*. Wenn er nicht geht, lassen wir im *Courrier de Lyon* einen Artikel erscheinen.

Lebewohl. Gute Nacht. Viel Liebes von Papa, Mama und mir an alle, aber ganz besonders an Dich.

Der aufrührerische Jüngere.
Charles

Da Mama die Briefe hat, die Du mir geschrieben hast, habe ich Deine Hausnummer wieder vergessen.

AN ALPHONSE BAUDELAIRE

[Lyon.] Den 17. Mai [1833]

Lieber Bruder,

Ich finde, daß ich mehr Recht habe, Dich zu schelten, als Du mich. Denn ich habe nur zwei Tage Verspätung, während Du mir überhaupt nie antwortest. Übrigens hätte ich eine Entschuldigung: ich wartete auf einen guten Platz, um ihn Dir mitzuteilen. Endlich habe ich einen; ich war Vierter in Französisch. Ich glaube, ich sagte Dir schon, daß ich in Griechisch Zweiter war.
Ich bitte Dich in allen meinen Briefen, mir zu antworten. So eine Schande! Der Jüngere weist den Älteren zurecht! Du siehst, daß ich an Deine Gefühle appelliere. Das scheint mir das richtige Mittel.
Ich als Pariser bin empört über die Art, wie man Louis-Philippes Namen in Lyon behandelt hat. Da und dort ein paar kümmerliche Lampions, das war alles. Ich stelle mir vor, daß man in Paris große Feste gefeiert hat. Zumindest hast Du in Fontainebleau sicher die Berichte in der Zeitung gelesen. Schreibe sie mir. Adressiere Deine Briefe an Monsieur Baudelaire, Schüler am Collège Royal in Lyon. Sag mir Deine Hausnummer, was Du mit meiner Schwester unternimmst, womit Du Dir die Zeit vertreibst, usw., usw., usw., usw.
Wir waren hier in Lyon von großen Unruhen bedroht. Auf dem Platz vor den Célestins (dem Theater von Lyon) hat es (wie erzählt wurde) einen großen Auflauf gegeben; all diese jungen

Leute hatten eine rote Krawatte umgebunden, eher ein Kennzeichen ihrer Narrheit als ihrer Meinung. Sie sangen (ganz leise); sobald auch nur ein Polizist erschien, verstummten sie. Die Saint-Simonisten hatten sich mit den Republikanern verbündet und bekanntgegeben, daß auf dem Bellecour-Platz (der Promenade) getanzt werden sollte. Am angegebenen Tag kein Ball, nichts. Es wurde gemunkelt, zwei Meilen vor Lyon gebe es einen großen Aufstand. General Aymard schickt vier Gendarmen. Sie stoßen auf etwa fünfzig bewaffnete Leute. Sie erkundigen sich nach ihrem Vorhaben: Wir jagen eine Wölfin, lautet die Antwort. Diese beiden Begebenheiten erlauben Dir, den Rest des Aufstandes zu erraten, nämlich gar nichts.
Wir haben seit einiger Zeit einen neuen Rektor. Jetzt bekommen wir einen neuen Vorsteher. Der bisherige geht als Rektor nach Orléans, und der neue kommt als Schulvorsteher aus Toulouse, wo er Rektor war.
Bitte, schreibe mir doch; Du findest sicher genug Erzählenswertes. Oh! zum Kuckuck! Ich muß meinen Brief schließen, eben kommt der Bäckerjunge mit dem Brot fürs Mittagessen zur Tür herein. Gleich wird die Trommel schlagen. Ich vergaß, Dir zu sagen, daß ich Tanzunterricht nehme. Viel Liebes von Papa und Mama. Und von mir desgleichen für meine Schwester. Lebewohl.

Carlos

AN DEN OBERSTLEUTNANT UND MADAME AUPICK

Lyon, den 25. Februar [1834]

Papa und Mama,

Ich schreibe Euch diesen Brief, weil ich Euch gerne davon überzeugen möchte, daß noch eine gewisse Hoffnung besteht, mich aus dem Zustand zu befreien, der Euch so viel Kummer bereitet. Ich weiß, sobald Mama den Anfang dieses Briefes gelesen hat, wird sie sagen: ich glaube nicht mehr daran, und Papa wird das gleiche sagen; aber ich lasse den Mut nicht sinken. Ihr wollt mich nicht mehr in der Schule besuchen, um mich für meine Dummheiten zu bestrafen; aber kommt ein letztes Mal, um mir gute Ratschläge zu erteilen und mich zu ermutigen. Alle diese Dummheiten rühren von meiner Unbesonnenheit und meiner Trödelei her. Als ich Euch das letzte Mal wieder versprochen hatte, Euch keinen Kummer mehr zu bereiten, meinte ich das ganz ehrlich, ich hatte mir vorgenommen, zu arbeiten, standhaft zu arbeiten, damit Ihr sagen könntet: wir haben einen Sohn, der sich für unsere Fürsorge erkenntlich zeigt; aber die Unbesonnenheit und die Trägheit haben mich die Gefühle vergessen lassen, die mich beseelten, als ich mein Versprechen gab. Es ist nicht nötig, mein Herz zu bessern, es ist gut, es gilt vielmehr, meinen Geist zu festigen, ihn an gründliches Nachdenken zu gewöhnen, damit die Überlegungen sich unauslöschlich eingraben. Ihr fangt an, zu glauben, ich sei undankbar, vielleicht seid Ihr fest davon überzeugt. Wie soll ich Euch das Gegenteil beweisen? Ich kenne das Mittel; es besteht darin, ungesäumt zu arbeiten; aber was immer ich tun mag, die Zeit, die ich vertrödelt habe, während derer ich vergessen habe, was ich Euch schuldig bin, wird immer ein Makel bleiben. Wie kann ich Euch veranlassen, über Nacht ein drei Monate langes schlechtes Betragen zu vergessen? Ich weiß es nicht, und doch ist es genau das, was ich möchte. Schenkt mir gleich jetzt erneut Euer Vertrauen und Eure Freundschaft, kommt in die Schule, um mir zu sagen, daß Ihr mir beides zurückgegeben habt. Dies wird das beste Mittel sein, damit ich über Nacht ein anderer werde.

Ihr wart an mir verzweifelt wie an einem Sohn, für dessen Übel es keine Abhilfe gibt und dem alles gleichgültig geworden ist, der seine Zeit mit Faulenzen verbringt, der schlapp ist, feige, und dem der Mut fehlt, sich zusammenzureißen. Ich bin schlapp gewesen, feige, faul, ich habe eine Zeitlang an nichts gedacht; aber da nichts das Herz zu ändern vermag, ist mein Herz, das trotz seiner Mängel seine gute Seite hat, mir geblieben. Es hat mich erkennen lassen, daß ich nicht an mir selber verzweifeln darf. Ich habe mir gesagt, daß ich Euch schreiben und Euch die Gedanken mitteilen könnte, die mir der Verdruß über ein in

Faulheit und Strafen verbrachtes Leben eingegeben hat. Und schon der bloße Gedanke, daß Ihr mich für undankbar halten könntet, hat mir wieder ein wenig Mut eingeflößt. Wenn Ihr selber jetzt nicht mehr den Mut habt, in die Schule zu kommen, antwortet mir und gebt mir in einem Brief die Ratschläge und den Zuspruch, die Ihr mir im Sprechzimmer persönlich gegeben hättet. Donnerstag morgen werden die Plätze in Naturgeschichte verteilt, ich hoffe auf einen guten. Wird diese Hoffnung, die ich hege, Euch dazu bewegen können, mir Gehör zu schenken? Ich habe letzthin nochmals einen sehr schlechten gehabt, einen sehr schlechten, aber das Verlangen, diesen Schimpf wiedergutzumachen, hat bewirkt, daß ich mich heute morgen bei meiner Prüfungsarbeit angestrengt habe. Solltet Ihr endgültig beschlossen haben, nicht mehr in die Schule zu kommen, bis ein neues Betragen Euch meine gründliche Änderung bewiesen hat, so schreibt mir, ich will Eure Briefe aufbewahren, ich will sie oft lesen, um gegen meinen Leichtsinn anzukämpfen, um Tränen der Reue zu vergießen, um zu verhüten, daß meine Faulheit und mein Leichtsinn mich die Fehler vergessen lassen, die ich wiedergutmachen muß. Schließlich, wie ich Euch schon zu Beginn meines Briefes sagte, trägt das Herz keinerlei Schuld. Ein leichtsinniges Naturell, eine unüberwindliche Neigung zur Trägheit haben mich alle diese Fehler begehen lassen. Davon dürft Ihr überzeugt sein. Ihr werdet ganz gewiß nicht vergessen, daß Ihr einen Sohn im Gymnasium habt; aber vergeßt auch nicht, daß dieser Sohn noch ein Herz besitzt. Das wollte ich Euch schreiben. Der Zweck ist sehr einfach, ich will Euch davon überzeugen, daß niemand an mir verzweifeln darf. Wer würde denn seinen Eltern nicht augenblicklich schreiben, um sie eines Besseren zu belehren, wenn er sich sagen müßte, daß sie ihn nicht mehr besuchen wollen und sich anschicken, scharfe Maßnahmen zu ergreifen. Nicht die scharfen Maßnahmen gehen mir zu Herzen, sondern die Scham, Euch genötigt zu haben, sie anzuwenden. Ich hänge nicht am Haus, so wenig wie an den Annehmlichkeiten, die ich dort finde, wenn ich Ausgang habe, es geht mir vielmehr um die Freude, Euch zu sehen, um die Freude, einen Tag lang mit Euch zu plaudern, um das Lob, das ihr mir für meine Arbeit spenden könnt. Ich verspreche Euch, mich zu ändern, aber verzweifelt nicht an mir und vertraut noch einmal meinen Versprechen.

Charles

AN ALPHONSE BAUDELAIRE

[Lyon,] den 27. [Dezember 1834] abends

Mein lieber Bruder,

Ich habe Dir schon sehr lange nicht geschrieben, und sehr lange hast Du mir nicht geantwortet. Beiderseitige Schuld, so sind wir beide quitt, und ich mache mein Versäumnis als erster wieder gut, weil ich ja der Jüngere bin. Zum Schulanfang habe ich dieses Jahr gute Vorsätze gefaßt, und ich halte sie ... schlecht und recht. Schlimm ist nur, daß ich im Arbeitssaal schwatze, wie ich eben zu schwatzen pflege, und mir so immer irgendeine elende Strafarbeit zuziehe. Gerade jetzt tut es wohl, diese verfluchten Strafarbeiten zu schreiben, jetzt, da die Finger kalt und steif sind wie Marmor. Und immer wieder das Stillstehen, meine ewige Klippe.

Der Schüler: Du, Nachbar, leih mir doch deine Arbeit zum Abschreiben.

Der Lehrer: Monsieur, eine halbe Stunde Stillstehen.

Der Schüler: Oh! wie gemein!

Der Lehrer: Monsieur, für Ihr Murren werden Sie die doppelte Zeit stehen.

Der Schüler: Und waru ...

Der Lehrer: Die dreifache.

Usw., usw., usw., usw., usw., das kann manchmal sehr weit gehen. Stillstehen heißt, wie eine Statue gegen eine Mauer oder einen Baum gekehrt dastehen und frieren (im Winter), solange es einem Tyrannen beliebt.

Aber es ist sehr töricht von mir, mich über die Schulordnung zu beschweren; was hatte ich darunter zu leiden, wenn ich mich gut betrug? Nichts.

Es ist klüger, noch festere Vorsätze für das Jahr 1835 zu fassen, meinem Bruder alles erdenkliche Gute zu wünschen und ihm als Gymnasiast zum Neuen Jahr die Plätze als Siebter, Vierter, Vierter, Dritter und Zweiter zum Geschenk zu machen, die ich seit Beginn des Schuljahres erlangt habe.

Dein Bruder Charles

AN MADAME AUPICK

[Paris, 23. (?) April 1837 (?)]

Meine gute Mutter,

Ich möchte gerne wissen, wie es Papa geht, ob er viele Schmerzen hat, ob man die Wunde bald zu schließen gedenkt, ob er sich schrecklich langweilt, ob er mit Dir von mir spricht, einfach alles, was Du mir erzählen kannst. Als ich am Sonntagabend wegging, fing er an Schmerzen zu haben, wie ist das weitergegangen; wird er jetzt von Herrn Choquet behandelt; Du sagtest mir doch, er wünsche ausdrücklich, von ihm behandelt zu werden. Und jetzt muß ich mich auch nach Deinem Ergehen erkundigen; als ich mich verabschiedete, hattest Du Zahnschmerzen und fürchtetest, eine schlechte Nacht zu verbringen. Falls Du fleißig zum Zahnarzt gegangen bist, ist das vielleicht ganz vorbei; kurzum, ich möchte das alles wissen. Du schreibst es mir oder schickst mir Joseph in die Schule; er kann mir wenn möglich gleichzeitig zwei Bücher bringen (*Cours de littérature* von Noël. Zweites Regal). Würdest Du so lieb sein und für jeden Band einen Schutzumschlag aus starkem Papier machen oder aus einem Stoff, den Du nähst? Aber vielleicht hast Du überhaupt keine Zeit dazu; denn Papa geht vor; und da er sich so angelegentlich um unseren Zeitvertreib kümmert, wenn er gesund ist, müssen wir für ihn dasein, nun er krank ist. Es hat mich neulich sehr beschämt, daß er hörte, wie ich Dir eine ungezogene Antwort gab; darum bitte ich Dich auch um Verzeihung, Mama. Wenn Du gerne wissen möchtest, weshalb ich wieder nach meiner Literaturgeschichte verlange, also: Du weißt, daß ich dieses Jahr in Dichtung bedeutend weniger gut war als letztes Jahr; ich verlor den Mut; und so tat ich ehrlich gesagt auch sozusagen nichts mehr in diesem Fach. Mein Lehrer hielt mir jedesmal eine Predigt. Sogar der Schulvorsteher hat mit mir darüber gesprochen. Ist der Lehrer doch so weit gegangen, mir nach seiner Manier zu sagen: »So arbeiten Sie doch an ihrer lateinischen Dichtung; sie lassen eine zukünftige Saite reißen.« Darüber habe ich lachen müssen. Kurz und gut, im Gedanken an die wenige Zeit, die bis zum Wettbewerb bleibt, habe ich mich wieder tüchtig an die Arbeit gemacht, mit dem Ergebnis, daß er jetzt von meinen Gedichten entzückt ist; allerdings weniger meinetwegen als seinetwegen, denn mir ist aufgefallen, daß er höchst unzufrieden ist, wenn ich schlechte Verse mache, daß er mich aber kaum zurechtweist, wenn ich das Griechische oder sonst etwas vernachlässige. Außer den Repetitoren, die uns von der Schule gestellt werden, hat ein ehemaliger Schüler des Gymnasiums, der früher etliche Erfolge zu verzeichnen hatte und jetzt, glaube ich, bei Monsieur Rothschilds Kindern Hauslehrer ist, dem Schulvorsteher vorgeschlagen, speziell Dichtung mit mir zu üben. Dieser junge Mann hat mich heute morgen gefragt, ob seine Stunden mir gefallen. Ich war ganz erstaunt. Natürlich habe ich seine Frage bejaht. Dann hat er ein Weilchen mit mir plaudern wollen, hat sich mit mir über den Wettbewerb unterhalten, hat mir angeboten, mir aus seiner Bibliothek die Bücher zu leihen, die ich haben möchte und die mir für meine Studien nützlich sein könnten; nur Romane oder dergleichen Werke wolle er mir nicht leihen, weil er mich sonst in Ungelegenheiten brächte. Ich habe ihm tausendmal gedankt. Da sein Angebot vielleicht nur der Höflichkeit entspringt, während ihm im Grunde nichts daran liegt, werde ich mich wohl hüten, davon Gebrauch zu machen. So ist das. Ich weiß nicht, was es zu bedeuten hat; unterdessen will ich büffeln. Ich umarme Dich herzlich, Dich und Papa.

Wenn das schlechte Wetter anhalten sollte, wäre es geradezu grausam, Joseph einzig meinetwegen in die Schule zu schicken. Wenn er doch kommt, soll er mir alle Nachrichten von Euch bringen.

Charles

[Paris,] Donnerstag, den 2. November [1837]

Lieber Bruder,

Offensichtlich bist Du mir immer noch böse, da Du mir nicht geschrieben hast, daß Du mir verzeihst, da ich Dich nie sehe und da Du vielleicht in Paris gewesen bist, ohne daß ich Dich zu Gesicht bekommen habe. Das tut mir leid. Gewiß, man schilt die Kinder, wenn sie Dummheiten machen, aber man bleibt nicht unerbittlich, und es steht den Erwachsenen nicht an, den jungen Leuten gegenüber nachtragend zu sein.

Mein einziger Fehler oder vielmehr alle Fehler, die ich begehe, haben ihren Grund in meiner ewigen Trägheit, die schuld ist, daß ich immer alles auf morgen verschiebe, sogar meine Briefe an die Menschen, die ich sehr lieb habe. Die Mühe, die es mir bereitet, meine Gedanken zu Papier zu bringen, ist beinahe unüberwindlich; und in der Schule widerstrebt es mir unendlich, meine Aufgaben ins reine zu schreiben. Ich weiß wirklich nicht, wie die Leute es anfangen, die eine Stelle haben, wo eine umfangreiche Korrespondenz geführt werden muß. Aber wenn es darum geht, einen Bruder zu beschwichtigen, der einem grollt, weil man ihm einen Preis nicht mitgeteilt hat, würde man ihm, da er ja nur aus Freundschaft zürnt, einen Brief nach dem andern schreiben, um seine Verzeihung zu erlangen; und wenn diese Nachricht ihn noch nachsichtig zu stimmen vermag, wollen wir ihm sagen, daß unser erster Platz zu Beginn der Unterprima derjenige des Ersten war. Ach! seid Ihr immer noch geneigt, mich auszuschelten; wenn dem noch immer so ist, beweist dies, daß Deine Liebe zu mir zugenommen hat; und somit ist es Dir gestattet. Ich gebe mir die allergrößte Mühe, Dir dies leserlich zu schreiben; denn ich liege im Bett, alle Stellungen ermüden mich gleichermaßen, und ich bringe nichts als Krähenfüße zustande, welche Haltung ich auch immer einnehmen mag. Ich liege im Bett, weil ich ein Tolpatsch bin. Ich bin vom Pferd gefallen, als ich mit Papa in der Nähe der Eisenbahn spazierenritt, und ich habe eine starke Quetschung am Knie. Ein paar Minuten nach meinem Sturz bin ich wieder aufgesessen, und wir haben unseren Spazierritt noch drei Stunden lang fortgesetzt, ohne daß ich den geringsten Schmerz verspürte. Aber als ich beim Nachhausekommen vom Pferd stieg, stellte ich fest, daß eines meiner Beine mich nicht zu tragen vermochte. Und jetzt bin ich ans Bett gefesselt, das heißt, daß ich nur halb lebe und alle beneide, die ich gehen sehe. Mama ist untröstlich, weil ich so den Unterricht versäume; und ich selber fürchte, am Dienstag nicht an der Klassenarbeit teilnehmen zu können. Im übrigen hat dieser vermaledeite Unfall meine Begeisterung für das Reiten nicht vermindert; ich brenne darauf, wieder anzufangen, und den Leuten, die mir empfehlen, nicht mehr zu fallen, antworte ich, daß ich mich wenigstens bemühen werde, auf einen anderen Körperteil zu fallen.

Es würde mich freuen, wenn Du mir Deine neue Stellung und Deine neue Wohnung schildern wolltest; bist Du zufrieden, gut untergebracht? vergnügst Du Dich viel? Wenn man im Bett liegt, beneidet man die Leute so sehr, die sich vergnügen. Hoffentlich liegst Du nicht selber zu Bett, sondern bist gesund und siehst rings um Dich lauter kerngesunde Menschen, auch meine Schwester und auch Théodore. Erzähle mir von allem, ich will alles wissen; Deine Vorhaltungen haben mich sehr erschreckt; Du mußt mich beruhigen; da Du die Güte hast, an meinen Erfolgen so großen Anteil zu nehmen, antworte ich Dir, daß Du in Zukunft, falls ich weitere zu verzeichnen habe, wenn möglich schon im voraus davon unterrichtet werden sollst. Lebewohl, Papa und Mama wünschen Dir Befriedigung in Deinem neuen Amt und möchten wissen, ob Du viel Arbeit hast.

Dein Bruder
Charles

[Paris.] Dienstag [19. Juni 1838 (?)]

Meine gute Mutter,

Ich sagte es Dir schon, Deine wiederholten Ermahnungen, zu *arbeiten* und mich *gut* zu *betragen*, werden mir nie zuviel werden, weil ich jetzt alles liebe, was von Dir kommt, sogar die Vorwürfe. So oft Du mir sagst »*arbeite gut*, führ Dich gut auf, benimm Dich wie ein Herr«, und sagtest Du es hundertmal, es wäre, als sagtest Du mir hundertmal: ich habe Dich sehr lieb; darum sag es, sag es immerfort; aber gib mir auch Ortsbeschreibungen, ich erwartete deren viele.

Monsieur Émon, der mich zweimal besucht hat, wundert sich sehr über den von Euch eingeschlagenen Reiseweg und meint, daß Ihr unterwegs Eure Zeit verliert; er war überrascht, als ich ihm sagte, Ihr wäret durch Clermont gekommen, und er wüßte gerne, ob Ihr die ursprünglich gewählte Route geändert habt. – Monsieur Émon ist wirklich sehr gütig; er kommt zweimal wöchentlich, am Dienstag und am Freitag, was Dich beschämen muß; seine Besuche sind angenehm, dabei unterhalten wir uns nur über Wissenschaften, nur über wichtige Dinge, weil ich mich ihm gegenüber nicht so ungezwungen geben kann wie bei Dir oder Papa. Das ist übrigens richtig so; ich bin wie ein treuer Hund, ich schmeichle keinem Fremden und bewahre einen Schatz an Liebkosungen für die Abwesenden. Neulich haben Monsieur und ich über Magnetismus gesprochen; er glaubt nicht an magnetische Kräfte; zu diesem Gespräch ist es folgendermaßen gekommen: oft gehe ich plaudernd mit einem Kameraden spazieren, der sich ausschließlich den Wissenschaften widmet, der Geologie, dem Altertum, der Chemie, der Botanik. Er verkehrt mit zahlreichen Ärzten und bekannten Gelehrten wie den Herren Defrance, Brongniart, Geoffroy Saint-Hilaire und Doktor Duméril; wahrscheinlich haben seine Eltern oder Freunde, die sich mit den Wissenschaften beschäftigen, ihn mit diesen Herren bekanntgemacht. Nun kamen wir kürzlich auf den tierischen Magnetismus zu sprechen. Da ich keine Ahnung davon hatte und er

besser Bescheid wußte als ich, nutzte ich die Gelegenheit, um mich ein wenig bilden zu lassen. Aber das hat schließlich zu so außergewöhnlichen, so wunderbaren Geschichten geführt, daß ich sie Euch nicht wiederholen kann, Ihr würdet zu sehr darüber lachen; ich, der ich das Wunderbare so sehr liebe, glaube zwar nicht daran, aber ich lache nicht darüber. Jener Schüler hat mir gesagt, daß es an der Fakultät mehrere Ärzte gibt, die an den Magnetismus glauben und ihn sogar gründlich kennen, daß sie jedoch seine Macht und Wirkungen leugnen, wegen der Gefahren und der möglichen Unfälle, wenn diese Wissenschaft sich verbreiten sollte. Kurzum, ich wollte mir eine genaue Meinung bilden und habe mich deswegen an Monsieur Émon gewandt, aber er glaubt an nichts, außer an die rein natürlichen Wirkungen, die aber keinen inneren Sinn wecken: da habe ich mir gesagt, daß es sich um eine weitere Wissenschaft handelt, von der man sich nach der Schule ein paar Grundbegriffe aneignen sollte.
Madame Olivier hat mich besucht; sie hat mich mit Freundschaftsbezeigungen, Zuvorkommenheiten, hilfsbereiten Angeboten überschüttet; ich hatte sie noch nie so gütig gesehen. Sie war in Trauer; ihr armer Vater ist ganz plötzlich gestorben, an einem Schlaganfall, während eines Gewitters; die Ärzte versichern, das Gewitter sei an seinem Tode nicht unbeteiligt gewesen.
Heute vormittag haben wir Prüfung in französischem Vortrag; ich will mich mit aller Kraft anstrengen, so sehr bin ich über meinen schlechten Platz in der Übersetzung verärgert; wenn ich wieder einen schlechten kriege, habe ich mir zumindest nichts vorzuwerfen.
Sag Papa viel Liebes. Richte ihm schon jetzt aus, daß ich an die Freuden und Studien der Ferien denke. Und seht beide so viel schöne Orte wie nur möglich, um mir davon zu erzählen.

Charles

[Paris, 27. Juni 1838]

Meine gute Mutter,

Ich warte mit großer Ungeduld auf einen Brief von Dir; mir scheint, daß ich schon sehr lange keinen erhalten habe. Meine Tage vergehen einer nach dem andern höchst trübselig. Ich fühle, wie das Jahresende näher rückt, und das ängstigt mich wegen des Wettbewerbs, bei dem es für mich wohl nichts zu erhoffen gibt. Mit noch größerer Angst spüre ich das Leben herannahen. All die Kenntnisse, die es zu erwerben gilt, die Betriebsamkeit, die man entfalten muß, um inmitten der Welt einen freien Platz zu finden, das alles erschreckt mich. Aber schließlich bin ich fürs Leben geschaffen, und ich werde mein Möglichstes tun; auch scheint mir, in dem Wissen, das es zu erwerben gilt, in diesem Kampf mit den anderen, eben in dieser Schwierigkeit muß auch ein gewisses Vergnügen liegen.
Wir hatten Klassenarbeiten in französischem und in lateinischem Aufsatz; es gibt nun keinen lateinischen Aufsatz mehr bis zu den Prüfungsarbeiten für die Preise. Die Bekanntgabe unserer Plätze ist immer wieder hinausgeschoben worden.
Madame Jaquotot hat mir einen Brief geschrieben, um zu erfahren, wie es Dir geht, und um mich zu fragen, ob ich einen Tag bei ihr verbringen könnte; um nicht ausgehen zu müssen und eine triftige Entschuldigung vorzubringen, bin ich darauf verfallen, ihr zu sagen, ich hätte bis zum Ende des Schuljahrs Ausgehverbot.
Ich bitte Dich, schreib mir, schildere mir, was Du siehst, und gib mir vor allem Nachricht über Papa; da ihr nun in Barèges angekommen sein werdet, möchte ich ständig Nachrichten erhalten und seine Genesung verfolgen, wie wenn ich bei Euch wäre.
Ich denke nach wie vor an die Ferien, und zwar weniger der Vergnügungen als der Arbeit wegen, die ich mir vorgenommen habe; ich will die Tage ausfüllen; aber wenn ich Punkt für Punkt ausführte, was ich mir selber vornehme, würde wahrscheinlich die Zeit nicht reichen. Ich weiß schon, was Du sagst, sobald ich

von solchen Plänen spreche; aber Du weißt auch, wieviel Mut ich besitze, und sogar, wie schnell es bei mir geht, wenn ich im Druck bin; nun wohl: der Druck des Lebens wird nicht lange auf sich warten lassen; wer weiß, ob ich dann nicht auf einmal endgültig ein anderer Mensch werde, so wie ich zuweilen für meine Schularbeiten plötzlich ein anderer bin, wer weiß, wieviel Gedächtnis und Tatkraft der Druck mir dann verleihen wird? Indessen schreckt mich noch etwas anderes. Wenn ich darüber nachzudenken beginne, welche ungeheure Zahl von Wohltaten ich Dir verdanke, sehe ich kein anderes Mittel, sie Dir zu vergelten, als durch Befriedigungen des Ehrgeizes, durch Erfolge. Aber, meine arme Mutter, wenn die Natur mir nicht die Fähigkeit verliehen hat, Deinen Ansprüchen zu genügen, wenn mein Geist zu arm ist, um Deinen Ehrgeiz zu befriedigen, dann wirst Du eben sterben, ehe ich Dich auch nur ein wenig für alle Deine Mühen hätte entschädigen können; ich versichere Dir, daß ich dies ganz aufrichtig meine; denn die paar Schulerfolge sind für mich, der ich weiß, wie man sie erlangt, nur eitle und recht geringfügige Dinge; ich sehe darin im besten Fall einen Beweis zugunsten meiner Intelligenz. Gleichviel, ich werde arbeiten. Umarme Papa für mich und sag mir, wie es ihm geht. Sag mir auch, ob ich auf jeden Brief an Dich schreiben muß: an Monsieur Coppenhague, mit der Bitte um Weiterleitung, usw., oder ob ein einfacher Briefumschlag genügt.

Charles

Bis jetzt habe ich einfach auf den Umschlag an Monsieur Coppenhague geschrieben: weiterzuleiten an Madame Aupick, ohne ausdrücklichen Hinweis, daß die Briefe von mir kamen, und ich fürchte, daß er sie Euch nicht geschickt hat.

[Paris, 17. Juli 1838]

Papa,

Bitte verzeih mir, daß ich Dir nicht früher geantwortet habe; ich wollte Euch meine Plätze mitteilen. Sie sind alle gleichzeitig bekanntgegeben worden. Ich bin Sechster im französischen Aufsatz, Vierter im lateinischen Aufsatz, Erster in lateinischer Dichtung. Jetzt werden die Prüfungsarbeiten für die Preise vorbereitet, und wir verbringen unsere Tage im Müßiggang; keine Aufgaben. Nun kommen die Stunden des Nichtstuns, die bis zum Ende des Schuljahrs dauern werden; ich selber lese die ganze Zeit. Ich denke überhaupt nicht an die Prüfungsarbeiten, ich mache mir ihretwegen gar keine Sorgen, aber wenn der Tag kommt, werde ich meinen ganzen Fleiß daran setzen. Einzig und allein der Wettbewerb macht mir Angst; ich sehe, daß Mama so dringend wünscht, mich zum Wettbewerb zugelassen zu sehen, daß sie es mir nicht verzeihen würde, wenn dies nicht der Fall wäre; dabei besitzt doch niemand die geringste Gewißheit; nun denn, dort wie in der Schule werde ich mich nach Kräften bemühen.

Vor ein paar Tagen ist das ganze Gymnasium mit allen Lehrern und den Schülern eines benachbarten Externats nach Versailles gegangen. Der König lädt alle königlichen Schulen eine nach der anderen zu diesem Besuch ein. Die Polytechnische Hochschule war vor uns dort. Wir sind also durch alle Säle und durch die Kapelle spaziert; wir haben in einem niedrigen Saal eine Mahlzeit eingenommen. Dann ist der König gekommen; wir sind in seinem Gefolge weiter promeniert: schließlich hat er uns in den Theatersaal eintreten lassen, wo ein Bühnenbild aufgebaut war. Er hat gesagt, er bedaure, daß er uns kein Schauspiel bieten könne, um den Tag würdig zu beschließen; und daß er uns für den Empfang danke, der ihm bereitet worden sei. Unter seinen Begleitern befanden sich der Herzog von Aumale, Monsieur Salvandy und einige Adjutanten. Wir sind wieder aufgebrochen;

unterwegs blieben die Passanten überall stehen, um die *hundert* Mietsdroschken vorbeiziehen zu sehen.

Ich weiß nicht, ob ich recht habe, denn ich verstehe eigentlich nichts von Malerei, aber mir schien, daß es nur wenige gute Bilder gab; vielleicht sage ich eine Dummheit, doch abgesehen von ein paar Bildern von Horace Vernet, zwei oder drei Gemälden von Scheffer und der *Schlacht von Taillebourg* von Delacroix ist in meiner Erinnerung nichts haften geblieben, außer noch einem Bild von Regnault, das irgendeine Heirat des Kaisers Joseph darstellt; aber dieses Gemälde zeichnet sich auf eine völlig andere Weise aus. All diese Bilder aus der Kaiserzeit, denen eine so große Schönheit nachgerühmt wird, wirken oft so regelmäßig, so kalt; ihre Personen sind häufig gestaffelt wie Bäume oder Statisten in der Oper. Es ist gewiß recht lächerlich, wenn ich mir herausnehme, so von den Malern des Kaiserreichs zu reden, die so sehr gepriesen worden sind; vielleicht sage ich lauter Unsinn; aber ich berichte nur meine Eindrücke: vielleicht ist dies auch das Ergebnis der Lektüre der *Presse,* die Delacroix über den grünen Klee lobt? . . .

Ich wage nicht, von Deiner Verletzung zu reden; ich weiß, Du liebst es nicht, wenn man sich besorgt zeigt; Mama findet, es gehe sehr langsam vorwärts; wenn Du es für nützlich hältst, dann bleib, bleib bis nächstes Jahr. Meine Ferien sind mir weniger wichtig als die geringste Linderung für Dich.

Mama schreibt mir reizende Briefe; danke ihr sehr. Solltest Du einverstanden sein, daß man mich ausgehen läßt, so sorge doch dafür, daß Dein Brief möglichst schnell ankommt, denn das Ende des Schuljahres steht vor der Tür, und ich möchte noch Zeit haben, Deine Erlaubnis zu nutzen, um meinen Lehrer zu besuchen. Lebewohl.

Ich verehre Dich. Charles

[Paris,] 3. August [1838]

Mama,

... Monsieur Zinse hat mir gesagt, daß er Dich zu Pferd gesehen hat, daß Du Dich häufig vergnügst, daß Du guter Dinge bist. Ah! Du hast Glück, Dich zu vergnügen. Bei mir trifft das Gegenteil zu; ich langweile mich so sehr, daß ich weine, ohne zu wissen, warum. Wundere Dich nicht, wenn ich Dir einerseits sage, Du solltest dortbleiben, und Dir andererseits meine Kümmernisse erzähle, als wollte ich Dich zurückrufen; ich möchte, daß Du dortbleibst, wenn dies besser ist, und ich erzähle Dir von mir ganz einfach, weil es mich ablenkt und mir ein wenig die Zeit vertreibt. Ich bin also sehr niedergeschlagen. Vor allen Dingen bin ich über mich selbst verstimmt: weil ich befürchten muß, keinen Erfolg zu haben; ich gestehe Dir, daß mein Selbstgefühl grausam verletzt ist; ich versuche umsonst, den Philosophen zu spielen, mir zu sagen, daß die Schulerfolge nichts sind, daß sie kaum etwas beweisen, usw. ..., dennoch läßt sich nicht leugnen, daß sie große Freude machen. So falle ich mir selber zur Last, und die anderen sind mir noch lästiger. Du wirst sagen: Lies. Ach, du liebe Zeit, ich habe ja nichts anderes getan als lesen, seit Du fort bist, das heißt, seit wir im Unterricht nichts mehr zu tun haben. Du weißt, daß am Ende des Schuljahres zwei leere Monate sind; und daß, wer kein Geld hat, um sich Bücher zu beschaffen, dann herzlich zu bedauern ist: diese Jungen schlafen Tag und Nacht. Ich habe fast mein ganzes Geld ausgegeben, um mir Bücher zu besorgen, denn ich mußte ein vierbändiges Werk bezahlen, das einem meiner Kameraden konfisziert worden war. Ich habe nur moderne Werke gelesen; aber lauter Werke, die in aller Mund sind, die in hohem Ansehen stehen, die jedermann liest, kurzum das Beste; nun gut, das alles ist falsch, übertrieben, extravagant, geschwollen. Vor allem auf Eugène Sue bin ich böse, ich habe nur ein Buch von ihm gelesen, es hat mich tödlich gelangweilt. Ich bin von alledem angewidert: unterhaltsam fand ich nur die Dramen, die Gedichte von Victor Hugo und ein Buch von Sainte-Beuve *(Volupté)*. Die ganze Literatur ekelt mich gründlich an, weil ich, seit ich lesen kann, wahrhaftig noch kein Buch gefunden habe, das mir ganz gefallen hätte, das ich von der ersten bis zur letzten Seite hätte lieben können; darum lese ich auch nicht mehr. Ich bin vollgepfropft; ich rede nicht mehr; ich denke an Dich; Du wenigstens bist ein ewiges Buch; man plaudert mit Dir, man ist damit beschäftigt, Dich zu lieben; man ist nicht übersättigt wie bei anderen Vergnügungen. Wahrhaftig, es ist vielleicht ein Glück, daß wir uns trennen mußten; ich habe gelernt, mich vor der modernen Literatur zu ekeln, ich habe gelernt, Mama mehr denn je zu lieben, weil ich ihre Abwesenheit spürte: Du wirst es schon merken, wenn Du zurückkommst; mit Küssen überhäuft, mit Aufmerksamkeiten und Zuvorkommenheiten, wirst Du, obwohl Du meiner Liebe gewiß bist, staunen, wie sehr ich Dich liebe. Lebewohl...

Charles

AN MADAME AUPICK

Paris, den 23. [August] 1838

Gleich werde ich aufbrechen; ich habe bis jetzt gezögert, Euch zu schreiben, weil ich Euch die Ergebnisse der Preisverteilung mitteilen wollte. Im Wettbewerb nichts. In der Schule habe ich zwei erste Preise erhalten, den ersten Preis in lateinischer Dichtung und in französischem Aufsatz; die erste ehrenvolle Erwähnung für die Übersetzung aus dem Lateinischen und dann eine weitere ehrenvolle Erwähnung in lateinischem Aufsatz, aber ich weiß nicht mehr, welche. Ich bekam die *Mélanges* von Villemain und seine Literaturgeschichte des 18. Jahrhunderts. Jetzt komme ich um vor Ungeduld; der Koffer ist gepackt: ich weiß nicht, wie lange die Reise dauern wird; aber sie wird sich auf jeden Fall zu lange hinziehen. Anstatt erschreckt zu sein, weil ich so ganz allein auf die Reise gehe, fühle ich mich vielmehr froh und glücklich: nun bin ich genötigt, mich als Mann zu benehmen, mich

selber zu beaufsichtigen; meine Ausgaben aufzuschreiben, die Sehenswürdigkeiten bewußt zu betrachten, die Anhöhen zu ersteigen, durch Toulouse zu bummeln; es kostet mich die größte Überwindung, nicht überall herauszuschreien, daß ich froh bin. Übrigens bin ich fest entschlossen, falls General Durrieu nicht in Toulouse sein sollte, dort in einer Herberge zu übernachten: das ist mir viel lieber als die Unterkunft bei einer bekannten Familie, wo man gezwungen ist, Konversation zu machen und den Liebenswürdigen zu spielen; General Durrieu wird wahrscheinlich in der Badekur sein.
Ich möchte Papa gerne danken, aber wie? Ich habe wirklich Glück; während der Ferien eine Reise zu unternehmen: das hatte ich mir schon seit langem gewünscht, und jetzt wird es wahr: dieser Brief ist wahrhaftig völlig ungereimt; aber ich habe es so eilig, und ich bin so fröhlich. Ich nehme ein paar Bücher mit: es wollte mir nicht gelingen, meinen Koffer zu füllen; ich habe ihn mit altem Papier, meinem Mantel und Turnkleidern vollgestopft. – Lebewohl, liebe Mama; in ein paar Tagen treffe ich bei Euch ein, mit Erfahrung, von Staub bedeckt und närrisch vor Freude. Umarme Papa ganz fest für mich, er muß für diese glänzende Idee umarmt werden.

Charles

AN JULES PIERROT,
Schulvorsteher des Lycée Louis-le-Grand

[Paris,] 18. April 1839

Monsieur,

Ich bin nach Hause zurückgekehrt; angesichts des Kummers meiner Mutter habe ich mein ganzes Unglück ermessen und vor allem das ihre; deshalb möchte ich nun versuchen, mein Vergehen wieder gutzumachen; wenn das möglich ist. Ich habe mich geweigert, einen Zettel auszuhändigen, der einem Kameraden eine Strafe eingetragen hätte, einen recht belanglosen Zettel, wie Sie wissen; so übertrieben Ihnen dies vorgekommen sein mag,

Sie hätten es mir gewiß verziehen; aber als Sie sagten, ich setze meinen Kameraden den peinlichsten Verdächtigungen aus, kam mir dies so unglaublich vor, daß ich gelacht und Ihnen nicht den gebührenden Respekt erwiesen habe. Ich bitte Sie dafür aufrichtig um Entschuldigung, so vorbehaltlos und so vollständig, wie Sie wünschen mögen.
Und wenn Sie meinem Gesicht oder meinen Worten zu entnehmen glaubten, daß ich Sie beleidigen und mich über Sie persönlich lustig machen wollte, bitte ich Sie inständig, diesem Eindruck keinen Glauben zu schenken; ich hatte keineswegs diese Absicht, das beteure ich Ihnen; ich hoffe, Sie werden mir glauben, daß ich die Wahrheit sage; denn Sie wissen, daß ich Ihnen viel verdanke.
Wenn meine Bitten Sie bewegen können, mich wieder in die Schule aufzunehmen, unterwerfe ich mich gänzlich Ihrem Willen und nehme jegliche Strafe auf mich, die Sie mir aufzuerlegen belieben.
Da dieser Vorfall mich möglicherweise um Ihre Achtung gebracht hat, bitte ich nicht aus Rücksicht auf mich um Gnade, sondern aus Rücksicht auf meine Mutter, die über diesen Schandfleck zu Beginn meiner Laufbahn völlig untröstlich ist.
Ich bin bereit, Ihnen meine Entschuldigungen persönlich zu wiederholen, wenn Sie mir dies gestatten, und Ihnen die Ehrerbietung zu bezeigen, mit der ich Ihnen heute morgen hätte begegnen sollen.
Mit größter Hochachtung verbleibe ich

Ihr Schüler
C. Baudelaire

AN MADAME AUPICK

[Paris,] Dienstag, 16. Juli 1839

Meine liebe Mutter, meine gütige Mama, ich weiß nicht, was ich Dir sagen soll, dabei habe ich Dir alles mögliche zu sagen. Zunächst einmal verspüre ich ein großes Verlangen, Dich zu sehen. Wie anders ist es doch, bei fremden Leuten zu leben –

und was ich vermisse, sind nicht eigentlich Deine Zärtlichkeiten und unser Lachen, sondern ein gewisses Etwas, das bewirkt, daß die eigene Mutter uns immer als die beste aller Frauen vorkommt, daß ihre Eigenschaften uns besser gefallen als die Eigenschaften der übrigen Frauen; die Harmonie ist so groß zwischen einer Mutter und ihrem Sohn; sie leben so gut miteinander – daß mir weiß Gott unbehaglich zumute ist, seit ich bei Monsieur Lasègue bin. Glaube aber bitte nicht, es handle sich um verletzte Eigenliebe, weil Monsieur Lasègue mir unablässig zusetzt und Madame Lasègue sich gelegentlich auch ein wenig einmischt. Dafür bin ich ihm sogar von Herzen dankbar; es ist gewiß ein Beweis für sein Wohlwollen; es bildet mich, ich bin es zufrieden; das ist es also durchaus nicht, was mir lästig fällt. Aber mir fehlt hier, was ich liebe, ein Geist, der so beschaffen ist, wie ich ihn liebe, der meiner Mutter oder meines Freundes. Gewiß sind Monsieur Lasègue und gewiß auch seine Mutter mit der Zierde aller möglichen schönen Eigenschaften ausgestattet. Klugheit, Liebe, gesunder Menschenverstand, nun wohl, dies alles entfaltet sich auf eine Weise, die mir nicht zusagt. Es gibt Plattheiten, die mich ein wenig abstoßen; ich sehe es lieber, wenn dies alles sich eigenwilliger und lebhafter entfaltet, wie bei Dir und bei meinem Freund. In diesem Hause herrscht eine ewige Fröhlichkeit, die ein wenig an meinen Nerven zerrt.

Gewiß sind sie glücklicher als wir. Daheim habe ich Tränen erlebt, Scherereien für meinen Vater, Nervenkrisen bei Dir – doch ich *habe uns lieber* so.

Und wenn ich irgendeine Empfindung habe, die mich umtreibt – was weiß ich? ein heftiges Verlangen, alles zu umarmen, eine Furcht, ich könnte unfähig sein, mir genügend Kenntnisse zu erwerben, Angst vor dem Leben oder ganz einfach ein schöner Sonnenuntergang vor dem Fenster, wem soll ich mich mitteilen? Du bist nicht da, und der Freund meines Herzens auch nicht.

Und was war die Folge? Ganz einfach, daß ich schlimmer bin als vorher auf dem Gymnasium. In der Schule beschäftigte ich mich wenig mit dem Unterricht, aber ich beschäftigte mich immerhin – als ich weggeschickt wurde, hat mich das aufgerüttelt, und ich habe mich bei Dir wiederum ein wenig beschäftigt –

jetzt *nichts, nichts,* dabei ist es nicht eine angenehme, poetische Lässigkeit, keineswegs; es ist eine griesgrämige und einfältige Lässigkeit. Ich habe nicht den Mut gefunden, meinem Freund dies alles zu gestehen und mich ihm in meiner ganzen Häßlichkeit zu zeigen; denn er hätte mich allzu verändert gefunden – er hatte mich in einem vorteilhaften Licht gesehen – in der Schule arbeitete ich von Zeit zu Zeit, ich las, ich weinte, ich geriet manchmal in Zorn; aber ich lebte wenigstens – jetzt überhaupt nicht – ich bin in einem tiefen Abgrund – zahllose Fehler, und es sind keine angenehmen Fehler mehr. Wenn diese quälende Einsicht wenigstens ein Antrieb wäre, mich jäh zu ändern – aber nein, von jenem Tätigkeitsdrang, der mich bald zum Guten trieb, bald zum Schlechten, ist nichts übriggeblieben, nichts als Lässigkeit, Verdrießlichkeit, Langeweile.

Monsieur Lasègue ist unzufrieden mit mir – ich bin in meiner eigenen Meinung um eine Stufe gesunken – wenn ich allein wäre, hätte ich mich vielleicht unzulänglich beschäftigt, aber ich hätte mich beschäftigt – bei Dir oder bei einem Herzensfreund wäre ich aufrecht geblieben – in einem fremden Milieu bin ich ganz anders geworden, unordentlich, wunderlich. Es sieht so aus, nicht wahr?, als nähme ich meine Zuflucht zu hochtrabenden Worten und Spitzfindigkeiten, um höchst gewöhnliche Mängel zu vertuschen. Alle diese mißlichen Umstände werden noch durch das Abitur kompliziert. Ich habe die Absicht, das Ganze auf einmal hinter mich zu bringen und mein Examen so schnell wie möglich abzulegen. Ich werde alles daransetzen – und ich habe schon damit begonnen –, sämtliche Stoffe in vierzehn Tagen zu repetieren und für die ersten Augusttage bereit zu sein. Hierfür muß ich täglich vierundzwanzig Fragen durcharbeiten – zum Wettbewerb gehe ich nur als Ersatz, das heißt, ich werde nur zur Prüfung gerufen, wenn jemand ausfallen sollte. Indessen hat man für alle Fälle einen Geburtsschein von mir verlangt.

Letzten Endes ist es vielleicht eine Wohltat, daß ich fremde Leute kennengelernt habe, um so mehr werde ich meine Mutter liebhaben. Es ist vielleicht eine Wohltat, entblößt und entzaubert worden zu sein, um so besser erkenne ich, was mir fehlte – vielleicht handelt es sich, wie man zu sagen pflegt, um ein Übergangsstadium – während all dieser Zeit haben Deine Briefe mir Kummer bereitet, mich mit noch größerem Unbehagen erfüllt. – Schreibe mir dennoch weiterhin; ich liebe Deine Briefe. In Augenblicken der Niedergeschlagenheit macht es mich froh, zu fühlen, wie die Liebe zu meiner guten Mutter sich in mir entfaltet; das ist immerhin etwas. Berichte mir in Deiner Antwort ausführlich, wie es meinem Vater geht. Ich bitte Dich, Monsieur Lasègue kein Wort von alledem zu sagen; er ist so gut, daß es ihn betrüben würde.

AN ALPHONSE BAUDELAIRE

[Paris,] Mittwoch [20. November 1839]

Ich danke Dir sehr für die Lektion, die Du mir durch Monsieur Guérin hast zuteilwerden lassen. Jetzt bin ich vollkommen einig mit Euch. Als ich heute morgen Deinen Brief mit dem Motto *Errare humanum* las, habe ich wohl leise vermutet, daß ich bei Monsieur Guérin entweder Ratschläge oder Geld finden würde – ich habe beides gefunden. Ich habe 50 Francs genommen und werde sehr wahrscheinlich noch weitere 50 nehmen, und dabei soll es sein Bewenden haben.

Ich langweile mich so sehr, daß ich mich an die Arbeit machen will; ich brauche irgendein Vergnügen und hoffe, es dort zu finden. Ich will so schnell wie möglich unabhängig sein, das heißt, *mein* Geld ausgeben, das Geld, das ich von den Menschen erhalten haben werde für eine Freude, die ich ihnen bereitet, oder für einen Dienst, den ich ihnen erwiesen habe, und um das zu erreichen, soll mir jedes Mittel recht sein.

Inzwischen bedanke ich mich sehr bei Dir, da es Dein Geld ist, das ich ausgebe.

Ich habe meine Medikamente bezahlt. Ich habe keine Gliederschmerzen mehr und fast kein Kopfweh, ich schlafe viel besser, aber ich habe eine abscheuliche Verdauung und fortwährend einen kleinen Ausfluß ohne die geringsten Schmerzen; dabei sehe ich kerngesund aus, so daß kein Mensch etwas merkt.

Madame ist ebenfalls krank; ich habe das heute erfahren. Sie sagt, sie leide an einer Gastritis und werde sterben. Aber da ich das schon so oft von ihr gehört habe, glaube ich, daß sie überhaupt nie sterben wird.
Ich werde mich jetzt ungesäumt in die Wissenschaft stürzen; ich will alles wieder vornehmen, *Jurisprudenz, Geschichte, Mathematik, Literatur.* Ich werde bei Vergil alle Schäbigkeit und allen Schmutz dieser Welt vergessen. Das wenigstens kostet nichts und trägt einem keine Gliederschmerzen ein. Lebewohl, tausend Dank.

Charles

AN VICTOR HUGO

[Paris, Dienstag, den 25. Februar 1840]

Monsieur,

Vor einiger Zeit habe ich eine Aufführung von *Marion de Lorme* gesehen; die Schönheit dieses Dramas hat mich so entzückt und mich so glücklich gemacht, daß es mein dringender Wunsch ist, den Autor persönlich kennenzulernen und ihm zu danken. Ich bin noch ein Schüler und begehe vielleicht eine beispiellose Unverschämtheit; aber die Schicklichkeiten dieser Welt sind mir vollkommen fremd, und ich dachte mir, daß dieser Umstand Sie mir gegenüber nachsichtig stimmen könnte. – Die Lob- und Dankreden eines Studenten lassen Sie wahrscheinlich ziemlich kalt nach all jenen, mit denen Sie von so vielen Menschen mit erlesenem Geschmack überhäuft worden sind. Vermutlich haben Sie so viele Leute kennengelernt, daß Ihnen kaum daran gelegen ist, einen weiteren Aufdringlichen anzuziehen. – Und doch, wenn Sie wüßten, wie aufrichtig und echt wir Jungen in unserer Liebe sind – mir will scheinen (vielleicht ist das sehr dünkelhaft), daß ich alle Ihre Werke verstehe. Ich liebe Sie, wie ich Ihre Bücher liebe; ich halte Sie für gut und hochherzig, weil Sie sich für die Rehabilitierung mehrerer Menschen eingesetzt haben, weil Sie

nicht nur der öffentlichen Meinung nicht nachgegeben, sondern sie häufig mit Stolz und Würde umgeprägt haben. Ich stelle mir vor, daß ich im Umgang mit Ihnen, Monsieur, eine Menge guter und großer Dinge lernen würde; ich liebe Sie, wie man einen Helden, ein Buch liebt, wie man alles Schöne rein und ohne jeden Eigennutz liebt. Es ist vielleicht sehr vermessen von mir, Ihnen so ungefragt diese Lobreden mit der Post zuzusenden; aber ich möchte Ihnen unumwunden und schlicht sagen, wie sehr ich Sie liebe und bewundere, und dabei zittere ich davor, mich lächerlich zu machen. Und doch, Monsieur, da auch Sie jung waren, müssen Sie diese Liebe verstehen, die ein Buch uns für dessen Autor einflößt, und dieses Bedürfnis, das uns anwandelt, ihm mündlich zu danken und in aller Bescheidenheit seine Hände zu küssen; hätten Sie mit neunzehn Jahren gezögert, einem Schriftsteller, für den Ihr Gemüt entflammt war, das gleiche zu schreiben, zum Beispiel Monsieur de Chateaubriand? Dies alles sind nicht die rechten Worte, und meine Gedanken sind besser als mein Brief; aber da Sie jung gewesen sind wie wir, hoffe ich, Sie werden alles übrige erraten und an einem so aus dem Rahmen fallenden, so ungewöhnlichen Schritt keinen Anstoß nehmen, und mir die Ehre einer Antwort erweisen: ich gestehe Ihnen, daß ich sie mit der größten Ungeduld erwarte.
Ob Sie nun diese Güte haben mögen oder nicht, empfangen Sie die Versicherung meiner unverbrüchlichen Dankbarkeit.

Ch. Baudelaire,
59, rue de Lille

[Paris,] Mittwoch [20. Januar 1841] abends

Mein lieber Bruder,

Hier die genaue Aufstellung meiner Schulden. Der Betrag ist bedeutend höher, als ich angenommen hatte. Aber nicht alle sind gleich dringend.

200 Fr.	Rest einer alten Schneiderrechnung, *sehr dringend.* Ich glaube, dieser Mann hat es nötig, und diese Schuld bedrückt mich. Sie ist schon sehr alt.
100 Fr.	für einen Schuhmacher.
60 Fr.	für einen anderen.
215 Fr.	für Monsieur Ducessois. *Ich bestehe darauf, diese Schuld* – später – *selber zu bezahlen;* ich will, daß er die Rückzahlung von mir zu erhalten glaubt. Ich habe es ihm versprochen und will mich nicht der Demütigung aussetzen, wortbrüchig zu sein.
100 Fr.	für *Delagenevraye,* einen meiner besten Kameraden (alte Schuld), ausgegeben, um ein – aus dem FREUDENHAUS entführtes – Mädchen einzukleiden.
180 Fr.	ebenfalls für ihn, zweifellos, um irgendeine andere dringende Schuld begleichen zu können.
50 Fr.	für Songeon, einen meiner Freunde – aus demselben Grund – dringend.
300 Fr.	für die Lieferanten von Unterwäsche, Hemden und Handschuhen.

Und hier nun die Aufstellung meines Schneiders:

2 Anzüge, ein Straßenanzug	125 Fr.
ein Gesellschaftsanzug	110 Fr.
Gefütterter Paletot	170 Fr.
Gefütterter Hausrock	110 Fr.
4 Paar Hosen	200 Fr.
3 Westen	120 Fr.
1 kurzer Mantel	–

Seit er für mich arbeitet, habe ich ihm nur 200 Francs gegeben, die von dieser Aufstellung abzuziehen sind. Alle diese Zahlen stimmen nur ungefähr.
In alledem gibt es keine Lüge und keinen absichtlich erhöhten Betrag. Es wäre mir sehr lieb, meinem Schneider ein wenig Geld zu geben. Ich habe ihn im Verdacht, daß er mich vernachlässigt.
So wenig Du mir auch geben magst, ich bin so knapp dran, daß es für mich eine unendliche Wohltat sein wird.
Wenn Du mir helfen kannst, bitte ich Dich um den großen Gefallen, es meine Eltern nicht einmal ahnen zu lassen. – Ebenso sehr, um Mama nicht zu quälen, wie in meinem eigenen Interesse.
Ich schwöre Dir, wenn ich aus dieser Bedrängnis befreit bin, werde ich in der vollsten Bedeutung des Wortes *vernünftig* sein; falls Du mir ein wenig mißtrauen solltest, will ich Dir jedesmal, wenn Du mir Geld gibst, die entsprechende Rechnung vorlegen.
Lebewohl. Ich umarme Dich von ganzem Herzen, und auch meine liebe Schwester, der Du vermutlich diese ganze Geschichte erzählt hast und die mir sicher schrecklich böse ist.

C. Baudelaire

AN ALPHONSE BAUDELAIRE

[Paris, Montag, 1. Februar 1841]

Du hast mir einen harten und demütigenden Brief geschrieben. – *Ich will selber bezahlen,* was ich meinen Bekannten schulde. –
Was die Lieferanten betrifft, *bitte* ich Dich *inständig,* da ich mir nicht alleine helfen kann, zwei zu bezahlen, zwei sehr dringende – einen Hemdenmacher und einen früheren Schneider, dem ich noch 200 Francs schulde und der *verlangt,* sie morgen Dienstag zu erhalten. – Dem Hemdenmacher bin ich den gleichen Betrag schuldig. Wenn Du mir aus dieser Verlegenheit hilfst, will ich mir im übrigen selber helfen, ohne daß die Eltern es erfahren. – Wenn Du mir jedoch nicht hilfst, wird man mir morgen einen schlimmen Schimpf antun.
Ich bitte Dich, tu mir diesen großen Gefallen.

Du wirst auch diese Zeilen ein Gekritzel nennen; aber ich hatte keine andere Möglichkeit. Ich befinde mich beim Anwalt und habe das erste beste Stück Papier genommen.
Ich denke, Du wirst mir erlauben, Dich als letzten von allen zu bezahlen, da Du doch mein Bruder bist und es am wenigsten eilig hast.

Beinahe hätte ich wieder die Adresse dieses Mannes vergessen. Monsieur Laurié, rue Vivienne, 2. –
Bitte, antworte mir rasch, damit ich weiß, was ich zu tun habe. Dies ist der siebente Brief, den ich Dir schreibe. – Ich habe die ersten sechs einen nach dem anderen zerrissen, und ich habe mich endlich dazu entschlossen, meine Schulden selber zu bezahlen. Nur wird es lange dauern.
Ich umarme Dich, und ich bin beunruhigt.

C. Baudelaire

AN MADAME AUPICK

[Creil, Anfang Mai (?) 1841]

Nun bin ich seit neun oder zehn Tagen hier, meine liebe Mama, und ich fange an, mich herzlich zu langweilen. Es tut mir sehr leid, daß Du geglaubt hast, das Haus meines Bruders sei mir so gründlich zuwider; Fontainebleau ist weniger Provinz als Creil. Ich befinde mich hier in Gesellschaft pensionierter Schankwirte, reich gewordener Maurer und einiger Frauen, die wie Pförtnerinnen aussehen. Immerhin habe ich in der Gesellschaft des Obersten eine Frau entdeckt, die weiße Hände hat und französisch spricht. Ich halte mich in ihrer Nähe, so oft ich kann. Während der übrigen Zeit flüchte ich aufs Land und lasse mich von der prallen Sonne wärmen. Alle Leute hier lieben das Geld, man ist streitsüchtig beim Spiel und fürchterlich auf Klatsch erpicht.
Es gibt hier eine Person, die ich lieben muß, so gut ist sie zu mir; manchmal ist sie vor lauter Gutsein schal! Es handelt sich um Madame Hainfray. Sie selber hat vor meiner Ankunft mein Zim-

mer hergerichtet, hat für Vorhänge gesorgt, eine Tapete, eine Stubenuhr, hat eigenhändig eine spanische Wand bezogen. Einmal sagte ich, Tee sei etwas Gutes, und am nächsten Tag gab es von früh bis spät Tee im Hause; ein andermal erwähnte ich Zwiebelsuppe, und zum Abendessen gab es Zwiebelsuppe, Omelett mit Speck, und alsbald aßen wir mittags ein Omelett mit Speck. Du siehst, sie ist mehr auf Kleinigkeiten bedacht und mütterlicher als eine Mutter; kurzum, wenn Du ihr schreibst, sag ihr, wie dankbar ich ihr dafür bin. Sie sagte mir, Du seist krank gewesen. Ich hoffe, und ich habe mir gesagt, daß es sich lediglich um Ermüdung handelte und um die Aufregung wegen des Auftritts, den ich zu Hause verursacht habe. Nicht wahr, liebe Mama, Du wirst, und wäre es nur aus Selbstachtung im Gedanken an Deinen Sohn, wohlauf sein und richtig essen, damit Dein Mann mir nicht vorwerfen kann, ich hätte Dich krank gemacht? Überzeuge ihn davon, wenn Du kannst, daß ich kein großer Schurke bin, sondern ein guter Junge.
Ich umarme Dich, und in meinem nächsten Brief schicke ich Dir ein paar Blumen, die Dir merkwürdig vorkommen werden.

Charles

AN MADAME AUPICK

[Paris, Ende Oktober 1843 (?)]

Ich schicke heute jemanden, um Dir zu sagen, wo ich jetzt wohne. – Ich bin völlig mit den von Dir gestellten Bedingungen einverstanden. Du mußt selber kommen und sie dem Hausherrn mitteilen. Ich wünsche nur, daß nicht von einem *Vormund* die Rede sein wird. Wenn ich merken sollte, daß Du es hinter meinem Rücken getan hast, würde ich augenblicklich ausziehen, und folglich würdest Du mich nicht mehr sehen, denn ich würde zu Jeanne ziehen. – Da ich mich bei Monsieur Leroy nicht mehr blicken lassen will, schicke ich Dir die Liste von allem, was ich dort zurückgelassen habe und was von jemandem, der meine Adresse nicht verraten kann, abgeholt werden sollte.

AN MADAME AUPICK

[Paris, 5. Januar 1844]

Ich bin nicht zu Dir gekommen, ich habe mich nicht getraut, und zwar aus zwei Gründen: ich hatte Dir etwas zu verweigern und Dich um etwas zu bitten.

Du weißt, daß ich einen neuen Schneider habe – ich brauchte einen – und daß man diesen Leuten Geld geben muß, wenn man sie zum erstenmal in Anspruch nimmt. – Er wird mir gegenüber mißtrauisch sein und angesichts eines Wechsels das Gesicht verziehen. – Ich benötige sofort einen Vorschuß von 300 Francs von Dir – das macht 25 Francs mehr als *den Monat Februar.* Solltest Du irgendeinen, auch einen viel geringeren Betrag im Hause haben, über den Du verfügen kannst, schicke ihn mir – um soviel wenigstens wäre meine Schuld vermindert. Das Geld, das Du mir zu Neujahr geschickt hast, wurde für die Zahlung eines Wechsels über 300 Francs, einen im letzten Herbst geborgten Betrag, und für Geschenke ausgegeben.

Ich habe Dir gegenüber erwähnt, ich könnte bei dem General eine Karte abgeben, weil ich dies für passend hielt und weil diese Aufmerksamkeit Dich vielleicht freuen würde – da Du glaubst, er würde sich beleidigt fühlen, statt den wahren Grund zu erkennen, ist eben nichts zu machen, ich vermag nichts. – Diese Versöhnungsträume tun mir weh. Wie ich Dir schon sagte, ist das einzige, was ich Dir versprechen kann, ein Jahr der Arbeit und der Vernunft – mehr nicht.

Es gibt ein männliches Ehrgefühl, das Du als Frau und als seine Frau nicht verstehen kannst; warum zwingst Du mich, so hart zu sein, und warum machst Du Dir solche Illusionen?

Ich umarme Dich fest und kann Dir als gute Nachricht versichern, daß ich, sobald ich einen oder zwei Romane geschrieben habe, *weiß, wo ich sie verkaufen kann* – zwei Monate Arbeit genügen. Ein Roman im Umfang von zehn Heften zu acht Seiten ist – im Mittel – 500 Francs wert – ein Roman zu zehn Bogen für eine Zeitschrift, 1000.

C. Baudelaire

AN MADAME AUPICK

[Paris, Sommer 1844]

Ich bitte Dich, diese Zeilen sehr aufmerksam zu lesen, denn es ist sehr ernst und zudem ein letzter Appell an Deinen gesunden Menschenverstand und an die so zärtliche Liebe, die Du mir vorgeblich entgegenbringst. Vor allen Dingen übergebe ich Dir diesen Brief unter dem Siegel der Verschwiegenheit, und ich bitte Dich, ihn keinem Menschen zu zeigen.

Ferner bitte ich Dich inständig, keinerlei Versuch darin zu erblicken, pathetisch zu sein oder mit etwas anderem an Dich herantreten zu wollen als mit ein paar vernünftigen Überlegungen. Der Umstand, daß unsere Auseinandersetzungen die merkwürdige Gewohnheit angenommen haben, in bittere Vorwürfe auszuarten, denen bei mir häufig gar keine Wirklichkeit entspricht, die Unrast, in der ich mich befinde, und Dein fester Entschluß, mich nicht mehr anzuhören, haben mich gezwungen, die Form eines Briefes zu wählen, um Dich zu überzeugen, wie sehr Du trotz all dieser Zärtlichkeit Unrecht haben kannst.

Ich schreibe Dir dies alles nach reiflicher Überlegung, und wenn ich an den krankhaften Zustand denke, in dem ich mich seit mehreren Tagen befinde und der von Zorn und Erstaunen herrührt, frage ich mich, wie und dank welchem Mittel ich die vollendete Tatsache werde ertragen können! – Ihr wiederholt mir unaufhörlich, um mir die Pille zu versüßen, daß dies alles ganz selbstverständlich und keineswegs ehrenrührig sei. Dem mag so sein, ich will es glauben; aber was besagt das schon, wie es den meisten Leuten wirklich erscheint, wenn es für mich *etwas ganz anderes* bedeutet. – Du hältst, wie Du mir sagtest, meinen Zorn und meinen Kummer für etwas bald Vorübergehendes; Deiner Meinung nach fügst Du mir nur zu meinem Besten einen Kinderschmerz zu. Aber so überzeuge Dich doch endlich einmal von etwas, das Du offensichtlich niemals wahrhaben willst; davon nämlich, daß ich, wahrlich zu meinem Unglück, nicht beschaffen bin gleich den übrigen Menschen. Was Dir als eine Notwendigkeit und ein durch die Umstände gerechtfertigter Schmerz erscheint, das kann und kann ich nicht ertragen. – Das ist leicht erklärt. Sind wir allein, magst Du mich behandeln, wie es Dir beliebt – aber alles, was meine Freiheit antastet, stoße ich erbittert zurück. – Liegt nicht eine unglaubliche Grausamkeit darin, mich dem Schiedsspruch einiger weniger Leute zu unterwerfen, die das Ganze langweilt und die mich nicht kennen? – Wer, unter uns gesagt, darf sich rühmen, mich zu kennen und zu wissen, worauf ich hinauswill, was ich mir vorgesetzt habe und wieviel Geduld aufzubringen ich imstande bin? Ich bin aufrichtig überzeugt, daß Du einem schweren Irrtum erliegst. – Ich sage Dir das kalten Blutes, weil ich mich als von Dir verurteilt betrachte, und ich bin sicher, daß Du nicht auf mich hören wirst: dies aber laß Dir als allererstes gesagt sein, daß Du mir wissentlich und willentlich ein unendliches Leid zufügst, dessen ganze Qual Du nicht ermißt.

Du hast Dein Wort zweifach gebrochen. – Als Du Dich bereit erklärtest, mir 8.000 Francs zu leihen, war zwischen uns ausgemacht worden, daß Du nach einer gewissen Zeit das Recht haben solltest, von dem Erlös aller Arbeiten, die ich ausführen könnte, einen gewissen Anteil zu beanspruchen. – Ich habe wieder einige Schulden gemacht; und als ich Dir sagte, daß sie unbeträchtlich seien, hast Du mir versprochen, Dich noch etwas zu gedulden. Tatsächlich hätten ein paar mittlere Vorschüsse, zusammen mit selbstverdientem Geld, sie rasch zu tilgen erlaubt. Jetzt steht Dein Entschluß mit ingrimmiger Endgültigkeit fest; Du hattest es so eilig, daß ich nun nicht mehr weiß, was ich tun soll – und mich genötigt sehe, auf meinen Plan zu verzichten. Ich hatte mir eingebildet, daß man Dir über meine erste Arbeit, ein fast wissenschaftliches Werk, wenn es mehreren Leuten vor Augen käme, allerlei Komplimente machen würde, daß Du, in Erwartung der bevorstehenden Einkünfte, mir ein paar weitere Vorschüsse nicht verweigert hättest, und daß ich somit nach ein paar Monaten in der Lage gewesen wäre, reinen Tisch zu machen, das heißt, wieder dort zu stehen, wo ich mich nach Deinen 8.000 Francs befand. – Mitnichten, Du hast nicht warten wollen – keine vierzehn Tage warten wollen.

Sieh doch ein, wie falsch Deine Überlegung ist und wie unlogisch Du Dich verhältst. – Du fügst mir einen unendlichen Schmerz zu und unternimmst einen völlig beleidigenden Schritt vielleicht am

Vorabend eines beginnenden Erfolgs, am Vorabend des Tages, den ich Dir so oft versprochen habe. – Ausgerechnet diesen Augenblick wählst Du, um mir Arme und Beine zu brechen, – denn, wie ich Dir schon sagte, ich bin durchaus nicht gesonnen, einen *Vormund* als etwas Unbedeutendes und Harmloses hinzunehmen – ich merke schon, was das für Folgen hat. – Und in dieser Hinsicht bist Du in einem noch viel schlimmeren Irrtum befangen – der darin besteht, Dir einzureden, dies werde ein Ansporn sein. – Du kannst Dir überhaupt nicht vorstellen, was ich gestern empfunden habe, was für eine Entmutigung mir in die Knochen gefahren ist, als ich sah, daß es ernst wurde – so etwas wie eine plötzliche Lust, alles zum Teufel zu jagen, mich um nichts mehr zu kümmern, nicht einmal zu Monsieur Ed. Blanc zu gehen, um meinen Brief abzuholen, da ich mir seelenruhig sagte: Wozu auch, ich habe ihn nicht mehr nötig, es bleibt mir nichts anderes mehr übrig, als mich wie ein Schwachkopf damit abzufinden, das zu fressen, womit sie mich abzuspeisen beliebt.

Es ist dies ein so schwerer Irrtum Deinerseits, daß Monsieur Ancelle mir in Neuilly sagte: »Ich habe Ihrer Mutter gesagt, ich würde ihr raten, Sie gewähren zu lassen, wenn die Erlaubnis, alles aufzubrauchen, Sie zur Arbeit und zu einem festen Beruf führte; dies würde jedoch niemals der Fall sein«; etwas Unverschämteres und Dümmeres zu sagen, halte ich für unmöglich. – Ich habe nie gewagt, so weit zu gehen und mir kaltblütig zu sagen, ich würde alles aufbrauchen. Ich darf wohl annehmen, daß Du weniger nachgiebig bist als er, und ich meinerseits liebe meine Freiheit zu sehr, um eine solche Torheit zu begehen. – Nun aber mußt Du, obgleich ich nur Dein Sohn bin, für meine Person genügend Achtung aufbringen, um mich nicht dem Schiedsspruch fremder Leute zu unterwerfen, da Du doch weißt, welche Bedeutung diese Bitterkeiten für mich haben. – Und Du solltest auf die Mühen meines Unterfangens Rücksicht nehmen. – Ich kann Dir versichern, meine liebe Mutter, daß dies keine Drohung ist, um Dich zum Nachgeben zu bewegen, sondern lediglich der Ausdruck dessen, was ich empfinde: das Ergebnis wird ohne jeden Zweifel das genaue Gegenteil dessen sein, was

Du Dir versprichst – nämlich eine vollkommene Niedergeschlagenheit.

Ich komme nun zu einem anderen Punkt, der für Dich ganz bestimmt mehr Wert besitzt als alle möglichen Versprechungen und alle meine Hoffnungen.

Du läßt Dich, so hast Du mir gesagt, von einer besorgten und beharrlichen Liebe leiten. Du willst mir erhalten, was ich besitze, ob ich will oder nicht. – Meinetwegen – ich hatte nie die Absicht, alles aufzufressen. – Ich bin bereit, Dir alle Mittel an die Hand zu geben, um es mir zu erhalten. – Mit einer einzigen Ausnahme indessen, des Mittels nämlich, das Du gewählt hast. – Was kümmert Dich das Mittel, wenn Du nur Deinen Zweck erreichst. Warum willst Du ausschließlich dasjenige anwenden, das mir einen so furchtbaren Schmerz bereitet? – Dasjenige, das meinem Wesen am verhaßtesten ist – Schiedsrichter, Richter, Fremde – wozu?

Kürzlich habe ich Dir gegenüber ohne die geringsten Rechtskenntnisse ins blaue hinein eine Schenkung erwähnt, die derart abgefaßt wäre, daß sie im Todesfall an mich zurückfiele. Ich weiß nicht, ob dies möglich ist; aber Du wirst mir doch sicherlich nicht weismachen wollen, daß es unter allen Betrügereien der Notare keine anderen Mittel gibt, Dich zufriedenzustellen, außer jenem, das Du anwenden willst. – Und warum? – Ich bitte Dich, kann man redlicher und aufrichtiger sein, als ich es bin – kann ich Dir einen überzeugenderen Beweis für meine Gutgläubigkeit geben und für die Übereinstimmung meines Willens mit dem Deinen? – Lieber will ich überhaupt kein Vermögen mehr besitzen und mich rückhaltlos in Deine Hände geben, als mich irgendeinem Gericht unterwerfen – das eine ist immer noch ein Akt der Freiheit; das andere tut meiner Freiheit Abbruch. –

Zum Schluß flehe ich Dich aufs allerdemütigste um die Gunst an, Dir selber ein großes Herzeleid zu ersparen und mir eine fürchterliche Demütigung. – Aber um Gottes willen keine Schiedsrichter, keine Fremden – keine Beratschlagungen. – Ich wünsche, daß alles aufgeschoben wird, bis ich mit Dir und Monsieur Ancelle eine ausführliche Besprechung gehabt habe. – Ich sehe ihn heute abend; ich hoffe ihn zu Dir zu bringen. – Aber

ich bin sicher, absolut sicher, daß es für mich nach einem ersten Erfolg ein Leichtes sein wird, *rasch* eine gute Stellung zu erlangen – vorausgesetzt, daß Du mir ein bißchen hilfst. – Ich wiederhole Dir meine Bitten mit Dringlichkeit. – Ich bin sicher, daß Du Dich täuschst – nach alledem – wenn ich Dir nicht richtig erklärt habe, wieviel angenehmer und vernünftiger es wäre, uns freundschaftlich zu einigen, so tu was Du willst, und komme was kommen mag.
Monsieur Edmond Blanc hat mir ein sehr nützliches Schreiben gegeben, mit dem ich heute vormittag versuchen werde, mit der *Revue* zu einer Vereinbarung zu kommen. – Ein letztes Mal, bedenke genau, daß ich keine andere Gunst von Dir erbitte als eine Vertauschung der Mittel.

Charles

AN MADAME AUPICK

Ich werde einen Teil des Abends mit Monsieur Ancelle verbringen. Wir werden Dich heute abend nicht aufsuchen, weil ein Streit für uns alle drei peinlich wäre. – Ich will nichts Geschäftliches mehr mit Dir besprechen. Einzig Monsieur Ancelle wird beauftragt sein, Dir meine Absichten auseinanderzusetzen. Ich umarme Dich und bitte Dich inständig, mir die häufige Bitterkeit meiner Worte nicht nachzutragen. – Du weißt, wie sehr ich leide – und ich glaube, daß dies alle Entschuldigungen enthält.

C. B.

AN MADAME AUPICK

Was soll ich Dir schreiben –? Daß ich leide, weil ich Dich leiden sehe; was wäre wahrer und glaubwürdiger – im Grunde aber halte ich das alles für reine Übertreibungen. – Daß man seine Mutter liebt, und daß man roh ist, und taktlos – was wäre

natürlicher; doch wozu mich quälen wegen eines Fehlers, den ich fühle und den ich kenne.
Ich arbeite; Monsieur Ancelle – Monsieur Ancelle – Monsieur Ancelle . . .

C. Baudelaire

AN MADAME AUPICK

[Paris, Ende Oktober 1844(?)]

Meine Miete darf nicht vergessen werden.
Ich muß Ihnen eine Vorwarnung geben, um zu verhindern, daß Sie eine Ungeschicklichkeit begehen, die ganz und gar Ihrem Wesen entspricht. Die übliche Zwangsvorstellung Ihrer rücksichtslosen Gewohnheiten treibt Sie sicherlich dazu, allen Leuten, denen ich etwas schulde – sogar den Wasserträgern – mitzuteilen, daß man mir einen Vormund bestellt hat – ebenso wie Ihr mütterlicher Instinkt Ihnen früher die großartige Idee eingegeben hatte, einen Schneider wissen zu lassen, daß ich 1200 oder 1800 Francs Rente besaß.
Dergleichen kleinliche Demütigungen sind vollkommen überflüssig.
Was hat es für einen Sinn, um – in Zukunft völlig unnütze – Schulden zu vermeiden, allen Leuten mitzuteilen, daß Ihr Sohn nicht mehr das Recht hat, eine freie Entscheidung zu treffen? Übrigens wissen Sie, was die Wechsel angeht, daß alle Geschäftsleute einander kennen und daß ein Rundschreiben alle Notare und Anwälte von Paris über mein Geschick unterrichten muß; und im übrigen, wie sollte ich sie bezahlen?
Ich werde Monsieur Ancelle die gleichen Überlegungen schreiben, dem Sie ohne Zweifel polizeiliche und mütterliche Instruktionen erteilt haben, die stets von der allergrößten Liebe eingegeben sind.

C. B.

[Paris, Anfang 1845 (?)]

Gestern habe ich Monsieur Ancelle gesehen. Er hat mir Geld verweigert, und zweifellos hat er wohl daran getan. Aber als ich ihm das äußerst verwickelte und äußerst komplizierte Problem dieses noch schönen Mobiliars erklärte, das mangels einer Möglichkeit, das darauf geliehene Geld zurückzuzahlen, verschwinden würde, hat er mir ausdrücklich versprochen, sich ins Mittel zu legen, sei es, um mich Zeit gewinnen zu lassen, sei es, um nach und nach diese furchtbare Schuld durch eine monatliche oder vierteljährliche Kürzung meiner Pension abzutragen. Im Augenblick, da ich Dir schreibe, weiß ich noch nicht, ob jener Mann, dessen Rechtsanspruch unanfechtbar ist und für den es keine bessere Sicherheit gibt als das ihm verschriebene Mobiliar, sich am Ende bereitfinden wird, Monsieur Ancelle aufzusuchen. Was Monsieur Ancelle betrifft, so habe ich keinen Vorschuß bezogen; ab Ende dieses Monats werde ich regelmäßig den mir zustehenden Betrag erhalten; und um nunmehr auf Dein vorgestriges Erstaunen einzugehen, als Du mich wiederum ohne einen Heller sahst, will ich Dir sagen, daß ich zunächst am Monatsanfang etwas vorausbezogen hatte, daß das Wenige, was Monsieur Ancelle mir gegeben hat, zum Einkauf verschiedener, für ein normales Leben unerläßlicher Kleinigkeiten verwendet wurde, daß er mir auf meine neuerliche Bitte um Geld zur Antwort gab, er wünsche unbedingt, jeder unregelmäßigen Rechnung ein Ende zu setzen, und er werde mir erst nach Ablauf des Monats wieder Geld geben, – worin ich ihm gänzlich und rückhaltlos beipflichte.

Nun liegt es auf der Hand, daß ich mit nichts kaum etwas anfangen kann; Du hast mir gesagt, daß Du um meinetwillen schon viele Opfer auf Dich genommen hast, ich danke Dir von ganzem Herzen dafür, und Du ahnst gar nicht, wie erkenntlich ich Dir dafür bin; aber bedenke doch einmal, daß ich in den letzten zwölf Tagen, an denen ich essen und schlafen konnte, nicht etwa keine zwei Tage, sondern nicht einmal ein paar Stunden Ruhe gehabt habe; ich habe nie auch nur 30 Francs vor mir gehabt, was acht Tagen Arbeit entspricht. Angesichts solcher Tatsachen werden alle Beschuldigungen hinfällig.

Zwölf Tage genügen mir, um etwas fertigzustellen und zu verkaufen. Wenn Du mit einem Opfer von *60 Francs, die zwei Wochen Ruhe bedeuten,* von mir das Vergnügen erlangst, Dir am Monatsende die Beweise für *drei verkaufte Bücher* vorzulegen, was mindestens *1.500* Francs entspricht, und Dir von Herzen Dank zu sagen, werden sie Dich dann reuen? Selbstverständlich würde ich mich keiner solchen Heldentat rühmen, wenn die besagten Bücher nicht seit einer solchen Ewigkeit angefangen wären, daß das Papier schon vergilbt ist. Auch wenn ich heute abend oder morgen keine Möbel mehr habe, *bedeuten die genannten 60 Francs nach wie vor die gleiche Zahl von Tagen, das heißt von Stunden möglicher Arbeit.* Hinsichtlich der Verkaufsaussichten habe ich mir, was Dich wiederum in Erstaunen versetzen mag, seit meiner tiefen Entmutigung von Neujahr neue Beziehungen geschaffen, nämlich die *Revue des Deux Mondes* und einen Buchhändler; aber diese Leute glauben sehr viel weniger an meine Pünktlichkeit als an mein Talent, und sie geben Geld nur auf ein *gänzlich fertiges* Manuskript.

60 Francs! soll ich wirklich die Hoffnung aufgeben müssen, wenigstens von meiner Mutter eine letzte Gefälligkeit zu empfangen?

Ich will Dich nicht mehr besuchen, ich leide bei Dir zu sehr; und doch möchte ich Dich von Zeit zu Zeit sehen. Erlaube mir, in ein paar Tagen auf Mittel und Wege zu sinnen, sobald ich diese belastenden Obliegenheiten erledigt habe – und wäre es, daß ich Dich bitten müßte, Dich zu Lenglet zu bemühen.

Ich zittere bei dem Gedanken, daß dieser Brief Dich nicht erreichen könnte. – Da ich Dich weder aufsuchen will noch kann, Du weißt, warum, und auch nicht will, daß Deine Dienstboten zu mir kommen, – bitte ich Dich, falls Du in mein letztes, ausdrückliches Ansuchen einwilligst, das unumgänglich ist, dieses Geld bei Monsieur Lenglet im Ministerium abzugeben; wenn er nicht da sein sollte, dann beim Türhüter, er wird Bescheid wissen. Ich gehe um 3 Uhr dort vorbei, um 5 Uhr, und um 6 Uhr. Eine letzte Gunst. – Versuche, mich nicht mit solchen Brie-

fen zu demütigen, wie Du sie mir unablässig schreibst und die mir mehr Leid zufügen, als Du ahnst.
Der Dienst, um den ich Dich bitte, ist nicht nur dazu bestimmt, die erwähnte Arbeit fertigzustellen; er soll mich auch von der Notwendigkeit überzeugen, Dich weiterhin zu lieben.

B. D.

Ich brauche nicht ausdrücklich zu betonen, daß ich mich auf meine Ehre verpflichte, Dir Deine 60 Francs in vierzehn Tagen zurückzuerstatten.

AN NARCISSE ANCELLE

[Paris.] Den 30. Juni 1845

Wenn Mademoiselle Jeanne Lemer Ihnen diesen Brief aushändigt, bin ich tot. – Sie hat keine Ahnung davon. Mein Testament ist Ihnen bekannt. – Außer dem meiner Mutter vorbehaltenen Teil soll Mademoiselle *Lemer* nach der von Ihnen vorzunehmenden Bezahlung gewisser Schulden, deren Aufstellung diesem Brief beiliegt, alles erben, was ich hinterlasse. –
Ich sterbe in einer furchtbaren Sorge. – Erinnern Sie sich an unser gestriges Gespräch. – Ich wünsche, ich will, daß meine letzten Verfügungen aufs pünktlichste befolgt werden. – Zwei Menschen können mein Testament anfechten; meine Mutter und mein Bruder – aber sie können es nur unter dem Vorwand der Geistesumnachtung anfechten. – Im Verein mit der vielfältigen Unordnung meines Lebens kann mein Selbstmord ihnen nur dienlich sein, um Mademoiselle Lemer dessen zu berauben, was ich ihr hinterlassen will. – Ich muß Ihnen deshalb meinen *Selbstmord* und mein Verhalten gegenüber Mademoiselle *Lemer* erklären, so daß dieser an Sie gerichtete Brief, den Sie ihr bitte vorlesen werden, zu ihrer Verteidigung dienen kann, falls mein Testament von den oben erwähnten Personen angefochten werden sollte. –
Ich *töte* mich – ohne *Kümmernis.* – Ich empfinde keine einzige

jener Störungen, die von den Menschen *Kümmernisse* genannt werden. – Meine Schulden waren für mich nie *Kümmernisse.* Nichts ist einfacher, als sich über derlei hinwegzusetzen. Ich töte mich, weil ich nicht mehr leben kann, weil die Anstrengung des Einschlafens und die Anstrengung des Aufwachens mir unerträglich geworden sind. Ich töte mich, weil ich für die anderen unnütz bin – *und gefährlich für mich selbst.* – Ich *töte* mich, weil ich mich für unsterblich halte, und weil ich *hoffe.* – Im Augenblick, da ich diese Zeilen schreibe, bin ich so sehr bei klarem Verstand, daß ich *sogar jetzt noch* ein paar Notizen für Monsieur *Théodore de Banville* zu Papier bringe und über alle nötige Kraft verfüge, mich mit meinen Manuskripten zu befassen.

Ich schenke und vermache Mademoiselle Lemer alles, was ich besitze, sogar meine kleinen Möbelstücke und mein Porträt – weil sie der einzige Mensch ist, bei dem ich ein wenig Ruhe gefunden habe. – Kann irgendjemand mich tadeln, weil ich die wenigen Freuden vergelten möchte, die ich auf dieser gräßlichen Erde gefunden habe – ?

Ich kenne meinen Bruder *kaum* – er hat *weder in mir noch mit mir* gelebt – er hat mich nicht nötig.

Meine Mutter, die mein Leben oft und stets unfreiwillig vergiftet hat, bedarf dieses Geldes ebenso wenig. – Sie hat ihren *Gatten;* sie besitzt ein *menschliches Wesen,* eine Zuneigung, eine *Freundschaft.* –

Ich selber habe nur *Jeanne Lemer.* – Nur bei ihr habe ich Ruhe gefunden, und ich will nicht, ich kann den Gedanken nicht ertragen, daß man sie unter dem Vorwand, ich sei geisteskrank, um alles zu bringen sucht, was ich ihr gebe. – Sie haben in diesen Tagen gehört, wie ich mich mit Ihnen unterhielt. – War ich wahnsinnig?

Wenn ich sicher wäre, daß es genügte, meine Mutter selber zu bitten und ihr die tiefe Demütigung meines Geistes darzustellen, damit sie meinem letzten Willen nicht zuwiderhandelt, ich würde es ungesäumt tun – so sehr bin ich überzeugt, daß sie als Frau mich besser verstehen wird als jeder andere – und vielleicht ist sie alleine auch imstande, meinen Bruder von einem *unklugen* Einspruch abzubringen.

Jeanne Lemer ist die einzige Frau, die ich geliebt habe – sie besitzt nichts. – Und Sie, Monsieur Ancelle, einen der seltenen mit einem sanften und erhabenen Geist begabten Menschen, denen ich begegnet bin, beauftrage ich mit meinen sie betreffenden letztwilligen Verfügungen. –

Lesen Sie ihr dies vor – sie soll die Gründe dieses Legats kennen, und ihre *Verteidigung* für den Fall, daß mein letzter Wille angefochten werden sollte. – Machen Sie, der umsichtige Mann, ihr den Wert und die Bedeutung jeglicher Geldsumme begreiflich. – Versuchen Sie, einen vernünftigen Gedanken zu finden, aus dem sie Vorteil ziehen und der meine letzten Absichten zu etwas Nutzbringendem machen kann. – Leiten Sie sie, beraten Sie sie; beinahe wagte ich, Ihnen zu sagen: Lieben Sie sie – wenigstens um meintewillen. Führen Sie ihr mein furchtbares Beispiel vor Augen – und wie die Unordnung des Geistes und des Lebens zu einer düsteren Verzweiflung führt, oder zu einer völligen Vernichtung. – *Vernunft und Nützlichkeit! Ich bitte Sie inständig darum!*

Glauben Sie wirklich, daß dieses Testament angefochten werden könnte, und wird man mir das Recht rauben, vor meinem Sterben eine wirklich gute und nützliche Tat zu vollbringen – ?

Sie sehen jetzt deutlich, daß dieses Testament keine Prahlerei ist und keine Herausforderung an die Vorstellungen der Gesellschaft und der Familie, sondern einfach der Ausdruck dessen, was noch an Menschlichem in mir wohnt, – die Liebe und das aufrichtige Verlangen, einem Geschöpf zu dienen, das zuweilen meine Freude gewesen ist und meine Ruhe.

Leben Sie wohl! –

Lesen Sie ihr dies vor – *ich baue auf Ihre Loyalität, und ich weiß, daß Sie dies nicht vernichten werden.*

Geben Sie ihr *ungesäumt* Geld*, Sie hat heine Ahnung von meinen *allerletzten* Absichten – und sie erwartet, mich wiederzusehen, um ihr aus irgendeiner Verlegenheit zu helfen.

Selbst im Falle einer Meinungsverschiedenheit über seine letzten

* 500

Verfügungen hat ein Toter doch gewiß das Recht, ein großzügiges Geschenk zu machen.
Der andere Brief, den sie Ihnen übergeben wird und der nur für Sie bestimmt ist, enthält die Aufstellung dessen, was für mich bezahlt werden muß, um mein Gedächtnis unbescholten zu erhalten.

C. Baudelaire

AN MADAME AUPICK

[Paris, 1845 (?)]

Ich gehe fort und werde erst wieder erscheinen, wenn ich in einer angemesseneren geistigen und finanziellen Verfassung bin. Ich gehe aus mehreren Gründen. Einmal des Lebensüberdrusses und der gräßlichen Lähmung wegen, die über mich gekommen sind; ich brauche sehr viel Einsamkeit, um mich ein wenig zu erholen und neuen Mut zu schöpfen. – Zweitens bin ich außerstande, den Menschen aus mir zu machen, als den Dein Gatte mich sehen möchte; demnach hieße es ihn betrügen, wenn ich länger unter seinem Dache lebte; und schließlich halte ich dafür, daß es *ungehörig* ist, so von ihm behandelt zu werden, wie er dies in Zukunft vorzuhaben scheint. – Ich werde mich wahrscheinlich gezwungen sehen, unter harten Bedingungen zu leben, aber mir wird wohler dabei sein. – Heute oder morgen schicke ich Dir einen Brief, um Dich wissen zu lassen, welche von meinen Sachen ich benötige, und wohin sie geschickt werden sollen. Mein Entschluß steht fest, er ist unwiderruflich und wohlüberlegt; darum mußt Du ihn verstehen, statt zu jammern.

B. D.

AN MADAME AUPICK

Bitte schicke mir sofort *rue Laffitte 32, Hôtel de Dunkerque – M. Baudelaire-Dufays* den kleinen Koffer, in dem sich die Leibwäsche befindet, – ferner Schuhe, Pantoffeln – und die beiden schwarzen Krawatten – *ferner alle meine Bücher*. Ich habe sie unbedingt und augenblicklich nötig. Schreibe mir keine Vorwürfe und keinerlei Aufforderung, zurückzukommen – ich werde nicht zurückkommen. Ich kann Dir lediglich versichern, daß Du in einiger Zeit darüber froh sein wirst.

B. D.

AN MADAME ALPHONSE BAUDELAIRE

[Paris, ungefähr 3. März 1846]

Madame,

Vielleicht sind Sie neugierig, zu erfahren, wie Baudelaire-Dufays ein so schwieriges und zugleich so natürliches Thema wie die Liebe anpackt: ich schicke Ihnen dieses kleine Werk, das eben aus meiner Feder geflossen ist. Ich wüßte keinen besseren Richter als Sie, ich umterwerfe mich und stelle mich Ihrer Gerichtsbarkeit mit uneingeschränktem Vertrauen.

Wie sehr wünschte ich, mein Bruder sähe mich meine Sache, oder vielmehr die Sache des Menschengeschlechts, vor dem *Gericht der Liebe* verteidigen, wie ich es in dem Feuilleton nenne, das ich Ihnen schicke; das würde ihm erlauben, die Berufung zu würdigen, die mich unwiderstehlich zu den Musen führt, so wie ich die Begeisterung zu verstehen vermag, mit der er sich den beschwerlichen und verdrießlichen Arbeiten im Dienste der Themis widmet. Einem jeden sein Los auf dieser Erde. Mir fällt die Aufgabe zu, meinen Mitmenschen zu erklären, wie sie sich verhalten müssen, um das Glück zu finden: so werde ich auch sehr bald die Ehre haben, Ihnen, Madame, meinen *Katechismus des geliebten Weibes* zuzusenden, in der Hoffnung, daß Sie ihn lesen und Ihre Anmerkungen dazu machen werden. Sie werden sehen, wie ich die Sympathie definiert habe. Meine ersten Schritte auf der Laufbahn lassen erkennen, daß ich mich für *Antonys* Liebe entschieden habe; aber das wird in Ihren Augen keine zu verachtende Liebe sein.

Was werden Sie zu meinen Grundsätzen sagen und zu den Ratschlägen, die ich diesem trügerischen Geschlecht erteile, dessen Liebe oft nur Verstellung ist? Ich will, daß der Liebende, der wahrhaft liebt, beständig sei, und als Beweis gelte Ihnen dieser Satz: »Aber *liebe* tüchtig, *kräftig, dreist, orientalisch,* ungestüm diejenige, die du liebst; deine Liebe störe nicht die Liebe eines anderen.« Nach diesem kleinen Abschnitt werden Sie gewiß Lust verspüren, den ganzen Aufsatz und auch den *Katechismus* zu lesen, der demnächst erscheint.

Seien Sie, Madame,

Meine Vorsehung auf der Laufbahn, die sich über den *Kanal der Liebe* ... fast hätte ich gesagt, durch den Einfluß des Weibes, vor mir eröffnet.

Genehmigen Sie meine unterwürfigen Grüße, die Ihnen mit der Beflissenheit und Begeisterung eines Dichters dargebracht werden, der auf den Spuren eines Petrarca oder eines Parny zu wandeln gesonnen ist.

Ihr sehr ergebener Diener,

Charles Dufays

JUGENDGEDICHTE

TOUT LÀ-HAUT, tout là-haut, loin de la route sûre,
Des fermes, des vallons, par-delà les coteaux,
Par-delà les forêts, les tapis de verdure,
Loin des derniers gazons foulés par les troupeaux,

On rencontre un lac sombre encaissé dans l'abîme
Que forment quelques pics désolés et neigeux;
L'eau, nuit et jour, y dort dans un repos sublime,
Et n'interrompt jamais son silence orageux.

Dans ce morne désert, à l'oreille incertaine
Arrivent par moments des bruits faibles et longs,
Et des échos plus morts que la cloche lointaine
D'une vache qui paît aux penchants des vallons.

Sur ces monts où le vent efface tout vestige,
Ces glaciers pailletés qu'allume le soleil,
Sur ces rochers altiers où guette le vertige,
Dans ce lac où le soir mire son teint vermeil,

Sous mes pieds, sur ma tête et partout, le silence,
Le silence qui fait qu'on voudrait se sauver,
Le silence éternel et la montagne immense,
Car l'air est immobile et tout semble rêver.

On dirait que le ciel, en cette solitude,
Se contemple dans l'onde, et que ces monts, là-bas,
Écoutent, recueillis, dans leur grave attitude,
Un mystère divin que l'homme n'entend pas.

Et lorsque par hasard une nuée errante
Assombrit dans son vol le lac silencieux,
On croirait voir la robe ou l'ombre transparente
D'un esprit qui voyage et passe dans les cieux.

Hoch oben, hoch oben, fern der sicheren Straße, der Gehöfte, der Täler, jenseits der Hänge, jenseits der Wälder, der grünen Teppiche, fern den letzten Wiesen, wo die Herden ziehn,

Trifft man auf einen düsteren See, tief in den Abgrund eingesenkt, der von einigen öden verschneiten Gipfeln gebildet wird; in erhabener Ruhe schläft dort, Tag und Nacht, das Wasser, und nichts unterbricht je seine schwüle Stille.

In dieser bedrückenden Einsamkeit vernimmt das ungewisse Ohr bisweilen schwache, langhingezogene Geräusche und Echoklänge, erstorbener als fern die Glocke einer Kuh, die auf den Talhängen weidet.

Auf diesen Bergen, wo der Wind jede Spur verweht, auf diesen Gletschern, die blendend in der Sonne glitzern, auf diesen stolzragenden Felsen, wo der Schwindel lauert, in diesem See, wo der Abend seine rötlichen Wangen spiegelt,

Mir zu Füßen, mir zu Häupten und überall das Schweigen, ein solches Schweigen, daß man ihm entrinnen möchte, das ewige Schweigen und das ungeheuere Gebirge, denn reglos ist die Luft und alles scheint zu träumen.

Es ist, als betrachte, in dieser Verlassenheit rings, der Himmel sich in der Flut und als lauschten jene Berge, dort in der Ferne, andächtig in ernster Haltung einem göttlichen Geheimnis, das dem Menschen nicht vernehmbar ist.

Und geschieht es, daß schweifend eine Wolke in ihrem Flug den stillen See verdunkelt, dünkt es einen, als sähe man das Gewand oder den lichten Schatten eines Geistes auf Wanderschaft, der durch den Himmel streift.

N'EST-CE PAS QU'IL EST DOUX, maintenant que nous sommes
Fatigués et flétris comme les autres hommes,
De chercher quelquefois à l'Orient lointain
Si nous voyons encor les rougeurs du matin,
Et, quand nous avançons dans la rude carrière,
D'écouter les échos qui chantent en arrière
Et les chuchotements de ces jeunes amours
Que le Seigneur a mis au début de nos jours? . . .

IL AIMAIT à la voir, avec ses jupes blanches,
Courir tout au travers du feuillage et des branches,
Gauche et pleine de grâce, alors qu'elle cachait
Sa jambe, si la robe aux buissons s'accrochait . . .

[À HENRI HIGNARD]

Tout à l'heure je viens d'entendre
Dehors résonner doucement
Un air monotone et si tendre
Qu'il bruit en moi vaguement,

Une de ces vielles plaintives,
Muses des pauvres Auvergnats,
Qui jadis aux heures oisives
Nous charmaient si souvent, hélas!

Et, son espérance détruite,
Le pauvre s'en fut tristement;
Et moi je pensai tout de suite
À mon ami que j'aime tant,

Erquickt es nicht das Herz, jetzt, da wir erschöpft und welk sind wie die andern Menschen, bisweilen umzublicken, ob wir fern im Osten noch einen Schimmer des Morgenrots gewahren, und, wenn wir weiterschreiten auf beschwerlicher Bahn, den Echoklängen zu lauschen, die hinter uns singen, und dem Geflüster jener Jugendlieben, die der Herr uns im Anfang unserer Tage geschenkt hat? . . .

Gern sah er sie in ihren weißen Röcken durch dichtes Laubwerk und die Zweige streifen, linkisch und voller Anmut, während sie ihr Bein versteckte, wenn das Kleid an einem Strauch hängen blieb . . .

[An Henri Hignard]

Sanft kam von draußen eine monotone Weise, die so zärtlich erklang, daß sie noch leise in mir nachtönt,

Eine jener klagenden Drehleiern, Musen der armen Auvergnaten, die einstmals in untätigen Stunden uns ach! so oft bezauberten.

Und als er seine Hoffnung vereitelt sah, ging der Arme traurig davon; ich aber dachte alsogleich an meinen Freund, der mir so lieb ist,

Qui me disait en promenade
Que pour lui c'était un plaisir
Qu'une semblable sérénade
Dans un long et morne loisir.

Nous aimions cette humble musique
Si douce à nos esprits lassés
Quand elle vient, mélancolique,
Répondre à de tristes pensers.

– Et j'ai laissé les vitres closes,
Ingrat, pour qui m'a fait ainsi
Rêver de si charmantes choses,
Et penser à mon cher Henri!

[À Henri Hignard]

Hélas! qui n'a gémi sur autrui, sur soi-même?
Et qui n'a dit à Dieu: »Pardonnez-moi, Seigneur,
Si personne ne m'aime et si nul n'a mon cœur?
Ils m'ont tous corrompu; personne ne vous aime!«

Alors lassé du monde et de ses vains discours,
Il faut lever les yeux aux voûtes sans nuages,
Et ne plus s'adresser qu'aux muettes images,
De ceux qui n'aiment rien, consolantes amours.

Alors, alors il faut s'entourer de mystère,
Se fermer aux regards, et sans morgue et sans fiel,
Sans dire à vos voisins: »Je n'aime que le ciel«,
Dire à Dieu: »Consolez mon âme de la terre!«

Tel, fermé par son prêtre, un pieux monument,
Quand sur nos sombres toits la nuit est descendue,
Quand la foule a laissé le pavé de la rue,
Se remplit de silence et de recueillement.

Der mir, als wir zusammen spazieren gingen, gestand, wie sehr eine solche Serenade in langer trüber Muße ihn vergnügte.

Wir liebten diese bescheidenen Klänge, die unserem ermüdeten Geist so süß waren, wenn sie schwermütig traurigen Gedanken Antwort gaben.

– Und ich ließ das Fenster geschlossen, undankbar gegen den, der mir so reizende Träume geschenkt und mich an meinen teuren Henri erinnert hat!

[An Henri Hignard]

Ach! wer hat nicht über die andern, über sich selbst geseufzt? Und wer hat nicht zu Gott gesprochen: »Vergib mir, Herr, wenn keiner mich liebt und keinem mein Herz gehört! Sie haben mich alle verdorben; niemand liebt dich!«

Dann, der Welt und ihrer eitlen Reden überdrüssig, gilt es, die Augen zu den wolkenlosen Wölbungen aufzuheben und nur noch an die stummen Bilder sich zu wenden: geliebte Tröster derer, die sonst nichts lieben.

Dann, dann gilt es, sich in Geheimnis zu hüllen, den Blicken sich zu verschließen und ohne Spott und ohne Bitterkeit, ohne den Nachbarn zu sagen: »Ich liebe nur den Himmel«, zu Gott zu sprechen: »Tröste meine Seele über die Erde!«

So wie, von seinem Priester verschlossen, ein Heiligtum, wenn auf unsere düsteren Dächer die Nacht herabsank, wenn die Menge das Pflaster der Straßen verlassen hat, mit Schweigen sich und Andacht füllt.

Sonnet

Vous avez, chère sœur dont le cœur est poète,
Passé par quelque bourg tout paré, tout vermeil,
Quand le ciel et la terre ont un bel air de fête,
Un dimanche éclaire par un joyeux soleil.

Quand le clocher s'agite, et qu'il chante à tue-tête,
Et tient dès le matin le village en éveil,
Quand tous, pour écouter l'office qui s'apprête,
S'en vont, jeunes et vieux en pimpant appareil,

Lors s'élevant au fond de votre âme mondaine,
Des sons d'orgue mouvants et de cloche lointaine
Vous ont-ils pas tiré malgré vous un soupir?

Cette dévotion des champs, joyeuse et franche,
Ne vous a-t-elle pas – triste et doux souvenir –
Rappelé qu'autrefois vous aimiez le dimanche?

Il est de chastes mots que nous profanons tous;
Les amoureux d'encens font un abus étrange.
Je n'en connais pas un qui n'*adore* quelque *ange*
Dont ceux du Paradis sont, je crois, peu jaloux.

On ne doit accorder ce nom sublime et doux
Qu'à de beaux cœurs bien purs, vierges et sans mélange.
Regardez! il lui pend à l'aile quelque fange
Quand votre *ange* en riant s'assied sur vos genoux.

J'eus, quand j'étais enfant, ma naïve folie
– Certaine fille aussi mauvaise que jolie –
Je l'appelais *mon ange*. Elle avait cinq galants.

Sonett

Kamst du, liebe Schwester mit dem Dichterherzen, wandernd durch ein Dorf, prangend ganz in frischem Staat, wenn Himmel und Erde festlich leuchten, an einem Sonntag, im hellen, frohen Sonnenschein;

Wenn die Glocke sich wiegt und lauten Schalles singt und früh am Morgen schon die Dörfler wach hält, wenn alle, um das Hochamt zu hören, das man rüstet, zur Kirche ziehen, jung und alt, schmuck aufgeputzt;

Stieg da nicht beweglicher Orgelklang vom Grunde deiner weltlichen Seele und ferner Glockenton, daß ungewollt ein Seufzer sich dir entrang?

Diese frohe, freie Andacht der Felder, hat sie nicht, süß und wehmütig, ein Gedenken in dir wachgerufen, daß du einst den Sonntag liebtest?

Es gibt keusche Worte, die wir alle entweihen; die Verliebten treiben einen seltsamen Mißbrauch mit dem Weihrauch. Ich kenne nicht einen, der nicht seinen *Engel anbetet,* auf den die des Paradieses wenig eifersüchtig sein dürften.

Diesen erhabenen und sanften Namen soll man nur schönen Herzen, nur sehr reinen, jungfräulichen und unvermischten, gewähren. Sieh hin! Schmutz hängt an seinem Flügel, wenn dein *Engel* sich lachend dir auf die Knie setzt.

Ich hatte, als ich Kind war, meine unschuldige Narrheit: ein gewisses Mädchen, das ebenso schlecht wie hübsch war – ich nannte sie *meinen Engel.* Sie hatte fünf Galane.

Pauvres fous! nous avons tant soif qu'on nous caresse
Que je voudrais encor tenir quelque drôlesse
À qui dire: *mon ange* – entre deux draps bien blancs.

Je n'ai pas pour maîtresse une lionne illustre;
La Gueuse de mon âme emprunte tout son lustre.
Invisible aux regards de l'univers moqueur,
Sa beauté ne fleurit que dans mon triste cœur –

Pour avoir des souliers elle a vendu son âme;
Mais le bon Dieu rirait si près de cette infâme
Je tranchais du Tartufe, et singeais la hauteur,
Moi qui vends ma pensée, et qui veux être auteur.

Vice beaucoup plus grave, elle porte perruque.
Tous ses beaux cheveux noirs ont fui sa blanche nuque;
Ce qui n'empêche pas les baisers amoureux
De pleuvoir sur son front plus pelé qu'un lépreux.

Elle louche, et l'effet de ce regard étrange,
Qu'ombragent des cils noirs plus longs que ceux d'un ange,
Est tel que tous les yeux pour qui l'on s'est damné
Ne valent pas pour moi son œil juif et cerné.

Elle n'a que vingt ans; sa gorge – déja basse
Pend de chaque côté comme une calebasse,
Et pourtant me traînant chaque nuit sur son corps,
Ainsi qu'un nouveau-né, je la tète et la mords –

Et bien qu'elle n'ait pas souvent même une obole
Pour se frotter la chair et pour s'oindre l'épaule –
Je la lèche en silence avec plus de ferveur,
Que Madeleine en feu les deux pieds du Sauveur –

Arme Narren! so sehr dürsten wir nach Liebkosungen, daß ich noch immer gerne eine, zu der ich *mein Engel* sagen könnte – zwischen zwei weißen Laken in Armen hielte.

Meine Geliebte ist kein strahlendes Geschöpf des Luxus und der Mode; meiner Seele entlehnt das Bettlerkind all seine Herrlichkeit. Den Blicken der spöttischen Welt unerkennbar, blüht ihre Schönheit nur in meinem traurigen Herzen.

Daß sie Schuhe hätte, hat sie ihre Seele verkauft. Doch Gott käme ein Lachen an, wollte ich bei dieser Verworfenen den Tartüff spielen und mich hochmütig gebärden, ich, der ich meinen Geist verkaufe und ein Autor sein will.

Ein ärgeres Laster noch: sie trägt eine Perücke. All ihre schönen schwarzen Haare sind ihrem weißen Nacken entflohn; was nicht hindert, daß die verliebten Küsse auf ihre Stirne niederregnen, die kahler als ein Aussätziger ist.

Sie schielt, und dieser wunderliche Blick, den lange Wimpern – schwärzere als eines Engels Wimpern – verschatten, ist solcher Art, daß alle Augen, denen zuliebe einer sich verdammt, für mich mit ihrem dunkelumrandeten Judenauge sich nicht messen können.
Sie ist erst zwanzig Jahre alt; – schlaff schon hängt ihre Brust zu beiden Seiten wie eine Kalebasse nieder, und dennoch, allnächtlich über ihren Leib mich schleifend, sauge und beiße ich sie wie ein Neugeborenes;

Und obwohl sie oft keinen roten Heller hat, um sich den Leib zu scheuern und die Schulter zu salben, lecke ich sie wortlos mit größerer Inbrunst als Magdalena in ihrer Liebesglut die beiden Füße des Heilands.

La pauvre Créature au plaisir essoufflée
A de rauques hoquets la poitrine gonflée,
Et je devine au bruit de son souffle brutal
Qu'elle a souvent mordu le pain de l'Hôpital.

Ses grands yeux inquiets durant la nuit cruelle
Croient voir deux autres yeux au fond de la ruelle –
Car ayant trop ouvert son cœur à tous venants,
Elle a peur sans lumière et croit aux revenants. –

Ce qui fait que de suif elle use plus de livres
Qu'un vieux savant couché jour et nuit sur ses livres
Et redoute bien moins la faim et ses tourments
Que l'apparition de ses défunts amants.

Si vous la rencontrez, bizarrement parée,
Se faufilant au coin d'une rue égarée,
Et la tête et l'œil bas – comme un pigeon blessé –
Traînant dans les ruisseaux un talon déchaussé,

Messieurs, ne crachez pas de jurons ni d'ordure,
Au visage fardé de cette pauvre impure
Que déesse Famine a par un soir d'hiver
Contrainte à relever ses jupons en plein air.

Cette bohème-là, c'est mon tout, ma richesse,
Ma perle, mon bijou, ma reine, ma duchesse,
Celle qui m'a bercé sur son giron vainqueur,
Et qui dans ses deux mains a réchauffé mon cœur.

Ci-gît qui, pour avoir par trop aimé les gaupes,
Descendit jeune encore au royaume des taupes.

Keuchend in der Lust, schwellt heiseres Röcheln der armen Kreatur die Brust, und aus dem Rasseln ihrer rauhen Atemzüge errate ich, daß oft das Krankenhausbrot ihre Kost war.

Unruhigen Auges durchspäht sie die grausame Nacht; ihr ist, als sähe sie zwei andre Augen am Grunde des Alkovens; da sie all und jedem ihr Herz zu weit auftat, fürchtet sie sich ohne Licht und glaubt an Gespenster.

Darum verbraucht sie Talglichter pfundweise, mehr als ein Gelehrter, der Tag und Nacht über seinen Büchern hockt, und den Hunger und seine Qualen fürchtet sie minder als die Erscheinung ihrer verstorbenen Liebhaber.

Wenn ihr sie trefft, bizarr herausgeputzt, hinhuschend um die Ecke einer abgelegenen Straße, gesenkten Hauptes, gesenkten Blickes wie eine verwundete Taube, eine unbeschuhte Ferse durch die Gossen schleifend,

Meine Herren, speit keine Flüche und keinen Unrat in das geschminkte Gesicht dieser armen Unreinen, die der Gott Hunger an einem Winterabend zwang, die Röcke unter freiem Himmel hochzuschlagen.

Diese Zigeunerin ist mein Alles, mein Reichtum, meine Perle, mein Kleinod, meine Königin, meine Herzogin, jene, die mich auf ihrem siegreichen Schoß gewiegt und die in ihren beiden Händen mein Herz gewärmt hat.

Hier ruht, weil er die Huren allzu sehr geliebt hat, einer, der, jung noch, in das Reich der Maulwürfe hinabstieg.

Tous imberbes alors, sur les vieux bancs de chêne,
Plus polis et luisants que des anneaux de chaîne,
Que jour à jour la peau des hommes a fourbis
– Nous traînions tristement nos ennuis, accroupis
Et voûtés sous le ciel carré des solitudes,
Où l'enfant boit, dix ans, l'âpre lait des études.
– C'était dans ce vieux temps mémorable et marquant,
Où forcés d'élargir le classique carcan,
Les professeurs encor rebelles à vos rimes,
Succombaient sous l'effort de nos folles escrimes,
Et laissaient l'écolier, triomphant et mutin,
Faire à l'aise hurler Triboulet en latin.
Qui de nous, en ces temps d'adolescences pâles,
N'a connu la torpeur des fatigues claustrales,
– L'œil perdu dans l'azur morne d'un ciel d'été,
Ou l'éblouissement de la neige, – guetté,
L'oreille avide et droite, – et bu, comme une meute,
L'écho lointain d'un livre, ou le cri d'une émeute?

C'était surtout l'été, quand les plombs se fondaient,
Que ces grands murs noircis en tristesse abondaient,
Lorsque la canicule ou le fumeux automne
Irradiait les cieux de son feu monotone,
Et faisait sommeiller dans les sveltes donjons,
Les tiercelets criards, effroi des blancs pigeons;
Saison de rêverie, où la Muse s'accroche
Pendant un jour entier au battant d'une cloche;
Où la Mélancolie, à midi, quand tout dort,
Le menton dans la main, au fond du corridor, –
L'œil plus noir et plus bleu que la Religieuse
Dont chacun sait l'histoire obscène et douloureuse,
– Traîne un pied alourdi de précoces ennuis,
Et son front moite encor des langueurs de ses nuits.

Alle bartlos damals, auf den alten Eichenbänken – abgewetzter und blanker als Kettenglieder, die Tag um Tag die Haut der Männer gescheuert hat – ertrugen wir trübsinnig lange Stunden der Verdrossenheit, vorgebeugt und gekrümmt unter dem viereckigen Himmel der Einsamkeiten, wo der Knabe, zehn Jahre lang, die herbe Milch der Studien trinkt. – Das war in jener denkwürdigen und bedeutenden alten Zeit, als die Lehrer – das klassische Halseisen zu lockern genötigt – noch widerborstig gegen deine Reime – dem Ansturm unserer wilden Fechtstöße erlagen und den Schüler gewähren ließen, der, triumphierend und aufsässig, Triboulet nach Herzenslust lateinisch brüllen ließ. – Wer von uns, in jenen Zeiten blassen Jünglingsalters, hat nicht die Dumpfheit der klösterlichen Erschöpfungen gekannt – das Auge verloren in die trostlose Bläue eines Sommerhimmels oder die blendende Helle des Schnees – wer nicht erlauscht, mit gierig gerecktem Ohr – und geschlürft, einer Meute gleich, das ferne Echo eines Buches, oder das Getümmel eines Aufruhrs?

Vor allem sommers, wenn die Bleidächer schmolzen, waren diese hohen geschwärzten Wände von unsäglicher Traurigkeit, wenn die Hundstage oder der dunstige Herbst den Himmel mit ihrem eintönigen Licht überstrahlten und in den schlanken Schloßtürmen die kreischenden Sperber, der Schrecken der weißen Tauben, ihren Schlummer hielten; die Jahreszeit der Träume, wo die Muse sich einen ganzen Tag lang an einen Glockenschwengel hängt; wo die Melancholie, um Mittag, wenn alles schläft, das Kinn in die Hand gestützt, am Grunde des Korridors – mit dunklerem und blauerem Auge als die Nonne, deren obszöne und schmerzliche Geschichte jeder kennt – einen von frühem Gram beschwerten Fuß schleift und ihre von den Mattigkeiten ihrer Nächte noch feuchte Stirn.

– Et puis venaient les soirs malsains, les nuits fièvreuses,
Qui rendent de leur corps les filles amoureuses,
Et les font aux miroirs – stérile volupté –
Contempler les fruits murs de leur nubilité –
Les soirs italiens, de molle insouciance,
– Qui des plaisirs menteurs révèlent la science,
– Quand la sombre Vénus, du haut des balcons noirs,
Verse des flots de musc de ses frais encensoirs.

. . . .

Ce fut dans ce conflit de molles circonstances,
Mûri par vos sonnets, préparé par vos stances,
Qu'un soir, ayant flairé le livre et son esprit,
J'emportai sur mon cœur l'histoire d'Amaury.
Tout abîme mystique est à deux pas du Doute.
– Le breuvage infiltré, lentement, goutte à goutte,
En moi qui dès quinze ans vers le gouffre entraîné,
Déchiffrais couramment les soupirs de René,
Et que de l'inconnu la soif bizarre altère,
– A travaillé le fond de la plus mince artère.
J'en ai tout absorbé, les miasmes, les parfums,
Le doux chuchotement des souvenirs défunts,
Les longs enlacements des phrases symboliques,
– Chapelets murmurants de madrigaux mystiques;
Livre voluptueux, si jamais il en fut.
Et depuis, soit au fond d'un asile touffu,
Soit que, sous les soleils des zones différentes,
L'éternel bercement des houles enivrantes,
Et l'aspect renaissant des horizons sans fin,
Ramenassent ce cœur vers le songe divin, –
Soit dans les lourds loisirs d'un jour caniculaire,
Ou dans l'oisiveté frileuse de frimaire –
Sous les flots du tabac qui masque le plafond,
– J'ai partout feuilleté le mystère profond
De ce livre si cher aux âmes engourdies
Que leur destin marqua des mêmes maladies,
Et devant le miroir j'ai perfectionné
L'art cruel qu'un Démon en naissant m'a donné,

– Und dann kamen die ungesunden Abende, die Fiebernächte, welche die Mädchen in ihre Körper verliebt machen, daß sie in den Spiegeln – unfruchtbare Wollust – die reifen Früchte ihrer Mannbarkeit betrachten – die italienischen Abende, von weichlicher Sorglosigkeit – welche die Wissenschaft verlogener Lüste offenbaren – wenn die finstere Venus, hoch von den dunklen Balkonen, Moschusfluten aus ihren frischen Rauchfässern gießt.

. . . .

In diesem Wettstreit weichlicher Gelegenheiten geschah es, daß ich, gereift von deinen Sonetten, vorbereitet durch deine Stanzen, eines Abends, als ich das Buch und seinen Geist gewittert hatte, d'Amaurys Geschichte auf meinem Herzen forttrug. Jeder mystische Abgrund ist zwei Schritte von dem Zweifel entfernt. – Der langsam, Tropfen um Tropfen mir eingeflößte Zaubertrank – mir, der seit seinem fünfzehnten Jahr, dem Zug des Abgrunds folgend, geläufig Renés Seufzer entzifferte und den der seltsame Durst nach dem Unbekannten quält – hat mir die zarteste Ader durchdrungen. Ganz habe ich sie in mich aufgesogen, die Miasmen, die Düfte, das leise Flüstern erstorbener Erinnerungen, die langen Verschlingungen symbolischer Sätze – Rosenkränze, die mystische Madrigale murmeln; – ein Buch der Wollust, wenn je eines es war. Und seither – sei es in laubigem Versteck, sei es, daß unter den Sonnen mancher Himmelsstriche das ewige Wiegen berauschender Meereswogen und der immer andere Anblick grenzenloser Horizonte das Herz dem göttlichen Traum wieder näherbrachten – sei es in der trägen Muße eines Hochsommertags, oder in dem fröstelnden Nichtstun des Reifmonats – unter den Tabakwolken, die die Decke überziehen – überall habe ich in dem tiefen Geheimnis dieses Buches geblättert, das den erstarrten Seelen so teuer ist, die ihr Schicksal mit den gleichen Übeln zeichnete, und vor dem Spiegel habe ich die grausame Kunst vervollkommnet, die ein Dämon mir bei der Geburt ver-

– De la Douleur pour faire une volupté vraie, –
D'ensanglanter son mal et de gratter sa plaie.

Poète, est-ce une injure ou bien un compliment?
Car je suis vis-à-vis de vous comme un amant
En face du fantôme, au geste plein d'amorces,
Dont la main et dont l'œil ont pour pomper les forces
Des charmes inconnus. – Tous les êtres aimés
Sont des vases de fiel qu'on boit les yeux fermés,
Et le cœur transpercé que la douleur allèche
Expire chaque jour en bénissant sa flèche.

À Théodore de Banville

Vous avez empoigné les crins de la Déesse
Avec un tel poignet, qu'on vous eût pris, à voir
Et cet air de maîtrise et ce beau nonchaloir,
Pour un jeune ruffian terrassant sa maîtresse.

L'œil clair et plein du feu de la précocité,
Vous avez prélassé votre orgueil d'architecte
Dans des constructions dont l'audace correcte
Fait voir quelle sera votre maturité.

– Poète, notre sang nous fuit par chaque pore –
Est-ce que par hasard la robe du Centaure
Qui changeait toute veine en funèbre ruisseau

Était teinte trois fois dans les baves subtiles
De ces vindicatifs et monstrueux reptiles
Que le petit Hercule étranglait au berceau?

Noble femme au bras fort, qui durant les longs jours
Sans penser bien ni mal dors ou rêves toujours
    Fièrement troussée à l' antique,

liehen hat – um eine wahre Wollust aus dem Schmerz zu holen – sein Leiden blutig zu schinden und in seiner Wunde zu wühlen.

Dichter, ist dies eine Schmähung oder ein Kompliment? Denn ich bin dir gegenüber wie ein Liebhaber angesichts des verlockenden Spukgebildes, dessen Hand und dessen Auge, ihm die Kräfte auszusaugen, ungeahnte Reize besitzt. – Alle geliebten Wesen sind Gefäße voller Galle, die man mit geschlossenen Augen trinkt, und das durchbohrte Herz, das nach Schmerz verlangt, segnet sterbend täglich seinen Pfeil.

An Théodore de Banville

Du hast die Mähne der Göttin mit einem solchen Griff gefaßt, daß man dich, angesichts dieser Sicherheit und dieser schönen Lässigkeit, für einen jungen Wüstling hätte halten sollen, der seine Geliebte niederschlägt.

Mit klarem Auge, in dem das Feuer frühen Könnens glüht, hast du deinen Architektenstolz in Bauwerken gebrüstet, deren korrekte Kühnheit erkennen läßt, was deine Reife sein wird.

Dichter, unser Blut entflieht uns durch jede Pore; ist es Zufall, daß das Gewand des Zentauren, das jede Ader in einen Todesquell verwandelte,

Dreimal durchtränkt war mit dem giftigen Geifer jener rachsüchtigen und ungeheuerlichen Schlangen, die Herkules als Kind in der Wiege erwürgte?

Edles Weib mit den kräftigen Armen, die du lange Tage hindurch, weder Gutes nach Böses sinnend, immer schläfst oder träumst, stolz gerafften Gewandes nach Art des Altertums, du,

Toi que depuis dix ans qui pour moi se font lents
Ma bouche bien apprise aux baisers succulents
Choya d'un amour monastique –

Prêtresse de débauche et ma sœur de plaisir
Qui toujours dédaignas de porter et nourrir
Un homme en tes cavités saintes
Tant tu crains et tu fuis le stigmate alarmant
Que la vertu creusa de son soc infamant
Au flanc des matrones enceintes.

[Sur l'Album de Madame Émile Chevalet]

Au milieu de la foule, errantes, confondues
Gardant le souvenir précieux d'autrefois,
Elles cherchent l'écho de leurs voix éperdues,
Tristes, comme le soir, deux colombes perdues
Et qui s'appellent dans les bois.

»Combien dureront nos amours?«
Dit la pucelle, au clair de lune.
L'amoureux répond: »O ma brune,
Toujours! toujours!«

Quand tout sommeille aux alentours,
Elise, se tortillant d'aise,
Dit qu'elle veut que je la baise
Toujours! toujours!

Moi je dis: »Pour charmer mes jours
Et le souvenir de mes peines,
Bouteilles, que n'êtes-vous pleines
Toujours! toujours!«

welche seit zehn Jahren, die mir langsam verstreichen, mein in vollsaftigen Küssen hocherfahrener Mund mit mönchischer Liebe hätschelte –

Priesterin der Ausschweifung und meine Schwester in der Lust, du, die du es allzeit verschmähtest, einen Menschen in deinen heiligen Höhlungen zu tragen und zu nähren, so sehr scheust und fliehst du das beängstigende Mal, das die Tugend mit ihrer entehrenden Pflugschar den schwangeren Matronen in die Flanke grub.

[IN DAS ALBUM VON MADAME ÉMILE CHEVALET]

Inmitten der Menge, unstet, ratlos, die köstliche Erinnerung hütend an das, was einmal war, lauschen sie auf das Echo ihrer schwärmerischen Stimmen, traurig, wie abends zwei Tauben, die sich verloren haben und die sich rufen in den Wäldern.

»WIE LANG wird unsre Liebe währen?« spricht das Jungfräulein im Mondenschein. – Antwortet der Verliebte: »O meine Braune, immerdar, immerdar!«

Wenn alles rings im Schlummer liegt, wünscht sich Elise, die voll Lust sich windet, daß ich sie wetze immer, immerdar!

Ich sage: »Um meine Tage zu versüßen und die Erinnerung meiner Leiden, warum, ihr Flaschen, seid ihr nicht immer voll, ja immerdar!«

Mais le plus chaste des amours,
L'amoureux le plus intrépide
Comme un flacon s'use et se vide
Toujours! toujours!

Le Salon Caricatural / Le Prologue:

C'est moi, messieurs, qui suis le terrible Prologue*
Cicérone effroyable, et taillé comme un ogre;
Je porte à chaque main, grimaçants et tordus,
Des trousseaux gémissants de peintres suspendus.
À voir mes dents en scie et mes mâchoires larges,
Vous diriez que je dois, dans mes cruelles charges,
M'abreuver de leur sang, Polyphème nouveau,
Et repaître ma faim du suc de leur cerveau.
Ma moustache et mon œil sont ceux d'un ogre! En somme,
Pour comprendre combien au fond je suis bon homme,
Il suffit de jeter un coup d'œil attentif
Sur l'aspect malheureux de mon pourpoint chétif.
Mon habit est connu dans les foires publiques;
Toutes mes armes sont des armes pacifiques,
Des plumes, des pinceaux, une palette; aussi
Je suis, messieurs, de ceux que le sort sans merci
Force de provoquer un éternel délire,
Et de faire aux passants partager leur fou rire.
J'ai l'orgueil, tant je suis innocent et naïf,
D'amuser ceux-là même à qui mon crayon vif
Infligea le tourment de la caricature;
Je veux que les pendards, pendus à ma ceinture,
Dénués de tout fiel comme de tout rancœur,
En rires éclatants désopilent leur cœur.
Oui, messieurs, suivez-moi sans nulle défiance,
Car je sais le moyen d'élargir votre panse,
Et crois que je ferai, je le dis entre nous,
Rire pour mille francs plutôt que pour vingt sous.

* Prononcez prologre!

Jedoch die keuscheste Liebe, der wackerste Liebhaber, wie eine Flasche verbrauchen und leeren beide sich immer, ach immerdar!

Der Salon der Karikaturisten / Der Prolog:

Ich bins, meine Herren, der schreckliche Prolog: ein grausiger Cicerone, und ungestalt wie ein Menschenfresser; in jeder Hand trage ich ganze ächzende Bündel aufgehängter Maler, mit schmerzverzerrten Mienen, verkrümmten Gliedern. Beim Anblick meiner Sägezähne und meiner breiten Kiefer dünkt euch, ich müsse bei meinem grausamen Geschäft, ein neuer Polyphem, ihr Blut schlürfen und am Saft ihres Hirnes meinen Hunger stillen. Mein Schnurrbart und mein Auge sind die eines Menschenfressers! Will aber in kurzem einer begreifen, was für ein guter Kerl ich im Grunde bin, so genügt ein aufmerksamer Blick auf das klägliche Aussehen meines kümmerlichen Wamses. Mein Anzug ist auf den Jahrmärkten bekannt; all meine Waffen sind friedliche Waffen: Federn, Pinsel, eine Palette; auch bin ich, meine Herren, einer von jenen, die das gnadenlose Schicksal nötigt, einen ewigen Taumel hervorzurufen und die Passanten zu ermuntern, daß sie in ihr närrisches Gelächter einstimmen. Mein Stolz ist – so unschuldig und einfältig bin ich –, selbst die noch zu unterhalten, denen mein lebhafter Stift die Qual der Karikatur antat; ich will, daß die Gehenkten, die an meinem Gürtel baumeln, von jeder Galle frei und jedem Groll, in schallendem Gelächter ihr Herz erleichtern. Ja, meine Herren, folgt mir ungescheut, denn ich kenne das Mittel, euren Wanst zu erweitern, und ich glaube, daß ich – doch dies unter uns – für tausend Franken eher lachen mache als für zwanzig Groschen.

THEATER

IDEOLUS

SOKRATES – IDEOLUS – NOBILIS – FORNIQUETTE – NUBILIS

Erster Akt
Ein Atelier

1. Szene. – Ideolus bei der Arbeit; sein Klagen. Sokrates schnarcht.
2. Szene. – Die Vorigen, Forniquette und Nobilis. Sokrates nimmt Nobilis beiseite und plaudert mit ihm. Ideolus macht sich dies zunutze, um in einer Fensternische mit Forniquette zu plaudern.
3. Szene. – Nubilis tritt auf; sie bringt ein Glas Wasser für Sokrates: erwachende Eifersucht, als sie Ideolus mit Forniquette plaudern sieht.
4. Szene. – Ideolus, Sokrates und Nobilis ab, unter dem Vorwand, man wolle Gemälde in Augenschein nehmen oder sich um einen Springbrunnen kümmern, den Nobilis in einem seiner Gärten anlegen möchte. Nubilis und Forniquette bleiben zusammen. Gegensätzlichkeit der beiden Charaktere. Forniquette ab.
5. Szene. – Rückkehr des Ideolus: zärtliches Wechselgespräch zwischen Ideolus und Nubilis.

Zweiter Akt
Ein kleiner Salon bei Forniquette

1. Szene. – Forniquette bei ihrer Toilette.
2. Szene. – Forniquette, Ideolus: Erinnerungen, Artigkeiten, Vorwürfe.
3. Szene. – Lärmender Auftritt der Gäste; dann Sokrates.
4. Szene. – Dieselben, Nobilis. Souper.
5. Szene. – Forniquette, Ideolus. Große gegenseitige Eifersuchtsszene. Küsse.

6. Szene. – Dieselben, Sokrates. Ideolus geht, ohne die Zusage zu einem Stelldichein erhalten zu haben. Sokrates, mit Forniquette allein geblieben, hält ihr eine gehörige Strafpredigt. Sie übergibt ihm ein Billett für Ideolus.

Dritter Akt
Im Laboratorium des Sokrates

1. Szene. – Nubilis, wartend.
2. Szene. – Ideolus, Nubilis – neuerliche Eifersuchtsszene. Gegen fünf Uhr morgens hat er Sokrates in einer Schenke in der Gesellschaft von Straßenmädchen gesehen.
3. Szene. – Sokrates, Ideolus, Nubilis. Prächtiger Auftritt des Sokrates (Sokrates, Diogenes, Lukullus und Chodruc-Duclos). Er schickt Nubilis fort.
4. Szene. – Ideolus und Sokrates sprechen über den Tod. »Ich habe wohl gesehen, wie du ihr Augen machtest. Nun denn, lauf in deinen Untergang! Hier ein Billett von deinem sauberen Liebchen.«
Geschichte des Sokrates: er liebt Geometrie und Bildhauerkunst; er ist vernarrt in die rote Farbe, die Farbe des Blutes und des Weines. Geschichte der Nubilis. Er trinkt unaufhörlich.
5. Szene. – Die Gläubiger. Philosophie des Sokrates angesichts der Gläubiger.

Vierter Akt
Forniquettes Schlafzimmer

1. Szene. – Forniquette und Ideolus. Ein unabgeräumter Tisch. Sie ist halb nackt. Tagesanbruch; sie schläft ein.
Monolog des Ideolus, der – mit Rücksicht auf die Zensur – bereits bekleidet ist (im Tone Hamlets): »Wie seltsam, daß man bei einer Buhlerin kein Gift findet ...« Er begnügt sich mit einem Küchenmesser und erklärt Fourniquette, daß er sie töten werde. Sie schreit; die herbeieilenden Polizisten finden

ihn mit dem Messer in Händen und arretieren ihn. Es gelingt Ideolus, sich durch das Fenster zu retten.

2. Szene. – Nobilis, der unterdessen eingetroffen ist, läßt FornIquette verhaften; er spricht zu ihr: »Elende! du liebtest ihn nicht!«

Fünfter Akt
Das Zimmer des Ideolus

1. Szene. – Ideolus liegt auf seinem Bett. Er schläft. Monolog der Nubilis, die bei ihm wacht. Er erwacht. Dialog.

2. Szene. – Nobilis und Sokrates. Nobilis erwirbt einige Statuen. *Deus ex machina*. Hochzeit.

ACTE PREMIER

L'atelier d'Idéolus.

SCÈNE PREMIÈRE

IDÉOLUS, *un ciseau à la main et considérant sa statue;*
SOCRATÈS, *assoupi dans un fauteuil.*

IDÉOLUS

Allons! toujours du marbre!... Un fardeau de manœuvre,
Rien de ce que rêva le sculpteur sur son œuvre.
De la pierre, du plâtre et rien de ce qui fait
Se mirer dans son bloc l' artiste satisfait!...
Sentir toujours en soi, luttes intérieures,
Deux hommes sans repos se disputant les heures:
Le premier, contrepoids de l'artiste fervent,
Mais trop lourd avec lui l'entraînant trop souvent;
Le second plein de feu, mais coudoyé par l'autre,
Gardant avec la foi *la vertu* d'un apôtre;
D'un côté, le dégoût, les longs épuisements,
L'impuissance qui fait les découragements;
De l'autre, cette voix qui saisit les entrailles
Et ferait *quelquefois reculer les* murailles,
Cette voix qui nous parle avec solennité
De gloire, de génie et *de banalité,*
Qui nous fait entrevoir par l'œil de la pensée,
Pouvoir mysterieux *qui rend l'*âme insensée,
Sous le jour éclatant d'un Olympe nouveau
Les type de beauté couvés dans le cerveau,
Et tout cela, travail, austérités, veuvages,
Tristesses dont le front porte écrits les ravages,
Pour que sur le granit où nul ne viendra plus
On écrive un beau jour: ci-gît Idéolus.

Considérant Socratès.

La sagesse, elle est là: sommeil que rien n'éveille,
Estomac que jamais *ne creva la* bouteille,

ERSTER AKT

Das Atelier des Ideolus

Erste Szene

IDEOLUS, *mit einem Meißel in der Hand und seine Statue betrachtend;* SOKRATES, *eingeschlafen in einem Sessel.*

IDEOLUS

Verfluchter Marmorklotz! ... Bürde des Handwerks, nichts von dem, wie der Bildhauer sich sein Werk erträumte. Stein, Gips, und niemals wird der Block ein Spiegel, in dem der Künstler zufrieden sich betrachtet! ... Beständig, ein innerer Kampf, zwei Streiter in sich zu fühlen, die Stunde um Stunde sich befehden: der eine, der Inbrunst des Künstlers sich entgegenstemmend, doch, allzu lastend, ihn allzu oft mit sich herniederziehend; der andre voller Glut, doch von dem ersten hart bedrängt, eines Jüngers Tugend gläubig hütend; hier Überdruß, die langen Erschöpfungen, das Unvermögen, das uns verzagen läßt; dort jene Stimme, die unser Innerstes ergreift und die mitunter bewirken könnte, daß die Mauern weichen, jene Stimme, die feierlich von Ruhm, Genie und Banalität zu uns spricht, die – geheimnisvolle, sinnbetörende Macht – mit Geistesaugen uns in der strahlenden Helle eines neuen Olymps die Urbilder der Schönheit ahnen läßt, wie das Gehirn sie ausgeheckt, und dieses alles, Arbeit, Entbehrungen, Vereinsamungen, Traurigkeiten, deren Spuren sich verwüstend in unsre Stirne graben, – dies alles, damit man eines schönen Tages auf den Granit, den niemand mehr besuchen wird, die Worte schreibt: »Hier ruht Ideolus«. *(Sokrates betrachtend)* Die Weisheit, da ist sie: Ein Schlummer ohne Erwachen, ein Magen, den nie die Flasche bersten macht,

Esprit *qu'orne* le bras de l'Hercule Farnèse,
O sage et *deux fois* sage! allons! dors à ton aise.
O grand Buonarotti, que ta triple auréole,
Pendant les *lentes* nuits d'où le sommeil s'envole,
A fait courir de fois, pauvre *et* chétif enfant,
Ma jeune ambition vers *ton* but triomphant!

SOCRATÈS, *s'éveillant.*

Vieil Euclide, pardon!

IDÉOLUS

Le sublime bonhomme
Rêve qu'avec Euclide il cuve son rogomme.
Quel ventre et quelle tête! *Et* que c'est *sombre* à voir!

SOCRATÈS

Mon doux Idéolus, passe-moi ton miroir.
Hein! n'est-ce pas qu'à voir la face de ton maître
Plus d'un croirait Bacchus devenu géomètre?
Oh! la plaisante trogne et le riant museau
Qu'un problème incarné dans le corps d'un pourceau!
As-tu pas là, voyons! outre, bouteille ou gourde,
De science et de vin ma tête est deux fois lourde!
Pour un peu soulager et graisser les efforts
De l'affreuse machine où grincent mes ressorts?
Tout à l'heure, en la nuit d'un rêve titanique,
J'ai rêvé qu'emporté dans la terreur panique,
Je faisais se mouvoir un monde sans pareil
Dont *notre* tête était le centre et le soleil;
De la création rompant le vieil obstacle
Et prenant Josué pour témoin du miracle.

IDÉOLUS

Il est de mauvais ton pour un aussi grand sage
D'insulter le bon Dieu qui fit ce doux breuvage
Où vous avez puisé des rêves si charmants.

Geist, den der Arm des Farnesischen Herkules schmückt, o Weiser und doppelt Weiser! nur zu! schlaf, wie es dir behagt! O großer Buonarotti, wie oft hat deine dreifache Aureole in langsamen Nächten, da der Schlaf uns meidet, meinen jungen Ehrgeiz angespornt, daß er – ein armes, schwaches Kind – deinem siegstrahlenden Ziel nachjagte!

SOKRATES, *erwachend*

Alter Euklid, verzeih!

IDEOLUS

Der Erhabene, der Wackere, ihm träumt, er schlafe angesäuselt mit Euklid zusammen seinen Rausch aus. Was für ein Bauch und was für ein Kopf! Kein angenehmer Anblick!

SOKRATES

Mein süßer Ideolus, reich mir deinen Spiegel. Wie? sollte manch einer, wenn er das Gesicht des Meisters erblickt, nicht meinen, er sähe einen Bacchus, der Geometer geworden ist? Oh! was für ein reizendes Vollmondgesicht und was für eine anmutige Schnauze hat doch so ein im Körper eines Schweines Fleisch gewordenes Problem! Hast du denn weder Schlauch noch Pulle oder Kürbisflasche (doppelt schwer, von Wissenschaft und Wein, ist mir der Kopf!), um die Anstrengungen des gräßlichen Triebwerks, wo meine Federn knirschen, ein wenig zu erleichtern und zu schmieren!? Eben träumte mir, in der Nacht eines Titanentraumes, daß ich, von panischem Schrecken dahingetragen, eine Welt ohnegleichen kreisen ließ, deren Mittelpunkt und Sonne unser Kopf war; die alten Schranken der Schöpfung sprengend und Josua zum Zeugen dieses Wunders nehmend.

IDEOLUS

Es schickt sich nicht für einen so großen Weisen, den lieben Gott zu lästern, der dieses süße Labsal schuf, aus dem Ihr so reizende Träume geschöpft habt!

SOCRATÈS

C'est vrai, mon fils; rajuste un peu mes vêtements,
Et peigne de tes mains mes cheveux en désordre . . .
Eh! bien? qu'avons-nous fait? C'est dans un mois que l'ordre
Du seigneur Nobilis *t'a réclamé* ce bloc
D'où ta main fait jaillir une source *d'un* roc.
Que la Nymphe *aux ruisseaux soit galamment* penchée;
Que sa hanche en relief et fortement tranchée,
S'écartant brusquement de son torse cambré,
Étale en son ampleur un luxe exagéré!
Tu le peux. Ne crains rien. La hanche et les épaules
De ce monde amoureux, ami, sont les deux pôles;
Le sein dans une main peut tenir sans danger:
Outre que c'est un charme à ne point négliger,
Par ces chastes primeurs que vous savez traduire
Le goût de nos seigneurs est facile à séduire.

IDÉOLUS

Pourquoi railler toujours et sur ce point surtout?

SOCRATÈS

O jeune homme naïf qui crois encore au goût!
Enfant, qui ne sais pas combien elle est amère,
La gloire qui te leurre et combien c'est chimère
De suivre un feu follet qui, reculant toujours,
Dans des marais sans fond fait *se noyer* les jours!
Va, quand tu la tiendras, la coupe dérisoire,
Tu sauras ce que c'est que ce mélange à boire
Et combien l'ignorance et la stupidité
Vont mêlant le dégoût dans ce vin frelaté.

IDÉOLUS, *avec humeur.*

En dépit *du public, de cette mode* infâme
Qui voudrait avilir l'art ainsi *que la femme,*
En dépit des muguets dont le goût *clandestin*
A transformé Vénus en énorme catin,
Moi, je soutiens qu'il faut, dût-on paraître gauche,

SOKRATES

Du hast recht, mein Sohn. Richte mir ein wenig meine Kleider und fahre kämmend mit deinen Händen durch mein zerzaustes Haar ... Nun, was haben wir zustande gebracht? In einem Monat soll auf Geheiß des Herren Nobilis dieser Block bearbeitet sein, dem unter deiner Hand eine Quelle entspringt. Laß die Nymphe gefällig über die Fluten sich neigen, laß ihre Hüfte scharfgezeichnet sich abheben, daß sie, jäh abgewinkelt von ihrem vorgewölbten Rumpf, ausladend sich in überschwenglicher Üppigkeit darbiete! Du kannst es. Fürchte nichts. Die Hüfte und die Schultern sind, Freund, die beiden Pole dieser verliebten Welt; die Brust füllt ungefährdet die Höhlung einer Hand: auch abgesehen davon, daß dies ein nicht gering zu achtender Reiz ist, ist der Geschmack unserer Herren leicht zu verführen durch dieses zarte Frühobst, das dir so meisterhaft gelingt.

IDEOLUS

Müßt Ihr denn immer spotten, und gerade über diesen Punkt?

SOKRATES

O einfältiger Jüngling, der noch an den Geschmack glaubt! Knabe, der nicht weiß, wie bitter der Ruhm ist, der dich trügerisch verlockt, und welch ein Wahn es ist, hinter einem Irrlicht herzulaufen, das, stets zurückweichend, in unergründlichen Sümpfen unsere Tage sich ertränken läßt! Wohlan, hältst du ihn erst einmal in Händen, den Spottkelch, wirst du erfahren, was für ein Gebräu er zu trinken bietet und wieviel Ekel dir Unwissenheit und Dummheit in diesen verfälschten Wein mischen werden.

IDEOLUS, *unmutig*

Dem Publikum zum Trotz, jener schändlichen Mode zum Trotz, welche die Kunst erniedrigen möchte, wie sie das Weib erniedrigt, den Zierbengeln zum Trotz, deren uneingestandener Geschmack Venus in eine ungeheure Hure verwandelt hat, bleibe ich dabei, daß man, mag man auch unbeholfen wirken, dem, was

Toucher avec *respect* aux choses qu'on ébauche,
Et que tout homme est vil et digne de mépris,
Qui, souillant son talent, l'estime à si bas prix.
Je pourrais comme tel de facile fabrique
Taillant un marbre impur sous un ciseau lubrique
En orner les recoins de quelque étrange lieu.
Mais non pas: je suis homme, et Michel-Ange est Dieu.

SOCRATÈS

Alors, mon cher enfant, sois sublime à ta guise.
Cependant, pour payer ce beau point de Venise,
Nous n'avons pas un sou vaillant dans nos tiroirs.

IDÉOLUS

Parbleu! vos larges mains sont deux grands entonnoirs
Par où, comme en un filtre où l'eau perce une route,
À tous les cabarets l'argent fuit goutte à goutte;
Le soir, votre gousset résonne-t-il un peu,
Tout le reste s'en va sur des tables de jeu.

SOCRATÈS

Tout beau! dans vos discours, beaux *écoliers* moroses,
Vous ne voyez jamais qu'une face des choses!
Me prends-tu donc, enfant qui pourtant me connais,
Pour un poète crotté vivant des lansquenets?
Raisonnons, l'autre soir, je voyais sur ma table
Se dresser, chose à rendre un bandit respectable,
Des piles de ducats que des regards de feu
Convoitaient devant moi, suspendus sur le jeu.
C'est un noble plaisir pour un esprit tranquille.
Quand de la passion dans mon ciel je m'exile,
Je vois se batailler les terribles hasards
Comme sur le damier où luttent les Césars.
C'est un triomphe alors . . .

IDÉOLUS

Qu'un as de carreau trouble!
Vous avez tout perdu?

man entwirft, sich nur mit Ehrfurcht nahen darf und daß jeder Mensch niedrig und der Verachtung würdig ist, der, sein Talent befleckend, es so gering einschätzt. Ich könnte wie dieser oder jener mit lüsternem Meißel leichthändig einen unzüchtigen Marmor behauen und die verborgenen Winkel einer seltsamen Örtlichkeit damit schmücken. Das sei ferne von mir: ich bin ein Mann, und Michelangelo ist mein Gott.

SOKRATES

So sei denn, liebes Kind, erhaben ganz nach Belieben. Indes um diese schöne venezianische Spitze zu bezahlen, haben wir keinen roten Heller in unseren Kasten.

IDEOLUS

Weiß Gott, Eure breiten Hände sind zwei große Trichter, durch welche – wie in einem Filter, wo das Wasser sich einen Weg bahnt – das Geld in allen Schenken Tropfen um Tropfen entflieht; und klingelt es abends noch ein wenig in Eurer Westentasche, geht alles Übrige an den Spieltischen dahin.

SOKRATES

Sachte, sachte! In euren Reden, mißgelaunte schöne Schüler, seht ihr immer nur die eine Seite der Dinge! Hältst du mich denn, mein Kind, der du mich doch kennst, für einen Gossenpoeten, der von den Landsknechten lebt? Schau: neulich abends sah ich, wie auf meinem Tisch – was einem Räuber Respekt eingetragen hätte – Haufen von Dukaten sich türmten; feurige Blicke, die das Spiel verfolgten, waren voller Gier darauf gerichtet. Dies ist ein edles Vergnügen für einen gelassenen Geist. Wenn ich der Leidenschaft in meinen Himmel mich entziehe, sehe ich die Zufälle schreckliche Schlachten sich liefern, wie auf einem Schachbrett, wo die Cäsaren miteinander kämpfen. Welch ein Triumph dann ...

IDEOLUS

Um den ein Karo-As Euch bringt! Ihr habt alles verloren?

SOCRATÈS

Non, j'ai perdu le double.
Allons! malgré ma haine et mon dégoût profond
Pour tout ce qu'ici-bas les *orgueils humains* font,
J'aime, à te voir ainsi, pauvre cervelle honnête,
Que la gloire étourdit du bruit de sa sonnette
Et dont le travail lourd use les longs efforts;
Cœur profond, qui devine aux battements plus forts
Cet idéal que rêve et dont se met en quête
Un échappé des bancs cherchant gloire et conquête.
Courage! J'aime à voir dans la lutte sans fin
Des entrailles du bloc sortir un séraphin,
Et peut-être il est beau d'user comme une lime
Les forces de son cœur contre une œuvre sublime.

IDÉOLUS

Falerne et Piola vous gardent leur saveur,
Mon vieil ami! Le vin vous a rendu rêveur.

SOCRATÈS

Bah! tais-toi, ce beau soir que du diable la haine
Avait soumis ma bourse à certain droit d'aubaine,
Le Marquis m'a promis, je crois, pour aujourd'hui
Sa visite: quelqu'un doit venir avec lui,
Une vielle amitié.

IDÉOLUS

Quelque éventé sans doute
De ceux qu'un sot ennui jette sur votre route . . .

SOCRATÈS

Non pas.

IDÉOLUS

Qui donc alors pourrait l'accompagner?

SOCRATÈS

Vous le jugez bien mal.

SOKRATES

Nein, ich habe das Doppelte verloren. – Wohlan! trotz meines Hasses und meines tiefen Abscheus vor allem, was die Menschen in ihrer Hoffart hienieden treiben, gefällst du mir so, redliches armes Hirn, das der Ruhm mit dem Lärm seiner Schelle betäubt und dessen schwere Arbeit langer Mühen bedarf; tiefes Herz, das, wenn es heftiger pocht, jenes Ideal ahnt, nach dem ein der Schulbank Entronnener, der auf Ruhm und Eroberung sinnt, sich sehnt und auf die Suche macht. Mut! es gefällt mir, in einem unaufhörlichen Kampf aus dem Innern des Blocks einen Seraph hervorgehen zu sehen, und vielleicht ist es schön, wie eine Feile die Kräfte seines Herzens an einem erhabenen Werk zu verbrauchen.

IDEOLUS

Falerner und Piola behalten ihre Würze für Euch, mein alter Freund! Der Wein hat Euch verträumt gemacht.

SOKRATES

Bah! schweig! An jenem schönen Abend, an dem des Teufels Haß meinen Geldbeutel so gewaltig geschröpft hatte, hat der Marquis mir für heute, wenn ich mich recht entsinne, seinen Besuch versprochen: Jemand soll mit ihm kommen, eine alte Freundschaft.

IDEOLUS

Gewiß einer von jenen Windbeuteln, die eine alberne Langeweile einem in den Weg treibt...

SOKRATES

Keineswegs.

IDEOLUS

Wer sonst könnte ihn begleiten?

SOKRATES

Du beurteilst ihn ganz falsch.

IDÉOLUS

Je ne puis deviner.

SOCRATÈS

Une femme en renom, dont les villes jalouses
Ont promené le char sur leurs vastes pelouses
Et dont l'adroit coup d'œil *happé* par cent rivaux
Aussitôt qu'elle chante enlève les bravos.
Cette petite fille autrefois si coquette,
Aujourd'hui grande dame
Qui naguère
Posait sur un tapis son beau torse enfantin.

IDÉOLUS

Il est vrai.

SOCRATÈS

Dites-moi, mon beau chanteur d'églogues,
Vous si rempli jadis de nos airs de prologues,
Et qu'au travail sans cesse on voyait fredonnant,
Pourquoi, triste, lugubre, et muet maintenant,
Dans le fond d'une loge obscure, abandonnée,
À peine quatre fois vous voit-on dans l'année
Plus sombre qu'un rival aux noces d'un amant?

IDÉOLUS

C'est que je hais la foule et son bourdonnement.

SOCRATÈS

Allons! nous vous verrons quelque jour satirique.

J'entends monter quelqu'un; c'est la voix du marquis,
La belle est avec lui . . . Dieu! le charmant croquis
Que de ses hauts atours *tu pourras gaîment* faire.

IDÉOLUS, *à part.*

Allons! mon pauvre cœur. Songez à bien vous taire.

IDEOLUS

Ich vermag nichts zu erraten.

SOKRATES

Eine berühmte Frau, deren Wagen auf ihren Rasenflächen spazieren zu führen die Städte sich um die Wette beeiferten und deren von hundert Rivalen aufgeschnappter klugberechneter Blick, sobald sie singt, die Menge zu Bravorufen hinreißt. Diese einstmals zierliche Kleine, heute eine große Dame, die, so lange ist es noch nicht her, ihre schöne, kindliche Brust auf einen Teppich bettete.

IDEOLUS

Ja, so war's.

SOKRATES

Sag mir, mein schöner Sänger zärtlicher Lieder, du, dem einst die Weisen unserer Vorspiele es angetan hatten und den man immer trällernd bei der Arbeit sah, warum sieht man dich jetzt – trübsinnig, düster, stumm, in einem dunklen, verwahrlosten Verschlag – kaum viermal im Jahr, finsterer jedesmal als ein Nebenbuhler bei der Hochzeit eines Verliebten?

IDEOLUS

Weil ich die Menge und ihr Lärmen hasse.

SOKRATES

So werden wir dich eines Tages noch als Satiriker erleben.

Ich höre jemand heraufkommen; das ist die Stimme des Marquis, in Begleitung unsrer Schönen ... Gott! ihr stattlicher Aufputz, zu welcher reizenden Skizze könnte er dich bei guter Laune reizen.

IDEOLUS, *beiseite*

Mut, mein armes Herz! Bleib verschwiegen.

FRÜHE PROSA

LES CONTES NORMANDS UND HISTORIETTES BAGUENAUDIÈRES

von Jean de Falaise

Die Liebhaber, die auf die wahre Literatur neugierig sind, werden diese beiden bescheidenen Bändchen mit der lebhaftesten Anteilnahme lesen. Der Verfasser ist einer jener heutigen Tages allzu seltenen Männer, die sich von früh auf mit allen stilistischen Kunstgriffen vertraut gemacht haben. – Die eigentümlichen Redensarten, von denen es in dem ersten dieser Bände wimmelt, jene wunderlichen, oft mit kühnen und pittoresken Wendungen aus dem Dialekt versehenen Sätze sind ein neuer und etwas gewagter Reiz, dessen der Verfasser sich jedoch mit bemerkenswertem Geschick bedient hat.

Das besondere Verdienst der *Contes normands* liegt in einer durch nichts beeinträchtigten Frische der Eindrücke, einer aufrichtigen Liebe zur Natur und in dem Behagen eines redlichen Mannes. Während alle Autoren heutzutage sich befleißigen, ein Temperament vorzutäuschen und sich eine fremde Seele auszuleihen, hat Jean de Falaise uns die seine gegeben, seine wahre, unverfälschte Seele ohne Rückhalt, und ganz unversehens ist dabei ein originales Werk zustande gekommen.

Mit einer so harmlosen und so unterhaltsamen Exzentrizität begabt, treibt der Verfasser zu Unrecht solchen Aufwand, um einige *Briefe der Madame de Scudéry* nachzuahmen. Andrerseits wird man selbst bei Honoré de Balzac wenige so lebendige Sittenschilderungen finden wie: »Eine Jugenderinnerung eines Geschworenen aus dem Calvados«, und E. T. A. Hoffmann könnte, ohne sich schämen zu müssen, den »Teufel auf den Inseln« für sich in Anspruch nehmen. – Und mit alledem ist nichts zuviel gesagt. Hört und urteilt.

WIE MAN SEINE SCHULDEN BEZAHLT, WENN MAN GENIE HAT

Die folgende Anekdote wurde mir mit der nachdrücklichen Bitte erzählt, sie niemandem weiterzuberichten; eben darum will ich sie aller Welt erzählen.

... Er war traurig, seinem Aussehen nach zu urteilen: mit gerunzelten Brauen, den breiten Mund weniger auseinander gezogen und weniger wulstlippig als sonst, ging er, bisweilen plötzlich innehaltend, in der doppelten Passage der Oper auf und ab. Er war traurig.

Ja, er war es, er, der mächtigste kommerzielle und literarische Kopf des neunzehnten Jahrhunderts; er, das dichterische Gehirn, das wie ein Kabinett eines Finanzmannes mit Zahlen ausgekleidet ist; er war es, der Mann der mythologischen Bankrotte, der hyperbolischen und phantasmagorischen Unternehmungen, die in die Tat umzusetzen er immer wieder vergißt; der größte Verfolger von Träumen, unaufhörlich auf der *Suche nach dem Absoluten;* er, die sonderbarste, die wunderlichste, die interessanteste und am meisten von sich selber eingenommene Gestalt der *menschlichen Komödie,* er, dieses im Leben ebenso unerträgliche wie in seinen Schriften hinreißende Original, dieses von Genie und Eitelkeit strotzende große Kind, er, der so viele Vorzüge und so viele Verschrobenheiten besitzt, daß man diese abzuziehen zaudert, um nicht jener verlustig zu gehen und dergestalt dieses unverbesserliche und unabänderliche Ungeheuer zu verderben!

Was plagte ihn, den großen Mann! daß er so verdüstert auf und ab schritt, das Kinn auf den Bauch gesenkt? Was zwang seine Stirn in solche dichten Falten, daß sie einem *Chagrinleder* glich? Träumte er von Ananasfrüchten, die man für zwei Groschen verkaufte, von einer Brücke wie ein Lianengehänge, einem Landhaus ohne Treppen und mit Boudoirs, deren Wände mit Musselin bespannt wären? Hatte eine Fürstin, die sich den Vierzigern näherte, ihm einen jener tiefen Blicke zugeworfen, wie die Schönheit sie dem Genius schuldet? Oder war sein Gehirn, das mit irgendeiner Industriemaschine schwanger ging, von den *Leiden eines Erfinders* geplagt?

Keineswegs, leider! Die Traurigkeit des großen Mannes war von der allergewöhnlichsten Sorte, alltäglich, niedrig, schmählich und lächerlich; er befand sich in dem verdrießlichen Fall, den wir alle kennen, wo jede enteilende Minute auf ihren Flügeln eine Möglichkeit der Rettung davonträgt; wo, den Blick starr auf die Uhr gerichtet, der Genius der Erfindung sich genötigt sieht, seine Kräfte zu verdoppeln, zu verdreifachen, zu verzehnfachen, je mehr die Zeit hinschwindet und je rascher die Schicksalsstunde naht. Der berühmte Verfasser der *Theorie des Wechselbriefs* hatte anderntags einen Schuldschein von zwölfhundert Franken zu bezahlen, und es war bereits spät abends.

In solchen Fällen geschieht es mitunter, daß der Geist, bedrängt, bedrückt, zerwalkt, von dem Kolben der Notwendigkeit gestoßen, plötzlich aus seinem Kerker ausbricht und sich unerwarteterweise siegreich aufschwingt.

Das vermutlich war es, was sich in dem großen Romancier ereignete. Denn auf seinem Munde trat ein Lächeln an die Stelle verkrampften Ausdrucks, der dessen stolzen Schwung entstellte; sein Auge hob sich, und ruhig und besonnen setzte unser Mann sich in erhaben beschwingter Gangart nach der Rue Richelieu in Bewegung.

Dort stieg er die Treppe eines Hauses hinauf, in dem ein vermögender und erfolgreicher Geschäftsmann sich von des Tages Arbeit am Kamin bei einer Tasse Tee erholte; er wurde mit aller seinem Namen gebührenden Ehrerbietung empfangen, und nach einigen Minuten begann er, das, was ihn hergeführt hatte, mit folgenden Worten darzulegen:

»Möchten Sie übermorgen in dem *Siècle* und in den *Débats* unter der Rubrik *Verschiedenes* zwei große Artikel bringen, über *die Franzosen, wie sie sich selber sehen,* zwei große Artikel von mir und mit meinem Namen unterzeichnet? Ich brauche fünfzehnhundert Franken. Ein glänzendes Geschäft für Sie.«

Wie es scheint, fand der Verleger, hierin von seinen Mitbrüdern verschieden, die Überlegung einleuchtend, denn der Handel wurde unverzüglich abgeschlossen. Jener, noch einmal auf seinen

Plan zurückkommend, drang darauf, daß die Zahlung der fünfzehnhundert Franken bei Erscheinen des ersten Beitrags fällig wäre; hierauf kehrte er gemächlich in die Opernpassage zurück.
Nach einigen Minuten erblickt er einen kleinen jungen Mann mit bissiger, geistreicher Miene, der ihm unlängst eine verblüffende Vorrede für »Größe und Niedergang des César Birotteau« geschrieben hatte und der unter den Journalisten bereits bekannt war für seinen schnurrigen und fast ruchlosen Humor; der Pietismus hatte ihm noch nicht die Klauen gestutzt, und die frommen Blätter hatten ihn noch nicht unter ihr seliges Löschhorn gebracht.
»Edouard, hätten Sie morgen gern 150 Franken?« – »Zum Teufel, ja!« – »So kommen Sie, auf eine Tasse Kaffee!«
Der junge Mann trank die Tasse Kaffee, von der alsbald eine Art Fieberglut sich seinem ganzen kleinen südländischen Organismus mitteilte.
»Edouard, ich brauche morgen früh drei lange Spalten *Verschiedenes* über *die Franzosen, wie sie sich selber sehen;* morgen früh, verstehen Sie, und zwar in aller Frühe; denn der Artikel muß von meiner Hand abgeschrieben und mit meinem Namen unterzeichnet werden; das ist von höchster Wichtigkeit.«
Der große Mann sprach diese Worte mit jener bewundernswürdigen Emphase und jenem erhabenen Tonfall, deren er sich bisweilen einem Freund gegenüber bedient, den er nicht empfangen will: ›Ich bitte tausendmal um Vergebung, mein Lieber, daß ich Sie nicht hereinlassen kann; eine Fürstin hat mir eine Zusammenkunft gewährt, deren Ehre in meinen Händen ist; Sie werden verstehen, daß ich ...‹
Edouard drückte ihm die Hand, wie einem Wohltäter, und machte sich an die Arbeit.
Seinen zweiten Artikel bestellte der große Romancier in der Rue de Navarin.
Der erste Artikel erschien zwei Tage später in dem *Siècle.* Seltsamerweise war er weder von dem kleinen noch von dem großen Manne unterzeichnet, sondern mit einem dritten Namen, der in der damaligen Bohème sehr bekannt war, wegen seiner Vorliebe für Kater und die Damen von der Opéra-Comique.

Der zweite Freund war, und ist noch, ein dicker, träger, lymphatischer Mensch; es fällt ihm auch nichts ein, und das einzige, was er kann, ist, Worte auffädeln und aneinander reihen, wie man Perlenschnüre verfertigt, und da es sehr viel mehr Zeit in Anspruch nimmt, drei lange Spalten mit Wörtern anzufüllen, als einen ganzen Band voller Gedanken zu schreiben, erschien sein Artikel erst einige Tage später. Er wurde jedoch nicht in den *Débats*, sondern in der *Presse* abgedruckt.

Der Schuldschein über 1.200 Franken war bezahlt; jedermann war vollkommen zufrieden, mit Ausnahme des Verlegers, der es nur halb war. Dies ist die Art, wie man seine Schulden bezahlt ... wenn man Genie hat.

Sollte es einem Schlaukopf einfallen, das Ganze für die scherzhafte Erfindung eines Winkelblatts zu halten und für ein Attentat auf den Ruhm des größten Mannes unseres Jahrhunderts, so wäre er einer schmählichen Täuschung erlegen; ich habe zeigen wollen, daß es dem großen Dichter ebenso leicht gelang, das Problem eines Wechsels zu bewältigen, wie er sich darauf verstand, den geheimnisvollsten und verwickeltsten Roman aufzulösen.

PROMÉTHÉE DÉLIVRÉ
von L. de Senneville

Hier handelt es sich um philosophische Dichtung. – Was ist philosophische Dichtung? – Was ist Edgar Quinet? – Ein Philosoph? – Eh! eh! – Ein Dichter? – Oh! oh!

Aber Edgar Quinet ist doch ein wirklich verdienstvoller Mann. – Freilich, aber L. de Senneville nicht minder! – Erklären Sie sich näher. – Das will ich gerne tun. Wenn ein Maler sich vorsetzt: Ich will ein um jeden Preis poetisches Bild malen! Ach! die Poesie!! ... – wird er ein kaltes Bild hervorbringen, in welchem die Absicht auf Kosten des Werkes glänzt: – der »Traum vom Glück«, oder »Faust und Gretchen«. – Und dennoch sind Papety und Ary Scheffer keineswegs Leute ohne Wert; – aber! ... die Poesie eines Bildes ist nun einmal Sache des Betrachters.

– Wie die Philosophie eines Gedichtes Sache des Lesers ist. – Getroffen; eben das.

– Die Poesie wäre demnach nichts Philosophisches? – Armer Leser, wie du dich ins Geschirr legst, wenn man dich auf eine abschüssige Bahn bringt!

Die Poesie ist wesentlich philosophisch; da sie aber vor allem wie das *Verhängnis* wirkt, muß ihre Philosophie unbeabsichtigt sein.

– Demnach wäre die philosophische Dichtung eine falsche Gattung? – Ja. – Und warum soll dann von L. de Senneville die Rede sein?

– Weil er ein Mann von einigem Verdienst ist. – Wir wollen von seinem Buch sprechen wie von einem Trauerspiel, in dem sich ein paar gelungene Stellen finden.

Im übrigen hat er den rechten Griff getan – das heißt, er hat den ergiebigsten Vorwurf gewählt, und den *unermeßlichsten*, den gehaltvollsten Gegenstand, das umfassendste Thema unter allen *protestierenden* Themen – *Der befreite Prometheus!* – die Menschheit, die den alten Wahn der Götter abschüttelt! der geächtete Erfinder! Vernunft und Freiheit, die in den Ruf ausbrechen: Gerechtigkeit! – Der Dichter glaubt, daß ihnen Gerechtigkeit zuteil wird – wie Sie sehen werden:

Die Szene spielt auf dem Kaukasus, die Nacht neigt sich dem Ende zu. An den Felsen geschmiedet singt Prometheus unter dem Geier seine ewige Klage, und ruft die leidende Menschheit zu dem strahlenden Aufgang der nahen Freiheit zusammen. – Der Chor – die Menschheit – erzählt Prometheus ihre schmerzliche Geschichte: zuerst der barbarische Götzendienst der frühesten Zeiten, die Orakel von Delphi, die falschen Tröstungen der Weisen, das Opium und Laudanum des Epikur, die schwelgerischen Opfer der Dekadenz, und schließlich die Erlösung durch das Blut des Lammes:

Mais le symbole tutélaire
Dans le ciel, qu'à peine il éclaire,
Jette en mourant ses derniers feux.

(Doch das schützende Symbol wirft im Himmel, den es kaum noch erhellt, ersterbend, seine letzten Strahlen.)

Prometheus bleibt bei seinem *Protest* und läßt die Verheißung eines neuen Lebens folgen; Harmonia, »der Musen allerschönste«, kommt ihn trösten und läßt vor ihm den *Geist des Himmels, den Geist des Lebens, den Geist der Erde und den Geist der Meteore* erscheinen, die, in einem etwas undeutlichen Stil, zu Prometheus von den Mysterien und Geheimnissen der Natur sprechen. Prometheus erklärt sich zum König der Erde und des Himmels.

Les dieux sont morts, car la foudre est à moi.

(Tot sind die Götter, denn mein ist der Blitz.)

Was besagt, daß Franklin Jupiter von seinem Thron gestoßen hat.

Nun kommt Io, das heißt Magdalena oder Maria, das heißt die Liebe, um ihrerseits mit Prometheus zu philosophieren; dieser erklärt ihr, warum ihre Liebe und ihr Gebet nur reiner Epikureismus waren, unfruchtbare und selbstsüchtige Werke:

Pendant que tes genoux s'usaient dans la prière,
Tu n'as pas vu les maux des enfants de la terre!
Le monde allait mourir pendant que tu priais.

(Während du deine Knie im Gebet abwetztest, sahst du die Übel der Erdenkinder nicht! Die Welt lag im Sterben, während du betetest.)

Plötzlich wird der Geier von einem geheimnisvollen Pfeil durchbohrt. Herkules erscheint, und die menschliche Vernunft ist durch die Stärke befreit – Aufruf zum Aufstand und Anrufung der *bösen Leidenschaften!* – Harmonia befiehlt den ehemaligen Offenbarern: Manu, Zoroaster, Homer und Jesus Christus, dem neuen Gott des Universums zu huldigen; jeder legt seine Lehre dar, und Herkules und Prometheus übernehmen es abwechselnd, ihnen nachzuweisen, daß die Götter, welche auch immer, weniger gut denken und argumentieren als der Mensch, oder die Menschheit in der Sprache des Sozialismus; derart daß, nachdem auch Christus selber in die *unerschaffene Nacht* zurückgekehrt ist, der neuen Menschheit nichts weiter zu tun bleibt als das Lob der neuen Herrschaft zu singen, die sich allein auf die Wissenschaft und die Stärke gründet.
Ergebnis: der Atheismus.
Das ist vortrefflich, und wir wären herzlich gern damit einverstanden, wenn das Ganze nur heiter, liebenswürdig, verführerisch und nahrhaft wäre.
Doch weit gefehlt; L. de Senneville hat den Kult der Natur, diese große Religion eines Diderot und eines Holbach, diese einzige Zierde des Atheismus, vermieden.
Deshalb schließen wir folgendermaßen: Zu was dient die philosophische Dichtung, wenn sie nicht so viel taugt wie ein Artikel der Enzyklopädie oder ein Liedchen von Désaugiers?
Ein Wort noch: – der philosophische Dichter bedarf Jupiters am Anfang seines Gedichtes, Jupiters als des Vertreters einer gewissen Menge von Ideen; zuletzt wird Jupiter abgeschafft. – Der Dichter glaubte also nicht an Jupiter!
Nun ist aber die große Dichtung wesentlich *dumm*, sie *glaubt*, und darin liegt ihr Ruhm und ihre Stärke.

Man verwechsle doch niemals die Phantome der Vernunft mit den Phantomen der Einbildungskraft; jene sind Gleichungen, und diese sind Wesen und Erinnerungen.
Der erste Faust ist herrlich, und der zweite taugt nichts.
L. de Sennevilles Form ist noch unsicher und verschwommen; er kennt die farbkräftigen Reime nicht, diese Laternen, die eine ganze Straße der Idee erhellen; er kennt auch nicht die Wirkungen, die sich mit Hilfe einer gewissen Anzahl unterschiedlicher Wortkombinationen erzielen lassen. – L. de Senneville ist nichtsdestoweniger ein talentvoller Mann, den seine Überzeugung von der Vernunft und das stolze Selbstbewußtsein der Moderne an gewissen Stellen seines *Vortrags* in beträchtliche Höhen erhoben haben, der aber unvermeidlicherweise den Mißlichkeiten der erwählten Gattung erlegen ist. – Einige edle und große Verse beweisen, daß L. de Senneville, wenn er den pantheistischen und naturalistischen Aspekt des Problems hätte entwickeln wollen, zu schönen Wirkungen gelangt wäre, bei denen sein Talent sich in müheloserem Glanz gezeigt hätte.

LE SIÈCLE
Epistel an Chateaubriand, von Bathild Bouniol

Bouniol bringt Chateaubriand die Huldigung eines jungen Mannes dar: er wählt diesen erlauchten Namen, um in dessen Schutz eine heftige und, wenn nicht kindische, so doch zumindest vergebliche Satire auf die augenblicklichen Zustände vorzubringen.
Ja, Monsieur, die Zeiten sind schlecht und verdorben; doch die rechte Philosophie macht sich dies zunutze, um ihnen bei Gelegenheit eins auszuwischen, und verliert ihre Zeit nicht mit Bannflüchen.
Im übrigen wäre es schlechter Ton, strenger sein zu wollen, als Bouniols Bescheidenheit es verdient; das Motto, das er gewählt hat, lautet: *Ich versuche!* und seine Verse verraten schon einiges Geschick.

EINE AUSWAHL TRÖSTLICHER MAXIMEN ÜBER DIE LIEBE

Wer Maximen schreibt, verstellt gerne seinen Charakter; – die Jungen setzen eine ältliche Miene auf, – die Alten putzen sich.
Da die Welt, dieses ungeheure System von Widersprüchen, – voller Hochachtung für alles Hinfällige ist, – rasch, Kohle her und Runzeln aufgemalt; – da man allgemein Gefühle trägt, laßt uns das Herz bebändern wie ein Frontispiz.
Doch wozu? – Seid ihr schon keine wahren Menschen, so seid wenigstens wahre Tiere. Seid einfältig, und ihr werdet euch unfehlbar einigen nützlich oder angenehm erweisen. – Mein Herz – und säße es rechts – wird schon seine tausend Mit-Parias finden unter den drei Milliarden Wesen, welche die Nesseln des Gefühls abweiden!
Mit der Liebe beginne ich deshalb, weil die Liebe für alle – sie mögen es noch so hartnäckig leugnen – die große Angelegenheit des Lebens ist!

Ihr, die ihr einen unersättlichen Geier nährt – ihr hoffmannesken Dichter, welche die Glasharmonika in kristallenen Bezirken tanzen läßt und welche die Geige zerfetzt wie eine Klinge, die nach dem Herzen gräbt, – gierige und gefräßige Betrachter, die selbst das Schauspiel der Natur in unersättliche Ekstasen versetzt, – euch sei die Liebe ein Beruhigungsmittel.
Stille Dichter – *objektive* Dichter – edle Verteidiger der Methode – Architekten des Stils – Politiker, die ihr eine tägliche Aufgabe zu erfüllen habt, euch sei die Liebe ein Erregungsmittel, ein stärkender und kräftigender Trunk, und die Gymnastik der Lust ein fortwährender Ansporn zur Tat!
Jenen die einschläfernden Getränke, diesen der Weingeist.
Ihr, an denen die Natur grausam handelt und deren Zeit kostbar ist, euch sei die Liebe eine die Lebensgeister entflammende Herzstärkung.
Jeder muß demnach seine Liebste wählen.

Ohne den *coup de foudre* leugnen zu wollen, was unmöglich ist, – siehe Stendhal, »Von der Liebe«, 1. Buch, Kapitel 32 – darf man doch annehmen, daß das Verhängnis sich einer gewissen Elastizität erfreut, welche menschliche Freiheit heißt.

Wie für die Theologen die Freiheit darin besteht, daß man die Gelegenheiten der Versuchung eher flieht als ihnen Widerstand leistet, ebenso besteht die Freiheit in der Liebe darin, daß man die Kategorien gefährlicher Frauen, das heißt für einen selber gefährlicher Frauen, meidet.

Deine Geliebte, die Frau deines Himmels, wird dir genügend angezeigt werden durch deine natürlichen Sympathien, wie sie Lavater, die Malerei und die Bildhauerkunst bestätigt haben.

Die physiognomischen Zeichen wären untrüglich, wenn sie alle, und zwar gründlich, bekannt wären. Ich kann hier nicht alle Zeichen in der Physiognomie der Frauen angeben, die ewig zu diesem oder jenem Manne passen. Vielleicht werde ich diese ungeheure Aufgabe eines Tages in einem Werke leisten, das den Titel tragen soll: »Der Katechismus des geliebten Weibes«; doch halte ich es für ausgemacht, daß ein jeder, mit Hilfe seiner unwiderstehlichen, ahnungsvollen Sympathien und geleitet von der Beobachtung, im Laufe einer bestimmten Zeit die ihm notwendige Frau ausfindig machen kann.

Übrigens sind unsere Neigungen im allgemeinen ungefährlich; in der Kochkunst wie in der Liebe verleiht die Natur uns selten ein Gelüst nach etwas, das uns schädlich ist.

Da ich das Wort Liebe in seinem umgreifendsten Verstande nehme, bin ich genötigt, einige Sondermaximen über verschiedene schwierige Fragen aufzustellen.

Mann des Nordens, in den Nebeln verlorener sehnsüchtiger Schiffer, der du nach Nordlichtern Ausschau hältst, die schöner als die Sonne sind, unermüdlicher Dürster nach dem Ideal, liebe die kühlen Frauen. – Liebe sie recht, denn die Mühsal ist größer und rauher, und du wirst eines Tages größere Ehren ernten vor dem Tribunal der Liebe, das jenseits der blauen Unendlichkeit thront!

Mann des Südens, dem die helle Natur keine Lust an Geheimnissen und Mysterien verleihen kann, – leichtfertiger Mann –

aus Bordeaux, aus Marseille oder aus Italien – laß dir an den glühenden Frauen genügen; diese Unrast und diese Lebhaftigkeit sind dein natürliches Reich; – ein unterhaltsames Reich.

Junger Mann, der du ein großer Dichter werden willst, hüte dich vor dem Paradox in der Liebe; laß die von ihrer ersten Pfeife berauschten Scholaren mit schriller Stimme das Lob der fetten Frau singen; überlaß diesen Wahn den Neophyten der pseudo-romantischen Schule. Wenn die fette Frau bisweilen eine reizende Laune ist, so ist die Magere ein Brunnen düsterer Lüste!

Lästere niemals die große Natur, und wenn sie dir eine Geliebte ohne Brüste zugesellt hat, so sprich: »Ich habe einen Freund – mit Hüften!« und geh hin in den Tempel und sage den Göttern Dank.

Verstehe dich darauf, selbst aus der Häßlichkeit Gewinn zu ziehen; aus deiner eigenen, das kostet geringe Mühe; alle Welt weiß, das Trenck, *der Zerschossene,* der Abgott der Frauen war*, und aus der *ihrigen!* Das ist seltener und schöner, aber die *Ideenverbindung* wird es leicht und natürlich machen. – Ich stelle mir vor, dein Idol ist krank. Ihre Schönheit ist unter der gräßlichen Kruste der Blattern verschwunden, wie das Grün der Natur unter dem schweren Eis des Winters. Noch bewegt von den langen Ängsten und den Wechselfällen der Krankheit, betrachtest du mit Betrübnis die unauslöschliche Narbe an dem Körper der lieben Genesenden; plötzlich klingt eine *schmachtende* Weise, von Paganinis rasendem Bogen gespielt, an dein Ohr, und diese mitfühlende Weise spricht zu dir von dir selber und scheint dir dein ganzes inneres Gedicht verlorener Hoffnungen zu erzählen. – Von nun an werden die Spuren der Blattern ein Teil deines Glücks sein und deinem gerührten Blick immer Paganinis geheimnisvolle Weise singen. Diese Narben werden hinfort nicht nur ein Gegenstand sanfter Neigung, sondern auch der körperlichen Lust sein, wenn du zu jenen empfindsamen Geistern gehörst, für welche die Schönheit vor allem

* Wir hätten Mirabeau anführen können, aber das geschieht ja unentwegt, und außerdem haben wir ihn im Verdacht, von sanguinischer Häßlichkeit gewesen zu sein, etwas, das uns ganz besonders zuwider ist.

die *Verheißung* des Glücks ist. Die Häßlichen werden also vor allem auf Grund einer Ideenbindung geliebt; denn wenn deine narbige Geliebte dich verrät, läufst du höchlich Gefahr, dich nur mit einer anderen Narbigen trösten zu können.

Für gewisse Geister, die mit größerer Neugier und Blasiertheit ausgestattet sind, stammt der Genuß der Häßlichkeit aus einer noch geheimnisvolleren Empfindung: dem Durst nach dem Unbekannten, und der Lust am Grauen. Eine Empfindung, deren mehr oder minder entwickelten Keim ein jeder in sich trägt, die gewisse Dichter in die Anatomiesäle und die Kliniken treibt und die Frauen zu den öffentlichen Hinrichtungen lockt. Den, der dafür kein Verständnis hätte, würde ich lebhaft bedauern; – eine Harfe, der eine *dunkle* Saite fehlte!

Was die fehlerhafte Orthographie anbelangt, die in den Augen einiger Gimpel der seelischen Häßlichkeit zuzurechnen ist, so erübrigt es sich wohl, dir zu erläutern, wie sie ein ganzes schlichtes Gedicht voller Erinnerungen und Genüsse darstellen kann. Der reizende Alkibiades stotterte so hübsch, und die Kinder wissen so göttlich zu stammeln! Hüte dich deshalb, junger Adept der Wollust, deine Freundin Französisch zu lehren, – es sei denn, man müßte ihr Französischlehrer sein, um ihr Geliebter zu werden.

Es gibt Männer, die über die Liebe zu einer Frau erröten, wenn sie eines Tages feststellen müssen, daß sie dumm ist. Das sind eitle Tröpfe, wie geschaffen, die schmutzigsten Disteln der Schöpfung abzuweiden, oder die Bandschleifen eines Blaustrumpfs. Die Dummheit ist oft der Schmuck der Schönheit; sie verleiht den Augen jenen düsteren Schimmer der schwärzlichen Teiche, und diese ölige Glätte der tropischen Meere. Die Dummheit ist stets die Bewahrerin der Schönheit; sie hält die Runzeln fern; sie ist ein göttliches Kosmetikum, das unsere Angebetete vor den Bissen schützt, die der Gedanke uns, den garstigen Gelehrten, vorbehält!

Manche verargen der Geliebten ihre Verschwendung. Das sind Geizkrägen, oder Republikaner, denen die Grundprinzipien der politischen Ökonomie unbekannt sind. Die Laster einer großen Nation sind ihr größter Reichtum.

Andere wiederum, gesetzte Leute, verständige und gemäßigte Deisten, die sich in Glaubensfragen auf der Mittelstraße halten, knirschen vor Wut, wenn sie ihre Frauen sich der Frömmigkeit ergeben sehen. Oh! die Tölpel, die nie ein einziges Instrument zu spielen lernen werden! Oh! die dreifachen Narren, die nicht sehen, daß die anbetungswürdigste Gestalt, welche die Religion annehmen kann, – ihre eigene Frau ist! – Ein zu bekehrender Gatte, welch ein köstlicher Apfel! Gibt es eine schönere verbotene Frucht als eine gründliche Verruchtheit – in einer sturmdurchtosten Winternacht, am Kaminfeuer, bei Wein und Trüffeln – ein stummer Lobgesang des häuslichen Glücks, ein Sieg über die grimmige Natur, die selber die Götter zu lästern scheint!
Ich fände so rasch kein Ende, wenn ich all die schönen und guten Seiten dessen aufzählen wollte, was Laster und moralische Häßlichkeit heißt; aber für Leute mit Herz und Verstand tritt oft ein schwieriger und tragisch beängstigender Fall ein: wenn der von den Vorvätern ererbte Hang zur Moral mit dem unwiderstehlichen Hang zu einer verächtlichen Frau in Konflikt gerät. Häufige unwürdige Treulosigkeiten, Gewohnheiten niederer Sphäre, zur Unzeit entdeckte schändliche Geheimnisse flößen dir ein Grauen vor der Vergötterten ein, und deine Wonne läßt dich bisweilen erschaudern. Dein platonischen Überlegungen geraten in erhebliche Schwierigkeiten. Tugend und Stolz rufen dir zu: »Fliehe sie!« Die Natur flüstert dir ins Ohr: »Wohin ihr entfliehen?« Schreckliche Entscheidungen, in welchen an den stärksten Seelen die ganze Unzulänglichkeit unserer philosophischen Bildung offenbar wird. Die Geschicktesten, wenn sie sich von der Natur genötigt sehen, Manon Lescauts und Leone Leonis ewigen Roman zu spielen, haben sich durch die Feststellung aus der Affäre gezogen, daß die Verachtung sich sehr wohl mit der Liebe vertrage. – Ich will dir ein sehr einfaches Rezept verraten, das dich nicht nur dieser beschämenden Rechtfertigungen enthebt, sondern dir darüber hinaus erlaubt, dein Idol nicht zu beschädigen und deine *Kristallisation** nicht zu beeinträchtigen.

* Wir wissen, daß unsere Leser alle den Stendhal gelesen haben.

Ich stelle mir vor, die Heldin deines Herzens habe nach weidlichem Mißbrauch des Erlaubten wie des Unerlaubten die äußersten Grenzen der Verlorenheit erreicht, nachdem sie – letzte Treulosigkeit, höchste Marter! – die Macht ihrer Reize noch an ihren Kerkermeistern und Henkersknechten erprobt hat.* Wirst du das Ideal so leicht verleugnen, oder wirst du, wenn die Natur dich, treu und tränenüberströmt, in die Arme jener fahlen Guillotinierten stürzt, mit dem schmerzlichen Tonfall der Ergebenheit sprechen: »Verachtung und Liebe sind nahe Verwandte!« – Keineswegs; denn dies sind die Paradoxa einer ängstlichen Seele und eines verdunkelten Geistes. Sprich kühnlich und mit der Unerschrockenheit des waren Philosophen: »Weniger verbrecherisch wäre mein Ideal nicht vollkommen gewesen. Ich betrachte es, und ich beuge mich; allein die große Natur weiß, was sie mit einem solchen Schurkenstück im Sinn hat. Höchstes Glück und höchste Vernunft! Absolute *Resultante* der Gegensätze! Ormudz und Ahriman, ihr seid derselbe!«
Und derart wird, von einem Standpunkt der höheren Synthese aus, die Bewunderung dich auf ganz natürlichem Wege zur reinen Liebe zurückführen, zu dieser Sonne, deren Leuchtkraft alle Flecken tilgt.
Gedenke dessen, daß man in der Liebe vor allem vor dem Paradox auf der Hut sein muß. Die Einfalt rettet, die Einfalt macht glücklich, und wäre deine Geliebte so häßlich wie die alte Mob, die Königin aller Scheusäligkeiten! Ganz allgemein ist für die Weltleute – wie ein geschickter Moralist gesagt hat – die Liebe nur die Liebe zum Spiel, die Liebe zu Kampf und Streit. Das ist sehr unrecht; die Liebe soll die Liebe sein; Streit und Spiel sind nur als Politik bei der Liebe erlaubt.
Darin hat die moderne Jugend am meisten unrecht, daß sie *sich etwas vormacht*. Manch ein Verliebter ist ein eingebildeter Kranker, der viel Geld für Arzneimittel ausgibt und die Herren Fleurant und Purgon reichlich bezahlt, ohne die Vergnügen und die Vorrechte einer echten Krankheit zu haben. Bemerke wohl, daß

* Wie der *Tote Esel*.

sie ihren Magen durch absurde Drogen reizen und die Verdauungskraft der Liebe in sich verbrauchen.
Man soll zwar ein Mann seiner Zeit sein, dennoch hüte dich, dem berühmten Don Juan nachzueifern, welcher, nach Molière, anfangs nur ein roher Schurke war, der sich auf Liebesdinge, Verbrechen und Spitzfindigkeiten verstand; – dann, dank Alfred de Musset und Théophile de Gautier, ein *kunstsinniger* Flaneur wurde, der in schlechter Gesellschaft der Vollkommenheit nachstellt und zuletzt nicht mehr ist als ein von all seinen Reisen erschöpfter alter Dandy, der sich bei einer anständigen Frau, die ihren Gatten liebt, wie ein Erznarr aufführt.
Kurze und allgemeine Regel: In der Liebe hüte dich vor *Mond* und *Sternen,* hüte dich vor der Venus von Milo, vor den Seen, vor Guitarren, den Strickleitern und vor allen Romanen – vor dem schönsten der Welt – und wäre Apollo selber sein Autor!
Sondern liebe tüchtig, kräftig, dreist, ungestüm, orientalisch diejenige, die du liebst; deine Liebe – bei wohlverstandener Harmonie – störe nicht die Liebe eines anderen; deine Wahl verwirre nicht den Staat. Bei den Inkas liebte man seine Schwester; begnüge dich mit deiner Kusine. Erklettere keine Balkone; beleidige niemals die öffentliche Gewalt; raube deiner Geliebten nicht die Sanftheit des Glaubens an die Götter, und wenn du sie zum Tempel begleitest, tauche deine Finger, wie es sich schickt, in das reine, frische Naß des Weihwasserbeckens.

Jede Moral zeugt von dem guten Willen der Gesetzgeber – jede Religion ist eine höchste Tröstung für alle Betrübten – jede Frau ist ein Stück der *wesentlichen* Frau – nur die Liebe ist es wert, daß man ihr zu Ehren ein Sonett drechselt und feine Wäsche trägt – darum verehre ich alle diese Dinge mehr als sonst etwas, und ich erkläre jeden zum Verleumder, dem diese fragmentarischen Anmerkungen zur Moral Veranlassung geben sollten, sich zu bekreuzigen und Ärgernis zu nehmen. – Eine schillernde Moral, nicht wahr? Farbige Gläser, die die ewige Leuchte der Wahrheit, die im Innern scheint, vielleicht allzu sehr verfärben? – Durchaus nicht, durchaus nicht. – Hätte ich beweisen wollen, daß alles zum besten steht in der besten aller möglichen Welten, so hätte der Leser ein Recht, mir wie Voltaire, dem *genialen Affen,* zu sagen: »Du bist ein Bösewicht!« Aber ich habe beweisen wollen, daß alles zum besten steht in der schlechtesten aller möglichen Welten. Es wird mir also viel vergeben werden, weil ich viel geliebt habe . . . meinen Leser . . . oder meine Leserin.

RATSCHLÄGE FÜR JUNGE LITERATEN

Die nachstehenden Regeln sind die Frucht der Erfahrung; um Erfahrungen zu machen, muß man eine Reihe von Fehlern begehen; da ein jeder sie mehr oder minder alle begangen haben wird, hoffe ich, ein jeder wird die Wahrheit meiner Erfahrung anhand der seinigen nachprüfen können.

Besagte Regeln erheben demnach keinen anderen Anspruch als den eines *Vademecum*, trachten nach keinem anderen Nutzen als dem einer *Anleitung für Jünglinge zum ehrbaren Betragen im Umgang*. – Ein Nutzen, der nicht hoch genug zu veranschlagen ist! Man stelle sich vor, Madame de Warens mit ihrem gescheiten und gütigen Herzen habe darin die Gesetze der Höflichkeit aufgestellt, eine Mutter lehre die Kunst, wie man sich angemessen kleidet! – So sind auch diese meine den jugendlichen Autoren gewidmeten Vorschriften von brüderlicher Liebe beseelt.

I. VOM GLÜCK UND VOM PECH DER ANFÄNGER

Wenn junge Autoren, in einem leicht neidischen Tonfall, von einem jungen Mitbruder sprechen und es heißt da: »Ein schöner Anfang; der hat verteufelt Glück gehabt!« bedenken sie nicht, daß jedem Anfang stets etwas vorausgeht, und daß er das Ergebnis von zwanzig anderen Anfängen ist, die ihnen unbekannt geblieben sind.

Ich weiß nicht, ob eine Reputation jemals wie ein Blitz aus heiterm Himmel eingeschlagen hat; ich glaube eher, daß ein Erfolg, in einem arithmetischen oder geometrischen Verhältnis, je nach dem Vermögen des Schriftstellers, das Ergebnis der dem bloßen Auge oft unsichtbaren früheren Erfolge ist. Es gibt so etwas wie eine allmähliche Anhäufung winzig kleiner Erfolge; niemals aber das Wunder der Erzeugung aus dem Nichts.

Die da sagen: »Ich habe Pech«, sind jene, die noch nicht genügend Erfolge haben und die es nicht wissen.

Ich will die tausend Umstände einräumen, die den menschlichen Willen bedingen und die ihrerseits gesetzmäßige Ursachen haben;

sie bilden den Kreis, der den Willen gefangen hält; aber dieser Kreis ist beweglich, er lebt, er dreht sich und wechselt jeden Tag, jede Minute, jede Sekunde seinen Umfang und seinen Mittelpunkt. Davon mitbewegt, verändert jeder derart umfangene menschliche Wille alle Augenblicke sein Verhalten in der Gegenseitigkeit aller, und eben darin gründet die Freiheit.
Freiheit und Notwendigkeit sind Gegensätze; aus der Nähe wie aus der Ferne betrachtet, sind sie ein und derselbe Wille.
Darum gibt es kein Pech. Wer Pech hat, dem fehlt etwas: dieses Etwas gilt es zu erkennen und das Spiel der benachbarten Willensstrebungen zu untersuchen, um dahin zu gelangen, den umfangenden Kreis leichter zu verrücken.
Ein Beispiel für tausend. Manch einer von denen, die ich liebe und schätze, ereifert sich angesichts unserer Tagesberühmtheiten, Eugène Sue, Paul Féval – losgelassene Finsterlinge; aber die Begabung dieser Leute mag noch so oberflächlich sein, sie ist nichtsdestoweniger vorhanden, und der Ärger meiner Freunde ist gar nichts oder *noch weniger als nichts* – denn er ist verlorene Zeit, das Wertloseste, was es auf der Welt gibt. Es geht nicht darum, ob die Literatur des Gemüts oder die der Form höher steht als die der Mode. Darüber gibt es, für mich wenigstens, keinen Zweifel. Das ist jedoch nur die halbe Wahrheit, solange einer in dem, was er zur Geltung bringen möchte, nicht ebenso viel Talent beweist wie Eugène Sue in seinen Romanen. Erregt die gleiche Anteilnahme, aber mit neuen Mitteln! wirkt mit der gleichen und einer noch höheren Kraft in einer entgegengesetzten Richtung! verdoppelt, verdreifacht, vervierfacht die Dosis, bis sie den gleichen Grad der Verdichtung erreicht hat, und ihr werdet kein Recht mehr haben, den *Bürger* zu lästern, denn der *Bürger* wird auf eurer Seite stehn. Bis dahin: *Vae victis!* denn nichts ist wahr als die Kraft, die die höchste Gerechtigkeit ist.

II. VOM HONORAR

Ein Haus mag noch so schön sein, so ist es doch zuvörderst – ehe seine Schönheit mit Gründen erwiesen ist – ein Gebilde, das soviel Meter hoch und soviel Meter breit ist. – Ebenso besteht die Literatur, diese unschätzbarste aller Materien – zuvörderst in ausgefüllten Spalten; und der literarische Architekt, dem nicht schon sein bloßer Name etwas einbringt, muß zu jedem Preis verkaufen.

Da sagen manche jungen Leute: »Wenn das, was ich schreibe, nur so wenig wert ist, warum sich soviel Mühe geben?« Sie hätten *bessere Arbeit* liefern können; und in diesem Fall hätte nur die Notwendigkeit des Augenblicks, das Naturgesetz sie bestohlen; so aber haben sie sich selbst bestohlen; – schlecht bezahlt, hätten sie Ehre gewinnen können; schlecht bezahlt, haben sie sich selbst entehrt.

Ich fasse alles, was ich über diese Materie zu schreiben wüßte, in folgender Maxime der höchsten Weisheit zusammen, die ich der Nachdenklichkeit aller Philosophen, Geschichtsschreiber und Geschäftsleute anempfehle: »Schöne Empfindungen sind der sicherste Weg zu Glück und Reichtum!«

Die da sagen: »Warum für so wenig *sich schinden!*«, sind die gleichen, die später, einmal zu Ehren gelangt, – ihre Bücher für zweihundert Franken pro Feuilleton verkaufen wollen und die, abgewiesen, sie anderntags mit hundert Franken Verlust anbieten.

Der Verständige aber spricht: »Ich glaube, das ist soundsoviel wert, weil ich Genie habe; muß ich mich aber mit weniger abfinden, so will ich das tun, um der Ehre willen, zu euch zu gehören.«

III. VON DEN ZU- UND ABNEIGUNGEN

In der Liebe wie in der Literatur stellt sich die Zuneigung ohne unseren Willen ein; nichtsdestoweniger bedarf sie der Begründung, und zuletzt entscheidet doch die Vernunft.

Die wahren Sympathien sind vortrefflich, denn sie sind zwei in einem – die vorgeblichen sind abscheulich, denn sie sind nur eines, abzüglich der ursprünglichen Gleichgültigkeit, die dem Haß vorzuziehen ist, dieser unweigerlichen Folge des Hereingefallenseins und der Enttäuschung.

Darum kann ich die Kameradschaft nur insoweit gelten lassen und bewundern, als sie sich auf eine wesentliche Übereinstim-

mung der Vernunft und des Temperaments gründet. Sie ist eine der heiligen Erscheinungen der Natur, eine der zahlreichen Anwendungen des geheiligten Sprichworts: Einigkeit macht stark.
Das nämliche Gesetz der Offenherzigkeit und Unbefangenheit soll die Antipathien bestimmen. Freilich gibt es Menschen, die sich unbedachtsamerweise in einen Haß wie in eine Bewunderung hineinsteigern. Das ist höchst unklug; das heißt, sich einen Feind machen – ohne jeden Gewinn oder Vorteil. Ein Stoß, der sein Ziel verfehlt, trifft nichtsdestoweniger das Herz des Nebenbuhlers, für den er bestimmt war, ganz abgesehen davon, daß er zur Linken oder Rechten einen der Zeugen des Kampfes verletzen kann.
Eines Tages suchte mich ein Gläubiger auf; ich nahm gerade eine Fechtstunde und verfolgte den Zudringlichen mit Florettstößen bis ins Treppenhaus hinaus. Als ich zurückkam, sagte der Fechtmeister, ein Hüne, dem es ein Leichtes gewesen wäre, mich mit seinem bloßen Atem umzupusten: »Wie kann man seine Antipathie nur so verschwenden! ein Dichter! ein Philosoph! pfui!« – Ich hatte die Zeit für zwei Ausfälle vertan, ich war außer Atem, ich schämte mich und hatte mir abermals die Verachtung eines Menschen zugezogen – des Gläubigers, der im übrigen ungeschoren davonkam.
Wahrhaftig, der Haß ist ein kostbares Getränk, ein kostspieligeres Gift als das der Borgia, – denn er ist aus unserem Blut, unserer Gesundheit, unserem Schlaf und aus zwei Dritteln unserer Liebe gebraut! Man muß sparsam damit umgehen!

IV. VOM HERUNTERMACHEN

Heruntermachen und Verreißen sollte man nur die Handlanger des Irrtums. Wer stark ist, richtet sich zugrunde, wenn er einen Starken angreift; denkt man auch über manche Dinge verschieden, so wird man ihn doch bei gewissen Gelegenheiten immer auf seiner Seite finden.
Es gibt zwei Methoden des Verreißens: auf gewundenem Wege, und geradezu auf dem kürzesten.
Für den gewundenen Weg wird man genügend Beispiele in den

Feuilletons von Jules Janin finden. Der gewundene Weg erheitert die Zuschauer, aber er unterrichtet sie nicht.
Der gerade Weg wird augenblicklich mit Erfolg von einigen englischen Journalisten beschritten; in Paris ist er aus der Mode gekommen; sogar Granier de Cassagnac scheint ihn vergessen zu haben. Wer ihn einschlägt, spricht folgendermaßen: »Herr X. ist ein Schuft, und ein ausgemachter Dummkopf obendrein; das werde ich jetzt beweisen« – und dann beweist er es! erstens – zweitens – drittens – und so weiter ... Ich empfehle diese Methode all denen, die an die Vernunft glauben und eine kräftige Faust ihr eigen nennen.
Ein mißglückter Verriß ist ein beklagenswerter Unfall; er ist ein Pfeil, der zurückkehrt oder zumindest beim Abschuß die Hand aufreißt, eine Kugel, die einen beim Zurückprall tödlich treffen kann.

V. VON DEN METHODEN DER AUSARBEITUNG

Heutzutage muß einer eine Menge schreiben; – er muß sich also beeilen; – Eile mit Weile ist demnach geboten; jeder Stoß muß sitzen, kein Hieb darf vergeblich sein.
Um rasch zu schreiben, muß man viel nachgedacht haben – muß man einen Stoff mit sich herumgeschleift haben, auf dem Spaziergang, im Bad, im Restaurant, ja selbst bei seiner Geliebten. Eugène Delacroix sagte einmal zu mir: »Die Kunst ist so geistig und so flüchtig, daß das Werkzeug nie tauglich genug, die Mittel nie geschwind genug sein können.« Das Gleiche gilt von der Literatur; – darum bin ich kein Freund des Streichens; es trübt den Spiegel des Geistes.
Einige sehr angesehene und höchst gewissenhafte Schriftsteller – Édouard Ourliac zum Beispiel – beginnen damit, viel Papier zu bedecken; sie nennen das: die Leinwand ausfüllen. – Dieses verworrene Geschäft soll verhüten, daß etwas verloren geht. Bei jeder neuen Niederschrift beschneiden und verkürzen sie ihren Text. Das Ergebnis mag vortrefflich sein, dennoch mißbraucht, wer derart vorgeht, so Zeit wie Begabung. Eine Leinwand ausfüllen heißt nicht, sie mit Farben vollschmieren, heißt vielmehr,

mit wenig Farbe das Bild andeuten, die Massen in leichten und durchscheinenden Tönen anordnen. – Die Leinwand soll bereits – im Geist – ausgefüllt sein, wenn der Schriftsteller zur Feder greift, um die Überschrift niederzuschreiben.
Balzac soll seine Reinschrift und seine Korrekturabzüge je nach Laune und ohne jede Ordnung mit Ergänzungen vollschreiben. Ein Roman durchläuft derart mehrere Stadien der Entstehung, wobei nicht nur die Einheit des Satzes, sondern auch die des ganzen Werkes verloren geht. Vermutlich ist es diese unbekömmliche Methode, die seinem Stil einen Anstrich des Weitschweifigen, Übereilten und Unfertigen verleiht – der einzige Fehler dieses großen Geschichtsschreibers.

VI. VON DER TÄGLICHEN ARBEIT UND VON DER INSPIRATION

Die Ausschweifung ist nicht mehr die Schwester der Inspiration: wir haben diese ehebrecherische Verwandtschaft aufgehoben. Die rasche Entkräftung und der Verfall einiger schöner Naturen liefern ein hinreichendes Zeugnis gegen dieses abscheuliche Vorurteil.
Eine sehr gehaltvolle, aber regelmäßige Nahrung ist das einzige, wessen der fruchtbare Schriftsteller bedarf. Die Inspiration ist offenkundig die Schwester der täglichen Arbeit. Diese beiden Gegensätze schließen einander ebenso wenig aus wie alle Gegensätze, aus denen die Natur besteht. Die Inspiration gehorcht, wie der Hunger, wie die Verdauung, wie der Schlaf. Es muß da im Geist eine Art himmlischer Mechanik am Werk sein, derer sich zu schämen kein Grund besteht, die es vielmehr aufs herrlichste zu nutzen gilt, wie die Ärzte sich die Mechanik des Körpers zunutze machen. Will man in einer unausgesetzten Betrachtung des morgigen Werkes leben, so wird die tägliche Arbeit der Inspiration dienstbar sein, – wie eine leserliche Handschrift die Klarheit des Gedankens fördert und wie eine ruhige, kräftige Geistestätigkeit uns zu einer leserlichen Handschrift verhilft; denn die Zeit der schlechten Handschriften ist vorbei.

VII. VON DER POESIE

Denen, die sich mit Erfolg der Poesie ergeben oder ergeben haben, rate ich, sie niemals zu verlassen. Die Poesie ist eine der Künste, die am meisten einbringen; aber es handelt sich um eine Art Anlage, bei der man erst spät die Zinsen einheimst – die dann allerdings beträchtlich sind.
Ich fordere Mißgünstige auf, mir diejenigen guten Gedichte zu nennen, die einen Verleger ruiniert hätten.
In sittlicher Hinsicht zieht die Poesie einen solchen Trennungsstrich zwischen den Geistern ersten und denen zweiten Ranges, daß auch das bürgerliche Publikum sich diesem despotischen Einfluß nicht entziehen kann. Ich kenne Leute, die Théophile Gautiers oft mittelmäßige Feuilletons nur deshalb lesen, weil er die *Comédie de la Mort* geschrieben hat; sie empfinden nicht alle Reize dieses Werkes, aber sie wissen, daß er ein Dichter ist.
Was nicht weiter verwunderlich ist, da jeder gesunde Mensch leicht zwei Tage ohne Nahrung leben kann – ohne Poesie, niemals!
Die Kunst, die das unabweisbarste Bedürfnis befriedigt, wird sich immer der höchsten Ehren erfreuen.

VIII. VON DEN GLÄUBIGERN

Man erinnert sich gewiß noch eines Lustspiels mit dem Titel: »Unordnung und Genie«. Daß die Unordnung bisweilen in der Begleitung von Genialität auftritt, beweist nur, daß der Genius ein Ausbund an Kraft ist; leider entnahmen viele junge Leute diesem Titel, daß es sich hier nicht um einen Zufall, sondern um eine notwendige Verbindung handle.
Ich bezweifle sehr, daß Goethe Gläubiger hatte; selbst E. T. A. Hoffmann, der unordentliche Hoffmann, der immer in irgendwelchen Nöten steckte, war unaufhörlich bestrebt, sich ihrer zu entledigen, und er starb gerade in dem Augenblick, als ein auskömmlicheres Leben seinem Genius einen glänzenderen Aufschwung gestattete.
Habt niemals Gläubiger; stellt euch, als hättet ihr welche, das ist alles, was ich euch durchgehen lassen kann.

IX. VON DEN LIEBSCHAFTEN

Wenn ich das Gesetz der Gegensätze beobachten will, welches die moralische Welt wie die Ordnung der Natur lenkt, so sehe ich mich genötigt, in die Klasse der Frauen, die dem Schriftsteller gefährlich sind, einzuordnen: die *anständige* Frau, den Blaustrumpf und die Schauspielerin; – die *anständige* Frau, weil sie notwendigerweise zwei Männern angehört und weil sie für die herrschsüchtige Seele eines Dichters nur ein mageres Fressen ist; – den Blaustrumpf, weil er ein mißlungener Mann ist; – die Schauspielerin, weil sie mit Literatur gesalbt ist und Jargon schwätzt – kurzum, weil sie keine Frau im vollen Sinn des Wortes ist – da ja das Publikum ihr mehr bedeutet als die Liebe.
Kann man sich einen Dichter vorstellen, der in seine Frau verliebt ist und zusehen muß, wie sie in einer Hosenrolle auftritt? Mir scheint, er müßte das Theater in Brand stecken.
Kann man sich vorstellen, daß der nämliche Dichter sich gezwungen sähe, seiner unbegabten Frau eine Rolle zu schreiben?
Und jener andere, der sich abmüht, dem Publikum der Proszeniumslogen vermittels seiner Epigramme die Schmerzen begreiflich zu machen, die das gleiche Publikum ihm in dem geliebtesten Wesen bereitet – jenem Wesen, das die Orientalen hinter dreifachen Schlössern einsperrten, ehe sie nach Paris kamen, um hier die Rechte zu studieren? Weil alle echten Literaten in gewissen Augenblicken einen Abscheu vor der Literatur empfinden, kann ich für sie – die freien, stolzen Seelen, die ein unstillbares Bedürfnis haben, am siebenten Tage zu ruhen – nur zwei Klassen von Frauen zulassen: die Dirne oder die dumme Frau – die Liebe oder der Kochtopf. – Brüder, bedarf es dieserhalb näherer Erklärungen?

SCHRIFTEN ZUR KUNST

DER SALON 1845

Einige Worte zur Einführung

Wie ein wohlbekannter Schriftsteller von seinen kleinen Büchern können auch wir hier mit Recht behaupten: was wir sagen, würden die Zeitungen nicht zu drucken wagen. Werden wir demnach sehr grausam, sehr unverschämt sein? Beileibe nicht; im Gegenteil: unparteiisch. Wir haben keine Freunde, das ist ein wichtiger Punkt, und keine Feinde. Seit Gustave Planche, einem aufrechten Grobian, dessen gebieterische und sachkundige Beredsamkeit zum großen Bedauern der Verständigen verstummt ist, hat die bald törichte, bald hitzige, niemals aber unabhängige Kritik der Zeitungen, durch ihre Verlogenheit und ihre schamlose Cliquenwirtschaft, dem Bourgeois jene so nützlichen Eselsbrücken verleidet, die man Salon-Besprechungen nennt.*

Und da die freche Bezeichnung – der *Bourgeois* – hier schon gefallen ist, wollen wir gleich eingangs erklären, daß wir keineswegs die Vorurteile unserer *artistischen* Kollegen vom Feuilleton teilen, die sich seit einigen Jahren bemüßigt fühlen, dieses harmlose Wesen in Acht und Bann zu tun, das doch von Herzen gern bereit wäre, die gute Malerei zu lieben, wenn jene Herren es nur verstünden, sie ihm begreiflich zu machen, und wenn die Künstler sie ihm häufiger vor Augen führten.

Dieses Wort, das auf eine Meile nach dem Künstlerjargon riecht, sollte aus dem Vokabular der Kritik gestrichen werden.

Es gibt den Bourgeois nicht mehr, seit der Bourgeois – was seinen guten Willen beweist, sich den Feuilletonschreibern gegenüber zum Artisten zu entwickeln – sich selber dieses Schimpfwortes bedient.

* Eine schöne und ehrenvolle Ausnahme sei jedoch angeführt: E.-J. Delécluze, dessen Ansichten wir zwar nicht immer teilen, der jedoch stets seinen Freimut zu wahren wußte, und dem das Verdienst gebührt, ohne Fanfaren und Emphase manches unbekannte junge Talent aufgespürt zu haben.

Außerdem ist der Bourgeois – da es ihn nun einmal gibt – aller Ehren wert; muß man doch denen gefallen, auf deren Kosten man leben will.

Und zuguterletzt gibt es so viele Bourgeois unter den Künstlern, daß man alles in allem besser daran täte, ein Wort auszumerzen, das keinen spezifischen Makel einer Kaste kennzeichnet, da es gleichermaßen auf die anwendbar ist, die ernstlich danach trachten, es nicht länger zu verdienen, wie auf jene anderen, in denen niemals der Verdacht aufgestiegen ist, daß sie seiner würdig sein könnten.

Mit der gleichen Verachtung für jede Opposition und alles systematische Gebelfer, denn Opposition und Gebelfer sind banal und gewöhnlich geworden*, mit dem gleichen Sinn für Ordnung, der gleichen Liebe zum gesunden Menschenverstand verbannen wir aus dieser kleinen Broschüre jede Diskussion, sowohl über die Jurys im allgemeinen als auch über die Jury für Malerei im besonderen, sowohl über die angeblich notwendig gewordene Reform der Jury als auch über die *Art* und die Häufigkeit der Ausstellungen, usw. Eine Jury ist unerläßlich, soviel steht fest – und was die jährliche Wiederkehr der Ausstellungen betrifft, die wir dem aufgeklärten Geist und der väterlichen Liberalität eines Königs verdanken, durch den die Öffentlichkeit und die Künstler in den Genuß von sechs Museen gelangt sind (die Galerie des Dessins, der Erweiterungsbau der Galerie Française, das Musée Espagnol, das Musée Standish, das Museum von Versailles, das Marine-Museum), so wird ein gerechter Beurteiler jederzeit einsehen, daß ein großer Künstler, bei seiner natürlichen Fruchtbarkeit, dabei nur gewinnen kann, während ein mittelmäßiger dort nichts als die verdiente Strafe finden wird.

Wir werden von allem sprechen, was die Blicke der Menge und der Künstler auf sich zieht; – eine Gewissenspflicht, die unser Beruf uns auferlegt. – Was gefällt, gefällt niemals ohne Grund, und die Ansammlungen derer zu verachten, die in die Irre gehen, ist nicht das rechte Mittel, sie dorthin zurückzuführen, wo sie eigentlich sein sollten.

* Die Proteste sind vielleicht berechtigt, aber eben doch Gebelfer, weil sie systematisch wurden.

Unser Verfahren wird einfach sein; wir behandeln nacheinander: Historienmalerei und Porträts – Genrebilder und Landschaften – Skulptur – Stiche und Handzeichnungen, und führen die Künstler dabei in der Reihenfolge und dem Range nach auf, die die Wertschätzung des Publikums ihnen zugewiesen hat.

8. Mai 1845

I. HISTORIENMALEREI

DELACROIX

Eugène Delacroix ist entschieden der originellste Maler der alten wie der modernen Zeit. Das ist nun einmal so; man wird sich damit abfinden müssen. Keiner von Delacroix' Freunden, auch der begeistertste nicht, hat es je gewagt, dies so geradezu, so dreist und ohne Umschweife auszusprechen wie wir. Dank der späten Gerechtigkeit der Zeit, die alle Mißgunst, alles Befremden und störrische Verwerfen mildert und jedes Hindernis allmählich ins Grab sinken läßt, leben wir nicht mehr in jenen Tagen, da Delacroix' Name genügte, daß *die ewig Gestrigen* sich bekreuzigten und alle Gegner des Bestehenden, Kluge wie Unkluge, sich um den gleichen Namen wie um ein Feldzeichen scharten; diese *schönen Zeiten* sind vorüber. Delacroix wird immer ein wenig umstritten bleiben, gerade so viel, als es bedarf, um seiner Aureole einige Strahlen hinzuzufügen. Um so besser! Er hat das Recht auf ewige Jugend, denn *er* hat uns nicht belogen, *er* hat uns nicht betrogen wie manche undankbaren Götzen, die wir in unsere Ruhmeshallen getragen haben. Delacroix ist zwar noch nicht in der Akademie, aber von Rechts wegen gehört er ihr an; seit langem hat er alles gesagt, alles, was einer sagen muß, um der Erste zu sein – soviel steht fest; – ihm bleibt nicht mehr zu tun als – gewaltige Kraftprobe eines Genius, der unablässig das Neue sucht – fortzuschreiten auf der Bahn des Guten – die er allezeit gewandelt ist.

Delacroix hat dieses Jahr vier Bilder eingesandt:

1. *Maria Magdalena in der Wüste*

Man sieht einen zurückgeworfenen Frauenkopf auf sehr engem Raum. Rechts oben ein kleines Stück Himmel oder Felsgestein – etwas Blaues; Maria Magdalenas Augen sind geschlossen, der Mund ist weich und schmachtend, das Haar aufgelöst. Ohne sie gesehen zu haben, kann niemand sich vorstellen, wieviel innige, geheimnisvolle, romantische Poesie der Künstler in dieses einfache Antlitz gelegt hat. Es ist fast ganz in Schraffur gemalt, wie viele Bilder von Delacroix; die Farbtöne sind keineswegs kräftig oder leuchtend, sondern sehr sanft, sehr verhalten; das Bild wirkt fast grau, doch ist der Anblick von vollkommener Harmonie. Es führt uns eine seit langem geahnte Wahrheit vor Augen, die in einem anderen Bild, von dem gleich die Rede sein soll, noch deutlicher zutage tritt: Delacroix ist stärker denn je; unaufhörlich sich erneuernd und fortschreitend, ist er mehr denn je Harmonist.

2. Die letzten Worte Mark Aurels

Mark Aurel vermacht den Stoikern seinen Sohn. – Sein Oberkörper ist entblößt; er liegt im Sterben und stellt seinen strengen Freunden, die in schmerzlicher Ergriffenheit sein Lager umstehen, den jungen Commodus vor; dieser, jung, rosig, weichlich und wollüstig, sieht aus, als langweile er sich.
Ein herrliches Gemälde, großartig, erhaben, unverstanden. – Ein bekannter Kritiker hat es dem Maler hoch angerechnet, daß er den Commodus, das heißt die Zukunft, ins Licht gerückt habe, die Stoiker hingegen, als Vertreter der Vergangenheit, in den Schatten; – wie geistreich! Mit Ausnahme zweier Figuren im Halbschatten empfangen alle Gestalten ihr Teil Licht. Das gemahnt uns an die Bewunderung eines republikanischen Literaten, der den großen Rubens treuherzig dazu beglückwünschte, auf einem seiner offiziellen Gemälde in der Medici-Galerie Heinrich IV. einen Strumpf und Stiefel höchst nachlässig angezogen zu haben, was er für den Ausfall eines unabhängigen Satirikers hielt, für einen liberalen Prankenhieb gegen die königliche Ausschweifung. Rubens ein Sanskulott! Oh, die Kritik! oh, die Kritiker!...
Hier sehen wir Delacroix ganz und gar, das heißt, hier haben wir eines der vollkommensten Muster dessen vor Augen, was das Genie in der Malerei vermag.

Die Farbgebung zeugt von einem unvergleichlichen Wissen, ohne den kleinsten Verstoß, – und ist nichtsdestoweniger das Ergebnis von lauter Gewaltstreichen – Gewaltstreichen, die dem unaufmerksamen Auge entgehen, da alles von tiefer, gedämpfter Harmonie ist; weit entfernt davon, bei dieser neuen, gründlicheren Wissenschaft ihre unerbittliche Originalität einzubüßen, bleibt die Farbe stets voller Blut und Schrecken. – Diese Ausgewogenheit von Grün und Rot tut unsrer Seele wohl. Delacroix hat sogar, wenigstens kommt es uns so vor, in dieses Gemälde einige Töne eingeführt, die er bislang nicht zu verwenden pflegte. – Sie bringen einander vortrefflich zur Geltung. – Der Hintergrund ist von dem Ernst, den ein solcher Gegenstand erheischt.

Schließlich, sprechen wir es getrost aus, da es sonst niemand tut, ist dieses Bild vollkommen schön gezeichnet, vollkommen gut modelliert. – Hat das Publikum überhaupt eine Vorstellung, wie schwierig es ist, mit Farbe zu modellieren? Die Schwierigkeit ist eine doppelte, – wer in einem einzigen Ton modelliert, bedient sich eines Wischers, die Schwierigkeit ist eine einfache; – mit Farbe modellieren heißt hingegen, in einer raschen, spontanen, komplizierten Tätigkeit zuerst das logische Verhältnis von Schatten und Licht, sodann den treffenden und harmonischen Ton zu finden; mit anderen Worten: ist der Schatten grün und das Licht rot, so gilt es, auf Anhieb eine Harmonie aus Grün und Rot – – dunkel das eine, leuchtend das andere – zu finden, die den Eindruck eines einfarbigen, *kreisenden* Gegenstandes hervorruft.

Dieses Gemälde ist vollkommen richtig gezeichnet. Muß man angesichts dieses ungeheuerlichen Paradoxons, dieser unverfrorenen Lästerung aber- und abermals wiederholen und erklären, was Théophile Gautier im vergangenen Jahr in einem seiner Feuilletons, anläßlich Coutures, auseinanderzusetzen sich die Mühe nahm – denn, wenn die Werke mit seinem literarischen Temperament, seiner literarischen Bildung übereinstimmen, erläutert Gautier vortrefflich, was er richtig empfindet – daß es nämlich zwei Arten von Zeichnung gibt, die Zeichnung der Koloristen und die Zeichnung der Zeichner? Ihre Verfahrensweisen sind einander entgegengesetzt; dennoch läßt sich auch mit einer entfesselten Farbe vortrefflich zeichnen, ebenso wie man harmonische Farbmassen finden und dabei doch ausschließlich Zeichner bleiben kann.

Wenn wir also sagen, dieses Bild sei vollkommen in der Zeichnung, so wollen wir damit nicht etwa zu verstehen geben, es sei gezeichnet wie ein Raffael; wir wollen vielmehr sagen, es sei auf eine rasche, geistreich improvisierte Weise gezeichnet; und diese Art von Zeichnung, die mit der aller großen Koloristen, der eines Rubens zum Beispiel, einige Verwandtschaft aufweist, sei durchaus geeignet, die Bewegung, die Physiognomie, das Ungreifbare und Unbeständige der Natur vollkommen wiederzugeben, was Raffaels Zeichnung niemals tut. – Wir kennen überhaupt nur zwei Männer in Paris, die ebenso gut zeichnen wie Delacroix, der eine auf verwandte Art, der andere mit einer entgegengesetzten Methode. – Der eine ist der Karikaturist Daumier; der andere der große Maler Dominique Ingres, der listenreiche Verehrer Raffaels. – Eine solche Behauptung dürfte Freunde und Feinde, Anhänger und Widersacher verblüffen; aber bei geduldiger, aufmerksamer Betrachtung wird ein jeder gewahr werden, daß diese drei unterschiedlichen Arten von *Zeichnung* das eine gemein haben: die Seite der Natur, die sie wiedergeben wollen, geben sie vollkommen und vollständig wieder, und sie sagen genau das, was sie sagen wollen. – Daumier zeichnet vielleicht besser als Delacroix, wenn man die Vorzüge des Gesunden, dem es in seiner Haut wohl ist, höher veranschlagen will als die fremdartigen, staunenswerten Fähigkeiten eines großen Genies, das an seinem Genie krankt; Ingres, der so sehr ins Detail verliebte, zeichnet womöglich noch besser als alle beide, wenn man die ausgearbeiteten Feinheiten über die Harmonie des Ganzen stellt, und den Charakter des Ausschnitts über den Charakter der Komposition, aber . . . .

. . . .

. . . .

. . . .

. . . .

. . . .

am besten, wir lieben sie alle drei.

3. Sibylle, auf den goldenen Zweig deutend

Auch dieses Bild ist schön und originell in seiner Farbgebung. Das Haupt erinnert ein wenig an die reizvolle Unentschlossenheit der Zeichnungen zu »Hamlet«. – Unvergleichlich in der Modellierung und im Farbauftrag; die nackte Schulter wiegt einen Correggio auf.

4. Der Sultan von Marokko, umgeben von seiner Garde und seinen Offizieren

Das ist das Bild, das wir vorhin im Sinne hatten, als wir behaupteten, daß Delacroix in der Wissenschaft der Harmonie fortgeschritten sei. – Und fürwahr, hat man je eine größere musikalische Koketterie aufgeboten? War Veronese je märchenhafter? Ließ man je auf einer Leinwand kapriziösere Melodien erklingen? einen gewaltigeren Akkord neuer, unbekannter, zarter, köstlicher Töne? Wir appellieren an die Ehrlichkeit eines jeden, der seinen alten Louvre kennt; – man nenne uns ein Bild eines großen Koloristen, dessen Farbgebung ebenso geistvoll ist wie hier bei Delacroix. – Freilich, nur einige wenige werden uns verstehen, aber das genügt uns. – Dieses Gemälde ist trotz der Leuchtkraft seiner Töne so harmonisch, daß es geradezu grau wirkt – grau wie die Natur – grau wie die Luft im Sommer, wenn die Sonne gleichsam einen Dämmerschein aus flimmerndem Staub um jeden Gegenstand webt. – Deshalb bemerkt man es auch nicht auf den ersten Blick; – seine Nachbarn erschlagen es. – Die Komposition ist vortrefflich; – sie hat etwas Unerwartetes, weil sie wahr und natürlich ist. . . . .

. . . .

. . . .

Postskriptum. Es heißt, gewisse Lobreden hätten etwas Kompromittierendes, und ein besonnener Gegner sei besser als ... usw. Wir unsernteils bestreiten, daß man das Genie kompromittieren könne, indem man es erklärt.

Diese afrikanische Malerei ist frostiger als ein klarer Wintertag. – Alles ist von einer trostlosen Weiße und Helle. Jede Einheit fehlt; statt dessen eine Fülle kleiner interessanter Anekdoten – ein gewaltiges Wirtshauspanorama; – im allgemeinen sind derartige Dekorationsstücke in einzelne Felder oder Akte unterteilt, durch einen Baum, einen hohen Berg, eine Höhle und so fort. Horace Vernet hat sich an dieselbe Methode gehalten; und dank dieser feuilletonistischen Methode findet das Gedächtnis des Betrachters sich an gewissen Richtpunkten zurecht, als da sind: ein großes Kamel, einige Hirschkühe, ein Zelt, usw. . . . – Wahrhaftig, es bereitet einem Kummer, mitanzusehen, wie ein Mann von Geist in Scheußlichkeiten watet. – Hat Horace Vernet denn niemals die Rubens, Veronese, Tintoretto, Jouvenet zu Gesicht bekommen, zum Donnerwetter! . . .

WILLIAM HAUSSOULLIER

Möge William Haussoullier zunächst nicht überrascht sein ob des überschwenglichen Lobes, das wir seinem Bilde spenden werden, denn erst, nachdem wir es gewissenhaft und eingehend untersucht hatten, haben wir uns zu diesem Schritt entschlossen; möge anderseits der rohe, ungehörige Empfang ihn nicht betroffen machen, den ein französisches Publikum ihm bereitet, nicht das schallende Gelächter, mit dem es an seinem Bilde vorbeizieht. Wir haben mehr als einen Kritiker, dessen Stimme in der Presse zählt, im Vorbeigehn darüber witzeln hören – möge der Künstler es nicht beachten. Es ist schön, einen ähnlichen Erfolg wie der *Heilige Symphorianus* davonzutragen.

Man kann auf zweierlei Weise berühmt werden: durch eine Aneinanderreihung alljährlicher Erfolge, oder mit einem Donnerschlag. Die letztere Art ist gewiß die originellere. Der Künstler denke nur an das Geschrei, mit dem man *Dante und Virgil* empfing, und schreite unbeirrt auf seinem Wege fort; mancher unpassende Spaß wird noch auf dieses Werk niedergehen, aber wer Auge und Gefühl besitzt, dem wird es unvergeßlich bleiben; möge sein Erfolg beständig wachsen, denn Erfolg haben wird es unbedingt.

Nach den wunderbaren Bildern von Delacroix ist dieses wahrhaftig das bedeutendste Stück der Ausstellung; genauer gesagt, es ist, in einem gewissen Sinn jedenfalls, das einzige Gemälde des Salons von 1845; denn Delacroix ist seit langem ein hochgeschätztes Genie, eine anerkannte Berühmtheit, die man gelten läßt; er hat dieses Jahr vier Bilder zur Ausstellung gegeben; William Haussoullier war gestern noch unbekannt, und er hat nur eines eingesandt.

Wir können uns das Vergnügen nicht versagen, zunächst eine Beschreibung davon zu geben, so vergnüglich und verlockend erscheint uns diese Aufgabe. – Es stellt den *Jungbrunnen* dar; – im Vordergrund drei Gruppen; – linkerhand zwei junge Leute, oder vielmehr zwei Verjüngte, die sich, Auge in Auge, aus nächster Nähe unterreden und so aussehen, als pflegten sie der »deutschen Liebe«. – In der Mitte eine Frau, die dem Betrachter den Rücken zuwendet und die, halb nackt, sehr weiß, mit krausem braunen Haar, ebenfalls lächelnd mit ihrem Gegenüber plaudert; sie wirkt um einiges sinnlicher und hält noch einen Spiegel, in dem sie sich soeben betrachtet hat; – in der Ecke rechts schließlich stellt ein anmutig-kräftiger Mann – ein hinreißender Kopf, mit etwas niedriger Stirn, etwas starken Lippen – lächelnd sein Glas auf den Rasen nieder, während seine Gefährtin einem vor ihr stehenden schlanken und hochgewachsenen Jüngling eine Art Wunder- oder Zaubertrank einschenkt.

Hinter ihnen, im Mittelgrund, liegt ein weiteres Paar der Länge nach im Grase ausgestreckt; – sie küssen sich. – In der Mitte steht hier eine nackte Frau und wringt ihr Haar aus, von dem die letzten Tränen des heiligen, lebenspendenden Wassers herabtropfen; eine andere, die unbekleidet halb am Boden liegt, wirkt wie im Puppenstand, noch leicht umfangen von einem letzten feuchten Hauch ihrer Metamorphose. Die beiden Frauen sind von zarten, nebelhaften Formen und aufreizend weiß; sie beginnen sozusagen erst wieder zu erscheinen. – Die Stehende gliedert das Bild vorteilhaft in zwei symmetrische Hälften. Diese Statue, in der sich so etwas wie Leben zu regen scheint, ist von ausgezeichneter Wirkung und bringt, durch ihren Kontrast, die lebhaften Töne des Vordergrundes zur Geltung, die dadurch noch kräftiger hervortreten. Der Brunnen, den einige Kritiker sicherlich ein wenig *Seraphisch* finden werden, dieser Märchenbrunnen gefällt uns; das Wasser fällt in zwei Schalen und zerteilt sich in lauter hauchdünne flimmernde Fransen. – Auf einem gewundenen Pfade, der das Auge in die Tiefe des Bildes hineinführt, kommen, langbärtig und gebeugt, glückliche Sechzigjährige herbei. – Rechts im Hintergrund befindet sich ein Hain, wo man tanzt und andere Lustbarkeiten veranstaltet.

Die Empfindung, die aus diesem Bilde spricht, ist überaus köstlich; hier wird geliebt, getrunken – ein lustvoller Anblick – doch man trinkt und liebt auf eine höchst ernsthafte, fast schwermütige Weise. Das sind keine unruhigen, ungestümen jungen Leute, sondern wieder jung Gewordene, die den Wert des Lebens kennen und sich seiner gelassen erfreuen.

Dieses Gemälde besitzt, unserer Ansicht nach, einen Vorzug, der, zumal in einem Museum, ins Gewicht fällt – es ist sehr auffallend. Unmöglich, es zu übersehen. Die Farbe ist von entsetzlicher, von erbarmungsloser Grellheit, was bei einem Künstler von geringerer Kraft vermessen wäre; aber ... sie ist *distinguiert*, ein Verdienst, dem die Herren aus Ingres' Schule so beharrlich nachlaufen. – Gewisse Farbverbindungen erzielen eine glückliche Wirkung; nicht ausgeschlossen, daß der Künstler später einmal ein entschiedener Kolorist wird. Ein weiterer ungeheurer Vorzug, der den Mann, den wirklichen Mann ausmacht: dieses Gemälde hat den Glauben – den Glauben an die eigene Schönheit –, das ist absolute Malerei, die von sich überzeugt ist, und die förmlich schreit: Ich will, ich will schön sein, und schön, wie ich es verstehe, und ich weiß, daß sich genügend Leute finden werden, denen ich gefalle.

Man ahnt bereits, daß die Zeichnung auch von einem starken Willen und großem Geschick zeugt; die Köpfe sind reizvoll herausgearbeitet. – Haltung und Stellung sind jeweils gut ersonnen. – Eleganz und *Distinktion* sind allenthalben das besondere Kennzeichen dieses Bildes.

Wird dem Werk ein rascher Erfolg beschieden sein? Wir wissen es nicht. – Ein Publikum besitzt zwar immer ein inneres Gefühl und einen guten Willen, die es zu dem Wahren hintreiben; aber man muß ihm auf die Sprünge helfen und es in Schwung versetzen, und unsere Feder ist noch weniger bekannt als Haussoulliers malerische Begabung.

Könnte man dasselbe Werk wiederholt und zu verschiedenen Zeiten ausstellen, so wollten wir uns dafür verbürgen, daß das Publikum diesem Künstler Gerechtigkeit widerfahren ließe.

Im übrigen ist sein Gemälde kühn genug, um die Schmähungen gelassen zu ertragen, und es verspricht einen Meister, der die Verantwortung für seine Werke zu übernehmen weiß; so bleibt ihm nichts anderes zu tun, als ein neues Gemälde zu schaffen.

Dürfen wir, nach diesem freimütigen Bekenntnis unserer Sympathie (aber die garstige Pflicht nötigt uns, an alles zu denken), dürfen wir es aussprechen, daß der Name des Giovanni Bellini und einiger anderer unter den frühen Venezianern uns in den Sinn gekommen ist, nachdem wir uns lange in sanfte Betrachtung vor diesem Bilde verloren hatten? Sollte Haussoullier etwa zu denen gehören, die über ihre Kunst allzu gut Bescheid wissen? Das ist eine höchst gefährliche Plage, die vieles Vortreffliche in der ersten unwillkürlichen Regung erstickt. Sei er nur vor seiner Gelehrsamkeit auf der Hut, ja selbst vor seinem Geschmack – freilich ein erlauchter Fehler –, und dieses Bild besitzt genügend Originalität, um eine glückliche Zukunft zu versprechen.

DECAMPS

Nur schnell! herangetreten! – denn Decamps' Werke reizen schon im voraus die Neugier – immer verspricht man sich eine Überraschung – ist man auf etwas Neues gefaßt. Diesmal hat Decamps uns eine Überraschung zugedacht, welche alle diejenigen noch übertrifft, auf die er so lange Zeit hindurch soviel Liebe verwandt hat, sogar noch *Die Hakenhinrichtung* und *Die Zimbernschlacht*. Diesmal malt Decamps wie Raffael und wie Poussin. – Bei Gott! – es ist so.

Um jedoch das Übertriebene dieser Behauptung zu mildern, sei alsogleich hinzugefügt, daß noch keine Nachahmung verstohlener und mit größerem Kunstverstand bewerkstelligt wurde – es ist durchaus erlaubt, ja löblich, auf diese Weise nachzuahmen.

Offen gestanden, unerachtet alles Vergnügens, das es bereitet, in den Werken eines Künstlers die verschiedenen Verwandlungen seiner Kunst und die einander ablösenden Beschäftigungen seines Geistes zu verfolgen, sehnen wir uns doch ein wenig nach dem alten Decamps zurück.

Er hat, mit der ihm eigenen Sicherheit in der Wahl seines Stoffes, unter allen biblischen Sujets eben dasjenige herausgegriffen, das dem Wesen seiner Begabung am besten entsprach: nämlich die seltsame, barocke, romanhafte, phantastische, sagenhafte Erzählung von Samson, dem Manne der unerhörten Arbeiten, der die Häuser mit einer Bewegung seiner Schulter wanken machte – jenem alten Vetter des Herkules und des Barons von Münchhausen. – Die erste dieser Zeichnungen – die Erscheinung des Engels in einer weiträumigen Landschaft – erinnert bedauerlicherweise an allzu Bekanntes – dieser grelle Himmel, die großen Felsblöcke, die granitgrauen Horizonte: das beherrschen sämtliche Adepten der jungen Schule schon seit geraumer Zeit – und obwohl es zutrifft, daß niemand anders als Decamps es sie gelehrt hat, schmerzt es uns doch, vor einem Decamps an Guignet denken zu müssen.

Mehrere dieser Kompositionen haben, wie gesagt, etwas ausgesprochen Italienisches an sich – und diese Mischung aus dem Geist der großen alten Schulen mit dem Geiste Decamps', einer in mancher Hinsicht entschieden flämischen Intelligenz, brachte ein höchst merkwürdiges Ergebnis hervor. – So sieht man beispielsweise neben Gestalten, die sich in den, übrigens gelungenen, Haltungen der großfigurigen Bilder gefallen, etwas wie ein offenes Fenster, durch welches das Sonnenlicht in einer Art auf den Fußboden fällt, die nach dem Herzen der *allersorgfältigsten* Flamen wäre. – Auf der Zeichnung, die den Einsturz des Tempels darstellt, eine Zeichnung, die wie ein großes, prächtiges Gemälde komponiert ist – Bewegungen, Haltungen, wie in der Historienmalerei –, erkennt man die ganze, Decamps eigene

Genialität in dem fliegenden Schatten jenes Mannes, der, mehrere Stufen auf einmal nehmend, auf ewig in der Luft schweben bleibt. – Wie mancher andere wäre auf dieses Detail nicht gekommen oder hätte es zumindest anders behandelt! Aber Decamps liebt es, die Natur auf frischer Tat zu ertappen, sie von ihrer ebenso phantastischen wie zugleich wirklichen Seite zu zeigen – in ihrer unvermitteltsten und unerwartetsten Erscheinung.

Die schönste von allen Zeichungen ist unstreitig die letzte – Samson der Breitschultrige, Samson der Unüberwindliche ist dazu verdammt, einen Mühlstein zu drehen – sein Haar, oder besser seine Mähne, ist nicht mehr – die Augen sind ihm ausgestochen – der Held geht wie ein Zugvieh unter die Arbeit gekrümmt – List und Verrat haben diese gewaltige Kraft gezähmt, die den Lauf der Naturgesetze hätte umstoßen können. – Recht so – das ist wahrer und bester Decamps – hier also finden wir endlich jene Ironie wieder, jene Phantastik, fast hätte ich gesagt jene Komik, die wir in den vorangehenden Zeichnungen so sehr vermißten. – Wie ein Pferd zieht Samson das Triebwerk; in roher Einfalt stapft er schweren Schrittes und tiefgebeugt dahin – es ist die Einfalt eines entmachteten Löwen; die in sein Schicksal ergebene Trauer und fast schon Abgestumpftheit eines Königs der Wälder, den man einen Karren mit Abfällen oder Fleischerresten für die Katzen ziehen ließe.

Ein Aufseher, vermutlich sein Kerkermeister, sieht ihm zu; in aufmerksamer Haltung hält er sich vorn im Schatten, so daß seine Silhouette sich vor einer Mauer abzeichnet. – Läßt sich etwas Vollständigeres, etwas Interessanteres denken als diese beiden Gestalten und dieser Mühlstein? Es hätte nicht einmal dieser Gaffer hinter dem Gitter eines Durchblicks bedurft – das Ganze war ohnehin schön, und schön genug.

Decamps hat demnach eine prächtige Illustration und großartige Vignetten zu jenem seltsamen Gedicht von Samson geliefert – und diese Folge von Zeichnungen, an denen man vielleicht einiges Gemäuer und einige allzu ausgeführte Gegenstände, sowie die sorgliche und durchtriebene Mischung von Malerei und Zeichnung bemäkeln könnte – gehört, eben wegen der neuen künstlerischen Absichten, durch die sie hervorsticht, zu den schönsten Überraschungen, die dieser erstaunliche Künstler uns bereitet hat, von dem wir gewiß noch manche andere erwarten dürfen.

ROBERT-FLEURY

Robert-Fleury bleibt unwandelbar sich selber gleich, das heißt ein tüchtiger und bemerkenswerter Maler. – Ohne eigentlich ein hervorstechendes Verdienst und eine, sozusagen, unwillkürliche Genialität, wie die allerersten Meister, zu besitzen, verfügt er über alles, was Willenskraft und guter Geschmack verleihen können. Der Willenskraft verdankt er ebenso wie Delaroche einen Großteil seines Ansehens. – Eine solche Willenskraft muß eine sehr schöne und stets fruchtbringende Fähigkeit sein, wenn sie allein hinreicht, um verdienstvollen Werken, wenngleich Werken zweiten Ranges wie denen von Robert-Fleury, ein eigenes Gepräge, einen zuweilen gar kraftvollen Stil zu verleihen. – Es ist diese zähe, unermüdliche, immer angespannte Willenskraft, der die Bilder dieses Künstlers ihren geradezu blutrünstigen Zauber verdanken. – Der Betrachter genießt die Anstrengung, das Auge schlürft den Schweiß. – Darin vor allem, wir wiederholen es, liegt der rühmliche Hauptzug dieser Malweise, die, kurz gesagt, weder Zeichnung ist, obwohl Robert-Fleury sehr geistvoll zu zeichnen versteht, noch Farbe, obwohl er auf kräftiges Kolorit hält; sie ist weder dieses noch jenes, weil sie keines ausschließlich ist. – Die Farbe ist zwar warm, aber der Farbauftrag ängstlich; die Zeichnung geschickt, doch keineswegs originell.
Sein *Marino Faliero* erinnert unvorsichtigerweise an ein großartiges Gemälde, das zu unseren liebsten Erinnerungen gehört. – Wir meinen den *Marino Faliero* von Delacroix. – Die Komposition war ähnlich angelegt; aber wieviel mehr Freiheit, Kühnheit und Überfluß! ...
In dem *Autodafé* haben wir mit Vergnügen einige geschickt verarbeitete Reminiszenzen an Rubens zur Kenntnis genommen. – Die beiden brennenden Verurteilten nämlich und den Greis, der

mit gefalteten Händen einherschreitet. – Es ist dies das originellste Gemälde Robert-Fleurys in diesem Jahr. – Die Komposition ist vortrefflich, die ganze Intention lobenswert, fast alle Einzelheiten wohlgelungen. – In ihnen vor allem tritt jene grausame Kraft des geduldigen Willens, die wir soeben erwähnten, besonders glanzvoll in Erscheinung. – Nur eines stört: die dem Betrachter zugekehrte halbnackte Frau im Vordergrund; sie wirkt kalt, gerade weil sie allzu sehr um dramatischen Ausdruck bemüht ist. – Die Ausführung gewisser Einzelheiten auf diesem Bild ist nicht hoch genug zu rühmen. – So sind manche nackte Partien an den Körpern der Männer, die sich in den Flammen winden, kleine Meisterwerke. – Wir möchten jedoch darauf hinweisen, daß dieser Künstler die große und breite Wirkung des Historiengemäldes lediglich durch die geduldig wiederholte Anwendung mehrerer an sich zweitrangiger Kunstgriffe anstrebt.
Sein *Frauenakt* ist eine Durchschnittsleistung, eine Verirrung seines Talents.
Rembrandts Atelier ist ein höchst merkwürdiges Pastiche, aber bei Studien dieser Art ist Vorsicht geboten. Zuweilen läuft man dabei Gefahr, bereits Errungenes wieder zu verlieren.
Aufs ganze gesehen ist und bleibt Robert-Fleury ein vortrefflicher, ein distinguierter, ein suchender Künstler, dem zur Genialität nur ein winziges unmeßbares oder unwägbares Etwas fehlt.

GRANET

hat ein *Ordenskapitel der Templer* ausgestellt. Man ist übereingekommen, Granet eine gefühlvolle Unbeholfenheit zuzuerkennen, und vor seinen Bildern sagt man sich: »Welche Einfachheit der Mittel, und dennoch: welche Wirkung!« Was ist daran denn so widersprüchlich? Das beweist doch nur, daß Granet ein höchst geschickter Künstler ist, der in seinem Sonderbereich der gotischen oder religiösen Altertümer ein sehr bewußtes Können entfaltet, eine höchst durchtriebene und äußerst dekorative Begabung.

Ein schöner Name, ein edler, wahrhafter Künstler nach unserem Sinne.

Kritiker und Journalisten haben wie auf Verabredung ein barmherziges De Profundis über Eugène Devérias dahingeschiedenes Talent angestimmt, und jedesmal, wenn es dieser alten Zierde der romantischen Schule einfällt, sich im hellen Tageslicht zu zeigen, schlagen sie andachtsvoll das Leichentuch der *Geburt Heinrichs IV.* um ihn und entzünden einige Kerzen zu Ehren dieser Überreste. Recht so! das beweist, daß diese Herren gewissenhaft das Schöne lieben; das macht ihrem Herzen Ehre. Aber wie kommt es, daß niemand sich gedrungen fühlt, Achille Devéria aufrichtig ein paar Blumen zuzuwerfen und ihm ein paar redliche Artikel zum Kranz zu winden? Welch ein Undank! Während langer Jahre hat Achille Devéria zu unserem Vergnügen aus seiner nie versiegenden Fülle geschöpft: hinreißende Vignetten, bezaubernde kleine Interieurs, anmutige Genrebilder aus der eleganten Welt, wie sie, trotz aller Ansprüche der neuen Berühmtheiten, in keinem Keepsake seither verlegt wurden. Er verstand es, den lithographischen Stein zu kolorieren; alle seine Zeichnungen hatten Anmut und Distinktion, und etwas lieblich Verträumtes. All seine koketten, sanft sinnlichen Frauen waren die verklärten Gestalten derer, die man abends im Konzert, im Théâtre-Italien, in der Oper oder in den großen Salons gesehen und begehrt hatte. Diese Lithographien, die die Händler für drei Sous kaufen und für einen Franc verkaufen, sind die getreuen Darstellungen jenes eleganten, duftenden Lebens der Restaurationszeit, über dem einen Schutzengel gleich die romantische, blonde Erscheinung der Herzogin von Berry schwebt.

Welch ein Undank! Keiner spricht heute noch davon, und all unsere routinierten und antipoetischen Esel haben sich hingebungsvoll Jules Davids ehrbaren Eseleien und Plattheiten zugewandt, sowie Vidals pedantischen Paradoxen.

Wir wollen nicht behaupten, Achille Devéria habe ein vorzügliches Bild gemalt – aber es ist doch ein Bild – *Die heilige Anna unterrichtet die heilige Jungfrau* –, dessen Wert vor allem in seiner Eleganz und geschickten Komposition liegt; – es ist zugegebenermaßen eher koloriert als wirklich gemalt; und in unserer Zeit der *pikturalen Kritik*, einer *katholischen Kunst* und der *verwegenen Faktur* muß ein solches Werk unweigerlich einfältig und befremdlich wirken. Wenn die Werke eines berühmten Mannes, die euch einst entzückten, euch heute einfältig und befremdlich vorkommen, so begrabt ihn doch wenigstens mit Orchesterklängen, ihr pöbelhaften Egoisten!

BOULANGER

gab eine *Heilige Familie* – abscheulich;
Die Hirten Virgils – mittelmäßig;
Badende Frauen, die etwas besser sind als dergleichen bei Duval Lecamus und Maurin; und das anständig gemalte *Bildnis eines Mannes*.
Das sind die letzten Überreste der ehemaligen Romantik – das kommt davon, wenn man in eine Zeit gerät, da jedermann glaubt, die Inspiration allein genüge und ersetze alles Übrige; – da gähnt der Abgrund, in den Mazeppas wilder Ritt hineinführt. – Niemand anders als Victor Hugo hat Boulanger zugrunde gerichtet – nachdem er schon manchen anderen vor ihm zugrunde gerichtet hatte – der Dichter ist schuld, daß der Maler im Graben landete. Und doch malt Boulanger ganz leidlich (man sehe seine Porträts); aber woher zum Teufel hat er den Freibrief eines Historienmalers und Originalgenies? Etwa aus den Vorreden oder den Oden seines illustren Freundes?

BOISSARD

Es ist bedauerlich, daß Boissard, der alle Eigenschaften eines guten Malers besitzt, in diesem Jahr ein allegorisches Gemälde nicht ausstellen konnte, das die Musik, die Malerei und die Dichtkunst darstellt. Die Jury, die an jenem Tage offensichtlich von ihrer schweren Aufgabe zu erschöpft war, hielt es nicht für angebracht, das Bild zuzulassen. Boissard ist niemals in den trüben Fluten jener schlimmen Epoche versunken, von der bei Boulanger die Rede war; er ist der Gefahr entronnen, dank der Redlichkeit und einer gewissen Ursprünglichkeit seiner Malerei. – Sein *Gekreuzigter Christus* überzeugt durch die Gediegenheit der Farbe und des Pinselstrichs.

SCHNETZ

Ach! was soll man nur mit diesen italienischen Kolossalgemälden anfangen? – Wir schreiben das Jahr 1845, und es steht zu befürchten, daß Schnetz uns 1855 auch nichts anderes servieren wird.

CHASSÉRIAU

Der Kalif von Konstantine mit Eskorte

Dieses Bild besticht sogleich durch seine Komposition. – Dieser Vorbeizug von Pferden und diese großen Reiter haben etwas, das an die naive Kühnheit der großen Meister gemahnt. – Aber wer Chassériaus Studien aufmerksam verfolgt hat, der weiß, daß noch manche Revolution in diesem jungen Geiste gärt und daß der Kampf noch lange nicht ausgefochten ist.

Die Stellung, die er sich schaffen möchte, zwischen Ingres, dessen Schüler er ist, und Delacroix, den er zu plündern sucht, hat etwas Zweideutiges für jedermann, und für ihn selber etwas Peinliches. Daß Chassériau bei Delacroix *seinen Vorteil findet,* dagegen wäre nichts einzuwenden; von Übel ist nur, daß er, trotz aller seiner Begabung und frühzeitig erworbenen Erfahrung, dies so kraß erkennen läßt. Daher rühren die Widersprüche in diesem Bild. – An manchen Stellen sieht man schon *Farbe,* andere sind immer noch lediglich koloriert – und nichtsdestoweniger bietet das Ganze einen angenehmen Anblick, und die Komposition ist, wie wir gerne wiederholen, vortrefflich.

Schon an den Illustrationen zu Othello war jedermann sein

Bestreben aufgefallen, es Delacroix nachzutun. – Doch bei solcher Distinktion des Geschmacks und einem so unternehmenden Geist, wie Chassériau sie erkennen läßt, darf man hoffen, daß er ein Maler werden wird, und zwar ein vorzüglicher.

DEBON

Die Schlacht von Hastings

Noch ein Pseudo-Delacroix; – aber wie begabt! welche Kraft! Das ist wahrhaftig eine Schlacht! – Soviel Vortreffliches ist in diesem Werk zu sehen: schöne Farbe, aufrichtiges Trachten nach Wahrheit, und die kühne Leichtigkeit der Komposition, die den Historienmaler macht.

VICTOR ROBERT

Über diesem Bild waltet ein Unstern; – die Herren Experten vom Feuilleton haben genügend Witze darüber gerissen, und wir halten es für an der Zeit, das Unrecht wiedergutzumachen. – Eine wunderliche Idee freilich, diesen Herren *die Religion, die Philosophie, die Wissenschaften und Künste als Lichtbringer Europas* zu zeigen und dabei jedes Volk Europas durch eine Gestalt darzustellen, *die dessen geographische Stelle auf dem Bilde einnimmt!* Wie sollte man auch solche Artikelschreiber dahin bringen, an etwas Kühnem Geschmack zu finden und einzusehen, daß die Allegorie eine der schönsten Kunstgattungen überhaupt ist?
Diese großangelegte Komposition hat ein gutes Kolorit, wenigstens in einzelnen Partien; sogar ein Bestreben nach neuen Tönen läßt sich feststellen, und einige der schönen Frauengestalten, welche die verschiedenen Nationen verkörpern, sind in ihren Stellungen elegant und originell.
Schade, daß die ausgefallene Idee, jedes Volk an seinen geographischen Platz zu stellen, die Komposition im ganzen wie auch den Reiz der Gruppen sehr beeinträchtigt und die Figuren durch-

einandergewürfelt hat wie auf den Bildern von Claude Lorrain, auf denen die kleinen Gestalten ohne Ordnung herumlaufen. Ist Victor Robert nun ein ausgemachter Künstler oder ein genialer Wirrkopf? Manches spricht für das eine, manches für das andere; neben jugendlichen Mißgriffen finden sich wohlüberlegte Absichten. – Kurzum, dies ist eines der eigenartigsten und bemerkenswertesten Bilder des Salons von 1845.

BRUNE

hat eine *Kreuzabnahme Christi* ausgestellt. Die Farbe ist gut, die Zeichnung ausreichend. – Brune ist früher schon einmal origineller gewesen. – Wer erinnerte sich nicht der *Apokalypse* und seiner Darstellung der *Invidia*? – Im übrigen konnte er jederzeit über ein Talent für geschlossene, solide und zugleich mühelose Bildgestaltung verfügen, was ihm einen ehrenvollen Platz innerhalb der modernen Schule sichert, der fast dem des Guercino und der Carracci zu Beginn der italienischen Dekadenz entspricht.

GLAIZE

Ein Talent hat Glaize – er kann Frauen malen. Was seine *Bekehrung der Maria Magdalena* rettet, sind Maria Magdalena und die sie umgebenden Frauen – und der weichen und wahrhaft weiblichen Haltung der Galathea hat *Galathea und Acis* seinen wenn auch nicht überwältigenden Reiz zu verdanken. Beide Bilder haben es auf die Farbe abgesehen; sie bringen es aber leider nur zur Buntheit von Caféhaus- oder bestenfalls Operndekorationen, und eines geriet unbedachtsamerweise in die Nähe von Delacroix' *Mark Aurel*.

LÉPAULLE

Von Lépaulle sahen wir eine Frau, die eine Blumenvase in den Armen hält; – das ist sehr hübsch, sehr gut gemalt und – was noch wichtiger ist – sogar naiv. – Diesem Künstler gelingen seine Bilder immer dann, wenn es nur darum geht, gut zu malen, und wenn er ein hübsches Modell hat; womit bereits gesagt ist, daß es ihm an Geschmack und Geist mangelt. – Was zum Beispiel soll die ungeschlachte Figur dieser Alten mit ihrem Krug auf dem *Martyrium des heiligen Sebastian,* die den untern Teil des Bildes einnimmt und ihm den falschen Anschein eines dörflichen Votivbildes verleiht? Und trotzdem zeigt dieses Gemälde in seiner *Faktur* die Sicherheit der großen Meister. – Der vorzüglich gemalte Oberkörper des heiligen Sebastian wird mit dem Altern noch gewinnen.

MOUCHY

Das Martyrium der heiligen Katharina von Alexandrien

Mouchy dürfte Ribera und alle tüchtigen Könner lieben; heißt das nicht, ein großes Lob aussprechen? Im übrigen ist das Bild gut komponiert. – Wir entsinnen uns, in einer Pariser Kirche – Saint-Germain oder Saint-Eustache – ein *Mouchy* signiertes Gemälde gesehen zu haben, auf dem Mönche dargestellt sind. – Es wirkt sehr braun, allzu braun vielleicht, und ist in der Farbe weniger abwechslungsreich als sein diesjähriges Gemälde, aber es hat die gleichen Vorzüge ernsthafter Malerei.

APPERT

Mariä Himmelfahrt hat ähnliche Vorzüge – gute Malerei, nur die Farbe ist, obwohl sie überzeugt, doch ein wenig gewöhnlich. – Mir scheint, als kennten wir ein Bild Poussins, das in der gleichen Galerie hängt, nicht weit von der gleichen Stelle und etwa gleichen Formats, mit dem dieses hier einige Ähnlichkeit aufweist.

BIGAND

Neros letzte Augenblicke

Wie? das soll ein Bild von Bigand sein! Wir haben lange nach ihm Ausschau gehalten. – Der Kolorist Bigand hat ein Bild ganz braun in braun gemalt – das wie ein Palaver von feisten Wilden aussieht.

PLANET

gehört zu den wenigen Schülern Delacroix', die durch einige der Qualitäten ihres Meisters glänzen.

Nichts ist bei dem leidigen Geschäft des Rezensierens so angenehm als auf ein wirklich gutes, originelles Bild zu stoßen, dem schon die Ehre einiger abfälliger Bemerkungen und lauten Spottes zuteil geworden ist.

Tatsächlich hat man das Bild heruntergemacht; – wir begreifen ja, da alles, was nur von ferne wie Malerei aussieht, den Haß der Architekten, Maurer, Bildhauer und Formgießer auf sich zieht; wie aber soll man sich die Blindheit der Künstler erklären, die nicht sehen, was alles dieses Bild sowohl an Originalität in der Komposition als auch an Simplizität, sogar der Farbgebung, bietet?

In dieser Art zu malen liegt etwas Spanisches und Galantes, dessen Verführung wir gleich beim ersten Anblick erlegen sind. Planets Verfahren ist wie das Verfahren aller erstrangigen Koloristen: er erzielt Farbigkeit mit nur wenigen Tönen – Rot, Weiß und Braun, und diese Köstlichkeit schmeichelt dem Auge. Die heilige Therese, so wie der Maler sie dargestellt hat, kraftlos niedersinkend, bebend in Erwartung des Pfeiles, mit dem die göttliche Liebe sie durchbohren wird, ist einer der glücklichsten Funde der modernen Malerei. – Die Hände sind bezaubernd. – Die Haltung, bei aller Natürlichkeit, so poetisch wie nur irgend möglich. – Dieses Bild atmet zerschmelzende Wollust; es zeigt seinen Erfinder als einen Mann, der ein Sujet auch wirklich zu erfassen imstande ist, – *»denn die heilige Therese brannte in*

einer derart verzehrenden Liebe zu Gott, daß sie laute Schreie ausstieß ob solcher gewaltigen Glut ... Und dieser Schmerz war kein leiblicher, sondern ein geistiger, ob auch der Leib einen großen Anteil daran hatte.«
Sollen wir den kleinen Liebesgott erwähnen, der über ihr in der Luft schwebt und sie gleich mit seinem Wurfspieß durchbohren wird? – Nein. – Wozu auch? Planet hat offensichtlich Talent genug, um ein andermal ein in allen Teilen gelungenes Bild zu schaffen.

DUGASSEAU

Jesus Christus inmitten der Hauptgründer des Christentums

Ein ernsthaftes, aber pedantisches Gemälde – das wie ein kreuzbraver Lehmann aussieht.
Seine *Sappho* beim Sprung von dem Leukadischen Felsen ist eine hübsche Komposition.

GLEYRE

Mit seinem Bild *Der Abend* hatte er die Herzen des gefühlvollen Publikums erobert. – Solange es nur darum ging, Frauen in einem Kahn zu malen, die romantische Weisen musizieren, ließ man sich dergleichen gefallen; – ebenso wie eine dürftige Oper mit Hilfe einiger angenehm anzuschauender dekolletierter, oder vielmehr deculotierter, Geschöpfe über ihre Musik triumphiert; – mit seinen Aposteln aber, die Gleyre diesmal hat malen wollen – Gleyre, und Apostel! – war kein Triumpf über die eigene Malerei zu erzielen.

PILLIARD

ist offensichtlich ein gelehrter Künstler; er hat es auf die Nachahmung der alten Meister und ihren ernsten Stil abgesehen – seine Bilder taugen jedes Jahr gleich viel und haben stets das gleiche Verdienst, kalt, gewissenhaft und zäh.

AUGUSTE HESSE

Die Ohnmacht der heiligen Jungfrau

Ein durch seine Farbgebung zweifellos schockierendes Bild – die Farbgebung ist hart, ungeschickt und beißend – doch je näher man hinsieht, desto mehr gefällt das Bild durch Qualitäten anderer Art. – Zunächst hat es das seltene Verdienst, durch nichts an die landläufigen Motive der gegenwärtigen Malerei zu erinnern, auch nicht an die in allen jugendlichen Ateliers so gern benutzten Schablonen; – es gleicht vielmehr der *Vergangenheit;* allzu sehr vielleicht. – Offensichtlich kennt Auguste Hesse sämtliche Paradestücke der italienischen Malerei und hat eine Unmenge Zeichnungen und Stiche betrachtet. – Die Komposition, schön und gewandt, hat einige der traditionellen Qualitäten der großen Schulen – Würde, Prachtentfaltung, und eine harmonisch bewegte Linienführung.

JOSEPH FAY

Joseph Fay hat, wie Decamps, ausschließlich Zeichnungen eingesandt – weshalb wir ihn unter die Historienmaler einreihen; denn es geht hier nicht um das Material, mit dem einer etwas tut, sondern um die Art, wie er es tut.

Joseph Fay hat sechs Zeichnungen eingesandt, die das Leben der alten Germanen darstellen; – Kartons zu einem Fries, der als Fresko im großen Sitzungssaal des Magistrats des Rathauses zu Ebersfeld in Preußen ausgeführt wurde.

Und das kam uns allerdings ein wenig deutsch vor, und während wir sie neugierig betrachteten, mit dem Vergnügen, das der Anblick jedes redlichen Werkes bereitet, kamen uns all jene berühmten Zeitgenossen von jenseits des Rheins in den Sinn, deren Bildnisse bei den Händlern des Boulevard des Italiens erscheinen.

Diese Zeichnungen, von denen einige den großen Kampf des Arminius gegen die eingedrungenen Römer, andere die ernsten, stets kriegerischen Spiele in Friedenszeiten darstellen, haben in

ihrem edlen Ausdruck eine gewisse Verwandtschaft mit den guten Kompositionen des Peter Cornelius. – Die Zeichnung ist merkwürdig, durchdacht, und neigt ein wenig zum Neo-Michelangelismus. Alle Bewegungen sind glücklich erfunden – und verraten einen aufrichtigen Verehrer, ja Liebhaber der Form. – Diese Zeichnungen haben uns angezogen, weil sie schön sind, sie gefallen uns, weil sie schön sind; – aufs ganze gesehen freilich macht sich, angesichts eines solchen eindrucksvollen Aufwands an Geiteskräften, die fehlende Originalität immer stärker bemerkbar, und man wünscht diese mit lauter Stimme herbei. Sähe man die gleiche Begabung doch moderneren Ideen zugutekommen – besser gesagt, einer neuen Kunstauffassung und einem neuen Kunstverständnis! – Nicht die Wahl der Sujets ist hier gemeint – darin sind die Künstler nicht immer frei, – sondern die Art, wie diese Sujets verstanden und in der Zeichnung behandelt werden.
Mit zwei Worten – wozu die ganze Gelehrsamkeit, wenn einer begabt ist?

JOLLIVET

Der bethlehemitische Kindermord von Jollivet verrät einen ernsthaften, strebsamen Geist. – Freilich sieht das Gemälde kalt und milchig aus. – Die Zeichnung ist nicht sonderlich originell; aber seine Frauengestalten sind schön, fleischig, kernig und fest.

LAVIRON

Jesus bei Martha und Maria

Ein anspruchsvolles Bild, höchst mangelhaft ausgeführt. – So geht es einem, der allzu gut Bescheid weiß, – der zuviel denkt, und zu wenig malt.

hat drei antike Sujets ausgestellt, denen man eine aufrichtig in die Form verliebte Gesinnung anmerkt, die den Lockungen der Farbe widersteht, um ihr Vorhaben und die zeichnerischen Absichten nicht zu verdunkeln.
Von seinen drei Bildern gefällt uns das größte am meisten, der geistreichen Schönheit seiner Linienführung und deren ernsthafter Harmonie wegen, hauptsächlich jedoch dank der Entschiedenheit der Manier, einer Entschiedenheit, die sich in *Daphnis und Naïs* nicht wiederfindet.
Matout möge an Haussoullier denken und erwägen, was man alles hienieden gewinnt – in Kunst, Literatur und Politik –, wenn man radikal und absolut ist, und niemals Zugeständnisse macht.
Kurz, es will uns scheinen, als verstünde Matout sich allzu gut auf sein Geschäft, daß ihm alles zu leicht von der Hand gehe. – *Ergo* ist der Eindruck auch schwächer.
Von einem sorgfältig gearbeiteten Werk wird immer etwas bleiben.

JANMOT

Wir haben nur eine einzige Figur von Janmot finden können, eine sitzende Frau mit Blumen auf den Knien. – Diese einfache Gestalt, in ihrem Ernst und ihrer Melancholie, deren feine Zeichnung und ein wenig grelle Farbe an die altdeutschen Meister, diesen anmutigen Albrecht Dürer, erinnert, hatte uns überaus begierig gemacht, auch noch die übrigen Bilder zu finden. Aber es wollte uns nicht glücken. Das hier ist sicherlich ein schönes Gemälde. – Nicht nur ist das Modell sehr schön, sehr gut ausgewählt und vortrefflich arrangiert, es liegt auch in der Farbgebung selbst und in der Zusammenstellung der für das Auge ein wenig schmerzhaften Grün-, Rose- und Rottöne eine gewisse Mystik, die sehr gut zu dem Übrigen paßt. – Zwischen dieser Farbgebung und der Zeichnung besteht eine natürliche Harmonie. Um die Vorstellung, die man sich von Janmots Talent zu

machen hat, zu vervollständigen, begnügen wir uns damit, aus dem Katalog das Sujet eines anderen Bildes anzuführen:
Die Himmelfahrt Mariens – obere Hälfte: die heilige Jungfrau, von Engeln umgeben, deren beide Anführer *die Keuschheit* und *die Harmonie* vorstellen. Untere Hälfte: die *Restitution des Weibes; ein Engel zerbricht ihre Ketten.*

ÉTEX

O ihr Bildhauer, die ihr zuweilen gute Statuen schufet, wisset ihr nicht, daß ein gewaltiger Unterschied besteht zwischen dem Zeichnen auf Leinwand und dem Modellieren in Ton? – Daß die Farbgebung eine melodische Wissenschaft ist, deren Geheimnisse man nicht beim Zerklopfen des Marmors erfährt? Eher würden wir verstehen, daß ein Musiker Delacroix nacheifern wollte, – doch ein Bildhauer, nimmermehr! – O *du, der du den Stein behaust!* was nur treibt dich, Geige spielen zu wollen?

II. PORTRÄTS

LÉON COGNIET

Ein wunderbares Frauenbildnis im Salon Carré.
Léon Cogniet ist ein Künstler hohen Ranges in den mittleren Regionen des Geschmacks und des Geistes. – Erhebt er sich schon nicht bis zum Genialen, so besitzt er doch eines jener in ihrer Mäßigung vollendeten Talente, die der Kritik standhalten. Cogniet weiß nichts von den Verwegenheiten der Phantasie und von der Unbedingtheit der Absolutisten. Verschmelzen, vermischen, vereinigen und dabei doch auswählen, das war immer seine Rolle und sein Ziel; und dies hat er vollkommen erreicht. Bei diesem exzellenten Porträt ist alles, Fleischtöne, Gewandung und Hintergrund, gleichermaßen glücklich behandelt.

DUBUFE

Dubufe ist seit mehreren Jahren ein Opfer sämtlicher *Künstler* des Feuilletons. Obgleich Dubufe an Sir Thomas Lawrence bei weitem nicht heranreicht, ist es doch so ganz unbillig nicht, daß er etwas von dessen liebenswürdiger Popularität geerbt hat. – Wir jedenfalls meinen, der *Bourgeois* habe vollkommen recht, wenn er den Mann schätzt, der ihm so hübsche Frauen, meist in gefälligem Aufputz, geschaffen hat.
Dubufe hat einen Sohn, der nicht in die Fußstapfen seines Vaters treten wollte, und der sich in die ernste Malerei verirrt hat.

EUGÉNIE GAUTIER

Schönes Kolorit, – sichere, elegante Zeichnung. – Diese Frau besitzt das Verständnis der Meister; – sie hat etwas von Van Dyck; – sie malt wie ein Mann. – Wer etwas von Malerei versteht, wird sich an die Modellierung der beiden nackten Arme auf einem Porträt erinnern, das im letzten Salon ausgestellt war. Mademoiselle Gautiers Malerei hat nichts gemein mit der weiblichen Malerei, bei der einem meist die Vorschriften des wackeren Chrysale einfallen.

BELLOC

Belloc hat mehrere Bildnisse gemalt. – Das von Michelet fiel uns durch seine ausgezeichnete Farbgebung auf. – Belloc, der nicht genug bekannt ist, gehört heute zu den Männern von hohem Können und Kunstverstand. – Er hat bemerkenswerte Schüler hervorgebracht, – beispielsweise Eugénie Gautier, wie uns dünkt. – Voriges Jahr sahen wir in den Galerien des Boulevard Bonne-Nouvelle einen Kinderkopf von ihm, der uns an die besten Stücke von Lawrence erinnerte.

TISSIER

ist wirklich Kolorist, aber vielleicht nichts als das; – weshalb sein in distinguierten Farben, einer Skala sehr grauer Töne, gehaltenes Frauenbildnis seinem religiösen Gemälde überlegen ist.

RIESENER

mit Planet zusammen einer der Männer, die Delacroix Ehre machen. – Das Bildnis des Doktor H. de Saint-A. . . ist ungekünstelt in Kolorit und Faktur.

DUPONT

Wir stießen auf das unscheinbare kleine Porträt eines jungen Fräuleins mit Hündchen, welches sich so gut versteckt hält, daß es äußerst schwer zu finden ist; dabei ist es ein ungemein liebenswürdiges Bild. – Mit großer Unschuld gemalt, – wenigstens dem Anschein nach, doch sehr gut komponiert; – sehr hübsch anzusehen, hat es etwas Englisches an sich.

HAFFNER

Noch ein neuer Name, für uns wenigstens. In der kleinen Galerie, an äußerst ungünstiger Stelle, hängt von Haffner ein Frauenbildnis, das die schönste Wirkung tut. Es ist schwer zu finden, und das ist wirklich schade. Dieses Porträt verrät einen Koloristen erster Ordnung. Die Farbe ist hier weder leuchtend, pompös, noch gewöhnlich, sondern über die Maßen distinguiert und von bemerkenswerter Harmonie. Das Ganze ist in einer Skala sehr grauer Töne ausgeführt. Der Effekt ist überaus kunstvoll berechnet, sanft und frappierend in einem. Das romantische, lieblich blasse Antlitz hebt sich von einem noch blasseren grauen Hintergrund ab, der, zu den Rändern hin braun werdend, es gleichsam mit einer Gloriole umgibt. – Haffner schuf außerdem eine Landschaft von sehr kühnem Kolorit – ein Fuhrwerk mit Mann und Pferden, die sich fast schon silhouettenhaft abzeichnen vor dem Zwielicht einer Dämmerung. – Noch ein gewissenhafter Sucher ... wie selten das ist ...

PÉRIGNON

hat neun Porträts eingesandt, davon sechs weibliche. – Pérignons Gesichter sind hart und glatt wie leblose Gegenstände. – Ein wahres Musée Curtius.

HORACE VERNET

Der Porträtist Horace Vernet steht unter Horace Vernet, dem Heldenmaler. An Grelle übertrifft seine Farbe noch die von Court.

Hat Flandrin nicht einst das anmutige Bildnis einer Dame gemalt, die sich über eine Logenbrüstung lehnt, einen Veilchenstrauß am Busen? Aber an dem Porträt von Chaix-d'Est-Ange ist er gescheitert. Das tut nur so, als wäre es ernsthafte Malerei; der wohlbekannte Ausdruck dieses feinen, bissigen, ironischen Gesichtes ist gar nicht getroffen. – Alles wirkt schwer und stumpf.

Zu unserer Freude fanden wir eben noch ein Frauenporträt von Flandrin, einen einfachen Kopf, der uns an seine guten Werke erinnert. Er wirkt etwas zu lieblich und hat den Nachteil, daß es die Blicke nicht auf sich zieht wie Lehmanns Bildnis der Fürstin Belg. . . Da es sich um ein kleines Stück handelt, ist es Flandrin vollkommen gelungen. Es ist schön modelliert und besitzt das gerade bei diesen Herren seltene Verdienst, so auszusehen, als sei es in einem Atemzug und im ersten Anlauf gemalt.

RICHARDOT

hat eine junge Dame in einem schwarz und grünen Kleid gemalt – ihr Kopfputz wirkt gekünstelt wie in einem Keepsake. – Sie hat eine gewisse Verwandtschaft mit den heiligen Frauen Zurbarans und ergeht sich würdevoll hinter einer großen Mauer, die sich recht gut ausnimmt. Das ist nicht übel – darin steckt Mut, Geist und Jugend.

VERDIER

hat Mademoiselle Garrigue im *Barbier von Sevilla* gemalt. Die Faktur ist besser als die des vorgenannten Porträts, doch mangelt es ihm an Feingefühl.

HENRI SCHEFFER

Henri Scheffer zu Ehren wagen wir nicht zu unterstellen, das Porträt Seiner Majestät sei nach der Natur gemalt. – In der zeitgenössischen Geschichte gibt es wenige derart markante Köpfe wie den Louis Philippes. – Anstrengung und Arbeit haben ihm schöne Furchen eingegraben, von denen der Künstler nichts weiß. – Wir bedauern, daß Frankreich kein einziges Porträt des Königs besitzt. – Nur *ein* Mann ist eines solchen Werkes würdig: und das ist Ingres.

Henri Scheffers sämtliche Porträts sind mit demselben pedantisch blinden Biedersinn, derselben geduldig monotonen Gewissenhaftigkeit ausgeführt.

LEIENDECKER

Als wir an dem Bildnis von Mademoiselle Brohan vorüberkamen, bedauerten wir, daß ein anderes Porträt in diesem Salon nicht zu sehen ist – das dem Publikum eine bessere Vorstellung von dieser bezaubernden Schauspielerin vermittelt hätte – nämlich das von Ravergie, dem das Bildnis der Madame Guyon einen wichtigen Platz unter den Porträtisten verschafft hatte.

DIAZ

Diaz malt gewöhnlich kleine Bilder, deren magische Farbgebung die phantastischen Zufälle des Kaleidoskops noch übertrifft. – Dieses Jahr hat er kleine Ganzporträts eingesandt. Ein Porträt besteht nicht nur aus Farbe, sondern auch aus Linien und Modellierung. – *Dies ist der Irrtum eines Genremalers, der uns eines Tages dafür entschädigen wird.*

BARON

gab *Die Gänse des Bruders Philipp,* eine Verserzählung von La Fontaine.
Ein Vorwand, um in hübschen Frauenzimmern, Schattenpartien und in dennoch abwechslungsreichen Farbtönen zu schwelgen.
Das sieht recht anziehend aus, aber es ist das Rokoko der Romantik. – Etwas von Couture liegt darin, das hat ein bißchen von der Manier Célestin Nanteuils, und viele Töne von Roqueplan und C. Boulanger. – Vor diesem Bild läßt sich darüber sinnieren, wie kalt doch äußerst durchdachte und farbenprächtige Malerei bleiben kann, wenn es ihr an eigenem Temperament gebricht.

ISABEY
Alchimistenküche

In einer solchen gibt es unweigerlich Krokodile, ausgestopfte Vögel, dicke Folianten in Maroquin, brennende Öfen und einen Alten im Schlafrock – das heißt, eine Vielzahl verschiedener Töne. Das erklärt die Vorliebe gewisser Koloristen für ein so gewöhnliches Sujet.
Isabey ist ein echter Kolorist – stets brillant, – oft voll Zartheit. Er war zu Recht einer der erfolgreichsten Vertreter der künstlerischen Erneuerung der Romantik.

LÉCURIEUX
Salomon de Caus in Bicêtre

Wir befinden uns in einem Boulevardtheater, das sich der Literatur angenommen hat; der Vorhang ist gerade aufgegangen, alle Schauspieler blicken ins Publikum.

Ein Herr von Stand – Marion Delorme schmiegt sich hingegossen in seinen Arm – *hört nicht* auf Salomons Klagen, der wie ein Rasender im Hintergrund gestikuliert.
Das ist gut in Szene gesetzt; alle Irren sind pittoresk, liebenswürdig, und beherrschen ihre Rolle.
Wir verstehen Marion Delormes Entsetzen nicht angesichts dieser liebenswürdigen Irren.
Dieses Bild bietet den einförmigen Anblick von Milchkaffee. Seine Farbe ist rötlich wie schlechtes, staubiges Wetter.
Die Zeichnung, – wie von Vignetten und Illustrationen. Wozu sogenannte ernste Malerei machen, wenn man kein Kolorist und wenn man kein Zeichner ist?

CÉLESTE PENSOTTI

Das Gemälde von Madame Céleste Pensotti heißt *Abendliche Träumerei.* Dieses Bild, ein wenig manieriert wie sein Titel, doch hübsch wie der Name seiner Malerin, ist sehr fein empfunden. – Zwei junge Frauen, die eine auf die Schulter der anderen gelehnt, blicken aus einem offenen Fenster. – Grüne und rote, oder vielmehr grünliche und rötliche Töne sind behutsam zusammengestellt. Trotz oder vielleicht gerade wegen ihrer romantisch albumhaften und naiven Affektiertheit mißfällt uns diese hübsche Komposition keineswegs; sie besitzt eine heutzutage allzu vernachlässigte Qualität. Sie ist elegant – und duftet.

TASSAERT

Ein kleines, fast galant religiöses Gemälde. – Die heilige Jungfrau stillt das Jesuskind – unter einem Kranz von Blumen und Amoretten. Schon im verflossenen Jahr war uns Tassaert aufgefallen. Hier begegnet uns ein gutes, mäßig lebhaftes Kolorit, mit viel Geschmack vereint.

DIE BRÜDER LELEUX

Alle ihre Bilder sind sehr gut angelegt, sehr gut gemalt und sehr eintönig, sowohl der Manier als auch den Themen nach.

LEPOITTEVIN

Themen à la Henri Berthoud (siehe den Katalog). – Genrebilder, regelrechte, allzu gemalte Genrebilder. Übrigens malt heute alle Welt gut.

GUILLEMIN

Guillemin, dem es in der Ausführung gewiß nicht an Verdienst mangelt, verschwendet zuviel Talent an eine schlechte Sache; – an das *Geistreiche in der Malerei.* Wie seine Bildunterschriften für das Sonntagspublikum erkennen lassen, die er dem Drucker des Katalogs zugeschickt hat.

MÜLLER

Glaubt Müller dem Samstagspublikum zu gefallen, wenn er seine Stoffe von Shakespeare und Victor Hugo hernimmt? – Unter dem Vorwand, Sylphen zu malen, liefert er dicke Amoretten im Empire-Stil. – Kolorist zu sein, genügt also nicht, um Geschmack zu haben. – Seine *Fanny* ist besser.

DUVAL LECAMUS DER ÄLTERE

». . . Sait d'une voix légère
Passer du grave au doux, du plaisant au sévère.«

hat sich unvorsichtigerweise an ein Sujet gewagt, das schon von Roqueplan behandelt wurde.

GIGOUX

Gigoux hat uns das Vergnügen verschafft, im Katalog die Erzählung vom *Tod der Manon Lescaut* wiederzulesen. Das Bild ist schlecht; kein Stil; schlechte Komposition, schlechte Farbe. Es fehlt ihm an Charakter, es verfehlt seinen Gegenstand. Wer ist dieser Des Grieux? Ich kenne ihn nicht.
Auch Gigoux ist nicht wiederzuerkennen, den die Gunst des Publikums vor einigen Jahren in die vorderste Reihe stellte, wo er unter den ernsthaftesten Neuerern als einer ihresgleichen schritt.
Gigoux, der Maler des *Grafen von Comminges,* des *Franz I., Leonardo da Vinci in seiner Sterbestunde beistehend,* der Gigoux des *Gil Blas,* dieser Gigoux ist eine Berühmtheit, die ein jeder freudig auf seine Schultern gehoben hat. Sollte sein Ruhm als Maler ihm heute zur Last sein?

RUDOLPHE LEHMANN

Seine diesjährigen Italienerinnen lassen uns die vom Vorjahr zurückwünschen.

DE LA FOULHOUZE

hat einen Park voll schöner Damen und eleganter Herren, wie zu alten Zeiten, gemalt. Das ist zweifellos sehr hübsch, sehr elegant und sehr gelungen in der Farbe. Die Landschaft ist gut komponiert. Das Ganze erinnert in vielem an Diaz; doch ist es möglicherweise gediegener.

PÉRÈSE

Die Zeit der Rosen. – Ein verwandtes Thema, – ein galantes, angenehm anzusehendes Gemälde, das leider an Wattier erinnert, wie Wattier an Watteau.

DE DREUX

ist ein Maler der eleganten Welt, des *high life*. – Seine *Schloßherrin* ist hübsch; doch die Engländer leisten Besseres im paradoxen Genre. – Seine Tierszenen sind gut gemalt; aber die Engländer sind geistreicher in diesem intimen Genre.

MADAME CALAMATTA

hat eine *Nackte Frau bei der Toilette* gemalt, von vorn gesehen, der Kopf im Profil – ein römischer Dekor als Hintergrund. Die Stellung ist schön und gut gewählt. Alles in allem ist das gut gemacht. Madame Calamatta ist vorangekommen. Es fehlt hier nicht an Stil, oder besser: nicht an einem gewissen Anspruch auf Stil.

PAPETY

war sehr vielversprechend, heißt es. Seiner Rückkehr aus Italien waren voreilige Lobeserhebungen vorausgegangen. Auf einer gewaltigen Leinwand, die die jüngsten Gewohnheiten der Académie de Peinture allzu deutlich vor Augen führte, hatte Papety immerhin manche glückliche Stellung und das eine oder andere Kompositionsmotiv gefunden; und obwohl das Kolorit dem eines Fächermalers glich, bestand doch begründete Hoffnung auf eine bedeutende Zukunft für diesen Künstler. Seither ist er in der zweitrangigen Kategorie derer geblieben, die gut malen und Mappen voll fertiger Motive bereithalten. Die Farbe seiner beiden

Gemälde *(Memphis – Ein Angriff)* ist gewöhnlich. Im übrigen sehen sie gänzlich verschieden aus, was die Vermutung nahelegt, Papety habe seine Manier noch nicht gefunden.

ADRIEN GUIGNET

Adrien Guignet hat sicherlich Talent; er versteht sich auf Komposition und Arrangement. Aber weshalb nur dieses fortwährende Schwanken? Einmal Decamps, ein andermal Salvator. Dieses Jahr möchte man meinen, er habe Motive aus der ägyptischen Skulptur oder aus antiken Mosaiken auf Papyrus koloriert *(Die Pharaonen).* Freilich, Psamenitus oder der Pharao, von Salvator und Decamps gemalt, sähen wie von Salvator oder Decamps aus. Warum eifert Guignet ihnen darin nicht nach ...?

MEISSONIER

Drei Gemälde: *Soldaten beim Würfeln – Junger Mann in einer Kunstmappe blätternd – Zwei Trinker beim Kartenspiel.* Andre Zeiten, andre Sitten; andre Moden, andre Schulen. Bei Meissonier müssen wir unwillkürlich an Martin Drolling denken. Jeder Ruhm, und sei er noch so verdient, hat so seine kleinen Geheimnisse. Als man den berühmten X. fragte, was ihm im Salon aufgefallen sei, wollte er nur einen Meissonier gesehen haben, und brauchte so den berühmten Y. nicht zu erwähnen, der sich seinerseits des gleichen Verfahrens bediente. So kann einer zwei Rivalen als Keule dienen.

Kurz, Meissoniers kleine Figuren sind bemerkenswert ausgeführt. Er ist ein Niederländer ohne deren Phantasie, ihren Zauber, ihre Farbe, ihre Naivität – und ihre Pfeife!

JACQUAND

fabriziert noch immer Delaroches, zwanzigste Wahl.

ROEHN

Ein *ansprechendes* Gemälde (im Jargon der Kunsthändler).

RÉMOND

Junge Schule von achtzehnhundertzwanzig.

HENRI SCHEFFER

Neben seiner *Madame Roland auf dem Weg zum Schaffott* ist die *Charlotte Corday* noch ein Werk voller Verwegenheit. (Siehe unter Porträts.)

HORNUNG

»Der Störrischste von diesen drei'n
Ist nicht der, den man denkt.«

BARD

Siehe den Vorigen.

GEFFROY

Siehe den Vorigen.

IV. LANDSCHAFTSMALEREI

COROT

Das Schuloberhaupt der modernen Landschaftsmalerei ist Corot. – Ließe Théodore Rousseau sich herbei, seine Bilder auszustellen, so wäre diese Vorherrschaft weniger eindeutig, denn Rousseau vereinigt mit einer zumindest gleichwertigen Naivität und Originalität einen stärkeren Zauber und eine größere Sicherheit in der Ausführung. – Sind es doch eben seine Naivität und Originalität, die Corots Verdienst ausmachen. – Offenkundig liebt dieser Künstler die Natur von Herzen, sein Blick auf sie zeugt gleicherweise von Verständnis und Liebe. Die Vorzüge, durch die er sich auszeichnet, sind so stark – weil sie aus dem Innersten seiner Seele stammen –, daß Corots Einfluß heute in fast allen Werken der jungen Landschaftsmaler unverkennbar ist – vor allem bei jenen, die so gut beraten waren, ihm nachzueifern und sich seine Manier zunutze zu machen, ehe er berühmt wurde und als sein Ruf noch nicht über den engeren Kreis der Künstler hinausgedrungen war. Aus seiner Bescheidenheit heraus hat Corot auf zahlreiche Geister gewirkt. – Die einen waren bestrebt, in der Natur die Motive, die Gegenden, die Färbungen, die er bevorzugt, zu wählen, die gleichen Sujets zu behandeln; andere haben versucht, seine Unbeholfenheit zu imitieren. – Hinsichtlich dieser angeblichen Unbeholfenheit Corots scheint es angebracht, auf ein kleines Vorurteil etwas näher einzugehen. – Alle Halbgelehrten, nachdem sie ein Bild Corots gewissenhaft bewundert und ihm pflichtschuldig ihre Anerkennung gezollt haben, finden, seine Ausführung lasse zu wünschen übrig, und stellen einhellig fest, Corot könne nun einmal nicht malen. – Die guten Leute! Zuvörderst wissen sie nicht, daß ein geniales Werk – oder, wenn man will, ein seelenvolles Werk –, wo alles gut gesehen ist, gut beobachtet, gut verstanden und gut ersonnen – allemal sehr gut ausgeführt ist, wenn es nur hinlänglich ausgeführt ist. Ferner – daß ein großer Unterschied besteht zwischen einem *vollendeten* und einem *ausgearbeiteten* Stück – daß das

Vollendete meist nicht *ausgearbeitet* ist, und manches sehr *ausgearbeitete* Bild überhaupt nicht *vollendet*, daß ein geistvoller, bedeutender und gut gesetzter Pinselstrich einen ungeheuren Wert hat ..., etc. ..., etc. ..., woraus folgt, daß Corot wie die großen Meister malt. – Als Beispiel möge uns sein Gemälde vom Vorjahr genügen – das einen noch zärtlicheren und melancholischeren Eindruck als sonst hinterließ. – Diese grüne Flur, in der eine Frau saß und Geige spielte – diese breite Sonnenbahn im Mittelgrund, die hell auf dem Rasen lag und ihm eine andere Färbung verlieh als dem Vordergrund, war gewiß eine Kühnheit, eine sehr gelungene Kühnheit. – Dieses Jahr ist Corot ebenso stark wie in den vergangenen Jahren; – aber das Auge des Publikums hat sich so sehr an die glänzenden, sauberen und fleißig *polierten* Dinge gewöhnt, daß man ihm immer wieder den gleichen Vorwurf macht.

Was überdies Corots Stärke, und sei es nur im Handwerklichen, beweist, ist, daß er sich darauf versteht, mit einer Skala kaum sehr abwechslungsreicher Töne ein Kolorist zu sein, – und daß er, selbst mit ziemlich grellen und lebhaften Tönen, doch immer Harmonist bleibt. – Seine Komposition ist stets vollkommen. – So gibt es in dem Bild *Homer und die Hirten* nichts Überflüssiges, nichts, das entbehrlich wäre; – nicht einmal auf dem Pfad die beiden kleinen Gestalten, die im Gespräch davongehn. – Die drei kleinen Hirten mit ihrem Hund sind entzückend, wie jene vorzüglichen Bas-Reliefs, die man bisweilen auf gewissen Sockeln der antiken Statuen antrifft. – Homer sieht vielleicht dem Belisar etwas zu ähnlich. – Ein anderes bezauberndes Bild ist *Daphnis und Chloe* – dessen Komposition wie alle guten Kompositionen – was wir schon des öfteren feststellen konnten – das Verdienst des Unerwarteten hat.

FRANÇAIS

Ebenfalls ein sehr verdienstvoller Landschaftsmaler; – was ihn, wie auch Corot, auszeichnet, möchten wir gerne *die Liebe zur*

Natur nennen – doch ist sein Bild schon weniger naiv und absichtsvoller – der Maler drängt sich stärker vor – weshalb er auch leichter zu verstehen ist. – *Der Abend* ist schön in der Farbe.

PAUL HUET

Ein altes Felsenschloß. – Sollte Paul Huet etwa seine Manier ändern wollen? – Sie war doch vorzüglich.

HAFFNER

Erstaunlich originell – besonders in der Farbe. Wir sehen zum ersten Mal Bilder von Haffner – wir wissen demnach nicht, ob er von Haus aus Landschaftsmaler oder Porträtist ist, – zumal er in beiden Gattungen Vorzügliches leistet.

TROYON

malt noch immer schöne, grünende Landschaften – und das als Kolorist, ja als Beobachter, aber er ermüdet die Augen immer noch durch die Unbeirrbarkeit seiner Manier und durch das Flatterige seines Pinselstrichs. – Man sieht es nicht gerne, daß ein Mann seiner selbst so sicher ist.

CURZON

hat ein höchst originelles Landschaftsbild gemalt, das er *Die Hopfenfelder* nennt. – Nichts als ein Horizont, dem die Blätter und Zweige des Vordergrunds als Rahmen dienen. Außerdem hat Curzon eine sehr schöne Zeichnung verfertigt, von der zu reden wir gleich noch Gelegenheit haben werden.

FLERS

»Bald hoff' ich meine Normandie zu schauen,
Die grünen Auen ...«

So sangen lange Zeit sämtliche Bilder, die Flers malte. – Man denke nicht, ich wollte mich hier lustig machen. – Alle diese Landschaften waren wirklich poetisch, und weckten ein Verlangen, diese ewig saftigen Wiesen und Weiden kennenzulernen, die sie so trefflich schilderten, – aber dieses Jahr paßte das Motto nicht, denn es scheint, daß Flers weder bei den Zeichnungen, noch bei den Gemälden eine Normandie untergebracht hat. – Flers ist trotzdem ein hervorragender Künstler geblieben.

WICKENBERG

malt nach wir vor sehr gut seine *Winterlichen Impressionen;* doch meinen wir, die guten Niederländer, von denen er so eingenommen scheint, hätten eine großzügigere Manier gehabt.

CALAME UND DIDAY

Lange Zeit glaubte man, es handle sich um ein und denselben Künstler, der an *chronischem Dualismus* leide. Mittlerweile aber hat man gemerkt, daß er sich des Namens Calame an den Tagen bedient, an denen er gut malt ...

DAUZATS

Immer wieder Orient und Algerien – und immer wieder sicher in der Ausführung!

FRÈRE

(Siehe den Vorigen.)

CHACATON

hingegen hat den Orient verlassen; aber er hat verloren dabei.

LOUBON

malt noch immer Landschaften von recht feinem Kolorit; seine *Hirten in den Landes* sind eine gelungene Komposition.

GARNEREY

Immer wieder Glockentürme und Kathedralen; doch sehr geschickt gemalt.

JOYANT

Ein *Papstpalast zu Avignon*, und noch eine *Ansicht von Venedig.* – Nichts ist peinlicher, als von Werken zu berichten, die alle Jahre wiederkehren mit den immergleichen trostlosen Vollkommenheiten.

BORGET

Immer wieder Ansichten aus Indien oder China. – Gewiß, das ist sehr gut gemacht; aber das wird zu sehr zur Reisebeschreibung oder Sittenschilderung; – manche Leute sehnen sich nach Dingen, die sie nie gesehen haben, nach dem Boulevard du Temple oder den Galeries de Bois! – Vor Borgets Bildern sehnen wir uns nach jenem China, wo, wie Heinrich Heine sagt, selbst der Wind einen komischen Klang bekommt, wenn er durch die Glöckchen fährt, – und wo Natur und Mensch einander nicht anschauen können, ohne zu lachen.

PAUL FLANDRIN

Daß man die Lichtreflexe auf einem Gesicht löscht, um die Modellierung besser zur Geltung zu bringen, ist zu verstehen, zumal wenn man Ingres heißt. – Aber welcher Phantast und Fanatiker ist als erster darauf verfallen, die Landschaft zu *ingrisieren?*

BLANCHARD

Das ist etwas anderes, – das ist schon ernster, oder weniger *ernsthaft*, je nachdem. – Ein recht geschickter Kompromiß zwischen den reinen Koloristen und den eben erwähnten Übertreibungen.

LAPIERRE UND LAVIEILLE

sind zwei gute und ernstzunehmende Schüler Corots. – Lapierre hat ebenfalls ein Gemälde *Daphnis und Chloe* gemalt, das seine Verdienste hat.

BRASCASSAT

Sicherlich spricht man zuviel von Brascassat, dem als Mann von Geist und Talent nicht unbekannt sein dürfte, daß es in der Galerie der Niederländer viele Bilder des gleichen Genres gibt, die ebenso vollendet sind wie die seinigen, doch großzügiger gemalt, – und besser in der Farbe. – Man spricht auch zuviel von

SAINT-JEAN

aus der Schule von Lyon, dem Zuchthaus der Malerei, – dem Ort der erforschten Welt, wo das unendlich Kleine mit der größten Sorgfalt gearbeitet wird. – Wir geben den Blumen und

Früchten von Rubens den Vorzug, und finden sie natürlicher. – Im übrigen bietet das Gemälde Saint-Jeans einen äußerst widrigen Anblick, – es ist in einem eintönigen Gelb gehalten. – Alles in allem, Saint-Jeans Gemälde mögen noch so gut gemacht sein, es sind doch Speisezimmerbilder, – aber keine Gemälde für Kunstkabinette und Galerien; die reinsten Speisezimmerbilder.

KIÖRBÖE

Jagdbilder – recht so! Das ist schön, das ist gemalt, – wie ein Maler malt; das ist großzügig, – das ist wahr, – und schön in der Farbe. – Diese Bilder haben etwas Prächtiges, wie es den alten Jagdbildern oder Stilleben der großen Meister eignet, – und sie sind allesamt geschickt komponiert.

PHILIPPE ROUSSEAU

Die Stadtmaus und die Feldmaus

ist ein sehr kokettes und liebenswürdiges Bild. – Alle Farbtöne zeichnen sich zugleich durch große Frische und großen Reichtum aus. – Das heißt fürwahr Stilleben malen, in aller Freiheit, als Landschafts-, als Genremaler, als Mann von Geist, und nicht als Fronarbeiter, wie die Herren aus Lyon. – Die Mäuschen sind allerliebst.

BÉRANGER

Seine kleinen Bilder sind reizend – wie die von Meissonier.

ARONDEL

Eine riesige Anhäufung von Wildbret aller Art. – Dieses Gemälde, das schlecht komponiert ist und wie durcheinandergeschüttelt wirkt, als sei es vor allem auf die Fülle abgesehen, hat gleichwohl eine heutigen Tags sehr seltene Eigenschaft – es ist mit großer Naivität gemalt – ohne jeden Schuldünkel und ohne jede Atelier-Pedanterie. – Woraus folgt, daß es sehr gut gemalte Partien aufweist. – Manche anderen sind unglücklicherweise in einem braunen und fuchsroten Ton gehalten, der dem Bild etwas eigentümlich Düsteres verleiht – doch sind die hellen oder reichen Töne alle wohlgelungen. – Was uns demnach an diesem Gemälde frappiert hat, ist die Mischung von Unbeholfenheit und Geschick – Mißgriffe wie von einem Manne, der lange nicht gemalt hat, und die Sicherheit eines, der schon viel gemalt hat.

CHAZAL

hat die *Yucca gloriosa* gemalt, die 1844 im Park von Neuilly geblüht hat. Alle diejenigen, die sich an die mikroskopische Wahrheit klammern und sich für Maler halten, sollten dieses kleine Bild sehen, und dann sollte man ihnen die folgenden kleinen Überlegungen durch ein Hörrohr einblasen: Dies ist ein sehr gutes Bild, nicht, weil alles darauf zu sehen ist und man die Blätter zählen kann, sondern weil es gleichzeitig den allgemeinen Charakter der Natur zeigt – weil hier das kräftige Grün eines Parks am Ufer der Seine und unser kühles Sonnenlicht gut wiedergegeben sind; kurz, weil es mit einer tiefeingewurzelten Naivität gemalt ist – während ihr andern euch zu sehr als ... Künstler aufspielt. – *(Sic.)*

BRILLOUIN

Brillouin hat fünf Bleistiftzeichnungen eingesandt, die ein wenig denen de Lehmuds ähnlich sehen; aber diese hier sind entschiedener und besitzen wohl mehr Charakter. – Sie sind im allgemeinen gut komponiert. – Der *Tintoretto, seiner Tochter Zeichenunterricht erteilend* ist gewiß sehr gelungen. – Diese Zeichnungen sind vor allem bemerkenswert durch ihre edle Haltung, ihren Ernst und die Wahl der Gesichter.

CURZON

Serenade auf einem Schiff, – eines der distinguiertesten Stücke des Salons. – Die Anordnung all dieser Figuren ist sehr glücklich erdacht; der Greis am Ende der Barke, der zwischen lauter Girlanden ruht, ist ein sehr hübscher Einfall. – Brillouins und Curzons Kompositionen weisen einige Ähnlichkeit auf; sie haben vor allem eines gemein: sie sind gut gezeichnet – und mit Geist gezeichnet.

DE RUDDER

De Rudder, glauben wir, hat als erster den glücklichen Einfall gehabt, ernste, *feste* Zeichnungen zu liefern; Kartons, wie man früher sagte. – Hierfür muß man ihm Dank wissen. – Seine Zeichnungen sind zwar stets achtbar und mit Ernst ersonnen, aber wie weit scheinen sie uns hinter dem zurückzubleiben, was sie eigentlich sein wollen! Man vergleiche etwa den *Hirten und das Kind* mit den eben erwähnten neuen Zeichnungen.

MARÉCHAL

Die Weintraube ist gewiß ein schönes Pastell, und gut in der Farbe; aber all diesen Herren der Schule von Metz müssen wir doch den Vorwurf machen, daß sie es im allgemeinen nur zu einem konventionellen *Ernst* und einer vorgetäuschten *Maestria* bringen; – dies sei angemerkt, ohne die Ehre, die ihre Bemühungen verdienen, im mindesten schmälern zu wollen. – Das gleiche gilt für

TOURNEUX

dessen Ausführung, all seinem Talent und all seinem Geschmack zum Trotz, nie auf der Höhe seiner künstlerischen Absicht steht.

POLLET

hat zwei sehr gute Aquarelle nach Tizian gemalt, die durch ein wirkliches Verständnis der Vorlage glänzen.

CHABAL

Blumen in Wasserfarben, – gewissenhaft studiert und angenehm anzuschauen.

ALPHONSE MASSON

Massons Porträts sind gut gezeichnet. – Sie müssen sehr ähnlich sein; denn die Zeichnung des Künstlers läßt einen festen, fleißigen Willen erkennen; aber sie ist auch ein wenig hart und trokken und sieht wenig nach der Zeichnung eines Malers aus.

Nur ein Bildhauer kann all diese *Phantasiestücke* verbrochen haben. – Da sieht man doch einmal, wohin die Romantik manch einen gebracht hat!

VIDAL

Die Voreingenommenheit für Vidals Zeichnungen ist, wenn wir nicht irren, vor einem Jahr aufgekommen. – Mit dieser Täuschung sollte unverzüglich aufgeräumt werden. – Man will uns Vidal unbedingt als ernsten Zeichner aufreden. – Seine Zeichnungen sind zwar *sehr ausgearbeitet,* doch keineswegs *vollkommen;* wenn ich auch einräume, daß er Maurin und Jules David immerhin an Eleganz übertrifft. – Man verarge uns nicht, daß wir unseren Standpunkt hier so nachdrücklich vertreten; aber wir kennen einen Kritiker, der sich dazu verstieg, Vidal mit Watteau zu vergleichen.

MADAME DE MIRBEL

bleibt, was sie immer gewesen ist; – ihre Porträts sind tadellos ausgeführt, und Madame de Mirbel gebührt das große Verdienst, das so undankbare Genre der Miniatur als erste mit der männlichen Entschiedenheit der ernsten Malerei behandelt zu haben.

HENRIQUEL DUPONT

hat uns das Vergnügen verschafft, ein zweites Mal das großartige Bildnis Bertins von Ingres zu betrachten, dem Einzigen in Frankreich, der wirklich Porträts malen kann. – Dieses hier ist unbestreitbar das schönste, das er jemals geschaffen hat, den Cherubini nicht ausgenommen. – Vielleicht hat der stolze Ausdruck, die Majestät seines Modells Ingres', des Kühnen par excellence, Kühnheit noch verdoppelt. – Was den Kupferstich betrifft, so fürchten wir, daß er bei aller Sorgfalt das Gemälde nicht seiner ganzen Entschiedenheit nach wiedergibt. – Wir würden es nicht zu beschwören wagen, aber wir fürchten, der Stecher hat gewisse kleine Details an Nase oder Augen weggelassen.

JACQUE

Jacque ist ein neuer Name, der immer größer werden wird, wie wir hoffen. – Seine *Radierung* ist sehr kühn, sein Sujet sehr gut erdacht. – Alles, was Jacque auf Kupfer macht, ist von einer Freiheit und Lockerheit, die an die alten Meister erinnert. Wie bekannt, hat er ja von Rembrandts Radierungen eine beachtliche Reproduktion in Angriff genommen.

VI. SKULPTUREN

BARTOLINI

In Paris darf man mit Recht mißtrauisch sein bei Berühmtheiten aus dem Ausland. – So oft schon haben unsere Nachbarn sich unsere leichtgläubige Anerkennung erschlichen durch Meisterwerke, die sie nie vorzeigten oder die, wenn sie sich endlich herbeiließen, damit herauszurücken, ihnen wie uns zur Beschämung gereichten, daß wir nunmehr stets auf der Hut sind, ihnen wieder in die Falle zu gehen. Höchst mißtrauisch haben wir uns deshalb der *Nymphe mit Skorpion* genähert. – Aber diesmal war es uns wirklich unmöglich, dem ausländischen Künstler unsere Bewunderung zu versagen. – Gewiß, unsere Bildhauer sind geschickter, und diese übermäßige Beschäftigung mit dem Handwerklichen nimmt heutzutage unsere Bildhauer wie unsere Maler völlig in Anspruch; – aber gerade wegen einiger ein wenig in Vergessenheit geratener Eigenschaften, als da sind: Geschmack, Noblesse und Anmut – will uns Bartolinis Werk als die vorzüglichste Arbeit unter den Skulpturen des Salons vorkommen. – Wir wissen, daß einige der *Skulptierer*, von denen anschließend die Rede sein wird, wohl imstande sind, die wenigen Fehler in der Ausführung dieses Marmorbildes aufzuzeigen: etwas zuviel Weichheit, mangelnde Festigkeit; kurz, gewisse schlaffe Partien und etwas dünn geratene Arme; – aber keinem von ihnen ist ein so hübsches Motiv eingefallen; keiner besitzt diesen hohen Geschmack und diese Lauterkeit des Kunstwollens, diese Keuschheit der Linien, welche Originalität keineswegs ausschließt. – Die Beine sind bezaubernd; der Kopf hat etwas Keckes und Anmutiges; wahrscheinlich war einfach das Modell gut ausgewählt.* – Je weniger der Arbeiter an einem Kunstwerk in Erscheinung tritt, und je reiner und deutlicher dessen Intention zu erkennen ist, desto stärker schlägt es uns in Bann.

* Auf diese Meinung halten wir uns um so mehr zugute, als wir wissen, daß sie von einem großen Maler der modernen Schule geteilt wird.

DAVID

Das gilt wahrhaftig nicht für David, vor dessen Arbeiten wir jedesmal an Ribera denken müssen. – Und unser Vergleich hinkt noch insofern, als das handwerkliche Geschick bei Ribera nur eine Dreingabe ist, – weil er darüber hinaus von Temperament, Ursprünglichkeit, Zorn und Ironie strotzt.
Gewiß, man findet schwerlich jemand, der besser modelliert, der sauberere Arbeit liefert als David. Dieses Kind, das sich an eine Weintraube hängt – man kannte es bereits aus einigen bezaubernden Versen Sainte-Beuves – ist bei näherem Hinsehen ein wunderlich Ding; echtes Fleisch zwar, aber dumm wie die Natur; und es ist doch eine unbestrittene Wahrheit, daß es nicht das Ziel der Bildhauerkunst sein kann, mit Gipsabgüssen zu wetteifern. – Dies festgestellt, dürfen wir die Schönheit der Arbeit in aller Ruhe bewundern.

BOSIO

hingegen kommt Bartolini nahe dank der Eigenschaften, die den großen Geschmack von dem Geschmack am allzu Wahren unterscheiden. – Seine *Junge Indianerin* ist gewiß ein hübsches Werk – aber es mangelt ihr doch an Originalität. – Schade, daß Bosio uns nicht jedesmal so vollkommene Stücke zeigt wie das im Musée du Luxembourg, oder die großartige Büste der Königin.

PRADIER

Pradier hat, scheint es, sich selbst übertreffen und sich mit einem Schlage in höhere Regionen aufschwingen wollen. Wir können seine Statue nicht genug loben – sie ist unvergleichlich geschickt – hübsch anzusehen von allen Seiten – einige Partien ließen sich gewiß in der Antikensammlung des Louvre wiederfinden; denn wir haben es hier mit einer erstaunlichen Mischung von versteckten Anspielungen zu tun. – Der ehemalige Pradier lebt noch unter dieser neuen Haut, um dieser Gestalt einen köstlichen Zauber zu verleihen; – ein nobles Bravourstück, gewiß; aber Bartolinis Nymphe mit alle ihren Unvollkommenheiten kommt uns doch origineller vor.

FEUCHÈRE

Noch einer von den Geschickten! – Wird man denn nie darüber hinausgelangen?
Dieser junge Künstler hat schon in früheren Salons reüssiert – auch bei dieser Statue wird der Erfolg nicht ausbleiben; ganz abgesehen von dem glücklichen Sujet – eine Jungfrau von Orléans findet fast immer ihr Publikum, wie alles, was das Gemüt der Öffentlichkeit anspricht; diese Jeanne d'Arc, die wir schon in Gips gesehen hatten, gewinnt beträchtlich durch die größeren Dimensionen. Die Gewandung fällt gut, und nicht, wie sonst die Gewandung bei Bildhauern zu fallen pflegt – Arme und Beine sind sehr schöne Arbeit – der Kopf ist vielleicht ein wenig gewöhnlich.

DAUMAS

Von Daumas heißt es, er sei ein Sucher. – In der Tat hat er es bei seinem *Meergeist* auf Energie und Eleganz abgesehen; doch ist das Resultat recht mager ausgefallen.

ÉTEX

Étex hat nie etwas Vollständiges zuwege gebracht. Der Grundeinfall ist oft glücklich – er besitzt eine gewisse Fruchtbarkeit des Gedankens, die sich alsbald bemerkbar macht und die uns gefällt; doch sind da immer beträchtliche Teile, die sein Werk entstellen. So wirkt seine Gruppe *Hero und Leander* von hinten schwerfällig, und die Linien treten nicht harmonisch hervor. Schultern und Rücken der weiblichen Gestalt sind ihrer Hüften und Beine nicht würdig.

GARRAUD

hat früher einmal eine recht schöne Bacchantin geschaffen, deren man sich noch erinnert – das war Fleisch – seine Gruppe der *ersten Menschenfamilie* enthält gewiß sehr bemerkenswerte Einzelpartien; aber das Ganze ist unangenehm und ungeschlacht, besonders von vorne. – Das Haupt Adams ist scheußlich, obwohl es dem des Zeus von Oympia ähnelt. Am besten ist der kleine Kain gelungen.

DE BAY

ist ein Maler, der eine reizende Gruppe schuf, *Die Wiege der Menschheit.* – Eva hält ihre beiden Kinder auf einem Knie, und mit ihren beiden Armen bildet sie ihnen eine Art Körbchen. – Die Frau ist schön, die Kinder hübsch – vor allem die Komposition gefällt uns; nur schade, daß es Debay nicht gegeben war, einen so originellen Einfall ebenso originell auszuführen.

CUMBERWORTH

Catulls Lesbia beweint ihren Sperling

Das ist schöne und gute Skulptur. – Schöne Linien, schöne Gewandung, – nur ein wenig zuviel Antike, womit

SIMART

sich freilich noch stärker vollgesogen hat, ebenso wie

FORCEVILLE-DUVETTE

der offensichtlich Talent besitzt, sich jedoch zu genau der *Polyhymnia* entsinnt.

MILLET

schuf eine hübsche Bacchantin – gut in der Bewegung; aber ist das nicht schon allzu bekannt, und haben wir dieses Motiv nicht schon sehr häufig gesehen?

DANTAN

schuf einige gute Büsten, edel und offensichtlich ähnlich, ebenso wie

CLÉSINGER

der viel Distinktion und Eleganz in die Bildnisse des Herzogs von Nemours und der Madame Marie de M. . . gelegt hat.

CAMAGNI

schuf eine romantische Büste der Cordelia, die dem Typus nach originell genug ist, um ein Porträt zu sein . . . .
. . . .
. . . .
. . . .

Schwerwiegende Unterlassungen sind uns, glauben wir, nicht unterlaufen. – Der Salon gleicht, aufs ganze gesehen, allen früheren Salons, mit Ausnahme des jähen, unvermuteten, strahlenden Auftretens von William Haussoullier – und einiger sehr schöner Werke von Delacroix und Decamps. Im übrigen sei festgestellt, daß alle Welt immer besser und besser malt, was uns trostlos vorkommt; – aber Erfindungsgabe, Ideen, Temperament haben sich keineswegs vermehrt. – Niemand horcht auf den Wind, der morgen wehen wird; und doch umgibt, umdrängt uns das Heldentum *des modernen Lebens*. – Unsere wahren Gefühle sind beklemmend genug, als daß wir sie nicht kennen sollten. – Es mangelt weder an Themen noch an Farben für neue Epen. *Der Maler*, der wahre Maler, wird derjenige sein, der dem gegenwärtigen Leben seine epische Seite abzugewinnen versteht, der uns, mit Farbe oder Zeichnung, sehen und begreifen läßt, wie groß wir sind und wie poetisch in unsern Halsbinden und Lackstiefeln. – Möchten doch die wahren Sucher uns im nächsten Jahr diese einzigartige Freude bereiten, die Heraufkunft des *Neuen* zu feiern!

DAS MUSÉE CLASSIQUE DES BAZAR BONNE-NOUVELLE

Alle tausend Jahre einmal erscheint ein gescheiter Gedanke. Schätzen wir uns also glücklich, daß uns das Los zugefallen ist, im Jahre 1846 zu leben; denn das Jahr 1846 hat den aufrichtigen Liebhabern der schönen Künste den Genuß verschafft, zehn Gemälde von David und elf von Ingres zu bewundern. Unsere jährlichen Ausstellungen mit ihrem marktschreierischen Trubel, den vielzuvielen und zu dicht gehängten Bildern sind ungeeignet, von dieser hier eine Vorstellung zu vermitteln, die ruhig, gedämpft und ernst wie eine Studierstube ist. Außer den beiden schon erwähnten Großen sind hier des weiteren sehr edle Werke von Guérin und Girodet zu sehen, jenen strengen und zarten Meistern, jenen stolzen Fortsetzern Davids, des stolzen Cimabue des sogenannten klassischen Genre; sowie hinreißende Stücke von Prud'hon, diesem romantischen Bruder André Cheniers.
Ehe wir unsern Lesern die wichtigsten dieser Werke aufzählen und näher auf sie eingehen, sei ein höchst sonderbares Vorkommnis berichtet, das ihnen wohl Stoff zu einigen traurigen Betrachtungen liefern könnte. Diese Ausstellung wird zu Gunsten des Hilfsfonds des Künstlervereins veranstaltet, das heißt zum Besten einer gewissen Klasse von Armen, den edelsten und verdienstvollsten, denn sie arbeiten für das edelste Vergnügen der Gesellschaft. Alsbald kamen die Armen – die anderen –, ihre Rechte einzufordern. Vergeblich bot man ihnen eine Abschlagssumme; als Leute, die sich in Geschäften auskennen und die hier ein ertragreiches witterten, zogen unsere durchtriebenen Hungerleider eine Beteiligung am Gewinn vor. Wäre es nicht an der Zeit, vor dieser Menschenfreundlichkeit um jeden Preis ein wenig auf der Hut zu sein, welche uns, die wir nicht minder arm sind, alle Tage zu Opfern der Armen werden läßt? Gewiß, Nächstenliebe ist schön und löblich; aber könnte sie ihre Wohltaten nicht verrichten, ohne solche verheerenden *Razzien* auf den Geldbeutel der Arbeiter zuzulassen?
– Ein schon mehr als halb verhungerter Musiker veranstaltet

eines Tages ein bescheidenes Konzert; und schon stürzen sich die Armen auf dieses Konzert; da das Geschäft unsicher ist, Pauschalabfindung, zweihundert Francs; die Armen enteilen, ihre Beute in den Fängen; das Konzert bringt fünfzig Francs, und der ausgehungerte Geiger bittet um eine Stelle als Aushilfsepileptiker im Bettlerviertel! – Wir berichten Tatsachen; der Leser möge seine Schlüsse daraus ziehen!

Die Ausstellung der Klassiker hatte anfangs nur einen Heiterkeitserfolg bei unseren jungen Künstlern zu verzeichnen. Die meisten dieser anmaßenden Herren – Namen seien hier nicht genannt –, die in der Kunst so ziemlich die gleiche Rolle spielen wie in der Poesie die Adepten der falschen romantischen Schule – auch hier seien keine Namen genannt –, sind unfähig, das geringste von jenen strengen Lehren der Malerei der Revolutionszeit zu verstehen, jener Malerei, die freiwillig verzichtet auf ungesunde Reize und Würzen, und die ihr Leben vor allem aus dem Geist und aus der Seele empfängt, – bitter und despotisch wie die Revolution, die sie hervorgebracht hat. Um sich in solche Höhen aufzuschwingen, sind unsere Sudler zu gewandt, und zu flink mit dem Pinsel. Die Farbe hat sie verblendet; und nun sind sie außerstande, zu sehen, in welcher strengen, zuchtvollen Tradition die Romantik, dieser Ausdruck der modernen Gesellschaft, steht. Lassen wir diese jugendlichen Greise lachen und ihre Possen treiben, soviel sie wollen, und wenden wir uns unseren Meistern zu.

Von den zehn Werken Davids sind die wichtigsten *Marat*, *Der Tod des Sokrates*, *Bonaparte auf dem Sankt-Bernhard*, *Telemach und Eucharis*.

Soeben hat der *göttliche* Marat den letzten Seufzer verhaucht; ein Arm hängt aus der Badewanne, schlaff hält die Hand seine letzte Schreibfeder, die Brust ist durchbohrt von der *ruchlosen* Wunde. Vor ihm auf dem grünen Pult hält die andere Hand noch den heimtückischen Brief: »Bürger! schon daß ich mich als Unglückliche an Euch wende, verleiht mir ein Anrecht auf Euer Wohlwollen.« Das Badewasser ist von Blut gerötet, blutig ist das Papier; am Boden liegt blutbefleckt ein großes Küchenmesser; auf einem ärmlichen Brettergestell, das dem unermüdlichen Journalisten als Arbeitsmöbel diente, liest man: »Für Marat, David.« Alle diese Einzelheiten sind historisch und wirklichkeitsgetreu wie in einem Roman von Balzac; lebendig steht das dramatische Geschehen in seiner ganzen bejammernswürdigen Gräßlichkeit vor uns, und doch bewirkt ein seltsamer Geniestreich, der dieses Gemälde zu Davids Meisterwerk und zu einer der großen Sehenswürdigkeiten der modernen Kunst macht, daß ihm nichts Triviales oder Gemeines anhaftet. Das Erstaunliche an diesem außerordentlichen Poem ist die äußerste Raschheit, mit der es gemalt ist, und bedenkt man die Schönheit der Zeichnung, so übersteigt dies vollends unsere Fassungskraft. Dies ist das Brot der Starken und der Triumph der Vergeistigung; grausam wie die Natur, atmet das Bild ganz den Duft des Ideals. Was war das nur für eine Häßlichkeit, die der heilige Tod so rasch mit seines Flügels Spitze tilgte? Marat darf hinfort dem Apoll trotzen, der Tod hat ihn mit Liebeslippen geküßt, und er ruht in der Stille seiner Verwandlung. In diesem Werk liegt etwas zugleich Zärtliches und Erschütterndes; in der kalten Luft dieses Zimmers, über diese kalten Wände, um die kalte Gruft dieser Badewanne schwebt eine Seele. Werdet ihr es uns verargen, Politiker aller Parteien, oder ihr auch, unerbittliche Liberale von 1845, daß uns Rührung ergreift vor Davids Meisterwerk? Dieses Gemälde war eine Gabe an das weinende Vaterland, und unsere Tränen sind ungefährlich.

Das Bild hatte im Konvent ein Gegenstück, den Tod des Lepelletier-Saint-Fargeau. Doch dieses ist auf geheimnisvolle Weise verschwunden; die Angehörigen des Konventsmitgliedes sollen den Erben Davids dem Vernehmen nach 40.000 Francs dafür bezahlt haben; wir enthalten uns eines weiteren Kommentars, um nicht Leute zu verunglimpfen, die für unschuldig gelten dürfen.*

Der Tod des Sokrates ist eine bewundernswürdige Komposition, die jedermann kennt, die aber im Ausdruck etwas Gewöhnliches

* Dieses Bild war vielleicht noch erstaunlicher als der *Marat*. Lepelletier-Saint-Fargeau lag der Länge nach ausgestreckt auf einer Matratze. Über ihm, senkrecht von der Decke herabhängend, ein rätselhaftes Schwert, das sein Haupt bedrohte. Auf dem Schwert las man: »*Pâris, garde du corps*«.

hat, das an Duval-Lecamus (den Älteren) gemahnt. Möge Davids Schatten uns dies verzeihen!

Der *Bonaparte auf dem Sankt-Bernhard* ist – zusammen mit dem von Gros, in der *Schlacht von Eylau* – vielleicht die einzige poetische und grandiose Darstellung Bonapartes, die Frankreich besitzt.

Telemach und Eucharis entstand in Belgien, nachdem der große Meister dorthin ins Exil gegangen war. Ein liebenswürdiges Bild, das, wie *Paris und Helena,* auf Guérins zarte und verträumte Gemälde eifersüchtig zu sein scheint.

Von den beiden Gestalten ist Telemach die reizvollere. Man geht wohl nicht fehl in der Annahme, daß der Künstler, um ihn zu zeichnen, sich eines weiblichen Modells bedient hat.

Guérin ist mit zwei Skizzen vertreten, deren eine, *Der Tod des Priamus,* ein Glanzstück ist. Hier findet man alle dramatischen und gleichsam phantasmagorischen Elemente wieder, die den Schöpfer des *Theseus und Hippolyt* auszeichnen.

Offensichtlich war Guérin zeitlebens von dem Melodrama sehr angetan.

Diese Skizze ist nach den Versen Vergils gearbeitet. Man sieht Kassandra mit gefesselten Händen, wie sie von dem Tempel der Minerva weggerissen wird, und den grausamen Pyrrhus, wie er Priamus' Greisenalter an den Haaren schleift und ihn am Fuß der Altäre niedermetzelt. – Weshalb hat man diese Skizze so sorgsam versteckt? Sollte Herr Cogniet, einer der Veranstalter des Festes, seinem verehrungswürdigen Lehrer nicht wohlgesinnt sein?

Girodets Gemälde *Hippokrates weist die Geschenke des Artaxerxes zurück* hat die École de Médecine wieder verlassen; unsere Bewunderung gilt der prachtvollen Anordnung der Gestalten, der vortrefflichen Ausführung und den geistreichen Details. Dieses Bild zeigt, merkwürdig genug, bestimmte Eigenschaften und eine Vielfalt der Absichten, die, in einem anderen System der Ausführung, an die ausnehmend guten Bilder von Robert-Fleury erinnern. Gerne hätten wir in der Ausstellung des Bazar Bonne Nouvelle einige Kompositionen von Girodet gesehen, in denen die wesentlich poetische Seite seines Talents zur

Geltung gekommen wäre. (Siehe *Endymion* und *Atala.*) Girodet hat Anakreon übersetzt, er hat seinen Pinsel stets in die allerliterarischsten Quellen getaucht.
Der Baron Gérard war in den Künsten, was er in seinem Salon war: der Amphitryon, der aller Welt gefallen will; und dieser Eklektizismus eines Höflings war sein Verderben. David, Guérin und Girodet sind geblieben, unerschütterliche und unverwundbare Überlebende jener großen Schule, während Gérard nichts hinterlassen hat als den Ruf eines liebenswürdigen und höchst geistreichen Mannes. Im übrigen war er es, der Delacroix' Ankunft verkündigt und der gesagt hat: »Ein Maler ist uns geboren! Ein Mann, der auf den Dächern wandelt.«
Ohne die Feinheit, die Sicherheit des Geschmacks, den souveränen Kunstverstand oder die herbe Strenge ihrer Vorgänger zu besitzen, waren Gros und Géricault doch zwei großherzige Temperamente. Auf der Ausstellung ist eine Skizze von Gros, *König Lear und seine Töchter,* zu sehen, die etwas sehr Ergreifendes und Fremdartiges hat; das ist meisterhaft ersonnen.
Nun aber kommt der liebenswürdige Prud'hon, den einige bereits über Corregio zu stellen wagen; Prud'hon, dieses erstaunliche Gemisch, Prud'hon, dieser Dichter und Maler, der vor den Werken eines David von der Farbe träumte! Diese unsichtbare, hinterhältige fette Zeichnung, die sich unter der Farbe hinschlängelt, erregt immer wieder, zumal in Anbetracht der Epoche, berechtigtes Erstaunen. – Es wird lange dauern, bis die Künstler genügend Seelenstärke besitzen, um sich an die bitteren Genüsse eines David oder Girodet zu wagen. Prud'hons köstliche Gefälligkeiten bereiten unterdessen das Feld. Vor allem ein kleines Bild fiel uns auf: *Venus und Adonis,* das Diaz nachdenklich stimmen dürfte.
Ingres nimmt mit elf Bildern einen ganzen Salon für sich allein in Anspruch: eine stolze Reihe, fast sein ganzes Leben, zumindest Proben aus jeder Epoche – kurz, der ganze Werdegang seines Genies. Ingres weigert sich schon seit langem, in dem offiziellen *Salon* auszustellen, und wir müssen ihm darin Recht geben. Sein bewundernswürdiges Talent wird immer mehr oder minder überrannt in dem Gedränge, wo das Publikum, erschöpft und

benommen, sich seine Meinung von dem vorschreiben läßt, der am lautesten schreit. Delacroix muß schon einen übermenschlichen Mut besitzen, daß er sich Jahr für Jahr so mit Kot bespritzen läßt. Ingres, mit keiner geringeren Geduld ausgestattet, auch kaum minder kühn und beherzt, hielt sich abseits, die Gelegenheit abzuwarten. Sie kam, er ergriff sie und hat sie großartig genutzt. – Unser Platz und vielleicht auch unsere Worte reichen nicht aus, alle seine ausgestellten Stücke angemessen zu würdigen: die *Stratonike*, die Poussin in Staunen versetzt, die *Große Odaliske*, deren Anblick Raffael Folterqualen bereitet hätte, die *Kleine Odaliske*, dieses köstliche, bizarre Produkt einer schöpferischen Laune, für das die alte Kunst kein Vorbild bietet, und die Porträts von Bertin, Molé und Madame d'Haussonville – wahre Porträts, das heißt die ideale Rekonstruktion der Individuen. Es scheint uns jedoch angebracht, einige sonderbare Vorurteile über Ingres zu berichtigen, die in gewissen Kreisen herrschen, wo das Ohr mehr behält als die Augen. Es gilt als ein für allemal ausgemacht, daß Ingres' Malerei grau sei. – So öffne doch deine Augen, du Volk von Einfaltspinseln, und sage, ob du je eine kräftigere, leuchtendere Malerei gesehen hast, und sogar eine größere Sorgfalt in der Abstufung der Töne! In der zweiten *Odaliske* geht das ins äußerste, und trotz ihrer Vielzahl ist jeder einzelne Ton von besonderer Erlesenheit. – Es gilt nicht minder für ausgemacht, daß Ingres ein zwar großer, jedoch ungeschickter Zeichner sei, der sich nicht auf die Luftperspektive verstehe, und daß seine Malerei so flach sei wie ein chinesisches Mosaik. Demgegenüber wollen wir uns damit begnügen, zu einer Vergleichung aufzufordern zwischen der *Stratonike*, bei der eine ungeheure Vielfalt der Töne und Lichteffekte die harmonische Gesamtwirkung keinswegs beeinträchtigt, und der *Thamar*, bei der Horace Vernet das schier unglaubliche Problem gelöst hat: wie man das zugleich grellste und dumpfeste, das konfuseste Bild malt! Etwas derart Verworrenes ist uns noch nicht vorgekommen! – Was Ingres' Begabung unserer Meinung nach vor allem auszeichnet, ist seine Liebe zu den Frauen. Seine Libertinage ist ernsthaft und voller Überzeugung. Ingres ist niemals so glücklich und so eindrucksvoll wie dort, wo sein Genius mit den

Reizen einer jungen Schönheit ringt. Die Muskeln, die Falten im Fleisch, die Schatten der Grübchen, die wellenartigen Erhebungen der Haut, nichts fehlt. Gäbe die Insel Kythera bei Ingres ein Bild in Auftrag, es würde gewiß nicht tändelnd und heiter ausfallen wie die Gemälde Watteaus, sondern kraftvoll und nahrhaft wie die Liebe bei den Völkern der Antike.*

Mit Vergnügen haben wir die drei kleinen Bilder von Delaroche, *Richelieu, Mazarin* und *Die Ermordung des Herzogs von Guise*, wiedergesehen. Liebenswürdige Werke aus den mittleren Bereichen des Talents und des guten Geschmacks. Warum nur plagt Herrn Delaroche die Sucht nach großen Bildern? Wobei ihm, ach! nur immer kleine geraten; – ein Tropfen Rosenöl in einem Faß.

Cogniet hat den besten Platz im Saal eingenommen; allwo er seinen *Tintoretto* zeigt. – Ary Scheffer ist ein Mann von hoher Begabung, oder vielmehr von großem Einfallsreichtum, aber er hat seine Manier zu oft geändert, um eine gute zu besitzen: ein empfindsamer Poet, der Leinwände beschmutzt.

Von Delacroix war nichts zu sehen, und dies ist, scheint mir, ein Grund mehr, um von ihm zu reden. Aufrichtig gesprochen, waren wir einfältig genug, zu glauben, die Herren Kommissare hätten das Haupt der gegenwärtigen Schule lediglich deshalb von diesem Fest der Kunst ausgeschlossen, weil sie, ohne Verständnis für die geheimnisvolle Verwandtschaft, die ihn mit der revolutionären Schule verbindet, aus der er hervorging, vor allem auf Geschlossenheit und einen einheitlichen Aspekt ihres Werkes bedacht waren; und dies schien uns, wenn auch nicht löblich, so doch verzeihlich. Doch weit gefehlt. – Man sieht hier keinen Delacroix, weil Delacroix ein Journalist ist, und kein Maler; das wenigstens erhielt einer unserer Freunde zur Antwort, der es übernommen hatte, sie um eine kurze Auskunft in dieser Angelegenheit zu bitten. Wir möchten den Urheber dieses Bonmots nicht nennen, zu dessen Bekräftigung und Verstärkung diese

* In Ingres' Zeichnung finden sich Raffinessen eines ihm eigenen Geschmacks, äußerste Feinheiten, die er wohl besonderen Mitteln verdankt. So würde es uns zum Beispiel nicht wundern, wenn er sich einer Negerin bedient hätte, um bei der *Odaliske* gewisse üppige wie gewisse schlanke Körperpartien kräftiger herauszuarbeiten.

Herren sich noch ein Übriges an schalen Witzen und Unflätigkeiten gegenüber unserem großen Maler herausnahmen. – Das ist eher zum Weinen als zum Lachen. Sollte Herr Cogniet, der schon seinen berühmten Lehrer so gut versteckt hat, sich etwa gefürchtet haben für seinen berühmten Mitschüler einzutreten? Dubuffe hätte sich da anständiger verhalten. Diese Herren wären ja gewiß ihrer Schwachheit wegen aller Ehren wert, wenn sie nicht gleichzeitig so böse und neidisch wären.
Wie oft schon haben wir junge Künstler sich über den Bourgeois beschweren und ihn als den Erzfeind alles Großen und Schönen hinstellen hören. – Darin steckt eine falsche Vorstellung, die zu berichtigen es an der Zeit ist. Es gibt etwas tausendmal Gefährlicheres als den Bourgeois, das ist der bourgeoise Künstler, der geschaffen wurde, um sich zwischen das Publikum und das Genie zu drängen; er verstellt ihnen die Sicht aufeinander. Der Bourgeois, der nur einen geringen Fachverstand besitzt, folgt der mächtigen Stimme des Bourgeois-Künstlers, wohin sie ihn treibt. – Würde man diesen ausschalten, der Krämer führte Delacroix im Triumph einher. Der Krämer ist etwas Großartiges, ein himmlisches Wesen, das unsere Achtung verdient, *homo bonae voluntatis!* Verspottet ihn nicht, daß er seinen Dunstkreis verlassen möchte und, der Gute!, nach höheren Sphären trachtet. Er will gerührt sein, er will fühlen, erkennen, träumen, wie er liebt; er will ein ganzer Mensch sein; er verlangt alle Tage nach seinem Stück Kunst und Poesie, und ihr bestehlt ihn. Er schluckt Cogniet, und das beweist seinen grenzenlos guten Willen. Setzt ihm ein Meisterwerk vor, er wird es verdauen und sich nur desto wohler fühlen!

DER SALON 1846

AN DIE BÜRGER

Ihr seid die Mehrheit, – Zahl und Intelligenz; – also seid ihr die Macht, – die die Gerechtigkeit ist.

Gelehrte die einen, Besitzende die andern; – ein strahlender Tag wird kommen, an dem die Gelehrten Besitzende sein werden, und die Besitzenden Gelehrte. Dann wird eure Macht vollkommen sein, und niemand wird gegen sie protestieren.

In Erwartung dieser höchsten Harmonie ist es billig, daß diejenigen, die nur Besitzende sind, danach trachten, Gelehrte zu werden; denn die Wissenschaft ist ein Genuß, der nicht geringer ist als der Besitz.

Ihr regiert die Stadt, und das zu Recht, denn ihr seid die Macht. Aber ihr müßt fähig sein, die Schönheit zu empfinden; denn wie keiner von euch heute auf Macht verzichten kann, so hat auch keiner das Recht, auf Poesie zu verzichten.

Drei Tage könnt ihr ohne Brot leben; – ohne Poesie, niemals; und die unter euch, die das Gegenteil behaupten, irren sich: sie kennen sich nicht.

Die Aristokraten des Gedankens, die Verteiler von Lob und Tadel, die Schacherer und Wucherer mit den geistigen Gütern, haben euch das Recht abgesprochen, zu empfinden und zu genießen: – das sind Pharisäer.

Ihr regiert eine Stadt, in der sich das Publikum des Universums aufhält, und ihr müßt euch dieser Aufgabe würdig erweisen.

Genießen ist eine Wissenschaft, und der Gebrauch der fünf Sinne verlangt eine besondere Einweihung, die nur der gute Wille und das Bedürfnis zuwege bringen.

Und die Kunst ist euch ein Bedürfnis.

Die Kunst ist ein unendlich kostbares Gut, ein erfrischender und erwärmender Trank, der für Magen und Geist das natürliche Gleichgewicht des Ideals wiederherstellt.

Ihr begreift ihren Nutzen, o Bürger, – Gesetzgeber, oder Handeltreibende, – wenn die siebte oder achte Stunde schlägt, und euer müdes Haupt sich der Herdglut und dem Polster des Lehnsessels zuneigt.

Dann fändet ihr in einem glühenderen Verlangen, einem lebhafteren Traum Erquickung nach eurem Tagwerk.

Aber die Schacherer und Wucherer haben euch die Äpfel vom Baum der Erkenntnis vorenthalten wollen, weil die Wissenschaft ihr Kontor und ihr Laden ist, auf die sie unendlich eifersüchtig sind. Wenn sie euch das Vermögen abgesprochen hätten, Kunstwerke herzustellen oder die Verfahren zu verstehen, nach denen man sie herstellt, sie würden eine Wahrheit bestätigt haben, die euch nicht beleidigt hätte, denn die öffentlichen Angelegenheiten und der Handel nehmen drei Viertel eures Tages in Anspruch. Eure Muße jedoch sollte folglich dem Genuß und der Lust gewidmet sein.

Aber die Schacherer und Wucherer haben euch den Genuß verboten, weil ihr euch auf die Technik der bildenden Künste nicht ebenso gut versteht wie auf die Gesetze und Geschäfte.

Wenn aber zwei Drittel eurer Zeit von der Wissenschaft ausgefüllt werden, ist es billig, daß das Gefühl das letzte Drittel einnimmt, denn mit dem Gefühl allein sollt ihr die Kunst verstehen; – und derart werden eure Seelenkräfte ins Gleichgewicht kommen.

Es gibt keine doppelte Wahrheit, mag sie noch so vielfältig sein; und wie ihr in der Politik eure Rechte und Wohltaten erweitert habt, so habt ihr auch in den Künsten eine größere, umfassendere Gemeinsamkeit gestiftet.

Bürger, ihr habt – als König, Gesetzgeber oder Kaufmann, – Sammlungen, Museen, Galerien eingerichtet. Einige von diesen, die vor sechzehn Jahren nur den Schacherern und Wucherern zugänglich waren, haben der Menge ihre Pforten geöffnet.

Ihr habt euch zusammengeschlossen, ihr habt Gesellschaften gegründet und Anleihen aufgenommen, um die Idee der Zukunft in all ihren verschiedenen Formen, politischen, industriellen und künstlerischen, zu verwirklichen. Bei keinem edlen Unternehmen habt ihr die Initiative jemals der protestierenden und leidenden Minderheit überlassen, die im übrigen der natürliche Feind der Kunst ist.

Denn in Kunst und Politik sich überflügeln lassen, kommt dem Selbstmord gleich, und eine Mehrheit kann nicht Selbstmord begehen.
Was ihr für Frankreich getan habt, ihr habt es auch für andere Länder getan. Das Musée Espagnol hat den Umfang des Allgemeinwissens, das ihr über die Kunst besitzen müßt, vergrößert; denn ihr wißt sehr wohl, daß ein Nationalmuseum eine Gemeinsamkeit stiftet, deren sanfter Einfluß die Herzen rührt und die Willenskräfte geschmeidiger macht, und daß ebenso ein ausländisches Museum eine internationale Gemeinsamkeit stiftet, bei der zwei Völker sich ungezwungener betrachten und studieren können, um sich gegenseitig zu durchdringen und wortlos miteinander zu verbrüdern.
Ihr seid die natürlichen Freunde der Künste, denn ihr seid, die einen reich, die andern gelehrt.
Wenn ihr der Gesellschaft euer Wissen zur Verfügung gestellt habt, euer Handwerk, eure Arbeit, euer Geld, dann wollt ihr in Genüssen des Körpers, des Geistes und der Phantasie bezahlt werden. Wenn ihr das zur Wiederherstellung des Gleichgewichts aller Teile eures Wesens notwendige Quantum an Genüssen erlangt habt, dann seid ihr glücklich, satt und voller Wohlwollen, wie die Gesellschaft satt, glücklich und voller Wohlwollen sein wird, wenn sie ihr allgemeines und absolutes Gleichgewicht gefunden hat.
So versteht es sich denn von selbst, ihr Bürger, daß euch dieses Buch gewidmet ist; denn jedes Buch, das sich nicht an die Mehrheit, – Zahl und Intelligenz, – wendet, ist ein törichtes Buch.

1. Mai 1846

I. WOZU KRITIK?

Ja, wozu? – Ungeheures und furchtbares Fragezeichen, das die Kritik am Kragen packt, gleich beim ersten Schritt in ihr erstes Kapitel.

Der Künstler macht der Kritik vor allem den Vorwurf, daß sie außerstande sei, den Bürger, der weder malen noch reimen will, etwas zu lehren, – noch daß sie die Kunst etwas lehren könne, weil die Kritik ja aus deren Schoß entsprungen sei.

Und dennoch, wie viele Künstler verdanken heutzutage der Kritik allein ihr bißchen Berühmtheit? Das ist vielleicht der eigentliche Vorwurf, den man ihr machen sollte.

Man erinnert sich einer Karikatur von Gavarni, die einen über seine Leinwand gebeugten Maler darstellt; hinter ihm ein Herr, würdevoll, trocken, steif und mit weißer Halsbinde, sein letztes Feuilleton in der Hand. »Ist die Kunst edel, so ist die Kritik heilig.« – »Wer sagt das?« – »Die Kritik!« Wenn der Künstler so leicht die erste Geige spielt, dann ist der Kritiker zweifellos ein Kritiker, wie es sie dutzendweise gibt.

Über die künstlerischen Mittel und Techniken, die an den Werken selber abzulesen sind*, haben Publikum und Künstler hier nichts zu lernen. Diese Dinge lernt man im Atelier, und das Publikum kümmert nur das Ergebnis.

Offengestanden halte ich die unterhaltsame, poetische Kritik für die beste, und nicht die kalte, algebraische Kritik, die unter dem Vorwand, alles zu erklären, weder Haß noch Liebe kennt und sich freiwillig jeder Art von Temperament entäußert. Da ein schönes Bild die von einem Künstler gespiegelte Natur ist, wird die beste Kritik diejenige sein, die zeigt, wie eben dieses Bild sich in einem einsichtigen und einfühlsamen Geist spiegelt. Demnach kann die beste Besprechung eines Bildes ein Sonett oder eine Elegie sein.

* Ich weiß wohl, daß die gegenwärtige Kritik andere Ansprüche erhebt; so wird sie den Koloristen immer die Zeichnung und den Zeichnern die Farbe empfehlen. Das zeugt von einem sehr vernünftigen und sehr erhabenen Geschmack!

Aber diese Art Kritik bleibt Gedichtsammlungen und poetischen Lesern vorbehalten. Hinsichtlich der Kritik im eigentlichen Wortverstand hoffe ich, die philosophischen Köpfe werden mich verstehen: um gerecht zu sein, das heißt, um ihre Daseinsberechtigung zu haben, muß die Kritik parteiisch, leidenschaftlich, politisch sein, das heißt, sie muß unter einem ausschließlichen Gesichtspunkt erfolgen, unter einem Gesichtspunkt jedoch, der möglichst viele Horizonte eröffnet.

Die Linie auf Kosten der Farbe, oder die Farbe zum Nachteil der Linie zu preisen, ist zweifellos ein Gesichtspunkt; nur zeugt das von einem weder sehr aufgeschlossenen noch sehr gerechten Sinn und verrät eine beträchtliche Unkenntnis individueller Schicksale. Es entzieht sich unserem Wissen, wie sehr die Natur in jedem Geiste die Liebe zur Linie mit der Liebe zur Farbe verbunden hat, und durch welche geheimnisvollen Verfahren sie diese Verschmelzung beider bewirkt, deren Ergebnis ein Gemälde ist.

Demnach wäre ein wohlverstandener Individualismus* ein umfassender Gesichtspunkt; dieser nämlich, dem Künstler die Naivität und den aufrichtigen Ausdruck seines Temperaments zu gebieten, unter Zuhilfenahme aller Mittel, die sein Handwerk ihm zur Verfügung stellt. Wer kein Temperament hat, ist nicht würdig, Gemälde zu schaffen, und – da wir der Nachahmer, und vor allem der Eklektiker, überdrüssig sind – mag er sich als Handlanger bei einem Maler von Temperament verdingen. Das werde ich in einem der letzten Kapitel genauer ausführen.

Der Kritiker, der nunmehr mit einem sicheren Kriterium ausgestattet ist, einem Kriterium, das er der Natur selber entnommen hat, soll seine Pflicht mit Leidenschaft erfüllen; denn obzwar Kritiker, ist man doch nicht weniger Mensch, und die Leidenschaft verbindet verwandte Temperamente und erhebt die Vernunft zu neuen Höhen.

Stendhal hat irgendwo gesagt: »Die Malerei ist nichts als formgewordene Moral!« – Man mag das Wort Moral nun mehr oder

* Was den wohlverstandenen Individualismus betrifft, so verweise ich auf den Artikel über William Haussoullier in dem *Salon 1845*. Trotz aller Vorhaltungen, die man mir deswegen gemacht hat, bleibe ich bei meinem Gefühl; freilich muß man den Artikel auch verstehen.

weniger großzügig auslegen, ein Gleiches läßt sich von allen Künsten sagen. Da sie stets das Schöne als Ausdruck der Empfindung, der Leidenschaft und der Träumerei eines jeden sind, das heißt die Vielfalt in der Einheit, oder die verschiedenen Seiten des Absoluten, – so rührt die Kritik jeden Augenblick an die Metaphysik.

Jedes Jahrhundert, jedes Volk hat für seine Schönheit und seine Moral einen eigenen Ausdruck besessen, – und wenn man unter Romantik den jüngsten und modernsten Ausdruck der Schönheit verstehen will, – so wird für den einsichtigen und leidenschaftlichen Kritiker der große Künstler der sein, der mit der oben geforderten Bedingung – der Naivität – das höchste Maß an Romantik vereinigt.

II. WAS IST ROMANTIK?

Wenige Menschen werden heute diesem Wort einen wirklichen, positiven Sinn geben wollen; werden sie jedoch zu behaupten wagen, daß eine Generation bereit ist, sich mehrere Jahre lang für eine Fahne zu schlagen, die kein Symbol ist?

Wer sich der Wirren der jüngsten Zeit erinnert, wird erkennen, daß nur wenige Romantiker übrig geblieben sind, weil wenige unter ihnen die Romantik gefunden haben; aber alle haben sie aufrichtig und redlich gesucht.

Einige haben sich nur auf die Wahl der Gegenstände verlegt; sie hatten nicht das ihren Gegenständen entsprechende Temperament. – Andere, die noch an eine katholische Gesellschaft glaubten, haben versucht, den Katholizismus in ihren Werken zu spiegeln. – Sich einen Romantiker nennen und systematisch den Blick in die Vergangenheit richten, heißt sich selbst widersprechen. – Im Namen der Romantik haben diese die Griechen und Römer gelästert: man kann jedoch aus Römern und Griechen Romantiker machen, wenn man selbst Romantiker ist. – Die Forderung nach Wahrheit in der Kunst und nach Lokalkolorit hat viele andere in die Irre geführt. Den Realismus hatte es lange vor dieser großen Schlacht schon gegeben, und wer etwa für Herrn Raoul Rochette eine Tragödie verfassen oder ein Bild malen wollte, liefe Gefahr, sich von dem erstbesten berichtigt zu sehen, wenn dieser gelehrter ist als Herr Raoul Rochette.

Die Romantik liegt eigentlich weder in der Wahl des Gegenstandes noch in der Genauigkeit der Wiedergabe, sondern in der Art des Empfindens.

Sie haben außer sich gesucht, was nur in ihnen zu finden war.

Für mich ist die Romantik der jüngste, der aktuellste Ausdruck des Schönen.

Es gibt ebenso viele Schönheiten, wie es Gewohnheiten gibt, das Glück zu suchen.*

Die Fortschrittsphilosophie erklärt das deutlich; es gab ebenso viele Ideale, wie es für die Völker Arten gegeben hat, die Moral, die Liebe, die Religion usw. zu verstehen. So wird auch die Romantik nicht in einer vollkommenen Ausführung, sondern in einer der Moral des Jahrhunderts entsprechenden Konzeption bestehen.

Weil einige sie in die handwerkliche Vollkommenheit verlegten, haben wir das Rokoko der Romantik gehabt, das unstreitig die unerträglichste von allen Arten Romantik ist.

Man muß also vor allem die Seiten der Natur und die jeweilige Lage des Menschen kennen, die die Künstler der Vergangenheit mißachtet oder nicht gekannt haben.

Wer Romantik sagt, sagt moderne Kunst, – das heißt Innerlichkeit, Spiritualität, Farbe, Streben nach dem Unendlichen, ausgedrückt mit allen Mitteln, die die Künste enthalten.

Daraus folgt, daß zwischen der Romantik und den Werken ihrer hauptsächlichen Sektierer ein offener Widerspruch besteht.

Daß die Farbe in der modernen Kunst eine sehr bedeutsame Rolle spielt, ist eigentlich kaum erstaunlich. Die Romantik ist eine Tochter des Nordens, und der Norden ist Kolorist; Träume und Feerien sind Kinder des Nebels. England, das Vaterland fanatischer Koloristen, Flandern, halb Frankreich sind in Nebel

* Stendhal

getaucht; Venedig wird von Lagunen benetzt. Was die spanischen Maler betrifft, so gestalten sie eher Kontraste, als daß sie Koloristen wären.

Der Süden hingegen ist naturalistisch, denn die Natur ist dort so schön und klar, daß der Mensch in seiner Wunschlosigkeit nichts Schöneres zu bilden findet, als das, was er vor Augen hat; hier die Kunst in der freien Natur und, einige hundert Meilen nordwärts, die tiefen Träume des Ateliers und die Blicke der Phantasie, die sich in die grauen Horizonte verlieren.

Der Süden ist brutal und positiv wie ein Bildhauer in seinen zartesten Kompositionen; der leidende, zweifelnde Norden tröstet sich mit der Einbildungskraft, und wenn er Skulpturen hervorbringt, werden sie eher pittoresk als klassisch sein.

Bei all seiner Reinheit ist Raffael doch nur ein materialistischer Geist, der unablässig das Solide sucht; aber dieser Halunke von einem Rembrandt ist ein gewaltiger Idealist, der uns träumen macht und das Jenseits ahnen läßt. Der eine komponiert Geschöpfe in jungfräulicher Frische – Adam und Eva; – der andere aber schüttelt Lumpen vor unseren Augen und erzählt uns die Leiden der Menschheit.

Rembrandt ist jedoch kein reiner Kolorist, sondern ein Harmonist; welche neuartige Wirkung dürfen wir demnach erwarten, und welche köstliche Romantik, wenn ein mächtiger Kolorist uns unsre teuersten Empfindungen und Träume mit einer den Gegenständen angemessenen Farbe wiedergibt!

Bevor ich dazu übergehe, mich mit dem Mann auseinanderzusetzen, der bis heute der würdigste Vertreter der Romantik ist, möchte ich eine Reihe von Betrachtungen über die Farbe anstellen, die für das volle Verständnis dieses kleinen Buches nicht ohne Nutzen sein werden.

III. ÜBER DIE FARBE

Denken wir uns eine schöne Stelle in der Natur, wo alles in voller Freiheit grünt, sich rötet, stäubt und schillert, wo alle Dinge in ihrer unterschiedlichen Färbung, je nach der Zusammensetzung der Moleküle, von Sekunde zu Sekunde, wie Licht und Schatten wandern, sich verändern und durch das Arbeiten der inneren Wärme in fortwährender Vibration befinden, die die Linien zittern macht und das Gesetz der ewigen, allgemeinen Bewegung vervollständigt. – Etwas Unermeßliches, mitunter blau und oft grün, erstreckt sich bis an den Himmelsrand: das ist das Meer. Die Bäume sind grün, die Wiesen grün, das Moos grün; das Grün schlängelt sich in den Baumstämmen, die noch nicht reifen Halme sind grün; das Grün ist der Grundton der Natur, weil das Grün sich leicht mit allen anderen Farben vermählt.* Was mir zunächst auffällt, ist, daß überall das Rot den Ruhm des Grünen singt – Klatschrosen im Gras, Mohnblumen, Papageien, usw.; das Schwarz, – soweit es vorhanden ist, – diese einsame, nichtssagende Null, kommt dem Blauen und Roten zu Hilfe. Das Blau, der Himmel also, ist von leichten weißen Flocken oder grauen Massen unterbrochen, die auf glückliche Weise seine grelle Eintönigkeit lockern; und, wie der Dunst der Jahreszeit – winters oder sommers – die Konturen umspielt, mildert oder verzehrt, gleicht die Natur einem Kreisel, den man in eine so rasche Bewegung setzt, daß er uns grau erscheint, obwohl er alle Farben in sich einschließt.

Die Säfte steigen und, als eine Mischung von Grundelementen, entfalten sie sich in *Mischtönen;* Bäume, Felsen, Granit spiegeln sich in den Gewässern und lassen dort ihren Widerschein; alle durchscheinenden Gegenstände fangen von nah und fern Licht und Farbe ein. Wie das Gestirn des Tages vorrückt, ändern die

* Außer mit seinen Erzeugern, Gelb und Blau; ich spreche hier jedoch nur von reinen Tönen. Denn diese Regel ist auf die transzendenten Koloristen nicht anwendbar, die von Grund auf die Wissenschaft des Kontrapunkts beherrschen.

Farben ihre Valeurs, bewahren jedoch immer ihre natürlichen Zu- und Abneigungen und hören nicht auf, durch wechselseitige Zugeständnisse in Harmonie miteinander zu leben. Langsam wandern die Schatten, verjagen oder löschen die Farben in dem Maße, als das selber weitergewanderte Licht andere erneut zum Klingen bringen will. Die Farben senden sich gegenseitig ihre Reflexe zu, und indem sie ihr Aussehen durch eine *Lasur* transparenter und entlehnter Eigenschaften verändern, vervielfältigen sie ihre melodiösen Verbindungen ins Unendliche und erleichtern sie. Wenn der große Feuerball in die Fluten hinabsinkt, ertönen von allen Seiten rote Fanfaren; eine blutfarbene Harmonie bricht am Horizont hervor, und das Grün färbt sich in reichem Purpur. Alsbald aber treiben große blaue Schatten in rhythmischer Kadenz die Menge der orangenen und zartrosa Töne vor sich her, die gleichsam ein fernes, abgeschwächtes Echo des Lichtes sind. Diese große Symphonie des Tages, die ewige Variation der Symphonie von gestern, diese Folge von Melodien, bei der die Verschiedenheit immer aus dem Unendlichen hervorgeht, dieser vielstimmige Hymnus ist die Farbe.

Man findet in der Farbe die Harmonie, die Melodie und den Kontrapunkt.

Will man ein Detail innerhalb eines Details an einem Gegenstand von mittlerer Größe betrachten, – zum Beispiel eine etwas sanguinische, etwas magere Hand von sehr zarter Haut, so gewahrt man eine vollkommene Harmonie zwischen dem Grün der starken Adern, die sie durchziehen, und den blutfarbenen Tönen, die die Gelenke bezeichnen; die rosa Fingernägel heben sich von der Fingerspitze ab, die einige Grau- und Brauntöne besitzt. In der Handfläche sind die starken rosigen und weinfarbenen Lebenslinien durch das System der sie durchquerenden grünen oder blauen Adern getrennt. Das Studium des gleichen Gegenstandes mit einer Lupe liefert auf jeder noch so kleinen Fläche eine vollkommene Harmonie von grauen, blauen, braunen, grünen, orangenen und weißen, durch ein wenig Gelb erwärmten Tönen; – eine Harmonie, die, mit den Schatten kombiniert, die Modellierung der Koloristen erzeugt; diese ist wesentlich von der Modellierung der Zeichner verschieden, deren

Schwierigkeiten sich beinahe auf das Kopieren von Gipsfiguren beschränken.

Die Farbe ist also der Zusammenklang zweier Töne. Der warme Ton und der kalte Ton, in deren Gegenüberstellung die ganze Theorie der Farbe besteht, können nicht absolut definiert werden: sie bestehen nur in ihrem Verhältnis zueinander.

Die Lupe ist das Auge des Koloristen.

Ich will daraus nicht folgern, daß ein Kolorist peinlich genau die Farbtöne studieren muß, die auf sehr begrenztem Raum miteinander verschmelzen. Denn nimmt man einmal an, jedes Molekül sei mit einem besonderen Farbton ausgestattet, so müßte die Materie unendlich teilbar sein; und da im übrigen die Kunst nur eine Abstraktion ist, wobei das Detail dem Ganzen geopfert wird, gilt es vor allem, sich mit den großen Massen zu beschäftigen. Aber ich wollte beweisen, daß, falls dies möglich wäre, jede noch so große Anzahl von Tönen, sofern sie nur logisch nebeneinandergesetzt sind, natürlicherweise miteinander verschmelzen würden nach dem Gesetz, das sie beherrscht.

Die chemischen Verwandtschaften sind der Grund dafür, daß die Natur keine Fehler in der Anordnung dieser Töne begehen kann; denn für sie sind Form und Farbe eins.

Ebensowenig kann der wahre Kolorist Fehler begehen; und ihm ist alles erlaubt, da er von Geburt an die Skala der Töne, ihre Stärke, die Ergebnisse ihrer Mischungen und die ganze Wissenschaft vom Kontrapunkt kennt, und derart eine Harmonie von zwanzig verschiedenen Rottönen zu schaffen vermag.

Dies ist so wahr, daß, wenn ein antikoloristischer Grundbesitzer es sich einfallen ließe, sein Landgut unsinnigerweise in einem System von mißtönenden Farben anzustreichen, der dichte, durchsichtige Firnis der Atmosphäre und das wissende Auge Veroneses alles zurechtrücken und auf einer Leinwand ein befriedigendes Ganzes hervorbringen würden, das zwar konventionell, aber logisch wäre.

Das erklärt, wie ein Kolorist in seiner Art des Farbausdrucks sich paradox verhalten kann, und wie das Studium der Natur oft zu einem von der Natur ganz verschiedenen Ergebnis führt.

Die Luft spielt in der Theorie der Farbe eine so große Rolle, daß ein Landschaftsmaler, der die Blätter so malte, wie er sie sieht, einen falschen Ton erzielte, da der Luftraum zwischen dem Betrachter und dem Bild sehr viel geringer ist als zwischen dem Betrachter und der Natur.

Lügen sind stets notwendig, selbst um zum *trompe-l'œil* zu gelangen.

Die Harmonie ist die Grundlage der Theorie der Farbe.

Die Melodie ist die Einheit in der Farbe oder die allgemeine Farbe.

Die Melodie verlangt einen Abschluß; sie ist ein Ganzes, in dem jede Wirkung zu einer Gesamtwirkung beiträgt.

So hinterläßt die Melodie im Geiste eine tiefe und dauernde Erinnerung.

Den meisten unserer jungen Koloristen fehlt es an Melodie.

Um auf die rechte Weise festzustellen, ob ein Bild melodisch ist, sollte man es aus einer Entfernung betrachten, die weder den Gegenstand noch die Linien erkennen läßt. Ist es melodisch, hat es bereits einen Sinn und hat bereits seinen Platz im Repertorium der Erinnerung eingenommen.

Stil und Gefühl in der Farbe werden von der Wahl, und die Wahl wird vom Temperament bestimmt.

Es gibt heitere und übermütige Töne, übermütige und traurige, reiche und heitere, reiche und traurige, gewöhnliche Töne und originelle.

So ist Veroneses Farbe ruhig und heiter. Delacroix' Farbe ist oft klagend, und Catlins Farbe oft furchterregend.

Ich habe lange vor meinem Fenster eine Schenke gehabt, halb grasgrün, halb knallrot angestrichen, in Farben, die mir einen köstlichen Augenschmerz bereiteten.

Ich weiß nicht, ob irgendein Analogist eine zuverlässige und vollständige Skala der Farben und der Gefühle aufgestellt hat; ich erinnere mich jedoch einer Stelle bei E.T.A. Hoffmann, die meinen Gedanken vollkommen ausdrückt: »Nicht sowohl im Traume, als im Zustande des Delirierens, der dem Einschlafen vorhergeht, vorzüglich wenn ich viel Musik gehört habe, finde ich eine Übereinkunft der Farben, Töne und Düfte. Es kommt mir vor, als wenn alle auf die gleiche geheimnisvolle Weise durch den Lichtstrahl erzeugt würden und dann sich zu einem wundervollen Konzerte vereinigen müßten. – Der Duft der dunkelroten Nelken wirkt mit sonderbarer magischer Gewalt auf mich; unwillkürlich versinke ich in einen träumerischen Zustand und höre dann wie aus weiter Ferne die anschwellenden und wieder verfließenden tiefen Töne des Bassetthorns.«*

Man fragt oft, ob ein und derselbe Mensch zugleich ein großer Kolorist und ein großer Zeichner sein könne.

Ja und nein; denn es gibt verschiedene Arten von Zeichnungen.

In der Feinheit der Zeichnung besteht die besondere Qualität eines reinen Zeichners, und diese Feinheit schließt den Pinselstrich aus: aber es gibt geglückte Pinselstriche, und der Kolorist, der die Natur durch die Farbe wiederzugeben hat, würde durch die Unterdrückung eines geglückten Pinselstrichs oft mehr verlieren, als die Bemühung um eine größere Strenge in der Zeichnung ihm einbringen könnte.

Die Farbe schließt die hohe Zeichenkunst gewiß nicht aus, die von Veronese etwa, der vor allem mit der Gesamtheit der Teile und den großen Massen arbeitet; wohl aber schließt sie die detaillierte Zeichenweise aus, die Konturierung der Einzelheit, da hier der Pinselstrich stets die Linie schluckt.

Die Vorliebe für Atmosphäre, die Wahl von bewegten Gegenständen verlangen die Anwendung von fließenden und verschwimmenden Linien.

Ausschließliche Zeichner handeln nach einem umgekehrten und dennoch analogen Verfahren. Da ihre Aufmerksamkeit darauf gerichtet ist, die Linien zu verfolgen und in ihren geheimsten Schwingungen einzufangen, haben sie keine Zeit, Luft und Licht, beziehungsweise deren Wirkungen zu sehen; sie bemühen sich sogar, sie nicht wahrzunehmen, um dem Grundsatz ihrer Schule nicht zu schaden.

Man kann folglich zugleich Kolorist und Zeichner sein, jedoch nur in einem gewissen Sinn. Ebenso wie ein Zeichner durch die Gestaltung großer Massen ein Kolorist sein kann, so kann ein Kolorist auch durch eine vollständig logische Gesamtlinienfüh-

* Kreisleriana

rung Zeichner sein; aber im Detail schließen sich diese Darstellungsweisen jeweils aus.
Die Koloristen zeichnen wie die Natur; ihre Figuren sind auf natürliche Weise durch den harmonischen Kampf der Farbmassen umrissen.
Die reinen Zeichner sind auf Abstraktionen bedachte Philosophen und Erzeuger von Quintessenzen.
Die Koloristen sind epische Dichter.

IV. EUGÈNE DELACROIX

Die Romantik und die Farbe führen mich geradewegs zu Eugène Delacroix. Ich weiß nicht, ob er auf seine Eigenschaft als Romantiker stolz ist; aber er gehört hierher, weil die Mehrheit des Publikums ihn seit langem, schon von seinem ersten Werk an, zum Haupt der *modernen* Schule erklärt hat.
An der Schwelle dieses Teiles meiner Erörterungen ist mein Herz voll ungetrübter Freude, und ich wähle mit Bedacht meine neuesten Federn, so klar und deutlich will ich sein, und solch ein Behagen verspüre ich, den mir liebsten und sympathischsten Gegenstand zu behandeln. Um die Schlußfolgerungen dieses Kapitels verständlich zu machen, muß ich in der Geschichte unserer Zeit etwas ausholen und vor den Augen des Publikums einige schon von früheren Kritikern und Historikern herangezogene Prozeßakten ausbreiten, die jedoch für eine vollständige Beweisführung unerläßlich sind. Im übrigen werden diejenigen, die von reinem Enthusiasmus für Eugène Delacroix erfüllt sind, nicht ohne lebhaftes Vergnügen einen Artikel des *Constitutionnel* von 1822 wieder lesen, der aus dem *Salon* des Journalisten Thiers stammt.

»Kein Gemälde vermittelt meines Erachtens stärker den Eindruck, daß sein Maler eine große Zukunft hat, als Delacroix' *Dante und Virgil in der Unterwelt*. Hier vor allem ist jene hervorbrechende Begabung, jener Schwung sich entwickelnder Meisterschaft erkennbar, die alle unsere, durch das allzu bescheidene Verdienst der übrigen etwas entmutigten Hoffnungen wieder belebt.

Dante und Virgil, von Charon geführt, setzen über den Fluß der Unterwelt und teilen nur mühsam die Menge derer, die sich um die Barke drängen und hineinzuklettern versuchen. Dante, als Lebender, trägt die Schreckensfarbe des Ortes; Virgil, mit düsterem Lorbeer umkränzt, zeigt die Blässe des Todes. Die Unglücklichen, die dazu verdammt sind, ewig nach dem jenseitigen Ufer zu verlangen, klammern sich an die Barke. Einer greift vergebens nach ihr, und seine allzu schnelle Bewegung läßt ihn rückwärts in die Fluten sinken; ein anderer umschlingt sie mit den Armen und stößt mit den Füßen diejenigen zurück, die wie er hineingelangen wollen; zwei weitere haben sich in das ihnen entgleitende Holz verbissen. Hier herrschen die Selbstsucht und die Verzweiflung der Hölle. – Obwohl der Gegenstand zur Übertreibung verführen könnte, finden wir hier dennoch einen strengen Geschmack, und gleichsam eine Anpassung an die Örtlichkeit, die der Zeichnung einen Nachdruck verleiht, dem nur allzu strenge, *doch hier uneinsichtige* Richter mangelnden Adel vorwerfen könnten. Der Pinselstrich ist breit und fest, die Farbe einfach und kraftvoll, wenn auch etwas grell.

Außer jener dichterischen Phantasie, die dem Maler wie dem Schriftsteller eigen ist, besitzt Delacroix jene künstlerische Phantasie, die man gewissermaßen die zeichnerische Phantasie nennen könnte, und die von der erstgenannten völlig verschieden ist. Mit der Kühnheit eines Michelangelo und der Fruchtbarkeit eines Rubens wirft er seine Gestalten auf die Leinwand, faßt sie zu Gruppen zusammen, biegt und wendet sie nach seinem Belieben. Der Anblick dieses Bildes erinnert mich an ich weiß nicht welche großen Meister; ich finde darin jene wilde, brennende und doch natürliche Kraft wieder, die mühelos ihren eigenen Antrieben folgt.

. . . .

Ich glaube mich nicht zu täuschen: Delacroix hat die Gabe des Genies empfangen; möge er sich in dieser Zuversicht bestärkt fühlen, möge er sich gewaltigen Arbeiten widmen, die der Begabung unerläßlich sind; und dies auch soll sein Selbstvertrauen kräftigen, daß die hier vorgebrachte Ansicht diejenige eines großen Meisters der Schule ist.«

A. T... RS

Diese begeisterten Zeilen sind wahrhaft verblüffend, des frühen Zeitpunktes wegen nicht minder als ihrer Kühnheit wegen. Wenn der Chefredakteur der Zeitung, wie man vermuten darf, sich einbildete, etwas von Malerei zu verstehen, so muß ihm der junge Thiers ein wenig verrückt vorgekommen sein.

Um sich eine Vorstellung von der tiefen Verwirrung, in die das Gemälde von *Dante und Virgil* die Zeitgenossen versetzt hat, eine Vorstellung von dem Erstaunen, der Verblüffung, der Wut, den Hurrarufen, den Schmähungen, der Begeisterung und dem Hohngelächter zu machen, die dieses schöne Gemälde umgaben, das wahrhaftig eine Revolution ankündigte, muß man sich vergegenwärtigen, daß es im Atelier Guérins – eines Mannes von großem Verdienst, doch despotisch und exklusiv wie sein Meister David – nur eine kleine Anzahl von Parias gab, die sich vornehmlich mit den etwas vernachlässigten alten Meistern beschäftigten und sich im Schatten Raffaels und Michelangelos nur schüchtern zu verschwören wagten. Von Rubens war damals noch nicht die Rede.

Guérin, der sich seinem jungen Schüler gegenüber hart und streng verhielt, betrachtete das Bild nur wegen des Lärms, den man darum vollführte.

Géricault, der eben aus Italien zurückgekommen war und sich, dem Vernehmen nach, vor den großen römischen und florentiner Fresken von mehreren seiner Qualitäten, durch die er fast original war, losgesagt hatte, machte dem neuen, noch schüchternen Maler so überschwengliche Komplimente, daß dieser fast betreten darüber war.

Vor diesem Bild, oder, etwas später, vor den *Pestkranken von Chios**, tat Gérard selber, der, wie es scheint, mehr ein Mann von Geist als ein Maler war, den Ausspruch: »Ein Maler ist uns

* Ich ersetze das Wort *Gemetzel* durch *Pestkranke,* um den gedankenlosen Kritikern das so oft getadelte Inkarnat zu erklären.

geoffenbart worden, aber es ist ein Mann, der auf den Dächern wandelt!« – Um auf den Dächern zu wandeln, muß man einen sicheren Fuß und ein von dem inneren Licht erleuchtetes Auge besitzen!

Ruhm und Gerechtigkeit für Thiers und Gérard!

Zwischen *Dante und Virgil* und den Malereien der Abgeordneten- und Pairs-Kammer liegt zweifellos ein langer Weg; aber Eugène Delacroix' Biographie weist wenige einschneidende Ereignisse auf. Für einen Mann wie ihn, der mit solchem Mut und solcher Leidenschaft begabt ist, sind die wichtigsten Kämpfe diejenigen, die er gegen sich selbst zu bestehen hat; der Horizont braucht nicht weit zu sein, damit die Schlacht bedeutsam ist; die seltsamsten Revolutionen und Begebenheiten spielen sich unter dem Himmelsgewölbe eines Schädels ab, in dem engen, geheimnisvollen Laboratorium des Gehirns.

Nachdem also der Mann gebührend offenbart war und sich immer mehr offenbarte (das allegorische Bild *Griechenland,* der *Sardanapal,* die *Freiheit* usw.), nachdem das neue Evangelium sich von Tag zu Tag wie eine ansteckende Krankheit ausbreitete, waren selbst die hoheitsvollen Akademiker beunruhigt und sahen sich zu einer Auseinandersetzung mit dem neuen Genie gezwungen. Monsieur Sosthène de La Rochefoucauld, damals Directeur des Beaux-Arts, ließ eines schönen Tages E. Delacroix zu sich kommen und sagte ihm nach vielen Komplimenten, wie betrüblich es doch sei, daß ein Mann von so reicher Phantasie und so schönem Talent, dem die Regierung wohlgesonnen sei, nicht ein wenig Wasser in seinen Wein gießen wolle; schließlich fragte er ihn klipp und klar, ob es ihm nicht möglich wäre, seine Malweise zu ändern. Eugène Delacroix, über diese befremdliche Zumutung und die ministeriellen Ratschläge höchst verwundert, erwiderte mit einem fast komischen Zorn, daß, wenn er so male, er offenbar so malen müsse und nicht anders malen könne. Er fiel völlig in Ungnade und blieb sieben Jahre lang ohne jeden Regierungsauftrag. Man mußte bis 1830 warten. Thiers hatte im *Globe* einen neuen und sehr pompösen Artikel veröffentlicht.

Eine Reise nach Marokko hinterließ offenbar einen tiefen Eindruck in seinem Geist; dort konnte er in aller Muße Mann und

Frau in der natürlichen Freiheit und Ursprünglichkeit ihrer Bewegungen studieren und sich einen richtigen Begriff von der antiken Schönheit durch den Anblick einer Rasse machen, die sich vor jeder Vermischung bewahrt hatte und im Schmuck ihrer Gesundheit und der freien Entfaltung ihrer Muskeln lebte. Wahrscheinlich stammen aus dieser Epoche die *Frauen von Algier* sowie eine große Anzahl von Skizzen.

Bis zum heutigen Tage ist man gegen Eugène Delacroix ungerecht gewesen. Die Kritik hat sich ihm gegenüber beleidigend und verständnislos verhalten, und bis auf einige wenige edle Ausnahmen muß selbst das Lob ihn oft verstimmt haben. Im allgemeinen ließ der Name Delacroix im Geist der meisten Leute irgendwelche vagen Vorstellungen von irregeleiteter Begeisterung, von Ungestüm, abenteuerlicher Inspiration und sogar von Konfusion entstehen; und für diese Herren, die die Mehrheit des Publikums bilden, spielt noch in seinen geglücktesten Kompositionen der Zufall, als ehrenwerter, gefälliger Diener des Genies, eine große Rolle. In den unglückseligen Zeiten des Umsturzes, von denen soeben die Rede war, und deren zahlreiche Irrtümer ich vermerkt habe, hat man Eugène Delacroix oft mit Victor Hugo verglichen. Man hatte den romantischen Dichter, man brauchte den Maler. Diese Versessenheit, um jeden Preis Parallelen und Analogien in den verschiedenen Künsten aufzuspüren, führt oft zu seltsamen Fehlurteilen, und auch dieses beweist, wie wenig man sich noch verstand. Sicher mußte der Vergleich Eugène Delacroix peinlich vorkommen, vielleicht sogar allen beiden; denn wenn meine Definition des Romantischen (Innerlichkeit, Spiritualität, usw.) Delacroix an die Spitze der Romantik stellt, so schließt sie Victor Hugo naturgemäß aus. Die Parallele verbleibt in dem banalen Bereich konventioneller Begriffe, und diese beiden Vorurteile verwirren noch heute manchen Schwachkopf. Mit diesen rhetorischen Albernheiten muß ein für allemal aufgeräumt werden. Ich bitte alle diejenigen, die den Drang verspürt haben, sich für ihren eigenen Gebrauch eine gewisse Ästhetik zu schaffen und von den Resultaten auf die Ursachen zu schließen, die Erzeugnisse beider Künstler aufmerksam miteinander zu vergleichen.

Victor Hugo, dessen Adel und Majestät ich gewiß nicht schmälern will, ist eher ein geschickter als erfindungsreicher Handwerker, ein sehr viel korrekterer als eigentlich schöpferischer Arbeiter. Delacroix ist manchmal unbeholfen, aber von Grund aus schöpferisch. Victor Hugos Gemälde, die lyrischen wie die dramatischen, lassen alle ein System der Reihung und der einförmigen Kontraste erkennen. Selbst das Exzentrische unterwirft sich bei ihm symmetrischen Formen. Mit gründlicher Kenntnis und kühler Überlegung verwendet er alle Schattierungen des Reimes, alle Möglichkeiten der Antithese, alle kleinen Schwindeleien der Apposition. Er ist ein Komponist der Dekadenz oder des Übergangs, der sich seines Werkzeugs mit einer wahrhaft bewundernswerten und merkwürdigen Geschicklichkeit bedient. Hugo war schon vor seiner Geburt zum Akademiker bestimmt, und wenn wir uns noch in den Zeiten der Fabeln und Wunder befänden, wollte ich glauben, daß die grünen Löwen des Instituts, wenn er vor dem erzürnten Heiligtum vorbeikam, ihm oftmals mit prophetischer Stimme zugeraunt haben: »Du wirst der Akademie angehören!«

Für Delacroix ist die Gerechtigkeit spät gekommen. Seine Werke sind, im Gegensatz zu denen Hugos, Dichtungen, und zwar große, naiv ersonnene Dichtungen*, die in ihrer Ausführung die dem Genius eigene Rücksichtslosigkeit erkennen lassen. – In den Gedichten des ersteren gibt es nichts zu erraten; denn er findet ein solches Gefallen daran, seine Geschicklichkeit zur Schau zu stellen, daß er keinen Grashalm, keinen Lichtschein einer Straßenlaterne ausläßt. – Der andere öffnet in den seinigen der wanderfreudigsten Phantasie weite Wege, die in die Tiefe führen. – Der erstere erfreut sich einer gewissen Gemütsruhe, oder besser gesagt, der Selbstzufriedenheit eines bloßen Zuschauers; über all seiner Poesie waltet eine Art Kühle und Mäßigung, – die zu bewahren die zähe, grimmige Leidenschaft des anderen, dessen Handwerk Geduld erheischt, diesem nicht immer gestattet. –

* Unter der Naivität des Genies muß man die Wissenschaft vom Handwerk verstehen, die sich mit dem *gnôti séauton* verbindet, wobei jedoch die Wissenschaft sich bescheidet und dem Temperament die führende Rolle überläßt.

Der eine beginnt mit dem Detail, der andere mit der innigen Vertiefung in seinen Gegenstand; was zur Folge hat, daß dieser nur die Haut greift, während der andere die Eingeweide herausreißt. Zu materiell, zu sehr auf die Außenseite der Natur bedacht, ist Victor Hugo ein Maler in der Dichtkunst geworden; stets seinem Ideal getreu, ist Delacroix oftmals, ohne es zu ahnen, ein Dichter in der Malerei.

Und das zweite Vorurteil, das Vorurteil von dem Zufall, taugt auch nicht mehr als das erste. – Nichts ist unverschämter und törichter als einem großen Künstler, Gelehrten und Denker wie Delacroix das vorzuhalten, was er dem Gott des Zufalls etwa zu verdanken hat. Da kann man nur mitleidig die Achseln zucken. Es gibt keinen Zufall in der Kunst, ebenso wenig wie in der Mechanik. Eine glückliche Erfindung ist einfach die Folge einer richtigen Überlegung, – deren Zwischenglieder bisweilen übersprungen wurden –, ebenso wie ein Fehler die notwendige Folge eines falschen Prinzips ist. Ein Bild ist eine Maschine, an der für ein geübtes Auge alle Systeme verständlich sind; wo alles seine Berechtigung hat, wenn das Bild gut ist; wo ein Ton immer die Aufgabe hat, einen anderen zur Geltung zu bringen; wo ein Verstoß in der Zeichnung gelegentlich notwendig ist, um nicht Wichtigeres zu opfern.

Daß der Zufall in Delacroix' Malerei seine Hand im Spiele haben sollte, ist um so unwahrscheinlicher, als er einer der seltenen Männer ist, die originell bleiben, nachdem sie aus allen wahren Quellen geschöpft haben, und deren unbezähmbare Individualität nacheinander das Joch aller großen Meister getragen und abgeschüttelt hat. Manch einer wäre wohl sehr überrascht, eine Studie von ihm nach Raffael zu sehen, ein geduldig erarbeitetes Meisterwerk der Nachahmung, und nur wenige erinnern sich heute noch der Lithographien, die er nach Medaillen und Gemmen gemacht hat.

Hier seien einige Zeilen von Heinrich Heine zitiert, die Delacroix' Methode recht gut erklären, eine Methode, die, wie bei allen kraftvollen Konstitutionen, das Ergebnis seines Temperaments ist: »In der Kunst bin ich Supernaturalist. Ich glaube, daß der Künstler nicht alle seine Typen in der Natur auffinden kann, sondern daß ihm die bedeutendsten Typen, als eingeborene Symbolik eingeborner Ideen, gleichsam in der Seele geoffenbart werden. Ein neuerer Ästhetiker, welcher ›Italienische Forschungen‹ geschrieben, hat das alte Prinzip von der *Nachahmung der Natur* wieder mundgerecht zu machen gesucht, indem er behauptete: der bildende Künstler müsse alle seine Typen in der Natur finden. Dieser Ästhetiker hat, indem er solchen obersten Grundsatz für die bildenden Künste aufstellte, an eine der ursprünglichsten dieser Künste gar nicht gedacht, nämlich an die Architektur, deren Typen man jetzt in Waldlauben und Felsengrotten nachträglich hineingefabelt, die man aber gewiß dort nicht zuerst gefunden hat. Sie lagen nicht in der äußeren Natur, sondern in der menschlichen Seele.«

Delacroix geht also von dem Grundsatz aus, daß ein Bild vor allem die innersten Gedanken des Künstlers wiedergeben soll, der das Modell beherrscht wie der Schöpfer die Schöpfung; und aus diesem Grundsatz geht ein zweiter hervor, der ihm auf den ersten Blick zu widersprechen scheint, – daß die materiellen Mittel der Ausführung sehr großer Sorgfalt bedürfen. – Delacroix bekennt eine fanatische Hochachtung für die Sauberkeit des Werkzeugs und die Vorbereitung der Materialien. – Da die Malerei in der Tat eine Kunst des tiefen Nachsinnens ist und eine Unzahl von Fähigkeiten in ihr unmittelbar zusammenwirken müssen, soll die Hand, wenn sie sich an die Arbeit macht, auf möglichst wenig Widerstand stoßen, um die göttlichen Befehle des Gehirns mit der Raschheit eines Sklaven ausführen zu können; sonst entschwebt das Ideal.

So langsam, besonnen und gewissenhaft die Konzeption des großen Künstlers ist, so behende ist seine Ausführung. Das ist im übrigen eine Eigenschaft, die er mit demjenigen teilt, den die öffentliche Meinung zu seinem Antipoden gemacht hat, mit Ingres. Die Niederkunft ist keineswegs die Zeugung, und diese Grandseigneurs der Malerei, die mit einer scheinbaren Trägheit begabt sind, entfalten eine wunderbare Behendigkeit, um eine Leinwand zu bedecken. Der *Heilige Symphorian,* der ursprünglich viel weniger Figuren enthielt, wurde mehrere Male vollständig neu gemalt.

Für Eugène Delacroix ist die Natur ein unerschöpfliches Wörterbuch, dessen Seiten er durchblättert und mit einem sicheren, tiefdringenden Auge befragt; und diese Malerei, die vor allem aus der Erinnerung hervorgeht, spricht auch vor allem zur Erinnerung. Die Wirkung auf die Seele des Betrachters entspricht den Mitteln des Künstlers. Ein Bild von Delacroix, *Dante und Virgil* zum Beispiel, hinterläßt immer einen tiefen Eindruck, dessen Intensität mit der Entfernung zunimmt. Da er stets das Detail dem Ganzen opfert und sich scheut, seine Konzeption durch die Mühsal einer deutlicheren und kalligraphischeren Ausführung in ihrer Lebendigkeit zu beeinträchtigen, erfreut er sich des Vollbesitzes einer unfaßbaren Originalität, die die innige Vertrautheit mit seinem Gegenstand ist.

Wo eines vorwaltet, muß der Rest gerechterweise die Kosten tragen. Eine scharf ausgeprägte Vorliebe fordert Opfer, und jedes Meisterwerk ist nur ein anderer Auszug der Natur. Deshalb gilt es, die Folgen einer großen, wie immer gearteten Leidenschaft zu ertragen, eine schicksalhafte Begabung hinzunehmen und mit dem Genius nicht zu markten. Das haben diejenigen nicht bedacht, die Delacroix' Zeichnung so sehr verspottet haben, insbesondere die Bildhauer, die mehr als erlaubt parteiisch und einäugig sind, und deren Urteil höchstens halb so viel wert ist wie das eines Architekten. – Die Skulptur, der die Farbe unmöglich und die Bewegung schwierig ist, hat nichts mit einem Künstler zu schaffen, dem es vor allem um Bewegung, Farbe und Atmosphäre zu tun ist. Diese drei Elemente fordern notwendig eine etwas unbestimmte Kontur, leichte, fließende Linien, und die Kühnheit des Pinselstrichs. – Delacroix ist der einzige heute, dessen Originalität nicht von dem System der geraden Linien beeinträchtigt ist; seine Gestalten sind stets bewegt, und ihr Faltenwurf schwungvoll. In Delacroix' Augen existiert die Linie nicht; denn so dünn sie auch sein mag, für einen spottlustigen Geometer ist sie immer noch dick genug, um tausend andere in sich zu enthalten; und für die Koloristen, die den ewigen Pulsschlag der Natur nachahmen wollen, sind die Linien immer, wie im Regenbogen, nur die innige Verschmelzung zweier Farben.

Im übrigen gibt es verschiedene Arten von Zeichnungen, wie es verschiedene Farben gibt; – exakte oder törichte, physiognomische und imaginative.
Die erste ist negativ, ungenau eben ihrer Wirklichkeitstreue wegen, natürlich, doch ungereimt; die zweite ist eine naturalistische, doch idealisierte Zeichnung, – so zeichnet ein Genie, das sich zu entscheiden, die Natur zu arrangieren, zu verbessern, zu erraten und zurechtzuweisen versteht; die dritte endlich, welche die edelste und seltsamste ist, darf die Natur vernachlässigen; sie liefert eine zweite Natur, die dem Geist und dem Temperament des Künstlers gemäß ist.
Die physiognomische Zeichnung ist im allgemeinen den leidenschaftlichen Künstlern zu eigen, wie Ingres; die schöpferische Zeichnung ist das Privileg des Genies.*
Die Haupteigenschaft bei den Zeichnungen der größten Künstler ist die Wahrheit der Bewegung, und Delacroix verletzt dieses Naturgesetz nie.
Kommen wir nun zur Erörterung noch allgemeinerer Qualitäten. – Eines der Hauptkennzeichen des großen Malers ist die Universalität. – Ein Ependichter, Homer oder Dante, weiß mit gleicher Kunst eine Idylle, eine Erzählung, eine Rede, eine Beschreibung, eine Ode, usw. zu verfassen.
Ebenso wird Rubens, wenn er Früchte malt, schönere Früchte malen als irgendein Spezialist.
E. Delacroix ist universal; er malt Genrebilder voll Intimität, Historienbilder voll Größe. Vielleicht hat er allein in unserem ungläubigen Jahrhundert religiöse Bilder ersonnen, die weder leer und kalt sind wie Preisarbeiten, noch pedantisch, mystisch oder neu-christlich wie die Bilder all dieser Kunstphilosophen, die aus der Religion eine archaisierende Wissenschaft machen, und die es für nötig halten, vor allem die Symbolik und die frühe Überlieferung zu kennen, um die religiöse Saite zu berühren und zum Klingen zu bringen.
Das ist leicht begreiflich, wenn man sich vor Augen führt, daß Delacroix, wie alle großen Meister, eine bewundernswürdige

* Thiers nannte sie die phantasievolle Zeichnung.

Mischung von Wissenschaft, – nämlich ein vollständiger Maler, – und von Naivität, nämlich ein ganzer Mensch, ist. Man gehe hin und sehe sich in *Saint-Louis au Marais* diese *Pietà* an, wo die majestätische Königin der Schmerzen den Körper ihres toten Kindes auf den Knien hält und in einem Anfall mütterlicher Verzweiflung beide Arme horizontal ausstreckt. Eine der beiden Personen, die ihren Schmerz stützt und zu mäßigen sucht, ist in Tränen aufgelöst, wie die mitleiderregendsten Figuren des *Hamlet,* mit dem dieses Werk übrigens mehr als eine Beziehung aufweist. – Von den beiden heiligen Frauen krümmt sich die erste in Zuckungen auf der Erde, noch mit Geschmeiden und den Insignien des Luxus behängt; die andere, mit goldblondem Haar, sinkt kraftloser unter dem ungeheuren Gewicht ihrer Verzweiflung nieder.

Die ganze Gruppe ist vor einem einförmig dunkelgrünen Hintergrund aufgestellt und gestaffelt, der ebenso ein Felsmassiv wie ein sturmbewegtes Meer sein könnte. Dieser Hintergrund ist von einer phantastischen Einfachheit, und E. Delacroix hat zweifellos, wie Michelangelo, das Beiwerk weggelassen, um der Klarheit seiner Idee nicht zu schaden. Dieses Meisterwerk hinterläßt eine Furche tiefer Melancholie in unserem Gemüt. – Es war übrigens nicht das erste Mal, daß er sich an religiösen Themen versuchte. Der *Christus am Ölberg,* der *Heilige Sebastian* hatten bereits bezeugt, mit welcher Würde und welchem tiefen Ernst er solche Themen zu durchdringen weiß.

Um aber zu erklären, was ich eben behauptete, – daß allein Delacroix religiöse Bilder zu malen versteht, – will ich den Betrachter auf folgendes hinweisen: wenn seine interessantesten Bilder auch fast immer diejenigen sind, deren Gegenstand er selber wählt, das heißt die frei erfundenen Gegenstände, – so entspricht dennoch die ernste Trauer seines Temperaments vollkommen unserer Religion, die eine Religion universaler Trauer ist und die, eben ihrer Katholizität wegen, dem Individuum seine volle Freiheit läßt und nicht mehr verlangt, als in der Sprache eines jeden gefeiert zu werden, – wenn er den Schmerz kennt und wenn er Maler ist.

Ich entsinne mich, daß einer meiner Freunde, ein übrigens ver-

dienstvoller Bursche und schon sehr beliebter Kolorist, – einer dieser frühreifen jungen Männer, die ihr ganzes Leben lang Hoffnungen erwecken, und sehr viel akademischer, als er es selber glaubt, – diese Malerei eine kannibalische Malerei nannte!
Gewiß wird unser junger Freund weder in den Wunderlichkeiten einer überladenen Palette noch in einem Regelbuch diese blutige, wilde Verzweiflung finden, die kaum durch das düstere Grün der Hoffnung aufgewogen wird!
Dieser furchtbare Hymnus auf den Schmerz hatte auf seine klassische Phantasie die nämliche Wirkung wie die mächtigen Weine des Anjou, der Auvergne oder vom Rhein auf einen Magen, der an die blassen Veilchen des Médoc gewöhnt ist.
Universalität der Empfindung also, – und nun auch Universalität der Wissenschaft!
Seit langem hatten die Künstler die sogenannte Gattung der Dekorationsmalerei gleichsam verlernt. Der *Hémicycle des Beaux-Arts* ist ein kindisches und ungeschicktes Werk, in dem die verschiedenen Intentionen sich gegenseitig durchkreuzen und das wie eine Sammlung von historischen Porträts anmutet. Der *Plafond d'Homère* ist ein schönes Bild, das eine schlechte Decke abgibt. Die meisten der an Ingres' Schüler verteilten und von diesen in letzter Zeit ausgemalten Kapellen sind nach dem System der frühen italienischen Malerei angelegt, das heißt, sie erstreben die Einheit durch die Unterdrückung von Lichteffekten und durch eine systematisch gemäßigte Farbgebung. Dieses, zweifellos vernünftigere, System umgeht die Schwierigkeiten. Unter Ludwig XIV., Ludwig XV. und Ludwig XVI. machten die Maler aufwendige Dekorationen, denen es jedoch an Einheit der Farbe und Komposition mangelte.
E. Delacroix erhielt den Auftrag, Dekorationen zu malen, und er löste dieses große Problem. Er fand die Einheit im Gesamteindruck, ohne seinem Metier als Kolorist zu schaden.
Die Abgeordnetenkammer ist ein Zeugnis dieses einzigartigen Kunststücks. Das Licht, das mit großer Sparsamkeit verteilt ist, durchströmt all diese Figuren, ohne das Auge in tyrannischer Weise zu beunruhigen.
Die runde Decke der Bibliothek des Luxembourg ist ein noch

erstaunlicheres Werk. Der Maler hat hier nicht nur eine noch sanftere und einheitlichere Wirkung erzielt, ohne etwas von der farblichen Qualität und den Lichteffekten zu unterdrücken, die allen seinen Bildern eigen sind, – er hat sich auch von einer ganz neuen Seite offenbart: Delacroix als Landschaftsmaler!
Statt Apoll und die Musen zu malen, jenen ewigen Bibliotheksdekor, hat E. Delacroix seiner unwiderstehlichen Vorliebe für Dante nachgegeben, dem vielleicht Shakespeare allein in seinem Geist die Waage hält, und hat die Stelle gewählt, wo Dante und Virgil den bedeutendsten Dichtern der Antike begegnen:

»Wir hielten uns nicht auf, dieweil er sprach; und gingen immer weiter durch den Wald – den Wald, sag ich, von dichtgedrängten Geistern. Wir waren von dem Eingang zum Abgrund noch nicht weit entfernt, als ich ein Feuer erblickte, das einen Halbkreis der Finsternis durchbrach. Wenige Schritte trennten uns noch davon, doch konnte ich die erlauchten Geister schon erkennen, die diesen Aufenthalt bewohnten!
»O du, der du die Kunst ehrst wie die Wissenschaft, wer sind diese Geister, denen man solche Ehre erweist, sie von dem Los der übrigen zu sondern?«
Und er zu mir: »Ihr hoher Name, der von ihnen in eurer Welt erschallt, findet im Himmel Gnade, der sie von den andern unterscheidet.«
Doch eine Stimme erhob sich nun: »Ehrt den erhabnen Dichter; sein Schatten, der davonging, kehrt uns wieder.«
Die Stimme schwieg, und auf uns zu erschienen vier große Schatten; ihr Aussehn war nicht froh, nicht traurig.
Der gute Meister sprach zu mir: »Schau diesen, der ein Schwert in Händen trägt, den dreien geht als ein König er voraus: Homer ist's, der höchste Dichter; der andre, der ihm folgt, ist der satirische Horaz, Ovid der dritte, und Lukan als letzter. Da jedem so wie mir der Name gebührt, den die eine Stimme nannte, erweisen sie mir Ehre, und mit Recht.«
So sah ich hier die schöne Schule sich vereinen jenes Meisters des erhabenen Gesangs, der wie der Adler über allen schwebt. Nachdem sie eine Weile sich unterredet hatten, wandten sie grüßend

sich zu mir, was meinem Führer ein Lächeln entlockte. Und mehr der Ehre noch erwiesen sie mir, denn sie gesellten mich ihrer Schar, daß ich der sechste war unter diesen Hochgesinnten.« . . . .

Ich will Delacroix nicht die Beleidigung antun, ihm übertriebenes Lob dafür zu spenden, daß er die konkave Krümmung seiner Leinwand so geschickt überwunden hat und die Gestalten dort uns deshalb geradestehend erscheinen. Sein Talent ist über dergleichen erhaben. Mir geht es vor allem um den Geist dieser Malerei. Es ist unmöglich, die ganze glückselige Ruhe, die sie atmet, und die tiefe Harmonie, die ihre Atmosphäre erfüllt, in Prosa auszudrücken. Man denkt an die unverwelklichsten Seiten des *Télémaque,* und alle Erinnerungen werden wieder wach, die unser Geist an die Schilderungen des Elysiums bewahrt hat. Obwohl die Landschaft hier nur Beiwerk ist, so ist sie doch von dem Standpunkt aus, den ich oben einnahm, – die Universalität der großen Meister, – von größter Bedeutsamkeit. Diese Rundlandschaft, die einen sehr großen Raum umfängt, ist mit dem Geschick eines Historienmalers und zugleich mit der Zartheit und Liebe eines Landschaftsmalers gestaltet. Lorbeerhaine und beträchtliche Schattenpartien schaffen eine harmonische Gliederung; sanftes, gleichmäßiges Sonnenlicht ruht in breiten Bahnen auf den Wiesen; blaue oder waldumkränzte Berge bilden einen Horizont, eine *Augenweide,* wie man sie nicht schöner wünschen könnte. Und der Himmel ist, für Delacroix erstaunlich, blau und weiß; die Wolken sind verwaschen, von großer Leichtigkeit, und in verschiedene Richtungen auseinandergezogen wie ein Schleier, der zerreißt; und dieses leuchtend blaue Gewölbe weicht in eine erstaunliche Höhe hinauf. Boningtons Aquarelle sind weniger transparent.

Dieses Meisterwerk, das meines Erachtens den besten Werken Veroneses überlegen ist, bedarf, um recht verstanden zu werden, großer Seelenruhe und eines sehr milden Lichtes. Leider wird

eine blendende Tageshelle sich durch das große Fenster der Fassade ergießen, sobald dieses von den Tüchern und Gerüsten befreit ist, und diese Art der Betrachtung erschweren.
Delacroix' diesjährige Bilder sind *Die Entführung der Rebecca,* nach *Ivanhoe, Der Abschied Romeos und Julias, Gretchen in der Kirche,* und ein Aquarell, einen *Löwen* darstellend.
Das Bewundernswürdige an der *Entführung der Rebecca* ist die vollkommene Art, wie die Töne aufeinander abgestimmt sind, starke, dichtgedrängte und logische Töne, die dem Bild einen packenden Ausdruck verleihen. Bei fast allen Malern, die keine Koloristen sind, stößt man immer auf Leerräume, auf große Löcher, hervorgerufen durch Farbtöne, die sozusagen das Niveau nicht halten; Delacroix' Malerei ist wie die Natur, sie hat einen *horror vacui.*
Romeo und Julia, – auf dem Balkon, – in der kühlen Morgenhelle, halten einander andächtig eng umschlungen. In dieser heftigen Abschiedsumarmung wirft Julia, die ihrem Geliebten die Hände auf die Schultern gelegt hat, den Kopf zurück, als wollte sie Atem holen, oder aus einem Gefühl von Stolz und freudiger Leidenschaft. Diese ungewöhnliche Haltung, – denn fast alle Maler lassen die Liebenden mit den Mündern aneinanderkleben, – ist gleichwohl sehr natürlich; – diese kraftvolle Bewegung des Nackens findet man bei Hunden und Katzen, wenn eine Liebkosung sie glücklich macht. – Die violetten Dünste der Dämmerung umziehen diese Szene und die romantische Landschaft, die sie vervollständigt.
Der allgemeine Beifall, den dieses Bild findet, und die Neugier, die es weckt, beweisen, was ich schon andernorts gesagt habe, – daß Delacroix populär ist, was immer auch die Maler sagen mögen, und daß es genügt, das Publikum nicht von seinen Werken fernzuhalten, damit er die gleiche Popularität genießt wie die weniger guten Maler.
Gretchen in der Kirche gehört zu jener schon zahlreichen Gruppe liebenswürdiger Genrebilder, mit denen Delacroix dem Publikum anscheinend seine so beißend kritisierten Lithographien erklären möchte.
Der aquarellierte *Löwe* besitzt für mich ein großes Verdienst,

auch abgesehen von der Schönheit der Zeichnung und der Haltung: er ist mit großer Unbefangenheit gemalt. Das Aquarell beschränkt sich auf seine bescheidene Rolle und will nicht mit dem dickeren Farbauftrag eines Ölbildes wetteifern.

Um diese Analyse zu vervollständigen, bleibt mir noch eine letzte Eigenschaft bei Delacroix zu erwähnen, die bedeutendste von allen, die ihn zu dem wahren Maler des neunzehnten Jahrhunderts macht: es ist die einzigartige, beharrliche Melancholie, die alle seine Werke atmen, und die sowohl in der Wahl der Themen als auch durch die Figuren und ihre Gebärden sowie im Stil der Farbe zum Ausdruck kommt. Delacroix hat eine Vorliebe für Dante und Shakespeare, ebenfalls zwei große Maler des menschlichen Schmerzes; er kennt sie gründlich und weiß sie frei zu übersetzen. Betrachtet man die Folge seiner Gemälde, so ist einem, als wohne man der Feier eines schmerzlichen Mysteriums bei: *Dante und Virgil, Das Gemetzel von Chios,* der *Sardanapal, Christus am Ölberg, Der heilige Sebastian,* die *Medea, Die Schiffbrüchigen,* und der so viel geschmähte und so wenig verstandene *Hamlet.* In mehreren seiner Bilder findet man, wie zufällig wiederkehrend, eine noch trostlosere, noch hingesunkenere Gestalt als die übrigen, in der aller sie umgebender Schmerz zusammengefaßt ist; so die Knieende mit dem herabhängenden Haupthaar im Vordergrund der *Kreuzritter in Konstantinopel;* die so düster dreinblickende, verrunzelte Alte im *Gemetzel von Chios.* Diese Melancholie ist sogar noch in den *Frauen von Algier* spürbar, seinem anmutigsten, blühendsten Gemälde. Dieses kleine Gedicht eines Interieurs voll Ruhe und Schweigen, mit seiner Fülle reicher Stoffe und allerlei Kram und Gerätschaften des weiblichen Putzes, verströmt einen starken Duft des Verrufenen, der uns rasch in unauslotbare Höllenkreise der Trauer versenkt. Im allgemeinen malt er keine hübschen Frauen, wenigstens nicht nach Ansicht der Männer von Welt. Fast alle sind krank, und leuchten von einer gewissen inneren Schönheit. Er drückt die Kraft nicht durch pralle Muskeln, sondern durch die Angespanntheit der Nerven aus. Was ihm am besten gelingt, ist nicht nur der Ausdruck des Schmerzes, sondern vor allem – ein wunderbares Mysterium seiner Malerei – der des seelischen Schmerzes.

Diese hohe, ernste Melancholie erstrahlt in düsterem Glanz, selbst in seiner Farbe, die breit und einfach angelegt ist und in harmonischen Massen hinströmt wie bei allen großen Koloristen, aber klagend und tief wie eine Melodie von Weber.
Jeder der alten Meister hat sein Reich, sein Erbteil, – das er oft mit berühmten Rivalen zu teilen genötigt ist. Raffael hat die Form, Rubens und Veronese die Farbe, Rubens und Michelangelo die zeichnerische Phantasie. Ein Teil des Reiches blieb übrig, in das Rembrandt allein einige Ausflüge gemacht hat, – das Drama, – das natürliche und lebendige Drama, das furchtbare und melancholische Drama, das sich oft in der Farbe, immer aber durch die Gebärde ausdrückt.
In der Erhabenheit der Gebärden hat Delacroix nur außerhalb seiner Kunst Rivalen. Ich kenne da höchstens Frédérick Lemaître und Macready.
Dieser ganz neuen, ganz modernen Qualität wegen ist Delacroix der jüngste Ausdruck des Fortschritts in der Kunst. Erbe der großen Tradition, das heißt der Weite, des Adels und der Prachtentfaltung in der Komposition, und würdiger Nachfolger der alten Meister, besitzt er über sie hinaus die Meisterschaft in der Trauer, die Leidenschaft, die Gebärde! Darin liegt in Wahrheit die Bedeutung seiner Größe. – Man stelle sich einmal vor, das Werk eines der berühmten alten Meister ginge verloren; fast immer wird es ein Analogon geben, aus dem der Historiker es erschließen und erklären könnte. Man nehme Delacroix weg, und die große historische Kette ist zerrissen und fällt zu Boden.
Lohnt es, in einem Artikel, der doch eher wie eine Prophezeiung aussieht als wie eine Kritik, vereinzelte Fehler und mikroskopische Flecken zu rügen? Das Ganze ist so schön, daß ich den Mut nicht finde. Es ist auch so leicht, und so viele andere haben es schon getan! – Wäre es nicht etwas Neueres, die Leute einmal von ihrer guten Seite zu betrachten? Delacroix' Fehler sind bisweilen so offenkundig, daß sie dem Ungeschultesten in die Augen springen. Es genügt, das erstbeste Blatt aufzuschlagen, wo man sich, im Gegensatz zu meinem System, lange Zeit hindurch darauf versteift hat, die glänzenden Eigenschaften zu übersehen, die seine Originalität ausmachen. Die großen Genies begehen be-

kanntlich keine halbherzigen Irrtümer, und das Außerordentliche ist ihr Vorrecht in jedem Sinne.

Unter Delacroix' Schülern haben einige sich mit glücklicher Hand das angeeignet, was man von seinem Talent übernehmen kann, das heißt, einige Teile seiner Methode, und bereits ein gewisses Ansehen erlangt. Ihre Farbe hat jedoch im allgemeinen den Fehler, daß sie fast nur auf das Pittoreske und den Effekt abzielt; das Ideal ist nicht ihr Bereich, obgleich sie gerne auf die Natur verzichten, ohne sich, wie ihr Meister, durch tüchtige Studien das Recht dazu erworben zu haben.

Man hat dieses Jahr die Abwesenheit von PLANET bemerkt, dessen *Heilige Therese* im letzten Salon die Augen der Kenner auf sich gezogen hatte, – und von RIESENER, dessen Bilder sich oft durch eine üppige Farbgebung auszeichnen und dessen gelungene Deckenbilder in der Pairskammer man mit Vergnügen sieht.

LÉGER CHÉRELLE hat *Das Martyrium der heiligen Irene* eingesandt. Die Komposition des Bildes besteht aus einer einzigen Figur und einem Spieß, der einen recht unangenehmen Eindruck macht. Im übrigen sind Farbe und Modellierung des Oberkörpers im allgemeinen gut. Doch mir ist, als hätte Léger Chérelle dem Publikum dieses Bild mit leichten Varianten schon einmal vorgestellt.

Bei dem *Tod der Kleopatra* von LASSALE-BORDES fällt insbesondere auf, daß der Künstler sich nicht ausschließlich um die Farbe bemüht hat, was vielleicht ein Verdienst ist. Die Töne sind gleichsam zweideutig, und diese Herbheit ist nicht ohne Reiz.
Kleopatra stirbt auf ihrem Thron, der Gesandte des Oktavianus neigt sich vor, um sie zu betrachten. Eine ihrer Dienerinnen ist soeben zu ihren Füßen gestorben. Der Komposition fehlt es nicht an Majestät, und das Bild ist mit einer recht kühnen Unbefangenheit gemalt; der Kopf der Kleopatra ist schön, und die grün-rote Bekleidung der Negerin bildet einen glücklichen Kontrast zu ihrer Hautfarbe. In diesem großen Gemälde, das der Künstler

ohne Seitenblicke auf irgendein Vorbild zu einem guten Ende gebracht hat, liegt etwas, das dem unvoreingenommenen Flaneur gefällt und ihn nähertreten läßt.

V. VON DEN EROTISCHEN SUJETS UND VON TASSAERT

Ist es dem Leser schon wie mir ergangen, daß er in tiefe Schwermut verfiel, nachdem er lange Stunden in unzüchtigen Stichen geblättert hatte? Hat er sich gefragt, warum bisweilen ein solcher Reiz darin liegt, in diesen Annalen der Ausschweifung herumzustöbern, die in den Bibliotheken vergraben sind oder sich in den Kartons der Händler versteckt halten, und warum sie uns bisweilen auch mißmutig und verdrossen machen? Lust, untermischt mit Schmerz; Bitterkeit, nach der die Lippe immer dürstet! – Lust, weil es uns vergnügt, die wichtigste aller natürlichen Regungen in allen ihren Formen dargestellt zu sehen, – und Empörung darüber, sie oft so unzulänglich nachgeahmt oder so albern verleumdet zu finden. Ob an endlosen Winterabenden am Kamin, ob in der Schwüle verschlenderter Hundstage, vor den Glaserläden, jedesmal hat der Anblick solcher Zeichnungen mich in schrankenlose Träumereien versenkt, fast so wie ein obszönes Buch uns Schwingen verleiht, hinauf in die mystischen Ozeane der Himmelsbläue. Wie oft, angesichts dieser zahllosen Darstellungen der allen gemeinsamen Regung, hat mich das Verlangen angewandelt, der Dichter, der Kunstliebhaber, der Philosoph möchten sich doch den Genuß eines Museums der Liebe verschaffen können, wo alles seine Stelle hätte, von der unangewandten Zärtlichkeit der heiligen Therese bis zu den gründlichen Ausschweifungen gelangweilter Zeiten. Gewiß trennt ein ungeheurer Abstand die *Einschiffung nach der Insel Kythera* von den elenden kolorierten Stichen, die bei den Freudenmädchen über einer gesprungenen Vase und einer wackeligen Konsole hängen; aber bei einem so bedeutenden Gegenstand verdient alles Beachtung. Und außerdem heiligt das Genie alles, und wenn diese Sujets mit der nötigen Sorgfalt und Andacht behandelt

würden, so wären sie keineswegs mit dieser abstoßenden Obszönität befleckt, die eher Aufschneiderei als Wahrheit ist.
Der Moralist möge nicht erschrecken, ich weiß das rechte Maß zu wahren, und mein Traum beschränkt sich im übrigen darauf, dieses unermeßliche Gedicht der Liebe von den reinsten Händen gezeichnet zu wünschen, von Ingres, Watteau, Rubens, Delacroix! Watteaus mutwillig tändelnde, elegante Prinzessinnen neben Ingres' ernsten, in sich ruhenden Aphroditen; die üppig weißen Schönheiten eines Rubens und Jordaens, und Delacroix' düstere Frauen, wie wir sie kennen: groß, bleich, in Seide versinkend!*
Um die aufgeschreckte Keuschheit des Lesers gänzlich zu beruhigen, sei hinzugefügt, daß ich unter die erotischen Sujets nicht nur alle Bilder einreihen würde, die ausdrücklich von der Liebe handeln, sondern überhaupt jedes Liebe atmende Bild, und wäre es ein Porträt.**
In diesem unermeßlichen Museum sollten die Schönheit und die Liebe unter allen Himmelsstrichen von den ersten Künstlern dargestellt sein; von den närrischen, flatterhaften und wunderbaren Geschöpfen, die uns Watteaus Sohn in einigen seiner Modestiche hinterlassen hat, bis zu Rembrandts Liebesgöttinnen, die sich, wie gewöhnliche Sterbliche, die Nägel schneiden und mit einem groben Buchsbaumkamm die Haare kämmen lassen.
Derartige Sujets sind etwas so Wichtiges, daß es keinen kleinen oder großen Künstler gibt, der sich nicht, insgeheim oder öffentlich, mit ihnen beschäftigt hätte, von Giulio Romano bis zu Devéria und Gavarni.
Ihr großer Fehler ist im allgemeinen ein Mangel an Naivität und Aufrichtigkeit. Ich erinnere mich jedoch einer Lithographie, die, – leider mit wenig Zartgefühl, – eine der großen Wahrheiten der freien Liebe ausdrückt. Ein als Frau verkleideter junger Mann

* Delacroix soll, wie man mir gesagt hat, für seinen *Sardanapal* einst eine Menge wunderbarer Studien von Frauen in den wollüstigsten Stellungen gemacht haben.

** Zwei – übrigens bewunderungswürdige – durch und durch von Liebe erfüllte Bilder, die in unseren Tagen gemalt wurden, sind die *Große Odaliske* und die *Kleine Odaliske* von Ingres.

und seine als Mann gekleidete Geliebte sitzen nebeneinander auf einem *Sopha*, – dem Sopha, das man kennt, dem Sopha des *Hôtel garni* und der *Chambre séparée*. Die junge Frau will die Röcke ihres Liebhabers hochschlagen.* – Dieses unzüchtige Blatt würde in dem erwähnten idealen Museum durch viele andere aufgewogen, wo die Liebe nur den allerzartesten Ausdruck fände.

Diese Überlegungen sind mir anläßlich zweier Bilder von Tassaert wieder gekommen: *Erigone* und *Der Sklavenhändler*.

Tassaert, von dem ich, sehr zu Unrecht, letztes Jahr nicht genug gesprochen habe, ist ein Maler von höchstem Verdienst, dessen Talent bei Themen der Liebe aufs glücklichste zur Geltung käme.

Erigone liegt halb auf einem kleinen, von Weinreben beschatteten Hügel, – in einer herausfordernden Haltung, ein Bein fast angezogen, das andere abgespreizt, während der Körper nach vorne schnellt; die Zeichnung ist von großer Feinheit, die Linien sanft bewegt und sehr kunstreich geführt. Einen Vorwurf kann ich Tassaert, der doch Kolorist ist, nicht ersparen: der Oberkörper ist in einem zu einförmigen Ton gehalten.

Das andere Gemälde stellt einen Markt dar: Frauen, die auf Käufer warten. Es sind wahre Frauen, zivilisierte Frauen, mit Füßen, die vom Schuhwerk gerötet sind, etwas gewöhnliche, etwas zu rosige Frauen, die ein dummer, sinnlicher Türke als superfeine Schönheiten erstehen wird. Diejenige, die man vom Rücken sieht, und deren Gesäß von einem leichten Gazeschleier bedeckt ist, trägt noch ein Häubchen auf dem Kopf, das sie bei einer Putzmacherin in der Rue Vivienne oder im Temple gekauft hat. Das arme Mädchen ist offensichtlich von Piraten geraubt worden.

Die Farbe dieses Bildes ist wegen der Feinheit und Transparenz der Töne äußerst bemerkenswert. Es ist, als habe Delacroix' Manier es Tassaert angetan; dennoch hat seine Farbgebung ihre Originalität behalten.

Das ist ein hervorragender Künstler, den allein die Flaneure

* Sedebant in fornicibus pueri puellaeve sub titulis et lychnis, illi femineo compti mundo sub stola, hae parum comptae sub puerorum veste, ore ad puerilem formam composito. Alter venibat sexus sub altero sexu. *Corruperat omnis caro viam suam.* – Meursius.

schätzen und den das Publikum zu wenig kennt; sein Talent hat ständig zugenommen, und wenn man bedenkt, wovon er ausgegangen ist und was er erreicht hat, so darf man entzückende Kompositionen von ihm erwarten.

VI. VON EINIGEN KOLORISTEN

In der Ausstellung sind zwei nicht unbedeutende Merkwürdigkeiten zu sehen: der *Kleine Wolf* und *Büffelrückenfett*, zwei Porträts von Catlin, dem Impresario der Rothäute. Als Catlin mit seinen Iowas und seinem Museum nach Paris kam, verbreitete sich das Gerücht, daß er zwar ein guter Kerl sei, doch weder malen noch zeichnen könne, und daß nur Mut und Geduld ihm zu ein paar leidlichen Skizzen verholfen hätten. War es eine unschuldige List Catlins oder Dummheit der Journalisten? – Es ist heute erwiesen, daß Catlin sehr gut malen und sehr gut zeichnen kann. Die beiden Porträts wären mir Beweis genug, wenn mir nicht noch manches ebenso schöne Stück in Erinnerung geblieben wäre.

Catlin hat den stolzen und freien Charakter, den edlen Ausdruck dieser guten Leute meisterhaft wiedergegeben; der Wuchs ihrer Köpfe ist völlig erfaßt. In ihrer schönen Haltung, den ungezwungenen Bewegungen lassen diese Wilden uns die antike Skulptur begreifen. Die Farbe hat etwas Geheimnisvolles, das mir über die Maßen gefällt. Das Rot, die Farbe des Blutes, die Farbe des Lebens, war in jenem düsteren Museum so reichlich vorhanden, daß es einen berauschte; die Landschaften, – waldige Gebirge, unermeßliche Savannen, einsame Flüsse, – waren von einem gleichbleibenden, ewigen Grün; das Rot, diese so dunkle, so dichte Farbe, undurchdringlicher als die Augen einer Schlange, – das Grün, diese ruhige, freudig lächelnde Farbe der Natur, – sogar in den Gesichtern der beiden Helden finde ich sie wieder, im Wettgesang ihres melodischen Widerspruchs. – All ihre Tätowierungen und bunten Bemalungen waren unleugbar nach natürlichen und harmonischen Farbskalen angelegt.

Der Irrtum des Publikums und der Journalisten in bezug auf Catlin entsprang wohl dem Umstand, daß er nicht nur so *drauflosmalt,* ein Verfahren, an das all unsere jungen Leute uns so sehr gewöhnt haben, daß solche Malerei jetzt als *klassisch* gilt. Schon letztes Jahr habe ich gegen das einstimmige *De Profundis* protestiert, gegen die Verschwörung der Undankbaren anläßlich der Herren Devéria. Dieses Jahr hat mir Recht gegeben. Viele zu früh gerühmte Namen, die man an ihre Stelle gesetzt hat, können sich mit ihrem noch nicht messen. ACHILLE DEVÉRIA hat vor allem mit einem Bild, *Die Ruhe auf der Flucht,* im Salon 1846 Aufsehen erregt, einem Werk, das nicht nur die ganze Anmut, die diesen liebenswürdigen Brudergenien eigen ist, bewahrt hat, sondern auch an die ernsthaften Qualitäten der alten Schulen erinnert; – zweitrangiger Schulen vielleicht, die sich eigentlich weder durch die Zeichnung noch durch die Farbe hervortun, deren Kompositionsweise und schöne Tradition sie dennoch hoch über die Zügellosigkeiten stellen, in denen sich die Epochen des Übergangs gefallen. In der großen romantischen Schlacht gehörten die beiden Devérias zu dem heiligen Bataillon der Koloristen; sie werden demnach hier zu Recht aufgeführt. – Achille Devérias vortreffliche Komposition überzeugt außerdem durch ihre Sanftheit und Harmonie.

BOISSARD, dessen Debut gleichfalls brillant und vielversprechend war, ist einer dieser ausgezeichneten Künstler, die sich von den Werken der alten Meister genährt haben: seine *Maria Magdalena in der Wüste* ist von einer guten und gesunden Farbe, – mit Ausnahme des etwas traurigen Inkarnats. Die Haltung ist gut erfunden.

In diesem nicht enden wollenden Salon, wo die Unterschiede mehr denn je verwischt sind, wo jeder ein wenig zeichnet und ein wenig malt, doch nicht genug, daß er der einen oder anderen Seite zugerechnet zu werden verdiente, – ist es eine große Freude, einem freimütigen und wahren Maler wie DEBON zu begegnen. Vielleicht ist sein *Konzert im Atelier* ein wenig zu *artistisch:* Valentin, Jordaens und einige andere haben dort ihre Hand im

Spiele. Aber das ist wenigstens schöne, gesunde Malerei, die einen Künstler erkennen läßt, der seiner selbst vollkommen sicher ist.

DUVEAU hat den *Tag nach dem Ungewitter* gemalt. Ich weiß nicht, ob er ein freimütiger Kolorist werden kann, aber einige Teile seines Bildes berechtigen zu dieser Hoffnung. – Beim ersten Anblick überlegt man, welche historische Szene es darstellen mag. In der Tat wagen es fast nur die Engländer, Genrebilder von solcher Größe zu malen. – Das Bild ist im übrigen gut komponiert und scheint im allgemeinen gut gezeichnet zu sein. – Der ein wenig zu einförmige Ton, der zunächst mißfällt, ist wohl eine Wirkung der Natur: überall, wo Regenfälle niedergegangen sind, erscheint die Gegend in sonderbar grellen Farben.

LAEMLEIN's *Caritas* ist eine liebenswürdige Frauengestalt, die kleine Kinder aller Himmelsstriche, weiße, gelbe, schwarze, usw., an der Hand hält oder an ihren Brüsten nährt. Gewiß hat Laemlein ein Gefühl für das, was gute Farbe ist; aber das Bild hat einen großen Fehler: der kleine Chinese ist so hübsch und sein Gewand von einer so angenehmen Wirkung, daß er allein das Auge des Betrachters auf sich zieht. Dieser kleine Mandarin wird vielen in Erinnerung bleiben und sie das übrige vergessen lassen.

DECAMPS ist einer von denen, die seit vielen Jahren die Neugier des Publikums in ihren Bann zwangen, und nichts war berechtigter.

Dieser für die Analyse so hochbegabte Künstler hat des öfteren, durch eine glückliche Verbindung kleiner Mittel, sehr wirkungsvolle Ergebnisse erzielt. – Wenn er die Linienführung im einzelnen vernachlässigte und sich oft mit der Bewegung oder dem allgemeinen Umriß begnügte, wenn diese Art zu zeichnen bisweilen in die gefährliche Nähe des *Chic* geriet, – so hatte seine einläßliche Liebe zur Natur, die er vor allem in ihren Lichteffekten studierte, ihn stets gerettet und in einer höheren Region gehalten.

Wenn Decamps auch nicht eigentlich ein Zeichner war, dem allgemeinen Wortgebrauch nach, so war er es dennoch auf seine Art und in einer besonderen Weise. Niemand hat große Figuren von ihm gezeichnet gesehen; aber die Zeichnung, das heißt die Haltung seiner Menschlein war gewiß mit bemerkenswerter Kühnheit und einer glücklichen Hand erfunden und herausgearbeitet. Der Charakter und ihr gewohntes Betragen waren stets erkennbar; denn Decamps weiß uns eine Gestalt mit wenigen Strichen begreiflich zu machen. Seine Skizzen waren amüsant und wirklich gefällig. Die Zeichnung verriet einen Mann von Geist, fast einen Karikaturisten; denn er besaß einen gewissen gutmütigen Humor oder eine spöttische Phantasie, die für die Ironie der Natur ein sicheres Auge besaß: daher entsprachen die Haltung, die Ausstaffierung oder Bekleidung seiner Gestalten stets der Wahrheit, den eingefleischten Besonderheiten und Gewohnheiten ihrer Individualität. Freilich war dieser Art zu zeichnen eine gewisse Bewegungslosigkeit eigen, die jedoch nicht mißfiel und seinen Orientalismus vervollständigte. Gewöhnlich zeichnete er nach Modellen in ruhiger Haltung, und wenn sie liefen, so ähnelten sie oft aufgehängten Schattenbildern oder Silhouetten, die man plötzlich in ihrem Lauf angehalten hätte; sie liefen wie Figuren in einem Flachrelief. – Aber die Farbe war seine starke Seite, sein großes und einziges Anliegen. Gewiß ist Delacroix ein großer, aber kein fanatischer Kolorist. Ihm geht es noch um manches andere, wie die Größe seiner Bilder es mit sich bringt: für Decamps war die Farbe die Hauptangelegenheit, sie war sozusagen sein liebster Gedanke. Seine prachtvoll leuchtende Farbe hatte zudem ihren ganz besonderen Stil. Sie war, um mich zweier Ausdrücke zu bedienen, die eher dem Bereich des Gemütes angehören, blutgierig und beißend. Die verlockendsten Gerichte, die ausgeklügeltsten, wunderlichsten Leckerbissen, die mit den schärfsten Würzen zubereiteten Erzeugnisse der Kochkunst waren weniger scharf und anreizend, kitzelten Nase und Gaumen des Feinschmeckers nicht mit wilderen Lüsten, als Decamps' Bilder einem Feinschmecker der Malerei bereiteten. Ihr Anblick war so seltsam, daß wer vorbeikam, wie gebannt stehenblieb und von einer unwiderstehlichen Neugier ergriffen wurde. Das lag vielleicht an der einzigartigen, minutiösen Verfahrensweise, deren sich der Künstler oft bedient, der, wie man sagt, seine Malerei mit der Beharrlichkeit eines Alchimisten ertüftelt. Der Eindruck auf das Gemüt des Betrachters, der dadurch entstand, war so überraschend und so neu, daß man Mühe hatte zu erkennen, wessen Kind sie war, wer bei diesem einzigartigen Künstler Pate gestanden hatte und aus welchem Atelier dieses einsame, originelle Talent hervorgegangen war. – Gewiß werden in hundert Jahren die Historiker Mühe haben, Decamps' Lehrer zu entdecken. – Bald kam er von den kühnsten Koloristen der flämischen Schule her; aber er hatte mehr Stil als sie und ordnete seine Figuren mit mehr Harmonie an; bald hatten Rembrandts Pracht und Alltäglichkeit es ihm angetan; ein ander Mal fand man in seinen Himmeln eine liebevolle Erinnerung an Claude Lorrain. Denn Decamps war auch Landschaftsmaler und zwar ein höchst verdienstvoller Landschaftmaler: seine Landschaften und seine Figuren bildeten ein Ganzes und brachten sich gegenseitig zur Geltung. Die einen hatten nicht mehr Bedeutung als die anderen, und nichts war bei ihm Nebensache; so sehr war jeder Teil der Leinwand mit liebevoller Sorgfalt gearbeitet, so sehr jedes Detail darauf abgestimmt, zur Gesamtwirkung beizutragen! – Nichts war überflüssig, weder die Ratte, die ein Bassin durchschwamm, in irgendeinem türkischen Bild voller Trägheit und Fatalismus, noch die schwebenden Raubvögel auf dem Hintergrund jenes Meisterwerkes mit dem Titel: *Die Hakenhinrichtung*.

Sonne und Licht spielten damals in Decamps' Malerei eine große Rolle. Niemand verwandte eine ähnliche Sorgfalt auf das Studium der Atmosphäre und ihrer Wirkungen. Vor allem gefielen ihm die seltsamsten, die unwahrscheinlichsten Spiele von Licht und Schatten. In einem Bild von Decamps brannte die Sonne wirklich auf die weißen Mauern und den kreidigen Sand; alle farbigen Gegenstände ließen ein inneres Leben durchscheinen. Die Gewässer waren von unerhörter Tiefe; die großen Schatten, die sich über die Häuserwände ziehen und langgestreckt auf dem Boden oder dem Wasser ruhen, hatten in ihrem Schattendasein eine unbeschreibliche Lässigkeit und Faulheit. Und in dieser eindrucksvollen Natur sah man allerlei kleine Leute sich bewegen oder träumen, eine ganze kleine Welt mit der ihr eigenen komischen Wahrheit.

So waren Decamps' Gemälde voller Poesie, und oft auch voller Verträumtheit; doch was andere, wie Delacroix, durch eine großzügige Zeichnung erreichen würden, durch die Wahl eines originellen Modells oder eine breit angelegte leichte Farbe, erreichte Decamps durch die Intimität des Details. Der einzige Vorwurf, den man ihm in der Tat machen konnte, war der, daß er sich die materielle Ausführung der Gegenstände allzu angelegen sein ließ; seine Häuser waren aus wirklichem Putz, aus wirklichem Holz, seine Mauern aus wirklichem Mörtel; und oft betrübte einen bei ihrem Anblick der schmerzliche Gedanke, daß der Maler soviel Zeit und Mühe auf die Herstellung dieser Meisterwerke verwandt hatte. Wieviel schöner wären sie gewesen, wenn er sie mit etwas mehr Unbefangenheit ausgeführt hätte!

Als Decamps im vergangenen Jahr mit einem Bleistift bewaffnet gegen Raffael und Poussin antrat, da sagten die Flaneurs, die sich für die gegensätzlichsten Parteien begeistern konnten, jene, die ein Herz groß wie die Welt haben, die jedoch keine Kürbisse von Eichbäumen pflücken wollen, und die sämtlich Decamps als eines der kuriosesten Erzeugnisse der Schöpfung liebten: »Wenn Raffael Decamps um den Schlaf bringt, dann ist es mit unseren Decamps aus! Wer wird sie dann malen? – Leider, ach! die Herren GUIGNET und CHACATON.«

Und dennoch ist Decamps dieses Jahr wieder mit türkischen Themen erschienen, mit Landschaften, Genrebildern und einem Gemälde *Nach dem Regen;* aber man mußte sie suchen: sie sprangen nicht mehr ins Auge.

Decamps, dem Sonnenschein so gut gelingt, weiß nicht, wie man Regen malt; und dann läßt er Enten im Stein schwimmen, usw. Die *Türkische Schule* jedoch gleicht allen seinen guten Bildern; das sind wirklich die schönen Kinder, die wir kennen, und diese leuchtende, staubige Atmosphäre eines Raumes, den die Sonne völlig einnehmen möchte.

Es scheint mir so leicht, uns mit den herrlichen Decamps' zu trösten, die die Galerien schmücken, daß ich die Fehler dieser

Bilder nicht analysieren möchte. Das wäre ein kindisches Geschäft, das im übrigen jeder sehr gut selber besorgen wird.

Unter PENGUILLY-L'HARIDON's Bildern, die alle eine gute Faktur aufweisen, – kleine, mit breitem Pinselstrich und doch mit Zartgefühl gemalte Bilder, – fällt vor allem eines auf und zieht das Auge an: *Pierrot stellt der Versammlung seine Gefährten Harlekin und Pulcinella vor.*
Pierrot, mit einem offenen und einem geschlossenen Auge, jenem Ausdruck traditioneller Verschlagenheit, stellt dem Publikum Harlekin vor, der einen Schritt nach vorne macht und dabei mit einem keck vorgestellten Bein die obligaten Kreisbewegungen mit den Armen vollführt. Pulcinella folgt ihm, – mit einem etwas weinseligen Gesicht, einem geckenhaften Augenausdruck, die armen kleinen Beine in großen Holzschuhen. Eine lächerliche Figur, große Nase, große Brille, großer aufgezwirbelter Schnurrbart, erscheint zwischen den beiden Vorhängen. – Das alles ist von hübscher, feiner und einfacher Farbigkeit, und diese drei Figuren heben sich trefflich von einem grauen Hintergrund ab. Was an diesem Bild ergreift, rührt weniger von dem allgemeinen Eindruck als von der Komposition her, die von äußerster Einfachheit ist. – Pulcinella, der wirklich komisch ist, erinnert an den des englischen *Charivari,* der den Zeigefinger an die Nasenspitze hält, um auszudrücken, wie stolz er auf diese Nase ist oder wie sehr sie ihm zur Last wird. Ich möchte Penguilly vorwerfen, daß er nicht Deburaus Typus genommen hat, der der wahre Pierrot unserer Zeit ist, der Pierrot der modernen Geschichte, der seinen Platz in allen gemalten Harlekinaden haben muß.

Und nun ein anderer Einfall; sehr viel weniger gewandt und sehr viel weniger gekonnt, doch ein desto schöneres Werk, da es vielleicht ganz absichtslos entstanden ist: *Die Schlägerei der Bettler,* von MANZONI. Noch nie habe ich etwas derart poetisch Brutales gesehen, selbst nicht in den drastischsten Orgien der Flamen. – Hier in sechs Punkten die verschiedenen Eindrücke dessen, der an diesem Bild vorbeikommt: 1. lebhafte Neugier; 2. wie entsetzlich! 3. das ist schlecht gemalt, aber eine sonderbare Komposition, der es nicht an Reiz fehlt; 4. das ist doch nicht so schlecht gemalt, wie man zuerst meinen könnte; 5. schauen wir uns das Gemälde also noch einmal an; 6. dauernde Erinnerung.

Dieses Bild ist mit einer Grausamkeit und Brutalität gemalt, die zu dem Thema paßt und an die ungestümen Skizzen Goyas erinnert. – Freilich sind das Gesichter von Galgenstricken, wie man sie sich nicht schlimmer vorstellen kann; ein seltsames Durcheinander von verbeulten Hüten, Holzbeinen, zerbrochenen Gläsern, Trinkern, die der Wein überwältigt hat; Geilheit, Grausamkeit und Trunksucht schwenken ihre Lumpen.

Die Schöne mit dem roten Gesicht, welche die Begierden dieser Herren entfacht, ist von *guter Faktur*, und ein Stück für Kenner. Ich habe selten etwas so Komisches gesehen, wie diesen an die Wand gedrängten Unglücklichen, den sein Nachbar siegreich mit einer Heugabel festgerammt hat.

Manzonis zweites Bild, *Der nächtliche Mord*, macht einen weniger befremdenden Eindruck. Es ist trüb und vulgär in der Farbe, und das Phantastische liegt nur in der Art, wie die Szene dargestellt ist. Ein Bettler steht mit erhobenem Messer über einem Unglücklichen, dessen Taschen man durchsucht und der vor Angst halb tot ist. Diese weißen Halbmasken, die aus riesigen Nasen bestehen, sind sehr komisch und verleihen dieser Schrekkensszene ein höchst seltsames Gepräge.

VILLA-AMIL hat den *Thron-Saal* in Madrid gemalt. Auf den ersten Blick möchte man diesem dekorativen Bild eine große Unbefangenheit zusprechen; doch sobald man näher hinsieht, erkennt man, daß es mit viel Geschick in der Anordnung und der allgemeinen Farbgebung gemalt ist. Es ist vielleicht weniger abgestimmt im Ton, doch von einer entschiedeneren Farbe als andere Bilder dieses von ROBERTS geschätzten Genres. Es hat allerdings den Fehler, daß die Decke des Thronsaales weniger wie eine Decke aussieht als wie ein wirklicher Himmel.

WATTIER und PERÈSE behandeln gewöhnlich fast die gleichen Sujets: schöne Damen in den Gewändern vergangener Zeiten, die im Schatten alter Bäume in Parks lustwandeln; doch für

Perèse spricht, daß er mit größerer Unbefangenheit malt, und daß sein Name ihn nicht nötigt, Watteau nachzuäffen. Bei aller Feinheit, die Wattier seinen Figuren zu geben versteht, ist ihm Perèse doch an Erfindungskraft überlegen. Sonst besteht zwischen ihren Kompositionen der nämliche Unterschied wie zwischen der verzuckerten Galanterie unter Ludwig XV. und der freimütigen Galanterie unter Ludwig XIII.

Die Couture-Schule, – da man sie denn bei ihrem Namen nennen muß, – ist dieses Jahr allzu reichlich vertreten.

DIAZ DE LA PEÑA, der im kleinen der hyperbolische Ausdruck dieser Schule ist, geht von dem Grundsatz aus, eine Palette sei ein Gemälde. Die Harmonie des Ganzen, meint Diaz, stelle sich schon von selber ein. Von Zeichnung, – Zeichnung der Bewegung, Zeichnung der Koloristen, – ist nicht die Rede; die Gliedmaßen all dieser kleinen Figuren halten ungefähr so zusammen wie ein Packen Lumpen oder wie Arme und Beine, die eine explodierende Lokomotive in alle Richtungen verstreut hat. – Da ziehe ich doch das Kaleidoskop vor; es stellt uns zwar keine *Verlassenen* und keine *Liebesgärten* dar; aber statt dessen liefert es Muster für Schals und Teppiche, und spielt nur eine bescheidene Rolle. – Diaz ist Kolorist, zugegeben; doch man erweitere den Rahmen nur um einen Fuß, und schon versagen ihm die Kräfte, weil er nicht weiß, wie unerläßlich ein Gesamtton ist. Deshalb bleibt einem von seinen Bildern keine Erinnerung.
Jedem seine Rolle, wird man mir entgegenhalten. Die große Malerei ist nicht jedermanns Sache. Eine gute Mahlzeit hat Hauptgänge und Hors-d'œuvres. Sollten Sie etwa so schnöde sein, und keine Würstchen aus Arles, keine Gewürzschoten, Anschovis, Knoblauchmayonnaise haben wollen? – Appetitliche Hors-d'œuvres, sagen Sie? – Nein, keineswegs, sondern Bonbons und widerliches Zuckerwerk. – Wer wollte sich vom Nachtisch ernähren? Man rührt ihn kaum an, wenn man mit seinem Mahl zufrieden ist.

Célestin NANTEUIL weiß, wie man einen Pinselstrich hinsetzt, aber auf die rechten Proportionen und die Harmonie eines Bildes versteht er sich nicht.

VERDIER malt mit Verstand, aber ich halte ihn für einen eingefleischten Feind des Gedankens.

MÜLLER, der Mann mit den *Sylphen*, der große Liebhaber der poetischen Sujets, – der Sujets, die von Poesie nur so triefen, – hat ein Bild gemalt, das *Primavera* heißt. Wer kein Italienisch kann, wird glauben, das hieße soviel wie *Dekameron*.
Faustin BESSONS Farbe büßt sehr viel ein, wenn man sie nicht mehr undeutlich durch die spiegelnden Scheiben von Deforges Laden sieht.

FONTAINE – ist offenbar ein ernstzunehmender Mann; er hat uns Monsieur de Béranger dargestellt, wie er, von Kindern beiderlei Geschlechts umringt, die Jugend in die Mysterien der Couture-Malerei einweiht.
Große Mysterien, meiner Treu! – Ein rosiges oder pfirsichfarbenes Licht und ein grüner Schatten, darin besteht die ganze Hexerei. – Das Fürchterliche an dieser Malerei ist, daß sie die Blicke auf sich zieht; man sieht sie schon von weitem.
Von all diesen Herren ist COUTURE zweifellos der unglücklichste, dem ja hierbei die interessante Rolle eines Opfers zufällt. – Ein Nachahmer ist ein Schwätzer, der eine Überraschung verplaudert.

In den verschiedenen Spezialitäten niederbretonischer, katalanischer, schweizerischer, normannischer Sujets werden Armand und Adolphe LELEUX von GUILLEMIN übertroffen, der HÉDOUIN unterlegen ist, der seinerseits wiederum HAFFNER nachsteht.
Den Herren Leleux habe ich mehrmals den seltsamen Vorwurf machen hören, ihre Gestalten, ob sie nun Schweizer, Spanier oder Bretonen wären, sähen doch allesamt wie Bretonen aus.
Hédouin ist gewiß ein verdienstvoller Maler, der einen sicheren Pinselstrich besitzt und sich auf die Farbe versteht; es wird ihm zweifellos gelingen, sich eine besondere Originalität zu schaffen.

Haffner trage ich es nach, daß er einmal ein prachtvolles Porträt in einem romantischen Stil gemalt hat, und daß er es dabei bewenden ließ; ich hatte ihn für einen großen Künstler voller Poesie und Erfindungsgabe gehalten, für einen Porträtisten ersten Ranges, dem in seinen Nebenstunden auch einmal etwas nur so Hingesudeltes entwischt; aber er ist, wie es scheint, doch nur ein Maler.

VII. VOM IDEAL UND VOM MODELL

Die Farbe ist die natürlichste und sichtbarste Sache und die Partei der Koloristen folglich am zahlreichsten und bedeutendsten. Die Analyse, die dem Künstler die materielle Ausführung erleichtert, hat die Natur in Farbe und Linie zerlegt, und bevor ich darangehe, die Kunst der Männer, die die zweite Partei bilden, zu erörtern, halte ich es für angebracht, hier einige der Grundsätze zu erläutern, von denen sie sich, manchmal sogar ohne ihr Wissen, leiten lassen.

Der Titel dieses Kapitels ist ein Widerspruch, oder vielmehr eine Übereinstimmung von Gegensätzen; denn die Zeichnung des großen Zeichners soll das Ideal und das Modell vereinen.

Die Farbe besteht aus farbigen Massen, die sich aus unendlich vielen Tönen zusammensetzen, deren Harmonie die Einheit schafft: ebenso unterteilt sich die Linie, die ihre Massen und ihre allgemeinen Formen hat, in eine Menge einzelner Linien, deren jede ein Charakteristikum des Modells wiedergibt.

Die Linie des Kreises, das Ideal der gebogenen Linie, läßt sich einer ähnlichen Figur vergleichen, die aus einer Unendlichkeit von graden Linien zusammengesetzt ist; diese müssen mit der des Kreises verschmelzen, wobei die inneren Winkel immer stumpfer werden.

Aber ebenso wie es keinen vollkommenen Kreis gibt, so ist auch das absolute Ideal eine Torheit. Das ausschließliche Streben nach dem Einfachen führt den beschränkten Künstler zur Nachahmung des ewig gleichen Typus. Die Dichter, die Künstler und die ganze menschliche Rasse wären sehr unglücklich, wenn das Ideal, diese Absurdität, diese Unmöglichkeit, gefunden wäre. Was würde dann ein jeder mit seinem armseligen Ich anfangen, – mit seiner gebrochenen Linie?

Ich habe schon bemerkt, daß die Erinnerung das große Kriterium der Kunst ist; die Kunst ist eine Mnemotechnik des Schönen: und die exakte Nachahmung beeinträchtigt die Erinnerung. Es gibt jene elenden Maler, für die die geringste Warze ein Glücksfall ist; nicht nur hüten sie sich, sie zu vergessen, sondern sie müssen sie auch noch viermal so dick machen: damit bringen sie denn auch die Liebenden zur Verzweiflung, und ein Volk, das seinen König porträtieren läßt, ist ein Liebender.

Eine zu stark detaillierende oder verallgemeinernde Darstellung ist gleichermaßen der Erinnerung hinderlich; dem Apoll des Belvedere und dem Gladiator ziehe ich den Antinous vor, denn der Antinous ist das Ideal des charmanten Antinous.

Obwohl das Prinzip des Universums auf der Einheit beruht, liefert die Natur nichts Absolutes, nicht einmal etwas Vollständiges*; ich sehe nichts als Individuen. Jedes Tier einer gleichen Art unterscheidet sich irgendwie von seinem Nachbarn, und unter den Tausenden von Früchten, die ein und derselbe Baum geben kann, ist es unmöglich, zwei identische zu finden, denn dann wären sie dieselbe Frucht; und die Zweiheit, die im Widerspruch zu der Einheit steht, ist auch deren Folge.** Die unendliche Vielfalt zeigt sich vor allem auf erschreckende Weise in der menschlichen Rasse. Ohne die großen Typen zu berücksichtigen, die die Natur in die verschiedenen Himmelsstriche verteilt hat, sehe ich jeden Tag unter meinem Fenster eine gewisse Anzahl Kalmücken, Osagen, Inder, Chinesen und antike Griechen vorbeigehen, die alle mehr oder weniger Pariser geworden sind. Jedes Individuum ist eine Harmonie; denn es wird dem Leser

* Nichts Absolutes: – folglich ist das Ideal des Zirkels die schlimmste aller Torheiten; – nichts Vollständiges: – folglich muß man alles vervollständigen und jedes Ideal aufs neue entdecken.

** Ich sage Widerspruch und keineswegs Gegensatz; denn der Widerspruch ist eine menschliche Erfindung.

gewiß schon manches Mal begegnet sein, daß er sich beim Ton einer bekannten Stimme umgedreht hat und sich voll Erstaunen einem unbekannten Wesen gegenübersah, der leibhaftigen Erinnerung an ein Wesen, das über die gleiche Stimme, die gleichen Gebärden verfügt. Das ist so wahr, daß Lavater eine Nomenklatur der Nasen und der Münder aufgestellt hat, die, wenn sie zusammen in Erscheinung treten, einen grellen Kontrast bilden; er hat mehrere Fehler dieser Art bei den alten Künstlern festgestellt, die manchmal religiöse oder historische Persönlichkeiten mit Formen ausgestattet haben, die in Gegensatz zu ihrem Charakter standen. Daß Lavater sich im Detail getäuscht hat, ist möglich; aber er hatte das Prinzip erfaßt. Eine solche Hand verlangt einen solchen Fuß; jede Epidermis erzeugt ihr Haar. Jedes Individuum hat folglich sein Ideal.

Ich behaupte nicht, daß es ebenso viele Ur-Ideale wie Individuen gibt, denn eine Form liefert mehrere Abgüsse; aber in der Seele des Malers gibt es ebenso viele Ideale wie Individuen, da das Modell sich im Porträt um den Künstler bereichert findet.

Das Ideal ist demnach nicht jener blasse Dunst, jenes öde, ungreifbare Schemen, das an der Decke der Akademien schwebt; ein Ideal ist das durch das Individuum wiederhergestellte, wiederausgestaltete und durch Pinsel und Meißel in die strahlende Wahrheit seiner ursprünglichen Harmonie wiedererstattete Individuum.

Das erste, was deshalb von einem Zeichner gefordert wird, ist das gründliche und redliche Studium seines Modells. Nicht nur bedarf der Künstler eines tiefen Einblicks in den Charakter seines Modells, er soll diesen auch ein wenig verallgemeinern, soll vorsätzlich einige Details übertreiben, um die Physiognomie stärker herauszuarbeiten und ihren Ausdruck zu verdeutlichen.

Merkwürdigerweise stellt man fest, daß die Kunst, wenn sie sich von diesem Grundsatz leiten läßt, – daß nämlich das Erhabene die Einzelheiten meiden soll, – in dem Streben nach Vollkommenheit zu ihrer Kindheit zurückkehrt. – Die ersten Künstler drückten auch keine Einzelheiten aus. Der ganze Unterschied liegt darin, daß sie die Arme und Beine ihrer Figuren in einem Zug zeichneten, und daß nicht sie, die Künstler, die Einzelheiten vermieden, sondern diese sich ihnen entzogen; denn nur wer besitzt, hat auch die Wahl.

Die Zeichnung ist ein Kampf zwischen der Natur und dem Künstler, in welchem der Künstler um so leichter den Sieg erringt, je besser er die Absichten der Natur versteht. Es geht für ihn nicht darum, sie zu kopieren, sondern in einer einfacheren, lichtvolleren Sprache auszulegen.

Will man das Porträt, das heißt das idealisierte Modell, in historische, religiöse oder frei erfundene Sujets einführen, so gilt es als erstes, unter den möglichen Modellen das erlesenste auszuwählen; hiervon dürfte man gewiß eine Verjüngung und Belebung der modernen Malerei erwarten, die, wie all unsere Künste, nur zu sehr geneigt ist, sich mit der Nachahmung der Alten zu begnügen.

Alles, was ich sonst noch über das Ideal zu sagen hätte, scheint mir in einem Kapitel von Stendhal enthalten, dessen Überschrift ebenso unmißverständlich wie frech ist:

»Wie kann man Raffael übertreffen?

In allen rührenden Szenen, die von Leidenschaften herbeigeführt werden, wird der große Maler der Moderne, falls er je erscheint, jeder seiner Personen die ideale Schönheit verleihen, die er aus jenem Temperament entwickelt hat, das geeignet ist, die Wirkung dieser Leidenschaften am lebhaftesten zu empfinden.

Werther wird nicht unterschiedslos Sanguiniker oder Melancholiker sein; Lovelace phlegmatisch oder cholerisch. Der gute Pfarrer Primrose, der liebenswürdige Cassio werden kein cholerisches Temperament haben; wohl aber der Jude Shylock, der finstere Jago, Lady Macbeth, Richard III.; die liebenswürdige und reine Imogen wird ein wenig phlegmatisch sein.

Der Künstler hat den Apoll des Belvedere nach seinen ersten Beobachtungen gestaltet. Wird er sich aber jedesmal, wenn er uns einen schönen, jugendlichen Gott zeigen will, darauf beschränken, nur frostige Nachbildungen des Apoll zu liefern? Nein, er wird seine Tätigkeit und die besondere Schönheit jeweils zueinander in Beziehung setzen. Apollo, der die Erde von der Pythonschlange befreit, wird kraftvoller sein; Apollo, der Daphne zu gefallen sucht, wird zartere Züge aufweisen.«*

VIII. VON EINIGEN ZEICHNERN

In dem vorstehenden Kapitel habe ich nicht von der zeichnerischen Phantasie oder Schöpferkraft gesprochen, weil sie im allgemeinen das Privileg der Koloristen ist. Allein Michelangelo, der von einem gewissen Standpunkt aus der Erfinder des Ideals bei den Modernen ist, hat im höchsten Maß zeichnerische Phantasie besessen, ohne Kolorist zu sein. Die reinen Zeichner sind mit einem hervorragenden Sinn begabte Naturalisten; aber sie zeichnen mit dem Verstand, während die Koloristen, die großen Koloristen, mit dem Temperament zeichnen, fast ohne es zu wissen. Ihre Methode entspricht der Natur; sie zeichnen, weil sie Farbe auftragen, während die reinen Zeichner, wenn sie logisch und ihrem Glaubensbekenntnis treu sein wollten, sich mit dem schwarzen Stift begnügen müßten. Trotzdem sind sie mit unvorstellbarem Eifer um die Farbe bemüht und bemerken nicht das Widersprüchliche ihres Tuns. Sie beginnen damit, die Formen hart und unerbittlich gegeneinander abzugrenzen, dann wollen sie die so begrenzten Flächen mit Farbe füllen. Diese doppelte Methode steht ihren eigentlichen Bemühungen unaufhörlich im Wege, und verleiht allem, was sie hervorbringen, etwas Herbes, Peinliches und Widersprüchliches. Ihre Werke führen uns einen ewigen Prozeß, einen ermüdenden Zwiespalt vor. Ein Zeichner ist ein mißratener Kolorist.

Wie wahr das ist, erkennt man an Ingres, dem berühmtesten Repräsentanten der naturalistischen Schule der Zeichner, der immer der Farbe nachjagt. Welch bewundernswürdige und beklagenswerte Hartnäckigkeit! Das ist die ewige Geschichte derer,

* *Geschichte der Malerei in Italien,* Kapitel CI. Das wurde 1817 gedruckt!

die den ihnen gebührenden Ruhm gerne für den ihnen unerreichbaren hergäben. Ingres ist in die Farbe verliebt, wie eine Modistin. Wie schmerzlich-vergnüglich ist es doch, zu sehen, welche Anstrengungen er unternimmt, um seine Farben auszuwählen und zu paaren. Was dabei herauskommt, und was keineswegs immer mißtönend, doch herb und heftig ist, gefällt oft verderbten Dichtern; doch wenn ihr erschlaffter Geist sich lange genug an diesen gefährlichen Kämpfen vergnügt hat, spürt er doch das Bedürfnis, sich bei einem Velasquez oder einem Lawrence zu erholen.

Wenn Ingres den bedeutendsten Platz nach Delacroix einnimmt, so verdankt er das dieser sehr besonderen Art des Zeichnens, deren Geheimnisse ich soeben untersuchte, und die bis heute die gelungenste Vereinigung von Ideal und Modell darstellt. Ingres zeichnet bewundernswürdig gut, und er zeichnet rasch. In seinen Skizzen trifft er mühelos das Ideale; seine oft sparsame Zeichnung enthält nur wenige Striche; aber jeder gibt eine wesentliche Kontur wieder. Man betrachte daneben die Zeichnungen all dieser Maler-Handwerker – die oftmals seine Schüler sind; sie geben zunächst jede Kleinigkeit wieder, und darüber gerät dann das gemeine Volk in Entzücken, dem in allen Gattungen die Augen nur bei dem Kleinlichen aufgehen.

In einem gewissen Sinne zeichnet Ingres besser als Raffael, der populäre König der Zeichner. Raffael hat riesige Wände ausgemalt; doch er wäre nicht imstande gewesen, unsereinem ein so treffendes Porträt unserer Mutter, unseres Freundes, unserer Geliebten wie Ingres zu malen. Ingres' Kühnheit ist von ganz besonderer Art, und mit einer solchen List gepaart, daß er vor keiner Häßlichkeit, keiner Wunderlichkeit zurückschreckt: er hat Monsieur Molés Gehrock gemalt; er hat Cherubinis Karrick gemalt; er hat in den *Plafond d'Homère* – ein Werk, das mehr als irgendein anderes aufs Ideale zielt, – einen Blinden, einen Einäugigen, einen Einarmigen und einen Buckligen gesetzt. Die Natur belohnt ihn großzügig für diese heidnische Anbetung. Er könnte aus Mayeux etwas Erhabenes machen.

Cherubinis schöne Muse ist noch dazu ein Porträt. Man muß Ingres, dem die zeichnerische Phantasie abgeht, und der keine

Gemälde, zumindest keine großformatigen, malen kann, die Gerechtigkeit widerfahren lassen, daß seine Porträts fast Gemälde sind, das heißt intime Gedichte.

Ein einzigartiges, grausames, cholerisches und leidendes Talent, eine seltsame Mischung von gegensätzlichen Eigenschaften, die alle zum Nutzen der Natur verwendet werden, und deren Seltsamkeit keiner der geringsten Reize ist; – Flame in der Ausführung, Individualist und Naturalist in der Zeichnung, Anhänger der Antike aus Sympathie und Idealist aus Vernunftgründen.

So viele Gegensätze in Einklang zu bringen, ist kein leichtes Geschäft: weshalb er auch nicht ohne Grund, um die frommen Mysterien seiner Zeichnung sichtbar zu machen, ein künstliches Licht gewählt hat, das seinen Gedanken klarer hervorzutreten hilft, – ein Licht, jenem Morgengrauen vergleichbar, in dem die kaum erwachte Natur uns fahl und grell erscheint, wo die ländliche Gegend sich in einem phantastischen und ergreifenden Anblick offenbart.

Ein besonderer Zug an Ingres' Talent, der, wie mir scheint, noch nicht beachtet wurde, ist seine ausgesprochene Vorliebe für weibliche Gestalten; er malt die Frauen, wie er sie sieht, denn es ist, als liebte er sie zu sehr, um sie ändern zu wollen; er heftet sich an ihre kleinsten Schönheiten mit der Kälte eines Chirurgen; er folgt dem leisesten Wellenspiel ihrer Linien mit der sklavischen Hingabe eines Verliebten. Seine *Angelica,* die beiden *Odalisken,* das *Bildnis der Madame d'Haussonville* sind Werke von tiefer Wollust. Aber alles dieses erscheint uns nur in einer fast erschreckenden Helle; denn dies ist weder die goldene Atmosphäre, die die Gefilde des Ideals umgibt, noch das sanfte, gemäßigte Licht der irdischen Bereiche.

Ingres' Werke, die das Ergebnis einer übermäßigen Aufmerksamkeit sind, erfordern eine gleiche Aufmerksamkeit zu ihrem Verständnis. Kinder des Schmerzes, erzeugen sie Schmerz. Und dies deshalb, wie ich weiter oben auseinandergesetzt habe, weil seine Methode nicht einheitlich und einfach ist, sondern vielmehr in der Anwendung mehrerer Methoden nacheinander besteht.

Um Ingres haben sich einige Männer geschart, von denen die bekanntesten FLANDRIN, LEHMANN und AMAURY-DUVAL sind; seine Lehre strahlt offensichtlich eine solche Autorität aus, daß sie fanatische Anhänger findet.
Aber welch unermeßlicher Abstand vom Meister zu den Schülern! Ingres ist noch der einzige seiner Schule. Seine Methode ist das Ergebnis seiner Natur, und wie bizarr und hartnäckig diese auch sein mag, sie ist freimütig und sozusagen unwillkürlich. Als leidenschaftlicher Liebhaber der Antike und seines Modells, als respektvoller Diener der Natur malt er Porträts, die mit den besten römischen Skulpturen wetteifern. Jene Herren haben kühl, parteiisch und pedantisch das Ungefällige und Unpopuläre seines Genies in ein System gebracht; denn Pendanterie zeichnet sie vor allem aus. Was sie an dem Meister gesehen und studiert haben, sind die Wißbegier und die Gelehrsamkeit. Daher die Suche nach Magerkeit, Blässe und all jenen lächerlichen Konventionen, die sie unkritisch und ohne Überzeugung übernommen haben. Sie haben sich weit, sehr weit in die Vergangenheit zurückbegeben, um mit kindischer Ergebenheit beklagenswerten Irrtümern nachzueifern, und haben sich freiwillig aller Mittel der Ausführung und des Erfolgs beraubt, die eine Jahrhunderte alte Erfahrung ihnen an die Hand gegeben hatte. Man erinnert sich noch der *Tochter Jephtas, die ihre Jungfräulichkeit beweint;* – dieser überlangen Hände und Füße, dieser übertriebenen ovalen Köpfe, dieser lächerlichen Affektiertheiten, – Konventionen und Pinselfertigkeiten, die schon bedenklich dem Chic nahekommen, sind seltsame Fehler bei einem inbrünstigen Verehrer der Form. Seit dem Porträt der Fürstin Belgiojoso malt Lehmann nur übergroße Augen, in denen die Pupille wie eine Auster in der Suppenschüssel schwimmt. – Dieses Jahr hat er Porträts und einige Gemälde eingesandt. Die Gemälde sind *Die Okeaniden, Hamlet* und *Ophelia. Die Okeaniden* sind eine Art Flaxman, deren Anblick so häßlich ist, daß einem die Lust vergeht, die Linienführung näher zu betrachten. Die beiden Bildnisse, *Hamlet* und *Ophelia,* lassen deutlich den Anspruch auf Farbe erkennen, – das große Steckenpferd dieser Schule! Diese unglückselige Nachahmung der Farbe betrübt und peinigt mich wie der An-

blick einer Kopie, die ein Mondbewohner nach Veronese oder Rubens angefertigt hätte. In ihrer Haltung und Gesinnung erinnern mich diese beiden Figuren an die Emphase der Schauspieler des ehemaligen Bobino, als man dort noch Melodramen spielte. Hamlets Hand ist wohl schön; doch eine gut ausgeführte Hand macht noch keinen Zeichner, und selbst für einen Ingristen ist das wahrlich eine allzu starke Überbetonung eines Details.

Ich glaube, Madame CALAMATTA gehört ebenfalls zur Partei der Sonnenfeinde; ihre Bilder sind jedoch gelegentlich recht gut komponiert, und sie haben ein wenig von jenem meisterlichen Schwung, den von den Männern zu entlehnen selbst den literarischsten und *artistischsten* Frauen weniger leicht gelingt, als ihnen ihre Lächerlichkeiten abzusehen.

JANMOT hat eine *Kreuzwegstation* gemalt, – *Christus, sein Kreuz tragend*, – eine ernste, charaktervolle Komposition; doch seine Farbe ist nicht mehr geheimnisvoll oder vielmehr mystisch wie in seinen letzten Werken und erinnert einen leider an die Farbe aller nur erdenklichen Kreuzwegstationen. Allzuleicht errät man bei der Betrachtung dieses glänzenden, grellen Bildes, daß Janmot aus Lyon stammt. Das ist in der Tat die Art Malerei, die dieser Stadt der Rechnungsstuben entspricht, dieser bigotten und übergewissenhaften Stadt, wo alles, selbst noch die Religion, die kalligraphische Sauberkeit eines Hauptbuchs haben muß.

Für das Publikum waren CURZON und BRILLOUIN schon öfters zwei Namen, die zusammengehörten; doch als sie debütierten, ließen sie eine größere Originalität erwarten. Dieses Jahr ist Brillouin – *Wovon die jungen Mädchen träumen* – über sich hinausgegangen, während Curzon sich damit begnügt hat, Brillouins zu liefern. Ihre Art zu zeichnen erinnert an die Schule von Metz, eine literarische, mystische und deutsche Schule. Curzon malt oft schöne Landschaften, ist farbenfreudig und wäre wohl auch imstande, E. T. A. Hoffmann auf eine weniger gelehrte, unkonventionellere Weise auszudrücken. Obwohl er offensichtlich ein Mann von Geist ist, – die Wahl seiner Gegenstände beweist es zur Genüge, – spürt man doch, daß E. T. A. Hoffmanns Atem hier nicht hindurchgeweht ist. Die altmeisterliche Darstellungsweise der Deutschen hat keinerlei Verwandtschaft mit diesem großen Dichter, dessen Kompositionen einen sehr viel moderneren, sehr viel romantischeren Charakter haben. Vergebens hat der Künstler, um diesem Hauptmangel abzuhelfen, unter den am wenigsten phantastischen Erzählungen von allen, *Meister Martin der Küfner und seine Gesellen* ausgewählt, eine Erzählung, von der Hoffmann selber gesagt hat: »Das ist das mittelmäßigste meiner Werke; da gibt es weder Gräßliches noch Fratzenhaftes, die beiden Dinge, in denen ich am meisten leiste!« Und trotzdem sind, sogar im *Meister Martin*, die Linien fließender, die Atmosphäre geisterhafter als auf Curzons Bild.

Genau genommen ist dies nicht der Ort, von VIDAL zu reden, denn er ist gar kein rechter Zeichner; trotzdem paßt er hierher, denn Vidal teilt mit den Herren Ingristen einige Verschrobenheiten und Lächerlichkeiten, nämlich die fanatische Vorliebe für das Kleine und Hübsche, sowie die Versessenheit auf schönes Papier und feinkörnige Leinwand. Hier findet man keineswegs jene alles beherrschende Ordnung, wie sie einen starken, kraftvollen Geist umgibt, noch die Reinlichkeit, die dem Verständigen genügt; Vidal hat sich einem Reinlichkeitsteufel ergeben.

Die Voreingenommenheit für Vidal ist, glaube ich, zwei oder drei Jahre alt. Damals waren seine Zeichnungen jedoch weniger pedantisch und weniger manieriert als heute.

Ich las heute früh ein Feuilleton von Théophile Gautier, in dem er Vidal das große Lob spendet, daß er sich auf die Darstellung der modernen Schönheit verstünde. – Ich weiß nicht, was Théophile Gautier dieses Jahr bewogen hat, den Karrick und die Pelerine des *Wohltäters* anzulegen; er hat alle Welt gelobt und kein Sudler ist so kläglich, daß er nicht seine sämtlichen Bilder aufgezählt hätte. Sollte etwa die Stunde der Akademie, diese feierlich einlullende Stunde, für ihn geschlagen haben, daß er schon so gutmütig ist? Hat der literarische Wohlstand so unheilvolle Folgen, daß er das Publikum nötigt, uns zur Ordnung zu rufen und uns die alten Zeugnisse unserer romantischen Gesin-

nung vorzuhalten? Die Natur hat Gautier mit einem ausgezeichneten, aufgeschlossenen und poetischen Geist begabt. Jedermann weiß, welche wilde Bewunderung er stets für freimütige, gehaltvolle Werke bezeugt hat. Welchen Zaubertrank haben die Herren Maler ihm dieses Jahr in seinen Wein gemischt, oder welches Augenglas hat er gewählt, um sich an seine Aufgabe zu machen? ‚Vidal versteht sich auf die moderne Schönheit! Weit gefehlt! Unsere Frauen besitzen, der Natur sei's gedankt, nicht so viel Geist und sind auch nicht so preziös; aber sie sind sehr viel romantischer. – Betrachten Sie die Natur, mein Herr; man malt nicht mit Geist und feingespitzten Bleistiften; denn einige zählen Sie, ich weiß nicht recht warum, zu der edlen Familie der Maler. Vergeblich nennen Sie Ihre Frauen Fatinitza, Stella, Vanessa, Rosenzeit, – lauter Namen für Pomaden! – alles das schafft noch keine poetischen Frauen. Einmal haben Sie die *Eigenliebe* malen wollen, – eine große, eine unübertrefflich weibliche Idee, – aber es ist Ihnen nicht gelungen, diese Gier und diese prächtige Selbstsucht wiederzugeben. Sie sind nur kindisch und dunkel gewesen.
Im übrigen werden all diese Affektiertheiten wie ranzige Salben verschwinden. Ein Sonnenstrahl genügt, um ihren ganzen Gestank zu entwickeln. Ich will lieber die Zeit ihr Werk tun lassen, als die meine damit zu verlieren, all die Erbärmlichkeiten dieses armseligen Genres zu erklären.

IX. VOM PORTRÄT

Es gibt zwei Arten, das Porträt aufzufassen, – die Historie und der Roman.
Die erste besteht in der getreuen, strengen, genauen Wiedergabe der Kontur und der Modellierung der betreffenden Person, was die Idealisierung nicht ausschließt. Diese wird der aufgeklärte Naturalist dadurch zu erreichen suchen, daß er das Modell die charakteristischste Haltung einnehmen läßt, diejenige, die seiner gewöhnlichen Gemütsverfassung am meisten entspricht; ferner dadurch, daß er es versteht, jedes wichtige Detail in angemesse-

ner Weise herauszuarbeiten, alles, was von Natur hervorstechend, markant und vorrangig ist, ins Licht zu setzen, und alles Nebensächliche, oder was nur zufällige Herabminderung ist, zu übergehen oder mit dem Ganzen zu verschmelzen.
Die Häupter der historischen Schule sind David und Ingres; die besten Beispiele sind die Porträts von David, die man in der Ausstellung des Bazar Bonne-Nouvelle sehen konnte, und die von Ingres, etwa seine Porträts von Bertin und Cherubini.
Die zweite Methode, die den Koloristen eigen ist, besteht darin, aus dem Porträt ein Gemälde zu machen, eine Dichtung mit allem, was dazu gehört, weite Räume, die Atmosphäre des Traumes. Hier ist die Kunst schwieriger, weil der Anspruch größer ist. Man muß sich darauf verstehen, einen Kopf in weiche Sommerdünste einzuhüllen, oder ihn aus tiefer Dämmerung hervortreten zu lassen. Hier hat die Phantasie einen größeren Anteil, und dennoch, wie es vorkommt, daß der Roman wahrer ist als die Geschichte, so wird auch der leichte, flüssige Pinselstrich eines Koloristen bisweilen imstande sein, den Ausdruck des Modells klarer wiederzugeben als der Stift des Zeichners.
Die Häupter der romantischen Schule sind Rembrandt, Reynolds, Lawrence. Die bekannten Beispiele sind *Die Dame mit dem Strohhut* und *Der junge Lambton*.

Im allgemeinen zeichnen sich FLANDRIN, AMAURY-DUVAL und LEHMANN dadurch aus, daß sie wahr und nuanciert zu modellieren verstehen. Ihre Bilder sind gut konzipiert, mit leichter Hand und in einem Zug ausgeführt; aber ihre Porträts sind häufig von einer anspruchsvollen, unbeholfenen Affektiertheit beeinträchtigt. Ihre unmäßige Vorliebe für das Distinguierte spielt ihnen alle Augenblicke einen bösen Streich. Man weiß ja, mit welch bewundernswürdigem Biedersinn sie auf *distinguierte* Töne aus sind, – Töne, die, wenn sie kräftiger wären, sich so wenig vertrügen wie der Teufel und das Weihwasser, wie Marmor und Essig; aber da sie äußerst abgeblaßt sind und nur in homöopathischen Dosen Verwendung finden, ist die Wirkung eher überraschend als schmerzhaft: das ist dann ihr großer Triumph!
Die *Distinktion* in der Zeichnung besteht darin, die Vorurteile

gewisser gezierter Frauenzimmer zu teilen, auf die eine ungesunde Literatur abgefärbt hat; diese haben einen Abscheu vor kleinen Augen, großen Füßen, großen Händen, kleiner Stirn und Wangen, die vor Freude und Gesundheit glühen, – lauter Dinge, die sehr schön sein können.

Diese Pedanterie in der Farbe und in der Zeichnung ist den Werken dieser Herren immer abträglich, wie empfehlenswert ihre Bilder sonst auch sein mögen. So war mir, ich weiß nicht durch welche Ideenassoziation, vor Amaury-Duvals *blauem* Porträt und vor vielen anderen Bildnissen ingreshafter oder ingrisierter Frauen, als hörte ich die weisen Worte des Hundes Berganza, der die *Blau*-Strümpfe ebenso inbrünstig floh, wie diese Herren ihren Umgang suchen: »Ist dir die Corinna nie zuwider geworden? . . . .

Mir freilich, wenn ich sie mir als im Leben wirklich zu mir hintreten dachte, glaubte ich mich von einem gewissen unwohltätigen, unheimlichen Gefühl befangen, ich hätte mich nie in ihrer Nähe wohl und gemütlich befunden . . . .

Ich hätte mich, war ihr Arm und ihre Hand auch noch so schön, niemals von ihr streicheln lassen können, ohne einen gewissen innern Abscheu zu spüren, der mich gewöhnlich des Appetits beraubt – ich sage das nur hündischer Weise!« Ich habe vor fast allen – ehemaligen oder gegenwärtigen – Frauenporträts der Herren Flandrin, Lehmann und Amaury-Duval ganz das Gleiche empfunden wie der geistvolle Berganza, unbeschadet der wirklich gutgemalten schönen Hände, die sie ihnen zu geben wissen, und trotz mancher Galanterie im Detail. Selbst Dulcinea von Toboso, wenn diese Herren sich ihrer annähmen, verließe ihr Atelier durchsichtig und prüde wie eine Elegie, und abgemagert von ästhetischem Tee und Gebäck.

So jedoch, – das muß immer wieder gesagt werden, – hält es Ingres in diesen Dingen nicht, der große Meister!

In dem nach der zweiten Methode verstandenen Porträt hätten DUBUFE der Ältere, WINTERHALTER, LÉPAULLE und Madame Frédérique O'CONNEL mit einer aufrichtigeren Liebe zur Natur und einer ernsthafteren Farbe berechtigten Ruhm erlangen können.

Dubufe wird sich noch lange Zeit das Privileg der eleganten Porträts bewahren; sein natürlicher und fast poetischer Geschmack hilft ihm, seine unzähligen Fehler zu verbergen.
Anzumerken ist, daß die Leute, die über das *Spießbürgerliche* bei Dubufe ein Zetergeschrei erheben, dieselben sind, die von PÉRIGNONS Holzköpfen entzückt sind. Was hätte man Delaroche nicht alles verziehen, wenn man Pérignons Fabrikate vorausgesehen hätte!
Winterhalter ist wirklich heruntergekommen. – Lépaulle ist immer derselbe, gelegentlich ein vortrefflicher Maler, stets ohne Geschmack und gesunden Menschenverstand. – Charmante Augen und Münder, geglückte Arme, – mit Toiletten, vor denen ehrbare Leute die Flucht ergreifen!
Madame O'Connel versteht frei und lebendig zu malen; aber ihrer Farbe fehlt es an Konsistenz. Das ist der unglückselige Fehler der englischen Malerei: viel zu durchsichtig und immer zu sehr verfließend.
Ein vorzügliches Beispiel für die Art Porträtmalerei, deren Gesinnung ich soeben zu kennzeichnen suchte, ist das Frauenporträt von HAFFNER, – in Grau versinkend und vor Geheimnis glänzend, – das im letzten Salon bei allen Kennern so große Hoffnungen weckte. Aber damals war Haffner noch kein Genremaler, der Diaz, Decamps und Troyon zu vereinen suchte.

Man hat den Eindruck, daß Madame E. GAUTIER sich bemüht, ihre Malweise ein wenig weicher zu machen. Sie hat Unrecht.

TISSIER und J. GUIGNET haben ihre sichere und solide Pinselführung und Farbgebung bewahrt. Im allgemeinen haben ihre Porträts das Gute, daß man sie vor allem gerne anschaut, und der erste Eindruck ist immer der wichtigste.

Victor ROBERT, der eine riesige Allegorie von Europa ausgestellt hat, ist gewiß ein guter, mit einer sicheren Hand begabter Maler; aber der Künstler, der das Bildnis eines berühmten Mannes malt, darf sich nicht mit einem oberflächlich gelungenen Farbauftrag zufrieden geben; denn er malt auch das Bildnis des geistigen Menschen. Granier de Cassagnac ist sehr viel häßlicher, oder, wenn man so will, sehr viel schöner. Die Nase vor allem ist breiter, und der reizbare, bewegliche Mund verrät einen Witz und eine Durchtriebenheit, die der Maler übersehen hat. Granier de Cassagnac wirkt kleiner und athletischer – bis in die Stirn hinein. Hier ist die Haltung eher emphatisch, als daß sie die wirkliche Kraft spüren ließe, die seinen Charakter ausmacht. Das ist durchaus nicht das martialische und herausfordernde Gebaren, mit dem er das Leben und all seine Probleme anpackt. Es genügt, ihn gesehen zu haben, wie er seine Zornesblitze hinschleudert, mit zuckender Feder, während der Stuhl unter ihm tanzt, oder sie nur gelesen zu haben, um zu verstehen, daß hier vieles fehlt. Das in einem Halbton verschwimmende Blatt des *Globe* ist eine Kinderei, – oder es hätte ein volles Licht darauf fallen müssen!

Ich hatte immer die Vorstellung, daß L. BOULANGER einen vortrefflichen Stecher abgegeben hätte; er ist ein naiver Handwerker ohne eigene Erfindung, der viel dabei gewinnt, nach anderen zu arbeiten. Seine romantischen Bilder sind schlecht, seine Porträts sind gut, – hell, solide, leicht und schlicht gemalt; und seltsamerweise sehen sie oft wie gute Stiche aus, die nach den Porträts von Van Dyck gearbeitet wurden. Sie haben die dichten Schatten und die weißen Lichtpartien kräftiger Radierungen. Jedesmal, wenn L. Boulanger höher hinaus wollte, ist er ins Pathetische verfallen. Ich halte ihn für ein redliches Gemüt, ruhig und fest, das allein durch das übertriebene Lob der Dichter vom rechten Wege abgebracht werden konnte.

Was soll ich von L. COGNIET, diesem liebenswürdigen Eklektiker, sagen, diesem Maler mit soviel gutem Willen und mit einem so verstörten Geist, daß er, um ein treffendes Porträt von Granet zu malen, darauf verfallen ist, die Granets Gemälden eigentümliche Farbe zu verwenden, – die in der Regel schwarz ist, wie jeder seit langem weiß.

Madame DE MIRBEL ist die einzige Künstlerin, die sich bei dem heiklen Zwiespalt zwischen Geschmack und Wahrheit sehr geschickt zu helfen weiß. Dieser besonderen Redlichkeit und auch des verführerischen Anblicks wegen kommt ihren Miniaturen die Bedeutung großformatiger Malerei zu.

Chic, ein scheußliches, bizarres Wort allerneuster Fabrikation, dessen Orthographie ich nicht einmal kenne*, zu dessen Gebrauch ich mich jedoch genötigt sehe, weil die Künstler es erkoren haben, um eine moderne Ungeheuerlichkeit damit zu kennzeichnen, – *chic* bedeutet: das Fehlen jeglichen Modells und der Natur. Der *chic* ist der Mißbrauch des Gedächtnisses; dabei ist der *chic* eher ein Gedächtnis der Hand als des Kopfes; denn es gibt Künstler, die mit einem tiefen Gedächtnis für Charaktere und Formen begabt sind, – Delacroix oder Daumier, – und die mit dem *chic* nichts zu schaffen haben.

Der *chic* läßt sich mit der Tätigkeit jener Schreibmeister vergleichen, die, mit einer schönen Hand begabt und einer für die einfache oder laufende Kursive zugeschnittenen guten Feder ausgerüstet, geschlossenen Auges, als Schlußschnörkel, unerschrokken einen Christuskopf oder den Hut des Kaisers hinzuwerfen verstehen.

Die Bedeutung des Wortes *poncif* hat viel Gemeinsames mit der des Wortes *chic*. Dennoch findet es vorzüglich auf Gesichtsausdruck und Körperhaltungen Anwendung.

Es gibt Arten des Zornes, die *poncif* sind, Arten des Erstaunens, die *poncif* sind, zum Beispiel das Erstaunen, das durch einen waagrecht ausgestreckten Arm mit abgespreiztem Daumen ausgedrückt wird.

Es gibt im Leben und in der Natur Dinge und Wesen, die *poncif* sind, das heißt, das Resümee vulgärer und banaler Vorstellungen, die man sich von diesen Dingen und Wesen macht; und die deshalb den großen Künstlern ein Greuel sind.

Alles Konventionelle und Traditionelle gehört in den Bereich des *chic* und des *poncif*.

Wenn ein Sänger die Hand aufs Herz legt, so will das gemeinhin besagen: Ich werde sie ewig lieben! – Ballt er die Fäuste und starrt dabei auf den Souffleur oder vor sich auf die Bretter, so

* H. de Balzac schreibt irgendwo: *le chique*.

heißt das: Sterben muß er, der Verräter! – Da haben wir das *poncif*.

XI. ÜBER HORACE VERNET

Und das sind die strengen Grundregeln, von denen dieser Ausbund eines nationalen Künstlers sich leiten läßt, dessen Kompositionen die strohgedeckte Hütte des armen Dorfbewohners wie die Mansarde des fröhlichen Studenten, den Salon der allerelendesten Freudenhäuser wie die Schlösser unserer Könige schmücken. Ich weiß sehr wohl, daß dieser Mann ein Franzose ist, und daß ein Franzose in Frankreich heilig und bewundernswürdig ist, – und dies sogar im Ausland, dem Vernehmen nach; aber eben deshalb hasse ich ihn.

Im gemeinhin gängigen Sinn heißt Franzose soviel wie Vaudevillist, und ein Vaudevillist ist ein Mensch, dem bei Michelangelo schwindlig wird und der vor einem Delacroix erstarrt wie ein vom Donnerschlag gerührtes Tier. Alles Abgründige, in die Höhe hinauf, in die Tiefe hinab, läßt ihn vorsichtig die Flucht ergreifen. Das Erhabene kommt ihm immer vor, als wäre da ein Aufstand ausgebrochen, und selbst seinem Molière nähert er sich nur zitternd und weil man ihm eingeredet hat, das sei ein lustiger Autor.

Mit Ausnahme des Herrn Vernet hassen deshalb alle ehrenwerte Leute in Frankreich den Franzosen. Ideen braucht dieses unruhige Volk nicht, sondern Tatsachen, historische Berichte, Couplets und den *Moniteur!* Das ist alles: Abstraktionen, niemals! Der Franzose hat große Dinge vollbracht, doch ohne sich ihrer bewußt zu sein. Man hatte sie ihm befohlen.

Horace Vernet ist ein Militär, der malt. – Ich hasse diese bei Trommelschlägen improvisierte Kunst, diese im Galopp gepinselten Bilder, diese mit Pistolenschüssen fabrizierte Malerei, wie ich die Armee hasse, die bewaffnete Macht, und alle, die an einem friedlichen Ort lärmende Waffen mit sich herumschleifen. Diese ungeheure Popularität, die im übrigen nicht länger währen wird als der Krieg, und die in dem gleichen Maße abnehmen wird, als die Völker sich an anderen Dingen erfreuen werden, – diese Popularität, diese *vox populi, vox Dei* ist für mich ein Albdruck.

Ich hasse diesen Mann, weil seine Bilder überhaupt keine Malerei sind, sondern eine häufige, behende Masturbation, eine Reizung der französischen Epidermis; – ebenso wie ich einen anderen großen Mann hasse, jenen freudlosen Mucker, der sich das Konsulat erträumt hat und der das Volk für seine Liebe nur mit abgeschmackten Versen belohnt hat, mit Versen voller Barbarismen und Solözismen, doch auch voller Bürgertugend und Patriotismus.

Ich hasse ihn, weil er ein Sonntagskind ist*, und weil die Kunst ihm sonnenklar und kinderleicht vorkommt. – Aber er erzählt euch euren Ruhm, und das ist doch die Hauptsache. – Was kümmert das den enthusiastischen Reisenden, den kosmopolitischen Geist, dem das Schöne wichtiger ist als der Ruhm?

Um Horace Vernet unmißverständlich zu definieren: er ist ganz und gar das Gegenteil des Künstlers; statt der Zeichnung liefert er uns den *chic,* statt der Farbe eine Katzenmusik und statt der Einheit Episoden; er malt Meissoniers so groß wie die Welt.

Schließlich ist Horace Vernet, um seine öffentliche Mission zu erfüllen, mit zwei hervorragenden Eigenschaften ausgestattet, eine entlastende, und eine bereichernde: er ist ohne jede Leidenschaft und besitzt ein Gedächtnis wie ein Almanach!** Wer weiß besser als er, wieviel Knöpfe an jeder Uniform sind, welche Form

* *Parce qu'il est né coiffé.* Ein Ausdruck Fourniers, der sich auf fast alle Romanschriftsteller und Geschichtsschreiber anwenden läßt, die jetzt in Mode und die doch, wie Horace Vernet, kaum mehr als Feuilletonisten sind.

** »Das eigentliche Gedächtnis, höher genommen, besteht, glaube ich, auch nur in einer sehr lebendigen, regsamen Phantasie, die jedes Bild der Vergangenheit mit allen individuellen Farben und allen zufälligen Eigenheiten im Moment der Anregung hervorzuheben vermag. Wenigstens hörte ich dies von einem meiner gewesenen Herren behaupten, der ein erstaunliches Gedächtnis hatte, unerachtet er selten Namen und Jahreszahlen behielt. – Er hatte recht, dein Herr, und also möcht' es sich auch mit Worten und Reden, die tief ins Gemüt drangen, und die man im innersten tiefsten Sinn aufnahm, anders verhalten, als mit auswendig gelernten Vokabeln.« – E.T.A. Hoffmann.

nach zahlreichen Märschen eine Gamasche oder ein ausgetretener Stiefel annimmt? an welcher Stelle des Lederzeugs das Kupfer der Waffen einen Fleck Grünspan hinterläßt? Daher denn auch der Zulauf des Publikums, das sich vor Freude gar nicht zu fassen weiß! Soviele Sorten Publikum, wie es verschiedener Handwerke bedarf, um Waffenröcke herzustellen, Tschakos, Säbel, Gewehre und Kanonen! Und all diese Zünfte vereinigen sich vor einem Horace Vernet in der gemeinsamen Liebe zum Ruhm! Welch ein Schauspiel!

Als ich eines Tages einigen Deutschen ihre Vorliebe für Scribe und Horace Vernet vorwarf, bekam ich zur Antwort: »Wir bewundern in Horace Vernet den vollkommensten Vertreter seines Zeitalters.« – Bravo!

Man erzählt, Horace Vernet habe eines Tages Peter von Cornelius einen Besuch gemacht und ihn mit Komplimenten überschüttet. Die Gegenleistung aber ließ auf sich warten; denn Peter von Cornelius beglückwünschte ihn nur ein einziges Mal während der ganzen Zusammenkunft – zu der Menge Champagner, die er ohne Beschwernisse in sich aufnehmen konnte. – Wahr oder erfunden, besitzt diese Geschichte alle poetische Wahrscheinlichkeit.

Da sage einer noch, die Deutschen seien ein naives Volk!

Manch einer, der, wenn er jemand heruntermachen möchte, den gewundenen Stil vorzieht und der Horace Vernet nicht mehr als ich liebt, wird mich hier unbeholfen schelten. Rücksichtslosigkeit und Unverblümtheit sind jedoch keineswegs unklug, wenn in jedem Satz das *ich* ein *wir* einschließt, ein unermeßliches *wir*, ein schweigendes und unsichtbares *wir* – *wir*, eine ganze neue Generation, die den Krieg und die nationalen Dummheiten verabscheut; eine Generation voller Gesundheit, weil sie jung ist, und die schon nachdrängt, sich ihrer Ellbogen bedient und hie und da die Reihen sprengt, – ernsthaft, spöttisch und drohend!*

* So ermuntern alle Bilder Horace Vernets uns zu dem Liedchen:

Vous n'avez qu'un temps à vivre,
Amis, passez-le gaiement.

Eine typisch französische Fröhlichkeit.

Zwei weitere Vignetten-Macher und große Anbeter des *chic* sind GRANET und Alfred DEDREUX; aber sie wenden ihre Improvisationsgabe auf sehr verschiedene Gattungen an: Granet auf die Religion, Dedreux auf die fashionable Welt. Der eine malt Mönche, der andre Pferde; aber der eine ist düster, der andre hell und strahlend. Für Alfred Dedreux spricht, daß er malen kann und daß seine Bilder lebhaft und frisch wie Theaterdekorationen aussehen. Man darf annehmen, daß er sich bei den Sujets, die seine Spezialität sind, etwas mehr um die Natur bemüht; denn seine Studien mit laufenden Hunden sind wirklichkeitsnäher und solider. Seine *Jagdbilder* haben das Komische an sich, daß hier die Hunde die Hauptrolle spielen und jeder leicht vier Pferde fressen könnte. Sie erinnern an die Hammel auf Jouvenets *Händlern im Tempel*, die Jesus fast den Rang streitig machen.

XII. ÜBER DEN EKLEKTIZISMUS UND DEN ZWEIFEL

Wir befinden uns, wie man sieht, im Siechenhaus der Malerei. Wir rühren an die Wunden und Krankheiten; und diese hier ist keineswegs selten und auch nicht ohne Ansteckungsgefahr.
In unserem wie in früheren Jahrhunderten, heute wie ehemals, teilen sich die Starken und Gesunden, jeder nach seinem Geschmack und Temperament, in die verschiedenen Bereiche der Kunst und üben sich darin in voller Freiheit unter dem Gesetz, das die Arbeit, die sie reizt, ihnen auferlegt. Die einen halten mit vollen Händen eine leichte Lese in den herbstgoldenen Weingärten der Farbe; die andern ackern geduldig und ziehen mühevoll die tiefe Furche der Zeichnung. Jeder dieser Männer hat verstanden, daß sein Königtum ein Opfer war, und daß nur unter dieser Vorbedingung seine Herrschaft gesichert war bis an die Grenzen seines Reiches. Jeder von ihnen trug ein Schild an seiner Krone, und die Worte, die auf diesem Schild geschrieben stehen, sind für alle Welt sichtbar. Keiner unter ihnen zweifelt an seinem Königs-

tum, und auf diesem unerschütterlichen Glauben beruht ihr Ruhm und ihre heitere Gelassenheit.
Selbst Horace Vernet, dieser abscheuliche Vertreter des *chic*, hat das Verdienst, kein Zweifler zu sein. Er ist ein wohlgelaunter Mann, zu Scherz und Spaß aufgelegt; er bewohnt ein künstliches Land, in dem die Akteure aus dem gleichen Karton gemacht sind wie die Kulissen; aber er ist doch der Herrscher in seinem Königreich der Paraden und Vergnügungen.
Der Zweifel, der heutzutage in der sittlichen Welt die vornehmste Ursache aller krankhaften Zustände ist und der schlimmere Verheerungen denn je anrichtet, hängt von tieferen Gründen ab, die ich in dem vorletzten Kapitel »Von den Schulen und den Arbeitern« untersuchen werde. Der Zweifel hat den Eklektizismus erzeugt, denn die Zweifler waren voll guten Willens, sich zu retten.
Der Eklektizismus hat sich, wann immer er auftrat, stets für bedeutender gehalten als die früheren Lehren, weil er als Letztgekommener die fernsten Horizonte überblicken konnte. Aber diese Unparteilichkeit beweist die Ohnmacht der Eklektiker. Leute, die sich soviel Zeit gönnen, über alles nachzudenken, sind keine vollständigen Menschen; ihnen fehlt eine Leidenschaft.
Die Eklektiker haben nicht bedacht, daß die menschliche Aufmerksamkeit um so stärker ist, je begrenzter sie ist und je mehr sie ihr Beobachtungsfeld einschränkt. Schlecht faßt, wer nach zu vielem greift.
Vor allem in den schönen Künsten hat der Eklektizismus die sichtbarsten, handgreiflichsten Folgen gehabt, weil die Kunst, um tief zu sein, eine fortwährende Idealisierung fordert, die nur durch das Opfer – ein unwillkürliches Opfer – erreicht wird.
Ein Eklektiker mag noch so geschickt sein, er ist ein schwacher Mensch; denn er ist ein Mensch ohne Liebe. Folglich besitzt er kein Ideal, keine entschiedene Richtung; – weder Stern noch Kompaß.
Er vermengt vier verschiedene Verfahrensarten, die sich gegenseitig aufheben und auf eine Negation hinauslaufen.
Ein Eklektiker ist ein Schiff, das mit vier Winden segeln möchte.
Die Mängel eines Werkes, das unter einem ausschließlichen Ge-

sichtspunkt geschaffen wurde, mögen noch so groß sein, es übt doch immer einen großen Reiz auf die dem Künstler verwandten Temperamente aus.
Das Werk eines Eklektikers hinterläßt keine Erinnerung.
Ein Eklektiker weiß nicht, daß die erste Aufgabe eines Künstlers darin liegt, den Menschen an die Stelle der Natur zu setzen und gegen sie zu protestieren. Dieser Protest erfolgt nicht aus einer vorgefaßten Meinung, nicht kaltblütig, wie man ein Gesetzbuch oder eine Rhetorik verfaßt; er ist hingerissen, unbefangen, wie das Laster, wie die Leidenschaft, wie der Appetit. Ein Eklektiker ist folglich kein Mensch.
Der Zweifel hat gewisse Künstler dahin gebracht, daß sie alle übrigen Künste zu Hilfe rufen. Die Versuche, sich widersprüchlicher Mittel zu bedienen, die Übergriffe einer Kunst in die andere, die Einführung von Poesie, Geist und Gemüt in die Malerei, all diese modernen Jämmerlichkeiten sind die spezifischen Laster der Eklektiker.

XIII. VON ARY SCHEFFER UND VON DEN SENTIMENTALEN AFFEN

Ein verhängnisvolles Beispiel dieser Methode, wenn man das Fehlen jeglicher Methode so nennen darf, ist ARY SCHEFFER.
Nachdem er Delacroix nachgeahmt, nachdem er die Koloristen, die französischen Zeichner und Overbecks neuchristliche Schule nachgeäfft hatte, wurde Ary Scheffer – mit einiger Verspätung freilich – gewahr, daß er nicht zum Maler geboren war. So sah er sich denn genötigt, zu anderen Mitteln zu greifen; und er bat die Poesie um Schutz und Hilfe.
Ein lächerlicher Irrtum, aus zwei Gründen: einmal ist die Poesie nicht das unmittelbare Ziel des Malers; ergibt es sich, daß sie dem Werk beigemischt ist, so gewinnt dieses an Wert, aber sie ist außerstande, seine Schwächen zu verbergen. Bei der Konzeption eines Bildes die Poesie im Auge zu haben, ist der sicherste

Weg, sie zu verfehlen. Sie muß sich ohne Vorwissen des Künstlers einstellen. Sie ist das Ergebnis der Malerei selbst; denn sie liegt in der Seele des Betrachters, und das Genie besteht darin, sie dort zu wecken. Die Malerei wirkt nur durch Farbe und Form; sie gleicht der Poesie nur insofern, als diese in dem Leser malerische Vorstellungen weckt.

Zum andern, und das folgt aus dem eben Gesagten, darf man feststellen, daß die großen Künstler, die ihr Instinkt immer auf das Rechte leitet, den Dichtern stets nur sehr farbenkräftige und anschauliche Themen entnommen haben. Weshalb sie Shakespeare dem Ariost vorziehen.

Betrachten wir nun, um ein schlagendes Beispiel für Ary Scheffers Torheit zu wählen, das Sujet des Bildes mit dem Titel *Der heilige Augustin und die heilige Monika.* Ein wackerer spanischer Maler hätte, mit der doppelten Frömmigkeit von Kunst und Religion, einfältig nach besten Kräften die allgemeine Vorstellung gemalt, die er von dem heiligen Augustin und der heiligen Monika hatte. Aber darum geht es nicht; folgende Stelle vor allem soll – mit Pinsel und Farbe – ausgedrückt werden: »Wir forschten gemeinsam, was jenes ewige Leben sein wird, *das kein Auge gesehen, das kein Ohr gehört hat, und das in keines Menschen Herz gekommen ist!«* Das ist der Gipfel der Albernheit. Es kommt mir vor, als sähe ich einen Tänzer eine mathematische Demonstration tanzen!

Früher war das Publikum Ary Scheffer wohlgesonnen; es fand in diesen *poetischen* Bildern seine liebsten Erinnerungen aus großen Dichtern wieder, und das genügte ihm. Ary Scheffers kurze Beliebtheit war eine Huldigung zu Goethes Angedenken. Aber die Künstler, selbst die von mittelmäßiger Originalität, haben dem Publikum seit langem wahre Malerei gezeigt, die mit sicherer Hand und nach den einfachsten Regeln der Kunst ausgeführt ist: so wurde es der unsichtbaren Malerei nach und nach überdrüssig und ist Ary Scheffer gegenüber heute grausam und undankbar. Und es tut recht daran!

Diese Malerei ist im übrigen so erbärmlich, so trübsinnig, so unbestimmt und so schmutzig, daß viele Leute Ary Scheffers Gemälde mit denen HENRY SCHEFFERS, eines anderen Girondisten

der Kunst, verwechselt haben. Auf mich wirken sie wie Bilder von Delaroche, über die ein Platzregen niedergegangen ist.
Um die Bedeutung eines Künstlers zu erkennen, gibt es ein einfaches Verfahren: man untersucht sein Publikum. Eugène Delacroix hat die Maler und Dichter für sich; Decamps die Maler; Horace Vernet die Garnisonen, und Ary Scheffer die ästhetischen Frauenzimmer, die religiöse Musik machen, um sich für ihre bleichen Menses zu entschädigen.*

Die sentimentalen Affen sind im allgemeinen schlechte Künstler. Andernfalls brächten sie etwas anderes als bloße Empfindsamkeiten zustande.
Die besten unter ihnen sind noch die, welche sich auf das Hübsche verstehen.
Da das Gefühl etwas unendlich Veränderliches und Vielfältiges ist, wie die Mode, so gibt es verschiedene Sorten sentimentaler Affen.
Der sentimentale Affe zählt vor allem auf den Ausstellungskatalog. Anzumerken ist hier, daß der Titel des Gemäldes nie das Sujet erkennen läßt, vor allem bei denen, die, in einer angenehmen Mischung von Scheußlichkeiten, das Gefühlvolle mit dem Geistreichen verbinden. Treibt man diese Methode weiter, so gelangt man zum sentimentalen Rebus.
So findet man in dem Ausstellungskatalog etwa: *Arme Spinnerin!* Und dann stellt das Bild unter Umständen einen weiblichen Seidenwurm dar oder eine Raupe, die von einem Kind zertreten wird. »Dies Alter ist erbarmungslos ... «
Heute und Morgen. – Was ist das? Vielleicht die weiße Fahne und die Trikolore; vielleicht auch ein triumphierender Abgeordneter, und derselbe nach seinem Sturz. Nein, – eine blühende Jungfrau, die, zur Würde der Lorette befördert, mit Juwelen und

* Denjenigen, die an meinem heiligen Zorn hie und da wohl Anstoß genommen haben, empfehle ich die Lektüre von Diderots *Salons*. Unter anderen Beispielen wohlverstandener Nächstenliebe, werden sie dort lesen, daß der große Philosoph, als man ihm einen Maler empfahl, weil dieser eine Familie zu ernähren hatte, sagte, man solle entweder die Gemälde oder die Familie abschaffen.

Rosen spielt, und die jetzt, verwelkt und ausgemergelt, auf dem Stroh die Folgen ihres Leichtsinns trägt.

Der Indiskrete. – Ich bitte zu raten. – Das Bild stellt einen Herrn dar, wie er zwei errötende junge Mädchen überrascht, die ein Album mit schlüpfrigen Darstellungen betrachten.

Dieses Gemälde gehört zur Klasse der Bilder, die das *sentiment Louis XV* pflegen und die sich, glaube ich, im Gefolge des *Urlaubs auf zehn Stunden* in den Salon eingeschlichen haben. Hier haben wir es offensichtlich mit einer ganz anderen Art von Gefühlen zu tun: diese sind weniger mystisch.

Im allgemeinen sind die sentimentalen Bilder den letzten Poesien irgendeines Blaustrumpfs entnommen, ein melancholisch verschleiertes Genre; oder sie sind eine bildliche Übersetzung des Geschreis der Armen gegen die Reichen, ein protestierendes Genre; oder sie sind der Weisheit der Völker entlehnt, ein geistreiches Genre; mitunter auch den Werken Bouillys oder Bernardin de Saint-Pierres, ein moralisierendes Genre.

Hier noch einige Beispiele sentimentaler Bilder: *Liebe auf dem Land,* Glück, Stille, Ruhe, und *Liebe in der Stadt,* Schreie, Unordnung, umgeworfene Stühle und Bücher: eine Metaphysik, wie sie der Fassungskraft einfacher Menschen entspricht.

Das Leben eines jungen Mädchens in vier Abteilungen. – Winke für jene, die eine Neigung zur Mutterschaft haben.

Das Almosen einer törichten Jungfrau. – Sie gibt dem ewigen Savoyarden, der an der Tür von Félix Wache steht, einen Groschen, den sie im Schweiße ihres Angesichts verdient hat. Im Innern des Hauses mästen die Reichen des Tages sich mit Leckerbissen. Hier hat wohl das literarische Genre *Marion Delorme* Pate gestanden, das darin besteht, uns die Tugend der Mörder und öffentlichen Mädchen zu predigen.

Wie geistreich die Franzosen doch sind, und welche Mühe sie sich geben, um sich selbst zu betrügen! Bücher, Bilder, Romanzen, nichts bleibt unbenützt, kein Mittel wird von diesem charmanten Volk vernachlässigt, wenn es darum geht, *sich selber etwas vorzumachen.*

Der Zweifel kleidet sich in eine Vielfalt von Formen; er ist ein Proteus, der sich oft selbst nicht kennt. So geht die Verschiedenartigkeit der Zweifler ins Unendliche, und ich sehe mich genötigt, mehrere Individuen in einen Packen zu tun, die nichts gemeinsam haben, als daß ihnen allen eine kräftig entwickelte Individualität fehlt.

Es gibt ernsthafte Künstler unter ihnen, voll eines guten Willens; beklagen wir sie.

So hat PAPETY, den einige, vor allem seine Freunde, nach seiner Rückkehr aus Rom für einen Koloristen hielten, ein Bild gemacht, das einen höchst widrigen Anblick bietet, – *Solon, seine Gesetze diktierend;* – und das – vielleicht weil es zu hoch angebracht ist, als daß man die Einzelheiten genauer betrachten könnte, – an die lächerlichen Nachzügler der kaiserlichen Schule erinnert.

Zwei Jahre hintereinander bietet uns Papety nun schon, in dem nämlichen Salon, Gemälde von gänzlich verschiedenem Aussehen.

GLAIZE kompromittiert, was er anfangs versprach, durch Werke, deren Stil gewöhnlich und deren Komposition verworren ist. Jedesmal, wenn er etwas anderes machen soll als eine Frauenstudie, mißrät es ihm. Glaize glaubt, wenn man ausschließlich gewisse Töne wähle, werde man Kolorist. Die Straßenhändler, die ihre Stoffe auslegen, und die Gewandmeister am Theater finden gleichfalls Geschmack an reichen Tönen; aber das erzeugt noch keinen harmonischen Geschmack.

In dem *Blut der Venus* ist die Venus hübsch, zart und gut in der Bewegung; aber die Nymphe, die ihr gegenüber kauert, von einem schrecklichen *poncif.*

Hinsichtlich der Farbe verdient MATOUT dieselben Vorwürfe. Auch sollte ein Künstler, der sich einst als Zeichner vorgestellt hat und der vor allem auf eine harmonische Linienführung bedacht war, es vermeiden, einer Gestalt derart unwahrscheinliche

Bewegungen des Halses und der Arme zuzumuten. Sollte die Natur es so wollen, so darf der idealistische Künstler, der seinen Prinzipien die Treue halten möchte, dem doch nicht zustimmen.

CHENAVARD ist ein Künstler von eminenter Gelehrsamkeit und verbissenem Fleiß. Vor einigen Jahren fiel sein *Martyrium des heiligen Polykarp* auf, das er zusammen mit COMAIRAS gemalt hatte. Dieses Bild verriet ein wirkliches Wissen um die Komposition und eine gründliche Kenntnis aller italienischen Meister. Dieses Jahr hat Chenavard abermals seinen Geschmack in der Wahl des Sujets und seine Geschicklichkeit als Zeichner bewiesen; aber wenn man schon gegen Michelangelo kämpft, wäre es nicht angebracht, ihn wenigstens in der Farbgebung zu übertreffen?

A. GUIGNET hat immer zwei Männer im Sinn: Salvator und Decamps. Herr Salvator Guignet malt mit Sepia. Herr Guignet Decamps ist eine durch diese Verdoppelung verminderte Entität. – Die *Condottieri nach einer Plünderung* sind in der ersten Manier ausgeführt; *Xerxes* nähert sich der zweiten. – Im übrigen ist dieses Bild recht gut komponiert, wäre da nicht diese Vorliebe für das Gelehrte und Ausgefallene, die den Betrachter stutzig machen, ihn belustigen und von dem Hauptgedanken ablenken; dies ist auch der Fehler der *Pharaonen*.

BRUNE und GIGOUX sind schon seit langem geschätzte Maler. Selbst in seiner guten Zeit hat Gigoux kaum mehr als riesige Vignetten geliefert. Nach vielen Fehlschlägen hat er uns schließlich ein Bild gezeigt, das, wenn es auch nicht sehr originell ist, doch zumindest einen angenehmen Anblick bietet. *Die Vermählung der Jungfrau Maria* scheint das Werk eines jener zahlreichen Meister der florentiner Dekadenz zu sein, der sich plötzlich der Farbe zugewandt hätte.

Brune erinnert an die Carracci und die eklektischen Maler der zweiten Epoche: eine solide Manier, aber wenig oder keine Seele; – keine großen Fehler, aber keine große Qualität.

Wenn es Zweifler gibt, die uns Interesse einflößen, so gibt es darunter auch groteske Erscheinungen, die das Publikum alle Jahre mit dem gleichen bösartigen Vergnügen wiedersieht, das der gelangweilte Flaneur empfindet, wenn das übersteigert Häßliche ihm einige Augenblicke der Zerstreuung verschafft.

BARD, der kühlen Kopfes Verrücktheiten ausheckt, scheint wirklich unter der Last zusammenzubrechen, die er sich selber aufgebürdet hat. Von Zeit zu Zeit findet er zu seiner natürlichen Manier zurück, die eine Allerweltsmanier ist. Man hat mir gesagt, der Maler der *Charonsbarke* sei ein Schüler von Horace Vernet.

BIARD ist ein universaler Mensch. Demnach wäre er jemand, der überhaupt keinen Zweifel kennt und der mehr als jeder andere seiner Sache gewiß ist; man bemerke jedoch, daß es unter diesem ganzen schrecklichen Gepäck – Historienbilder, Reisebilder, sentimentale Bilder, geistreiche Bilder – ein Genre gibt, das er vernachlässigt hat. Biard ist vor dem religiösen Bild zurückgeschreckt. Er ist doch noch nicht genügend von seinem Verdienst überzeugt.

XV. VON DER LANDSCHAFTSMALEREI

Man kann die Landschaftsmalerei, wie das Porträt und das Historienbild, je nach dem angewandten Verfahren in verschiedene Gruppen aufteilen: so gibt es Landschaftsmaler, die Koloristen, andere, die Zeichner sind, und solche, die schöpferische Phantasie besitzen; Naturalisten, die, ohne es zu wissen, idealisieren, und Anhänger des *poncif*, die einer seltsamen Sondergattung frönen, das man die *historische* Landschaft nennt.
Während der romantischen Revolution widmeten sich die Landschaftsmaler, dem Vorbild der berühmtesten Flamen folgend, ausschließlich dem Studium der Natur; das rettete sie und verlieh der Schule der modernen Landschaftsmalerei ihren besonderen Reiz. Ihre Begabung bestand vor allem in einer unaufhörlichen

Anbetung der sichtbaren Schöpfung, in all ihren Erscheinungsformen und all ihren Einzelheiten.
Andere, denkendere und nachdenklichere Köpfe, bemühten sich vor allem um den Stil, das heißt um die Harmonie der Hauptlinien, um die Architektur der Natur.
Was die Phantasielandschaft anbelangt, in welcher der Mensch seinen Träumen Ausdruck verschafft und sein Ich an die Stelle der Natur setzt, so wurde sie wenig gepflegt. In diesem seltsamen Genre, von dem Rembrandt, Rubens, Watteau und einige englische Geschenk-Alben die besten Beispiele bieten, und das im kleinen den schönen Operndekorationen entspricht, kommt das natürliche Bedürfnis nach dem Wunderbaren zur Geltung. Hier bemächtigt sich die zeichnerische Phantasie der Landschaft: wunderbare Gärten, unendliche Horizonte, Wasserläufe von mehr als natürlicher Klarheit, die die Gesetze der Topographie mißachten, nach idealen Proportionen aufgetürmte gigantische Felsen, traumhaft schwebende Nebel. Die Phantasielandschaft hat bei uns nur selten einen Künstler begeistert, sei es, weil diese Frucht auf französischem Boden kaum gedeiht, sei es, weil die Schulmalerei vor allem eines Genesungsbades in den reinen Quellen der Natur bedurfte.
Über die historische Landschaft möchte ich hier nur ein paar Worte als eine Art Totenmesse sagen. Sie ist weder freies Spiel der Phantasie, noch die bewundernswürdige Unterwürfigkeit der Naturalisten: sie ist die auf die Natur angewandte Moral.
Welcher Widerspruch und welche Ungeheuerlichkeit! Die Natur hat keine andere Moral als die Tatsachen, weil sie die Moral selbst ist: und dennoch gilt es, ihre Gestaltungen zu erneuern, sie nach gesünderen, reineren Regeln zu ordnen, – Regeln, die nicht in der reinen Begeisterung für das Ideal zu finden sind, sondern in seltsamen Geheimvorschriften, die die Eingeweihten niemandem zeigen.
So besteht das Wesen der Tragödie, – dieses von den Menschen vergessenen Genres, das einem nur hie und da noch in der Comédie-Française begegnet, diesem ödesten Theater der Welt, – es besteht darin, gewisse ewige Musterbilder auszuschneiden, als da sind die Liebe, der Haß, die Kindesliebe, der Ehrgeiz usw.,

und sie, an Fäden hängend, in Bewegung zu setzen, daß sie nach einer geheimnisvollen heiligen Etikette einherschreiten, einander grüßen, sich niedersetzen und unterreden. Niemals, und nähme man Hammer und Meißel zu Hilfe, wäre das Hirn eines Tragödiendichters bereit, den Gedanken der unendlichen Vielfalt in sich aufzunehmen, und wenn man ihn auch schlüge oder tötete, er sähe nicht ein, daß es verschiedene Möglichkeiten des sittlichen Verhaltens geben muß. Hat man tragische Gestalten jemals essen und trinken sehen? Offensichtlich haben diese Leute sich anstelle natürlicher Bedürfnisse die Moral angeschafft, und sie haben sich ihr Temperament erfunden, während die meisten Menschen von dem ihrigen getrieben werden. Ich habe einen Dichter, der gewöhnlich für die Comédie-Française schreibt, sagen hören, Balzacs Romane drückten ihm das Herz ab und widerten ihn an; ihm sei es unverständlich, wie Liebende von etwas anderem leben könnten als von dem Duft der Blumen und von Tränen der Morgenröte. Es scheint mir an der Zeit zu sein, daß die Regierung hier nach dem rechten sieht; denn wenn die Schriftsteller, deren jeder seinen Traum und seine Mühsal hat, und für die es keinen Sonntag gibt, von Natur aus nicht auf die Tragödie verfallen, so gibt es anderseits eine gewisse Sorte von Leuten, denen man eingeredet hat, die Comédie-Française sei das Heiligtum der Kunst, und deren bewundernswürdige Gutwilligkeit um einen Tag von sieben geprellt wird. Darf man einigen Bürgern vernünftigerweise gestatten, sich falsche Ideen zuzuziehen und zu verdummen? Aber es hat den Anschein, als kämpften Götter selbst vergebens gegen die Tragödie und die historische Landschaft.

Der Leser wird nunmehr begreifen, wie eine gute tragische Landschaft aussieht. Sie ist aus Schablonen zusammengesetzt: Schablonen von Bäumen, Brunnen, Gräbern und Graburnen. Die Hunde sind nach einem gewissen Schnittmuster »historischer Hund« verfertigt, und ein historischer Hirte, der etwas auf sich hält, kann sich keinen anderen gestatten. Jeder unmoralische Baum, der sich die Freiheit herausgenommen hat, ganz allein und nach seiner Art zu wachsen, wird unweigerlich gefällt; jeder Tümpel mit Kröten oder Kaulquappen wird unerbittlich zugeschüttet. Die historischen Landschaftsmaler, die, einiger natürlicher läßlicher Sünden halber, Gewissensbisse verspüren, stellen sich die Hölle wie eine wirkliche Landschaft vor, mit einem klaren Himmel und einer freien, reichen Natur: etwa eine Savanne oder ein Urwald.

Paul FLANDRIN, DESGOFFES, CHEVANDIER und TEYTAUD sind Männer, die sich den Ruhmestitel erworben haben, gegen den Geschmack einer Nation anzukämpfen.
Ich weiß nicht, wo die historische Landschaft ihren Ursprung hat. Gewiß nicht bei Poussin; denn bei diesen Herren gilt er als ein verdorbener, ausschweifender Geist.

ALIGNY, COROT und CABAT sind angelegentlich um den Stil bemüht. Aber was bei Aligny einer wohldurchdachten leidenschaftlichen Entscheidung entspringt, ist bei Corot unbefangene Gewohnheit und natürliche Geisteshaltung. Leider hat er dieses Jahr nur eine einzige Landschaft ausgestellt: Kühe, die an einem Weiher im Wald von Fontainebleau zur Tränke kommen. Corot ist eher Harmonist als Kolorist; und seine Kompositionen, denen jede Pedanterie fehlt, verführen eben durch die Schlichtheit der Farbe. Fast allen seinen Werken ist die besondere Gabe der Einheit zugefallen, – jener Einheitlichkeit, deren die Erinnerung bedarf.
Aligny hat sehr schöne Ansichten von Korinth und Athen radiert. Sie zeigen diese Dinge genau so, wie man sie sich vorstellt. Diese harmonischen Gedichte aus Stein entsprechen im übrigen Alignys ernstem und idealistischem Talent, ebenso wie die Methode, deren er sich zu ihrer Übersetzung bedient hat.
Cabat hat völlig den Weg verlassen, auf dem er zu so großem Ansehen gelangt war. Ohne sich auf die prahlerischen Glanzstücke gewisser naturalistischer Landschaftsmaler zu verlegen, war er früher sehr viel strahlender und naiver. Er hat wirklich Unrecht, sich nicht mehr, wie einst, auf die Natur zu verlassen. Er ist ein Mann von zu großem Talent, als daß alle seine Kompositionen nicht ein besonderes Gepräge trügen; aber dieser Jansenismus jüngsten Datums, diese Verringerung seiner Mittel,

dieser willentliche Verzicht können zu seinem Ruhme nicht beitragen.
Ganz allgemein kann Ingres' Einfluß auf die Landschaftsmalerei keine befriedigenden Ergebnisse zeitigen. Linie und Stil sind kein Ersatz für Licht, Schatten, Reflexe und farbliche Atmosphäre, – lauter Dinge, die eine zu große Rolle in der Poesie der Natur spielen, als daß sie sich dieser Methode bequemte.

Die Anhänger der Gegenseite, die Naturalisten und Koloristen, sind sehr viel beliebter und haben sich sehr viel glanzvoller hervorgetan. Eine reiche und üppige Farbgebung, helle, leuchtende Himmel, eine besondere Redlichkeit, aus der heraus sie alles, was die Natur gibt, gelten lassen, sind ihre vornehmsten Qualitäten: nur daß einige unter ihnen, wie TROYON, an den Spielen und Sprüngen ihres Pinsels allzu viel Vergnügen empfinden. Diese sattsam bekannten, mühsam einstudierten und eintönig triumphierenden Mittel beschäftigen den Betrachter manchmal mehr als die Landschaft selbst. Mitunter treibt ein unerwarteter Schüler, wie Charles LE ROUX, in solchen Fällen die Sicherheit und Kühnheit sogar noch weiter; denn nur eines ist unnachahmbar: die Unbefangenheit.

COIGNARD hat eine große, recht schöne Landschaft ausgestellt, die eine starke Anziehung auf das Publikum ausgeübt hat; – im Vordergrund zahlreiche Kühe und, im Hintergrund, ein Waldrand. Die Kühe sind stattlich und gut gemalt, das Ganze macht einen guten Eindruck; doch glaube ich nicht, daß diese Bäume kräftig genug sind, einen solchen Himmel zu ertragen. Der Verdacht drängt sich auf, wenn man die Kühe wegnähme, würde die Landschaft sehr häßlich.

FRANÇAIS ist einer der vortrefflichsten Landschaftsmaler. Er versteht sich auf das Studium der Natur und weiß, wie man einen Hauch echter Romantik darüber verbreitet. Seine *Studie von Saint-Cloud* ist liebenswert und geschmackvoll, mit Ausnahme der Flöhe, die Meissonnier hineingesetzt hat und die eine Geschmacksverirrung sind. Sie nehmen die Aufmerksamkeit allzu sehr in Anspruch und ergötzen die Einfaltspinsel. Ansonsten sind sie mit der diesem Künstler eigenen Perfektion im Kleinen und Kleinsten gemalt.*

FLERS hat leider nur Pastelle eingesandt. Das Publikum und er selbst sind die Leidtragenden.

HÉROULT ist einer von denen, deren besondere Aufmerksamkeit dem Licht und der Atmosphäre gilt. Sehr gut gelingen ihm die hellen, heiteren Himmel und die ziehenden Nebel, die ein Sonnenstrahl durchbricht. Er kennt diese ganze eigentümliche Poesie der nordischen Länder. Aber seiner etwas weichen und flüssigen Farbgebung merkt man an, daß er vom Aquarell herkommt, und wenn er sich auch der Verwegenheiten der übrigen Landschaftsmaler enthalten hat, so besitzt er doch nicht immer eine genügende Entschiedenheit des Pinselstrichs.

JOYANT, CHACATON, LOTTIER und BORGET holen ihre Motive meist aus fremden Ländern, und man sieht ihre Bilder mit dem gleichen Vergnügen, wie man Reiseschilderungen liest.
Ich bin nicht gegen die Spezialitäten; aber man sollte es doch nicht so übertreiben wie Joyant, der den Markus-Platz niemals verlassen hat und niemals über den Lido hinausgekommen ist. Daß Joyants Spezialität mehr als eine andere die Augen auf sich lenkt, liegt wohl an der eintönigen Perfektion, die er immer wieder zuwege bringt und stets den gleichen Mitteln verdankt. Ich habe den Eindruck, Joyant hat niemals Fortschritte machen können.

* Endlich habe ich jemand gefunden, dem es gelungen ist, seine Bewunderung für Meissonniers Bilder aufs treffendste auszudrücken, und mit einer Begeisterung, die der meinen völlig gleichkommt: Hippolyte Babou. Wie er bin auch ich der Ansicht, daß man sie sämtlich in den Theaterhimmel des Gymnase hängen sollte. – »*Geneviève* oder *Die väterliche Eifersucht* ist ein entzückender kleiner Meissonnier, den Herr Scribe in dem Theaterhimmel des Gymnase aufgehängt hat.« – *Courrier français*, Feuilleton vom 6. April. – Das kam mir so sublim vor, daß sich mir die Mutmaßung aufdrängte, die Herren Scribe, Meissonnier und Babou könnten durch dieses Zitat nur gleichermaßen gewinnen.

Borget hat die Grenzen Chinas überschritten und uns mexikanische, peruanische und indische Landschaften gezeigt. Ohne ein Maler ersten Ranges zu sein, verfügt er über eine leichte, leuchtende Farbgebung. Seine Töne sind frisch und rein. Etwas weniger kunstbeflissen, weniger auf Landschaftsmalerei bedacht und mehr als Reisender malend, könnte Borget unter Umständen zu reizvolleren Ergebnissen gelangen.
Chacaton, der sich ausschließlich dem Orient gewidmet hat, ist seit langem einer der gewandtesten Maler; seine Bilder sind heiter und freundlich. Leider meint man fast immer, verkleinerte und verblichene Decamps und Marilhats vor sich zu haben.
Statt die Grautöne und den Dunst der heißen Zonen zu suchen, legt Lottier lieber den Nachdruck auf ihre Grellheit und ihre flimmernde Glut. Diese sonnenüberfluteten Panoramas sind von einer wunderbar grausamen Wahrheit. Sie wirken wie farbige Daguerréotypien.

Es gibt einen Mann, der meiner Ansicht nach mehr als all diese Künstler, mehr sogar als die berühmtesten Abwesenden, die Voraussetzungen für das Schöne in der Landschaft erfüllt, ein Mann, den die Menge kaum kennt, und den alte Mißerfolge und geheime Schikanen von dem Salon ferngehalten haben. Es wäre an der Zeit, scheint mir, daß ROUSSEAU, – man hat bereits erraten, daß ich ihn im Sinn hatte, – sich dem Publikum neuerlich vorstellte, das durch andere Landschaftsmaler nach und nach an neue Eindrücke gewöhnt wurde.
Rousseaus Talent ist mit Worten ebenso schwer begreiflich zu machen wie Delacroix' Talent, mit dem er im übrigen einiges gemeinsam hat. Rousseau ist ein Maler nordischer Landschaften. Seine Malerei atmet eine tiefe Schwermut: er liebt die Natur, wenn ein bläulicher Schimmer über ihr liegt, die Morgen- und Abenddämmerungen, die sonderbaren, regenschweren Sonnenuntergänge, dichtes schattiges Laub, in dem ein Sommerwind geht, die großen Spiele von Schatten und Licht. Seine Farbe ist prächtig, sticht aber nicht in die Augen. Seine Himmel sind unvergleichlich in ihrer flockigen Weichheit. Man denke an einige Landschaften von Rubens und Rembrandt zurück, man mische

einige Erinnerungen an die englische Malerei darunter, und man stelle sich dies alles von einer tiefen und ernsten Liebe zur Natur beherrscht und gelenkt vor, so gelingt es vielleicht, sich von dem Zauber seiner Bilder eine Vorstellung zu machen. Er teilt ihnen viel von seiner Seele mit, wie Delacroix; er ist ein Naturalist, den es unablässig zu dem Ideal hinzieht.

GUDIN setzt seinen Ruf immer mehr aufs Spiel. Je mehr gute Malerei das Publikum sieht, desto mehr löst es sich auch von den populärsten Künstlern, wenn sie ihm nicht mehr die gleiche Menge Vergnügen bereiten können. Gudin gehört für mich zu der Klasse von Menschen, die ihre Wunden mit künstlichem Fleisch stopfen, zu den schlechten Sängern, die für große Schauspieler gelten, und zu den poetischen Malern.

JULES NOËL hat ein sehr schönes Seestück gemalt, von schöner und lichter Farbe, strahlend und heiter. Eine große Feluke, von seltsamen Farben und Formen, ruht in einem großen Hafen, in dem allenthalben die gleißende Helle des Orients widerstrahlt. – Vielleicht ein wenig zu farbig und nicht einheitlich genug. – Doch Jules Noël hat gewiß zuviel Talent, um nicht noch mehr zu haben, und er gehört zweifellos zu denen, die es sich zum Gesetz gemacht haben, tagtäglich fortzuschreiten. – Im übrigen beweist der Erfolg dieses Bildes, daß das Publikum heute, im Bereich aller Gattungen, bereit ist, jedem neuen Namen einen freundlichen Empfang zu bereiten.

KIÖRBÖE ist einer dieser alten, prunkvollen Maler, die sich so gut darauf verstanden, jene adligen Speisezimmer auszuschmücken, in denen man sich eine ganze Schar hungriger und ruhmrediger Jäger versammelt denkt. Kiörböes Malerei ist munter und kraftvoll, seine Farbe leicht und harmonisch. – Den dramatischen Vorgang der *Wolfsfalle* durchschaut man nicht leicht genug, vielleicht weil die Falle nicht das volle Licht empfängt. Das Hinterteil des Hundes, der bellend zurückweicht, ist nicht kräftig genug gemalt.

SAINT-JEAN, dem Vernehmen nach das Entzücken und der Ruhm der Stadt Lyon, wird da, wo Maler leben, immer nur einen mäßigen Erfolg davontragen. Diese überpeinliche Genauigkeit ist von unerträglicher Pedanterie. – Man glaube keinem, der einem Lyoneser Maler Naivität zuschreibt. – Die allgemeine Farbgebung in Saint-Jeans Bildern ist seit langem pissegelb. Man sollte meinen, Saint-Jean habe niemals richtige Früchte gesehen, und das kümmere ihn auch nicht, weil sie ihm auf mechanischem Wege auch so geraten: nicht nur sehen natürliche Früchte anders aus, sie sind auch weniger abgezirkelt und ausgearbeitet als diese hier.

Das gilt nicht von ARONDEL, dessen Hauptverdienst in einer wirklichen Unbefangenheit liegt. Folglich zeigt sein Bild auch einige unverkennbare Schwächen; aber die gelungenen Teile sind wirklich ganz und gar geglückt; einige andere sind zu schwarz geraten, und man hat den Eindruck, die unvermeidlichen Beeinträchtigungen, denen ein Bild im Salon ausgesetzt ist, seien dem Künstler beim Malen nicht alle gegenwärtig gewesen: die Nachbarschaft anderer Bilder, der Abstand des Betrachters und die wechselseitige, durch die Entfernung verursachte Beeinträchtigung der Töne in ihrer Wirkung. Überdies genügt es nicht, gut zu malen. All diese so berühmten Flamen verstanden sich darauf, das Wildbret zu arrangieren und es lange zu quälen, wie man ein Modell quält; galt es doch, ein glückliches Linienspiel und eine Harmonie von reichen und lichten Tönen zu finden.

P. ROUSSEAU, dessen farbensatte und leuchtende Bilder jedem oft aufgefallen sind, ist ernstlich im Fortschritt begriffen. Er war schon früher ein ausgezeichneter Maler, gewiß; heute aber betrachtet er die Natur mit größerer Aufmerksamkeit, und er bemüht sich um eine genauere Wiedergabe des Physiognomischen. Kürzlich sah ich bei Durand-Ruel Enten von Rousseau, über die Maßen schön, und sie benahmen und bewegten sich wirklich wie Enten.

XVI. WARUM DIE BILDHAUEREI EIN ÄRGERNIS IST

Der Ursprung der Bildhauerkunst verliert sich in der Nacht der Zeiten, sie ist demnach eine Kunst von Karaiben.

In der Tat sehen wir alle Völker lange Zeit hindurch mit großer Geschicklichkeit ihre Fetische schnitzen, ehe sie sich an die Malerei wagen, eine Kunst, die gründliches Nachdenken erfordert und zu deren Genuß es sogar einer besonderen Einweihung bedarf.

Die Bildhauerkunst steht der Natur sehr viel näher, und deshalb überfällt sogar unsere Bauern, denen ein geschickt gedrechseltes Stück Holz oder ein bearbeiteter Stein Vergnügen bereitet, vor der schönsten Malerei ein hilfloses Staunen. Da steckt ein sonderbares Mysterium, das sich nicht mit Händen greifen läßt.

Die Bildhauerkunst hat mehrere Nachteile, die eine notwendige Folge ihrer Mittel sind. Brutal und positiv wie die Natur, ist sie zugleich unbestimmt und ungreifbar, weil sie zu viele Ansichten auf einmal zeigt. Vergeblich bemüht der Bildhauer sich, einen einzigen Blickpunkt einzunehmen; der Betrachter, der um die Figur herumgeht, kann hundert verschiedene Blickpunkte wählen, mit Ausnahme des rechten, und oft auch tritt der für den Künstler demütigende Fall ein, daß eine zufällige Beleuchtung, der Schein einer Lampe uns eine Schönheit wahrnehmen lassen, die nicht in seiner Absicht lag. Ein Bild ist nur das, was es sein will; man kann es nicht anders als in seinem Licht betrachten. Die Malerei hat nur einen Blickpunkt; sie ist ausschließlich und despotisch: darum ist auch der Ausdruck des Malers sehr viel stärker.

Das ist der Grund, weshalb es ebenso schwierig ist, sich in der Bildhauerkunst auszukennen, wie schlechte Werke in ihr hervorzubringen. Ich habe den Bildhauer PRÉAULT sagen hören: »Bei Michelangelo, bei Jean Goujon, bei Germain Pilon weiß ich Bescheid; aber in der Skulptur finde ich mich nicht zurecht.« – Ganz offensichtlich meinte er die Skulptur der *sculptiers,* mit anderen Worten der Karaiben.

Seit die Skulptur das Zeitalter der Wilden hinter sich hat, ist sie, auch auf den Höhepunkten ihrer Entfaltung, nichts anderes als eine komplementäre Kunst. Es geht nicht mehr darum, sorgfältig ausgearbeitete Tragfiguren herzustellen, sondern darum, sich der Malerei und Architektur bescheiden unterzuordnen, und ihren Absichten zu dienen. Die Kathedralen steigen gen Himmel, und bevölkern die unzähligen Tiefen ihrer Abgründe mit Skulpturen, die mit dem Bauwerk ein Fleisch und einen Körper bilden; – bemalte Skulpturen, – das ist bedenkenswert, – deren reine, einfache, doch in eigenen Graden abgestufte Farben sich harmonisch einfügen und die poetische Wirkung des gewaltigen Werkes vervollständigen. Versailles schirmt sein Volk von Statuen unter schattigem Laub, das ihnen als Hintergrund dient, oder unter Bosketten von Springbrunnen, die tausend Lichtkristalle auf sie herabsprühen. In allen großen Epochen ist die Skulptur ein Beiwerk; nur am Anfang und am Ende ist sie eine Kunst für sich.

Sobald die Skulptur eine Betrachtung aus der Nähe erlaubt, gibt es keine Kleinlichkeiten und Albernheiten, vor denen der Künstler zurückschreckte, und die alle Kalumets und Fetische weit übertreffen. Sobald sie eine Salon- oder Schlafzimmerkunst wurde, sieht man die Karaiben der Rüschen, wie GAYRARD, erscheinen, und die Karaiben der Runzeln, Borsten und Warzen, wie DAVID.

Dann die Karaiben des Feuerbocks, der Stutzuhr, des Tintenfasses, usw., wie CUMBERWORTH, dessen *Marie* ein Mädchen *für alles* ist, im Louvre wie bei Susse, als Statue oder als Kandelaber; – wie FEUCHÈRE, der mit einer Vielseitigkeit begabt ist, die einen zur Verzweiflung bringt: Kolossalfiguren, Zündholzhalter, Goldschmiedemotive, Büsten und Flachreliefs, er ist zu allem fähig. – Die Büste, die er dieses Jahr nach einem sehr bekannten Schauspieler gemacht hat, ähnelt dem Modell ebenso wenig wie die vom Vorjahr; immer läuft es nur auf ein Ungefähr hinaus. Die damalige Büste glich Jesus Christus, und die heutige, trocken und kleinlich, hat überhaupt nichts von der originellen, eckigen, spöttischen und verwandlungsfähigen Physiognomie des Dargestellten. – Im übrigen soll man nicht glauben, es fehle diesen Leuten an Wissen. Sie sind gelehrt wie Vaudevillisten und Akademiker; sie plündern alle Epochen und alle Gattungen; sie haben alle Schulen ergründet. Sie würden gerne die Gräber von Saint-Denis in Zigarrenschachteln oder Putzkästchen verwandeln, und alle florentinischen Bronzen in Zweigroschenstücke. Wer nach weiteren Auskünften über die Grundsätze dieser neckischen, alles anschmeckenden Schule verlangt, wende sich an Herrn KLAGMANN, der wohl der Leiter dieses unermeßlichen Ateliers ist.

Daß PRADIER der König der Bildhauerkunst ist, beweist deren kläglichen Zustand. Immerhin gelingt es ihm, das Fleisch des menschlichen Körpers zu gestalten, und sein Meißel ist besonderer Feinheiten fähig; aber er besitzt weder die für große Kompositionen nötige Erfindungskraft noch zeichnerische Phantasie. Er ist ein kaltes und akademisches Talent. Er hat sein Leben damit hingebracht, einige antike Torsen zu mästen und auf ihren Hälsen Frisuren wie von ausgehaltenen Mädchen anzubringen. *Die leichte Poesie* wirkt desto kälter, je manierierter sie ist; in der Ausführung ist sie weniger rundlich als Pradiers frühere Werke, und die Rückenansicht ist abscheulich. Er hat ferner zwei Bronzegestalten gemacht, – *Anakreon* und *Die Weisheit*, – zwei schamlose Nachahmungen der Antike, die ein guter Beweis dafür sind, daß Pradier ohne diese edle Krücke bei jedem Schritt ins Schwanken geriete.

Die Büste ist ein Genre, das weniger Phantasie und geringere Fähigkeiten als die große Bildhauerkunst fordert, aber nicht weniger Feinfühligkeit. Es ist eine intimere, begrenztere Kunst, deren Wirkung weniger ins Breite geht. Hier gilt es, wie beim Porträt nach Art der Naturalisten, den Hauptcharakter des Modells vollkommen zu erfassen und dessen Poesie auszudrücken; denn es gibt wenige Modelle, die ganz ohne Poesie wären. Fast alle Büsten von DANTAN sind nach den besten Lehren gearbeitet. Sie haben alle ein besonderes Gepräge, und obwohl er ins Detail geht, ist die Ausführung leicht und großzügig.

Hingegen ist LENGLETS Hauptfehler eine gewisse Schüchternheit, Kindlichkeit und übertriebene Redlichkeit in der Arbeitsweise, die seinem Werk einen Anschein von Trockenheit verleiht; anderseits ist es unmöglich, dem menschlichen Gesicht einen wahreren, echteren Ausdruck zu geben. Diese kleine gedrungene Büste, ernsthaft und mit gerunzelter Stirn, hat das großartige Gepräge guter römischer Werke, nämlich die in der Natur selbst gefundene Idealisierung. Eine weitere Eigentümlichkeit antiker Gesichter, die mir an Lenglets Büste auffällt, ist der Ausdruck gespannter Aufmerksamkeit.

XVII. VON DEN SCHULEN UND DEN ARBEITERN

Haben alle die Leser, die beim neugierigen Herumschlendern gelegentlich in einen Aufruhr gerieten, je das gleiche Vergnügen wie ich empfunden, wenn sie einen Hüter des öffentlichen Schlafes, – einen Stadtwachtmeister oder einen Munizipalgardisten, die doch die wahre Armee sind, – auf einen Republikaner einschlagen sahen? Und haben sie nicht, wie ich, in ihrem Herzen gesprochen: »Hau zu, hau doch ein wenig kräftiger, hau noch einmal, herzlieber Wachtmeister; verehrungswürdig ist, wer so prächtig zu prügeln versteht, und ich achte dich Jupiter selber gleich, dem großen Rächer. Der Mann, auf den du einhaust, ist ein Feind der Rosen und der Wohlgerüche, ein Nützlichkeitsfanatiker; er ist ein Feind Watteaus, ein Feind Raffaels, ein erbitterter Feind des Luxus, der schönen Künste und der schönen Literatur, ein eingeschworener Ikonoklast, ein Henker der Venus und des Apoll! Er will nicht mehr, als ein bescheidener, namenloser Arbeiter, für die öffentlichen Rosen, die öffentlichen Wohlgerüche arbeiten! Er will frei sein, der Ignorant, und er ist unfähig eine Werkstatt für Blumen, eine neue Parfümerie zu gründen. Lasse du nur andächtig deine Schläge niedergehen auf den Buckel des Anarchisten!«*

* Ich höre öfters Klagen über das moderne Theater; es fehle ihm an Originalität, heißt es, weil es keine Typen mehr gäbe. Und der Republikaner? Ist das etwa nichts? Ist er nicht in jedem Lustspiel, das wirklich lustig sein will, eine unentbehrliche Figur, und hat er nicht bereits die Stelle eingenommen, die ehemals der Marquis innehatte?

So sollen Philosophen und Kritiker unbarmherzig die *artistischen* Affen prügeln, diese emanzipierten Arbeiter, welche die Kraft und Überlegenheit des Genies hassen.
Man vergleiche unsere Zeit mit vergangenen Epochen; kommt man aus einer Ausstellung oder einer kürzlich ausgemalten Kirche, so lasse man seine Augen in einem älteren Museum ausruhen, und merke auf den Unterschied.
Dort ein Wirbel und Wirrwarr von Stilen und Farben, eine Kakophonie von Tönen, ungeheuerliche Trivialitäten, prosaische Gebärden und Haltungen, konventionelles Vornehmtun, *poncifs* jeder Sorte, und dies alles deutlich und offenkundig, nicht nur in den Bildern, wie sie nebeneinander hängen, sondern oft sogar in ein und demselben Bild: kurz, – ein völliger Mangel an Einheit, mit dem Ergebnis, daß Geist und Augen von einer schrecklichen Ermüdung überfallen werden.
Hier aber ist diese Ehrfurcht, die selbst die Kinder den Hut ziehen läßt und die die Seele ergreift, wie der Staub der Gräber und Grüfte die Kehle bedrängt, keine bloße Wirkung des nachgedunkelten Firnis und der Schmutzschicht der Zeiten, sondern der Einheit, der tiefen Zusammengehörigkeit. Denn ein großes venezianisches Gemälde und ein Giulio Romano stechen weniger voneinander ab als einige unserer Bilder, und nicht einmal die schlechtesten, wenn man sie zusammen aufhängt.
Die Pracht der Kleidung, der Adel der Gebärden, ein oft manierierter Adel, doch stolz und voller Größe, das Fehlen der kleinlichen Mitteln und einander widerstrebender Verfahren, all das sind Qualitäten, die in dem Wort: die große Tradition, beschlossen liegen.
Dort also Schulen, und hier emanzipierte Arbeiter.
Es gab noch Schulen unter Ludwig XV., und eine letzte im Kaiserreich, – eine Schule, das heißt einen Glauben, das heißt die Unmöglichkeit des Zweifels. Es gab Schüler, die, durch gemeinsame Grundsätze vereinigt, der Leitung eines mächtigen Meisters folgten und ihm bei allen seinen Arbeiten zur Hand gingen.
Der Zweifel, oder der mangelnde Glaube, die mangelnde Naivität, ist ein besonderes Laster dieses Jahrhunderts, denn niemand

gehorcht; und die Naivität, das Vorherrschen des Temperaments in der Manier, ist ein göttliches Privileg, das fast jedem fehlt.
Nur wenige Menschen haben ein Recht zu herrschen, denn nur wenige haben eine große Leidenschaft.
Und da heute jeder herrschen will, weiß keiner sich selbst zu beherrschen.
Heute, wo jeder sich selbst überlassen ist, hat ein Meister sehr viele unbekannte Schüler, für die er nicht verantwortlich ist, und seine verborgene, unbeabsichtigte Herrschaft erstreckt sich weit über seine Werkstatt hinaus, bis in Bereiche, wo sein Geist nicht verstanden werden kann.
Die dem Wort und der Unterweisung des Meisters näher sind, bewahren die Reinheit der Lehre, und tun aus Gehorsam und Traditionsbewußtsein, was zu tun den Meister eine innere Notwendigkeit treibt.
Aber außerhalb dieses engsten Kreises gibt es ein zahlreiches Volk von Mittelmäßigkeiten, Affen verschiedener Rassen und Kreuzungen, nirgends ansässige Mischlinge, die tagtäglich aus einem Land in ein anderes hinüberwechseln, aus jedem die Bräuche mitnehmen, die ihnen genehm sind, und die es zu einem Charakter zu bringen hoffen, indem sie sich aus zusammengeklaubten Widersprüchen ein System zimmern.
Es gibt Leute, denen es nichts ausmacht, ein Stück aus einem Rembrandt zu stehlen, um es einem Werk einzufügen, dessen Komposition einer anderen Gesinnung entspringt, ohne es abzuwandeln, ohne es verdaut zu haben und ohne den Leim zu finden, der es festhält.
Es gibt auch solche, die von einem Tag auf den andern von Weiß zu Schwarz übergehen: gestern noch Koloristen mit *chic*, Koloristen ohne Liebe und Originalität; morgen ruchlose Nachahmer von Ingres, ohne daß sie daran mehr Geschmack oder Glauben fänden.
Wer heute zur Klasse der Affen, selbst der wendigsten, gehört, wird immer ein mittelmäßiger Maler bleiben; früher hätte er einen ausgezeichneten Arbeiter abgegeben. Er ist also verloren, für sich und für alle andern.
Darum wäre es um ihres Heiles, und sogar um ihres Glückes

willen, besser gewesen, wenn die Lauen der Zuchtrute eines kräftigen Glaubens unterworfen worden wären; denn die Starken sind selten, und man muß heute schon Delacroix oder Ingres sein, um die Oberhand zu behalten und in dem Chaos einer unfruchtbaren und entnervenden Freiheit sichtbar zu sein.
Die Affen sind die Republikaner der Kunst, und der augenblickliche Zustand der Malerei ist das Ergebnis einer anarchischen Freiheit, die das Individuum, und wäre es noch so schwach, verherrlicht auf Kosten der Vereinigungen, das heißt der Schulen.
In den Schulen, die nichts anderes sind als die organisierte schöpferische Kraft, zehren die Individuen, die dieses Namens wirklich wert sind, die Schwachen auf; und zwar zu Recht, denn ein sich breit entfaltendes Werk ist nur ein Gedanke mit tausend Armen.
Diese Verherrlichung des Individuums hat notwendigerweise zu einer unendlichen Aufspaltung im Bereich der Kunst geführt. Die bedingungslose, sich vereinzelnde Freiheit eines jeden, die Absonderung der Bestrebungen und die Zersplitterung des menschlichen Willens haben diese Schwäche, diese Unentschiedenheit und diese Armut der Erfindung herbeigeführt; einige erhabene und leidende Außenseiter sind für dieses wimmelnde Durcheinander von Mittelmäßigkeit nur ein unzulängliches Gegengewicht. Die Individualität, – dieses kleine Stück eigenes Land, – hat die kollektive Ursprünglichkeit aufgezehrt; und wie in einem berühmten Kapitel eines romantischen Romans der Beweis geführt worden ist, daß das Buch das Bauwerk getötet hat, so kann man wohl sagen, daß für unsere Zeit der Maler die Malerei umgebracht hat.

Viele schreiben den Verfall der Malerei dem Verfall der Sitten zu.* Dieses Vorurteil des Ateliers, das auch in der Öffentlichkeit Verbreitung gefunden hat, ist nur eine schlechte Entschuldigung der Künstler. Denn sie waren daran interessiert, unaufhörlich das Vergangene darzustellen; das ist ein leichteres Geschäft, und die Trägheit kommt dabei auf ihre Rechnung.

Ja, es ist wahr: die große Tradition ist verloren, und die neue hat sich noch nicht gebildet.

Was anders aber war diese große Tradition als die durchgängige vertraute Idealisierung des früheren Lebens; eines kräftigen, kriegerischen Lebens, wo jeder Einzelne sich wehren mußte, was ihm ernste Gebärden, eine hoheitsvolle Haltung, ungestümes Dreinfahren zur Gewohnheit werden ließ. Man nehme die öffentliche Prachtentfaltung hinzu, deren Abglanz sich im Privatleben wiederfand. Das Leben der Alten war weithin auf *Repräsentation* gerichtet; es war vor allem bestimmt, den Augen eine Lust zu sein, und die Künste erfuhren eine wunderbare Förderung durch diesen Alltag des Heidentums.

Ehe wir untersuchen, welche epische Seite das moderne Leben bieten könnte, und durch Beispiele beweisen, daß unsere Epoche an erhabenen Motiven nicht weniger fruchtbar ist, als die der Alten es waren, darf man die Behauptung aufstellen: da alle Zeiten und Völker ihre Schönheit hatten, haben auch wir notwendigerweise die unsere.

Jede Art Schönheit enthält, wie alle möglichen Erscheinungen, etwas Ewiges und etwas Vergängliches, – etwas Absolutes und etwas Besonderes. Es gibt keine absolute und ewige Schönheit, oder sie ist vielmehr nur eine an der allgemeinen Oberfläche der verschiedenen Schönheiten abgeschöpfte Abstraktion. Das besondere Element jeder Schönheit entstammt den Leidenschaften,

* Dieser Verfall ist nicht mit dem vorgenannten zu verwechseln: der eine betrifft das Publikum und seine Gesinnung, der andere betrifft nur die Ateliers.

und wie wir unsere besonderen Leidenschaften haben, so haben wir auch unsere Schönheit.
Mit Ausnahme des Herakles auf dem Oeta, des Cato Uticensis und der Kleopatra, deren Arten des Selbstmords nicht *modern* sind*, zeigen die Bilder der Alten wohl je einen Selbstmord? In keiner der heidnischen Existenzen, die vom Lebenshunger beseelt sind, wird man Rousseaus Selbstmord oder gar den seltsamen und wunderbaren Selbstmord des Raphaël de Valentin finden.
Was den Frack, die Schale des modernen Helden, betrifft, so sind – obwohl die Zeiten vorbei sind, wo die Kunstjünger sich als Mamamuschi kleideten und lange Pfeifen schmauchten – die Ateliers und die Welt noch voll von Leuten, die Antony etwas Poetisches verleihen möchten, indem sie ihm einen griechischen Mantel umwerfen oder ihn in ein zwiegefärbtes Gewand stecken.
Und dennoch, hat er nicht seine Schönheit und seinen eigenen Reiz, dieser so viel verunglimpfte Frack? Ist er nicht das notwendige Kleidungsstück für unsere leidende Epoche, die auch noch auf ihren schwarzen, hageren Schultern das Symbol einer ewigen Trauer trägt? Und wohlgemerkt, der schwarze Frack und der Gehrock haben nicht nur ihre politische Schönheit, als ein Ausdruck der allgemeinen Gleichheit, sondern auch ihre poetische Schönheit, als Ausdruck der öffentlichen Gemütsverfassung; – ein unabsehbarer Heereszug von Leichenbittern, politischen Leichenbittern, verliebten Leichenbittern, bürgerlichen Leichenbittern. Wir tragen jeder etwas zu Grabe.
Eine einförmige Livree der Verzweiflung bezeugt die Gleichheit; und die Exzentriker, die man früher leicht an ihren grellen und heftigen Farben erkannte, begnügen sich heutzutage mit Nuancen im Muster, im Schnitt, mehr noch als in der Farbe. Diese grimassierenden Falten, die wie Schlangen ein abgetötetes

* Jener tötet sich, weil er das brennende Gift seines Gewandes nicht länger ertragen kann; dieser, weil er nichts mehr für die Freiheit zu tun vermag, und die wollüstige Königin, weil sie ihren Thron und ihren Geliebten verliert; aber keiner zerstört sich, weil er im Glauben an die Seelenwanderung aus einem Leib in einen anderen hinüberwechseln möchte.

Fleisch umspielen, haben sie nicht auch ihren geheimnisvollen Reiz?

Eugène LAMI und GAVARNI, die doch keine überragenden Genies sind, haben dies sehr wohl begriffen: – dieser als der Poet des offiziellen Dandytums; jener als der Poet eines Dandytums des Wagemuts und der Gelegenheit! Wer Jules Barbey d'Aurevillys Buch *Über das Dandytum* einmal wieder vornimmt, wird einsehen, daß das Dandytum etwas Modernes ist, das sich aus völlig neuen Gegebenheiten herleitet.

Das Völkchen der Koloristen möge sich nicht zu sehr empören; denn, obzwar schwieriger, ist die Aufgabe doch nicht minder ruhmreich. Die großen Koloristen verstehen es, mit einem schwarzen Frack, einer weißen Halsbinde und einem grauen Hintergrund eine farbige Wirkung zu erzielen.

Um zu unserem Haupt- und Grundproblem zurückzukehren: festzustellen, ob wir eine besondere, aus neuen Leidenschaften entspringende Schönheit besitzen, so fällt mir auf, daß die meisten Künstler, die sich modernen Sujets zugewandt haben, sich mit öffentlichen und offiziellen Sujets, mit unseren Siegen und unserem politischen Heroismus begnügt haben.

Freilich tun sie das nur mit Murren, und weil sie vor der Regierung kuschen, die sie bezahlt. Es gibt jedoch private Themen, die von einem ganz anderen Heroismus zeugen.

Das Schauspiel des eleganten Lebens und der unzähligen schwer bestimmbaren Existenzen, die die unterirdischen Bezirke einer großen Stadt bevölkern, – die *Gazette des Tribunaux* und der *Moniteur* beweisen uns, daß wir nur die Augen aufzutun brauchen, um unseren Heroismus zu erkennen.

Ein Minister hat, von der zudringlichen Neugier der Opposition geplagt, mit jener ihm eigenen stolzen und überlegenen Beredsamkeit – ein für allemal – seine Verachtung und seinen Abscheu für jede unwissende, nur auf Schikanen bedachte Opposition bekundet, – und schon hört man abends, auf dem Boulevard des Italiens, diese Worte um sich schwirren: »Warst du heute in der Kammer? hast du den Minister gesehen? Zum Teufel! war der schön! so was Stolzes ist mir noch nicht vorgekommen!«

Es gibt also eine moderne Schönheit und ein modernes Heldentum!

Und ein paar Schritte weiter: »Man hat K. – oder F. – aus diesem Anlaß mit einer Gedenkmünze beauftragt; aber er wird sie nicht zustande bringen; davon versteht er nichts!«

Es gibt demnach Künstler, die mehr oder weniger imstande sind, die moderne Schönheit zu verstehen.

Oder auch: »Großartig, dieser B . . . ! Byrons Seeräuber sind weniger erhaben in ihrer Menschenverachtung. Stell dir vor, er hat den Abbé Montès über den Haufen gerannt, und ist aufs Schafott hinaufgestürmt mit dem Ruf: ›Meinen Mut sollt ihr mir lassen!‹«

Dieser Satz spielt auf das prahlerische Gebaren eines zum Tode verurteilten Verbrechers an, eines großen Protestierers, eines gesunden, kräftig gebauten Mannes, dessen verwegener Grimm auch vor dem Fallbeil nicht das Haupt gebeugt hat!

Alle diese Äußerungen ringsum bezeugen, daß wir an eine neue, besondere Schönheit glauben, die weder die Schönheit Achills noch Agamemnons ist.

Das Pariser Leben ist reich an poetischen und wunderbaren Sujets. Das Wunderbare umgibt uns und durchtränkt uns wie die Luft; doch wir sehen es nicht.

Der *Akt,* die den Künstlern so teure nackte Gestalt, die zum Erfolg soviel beiträgt, ist in unserem Leben ebenso häufig und unvermeidlich wie bei den Alten: – im Bett, im Bad, im Amphitheater. Die Mittel und Motive der Malerei sind nicht minder zahlreich und vielfältig; aber es gibt ein neues Element, und dieses ist die moderne Schönheit.

Denn die Helden der Ilias reichen euch nicht einmal bis ans Knie, o Vautrin, o Rastignac, o Birotteau, – und du, o Fontanarès, der es nicht wagte, dem Publikum seine Schmerzen in dem düsteren, verzogenen Frack, den wir alle tragen, zu erzählen; – und du, o Honoré de Balzac, du, die heldenhafteste, die einzigartigste, die romantischste und poetischste unter allen den Gestalten, die du aus deinem Innern hervorgebracht hast!

VOM WESEN DES LACHENS
UND ALLGEMEIN
VON DEM KOMISCHEN IN DER BILDENDEN KUNST

I

Ich will keine Abhandlung über die Karikatur schreiben; ich möchte dem Leser nur einige Betrachtungen mitteilen, die ich des öfteren über dieses merkwürdige Genre angestellt habe. Diese Betrachtungen waren für mich fast zu einer Besessenheit geworden; ich wollte mir Erleichterung verschaffen. Im übrigen habe ich mir große Mühe gegeben, sie in einer gewissen Ordnung vorzubringen und sie so leichter verdaulich zu machen. Dies hier ist demnach nur der Beitrag eines Philosophen und eines Künstlers. Eine allgemeine Geschichte der Karikatur in ihren Verhältnissen zu sämtlichen politischen und religiösen, gewichtigen oder frivolen, auf den Nationalgeist oder die Mode bezüglichen Vorkommnissen, die die Menschheit bewegt haben, wäre ein ruhmreiches und bedeutsames Unternehmen. Die Arbeit ist noch zu leisten, denn die bisher veröffentlichten Versuche liefern höchstens Materialien dazu; doch mir schien, diese Arbeit müsse aufgeteilt werden. Ein so verstandenes Buch über die Karikatur ist offenkundig eine Geschichte von Ereignissen, eine ungeheure Galerie von Anekdoten. Sehr viel mehr als in den übrigen Bereichen der Kunst gibt es in der Karikatur zwei Arten von kostbaren und empfehlenswerten Werken, die dies aus verschiedenen und fast entgegengesetzen Gründen sind. Die einen empfangen ihren Wert allein durch das Vorkommnis, das sie darstellen. Sie haben gewiß Anspruch auf die Aufmerksamkeit des Geschichtsschreibers, des Archäologen und sogar des Philosophen; ihnen steht ein Platz zu in den Nationalarchiven, in den biographischen Registern des menschlichen Geistes. Wie die fliegenden Blätter der Tagespresse verschwinden sie, dahingetragen von dem unaufhörlichen Wind, der uns neue herweht; die anderen aber, und mit diesen möchte ich mich hier vornehmlich beschäftigen, enthalten ein geheimnisvolles, dauerhaftes, ewiges Element, das sie der Aufmerksamkeit der Künstler empfiehlt. Wie merkwürdig und wahrhaft bedenkenswert ist doch die Beigabe dieses ungreifbaren Elementes des Schönen noch in jenen Werken, die bestimmt sind, dem Menschen seine eigene seelische und körperliche Häßlichkeit vorzuführen! Und nicht minder geheimnisvoll der Umstand, daß dieses klägliche Schauspiel eine unausrottbare, durch nichts zu dämpfende Heiterkeit in ihm auslöst. Dies also ist der wahre Gegenstand meiner Untersuchung.

Doch es meldet sich ein Bedenken. Bedarf es einer regelrechten Beweisführung als Antwort auf eine Art vorgängiger Frage, die verschmitzt aufzuwerfen gewissen auf den Ernst eingeschworenen Professoren leicht einfallen könnte, gewissen Scharlatanen der Würde, pedantischen Kadavern aus den kalten Hypogäen des Instituts, die wie die Gespenster gewisser Geizhälse unter die Lebenden zurückgekehrt sind, um gefälligen Ministerien einige Groschen abzuluchsen? Zuvörderst, würden sie sagen, ist die Karikatur überhaupt ein Genre? Nein, würde die Antwort ihrer Gevattern lauten, die Karikatur ist kein Genre. Von ähnlichen Ketzereien haben mir auf akademischen Festessen schon die Ohren gedröhnt. Diese Wackeren ließen die Komödie eines Robert Macaire an sich vorbeiziehen, ohne der großen sittlichen und literarischen Symptome darin gewahr zu werden. Wären sie Rabelais' Zeitgenossen gewesen, sie hätten ihn als einen gemeinen und groben Spaßmacher traktiert. Bedarf es denn noch eines eigenen Beweises, daß nichts, was der Mensch hervorbringt, dem Philosophen bedeutungslos erscheint? Jedenfalls gilt dies, mehr als bei jedem anderen, von diesem tiefen und geheimnisvollen Element, das bisher noch keine Philosophie aus dem Grunde untersucht hat.

Wir wollen uns also mit dem Wesen des Lachens beschäftigen und mit dem, was die Karikatur ausmacht. Später werden wir uns vielleicht etwas näher mit einigen der bemerkenswertesten Hervorbringungen in diesem Genre befassen.

II

Der Weise lacht nur mit Zittern. Aus welchem Munde voller Autorität, aus welcher unanfechtbar rechtgläubigen Feder stammt diese seltsame packende Maxime? Kommt sie uns von dem weisen König Judäas? Muß man sie Joseph de Maistre zuschreiben, diesem vom Heiligen Geist beseelten Streiter? Mir ist, als hätte ich sie in einem seiner Bücher gelesen, wo sie vermutlich als ein Zitat steht. Diese Strenge des Gedankens und des Stils paßt zu der majestätischen Heiligkeit eines Bossuet; doch die Gedrängtheit des Ausdrucks und dessen geistreich verfeinerter Scharfsinn könnten mich veranlassen, die Ehre, sie geprägt zu haben, eher Bourdaloue, dem unerbittlichen christlichen Seelenkenner, zuzuschreiben. Diese seltsame Maxime kommt mir nicht aus dem Sinn, seit ich den Plan zu diesem Aufsatz gefaßt habe, und deshalb möchte ich mich ihrer als erstes entledigen.

Was, bei näherem Zusehen, besagt der sonderbare Satz?

Der Weise, der Mann also, der von dem Geist des Herrn beseelt ist, der in Übereinstimmung mit den göttlichen Vorschriften lebt, lacht nur, überläßt sich dem Lachen nur mit Zittern. Der Weise zittert, wenn er gelacht hat; der Weise fürchtet das Lachen, wie er die weltlichen Schauspiele, die Lüsternheit fürchtet. Er hält inne, wenn ihn das Lachen ankommt, wie er am Rande der Versuchung innehält. Es besteht demnach, so meint der Weise, so etwas wie ein geheimer Widerspruch zwischen seinem Charakter als Weiser und dem ureigensten Wesen des Lachens. Und hier drängt sich mir, um die feierlichsten Erinnerungen nur im Vorbeigehen zu streifen, die Bemerkung auf – die den von Amts wegen christlichen Charakter dieser Maxime aufs schönste bekräftigt –, daß der Weise *kat'exochen,* das fleischgewordene Wort, niemals gelacht hat. In den Augen dessen, der alles weiß und kann, gibt es keine Komik. Und doch hat das fleischgewordene Wort den Zorn gekannt, ja selbst die Tränen.

Halten wir also fest: wir haben es, erstens, mit einem Autor zu tun – einem christlichen, offensichtlich, – der es für gewiß erachtet, daß der Weise auf der Hut ist, ehe er sich zu lachen erlaubt, als bliebe ihm davon eine Art ängstliches Unbehagen zurück; und weiterhin: vor dem Auge der Allwissenheit und der Allmacht hat das Komische keinen Bestand. Wenn man nun diese beiden Sätze umkehrte, so folgte daraus, daß das Lachen gemeinhin der Anteil der Narren ist, und daß es stets mehr oder minder Unwissenheit und Schwachheit voraussetzt. Ich beabsichtige keineswegs, mich auf den Ozean der Theologie hinauszuwagen, den zu befahren ich vermutlich weder den rechten Kompaß noch geeignete Segel besäße; ich lasse es dabei bewenden, dem Leser diese merkwürdigen Horizonte zu eröffnen und ihn darauf hinzuweisen.

Fest steht, versetzt man sich auf den Standpunkt der Orthodoxie, daß das menschliche Lachen aufs engste mit der Katastrophe eines frühen Falles, einer physischen und moralischen Erniedrigung verknüpft ist. Wie der Schmerz kommt auch das Lachen durch die Organe zum Ausdruck, in denen das Wissen von Gut oder Böse und die Herrschaft darüber ihren Sitz haben: die Augen und der Mund. In dem irdischen Paradies (man denke es als vergangen oder als zukünftig, als Erinnerung oder als Prophezeiung, wie die Theologen oder wie die Sozialisten), in dem irdischen Paradies, das heißt in einer Welt, wo alles Erschaffene dem Menschen zu sagen schien, daß es gut war, lag die Freude nicht im Lachen. Kein Leiden betrübte ihn, sein Antlitz war einfach und ausgeglichen, und das Lachen, das heute die Völker schüttelt, verunstaltete nicht die Züge seines Gesichtes. Lachen und Weinen können in dem Paradies der Wonnen nicht zum Vorschein kommen. Beide sind Kinder der Mühsal, und sie haben sich eingestellt, weil es dem Körper des entnervten Menschen an Kraft mangelte, sie zu zügeln.*

Vom Standpunkt meines christlichen Theologen aus deutet das Lachen seiner Lippen auf kein geringeres Elend als die Tränen seiner Augen. Das Wesen, das sein Bild vervielfältigen wollte, hat des Menschen Mund nicht mit den Zähnen des Löwen ausgestattet, aber des Menschen Lachen ist wie ein Biß; noch seine Augen mit der berückenden List der Schlange, aber er verführt durch seine Tränen. Und man beachte wohl, daß der Mensch

* Philippe de Chennevière.

auch die Leiden des Menschen mit Tränen badet, daß er mit dem Lachen bisweilen sein Herz sänftigt und anzieht; denn die durch den Fall hervorgerufenen Erscheinungen sollen die Werkzeuge der Erlösung werden.
Man gestatte mir, einen Fall zu erdichten, der mir dazu dienen soll, das Zutreffende dieser Behauptungen zu erhärten, die manch einer vermutlich a priori des Mystizismus verdächtigen wird. Versuchen wir, da das Komische etwas Verwerfliches und teuflischen Ursprungs ist, ihm eine ganz und gar einfältige Seele, wie sie gleichsam aus den Händen der Natur hervorgegangen ist, gegenüberzustellen. Wählen wir als Beispiel die große, typische Gestalt Virginiens, dieses vollkommene Symbol der fleckenlosen Reinheit und Ursprünglichkeit. Virginie trifft in Paris ein, noch ganz von feuchter Meerluft umweht und von der tropischen Sonne gebräunt, in ihren Blicken noch die großen, einfachen Bilder der Wogen, der Wälder und Gebirge. Hier nun gerät sie mitten in die lärmende, zügellose und pesthauchende Zivilisation, sie, noch ganz durchduftet von den reinen, vollen Wohlgerüchen Indiens; Bande der Verwandtschaft und der Liebe verknüpfen sie mit der Menschheit: ihre Mutter und ihr Geliebter, ihr Paul, engelrein wie sie, dessen Geschlecht sich gewissermaßen von dem ihrigen nicht unterscheidet in den ungestillten Gluten einer noch ahnungslosen Liebe. Gott war ihr gegenwärtig gewesen in der Kirche der Pampelmusen, einem bescheidenen, unansehnlichen Kirchlein in der Unermeßlichkeit der unbeschreiblichen tropischen Bläue und in der unsterblichen Musik der Wälder und Bergströme. Gewiß, Virginie ist ein großer Geist; doch wenige Bilder, wenige Erinnerungen genügen ihr, wie dem Weisen wenige Bücher. Eines Tages nun will es der Zufall, daß ihr unschuldiger Blick, im Palais-Royal, an den Scheiben eines Glasers, auf einem Tisch, an einem öffentlichen Ort, auf eine Karikatur fällt! eine für unsereinen sehr verlockende Karikatur, von Galle und Bosheit geschwellt, wie eine scharfsichtige und gelangweilte Zivilisation sie hervorzubringen versteht. Man denke etwa an eine drastische Boxkampfszene, so eine britische Ungeheuerlichkeit, voll geronnenem Blut und mit gotteslästerlichen Flüchen gewürzt; oder lassen wir, wenn diese Vorstellung unse-

rer Neugier mehr zusagt, unsere jungfräuliche Virginie an eine charmante und aufreizende Unanständigkeit geraten, an einen Gavarni jener Zeit, einen von den besten, eine schmähliche Satire auf königliche Narrheiten, eine anschauliche Diatribe gegen den Hirschpark, oder die schmutzige Vergangenheit einer großen Favoritin, oder die nächtlichen Eskapaden der sprichwörtlichen *Autrichienne*. Die Karikatur besteht aus zweierlei: Zeichnung und Einfall: die Zeichnung heftig, der Einfall bissig und verkappt; eine Verquickung quälender Elemente für ein naives Gemüt, das gewöhnt ist, einfache Dinge, die ihm gleichen, auf den ersten Blick zu begreifen. Virginie hat gesehen; nun betrachtet sie. Warum? Sie betrachtet das Unbekannte. Im übrigen versteht sie weder, was das bedeutet, noch wozu es dient. Und dennoch, seht ihr, wie ihre Flügel sich jäh zusammenfalten, wie ihre Seele erschaudert, einen Schleier über sich wirft und sich zurückziehen will? Der Engel hat empfunden, daß er auf das Ärgernis gestoßen ist. Und wahrlich, ich sage euch, mag sie verstanden haben oder nicht, der Eindruck, den sie empfangen hat, wird den Nachgeschmack eines Unbehagens, etwas wie Angst in ihr hinterlassen. Freilich, wenn Virginie in Paris bleibt und das Wissen sich einstellt, wird auch das Lachen kommen; wir werden noch sehen, warum. Für den Augenblick aber wollen wir Analytiker und Kritiker, die wir uns gewiß keinerlei geistige Überlegenheit über eine Virginie anmaßen, es bei der Feststellung bewenden lassen, daß der unbefleckte Engel angesichts der Karikatur sich ängstigt und leidet.

III

Ein hinreichender Beweis dafür, daß das Komische eines der unverkennbar satanischen Merkmale des Menschen und einer der zahlreichen Kerne des symbolischen Apfels ist, liegt in der einmütigen Übereinstimmung der Physiologen des Lachens über den ersten Grund dieser ungeheuerlichen Erscheinung: eine übrigens weder sonderlich tief noch weit reichende Entdeckung. Das

Lachen, sagen sie, entspringt der Überlegenheit. Es würde mich nicht wundern, wenn der Physiologe, als er diese Entdeckung machte, im Gedanken an seine eigene Überlegenheit in Lachen ausgebrochen sein sollte. Der Satz hätte nämlich lauten müssen: Das Lachen entspringt der Vorstellung der eigenen Überlegenheit. Eine satanische Idee, wenn es je eine gab! Hoffart und Aberwitz! Ist es doch allbekannt, daß die Vorstellung der eigenen Überlegenheit bei allen Insassen der Narrenhäuser ins Maßlose entwickelt ist. Mir sind noch keine Narren der Demut bekannt geworden. Man beachte, daß das Lachen eine der häufigsten und zahlreichsten Äußerungen des Wahnsinns ist. Und man sehe, wie alles übereinstimmt: wenn Virginie, ihrer ersten Reinheit verlustig, auch nur um eine Stufe herabgestiegen ist, wird sie anfangen, die Vorstellung der eigenen Überlegenheit zu fassen; in den Augen der Welt wird sie nun wissender sein, und sie wird lachen.

Ich sagte, das Lachen sei ein Anzeichen von Schwäche; und wahrhaftig, wo fände man wohl ein offenkundigeres Symptom für unsere Hinfälligkeit als in dieser nervösen Zuckung, diesem dem Niesen vergleichbaren unwillkürlichen Krampf, den das Unglück unseres Mitmenschen auslöst? Dieses Unglück ist fast immer Geistesschwachheit. Gibt es ein bedauernswürdigeres Schauspiel als die Schwachheit, die sich der Schwachheit erfreut? Doch es kommt noch ärger. Dieses Unglück gehört bisweilen einem sehr niederen Bereich an, es entspringt einem körperlichen Versagen. Um ein Beispiel aus dem Alltagsleben zu nehmen: was hat der Anblick eines Menschen, der auf dem Eis oder dem Pflaster stürzt, der am Ende eines Trottoirs stolpert, denn so Ergötzliches an sich, daß das Gesicht seines Bruders in Christo sich zu einer wüsten Grimasse verzerrt, daß seine Gesichtsmukeln unversehens in Bewegung geraten wie ein Uhrwerk um Mittag oder ein aufgezogenes Spielzeug? Der arme Teufel hat sich zumindest verunstaltet, möglicherweise hat er sich ein wichtiges Glied gebrochen. Trotzdem platzte das Lachen heraus, unwiderstehlich und auf der Stelle. Geht man dieser Situation auf den Grund, so findet man im Geiste des Lachenden unweigerlich einen gewissen Hochmut. Der Ausgangspunkt ist folgender: *ich* stürze nicht; *ich* gehe aufrecht; mein Fuß ist fest und sicher. *Ich* würde nicht die Dummheit begehen, nicht zu sehen, wo ein Trottoir aufhört, oder einen Pflasterstein, der im Wege liegt, nicht zu bemerken.

Die romantische Schule, oder besser gesagt, eine der Unterabteilungen der romantischen Schule, die satanische Schule, hat dieses Urgesetz des Lachens wohl verstanden; oder wenn auch nicht alle es verstanden haben, so haben doch alle, selbst in ihren gröbsten Extravaganzen und Übertreibungen, es zumindest empfunden und richtig angewandt. All jene verfluchten, verdammten, melodramatischen Ungläubigen, die das Schicksal mit einem Grinsen gezeichnet hat, das von einem Ohr zum anderen reicht, sind in der reinen Orthodoxie des Lachens. Übrigens sind sie fast alle legitime oder illegitime Erben des berühmten Wanderers Melmoth, der großen satanischen Schöpfung Seiner Hochwürden Charles Robert Maturin. Was gibt es Großartigeres und im Vergleich mit der armseligen Menschheit Machtvolleres als diesen bleichen, gelangweilten Melmoth? Und dennoch liegt etwas Schwaches, Verworfenes, Widergöttliches und Lichtfeindliches in ihm. Und wie er lacht, wie er lacht, er, der sich unaufhörlich mit dem menschlichen Gewürm vergleicht, er, der Gewaltige, ein Wissender, für den ein Teil der physischen und geistigen Gesetze, denen die Menschheit unterworfen ist, nicht mehr gilt! Und dieses Lachen ist die fortwährende Explosion seines Zornes und seiner Qual. Es ist, man verstehe mich recht, die notwendige Folge seiner widersprüchlichen Doppelnatur, die mit dem Menschen verglichen unendlich groß, mit dem absoluten Wahren und Gerechten verglichen unendlich niedrig und gemein ist. Melmoth ist ein lebendiger Widerspruch. Er hat sich den Grundbedingungen seines Lebens entzogen, seine Organe ertragen seinen Geist nicht mehr. Daher dieses Lachen, daß einem das Eingeweide davon gefriert und sich zusammenkrampft. Es ist ein Lachen, das niemals schläft, wie eine Krankheit, die sich unaufhaltsam ihren Weg bahnt und ein Geheiß der Vorsehung ausführt. Ebenso Melmoths Lachen, dieser stärkste Ausdruck der Überhebung: unaufhörlich erfüllt es seine Aufgabe, indem es dem, der zum Lachen verurteilt ist, die Lippen zerreißt und verbrennt.

IV

Hier wäre nun ein kleines Resümee angebracht und eine überschaubare Anordnung der Hauptgedanken, die so etwas wie eine Theorie des Lachens darstellen. Das Lachen ist satanisch, also ist es zutiefst menschlich. Es entspringt im Menschen aus der Vorstellung seiner eigenen Überlegenheit; und, in der Tat, da das Lachen durchaus von Grund auf menschlich ist, ist es auch von Grund auf widersprüchlich, insofern es zugleich Anzeichen einer unendlichen Größe und eines unendlichen Elends ist, eines unendlichen Elends im Vergleich mit dem absoluten Wesen, von dem sein Geist eine Vorstellung besitzt, einer unendlichen Größe im Vergleich mit den Tieren. Aus dem unaufhörlichen Widerstreit dieser beiden Unendlichkeiten entsteht das Lachen. Die Komik, die Gewalt des Gelächters liegt in dem Lachenden und keineswegs in dem, worüber er lacht. Der Mensch, der stürzt, lacht niemals über seinen eigenen Sturz, er wäre denn ein Philosoph, einer der sich durch Gewöhnung die Fähigkeit erworben hätte, sich alsbald zu verdoppeln und den Phänomenen seines Selbst als interesseloser Betrachter beizuwohnen. Doch der Fall ist selten. Die komischsten Tiere sind die ernsthaftesten; so die Affen und die Papageien. Man denke sich den Menschen aus der Schöpfung weggenommen, so gibt es keine Komik mehr, denn die Tiere wissen von keiner Überlegenheit über die Pflanzen, noch die Pflanzen von einer solchen über die Mineralien. Als ein Anzeichen der Überlegenheit im Verhältnis zu den Tieren, und hierunter begreife ich auch die zahllosen Parias des Geistes, ist das Lachen ein Anzeichen der Unterlegenheit im Verhältnis zu dem Weisen, den die kontemplative Unschuld seines Geistes der Kindheit nahebringt. Vergleichen wir, wozu wir berechtigt sind, die Menschheit mit dem Menschen, so sehen wir, daß die primitiven Völker, ebenso wie Virginie, keinen Sinn für die Karikatur und keine Komödien haben (die heiligen Bücher der Völker, gleichviel welchem sie angehören, lachen niemals), und daß erst, wenn sie sich allmählich den nebelumzogenen Gipfeln des Geistes nähern oder sich über die finsteren Essen der Metaphysik beugen, die Völker anfangen, Melmoths teuflisches Lachen auszustoßen; und daß endlich, wenn bei denselben nun überzivilisierten Völkern der Geist, von höherem Ehrgeiz beflügelt, die Schranken weltlicher Ehrsucht zu durchbrechen versucht und kühnen Fluges sich aufschwingt zu der reinen Poesie, die klar und tief ist wie die Natur, das Lachen keine Stelle mehr haben wird, ebenso wenig wie in der Seele des Weisen.

Da das Komische Anzeichen der Überlegenheit oder des Glaubens an die eigene Überlegenheit ist, so darf man wohl mutmaßen, daß die Völker, ehe sie den von gewissen mystischen Propheten vorausgesagten höchsten Grad der Läuterung erreicht haben, die Motive des Komischen im gleichen Umfang zunehmen sehen werden, wie ihre Überlegenheit wächst. So entfalten Engels- und Teufelskräfte gemeinsam ihre Wirksamkeit. Die Menschheit steigt aufwärts, und sie gewinnt für das Böse und die Einsicht in das Böse eine Kraft, die derjenigen entspricht, die sie für das Gute gewonnen hat. Deshalb wundert es mich nicht, daß wir Kinder eines besseren Gesetzes, als es die Gesetze der antiken Religionen waren, wir, die Lieblingsschüler Jesu, auch mehr Elemente des Komischen besitzen als das heidnische Altertum. Eben dies ist eine Vorbedingung unserer allgemeinen Geisteskraft. Die eingeschworenen Widersprecher mögen von mir aus das klassische Märlein von dem Philosophen anführen, der beim Anblick eines feigenfressenden Esels vor Lachen starb, und die Komödien des Aristophanes und des Plautus noch dazu. Dem werde ich entgegenhalten, daß auch jene Zeiten bereits hochzivilisierte waren, daß der Glaube damals schon nachgelassen hatte, und daß diese Komik nicht ganz die unsrige ist. Sie hat sogar etwas Rohes an sich; um sie uns anzueignen, müßten wir uns gewaltsam auf eine frühere Geistesstufe zurückversetzen, und das Ergebnis wäre nichts anderes als ein *pasticcio*. Und was die Grotesken betrifft, die das Altertum uns hinterlassen hat, die Masken, die Bronzefigurinen, die muskelprotzenden Herkulesse, die kleinen Priapusse mit ihrer weit herausgekrümmten Zunge, den spitzen Ohren, ganz Kleinhirn und Phallus, – oder jene mächtigen Phallusse, auf denen die weißen Töchter des Romulus sich in aller Unschuld im Reitsitz schaukeln, jene mit Glöckchen und Flügeln ausgestatteten ungeschlachten Zeugungswerkzeuge, so glaube ich, daß dies alles durchaus ernste Dinge waren. Venus, Pan, Herkules waren keine Gestalten, über die man lachte. Nachdem Jesus gekommen war, lachte man über sie; Plato und Seneca taten dabei Hilfsdienste. Ich glaube, die Antike war voller Respekt für die Tambour-Majors und die Vollbringer jeder Art von Kraftakten und all die eben erwähnten wunderlichen Fetische waren nur Zeichen der Anbetung, oder zumindest Symbole der Kraft, und keineswegs bewußt komische Geisteserzeugnisse. Die indischen und chinesischen Götzen wissen nicht, daß sie lächerlich sind; in uns Christen liegt ihre Komik.

V

Man soll nicht glauben, daß damit alle Schwierigkeiten behoben wären. Selbst ein Geist, dem solche ästhetischen Spitzfindigkeiten fremd wären, könnte mir ohne weiters diesen verfänglichen Einwand entgegenhalten: Es gibt verschiedene Arten des Lachens. Man ergötzt sich nicht immer an einem Unglück, einer Schwäche, einer Unterlegenheit. Vieles, dessen Anblick uns zum Lachen bringt, ist sehr unschuldig, und nicht nur die Vergnügungen der Kinder, sondern noch so mancherlei, das den Künstlern zur Unterhaltung dient, hat mit dem Geiste Satans nichts zu schaffen.

Das hat einen Anschein von Wahrheit für sich. Doch es bedarf hier fürs erste einer genauen Unterscheidung zwischen Freude und Lachen. Die Freude lebt aus sich selbst, aber sie äußert sich auf unterschiedliche Weise. Manchmal ist sie fast unsichtbar; ein andermal vergießt sie Tränen. Das Lachen ist nur ein Ausdruck, ein Symptom, eine Diagnose. Symptom wovon? Das ist die Frage. Die Freude ist *einheitlich*. Das Lachen ist der Ausdruck einer doppelten oder widersprüchlichen Empfindung; und daraus erklärt sich sein krampfartiger Charakter. So ist denn auch das Kinderlachen, das man mir vergeblich entgegenhalten möchte, sogar in seinem körperlichen Ausdruck, als Form, völlig verschieden von dem Lachen des Menschen, der einer Komödie beiwohnt, eine Karikatur betrachtet, oder von dem fürchterlichen Lachen, das einen Melmoth schüttelt; Melmoth, den Deklassier-

ten, ausgestoßen aus seiner menschlichen Heimat und des höheren Lebens nicht teilhaftig; Melmoth, der beständig den Augenblick gekommen glaubt, wo er sich seines Teufelspaktes entledigen kann, immer voller Hoffnung, seine unselige übermenschliche Macht eintauschen zu können gegen das reine Gewissen eines Ahnungslosen, dem er seine Ahnungslosigkeit neidet. – Das Lachen der Kinder ist wie eine Blüte, die sich auftut. Es ist die Freude des Empfangens, die Freude des Atmens, die Freude des Sich-Öffnens, die Freude des Schauens, Lebens, Wachsens. Es ist eine pflanzenhafte Freude. Daher es auch meist eher ein Lächeln ist, etwas wie das Schwanzwedeln der Hunde oder das Schnurren der Katzen. Und dennoch beachte man, daß auch das Lachen der Kinder sich noch von den animalischen Zufriedenheitsäußerungen unterscheidet, weil auch dieses Lachen nicht ganz von Anmaßung frei ist, wie es sich für solche Menschlein, solche Keimlinge künftiger Teufel, schickt.
Es gibt einen Fall, der noch vertrackter ist. Wenn der Mensch in Gelächter ausbricht, ein unverhohlenes, heftiges Gelächter angesichts solcher Dinge, die kein Anzeichen der Schwäche oder des Unglücks bei seinesgleichen sind. Man errät unschwer, daß ich das Lachen meine, wie das Groteske es auslöst. Die Fabelwesen, die nach den Gesetzen des gesunden Menschenverstandes keinerlei Lebensberechtigung haben, erregen uns oft zu einer närrischen, übertriebenen Lustigkeit, so daß wir aus dem uns Biegen und Krümmen gar nicht mehr herauskommen. Offensichtlich muß man hier unterscheiden; hier befinden wir uns auf einer neuen Stufe. In künstlerischer Hinsicht fällt das Komische unter die Nachahmung; das Groteske ist eine Schöpfung. Das Komische ist eine Nachahmung, mit der sich ein gewisses schöpferisches Vermögen, eine künstlerische Idealität, verbindet. Der menschliche Dünkel, der immer die Oberhand behält und der im Falle des Komischen die natürliche Ursache des Lachens ist, wird nicht minder die natürliche Ursache im Falle des Grotesken, bei dem es sich um eine Schöpfung handelt, mit welcher sich eine gewisse Fähigkeit zur Nachahmung des in der Natur bereits Vorhandenen verbindet.
In diesem Falle, möchte ich sagen, ist das Lachen der Ausdruck

einer Vorstellung der Überlegenheit, nicht des Menschen über den Menschen, sondern des Menschen über die Natur. Man möge diesen Gedanken nicht für allzu spitzfindig halten; das wäre auch noch kein hinreichender Grund, ihn zu verwerfen. Es müßte eine andere einleuchtende Erklärung gefunden werden. Wenn diese zu weit hergeholt und nicht annehmbar erscheint, so kommt das daher, daß dem durch das Groteske ausgelösten Lachen etwas Tiefes, Axiomatisches und Ursprüngliches anhaftet, das dem unschuldigen Leben und der reinen Freude sehr viel näher steht als das Lachen über die Komik unserer Sittenschilderungen. Zwischen diesen beiden Formen des Lachens besteht, von Nützlichkeitserwägungen einmal abgesehen, der nämliche Unterschied wie zwischen der literarischen Schule, die irgendwelche Zwecke verfolgt, und der Schule des *l'art pour l'art*. Nach Maßgabe dessen ist auch das Groteske dem Komischen überlegen.

Ich will das Groteske von nun an das absolut Komische nennen, im Gegensatz zu dem gewöhnlichen Komischen, das ich das signifikant oder verweisend Komische nennen will. Das signifikant Komische ist eine für den gemeinen Mann sehr viel klarere, leichter verständliche und vor allem leichter zu durchschauende Sprache, da es offensichtlich zweierlei bietet: die Kunst und den moralischen Gedanken. Das absolut Komische hingegen, weil es der Natur sehr viel näher kommt, stellt sich als *eines* dar, das intuitiv erfaßt werden will. Es gibt nur eine Beglaubigung des Grotesken: das Lachen, und zwar das sofortige Lachen; angesichts der verweisenden Komik ist es nicht verboten, erst hinterher zu lachen; das schmälert ihren Wert nicht und hängt lediglich von der Geschwindigkeit des Begreifens ab.

Ich sagte: absolut Komisches; hier ist jedoch Vorsicht geboten. Von dem Gesichtspunkt des wahrhaft Absoluten aus gibt es nur die Freude. Absolut kann das Komische nur sein im Verhältnis zu der gefallenen Menschheit, und so meine ich es hier.

Seiner Vortrefflichkeit wegen ist das absolut Komische das Erbteil der höheren Künstler, die für jede absolute Idee die nötige Empfänglichkeit besitzen. Und so ist denn E. T. A. Hoffmann bis jetzt derjenige, der von den hier entwickelten Ideen am tiefsten durchdrungen war und deren einige sowohl in seinen rein ästhetischen als auch in seinen schöpferischen Arbeiten in die Tat umgesetzt hat. Er hat das gewöhnliche Komische stets sehr sorgfältig von dem Komischen unterschieden, welches er das *unschuldig Komische* nennt. Er hat des öfteren den Versuch unternommen, die gelehrten Theorien, die er didaktisch vorgetragen oder in der Form begeisterter Gespräche und kritischer Dialoge hingeworfen hatte, in künstlerischen Werken anzuwenden; und eben diesen Werken werde ich im Folgenden die markantesten Beispiele entnehmen, wenn ich mich anschicke, die oben vorgebrachten Grundsätze durch eine Reihe von Anwendungen zu erläutern und aus dem Bereich jeder Kategorie eine Probe zu liefern.

Im übrigen finden sich in dem absolut Komischen wie in dem verweisend Komischen Gattungen, Untergattungen und Familien. Die Einteilung kann nach verschiedenen Gesichtspunkten erfolgen. Man kann sie zunächst nach einem rein philosophischen Gesetz konstruieren, wie ich zu tun begonnen habe, ferner nach dem Gesetz der künstlerischen Hervorbringung. Die erste Einteilung folgt aus der ursprünglichen Unterscheidung zwischen dem absolut Komischen und dem verweisend Komischen; die zweite beruht auf den besonderen Fertigkeiten jedes einzelnen Künstlers. Und schließlich lassen die Arten des Komischen sich nach den Klimaten und nach den Anlagen der verschiedenen Völker klassifizieren. Man beachte jedoch, daß jeder Terminus einer jeden Klassifikation sich durch die Hinzufügung eines Terminus aus einer anderen ergänzen und abtönen läßt, wie die Grammatik uns das Substantiv durch das Adjektiv zu modifizieren lehrt. So mag ein deutscher oder englischer Künstler für das absolut Komische mehr oder minder begabt sein, und gleichzeitig wird er mehr oder minder idealisieren. Ich will versuchen, einige ausgewählte Beispiele des absolut und des signifikant Komischen zu geben, und eine kurzgefaßte Charakteristik des komischen Geistes bei einigen künstlerisch begabten Nationen liefern, ehe ich dazu übergehe, das Talent derjenigen etwas eingehender zu erörtern und zu untersuchen, die das Komische zu ihrem Studium gemacht und ihr Leben darauf gegründet haben.

Treibt und übertreibt man die Konsequenzen des signifikant Komischen aufs äußerste, so erhält man das grimmig Komische, ebenso wie dem unschuldig Komischen, auf einer höheren Stufe, das absolut Komische entspricht.

In Frankreich, dem Land der klaren Gedanken und Beweisführungen, wo die Kunst natürlicherweise unmittelbar auf den Nutzen gerichtet ist, herrscht das signifikant Komische vor. In dieser Gattung hat für Frankreich Molière den besten Ausdruck gefunden; aber da unserem Nationalcharakter im Grunde alles Extreme fernliegt, wie es ein besonderes Kennzeichen aller französischen Leidenschaft, aller französischen Wissenschaft und Kunst ist, das Überschwängliche, das Absolute und das Tiefe zu meiden, so tritt dementsprechend auch das grimmig Komische hier nur selten in Erscheinung, und ebenso erhebt das Groteske bei uns sich nur selten zum Absoluten.

Rabelais, der große französische Meister des Grotesken, behält inmitten seiner phantastischen Ungeheuerlichkeiten dennoch etwas Nützliches und Verständiges. Er ist unmittelbar symbolisch. Seine Komik ist fast immer einsichtig wie eine Fabel. In der französischen Karikatur, der bildlichen Darstellung des Komischen, wird uns die nämliche Gesinnung begegnen. Der zum wahren Grotesken unentbehrliche Überschuß an poetischer Laune und Humor findet sich bei uns unbestreitbar nur selten in gleichbleibender Menge. Hie und da streicht eine Ader zutage; doch sie ist uns nicht eigentümlich. Erwähnt zu werden verdienen in dieser Gattung einige Zwischenspiele Molières, die leider zu wenig gelesen und zu selten gespielt werden, unter anderen die des »Eingebildeten Kranken« und des »Bürgers als Edelmann«, ferner Callots karnevaleske Gestalten. Bei Voltaire hingegen, in seinen durch und durch französischen Erzählungen, beruht das Komische stets auf der Vorstellung der Überlegenheit; es ist also ganz und gar signifikant.

Das verträumte Germanien wird uns vortreffliche Beispiele des absolut Komischen liefern. Dort ist alles ernst, voll Tiefsinn und Überschwang. Will man dem grimmig und sehr grimmig Komischen begegnen, muß man den Kanal überqueren und die nebelgrauen Reiche des Spleen aufsuchen. Das fröhliche, lärmende und sorglose Italien zeigt überall das unschuldig Komische. Nach Italien, mitten in den südlichen Karneval, auf den turbulenten Korso, hat E. T. A. Hoffmann aus wohlerwogenen Gründen das exzentrische Drama der »Prinzessin Brambilla« verlegt. Auch die Spanier sind für das Komische sehr begabt. Doch landen sie bald bei dem Grausamen, und ihren grotesken Phantasien ist oft etwas Düsteres beigemischt.

Unvergeßlich hat sich mir die erste englische Pantomime eingeprägt, die ich gesehen habe. Das war vor einigen Jahren im Théâtre des Variétés. Nur wenige Leute werden sich dessen wohl noch erinnern, denn sehr wenige nur schienen diese Art Unterhaltung zu schätzen, und den armen englischen Mimen wurde bei uns ein trauriger Empfang zuteil. Das französische Publikum liebt es nicht, in eine ihm fremde Welt versetzt zu werden. Es hat keinen sehr kosmopolitischen Geschmack, und verrückt man ihm den Horizont, trübt sich sein Blick. Ich meinesteils war aufs höchste betroffen von dieser Auffassung des Komischen. Um den Mißerfolg zu erklären, sagt man, – und es waren die Nachsichtigen, die so sprachen –, dies seien nur gewöhnliche und mittelmäßige Darsteller, die zweite Garnitur; doch darum ging es nicht. Es waren Engländer, da lag der Haken.

Mir schien damals, das entscheidende Merkmal dieser Art Komik wäre das Gewaltsame. Zum Beweis will ich aus meinen Erinnerungen einige Beispiel anführen.

Vor allem war Pierrot nicht jenes bleiche Mondgesicht, geheimnisvoll wie das Schweigen, geschmeidig und stumm wie die Schlange, lang und gerade wie ein Galgen, dieser künstliche Mensch, den ein wunderliches Triebwerk in Gang hält, als den der zu früh verstorbene Deburau ihn uns zu sehen gewöhnt hatte. Der englische Pierrot kam daher wie ein Sturmwind, plumpste wie ein Sack zu Boden, und wenn er lachte, war es ein saalerschütterndes Gelächter, das einem fröhlichen Donnern glich. Er war ein kurzer, dicker Mann, der seine Stattlichkeit durch ein über und über bebändertes Kostüm noch erhöht hatte; diese Bänder erfüllten an seiner ganzen jauchzenden Person die Aufgabe der Federn und des Flaums bei den Vögeln oder der langen Fellhaare bei den Angorakatzen. In sein dickbemehltes Gesicht hatte er grell, ohne Abstufung, ohne Übergang, zwei riesige Flekken reines Rot gesetzt. Der Mund war durch eine vorgetäuschte Verlängerung der Lippen mittels zweier Karminstreifen derart vergrößert, daß, wenn er lachte, sein Rachen bis an die Ohren zu klaffen schien.

Der Stimmung nach war sein Gemüt wie das des Pierrot, den jedermann kennt: sorglos und unbeteiligt, und dementsprechend überließ er sich jeglicher Art von freß- und raublüsternen Einfällen, bald zu Harlekins, bald zu Kassanders oder Leanders Nachteil. Nur daß er dort, wo Deburau die Spitze eines Fingers eingetaucht hätte, um sie abzulecken, mit beiden Fäusten und beiden Füßen hineinfuhr.

Und so kam alles und jedes in diesem seltsamen Stück heraus: mit Ungestüm; ein Wirbel der Übertreibungen.

Pierrot kommt an einer Frau vorüber, die ihre Türschwelle scheuert; nachdem er ihr die Taschen ausgeleert hat, versucht er noch, Schwamm, Besen, Zuber und das Wasser selber in die seinigen zu praktizieren. – Um von der Art und Weise sich eine Vorstellung zu bilden, wie er es anstellte, ihr seine Verliebtheit zu verdeutlichen, genügen die Erinnerungen, die jeder Betrachter der phanerogamischen Sitten der Affen in dem berühmten Käfig des Jardin des Plantes behalten hat. Nachzutragen ist, daß die Rolle der Frau von einem sehr langen, sehr hageren Mann gespielt wurde, der in seinem verletzten Schamgefühl schrille Schreie ausstieß. Das war wirklich ein Rausch des Lachens, etwas Schreckliches und Unwiderstehliches.

Zuletzt sollte Pierrot guillotiniert werden, einer mir nicht mehr erinnerlichen Missetat wegen. Warum man in einem angelsächsischen Land die Guillotine gewählt hatte, statt des Aufhängens, weiß ich nicht; vermutlich, um, was nun folgt, zu ermöglichen. Die grausige Vorrichtung stand also dort aufgeschlagen, auf einer französischen Bühne, die über diese romantische Neuerung nicht wenig erstaunt war. Nachdem Pierrot sich wie ein Rind, das den Schlachthof wittert, gesträubt und aus Leibeskräften gebrüllt hatte, ereilte ihn zuletzt sein Schicksal. Der Kopf löste sich vom Nacken, ein dicker weiß und roter Kopf, und rollte polternd vor den Souffleurkasten, wobei das blutige Rund des

Halses, der durchschnittene Wirbelknochen und alle Einzelheiten eines frisch zum Verkauf zurechtgeschlagenen Fleischstückes zu sehen waren. Alsbald aber, von unwiderstehlicher Diebslust getrieben, richtete der verkürzte Rumpf sich wieder auf, erschnappte siegreich den eigenen Kopf, wie einen Schinken oder eine Flasche Wein, und stopfte ihn, sehr viel gewitzter als der große Saint Denis, in seine Tasche!

Geschrieben wirkt das alles farblos und frostig. Wie sollte auch die Feder mit der Pantomime wetteifern können? In der Pantomime haben wir die höchste Läuterung der Komödie; sie ist ihre Quintessenz: das reine Element des Komischen, abgezogen und als Konzentrat. Und so gewannen denn, bei der besonderen Begabung der Engländer für die Übertreibung, all diese possenhaften Greuel eine seltsam packende Wirklichkeit.

Eines der bemerkenswertesten Erzeugnisse im Bereich des absolut Komischen war gewiß der Anfang jenes schönen Stückes, ein Prolog voll einer hohen Ästhetik. Die Hauptpersonen des Stükkes, Pierrot, Kassander, Kolombine, Leander, stehen vor dem Publikum, sehr sanft und ruhig. Sie sind beinahe vernünftig und unterscheiden sich nicht sonderlich von den artigen Leuten im Zuschauerraum. Der wunderbare Atem, der sie in eine so außerordentliche Bewegtheit versetzen wird, hat ihnen noch nicht ins Hirn geblasen. Einige gutmütige Späße Pierrots können nur eine blasse Vorstellung von dem vermitteln, was er hernach alles anstellen wird. Harlekin und Leander entdecken, daß sie Nebenbuhler sind. Eine Fee nimmt sich Harlekins an: die ewige Beschützerin der Verliebten und armen Sterblichen. Sie verspricht ihm ihren Schutz, und um ihm unverzüglich einen Beweis ihrer Macht zu liefern, schwingt sie ihren Zauberstab mit herrscherlicher Gebärde geheimnisvoll durch die Lüfte.

Alsbald ist alles wie von einem Taumel ergriffen, der Taumel kreist in den Lüften; man atmet den Taumel, einen Taumel, der die Lungen füllt und das Blut durch die Herzkammern jagt.

Was ist das für ein Taumel? Das absolut Komische, das sich aller Mitspieler bemächtigt hat. Leander, Pierrot, Kassander vollführen die seltsamsten Gebärden, die unmißverständlich zu erkennen geben, daß sie sich mit Macht in ein neuartiges Dasein versetzt fühlen. Sie scheinen darüber nicht betrübt. Sie rüsten sich für die großen Katastrophen und das tumultuöse Schicksal, das sie erwartet, wie jemand, der in die Hände spuckt und sie gegeneinander reibt, ehe er eine glänzende Tat verrichtet. Sie wirbeln mit den Armen umher, sie gleichen Windmühlen, die der Sturmwind umtreibt. Offensichtlich, um ihre Gelenke zu schmeidigen; sie werden ihrer bedürfen. Dies alles geschieht unter schallendem Gelächter, in welchem eine ungeheure Zufriedenheit zum Ausdruck kommt; dann setzen sie in Sprüngen einer über den anderen, und nachdem sie sich ihrer Wendigkeit und Geschicklichkeit gehörig vergewissert haben, folgt ein Feuerwerk von Fußtritten, Faustschlägen und Ohrfeigen, die wie Artilleriesalven knallen und blitzen; doch alles ohne jede Gehässigkeit. Ihre Gebärden, ihr Geschrei, ihre Mienen, alles spricht: Die Fee hat es gewollt, das Schicksal treibt uns, mich grämt es nicht; nur drauf und dran! nur rasch und immer rascher! Und so stürzen sie durch das phantastische Stück dahin, das hier erst eigentlich beginnt, an der Grenze des Wunderbaren. Von diesem Trubel begünstigt, haben Harlekin und Kolombine sich tanzend davongemacht, und leichten Fußes eilen sie von Abenteuer zu Abenteuer.

Noch ein Beispiel: diesmal von einem einzigartigen Autor hergenommen, einem umfassenden Geist, was man auch sagen mag, bei dem die französische signifikante Spottsucht sich mit der närrischen, überschäumenden leichten Fröhlichkeit der sonnigen Länder und zugleich mit der germanischen tiefen Komik vereinigt findet. Ich komme nochmals auf E. T. A. Hoffmann zurück.

Kein prächtigerer Anblick als wenn in seinem Märchen »Die Königsbraut« der große Heerzug der Mohrrüben auf dem Landgut eintrifft, wo die Braut wohnt. All diese Leutchen in Scharlachrot wie ein englisches Regiment, mit riesigen grünen Federbüschen auf dem Kopf wie Vorreiter, vollführen die wunderlichsten Kapriolen und Luftsprünge auf ihren kleinen Pferdchen. Das alles bewegt sich mit staunenswürdiger Behendigkeit. Sie sind desto gewandter und es gelingt ihnen desto leichter, immer wieder umzustülpen, weil ihr Kopf dicker und schwerer ist als der übrige Leib, wie bei den Soldaten aus Holundermark, in deren Tschako etwas Blei steckt.

Das unglückliche Jungfräulein, das in lauter Träumen von künftiger Größe schwimmt, ist von dieser Entfaltung militärischer Macht entzückt. Wie groß aber ist der Unterschied zwischen einer Armee auf der Parade und der gleichen Armee in den Kasernen, wo sie die Waffen scheuert, ihr Lederzeug putzt oder, schlimmer noch, unflätig auf schmutzigen, stinkenden Feldbetten schnarcht! Da zeigt sich die Kehrseite; denn dies alles war nur Blendwerk und verführerische Gaukelei. Ihr Vater, ein kluger und in allen Zauberkünsten wohlbewanderter Mann, will ihr die *wahre Beschaffenheit* all dieser Herrlichkeit zeigen. Zur Stunde also, da das Gemüse seinen dumpfen Schlaf schläft, ohne zu ahnen, daß das Auge eines Spions hereindringen könnte, läßt der Vater sie einen Blick in eines der Zelte dieser prächtigen Armee tun; und nun sieht die arme Träumerin diese Menge roter und grüner Soldaten in ihrer scheußlichen Blöße, wie sie in dem schlammigen Erdreich herumschwimmen und schlafen, aus dem sie gekommen waren. Diese ganze militärische Herrlichkeit unter der Nachtmütze ist nur noch ein ekelhafter Pfuhl.

Bei dem wunderbaren E. T. A. Hoffmann ließe sich noch eine ganze Anzahl weiterer Beispiele für das absolut Komische finden. Will man recht begreifen, worauf es mir hier ankommt, so lese man achtsam »Die Königsbraut«, »Meister Floh«, den »Goldnen Topf« und insbesondere, vor allen anderen, die »Prinzessin Brambilla«, die ein wahrer Katechismus der hohen Ästhetik ist.

Was Hoffmann auszeichnet und worin seine Einzigartigkeit liegt, ist die unwillkürliche und mitunter auch höchst absichtsvolle Mischung einer gewissen Dosis signifikanter Komik mit dem absolut Komischen allerhöchsten Grades. Seine komischen Einfälle, die oft den Gesichten eines Betrunkenen gleichen, mögen noch so übernatürlich, noch so flüchtig sein, sie haben doch immer eine nicht zu verkennende moralische Bedeutung: man glaubt, es mit einem tiefsinnigen Physiologen oder Irrenarzt zu tun zu haben, der sich damit vergnügt, sein tiefes Wissen in das Gewand der Poesie zu kleiden, wie ein Gelehrter, der in Fabeln und Parabeln spräche.

Nehmen wir zum Beispiel die Person des Giglio Fava, des von chronischer Spaltsucht befallenen Schauspielers in der »Prinzessin Brambilla«. Diese *eine* Person wechselt von Zeit zu Zeit die Persönlichkeit. Unter dem Namen des Giglio Fava erklärt er sich zum Feind des assyrischen Prinzen Cornelio Chiapperi; und sobald er assyrischer Prinz ist, gießt er seine tiefste, höchst königliche Verachtung über seinen Nebenbuhler bei der Prinzessin aus, einen armseligen Komödianten, der, dem Vernehmen nach, Giglio Fava heißen soll.

Hinzuzufügen ist, daß dem absolut Komischen die Besonderheit eignet, kein Bewußtsein von sich selbst zu haben. Das sieht man nicht nur an gewissen Tieren, bei denen der Ernst mit der Komik untrennbar verbunden ist, wie an den Affen und an gewissen karikierenden Skulpturen der Antike, von denen schon die Rede war, sondern auch an dem chinesischen Fratzenwerk, das uns so viel Vergnügen macht und bei dem die komischen Absichten sehr viel geringer sind, als man gemeinhin glaubt. Obgleich ein chinesisches Götterbild ein Gegenstand der Verehrung ist, unterscheidet es sich doch kaum von den grinsenden Dickwänsten oder Wackelköpfen auf unseren Kaminen.

So möchte ich denn, um mit all diesen Spitzfindigkeiten und Definitionen an ein Ende zu kommen, abschließend ein letztes Mal bemerken, daß uns die vorherrschende Vorstellung der Überlegenheit in dem absolut Komischen nicht minder als in dem signifikant Komischen begegnet, wie ich hier, vielleicht ein wenig zu ausführlich, dargelegt habe; – daß, damit Komik, das heißt Ausstrahlung, Ausbruch, Auslösung des Komischen, stattfindet, zwei Wesen gegenwärtig sein müssen; – daß das Komische vorzüglich in dem Lacher, dem Betrachter liegt; – daß dennoch, hinsichtlich dieses Gesetzes der Unwissenheit, diejenigen als Ausnahme gelten müssen, die es sich zum Beruf gemacht haben, das Gefühl des Komischen in sich zu entwickeln und es zur Unterhaltung ihrer Mitmenschen nach außen darzustellen – ein Phänomen, welches in die Klasse aller künstlerischen Phänomene gehört, die im Menschen auf das Vorhandensein einer fortwährenden Zwieschlächtigkeit deuten, auf das Vermögen, zugleich man selber und ein anderer zu sein.

Und um auf meine ersten Definitionen zurückzukommen und meine Meinung zu verdeutlichen, so sage ich, daß Hoffmann, wenn er das absolut Komische hervorbringt, dies freilich auch weiß; zugleich aber ist er sich bewußt, daß das Wesen dieses Komischen in dem Anschein liegt, als kenne es sich selbst nicht, und darin, bei dem Betrachter, oder vielmehr dem Leser, die Freude an der eigenen Überlegenheit des Menschen über die Natur zu entwickeln. Die Künstler schaffen das Komische; nachdem sie dessen Elemente erforscht und versammelt haben, wissen sie, daß ein bestimmtes Wesen komisch ist, unter der einen Bedingung, daß es über seine Beschaffenheit im Unklaren ist; ebenso wie, einem umgekehrten Gesetz zufolge, der Künstler nur Künstler ist unter der Bedingung, daß er ein Doppelwesen und über keine Erscheinung seiner Doppelnatur im unklaren ist.

EINIGE FRANZÖSISCHE KARIKATURISTEN

CARLE VERNET – PIGAL – CHARLET
DAUMIER – MONNIER – GRANDVILLE – GAVARNI
TRIMOLET – TRAVIES – JAQUE

Ein erstaunlicher Mensch war dieser Carle Vernet. Sein Werk ist eine Welt, eine *Comédie humaine* im kleinen; denn die Darstellungen aus dem Alltag, die Skizzen der Menge und der Straße, die Karikaturen sind oft des Lebens getreuester Spiegel. Oft sogar tritt bei den Karikaturen, ebenso wie bei den Modestichen, das Karikaturhafte um so stärker hervor, je mehr sie aus der Mode gekommen sind. So überrascht und verletzt die steife, schlaksige Haltung der Gestalten jener Zeit uns auf wunderliche Weise; dennoch ist diese ganze Gesellschaft keineswegs mit Vorsatz so wunderlich, wie man gemeinhin annimmt. Das war die Mode, so war der Mensch damals: die Männer glichen denen auf den Gemälden; die Gesellschaft hatte sich die Kunst zum Vorbild genommen. Jeder hielt sich steif, gerade und in seinem enganliegenden Frack, seinen Stulpstiefeln, mit seinen in die Stirne herabfallenden Haaren sah jeder Citoyen wie ein *Akt* aus, der sich beim Trödler hatte ausstaffieren lassen. Nicht nur weil sie unauslöschlich das skulpturale Gehabe jener Epoche und deren Anspruch auf Stil bewahrt haben, nicht nur, sage ich, aus historischen Gründen sind Carle Vernets Karikaturen von so hohem Wert, sie besitzen auch eine unbestreitbare künstlerische Qualität. Die Posen, die Gebärden haben den Akzent des Wahrhaftigen; die Köpfe und Physiognomien sind von einem Stil, dessen Wahrheit manch einer von uns noch nachprüfen kann, wenn er sich der Leute entsinnt, die während unserer Kindheit in dem väterlichen Salon verkehrten. Seine Mode-Karikaturen sind köstlich. Jedermann erinnert sich jenes großen Blattes, das ein Spielhaus darstellt. Um einen langen ovalen Tisch sind Spieler verschiedenen Charakters und verschiedenen Alters versammelt. Es fehlen auch nicht die unentbehrlichen Frauenzimmer, voller Gier auf ihre Chance lauernd, die ewigen Kurtisanen der vom Glück begünstigten Spieler. Man sieht dort wilde Freudenausbrüche und heftige Anwandlungen der Verzweiflung; tollkühne Spieler, die dem Glück auf den Fersen sind; andere kühl, besonnen und ausdauernd; Greise, die in einstigen Äquinoktialstürmen ihr spärliches Haar verloren haben. Gewiß, dieser Komposition, wie alles, was von Carle Vernet und aus der Kunstschule stammt, fehlt es an Freiheit; sie entschädigt dafür durch ihre Ernsthaftigkeit, eine Härte, die gefällt, eine trockene Manier, die dem Gegenstand recht gut entspricht, da das Spiel eine zugleich heftige und verhaltene Leidenschaft ist.

Einer von denen, die, in der Folgezeit, am meisten einen neuen Stil markierten, war Pigal. Seine frühesten Werke liegen weit zurück, und Carle Vernet lebte sehr lange. Aber man ist oft berechtigt, von zwei Zeitgenossen zu sagen, daß sie zwei verschiedene Epochen vertreten, auch wenn der Altersabstand zwischen beiden nicht sehr groß war. Beschickt dieser unterhaltsame, sanfte Karikaturist unsere jährlichen Ausstellungen nicht immer noch mit kleinen Bildern von unschuldiger Komik, die Herrn Biard sehr schwach vorkommen muß? Was entscheidet, ist der Charakter, nicht das Alter. Und so ist Pigal etwas ganz anderes als Carle Vernet. Seine Art bildet den Übergang zwischen der Karikatur, wie jener sie verstand, und der moderneren Karikatur von Charlet, zum Beispiel, von dem gleich die Rede sein soll. Auf Charlet, welcher der gleichen Epoche wie Pigal angehört, trifft die gleiche Beobachtung zu: das Wort »modern« bezieht sich auf die Manier und nicht auf die Zeit. Pigals Volksszenen sind vorzüglich. Nicht daß sie von sehr lebhafter Originalität, noch gar daß die Zeichnung sehr komisch wäre. Seine Komik hält sich in bescheidenen Grenzen, aber die Empfindung seiner Kompositionen ist gut und treffend. Das sind gewöhnliche Wahrheiten, doch es sind Wahrheiten. Die meisten seiner Bilder sind nach der Natur gemalt. Er hat sich eines einfachen, bescheidenen Verfahrens bedient: er hat hingesehen, er hat zugehört, dann hat er erzählt. Im allgemeinen liegt in all seinen Kompositionen eine gewisse Gutmütigkeit und Unschuld: fast immer Menschen aus dem Volk, volkstümliche Redensarten, Trunkenbolde, häusliche Szenen und insbesondere eine unwillkürliche Vorliebe für die alten Leute. Weshalb Pigal auch, und darin gleicht er vielen anderen Karikaturisten, kein sonderliches Geschick für die Darstellung junger Menschen hat; die sehen bei ihm oft wie geschminkt aus. Die meist gewandte Zeichnung ist reicher und *liebenswürdiger* als bei Carle Cernet. Pigals Verdienste liegen demnach fast alle in einer geschulten, sicheren Beobachtungsgabe, einem guten Gedächtnis, und einer hinlänglichen Sicherheit in der Ausführung; wenig oder gar keine Einbildungskraft, doch gesunder Menschenverstand. Weder die karnevaleske Ausgelassenheit der italienischen Lebensfreude noch die wütende Schärfe der Engländer. Pigal ist ein wesentlich verständiger Karikaturist.

Es bereitet mir einige Verlegenheit, meiner Meinung über Charlet einen schicklichen Ausdruck zu verleihen. Das ist ein großer Name, der bei uns in dem Ruf steht, ein Ruhmestitel der französischen Nation zu sein. Er hat eine ganze Generation noch heute lebender Menschen vergnügt, erheitert, dem Vernehmen nach sogar gerührt. Ich habe Leute gekannt, die ernstlich ungehalten waren, darüber, daß Charlet nicht dem Institut de France angehörte. Das war für sie ein ebenso großes Ärgernis wie die Tatsache, daß Molière nicht in die Akademie aufgenommen worden war. Ich weiß, man spielt eine recht garstige Rolle, wenn man hingeht und den Leuten erklärt, sie hätten Unrecht gehabt, sich auf eine gewisse Weise zu amüsieren oder gerührt zu sein; es ist schmerzlich, da, wo der Beifall allgemein ist, ihm nicht beipflichten zu können. Dennoch muß man den Mut haben zu sagen, daß Charlet nicht zu der Klasse der Männer von Ewigkeitsrang und der kosmopolitischen Genies gehört. Dieser Karikaturist ist kein Bürger des Alls; und wenn man mir entgegenhält, ein Karikaturist könne dies niemals sein, so behaupte ich, daß er es doch mehr oder weniger sein könne. Charlet ist ein Gelegenheitskünstler und ein ausschließlicher Patriot, zwei Dinge, die dem Genie abträglich sind. Er hat dies mit einem anderen berühmten Manne gemeinsam, den ich nicht nennen will, weil die Zeiten noch nicht reif sind,* daß er seinen Ruf ausschließlich Frankreich verdankt und vor allem der Aristokratie des Soldaten. Ich

* Dieses Fragment stammt aus einem vor mehreren Jahren begonnenen Buch, das unvollendet blieb; Béranger lebte damals noch.

behaupte, daß dies schlecht ist und einen kleinen Geist verrät. Wie der andere große Mann hat er die Pfaffen viel geschmäht: das ist schlecht, behaupte ich, ein bedenkliches Zeichen; solche Leute sind unverständlich jenseits des Kanals, des Rheins und der Pyrenäen. Hernach soll von dem Künstler die Rede sein, das heißt von der Begabung, der Ausführung, der Zeichnung, dem Stil: das soll erschöpfend behandelt werden. Hier rede ich nur von der Gesinnung. Charlet hat immer dem Volk den Hof gemacht. Das ist kein freier Mann, das ist ein Knecht: man suche keinen uneigennützigen Künstler in ihm. Eine Zeichnung von Charlet ist selten eine Wahrheit; sondern fast immer eine Schmeichelei, die der bevorzugten Klasse gilt. Schön, gut, edelmütig, liebenswürdig, geistreich ist einzig und allein der Soldat. Die einigen Milliarden unansehnlicher Lebewesen, die auf diesem Planeten grasen, sind von Gott nur erschaffen und mit Organen der Sinneswahrnehmung ausgestattet worden, um den Soldaten und Charlets Zeichnungen in all ihrer Herrlichkeit anzustaunen. Charlet versichert uns, der *tourlourou* und der Grenadier seien der Endzweck der Schöpfung. Das sind beileibe keine Karikaturen, das sind dithyrambische Lobpreisungen, so seltsam verstieß dieser Mann gegen sein Handwerk. Die naiven Grobheiten, die Charlet seinen Rekruten in den Mund legt, haben etwas Liebenswürdiges im Ausdruck, das ihnen zur Ehre gereicht und sie anziehend macht. Das schmeckt nach dem Vaudeville, wo die Bauern die rührendsten und geistvollsten Sprachschnitzer machen. Das sind herzensgute Seelen und so klug wie eine Akademie, wenn sie auch hie und da gegen die Regeln der Liaison verstoßen. Den Bauer zeigen, wie er ist, das ist eine überflüssige Laune Balzacs; die Abscheulichkeiten des Menschenherzens getreulich abschildern, das mag für einen Hogarth, diesen milzsüchtigen Spötter, gut sein; die Laster des Soldaten in ihrer wahren Natur zeigen, ah! welche Grausamkeit! das könnte ihn entmutigen. So versteht der berühmte Charlet die Karikatur.

Die gleiche Gesinnung beseelt unseren parteiischen Künstler, wenn er die *Pfaffen* angreift. Es geht nicht darum, die sittliche Verkommenheit der Klerisei auf eine originelle Weise mit Stift oder Farbe zu schildern; man muß dem Soldaten aus dem Bauernstande gefallen: dieser hatte die Jesuiten gefressen. In den Künsten *geht es nur darum zu gefallen,* wie die Bürger sagen.

Auch Goya hat den Klosterleuten zugesetzt. Ich nehme an, er liebte die Mönche nicht, denn er hat sie sehr häßlich dargestellt; wie schön aber sind sie in ihrer Häßlichkeit und wie triumphieren sie in ihrem klösterlichen Schmutz- und Lotterleben! Hier herrscht die Kunst, die wie das Feuer alles läutert; dort die knechtische Gesinnung, welche die Kunst verdirbt. Man vergleiche nur den Künstler mit dem, der um die Gunst seines Publikums buhlt: dort prächtige Zeichnungen, hier eine voltairianische Predigt.

Man hat viel Aufhebens von Charlets Straßenjungen gemacht, diesen herzigen Englein, die so hübsche Soldaten abgeben werden, die die alten Militärs so gern haben und die mit Holzsäbeln Krieg spielen. Immer rund und frisch wie ein Borsdorfer Apfel, offenherzig, hellen Blickes und der Natur zulächelnd. Aber die »schrecklichen Kinder«, der »bleiche Schlingel« des großen Dichters »mit rauher Stimme und gelber Haut wie ein alter Groschen« – Charlet hat ein zu reines Herz, um dergleichen wahrzunehmen.

Bisweilen, das soll nicht verschwiegen werden, hatte er löbliche Absichten. – Räuber mit ihren Weibern tafeln im Wald und lagern bei einer Eiche, in deren Wipfel, schon lang und abgehagert, ein Gehenkter frische Luft schöpft und des feuchten Taus genießt; seine Nase weist nach unten, und die Spitzen der Füße sind so korrekt ausgerichtet wie die eines Tänzers. Einer der Räuber zeigt hinauf und sagt: »*Und sowas sind wir vielleicht schon nächsten Sonntag!*«

Leider liefert er uns nur wenige Skizzen von dieser Art. Und mag der Einfall auch gut sein, die Zeichnung ist unzulänglich; die Köpfe sind nicht scharf genug ausgeprägt. Das könnte sehr viel schöner sein und darf sich gewiß nicht messen mit den Versen François Villons, der mit seinen Gefährten in der finsteren Ebene unterm Galgen das Nachtmahl hält.

Charlets Zeichnung ist nur *chic,* überall Rundungen und Ovale. Die Gefühle entnahm er fix und fertig dem Vaudeville. Ein sehr künstlicher Mensch, der sich darauf verlegte, den gängigen Ideen der Zeit nachzueifern. Er hat die öffentliche Meinung abgepaust, er hat seine Intelligenz nach der Mode geschneidert. Er hat sich wirklich das Publikum zum Muster genommen.

Und doch hat er einmal etwas leidlich Gutes zustande gebracht. Eine Galerie der Uniformen der jungen und der alten Garde, die man allerdings nicht mit einem ähnlichen Werk aus jüngster Zeit verwechseln darf, das, wenn ich nicht irre, sogar erst nach seinem Tode herauskam. Die Gestalten sind wirklich sehr ausdrucksvoll, sie müssen sehr ähnlich sein.

Die Haltung, die Gebärde, die Wendung der Köpfe sind ausgezeichnet. Damals war Charlet jung, er hielt sich nicht für einen großen Mann, und seine Beliebtheit war noch kein Freipaß, seine Figuren nur so schwankend und unscharf hinzusetzen. Er hat seine Nachlässigkeit dann immer weiter getrieben und zuletzt nur noch vulgäre Kritzeleien geliefert, in denen er sich unermüdlich wiederholt und die jeder Anfänger verleugnen würde, wenn er auch nur eine Spur von Stolz besitzt. Es sei angemerkt, daß das Werk, von dem hier die Rede ist, einem einfachen, ernsten Genre angehört, und daß es keine der Eigenschaften erfordert, die man einem im Komischen so unzulänglichen Künstler später grundlos zugeschrieben hat. Hätte ich, da es hier um die Karikaturisten geht, mich von der geraden Bahn nicht abbringen lassen, so hätte ich Charlet hier ebensowenig wie Pinelli einen Platz eingeräumt; aber man hätte mir dies als schwere Unterlassungssünden angekreidet.

Kurzum: ein Verfertiger nationaler Albernheiten, ein patentierter Händler mit politischen Sprichwörtern, ein Götze, der schließlich nicht langlebiger ist als andere Götzen, wird auch Charlet sehr bald schon die Macht des Vergessens kennenlernen und gemeinsam mit dem *großen* Maler und dem *großen* Dichter, seinen Geistesverwandten in Dummheit und Unwissenheit, zu ewigem Schlaf in dem Korb der Gleichgültigkeit landen, wie dieses unnützerweise entweihte Papier, das nur noch dazu taugt, neues Papier daraus zu machen.

Ich möchte mich jetzt einem der wichtigsten Männer zuwenden, einem der wichtigsten nicht nur im Bereich der Karikatur, sondern der modernen Kunst überhaupt, einem Manne, der jeden

Morgen die Bevölkerung von Paris unterhält, der tagtäglich die Bedürfnisse der öffentlichen Fröhlichkeit befriedigt und ihr Nahrung verschafft. Der Bürger, der Geschäftsmann, der Straßenjunge, die Frau lachen und setzen oft ihren Weg fort, die Undankbaren! ohne auf den Namen zu achten. Bis jetzt haben nur die Künstler begriffen, um welche ernsthafte Angelegenheit es hier geht, und daß es sich lohnt, da näher zuzusehen. Man errät, daß von Daumier die Rede ist.

In seinen Anfängen war Honoré Daumier nicht sehr brillant. Er zeichnete, weil das Zeichnen ihm ein Bedürfnis war, eine unentrinnbare Berufung. Er gab zuerst einige Skizzen in eine kleine Zeitung, die William Duckett ins Leben gerufen hatte; dann kaufte Achille Ricourt, der damals mit Stichen handelte, ihm einige Blätter ab. Die Revolution von 1830 rief, wie alle Revolutionen, ein karikaturistisches Fieber hervor. Es war wahrhaftig eine schöne Zeit für die Karikaturisten. In diesem grimmigen Kampf gegen die Regierung, und vor allem gegen den König, war man ganz Herz, ganz Feuer. Was für ein seltsames Erzeugnis, wenn man es heute betrachtet, war doch jene umfangreiche Reihe historischer Narrenspäße, die man *La Caricature* nannte, jene großen komischen Archive, in die alle Künstler von einigem Talent ihren Beitrag lieferten. Das ist ein Tohuwabohu, ein wildes Durcheinander, ein ungeheuerliches bald närrisches, bald blutiges Teufelsstück, in dem, in den verschiedenartigsten grotesken Verkleidungen, alle politischen Honorabilitäten an uns vorbeidefilieren. Unter all diesen großen Männern der neuen Monarchie wie viele bereits vergessene Namen! Diese phantastische Epopöe wird beherrscht und gekrönt von der pyramidalen olympischen *Birne* prozessualen Angedenkens. Man erinnert sich, daß Philipon, der mit der königlichen Justiz alle Augenblicke ein Hühnchen zu rupfen hatte, als er eines Tages vor Gericht beweisen wollte, daß nichts unschuldiger wäre als jene aufreizende und unselige Birne, noch während der Verhandlung selber eine Reihe von Skizzen zeichnete, deren erste genau das Angesicht des Königs darstellte, und deren jede bei wachsender Entfernung von dem Ausgangspunkt sich mehr und mehr dem Endpunkt näherte: der Birne. »Sehen Sie«, sagte er, »was hat diese letzte Skizze überhaupt noch mit der ersten zu tun?« Ähnliche Experimente hat man mit den Köpfen von Jesus und Apoll angestellt, und wenn ich mich nicht täusche, gelang es, einen von beiden dem Kopf einer Kröte anzunähern. Das bewies überhaupt nichts. Das Symbol war auf Grund einer gefälligen Analogie gefunden worden. Und seither genügte es. In dieser Art von bildhaftem Argot war man imstande, dem Volk alles, was man wollte, zu sagen und verständlich zu machen. Und so scharte sich denn um diese tyrannische und verwünschte Birne die ganze Bande der patriotischen Schreihälse. Tatsächlich legte man sich so sehr und mit derart vereinten Kräften ins Zeug, daß wir heute, wenn man zugleich die Hartnäckigkeit bedenkt, mit der die Justiz eingriff, aus dem Staunen gar nicht herauskommen beim Durchblättern dieser närrischen Archive, darüber, daß ein so wütender Krieg sich durch so viele Jahre hinziehen konnte.

Ich sagte vorhin so etwas wie: blutige Possen. Diese Zeichnungen sind tatsächlich voller Blut und Raserei. Massaker, Einkerkerungen, Verhaftungen, Haussuchungen, Prozesse, Niederknüppelungen durch die Polizei – alle Augenblicke begegnet uns dort eine dieser Episoden aus den ersten Zeiten der Regierung von 1830; ich denke etwa an folgende Blätter:

Die Freiheit, jung und schön, ihre phrygische Mütze auf dem Haupt, liegt in gefährlichem Schlaf und ahnt nicht, was ihr droht. *Ein Mann* schleicht heran, der Schlimmes im Schilde führt. Er zeigt den wuchtigen Körperbau eines Großmarkthändlers oder Großgrundbesitzers. Über seinem birnenförmigen Schädel, der von einem breiten Backenbart umrahmt ist, erhebt sich ein ausladendes Toupet. Man sieht den Unhold von hinten, und das Vergnügen, seinen Namen zu erraten, verlieh dem Blatt einen noch höheren Wert. Er nähert sich der jugendlichen Gestalt. Er schickt sich an, sie zu vergewaltigen. – *»Haben Sie schon zu Nacht gebetet, Madame?«* – Es ist Othello-Philippe, der die unschuldige Freiheit erwürgt, unerachtet ihres Schreiens und ihres Widerstandes.

Ein mehr als verdächtiges Haus entlang kommt ein blutjunges Mädchen daher, unter ihrer kleinen phrygischen Mütze; sie trägt diesen Kopfputz mit der unschuldigen Koketterie einer demokratischen Grisette. Herr Sowieso und Herr Sowieso (bekannte Gesichter – Minister ohne Zweifel, von der ehrenwertesten Sorte) treiben hier ein seltsames Gewerbe. Sie umstellen das arme Kind, flüstern ihr Schmeicheleien oder Anzüglichkeiten ins Ohr und schieben sie unmerklich dem engen Korridor zu. Hinter einer Türe errät man den *Mann*. Das Profil ist abgewandt, aber er ist unverkennbar: das Toupet, der Backenbart! Er wartet, er verzehrt sich vor Ungeduld!

Hier sieht man die Freiheit vor ein Ausnahmegericht oder sonst ein gotisches Tribunal geschleift: eine große Galerie zeitgenössischer Köpfe in alten Trachten.

Und hier steht die Freiheit vor ihren Folterknechten. Man wird ihre zarten Gelenke zerquetschen, man wird ihr den Leib mit Wasserströmen auftreiben oder jede sonst erdenkliche Schändlichkeit mit ihr treiben. Diese kräftig gebauten Kerle mit nackten Armen, die sich an den Qualen ihres Opfers weiden werden, sind leicht zu erkennen. Das ist Herr X., Herr Y. und Herr Z. – die beliebtesten Zielscheiben der öffentlichen Verachtung.*

Auf all diesen Blättern, von denen die meisten durch ihren Ernst und ihre Gewissenhaftigkeit bemerkenswert sind, spielt der König stets die Rolle eines Unholds oder Mörders, eines unersättlichen Gargantua, oder eine noch schlimmere. Seit der Februarrevolution habe ich nur eine einzige Karikatur gesehen, deren Ingrimm mir die aufgewühlte Zeit der großen politischen Leidenschaften zurückrief; denn sämtliche anläßlich der großen Wahl des Präsidenten hinter den Scheiben der Händler ausgebreiteten politischen Plädoyers boten nur blasse Belanglosigkeiten im Vergleich mit den Erzeugnissen der Epoche, von der soeben die Rede war. Das war kurz nach den unseligen Massakern in Rouen. – Im Vordergrund ein Leichnam, von Kugeln durchlöchert, der auf einer Bahre liegt; hinter ihm alle »großen Tiere« der Stadt, in Uniform, geleckt, geschnürt, geschnatzt, mit hochgezwirbeltem Schnurrbart und stolzgeschwellter Brust; fatzkenhafte Bourgeois müssen darunter sein, die mit einem Veil-

* Ich habe die Blätter nicht mehr bei mir; eines der letztgenannten könnte leicht von Traviès sein.

chenstrauß im Knopfloch ihres Uniformrocks auf die Wache ziehen oder den Aufstand niederschlagen; kurz, ein Ideal von »Bürgerwehr«, wie der berühmteste unserer Demagogen sich auszudrücken beliebte. Vor der Bahre kniend, in seinen Richtermantel gehüllt, mit offenem Mund und wie ein Hai zwei Reihen spitzer Zähne bleckend: F. C., der mit seiner Klaue langsam über das Fleisch des Leichnams fährt und es mit Wonne zerkratzt. – »Ah! der Filou!« sagt er, »er stellt sich tot, um sich der Justiz zu entziehen!«

Mit dem gleichen Ingrimm bekämpfte die *Caricature* die Regierung. Daumier spielte eine bedeutende Rolle bei diesen ständigen Scharmützeln. Man hatte ein Mittel ersonnen, um die Bußgelder aufzubringen, mit denen der *Charivari* geplagt war: *La Caricature* veröffentlichte zusätzliche Zeichnungen, deren Erlös zur Zahlung der Bußgelder verwendet wurde. Anläßlich des beklagenswerten Massakers in der Rue Transnonain zeigte Daumier sich wahrhaft als großer Künstler; das Blatt ist recht selten geworden, denn man hat es beschlagnahmt und vernichtet. Es ist eigentlich keine Karikatur, es zeigt die triviale und gräßliche Wirklichkeit der Geschichte. – In einem armseligen, traurigen Raum, dem traditionellen Zimmer des Proletariers, mit seinen banalen, unentbehrlichen Möbeln, liegt der Körper eines nackten Arbeiters, im Hemd und mit baumwollener Nachtmütze, der Länge nach auf dem Rücken, Beine und Arme abgespreizt. In dem Zimmer muß ein heftiger Kampf, ein wildes Getümmel stattgefunden haben, denn die Stühle sind umgeworfen, ebenso der Nachttisch und der Nachttopf. Unter der Last seines Leichnams zerquetscht der Vater zwischen seinem Rücken und den Fliesen die Leiche seines kleinen Kindes. In dieser kalten Dachstube herrschen nur das Schweigen und der Tod.

Um die gleiche Zeit unternahm Daumier eine satirische Galerie mit Porträts politischer Persönlichkeiten. Es gab deren zwei, eine mit ganzen Figuren, die andere mit Brustbildern. Diese, glaube ich, entstand später und zeigte nur die Pairs von Frankreich. Der Künstler offenbarte hier eine wunderbare Einsicht in das Porträt; bei aller Verzerrung und Übertreibung der urspünglichen Züge, ist er mit solcher Redlichkeit der Natur gefolgt, daß diese Blätter jedem Porträtisten zum Vorbild dienen können. Alle Armseligkeiten des menschlichen Gemüts, alle Lächerlichkeiten, alle Verrücktheiten des Geistes, alle Laster des Herzens sind von diesen ins Tierhafte veränderten Gesichtern deutlich abzulesen; und gleichzeitig ist alles großzügig hingeworfen und ausgearbeitet. Daumier war zugleich geschmeidig wie ein Künstler und genau wie Lavater. Im übrigen unterscheiden die aus jener Zeit stammenden Werke sich erheblich von dem, was er heute macht. Das ist noch nicht die gleiche Mühelosigkeit des Improvisierens, die Lockerheit und Leichtheit des Strichs, die er sich später erworben hat. Das ist manchmal, selten genug freilich, etwas schwerfällig, immer aber sehr ausgearbeitet, sehr gewissenhaft und sehr streng.

Ich entsinne mich noch einer sehr schönen Zeichnung, die derselben Klasse angehört: *Die Freiheit der Presse*. Unter seinen emanzipatorischen Gerätschaften, seinen Druckutensilien, sieht man den Arbeiter einer Setzerei, die geheiligte Papiermütze schräg übers Ohr gestülpt, die Hemdsärmel hochgekrempelt, breitbrüstig, breitbeinig aufgestemmt, wie er die beiden Fäuste ballt und die Brauen runzelt. Der ganze Mann muskulös und wie die Gestalten der großen Meister gebaut. Im Hintergrund der ewige *Philippe* und seine Polizisten. Sie wagen nicht, sich mit ihm einzulassen.

Doch unser großer Künstler hat sehr unterschiedliche Dinge geschaffen. Ich will einige der eindrucksvollsten Blätter beschreiben, die verschiedenen Gattungen angehören. Anschließend will ich den philosophischen und künstlerischen Wert dieses einzigartigen Mannes untersuchen und zuletzt, ehe ich ihn verlasse, werde ich die verschiedenen Serien und Kategorien seines Werkes aufführen oder mich zumindest darum bemühen, denn sein Werk ist heute ein Labyrinth, ein Wald von unentwirrbarer Fülle.

Das letzte Bad, eine ernsthafte und klägliche Karikatur. – Auf einer Quaimauer, aufrecht und schon vornübergeneigt, im spitzen Winkel zu dem Sockel, von dem er sich ablöst, wie eine Statue, die aus dem Gleichgewicht gerät, läßt ein Mann sich stocksteif in den Fluß fallen. Er muß wohl sehr entschlossen sein; seine Arme sind gelassen verschränkt; an einem Strick um seinen Hals hängt ein schwerer Pflasterstein. Er hat sich geschworen, jede Rettung zu vereiteln. Das ist nicht der Selbstmord eines Dichters, der wieder herausgefischt werden und hernach von sich reden machen möchte. Man muß den kümmerlichen, grimassierenden Gehrock sehen, durch den sämtliche Knochen sich abzeichnen! Und die kränkelnde, wie eine Schlange sich windende Krawatte, den spitzen, knochigen Adamsapfel! Man hat wahrhaftig nicht das Herz, es dem armen Teufel zu verargen, daß er hingeht, um dem Schauspiel der Zivilisation unter dem Wasser zu entrinnen. Im Hintergrund, auf der anderen Seite des Flusses, überläßt ein beschaulicher Bürger mit einem runden Bäuchlein sich den unschuldigen Vergnügungen des Angelsports.

Man stelle sich einen abgelegenen Winkel einer unbekannten, kaum belebten Gegend am Stadtrand vor, in bleierner Sommerglut. Ein Individuum mit recht schauerlichem Gehabe, ein Leichenträger oder ein Arzt, sitzt in einer kahlen Laube, unter staubigem Lattenwerk, und trinkt Brüderschaft mit einem gräßlichen Knochenmann. Seitwärts sieht man Stundenglas und Hippe. Der Titel des Blattes ist mir entfallen. Diese beiden sehr von sich eingenommenen Persönlichkeiten schließen entweder eine menschenmörderische Wette ab, oder sie ergehen sich in gelehrten Erwägungen über die Sterblichkeit.

Daumier hat sein Talent an tausend verschiedenen Stellen verstreut. Beauftragt, ein sehr mäßiges poetisches Ärzteblatt, die *Némésis médicale,* zu illustrieren, schuf er ganz wunderbare Zeichnungen. Eine davon, die sich auf die Cholera bezieht, stellt einen öffentlichen Platz dar, von Licht und Hitze überflutet, ja überschüttet. Der Himmel von Paris, seiner ironischen Gewohnheit zur Zeit der großen Seuchen und der großen politischen Umwälzungen getreu, der Himmel ist herrlich; weiß, lodernd vor Glut. Die Schatten sind schwarz und scharf gezeichnet. Auf einer Türschwelle liegt ein Leichnam. Eine Frau stürzt in das Haus, die sich Mund und Nase zuhält. Der Platz liegt öde und glühend, trostloser als ein volkreicher Platz, den der Aufruhr leergefegt hat. Im Hintergrund zeichnen sich trübselig zwei oder drei kleine

Leichenwagen ab, die von komischen Schindmähren gezogen werden, und in der Mitte dieses Forums der Trostlosigkeit sieht man einen armen, verstörten Köter, der ziel- und ratlos, abgemagert bis auf die Knochen, mit eingeklemmtem Schwanz das ausgetrocknete Pflaster beschnüffelt.

Und nun das Bagno. Ein hochgelahrter Herr, schwarzer Anzug, weiße Krawatte, ein Philantrop, ein Weltverbesserer, sitzt verzückt zwischen zwei Sträflingen, abgestumpft wie Kretins, grimmig wie Bulldoggen, abgeschlissen wie Lumpen. Einer der beiden erzählt ihm, daß er seinen Vater ermordet, seine Schwester vergewaltigt oder sonst eine ausgefallene Schandtat begangen hat. – »Ach! Mein Freund, was waren Sie doch für ein reichorganisiertes Menschenkind!« ruft der verzückte Gelehrte aus.

Diese Proben genügen um zu zeigen, wie ernst der Gedanke bei Daumier oft ist, und mit welcher Lebendigkeit er seinen Gegenstand anpackt. Man durchblättere sein Werk, und was in einer großen Stadt an Ungeheuern lebt, wird in seiner ganzen phantastischen, ergreifenden Wirklichkeit an einem vorüberziehen. Alle Schätze des Schrecklichen, Grotesken, Unheimlichen und Närrischen, die Paris enthält, Daumier kennt sie. Den lebenden Leichnam des Verhungernden, den feisten Kadaver des Gesättigten, die lächerlichen Erbärmlichkeiten des Ehestandes, alle Dummheiten, alle stolzen Einbildungen, alle Begeisterungen, alle Verzweiflungen des Bourgeois, nichts fehlt. Niemand hat ihn wie er gekannt und (nach Art der Künstler) geliebt, den Bourgeois, dieses letzte Relikt des Mittelalters, diese zählebige gotische Ruine, diesen zugleich so banalen und so exzentrischen Typus. Daumier hat aufs engste mit ihm zusammengelebt, hat ihn Tag und Nacht belauert, hat die Geheimnisse seines Alkovens erfahren, hat sich mit seiner Frau und seinen Kindern verbündet, er kennt die Form seiner Nase und die Beschaffenheit seines Kopfes, er weiß, welcher Geist das Haus von unten bis oben beseelt.

Eine vollständige Untersuchung von Daumiers Werk zu unternehmen, wäre unmöglich; ich werde die Titel seiner wichtigsten Reihen anführen, ohne allzuviele Würdigungen oder nähere Kommentare. In allen gibt es wunderbare Einzelstücke.

Robert Macaire, *Mœurs conjugales*, *Types parisiens*, *Profils et* *silhouettes, Les Baigneurs, les Baigneuses, Les Canotiers parisiens, Les Bas-Bleus, Pastorales, Histoire ancienne, Les Bons Bourgeois, Les Gens de Justice, La Journée de M. Coquelet, Les Philanthropes du jour, Actualités, Tout ce qu'on voudra, Les Représentants représentés.* Hinzu kommen die beiden Galerien mit Porträts, von denen schon die Rede war.*

Über zwei dieser Bilderreihen habe ich etwas Wichtiges anzumerken: *Robert Macaire* und die *Histoire ancienne.* Mit *Robert Macaire* tritt die Karikatur der Sitten recht eigentlich auf den Plan. – Die große politische Auseinandersetzung hatte sich etwas beruhigt. Die Hartnäckigkeit der Verfolgungen, die Haltung der Regierung, die festen Fuß gefaßt hatte, und eine gewisse dem menschlichen Geist natürliche Ermüdung hatten sehr viel Wasser auf dieses Feuer geschüttet. Es galt, etwas Neues ausfindig zu machen. An die Stelle des Pamphlets trat die Komödie. Die *Satire Ménipée* überließ Molière das Feld, und auf die großen Zornausbrüche der Revolution und die anspielungsreichen Zeichnungen folgte die große Epopöe von Robert Macaire, von Daumier mit *Flammenzügen* erzählt. Damit gewann die Karikatur eine neue Haltung, sie war nicht mehr ausschließlich politisch. Sie war die allgemeine Satire aller Stände. Sie betrat das Gebiet des Romans.

Der *Histoire ancienne* messe ich besondere Wichtigkeit bei, weil sie sozusagen die beste Paraphrase des berühmten Verses darstellt »*Qui nous délivrera des Grecs et des Romains?*« Daumier ist brutal über die Antike hergefallen, über die falsche Antike, – denn niemand fühlt stärker als er, was die Antike Großes hatte, – er hat darauf gespuckt; und der schäumende Achill, und der listenreiche Odysseus, und die brave Penelope, und Telemach, der lange Einfaltspinsel, und die schöne Helena, die Troja zugrunde richtete, kurzum alle und jeder stehen in jener possierlichen Häßlichkeit vor uns, wie die schlotterichten alten Heldendarsteller, die in den Kulissen eine Prise Tabak schnupfen. Das war ein

* Da Daumier unaufhörlich und regelmäßig Neues hervorbringt, ist diese Liste mehr als unvollständig ausgefallen. Ich wollte einmal, mit Daumier zusammen, einen vollständigen Katalog seines Werkes aufstellen. Auch gemeinsam sind wir damit nicht zurande gekommen.

höchst amüsantes Sakrileg, das auch einen gewissen Nutzen gestiftet hat. Ich erinnere mich eines lyrischen und heidnischen Dichters unter meinen Freunden, der sehr empört darüber war. Er nannte dies eine Ruchlosigkeit und sprach von der schönen Helena, wie andere von der Jungfrau Maria sprechen. Diejenigen aber, denen der Olymp und die Tragödie keinen sonderlichen Respekt einflößen, hatten, wie zu erwarten, ihren Spaß daran.

Abschließend sei gesagt: Daumier hat seine Kunst sehr weit getrieben, er hat sie zu einer ernsten Kunst erhoben; er ist ein *großer* Karikaturist. Um ihn nach Verdienst zu würdigen, muß man ihn von dem Gesichtspunkt des Künstlers und von dem moralischen Gesichtspunkt aus untersuchen. – Was Daumier als Künstler auszeichnet, ist die Sicherheit. Er zeichnet wie die großen Meister. Seine Zeichnung ist einfallsreich, mühelos, ein unaufhörliches Improvisieren; doch niemals landet sie bei dem *chic*. Er hat ein wunderbares, fast göttliches Gedächtnis, das ihm als Modell dient. Alle seine Gestalten haben ihr rechtes Gewicht, sind immer in einer wahren Bewegung. Er besitzt eine derart sichere Beobachtungsgabe, daß man bei ihm nicht einen einzigen Kopf findet, der nicht zu dem Körper paßte, auf dem er sitzt. So Nase, Stirn und Auge, so Fuß und Hand. Hier wird die Logik des Gelehrten in eine leichte, flüchtige Kunst übertragen, die mit dem Leben selber in seiner Beweglichkeit ringt.

In moralischer Hinsicht sehe ich bei Daumier gewisse Beziehungen zu Molière. Wie dieser geht er stracks auf sein Ziel los. Der Grundgedanke tritt sogleich hervor. Man schaut hin, und schon hat man begriffen. Die Legenden, die man unter seine Zeichnungen setzt, leisten keine sonderlichen Dienste; meist sind sie entbehrlich. Seine Komik ist sozusagen unwillkürlich. Der Künstler sucht nicht, man sollte eher meinen, der Einfall breche aus ihm hervor. Seine Karikatur hat einen ungeheuren Schwung, aber sie ist ohne Mißgunst und Galle. In seinem ganzen Werk liegt ein Fonds von Redlichkeit und Bonhomie. Er hat, und dieser Zug verdient wohl bemerkt zu werden, sich oft geweigert, gewisse sehr schöne und sehr heftige satirische Motive zu behandeln, weil dies, wie er sagte, die Grenzen des Komischen spreng-

I Charles Baudelaire als Schüler

2 Émile Deroy, Charles Baudelaire

3 Jacques-Louis David, Marat

4 Eugène Delacroix, Les dernières paroles de Marc Aurèle

5 Eugène Delacroix, Dante et Virgile aux enfers

6 Eugène Delacroix, Roméo et Juliette

7 Théodore Chassériau, Ali-Ben-Hamet, Kalife de Constantine

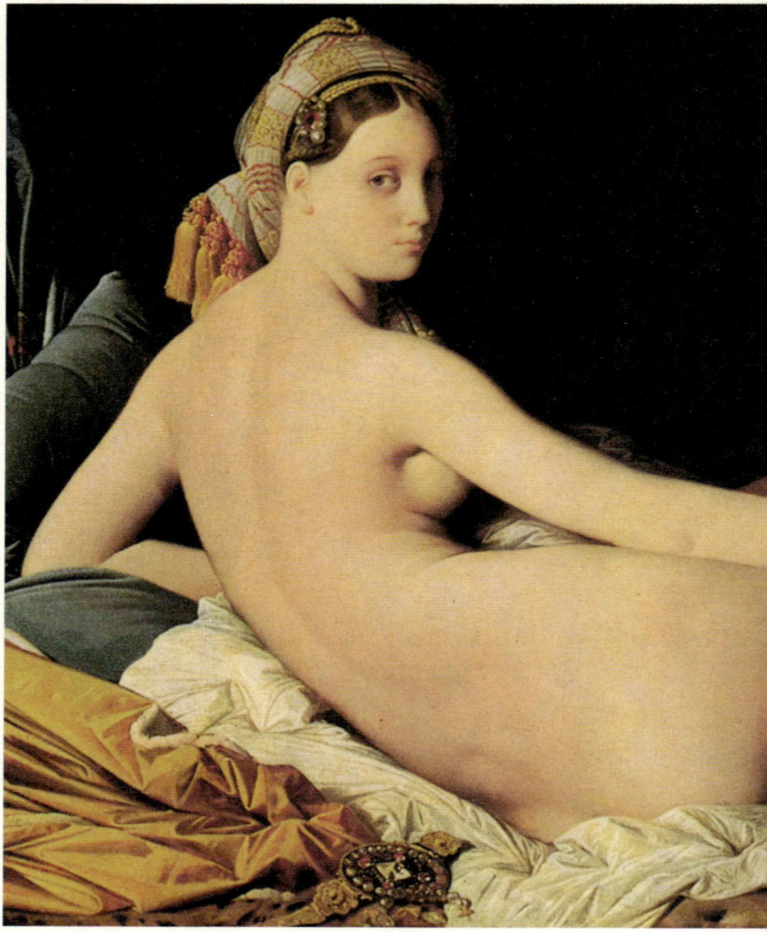

8 Jean-Auguste-Dominique Ingres, La grande Odalisque

9 Jean-Auguste-Dominique Ingres, Cherubini et sa muse

10 Ary Scheffer, St. Augustin et Ste Monique

11 William Haussoulier, La Fontaine de Jouvence

12 George Catlin, Little Wolf, a Famous Warrior

13 Alexandre Decamps, École turque

14 Camille Corot, Homère et les bergers

15 William Hogarth, The Reward of Cruelty

ŒUVRES NOUVELLES DE GAVARNI. BALIVERNERIES PARISIENNES 2.

Chez Aubert & Cie Pl. de la Bourse 29. Imp. d'Aubert & Cie

(QUARTIER BREDA.)

— Ma......bonne Dame..... cha....ritable....un petit....baiser....pour l'amour....de Dieu!
— On a déja donné à votre père ce matin.

16 Gavarni, Baliverneries parisiennes, »Ma bonne Dame charitable . . .«

17 Honoré Daumier, Liberté de la presse

18 Honoré Daumier, Les Philantropes du jour

19 Grandville, Le premier rêve, Crime et expiation

ten und danach angetan waren, das Gewissen des Menschengeschlechts zu verletzen. Wenn er daher erbittert oder erschreckt, so beinah ohne es gewollt zu haben. Er hat geschildert, was er gesehen hat, und dies war das Ergebnis. Als ein leidenschaftlicher und sehr natürlicher Liebhaber der Natur hätte er Mühe, sich zu einer absoluten Komik zu erheben. Er vermeidet sogar sorgfältig alles, was für ein französisches Publikum kein Gegenstand einer klaren und unverzüglichen Wahrnehmung wäre.

Noch ein Wort. Was Daumiers bemerkenswerten Charakter vervollständigt und ihn zu einem besonderen Künstler aus der erlauchten Familie der großen Meister erhebt, ist der Umstand, daß seine Zeichnung natürlicherweise Farbe hat. Seine Lithographien und seine Holzstiche wecken farbige Vorstellungen. Sein Stift enthält nicht nur das Schwarz, das dazu dient, die Umrisse festzuhalten. Er läßt die Farbe ahnen wie den Gedanken; dies aber ist das Merkmal einer höheren Kunst, welche alle einsichtigen Künstler in seinen Werken klar erkannt haben.

Henri Monnier hat vor einigen Jahren sehr viel Aufsehen erregt; er hat einen großen Erfolg in der Welt der Bourgeois und in der Welt der Ateliers, die beide eine Art großes Dorf sind, davongetragen. Dafür gibt es zwei Gründe. Der erste ist, daß er drei Funktionen auf einmal erfüllte, wie Julius Cäsar: Schauspieler, Schriftsteller, Karikaturist. Der zweite ist, daß er ein seinem Wesen nach bourgeoises Talent besitzt. Als Schauspieler war er frostig und genau; als Schriftsteller ein Wortklauber; als Künstler hatte er das Mittel entdeckt, wie man *chic* nach der Natur verfertigt.

Er ist genau das Gegenstück des Mannes, von dem soeben die Rede war. Statt eine Gestalt oder einen Stoff als Ganzes vollständig auf einen Schlag zu erfassen, bediente Henri Monnier sich des Verfahrens einer langsamen, stückweisen Untersuchung der Einzelheiten. Die große Kunst ist ihm immer unbekannt geblieben. Monsieur Prudhomme, dieser Typus von erschreckender Lebensnähe, auch Monsieur Prudhomme ist nicht groß ersonnen worden. Henri Monnier hat ihn studiert, den lebendigen, den wirklichen Prudhomme; Tag für Tag hat er ihn studiert, sehr lange Zeit hindurch. Wie viele Tassen Kaffee Henri Monnier hat trinken, wie viele Partien Domino er hat spielen müssen, um dieses erstaunliche Resultat zu erzielen, weiß ich nicht. Nachdem er ihn studiert hatte, hat er ihn übertragen; ich irre mich, er hat ihn durchgepaust. Auf den ersten Blick wirkt das Produkt fast außerordentlich; aber als der ganze Monsieur Prudhomme gesagt war, blieb Henri Monnier weiter nichts mehr zu sagen. Mehrere seiner *Scènes populaires* sind gewiß recht hübsch; andernfalls müßte man den grausamen und überraschenden Zauber der Daguerreotypie leugnen; doch Monnier ist unfähig, etwas zu erschaffen, zu idealisieren, anzuordnen. Um auf seine Zeichnungen zurückzukommen, die hier der wichtigste Gegenstand sind, so sind sie für gewöhnlich kühl und hart, und, seltsam!, trotz der Schärfe des spitzen Stiftes behält der Einfall etwas Unbestimmtes. Monnier hat eine seltsame Eigenschaft, aber er hat nur diese eine: die Kälte, die Klarheit des Spiegels, eines Spiegels, der nicht denkt und sich damit begnügt, die Passanten *abzuspiegeln.*

Ganz anders liegen die Dinge bei Grandville: ein auf krankhafte Weise literarischer Geist, der immer um unzulängliche Mittel bemüht war, mit denen seine Gedanken sich in den Bereich der bildenden Kunst übertragen ließen; weshalb wir ihn denn auch des öfteren das alte Verfahren anwenden sahen, das darin besteht, seine Gestalten mit Sprechbändern auszustatten, die ihnen aus dem Munde hängen. Ein Philosoph oder ein Arzt könnte gewiß eine sehr schöne psychologische und physiologische Studie über Grandville schreiben. Er war sein Leben lang auf der Suche nach Ideen, die er manchmal auch gefunden hat. Aber da er dem Handwerk nach Künstler, seinem Kopf nach *homme de lettres* war, ist es ihm niemals gelungen, ihnen den rechten Ausdruck zu geben. Er hat natürlicherweise mehrere große Fragen berührt, und landete im Leeren, da er keines ganz war, weder Philosoph noch Künstler. Während eines großen Teils seines Daseins hat Grandville sich von der allgemeinen Idee der *Analogie* tragen lassen. Damit hat er sogar begonnen: *Les Métamorphoses du jour.* Aber er verstand es nicht, die rechten Folgerungen daraus zu ziehen; er zockelte daher wie eine aus dem Gleis geratene Lokomotive. Mit einem übermenschlichen Mut hat dieser Mann sein Leben damit verbracht, die Schöpfung umzuschaffen. Er nahm sie in seine Hände, bog und wand sie, verkehrte ihre Ordnung, versah sie mit Erklärungen und Erläuterungen; und die Natur verwandelte sich in eine Apokalypse. Er stellte die Welt auf den Kopf. Hat er nicht in der Tat ein Bilderbuch zusammengestellt, das *Le Monde à l'envers* heißt? Es gibt oberflächliche Menschen, die Grandville unterhaltsam finden; mich erschreckt er. Denn unglücklicherweise hat der Künstler es mir angetan, und nicht seine Zeichnungen. Wenn ich das Werk von Grandville betrete, überkommt mich ein Unbehagen, wie in einer Wohnung, in der man systematisch Unordnung hergestellt hätte, wo wunderlich geformte Gesimse auf dem Fußboden ruhten, wo man die Bilder durch optische Verfahren verzerrt erblickte, wo die Gegenstände einander mit ihren schiefen Ecken und Kanten verwundeten, wo die Möbel die Füße in die Luft reckten und die Schubladen hinein- statt hinauszuschieben wären.

Gewiß, Grandville hat manches Schöne und Gute geschaffen, seine Versessenheit und kleinmeisterliche Beharrlichkeit waren ihm sehr dienlich; aber er besaß keine Geschmeidigkeit, und er war unfähig, je eine Frau zu zeichnen. Bedeutsam aber ist Grandville durch die närrische Seite seines Talents. Hartnäckig wie er war, hat er, ehe er starb, seinen Willen darauf gerichtet, die Bilderflucht seiner Träume und Schreckgesichte festzuhalten, mit der Genauigkeit eines Stenographen, der den Wortlaut einer Rede aufzeichnet. Grandville der Künstler wollte, ja, er wollte, der Stift solle das Gesetz der Ideenassoziation erklären. Grandville ist sehr komisch; aber oft ist er Komiker ohne es zu wissen.

Ich wende mich nun einem Künstler zu, in dessen Anmut sich einige Bizarrerie mischt, der aber ungleich bedeutender ist. Gavarni hat zwar mit Maschinenzeichnungen begonnen, dann Modezeichnungen geliefert, und es ist, als habe dies lange Zeit seine Spuren bei ihm hinterlassen; dennoch muß gerechterweise gesagt werden, daß Gavarni sich ständig fortentwickelt hat. Er ist nicht ganz Karikaturist, nicht einmal ausschließlich Künstler, er ist auch Literat. Er streift die Dinge, läßt ahnen. Das Eigentümliche seiner Komik liegt in einer großen Feinheit der Beobachtung, die mitunter eine äußerste Zartheit erreicht. Er kennt, wie Marivaux, die ganze Macht der Zurückhaltung, die gleichzeitig ein Köder und eine Schmeichelei für die Intelligenz des Publikums ist. Die Legenden unter seinen Zeichnungen stammen von ihm selbst, und bisweilen haftet ihnen etwas Gewundenes an. Viele Leute ziehen Gavarni Daumier vor, und das ist keineswegs verwunderlich. Da Gavarni weniger Künstler ist, ist er für sie leichter verständlich. Daumiers Genie ist unverblümt und direkt. Man lasse die Unterschrift beiseite, die Zeichnung bleibt etwas Schönes und Klares. Mit Gavarni verhält es sich anders; er bietet zweierlei: die Zeichnung, dann die Unterschrift. Überdies ist Gavarni kein ausschließlicher Satiriker; nicht selten schmeichelt er, statt zu beißen; er rügt nicht, er ermuntert. Selber ein *homme de lettres,* hat er wie alle *hommes de lettres* einen leichten Anflug von Korruption. Dank der bestrickenden Heuchelei, mit der das Gemeinte vorgebracht wird, und dank der mächtigen Taktik des Halbgesagten wagt er alles. Ein andermal, wenn sein zynischer Einfall freimütig den Schleier abwirft, hüllt er sich in ein anmutiges Gewand, schmeichelt den Vorurteilen und macht die Welt zum Komplizen. Wie viele Gründe zur Popularität! Eine Probe unter tausenden: erinnert der Leser sich noch jenes großen, schönen Mädchens, dessen Blicke verächtlich schmollend auf einem jungen Mann ruhen, der mit flehend gefalteten Händen vor ihr steht? – »Ein Küßchen, du gutes, mildes Herz, um Gottes willen, bitte.« – »Kommen Sie heute abend wieder, wir haben heute früh schon gegeben, als Ihr Vater da war.« Man sollte die Herzensdame wahrhaftig für ein Porträt halten. Diese Racker sind so hübsch, daß die jungen Mädchen unweigerlich die Lust anwandelt, es ihnen nachzutun. Man beachte, daß das Beste in der Unterschrift liegt; soviel könnte die Zeichnung gar nicht sagen.

Gavarni ist der Schöpfer der *Lorette.* Es gab sie zwar schon ein wenig vor ihm, doch er hat sie komplettiert. Mir ist sogar, als wäre das Wort seine Erfindung. Die Lorette, wie man bereits gesagt hat, ist nicht das ausgehaltene Mädchen des ersten Kaiserreichs, die dazu verurteilt war, in trübsinnigem Tête-à-tête mit dem metallenen Leichnam zu leben, der, General oder Bankier, für ihren Unterhalt aufkam. Die Lorette ist frei und ungebunden. Sie kommt, sie geht. Sie hält offenes Haus. Sie hat keinen Herrn;

sie verkehrt mit Künstlern und Journalisten. Sie tut, was sie kann, um geistreich zu sein. Ich sagte, Gavarni habe sie komplettiert; und in der Tat, von seiner literarischen Einbildungskraft beflügelt, erfindet er mindestens ebensoviel, wie er sieht, und aus diesem Grund hat er die Sitten nachhaltig beeinflußt. Paul de Kock hat die Grisette erschaffen, und Gavarni die Lorette; und einige dieser Mädchen haben sich dem Vorbild angeglichen und dadurch vervollkommnet, wie die Jugend des Quartier Latin dem Einfluß seiner *Studenten* erlegen war, wie viele Leute sich bemühen, den Figuren auf den Modestichen ähnlich zu sehen.

So wie er ist, ist Gavarni ein mehr als interessanter Künstler, von dem vieles bleiben wird. Man muß seine Werke durchblättern, um die Geschichte der letzten Jahre der Monarchie zu begreifen. Die Republik hat Gavarni ein wenig in den Schatten gerückt: ein grausames, doch natürliches Gesetz. Er wurde geboren, als die Stürme sich legten; er erlischt, wie sie aufs neue erwachen. – Der wahre Ruhm und die wahre Mission Gavarnis und Daumiers bestanden darin, Balzac zu ergänzen, der dies sehr wohl wußte, und sie als seine Helfer und Kommentatoren schätzte.

Gavarnis wichtigste Schöpfungen sind: *La Boîte aux lettres, Les Étudiants, Les Lorettes, Les Actrices, Les Coulisses, Les Enfants terribles, Hommes et femmes de plume* und eine ungeheure Folge von einzelnen Sujets.

Es bleibt mir noch, von Trimolet, Traviès und Jacque zu sprechen. – Trimolet traf ein melancholisches Geschick; niemand ahnte, angesichts der kindlichen Anmut und Scherzhaftigkeit, die seine Darstellungen durchweht, daß so viele harte Schmerzen und bohrender Kummer sein armes Leben bestürmt haben. Für die Sammlung der *Chansons populaires de la France* und für Auberts komische Almanache hat er selber sehr schöne Zeichnungen, oder besser Skizzen, radiert, in denen die übermütigste und unschuldigste Fröhlichkeit herrscht. Trimolet zeichnete sehr komplizierte Kompositionen frei auf die Platte, ohne jede Vorzeichnung, ein Verfahren, das freilich hie und da auch einigen Wirrwarr zur Folge hatte. Der Künstler hatte augenscheinlich einen sehr starken Eindruck von Cruikshanks Werken empfangen; doch bewahrt er sich trotz allem seine Originalität. Er ist ein Humorist, der eine Sonderstellung verdient; er hat ein Gewürz *sui generis*, einen feinen Geschmack, der ihn für die Leute, die einen feinen Gaumen haben, von allen übrigen unterscheidet.

Eines Tages malte Trimolet ein Bild; es war gut ersonnen und ein großer Gedanke: In einer finsteren, regenfeuchten Nacht hat einer dieser alten Männer, die wie eine wandelnde Ruine und ein Bündel lebender Lumpen aussehen, sich am Fuß eines verfallenen Gemäuers ausgestreckt. Dankbar hebt er seine Augen zu dem sternenlosen Himmel auf und ruft: »Ich segne dich, mein Gott, der du mir diese Mauer gegeben hast, daß sie mich schütze, und diese Matte, mich damit zu bedecken!« Wie alle schmerzgeplagten Enterbten ist dieser brave Mann nicht sehr heikel und gerne bereit, dem Allmächtigen das Übrige anheimzustellen. Was auch die Rasse der Optimisten sagen mag, die, nach Désaugiers, wenn sie getrunken haben, sich gelegentlich fallen lassen, auf die Gefahr hin, *einen Armen, der nichts im Leibe hat,* unter sich zu erdrücken, gibt es Genies, die solche Nächte verbracht haben! Trimolet ist tot; er starb in dem Augenblick, wo das Morgenrot seinen Horizont erhellte, wo ein milder gestimmtes Glück ihm zuzulächeln geneigt war. Seine Begabung wuchs, sein geistiges Triebwerk war rüstig und arbeitete kräftig; aber das Triebwerk seines Körpers war von ehemaligen Unbilden schwer gestört und beschädigt.

Auch Traviès hatte ein widriges Schicksal. Das ist meiner Meinung nach ein vortrefflicher Künstler, der zu seiner Zeit nicht mit dem gehörigen Zartgefühl gewürdigt wurde. Er hat viel hervorgebracht, aber es fehlt ihm an Sicherheit. Er möchte witzig sein und trifft unfehlbar daneben. Ein andermal findet er etwas Schönes und merkt es nicht. Er bessert, verbessert sich unaufhörlich; er dreht, er wendet sich und eilt einem unerreichbaren Ideale nach. Er ist der Fürst des Mißgeschicks. Seine Muse ist eine Vorstadtnymphe, bleich und melancholisch. Durch alle seine Umschweife und Ausflüchte hindurch läßt sich allenthalben eine unterirdische Ader von bemerkenswerten Farben und von ausgesprochener Eigenart verfolgen. Traviès hat ein tiefes Empfinden für die Freuden und Leiden des Volkes; er kennt das Gesindel von Grund auf, und wir dürfen sagen, daß er es mit zärtlichem Mitgefühl geliebt hat. Um dessentwillen bleiben seine *Scènes bachiques* ein bemerkenswertes Werk. Seine Lumpensammler übrigens sind im allgemeinen sehr ähnlich, und all diese Fetzen haben die fast ungreifbare Großartigkeit und Noblesse des fertigen Stils, wie die Natur in ihren Launen ihn bietet. Man sollte nicht vergessen, daß Traviès ebenfalls eine Figur erschaffen hat: *Mayeux*, diesen exzentrischen und lebenswahren Typus, der Paris so sehr vergnügt hat. *Mayeux* gehört ihm, wie *Robert Macaire* Daumier, wie *Monsieur Prudhomme* Monnier gehört. – In jener schon fernen Zeit gab es in Paris eine Art physionomanischen Narren mit Namen Léclaire, den man in den Schenken, den Weinkellern und den kleinen Theatern antraf. Er hatte sich auf »ausdrucksvolle Köpfe« verlegt, und zwischen zwei Kerzen ließ er auf seinem Gesicht sämtliche Leidenschaften im Wechselspiel vorüberziehen: die ganze Folge der *Caractères des passions de M. Lebrun, peintre du roi.* Dieser Mann war närrischerweise – was in den Kasten am Rande der Gesellschaft häufiger vorkommt, als man denkt, – sehr schwermütig und von einem Hunger nach Freundschaft besessen. Neben seinen Studien und seinen grotesken Darbietungen verbrachte er seine Zeit auf der Suche nach einem Freund, und wenn er getrunken hatte, beweinte er seine Einsamkeit mit reichlichen Tränenströmen. Dieser Unglückliche besaß eine derartige objektive Gewalt und eine so hohe Kunst des Schminkens, daß es ihm gelang, den Höcker, die Runzelstirn eines Buckligen, seine großen Affentatzen, seine schreiende und geifernde Redeweise täuschend nachzuahmen. Traviès sah ihn; man lebte damals noch ganz in der großen patriotischen Begeisterung des Juli; eine blitzartige Erleuchtung durchfuhr ihn; Mayeux war erschaffen, und lange Zeit hindurch sprach, schrie, schwadronierte und gestikulierte der turbulente Mayeux im Gedächtnis des Volkes von Paris. Seither hat man erfahren, daß es Mayeux wirklich gab, und man nahm an, Traviès habe ihn gekannt und kopiert. Mit mehreren anderen volkstümlichen Schöpfungen hat es eine ähnliche Bewandtnis.

Seit einiger Zeit ist Traviès von der Bühne verschwunden, man weiß nicht recht warum, denn es gibt auch heutzutage, wie stets, solide Unternehmer von komischen Alben und Journalen. Das ist ein wirkliches Unglück, denn er ist ein vorzüglicher Beobachter, und trotz der Momente, wo er schwankt oder versagt, liegen in seinem Talent ein Ernst und eine Zärtlichkeit, die ihm eine sonderbare Anziehungskraft verleihen.

Die Sammler sollten wissen, daß in den auf Mayeux bezüglichen Karikaturen die Frauen, die in der Epopöe dieses galanten und patriotischen Ragotin bekanntlich eine große Rolle gespielt haben, nicht von Traviès sind: sie sind von Philipon, dessen Einfälle äußerst *komisch* waren und der sich auf die Zeichnung verführerischer Frauenzimmer verstand, dergestalt daß er sich das Vergnügen vorbehielt, in den *Mayeux* von Traviès die Frauen zu übernehmen, und daß jedes Blatt sich derart durch einen Stil verdoppelt sah, der dessen komische Wirkung wahrhaftig nicht verstärkte.

Jacque, ein vortrefflicher Künstler von vielseitiger Intelligenz, ist gelegentlich auch ein empfehlenswerter Karikaturist gewesen. Außer seinen Gemälden und seinen Radierungen, die immer von einem ernsten, poetischen Gemüt zeugen, hat er vorzügliche groteske Zeichnungen geliefert, wo der Einfall sich in der Regel gut und auf Anhieb zur Geltung bringt. Man sehe seine *Militairiana* und *Malades et Médecins*. Er verfügt über zeichnerischen Reichtum und eine geistvolle Darstellung, seine Karikatur hat, wie alles was er macht, das Zupackende und Frische des beobachtenden Dichters.

EINIGE AUSLÄNDISCHE KARIKATURISTEN

HOGARTH – CRUIKSHANK
GOYA – PINELLI – BREUGHEL

I

Ein allgemein beliebter und berühmter Name, nicht nur bei den Künstlern, sondern auch bei den Weltleuten, einer der vorzüglichsten Künstler auf dem Gebiet des Komischen, der einem wie ein Sprichwort im Gedächtnis haftet, ist Hogarth. Ich habe über Hogarth öfters sagen hören: »Hier wird das Komische zu Grabe getragen.« Von mir aus; der Ausspruch mag als eine witzige Bemerkung gelten, ich aber möchte ihn als Lob verstanden wissen; diese unliebenswürdige Formel liefert mir das Symptom, die Diagnose eines ganz besonderen Verdienstes. Man sehe doch nur aufmerksam hin: Hogarths Talent hat etwas Kaltes, Beklemmendes, Unheimliches an sich. Das drückt einem das Herz ab. Brutal und rücksichtslos, doch stets auf die moralische Bedeutung seiner Kompositionen bedacht, Moralist vor allem andern, füllt er sie, wie unser Grandville, mit allegorischen Einzelheiten und allerlei Anspielungen, die, seiner Absicht nach, das Gemeinte vervollständigen und ins rechte Licht setzen sollen. Für den Betrachter, fast hätte ich gesagt, für den Leser, tritt bisweilen der Fall ein, daß sie, seinem Wunsch zuwider, das Verständnis hinauszögern und verwirren.

Im übrigen findet man bei Hogarth, wie bei allen Künstlern, die sich in mehreren Richtungen versuchen, sehr verschiedenartige Manieren und Stücke. Sein Verfahren ist nicht immer so hart, so ausgeschrieben, so ins Kleinliche gehend. Man vergleiche etwa die Stiche der »Hochzeit nach der Mode« mit jenen, die »Die Gefahren und die Folgen der Ausschweifung«, den »Palast des Gin«, »Die Marter des Musikers«, den »Haushalt des Poeten« darstellen, so wird man in letzteren sehr viel mehr Lockerheit und Ungezwungenheit finden. Eines seiner merkwürdigsten Blätter ist gewiß jenes, das uns einen platten, steifen Leichnam zeigt, der seiner Länge nach auf dem Seziertisch liegt. Vermittels einer

Winde oder sonst einer an der Decke befestigten mechanischen Vorrichtung werden dem toten Wüstling die Eingeweide aus dem Leib gespult. Dieser Tote ist gräßlich, und nichts könnte zu diesem kadaverösesten aller Kadaver einen seltsameren Kontrast bilden als die hohen, langen, mageren oder runden Gesichter all dieser britischen Doktoren, die unter ihren ungeheuerlichen Rollenperücken mit so groteskem Ernst dreinschauen. In einem Winkel taucht ein Hund seine gierige Schnauze in einen Eimer und entwendet dort einige menschliche Überreste. Hogarth, der das Komische zu Grabe trägt! Eher doch, möchte ich sagen, das Komische in allem Grab- und Leichenwesen. Beim Anblick dieses menschenfresserischen Hundes mußte ich immer an das historische Schwein denken, das sich an dem Blut des unglücklichen Fualdès schamlos gütlich tat, während ein Leierkasten den Sterbenden sozusagen ins Grab orgelte.

Ich behauptete soeben, das Witzwort aus der Künstlerwerkstatt müsse als ein Lob verstanden werden. Tatsächlich finde ich auch bei Hogarth jene Düsterkeit, Heftigkeit und Entschiedenheit, die fast sämtliche Werke aus dem Lande des Spleen beseelt. In dem »Palast des Gin« sieht man, neben den unzähligen Mißgeschicken und grotesken Unfällen, die das Leben und den Weg der Trunkenbolde durchsetzen, Gräßlichkeiten, die von unserem französischen Standpunkt aus wenig komisch sind: fast immer jähe Todesfälle. Ich will hier keine ins einzelne gehende Untersuchung von Hogarths Werken vornehmen; der seltsame, detailfreudige Moralist hat schon zahlreiche Würdigungen erfahren, und ich möchte mich darauf beschränken, den Grundzug festzustellen, der in den Werken jedes bedeutenden Künstlers vorherrscht. Es wäre Unrecht, da von England die Rede ist, hier Seymour nicht zu erwähnen, von dem jeder die prächtigen Spottbilder auf das Angeln und Jagen kennt, diese Doppelepopöe von Käuzen und Sonderlingen. Von ihm stammte ursprünglich die wunderbare Allegorie von der Spinne, die ihr Netz zwischen dem Stecken und dem Arm jenes Anglers aufgehängt hat, den keine Ungeduld erzittern läßt.

Bei Seymour, wie bei den übrigen Engländern, Gewaltsamkeit und eine Vorliebe für das Übertriebene; eine einfache, erzbrutale und direkte Art der Darstellung. In der Karikatur sind die Engländer Ultras. – *»Oh! the deep, deep sea!«* ruft in andächtige Betrachtung versunken ein dicker Londoner aus, der friedlich auf der Bank eines Ruderbootes sitzt, eine Viertelmeile vom Hafen entfernt. Ich glaube, man erblickt sogar noch einige Dächer im Hintergrund. Die Verzückung dieses Schwachsinnigen ist grenzenlos; und so sieht er denn auch nicht die beiden dicken Beine seiner teuren Gattin, die senkrecht aus dem Wasser ragen, die Fußspitzen in die Luft gereckt. Es scheint, daß diese feiste Person sich kopfüber in das flüssige Element hat fallen lassen, dessen Anblick dieses stumpfe Hirn begeistert. Die Beine sind alles, was von dieser unglücklichen Kreatur zu sehen ist. Bald wird dieser gewaltige Naturliebhaber sich phlegmatisch nach seiner Frau umtun und sie nicht mehr finden.

Das besondere Verdienst George Cruikshanks (von seinen übrigen Verdiensten allen, Feinheit des Ausdrucks, Verständnis für das Phantastische usw., einmal abgesehen) liegt in einem unerschöpflichen Überfluß im Grotesken. Unvorstellbar ist dieser Schwung, und man würde einen solchen Reichtum der Erfindung für unmöglich halten, hätte man den Beweis nicht vor Augen, in Gestalt eines ungeheuren Werkes, einer Sammlung unzähliger Vignetten, einer langen Reihe komischer Alben – kurz, einer solchen Fülle grotesker Gestalten, Situationen, Physiognomien, Gemälden, daß das Gedächtnis den Überblick verliert; unaufhörlich und ausweichlich bringt Cruikshanks Stichel Groteskes hervor, wie die reichen Reime dem geborenen Dichter aus der Feder fließen. Die Groteske ist seine Gewohnheit.

Ließe sich so Flüchtiges und Ungreifbares wie das Gefühl der Kunst, dieses Unwägbare, das einen Künstler stets von dem anderen unterscheidet, wie nahe sie auch miteinander verwandt zu sein scheinen, – ließe dieses Unwägbare sich mit Sicherheit ergründen, so würde ich sagen, daß das Groteske bei Cruikshank vor allem auf der extravaganten Gewaltsamkeit der Gebärde und Bewegung beruht, und in dem Explosiven des Ausdrucks. Alle diese kleinen Gestalten agieren und grimassieren mit wilder Ausgelassenheit wie die Darsteller einer Pantomime. Der einzige Fehler, den man ihm vorwerfen könnte, wäre, daß er häufig mehr geistreicher Skizzierer als eigentlich Künstler ist, kurz, daß er als Zeichner nicht immer die gehörige Sorgfalt anwendet. Es kommt einem vor, als ob er vor lauter Lust, sich seinem überwältigenden Schwung zu überlassen, nicht mehr darauf bedacht sei, seine Gestalten auch mit der nötigen Lebenskraft auszustatten. Seine Zeichnung gleicht ein wenig zu sehr derjenigen der Literaten, die zu ihrer Unterhaltung flüchtige Kritzeleien aufs Papier werfen. Diese prächtigen kleinen Geschöpfe sind nicht immer lebensfähig auf die Welt gekommen. Diese ganze winzige Welt schwirrt, wirbelt und schwirbelt mit unaussprechlichem Übermut durcheinander, ohne viel danach zu fragen, ob auch jedes Glied an seiner natürlichen Stelle sitzt. Das sind allzu oft nur menschliche Hypothesen, die kaum wissen, ob sie bei ihrem wilden Gefuchtel noch Arme und Beine beisammen haben. Gleichviel, so wie er ist, ist Cruikshank ein für das Komische hochbegabter Künstler, der in allen Sammlungen seinen Platz behaupten wird. Was aber soll man von jenen modernen französischen Plagiatoren sagen, deren Unverschämtheit so weit geht, daß sie nicht nur seine Sujets und Einfälle übernehmen, sondern sogar die Manier und den Stil? Zum Glück hat noch kein Dieb eines Menschen Naivität stehlen können. Sie brachten es nur dahin, in ihren affektierten Kindereien eiskalt zu sein, und ihre Zeichnung war noch unzulänglicher.

II

In Spanien hat ein merkwürdiger Mann dem Komischen neue Horizonte eröffnet.

Da hier von Goya die Rede sein wird, so muß ich meine Leser zuvörderst auf den ausgezeichneten Artikel verweisen, den Théophile Gautier in *Le Cabinet de l'Amateur* über ihn geschrieben hat und der seither in einem Bande seiner gesammelten Aufsätze wieder abgedruckt wurde. Théophile Gautier ist wie geschaffen, solche Naturen zu verstehen. – Übrigens enthält der Artikel auch alles Nötige hinsichtlich der Verfahrensweisen, deren Goya sich bedient: Aquatinta und Radierung vereint, mit Kaltnadelretouchen. Ich möchte hier nur einige Worte hinzufügen über das ungemein seltene Element, das Goya mit dem Komischen verquickt hat: ich meine das Phantastische. Goya ist eben durchaus nichts Besonderes, nichts Sonderbares, weder absolute Komik noch rein signifikante Komik, nach Art der Franzosen. Freilich taucht er oft in die grimmige Komik, und nicht selten erhebt er sich bis zur absoluten Komik; doch der allgemeine Anblick, den ihm die Dinge bieten, hat vor allem etwas Phantastisches, oder das Auge, mit dem er die Dinge sieht, übersetzt natürlicherweise alles ins Phantastische. *Los Caprichos* sind ein wunderbares Werk, nicht nur wegen der Originalität der Erfindungen, sondern auch durch die Ausführung. Ich stelle mir einen Betrachter der *Caprichos* vor, einen Neugierigen, einen Amateur, ohne jede Kenntnis der geschichtlichen Ereignisse, auf die mehrere dieser Blätter anspielen, einen einfachen Künstlergeist, der weder weiß, wer Godoï ist, noch König Carlos oder die Königin; dennoch werden diese Blätter am Grunde seines Gehirns eine lebhafte Erschütterung auslösen, die bewirkt wird von der originalen Manier, der Fülle und der Sicherheit der künstlerischen Mittel, und auch von dieser Atmosphäre des Phantastischen, die alles einhüllt. Übrigens liegt in den Werken, die aus tiefen Individualitäten hervorgegangen sind, ein gewisses Etwas, das jenen periodisch oder chronisch auftretenden Träumen gleicht, die uns in unserm Schlaf heimsuchen. Das kennzeichnet den wahren Künstler, den überdauernden, fort und fort lebendigen, selbst in diesen flüchtigen, von dem Ereignis gleichsam mitgetragenen Werken, die man *Karikaturen* nennt; das, sage ich, unterscheidet die historischen von den künstlerischen Karikaturisten, die vergängliche von der ewigen Komik.

Goya ist immer ein gewaltiger, oft ein erschreckender Künstler. Mit der Fröhlichkeit, der Jovialität, der spanischen Satire aus der guten Zeit des Cervantes vereinigt er einen sehr viel moderneren Geist – oder zumindest einen, um den man sich in modernen Zeiten sehr viel eifriger bemüht hat –, die Liebe zum Ungreifbaren, das Gefühl für starke Kontraste, für die Greuel und Scheuel der Natur, die Menschengesichter, wenn dieser oder jener Anlaß sie seltsam vertiert. Es ist sehr merkwürdig festzustellen, daß dieser Geist, der nach der großen satirischen und alles umstürzenden Bewegung des achtzehnten Jahrhunderts kommt und dem Voltaire, freilich nur der Tendenz wegen (denn was das übrige anbelangt, so verstand der arme große Mann so gut wie nichts davon), Dank gewußt hätte für all diese Karikaturen auf die Möncherei – gähnende Mönche, verfressene Mönche, mörderische Dickschädel, die sich zur Matutin rüsten, verschlagene, heuchlerische, listige und böse Köpfe wie Raubvogelprofile; – es ist merkwürdig, sage ich, daß diesen Hasser der Mönche das Hexen- und Teufelswesen, der Hexensabbat, die Kinder, die am Spieß geröstet werden, und was sonst noch alles, so sehr beschäftigt haben, alle die Ausschweifungen des Traumes, alle die Ungeheuerlichkeiten der Halluzination, und dann all diese weißen, schlanken Spanierinnen, die von uralten Vetteln gewaschen und sei es für den Hexenritt, sei es für die abendliche Prostitution, diesen Hexensabbat der Zivilisation, zugerüstet werden! Licht und Finsternisse treiben ihr Spiel durch all diese grotesken Häßlichkeiten hindurch! Was für eine seltsame Jovialität! Ich erinnere mich vor allem zweier außerordentlicher Blätter: – das eine zeigt eine phantastische Landschaft, halb Wolken, halb Felsen. Ist es ein unbekannter, entlegener Winkel der Sierra? ein Muster des Chaos? Dort, auf diesem abscheulichen Theater, findet in den Lüften eine erbitterte Schlacht zwischen zwei Hexen statt. Die eine hockt rittlings auf der anderen, die sie mit Hieben traktiert und bändigt. Diese beiden Monstren wälzen sich durch die düstere Luft. Alle Scheußlichkeit, alle moralische Verworfenheit, alle Laster, die der menschliche Geist nur ersinnen kann, stehen auf diesen beiden Gesichtern geschrieben, die, nach einer häufigen Gewohnheit und einem unerklärlichen Verfahren des Künstlers, halb Menschen- halb Tiergesichter sind.

Das andere Blatt stellt ein Wesen, einen Unglücklichen, eine einsame, verzweifelte Monade dar, die mit Gewalt aus ihrem Grab herauswill. Bösartige Dämonen, eine Unzahl niederträchtiger liliputanerhafter Gnome drücken mit vereinten Kräften auf die halbgelüftete Grabplatte. Diese wachsamen Hüter des Todes

haben sich verbündet gegen die widerspenstige Seele, die sich in einem aussichtslosen Kampf abmattet. Dieser Albtraum schwankt im Grauen des Vagen und Unendlichen.
Am Ende seiner Laufbahn sollen Goyas Augen derart geschwächt gewesen sein, daß andere ihm seine Stifte zuschneiden mußten. Dennoch hat er, auch in dieser Epoche noch, sehr bedeutende große Lithographien geschaffen, unter anderem Stierkampfdarstellungen mit einem Gewimmel von Menschen, wunderbare Blätter. Riesige Gemälde im kleinen, – abermals ein Beweis für dieses seltsame Gesetz, das über dem Schicksal der großen Künstler waltet und wonach sie, während das Leben sich umgekehrt zu ihren Geisteskräften verhält, auf der einen Seite gewinnen, was sie auf der anderen verlieren, und dergestalt, immer mehr erstarkend, an Kühnheit, Frische und jugendlicher Erfindungsgabe zunehmen bis zum Rand des Grabes.
Im Vordergrund eines dieser Bilder, auf denen ein prächtig bewegtes Durcheinander herrscht, hat ein aufgebrachter Stier, einer von diesen Nachtragenden, die ihre Wut noch an den Toten auslassen, bei einem der Kämpfer die hintere Partie entblößt. Dieser, der nur verwundet ist, schleppt sich mühselig auf den Knien dahin. Das mächtige Tier hat das zerfetzte Hemd mit seinen Hörnern hochgehoben und die beiden Hinterbacken des Unglücklichen entblößt, und jetzt senkt es aufs neue seine bedrohliche Schnauze; doch diese Unziemlichkeit mitten im Gemetzel läßt die Zuschauer ungerührt.
Goyas großes Verdienst liegt darin, daß alle seine Monstruositäten uns wahrscheinlich vorkommen. Die Ungeheuer, die er erschafft, werden lebensfähig, sie werden harmonisch geboren. Niemand hat mehr gewagt als er in Richtung auf das mögliche Absurde. All diese Krümmungen und Windungen, diese bestialischen Gesichter, diese teuflischen Grimassen sind von Menschlichkeit durchdrungen. Selbst von dem besonderen Standpunkt der Naturgeschichte aus dürfte es schwerfallen, sie zu verurteilen, soviel Übereinstimmung und Harmonie herrscht zwischen allen Teilen ihres Wesens; mit einem Wort, die Nahtlinie, der Vereinigungspunkt zwischen dem Wirklichen und dem Phantastischen ist unmöglich ausfindig zu machen; es ist eine vage Grenz-

linie, die nachzuziehen der findigste Prüfer außerstande sein dürfte, so sehr ist die Kunst hier zugleich transzendent und natürlich.*

III

Das italienische Klima mag noch so südländisch sein, es ist anders als das spanische, und die Gärung des Komischen zeitigt dort nicht die nämlichen Ergebnisse. Die italienische Pedanterie (ich bediene mich dieses Ausdrucks in Ermangelung eines nichtvorhandenen besseren) hat ihren Ausdruck in den Karikaturen Leonardos da Vinci und in Pinellis Darstellungen aus dem Volksleben. Alle Künstler kennen Leonardos Karikaturen. Echte Porträts, von abstoßender, kalter Häßlichkeit, ermangeln diese Karikaturen nicht der Grausamkeit, aber es fehlt ihnen an Komik; keine Unbekümmertheit, keine Zwanglosigkeit; der große Künstler war nicht in vergnüglicher Laune, als er sie zeichnete; sie sind ein Werk des Gelehrten, des Geometers, des Lehrers der Naturgeschichte. Er vergaß nicht, die kleinste Warze, das unscheinbarste Härchen festzuhalten. Vielleicht lag es überhaupt nicht in seiner Absicht, Karikaturen zu liefern. Er hielt in seiner Umgebung Ausschau nach außergewöhnlichen Vertretern des Häßlichen, und die hat er abkonterfeit.

Solcherart ist jedoch der italienische Charakter gemeinhin keineswegs. Seine Späße sind niedrig, aber sie sind freimütig. Bassanos Gemälde, auf denen der venezianische Karneval dargestellt ist, vermitteln eine angemessene Vorstellung davon. Diese Fröhlichkeit strotzt von Würsten, Schinken und Makkaroni. Einmal im Jahr tobt die italienische Komik sich auf dem römischen Korso aus und erreicht dort die Grenzen der höchsten Ausgelassenheit. Alle Welt ist geistreich, jedermann wird ein komischer Künstler; Marseille und Bordeaux könnten uns vielleicht Beispiele solcher

* Wir besaßen vor einigen Jahren mehrere kostbare Gemälde Goyas, die leider an abgelegener Stelle im Dunkeln hingen; sie sind mit dem *Musée Espagnol* verschwunden.

Temperamente liefern. – Man muß sehen, wie gut E. T. A. Hoffmann in seiner »Prinzessin Brambilla« den italienischen Charakter verstanden hat und mit welchem Feinsinn die deutschen Künstler davon sprechen, die im Café Greco verkehren. Die italienischen Künstler sind eher närrisch als komisch. Es fehlt ihnen an Tiefe, aber sie überlassen sich alle dem sorglosen Rausch der nationalen Fröhlichkeit. Materialistisch, wie der Süden meist ist, riechen ihre Späße stets nach der Küche und dem Hurenhaus. Alles in allem war es ein französischer Künstler, war es Callot, der durch die unserem Land eigentümliche Geisteskonzentration und Entschiedenheit, dieser Gattung des Komischen den schönsten Ausdruck verliehen hat. Die italienische Narrheit hat in einem Franzosen ihren Meister gefunden und behalten.

Ich erwähnte soeben Pinelli, den klassischen Pinelli, der sich heute nur noch einer sehr verminderten Wertschätzung erfreut. Es wäre verkehrt, ihn eigentlich als Karikaturisten zu bezeichnen; er ist eher jemand, der pittoreske Szenen skizzenhaft festgehalten hat. Ich erwähne ihn nur, weil er uns in unserer Jugend bis zum Überdruß als der Typus des *caricaturiste noble* angepriesen wurde. In Wahrheit findet sich das Komische bei ihm nur in allerkleinsten Partikeln. In allen Studien dieses Künstlers begegnet uns ein ständiges Bemühen um die Linie und die Komposition antiker Gruppen, ein systematisches Streben nach Stil.

Aber Pinelli hat – und dies war seinem Ruf gewiß höchst förderlich – ein Leben geführt, das sehr viel romantischer als sein Talent war. Seine Originalität trat in seinem Charakter sehr viel nachhaltiger zutage als in seinen Werken; denn er war eines der vollständigsten Exemplare des *Künstlers*, wie der brave Bürger ihn sich vorstellt, das heißt der klassischen Unordnung, der Inspiration, die sich in einer ungeregelten Lebensführung und gewohnheitsmäßigen Exzessen bekundet. Pinelli verfügte über die ganze Charlatanerie gewisser Künstler: seine beiden riesigen Hunde, die ihn wie Vertraute und Gefährten überallhin begleiteten, sein großer Knotenstock, sein üppiges Haupthaar, dessen Locken ihm über beide Backen hinabhingen, die Schenke, die schlechte Gesellschaft, die Entschlossenheit, mit großartiger Gebärde die Werke zu vernichten, für die man ihm keinen Preis bot, der ihm genügte, das alles gehörte zu seinem Ruf. In Pinellis Haushalt herrschte kaum mehr Ordnung als in der Lebensführung des Familienvaters. Manchmal wenn er heimkam, fand er seine Frau und seine Tochter, die einander bei den Haaren rauften, während ihnen die Augen aus dem Kopf sprangen. Ein Inbegriff der italienischen Aufgebrachtheit und Raserei. Pinelli war entzückt: »Halt!« rief er ihnen zu; »rührt euch nicht, bleibt so!« Und das Drama verwandelte sich in eine Zeichnung. Pinelli war, wie man sieht, vom Schlag jener Künstler, die in der stofflichen Natur umherspazieren, damit sie ihrer Geistesträgheit zu Hilfe komme, immer bereit, *nach dem Pinsel zu greifen.* Er steht hierin dem unglücklichen Léopold Robert nahe, der ebenfalls darauf aus war, in der Natur, und in der Natur allein, jene fertigen Sujets zu finden, die für einen Künstler mit stärkerer Einbildungskraft nur den Wert von Notierungen haben. Doch werden diese Sujets, selbst die in ihrer nationalen Eigenart komischsten und malerischsten, bei Pinelli, wie bei Léopold Robert, immer gefiltert, durch das unerbittliche Sieb des Geschmacks getrieben.

Hat man Pinelli verleumdet? Ich weiß es nicht, so jedenfalls lautet seine Legende. Ich aber kann in dem allen nur einen Ausdruck der Schwäche sehen. Ich wollte, man erfände einen Neologismus, man fabrizierte ein neues Wort, das bestimmt wäre, diese Art Gemeinplatz zu brandmarken, die Schablone in Haltung und Betragen, die in das Leben der Künstler wie in ihre Werke Eingang findet. Übrigens stelle ich fest, daß das Gegenteil in der Geschichte häufig der Fall ist: die erfindungsreichsten, die erstaunlichsten Künstler, deren Anschauungen und Vorstellungen an den äußersten Grenzen schweifen, sind oft Männer, deren Leben in aller Stille seinen bis ins kleinste geregelten Gang nimmt. Bei mehreren dieser Künstler sind die häuslichen Tugenden sehr ausgeprägt. Hat man nicht öfters Gelegenheit, festzustellen, daß nichts dem vollkommenen Bourgeois so sehr gleicht wie der auf sein Werk konzentrierte geniale Künstler?

IV

Die Flamen und die Holländer haben sehr schöne Werke hervorgebracht, in denen ihr Volkscharakter echt und eigentümlich zum Ausdruck kommt. Jedermann kennt die frühen und seltsamen Hervorbringungen Pieter Brueghels des Älteren, den man nicht, wie dies mehreren Autoren unterlaufen ist, mit dem Höllenbrueghel verwechseln sollte. Daß in seinen Darstellungen eine Art System liegt, eine Vorliebe für das Exzentrische, eine Methode im Bizarren, ist nicht zu bezweifeln. Es ist jedoch auch nicht zu verkennen, daß diese seltsame Begabung einen höheren Ursprung hat und sich nicht im künstlerischen Wagnis erschöpft. In Breughels phantastischen Bildern kommt die ganze Macht der Halluzination zum Ausdruck. Welcher Künstler könnte Werke von derart monströser Paradoxie schaffen, wenn eine verborgene Macht ihn nicht von Anfang an dazu getrieben hätte? In der Kunst ist, was oft nicht genügend beachtet wird, der dem freien Willen des Menschen überlassene Anteil sehr viel geringer, als man glaubt. Das barocke Ideal, das Brueghel vorgeschwebt zu haben scheint, gleicht in mancher Hinsicht dem Werk Grandvilles, vor allem, wenn man die Tendenzen näher ins Auge faßt, die bei dem französischen Künstler in seinen letzten Lebensjahren hervorgetreten sind: Visionen eines kranken Hirns, Fieberphantasien, jähe Verwandlungen im Traum, bizarre Ideenassoziationen, willkürlich und regelwidrig zusammengesetzte Gebilde.

Die Werke des älteren Brueghel lassen sich in zwei Klassen unterteilen: die eine umfaßt eine Anzahl heute kaum noch zu enträtselnder politischer Allegorien; in dieser Serie findet man Häuser, deren Fenster Augen, Mühlen, deren Flügel Arme sind, und tausend erschreckende Zusammensetzungen, wo die Natur beständig in ein Bilderrätsel verwandelt wird. Und dabei ist es oftmals unmöglich zu entscheiden, ob diese Art Kompositionen der Klasse der politischen und allegorischen Zeichnungen angehören, oder der zweiten Klasse, die augenscheinlich die merkwürdigere ist. Diese, welche unser Jahrhundert, das dank seines

Unglaubens und seiner Unwissenheit überall rasch mit einer Erklärung bei der Hand ist, als Phantasien und Launen abtun würde, enthält, scheint mir, so etwas wie ein *Mysterium.* Die jüngsten Arbeiten einiger Ärzte, die endlich bemerkt haben, wie notwendig es ist, eine ganze Anzahl mirakulöser Vorkommnisse der Geschichte auf andere Weise als mit den bequemen Mitteln der Voltairianer zu erklären, welche überall nur Geschicklichkeit und Betrug witterten, haben noch nicht alle Geheimnisse der Seele durchleuchtet. Den aber möchte ich sehen, der für Brueghels Teufelsspuk und Fratzenwesen eine andere Erklärung fände als eine spezielle Gnade Satans. Man setze statt der Worte »spezielle Gnade« meinetwegen das Wort Wahnsinn, oder Halluzination; das Mysterium wird darum kaum weniger finster bleiben. Von all diesen Blättern insgemein geht eine Art Ansteckung aus; dem Betrachter schwindelt vor Brueghels Späßten und Schnurren. Wie hat ein menschlicher Geist nur so viele Teufels- und Wunderdinge enthalten, wie so viele bestürzende Ungereimtheiten erzeugen und beschreiben können? Ich kann es weder begreifen, noch einen bestimmten Grund dafür angeben; oft aber finden wir in der Geschichte, und sogar in mehr als einem Teil der neueren Geschichte, den Beweis für die ungeheure Macht der Ansteckungen, der Vergiftung durch die moralische Atmosphäre, und ich kann mich hier der Anmerkung nicht enthalten – freilich ohne jede Affektation, ohne jede Pedanterie, ohne bestimmte Absicht, wie wenn ich etwa beweisen wollte, Brueghel hätte den Teufel in Person erblickt –, daß diese verschwenderische Fülle mißgestalteter Scheußlichkeiten auf das sonderbarste zusammenfällt mit dem berüchtigten und aktenkundigen *Hexenwahn.*

ANHANG

ZU DER DEUTSCHEN BAUDELAIRE-AUSGABE

»Die öffentliche Meinung in Deutschland scheint es fast zu verbieten, von den schlimmen und gefährlichen Folgen des Krieges, zumal eines siegreich beendeten Krieges zu reden ... Von allen schlimmen Folgen aber, die der letzte mit Frankreich geführte Krieg hinter sich drein zieht, ist vielleicht die schlimmste ein weit verbreiteter, ja allgemeiner Irrthum: der Irrthum der öffentlichen Meinung und aller öffentlich Meinenden, daß auch die deutsche Cultur in jenem Kampfe gesiegt habe ...«

So Nietzsche 1873, in dem ersten Stück seiner ›Unzeitgemäßen Betrachtungen‹. Dieser Irrtum dürfte sein Teil dazu beigetragen haben, daß die französische Dichtung der zweiten Hälfte des 19. Jahrhunderts in Deutschland nur sehr zögernd zur Kenntnis genommen und nur ausnahmsweise rezipiert wurde. Wobei freilich nicht übersehen werden sollte, daß Dichter wie Baudelaire, Verlaine, Mallarmé auch in Frankreich nach 1870/71 weder bei den Kritikern der Tagespresse noch bei den akademischen Geschmacksrichtern sich größerer Wertschätzung erfreuten. Das meiste, was damals in Deutschland, mit einiger Verspätung, über sie gemeint und geschrieben wurde, folgte den nämlichen ausgetretenen Pfaden der entrüsteten Ablehnung, verstörter Ratlosigkeit oder bestenfalls einer für ästhetische Qualitäten nicht unempfindlichen Bemühtheit.

Von Charles Baudelaire und seinem skandalösen, deshalb ja auch gerichtlich verfolgten und verurteilten Buch mit dem verruchten Titel *Les Fleurs du Mal*, das im gleichen Jahr erschien wie Stifters ›Nachsommer‹, war bis zu seinem Tode im August 1867 nicht einmal ein Gerücht nach Deutschland hinübergedrungen. Erst die 1869 in vier Bänden abgeschlossen vorliegende Gesamtausgabe der Dichtungen und Schriften bot einem anonymen Rezensenten Veranlassung zu einer Studie, die am 18. Dezember 1869 unter dem Titel ›Zur neueren französischen Literatur der Poesie. Baudelaire's Schmerzensblüten und ästhetische Curiosa‹, in Berlin in dem von Joseph Lehmann geleiteten ›Magazin für die Literatur des Auslandes‹ erschien. Über diesen Versuch urteilt

Manfred Gsteiger in seinem Buch ›Französische Symbolisten in der deutschen Literatur der Jahrhundertwende‹ (Bern/München 1971, 14):

»Die Analyse verharrt in einer verständnisvollen, umgänglichen Oberflächlichkeit, eine große Linie fehlt, die Argumentation ist oft unentschieden und undeutlich, die Sprache blaß. Aber es handelt sich doch um den höchst bemerkenswerten – allerdings von den Zeitgenossen kaum bemerkten – Versuch, einem Dichter, der dem damaligen deutschen Durchschnittsempfinden zuwiderlaufen mußte, gerecht zu werden ... Mehr Rezension als Kritik, mehr journalistisches Tagesprodukt als literarischer Essay, legt der Artikel immerhin einen Grundstein, auf dem sich hätte weiterbauen lassen. Aber der Versuch blieb isoliert und für zehn Jahre ohne Fortsetzung.«

Nun, was zehn Jahre später zu Baudelaire gesagt wurde, von Theodor Ziesing in seinem 1880 in Zürich veröffentlichten Bändchen ›Charles Baudelaire, ein Essay‹, ist zwar gründlicher, läuft aber im großen und ganzen doch auf eine Verurteilung hinaus. Ziesing wiederholt den frühesten Vorwurf, der gegen Baudelaires Dichtung erhoben worden war, den eines outrierten »Realismus«: »Baudelaire hat das Häßlichste in den herrlichsten Versen besungen, er hat es meisterlich verstanden, den nacktesten Realismus in die prächtigsten Gewänder zu hüllen. Ich möchte ihn den Courbet der Poesie nennen, oder besser, den poetischen Vorgänger von Émile Zola ... Baudelaires Poesie ist Verwesungspoesie, seine Gedichte sind Gedichte des ekelhaften Elends.« (Gsteiger, 17f.) Immerhin rühmt Ziesing die Formvollendung dieser Gedichte, die er gleichzeitig als ein Produkt der »Decadenz, welche die auf den Kopf gestellte romantische Schule ist«, verurteilt. Dieser Dekadenzstil sei zwar noch immer großartig, »aber er ist angekränkelt und gerade seine Eleganz stört das Gleichgewicht zwischen Form und Inhalt«. (18) In dem Anmerkungsteil seines Buches gibt Ziesing auch eine eigene Übertragung des Gedichtes *Don Juan aux Enfers* (in gereimten Alexandrinern), nach Gsteiger »mit ziemlicher Sicherheit die älteste deutsche Baudelaire-Version«. Ihr folgte 1882 der Münchener Dichter Anton Englert mit drei weiteren Übertragungen aus den

Fleurs du Mal in dem ›Archiv für das Studium der neueren Sprachen‹: ›Moesta et errabunda‹, ›Erhebung‹ und ›Der Albatros‹ (siehe Bd. IV, S. 217).

Bei einer »hohen poetischen Begabung« und in einigen Gedichten »höchster Vollendung der Sprache« sei doch, »die Häßlichkeit durch die Poesie literaturfähig zu machen, Baudelaires eigensinnig durchgeführtes Programm« gewesen, urteilte ein Jahr später Eduard Engel in seiner ›Geschichte der französischen Literatur‹ (Gsteiger, 20). Degenerierte Romantik, Dekadentismus, Formvollendung des Parnaß und Häßlichkeit des Naturalismus bleiben auch weiterhin die zeitbefangenen Stichworte, unter denen Baudelaires Dichtung abgehandelt wird.

Der früheste deutsche Leser der *Fleurs du Mal*, dem das Buch wirklich etwas bedeutete, dürfte Nietzsche gewesen sein. Schon im Sommer 1885 heißt es in einer Aufzeichnung über die »gegenwärtigen Aristokraten des französischen Geistes, eine zarte Art von Menschen, welche nicht gerade auf den kräftigsten Beinen steht«: »Was den pessimistischen Baudelaire betrifft, so gehört er zu jenen kaum glaublichen Amphibien, welche ebensosehr deutsch als pariserisch sind; seine Dichtung hat etwas von Dem, was man in Deutschland Gemüth oder ›unendliche Melodie‹ und mitunter auch ›Katzenjammer‹ nennt. Im Übrigen war Baudelaire der Mensch eines vielleicht verdorbenen, aber sehr bestimmten und scharfen, seiner selbst gewissen Geschmackes: damit tyrannisirt er die Ungewissen von Heute. Wenn er seinerzeit der erste Prophet und Fürsprecher Delacroix' war: vielleicht daß er heute der erste ›Wagnerianer‹ von Paris sein würde. Es ist viel Wagner in Baudelaire.« (Werke, 2. Abt., Bd. XIV, Leipzig 1904, 178 ff.)

Etwa drei Jahre später las Nietzsche die soeben erschienenen *Œuvres posthumes* und hatte dort, wie er am 26. Februar 1888 an Peter Gast schreibt, »das Vergnügen, mit einer Antwort Recht zu bekommen, wo schon die Frage außerordentlich hasardirt scheinen konnte: nämlich – ›wer war bisher am besten vorbereitet für Wagner? wer war am naturgemäßesten und innerlichsten Wagnerisch, trotz und ohne Wagner?‹ – Darauf hatte ich mir seit lange gesagt: das war jener bizarre Dreiviertels-Narr *Baudelaire*, der Dichter der *Fleurs du Mal*. Ich hatte es bedauert, daß dieser grundverwandte Geist Wagnern nicht bei Lebzeiten entdeckt habe; ich habe mir die Stellen seiner Gedichte angestrichen, in denen eine Art *Wagner'scher Sensibilität* ist, welche sonst in der Poesie kein Form gefunden hat (Baudelaire ist *libertin*, mystisch, ›satanisch‹, aber vor allem Wagnerisch). Und was muß ich heute erleben! Ich blättere in einer jüngst erschienenen Sammlung von *Œuvres posthumes* dieses in Frankreich auf's Tiefste geschätzten und selbst geliebten Genie's: und da, mitten unter unschätzbaren *Psychologicis* der *décadence* (›*mon cœur mis à nu*‹ von der Art, wie man sie im Falle Schopenhauer's und Byron's *verbrannt* hat) springt mir ein unedirter Brief *Wagner's* in die Augen, bezüglich auf eine Abhandlung Baudelaire's in der *Revue européenne*, April 1861.« (Briefe an Peter Gast, Leipzig 1908, 358f.)

Als Stefan George, der im Frühjahr und Sommer 1889 in Paris weilte, wo er auch Verlaine und Mallarmé kennenlernte, sich anschickte, Baudelaire als »Umdichter« nachzugestalten, verdankte seine Verdeutschung, wie es in der Vorbemerkung des Buches heißt, »ihre entstehung nicht dem wunsche einen fremdländischen verfasser einzuführen sondern der ursprünglichen reinen freude am formen«. Ihm ging es nicht um den libertinen Dekadent, nicht um »die abschreckenden und widrigen bilder, die den Meister eine zeit lang verlockten«, sondern um den »eifer mit dem er der dichtung neue gebiete eroberte und die glühende geistigkeit mit der er auch die sprödesten stoffe durchdrang«. Aber er stimmte insofern mit Nietzsche überein, als er in Baudelaire einen jener Ausgesonderten, Andersartigen, darum Verfemten sah, deren Existenz allein genügt, den nur Angepaßten das Urteil zu sprechen. Für ihn war dementsprechend »dem sinne nach SEGEN (*Bénediction*, Bd. III, S. 60) das einleitungsgedicht der BLUMEN DES BÖSEN und nicht das fälschlich VORREDE (*Au Lecteur*, Bd. III, S. 54) genannte«.

Georges »Umdichtungen«, insgesamt 118 Gedichte nach dem Text der dritten Ausgabe der *Fleurs du Mal* von 1868, erschienen 1901 zum ersten Mal in öffentlicher Auflage. Zuvor hatte der Dichter 1891 eine faksimilierte Handschrift in fünfundzwanzig Exemplaren herstellen lassen, die damals nur vierzig Gedichte umfaßte und die an Freunde verteilt wurde. Diese »Umdichtungen« wollten eigentlich gar keine Übersetzung im üblichen Sinne sein; sie waren vielmehr als ein »verehrungsbeweis« gedacht, mit dem »weniger eine getreue nachbildung als ein deutsches denkmal geschaffen sein« sollte. Für George selber aber bedeutete die Arbeit an seinen Übertragungen der ›Blumen des Bösen‹ eine Erziehung seines Stils zur wesenseigenen Form. Es ereignete sich dabei, wie Hubert Arbogast einläßlich nachgewiesen hat, ein »Paradox: der gewollte Stil bildete sich aus bei der Wiedergabe des Fremden; die Wiedergabe des Fremden wurde zur ersten gültigen Leistung im eigenen Stil. Im Widerstreit zwischen den Möglichkeiten der französischen Dichtung und den Gesetzen der deutschen entstand auf der einen Seite die Gedrungenheit und die harte Fügung des Georgeschen Verses und auf der andern ... eine völlig neue Formenwelt.« (›Die Erneuerung der deutschen Dichtersprache in den Frühwerken Stefan Georges‹, Köln/Graz 1965, 74)

Mit diesem eigenmächtigen Geniestreich also beginnt, von sporadischen Vorläufern abgesehen, die Geschichte der ernstzunehmenden deutschen Baudelaire-Übertragungen. Alle Späteren haben dem an Konsequenz und Überzeugungskraft kaum Ebenbürtiges an die Seite zu setzen. Georges Errungenschaften nicht achtend, jedenfalls nicht nutzend, greift der junge Wolf von Kalckreuth 1906 auf den jambischen Alexandriner zurück, der, offenbar unter dem Einfluß des französischen Symbolismus, die Häufigkeit des Zwölfsilbers bei den deutschen Frühexpressionisten (Theodor Däubler, Georg Trakl, Georg Heym) begünstigt hat. Den Schwierigkeiten dieses häufig zu langen, nicht leicht abwechslungsreich zu gliedernden Verses haben sich die wenigsten gewachsen gezeigt. Einzig Walter Benjamin in dem Essay, der seinen Übertragungen der *Tableaux parisiens* (Heidelberg 1923) vorausgeht, hat sich über »die Aufgabe des Übersetzers«, über die Formgewinnung beim Übersetzen von Gedichten Gedanken gemacht, als deren Exemplifizierung seine Übertragungen aufzufassen sind. Was ihn beschäftigt, ist das »umfassendere Leben der Geschichte« und damit das Fortleben des Originals, das Fortleben nicht heißen dürfte, »wenn es nicht Wandlung und Erneuerung des Lebendigen wäre«, aus der »Nachreife auch der festgelegten Worte«. (Gesammelte Schriften, Bd. IV/1, Frankfurt 1972, 11 f.)

Walter Benjamin ist ohne Zweifel der ausdauerndste, der gründlichste und zugleich der engagierteste deutsche Leser Baudelaires gewesen. Seine Beschäftigung mit den *Fleurs du Mal* wie mit den übrigen Schriften Baudelaires hat in seinem eigenen Werk so vielfältige Spuren hinterlassen, daß es einer ausführlichen Darstellung bedürfte, um die Fruchtbarkeit und die Problematik seiner Rezeption der Gestalt wie einiger Leitmotive Baudelaires zu erörtern. Bei ihm spielt, über die literarische Bewunderung hinaus, sie vielmehr grundierend, eine Empfindung der menschlichen Nähe und Verwandtschaft mit hinein; so wenn er von den *Paradis artificiels* am 19. September 1919 an Ernst Schoen schreibt, die Schönheit dieses Buches und sein Wert beruhten in der »Kindlichkeit und Reinheit des Verfassers, die aus diesem Werk deutlicher strahlt als aus den übrigen«. (Briefe, Bd. I, Frankf. 1966, 219)

Im gleichen Jahr, in dem George die öffentliche Ausgabe seiner Umdichtungen Baudelaires veranstaltet, beginnt bei Bruns in Minden die erste Werkausgabe zu erscheinen. Bis 1910 liegen insgesamt sieben Bände mit den wichtigsten Schriften (Prosagedichte, Traktate, Rezensionen, Tagebücher und Briefe; doch ohne die Gedichte der *Fleurs du Mal*) als die bis heute umfangreichste deutsche Baudelaire-Ausgabe vor. Die von Franz Blei nach dem Ersten Weltkrieg veranstaltete dreibändige Ausgabe »Ausgewählte Werke«, bei Georg Müller in München (1925), enthält zwar in einem Bande die erste vollzählige Übersetzung der *Fleurs du Mal* nach der dritten Ausgabe von 1868 (von Terese Robinson); sie enttäuscht jedoch durch deren offenkundige Unzulänglichkeit und auch sonst durch die geringe Sorgfalt der Übersetzungen, von dem verluderten Stil und groben Fehlern ganz zu schweigen. Was weiterhin bis 1949 an einzelnen Übersetzungen und Auswahlbänden erschien, ist bei Hans Fromm im ersten Bande seiner *Bibliographie des traductions allemandes d'imprimés français 1700–1948* (Baden-Baden 1950, I, 183 ff.) nachzulesen. Die Streuung geht bald ins breite, vieles bleibt mittelmäßig, das nur Gutgemeinte überwiegt. Vermutlich hat, im

Falle Baudelaires, die Versübertragung ausgedient; an ihre Stelle tritt deshalb in dieser Ausgabe die Prosaübersetzung, über deren Anspruch und Haltung in Band III (S. 345 f.) Rechenschaft abgelegt wird. Zur Erläuterung der Problematik jener unablässigen Bemühungen, formgerechte Nachbilder zu liefern, enthält Band IV (S. 215 ff.) als Beigabe eine Auswahl deutscher Versübertragungen nach elf Gedichten Baudelaires, aus einem Zeitraum von rund achtzig Jahren.

Nachzutragen sind, aus der Zeit vor dem Ersten Weltkrieg, die Äußerungen zweier Leser, eines Essayisten und eines Dichters: Rudolf Kassner und Rainer Maria Rilke, weil sie als erste Baudelaire, der doch 1857 auch der Gotteslästerung angeklagt, dann allerdings von diesem Delikt freigesprochen worden war, wieder in einer Perspektive sehen, in die schon Barbey d'Aurevilly ihn gleich bei Erscheinen der *Fleurs du Mal* gerückt hatte (siehe Bd. IV, S. 136 ff.). Von Kassner erschien im Frühjahr 1903 in der ›Neuen Rundschau‹ ein Essay ›Über Charles Baudelaire‹, der 1906 in den Sammelband ›Motive‹ aufgenommen wurde, unter dem erweiterten Titel: ›Charles Baudelaire (Poeta christianissimus)‹. Dort heißt es: »Baudelaires Philosophie steht im Schopenhauer, im heiligen Augustinus, in den Kirchenvätern und im Pascal. Man könnte Baudelaire einen poeta christianissimus nennen. Und vom ganzen Christentum war ihm nichts so – wie soll ich sagen – so sympathisch und teuer wie das Dogma von der Erbsünde. Baudelaire hätte ohne die Erbsünde nicht leben wollen. Wer an die Erbsünde nicht glaubt, der war für Baudelaire nicht nur ein schlechter Christ – das hätte er ihm schließlich noch verziehen – nein, wer an die Erbsünde nicht glaubt, war vor allem mittelmäßig und ein Realist und Bourgeois, ein Dilettant, ein Parvenu, ein ... Baudelaire liebte die Erbsünde so, daß sie ihn beinahe eitel gemacht hat. Baudelaire kam immer wieder auf die Erbsünde zurück. Ja, er beruhigte sich bei ihr. Sein Kopf und sein Herz beruhigten sich bei der Erbsünde. Die Erbsünde war im Helden und im Dandy. Baudelaire hätte ohne die Erbsünde nicht leben wollen.« (Sämtliche Werke, Bd. II, Pfullingen 1974, 148)

Um die gleiche Zeit, aus der Kassners Essay stammt, im Winter und Frühjahr 1902/03, ist Rilke in Paris und erlebt diese Stadt als ein zutiefst von ihr Verstörter. ». . . wie allein war ich unter diesen Menschen«, heißt es aus der Rückschau in einem Brief an Lou Andreas-Salomé vom 18. Juli 1903, »wie fortwährend verleugnet von allem was mir begegnete; die Wagen fuhren durch mich durch, und die welche eilten, machten keinen Umweg um mich und rannten voll Verachtung über mich hin wie über eine schlechte Stelle in der altes Wasser sich gesammelt hat. Und oft vor dem Einschlafen las ich das 30. Capitel im Buche Hiob und es war alles wahr an mir, Wort für Wort. Und in der Nacht stand ich auf und suchte meinen Lieblingsband Baudelaire, die *petits poèmes en prose*, und las laut das schönste Gedicht, das überschrieben ist *A une heure du matin*. Kennst du es? Es beginnt: *Enfin! seul! On n'entend plus que le roulement de quelques fiacres attardés et éreintés* ... Und es endet groß, steht auf, steht und geht aus wie ein Gebet. Ein Gebet Baudelaires; ein wirkliches, schlichtes Gebet, mit den Händen gemacht, ungeschickt und schön wie das Gebet eines russischen Menschen. – Er hatte einen weiten Weg dazu hin, Baudelaire, und er ist ihn kniend und kriechend gegangen.« (Rilke/Andreas-Salomé, Briefwechsel, Zürich/Wiesbaden 1952, 53 f.)

In den »Aufzeichnungen des Malte Laurids Brigge«, mit deren Niederschrift im Winter 1904 in Rom begonnen wurde, greift Rilke auf das gleiche Prosagedicht zurück, an jener Stelle, wo Malte, nach einem Tag der Furcht und des Grauens in den Straßen von Paris, abends, neben Versen aus dem Buch Hiob, auf Knien, und abermals es abschreibend, sich mit dem Gebet am Ende des Gedichtes stärkt: *Mécontent de tous et mécontent de moi* . . . Unzufrieden mit allen und unzufrieden mit mir, wollte ich mich gerne entsühnen und meinen Stolz ein wenig aufrichten in der nächtlichen Stille und Einsamkeit. Ihr Seelen derer, die ich geliebt, ihr Seelen derer, die ich besungen habe, stärket mich, stützet mich, haltet die Lüge fern von mir und die verderblichen Dünste der Welt; und du, Herr mein Gott! gewähre mir die Gnade, einige schöne Verse hervorzubringen, die mir selber beweisen, daß ich nicht der letzte der Menschen bin, und daß ich nicht niedriger bin als jene, die ich verachte!«

Und etwas später heißt es, ebenfalls im ›Malte‹, in einem »Briefentwurf«: »Erinnerst Du Dich an Baudelaires unglaubliches Gedicht *Une Charogne?* Es kann sein, daß ich es jetzt verstehe. Abgesehen von der letzten Strophe war er im Recht. Was sollte er tun, da ihm das widerfuhr? Es war seine Aufgabe, in diesem Schrecklichen, scheinbar nur Widerwärtigen das Seiende zu sehen, das unter allem Seienden gilt. Auswahl und Ablehnung gibt es nicht.« Dieses Thema hat Rilke nach Jahren wieder aufgegriffen, als er im April 1921, in der Wartezeit auf die Vollendung seiner »rühmenden« Elegien, folgende Verse in ein Exemplar der *Fleurs du Mal* schrieb: »Der Dichter einzig hat die Welt geeinigt, / die weit in jedem auseinanderfällt. / Das Schöne hat er unerhört bescheinigt, / doch da er selbst noch feiert, was ihn peinigt, / hat er unendlich den Ruin gereinigt: / und auch noch das Vernichtende wird Welt.«

Der jüngste deutsche Baudelaire-Leser, der ihn als geistigen Freund und Bruder empfand, – wie Baudelaire selber sich Poe so nahe fühlte, daß er in seinem Tagebuch sich vornimmt, ihn allmorgendlich im Gebet als Fürsprecher anzurufen – war Heimito von Doderer, dem eben die Tagebuchaufzeichnungen Baudelaires zu einer Art Vademecum geworden waren. Aus diesen (*Mon cœur mis à nu,* XLII; siehe Bd. VII) stammt auch der Satz, mit dem Doderer am 18. August 1950 eine längere Betrachtung über das Verhältnis des Schriftstellers zu seiner Zeit beschließt: »Da haben wir Freund Charles: der Schriftsteller ist derjenige Mensch, welcher sich mit niemandem verständigt.« (›Tangenten‹, München 1964, 782)

Baudelaire der Parnassien, der Dekadent, Baudelaire der Realist, der Naturalist, Baudelaire der Romantiker, der Supranaturalist, der Christ, der Dichter in dem eminenten Sinne dessen, der eine »Welt«-Aufgabe erfüllt – keine der durch diese resümierenden Epitheta charakterisierten Facetten seines Wesens und Werkes wird man ungestraft vernachlässigen. Seit Walter Benjamin, und namentlich in jüngster Zeit, ist dieses Spektrum noch weiter bereichert worden: Baudelaire der Provokateur, der Sozialist, der Barrikadenkämpfer. Das ist der Baudelaire der ersten Salons, der Abteilung *Révolte* in den *Fleurs du Mal*, der Baudelaire der Revolution von 1848, den Courbet gemalt hat, der mit Blanqui befreundet war und der in manchem neben Heine steht; während der späte Baudelaire von dem erzkonservativen Joseph de Maistre bekennt, dieser (und E. A. Poe) habe ihn denken gelehrt.

Soviel Etiketts, soviel Kategorien, soviel Ideologie auch lassen bisweilen vergessen, daß Baudelaire letzten Endes nicht ihrethalb gelesen, geliebt, bewundert wird; sondern seiner dichterischen Qualität wegen, die zugleich als eine menschliche zu empfinden und zu interpretieren niemand umhin kann. Ein Mensch, ein Dichter, ein so menschlicher Dichter wie Baudelaire mag sich noch so panzern, schminken und verkleiden, seine Ausleger mögen ihn noch so geistreich, noch so gründlich und stichhaltig als Paradigma für was immer aufstellen und beanspruchen, auch sie müssen doch zuvor wie hernach das Werk selber als ein seine Voraussetzungen und Bedingungen übertreffendes einzigartiges Phänomen anerkennen und gelten lassen.

Zu bedenken bleibt auch, daß die *Fleurs du Mal* sich als ein Buch, als ein großer Zusammenhang präsentieren, der *als Ganzes* Aussagekraft besitzt. In der ersten Ausgabe dieses Buches von 1857 umfaßt die erste Abteilung *Spleen et Idéal* über drei Viertel, in der zweiten Ausgabe von 1862 immer noch zwei Drittel des gesamten Bestandes, so daß, der Thematik nach, dieser Zwischentitel fast als Unter- und somit zweiter Titel der ganzen Sammlung gelten könnte. Wie Goethes ›Divan‹ durchaus »westöstlich« ist, so findet sich bei Baudelaire kaum ein Gedicht, das nicht von diesem Dilemma, dieser Spannung, diesem zerreißenden Widerspruch von Weltverfallenheit und Spiritualität gezeichnet wäre, daraus sein Pathos empfinge und alle Untertöne der Ironie, des Sarkasmus, der Verzweiflung nicht minder als die geschwisterlichen Akzente des *compagnonnage dans la faute*. Man mag ihm, mit Rilke, die Berechtigung zu der letzten Strophe des Gedichtes *La Charogne (... Que j'ai gardé la forme et l'essence divine / De nos amours décomposés!)* absprechen, aber damit hat man ihn bereits um eine geschichtliche Dimension verkürzt. Daß diese Dimension des Ideals als platonisch, petrarkisch, metaphysisch dem oder jenem nicht behagt, tut nichts zur

Sache; Baudelaire war nun einmal ein entschiedener Anti-Materialist. Nichts scheint doch schwieriger als ein geistig Lebendiges im Widerspiel seiner Kräfte anschauend unbefangen zu erfassen und in sich wirken zu lassen. Dies allein jedoch erhält ihm seine Lebendigkeit für uns.

Diese dritte deutsche Baudelaire-Ausgabe, die zum ersten Mal den »ganzen Baudelaire« bieten wird, ist im groben und ganzen, soweit sich dies einrichten ließ, chronologisch angeordnet. Drei Bände enthalten das eigentlich dichterische Werk, das jeweils im Original und in Übersetzung geboten wird: III *Les Fleurs du Mal;* IV *Les Épaves, Nouvelles Fleurs du Mal* und Dokumente zum Prozeß der *Fleurs du Mal*; VIII *Petits Poèmes en Prose – Le Spleen de Paris.* Hier, wie auch in anderen Bänden, mußte freilich eine Entscheidung getroffen werden, wie gewisse Werkkomplexe, die sich ihrer Entstehung nach über einen größeren Zeitraum verteilen, am sinnvollsten einzuordnen waren; gelegentliche Vor- und Rückgriffe waren dabei nicht zu vermeiden. In den Mischbänden, wie in diesem ersten, werden die der Thematik oder der Gattung nach zusammengehörigen Texte jeweils in Gruppen zusammengefaßt. Jedem Band, mit Ausnahme des vierten, geht eine Auswahl von Briefen aus dem betreffenden Zeitraum voraus; ausführliche Anmerkungen, bibliographische Angaben und Register beschließen ihn.

Baudelaires Briefe werden hier wohl zum ersten Mal in so reicher Auswahl und derart in Verknüpfung mit dem Werk ausgebreitet. Sie auf die verschiedenen Bände zu verteilen, schien deshalb ratsam, weil Baudelaires Briefe nur in seltenen Ausnahmefällen über ihren Wert als biographische Zeugnisse hinaus literarischen Rang beanspruchen. Baudelaire war kein berichtender, schildernder, erzählender, kein gesprächig sich mitteilender, monologisch sich darstellender Briefschreiber, wie etwa, in seinem näheren Umkreis, Gustave Flaubert. Die weitaus meisten seiner Briefe sind an die Mutter gerichtet: es sind Notbriefe, Klagebriefe, Bettelbriefe; Dokumente seines trüben, gehetzten Alltags, seiner körperlichen und finanziellen Misere, die nicht eigentlich zu einer fortlaufenden Lektüre geeignet (schon gar nicht dazu bestimmt) sind; erhellend vor allem, und ergreifend, durch den Kontrast zu dem solcher Hinfälligkeit abgetrotzten Werk.

Angesichts der hier skizzierten Wirkungsgeschichte, in deren Verlauf die verschiedenen, oft widersprüchlichen Elemente, Faktoren, Tendenzen im Werk Baudelaires jeweils einzeln herausgearbeitet und in solcher Vereinzelung häufig überbewertet wurden, schien es wünschenswert, die Anmerkungen und Erläuterungen zu diesem Werk nicht nur von jeder einseitigen Ausrichtung, sondern darüber hinaus auch von aller Deutung, Apologie oder wie immer gearteten Kritik freizuhalten. Um des Werkes, um des Lesers willen.

Die Anmerkungen verzichten demnach auf jede Auslegung und Einordnung, jede psychologische, theologische, politische oder ästhetische Exegese. Historische Fakten, biographische Details, soweit sie zum Verständnis einzelner Stellen oder ganzer Texte beitragen, werden beigebracht, ebenso Baudelaires Angaben oder Auskünfte über einzelne Gedichte und Schriften. »Quellen« aus dem Bereich der Literatur und der bildenden Kunst werden nachgewiesen; Parallelstellen, verwandte Bilder, Urteile und Ausdrücke bei älteren oder zeitgenössischen Autoren, die Baudelaire bekannt waren und von denen er unzweifelhaft Anregungen empfangen hat, werden, um nicht ins uferlos Beliebige auszuschweifen, nur in Ausnahmefällen angeführt.

Von dieser Enthaltsamkeit wurde nur bei den Anmerkungen zu den Kunstschriften abgewichen, weil es hier ratsam und reizvoll erschien, Baudelaires Urteile über zeitgenössische Künstler und Kunstrichtungen stärker in den historischen Kontext einzuordnen. Da von allen seinen Werken die Kunstschriften in Deutschland am wenigsten bekannt geworden sind und diesen heute ein vermehrtes Interesse gilt, war bei ihnen die Grenze zwischen Auskunft, Verständnishilfe und auslegendem Kommentar nicht immer streng einzuhalten. Wolfgang Drost hat hier dankenswerterweise eine reiche Ernte eigener und fremder Forschungsergebnisse eingebracht und auf knappem Raum versammelt.

Im übrigen geht die hier geübte grundsätzliche Zurückhaltung von jeder Einordnung, Wertung und Würdigung auf eine Überzeugung des deutschen Herausgebers zurück, die er hie und da auch gegen seine Mitarbeiter durchgesetzt hat: die Überzeugung, daß es in einer Werkausgabe unstatthaft sei, den Leser gängeln und auf eine vorgeprägte Spur bringen zu wollen; wo nur undeterminierte Offenheit die Freiheit des Urteils, die Fruchtbarkeit des Sinnes uns sichert und erhält.

München, Januar 1977

Friedhelm Kemp

ZU DIESEM BAND

Dieser erste Band der deutschen Gesamtausgabe der Werke Charles Baudelaires enthält sämtliche nicht in die *Fleurs du Mal* aufgenommenen Jugendgedichte, die frühesten, vorwiegend feuilletonistischen Prosaarbeiten, die ersten kunstkritischen Veröffentlichungen und die zu großen Teilen in den vierziger Jahren konzipierten Aufsätze über das Wesen des Lachens samt den dazugehörigen Betrachtungen über die Karikaturisten; ferner in chronologischer Folge ausgewählte Briefe Baudelaires aus den Jahren 1832 bis 1846.

Den von Guido Meister übersetzten Briefen liegen die beiden Bände der von Claude Pichois besorgten kritischen Ausgabe der *Correspondance* in der Bibliothèque de la Pléiade zugrunde; den übrigen Übersetzungen der Gedichte und Schriften die ebendort gleichfalls von Claude Pichois herausgegebenen beiden Bände der *Œuvres complètes* von 1975/76.

Der Text der Kunstschriften beruht auf dem Erstdruck der CE von 1868. Von diesen übersetzten Dolf Oehler und Ulrike Sebastian den *Salon de 1845* und das *Musée classique du Bazar Bonne-Nouvelle,* Wolfgang Drost den *Salon de 1846*. Alle übrigen Übersetzungen stammen von Friedhelm Kemp.

In dem von Friedhelm Kemp besorgten Anhang stammen die Anmerkungen zu sämtlichen Kunstschriften (S. 387–498) von Wolfgang Drost. Die Lebenstafel (S. 359 ff.) folgt der von Claude Pichois erstellten *Chronologie,* jeweils im ersten Bande seiner Edition der *Correspondance* und der *Œuvres complètes*.

In diesem Anhang ist der Anmerkungsteil zu den Briefen folgendermaßen angelegt: bei jedem Brief werden, soweit erforderlich, die zu seinem Verständnis nützlichen biographischen Fakten, ferner Auskünfte über seine Veranlassung und den Empfänger gegeben; anschließend folgen nähere Angaben und Erklärungen zu einzelnen Stellen, die jeweils unter Beifügung der Seiten- und Zeilenzahlen in Stichworten angeführt werden.

Bei den Jugendgedichten werden jedesmal zuerst die *Überlieferung,* dann die *Lesarten* gegeben; es folgen *Erläuterungen* zu einzelnen Stellen, allgemeine *Auskünfte* zum Inhalt und, gegebenenfalls, Hinweise auf *Sekundärliteratur*.

Die *Überlieferung* verzeichnet jeweils lückenlos die Handschriften sowie sämtliche nachweisbaren Drucke.

Bei den Gedichten werden von *Lesarten* nur die den Wortlaut betreffenden angeführt, diese jedoch vollständig. Unberücksichtigt bleiben in der Regel die Varianten der Orthographie und Zeichensetzung wie auch die häufig wechselnde Groß- und Kleinschreibung der Anfangsbuchstaben solcher Substantive, bei denen Baudelaire mit seiner frühen Vorliebe für die allegorisierende Personifikation die Majuskel bevorzugt, diese dann bei allzu willkürlicher Häufung gelegentlich auch wieder tilgt (um sie ein andermal abermals einzusetzen).

Die *Erläuterungen* zu einzelnen Zeilen und Versen (Wort- und Namenserklärungen etc.) ebenso wie die allgemeinen *Auskünfte* wollen, wie gesagt, in der Regel nicht mehr als eine unmittelbare Verständnishilfe geben.

Ausgiebig benutzt wurden für den Anmerkungsteil die beiden erwähnten kritischen Ausgaben in der Bibliothèque de la Pléiade von Claude Pichois, der auch den Text des Anhangs vor dem Druck gelesen, überprüft und durch manchen Hinweis verbessert und vervollständigt hat. Ihm und Wolfgang Drost sei an dieser Stelle für ihre unermüdliche Hilfe herzlich gedankt. Dank sei auch gesagt, für vielfache Vorarbeiten bei den Anmerkungen zu den Kunstschriften, Fräulein Annie Bardon und Frau Ulrike Claviez-Riechers; für die Überwachung der Drucklegung und die endgültige Erstellung des Registers, Fräulein Bettine Braun; ferner dem Verlag Gallimard für die liebenswürdige Bereitwilligkeit, einen Umbruch des zweiten Bandes der *Œuvres complètes* von Baudelaire zur Verfügung zu stellen.

LEBENSTAFEL

Diese Zeittafel folgt in allen wesentlichen Angaben der *Chronologie* von Claude Pichois, unter Hinzuziehung des Beitrages von Jean Ziegler, *La Fortune de Baudelaire* (Corr/Pl I, LXIII–XC). Aufgeführt werden alle wichtigen Veröffentlichungen von Texten Baudelaires zu seinen Lebzeiten und nach seinem Tode; nicht aufgeführt werden in der Regel die Vorabdrucke und Wiederabdrucke einzelner oder mehrerer Gedichte und der Übersetzungen nach E. A. Poe in Zeitungen, Zeitschriften, Sammelwerken und anderen Büchern. Baudelaire hat zwischen 1839 und 1863 an die dreißig Mal das Domizil gewechselt (siehe B/Paris); auf die Registrierung sämtlicher Stationen seines Pariser Lebens wurde hier verzichtet.

1759 7. Juni: Joseph-François Baudelaire, der Vater des Dichters, wird in La-Neuville-au-Pont (Marne) geboren; Studium der Philosophie und Theologie an der Universität Paris; 1783/84 Ordination zum Priester; Hauslehrer der Söhne des Herzogs Antoine-César de Choiseul-Praslin; 19. November 1793 Niederlegung seines kirchlichen Amtes; unter dem Kaiserreich Amtsvorsteher der Prätur des Senats.

1793 27. September: Caroline Archenbaut Defayis (auch Dufaÿs oder Dufays), Baudelaires Mutter, in London geboren.

1797 6. Mai: François Baudelaire heiratet Jeanne-Justine-Rosalie Janin.

1805 18. Januar: Claude-Alphonse Baudelaire, der Halbbruder des Dichters, geboren; ab 1832 Richter in Fontainebleau.

1819 9. September: Eheschließung zwischen dem seit 1814 verwitweten François Baudelaire und Caroline Dufaÿs.

1821 9. April: Charles-Pierre Baudelaire in Paris geboren.
7. Juni: Taufe in Saint-Sulpice.

1827 10. Februar: François Baudelaire stirbt und wird auf dem Friedhof von Montparnasse begraben. Baudelaire und seine Mutter verbringen den nächsten Sommer in Neuilly.
13. Februar: Gründung eines Familienrats, um die Vormundschaft, Erbfolge und Verwaltung des väterlichen Vermögens für den minderjährigen Baudelaire zu regeln.

1828 31. Oktober: James (Jémis, dann Jacques) Aupick, geb. etwa 28. Februar 1789 in Gravelines (Nord), damals Bataillonschef, wird als Verlobter der Witwe Baudelaire zum Mitvormund bestellt.
8. November: Eheschließung.
2. Dezember: Madame Aupick wird in einem Weiler bei Creil von einer totgeborenen Tochter entbunden.

1829 30 April: Claude-Alphonse Baudelaire heiratet Anne-Félicité Ducessois (geb. 1812).

1831 7. Dezember: Der Oberstleutnant Aupick wird zum Chef des Stabes der 7. Militärdivision in Lyon ernannt.

1832 Januar: Baudelaire begleitet seine Mutter nach Lyon; er wird in der Pension Delorme untergebracht, deren Zöglinge das Collège Royal besuchen; er ist damals in der 6. Klasse.

Oktober: Baudelaire wird Interner des Collège Royal und kommt dort in die 5. Klasse.

1836 9. Januar: Aupick, der 1834 zum Oberst befördert wurde, wird zur 1. Militärdivision nach Paris versetzt.

1. März: Baudelaire, der in Lyon schon in die 2. Klasse aufgerückt war, wird Pensionär des Collège Louis-le-Grand in Paris, wo er in die 3. Klasse zurückversetzt wird, da man dort mit dem Mathematikunterricht ein Jahr früher beginnt.

1838 August/September: Ferienaufenthalt in den Pyrenäen.

1839 18. April: Einer seiner (geringfügigen) Unbotmäßigkeiten wegen muß Baudelaire das Collège Louis-le-Grand verlassen; er wird zu der Familie Lasègue in Pension gegeben.

12. August: Baudelaire besteht seine Abschlußprüfung als Bakkalaureus am Collège Louis-le-Grand; Aupick wird zum Brigadegeneral ernannt.

2. November: Baudelaire immatrikuliert sich an der École de Droit, der er bis in den Sommer 1840 angehört; führt jedoch, statt die Vorlesungen zu besuchen, ein »freies Leben« und zieht sich bald eine Geschlechtskrankheit zu.

1840 18. Januar: Aupick wird zum Kommandanten der 2. Infanteriebrigade der Garnison von Paris ernannt.

25. Februar: Nach einer Aufführung von *Marion de Lorme* schreibt Baudelaire einen enthusiastischen Brief an Victor Hugo, der ihn damals vielleicht empfangen hat. Bekanntschaft mit Gérard de Nerval und Hyacinthe de Latouche; Freundschaft mit seinem früheren Mitschüler Louis Ménard und mit den jungen Dichtern der »*École normande*«: Ernest Prarond, Gustave Le Vavasseur, Philippe de Chennevières und Jules Buisson. Trifft Sarah, »*la Louchette*«.

1841 20. Januar: Baudelaire bittet seinen Halbbruder Alphonse, ihn von einer größeren Schuldenlast zu befreien.

Frühjahr: Baudelaire erkrankt an der Syphilis.

Ende Mai: Der General Aupick veranlaßt die Einberufung des Familienrats. Dieser beschließt, Baudelaire aus Paris zu entfernen und ihn auf eine größere Reise zu schicken.

9. Juni: Baudelaire schifft sich in Bordeaux auf dem *Paquebot-des-Mers-du-Sud* ein, der mit Bestimmung nach Kalkutta ausläuft.

1. September: Nach einem heftigen Sturm geht man in Port-Louis auf der Ile Maurice vor Anker. Baudelaire wird bei den Autard de Bragard empfangen.

18. September: Man verläßt die Ile Maurice und landet anderntags auf Saint-Denis-de-la-Réunion (damals Ile Bourbon); Baudelaire weigert sich, die Reise nach Kalkutta fortzusetzen.

4. November: Baudelaire schifft sich auf dem *Alcide* nach Frankreich ein.

4.–8. Dezember: Aufenthalt am Kap der guten Hoffnung.

1842 15. Februar: Ankunft in Bordeaux; Baudelaire begibt sich unverzüglich nach Paris, wo er von der Einziehung zum Militärdienst befreit wird.

9. April: Baudelaire wird großjährig.

14. April: Baudelaire erlangt die Verfügung über seinen Anteil aus dem väterlichen Vermögen im Wert von rund 100 000 Goldfranken (Aktien,

Staatspapiere, Immobilien). Er wohnt damals (bis Ende 1843) auf der Ile Saint-Louis.
Mai: Beginn der Liaison mit der Mulattin oder Quarteronin Jeanne Duval (auch Lemer oder Prosper). Freundschaft mit dem Maler Émile Deroy, der 1844 Baudelaires Porträt malt.

1843 Mai: Baudelaires Freunde Le Vavasseur, Prarond und A. Argonne veröffentlichen einen Gedichtband, an dem Baudelaire ursprünglich hätte mitarbeiten sollen. Nach einem Bericht Praronds war ein beträchtlicher Teil der späteren *Fleurs du Mal* damals bereits geschrieben.
August: Nach zweifachem Wohnungswechsel zieht Baudelaire in das Hotel Pimodan (Lauzun), 17, Quai d'Anjou. Er wird der lebenslängliche Schuldner des Händlers und Wucherers Arondel, der im Erdgeschoß des Hotels einen Antiquitätenladen führt.

1844 2. März: Veröffentlichung der *Mystères galans des Théâtres de Paris*, einer anonymen Sammlung von Plaudereien und Klatschgeschichten aus dem Leben zeitgenössischer Schauspieler, an der Baudelaire mitgearbeitet hat.
Juli: Der aufwendige Lebenswandel ihres Sohnes, der innerhalb von 18 Monaten 45 000 Francs ausgegeben hat, veranlaßt Madame Aupick, auf Anraten ihres Gatten, auf dem Rechtsweg die Ernennung eines amtlichen Vormunds anzustreben.
14. Juli: Baudelaire verbüßt drei Tage Gefängnishaft, weil er sich seinen Verpflichtungen bei der Nationalgarde entzogen hat.
21. September: Der Notar Narcisse-Désiré Ancelle in Neuilly, später (von 1851 bis 1868) Bürgermeister dieser Stadt, wird zu Baudelaires amtlichem Vormund bestellt, der ihm von den Zinsen und kleineren Einkünften aus seinem Vermögen einen regelmäßigen monatlichen Betrag von 200 Francs zukommen läßt.

1845 Mitte Mai: Veröffentlichung des *Salon de 1845* unter dem Namen Baudelaire Dufaÿs.
25. Mai: erste Veröffentlichung eines signierten Gedichtes: *À une Dame créole*, unter dem Namen Baudelaire Dufays.
30. Juni: Baudelaires »Selbstmordversuch«; er wohnt eine Zeitlang bei Jeanne, dann bei seinen Eltern.
Oktober: erste Ankündigung der künftigen *Fleurs du Mal* unter dem Titel *Les Lesbiennes*.
November (bis Januar 1848): anonyme und namentliche Mitarbeit an *Le Corsaire-Satan*.
22. Dezember: Baudelaire nimmt an gemeinschaftlichem Haschischgenuß im Hotel Pimodan teil; trifft dort Honoré de Balzac und Théophile Gautier.

1846 21. Januar: *Le Musée classique du Bazar Bonne-Nouvelle* in *Le Corsaire-Satan*.
20.–22. Februar: *L'Esprit public* veröffentlicht als ein Originalwerk die aus einem englischen Keepsake übersetzte Erzählung *Le Jeune Enchanteur*.
3. März: *Choix de maximes consolantes sur l'amour* in Le Corsaire-Satan.
15. April: *Conseils aux jeunes littérateurs* in *L'Esprit public*.

Ende April: Bei Charpentier erscheint anonym eine illustrierte Broschüre *Le Salon caricatural.* Nach einem Brief Poulet-Malassis' hat Baudelaire den Prolog in Versen und einige der ebenfalls gereimten Legenden verfaßt.

Anfang Mai: *Salon de 1846.*

16. Juni: Beitritt zur *Société des Gens des Lettres.*

6. September: Baudelaires zweites veröffentlichtes Gedicht: *Don Juan aux enfers,* in *L'Artiste* unter dem Namen Baudelaire Dufaÿs.

13. September bis 28. März 1847: mit Banville und Vitu Mitarbeiter an den *Causeries* des *Tintamarre.*

1847 Januar: *La Fanfarlo,* unter dem Namen Charles Defayis, in dem *Bulletin de la Société des Gens des Lettres.*

27. Januar: Baudelaire liest in *La Démocratie pacifique* die Übersetzung (von Isabelle Meunier) einer Erzählung *(The Black Cat)* von Edgar Allan Poe, die ihn auf diesen Autor aufmerksam macht.

18. August: Marie Daubrun (alias Bruneau) debütiert am Théâtre de la Porte-Saint-Martin in dem Feenstück *La Belle aux cheveux d'or;* Baudelaire verwendet sich wiederholt für die junge Schauspielerin, der in den *Fleurs du Mal* eine Anzahl von Gedichten gewidmet ist.

November/Dezember: Baudelaire ist krank, wohnt bei Jeanne Duval, weigert sich, das Haus seines Stiefvaters zu betreten oder seinen Vormund zu sehen.

Im Laufe dieses Jahres malt Courbet das Porträt Baudelaires, das sich heute im Museum von Montpellier befindet.

1848 Februar: Ausbruch der Revolution; der Bürgerkönig Louis-Philippe flieht außer Landes; die Republik wird ausgerufen; Baudelaire nimmt an den Straßenkämpfen teil. Am Abend des 24. trifft ein Freund ihn in der Nähe des Carrefour de Buci, wie er, ein Gewehr schwingend, refrainartig den Ruf wiederholt: »*Il faut aller fusiller le général Aupick!*«

27. Februar bis 1./2. März: Baudelaire, Champfleury und Charles Toubin veröffentlichen die beiden einzigen Nummern einer politischen Zeitschrift eher flugblattartigen Charakters: *Le Salut public,* die sie selber auf den Straßen verkaufen.

10. April bis 6. Mai: Baudelaire arbeitet als Redaktionssekretär einer gemäßigten republikanischen Zeitschrift: *La Tribune nationale.*

13. April: Aupick wird zum außerordentlichen Gesandten und Botschafter der Republik in Konstantinopel ernannt.

Juni: Baudelaire nimmt auf Seite der Aufständischen an der Volkserhebung teil.

15. Juli: In *La Liberté de penser* erscheint Baudelaires erste Übersetzung einer Erzählung E. A. Poes: *Révélation magnétique.*

20. Oktober: Baudelaire ist Chefredakteur des *Représentant de l'Indre* in Châteauroux, wo er die übrigen Mitarbeiter des gemäßigten Blattes durch seine Paradoxa verstimmt.

1849 Freundschaft mit Théophile Gautier.

7. Oktober: Tod E. A. Poes in Baltimore.

3. Dezember bis Mitte Januar 1850: Aufenthalt in Dijon.

Baudelaire läßt von dem Pariser Kalligraphen Palis eine Reinschrift seiner Gedichte herstellen.

1850 Mai: Baudelaire wohnt mit Jeanne Duval in Neuilly (bis 1851).
Nähere Beziehungen zu Poulet-Malassis, Drucker in Alençon und Baudelaires späterer Verleger.

1851 7.–12. März: *Du vin et du hachish*, in *Le Messager de l'Assemblée*.
9. April: In der gleichen Zeitung erscheinen, unter dem neuen Titel *Les Limbes*, elf Gedichte der späteren *Fleurs du Mal*.
18. Juni: Aupick wird zum Botschafter in Madrid ernannt, wo er bis April 1853 bleibt.
Ende August: *Pierre Dupont*, als 20. Lieferung von Duponts *Chants et Chansons*.
15. Oktober: Baudelaire bestellt aus London die 1850 erschienene Gesamtausgabe der Werke E. A. Poes.
27. November: *Les Drames et les romans honnêtes*, in der *Semaine théâtrale*.
2 Dezember: Staatsstreich: der bisherige Präsident Napoléon Bonaparte läßt sich zum Kaiser ausrufen.

1852 22. Januar: *L'École païenne* in der *Semaine théâtrale*.
Februar: Da die *Semaine théâtrale* ihr Erscheinen einstellen muß, plant Baudelaire mit seinen Freunden eine Zeitschrift *Le Hibou philosophe*, die nicht zustande kommt.
März: Baudelaire entschließt sich, mit Jeanne zu brechen und sich von ihr zu trennen.
März/April: *Edgar Poe, sa vie et ses ouvrages*, die erste Fassung des späteren Vorworts der *Histoires extraordinaires*, in der *Revue de Paris*.
9. Dezember: erste Zusendung eines Gedichtes an Madame Sabatier.

1853 Plan zu einem Libretto *La Fin de Don Juan*.
1. März: Übersetzung in Prosa des Gedichtes *The Raven* von E. A. Poe (erste Fassung), in *L'Artiste*.
8. März: Aupick wird zum Senator ernannt; verbringt den Sommer meist in dem kleinen Haus, das er in dem ehemaligen Hafenstädtchen Honfleur an der Seinemündung erworben hat.
17. April: *Morale du joujou* in *Le Monde littéraire*.
Mai: Baudelaire hält sich ein oder zwei Wochen in Versailles auf, wo er mit Philoxène Boyer in einem Bordell ein Unterkommen findet.

1854 Februar: Entwurf zu einem Theaterstück *L'Ivrogne*, in dem der Schauspieler Hippolyte Tisserand die Hauptrolle spielen soll.
Juli: Liebe zu Marie Daubrun.
Dezember: Baudelaire will nicht länger von Hotel zu Hotel ziehen; er meldet seiner Mutter den Entschluß, »ins Konkubinat« zurückzukehren, sei es zu Jeanne, sei es »zu der Anderen« (wohl Marie Daubrun).

1855 26. Januar: Gérard de Nerval erhängt sich in der Rue de la Vieille-Lanterne.
26. Mai: *Méthode de critique* (*Exposition universelle de 1855, I*), in *Le Pays*.
1. Juni: Die *Revue des Deux Mondes* veröffentlicht unter dem Titel *Les Fleurs du Mal* eine Folge von 18 Gedichten.
2. Juni: Baudelaire veröffentlicht die ersten Fassungen zweier Gedichte in Prosa (XXII *Le Crépuscule du soir*, XXIII *La Solitude*), in *Hommage à C. F. Denecourt*.

3. Juni: *Delacroix* (*Exposition universelle de 1855*, III), in *Le Pays*.
8. Juli: *De l' Essence du rire et généralement du comique dans les arts plastiques*, in *Le Portefeuille*.
12. August: *M. Ingres* (*Exposition universelle de 1855*, II), in *Le Portefeuille*.
Dezember 1855 oder Januar 1956: *Rouvière*, in der *Nouvelle Galerie des artistes vivants*.

1856 12. März: Auslieferung der *Histoires extraordinaires par Edgar Poe* (Neuauflagen: 1856, März 1857, 1862, 1864, 1867, 1870).
11. September: Baudelaire schreibt seiner Mutter, daß er abermals mit Jeanne gebrochen habe.
30. Dezember: Baudelaire schließt mit den Verlegern Poulet-Malassis und De Broise einen Vertrag über seinen Gedichtband *Les Fleurs du Mal* und einen Sammelband mit Aufsätzen zur bildenden Kunst ab.

1857 7. Februar: Freispruch Flauberts in dem Prozeß gegen seinen Roman *Madame Bovary*.
8. März: Auslieferung der *Nouvelles Histoires extraordinaires par Edgar Poe* (Neuauflagen 1859, 1862, 1865).
27. April: Tod des General Aupick in Paris; Madame Aupick zieht sich wenige Wochen später nach Honfleur zurück, wo sie den Rest ihres Lebens verbringen wird.
16. Juni: Baudelaire erhält vom Kultusministerium eine Unterstützung in Höhe von 200 Francs für seine Übersetzung der *Histoires extraordinaires*. Insgesamt werden Baudelaire in den Jahren 1857 bis 1862 auf sein Ansuchen acht öffentliche Unterstützungen in einer Höhe von insgesamt 2000 Francs gewährt für seine Verdienste als Übersetzer, als Kunstkritiker und (1860) sogar als Verfasser der *Fleurs du Mal*.
25. Juni: Auslieferung der *Fleurs du Mal;* der Band enthält 100, davon 52 bisher unveröffentlichte Gedichte.
5. Juli: erster öffentlicher Angriff auf die *Fleurs du Mal* von G. Bourdin im *Figaro*.
7. Juli: Erste Schritte der Behörden zur Einleitung des Prozesses.
14. Juli: lobende Rezension von Edouard Thierry in *Le Moniteur*.
Mitte August: Baudelaire läßt die Broschüre *Articles justificatifs pour Charles Baudelaire, auteur des Fleurs du Mal* drucken.
20. August: Baudelaire und seine Verleger werden wegen »Beleidigung der öffentlichen Moral und der guten Sitten« zu Geldstrafen verurteilt; sechs Gedichte der *Fleurs du Mal* werden verboten.
24. August: Unter dem Titel *Poèmes nocturnes* veröffentlicht *Le Présent* sechs, darunter vier neue, Gedichte in Prosa.
Um den 30. August: Madame Sabatier »erhört« ihren Liebhaber.
1. und 15. Oktober: *Quelques Caricaturistes français* und *Quelques Caricaturistes étrangers*, in *Le Présent*.
18. Oktober: Artikel Baudelaires über Flauberts Roman *Madame Bovary* in *L'Artiste*.
6. November: Brief Baudelaires an die Kaiserin, um eine Reduktion seiner Geldstrafe zu erwirken.
Ende Dezember: Krank, entmutigt und in größten Geldschwierigkeiten, beschließt Baudelaire, einige Zeit bei seiner Mutter in Honfleur zu leben.

1858 20. März bis etwa 5. April: Baudelaire hält sich in Corbeil auf, um die Drucklegung der *Aventures d'Arthur Gordon Pym* von E. A. Poe zu überwachen, die am 13. Mai ausgeliefert werden (zweite Auflage 1862).

30. September: *De l'Idéal artificiel – Le Haschisch,* in der *Revue contemporaine.*

20. Oktober: Reise nach Honfleur.

Anfang November: Baudelaire zieht wieder zu Jeanne, die er niemals endgültig verlassen hat.

Mitte Dezember: zwölf Tage Aufenthalt bei Poulet-Malassis in Alençon.

1859 9. Januar: Besprechung des Novellenbandes *La Double Vie* von Charles Asselineau in *L'Artiste.*

27. Januar bis März: Aufenthalt in Honfleur.

13. März: *Théophile Gautier,* in *L'Artiste.*

5. April: Durch einen Anfall gelähmt, wird Jeanne in eine Klinik gebracht, wo sie bis zum 19. Mai bleibt.

Mai bis Juni: abermaliger Aufenthalt in Honfleur.

10. und 20. Juni, 1. und 20. Juli: *Salon de 1859,* in der *Revue française.*

Anfang August: Baudelaire wohnt in dem Hôtel de Dieppe, Rue d'Amsterdam, das er, mit Ausnahme eines kurzen Aufenthalts in Neuilly (Dezember 1860/Januar 1861), bis zu seiner Abreise nach Belgien nicht mehr verlassen wird.

26. November: *Théophile Gautier* erscheint als Broschüre mit einem Brief Victor Hugos vom 6. Oktober 1859 als Vorwort.

8. Dezember: Thomas De Quincey (geb. 1785) stirbt in Edinburg.

Mitte Dezember: kurzer Aufenthalt in Honfleur.

1860 1. Januar: Vertrag mit Poulet-Malassis und De Broise über die zweite Ausgabe der *Fleurs du Mal,* über *Les Paradis artificiels,* die *Curiosités esthétiques* und einen Band *Notices littéraires.*

13. Januar: erster Gehirnschlag.

15. und 31. Januar: *Enchantements et tortures d'un mangeur d'opium* in der *Revue contemporaine.*

Februar: Baudelaire entwirft das Scenario eines Theaterstücks, *Le Marquis du 1er Houzards,* nach einer Novelle von Paul de Molènes.

Ende Mai: Auslieferung der *Paradis artificiels.*

15. bis 20. Oktober: Aufenthalt in Honfleur.

20. November: Baudelaire verfaßt für den Komponisten Robert Stoepel das Libretto (in Prosa, mit Verseinlagen) für eine »symphonische Dichtung« nach Longfellows *Hiawatha.* Der vollständige Text dieses Librettos, das keine Verwendung fand und für das Baudelaire auch sein Honorar nicht erhielt, wurde erst 1971 veröffentlicht.

Mitte Dezember: Baudelaire zieht zu der halbseitig gelähmten Jeanne nach Neuilly.

1861 Anfang Januar: Rückkehr in das Hôtel de Dieppe in Paris nach einem abermaligen Bruch mit Jeanne, die ihm die beständige Gesellschaft eines »Bruders« aufgenötigt hatte, bei dem es sich vermutlich um einen Liebhaber handelte.

Anfang Februar: Auslieferung der zweiten, um 25 Gedichte vermehrten Ausgabe der *Fleurs du Mal.*

28. Februar: *Le Calumet de paix* nach Longfellow, in der *Revue contemporaine.*

1. April: *Richard Wagner et »Tannhäuser« à Paris,* in der *Revue européenne.*

4. Mai: *Richard Wagner et »Tannhäuser« à Paris,* durch ein Nachwort erweiterte Fassung, als Broschüre.

Die Folgeerscheinungen der früh erworbenen Syphilis machen sich stärker bemerkbar; Baudelaire bekennt, er sei, wie schon im März, »am Rande des Selbstmords«.

24. Mai: Um seine Schulden bei Poulet-Malassis und De Broise abzutragen, tritt Baudelaire ihnen das Verlagsrecht an seinen sämtlichen erschienen und in Zukunft erscheinenden Werken ab.

15. Juni bis 15. August: Neun der zehn Texte aus den *Réflexions sur quelques-uns de mes contemporains* erscheinen in der *Revue fantaisiste.*

Juli: Baudelaire erwägt, sich um die Aufnahme in die Académie française zu bewerben.

11. September: *Peintures murales d'Eugène Delacroix à Saint-Sulpice,* in der *Revue fantaisiste.*

15. Oktober: Vorwort zu dem Roman *Les Martyrs ridicules* von Léon Cladel, in der *Revue fantaisiste.*

11. Dezember: Bewerbungsschreiben an Abel-François Villemain, den Sekretär der Académie française; einige Tage später macht Baudelaire bei Alfred de Vigny Besuch.

1862 20. Januar: Artikel Sainte-Beuves, *Des prochaines élections,* in *Le Constitutionnel.*

Ende Januar: anonymer Artikel Baudelaires: *Une réforme à l'Académie,* in der Revue *anecdotique.*

23. Januar: Baudelaire wird »ein seltsam vorbedeutendes Zeichen« zuteil: »ich spürte, wie ein Wehen von den Flügeln der Verblödung über mich hinstrich«.

10. Februar: Auf Anraten von Sainte-Beuve zieht Baudelaire seine Kandidatur für die Académie française zurück.

Zweite Hälfte März: Artikel über Paul de Molènes in der *Revue anecdotique.*

2. April: *L'Eau-forte est à la mode,* in der *Revue anecdotique.*

14. April: In Fontainebleau stirbt sein Halbbruder Alphonse, mit dem Baudelaire fast jeden Verkehr abgebrochen hatte.

20. April: Besprechung des Romans *Les Misérables* von Victor Hugo in *Le Boulevard.*

1. Juli: Erneuerung des im Mai 1861 mit Poulet-Malassis abgeschlossenen Vertrages zu dessen alleinigen Gunsten.

2. August: Im IV. Band der Anthologie *Poëtes français* von Eugène Crépet erscheinen sieben Texte der bereits in der *Revue fantaisiste* gedruckten *Reflexions sur quelques-uns de mes contemporains;* außerdem sieben Gedichte aus den *Fleurs du Mal* mit einem Vortext von Th. Gautier über Baudelaire.

26./27. August: die ersten 14 *Petits Poèmes en prose,* zusammen mit der Widmung an Arsène Houssaye, in *La Presse.*

6. September: begeisterter Artikel Charles Algernon Swinburnes über *Les Fleurs du Mal* in *The Spectator*.

14. September: *Peintres et aqua-fortistes,* in *Le Boulevard*.

12. November: Auf Betreiben eines seiner Gläubiger, des Druckers Poupart, wird Poulet-Malassis verhaftet und gefangen gesetzt.

1863 13. Januar: Baudelaire verkauft für 1200 Francs an den Verleger Hetzel das Exklusivrecht der *Petits Poèmes en prose* und der *Fleurs du Mal,* die er bereits an Poulet-Malassis verkauft hatte.

22. April: Nach mehr als fünf Monaten Präventivhaft wird Poulet-Malassis zu einem Monat Gefängnis verurteilt.

Sommer: Baudelaire plant eine Vortragsreise nach Belgien, um dort verschiedene Kunstsammlungen zu besuchen und zugleich Verhandlungen über eine Ausgabe seiner sämtlichen Werke mit den Verlegern Lacroix und Verboeckhoven zu führen.

13. August: Tod Eugène Delacroix'.

2. und 14. September, 22. November: *L'Œuvre et la vie d'Eugène Delacroix* in *L'Opinion nationale*.

Zweite Hälfte September: Poulet-Malassis geht nach Belgien ins Exil; veröffentlicht dort seltene und »galante« Bücher sowie Pamphlete gegen das Zweite Kaiserreich.

1. November: Baudelaire tritt dem Verleger Michel Lévy für 2000 Francs sämtliche Rechte an seinen fünf Bänden Übersetzungen E. A. Poes ab, von denen zwei noch nicht erschienen sind.

Ende November: Die Übersetzung des »kosmogonischen Traktats« *Eureka* von E. A. Poe erscheint.

26. und 29. November, 3. Dezember: *Le Peintre de la vie moderne,* Baudelaires großer Essay über den Maler Constantin Guys, im *Figaro*.

1864 7. und 14. Februar: Im *Figaro* erscheinen zum ersten Mal sechs Gedichte in Prosa unter der Überschrift *Le Spleen de Paris*.

14. April: *Anniversaire de la naissance de Shakespeare,* im *Figaro*.

24. April: Baudelaire trifft in Brüssel ein. – *Vente de la collection de M. E. Piot,* im *Figaro*.

2. Mai: Vortrag über Delacroix im *Cercle artistique et littéraire* von Brüssel.

11. Mai: Vortrag über Théophile Gautier.

12. und 13. Mai, 3. Juni: drei Vorträge über die Rauschgifte. – Baudelaire ist in Namur Gast des Stechers Félicien Rops.

13. Juni: Baudelaire liest zum zweiten Mal aus seinen Werken im Hause des Börsenmaklers und Sammlers Prosper Crabbe.

Die Verhandlungen mit den belgischen Verlegern zerschlagen sich. Baudelaire faßt einen grimmigen Haß auf alles Belgische, dem er in satirischen Versen und zahlreichen Aufzeichnungen zu einem Pamphlet *Pauvre Belgique!* Ausdruck verleiht. Durch seinen Freund Julien Lemer versucht er, den Verlag der Frères Garnier zu gewinnen; auch diese Verhandlungen bleiben ergebnislos.

August: Baudelaire besucht Mecheln, Antwerpen und vielleicht auch Brügge.

Dezember: abermaliger Aufenthalt in Namur.

1865 15. Februar: ein »teuflischer Anfall«.

16. März: Der fünfte Band der Übersetzungen nach E. A. Poe erscheint: *Histoires grotesques et sérieuses.*

April: Baudelaire geht noch einmal nach Antwerpen, vielleicht auch nach Lüttich, Gent, Brügge.

4.–15. Juli: Poulet-Malassis entdeckt, daß Baudelaire seine Autorenrechte ein zweites Mal verkauft hat; Baudelaire unternimmt eine Blitzreise nach Paris und Honfleur, um sich von seiner Mutter, von Freunden (darunter Edouard Manet) Geld zu beschaffen und Hetzels Vorschuß damit zurückzuzahlen.

20. Juli: Gegen den Betrag von 2000 Francs, den Ancelle an Poulet-Malassis zahlt, erstattet dieser Baudelaire die zweimal vertraglich abgetretenen Rechte zurück.

28. Oktober: *Le Comédien Rouvière,* Nachruf in *La Petite Revue.*

16. und 30. November, 23. Dezember: enthusiastische Artikel Paul Verlaines über Baudelaire in *L'Art.*

26. November: Madame Victor Hugo, die mit ihren beiden Söhnen in Brüssel lebt, an Victor Hugo: »Wir sehen sehr oft Baudelaire, der ... unser ständiger Gast ist.«

1866 Ende Februar: *Les Épaves, »À l'enseigne du Coq, Amsterdam«* (statt Poulet-Malassis, Brüssel); 25 Gedichte,, darunter die sechs 1857 verbotenen Stücke.

Mitte März: neuerlicher Aufenthalt in Namur bei Rops. Baudelaire bricht in der Kirche Saint-Loup zusammen; Gehirnstörungen machen sich bemerkbar; er wird nach Brüssel zurückgebracht.

30. März: Baudelaire diktiert seine beiden letzten Briefe an die Mutter und an Ancelle; Gehirnerweichung, rechtsseitige Lähmung, Agraphie und Aphasie.

31. März: In der 5. Lieferung des *Parnasse contemporain* erscheinen *Nouvelles Fleurs du Mal,* insgesamt 15 Gedichte.

Anfang April: Baudelaire findet in dem von Schwestern geleiteten Institut Saint-Jean et Sainte-Elisabeth Aufnahme. Ancelle und Madame Aupick kommen. Der Sprache beraubt, erregt er durch seine Zornanfälle und sein lästerliches *»Cré nom!«* alsbald solchen Anstoß, daß er ins Hotel zurückgebracht werden muß.

2. Juli: Die Mutter und der Kunsthändler Arthur Stevens begleiten Baudelaire nach Paris, wo Banville sie am Bahnhof erwartet.

4. Juli: Baudelaire wird in die Klinik des Dr. Duval, Rue du Dôme, gebracht. Eine hydrotherapeutische Behandlung verschafft ihm einige Linderung, ohne daß er die Sprache und die Beherrschung seiner Glieder wiedererlangt. Freunde besuchen ihn; Madame Edouard Manet und Madame Paul Meurice spielen Musik von Wagner für ihn.

Oktober: Die Freunde erreichen, daß das Kultusministerium für die Kosten der Hospitalisierung aufkommt.

Da Madame Aupicks Anwesenheit eine nachteilige Wirkung auf den Kranken ausübt, kehrt sie nach Honfleur zurück und zieht erst im Frühjahr 1867 wieder in die Nähe ihres Sohnes.

1867 31. August: Tod Baudelaires nach dem Empfang der Sterbesakramente.

4. September: Nach einem Trauergottesdienst in der Kirche Saint-Honoré d'Eylau wird Baudelaire auf dem Friedhof von Montparnasse in

der Familiengruft beigesetzt. Banville und Asselineau halten Grabreden.
4. Dezember: Michel Lévy erwirbt bei einem öffentlichen Aufgebot für 1750 Francs die Verlagsrechte an Baudelaires sämtlichen Werken.

1868 März: Als erste und einzige Veröffentlichung der *Essais de bibliographie contemporaine* erscheint die Baudelaire-Bibliographie von Albert de La Fizelière und Georges Decaux.
6. Mai: Der Strafgerichtshof in Lille verurteilt Poulet-Malassis zur Vernichtung der *Épaves*.
9. Dezember: Von Asselineau und Banville betreut, erscheinen als Band II der postumen *Œuvres complètes* die Schriften zur bildenden Kunst unter dem von Baudelaire stammenden Titel *Curiosités esthétiques*.
19. Dezember: Die dritte Ausgabe der *Fleurs du Mal* erscheint als Band I der *Œuvres complètes*. Die nicht in diese Ausgabe aufgenommenen Stücke der *Épaves* erscheinen 1869 in Brüssel als *Complément aux Fleurs du Mal de Charles Baudelaire* in drei Auflagen.

1869 Anfang Januar: Charles Asselineaus Gedenkbuch *Charles Baudelaire, Sa Vie et son Œuvre* mit fünf gestochenen Porträts, drei nach Deroy, Courbet und Baudelaire und zwei von Manet.
20. Februar: Band III der *Œuvres complètes:* Aufsätze zur Literatur und bildenden Kunst unter dem Titel *L'Art romantique*.
19. Juni: Band IV, enthaltend die *Petits Poèmes en prose, Les Paradis artificiels, La Fanfarlo* und *Le Jeune Enchanteur*.
18. September: Als Band V der *Œuvres complètes,* und darin als erster Band der Übersetzungen, erscheinen die *Histoires extraordinaires,* denen 1870 in Band VI und VII die übrigen Übersetzungen nach E. A. Poe folgen.

1870 26. März: In einem zweiten von Arondel gegen Madame Aupick angestrengten Prozeß wird dessen Forderung von 15000 Francs abermals abgewiesen; Ancelle zahlt ihm 1872 als endgültige Abfindung einen Betrag von 1500 Francs. Insgesamt beliefen sich die Forderungen der Freunde und Gläubiger Baudelaires nach dessen Ableben auf über 26000 Francs, wovon nach Ancelles Schätzung 10300 als zu Recht bestehend anerkannt und beglichen wurden.

1871 16. August: Tod Madame Aupicks in Honfleur.

1872 Bei Pincebourde, dem Nachfolger Poulet-Malassis', erscheint von Freunden herausgegeben: *Charles Baudelaire, Souvenirs, Correspondances, Bibliographie, suivie de Pièces inédites*.

1887 *Œuvres posthumes et correspondances inédites* mit einer biographischen Darstellung von Eugène Crépet; darin zum ersten Mal die *Fusées* und *Mon cœur mis à nu*.

1890 3. Januar: Madame Sabatier stirbt in Neuilly.

1896 *Le Tombeau de Charles Baudelaire,* eine Veröffentlichung unter Mitwirkung von 39 Schriftstellern, darunter Stéphane Mallarmé.

1901 7. Februar: Marie Daubrun stirbt in Paris.

1906 *Lettres (1841–1866),* besorgt von Féli Gautier; *Baudelaire* von Eugène und Jacques Crépet (erweiterte Neuausgabe des Textes von 1887).

1908 Erweiterte Neuausgabe der *Œuvres posthumes*.

1918 *Lettres inédites à sa mère,* herausgegeben von Jacques Crépet.

1922 bis 1953 Veröffentlichung der kritischen Ausgabe der *Œuvres complètes* in 19 Bänden, herausgegeben von Jacques Crépet und abgeschlossen von Claude Pichois.

1949 31 Mai: Das Urteil von 1857 wird kassiert.

1957 *Exposition Baudelaire* in der Bibliothèque Nationale in Paris aus Anlaß der Jahrhundertfeier der *Fleurs du Mal*.

1967 *Lettres inédites aux siens,* herausgegeben von Philippe Auserve.

1968 bis 1969 *Exposition Baudelaire* im Petit Palais in Paris.

1973 *Correspondance* I/II, kritische Ausgabe, besorgt und herausgegeben von Claude Pichois und Jean Ziegler.

1975 bis 1976 *Œuvres complètes* I/II, kritische Ausgabe, besorgt und herausgegeben von Claude Pichois.

ANMERKUNGEN

BRIEFE

1832–1846

7 AN ALPHONSE BAUDELAIRE, 1. FEBRUAR 1832

Der Empfänger des Briefes ist Baudelaires Halbbruder Claude-Alphonse (1805–1862), aus der ersten Ehe seines Vaters mit Jeanne-Justine-Rosalie Janin (gest. 1814). Alphonse Baudelaire war seit 1825 Advokat in Paris und wurde 1832 zum Gerichtsbeisitzer in Fontainebleau ernannt. 1840 wurde er dort in den Gemeinderat gewählt und ab 1846 bekleidete er das Amt eines Untersuchungsrichters. Von den 84 erhaltenen Jugendbriefen Baudelaires aus den Jahren 1832 bis 1841 sind die Hälfte an diesen Bruder gerichtet, der innerhalb der Familie in allen Baudelaire betreffenden Angelegenheiten eher auf der Seite des Stiefvaters stand und diesen 1841 in dem Entschluß bestärkte, Baudelaire auf die Seereise nach Indien zu schicken.

Dieser Brief vom 1. Februar 1832 ist der zweite erhaltene Brief Baudelaires; der erste vom 9. Januar, ebenfalls an Alphonse Baudelaire gerichtet, meldet nur mit kurzen Worten, daß man in den nächsten Tagen nach Lyon aufbrechen werde, wohin der Oberstleutnant Aupick versetzt worden war, nachdem dort am 21. November 1831 der erste Aufstand der *»canuts«* (Arbeiter der Seidenfabriken) ausgebrochen war. Madame Aupick und ihr Sohn waren von Paris am 12. oder 13. Januar um 10 Uhr vormittags aufgebrochen. Eine Reise nach Lyon mit der Postkutsche beanspruchte damals zur Winterszeit drei Tage.

8 *5 meine Schwester:* Anne-Félicité Baudelaire, geb. Ducessois (1812–1902), Baudelaires Schwägerin, die Alphonse 1829 geheiratet hatte. Der junge Baudelaire machte ihr später kurze Zeit den Hof (siehe den Brief S. 52 f.). Sie war unter allen Familienangehörigen Baudelaire am wenigsten wohlgesinnt. – *Theodore:* Louis-Théodore Ducessois, ein älterer Halbbruder von Baudelaires Schwägerin.

8 AN ALPHONSE BAUDELAIRE, 3. MÄRZ 1832

9 *8 Herrn und Frau Ducessois:* Jean-François-Théodore Ducessois und seine zweite Frau Félicité-Antoinette Richomme, die Eltern von Baudelaires Schwägerin.

9 AN ALPHONSE BAUDELAIRE, 3. JULI 1832

Nach dem Eintreffen in Lyon wurde Baudelaire in der Pension Delorme untergebracht; er besuchte die 6. Klasse des Collège Royal.

9 *19 Siebzehnter und Elfter in Griechisch:* Eine der beiden Angaben dürfte sich auf das hier versehentlich vergessene Lateinische beziehen.

10 AN ALPHONSE BAUDELAIRE, 25. MÄRZ 1833

Baudelaire war seit dem Oktober 1832 Interner des Collège Royal, als Schüler der 5. Klasse.

10 *34 Barrikaden von Paris:* Anspielung entweder auf eine Manifestation 1830 während des Prozesses gegen die ehemaligen Minister Karls X. oder auf die Pariser Unruhen im Juni 1832.

11 AN ALPHONSE BAUDELAIRE, 17. MAI 1833
20 wie man Louis-Philippes Namen ... behandelt hat: Der Namenstag des Königs Louis-Philippe, der 1. Mai, war in Lyon nicht als Festtag gefeiert worden. Die Republikaner hatten sogar ein Bankett veranstaltet, bei dem, wie vereinbart, jeder Trinkspruch auf den König unterblieb.

12 *4 Saint-Simonisten:* Anhänger des Grafen Claude-Henri de Saint Simon (1760–1825), der einen Staatssozialismus mit einer streng nach den Bedürfnissen und Fähigkeiten der Bürger gestaffelten Struktur vertrat. Seine wichtigsten Schüler waren Enfantin, Bazard, P. Leroux und Blanqui. Ein Prozeß gegen die untereinander zerstrittenen Anhänger Saint-Simons führte 1833 zu ihrer Verurteilung und Zerstreuung. – *8* Antoine Baron *Aymard* (1773–1861), Aupicks Divisionskommandeur.

16 AN MADAME AUPICK, 23. (?) APRIL 1837 (?)
Baudelaires Stiefvater war im Januar 1836 von Lyon nach Paris zurückversetzt worden, wo er eine Wohnung in der Rue de Lille bezog. Baudelaire wurde am 1. März des gleichen Jahres Pensionär des Collège Louis-le-Grand.

16 *10 ob er viele Schmerzen hat:* Aupick war am 16. Juni 1815, am Vorabend der Schlacht von Waterloo, von einer Kugel verletzt worden, die im linken Oberschenkel stecken blieb, dort im Lauf der Jahre eine Karies verursachte und am 11. April 1835 von dem hier erwähnten Chirurgen *Choquet* durch einen operativen Eingriff entfernt wurde. – *23 Cours de littérature latine* von François *Noël* und François Delaplace, den Baudelaire anfordert, um sich in der Verfertigung lateinischer Verse zu vervollkommnen. Er erhielt daraufhin einen zweiten Preis in lateinischer Poesie für ein Gedicht über den »Ausbruch des Vulkans bei Bajae«: siehe Œuvres/Pl I, 230 ff.

17 *34 Joseph:* Hausdiener der Aupicks.

20 AN MADAME AUPICK, 19. JUNI 1838 (?)
Der Oberst und Madame Aupick waren im Mai nach dem Thermalbad Barèges in den Pyrenäen aufgebrochen, wo der Oberst bis in den Oktober zur Kur weilte und wohin Baudelaire sich Ende August aufmachte.

20 *12* Jean-Louis *Émon* (1790–1880), ein Freund des Obersten Aupick; gehörte dem Familienrat an, der 1844 die Ernennung eines amtlichen Vormunds für Baudelaire beschloß. – *30* Jacques-Louis-Marin *Defrance* (1758–1860), Botaniker und Entomologe. – *31* Alexandre *Brongniart* (1770–1847), Botaniker und Physiologist, oder sein Sohn (1801–1867). – Étienne *Geoffroy Saint-Hilaire* (1772–1844), berühmter Naturforscher. – André-Marie-Constant *Duméril* (1774–1860), Arzt und Naturforscher, Begründer der Geschichte der Reptilien. – *34 tierischen Magnetismus:* die von Franz Anton Mesmer (1734–1815) vertretene Lehre, die damals wieder die Öffentlichkeit beschäftigte und sich großer Popularität erfreute. Mesmers und seiner Anhänger magnetische Wunderkuren haben auch E. T. A. Hoffmann und E. A. Poe beschäftigt.

21 *17 Madame Olivier:* Marguerite-Aline Olivier, die Frau des mit Madame Aupick befreundeten Artillerieoffiziers Théodore Olivier (1793–1853). Ihr Vater war der Bildhauer Claude Ramey (1754–1838), der Taufpate Alphonse Baudelaires.

22 AN MADAME AUPICK, 27. JUNI 1838

21 Madame Jaquotot: Caroline Jaquotot, die Frau des Rechtsanwalts Antoine-Bérard Jaquotot, Trauzeuge bei Madame Aupicks Eheschließung und Mitglied des Familienrats, der 1844 die Ernennung eines amtlichen Vormundes beschloß.

23 *22 Monsieur Coppenhague:* ein Mitbewohner des Hauses in der Rue de Lille, der Baudelaires Briefe an seine Mutter weiterbeförderte.

24 AN DEN OBERSTEN AUPICK, 17. JULI 1838

22 nach Versailles: Auf eine Einladung des Königs hin besuchte das Collège Louis-le-Grand am 12. Juli die Galerien des Musée de Versailles. Das *Journal des Débats* berichtete darüber ausführlich am 14. Juli (Corr/Pl I, 716 f.). – *33 Herzog von Aumale:* Henri, duc d'Aumale, der damals sechzehnjährige vierte Sohn des Königs Louis-Philippe. – *34* Achille, comte de *Salvandy* (1795–1856), Schriftsteller, damals Kultusminister.

25 *6 Horace Vernet:* s. u. zu S. 135, *1*. In den Museen von Versailles befanden sich von Horace Vernet damals außer Porträts eine Reihe von Schlachtenbildern und historischen Gemälden. – *7 Scheffer:* Henri Scheffer oder Ary Scheffer (s. u. zu S. 159, *1*); von beiden befanden sich Bilder in Versailles. – *Schlacht von Taillebourg:* der Sieg des heiligen Ludwig über Heinrich II. von England (1242); das Bild war im Salon von 1837 ausgestellt gewesen. – *9* Jean-Baptiste *Regnault* (1754–1829), ein Freund von Baudelaires Vater, der diesen auch porträtiert hat. Bei dem von Baudelaire erwähnten Bild handelt es sich jedoch um die 1810 gemalte »Vermählung des Prinzen Jérôme Bonaparte mit der Prinzessin Friederike-Katharina von Württemberg« (die im Jahr 1807 stattfand. – *18 Lektüre der Presse, die Delacroix über den grünen Klee lobt:* Théophile Gautier hatte dort am 23. März in seiner Besprechung des Salon von 1838 seiner Bewunderung für Delacroix' Werk beredten Ausdruck verliehen.

26 AN MADAME AUPICK, 3. AUGUST 1838

4 Monsieur Zinse: nicht bekannt. – *32 Eugène Sue* (1804–1857), der Verfasser der *Mystères des Paris* (1842), hatte damals bereits eine ganze Reihe erfolgreicher historischer, Abenteuer- und Seeromane geschrieben. – *35 Victor Hugo* (1802–1885) hatte außer einer Reihe von Dramen vier Gedichtsammlungen veröffentlicht: *Les Orientales* (1829), *Les Feuilles d'automne* (1831), *Les Chants du crépuscule* (1835) und *Les Voix intérieures* (1837).

27 *1 Sainte-Beuves* (1804–1869) autobiographischer Roman *Volupté* war 1834 erschienen.

27 AN MADAME AUPICK, 23. AUGUST 1838

26 Abel-François *Villemain* (1790–1870), Professor an der Sorbonne, von 1839 bis 1844 Minister für das Unterrichtswesen, später Sekretär der Académie Française. Von ihm erschienen *Discours et mélanges littéraires* (1823), *Nouveaux Mélanges historiques et littéraires* (1827), *Cours de littérature française ... Tableau du dix-huitième siècle* (1838).

28 *5 Durrieu:* General Durrieu, dessen Adjutant Aupick 1818 gewesen war.

28 AN JULES PIERROT, 18. APRIL 1839
Am 18. April 1839 ließ Baudelaire sich während des Unterrichts zu einer Unbotmäßigkeit hinreißen, die seine sofortige Verweisung von dem Collège Louis-le-Grand zur Folge hatte. Der Schulvorsteher schrieb noch am gleichen Tag folgenden Brief an den General Aupick:
»Monsieur,
Als Ihr Herr Sohn heute morgen von dem stellvertretenden Direktor aufgefordert wurde, ihm einen Zettel auszuhändigen, den einer seiner Kameraden ihm eben zugeschoben hatte, weigerte er sich, ihn abzugeben, zerriß ihn und schluckte ihn hinunter. Er wird zu mir geschickt und erklärt mir, er wolle eher eine beliebige Strafe auf sich nehmen als das Geheimnis seines Kameraden preisgeben, und auf meine dringende Aufforderung, sich gerade im Interesse jenes Freundes deutlicher auszudrükken, da er ihn den peinlichsten Verdächtigungen aussetze, antwortet er mir mit einem Grinsen, dessen Unverschämtheit ich nicht dulden darf. Ich schicke Ihnen deshalb diesen jungen Mann nach Hause, der zwar eine recht beachtliche Begabung erkennen ließ, aber alles mit seinem widerspenstigen Wesen verdorben hat, unter dem die gute Ordnung der Schule mehr als einmal zu leiden hatte.
Empfangen Sie, Monsieur, mit dem Ausdruck meines Bedauerns, die Versicherung meiner größten Ehrerbietung und Hochachtung.«
Da Baudelaires Entschuldigungsschreiben vom gleichen Tag unter den Papieren der Familie aufgefunden wurde, darf man annehmen, daß es niemals abgesandt wurde.

29 AN MADAME AUPICK, 16. JULI 1839
Nach der Entlassung aus dem Collège Louis-le-Grand war Baudelaire zu den Eltern seines bisherigen Repetitors Charles Lasègue in Pension gegeben worden.

30 *15 meines Freundes:* Baudelaires Stiefvater.

32 AN ALPHONSE BAUDELAIRE, 20. NOVEMBER 1839
Nachdem Baudelaire am 12. August seine Abschlußprüfung am Collège Louis-le-Grand bestanden hatte, immatrikulierte er sich am 2. November an der École de Droit. Statt die Vorlesungen zu besuchen, führte er ein »freies Leben« und zog sich bald eine Geschlechtskrankheit zu, auf die sich der Inhalt des folgenden Briefes bezieht.

32 *13* Denis-Alexandre *Guérin* (1798–1888), ehemals Apotheker der Pariser Krankenhäuser für »geheime Krankheiten«, seit dem Juli 1839 Bürgermeister von Fontainebleau. Bei Baudelaires Krankheit scheint es sich um einen Tripper gehandelt zu haben, da er sich die Syphilis erst 1841 zuzog.

33 1 MADAME: vermutlich Céleste Théot, die in der Nähe der Lasègues ebenfalls eine Pension unterhielt, in der Baudelaire seine Mahlzeiten einnahm.

33 AN VICTOR HUGO, 25. FEBRUAR 1840)
15 Marion de Lorme: Versdrama von Victor Hugo; Uraufführung 1831.

34 *16* François-René de *Chateaubriand* (1768–1848), der berühmte Verfasser des *Génie du Christianisme* (1802), aus dem die beiden Episoden *René* und *Atala* zu den beliebtesten Erzählungen seiner Zeit gehörten.

35 AN ALPHONSE BAUDELAIRE, 20. JANUAR 1841
Bei einer Zusammenkunft mit seinem Stiefbruder hatte Baudelaire diesem seine Geldverlegenheiten gestanden und ihn gebeten, ihm aus der Verlegenheit zu helfen. Alphonse hatte daraufhin eine genaue Aufstellung der geschuldeten Beträge gefordert.

35 *17* Louis *de La Genevraye:* Das Vorkommnis, auf das Baudelaire hier anspielt und das die besondere Empörung seines Bruders hervorrief, ist nicht näher bekannt. – *22* Lucius-Nestor *Songeon:* ein Freund Baudelaires aus der Schulzeit in Lyon, Sohn eines napoleonischen Generals und Republikaner.

36 AN ALPHONSE BAUDELAIRE, 1. FEBRUAR 1841
Von Alphonse Baudelaire haben sich drei Briefe an seinen Bruder aus den Monaten Januar, Februar und April 1841 in eigenhändiger Abschrift erhalten. Das erste Schreiben ist ein Rügebrief als Antwort auf Baudelaires höchst nachlässige Aufstellung seiner Schulden, die sich in Alphonses Nachrechnung auf insgesamt 2370 Francs belaufen. Alphonse weist darauf hin, daß die Einkünfte aus seiner Berufsarbeit jährlich 1500 Francs betragen, und daß er deshalb außerstande sei, Baudelaire die geschuldete Summe seinerseits zu leihen. Er erklärt sich jedoch bereit, die Angelegenheit dem General Aupick vorzutragen und sich dafür zu verwenden, daß die Schulden von Baudelaires väterlichem Erbteil beglichen werden, wenn dieser seinen festen Entschluß bekunde, sich in Zukunft verständiger aufzuführen.
Auf Baudelaires Brief vom 1. Februar antwortet Alphonse am 3. Februar. Er weigert sich nach wie vor, Schulden an Personen zu begleichen, von denen ihm weder Name noch Adresse bekannt sind, verdächtigt Baudelaire der Mystifikation und wiederholt seinen Vorschlag, sich in dieser Angelegenheit bei dem General Aupick zum Vermittler zu machen.
Im Frühjahr des gleichen Jahres erkrankt Baudelaire an der Syphilis. Ende Mai veranlaßt der General Aupick die Einberufung des Familienrats, der Baudelaire aus Paris zu entfernen und ihn auf eine Seereise nach Indien zu schicken beschließt. In den letzten Apriltagen teilt Baudelaire dem Bruder seine baldige Abreise mit. Alphonse antwortet am 30. April und wiederholt seine Ermahnungen: »So nutze denn den einmal gefaßten festen Entschluß und werde ein ernsthafter Mensch.«

37 AN MADAME AUPICK, ANFANG MAI (?) 1841
Ende April war es zwischen Baudelaire und seinem Stiefvater zu einer heftigen Auseinandersetzung gekommen; Baudelaire wurde daraufhin nach Creil verbannt, wo er im Hause des Obersten Marc-Antoine Dufour, eines Freundes des Generals Aupick und dessen Trauzeuge, Aufnahme fand.

37 *33* Adélaïde-Marie-Louise-Ursule *Hainfray,* die seit 1841 verwitwet war, bewohnte in Creil das gleiche Haus wie der Oberst Dufour. Bei ihr war

Madame Aupick im Dezember 1828, einen Monat nach ihrer Eheschließung, von einer totgeborenen Tochter entbunden worden.

38 *19 Blumen:* nämlich Gedichte.

38 AN MADAME AUPICK, ENDE OKTOBER 1843 (?)

Mitte Februar 1842 war Baudelaire von seiner Seereise zurückgekehrt, und gegen Ende des Monats traf er in Paris ein. Aus den nächsten Jahren, 1839 bis 1844, hat sich eine Anzahl undatierter Billets Baudelaires an seine Mutter erhalten. In diesem von J. Crépet auf den Oktober 1843 datierten Billett, das sich auf einen von Baudelaires häufigen Umzügen bezieht, ist zum erstenmal die Rede von Jeanne Duval, der Baudelaire damals eine Wohnung in der Nähe des Hôtel Pimodan eingerichtet hatte.

38 *30 Monsieur Leroy:* nicht bekannt.

40 AN MADAME AUPICK, SOMMER 1844

Der folgende Brief bezieht sich auf die Schritte, die der General Aupick zusammen mit dem Familienrat eingeleitet hatte, um Baudelaire, der im Laufe von anderthalb Jahren fast die Hälfte seines väterlichen Erbteils verschwendet hatte, die Verfügung über den Rest seines Vermögens zu entziehen und einen amtlichen Vormund für ihn zu bestellen.

41 *26 meine erste Arbeit, ein fast wissenschaftliches Werk:* ein Buch, das sich auf dem Umschlag des *Salon de 1845* unter dem Titel *De la Peinture moderne* angekündigt findet. Die Vorarbeiten dazu dürften dann für den *Salon de 1846* Verwendung gefunden haben.

42 *13 Edmond Blanc* (1799–1850), Rechtsanwalt, damals auch Abgeordneter, Angehöriger des Familienrats. – *20* Narcisse-Désiré-*Ancelle* (1801 bis 1888), Notar in Neuilly-sur-Seine und ab 1851 Bürgermeister dieser Stadt, der am 21. September 1844 zu Baudelaires amtlichem Vormund bestellt wird und ihm von nun an monatlich einen Betrag von 200 Francs zukommen läßt.

44 *11 Revue:* die von François Buloz geleitete *Revue de Paris,* die bald darauf ihr Erscheinen einstellte.

44 AN MADAME AUPICK

Dieser und der folgende Brief lassen sich nicht genauer datieren. Sie gehören jedoch offensichtlich in die Zeit, da das Vormundschaftsverfahren anhängig war.

46 AN MADAME AUPICK, ANFANG 1845 (?)

47 *6 drei verkaufte Bücher:* Es handelt sich um die drei auf dem Umschlag des *Salon de 1845* angekündigten Titel *De la Peinture moderne* (s. o. zu S. 41, *26*), *De la Caricature* und *David, Guérin, et Girodet.*

48 AN NARCISSE ANCELLE, 30. JUNI 1845

Über Baudelaires (simulierten?) Selbstmordversuch, auf den dieser Brief sich bezieht, haben sich zwei Versionen mit einander widersprechenden Einzelheiten nach Erzählungen seines früheren Freundes Louis Ménard erhalten (siehe B/Contemporains, 73–80; B/Urteil, 51–58).

48 *13 Mein Testament:* hierzu von Ancelles Hand der Vermerk: »Seltsam. Es hat nie ein Testament gegeben.«

51 AN MADAME AUPICK, 1845 (?)

Nachdem Baudelaire eine Zeitlang bei Jeanne gewohnt hatte, ließ er sich im Sommer 1845 bewegen, wieder zu seiner Mutter zu ziehen, die damals an der Place Vendôme wohnte. Gleichzeitig hatte er sich, um seinen guten Willen zu einer Wiederaufnahme seines Studiums zu zeigen, an der École des Chartes eingeschrieben, die er niemals besucht hat. Häusliche Auseinandersetzungen veranlaßten Baudelaire sehr bald zu dem in diesem Brief mitgeteilten Schritt.

52 AN MADAME ALPHONSE BAUDELAIRE, 3. MÄRZ 1846

16 dieses kleine Werk: das am 3. März als Feuilleton im *Corsaire-Satan* erschienene *Choix de maximes consolantes sur l'amour* (siehe S. 108–115). – *30 Katechismus des geliebten Weibes:* Dieser in den »Maximen« erwähnte Titel eines nie geschriebenen Buches findet sich dreimal angekündigt, auf dem Umschlag des *Salon de 1846* und auf dem zweier kleiner Bücher von Champfleury, *Chien-Caillou* und *Pauvre Trompette* (1847).

53 2 *Antonys Liebe:* Anspielung auf die Titelfigur eines Dramas von Alexandre Dumas (1802–1870), das 1831 uraufgeführt wurde: Antony ist eine Verkörperung des romantischen Helden, eines leidenschaftlich liebenden Außenseiters der Gesellschaft. Im Sommer 1857 erhielt Alexandre Dumas von Baudelaire ein Exemplar der *Fleurs du Mal* mit der Widmung: »Für Alexandre Dumas, den unsterblichen Autor des *Antony,* als Zeugnis der Bewunderung und Ergebenheit. Ch. Baudelaire.« – *9 Aber liebe tüchtig . . .:* vgl. S. 114.

JUGENDGEDICHTE

Diese Abteilung enthält sämtliche Jugendgedichte Baudelaires, die in Autographen vorliegen, von glaubwürdigen Zeugen überliefert sind oder für die Baudelaires ausschließliche Autorschaft von solchen Zeugen, unter Nennung des betreffenden Gedichtes, in Anspruch genommen worden ist. Unberücksichtigt blieben ein zusammen mit Gustave Le Vavasseur verfaßtes satirisches Chanson auf Casimir Delavigne (*Le Corsaire,* Februar 1841) sowie alle übrigen ihm als Mitverfasser oder alleinigem Autor zugeschriebenen Gedichte, die anonym oder unter dem Namen eines seiner Freunde (Ernest Prarond, Alexandre Privat d'Anglemont) erschienen sind. Alle diese Zuschreibungen sind nach wie vor kontrovers. Das Material findet der Leser in folgenden Veröffentlichungen: *Vers retrouvés,* hrsg. von Jules Mouquet, Paris 1929; Œuvres/Conard Posth I; Œuvres/Pl I.

Nicht aufgenommen wurden ferner Baudelaires lateinische Verse aus seiner Gymnasialzeit (3 Gedichte aus den Jahren 1836 bis 1838) sowie seine Übersetzungen aus dem Englischen. Mitgeteilt sei jedoch die Inhaltsangabe eines Gedichtes, die durch Charles Cousin, einen Freund Louis Ménards, allerdings in einer offensichtlich leicht karikierenden Fassung, in B/Souvenirs überliefert ist. Asselineau berichtet diesbezüglich von seinem Umgang mit Baudelaire im Sommer 1845:

»Um diese Zeit unterhielt Baudelaire sich damit, Gedichte wie die eines Wahnsinnigen zu schreiben ... An jenem Abend rezitierte er mir ein Probestück. Geschildert wurde der Schmerz eines Liebhabers, der mitansehen muß, wie seine Geliebte von einer ganzen Armee vergewaltigt wird. Es gab da Dragoner, Artilleristen, Tambour-Majore, und sogar Invaliden. Ich glaube, Louis Ménard kann das Gedicht noch auswendig.« (B/Crépet, 283)

Ein Vertrauter Ménards, Pedro Rioux de Maillou, zitiert (in *Souvenirs des autres,* 1917) zwei Verse dieses Gedichtes, die als ein Versuch zu verstehen seien, die poetische Ausdrucksweise eines Menschen zu simulieren, der den Vertand verloren hat: *»C'est depuis ce moment que je vais confondant dans mes nuits d'insomnies Le présent, l'avenir, moi, tout et l'infini.«* / Von diesem Augenblick an vermischen sich mir in meinen schlaflosen Nächten die Gegenwart, die Zukunft, Ich, Alles und das Unendliche. Die Grundidee dürfte aus Shakespeares Othello (III, 3) stammen: »Noch wär ich glücklich, wenn das ganze Lager, Troßbub' und alles, ihren süßen Leib genoß, Und ich erfuhr es nicht. O nun, auf immer Fahr' wohl, des Herzens Ruh'! Fahr' wohl, mein Friede! ...«

Die nachstehende Übersetzung folgt Cousins handschriftlich überliefertem Text (Œuvres/Pl I, 205 f.):

ALBTRAUM
(Entwurf)

Porträt des Dichters und der Geliebten. Vermischung der Herzen. Wolkenloser Himmel. Glückseligkeit.

Eifersucht des Königs. Er fordert den Dichter auf, ihm seine Geliebte *leihweise* zu überlassen. Weigerung des Liebhabers. Drohungen des Tyrannen (Louis-Philippe!). – Königliche Botschaft, die eine unerhörte Rache androht.

Ein gleiches Lager hat die beiden Liebenden vereinigt. Tiefer Schlaf der Kämpfer. Ein kaum wahrnehmbares Getöse erhebt sich in der Ferne ...

(Crescendo der Djins.) Rasseln von Schwertern. Dumpfes Rollen der Geschütze, wachsende Menge. Ein Heerzug unterwegs. Ungeheures Gewühl auf dem Quai.

Was herankommt, hält inne; die Tür springt auf: »Im Namen des Königs!« Vor den Augen des Liebhabers, den das Entsetzen lähmt, marschiert der ganze Heerhaufen, unter Vorantritt des Tambour-Majors, herein und *besudelt* die Geliebte. Plastische Beschreibung derer, die das schändliche Werk verrichteten. Die verschiedenen Kostüme, Gebärden, Haltungen der Infanterie, der Kavallerie und der besonderen Waffengattungen.

Der Dichter ist wahnsinnig geworden. Die Muse sendet ihm nur noch sinnlose Reime ... Verfluchung!!!«

Bei den Djins im vierten Absatz handelt es sich um Dämonen der arabischen Legende, die durch ein Gedicht *(Les Djinns)* in Victor Hugos *Orientales* bekannt geworden waren.

56 *Tout là-haut, tout là-haut, loin de la route sûre.*

1872, B/Souvenirs; 1892, L'Idée libre; 1896, Tombeau.

T B/Souvenirs und alle Ausgaben der Werke Baudelaires bis 1975: *Incompatibilité* / Unvereinbarkeit; 1892: *Vers inédits de Charles Baudelaire;* 1896: *Les premiers vers de Baudelaire.* – *12* 1892, 1896 *qui broute au penchant des* / grast. – *13* 1892 *Sur ces rocs où* / Felsen, wo. – *15*

1892 *Sur ces sommets abrupts où* / auf diesen steilen Gipfeln, wo. – *16* 1892 *Sur ces pics où le soir pose son pied vermeil* / auf diese Bergspitzen, auf die der Abend seinen purpurroten Fuß setzt. – *18* 1896 *Un silence qui.* – *19* 1892, 1896 *en la* / in dem. – *21* 1892, 1896 *ciel, dans cette.* – *27* 1892 *la robe et l'ombre* / und der Schatten.

Das Gedicht ist von Charles Cousin, einem Mitschüler Baudelaires auf dem Collège Louis-le-Grand, überliefert, als sein vielleicht frühestes Gedicht, das noch auf der Schulbank geschrieben wurde. Es bezieht sich ohne Zweifel auf Baudelaires Reise in die Pyrenäen im September 1838. Mit dem »*lac sombre*« des 5. Verses wäre demnach der See von Escoubous unterhalb von Barèges gemeint. Cousin hatte den Text des Gedichtes von Louis Ménard erhalten, der ihn seinerseits noch zweimal, mit den oben angeführten leichten Varianten, veröffentlichte. – Der mit dem Inhalt des Gedichts kaum zu vereinbarende Titel *Incompatibilité* in allen bisherigen Werkausgaben stammt nicht von Baudelaire; er gehört zu einer Parodie auf Baudelaire von Louis Ménard, die in einem Manuskript von Victor Cousin überliefert ist und von diesem 1878 in seinem Buch *Voyage dans un grenier* abgedruckt wurde. Siehe Œuvres/Pl I, 1226 f.

58 *N'est-ce pas qu'il est doux, maintenant que nous sommes*
Il aimait à la voir, avec ses jupes blanches

15. Oktober 1864, Journal des Débats.

Zwei Fragmente ebenfalls aus der Schulzeit Baudelaires am Collège Louis-le-Grand; aus der Erinnerung zitiert von einem Mitschüler, Émile Deschanel, in einem *Variétés* überschriebenen Artikel, in dem er unter anderem von den *Fleurs du Mal* handelt.

58 *Tout à l'heure je viens d'entendre*

17. März 1892, Le Midi hivernal (Cannes); Juni 1892, Revue du Lyonnais.

Ein angeblich im Winter 1839 entstandenes Gedicht Baudelaires, überliefert von Henri Hignard in seinem Artikel *Charles Baudelaire, sa vie, ses œuvres, souvenirs personnels.*

60 *Hélas! qui n'a gémi sur autrui, sur soi-même*

Die gleiche Überlieferung wie das vorstehende Gedicht.

Ebenfalls von Hignard in dem erwähnten Artikel veröffentlicht. Hignards Bericht nach wurde ihm dieses Sonett etwa 1843/44 von Baudelaire übergeben; seine Entstehung ist jedoch vermutlich früher anzusetzen.

62 SONNET

4. November 1871, Le Monde illustré; 2.–8. Oktober 1967, Le Figaro littéraire (nach einem Ms im Besitz von Philippe Auserve; Text nach dem Druck von 1967).

T 1871: fehlt. – *1* 1871: *Vous avez, compagnon, dont* / Gefährte. – *7* 1871: *Quand tous, pour entonner* / wenn alle, um ... anzustimmen. – *10* 1871: *Des tons d'orgue mourant et* / ersterbender, schwacher Orgelklang. Konjektur der richtigen Lesart nach Œuvres/Pl I: *Des sons d'orgue mourant et*

Das Gedicht ist an Félicité Baudelaire, die Frau von Baudelaires Halbbruder in Fontainebleau, gerichtet. Eine leicht veränderte Fassung hat ein nicht näher bekannter Antony Bruno 1871 veröffentlicht. Seinem Bericht zufolge hat dieser Bruno das Sonett im Jahre 1840 von Baudelaire erhalten.

62 *Il est de chastes mots que nous profanons tous*

1967, Charles Baudelaire, Lettres inédites aux siens, hrsg. von Philippe Auserve (nach einem Ms im Besitz von Ph. Auserve); Corr/Pl I, 84.

6 Ms zuerst: *vierges de tout.* – *8 Ms* zuerst: *Quand la vôtre en riant*

Baudelaire sandte dieses Gedicht am 31. Dezember 1840 an seinen Bruder Alphonse: Er schreibt dazu: »Dir, der Du mein Bruder bist, mache ich kein Neujahrsgeschenk, außer einem *prächtigen Sonett,* das ich soeben verfaßt habe und das Dich zum Lachen bringen wird. So was nennt man eine poetische Neujahrsgabe.

(Folgt das Sonett.)

Vielleicht wird dies meine Schwester unterhalten.« (Corr/Pl I, 84).

64 *Je n'ai pas pour maîtresse une lionne illustre*

Ms (signiert: C. Baudelaire); 17. Oktober 1875, Paris à l'eau-forte; Januar/Februar 1884, La Jeune France.

19–24 1875 fehlen; statt dessen eine Reihe Punkte.

1 lionne: im 17. Jahrhundert eine blonde oder rothaarige junge Frau; im 19. Jahrhundert Modewort für eine extravagante Frau, die als öffentliche Erscheinung bekannt ist. – *2 Gueuse:* Bettlerin, Bettlerkind (von *les Gueux,* die Geusen). – *7 Tartufe:* der Heuchler in der gleichnamigen Komödie Molières.

Ms aus einem Album mit den Initialen »*H. B.*«, dessen Besitzer nicht zu ermitteln ist. Das Gedicht bezieht sich auf *Sara la Juive,* eine Prostituierte des Quartier Latin, die Baudelaire und seine Freunde *la Louchette* nannten. Baudelaire soll sie schon vor seiner Seereise kennengelernt und auch nach dieser noch Umgang mit ihr gehabt haben. In den FM ist an diese Sara das Gedicht *Tu mettrais l'univers entier dans ta ruelle* (XXV; siehe Bd. III, S. 102) gerichtet. Sie ist auch die »*affreuse Juive*« des Gedichtes XXXII (Bd. III, S. 116).

Marcel Ruff, *Baudelaire et l'amour,* in: La Table ronde, Jan. 1956, 90.

66 *Ci-gît qui, pour avoir par trop aimé les gaupes*

1886, in einem Brief Auguste Dozons an Eugène Crépet; 15. April 1898, La Plume.

1 gaupes: im älteren Französisch verächtlicher und beleidigender Ausdruck für ein schmutziges, verkommenes Frauenzimmer. Baudelaire gebraucht das gleiche Wort in seinem Artikel *Les Drames et les romans honnêtes* (Bd. II), wo es von den Mätressen der Dichter heißt, sie seien im allgemeinen »*d'assez vilaines gaupes*«.

Dozons Brief zufolge gehört dieses Epitaph Baudelaires auf sich selbst in sein zwanzigstes oder einundzwanzigstes Jahr.

68 *Tous imberbes alors, sur les vieux bancs de chêne ...*

Ms 1843–1845 (signiert: Baudelaire Dufays); 1. Oktober 1886, La Nouvelle Revue.

12 Triboulet: Hofnarr Ludwigs XII. und Franz I. – *29 la Religieuse:* der 1796 erschienene Roman *La Religieuse* von Denis Diderot (1713 bis 1784). – *34–36 Qui rendent de leur corps ...:* vgl.*Lesbos,* Vers 17–19, in *Les Épaves* (Bd. IV, S. 10), *Bribes,* Vers. 20–22 (Bd. IV, S. 104). – *42 vos sonnets ... vos stances:* in Sainte-Beuves (1804–1869) Gedichtsammlungen *Poésies de Joseph Delorme* (1829), *Les Consolations* (1830) und *Pensées d'Août (1837).* – *44 l'histoire d'Amaury:* der Erzähler und Held in Sainte-Beuves Roman *Volupté* (1837). – *48 René:* die zuerst in *Le Génie du Christianisme* (1802) veröffentlichte Erzählung Chateaubriands (1768–1848), das erste Beispiel des romantischen Weltschmerzes in Frankreich. – 57–59 *sous les soleils des zones differentes ... Anspielung* auf Baudelaires Seereise. – *62 frimaire:* der dritte Monat (21. November bis 20. Dezember) des republikanischen Kalenders.

Baudelaire sandte dieses Gedicht, dessen Ms sich heute in Chantilly in der Bibliothèque Spoelberch de Lovenjoul befindet, mit folgenden Zeilen an den von ihm bereits auf der Schulbank (siehe Brief an Madame Aupick, vom 3. August 1838, S. 27) bewunderten Dichter und Kritiker, den er vermutlich bald darauf kennengelert hat:

»Monsieur,

Stendhal hat irgendwo Folgendes – oder doch ungefähr Folgendes – gesagt: *Ich schreibe für zehn Seelen, die ich vielleicht niemals zu Gesicht bekommen werde, die ich aber auch ungesehen vergöttere.*

Sind diese Worte, Monsieur, nicht eine treffliche Entschuldigung für die Zudringlichen, und ist es nicht offenkundig, daß jeder Schriftsteller für die Sympathien, die er erweckt, verantwortlich ist?

Diese Verse wurden *für Sie* geschrieben – und zwar so unbekümmert –, daß ich mich, als sie fertig waren, fragte, ob sie nicht einer Unverschämtheit ähnlich sähen – und ob die *gelobte Person* – nicht berechtigt wäre, an der Huldigung Anstoß zu nehmen. – Ich hoffe, daß Sie geruhen werden, mir zu sagen, wie Sie darüber denken.« (Corr/Pl I, 116)

72 À THÉODORE DE BANVILLE

MS Juli 1845; FM 1868, XVI.

11 zuerst: *sonore ruisseau* / rauschender Bach

9 notre sang nous fuit par chaque pore: möglicherweise Anspielung auf einen Vers in dem Gedicht *La Voie lactée* in Banvilles Sammlung *Les Cariatides* (1842), wo es von Shakespeare heißt: *Le sang qui de son cœur s'écoule comme une onde* / Das Blut, das seinem Herzen wie eine Flut entströmt. – *10 la robe du Centaure*: Dejanira, die letzte Gattin des Herkules, schickte diesem aus Eifersucht ein Prachtgewand, mit einem vermeintlichen Liebeszauber getränkt. Bei diesem Liebeszauber handelte es sich um das von Herkules' Pfeilen vergiftete Blut des sterbenden Zentauren Nessus. Sobald das Gift sich an seiner Haut erwärmte, zerfraß es den Leib des Helden, der, von unerträglichen Schmerzen gepeinigt, sich selber auf dem Oeta einen Scheiterhaufen schichtete und darauf verbrannte. – *13 reptiles:* die beiden Schlangen, die Hera zu der Wiege des Herkules ausschickte und die dieser erwürgte.

Das Sonett wurde am 6. Juli 1845 mit einem Brief an Théodore de Banville (1823–1891) geschickt, der es 1868 in die postume Ausgabe der

FM aufnahm und die irreführende Jahreszahl 1842 unter den Titel setzte.

72 *Noble femme au bras fort qui durant les longs jours*

Ms etwa 1844–1847 (signiert: B. D. = Baudelaire-Dufays); 15. Dezember 1902, La Renaissance latine.

Die Handschrift dieses Fragments steht auf der Rückseite eines Albumblattes, auf dessen Vorderseite sich ein Gedicht von Baudelaires Freund, dem Chansonnier Pierre Dupont (1821–1870), befindet, das auf den 18. Oktober 1844 datiert ist.

74 *Au milieu de la foule, errantes, confondues*

Ms etwa 1845–1847 (signiert: C. Baudelaire); 1908, ŒP; Faksimile April/September 1933, Le Manuscrit autographe, Nr. 42/43.

2 zuerst: *Cherchant le souvenir* / suchend

Dieses Fragment dürfte thematisch in den Umkreis der *Lesbiennes* gehören, unter welchem Titel die späteren FM 1845 bis 1847 mehrfach angekündigt wurden. E. Chevalet war Mitarbeiter des *Corsaire-Satan*, in dem Baudelaire selber von 1845 bis 1848 Beiträge veröffentlichte.

74 *»Combien dureront nos amours?«*

7. November 1847, La Tribune dramatique, in einem Artikel von Albert de La Fizelière, der das Buch *La Closerie des Lilas, quadrille en prose* von Alexandre Privat d'Anglemont ankündigt; 1848, La Closerie des Lilas; 1864, Le Parnasse satyrique du dix-neuvième siècle; 1866 ([2]1881), Le Nouveau Parnasse satyrique du dix-neuvième siècle suivi d'un appendice au Parnasse satyrique; 1875 ([2]1884, [3]1886), Paris inconnu, von Alexandre Privat d'Anglemont.

6 1847, 1848, 1864, 1895 *Hortense, se.* – *7* 1847, 1848, 1875 *que je lui plaise* / Daß ich ihr gefalle. – *11* 1864 *Mes couilles, que* / warum, ihr meine Hoden. – *13* 1847, 1848, 1875 *Car le* / Denn. – 1847, 1848, 1875 *Le galan;* 1864 *Le fouteur le plus intrépide* / der wackerste Galan, Ficker

Bis zu dem *Parnasse satyrique* läuft dieses Chanson unter dem Namen von Privat d'Anglemont. In dem Anhang des *Nouveau Parnasse* jedoch versichert der Herausgeber (Poulet-Malassis), das Gedicht sei von Baudelaire; es sei verändert worden; er biete nunmehr den korrekten Text, wie Baudelaire ihn, B/Souvenirs zufolge, eigenhändig in einem Exemplar des *Parnasse satyrique* korrigiert habe: »Die hier angeredete Elise ist Mademoiselle Elise Sergent, genannt [*la reine*] Pomaré« (1825–1847).

76 DER SALON DER KARIKATURISTEN

1846 Le Salon Caricatural, Critique en vers et contre tous, illustré de soixante caricatures dessinées sur bois, Paris, Charpentier, Libraire (Faksimile in: Le Manuscrit autographe, Juli/August 1930; Œuvres en collaboration, Paris 1932; Œuvres/Pl II, 497 ff.).

Diese von Raimon Pelez (geb. 1814) illustrierte anonyme Broschüre ist ein Gelegenheitswerk von Baudelaire, Banville und Auguste Vitu, die gemeinsam die gereimten Bildunterschriften verfaßten; nur der Prolog stammt, nach Poulet-Malassis (in einem Brief an Philippe Burty), mit einiger Sicherheit von Baudelaire allein. Verspottet werden hier die Jury, die Künstler, das Publikum, die Kritiker und die ausgestellten Kunstwerke des Salons von 1846.

THEATER

IDÉOLUS

Erste vollständige Veröffentlichung 1932, Charles Baudelaire, Œuvres en collaboration. Idéolus. – Le Salon caricatural. – Causeries du Tintamarre, hrsg. von Jules Mouquet; 1939, Œuvres/Conard/Posth I; 1975, Œuvres/Pl I.

Der handschriftliche Bestand dieses frühesten dramatischen Versuchs Baudelaires, in Zusammenarbeit mit seinem Freunde Ernest Prarond (1821–1909), wurde erst 1928 in der Bibliothek von Amiens in Praronds Nachlaß aufgefunden. Erhalten haben sich von Praronds Hand: ein Brouillon und eine Reinschrift des Szenarios; ein erster Entwurf der ersten 60 Verse des zweiten Aktes; 28 Seiten einer ersten Fassung des ersten Aktes und der beiden ersten Szenen des zweiten Aktes, mit zahlreichen Streichungen, Verbesserungen und Hinzufügungen, davon 70 (ausschließlich im ersten Akt) von Baudelaires Hand; eine zweite, fragmentarische Fassung eines Stückes, das nun den Titel *Manoël* hätte tragen sollen. Die vorliegende Ausgabe bietet die Reinschrift des Szenarios und von den insgesamt 407 Versen der ersten Fassung die 155 der ersten Szene des ersten Aktes nach Œuvres/Pl I. Die zahlreichen Varianten, die Pichois vollständig verzeichnet, blieben hier unberücksichtigt.

Soweit sich, dem Befund und der Überlieferung nach, der Sachverhalt klären läßt, stammen die Idee und Konzeption des Stückes von Baudelaire. Das Szenario wurde gemeinsam mit ihm ausgearbeitet. Unter Zuhilfenahme vielleicht noch weiterer Vorarbeiten stellte Prarond hierauf in Abbeville, seiner Vaterstadt, wohin er 1844 zurückgekehrt war, die erste Fassung her. Der erste Akt wurde dann Baudelaire zur Durchsicht und Korrektur zugeschickt oder überbracht. Bei sämtlichen im französischen Text kursiv gedruckten Stellen handelt es sich um Korrekturen Baudelaires.

S. 82, *12 Diogenes* aus Sinope (4. Jh. v. Chr.), Begründer der Philosophie der Kyniker. – L. Licinius *Lucullus* (vor 106–50 v. Chr.), röm. Feldherr, berühmt wegen seines Reichtums und seiner Prachtliebe; auch sprichwörtlich für Schlemmer. – *Chodruc-Duclos* (gest. 11. Oktober 1842), ein stadtbekanntes Original, das als ein »moderner Diogenes« galt.

27 Hercule Farnèse: berühmtes röm. Marmorbild des Herkules aus der Villa Farnesina zu Rom. – *29* Michelangelo *Buonarotti* (1475–1564), der große Bildhauer der ital. Renaissance. – *34 Euclide:* Eukleides (um 300 v. Chr.), griech. Mathematiker in Alexandria. – *50 Josué:* »Da redete Josua mit dem Herrn des Tags, da der Herr die Amoriter dahingab vor den Kindern Israel, und sprach vor gegenwärtigem Israel: Sonne, stehe stille zu Gibeon, und Mond, im Tal Ajalon!« (Jos 10,12) – *125 Falerne:* bei den alten Römern berühmter Wein aus dem falernischen Gebiet in Campanien. – *Piola:* im piemontesischen Dialekt eine Schenke, in der man gewöhnlichen roten Landwein trinkt; Baudelaire oder Prarond scheinen eine Weinsorte darunter zu verstehen.

LES CONTES NORMANDS und HISTORIETTE BAGUENAUDIÈRES von Jean de Falaise

4. November 1845, Le Corsaire-Satan; 1908 ŒP.

Jean de Falaise ist ein Pseudonym für Philippe de Chennevières (1820 bis 1899), einen Freund von Le Vavasseur, Prarond und Buisson, der mit ihnen zusammen die *École normande* gründete. *Les Contes normands par Jean de Falaise, traduits librement par l'ami Job* (das heißt, mit lithographischen Illustrationen von Ernest Lafontan, dem Schwager des Autors) waren 1842 in Caen erschienen. Der Verfasser der 1845 anonym erschienenen »verbummelten Geschichten« ist nicht bekannt. Baudelaire kommt auf die beiden Veröffentlichungen 1848 noch einmal zu sprechen in seinem Artikel über Champfleury (siehe Bd. II).

S. 99, 24 Madeleine *de Scudéry* (1607–1701), Verfasserin berühmter höfischer Romane, *Clélie* und *Artamène ou le Grand Cyrus*.

WIE MAN SEINE SCHULDEN BEZAHLT, WENN MAN GENIE HAT

24. November 1845, Le Corsaire-Satan (anonym); 23. August (Wiederabdruck 24., 25. und 26. August) 1846, L'Écho. Littérature, Beaux-Arts, Théâtres, Musique et Modes (signiert Baudelaire Dufays); dieser erste vollständige Text liegt der Übersetzung zugrunde.

Die hier von Baudelaire in deutlicher Anlehnung an Balzacs Stil erzählte Anekdote gehört zu den Legenden, die über den Autor der *Comédie humaine* in Umlauf waren und von der zeitgenössischen Presse gerne aufbereitet wurden.

S. 100, *17 Suche nach dem Absoluten: La Recherche de l'Absolu* (1834), eine *»étude philosophique«* Balzacs. – *29 Chagrinleder:* Anspielung auf den Titel des Romans *La Peau de chagrin* (1830/31).

S. 101, *1 Leiden eines Erfinders: Les souffrances de l'inventeur* (1837). – *11 Theorie des Wechselbriefs:* Anspielung auf eine Stelle in den *Souffrances d'un inventeur,* dem dritten Teil der *Illusions perdues. – 31 die Franzosen, wie sie sich selber sehen: Les Français par eux-mêmes,* eine erfolgreiche Serie in acht Bänden mit Illustrationen, die zwischen 1839 und 1842 bei dem Pariser Verleger L. Curmer erschienen. Die Mitarbeiter waren Balzac, Jules Janin, La Bédollière u. a.

S. 102, *6 Größe und Niedergang des César Birotteau: Histoire de la grandeur et de la décadence de César Birotteau* (1837). – *12 Édouard* Ourliac (1813–1848), Novellist und Essayist, einer von Baudelaires frühesten literarischen Bekannten. – *31 Rue de Navarin:* Dort wohnte damals Théophile Gautier, Nr. 14. – *35 dritten Namen, der in der damaligen Bohême sehr bekannt war:* Gemeint ist Gérard de Nerval (1808–1855). – *37 Damen von der Opéra-Comique:* Anspielung auf Gerard de Nervals Verehrung für die Schauspielerin und Sängerin Jenny Colon.

PROMÉTHÉE DÉLIVRÉ
von L. de Senneville

3. Februar 1846, Le Corsaire-Satan (signiert: Baudelaire Dufays); ŒP 1908.

Ein Sternchen hinter der Überschrift verweist auf eine Fußnote, wonach das Werk »*Au comptoir des Imprimeurs-Unis*« erschienen ist.

S. 104, *2 L. de Senneville:* Pseudonym von Baudelaires Freund Louis Ménard (1822–1901), dessen »Befreiter Prometheus« 1844 erschienen war. – *4 Edgar Quinet* (1803–1875), Verfasser »philosophischer« Dichtungen; machte die Franzosen mit Herders Schriften bekannt; von seinen bis 1846 erschienenen Werken seien genannt *Ahasvérus* (1833), ein Epos in dialogisierter Prosa, und die beiden Versepen *Napoléon* (1836) und *Prométhé* (1838). – *12 Papety:* s. u. zu S. 164, *17*. – *13 Ary Scheffer:* s. u. zu S. 159, *1*.

S. 105, *26* Benjamin *Franklin* (1766–1790), Physiker und Publizist, einer der Begründer der amerikanischen Unabhängigkeit. Baudelaire spielt hier auf ein Epigramm Turgots an, das dieser als Legende zu einem Porträt Franklins verfaßt hat: *Eripuit Jovi fulmen sceptrumque tyrannis* (Er entriß Jupiter seinen Donnerkeil und das Szepter den Tyrannen).

S. 106, *11 Manu:* sagenhafter indischer Gesetzgeber. – *Zoroaster:* Zarathustra, Reformator der Religion des alten Iran, Stifter des Mazdaismus, legendärer Verfasser des ›Avesta‹. – *26* Denis *Diderot* (1713–1784), Begründer und Herausgeber der *Encyclopédie;* vertrat eine entschieden materialistische und atheistische Weltansicht. – Paul Thiry, baron de *Holbach* (1723–1789), Verfasser eines *Système de la Nature* (1170), wie Diderot Materialist und Atheist. – *30* Marc-Antoine-Madeleine *Désaugiers* (1772–1827), bekannter und populärer Liederdichter.

LE SIÈCLE

3. Februar 1846, Le Corsaire-Satan (unter der gleichen Signatur und unmittelbar anschließend an die vorstehende Rezension).

Ein Sternchen hinter der Überschrift verweist auf die Fußnote: »*Chez Sagnier et Bray, 64, rue des Saints-Pères*«.

S. 107, *20 Bathild Bouniol* (1815–1877), Professor, Journalist, Setzer, fruchtbarer, zu Recht vergessener Gelegenheitsschriftsteller. Von der hier besprochenen »Epistel« scheint sich kein Exemplar erhalten zu haben.

EINE AUSWAHL TRÖSTLICHER MAXIMEN ÜBER DIE LIEBE

3. März 1846 (signiert: Baudelaire-Dufays), Le Corsaire-Satan; 1908 ŒP.

Claude Pichois charakterisiert diese kleine Frühschrift, die Baudelaire gleich nach Erscheinen an seine Schwägerin Félicité (siehe S. 52 f.) sandte, als ein »bewunderungswürdiges Pasticcio« von Stendhals Stil in dessen *De l'Amour* (1822).

S. 108, *18 unersättlichen Geier:* wie der an den Kaukasus geschmiedete Prometheus, dem ein Geier die Leber zerfleischt. – *hoffmannesken:* Das Jahr 1846 bezeichnet den Höhepunkt der Bewunderung Baudelaires für den deutschen Erzähler E. T. A. Hoffmann (1776–1822), dessen ›Kreisleriana‹ er in dem ›Salon 1846‹ (siehe S. 204 f.) zitiert.

S. 109, *12* Johann Kaspar *Lavater* (1741–1801); seine auch ins Französische und Englische übersetzten ›Physiognomischen Fragmente zur Beförderung der Menschenkenntnis und Menschenliebe‹ erschienen 1775–1778. – *18 Der Katechismus des geliebten Weibes:* Eine Ankündigung dieses Titels findet sich auf dem Umschlag des *Salon de 1846,* auf denen der Zweitauflage der *Stalactites* (Dezember 1846) von Banville und der Novellen des *Chien-Caillou* und *Pauvre Trompette* (1848) von Baudelaires Freund Champfleury; siehe auch S. 52 f.

S. 110, *17 Trenck:* der Pandurengeneral Franz von der Trenck (1711 bis 1749) verfaßte sein »Merkwürdiges Leben und Taten« bis zum Jahre 1745, die zusammen mit der Lebensbeschreibung seines Vetters Friedrich von der Trenck von Letourneur ins Französische übersetzt und bearbeitet wurden. Trenck war von herkulischer Gestalt, doch bei seinen Raufereien, Kämpfen mit Räubern und auf verschiedenen Feldzügen übel zugerichtet worden. – *26* Nicolo *Paganini* (1782–1840), berühmter Geigenvirtuose. – *33 die Schönheit ... die Verheißung des Glücks:* wörtliches Zitat (*»La beauté n'est que la* promesse *du bonheur.«*) aus einer Fußnote zu Kap. XVII von Stendhals *De l'Amour,* in dem auch von der leidenschaftlichen Liebe zu einer mageren, blatternarbigen Frau die Rede ist.

S. 111, *18* Der schöne, reiche und leichtfertige athenische Feldherr und Staatsmann *Alkibiades* (ca. 450–404 v. Chr.), ein Schüler des Sokrates, soll nach Plutarch eine etwas schnarrende Aussprache gehabt haben. – *22 um ihr Geliebter zu werden:* Anspielung auf Jean-Jacques Rousseaus Roman *La Nouvelle Héloïse* (1761).

S. 112, *29 Manon Lescauts:* Die *Histoire du chevalier des Grieux et de Manon Lescaut* des Abbé Prévost erschien zuerst 1731 als siebter Band seiner *Mémoires d'un homme de qualité.* – *Leone Leoni:* Held eines Romans von George Sand (Aurore Dupin, Baronne Dudevant, 1804–1876), der 1834/35 zuerst erschien. – *35 Kristallisation:* Von diesem Phänomen in der Liebe ist in den ersten Kapiteln von Stendhals *De l'Amour* ausführlicher die Rede. Baudelaires Ironie in seiner Fußnote ist insofern berechtigt, als das Buch damals kaum sehr viele Leser gehabt haben dürfte.

S. 113, *16 Ormudz und Ahriman:* das gute und das böse Prinzip in der Religion des Zoroaster; s. o. zu 106, *11.* – *24 Mob:* der Tod als ein altes Weib in dem dialogisierten Prosa-Epos *Ahasvérus* (1833) von Edgar Quinet (1803–1875). – *26 ein geschickter Moralist:* abermals Stendhal, in Kap. LX des Buches *De l'Amour.* – *32 Fleurant und Purgon:* Apotheker und Arzt in Molières Komödie ›Der eingebildete Kranke‹ (1673). – *N Tote Esel: L'Âne mort et la femme guillotinée* (1829), satirischer Roman von Jules Janin (1804 bis 1874), eine Parodie des romantischen Schauerromans.

S. 114, *36 der besten aller möglichen Welten:* Anspielung auf Leibnitz und auf Voltaires kleinen philosophischen Roman *Candide ou l'Optimisme* (1759).

S. 115, *1 genialen Affen: Voltaire régnait alors, ce singe de génie Chez l'homme en mission par le diable envoyé* / Voltaire herrschte damals, dieser Affe von Genie, Vom Teufel zu dem Menschen ausgesandt; Verse aus Victor Hugos Gedicht *Regard jeté dans une mansarde* in *Les Rayons et les Ombres* (1840).

15. April 1846 (signiert: Baudelaire-Dufays), L'Esprit public; 17., 18. und 19. September 1846, L'Écho. Littérature, Beaux-Arts, Théâtres, Musique et modes; AR 1868.

S. 117, *15 Eugène Sue:* s. o. zu S. 26, 23. – *Paul Féval* (1817–1887), Verfasser einer ganzen Anzahl sehr erfolgreicher Feuilletonromane, *Les Mystères de Londres* (1844), *Les Amours de Paris* (1845) u. a. – *29 den Bürger zu lästern:* vgl. die Vorrede zu dem »Salon 1846«, S. 193 ff. – *30 Vae victis!:* Wehe den Besiegten! Worte des Brennus an die Römer, als er das Schwert in die Waagschale warf, auf der das Gold lag, mit dem die Römer den Abzug der Gallier erkaufen wollten (Titus Livius V, 48).

S. 119, *24 Borgia:* Papst Alexander VI. und sein Sohn Cesare Borgia hatten die Gewohnheit, ihnen unliebsame Personen durch Gift aus dem Wege zu räumen. – *27 Heruntermachen: éreintage,* ein Neologismus.

S. 120, *1 Jules Janin* (1804–1874), Journalist und Erzähler; s. o. zu S. 113, *N*; Entwurf eines Briefes Baudelaires an Jules Janin (Bd. VII). Janin war Mitarbeiter des *Journal des Débats*. – *5* Bernard-*Adolphe Granier de Cassagnac* (1806–1880), ein publizistischer Haudegen, dem die Republikaner 1846 nachsagten, das Ministerium Guizot habe ihn mit Bestechungsgeldern aus dem Geheimfonds auf seine Seite gebracht. – *23 Die Kunst ist so geistig und flüchtig ...*: vgl. hierzu Baudelaires Ausführungen im »Salon 1846«, S. 213. – *29 Édouard Ourliac:* s. o. zu S. 102, *12*.

S. 122, *12 Théophile Gautier* (1811–1872), Dichter, Romancier und Journalist, den Baudelaire später sehr bewundern sollte und dem er die *Fleurs du Mal* gewidmet hat. Er schrieb damals für *La Presse, Le Moniteur,* die *Revue de Paris*. Seine Dichtung *La Comédie de la Mort* war 1838 erschienen. – *23 Unordnung und Genie: Kean, ou Désordre et Génie,* Drama von Alexandre Dumas, das 1836 uraufgeführt worden war.

SCHRIFTEN ZUR KUNST

ZU BAUDELAIRES KUNSTKRITIK

»Seit meiner Kinderzeit fortdauernde Neigung zu allen bildlichen Darstellungen« und »Den Kult der Bilder verherrlichen (meine große, meine einzige, meine ursprüngliche Leidenschaft)«, heißt es in autobiographischen Aufzeichnungen Baudelaires, die etwa um 1860 niedergeschrieben wurden (siehe Bd. VI); und in dem *Salon de 1859* (Bd. V) bezeichnet der Dichter sich als einen Menschen, der »im Innersten von der Liebe zur Malerei« ergriffen ist. Die Leidenschaft für die bildende Kunst hatte Baudelaire von seinen Eltern geerbt, die beide gerne malten. Der Vater war zwar »ein abscheulicher Künstler«, wie Baudelaire am 30. Dezember 1857 an die Mutter schrieb (Corr/Pl I, 439), aber offenbar ein passionierter Kunstliebhaber, der sich mit einer Fülle von Kunstwerken zu umgeben liebte. Jean Adhémar hat das Inventar der Wohnung aufgespürt, in dem unter anderem achtzig Bilder aufgeführt werden, viele Pastelle (zum Teil von der Hand des Vaters) und Ölgemälde (darunter zwei Kopien nach Greuze von der Mutter), ferner einige Dutzend der von Baudelaire so sehr geliebten Radierungen und Stiche, sowie Stuckbüsten und Reliefabgüsse alter Plastiken (in: *La Nef,* 14. Februar 1958).

1843 zog Baudelaire auf der Ile Saint-Louis in das Hôtel Pimodan, ein Gebäude aus der Zeit Ludwigs XIV., mit Stuckornamentik und geschnitzten Holzverzierungen. In Erinnerung an sein Elternhaus umgab er sich dort gleichfalls mit einer Kollektion von Gemälden und Radierungen. Émile Deroy, der sein Porträt gemalt hat, kopierte für ihn Delacroix' ›Frauen von Algier‹. Er besaß sogar ein Originalgemälde dieses großen Romantikers, ein symbolisches Haupt des ›Schmerzes‹; auch hatte er die Folge von Delacroix' Lithographien zu Shakespeares ›Hamlet‹ aufgehängt. Im Lauf der Jahre trug er, wie er am 1. September 1861 schreibt (Corr/Pl II, 188), mehr als dreihundert Werke zusammen; darunter eine Kopie nach Goya, drei Ölbilder von Legros (zwei Landschaften und ein Genrebild mit Katzen) und sogar einen Manet – wir wissen nicht, welchen. Vor allem aber besaß er Radierungen, Zeichnungen und Sepias von Meryon, Rethel, Guys und vielen anderen (Corr/Pl II, 430f.). Die magische Anziehungskraft, die Kunstwerke auf ihn ausübten, verleitete ihn zu unüberlegten Käufen von Bildern, namentlich bei dem verdächtigen Arondel, von dem er eine ganze Anzahl »alter Meister« erstand, die mit Sicherheit nicht alle echt waren: Bassanos, ein Domenichino, eine Landschaft von Poussin, ein Kopf von Velasquez, ein Tintoretto, ein Correggio und sogar ein El Greco. Diese Werke verkaufte Baudelaire zwar zum Teil weiter, die Schulden jedoch, die er bei Arondel gemacht hatte, verfolgten ihn sein Leben lang. Erst nach seinem Tod wurden sie 1870 durch seinen Vormund auf dem Prozeßwege herabgesetzt und abgegolten (siehe Lebenstafel, S. 369).

Baudelaire zahlte also den Tribut, den jeder Liebhaber der Kunst, ehe er zum Kenner wird, entrichten muß. Dabei lernte er und entwickelte sein Urteilsvermögen zu ungewöhnlicher Schärfe. Bekanntschaften und Freundschaften mit Künstlern förderten insbesondere sein Verständnis für Malerei und Graphik. Er war ein passionierter Museumsbesucher, er verkehrte mit Delacroix, Courbet, Manet, Guys, Legros, Bresdin, Préault – um nur die wichtigsten Namen zu nennen – und war in den Pariser Künstlerkreisen um die Mitte des Jahrhunderts wie wenige andere zu Hause.

Baudelaire war jedoch mehr als ein Liebhaber und Kenner: er trug etwas von einem echten Maler und Zeichner in sich. Schon auf dem Gymnasium in Lyon fiel seine zeichnerische Begabung auf, und er erhielt einen ersten Preis. Seine Selbstbildnisse zeigen scharfe Beobachtungsgabe, intuitive Treffsicherheit und einen Blick für dekorative Wirkung. Daumier, der einige dieser Blätter besaß, verglich sie mit den französischen Porträts des 17. Jahrhunderts: »Wenn Baudelaire die Fähigkeiten, die er der Dichtung gewidmet hat, auf die Malerei angewandt hätte, er wäre ein ebenso großer Maler wie Dichter gewesen.« (*Petit Figaro,* 24. Juli 1868)

Die Kunstkritik, die sich im Frankreich des 19. Jahrhunderts zu reicher Blüte entfaltet hat, ist aus der Tradition der öffentlichen Ausstellungen hervorgegangen. Im 17. Jahrhundert knüpften einige Künstler an die italienische Sitte der Fronleichnamsausstellungen an und boten ihre Bilder auf der Place Dauphine unter freiem Himmel zum Verkauf an. Ludwig XIV. soll dadurch veranlaßt worden sein, die *Académie Royale de Peinture et Sculpture* zu einer Änderung ihrer Gepflogenheiten aufzufordern und nicht mehr, wie bisher, an besonderen Tagen die Werke einzelner Künstler auszustellen, sondern die Arbeiten ihrer Mitglieder der Öffentlichkeit in größerem Umfang zugänglich zu machen. Dies geschah, wenn auch in unregelmäßigen Abständen. Der erste Salon wurde 1667 eröffnet. Doch erst im 18. Jahrhundert veranstaltete die Akademie auf Anregung des *Mercure de France* größere Ausstellungen, die zu einem Ereignis ersten Ranges im geselligen Leben der Stadt und zu einer ständigen Einrichtung wurden. Der stattliche, hohe Raum des Louvre, der sogenannte *Salon Carré,* der die Ausstellungen beherbergte, gab ihnen den Namen.

Die Revolution brachte auch in der Kunst einschneidende Änderungen mit sich. Die Akademie wurde 1793 als Produkt des Absolutismus auf Betreiben des Malers Louis David aufgelöst. Zwei Jahre zuvor bereits hatte die Nationalversammlung durch ein Gesetz verfügt, daß der Salon in Zukunft nicht mehr den Akademikern vorbehalten sein dürfe, sondern allen Künstlern, auch ausländischen, offenstehen müsse. Die königlichen Kunstschätze des Louvre wurden zum Nationaleigentum erklärt und das Schloß der Allgemeinheit als Museum zugänglich gemacht, so daß jeder Bürger der jungen französischen Republik im Wechsel die Gemälde der alten Schulen oder – wie noch Heine 1831 berichtet – auf den davor aufgestellten spanischen Wänden die zeitgenössische Kunst bewundern konnte.

Für die Künstler bedeutete die Schaffung dieser Institution eine bisher unerschlossene Möglichkeit, bekannt zu werden, denn es gab damals wenig Händler und kaum Galerien. Nunmehr verteilte die Regierung Medaillen, erwarb Werke für die Nationalmuseen, und das kapitalkräftige Bürgertum ließ sich mehr und mehr auf das Wagnis ein, Gemälde zu kaufen, um sein Heim zu schmücken und wohl auch damit zu spekulieren. Einige Zahlen mögen die enorme Zunahme des Kunstbetriebes damals verdeutlichen. 1791 stellten 258 Künstler aus, 1831 waren es bereits 3182. Als nach der Februarrevolution 1848 die mit der Auswahl der Werke beauftragte Jury der Akademie (die Napoleon 1803 wieder eingesetzt hatte) abgeschafft wurde, stieg die Zahl auf 5180. Diese Demokratisierung der Kunst mußte allen, auch den sozialistisch engagierten Geistern, angesichts der einstimmig beklagten Mittelmäßigkeit der ausgestellten Werke, zu denken geben, und die Skepsis Baudelaires gegenüber den »Republikanern der Kunst« (S. 279) findet in diesen Zahlen ihre einleuchtende Erklärung.

Das Interesse der Bevölkerung an der Kunst nahm im gleichen Maße zu. Der Eintritt war frei; eine kaum übersehbare Menge füllte den *Salon Carré* und die *Grande Galerie,* und das Gedränge der schaulustigen Besucher wurde ein beliebtes Motiv der Karikaturisten. Von dem Ausstellungskatalog, dem sogenannten *livret,* wurden im Jahre 1845 insgesamt 134000 Exemplare verkauft. Geht man von der Annahme aus, daß jeder zehnte Besucher einen Katalog kaufte (der 1853 die beträchtliche Summe von einem Franc kostete), so kommt man auf eine erstaunliche Zahl, die von dem *Journal des Artistes* im Januar 1846 bestätigt wird: man errechnete eine Million und zweihunderttausend Besucher.

Während im 18. Jahrhundert Diderots *Salons* nur in privilegierten Kreisen handschriftliche Verbreitung fanden: durch die von Grimm und seinen Mitarbeitern für einige europäische Fürstenhöfe verfertigte *Correspondance littéraire, philosophique et critique* (erster Druck in 16 Bänden, Paris 1812/13), ging im 19. Jahrhundert die Berichterstattung vor allem in die Hände der Journalisten über. Deren Rezensionen erschienen entweder in bisweilen unmäßig langen Artikelserien oder – in selteneren Fällen – als Broschüre. Zu jeder Ausstellung um die Jahrhundertmitte dürften gut dreißig Besprechungen, jede etwa zwanzig bis siebzig normale Druckseiten umfassend, publiziert worden sein.

Diese journalistische Kritik war in erster Linie als Verständnishilfe – als »nützliche Eselsbrücke«, wie Baudelaire sich ausdrückt (S. 127) – für das bürgerliche Publikum gedacht, das in Dingen des Geschmacks manches, wenn nicht alles, nachzuholen hatte. Der Zugang zur Kunst und die Beschäftigung mit ihr waren nicht mehr ausschließlich gelehrten Kennern vorbehalten, die soziale Revolution zog unvermeidlicherweise eine ästhetische nach sich, die andere Kriterien als die bisher gültigen entwickelte. Bereits 1829 schrieb Eugène Delacroix in der *Revue de Paris,* der Kritiker dürfe an seine Leser keine übermäßigen Ansprüche stellen und sie nicht mit wissenschaftlichem Jargon ermüden; wer sich für eine Viertelstunde von seinen Geschäften freimacht, tue dies »vor allem, um unterhalten zu werden«; man wolle »etwas empfinden«. Baudelaire sollte diese beiden Gesichtspunkte 1846 wieder aufnehmen: »Offengestanden halte ich die unterhaltsame, poetische Kritik für die beste, und nicht die kalte, algebraische Kritik, die unter dem Vorwand, alles zu erklären, weder Haß noch Liebe kennt und sich freiwillig jeder Art von Temperament entäußert.« (S. 196) Auch in seiner Funktion als Kritiker will er »nicht weniger Mensch« sein (S. 197).

Baudelaire knüpft hier an die Ästhetik des Gefühls an, wie sie bereits im Zeitalter der Aufklärung von dem Abbé du Bos und von Diderot gefordert und entwickelt wurde. Er verficht eine anti-normative Ästhetik, die den Menschen unmittelbar ansprechen will. So konnte die Kunstkritik zu einem Genre werden, das Plauderei mit Instruktion verbindet und dem sich auch gebildete Dilettanten gerne zuwandten. Neben einer größeren Anzahl anonymer Journalisten und namhafter professioneller Kunstkritiker, wie Charles Blanc, Henri Delaborde, Étienne Delécluze, Gustave Planche, Théophile Silvestre und Thoré-Bürger, finden wir bedeutende Dichter und Literaten, die sich zur bildenden Kunst hingezogen fühlten, die wohl auch, wie Théophile Gautier und Baudelaire, selber gelegentlich den Zeichenstift in die Hand nahmen oder gar, wie Eugène Fromentin, selber Maler waren. So schrieb Stendhal 1824 einen *Salon,* Musset 1836, Barbey d'Aurevilly 1838, der schon genannte Gautier fast regelmäßig von 1835 an, die Brüder E. und J. Goncourt 1852 und 1855, Alexandre Dumas père 1859 und Émile Zola seit 1866.

Diese neue Öffentlichkeit der Kunst, zu der jedermann Zutritt hatte, und dieses kritische Mittleramt beflissener Laien führten nun, paradoxerweise, eine neue Art esoterischer Kunstdeutung herauf: »Die beste Besprechung eines Bildes kann ein Sonett oder eine Elegie sein.« (S. 196) Der Kunstkritiker verfolgte oft weniger ein unterrichtendes Vorhaben, als vielmehr den höchst individuellen Anspruch, sein persönliches Erlebnis des Kunstwerks, gegebenenfalls auch in Versen, auszusprechen. Baudelaires Vorbild und Meister, Théophile Gautier, meinte, daß er als Kunstkritiker nicht »Richter, sondern Dichter« sei, der es liebe, seine geschriebene Seite neben das Kunstwerk zu stellen (in *L'Artiste,* 1857, 4). Die französische Kunstkritik zur Zeit Baudelaires steht in der Nachfolge der Romantik, die das Kunstwerk als ein Stimulans betrachtete und die Auseinandersetzung mit ihm als einen weiterführenden schöpferischen Akt. Diese Entwicklung hatte sich seit langem angebahnt; der starke Einschlag einer subjektiven, ebenso divinatorischen wie poetischen Darstellungsweise ist aus der Kunstkritik der Epoche nicht mehr fortzudenken und hat dazu beigetragen, einen neuen spezifisch modernen Kunstsinn herauszubilden.

DER SALON 1845

Die Ausstellung des Jahres 1845 wurde am 15. März eröffnet. Baudelaire besuchte sie am gleichen Tag in Begleitung des Malers Émile Deroy, der ihn seinem späteren Biographen Charles Asselineau bekannt machte (J. Ziegler, in: *Gazette des Beaux-Arts,* Mai/Juni 1976). Die fast gleichaltrigen Männer freundeten sich schnell an, diskutierten gemeinsam die ausgestellten Werke und trafen sich am folgenden Tag erneut im Louvre, um ihre Eindrücke zu überprüfen. Während Asselineau seinen Bericht im Feuilleton des *Journal des théâtres* veröffentlichte (neu herausgegeben von J. Ziegler, Vanderbilt University, Nashville 1976), kam Baudelaires erste Schrift als selbständige Broschüre bei Jules Labitte heraus. Sie wurde in der *Bibliographie de la France* am 24. Mai angezeigt. Die Einleitung trägt das Datum des 8. Mai, so daß der *Salon de 1845* von »Baudelaire Dufaÿs« um die Monatsmitte erschienen sein dürfte.

Positive Besprechungen der Schrift lieferten Champfleury in einem ungezeichneten Artikel des *Corsaire-Satan* vom 27. Mai 1845 (Œuvres/Conard, CE 465 f.), Le Vavasseur unter dem Pseudonym »Civilis« in dem *Journal d'Abbeville et de l'arrondissement* (1. Juli) und Auguste Vitu in *La Silhouette* (20. Juli). »Monsieur Baudelaire ist kühn wie Diderot«, schreibt Champfleury mit einer kleinen Einschränkung und vergleicht ihn auch mit Stendhal. Aber das war der Beifall von Männern, die Baudelaire freundschaftlich gesinnt waren. Der Kritiker selbst war mit seinem Werk unzufrieden und soll sämtliche unverkauften Exemplare vernichtet haben.

EINIGE WORTE ZUR EINFÜHRUNG

S. 127, 3 *ein wohlbekannter Schriftsteller:* nach Pichois vermutlich der Baudelaire bekannte Fortuné Mesuré, der in seinem unter dem Pseudonym Fortunatus veröffentlichten *Rivarol de 1842, Dictionnaire satirique des célébrités contemporaines* die Vermessenheit hatte, eine solche Behauptung aufzustellen. – 7 *unparteiisch:* Von dem hier vertretenen Ideal der Objektivität wird Baudelaire in seinem folgenden Salon entschieden abrücken. – 8 *Gustave Planche* (1808–1857), literarischer Kritiker und Kunstkritiker der *Revue des Deux Mondes;* gab später einen Teil seiner Aufsätze über antike und moderne Künstler in zwei Bänden unter dem Titel *Portraits d'artistes – Peintres et sculpteurs* (Paris 1853) heraus. – 10 *verstummt:* Planche hatte seit fast einem Jahr nichts veröffentlicht; übelwollende Kritiker hatten ihm »Neid, Unfähigkeit und Haß auf die Phantasie« vorgeworfen (M. Regard, *Gustave Planche,* Paris 1955, 274). Erst am 15. August 1845 nahm er seine Tätigkeit an der *Revue des Deux Mondes* wieder auf (RDM, 275). – 17 *Vorurteile unserer artistischen Kollegen:* Baudelaires hier unzweideutige Parteinahme für den von den Romantikern vielgeschmähten Bürger wird in der Vorrede zu dem ›Salon 1846‹ einen schillernden Ton annehmen (siehe S. 193 ff.). – N Étienne-Jean *Delécluze* (1781–1863), Schüler des Malers Louis David (s. u. zu S. 186, 26), einer der führenden Männer der klassizistischen Kunstkritik; schrieb vor allem in dem *Journal des Débats,* wo er eben in diesem Jahr 1845 Baudelaires Idol Delacroix im Namen des *Beau idéal* unbarmherzig angriff.

S. 128, *16 die Jurys:* Die Eröffnung eines Salons, die Empörung darüber, daß gewisse Bilder von der Jury zurückgewiesen worden waren, boten immer wieder Anlaß zur Kritik und zu Änderungsvorschlägen. Der Verfasser eines unsignierten Artikels, der am 15. März 1846 in *L'Artiste* erschien, erklärt dort (29 f.) die sogenannte »Unparteilichkeit« der Jury aus ihrer Inkompetenz, brandmarkt ihre Entscheidungen als »willkürlich«; unter den gegebenen Umständen sei jedem beliebigen anderen System und gleichviel welchen anderen Auswahlkriterien der Vorzug zu geben. – *20 jährliche Wiederkehr:* seit 1833; bis dahin fand diese große Kunstausstellung in der Regel nur alle zwei Jahre statt. – *21 Liberalität eines Königs:* der Bürgerkönig Louis-Philippe (1830–1848), der um den Aufbau und die Erweiterung der Museen bemüht war. – *25 Musée Espagnol . . . Musée Standish:* Louis-Philippe hatte in dem vom Bürgerkrieg zerrissenen Spanien durch den Baron Taylor insbesondere in den säkularisierten Klöstern Meisterwerke von Murillo, Ribera, Zurbarán, Velasquez, Goya, u. a. aufkaufen lassen. Die Eröffnung des Musée Espagnol im Jahre 1838 wurde eine internationale Sensation und Ausgangspunkt für den Spanienkult der Romantiker. Nach der Februarrevolution hat Louis-Philippe von London aus, wo er Zuflucht gefunden hatte, die Bilder des Musée Espagnol und des Musée Standish als sein persönliches Eigentum zurückgefordert und 1850 auch erhalten. Nach seinem Tode wurden diese Werke 1853 in London versteigert (I. Hempel Lipschutz, *Spanish Painting and the French Romantics,* Cambridge, Mass. 1972, 137). – Baudelaire liebte die »blutrünstigen Malereien« der Spanier und ließ, wie Prarond bezeugt, ungern eine Gelegenheit vorbeigehen, sie im Louvre zu betrachten (P. Guinard, *Baudelaire, le Musée Espagnol et Goya,* in: RHLF, Sonderheft *Baudelaire,* 1967). Gegen 1858 beabsichtigte er, einen Artikel über »verschwundene Museen«, unter anderem über das Musée Espagnol, zu schreiben (Corr/Pl I, 449). – Das Musée Standish war eine von Lord Standish dem König 1841 vermachte Sammlung, die seit 1842 im Louvre ausgestellt wurde. – *Museum von Versailles:* Louis-Philippe hatte in dem Schloß zu Versailles ein Nationalmuseum gegründet. Siehe Baudelaires Brief vom 17. Juli 1838 (S. 24 f.). – *26 Marine-Museum:* das noch heute bestehende Musée de la Marine war 1828 gegründet worden.

I. HISTORIENMALEREI

S. 130, 2 *Eugène Delacroix* (1798–1863), Schüler des zum Kreis um David gehörenden Klassizisten Pierre Guérin. Er schulte sich besonders an Veronese, Rubens und Goya, die er im Louvre studierte; entscheidende Anregungen verdankte er Géricault, wie auch Constable, dem Begründer der realistischen Landschaftsmalerei in England. Delacroix ist das Haupt der romantischen Malerei in Frankreich, die, im Gegensatz zur deutschen Romantik mit ihrer meist klassizistischen Formgebung, die Tradition des Rubensbarock fortsetzte und zwar, wie Baudelaire am Ende der *Exposition Universelle de 1855* hervorhob, mit einer ausgeprägt melancholischen Nuance. Delacroix war ein großer Historienmaler, schuf bedeutende Wandmalereien und war einer der wenigen religiösen Maler des neunzehnten Jahrhunderts, die noch heute geschätzt werden. Nicht zu vergessen sind seine Tierbilder, die wildbewegten Löwenjagden und die orientalischen Themen, die er seit seiner Reise nach Marokko gestaltete. Für viele seiner Werke inspirierte er sich an europäischen Dichtern, an Dante, Shakespeare, Goethe, Byron, Scott. Er betätigte sich auch als Graphiker (Lithographien zum ›Faust‹ und zum ›Hamlet‹) und verfaßte kunstkritische und ästhetische Schriften. – *11 die ewig Gestrigen:* Baudelaire wird im ›Salon 1846‹ die Geschichte des Widerstandes gegen Delacroix skizzieren und zeigen, mit welcher Hartnäckigkeit die klassizistische Kritik seine Werke verurteilte. – *20 Akademie:* Delacroix hatte sich 1837 vergeblich um den Sitz von Gérard beworben. Auch im folgenden Jahr wurde er abgelehnt. 1849 wird man ihm den von Baudelaire verspotteten Léon Cogniet vorziehen (s. u. zu S. 15), bevor er 1857, zwei Jahre nach seinem großen Erfolg auf der Weltausstellung von 1855, schließlich den freigewordenen Sitz des ihm nicht vergleichbaren Delaroche (s. u. zu S. 191, 7) zugesprochen erhält. Gautier registriert das Ereignis in *L'Artiste* vom 18. Januar 1857 mit großer Genugtuung. Als einzige Ehrung wurde Delacroix 1846 die Ernennung zum Offizier der Ehrenlegion zuteil. – *26 vier Bilder:* Ein fünftes, ›Die Unterweisung der Jungfrau Maria‹ *(L'Éducation de la Vierge),* war von der Jury zurückgewiesen worden. Das Bild befindet sich in Pariser Privatbesitz (Huyghe, Tafel XXIX). – *27 Maria Magdalena:* Das Gemälde stellt einen lebensgroßen Frauenkopf mit geschlossenen Augen auf enger Bildfläche dar; rechts oben ist ein Fleck blauen Himmels zu sehen (Kat. Nr. 921, in V. Robaut/E. Chesneau, *L'Œuvre complète d'Eugène Delacroix,* Paris 1885). Delacroix schätzte dieses von vielen Kritikern beanstandete, heute verschollene Werk so sehr, daß er es auf die Weltausstellung 1855 sandte (siehe Bd. II).

S. 131, *1 innige ... Poesie: poésie intime,* ein Grundelement in Baudelaires Definition der Romantik; siehe S. 199, *26,* wo er Romantik, moderne Kunst und Innerlichkeit *(intimité)* gleichsetzt. – *3 Schraffur:* Gegenüber der klassizistischen Technik, die im allgemeinen durch sorgfältiges Verreiben der Farben den einzelnen Pinselstrich vermied, bestand eine Neuerung der Kunst Eugène Delacroix' in dem sichtbaren Nebeneinandersetzen von Farbflecken. Dadurch wird die Intensität der Farbwirkung gesteigert (siehe S. 203), und zugleich tritt die persönliche Handschrift des Künstlers deutlich zutage. Gerade diese freiere Technik erregte bei anderen Bildern den Unwillen der akademischen Kritiker; Landon sprach anläßlich des ›Gemetzels von Chios‹ von einer »barbarischen« Ausführung (*Scène des Massacres de Scio,* in: *Annales du musée,* 1824, 54; zit. nach Horner, 15). – *6 Harmonie:* Baudelaire wird diesen Grundbegriff seiner Ästhetik in dem Kapitel »Über die Farbe« des ›Salon 1846‹ erläutern (siehe S. 201 ff.). – *13 Mark Aurel:* Das Bild befindet sich im Musée des Beaux-Arts, Lyon (Mayne I, Abb. 35; Castex, Abb. S. 83; Huyghe, Abb. 253). Der für seine Mäßigung und weise Lebenshaltung bekannte römische Kaiser Mark Aurel ruft die ihm befreundeten stoischen

Philosophen sowie einige Verwandte zusammen, um ihnen seinen Sohn Commodus zu empfehlen, dessen »perverse Neigungen«, wie es im Ausstellungskatalog heißt, sich bereits gezeigt hatten. – *19 bekannter Kritiker:* Théophile Thoré, der in seinem *Salon de 1845* (65 f.) die Übereinstimmung der Details mit dem Hauptgedanken dieses Gemäldes hervorgehoben hatte: »Die Vergangenheit nimmt in den Gesichtern und Kleidern der Freunde Marc Aurels dunkle Töne an, während die Zukunft rot wie das Gewand des Commodus ist. ... Man fühlt sehr wohl, daß es um das feierliche Testament des Schicksals Roms und der Welt geht.« Jean Seznec hebt hervor, daß eine symbolische Bedeutung von Farbe und Licht, wie sie Baudelaire bei Thoré rügt, von Baudelaires eigener Überzeugung, daß die Farbe Empfindungen ausdrücke, nicht so weit entfernt sei (*Diderot et l'affaire Greuze,* in: *Gazette des Beaux-arts,* 1966, 355). – *25* Peter Paul *Rubens* (1577–1640), flämischer Barockmaler; hatte in einer Folge von einundzwanzig großformatigen Bildern die Geschichte der Maria von Medici, Gattin Heinrichs IV., für den Luxemburg-Palast gemalt (heute im Louvre). – *34 Genie in der Malerei:* Delacroix befand sich in seiner klassizistischen Phase; in der Komposition war er Poussin (1593–1665), etwa dessen ›Tod des Germanicus‹ (Minneapolis Institute of Arts), gefolgt. Wie sehr die klassizistische Kritik jedoch von Delacroix' Technik und Konzeption irritiert war, zeigt Delécluzes Fehlurteil: er wirft ihm vor, mit dieser »beunruhigenden Nachahmung von Greuze« die französische Malerei wieder zum »falschen Geschmack zurückzuführen, der gegen 1772 vorherrschte« (*L'Artiste,* 6. April 1845).

S. 132, *6 Wissenschaft:* Baudelaires Ausführungen über die Farbe im folgenden Jahr, bei denen er sich auf die wissenschaftlichen Forschungen Chevreuls stützt, zeigen, daß er den Begriff »*science*« ebenso wie die »Logik«, von der einige Zeilen später die Rede ist, im wörtlichen Sinne versteht (s. u. zu S. 201). Zugleich wird der Abstand zum ›Salon 1846‹ deutlich: was hier nur angedeutet und etwas vage formuliert ist, wird dort vertieft und in ein, wenn auch nur skizzenhaft umrissenes, doch kohärentes System gebracht. – *8 Grün und Rot:* Baudelaire wird auf seine Vorliebe für diese Farbzusammenstellung, die ihm für Delacroix' Werk charakteristisch erscheint (siehe *Les Phares,* Bd. III, S. 73), noch zu sprechen kommen (S. 204). – *16 mit Farbe zu modellieren:* Baudelaire will damit vereinfachend sagen: der Maler, der einen Gegenstand vornehmlich in einem Farbton darstellt, arbeitet dessen Körperlichkeit heraus, indem er die entsprechenden Partien heller oder dunkler einfärbt. Delacroix hingegen hatte lange nach dem Geheimnis gesucht, den Schatten die Leuchtkraft zu geben, die man allgemein bei den venezianischen Malern bewunderte; er fand es in der Anwendung der auch hier erwähnten Komplementärfarben Rot und Grün (s. u. zu S. 201). – *25 kreisenden Gegenstandes:* Baudelaire wird diesen Gedanken 1846 anläßlich seiner Erörterungen über die Farbe in einen anderen Zusammenhang stellen (S. 201). – *27 unverfrorenen Lästerung:* Sie ist nicht ganz so groß, wie Baudelaire es darstellt, der offenbar durch eine gewisse Übertreibung seinen Worten Gewicht verleihen will. Guillot hatte – zwar mit einiger Verwunderung, aber voller Ernst – die Zeichnung der eben genannten ›Magdalena‹ gerühmt (*Revue indépendante,* 10. Mai 1845; nach Horner, 56), und neun Jahre zuvor hatte Maurice-Alexandre Decamps, der Bruder des Malers, erklärt, niemand seit Géricaults ›Floß der Medusa‹ (1819, Louvre) könne besser zeichnen als Delacroix (*Salon de 1836,* in *Le National,* 1. Mai 1836; nach Horner, 69). Haussard hatte seinerseits im *Salon de 1841* fast eine Formulierung Baudelaires vorweggenommen, indem er Delacroix' Zeichnung als die der Gebärde, der Bewegung und des Eindrucks bezeichnete (*Le Temps,* 24. März 1841; nach Horner, 70). Doch das waren Ausnahmen, wohingegen die konventionelle Kritik, die den Akademismus vertrat, selbst wenn sie in Delacroix' Gemälden Anerkennenswertes fand, fast ausnahmslos die fehlerhafte Zeichnung hervorhob (s. u. zu S. 220, 4). – *29 Théophile Gautier* (1811–1872) hatte zunächst eine Ausbildung als Maler bei Louis-Édouard Rioult begonnen, entschied sich dann aber für die Schriftstellerei. Er besaß nicht den Scharfblick Baudelaires, gehört jedoch zu den bedeutenderen Kunstkritikern seiner Zeit. Er hatte sich entschieden auf die Seite der Romantik gestellt und auch die damals weithin unbekannte spanische Malerei dem größeren Publikum nahegebracht. Berühmt sind seine *transpositions d'art,* Umformungen eines Kunstwerks in das Medium des Wortes. Baudelaire verehrte den Dichter Gautier als seinen Meister und widmete ihm die *Fleurs du Mal* (siehe Bd. III, S. 52). – *30* Thomas *Couture* (1815–1879), Schüler von Gros und Delaroche; bekannte sich zur Romantik, blieb aber ein – sehr begabter – Eklektiker. ›Die Römer der Verfallszeit‹ (1847, im Louvre, Propyläen, Abb. 146) sind sein Hauptwerk. Anselm Feuerbach und Édouard Manet gehörten zu seinen berühmtesten Schülern. – *35 Zeichnung der Zeichner:* Théophile Gautier hatte sich gegen eine allzu vereinfachende Scheidung von klassizistischen Zeichnern und romantischen Koloristen gewandt, die sich damals – ähnlich wie gegen Ende des siebzehnten Jahrhunderts die Poussinisten und Rubenisten – im Namen der Klassik und der Romantik befehdeten. Er betonte, daß sich in den Werken der Zeichner oft schöne Farbpartien befänden, ebenso wie in denen der Koloristen gut gezeichnete Teile. »Der Irrtum kommt daher, daß das Publikum und sogar viele Künstler in dem Vorurteil befangen sind, zu glauben, die Zeichnung bestehe darin, die Formen mit einem sauberen und festen Strich zu umreißen. Nichts ist falscher. Man zeichnet in der Mitte ebenso wie am Rand, mit der Modellierung ebenso wie mit den Linien. Diejenigen, die man Koloristen nennt, haben die Neigung, den Gegenständen Relief zu geben, während die Zeichner sie als Silhouette darstellen.« (*La Presse,* 28. März 1844; siehe Œuvres/Pl II, 1269).

S. 133, *5 Raffael* (1483–1520); die reinste Verkörperung der italienischen Hochrenaissance und in seiner Formvollendung Vorbild für die klassizistische Partei der Zeichner. Baudelaire wird ein Jahr später seine Vorbehalte gegenüber dem italienischen Maler formulieren (S. 200). – *8 Rubens:* Er galt schon im 18. Jahrhundert, in der *Querelle des Anciens et des Modernes* (Streit der Alten und Modernen), als Ideal der Koloristen. Delacroix knüpfte an seine Kunst an (s. o. zu S. 131, 25). – *14 Honoré Daumier* (1808–1879), der bedeutendste französische Karikaturist um die Jahrhundertmitte. Baudelaire, der sein Werk einige Jahre später analysieren wird (S. 312ff.), spielt auf Daumiers Lithographien an. – *15* Jean Auguste *Dominique Ingres* (1780 bis 1867) wurde nach einem zwanzigjährigen, ihn nachhaltig prägenden Aufenthalt in Italien zum Haupt des zeitgenössischen Klassizismus; als Antipode Delacroix' und als Führer der antiromantischen Richtung angesehen. Er orientierte seine Kunst weitgehend an dem eben genannten Raffael. Baudelaire hätte keine unterschiedlicheren Künstler als Ingres und Daumier zusammenbringen können: der Bildner des Idealschönen und des Menschen in seiner Vollkommenheit und der Karikaturist, der die Schwächen der bürgerlichen Gesellschaft lächerlich machte und die Verderbtheit einer selbstzerstörerischen, dekadenten Menschheit in schonungslosen Blättern anprangerte. Baudelaire liebte solche provozierenden Gegenüberstellungen. So wird er im zweiten Kapitel der ›Weltausstellung 1855‹ (Bd. V) Ingres mit Courbet vergleichen, dessen niedriger Realismus für die Zeitgenossen im höchsten Gegensatz zu der nach dem Idealen strebenden Malerei Ingres' zu stehen schien. – *26 Detail:* Baudelaire wird später den Gegensatz zwischen dem stark detaillierenden Ingres und Delacroix, der die Hauptidee eines Bildes und damit, nach Baudelaire, der »Harmonie des Ganzen« den Vorrang gibt, vertiefend ausführen.

S. 134, *1 Sibylle:* Im Ausstellungskatalog war das allegorische Bild mit folgenden Worten erläutert: »Die Sibylle zeigt auf den goldenen Zweig inmitten eines dunklen Waldes, der denen als Sieg winkt, die edle Herzen haben und Lieblinge der Götter sind.« (Horner, Abb. gegenüber S. 70; Huyghe, Abb. 256). – *4 Hamlet:* Baudelaire meint die Folge von sechzehn Lithographien (nicht Zeichnungen) zu Shakespeares Hamlet. Delacroix hatte sie zwischen 1834 und 1843 mit Kreide auf Stein gezeichnet und dadurch eine harte Konturierung vermieden sowie die Möglichkeiten einer Hell-Dunkel-Technik ausgenutzt. Eben diese »malerische« Technik mit der daraus entstehenden, von Baudelaire hervorgehobenen »Unbestimmtheit« entsprach seiner Vorstellung einer künstlerischen Gestaltung, weil die den klassizistischen Bildern fehlende Unbestimmtheit in seinen Augen Voraussetzung für die schöpferische Mitarbeit des Betrachters ist. Was hier aus einem Wort zu erschließen ist, wird Baudelaire ausdrücklich in den späten Tagebucheintragungen formulieren (›Raketen‹ XVI, Bd. VI). – *6* Antonio Allegri genannt *Correggio* (1494–1534) gilt in der Kunstgeschichte als Wegbereiter der Barockmalerei, besonders durch die Verwendung des Hell-Dunkels und der Wiedergabe des Atmosphärischen, die Baudelaire in Delacroix' ›Sibylle‹ schätzt. Baudelaires Begeisterung für Correggio ist im Zusammenhang mit der allgemeinen Wertschätzung zu sehen, die die Romantiker der empfindsamen Malerei des Italieners entgegenbrachten. – *7 Sultan von Marokko:* Der genaue Titel lautet: *Muley-Abd-el-Rahmann, Sultan de Maroc, sortant de son palais de Méquinez, entouré de sa garde et de ses principaux officiers* (... ›wie er seinen Palast von Mequinez verläßt, umgeben von seiner Garde und seinen wichtigsten Offizieren‹). Das Bild wurde vom Staat angekauft und befindet sich heute im Musée des Augustins, Toulouse (Ferran, Abb. gegenüber S. 146; Mayne I, Abb. 38). Delacroix hatte der Szene auf seiner Reise nach Marokko (siehe S. 209 f.) beigewohnt. – *11 musikalische Koketterie:* Auch Thoré verglich Delacroix' Fähigkeit, die verschiedensten und reichsten Farbtöne zu einem harmonischen Ganzen zu gestalten, mit der Kunst der Musiker (1845, 18). – *12* Paolo *Veronese* (1528–1588), Vertreter einer heiteren und sehr dekorativen Malerei der Hochrenaissance, im Louvre durch die großformatige ›Hochzeit zu Kana‹ vertreten. Er war ein Vorbild für Delacroix (s. u. zu S. 203, *30*). – *18 wenige werden uns verstehen:* Im *Salon de 1846* hingegen wird Baudelaire jedes Buch, das sich nicht an die Mehrheit wendet, als ein »törichtes Buch« bezeichnen (S. 195). – *22 flimmerndem*

Staub: Im Gegensatz zu den Klassizisten, die in der Natur mehr die festen Formen darzustellen suchen, richten Delacroix und Baudelaire ihr Augenmerk vor allem auf die Bewegung in der Natur. Baudelaire wird diesen Gedanken im folgenden Salon mit dem Begriff der *Vibration* vertiefen (S. 201). – *25 Unerwartetes:* In der Tat ist Delacroix von dem klassischen Kompositionsschema abgewichen, das die Hauptperson in Parallele zur unteren Rahmenkante setzt, wie etwa Lebrun den ›Kanzler Séguier‹ (Louvre). Der romantische Maler stellt den auf einem Pferd sitzenden Sultan zwar recht genau in die Bildmitte, aber schräg in den Raum, wodurch er sich der von Baudelaire betonten überraschenden Naturwahrheit nähert, die in solchen Repräsentationsgemälden meist nicht gesucht wird.

S. 135, *1 Horace Vernet* (1789–1863), Direktor der Académie de France in Rom zwischen 1829 und 1835, war durch seine riesigen Schlachtenbilder einer der bekanntesten Vertreter der offiziellen Malerei der Juli-Monarchie. Baudelaire wird an diesem Liebling des Publikums, das an dem mit historischer Treue Erzählten Vergnügen fand, im ›Salon 1846‹ vernichtende Kritik üben (S. 253 ff.). Obgleich Ferran (211) für 1845 eine ganze Anzahl positiver Urteile über Vernets Leichtigkeit und sogar Modernität anführt, finden sich alle wesentlichen Punkte von Baudelaires Kritik verstreut auch bei seinen Kollegen. – *2 afrikanische Malerei:* Es handelt sich um ein von Louis-Philippe in Auftrag gegebenes Bild, ›Die Einnahme der Smalah des Abd-el-Kader in Taguin‹ (16. Mai 1843), heute im Museum von Versailles (Mayne I, Abb. 5; Lemaitre, Abb. nach S. 16). Der Katalog der Ausstellung 1845 gibt eine genaue Schilderung von dem Sieg des Duc d'Aumale über den Anführer der Araber und Kabylen, den Emir Abd-el-Kader, der sich zwanzig Meilen von Algier entfernt in die Wüste zurückgezogen und eine riesige Zeltstadt, eben die Smalah, aufgebaut hatte. Abd-el-Kader wurde besiegt, konnte aber fliehen; erst mit seiner Gefangennahme 1847 wurde der Kolonialkrieg endgültig zugunsten Frankreichs entschieden. – *frostiger:* Paul Mantz spricht von der Kühle dieses Bildes (*L'Artiste,* 23. März 1845, 178), die auf die auch von Théophile Gautier beanstandete Farbgebung zurückgeht (*La Presse,* 18. März 1845; Ferran, 211). – *3 Einheit:* Während der Kritiker des *Moniteur* meint, daß die Vielzahl der Episoden nicht die »Gesamtwirkung« beeinträchtige (1845, 665), hebt Jeanron, ähnlich wie Baudelaire, das Fehlen eines wirklichen Mittelpunktes hervor: »Der Eindruck, der daraus hervorgeht, zerstört jegliche künstlerische Größe« (*La Pandore,* 15. Juni 1845, 202). – *5 Wirtshauspanorama:* Das Bild ist 4,89 m hoch und 21,39 m lang und füllte fast eine ganze Wand im Salon Carré des Louvre. – *9 feuilletonistischen Methode:* Baudelaire übernimmt einen Gemeinplatz der Kritik. Mantz bezeichnet das Bild als einen »Roman, der aus einer Serie Feuilletons zusammengesetzt ist« (*L'Artiste,* 23. März 1845, 178), und der Kritiker der *Illustration* spricht von »Schlachtenmalern, die sich in Redakteure von illustrierten Bulletins verwandeln« (V, 39). – *14 Rubens* s. o. zu S. 131, 25; Paul Mantz formuliert, was Baudelaire unausgesprochen läßt: »Falls H. Vernet glaubt, es sei notwendig, monoton zu sein, um zur Harmonie zu gelangen, so genügt es, um diesen Fehler abzulegen, einen Augenblick vor einen Rubens oder Tizian zu treten«. – *Tintoretto,* eigentlich Jacopo Robusti (1518–1594), Venezianer. – Jean *Jouvenet* (1644–1717), französischer Kirchenmaler. – *16 William Haussoullier* (1818–1891), Maler und Kupferstecher, Schüler von Paul Delaroche.

Er zeigte in den Pariser Salons von 1838 bis 1882 religiöse Bilder, Landschaften und Porträts, vor allem aber Stiche nach italienischen Meistern. – *18 seinem Bilde:* der 1843 gemalte ›Jungbrunnen‹ (*La Fontaine de Jouvence*), Sammlung Graham Reynolds, London (Mayne I, Abb. 2; Lemaitre, nach S. 19; Drost, Abb. 15). – *21 ungehörige Empfang:* Die Kritik war sich einig darin, daß Haussoullier »ein Gelehrter ist, der auf vertrautem Fuß, allzu vertrautem Fuß mit den alten italienischen Meistern gelebt hat: deshalb ist sein Pinsel trocken, hart, manieriert; seine Palette grell und ohne Harmonie« (Arsène Houssaye, in *L'Artiste,* 18. Mai 1845, 35). Dennoch wird »die Eleganz, der Geschmack und die Distinktion des Werkes« von Laverdant (*La Phalange,* 1845, 282) ebenso wie von dem anonymen Kritiker der *Illustration* anerkannt (26. April 1845, 135; Ferran, 212). Der Dichter Théodore de Banville veröffentlichte ein Jahr später in seinem Werk *Les Stalactites* ein Gemäldegedicht mit dem Titel *La Fontaine de Jouvence* auf eben dieses Werk Haussoulliers. E. M. Souffrin meint in ihrer kritischen Ausgabe der *Stalactites* (Paris, 1941), daß die Verse, als deren Entstehungsdatum Banville »Mai 1845« angibt, vordatiert und eine beträchtliche Anzahl seiner Formulierungen und Metaphern von Baudelaire inspiriert seien. Es ist jedoch nicht auszuschließen, daß Baudelaire, für den Kunstkritik und Dichtung in enger Verbindung standen (siehe S. 196f.), das Gedicht zum Ausgangspunkt seiner Beschreibung genommen hat. Pichois druckt die Baudelaires Kritik entsprechenden Verse ab (Œuvres/Pl II, 1270). – *27 Heilige Symphorianus:* ein Bild Ingres' (Kathedrale Autun; Drost, Abb. 2; s. u. zu S. 213 *35*). Der Maler hatte das Werk im Salon 1834 ausgestellt und mußte eine solche »Explosion von Spott und Beschimpfung« erleben, daß er sich entschloß, nicht mehr auszustellen. »Das Publikum«, so schreibt Victor Fournel (54), »schloß hartnäckig die Augen vor allem, was in diesem Bild an Wissen und Geschick, an Kraft und Ausdruck« enthalten war. – *31 Dante und Vergil:* Delacroix' erstes großes Werk, das im Salon 1822 ähnlich wie Ingres' ›Heiliger Symphorianus‹ Anlaß zu den heftigsten Kritiken gab.

S. 136, *5 bedeutendste Stück der Ausstellung:* Baudelaire stellt Haussoullier demnach ebenso über Corot wie über Chassériau. Ohne Baudelaires Eintreten für Haussoullier wäre dieser mit Sicherheit heute vergessen. Lange hat man Baudelaires Lob als ein eklatantes Fehlurteil betrachtet. Nachdem Graham Reynolds das Bild 1937 für fünf Guineen (etwa 60,– Mark) ersteigert hatte und es von Mayne veröffentlicht wurde, trat ein Wandel ein. P.-G. Castex sieht in ihm den Ausdruck eines »modernen Geschmacks« (*La Critique d'Art en France, Cours de la Sorbonne,* Paris 1958); Lemaitre (16) nennt es »sehr originell« und scheut sich nicht, von einer »authentischen und sehr modernen *spiritualité*« dieses Gemäldes zu sprechen. Eine solche Beurteilung scheint um so weniger haltbar zu sein, als die gewichtigen Vorbehalte Baudelaires, insbesondere der Vorwurf des Eklektizismus, übersehen wurden. Haussoullier gehört mit seinem »neo-italienischen Klassizismus« zu den französischen Präraphaeliten, zugleich ist er ein Epigone Ingres', dessen ›Große Odaliske‹ das Vorbild für die Liegende im mittleren Vordergrund des ›Jungbrunnens‹ abgab. Auch der märchenhafte Reiz, den Baudelaire in dem Gemälde spürte, vermag die künstlerischen Mängel kaum aufzuwiegen. – *13 Beschreibung:* Keinem anderen Bild widmete Baudelaire, noch ganz in der Tradition Diderots, eine so ausführliche Beschreibung. – *34 Hauch ihrer*

Metamorphose: »*vapeur de sa métamorphose*«; wörtlich bei Banville (s. o. zu S. 135, *21*).

S. 137, *5 Seraphisch:* Anspielung auf das Théâtre de Séraphin (siehe das dritte Kapitel des *Poème du hachisch*, Bd. VI). – *12 Empfindung:* Die in dem Bild enthaltene Empfindung, die Baudelaire als »lustvoll« charakterisiert, hat offenbar bei der Beurteilung den Ausschlag gegeben: das ihn durchströmende, vom Inhaltlichen ausgehende Glücksgefühl ist ihm ein gewichtigeres Kriterium, um die Qualität eines Werkes zu messen, als die spezifisch künstlerischen Fähigkeiten des Malers (Drost, 271 ff.). Das gilt auch für Baudelaires Urteil über andere Bilder, insbesondere über Gemälde von Eugène Lavieille und Eugène Fromentin in dem *Salon de 1859* (Bd. V). René Galand hebt die Faszinationskraft hervor, die der Mythos des verlorenen Paradieses auf Baudelaire ausgeübt hat, und sieht in dem Bild eine Verwirklichung jener Träume, die der Dichter in *Mœsta et errabunda* (Bd. III, S. 180) Gestalt werden ließ (Buba, II, 31. August 1966, 1 ff.). – *22 distinguiert:* Im *Salon de 1845* gebraucht Baudelaire diesen Begriff weitgehend positiv, wie aus seinem Urteil über Haffner, Tissier und Madame Pensotti hervorgeht. In den späteren kunstkritischen Schriften, in denen er sich mehr und mehr vom Klassizismus löst, verliert die Distinktion als Kriterium für die Qualität eines Werkes an Bedeutung. – *29 absolute Malerei:* In der ›Philosophischen Kunst‹ (Bd. V) wird Baudelaire die »reine Kunst« in der »*magie suggestive*« sehen, die ebenso das schöpferische Ich wie die von ihm dargestellte Welt enthält.

S. 138, *9 Gerechtigkeit:* Im ›Salon 1846‹ bekräftigt Baudelaire sein Urteil über Haussoullier, das offenbar auf Widerspruch bei seinen Bekannten und Kollegen gestoßen war (siehe S. 197). Später korrigiert er seine Meinung insofern, als er nie wieder auf Haussoullier zu sprechen kommt, obwohl dieser auf die ›Weltausstellung 1855‹ einige Gemälde eingesandt hatte. – *16 Giovanni Bellini,* auch Giambellini genannt (um 1430–1516), der Lehrer Giorgiones und der Begründer der venezianischen Hochrenaissance. Der Vergleich ist insofern gerechtfertigt, als Haussoullier von Bellini die tief in den Hintergrund führende Landschaft mit einzelnen, perspektivisch verkleinerten Figuren übernommen haben mag (etwa aus der ›Transfiguration‹, Neapel). – *26* Alexandre Gabriel *Decamps* (1803–1860) wurde durch eine größere Reise 1827, einige Jahre vor Delacroix, zum künstlerischen Entdecker des Orients und zum bedeutendsten Orientmaler der französischen Romantik. – *27 Decamps' Werke:* Es handelt sich um eine Folge von neun Zeichnungen zur Geschichte Samsons: ›Das Opfer Manoes‹, ›Samson, die Ernte der Philister in Brand setzend‹, ›Samson, die Tore Gazas raubend‹, ›Samson, den Löwen tötend‹, ›Samsons Sieg über die Philister‹, ›Samson und Dalila‹, ›Samsons Gefangennahme‹, ›Samson, den Tempel zerstörend‹ (Expo 1968/69, Abb. S. 29), ›Samson, den Mühlstein drehend‹. Es sind offenbar dieselben, die auch auf der *Exposition Universelle de 1855* (Bd. V) gezeigt wurden. Fünf dieser großen Blätter (24 cm zu 123 cm) befinden sich heute in einer Pariser Privatsammlung; drei davon hat Pierre du Colombier in seiner Monographie über *Decamps* (Paris 1928) abgebildet. – Ferran (213) stellt fest, daß diese Zeichnungen zu den Werken gehörten, die im Salon am meisten auffielen, daß die Kritik sie fast durchweg lobte. Man sprach von der »Energie« und dem Rembrandtschen Hell-Dunkel (La Fizelière, in *Bulletin de l'Ami des Arts,* 1845, 399), von dem »wunderbaren Kontrast« zwischen den Schattenpartien und dem »blendenden Licht«

(Thoré, 1845, 16) und bezeichnete diese Darstellungsweise als »sehr romantisch« (Fabien Pillet, in *Le Moniteur universel,* 1845, 1199). – *32 Die Hakenhinrichtung* (*Le Supplice des Crochets,* 1839) befindet sich heute in der Wallace-Collection, London, und war im Salon 1839 ausgestellt worden (Drost, Abb. 8). Das Gemälde – eines der Meisterwerke Decamps' – ist zugleich ein Hauptwerk des Orientalismus in der französischen Malerei. – *Die Zimbernschlacht* (Louvre, Paris) war in dem Salon 1834 zu sehen. – *33 Raffael:* s. o. zu S. 133, *5*. Der Name des italienischen Malers wird zu Recht von Baudelaire genannt: Decamps hatte seine zweite Italienreise zum Studium der Folge von Zeichnungen zur Geschichte Samsons benutzt. – Nicolas *Poussin* (1593–1665), einer der bedeutendsten Meister der klassischen Malerei des 17. Jahrhunderts, hatte sich während seiner langen Aufenthalte in Rom an der italienischen Kunst geschult. Thoré bringt Decamps' Werke gleichfalls mit Raffael und Poussin in Verbindung (1846, 16). Wie Baudelaire bedauert auch Théophile Gautier, daß Decamps Poussin zu sehr nachahme, da dessen »Fähigkeiten den seinen entgegengesetzt seien« (*La Presse,* 19. März 1845).

S. 139, *16 Herkules:* griech. Herakles, Sohn des Zeus und der Alkmene, verrichtete zwölf berühmt gewordene Arbeiten, darunter die Tötung der lernäischen Schlange. – *17 erste dieser Zeichnungen:* ›Das Opfer Manoes‹. Eine Reduktion dieses Blattes von Decamps' Hand befindet sich im Cabinet des Dessins des Louvre. – *23* Adrien *Guignet* (1816–1854). Baudelaire spielt auf die Darstellungen biblischer Geschichten an, die Guignet neben Genrebildern und Landschaften zwischen 1840 und 1848 ausstellte. 1845 war Guignet mit dem Gemälde ›Joseph, die Träume des Pharao erklärend‹ vertreten (siehe S. 165). – *28 flämischen Intelligenz:* Baudelaire denkt an die flämischen und holländischen Maler des 17. Jahrhunderts. – *34 Einsturz des Tempels:* das Blatt ›Samson, den Tempel zerstörend‹ (Expo 1968/69, Abb. S. 29; *Baudelaire, Actes du Colloque de Nice,* 1968, Abb. nach S. 84).

S. 140, *9 Die schönste:* ›Samson, den Mühlstein drehend‹ (Drost, Abb. 7). Auch Delacroix, der zwei Jahre später dieses Delessert gehörende Blatt sah, war voller Enthusiasmus: *»c'est du génie.«* (*Journal,* 11. März 1847) Laverdant, der eine entschieden sozialistisch orientierte Kritik vertrat, betrachtete gleichfalls diese Zeichnung als die beste: »Decamps kann eine edle Popularität erlangen und machtvoll zum sozialen Fortschritt beitragen, wenn er sein Talent dazu gebraucht, die Leiden der in unserer Zeit versklavten Menschen zu malen, der Proletarier, die den Mühlstein drehen, erschöpft und erniedrigt durch das Elend und eine widerwärtige Arbeit.« (*La Phalange,* 1845, 286) – *36 durchtriebene Mischung:* Decamps bediente sich in diesen Blättern einer Mischtechnik. Er benutzte Pastell- und Deckfarben sowie Bleistift, Sepia und Kohle.

S. 141, *6* Joseph-Nicolas *Robert-Fleury* (1797–1890) signierte bis 1835 als Fleury-Robert, danach Robert-Fleury. Ein Schüler von Horace Vernet (siehe S. 135), zugleich auch von Girodet (S. 188) und Gros (S. 189), war er in dem berühmten, von Stendhal besprochenen Salon 1824 vertreten, mit dem die romantische Malerei sich durchzusetzen begann. Robert-Fleury gehört zu den mittelmäßigen, heute vergessenen romantischen Malern, die von Baudelaire durchaus zutreffend eingeschätzt werden. – *11* Paul *Delaroche* (1797–1856), ein höchst erfolgreicher Historienmaler, auf den Baudelaire weiter unten eingeht (S. 191). – *12 Willenskraft:* P. Petroz charakterisiert Robert-Fleury mit den Begriffen Baudelaires: ein »mehr vom Willen als vom Temperament bestimmter Maler« (*L'Art et la critique en France,* Paris 1875, 153). 1845 steht Baudelaire der klassizistischen Ästhetik nahe und ist deshalb für diese willentliche Komponente der Kunst aufgeschlossen (siehe sein Urteil über Haussoullier, S. 135 ff.). Bereits ein Jahr später, im ›Salon 1846‹, hat er seine endgültige Einstellung gefunden und räumt dem Temperament den Vorrang ein: die willentliche, vom Intellekt bestimmte Durchführung des Kunstwerks muß sich dem schöpferischen Impuls des von seinem Temperament geleiteten Künstlers unterordnen. – *22 Zeichnung:* Im ›Salon 1846‹ wird Baudelaire sich von dem ihm unzureichend erscheinenden Kriterium der Zugehörigkeit eines Malers zu der Partei der Zeichner oder der Koloristen distanzieren (S. 196), jedoch immer wieder auf diese Begriffe zurückgreifen. – *27* Die Hinrichtung des *Marino Faliero* (*L'Illustration,* V, 1845, Abb. S. 57). Der Doge Marino Faliero wurde 1355 wegen einer Konspiration gegen die venezianischen Patrizier hingerichtet. Er ist der Held eines von Lord Byron 1821 verfaßten gleichnamigen Dramas. – *29 Marino Faliero von Delacroix:* Das Gemälde war im Salon 1827 ausgestellt. Delacroix war, wie Robert-Fleury, der Historie gefolgt, die von der Hinrichtung auf der Treppe im Dogenpalast spricht, auf der die Dogen ihren Eid leisteten. Aber während Delacroix den enthaupteten Leichnam zeigt, stellt Robert-Fleury den Augenblick vor der Hinrichtung dar und widmet sich der Darstellung der Architektur mit solcher archäologischen Hingabe und räumt ihr soviel Platz ein, daß die Dramatik der Szene verloren geht. – *32 Autodafé:* eine Szene aus der Geschichte der Inquisition: zwei Häretiker werden lebendig verbrannt. Die künstlerischen Qualitäten wurden allgemein gelobt, auch von klassizistischer Seite (Delécluze). Die Kritik formulierte jedoch durchgehend Vorbehalte gegenüber diesem *»culte de l'horreur et de la brutalité«*, der aus diesen »Bildern des Bösen« *(»tableaux du mal«)* spräche (*L'Artiste,* 13. April 1845, 227; Laverdant, in *La Phalange,* 1845, 277); »Ehrbare Gewissen« würden von einer solchen Szene abgestoßen (Thoré, 1845, 92). Es leuchtet ein, daß der Verfasser der *Fleurs du Mal* sich zum Anwalt dieses Bildes macht. – *33 Rubens:* s. o. zu S. 131, *25*.

S. 142, *18 Rembrandts Atelier* wurde von der Kritik meist schlecht besprochen: »das Bild ist Punkt für Punkt schlecht; Rembrandt ist furchtbar entstellt.« (*L'Artiste,* 1845, 180) Gautier hingegen zog dieses Bild den drei anderen vor (*La Presse,* 20. März 1845). – *24* François-Marius *Granet* (1775–1849), Schüler von Constantin in Aix-en-Provence, ab 1799 in Davids Atelier. Er war ein nicht unbedeutender Genremaler, der 1833 Direktor der historischen Galerie in Versailles wurde. (Siehe auch S. 188). – *25 Ordenskapitel der Templer: Chapitre de l'ordre du Temple tenu à Paris sous le magistère de Robert de Bourguignon en 1147*. Das Bild gehört zu der Folge von Gemälden, die Granet seit 1841 der Geschichte des Templer-Ordens gewidmet hat. Es war vom König in Auftrag gegeben worden. Die Kritik beklagt im allgemeinen, daß Granet sich »zu wenig wandelt« und »keine Fortschritte« macht (*L'Artiste,* 1845, 182, 228).

S. 143, *1 Achille Devéria* (1800–1857), bekannt als Illustrator romantischer Dichter. – *5 Eugène Devéria* (1805–1865), Schüler von Girodet, einer der begeistertsten und mittelmäßigsten Verfechter der Romantik. – *8 Geburt Heinrichs IV.:* Dieses Gemälde Eugène Devérias, das sich heute im Louvre befindet, hatte im Salon 1827 ein enthusiastisches Echo bei den jungen Anhängern der Romantik gefunden. J. Crépet hat wahrscheinlich gemacht, daß Baudelaire hier auf Gautier anspielt, der in *La Presse* vom 28. März 1844 diesem Historienbild die größten Lobsprüche gewidmet hatte, um dagegen die Mängel von Devérias ›Auferstehung Christi‹ hervorzuheben. In seiner *Histoire du Romantisme* resümiert Gautier die Bedeutung der ›Geburt Heinrichs IV.‹: man habe in dem jungen Koloristen einen zweiten Veronese zu sehen geglaubt, eine Hoffnung, die sich jedoch nicht erfüllt habe; heute sei es kaum vorstellbar, welche Bedeutung man Devéria seinerzeit beigemessen habe (Paris 1874, 218). Devéria, dessen Bild für das Musée du Luxembourg angekauft wurde, wurde vom Staat mit Aufträgen überhäuft, während man Delacroix vergaß (Gigoux, 183). – *16 Vignetten:* Baudelaire meint Achille Devérias Illustrationen. – *19 Keepsake:* Andenken; mit Stichen illustriertes Geschenk-Album, das Gedichte sowie kleinere Geschichten enthält und sich großer Beliebtheit im Zweiten Kaiserreich erfreute. – *20 lithographischen Stein:* Devéria war einer der romantischen Künstler, die sich früh der neuen, von Senefelder erfundenen Lithographie bedienten. – *29 Herzogin von Berry:* Marie-Caroline de Bourbon (1798–1870), Witwe des 1820 ermordeten Herzogs von Berry, eines Sohnes von Charles X, war eine Tochter von Franz I., dem König beider Sizilien. Sie hatte 1832 vergeblich versucht, die Vendée gegen den Bürgerkönig Louis-Philippe aufzuwiegeln. – *32 Jules David* (1808–1892) hatte 1837 zwölf Lithographien veröffentlicht: *Vice et Vertu, album moral représentant en action les suites inévitables de la bonne et de la mauvaise conduite* (›Laster und Tugend, moralisches Album, das die unvermeidlichen Folgen des guten und des schlechten Betragens darstellt‹). Dem Werk war vom Präsidenten der Pariser Sparkasse ein Preis von 2000 Francs zuerkannt worden. 1845 hatte Jules David drei Aquarelle ausgestellt ›Nach der Oper‹ *(Une Sortie de l'Opéra),* ›Das kranke Kind‹, ›Hund und Katze‹. – *33* Vincent *Vidal* (1811–1887), der 1845 die von Baudelaire im ›Salon 1846‹ (siehe S. 247) vernichtend kritisierte ›Eigenliebe‹ *(L'Amour de soi-même)* ausstellte. – *35 die heilige Anna . . .: Sainte Anne instruisant la Vierge,* heute in der Kathedrale von Alès, das einzige von Devéria 1845 ausgestellte Werk. Die Kritik verurteilte einmütig, daß Devéria immer nur Meßbuchminiaturen oder Vignetten auf die Leinwand übertrug (*L'Illustration,* 1845, V, 90; *L'Artiste,* 1845, I, 182). Thoré (1845, 72) notiert sarkastisch, dieses Bild sei ein Antipode zu Delacroix' ›Unterweisung der Jungfrau Maria‹, das die Jury abgelehnt hatte.

S. 144, *3 pikturalen Kritik:* Baudelaire meint offenbar eine Kritik, die, nach dem Vorbild der Koloristen, einen malerischen, das heißt suggestiven Stil erstrebt, im Gegensatz zur hart konturierenden Darstellungsweise dieses Bildes. – *katholischen Kunst:* An der »katholischen« Romantik übt Baudelaire im ›Salon 1846‹ Kritik (siehe S. 198). – *4 verwegenen Faktur:* Baudelaire drückt seine Vorbehalte gegenüber denen, die »drauflosmalen«, im *Salon de 1846* aus (siehe S. 228, 2). – *9* Louis *Boulanger* (1807–1867), ein Schüler Achille Devérias, Genre- und Historienmaler, sowie Illustrator romantischer Werke. – *10 Heilige Familie:* heute in der Pariser Kirche Saint-Médard. Gautier lobt den pastosen Farbauftrag und die gute Komposition (*La Presse,* 19. März 1845), während der anonyme Kritiker der *Illustration* in diesem Bild den Verlust der Boulanger einst eigenen *»verve romantique«* beklagt

(V, 89). – *11 Die Hirten Virgils:* heute im Musée des Beaux-Arts, Dijon (Lacambre, Abb. 3). Das Livret gibt zu diesem Bild ein Zitat aus Virgils *Georgica.* – *12 Duval Lecamus* s. u. zu S. 163, *1.* – *13* Antoine *Maurin* (1799 bis 1850), einer der Vertreter der modischen religiösen Malerei aus der Schule Ary Scheffers, den Baudelaire verabscheute (siehe S. 258ff.). Maurin hatte 1845 nichts ausgestellt. – *Bildnis eines Mannes: Portrait de M. D....*; Aufenthaltsort unbekannt. – *18 Mazeppas wilder Ritt:* Boulangers Gemälde *Mazeppa* (1827) befindet sich heute im Museum zu Rouen (A. Marie, *Le Peintre poète L. Boulanger,* Paris 1925, Abb. gegenüber S. 22). Boulanger hatte mit diesem Gemälde, in dem er sich an Lord Byrons *Mazeppa* (1818) inspiriert hatte, besonders in den literarischen Kreisen der dreißiger Jahre großen Erfolg. Mazeppa (1652–1709) war wegen seiner Liebe zur Tochter des Polenkönigs Johann Casimir von diesem verurteilt worden, nackt auf den Rücken eines Pferdes gebunden in die Steppe gejagt zu werden. Victor Hugo (1802–1885) widmete sein Gedicht *Mazeppa* (*Les Orientales,* 1829) dem Maler und deutete den Jüngling als Dichter, den sein vom Schicksal gegebenes Genie fortreißt. Baudelaire spielt auf diesen neu geschaffenen Mythos an. Er ist Victor Hugo in diesen Jahren feindlich gesonnen (siehe auch S. 210f.) und überträgt seine Abneigung auf Boulanger, den der Bildhauer Préault als ein »*alter* Hugo« bezeichnet hatte. Der Dichter und der Maler waren eng befreundet und zahlreiche Gedichte aus Hugos *Odes et Ballades* (1826), *Les Feuilles d'Automne* (1831), *Les Voix Intérieures* (1837), *Les Rayons et les Ombres* (1840) sind Boulanger zugeeignet. – *24 Vorreden:* Baudelaire meint unter anderem die berühmte Programmschrift, *La Préface de Cromwell* (1827), in der Victor Hugo die Prinzipien der entstehenden Romantik entwirft und der klassischen Konzeption des Künstlers den Geniebegriff entgegenstellt. – *27* Joseph-Fernand *Boissard* de Boisdenier (1813 bis 1866), Schüler von Gros, widmete sich vor allem religiösen Themen. Boissard war zugleich Schriftsteller und Musiker (siehe J. Ziegler, in: Buba, 1976). – *28 ein allegorisches Gemälde:* Baudelaire wird dieses unbekannt gebliebene Gemälde in Boissards Wohnung gesehen haben. Der Dichter wie der Maler hatten 1843 im Hotel Pimodan auf der Ile Saint-Louis gewohnt. In Boissards Wohnung versammelte sich der *Club des Haschischins,* den auch Baudelaire gelegentlich besucht hat.

S. 145, *5 sein Gekreuzigter Christus:* heute in der Église Saint-Martin zu Valençay, Indre (*Revue de l'art* 1975, Heft 27, Abb. S. 54). – *7* Jean-Victor *Schnetz* (1787–1870), ein Schüler so bedeutender Klassizisten wie Regnault, David, Gros und Gérard. Schnetz wurde 1837 Delacroix bei der Wahl in die Académie française vorgezogen. 1845 bekleidete er bereits vier Jahre den Posten des Direktor der Académie de France in Rom. Er war kein strenger Klassizist und schuf besonders melodramatische Historienbilder. Gautier schätzte seinen Realismus und nannte ihn einen »Léopold Robert mit mehr Wissenschaft und weniger Anstrengung« (*Beaux-Arts,* I, 266). – *8 italienischen Kolossalgemälden:* Baudelaire mag an die ›Episode aus der Brandschatzung der Stadt Aquilea durch Attila‹ (Musée des Beaux-Arts, Amiens) denken oder an verschiedene Genrebilder wie ›Eine Messe‹ (1871 in Schloß Saint-Cloud bei Paris zerstört) oder an die ›Weinende junge Frau neben ihrem toten Mann‹. Schnetz hatte außerdem noch ›Zwei junge Mädchen, die sich nach dem Bad am Seeufer ankleiden‹ ausgestellt, einen ›Ruhenden

Bauern, der einem jungen Pifferaro zuhört‹, und *Don Barthélemy des Martyrs. – 10 daß Schnetz uns 1855 ...:* Baudelaires Prophezeiung wird durch die auf die ›Weltausstellung 1855‹ gesandten Werke von Schnetz bestätigt (siehe Gautier, *Beaux-Arts,* I, 266 ff.). – *12* Théodore *Chassériau* (1819–1856), frühreifer und frühverstorbener Meister, der als Schüler Ingres' diesem vor allem in der Porträtmalerei nacheiferte, später aber, insbesondere nach seiner Algerien-Reise 1846, sich mehr an Delacroix anschloß. In seinen Darstellungen exotischer Frauengestalten, in denen sich rubenssches Kolorit und lionardeskes Formgefühl verbinden, wie in der *Toilette d'Esther* (Louvre), erreichte er einen persönlichen Stil. – *13* Ali-Ben-Hamet, *Kalif von Konstantine,* Museum zu Versailles (Mayne I, Abb. 9). – *20 zwischen Ingres ... und Delacroix:* Es war ein Gemeinplatz der Kritik, Chassériau – meist im abschätzigen Sinn – als zwischen Ingres und Delacroix schwankend zu charakterisieren. Doch gab es auch Stimmen, die sein »originelles Talent« anerkannten (*L'Artiste,* 13. April 1845, 227). – *21 Delacroix, den er zu plündern sucht:* Man hat dieses Reiterbildnis oft mit Delacroix' ›Sultan von Marokko‹ (siehe S. 134) verglichen, mit dem es im Aufbau in der Tat eine gewisse Übereinstimmung aufweist. – *31 Illustrationen zu Othello:* Sie erschienen 1844. Auch Thoré meint, daß Chassériau »ohne Skrupel in seinen Illustrationen zu Othello« Delacroix »kopiert« habe (1845, 24). Heute neigt die Kunstgeschichte eher dazu, Chassériaus Radierungen über die von Delacroix zu stellen. Der Wandel in der Einschätzung Chassériaus vollzog sich, als er 1848 seine Fresken im Treppenhaus des Palais d'Orsay vollendet hatte. Baudelaire spricht freilich nicht mehr von ihm, aber Gautier schreibt (*L'Artiste,* 15. März 1857, 209) daß »andere Künstler reiner, vollständiger, ausgeprägter gewesen seien, daß aber niemand uns so wie er berührt habe«.

S. 146, *5* François-Hippolyte *Debon* (1807–1872), Historienmaler, Schüler von Gros und von Abel de Pujol. – *6 Die Schlacht von Hastings* war 1844 zurückgewiesen worden (Ferran, 224); sie wurde vom Innenministerium für das Museum von Caen erworben, wo sie 1905 verbrannte (*L'Illustration,* 26. April 1845, Abb. S. 136). – *12 Victor Robert* (1813–1888), Historien- und Bildnismaler, Schüler Ingres'. – *16 die Religion als Lichtbringer Europas:* Aufenthaltsort unbekannt. Trotz der durchweg negativen Kritik erhielt das großformatige Bild eine Medaille dritter Klasse. Gautier zog Decamps' ›Kochenden Affen‹ diesem »riesigen humanitären und palingenetischen Bild« vor (*La Presse,* 19. März 1845, zit. nach Ferran, 225). – *22 Allegorie:* Der anonyme Kritiker der *Illustration* fordert die Maler auf, »Form, Bewegung und Farbe« aus der »lebendigen Wirklichkeit« zu nehmen, und warnt sie: »Hütet euch vor der Allegorie!« (V, 122). Für Baudelaire hingegen war die Überhöhung der Wirklichkeit durch eine tiefere Sinngebung eine grundlegende Forderung seiner Ästhetik.

S. 147, *1 Claude Lorrain,* eigentlich Claude Gelée (1600–1682). In seinen idealistischen Landschafts- und Hafenbildern erscheinen die Figuren oft als nachträglich hinzugefügte Staffage. – *8* Adolphe *Brune* (1802–1880), Historien- und Porträtmaler, Schüler von Gros. – *9 Kreuzabnahme Christi:* Das Bild wurde bereits 1878 aus der Pariser Kirche Notre-Dame-des-Blancs-Manteaux entfernt und an einen unbekannten Ort gebracht. – *11 Apokalypse: L'Apocalypse de saint Jean* war 1838 ausgestellt. – *12 Invidia: L'Envie* figurierte in dem Salon von 1839. Es ist unwahrscheinlich, daß Baudelaire diese beiden Bilder selbst in den damaligen Ausstellungen gesehen hat. Er sucht sich offenbar den Anstrich eines älteren und erfahrenen Kritikers zu geben. – *15 Guercino,* eigentlich Giovanni Francesco Barbieri (1591–1666), einer der bedeutenden Maler des Bologneser Barock. – *16 Carracci:* Bologneser Malerfamilie, bestehend aus Agostino, Annibale und Lodovico Carracci, die alle zwischen 1550 und 1560 geboren wurden. Besonders in den Bildern des letzteren ist der eklektische Charakter der gemeinsam betriebenen Werkstatt deutlich. – *17* Auguste *Glaize* (1807–1893), ein Schüler der Brüder Devéria (s. o. zu S. 143, *1*) und leidenschaftlicher Verfechter der romantischen Richtung. 1845 erhielt er seine erste Medaille. Baudelaire wird im folgenden Salon erneut auf ihn eingehen (S. 262). – *18 Bekehrung der Maria Magdalena:* heute in der Kirche von Nogent-sur-Seine. – *21 Galathea und Acis:* Reproduktionsstich von A. Riffaut in *L'Artiste* (1845, Bd. IV). Acis, ein sizilianischer Hirte, der Galathea liebt, wird von dem eifersüchtigen Polyphem getötet. Die Kritik unterstreicht den wollüstigen Charakter des Bildes; Laverdant wirft dem Künstler mangelndes Schamgefühl vor (*La Phalange,* 1845, 281). Baudelaire übergeht ein ebenfalls von Glaize eingesandtes Aquarell nach George Sands Roman *Consuélo* (1843), *Consuélo et Anzoletto,* das von Laurens lithographiert wurde (*Moniteur des Arts,* 1845, II, 89). – *26 Mark Aurel:* s. o. zu S. 131, *13*.

S. 148, *1* Guillaume *Lépaulle* (1804–1886), Schüler von Regnault, Horace Vernet und V. Bertin, zeitweilig der bevorzugte Porträtmaler der Hofkreise, des Adels und der Geldaristokratie. Die Kritik ging kaum auf die Bilder Lépaulles ein. – *4 naiv:* Die Naivität ist ein Zentralbegriff der anti-klassizistischen Ästhetik Baudelaires (siehe Drost, 276–283). – *9 Martyrium des heiligen Sebastian:* 1855 auf der *Exposition Universelle* erneut ausgestellt. – *15* Émile-Édouard *Mouchy* (1802 – um 1870), Schüler Guérins, stellte zwischen 1822 und 1853 religiöse Szenen und Tierbilder aus. – *16 Das Martyrium der heiligen Katharina:* bisher nicht aufgefunden. – *17* Jusepe de *Ribera* (um 1590–1652), spanischer Maler, der die Helldunkel-Malerei und den Naturalismus Caravaggios fortsetzte und von Gautier gegen Ende der dreißiger Jahre dem Pariser Publikum vorgestellt wurde. – *19 Pariser Kirche:* Baudelaire muß sich geirrt haben. Das Bild befindet sich in keiner der beiden genannten und auch keiner anderen Pariser Kirche. Ferran (228) meint, Baudelaire könne auf ein von Mouchy 1841 ausgestelltes Gemälde anspielen: ›Mönche bei der Verteilung des Brotes an die Armen‹. – *25* Eugène *Appert* (1814–1867), gebürtiger Antwerpener, Schüler Ingres', der sich in fast allen Gattungen versuchte und zwischen 1835 und 1865 ausstellte. – *26 Mariä Himmelfahrt:* in der Kirche zu Beaupréau, Maine-et-Loire (Lacambre, Abb. 1). Gautier lobt die Farbe des Bildes und stellt Appert in die Tradition der venezianischen Malerei (*La Presse,* 20. März 1845; zit. nach Ferran, 228). – *28 ein Bild Poussins:* Poussins im Louvre befindliches Bild gleichen Titels *(L'Assomption).*

S. 149, *1* Auguste *Bigand* (1803 – um 1869), ein Schüler Hersents, war Historien-, Genre- und Porträtmaler in Versailles. – *2 Neros letzte Augenblicke: Les Derniers Instants de Néron.* Im Livret wird Suetons Schilderung von Neros Tod abgedruckt. – *4 Kolorist Bigand:* Louis Peisse hatte 1844 Bigands Sinn für Farbe in seinen Bildern *Saint-Didyme* und *Saint-Théodore* hervorgehoben (Ferran, 229). – *7* Louis de *Planet* (1814–1875), Historien- und Bildnismaler, Schüler von Joseph Roques, dem Lehrer Ingres'. – *8 zu den wenigen Schülern Delacroix':* Ab 1838 malte Planet in Delacroix' Atelier und wurde 1841/44 dessen Mitarbeiter bei der Ausmalung der Bibliothek der Abgeordnetenkammer (s. u. zu S. 209, *6*). – *11 originelles Bild:* ›Die Vision der heiligen Therese‹, die sich 1933 in der Sammlung Latecoère befand (Ferran, Abb. gegenüber S. 163; Mayne I, Abb. 6). In seinen *Souvenirs* (Paris 1929, 82 f.) schildert Planet sehr anschaulich, wie er Delacroix im November 1844 die Skizze dieses Bildes vorführte und dieser mit freundschaftlicher Nachsicht auf die Intentionen des Malers einging. – *12 abfälliger Bemerkungen:* Paul Mantz, dem Baudelaire gerne widerspricht, warf Planet vor, seiner heiligen Therese ein zu galantes Aussehen gegeben zu haben: »nicht anders würde Leda unter den Küssen des Schwans die verliebten Lippen öffnen« (*L'Artiste,* 30. März 1845, 196). Der anonyme Kritiker der *Gazette universelle des Beaux-Arts* äußert sich ähnlich wie Baudelaire 1846 vor Ary Scheffers *Saint Augustin et sainte Monique* (siehe S. 259): »Was für eine Idee, sich an die reinste Mystik heranzuwagen und zu versuchen, so abstrakte Gedanken auf die Leinwand zu bringen, die all ihr Verdienst verlieren, wenn man sie mit einem Körper versehen will!« (1. April 1845, 106) – *28 einer der glücklichsten Funde der modernen Malerei:* eines der eklatantesten Fehlurteile Baudelaires, das auch nicht in Einklang mit der am Ende dieses Salons ausgesprochenen Forderung der Darstellung des modernen Lebens steht (S. 183; siehe auch S. 280 ff.). – *33 »denn die heilige Therese brannte ...«:* Baudelaire zitiert eine im Livret abgedruckte Stelle aus dem von Arnaud d'Andilly übersetzten *Vie de sainte Thérèse.*

S. 150, *10* Charles *Dugasseau* (Lebensdaten unbekannt), Schüler Ingres', stellte von 1835 bis 1878 Landschaften, Historien- und Genrebilder aus. – *13 Lehmann:* s. u. zu S. 158, *12*. – *16* Charles *Gleyre* (1806–1874), Schüler von Bonnefond in Lyon, in Paris von Hersent und Bonington. Er wurde Delaroches Nachfolger an der École des Beaux-Arts in Paris. Whistler, Renoir, Monet malten in seinem Atelier (siehe Ausstellungskatalog *Ch. Gleyre ou les illusions perdues,* Zürich, 1974). – *17 Der Abend: Le Soir* (Louvre; Mayne I, Abb. 8), ausgestellt im Salon 1843. Ein am Ufer des Nils sitzender Mann, dessen Lyra auf dem Boden liegt, schaut gesenkten Hauptes auf die in einem Kahn vorbeigleitenden jungen Frauen. Das Publikum sah in diesem Gemälde das Gefühl der modernen Melancholie verkörpert und gab ihm den Titel eines Romans von Balzac: *Les Illusions perdues.* – *23 Aposteln:* ›Der Aufbruch der Apostel, um das Evangelium zu predigen‹ (*Le Départ des apôtres allant prêcher l'Évangile*), heute im Musée Girodet, Montargis (Lacambre, 112; Castex, Abb. S. 89). Das Bild wurde fast durchgehend von der Kritik als »eines der schönsten Kirchenbilder« (Guillot, in *La Revue indépendante,* 1845, 59) oder gar als »das schönste religiöse Gemälde im Salon« bezeichnet (Paul Mantz, in *L'Artiste,* 30. März 1845, 194). Es wurde durch eine Medaille erster Klasse ausgezeichnet. Thoré, dem Baudelaire nahesteht, nennt die Apostel »vulgär« und verurteilt die »schwerfällige« Zeichenweise (1845, 70). – *26* Jacques *Pilliard* (1811–1898), Genre- und Historienmaler, Schüler von V. Orsel und Bonnefond in Lyon. Er hatte ›Eine Pest‹ ausgestellt (Musée des Beaux-Arts, Grenoble; Lacambre, Abb. 6). Für ›Die Ohnmacht der heiligen Jungfrau‹ erhielt Pilliard im Salon 1844 eine Medaille dritter Klasse, für ›Jesus Christus bei Martha und Maria‹ im Jahr danach eine Medaille zweiter Klasse.

151, 1 Nicolas-*Auguste Hesse* (1795–1869), Historienmaler, Schüler von Gros. Er debütierte in dem berühmten Salon 1824. – 2 *Die Ohnmacht der heiligen Jungfrau* wurde von Louis-Philippe angekauft und im Musée du Luxembourg ausgestellt. Heutiger Aufenthaltsort unbekannt. – *16 Joseph Fay* (1813–1875), Historien- und Genremaler, Schüler der Düsseldorfer Akademie. Von Paul Delaroche (s. u. zu S. 191, 7) angezogen, hielt er sich 1845/46 in Paris auf. – *17 Decamps:* siehe S. 138 ff. – *21 sechs Zeichnungen:* ein 1841 im ehemaligen Sitzungssaal des Elberfelder Rathauses ausgeführtes, heute zerstörtes Fresko. Wahrscheinlich hat Fay die Kartons eingesandt, die 1861 im Wallraf-Richartz-Museum ausgestellt wurden und seither verschwunden sind (E. Zinn, ›Die Baukunst in Elberfeld‹, Düsseldorf 1969, 46 ff.). Die Zeichnungen stellen einen Zyklus aus dem Leben der alten Germanen dar. – *24 Ebersfeld:* Gemeint ist das heutige Wuppertal-Elberfeld. – *27 berühmten Zeitgenossen:* Man hat gesagt, daß diese Kompositionen dem von Baudelaire sehr geschätzten Alfred Rethel (1816–1859; siehe Bd. V) sehr nahegekommen seien.

S. 152, 2 *Peter Cornelius* (1783–1867), gleichfalls Schüler der Düsseldorfer Akademie; auch seine Kunst war bewußt national (Illustrationen zum Nibelungenlied). – *3 Neo-Michelangelismus:* Auch Cornelius hatte sich in Rom neben Raffael vor allem Michelangelo zum Vorbild genommen. – *19* Pierre-Jules *Jollivet* (1803–1871), Historienmaler und Lithograph, Schüler von Dejuinne und Gros. – *20 Der bethlehemitische Kindermord: Le Massacre des Innocents* (3,15 m: 4,20 m) befand sich im Museum zu Rouen, wo es während des Zweiten Weltkriegs zerstört wurde. Jollivet hatte außerdem ›Spanische Zigeunerinnen beim Bad‹ ausgestellt. – *24* Gabriel *Laviron* (1806 bis 1849), Maler, Radierer und Kunstkritiker, der 1833, 1834 und 1841 Salonberichte schrieb, sowie zwei Studien über die Architektur verfaßte und Mitarbeiter der Zeitschrift *L'Artiste* war (Œuvres/Pl II, 1275). Er wurde in den Écoles des Beaux-Arts zu Besançon und Paris ausgebildet. In der Pariser Kirche Saint-Nicolas-des-Champs befindet sich ›Die Rückkehr des jungen Tobias‹. – *25 Jesus bei Martha und Maria* befand sich in der Kirche zu Meyrueis (Lozère) und wurde 1938 zerstört (Lacambre, 113).

S. 153, *1* Louis *Matout* (1811–1888), bekannt vor allem durch Wandmalereien in der École de Médecine und in Pariser Kirchen. – *2 drei antike Sujets:* ›Pan‹ (Museum zu Carcassonne; Lacambre, Abb. 5; das Thema ist Homer entnommen), ›Silen‹ (nach Virgil), ›Daphnis und Naïs‹, ein Bild, das ein Zitat illustriert: »Du zerreißt meinen Schleier! ... Wo soll ich mich verstecken? Oh, jetzt bin ich nackt – wohin soll ich fliehen?« Matout hatte außerdem ein ›Junges römisches Mädchen (Moretta)‹ ausgestellt. – *in die Form verliebte Gesinnung:* Matout greift – jedenfalls im ›Pan‹ – auf großfigurige Bilder der italienischen Renaissance zurück und hat sich damit, im Sinne Baudelaires, gegen den Kolorismus der Barockmaler entschieden. – *11 Haussoullier:* siehe S. 135 ff. – *13 radikal und absolut:* Für die Kunstkritik wird Baudelaire das gleiche Ideal einer höchst individuellen und sogar radikalen Einstellung zu Beginn des ›Salon 1846‹ aufstellen (siehe S. 197). Matout erfüllte jedoch nicht Baudelaires Erwartungen: im ›Salon 1846‹ zählt er ihn zu den »Zweiflern« (S. 262 f.). – *19* Louis *Janmot* (1814–1892), Schüler von V. Orsel und Bonnefond in Lyon, danach von Ingres und H. Flandrin; malte meist religiöse Themen, war auch Dichter (*Poème de l'Âme Humaine*, 1845) und Schriftsteller (*Opinion d'un artiste sur l'art*, Lyon 1877). 1845 erhielt Janmot eine Medaille dritter Klasse. – *21 sitzende Frau mit Blumen:* Es handelt sich um das Gemälde ›Feldblumen‹ *(Fleurs des champs)*, heute im Musée des Beaux-Arts, Lyon (Mayne I, Abb. 1; Lemaitre, Abb. gegenüber von S. 40). – *24 Albrecht Dürer* (1471–1528); von ihm befindet sich ein ›Selbstporträt‹ im Louvre, an das Baudelaire denken mag. – *31 Mystik:* Baudelaire meint den präraffaelitischen Charakter des Werkes, der in dem 1855 ausgestellten *Poème de l'âme* – auf das Baudelaire nicht eingehen wird – noch stärker zum Ausdruck kommt. Auch die *Saintes Femmes au tombeau* wird er 1859 nicht besprechen und sich damit von diesem Bekenntnis zu einem Klassizismus präraffaelitischer Prägung distanzieren. Über seine Einstellung zur Lyoneser Kunst, der er ein zu starkes Übergewicht gedanklicher Intentionen vorwirft, siehe *L'Art Philosophique* (Bd. V).

S. 154, *3 Die Himmelfahrt Mariens:* heute im Musée d'Art et d'Industrie, Saint-Étienne (E. Hardouin-Fugier, *Un tableau de L. Janmot, ›L'Assomption de la Vierge‹*, in *La Revue du Louvre*, 1968, Abb. S. 369). – 7 Antoine *Étex* (1808–1888), Bildhauer, Maler, Kunstschriftsteller. Schüler des Bildhauers Bosio (s. u. zu S. 180, *16*), danach des Malers und Bildhauers Dupaty sowie Pradiers. Ingres riet ihm, sich auf die Malerei zu konzentrieren und bot sich ihm als Lehrer an. Étex debütierte als Bildhauer im Salon 1833 mit einer Kolossalgruppe des ›Kain und seiner Familie‹. Thiers gab ihm den Auftrag, zwei Pfeilerreliefs für den Arc de Triomphe zu schaffen (*La Résistance opiniâtre*, 1814, und *La Paix*, 1815), die in akademischen Kreisen auf erbitterte Kritik stießen. Seit 1844 trat er auch mit Gemälden an die Öffentlichkeit: er stellte das ›Martyrium des heiligen Sebastian‹ im Salon desselben Jahres aus. – *10 Zeichnen auf Leinwand:* Étex hatte *La Délivrance* (›Die Befreiung‹) ausgestellt (Lyon, Musée des Beaux-Arts; Lacambre, 112): eine romantische Allegorie, die auch unter dem Titel *La Mort d'un homme de génie incompris* (›Der Tod eines unverstandenen Genies‹) bekannt ist. Im Vordergrund, parallel zur Bildkante, liegt der auf Stroh ausgestreckte, nur um die Lenden bekleidete Leichnam, der Thoré nicht ganz zu Unrecht an Philippe de Champagnes (1602–1674) ›Toten Christus‹ (Louvre) erinnerte (1845, 72). Im Hintergrund eine Gruppe von Engeln, von denen einer die Ketten trägt, von denen der Tote befreit ist. – *14 O du, der du den Stein behaust:* Baudelaire zitiert aus dem Gedächtnis einen Halbvers eines Sonnets von Auguste Barbier: *Michel-Ange* aus *Il Pianto* (1833). – *15 Geige spielen zu wollen:* Anspielung auf eine Redensart *»violon d'Ingres«*, zu deutsch »Steckenpferd«. Der Maler Ingres war für sein Geigenspiel bekannt, dem er sich in seinen Mußestunden hingab.

II. PORTRÄTS

S. 155, *2 Léon Cogniet* (1794–1880), Historien- und Porträtmaler, Schüler des Klassizisten Guérin (s. u. zu S. 188, *14*), dessen Einfluß er sich jedoch bald entzog, um sich der jungen Romantik mit ihren koloristischen Tendenzen und ihrer Neigung zu romanhaft-historisierenden Themen anzuschließen. Cogniet lehrte bis 1863 an der École des Beaux-Arts in Paris und zählte

L. Bonnat und Meissonier zu seinen zahlreichen Schülern. S. u. zu S. 191, *13*. – *3 Frauenbildnis:* Es handelt sich um das Porträt von Madame L(utteroth), das Thoré als »vulgär« (1845, 124), andere als das beste Bild des Salons bezeichneten. Im ›Salon 1846‹ (S. 251) wird Baudelaire Cogniet »einen liebenswürdigen Eklektiker« nennen. – *14* Claude-Marie *Dubufe* (1790–1864), Schüler Davids, berühmt besonders für seine Frauenporträts. G. Planche berichtet, daß die aristokratischen Kreise des Faubourg Saint-Germain und Saint-Honoré mehrere Monate zuvor sich anmeldeten, um dem Künstler sitzen zu können (*Études sur l'école française,* Paris 1855, 89 ff.). 1845 stellte er vier Porträts aus. – *16 Sir Thomas Lawrence* (1769–1830), berühmter englischer Porträtist, der auch für die künstlerische Entwicklung von Delacroix von Bedeutung war (siehe S. 248). – *18 Popularität:* Baudelaire stellt sich hier auf die Seite des bürgerlichen Publikums, das offenbar an den Bildnissen des Malers der Aristokratie Gefallen findet. Der eben zitierte Planche sieht in ihm den Höhepunkt der »Trivialität«. Aber sowohl F. Pillet, der von seinen »brillanten Lügen« spricht (*Le Moniteur universel,* 1845, 777), wie Thoré, der ihn als »Maler seiner Epoche, charakterlos und ohne Stolz«, bezeichnet (1845, 125), zeigen sich nachsichtig: der eine meint, das antike Schönheitsideal habe sich geändert, der andere, daß der Beifall der Frauen sehr wohl den eines Akademikers aufwiege. – *22 einen Sohn:* Édouard Dubufe (1820 bis 1883), Schüler seines Vaters und von Delaroche (s. u. zu S. 191, *7*), hatte zunächst die Ambition, Historienmaler zu werden, und war auch als Maler religiöser Szenen erfolgreich (Medaille erster Klasse im Salon 1844). Gegen Ende der vierziger Jahre trat er jedoch in die Fußstapfen seines Vaters und erfreute sich wie dieser als Maler von Damenporträts des besten Rufes in aristokratischen Kreisen. 1845 hatte er drei religiöse Bilder sowie ein Porträt eingesandt. – *24 Eugénie Gautier* (Lebensdaten unbekannt), Porträtistin, Schülerin von Belloc (s. u. zu S. 156, *5*), beschickte die Pariser Salons zwischen 1834 und 1869. 1845 stellte sie das ›Porträt von Mademoiselle E. P. ...‹ aus, für das sie eine Medaille zweiter Klasse erhielt. – *26* Anthonis *van Dyck* (1599–1641), nach Rubens, dessen Schüler er war, der größte flämische Maler seiner Zeit, berühmt besonders durch seine Porträts; seit 1632 Maler am britischen Hof.

S. 156, *4 Chrysale:* Figur aus Molières *Femmes savantes*. Gegenüber den Blaustrümpfen vertritt er den gesunden Menschenverstand. – *5* Jean-Hilaire *Belloc* (1785–1866), Historien- und Porträtmaler, Schüler von Regnault und Gros. – *6 mehrere Bildnisse:* ›Reiterbild des verstorbenen Generalleutnant Baron Hervert d'Avallon (im Jahre 1814)‹, ein ›Porträt von Monsieur André Koundouriotis‹ und das ›Porträt von Monsieur *Michelet,* Professor für Geschichte am Collège de France‹. Während Guillot, wie Baudelaire, »die sehr schönen Qualitäten des Kolorits« lobt und meint: »Das Haupt atmet und denkt« (*La Revue indépendante,* 1845, 64), findet Thoré (125), daß das Bildnis nicht dem Porträtierten ähnlich sei und nur »brav und etwas blaß« aussehe. – *11 Galerien des Boulevard Bonne-Nouvelle:* s. u. zu S. 185 ff. – *13 Lawrence:* s. o. zu S. 155, *16*. – *14* Ange *Tissier* (1814–1876), Schüler Ary Scheffers und Delaroches, malte vor allem religiöse Szenen und Porträts. 1845 erhielt er eine Medaille dritter Klasse. – *17 Frauenbildnis:* von der Kritik nicht erwähnt. Bei dem *religiösen Gemälde* handelt es sich um eine ›Mater Dolorosa‹. Im ›Salon 1846‹ lobt Baudelaire erneut Tissier (S. 250). – *18* Léon

Riesener (1808–1878), Schüler seines Vaters Henri-François und von Gros, seit seiner Jugend mit Delacroix, seinem Vetter, liiert. 1845 stellt er mehrere Pastelle aus, Kinderporträts sowie das genannte Bildnis in Öl. – *19 Planet:* s. o. zu S. 149, 7. Planet gehörte zu den engsten Schülern Delacroix'. – *22* Ernest *Dupont* (1825 – um 1870), Schüler von Delaroche. Er stellte 1845 zum ersten Mal aus: das ›Porträt eines Mannes‹ und ein *Portrait de Mademoiselle Cécile S....*

S. 157, 4 Félix *Haffner* (1818–1875), begann seine Studien in seinem Geburtsort bei Franz Joseph Sandmann in Straßburg, begab sich 1840 nach Paris, wo er 1844 bis 1869 in den Salons Porträts, Landschaften, Genrebilder und vor allem elsässische Volksszenen ausstellte. – *6 Frauenbildnis: Portrait de Madame de V....* Auch Thoré rühmt das »ausgezeichnete Porträt« dieses »zukunftsreichen Talents« (1845, 127). Ein Jahr später zeigt sich Baudelaire jedoch enttäuscht (S. 237). – *17 Landschaft:* ›Sumpf in der Nähe von Dax‹ *(Marais près de Dax),* den Thoré als eines der besten Landschaftsbilder des Salons hervorhob (1845, 149). Haffner hatte außerdem noch eine ›Brauerey in der Nähe von München‹ ausgestellt. – *21* Alexis-Joseph *Pérignon* (1806 bis 1882), Historien- und Bildnismaler, Schüler seines Vaters Alexis-Nicolas und von Gros. – *24 Musée Curtius:* Pariser Wachsfigurenkabinett. 1846 wird Baudelaire von Pérignons »Holzköpfen« sprechen (S. 250). – *25 Horace Vernet:* s. o. zu S. 135, *1*. – *28* Joseph *Court* (1797–1865), Schüler von Gros.

S. 158, *1 Hippolyte Flandrin* (1809–1865), Schüler Ingres', der seine Begabung zum Historienmaler erkannte und förderte. 1832 erhielt er den Rompreis. In Rom stark von Raffael beeinflußt, widmete er sich der religiösen Malerei. Seit 1840 stellte er häufig und mit wachsendem Erfolg Bildnisse junger Mädchen aus. 1845 sandte er eine *Mater Dolorosa* ein (lithographiert von Laurens, im *Moniteur des arts,* 1845, II, 49). – 4 Louis-Adolphe *Chaix-d'Est-Ange* (1800–1876), berühmter Advokat in der Restauration und der Juli-Monarchie. Delécluze erwähnt lobend den »würdigen Charakter« dieses Bildnisses (*Journal des Débats,* 9. April 1845; Ferran, 242); de La Fizelière hält es gar für das »beste Porträt der Ausstellung (*Bulletin de l'ami des arts,* 1845, 395). Nach Laverdant fehlt es dem Porträt »an Geist«; er führt die »gewöhnlichen Fehler« Flandrins an: seine Malerei »ist ohne Tiefe; der Ton ist kalt, der Kopf strahlt keine Wärme aus, es fehlt ihm ein wenig an Aroma und Parfüm« (*La Phalange* 1845, 279). – *9 Frauenporträt:* Es wurde viel gerühmt und veranlaßte Laverdant zum Vergleich mit Leonardo da Vinci; Thoré zieht es »allen anderen Bildnissen des Salons« vor (1845, 118). – *12* Henri *Lehmann* (1814–1882), ein Schüler seines Vaters und von G. Hardorff d. Ä. sowie von S. Bendixen in Hamburg, lernte ab 1831 bei Ingres und stellte zum ersten Mal 1835 aus. – *Fürstin Belg....:* Cristina Trivulzio, Fürstin Belgiojoso (1808–1871), Mailänder Patriotin, die für die Befreiung der Lombardei von der österreichischen Vorherrschaft eintrat; lebte lange im französischen Exil und spielte eine bedeutsame Rolle in der italienischen Emigration in Paris. In ihrem Pariser Salon trafen sich die bedeutendsten Geister der Zeit. Ihr Bildnis von Lehmann war im Salon 1844 ausgestellt; heute in einer Privatsammlung (Finke, Abb. 17). – *17* Charles-Jean *Richardot* (Lebensdaten unbekannt; nach Bénézit noch in dem Salon 1880 vertreten), Porträt- und Genremaler. – *18 junge Dame:* Richardot hatte zwei ganzfigurige Damenporträts ausgestellt, die offenbar von der Kritik nicht beachtet wurden (Ferran, 243). – *19 Keepsake:* s. o. zu S. 143, *19*. – *20* Francisco de *Zurbarán* (1598–1664), Hofmaler Philipps IV. in Madrid. Baudelaire denkt an die siebzehn Bilder von heiligen Frauen, die im *Musée Espagnol* (s. o. zu S. 128, *25*) ausgestellt waren. – *24* Marcel-Antoine *Verdier* (1817–1856), Schüler Ingres', Bildnismaler, der seit 1835 ausstellte. – *25 Mademoiselle Garrigue,* Ex-Schauspielerin der Comédie-Française, als Rosine in Beaumarchais' ›Barbier von Sevilla‹.

S. 159, *1 Henri Scheffer* (1798–1862), Genre- und Porträtmaler, Schüler Guérins. Er ist der Bruder des Baudelaire verhaßten Ary Scheffer, der dieses Jahr nicht ausstellt und über den er im ›Salon 1846‹ seinen berühmt gewordenen Verriß schreiben wird (S. 258 ff.). – *2 das Porträt Seiner Majestät,* des Bürgerkönigs Louis-Philippe (1773–1850), der nach der Juli-Revolution 1830 König wurde (Julimonarchie) und den die Februarrevolution 1848 zwang, dem Thron zu entsagen. Guillot nennt das Porträt »korrekt, aber kraftlos und weich« (in *La Revue indépendante,* 1845, 70). – *9 Ingres:* s. o. zu S. 133, *15*. – *13* Mathias *Leiendecker* (1822–1871), Miniaturmaler, Schüler von Drolling und Winterhalter. – *14 Mademoiselle A. Brohan:* spielte an der Comédie-Française in Molières Komödien die Kammerzofen. Ein ungenannter Kritiker verreißt den Maler dieses Bildes: »ich bestreite, daß das Kunst sei« (*L'Artiste,* 27. April 1845, 260). Baudelaire erwähnt das Bild offenbar, weil er die Schauspielerin schätzte. – *18* Hippolyte *Ravergie* (1815 – nach 1855), Schüler von Ingres und Paul Delaroche, hatte 1844 das Porträt der *Madame Guyon* ausgestellt, war 1845 jedoch nicht vertreten. Madame Guyon war durch ihr Spiel in der Comédie-Française, im Théâtre de l'Ambigu und im Théâtre de la Porte-Saint-Martin bekannt geworden. – *20* Narcisse *Diaz* de la Peña (1808–1876) mußte zunächst, da er Waise war, in einer Pariser Porzellanfabrik in die Lehre gehen; nahm dann für kurze Zeit bei Souchon Unterricht, war aber im übrigen Autodidakt. Als Verehrer von Delacroix und Victor Hugo schloß er sich begeistert der Romantik an. – *21 magische Farbgebung:* Diaz wandelte den Kolorismus der Romantik zu einer gefälligen, aber oberflächlichen Farbgebung um, einer Art trivialisiertem und verfließendem Rokoko. Die Kritik ist sich einig darin, von seiner *»fantaisie«* zu sprechen (*L'Artiste,* 27. April 1845, 258), von dem »verführerischen« Charakter seiner Werke, und ihn als »charmant«, »verführerisch«, »hübsch«, »glänzend« zu charakterisieren. Thoré zaudert nicht, ihn Watteau und Velasquez an die Seite zu stellen (1845, 13). – *23 kleine Ganzporträts:* alle in einer »verschwommenen und blühenden Landschaft« (Laverdant, in *La Phalange,* 1845, 279). – *25 Irrtum eines Genremalers:* Diaz hatte bisher mittelalterliche und exotische Stoffe dargestellt, die von dem Maler weniger Klarheit in der Linienführung und der Modellierung erfordern als ein Porträt. Baudelaire nimmt fast als einziger der zeitgenössischen Kunstkritiker das Urteil der Kunstgeschichte vorweg.

III. GENREBILDER

S. 160, 2 Henri *Baron* (1816–1885), Schüler von Jean Gigoux (s. u. zu S. 163, *4*), malte in Öl und Aquarell leuchtend farbige Genreszenen in neubarockem Stil. – *3 Die Gänse des Bruders Philipp,* von Baron selbst lithographiert (*Moniteur des arts,* I, Abb. S. 96). Das Livret und die Lithographie zeigen, daß sich Baudelaire in dem Titel irrt. Es handelt sich nicht um die Erzählung La Fontaines *Les Oies du frère Philippe,* sondern um eine Novelle Boccaccios (1313–1375), ›Die Gänse des Vater Philipp Balduci‹, aus dem vierten Tag des ›Decameron‹. Das Bild stellt einen Park dar, in dem schön gekleidete Damen und Herren lustwandeln. – *7 Rokoko der Romantik:* Der Begriff des *rococo* enthält im Französischen noch heute auch die negative Nuance des »Altmodischen«. Als Epochenbegriff hat er sich nicht, wie im Deutschen, durchgesetzt. Anläßlich seiner Definition der Romantik im ›Salon 1846‹ nimmt Baudelaire diesen Begriff wieder auf (S. 199). – *8* Thomas *Couture:* s. o. S. 132, *30.* »Die Stoffe sind vielfarben durch tausend Lichtreflexe, und das Inkarnat ist leuchtend wie in Coutures Bildern.« (Thoré, 1845, 109). – *9 Célestin Nanteuil* (1813–1873), Schüler von Ch. Langlois und Ingres, bekannt vor allem für seine Illustrationen der romantischen Dichter, Victor Hugo, Pétrus Borel, Nerval, Gautier. Baudelaire war einen Augenblick versucht, ihn zu bitten, ein Frontispiz für die *Fleurs du Mal* zu entwerfen. – Camille *Roqueplan* (1803–1855) löste sich frühzeitig von seinem Lehrer Gros, verschrieb sich ganz der Romantik und suchte seine Themen bei Walter Scott und Mérimée. – *10* Clément *Boulanger* (1805–1886); war in der Farbgebung Romantiker, obgleich er sich unter dem Einfluß Ingres' um eine klassizistische Form bemühte. – *12 Temperament:* Baudelaire wird im ›Salon 1846‹ das individuelle Temperament als eine notwendige Voraussetzung für die Farbgebung des echten Künstlers postulieren (S. 204). – *14* Eugène *Isabey* (1803–1886), Schüler seines Vaters Jean-Baptiste (eines Miniaturmalers), einer der offiziellen Maler der Julimonarchie; hatte als solcher 1845 das von Baudelaire nicht erwähnte Gemälde ›Abfahrt der Königin von England am 7. September 1843, acht Uhr morgens‹ (Versailles, Musée National; Expo 1968/69, 32) eingesandt. – *15 Alchimistenküche: Un Alchimiste* (*L'Illustration,* 1845, V, Abb. S. 57; ein Bild mit gleichem Titel wurde im Hôtel Drouot in Paris am 11. 3. 1964, ein anderes, datiert 1832, am 9. 12. 1966 verkauft; Abb. in der Photothek des Courtauld Institute, London). Das Bild wurde von Louis-Philippe angekauft, der es dem Duc de Montpensier schenkte. – *24* Jacques-Joseph *Lécurieux* (1800 – nach 1870), in Dijon Schüler von Desvosge und in Paris von Léthière, vor allem Historien- und Genremaler, von dem ›Die letzten Augenblicke Ludwigs XI‹ (1835; Museum Saint-Omer) bekannt sind. – *25 Salomon de Caus in Bicêtre* (*L'Illustration,* 1845, V, Abb. S. 41): De Caus (1576–1626), französischer Ingenieur aus Dieppe, hatte den Gebrauch des Wasserdampfes für die Erzeugung von Motorkraft vorausgesehen. Bicêtre ist ein Irrenhaus in der Nähe von Paris, wohin man den Erfinder verbannt hatte. Das Thema des verkannten Erfinders hat Balzac in seinem Drama *Fontanarès* aufgenommen und dabei gleichermaßen Baudelaires Aufmerksamkeit auf sich gezogen (siehe S. 283, *30*).

S. 161, *1 Marion Delorme* (s. o. zu S. 33, *15*), eine für ihre Schönheit und galanten Abenteuer bekannte Kurtisane (siehe auch S. 261). Der *Herr von Stand* ist der Marquis von Worcester, der 1663 eine Abhandlung über den Wasserdampf in seinem *Century of Inventions* schrieb und – so die *Gazette universelle des beaux-arts* (1845, 98) – bereits darauf sinnt, sich die Erfindung des unglücklichen Gefangenen anzueignen. – *10 Illustrationen:* Lécurieux hatte um 1830 für Barantes *Histoire des Ducs de Bourgogne* (1824/26) und für die Neuauflage von Thierrys *Histoire de la conquête de l'Angleterre* Holzschnitte gefertigt. Baudelaires abschätziges Urteil läßt vermuten, daß nur das Sujet ihn bewogen hat, von diesem Bild zu sprechen. – *13 Céleste Pensotti,* geb. Martin (Lebensdaten unbekannt), Schülerin von Decaisne. Sie stellte seit 1837 aus und hatte sich seit 1840 vor allem auf Porträts spezialisiert. 1845 ist sie, neben dem hier genannten Bild, durch ein *Portrait de Madame P....* vertreten. – *24* Octave *Tassaert* (1800–1874) wurde zunächst von seinem Bruder Paul im Radieren unterwiesen, dann von Girard und Guillon-Léthière in die Malerei eingeführt. Er machte sich als Historienmaler und vor allem als Lithograph einen Namen. 1862 gab Tassaert das Malen auf und verübte schließlich Selbstmord. Siehe auch S. 226f. – *26 Kranz von Blumen:* Tassaert nimmt offenbar eine barocke Tradition auf, wie man sie von Rubens' ›Madonna im Blumenkranz‹ (München, Alte Pinakothek) her kennt. – *27 im verflossenen Jahr:* 1844 hatte Tassaert *Le Doute et la Foi* (›Der Zweifel und der Glaube‹) und *L'Ange déchu* (›Der gefallene Engel‹) ausgestellt.

S. 162, *1 Die Brüder Leleux:* Adolphe Leleux (1812–1891) spezialisierte sich auf bretonische Volksszenen. 1845 stellt er *Pâtres bas-bretons* (›Hirten aus der Süd-Bretagne‹; Lithographie von Laurens, in: *Le Moniteur des arts,* 1845, II, 65) sowie den ›Aufbruch zum Markt (Basses-Pyrénées)‹ aus (Lithographie von Mouillères, in: *Le Moniteur des arts,* 1845, I, 192; Radierung von Ed. Hédouin, in: *La Pandore,* 1. April – 15. Juni 1845). – Armand Leleux (1818–1885), Schüler Ingres'; spezialisierte sich auf Genreszenen aus dem Volksleben der Schweiz, von Tirol und Spanien. 1845 stellt er *Zingari* (›Zigeuner‹), ›Badende Bäuerinnen aus dem Schwarzwald‹ und eine ›Schmiede (Intérieur)‹ aus. Siehe auch S. 236. – *4* Eugène *Lepoittevin* (1806 bis 1870), Landschaftsmaler, Schüler Hersents, stellte seit 1830 aus und hatte 1845 fünf Werke eingesandt, deren beide erste vom König bestellt worden waren: ›Die Einnahme von Baruth‹ (Musée de Versailles), ›*Déjeuner au mont d'Orléans dans la forêt d'Eu, 4 septembre 1843*‹ (Versailles, Schloß; Lacambre, Abb. 4), Der Maler ›Van de Velde studiert die Wirkung der Kanone, die sein Freund Ruyter zu diesem Zweck abfeuert‹ (*L'Illustration,* 1845, V, 153), ›Backhuysen läßt sich von den Fischern aus Scheveningen über die Vorfälle von Piraterie berichten‹, ›Abschiedstrunk‹ *(Le coup de l'étrier).* – *5 Henri Berthoud:* vermutlich nicht der Schüler Henri Scheffers und Corots, der 1845 ein ›Stilleben in einem Keller‹ ausstellte (Ferran, 249), sondern der populäre Schriftsteller Samuel-Henry Berthoud, genannt »Sam« (1804–1891), Verfasser der *Histoires de mon oncle Samuel* und der *Jeunes Artistes* (beide 1845). Wie Le Poittevin behandelte er mit Vorliebe Sujets aus dem Leben holländischer und flämischer Maler. – *8* Alexandre-Marie *Guillemin* (1817 bis 1880), Schüler von Gros, war seit 1840 fast alljährlich mit anekdotischen Genrebildern aus dem zeitgenössischen Alltag vertreten. 1845 sah man von ihm ›Die heilige Familie‹, ›Nach der Emigration‹, ›Der Bilderhändler‹, ›Die Liebe in der Stadt‹, *Le Dernier Blanc.* Letzteres Bild stellt einen armen Arbeiter neben seinem toten Vater dar; es illustriert ein Gedicht des gleichen Titels von Augustin Challamel, aus dem das Livret einige Verse zitiert. – *14* Charles-Louis *Müller* (1815–1892), Schüler von Gros und Cogniet, stellte 1845 drei Ölbilder aus: *Fanny, Le Sylphe endormi* nach dem Gedicht *Le Sylphe* in Victor Hugos *Odes et Ballades, Le Lutin Puck* nach Shakespeares

›Sommernachtstraum‹; ferner ein Aquarell *Fatinitza* nach Alexandre Dumas' *Aventures de John Davy.* – *20* Pierre *Duval Lecamus* (1790–1854), Vater des folgenden, Schüler Louis Davids, Genremaler mit novellistischen Neigungen. Besonders populär waren seine häuslichen Szenen, von denen er 1845 zwei ausstellte: ›Mütterliche Strafe‹ und ›Die glückliche Mutter‹. Daneben waren im Salon ›Ein Pifferaro, der seinem Sohn eine Lektion gibt‹ (Louvre, Assemblée Nationale) zu sehen, ferner »Junge Frau am Brunnen« und zwei Porträts. – *21 Sait d'une voix légère . . .:* »Versteht es, mit leichter Stimme / Vom Gewichtigen zum Zarten, vom Vergnüglichen zum Strengen überzugehen« (Boileau, *Art poétique,* I, 75 f.).

S. 163, *1* Jules *Duval Lecamus* (1814–1878), Sohn und Schüler des Vorigen, lernte bei Delaroche und Drolling; war in den Salons von 1840 bis 1867 fast regelmäßig mit biblischen Sujets vertreten. – *2 an ein Sujet gewagt: Un des Jours heureux de Jean-Jacques Rousseau* (›Ein glücklicher Tag Jean-Jacques Rousseaus‹); Camille Roqueplan (s. o. zu S. 160, *9*) hatte 1833 eine ›Episode aus dem Leben Jean-Jacques Rousseaus‹ ausgestellt. Auch Pillet fühlte sich durch die »einfache und wohlgeordnete Komposition« an Roqueplan erinnert und rügt, daß sich Duval an der Malerei um die Mitte des vergangenen Jahrhunderts orientierte (in: *Moniteur universel,* 1845, 1056). Duval erhielt für dieses Bild eine Medaille zweiter Klasse. – *4* Jean *Gigoux* (1806–1894) studierte 1828/31 an der École des Beaux-Arts. Er debütierte im Salon 1831 mit Porträtlithographien und war bis 1894 fast regelmäßig in den Ausstellungen vertreten. 1885 erschienen seine *Causeries sur les artistes de mon temps.* 1845 stellte er, neben dem gleich zu nennenden Gemälde, ›Den Tod des Herzogs von Alençon bei der Schlacht von Azincourt (25. Oktober 1415)‹ aus. – *6 Tod der Manon Lescaut:* lithographiert von Cisneros (*L'Artiste,* 1845, IV; Ferran, Abb. gegenüber S. 178). Dargestellt ist eine berühmte Szene aus dem Roman *Manon Lescaut* (1731) des Abbé Prévost d'Exiles (1697–1763). – *14 Grafen von Comminges:* ›Der Graf von Comminges wird von seiner Mätresse erkannt‹, nach den *Mémoires du Comte de Comminges* (1735) von Madame de Tencin (1685–1749); das Bild war im Salon 1833 ausgestellt gewesen, ›Die letzten Augenblicke des Leonardo da Vinci‹ (heute im Museum zu Besançon) im Salon 1835. Gigoux war frühzeitig für sein glückliches Kolorit, seine gute Zeichnung sowie für die treffende Erfassung der Charaktere berühmt. – *16 Gil Blas* de Santillane (1715–1735), ein Roman von Alain Lesage (1668–1747), war von Gigoux in der Ausgabe bei Paulin 1835 illustriert worden. – *19 Rudolphe Lehmann* (1819–1880), geboren bei Hamburg, in Paris Schüler seines Bruders Heinrich (s. o. zu S. 158, *12*) und der Académie des Beaux-Arts, danach im Atelier von Cornelius und Kaulbach in München. – *20 diesjährigen Italienerinnen: Vanneuse des marais Pontins* (›Getreideschwingerin in den pontinischen Sümpfen‹; *L'Illustration,* 1845, V, 137), *Pèlerine dans la campagne de Rome* (›Pilgerin in der römischen Campagna‹; lithographiert von Pinçon, *Moniteur des arts,* 1845, II, 41; radiert von A. Riffaut, *L'Artiste,* 1845, IV). Lehmann erhielt 1845 eine Medaille zweiter Klasse. – *vom Vorjahr:* Nach Ferran handelt es sich um ein 1843 ausgestelltes Bild *Grazia, vendangeuse de Capri* (›Weinleserin auf Capri‹). – *22* Amable *de La Foulhouze* (Lebensdaten unbekannt), geb. in Clermont-Ferrand (Puy-de-Dôme), Landschafts- und Genremaler, Schüler Coutures. Beschickte zwischen 1845 und 1884 die Salons, meist mit Motiven von der nordfranzösischen Küste. – *26 Diaz:* s. o. zu S. 159, *20.*

S. 164, *1* Léon *Pérèse,* meist Peresse geschrieben, eigentlich Félix Muguet (geb. 1839 in Besançon), stellte zwischen 1841 und 1846 aus. Er war ein Mitarbeiter Gigoux' bei den Vignetten für den *Gil Blas* (s. o. zu S. 163, *16*; Kelley, 206). – *3* Charles Émile *Wattier* (1800–1869) stellte seit 1831 Genrebilder aus, die das galante Gesellschaftsleben in der Régence und unter Ludwig XV. darstellen (Kelley, 206). Baudelaire wird im *Salon de 1846* das hier gefällte Urteil wiederholen. – 4 Antoine *Watteau* (1684–1721), der größte Maler des französischen Rokokos, der von den Romantikern neu entdeckt wurde. – *5* Alfred *De Dreux* (1810–1860), Schüler Cogniets. – *6 Schloßherrin: La Châtelaine,* »ganz in Weiß gekleidet, auf einem weißen Pferd, mit weißen Windhunden, das ganze in vollem Licht; ein wirkliches Kunststück.« (Thoré, 1845, 29) Guépoulain spricht von einem »lächerlichen *tour de force*« (*L'Almanach du mois, revue de toutes choses,* 1845, 213). – *7 im paradoxen Genre:* Houssaye benutzt eine ähnliche Wendung: De Dreux' »*Châtelaine est un assez joli paradoxe*« (*L'Artiste,* 18. Mai 1845, 34). – *8 Tierszenen:* Nach Laverdant galt De Dreux als der beste Tiermaler (*La Phalange,* 1845, 290). Seit 1831 stellte er in den Salons meist Pferde- und Hundebilder aus. 1845 ist er mit zwei Bildern dieses Genre vertreten. – *die Engländer...:* Baudelaire wird an Tiermaler wie James Ward, George Morland, George Stubbs oder Edwin Landseer gedacht haben. – *10* Joséphine *Calamatta* (gest. 1893), Frau des Kupferstechers Luigi Calamatta, Schülerin von Ingres, Genre- und Porträtmalerin aus Paris, die seit 1844 ausstellte; neben dem erwähnten Bild noch ein *Portrait du Docteur M....* – *11 Nackte Frau bei der Toilette: Femme nue à la toilette,* »eine junge Griechin aus Kleinasien zur Zeit des Perikles« (*L'Illustration,* 1845, 135); nach Boré (1845, 110) »in etruskischem Geschmack, aber ohne die feine und charaktervolle Zeichnung« der Etrusker. – *17* Dominique *Papety* (1815–1849) war zunächst Schüler von Cogniet, erhielt 1836 den Rompreis und arbeitete danach in Italien unter Ingres' Leitung; 1843 kehrte er nach Paris zurück. – *20 gewaltigen Leinwand: Rêve de bonheur* (›Ein Traum vom Glück‹; Musée Vivenel, Compiègne; Expo 1968/69, 32).

S. 165, *1 Memphis:* laut Livret dem Duc de Montpensier gehörend (*L'Illustration,* 1845, V, Abb. S. 137; Lithographie von Leveillé, in: *Moniteur des arts,* 1845, I, 128). – *Ein Angriff:* ein von Louis-Philippe bestelltes Gemälde, *Guillaume de Clermont défendant Ptolémaïs (1291)* (Expo 1968/69, Abb. S. 33). Gautier resümiert mit einer ihm nicht immer eigenen Schärfe seine Vorbehalte – die auch die der meisten seiner Kollegen sind: »Nur die Geschicklichkeit zu bewahren, wenn man Genie verspricht, ist wenig.« (*La Presse,* 20. März 1845; zit. nach Ferran, 254) Baudelaire wird Papety im ›Salon 1846‹ voller Geringschätzung zu den »Zweiflern« zählen (S. 262). – 4 Jean-*Adrien Guignet* (1816–1854), Schüler seines Bruders Jean-Baptiste und von M.-J. Blondel; war in den Salons zwischen 1840 und 1848 mit biblischen Historienbildern und Genrebildern vertreten. – *7 Decamps:* s. o. zu S. 138, *26.* Auch Gautier hatte 1844 ein von Guignet ausgestelltes Bild, ›Ein Kampf‹ *(Une Mêlée)* mit Decamps' ›Niederlage der Cimbern‹ (Louvre) verglichen (zit. nach Expo 1968/69, 30). – *Salvator* Rosa (1615–1673), italienischer Maler, bekannt für seine Schlachtengemälde und seine phantastischen Landschaften. – *10 Die Pharaonen:* Der genaue Titel lautet: ›Joseph erklärt die Träume des Pharao‹ (Musée des Beaux-Arts, Rouen; Mayne I, Abb. 3). – *Psamenitus oder der Pharao:* Baudelaire denkt an ›Cambyses und Psamenitus‹ (Louvre) von Decamps aus dem Salon 1841. Das Bild war von Louis-Philippe angekauft worden. – *13* Ernest *Meissonier* (1815–1891), Schüler von Cogniet, malte Historienbilder meist kleinen Formats, eine »Malerei mit der Lupe« (Guépoulain, in *L'Almanach du mois, revue de toutes choses,* 1845, 274), die besonders vom größeren Publikum sehr geschätzt wurde. – *14 Drei Gemälde: Corps de garde, Jeune homme regardant des dessins* (›Junger Mann, Zeichnungen betrachtend‹; *L'Illustration,* 1845, V, Abb. S. 184), *Partie de piquet.* – *17 Martin Drolling* (1752–1817) hatte Baudelaires Aufmerksamkeit mit einem ›Kücheninneren‹ auf sich gezogen, dessen photographischen Realismus er kritisiert (*Du Vin et du Hachisch,* siehe Bd. VI). – *25 ein Niederländer ohne deren Phantasie:* Die Vorbehalte der Kritik sind unüberhörbar. A. Houssaye spricht zwar von den »kleinen Wundern von Farbe und Ausdruck«, meint aber, daß dem »geistvollen Maler« schließlich »Kraft und Inspiration« verloren gehe, wenn er seine Gegenstände in einen »Rahmen für Miniaturen« zwängt (*L'Artiste,* 18. Mai 1845, 33). Laverdant stößt sich an der »monoton« erscheinenden Malweise und findet, daß die Figuren, trotz all ihrer Feinheit, »eine gewisse mechanische Steifheit« besitzen (*La Phalange,* 1845, 286). – *26 Naivität:* s. u. zu S. 167, *6* und 197, *18.* – *27* Claudius *Jacquand* (1805–1878), Schüler von Fleury Richard, aus der Lyoneser Schule, stellte seit 1824 aus, seit 1831 meist Historienbilder. 1845 hatte er vier Bilder eingesandt: ›Karl I. in Schloß Holdenby‹, ›Karl II. verläßt 1651 England‹, ›Hohe und niedere Gerichtsbarkeit im 15. Jahrhundert‹, ›Ministerrat in den Tuilerien am 15. August 1842‹. – *28 Delaroches:* s. o. zu S. 141, *11.*

S. 166, *1* Jean-Alphonse *Roehn* (1799–1864), Schüler von Regnault und Gros, später, wie sein Vater, Zeichenlehrer am Pariser Collège Louis-le-Grand. Er stellte seit 1831 meist Porträts und sehr sorgfältig gemalte Genrebilder aus, mit besonderer Neigung zum Anekdotischen. – *2 ansprechendes Gemälde:* Roehn stellte 1845 folgende Bilder aus: ›Das Gebet‹, ›Nach der Kirche‹, ›Unterbrochene Lektüre‹, ›Familienszenen, holländische Kostüme aus der Zeit Ludwigs XIII.‹, ›Das erste Rendezvous‹. – *3* Jean-Charles-Joseph *Rémond* (1795–1875), Schüler Regnaults und Bertins, Maler historischer Landschaften, der Generation der Romantiker angehörend; erhielt 1821 den ersten Preis der historischen Malerei für ›Plutos Raub der Proserpina‹. Sein 1845 ausgestellter ›Hippolyt‹ (nach Racines *Phèdre* oder den antiken Tragödien) veranlaßte den Kritiker der *Gazette universelle des beaux-arts* zu ironischen Bemerkungen über das alles erdrückende Meer und das unförmige Ungeheuer und zu der allgemeinen, mit Baudelaire übereinstimmenden Feststellung, daß »antike Fabeln ganz sicherlich eine Baisse erleben« (1845, 98). – *5 Henri Scheffer:* s. o. zu S. 159, *1.* – *6 Madame Roland . . .: Madame Roland et Monsieur de La Marche allant au supplice* (*L'Illustration,* 1845, Abb. S. 121) wurde von Pillet als »geschickt gemalt, aber etwas kalt« empfunden; allein das »Interesse am Sujet ersetzt das, was dem Bild an Dramatik fehlt« (*Le Moniteur universel,* 1845, 857). Auch der Kritiker der *Gazette universelle des beaux-arts* fand die Komposition »farblos und ohne Charakter« (1845, 106). – *7 Charlotte Corday:* Scheffer hatte 1830 mit seiner ›Charlotte Corday . . . vor dem Zorn des Volkes beschützt‹ (heute Museum zu

Grenoble) großen Erfolg errungen. – *9* Joseph *Hornung* (1792–1870) aus Genf, hauptsächlich Autodidakt; malte religiöse Historienbilder, meist aus der Reformationszeit. – *10 Der Störrischste von diesen drei'n: »Le plus têtu des trois n'est pas celui qu'on pense«;* der Vers aus einer Fabel von La Fontaine (›Der Müller, sein Sohn und der Esel‹) bildet den Titel des von Hornung ausgestellten Genrebildchens. – *12* Jean-Auguste *Bard* (1802 – nach 1861), Schüler Ingres', Historien-, Genre- und Porträtmaler, der seit 1831 in den Pariser Salons ausstellte. 1845 war er durch ›Die heilige Jungfrau mit dem Christuskind‹, ›Die Pifferari‹, ›Griechische Frauen nach dem Bad‹ (Lithographie von Bard, *Le Moniteur des arts,* 1845, II, 81) vertreten. Siehe auch S. 264. – *14* Edmond *Geffroy* (1804–1895), lernte bei dem Ingres-Schüler Amaury-Duval an der École des Beaux-Arts; er stellte zwischen 1837 und 1868 aus. Zwischen 1829 und 1865 war er außerdem Schauspieler an der Comédie-Française und malte viele Porträts seiner Kollegen wie auch Darstellungen von Aufführungen. 1845 stellte er ›Ariadne und Theseus‹ aus.

IV. LANDSCHAFTSMALEREI

S. 167, 2 Camille *Corot* (1796–1875), Schüler Victor Bertins, dessen historische Landschaftsmalerei Baudelaire im ›Salon 1859‹ »klassisch« nennt (siehe Bd. V). Corot setzt diese Tradition fort und hält sich von der romantischen Revolte fern. Sein Sinn für fein abgestufte Farbtöne, sein lockerer, besonders in der Spätzeit auf den Impressionismus hinweisender Farbauftrag heben ihn jedoch vom Klassizismus ab. Corots Bedeutung liegt weniger in den Figurenbildern als in den stimmungsvollen, silbrigen Landschaften, einer Gattung, die Thoré als »poetische Landschaft« bezeichnete (1844, 118). – *4 Théodore Rousseau* (1812–1867), Haupt der Gruppe von Landschaftsmalern, die ihre Pariser Ateliers mit der freien Natur vertauschten. Rousseau, Dupré, Diaz, Daubigny und einige andere gründeten in dem Dorf Barbizon bei Fontainebleau eine Künstlerkolonie und malten mit viel Liebe Naturausschnitte, das sogenannte *»paysage intime«.* Rousseau hatte in den frühen dreißiger Jahren einen bescheidenen Erfolg; zwischen 1838 und 1849 verweigerte die Jury jedoch seinen Landschaftsbildern wegen ihres anspruchslosen Realismus den Zugang zur Ausstellung, so daß er *»le grand refusé«,* »der große Zurückgewiesene«, genannt wurde. Baudelaire entwickelt an Rousseaus Kunst im ›Salon 1846‹ prägnant seine Vorstellung vom Idealschönen in der Landschaft (S. 270f.). Im ›Salon 1859‹ (Bd. V) wird er sein Urteil revidieren und Rousseaus »blinde Liebe zur Natur, zu nichts als zur Natur« tadeln und Corot den Vorzug geben. – *6 Naivität:* Fast alle Kritiker, Pillet, Haussard, Thoré und andere, wenden diesen Begriff auf Corot an. Gautier spricht von Corots »fast kindlicher Naivität«, die ein »konventionelles Genre« durchbricht (*La Presse,* 17. April 1845). In Baudelaires Ästhetik nimmt die Naivität eine Schlüsselfunktion ein: er spielt sie immer wieder gegen den auf Rationalität und Regelgerechtigkeit bedachten Klassizismus aus (siehe Drost, 276–283); s. u. zu S. 197, *18.* – *13 Einfluß:* Corot lebte zurückgezogen, abseits von den Malern in Barbizon, und bildete keine Schule. Möglicherweise läßt Baudelaires Begeisterung für Corot ihn die Wirkung des Malers überschätzen. Doch ist nicht auszuschließen, daß er richtig gesehen hat und Corots Einfluß auch damals schon größer war, als die Kunstgeschichte bisher festgestellt hat. – 22 *Unbeholfenheit:* Baudelaire resümiert sehr genau den Tenor der zeitgenössischen Kritik. Sie weist insbesondere darauf hin, daß der unbestrittene Reiz der Corotschen Gemälde bei näherer Betrachtung verloren ginge. So nennt La Fizelière den Farbauftrag »wenig geschickt« (*Bulletin de l'ami de l'art,* 1845, 385), Laverdant bedauert, daß die Bilder »im Zustand der Skizze« gelassen wären (*La Phalange,* 1845, 290f.), Delécluze formuliert gewichtige Vorbehalte gegenüber den schlecht studierten Details (*Journal des Débats,* 12./13. Mai; Ferran, 258) und Pillet gegenüber dem »Ungefähr« der Ausführung (*Le Moniteur universel,* 31. März 1845, 777). Eugène Pelletan urteilt noch am ausgewogensten: er liebe »fast« die »Fehler« und bewundere »diese Bravour, die andere Unfähigkeit nennen und die niemals die heilige Natur der Geschicklichkeit der Hand opfert« (*Démocratie pacifique,* 21. April 1845). Baudelaire kommt das Verdienst zu, mit der ihm eigenen Radikalität des Urteils für die antiklassizistische Formgebung Corots Stellung genommen, dem seelischen Gehalt eines Gemäldes den absoluten Vorrang vor der ängstlich-detaillierenden Technik gegeben und eine solche Überzeugung zum ästhetischen Prinzip erhoben zu haben.

S. 168, *5 Gemälde vom Vorjahr:* ›Landschaft mit Figuren‹ (*Le Concert, Museum Chantilly*). Corot überarbeitete das Bild und stellte es 1857 noch einmal aus. – *20 Harmonist:* Die Harmonie von Corots Farben sowie die ausgewogene Komposition wurden von den meisten Kritikern anerkannt. Die Forderung nach Harmonie findet sich durchgehend in Baudelaires Kunstkritik; er rühmt sie besonders bei Delacroix (s. o. S. 131). – *21 Homer und die Hirten:* Museum von Saint-Lô (Mayne I, Abb. 4, Castex, S. 91). – *27 Belisar* von Louis David (Museum zu Lille). Belisar war ein byzantinischer General des 6. Jahrhunderts nach Christus, der unter Justinian die Perser und Vandalen besiegte. – *28 Daphnis und Chloe:* Lithographie von Français, im *Moniteur des arts,* I, 152. – Baudelaire übergeht ein drittes Bild Corots, das im Livret als »Landschaft« bezeichnet wird. – *31* Louis *Français* (1814 bis 1897), Schüler Gigoux', stand mit Corot und der Schule von Barbizon in Verbindung. Er hatte neben einer Landschaft mit einem Angler (*Vue prise à Bougival;* Museum Le Mans), einen Sonnenuntergang *(Le Soir)* ausgestellt, von dem er selbst eine Lithographie fertigte (*Moniteur des arts,* I, Abb. S. 64).

S. 169, 4 *Paul Huet* (1803–1897), lernte bei Gros und bei Guérin, stand 1822/23 in engem Kontakt mit Delacroix, 1828 mit Bonington, mit dem er eine Studienreise in die Normandie unternahm. Das von Baudelaire zitierte Gemälde wurde von Louis-Philippe angekauft (Lacambre, 112). Zwei weitere Bilder waren von der Jury zurückgewiesen worden, offenbar wegen ihrer ungestümen Malweise und der phantastischen Themen romantischer Prägung. – *5 Manier:* Laverdants Ausführungen erklären Baudelaires Bemerkung über Huets »Manier«: er beklagt, daß Huet durch ungerechtfertigte Kritik sich von der ihm eigenen Romantik zu einer mehr klassizistischen Formgebung zurückentwickle (*La Phalange,* 1845, 291). Baudelaire wird im ›Salon 1859‹ (Bd. V) Huet in Erinnerung an die unvergessene Romantik höchstes Lob spenden. – *7 Haffner:* s. o. zu S. 157, 4. Haffner wurde offenbar von allen Kritikern ohne Einschränkung als neues Talent gefeiert. – *12* Constant *Troyon* (1810–1865), Landschaftsmaler aus Sèvres, wo er anfangs bei Riocreux vom Keramischen Museum unterrichtet wurde; debütierte im Salon 1833. Eine Reise nach Holland und das Studium holländischer Maler, insbesondere Cuyps, waren von nachhaltigem Einfluß auf seine Kunst. – *13 Landschaften:* ›Landschaft bei Caudebec‹ und ›Landschaft bei Fontainebleau‹. Im ›Salon 1859‹ (Bd. V) wird Baudelaire mit Troyon hart ins Gericht gehen und seine »Manier« als »Geschicklichkeit ohne Seele« bezeichnen. – *18* Alfred de *Curzon* (1820–1895), Schüler von Drolling und Cabat, stellte 1843 zum ersten Mal aus und wird 1849 den zweiten Rompreis für eine heroische Landschaft erhalten. – *19 Die Hopfenfelder: Les Houblons* (verschollen; Lacambre, Abb. 2, Kohlezeichnung aus dem Musée des Beaux-Arts, Poitiers). Das Bild, das wie eine Urwaldszene aussieht, zeigt eine gewisse Verwandtschaft mit den romantischen Kompositionen Bresdins. – *22 Zeichnung:* siehe S. 175.

S. 170, *1* Camille *Flers* (1802–1868), Sohn eines Porzellanfabrikanten, lernte zunächst bei dem Porzellandekorateur Demarcy, danach bei dem Theatermaler Cicéri, wurde dann Schauspieler, tanzte am kaiserlichen Theater in Rio de Janeiro. Gegen Ende der zwanziger Jahre kehrte er nach Paris zurück und trat in das Atelier des Tiermalers Pâris ein und gelangte schnell zu Ruhm durch seine Landschaften, die er als einer der ersten vor der Natur selbst malte. Zwischen 1831 und 1863 stellte er regelmäßig aus. Er gilt als einer der Vorläufer der Romantik und gehört zu den Erneuerern der französischen Landschaftsmalerei. 1845 stellte Flers zwei Ölbilder ›Umgebung von Dôle‹ und ›Umgebung von Beauvais‹ sowie vier Pastelle aus. – *2 meine Normandie:* Flers malte meist in der Normandie, besonders in der Umgebung von Aumale. Die Verse stammen von Frédéric Bérat (1801–1855), einem Liederdichter, der während der Julimonarchie mit seinen oft melancholischen *chansons,* wie *Ma Normandie* oder der ›Normannische Hirte‹, zu denen er auch die Musik komponierte, sehr erfolgreich war. – *12* Petter Gabriel *Wickenberg* (1812–1846), schwedischer Landschafts- und Genremaler, Schüler der Stockholmer Akademie. Im Herbst 1837 siedelte er nach Paris über, wo er im folgenden Jahr mit seiner ›Schwedischen Winterlandschaft‹ einen großen Erfolg errang. – *13 Winterlichen Impressionen:* Wickenberg hatte einen *Effet d'hiver* ausgestellt, von dem Henry Vermot ähnlich wie Guillot eine sehr lange einfühlende Beschreibung gibt: die »Inszenierung sei ansprechend und die Malweise vernünftig« (*L'Artiste,* 25. Mai 1845, 51). La Fizelière urteilt wie Baudelaire: »das ist immer das gleiche Bild, aber immer charmant« (*Bulletin de l'ami des arts,* 1845, 380). – *16* Alexandre *Calame* (1810–1864), mußte als Knabe zunächst Schweizer Veduten kolorieren, lernte dann bei Diday und stellte in Paris seit 1837 mit großem Erfolg aus. 1845 machte er eine Italienreise auf den Spuren Poussins und Claude Lorrains. Seinen eigentlichen Ruhm verdankte er der Darstellung seiner heimatlichen Alpenwelt. 1845 stellte er ein ›Unwetter‹ *(Un Orage)* aus. Die Kritik warf ihm allgemein seine neutrale und kühle Farbgebung vor. – François *Diday* (1802–1877), gleichfalls Schweizer Landschaftsmaler, Lehrer von Calame, spezialisiert auf Hochgebirgsszenen und Seelandschaften, in denen er eine romantische Konzeption mit größter Detailtreue zu verbinden suchte. 1845 stellte Diday ›Die Folgen eines Unwetters in den Alpen‹ aus. Die Kritik machte dem Meister die gleichen Vorwürfe wie dem Schüler, der zu einem ernsthaften Konkurrenten geworden war. – *21* Adrien *Dauzats* (1804–1868),

Schüler von M.-J. Gué, hauptsächlich Architektur- und Landschaftszeichner. Als Lithograph illustrierte er zahlreiche Reisebeschreibungen des Baron Taylor und anderer. Seit 1831 stellt er Orientlandschaften in den Salons aus. 1845 ist er durch folgende Bilder vertreten: ›Das Kloster der Hl. Katharina auf dem Berg Sinai‹ (Louvre; Expo 1968/69, Abb. S. 25), ›Die Ruinen von Djimiah (Algerien, Provinz von Konstantine)‹, ›La Calle de los Grados in Sevilla‹, ›Notre-Dame, Kathedrale in Reims‹. Die Kritik war im allgemeinen voller Lob. – *24* Théodore-Charles *Frère* (1814–1888), Schüler von Roqueplan (s. o. zu S. 160, *9*) und Cogniet (s. o. zu S. 155, *2*), nahm 1837 an der Eroberung von Konstantine in Algerien teil und war seit 1839 in Paris mit Orientbildern vertreten. 1845 stellte er ›Ein Café in der Rue der Casbah zu Algier‹, ›Marabout Sidi-Sadé in Algier‹ (*L'Illustration*, 1845, V, Abb. S. 153) und eine ›Landschaft in der Nähe von Algier‹ aus.

S. 171, *1* Jean-Nicolas-Henri de *Chacaton* (geb. 1813), Schüler von Prosper Marilhat (1811–1847), Hersent und Ingres. Zwischen 1835 und 1857 war er fast jährlich mit Landschaften vertreten, die Rom und Umgebung, Neapel, Palermo sowie Jerusalem und Syrien zum Gegenstand haben. 1845 stellte er eine ›Landschaft‹ aus sowie eine ›Aussicht im Bourbonnais‹ (radiert von L. Marvy, *Moniteur des arts*, 1845, I, 200). – *3* Emile *Loubon* (1809 bis 1863) aus Aix-en-Provence, Schüler Granets, seit 1845 Direktor der École des Beaux-Arts in Marseille, malte religiöse Themen, Historien- und Genrebilder. 1845 ist er mit fünf Bildern vertreten: ›Ruine eines Dianatempel in Vernègues (Provence)‹, ›Weide in der Camargue‹ (Lithographie von Loubon, *L'Artiste*, 1845, III), ›Der kleine Musiker‹, ›Der Park‹ und *Hirten in den Landes* (*Bergers des Landes; L'Illustration*, 1845, V, 89). – *6* Hippolyte *Garnerey* (1787–1858), Schüler seines Vaters François-Jean, Maler, Aquarellist, Kupferstecher und Lithograph. Zwischen 1831 und 1857 beschickte er den Salon meist mit Landschaften aus der Normandie und der Bretagne sowie mit Architekturbildern. 1845 ist er mit ›Blick auf die Kathedrale von Evreux‹ und einem ›Blick vom Burgfried von Comines‹ vertreten. – *9* Jules *Joyant* (1803–1854), Schüler von Bidauld, de Léthière und des Architekten Huyot, stellte zwischen 1835 und 1852 meist in der Art Canalettos gemalte Veduten aus. – *14* Auguste *Borget* (1809–1877), Schüler von Gudin (s. u. zu S. 271, *7*), stellte zwischen 1836 bis 1859 meist Ansichten von Italien, China, Indien, Australien und Amerika aus. Einige Lithographien von ihm erschienen in *La Chine et les chinois* (Paris 1842) sowie in einem *Fragment d'un voyage autour du monde* (1845/46). Im Salon 1845 waren von ihm eine ›Ansicht von Rio de Janeiro‹ (zerstört; Lacambre 110), ›Chinesische Brücke bei Amoy, am Tag des Laternenfestes‹ (*L'Illustration*, 1845, V, Abb. S. 136), ›Morgen bei Benarès (Bengalen)‹, alle ›nach der Natur‹ gemalt, zu sehen. – *18 Boulevard du Temple:* damals eine der farbigsten Pariser Straßen mit einer Fülle von Geschäften. – *19 Galeries de Bois:* eine während der Revolution im Innern des Palais-Royal errichtete Holzkonstruktion mit Läden (1829 eingerissen); ein beliebter Ort zum Flanieren. Baudelaire zitiert sie zusammen mit dem Boulevard du Temple als Beispiel eines Exotismus, für den die Zeitgenossen keine Augen hatten. – *20 Heinrich Heine* (1797–1856), seit 1831 als Berichterstatter der Augsburger ›Allgemeinen Zeitung‹ ständig in Paris und in den dortigen literarischen Kreisen als Dichter und Journalist geschätzt. In Deutschland wurden seine Schriften durch einen Beschluß des Bundestages 1835 verboten. In der ›Romantischen Schule‹ heißt es: »Auf den buntscheckigen Häusern heben sich, übereinander gestapelt, eine Menge Dächer, die wie aufgespannte Regenschirme aussehen, und woran lauter metallne Glöckchen hängen, so daß sogar der Wind, wenn er vorbei streift, durch ein närrisches Geklingel sich lächerlich machen muß.« (III, 1)

S. 172, *1 Paul Flandrin* (1811–1902), Schüler Révoils in Lyon, seit 1829 mit seinem Bruder Hippolyte (s. o. zu S. 158, *1*) im Atelier Ingres'. 1845 stellte er eine ›Römische Campagna‹, ›Die Felsen‹ und zwei nicht näher bezeichnete ›Landschaften‹ aus. – *5 die Landschaft zu ingrisieren:* Die Opposition gegen die historische Landschaft ist 1845 unüberhörbar. H. Vermot sieht in Paul Flandrins Bildern immer nur »Gespenster ... und in jedem Fall ärgerliche Reminiszenzen an Ingres, die in der Landschaftsmalerei beklagenswert sind« (*L'Artiste,* 1. Juni 1845, 66). Auch Thoré, La Fizelière, Jeanron äußern sich negativ, während Pillet von dem »erlesenen Geschmack in der Komposition und Ausführung seiner Landschaften« entzückt ist (*Moniteur universel,* 1845, 777). – *7* Théophile-Clément *Blanchard* (1812–1849), Landschaftsmaler und Lithograph, erhielt 1841 den zweiten Rompreis im Fach der historischen Landschaft, stellte meist Landschaften aus dem Gebiet der Seine-et-Oise aus. 1845 ist er mit einer ›Landschaft bei Saint-Rambert in Bugey, Abendimpression‹ *(Effet du soir)* vertreten, sowie mit zwei ›Erinnerungen an die Normandie‹, ›Blick vom Seine-Ufer‹, ›Blick vom Saône-Ufer‹. – *11* Emile *Lapierre* (1818–1886), Schüler von Jean-Victor Bertin, Landschafts- und Genremaler, der zwischen 1837 und 1876 in den Salons vertreten war; stellte 1845 außer ›Daphnis und Chloe‹ zwei nicht näher bezeichnete Landschaften aus. – Eugene *Lavieille* (1820–1889), einer von Corots besten Schülern, beschickte die Salons zwischen 1844 und 1888. 1845 stellte er einen ›Blick von Radepont im Andelle-Tal (Eure)‹ aus. Er malte mit Vorliebe melancholische Stimmungen in herbstlichen, winterlichen oder nächtlichen Landschaften. Baudelaire war von eben dieser Note noch im ›Salon 1859‹ (Bd. V) angetan und lobt ihn auch anläßlich seiner Besprechung der *Exposition de la Galerie Martinet en 1861* (Bd. VII). – *12 Schüler Corots:* Nur Lavieille, nicht aber Lapierre, war Corots Schüler. – *13 Daphnis und Chloe:* Baudelaire spielt auf Corots gleichnamiges in diesem Salon ausgestelltes Bild an (S. 168). – *15* Jacques-Raymond *Brascassat* (1804–1867), Schüler von Th. Richard und Hersent, wandte sich zunächst der Landschaftsmalerei zu, dann aber immer mehr der Tiermalerei und gelangte in diesem Genre durch seine frische Farbe und naturnahe Darstellung zu großem Ansehen. 1845 stellte er ein berühmt gewordenes Bild aus, ›Eine von Wölfen angefallene und von Stieren verteidigte Kuh‹ sowie zwei ›Landschaften mit Tieren‹ und eine Marine ‹Blick von der neapolitanischen Küste‹. – *16 spricht ... zuviel von Brascassat:* In der Tat zog Brascassat, der namentlich von dem niederländischen Tiermaler Paulus Potter (1615–1654) nachhaltig beeinflußt war, vor allem durch das erstgenannte Bild die Aufmerksamkeit von mehr als zwölf Kritikern auf sich. – *21* Simon *Saint-Jean* (1803–1860), Schüler von Thierrat und Lepage, ein sehr beliebter Blumenmaler (Ferran, 268; Expo 1957, 26). – *22 Lyon, dem Zuchthaus der Malerei:* Saint-Jean war in Lyon geboren. Baudelaire hatte Lyon von seinem Besuch des Collège Royal, dem späteren Lycée Ampère, in denkbar schlechtem Andenken behalten. Der Lyoneser Kunst von Meissonier (S. 165) bis zu Chenavard (S. 263), von Janmot (S. 153 f.) bis zu Flandrin

(s. o. zu S. 158, *1*), wirft er das Vorwiegen des Gedanklichen, eine zu nüchterne, klassizistische Zeichnung und allzu große Genauigkeit in der Darstellung vor.

S. 173, 2 *das Gemälde Saint-Jeans:* ›Früchte und Blumen‹. Auf dem von Portail kopierten Gemälde im Museum zu Dijon (Lacambre, 113) ist eine geschickt arrangierte und sehr ansprechende Blumenpyramide vor einer Landschaft mit einer gotischen Kirchenruine zu sehen, jedoch keine Früchte. – 7 Carl Frederik *Kiörböe* (1799–1876) aus Kristiansfeld in Nordschleswig, besuchte bei seinem Onkel in Stockholm einen Kursus über die Anatomie des Pferdes, machte 1838 eine Studienreise nach Berlin. Seit 1840 lebte er meist in Paris, wo er zwischen 1841 und 1874 den Salon häufig mit Tierbildern beschickte. 1845 ist er mit folgenden Bildern vertreten: *Hallali au loup* (›Wolfsjagd‹), ›Hasen-‹, ›Keiler-‹, ›Reh-‹, ›Hirsch-Jagd‹. – *13 Philippe Rousseau* (1816–1887), Schüler von Gros und Bertin, zunächst Landschaftsmaler, danach spezialisierte er sich in Stilleben und Tierbildern. 1845 stellte er ein ›Stilleben‹ und ›Einen Hund‹ sowie *Die Stadtmaus und die Feldmaus* (*Le Rat de ville et le rat des champs; L'Illustration,* 1845, V, Abb. S. 73) aus. Baudelaire wird sich auch 1846 höchst lobend über diesen Maler aussprechen (siehe S. 272). – *21* Charles *Béranger* (1816–1853), Schüler von Delaroche (s. o. zu S. 141, *11*), stellte seit 1837 Genre- und Historienbilder sowie Stilleben und Tierstücke aus. 1845 ist er durch zwei ›Stilleben‹, ein *Portrait de M. le Baron C*(orvisart) sowie ein *Intérieur* mit einer Frauengestalt vertreten. – *22 Meissonier:* s. o. zu S. 165, *13*. – *23* Antoine *Arondel* (um 1810 bis 1881), nannte sich Historienmaler, war zugleich ein nicht seriöser Antiquitätenhändler, der Baudelaire falsche Gemälde verkaufte und entscheidend dazu beitrug, den Dichter sein Leben lang zu verschulden. Die Kritik scheint Arondels Gemälde ›Wild‹ *(Gibier)* vollkommen übergangen zu haben. Baudelaires behutsame Beurteilung ist offenbar aus dem Bestreben erwachsen, diesen »furchtbaren Gläubiger« milde zu stimmen.

S. 174, *12* Antoine *Chazal* (1793–1854), Blumen-, Früchte- und Tiermaler, Schüler von Misbach, Bidault und Spaendonck. Als Kupferstecher illustrierte er botanische und medizinische Abhandlungen und beschickte zwischen 1822 und 1853 fast alljährlich die Salons. Er war Lehrer am Jardin des Plantes in Paris. – *13 ›Yucca gloriosa,* erblüht 1844 im Park von Neuilly‹, im Park des Königs also, der auch den Auftrag gegeben hatte, dieses in Europa außergewöhnliche Palmliliengewächs amerikanischen Ursprungs zu malen. Das Bild wurde im Schloß von Saint-Cloud während der Invasion 1871 zerstört (Lacambre, 110).

V. ZEICHNUNGEN – STICHE – RADIERUNGEN

S. 175, 2 Louis-Georges *Brillouin* (1817–1893), Schüler von Drolling und Cabat, debütierte im Salon 1843 als Landschaftsmaler, wandte sich dann der Genremalerei zu und schuf eine Reihe von Illustrationen zu Victor Hugos Dichtungen. – *3 fünf Bleistiftzeichnungen:* zwei ›Szenen aus dem XVI. Jahrhundert‹, nämlich ›Eine furchtbare Geschichte‹ und ›Eine entscheidende Partie‹, sowie ›Die zwei Zuccoti in den venezianischen Bleikammern (nach George Sands *Les Maîtres mosaïstes,* 1838)‹ ›Marino Faliero und Angiolina (nach der Tragödie von Lord Byron)‹ und das genannte Blatt. – *4* Aimé de

Lemud (nicht, wie Baudelaire schreibt, Lehmud) (1816–1887), Maler, Lithograph und Kupferstecher, Schüler von Maréchal (siehe S. 176, *1*); kam jung nach Paris, wo er bald als Lithograph einen ausgezeichneten Ruf genoß. 1844 erschien eine von ihm illustrierte Neuauflage von Victor Hugos Roman *Notre-Dame-de-Paris* bei Perrotin in Paris. Baudelaire besaß in seiner Wohnung im Hôtel Pimodan einige schwarzgerahmte Lithographien, unter anderem das Porträt E. T. A. Hoffmanns von Lemud. – *10 Curzon:* s. o. zu S. 169, *18*. – *18* Louis-Henri *de Rudder* (1807–1876), Schüler von Gros und dem Maler und Karikaturisten Charlet (s. u. zu S. 307, *22*), stellte seit 1834 aus. 1845 war er mit zwei Rötelzeichnungen vertreten: ein ›Christuskopf‹ und ›*Der Hirte und das Kind*‹ *(Le Berger et l'enfant)* nach einem Gedicht von André Chénier (1762–1794; s. u. zu S. 185, *16*).

S. 176, *1* Laurent-Charles *Maréchal* (1801–1887), genannt nach seiner Geburtsstadt Maréchal de Metz, Schüler von Regnault, war seit 1824 in den Salons vor allem mit Pastellen, Zeichnungen und Glasmalereien vertreten. Er fertigte Glasmalereien für die Pariser Kirchen Notre-Dame und Saint-Ambroise. 1845 stellt er eine *Hérodiade* aus, ferner eine Glasmalerei, eine Zeichnung ›Figur einer der Glasmalereien aus der Kirche Saint-Vincent de Paul‹ und das Pastell ›*Die Weintraube*‹ *(La Grappe)* mit dem Untertitel ›kalabresische Szene‹ (*L'Illustration,* 1845, V, Abb. S. 185), einen Bauern darstellend, der eine Traube hochhält, nach der ein kleiner nackter Bub greift. – *3 Schule von Metz:* Maréchal hatte 1834 eine *Société des amis des arts* in Metz gegründet, zu der Lemud, Penguilly-L'Haridon (s. u. zu S. 233, *3*), E. Tourneux gehörten. Diese Schule, die in der Bewegung der Romantik nur eine untergeordnete Rolle spielte, inspirierte sich vornehmlich an mittelalterlichen Themen. – *9* Eugène *Tourneux* (1809–1867), Dichter und Maler, Schüler Maréchals, stellte seit 1842 aus. 1845 ist er mit vier Pastellen vertreten: ›Der Aufbruch der heiligen drei Könige‹, ›Die Harmonie des Herbstes‹ (*L'Illustration,* 1845, V, Abb. S. 137; von Célestin Deshays lithographiert, im *Moniteur des arts,* 1845, II, 57), ›Rosina, Frauenstudie‹, ›Ein Bürgermeister‹. – *12* Victor *Pollet* (1811–1882), Aquarellmaler und Kupferstecher, Schüler von Margeot, Richomme und Delaroche (s. o. zu S. 141, *11*) und, nach Erhalt des Rompreises 1838, von Ingres und A. Martinet. 1845 stellte Pollet Aquarelle aus, eines nach Tizians ›Himmlische und irdische Liebe‹ sowie zwei Porträts. – *15* Pierre-Adrien *Chabal*-Dussurgey (1815–1902), Schüler der École des Beaux-Arts in Lyon unter Bonnefond, vor allem Blumenmaler. Er ließ sich 1844 in Paris nieder, wo er seit 1842 den Salon beschickte. – *17 Alphonse Masson* (1814–1898), Schüler von Decamps und Ingres, stellte seit 1835 aus.

S. 177, *1 Antoine Moine* (1796–1849), Bildhauer, als Maler Schüler von Girodet und Gros. Seit 1831 stellte er Skulpturen oft neubarocker Prägung aus und seit 1843 auch Gemälde. – *2 Phantasiestücke:* zwei Pastelle, genannt *Fantaisies.* – *5* Vincent *Vidal* (1811–1887), Schüler von Delaroche, war besonders durch seine Porträts und Pastelle sowie malerische Genreszenen bekannt. Er begann 1841 auszustellen. – *6 Voreingenommenheit:* Vidal »kennt bereits die Gunst des Publikums« und »hat gewiß den Szepter der Grazien errungen« schreibt Desplaces voller Enthusiasmus (*L'Artiste,* 11. Mai 1845, 20). Fast ohne Ausnahme rühmen die Kritiker seine »kleinen Meisterwerke von Natürlichkeit und Grazie« (Guépoulain, in *L'Almanach, revue de toutes choses,* 1845, 275). – *9 Zeichnungen:* das ›Feldorakel‹ (ein junges Mädchen, das die Blütenblätter einer Margerite abzupft, um zu erfahren, ob der Freund sie liebt), ›Kleine Neugierige‹ (Kammerzofe, die einen Liebesbrief an ihre Herrin zu lesen versucht), ›Eigenliebe‹ (*L'Illustration,* 1845, V, Abb. S. 152; Kelley, Lithographie, Abb. 38). – *10 sehr ausgearbeitet:* franz. *»fini«.* Vidal zeichnet mit größter Genauigkeit und verreibt sorgfältig die Schattenpartien, so daß der eigentliche Strich, der die Individualität und, wie Baudelaire sagen würde, das Temperament (S. 197) des Künstlers verrät, nicht zu erkennen ist. Baudelaire spielt erneut, wie bei Corot (S. 167f.), *»fini«* gegen *»fait«* aus, die ängstlich detaillierende Ausführung gegen die freie, »malerische« Faktur. – *11* Wahrscheinlich Antoine *Maurin* (Lebensdaten unbekannt), ein Schüler Ary Scheffers, Genremaler, der seit 1843 ausstellte; vielleicht aber auch Eugène Maurin, ein Schüler von Delaroche, der zwischen 1840 und 1870 in den Salons vertreten war. – *Jules David:* s. o. zu S. 143, *32.* – *14 Vidal mit Watteau zu vergleichen:* Dieser Vergleich war ein Gemeinplatz, der bei Thoré, Guépoulain und auch bei Gautier wiederkehrt. – *16 Madame* Lizinka *de Mirbel,* geb. Rue (1796–1849), Schülerin von Augustin, Miniaturmalerin, stark von der englischen Tradition beeinflußt. Sie war in aristokratischen Kreisen sehr gesucht und angesehen am Hof, wo sie *»peintre en miniature de la chambre de Sa Majesté«* war. 1845 stellte sie vier Miniaturen aus, Porträts von *Madame la Duchesse de Trévise, Madame Prévoteau, Madame Rodier de la Bruyère* und *Monsieur Prévoteau.* Miniaturen von Madame Mirbel befinden sich im Louvre und in der Wallace Collection, London. – *20 Entschiedenheit der ernsten Malerei:* Baudelaire wiederholt, was der von ihm geschätzte Gustave Planche 1833 geschrieben hatte: die Künstlerin habe durch ihre »freie und kühne Malweise« versucht, die Miniaturmalerei zu erneuern und sie »in den Rang wahrer Malerei« zu erheben; es sei ihr gelungen, diesem Genre das »Ansehen ernsthafter Kunst« zu verleihen (*Études sur l'école française,* Paris 1855, I, 214f.; zit. nach Ferran, 276). Baudelaire war in seinem Urteil offensichtlich nicht von dem Umstand beeinflußt, daß Madame Mirbel eine Bekannte seiner Mutter war und ihm einen nicht näher präzisierten Auftrag verschaffen wollte (Corr/Pl I, 107, 363). Er wird auf sie im ›Salon 1846‹ erneut eingehen (S. 251). – *22 Henriquel Dupont,* eigentlich Louis-Pierre Dupont (1797–1892), als Maler Schüler von Guérin, als Kupferstecher von Balvay; gelangte früh zu großem Ansehen, so daß er bereits 1817 eine eigene Schule eröffnen konnte. 1849 wurde er in das Institut de France gewählt und lehrte ab 1863 bis zu seinem Tod im Fach Radieren und Kupferstechen an der École des Beaux-Arts in Paris. Er gilt als »einer der bedeutendsten Stecher seines Jahrhunderts (Thieme-Becker). 1845 stellte er zwei Reproduktionsstiche aus: das ›Porträt des Kaisers von Rußland‹ nach Delaroche (s. o. zu S. 141, *11*) und das *Bildnis Bertins von Ingres.* Bertin d. Ä. (1766–1841), französischer Publizist, Gründer des *Journal des Débats.* Ingres malte sein Porträt 1832 (Louvre; Wildenstein, Tafel 88). – *26 Cherubini:* ›Die Muse Cherubinis‹ von Ingres (1842, im Louvre; Mayne I, Abb. 30; Wildenstein, Tafel 102). Ingres hatte den Florentiner Komponisten Salvadore Cherubini (1760–1842) dargestellt, der sich seit 1788 in Paris niedergelassen und 1797 mit seiner Oper ›Medea‹ eine aus dem Geist der französischen Revolution geborene »Schreckensoper« schuf. 1821 wurde er Direktor des Pariser Konservatoriums, das er zu großem Ansehen brachte.

S. 178, 2 *Kupferstich:* Es gehört zum Verdienst Duponts, den Kupferstich durch die Kombination mit der lockeren Technik der Radierung belebt zu haben. – 4 Die *Entschiedenheit (»parti pris«)* des Künstlers wird Baudelaire im ›Salon 1846‹ als Voraussetzung für ein gelungenes Kunstwerk betrachten (S. 257). – 7 Charles *Jacque* (1813–1894), Maler, Radierer und Kupferstecher, lernte bei einem Kartenstecher, radierte in frühen Jahren neben humoristischen Militärdarstellungen idyllische bäuerliche Genreblätter romantischer Prägung. War beteiligt an den Illustrationen zu der berühmten Ausgabe von Bernardin de Saint-Pierres *Paul et Virginie* (bei Curmer, 1838) und zeichnete 1843/44 im *Charivari* die Folge *Les Malades et les médecins,* die Baudelaire in *Quelques Caricaturistes français* erwähnt (S. 328). – *8 ein neuer Name:* Jacque stellte 1845 zum ersten Mal aus, und zwar eine Radierung *Portrait et sujet.* – *12 Rembrandts Radierungen: L'Artiste* veröffentlichte 1844 eine nach Rembrandt radierte Landschaft.

VI. SKULPTUREN

S. 179, 2 Lorenzo *Bartolini* (1777–1850) aus der Toskana, Schüler des großen Klassizisten Antonio Canova (1757–1822); ging 1787 nach Paris, wo er sich mit Ingres anfreundete. Bartolini machte sich durch eine Büste Napoleons sowie den Entwurf für ein Relief der Vendôme-Säule verdient und wurde von Napoleon nach Carrara gesandt, um dort eine Schule für Bildhauer zu gründen. Wie Ingres wollte er den Klassizismus durch eine Annäherung an die Natur beleben, ging jedoch im wesentlichen nicht über Canova hinaus. – *3 Berühmtheiten aus dem Ausland:* Bartolini war in Italien der berühmteste Bildhauer seiner Zeit. – *10 Nymphe mit Skorpion: Nymphe piquée par un scorpion,* in Marmor, das einzige Ausstellungsstück Bartolinis (Castex, Abb. S. 97 einer Studie in Gips; heute im Palazzo Pitti, Florenz; G. Hubert, *Les Sculpteurs italiens en France* ... Paris, 1964, Abb. 37). Pillet lobt »den feinen und graziösen Kontur, die mit Glück herausgearbeiteten weiblichen Formen«, tadelt jedoch »den Mangel an Ausdruck in den Gesichtszügen« (*Le Moniteur universel,* 1845, 1121). – *12 unsere Bildhauer sind geschickter:* Wie in der Malerei wendet sich Baudelaire auch in der Plastik gegen eine übermäßig handwerkliche Geschicklichkeit, die zu Lasten der schöpferischen Konzeption gehe. – *19 Skulptierer: sculptiers;* Baudelaire hat diesen abschätzigen Neologismus aus Denis Diderots (1713–1784) *Salon de 1767* abgeleitet, wo der Kunstkritiker, der in vielem für Baudelaire ein Vorbild war, schreibt: »In der Skulptur gibt es keine Mitte, es gibt nur das Sublime oder das Triviale; oder, wie ein Mann des Volkes im Salon sagte, alles was nicht Skulptur ist, ist *sculpterie.*« – *31 Intention:* Ein Jahr später wird Baudelaire unter Delacroix' Einfluß den Vorrang des Künstlers über sein Sujet zu einem Grundprinzip seiner Ästhetik erheben.

S. 180, *1* Pierre-Jean *David,* genannt David d'Angers (1788–1856), Schüler von Roland, gleichzeitig auch im Atelier des Malers Louis David (s. u. zu S. 185, 7). 1811 erhielt er den ersten Rompreis; er lebte fünf Jahre in Italien und begründete seinen Ruf durch die Porträtstatue Condés im Salon 1817. Er war wie Baudelaire (S. 281, 17) ein leidenschaftlicher Verfechter der Einführung des modernen Kostüms in die Kunst, wich aber von dieser Forderung in der Praxis selbst oft ab. Immerhin gilt er als ein Neuerer, der einen wenn auch bedingten Realismus in den Klassizismus eingeführt hat. Für

Thoré ist David »der Meister, der am besten die französische Tradition und das moderne Gefühl in der Bildhauerkunst repräsentiert« (1845, 157). – *3 Ribera:* s. o. zu S. 148, *17*. – *Vergleich hinkt:* Er hinkt in der Tat, denn Riberas Bilder mit ihrer ungestümen Faktur und dem herben Realismus caravaggesker Herkunft haben nichts gemein mit den letztlich klassizistisch konzipierten Werken Davids in glatt gemeißeltem Marmor. Doch Baudelaire korrigiert sich dadurch, daß er David die strotzende Ursprünglichkeit des Spaniers abspricht. – *8 Kind, das sich an eine Weintraube hängt: Étude d'enfant,* bekannt unter dem Titel *L'Enfant à la grappe* (Louvre; Mayne I, Abb. 7). Die Statue hat einen in dem Werk selbst nicht erkennbaren symbolischen Gehalt: David beobachtete, wie sein Söhnchen Robert während eines Spaziergangs sich ganz dem Vergnügen hingab, eine Traube zu pflükken, ohne zu bemerken, daß eine Viper im Begriff war, ihn zu stechen. David wollte die Bedrohung der nichtsahnenden Kindheit durch die Zukunft gestalten (Expo 1968/69, 26). – *10 Sainte-Beuve* (1804–1869), bedeutender Kritiker und Dichter. Baudelaire spielt auf Saint-Beuves Gedicht *À David, Statuaire. Sur une statue d'enfant,* in dessen *Pensées d'Août* (1837), an. – *16* François-Joseph *Bosio* (1768–1845) aus Monaco, wurde in Paris Schüler Pajous, von dessen Einfluß er sich jedoch bald freimachte. Sein Hauptwerk ist das Reiterstandbild Ludwig XIV. auf der Pariser Place des Victoires (1822). – *17 Bartolini:* s. o. zu S. 179, *2*. – *19* ›*Junge Indianerin,* die an ihrem Bein ein mit Muscheln geschmücktes Band befestigt‹ (Musée Calvet, Avignon; Expo 1968/69, Abb. S. 23). – *21 vollkommene Stücke:* wahrscheinlich nicht die Marmorstatue seines ›Hyazinth‹, sondern die berühmte Marmorstatue der ›Nymphe Salmacis‹ (beide heute im Louvre), die im Salon 1837 ein großer Erfolg war. – *22 Büste der Königin:* Bosio hat viele Büsten von hochgestellten Persönlichkeiten geschaffen. Baudelaire meint vermutlich die Büste der Königin Hortense, Gemahlin des Louis Bonaparte, Königs von Holland, und Mutter Napoleons III. – *23* Jean-Jacques, genannt James *Pradier* (1792–1852) aus Genf, trat 1811 in das Pariser Atelier von Lemot ein und studierte zugleich Zeichnen und Malen unter Meynier und Gérard (s. u. zu S. 189, *4*). Pradier ist der repräsentative Künstler des Neoklassizismus und der Juli-Monarchie. – *26 seine Statue:* Neben einer Marmorbüste des Königs stellte Pradier eine ›Phryne‹ aus (Gipsabdruck in Grenoble, Musée des Beaux-Arts; Marmor zerstört; Ferran, Abb. gegenüber S. 197). Phryne war eine griechische Kurtisane, die Praxiteles als Modell für seine Standbilder der Venus benutzte. Sie wurde der Gottlosigkeit angeklagt, aber wegen ihrer Schönheit freigesprochen. Guépoulain rühmt, ähnlich wie Pillet, ihre »wollüstige Eleganz« (*Revue indépendante,* 1845, 272 f.). Vor allem Thoré kann sich im Preisen dieser Statue kaum genug tun: »Diese Schönheit ist ebenso viel wert wie die strenge und verhüllte Schönheit des Mittelalters, die ein wenig aufgewühlte Schönheit der Renaissance, die kokette Schönheit des achtzehnten Jahrhunderts, die leidenschaftliche Schönheit unserer Zeit.« (1845, *156*).

S. 181, *3 Bartolinis Nymphe:* s. o. zu S. 179, *10*. – *5* Jean-Jacques *Feuchère* (1807–1852), Bildhauer und Graphiker, Schüler von Cortot und Ramey, stellte zwischen 1831 und 1852 aus. Am Arc de Triomphe ist ›Die Erstürmung der Brücke von Arcole‹ (1834) von seiner Hand. 1845 stellte er neben einer *Jeanne d'Arc sur le bûcher* die Gipsbüste des Schauspielers Mélingue aus. Feuchère hatte Baudelaire eine Terrakotta-Gruppe gewidmet, ›Die Nymphe Callisto in den Armen des Zeus, der die Gestalt der Artemis angenommen hat‹. Später wollte Baudelaire eine Feuchère betreffende Begebenheit zum Gegenstand eines Prosagedichts oder einer Novelle machen (siehe Bd. VIII). – *8 in früheren Salons reüssiert:* Feuchère stellte meist Genrestatuen oder Statuetten aus wie ›Raffael‹, ›Cellini‹, ›Amazone‹, ›Araber zu Pferde‹. Einige dieser Statuetten befinden sich im Musée des Arts Décoratifs, Paris. – *10* ›Die *Jungfrau von Orleans* auf dem Scheiterhaufen‹ befindet sich im Hôtel de Ville zu Rouen (Lacambre, 115), gehört aber dem Musée des Beaux-Arts. Pillet rühmte »die edle und dramatische Bewegung der Figur«, die die Hände um ein Kreuz schlingt (*Le Moniteur universel,* 1845, 1122); auch Delécluze äußerte sich lobend (*Journal des Débats,* 22. April 1845; Ferran 281). – *12 schon in Gips gesehen:* Feuchère hatte den Gips dieser Marmorstatue bereits im Salon 1835 ausgestellt, Baudelaire wird ihn im Atelier des Künstlers gesehen haben. – *18* Louis-Joseph *Daumas* (1801–1887), Schüler David d'Angers (s. o. zu S. 180, *1*), stellte zum ersten Mal im Salon 1833 aus, und zwar eine Gladiatorenstatue. – *20 Meergeist:* eine Gipsplastik, ›Der Genius der Schiffahrt, errichtet zum Andenken der großen Seefahrer‹; der Bronzeguß wurde dem Ministerium des Innern ein Jahr später abgeliefert und war für die Place Carrée des Hafens von Toulon bestimmt (Lacambre, 115). Daumas, der noch eine von dem gleichen Ministerium in Auftrag gegebene Gipsbüste ausstellte, erhielt eine Medaille zweiter Klasse. – 22 *Étex:* s. o. zu S. 154, *7*. – *27 Hero und Leander:* Die Gruppe befand sich 1957 in England (Lacambre, 115). Während Gautier wie gewöhnlich nachsichtig ist und in dem Werk den Reiz der Sage findet (*La Presse,* 18. April 1845; Ferran, 282), urteilt Thoré mit ungewöhnlichem Sarkasmus über den unsittlichen Charakter der Gruppe (1845, 159 f.). – Die übrigen von Étex ausgestellten Werke, zwei Marmorbüsten des ›General Pajol‹ und des ›Vicomte d'Ablancourt‹, wurden von dem anonymen Kritiker der *Gazette universelle des beaux-arts* (1845, 108) als Werk eines »intelligenten Bildhauers« betrachtet, der »weiß, wie man die Natur abwandelt und idealisiert«.

S. 182, *1* Joseph *Garraud* (1807–1880), Schüler von Ramey und von Rude, debütierte im Salon 1838 mit einer Gruppe ›Herkules befreit Prometheus‹. Garraud war ein leidenschaftlicher Freiheitskämpfer und nahm aktiv an der Juli- und an der Februar-Revolution teil. 1848 bis 1852 war er mit der Leitung der Abteilung für Schöne Künste im Innenministerium betraut. – 2 *schöne Bacchantin:* Die Gruppe aus Gips ›Bacchantin, die einen jungen Satyr erzieht‹ war im Salon 1841 ausgestellt. – *3 Gruppe der ersten Menschenfamilie: La Première Famille sur la terre,* Marmorgruppe, 1844 datiert, heute im Jardin du Luxembourg in Paris aufgestellt (*L'Illustration,* 1845, V, Abb. S. 172). Im Livret ist das Werk mit einem Vers aus der Genesis erläutert. – *7 Zeus von Olympia:* verlorene Kolossalstatue des Phidias: ein nackter, bärtiger Zeus in Gold und Elfenbein, von dem wir uns eine Vorstellung durch römische Münzbilder machen können. – *9* Auguste-Hyacinthe *De Bay* (1804–1865), Bildhauer und Historienmaler, Schüler seines Vaters J.-B. Joseph De Bay und von Gros, stellte bereits als Dreizehnjähriger eine Büste, seinen Bruder darstellend, aus und erhielt 1823 den zweiten Rompreis mit dem Gemälde ›Orest und Pylades‹. Ein Jahr später gewann er den ersten Rompreis und studierte mehrere Jahre in Italien. 1845 war er als Maler mit zwei Porträts vertreten. – *10 Die Wiege der Menschheit: Le Berceau primitif, Ève et ses deux enfants,* Marmorgruppe (Musées Royaux des Beaux-Arts, Brüssel); Gipsabdrücke in Angers, Musée des Beaux-Arts (Expo 1968/69, Abb. S. 27; Castex, S. 99) und im Museum von Mecheln. – *16* Charles *Cumberworth* (1811–1852), wohl englischen Ursprungs, Schüler Pradiers, beschickte die Salons zwischen 1833 und 1848 mit Bildnisbüsten und Genrestatuen. Er war für den Kunsthändler Susse tätig (s. u. zu S. 274, *23*). – *17 Catulls Lesbia beweint ihren Sperling:* nach einer Elegie des röm. Dichters Catull (87–54 v. Chr.). – *20* Pierre-Charles *Simart* (1806–1857), Schüler Dupatys, Pradiers und Ingres', erhielt 1833 den ersten großen Preis der Skulptur. Er ist einer der antikisierenden Bildhauer seiner Zeit und wird 1852 Pradiers Sitz in der Akademie einnehmen. 1845 stellte er eine ›Jungfrau‹ (Marmor) aus, die sich heute in der Kathedrale zu Troyes befindet (*L'Illustration,* 1845, V, Abb. S. 172), sowie die Marmorstatue ›Epische Poesie‹, heute in der Bibliothèque du Sénat in Paris. – *22* Gédéon-Alphonse-Casimir de *Forceville-Duvette* (1799–1886), hauptsächlich in Amiens tätig; stellte bis 1880 in den Pariser Salons Werke wie ›Das glückliche Kind‹, ›Überraschte Odaliske‹, ›Die Nacht‹, ferner Marmor- und Bronzebildnisse aus. 1845 war sein erster Salon; er war dort mit einer *Vénus céleste* und einer ›Büste des Astronomen Delambre‹ (Bibliothèque Municipale, Amiens) vertreten und erhielt eine Medaille dritter Klasse. – *23 Polyhymnia:* Muse der lyrischen Dichtung. Baudelaire spielt auf eine im Louvre befindliche griechische Marmorfigur an.

S. 183, *1* Aimé *Millet* (1819–1891), Schüler seines Vaters Frédéric Millet, von David d'Angers und von Viollet-le-Duc. Sein bekanntestes Werk ist die Kolossalfigur auf dem Mont Auxois in Alise-Sainte-Reine. – *2 Bacchantin:* eine Gipsfigur. Die Bacchantin war ein beliebtes Thema der Klassizisten. – *5* Jean-Pierre *Dantan* d. J. (1800–1869), Schüler Bosios, studierte in Rom, debütierte im Salon 1827. Er wurde besonders durch seine Porträtkarikaturen in Terrakotta berühmt, von denen eine fast vollständige Sammlung in der *Salle de 1830* des Pariser Musée Carnavalet zu sehen ist. – *6 einige gute Büsten:* von *Madame Fanny K(emble)* in Marmor, eine Marmorbüste des Architekten *Soufflot* (École des Beaux-Arts, Straßburg; Expo 1968/69, 25), vier Stuckbüsten, *Docteur Jules Cloquet, Docteur Jobert de Lamballe, Monsieur Onslow* und *Monsieur G ...* – *8* Jean-Baptiste, genannt Auguste *Clésinger* (1814–1883), Bildhauer und Maler, Schüler seines Vaters Georges-Philippe, lernte in Italien und debütierte im Salon 1843. Clésinger hat die berühmte ›Frau, von einer Schlange gebissen‹ (Album, 94) im Salon 1847 ausgestellt, zu der die von Baudelaire verehrte »Präsidentin« Madame Sabatier (siehe Bd. III, S. 348 f.), das Modell abgegeben hat. Im *Salon de 1859* wird Baudelaire Clésinger begeistert loben (Bd. V). 1845 stellte er eine Büste von Charles Weiss, Bibliothekar der Stadt Besançon (Bibliothèque Municipale) aus, sowie die Bildnisse des *Herzogs von Nemours* (Musée de Besançon) und der *Madame Marie de M ...,* beide in Marmor. – *11* Hubert-Noël *Camagni* (1804–1849), Schüler der École des Beaux-Arts zu Dijon, stellte zwischen 1838 und 1849 vornehmlich Porträtbüsten in Marmor aus. 1845 hatte er eine Stuckbüste von Madame Mathieu Miliotti eingesandt, sowie eine Marmorbüste der Cordelia nach Shakespeares ›König Lear‹. – *20 William Haussoullier:* siehe S. 135. – *22 immer besser und besser malt:* siehe ›Salon 1846‹, S. 279. – *23 Temperament:* siehe ebd. S. 278. – *26 Heldentum des modernen Lebens:* siehe ebd. S. 280 ff., wie auch die späte Arbeit über Constantin Guys, den »Maler des modernen Lebens« (Bd. V).

S. 184, *3 epische Seite:* Im dritten Kapitel des ›Salon 1846‹ kehrt der Begriff des Epischen im Zusammenhang mit dem Kolorismus wieder (S. 206). – *7 die Heraufkunft des Neuen:* ein Grundzug der Ästhetik des Kunstkritikers wie des Dichters Baudelaire, die Befreiung von dem Konventionellen zu suchen. In dem Gedicht *Le Voyage* schließt er ähnlich wie hier: »Wir wollen … zur Tiefe des Unbekannten, etwas *Neues* zu erfahren!« (Bd. III, S. 339).

DAS MUSÉE CLASSIQUE DES BAZAR BONNE-NOUVELLE

Diese zweite Kunstkritik Baudelaires erschien am 21. Januar 1846 im Feuilleton des *Corsaire-Satan,* unter dem Namen Baudelaire-Dufays. Baudelaire benutzte offenbar seine nicht sehr weit gediehenen Vorarbeiten zu einem Buch *David, Guérin et Girodet,* das als Verlegerannonce in seinem *Salon de 1845* angekündigt worden war, jedoch nie erschienen ist. Auf der Liste der Schriften, die er Julien Lemer 1865 für seine gesammelten Werke vorschlug, notierte er »David im Bazar Bonne-Nouvelle« (Corr/Pl II, 444), betrachtete also nur die David gewidmeten Seiten als eines Neudrucks würdig.

Der Bazar Bonne-Nouvelle, der 1838 von einer Gruppe unter Führung des Buchhändlers Techener gegründet worden war, bestand aus großen Galerien am Pariser Boulevard Bonne-Nouvelle neben der Porte Saint-Denis und beherbergte kommerzielle und künstlerische Ausstellungen. 1844 hatte Baudelaire in denselben Räumen Delacroix' ›Tasso im Gefängnis‹ gesehen und ein Sonett auf dieses Gemälde verfaßt (siehe Bd. IV, S. 54). Die Ausstellung des *Musée classique* war vom 11. Januar bis April 1846 geöffnet. Ein Katalog – *Explication des ouvrages de peinture exposés dans la Galerie des Beaux-Arts, Boulevard Bonne-Nouvelle 22* – stand den Besuchern zur Verfügung. Der Eintritt betrug 1 Franc; als *jour réservé* wurde der Freitag erklärt und an diesem Tag die Gebühr auf 3 Francs erhöht. Die Ausstellung war zum Nutzen des von Baron Taylor gegründeten Hilfsfonds für bildende Künstler organisiert worden *(Caisse de secours et pensions de la société des artistes peintres, sculpteurs, graveurs, architectes et dessinateurs)* und brachte den beträchtlichen Gewinn von mehr als 30 000 Francs ein (*Bulletin des arts, Guide des amateurs de tableaux, dessins, estampes, livres* … 1845, IV, 333). Mit nur achtzig Bildern gegenüber den etwa 3000 Werken des offiziellen Salons war das ›Klassische Museum‹ von geringem Umfang, jedoch von erheblicher Bedeutung, da neben zeitgenössischen Gemälden vor allem die sonst nicht ausgestellten Werke von David und seiner Schule vertreten waren und somit ein außergewöhnlicher Überblick über die klassizistische Malerei um die Jahrhundertwende gegeben wurde. Der *Bazar Bonne-Nouvelle* bot im übrigen eine Ergänzung zur offiziell sanktionierten Kunst und kann zu einem Teil als eine Vorstufe zu den späteren *Salons des Indépendants* gelten. Denn die Künstler, die von der Jury der Salons zurückgewiesen wurden oder die aus Ärger über eine unfreundliche Kritik nicht ausstellen mochten – wie Ingres seit 1835 –, nahmen die Gelegenheit wahr, dort ihre Gemälde und Zeichnungen der, wenn auch kleineren, Öffentlichkeit zugänglich zu machen. (Ingres sandte eine wohlüberlegte Auswahl von insgesamt elf Werken.) Eine Reihe von Kritikern würdigte die Ausstellung in einzelnen Artikeln, neben anderen Amaury Duval (*La Revue nouvelle,* 1. Februar), Achille Jubinal (*Le Voleur,* 20. Januar, und *Moniteur des Arts,* 18. und 25. Januar), Ch. Lenormant (*Le Correspondant,* Januar/März, 664–674), A. de Lestelley (*La Revue indépendante,* 25. Januar), R. de Saint-Louis (*La Sylphide,* III), P. Mantz (*L'Artiste,* 18. und 25. Januar) und anonyme Kritiker (*Le Moniteur des Arts,* 1. Februar; *Journal des Artistes,* III, 26. Lieferung; *La Démocratie pacifique,* 15. Januar). Andere bezogen das *Musée classique du Bazar Bonne-Nouvelle* in ihre Ausführungen über den *Salon* ein, wie Thoré, der es sowohl im *Constitutionnel* wie in seinem Bändchen *Le Salon de 1846* besprach.

Baudelaires *Musée classique du Bazar Bonne-Nouvelle* kennzeichnet die Befreiung von dem starren Schema der konventionellen Kunstkritik mit der Aufzählung möglichst vieler Namen und Werke, eine Methode, wie er sie weitgehend im *Salon de 1845* geübt hatte. Diese Besprechung ist der Auftakt zu dem folgenden Salonbericht, der bereits ein reifes, in sich geschlossenes Werk mit einer kohärenten Ästhetik darstellt. Im übrigen führt Baudelaire hier den bereits im *Salon de 1845* begonnenen Kampf gegen die Abgötter des Publikums fort.

S. 185, 7 *David . . .*: Die Daten der hier genannten Künstler werden weiter unten bei der Besprechung ihrer Werke gegeben. – *14 Cimabue:* Florentiner Maler aus der zweiten Hälfte des 13. Jahrhunderts, noch stark unter byzantinischem Einfluß. Er legt als Lehrer Giottos die Grundlagen für die führende Rolle, die die Malerei gegenüber der bis damals vorherrschenden Bildhauerkunst einnehmen sollte. Eine ›Heilige Jungfrau mit Engeln‹ befindet sich im Louvre. – *16 André Chénier* (1762–1794) hatte eine romantische Empfindsamkeit in antikisierenden Versformen ausgedrückt, ähnlich wie Prud'hon in der Malerei. Er schloß sich zunächst der Revolution an, protestierte jedoch gegen die Auswüchse der Terreur und endete auf der Guillotine. – *27 Hungerleider: malingreux,* altes Wort für Bettler von schwächlichem Aussehen. Baudelaire wird es in Victor Hugos 1831 erschienenem Roman *Notre-Dame de Paris* (I, 2), auf den er im ›Salon 1846‹ (S. 279, 25) anspielt, gefunden haben.

S. 186, *5 Aushilfsepileptiker: sabouleux,* Argotausdruck für Bettler, die Epileptiker nachahmten, indem sie sich ein Stück Seife in den Mund steckten und dadurch den für diese Krankheit charakteristischen Schaum erzeugten (*Grand Larousse du XIXe siècle*). Das *Bettlerviertel* ist der von Baudelaire genannte alte Pariser Stadtteil *La Cour des Miracles,* der zwischen der Rue Réaumur und Rue du Caire lag; er bot im Mittelalter Bettlern und Vagabunden Zuflucht. Victor Hugo hat in seinem eben genannten Roman das Treiben in diesem Viertel geschildert. – *12 romantischen Schule:* Im ›Salon 1846‹ gibt Baudelaire seine Definition der Romantik, in die er Delacroix einbezieht, jedoch Victor Hugo als einer falschen Romantik zugehörig ausschließt (S. 210). – *14 strengen Lehrer . . . der Revolutionszeit:* Baudelaires Bewunderung wird sich gegenüber den Klassizisten abkühlen. 1855 nennt er David ein »kaltes Gestirn« und Guérin und Girodet »Abstrahierer von Quintessenzen« und sie alle »akademische Gespenster«. Gleichwohl wird er nicht von seinem durchaus zutreffenden Urteil abrücken, daß ihr Einfluß auf die »zu liebenswürdigen Frivolitäten« des achtzehnten Jahrhunderts »heilsam« gewesen sei (›Weltausstellung 1855‹, zweites Kapitel, Bd. V). Auch 1859 bleibt David für ihn ein »von Mirmidonen beschimpfter Koloß« (›Salon 1859‹, erstes Kapitel, Bd. V). – *26* Louis *David* (1748–1825), durch enge Anlehnung an die Antike (insbesondere die Bildhauerkunst) Begründer des reinen Klassizismus in der Malerei. Er machte der »tändelnden parfümierten Schäferei« (Heine), in die das ausgehende Rokoko mit Boucher und anderen abgeglitten war, ein Ende und erneuerte die französische Malerei. Der heroische Geist eines Werkes wie ›Der Schwur der Horatier‹ (1784; im Louvre) entsprach den republikanischen Idealen der Revolution. Mitglied des Jakobinerklubs und des Konvents, stimmte er für den Tod Ludwig XVI., dessen Hofmaler er gewesen war. Er schloß sich eng an Robespierre an. Im Empire zum Maler Napoleons ernannt, übte er einen solchen erdrückenden Einfluß aus, daß man von »Terrorismus« sprach (Maynard). Nach dem Sturz Napoleons zog er sich bis an sein Lebensende ins Brüsseler Exil zurück. Wohl kein anderer neuerer Maler hat eine so große Schule gegründet wie David: seine Schüler und Nachfolger sind die weiter unten besprochenen vier großen G's, Guérin, Girodet, Gérard, Gros. Er war auch Ingres' Lehrer. Baudelaires Kollege E. J. Delécluze wird 1855 David und seiner Schule die erste Monographie widmen: *Louis David, son école et son temps*. – *29* Jean-Paul *Marat* (geb. 1744), Physiker und als Politiker Jakobiner, mitverantwortlich für die September-Massaker, hatte fanatisch den Tod des Königs gefordert. Er wurde am 13. Juli 1793 von Charlotte Corday ermordet. Davids Bild befindet sich im Musée des Beaux-Arts, Brüssel (Mayne I, Abb. 10; Expo 1968/69, Abb. S. 36). Es gilt als erstes Märtyrerbild eines Politikers. Die Adjektive »göttlich« und »ruchlos« *(sacrilège)* weisen bei Baudelaire in diese Richtung. – Siehe auch die Monographie von Klaus Lankheit, ›Der Tod Marats‹, Stuttgart (Reclam) 1962.

S. 187, *3* Honoré de *Balzac* (1799–1850) wird von Baudelaire im letzten Kapitel des ›Salon 1846‹ als der Schilderer des »Heroismus des modernen Lebens« verherrlicht (S. 283). Die historische Treue der Details, die auf dem Bild abgemalten Dokumente eingeschlossen, wird von fast allen Kritikern hervorgehoben. David hatte am Vorabend des Mordes Marat einen Besuch abgestattet und ihn im Bad vorgefunden, neben ihm ein Holzgestell, auf dem sich Tintenfaß und Papier befanden. Der Maler berichtet, daß Marat »vom Bad aus seine letzten Gedanken über das Wohl des Volkes notierte« (nach M. W. Alpatow, ›Studien zur Geschichte der westeuropäischen Kunst‹, Köln 1974, 277). – *9 Raschheit:* In einer stürmischen Sitzung des Konvents, die aus Anlaß von Marats Tod einberufen worden war, forderte der Citoyen Guiraud in einer pathetischen Rede David auf, Marats Tod zu verewigen. Drei Monate später, auf der Konventsitzung vom 14. Oktober, konnte David den Abschluß seiner Arbeiten melden. Das Bild wurde im Sitzungssaal ausgestellt. – *13 Ideals:* Besonders in der realistischen Darstellung des nackten Leichnams schimmert etwas von klassizistischer Idealisierung antiker Heroen durch. M. W. Alpatow hat Parallelen zwischen der Badewanne und einem antiken Sarkophag, zwischen dem Holzgestell und einer Grabplatte mit einer Weihinschrift gezogen (›Studien zur Geschichte der westeuropäischen Kunst‹, 276–291). – *14 Häßlichkeit:* Marat soll von sprichwörtlicher Häßlichkeit gewesen sein. David hatte sich für die Arbeit an seinem Bild eine

Totenmaske Marats anfertigen lassen. Einige Kritiker stellen wie Baudelaire fest, daß der tote Marat, »häßlich im Leben, im Spiegel der Kunst aber fast schön« sei (*Dieux,* 354). Andere, wie Delaborde, sprechen von der »physischen Häßlichkeit« (*Études sur les Beaux-Arts,* Paris 1864, II, 187). – *21 Liberale:* Wegen seines politischen Charakters war das Bild lange Zeit Verfolgungen ausgesetzt gewesen. Um es während der Restaurationszeit zu schützen, übermalte David es mit einer dicken Schicht weißer Farbe. Noch kurz nach seinem Tode war es von solch erregender Aktualität, daß die französische Regierung sich nicht zum Ankauf entschließen konnte. Bei Delaborde liest man, daß dieses »schändliche Meisterwerk« zwar »museumswürdig« sei, aber doch besser in einer Privatsammlung verschwände (S. 188). Das Gemälde wurde in der Tat erst 1893 von dem Brüsseler Museum erworben. Aber bereits 1846 gibt es Konservative, wie der anonyme Kritiker vom *Journal des artistes,* die ihre Ergriffenheit zugeben: unter dem künstlerischen Eindruck des Werkes »vergißt« man Marats »politische Verbrechen und verflucht die mörderische Hand, die ihn getroffen hat« (III, 25). Baudelaire gehört zu denen, die unabhängig von der politischen Einstellung den künstlerischen Charakter dieser »mutigen demokratischen Malerei« (Mieckievicz, in *L'Artiste,* 14. Juni 1846, 242) hervorgehoben haben. – *25* Louis Michel *Lepelletier-Saint-Fargeau,* eigentlich Le Peletier de Saint-Fargeau (1760 bis 1793), war 1790 Präsident der konstituierenden Versammlung und später Mitglied des Konvents. Einer der königlichen Leibgardisten namens Pâris ermordete ihn am Abend vor dem Tode Ludwigs XVI., weil er – wie David – für die Hinrichtung des Königs gestimmt hatte. David überreichte der Versammlung der Volksvertreter am 29. März 1793 das Bild, das er von dem Ermordeten gemalt hatte, und erklärte, daß »das höchste Wesen« *(»l'être suprême«,* wie man damals Gott umschrieb) ihm die Gabe verliehen habe, seine Gefühle nicht durch Worte, sondern durch Malerei sprechen zu lassen. Das Werk, das im Salon 1793 ausgestellt und dann im Sitzungssaal der Convention aufgehängt wurde, ist verschollen. Im Museum von Dijon befindet sich eine Zeichnung von Anatole Devosge nach dem Original, die 1793 von Tardieu gestochen wurde (einziges bekanntes Exemplar des Stiches in der Bibliothèque Nationale, Paris). Lepelletiers Tochter, Madame de Mortefontaine, die nicht die politischen Überzeugungen ihres Vaters teilte, soll nach Davids Tod das Bild für 100 000 Francs (nicht 40 000, wie Baudelaire schreibt) gekauft und die kompromittierenden Attribute entfernt haben: die Klinge des Schwertes trug den Namen des Mörders und durchbohrte ein Blatt Papier mit den Worten: »Ich stimme für den Tod des Königs«. Die Nachkommen haben sich offenbar bemüht, alle Reproduktionsstiche zu vernichten; es ist also nicht auszuschließen, daß auch das Bild beseitigt wurde. Cl. Pichois bemerkt, daß das mehr oder minder indirekte Lob der beiden Revolutionäre am Jahrestag der Hinrichtung Ludwigs XVI. erschien. – *31 Der Tod des Sokrates:* heute im Metropolitan Museum of Art, New York; ausgestellt im Salon 1787, den damals nur Angehörige der Akademie beschicken durften (*De David à Delacroix,* Abb. 36). David hatte sich frei an Platons ›Phaidon‹ inspiriert. Das Bild wurde allgemein als ein Meisterwerk betrachtet, besonders von Joshua Reynolds, der in ihm »die größte Leistung der Kunst seit der Sixtinischen Kapelle und Raffaels Stanzen im Vatikan« sah (*De David à Delacroix,* 368). Auch Thiers pries das Gemälde in seinem *Salon* 1822 (s. u.

zu S. 206, *28*), und Jubinal bezeichnete es als Hauptwerk neben dem *Marat* (*Le Moniteur des Arts,* 18. Januar 1846, 194). Besonders die Komposition wird von der Kritik übereinstimmend, ähnlich wie bei Baudelaire, gelobt. – *N, 4 Haupt bedrohte:* Das Schwert hängt nicht über dem Haupt des Ermordeten, sondern über seinem Leib, der eine offene Wunde aufweist (Mayne I, 35).

S. 188, *1 Duval-Lecamus:* ein Schüler Davids; s. o. zu S. 162, *20*. – *3 Bonaparte:* gemalt 1800, Museum Malmaison, Replik im Pariser Musée de l'Armée (Castex, Abb. S. 101). Napoleon hatte sein Heer über den Großen Sankt Bernhard geführt und schlug am 14. Juni 1800 die Österreicher bei Marengo. – *4 Eylau:* Die Schlacht bei Preußisch-Eylau im Februar 1807 war unentschieden geblieben. Gros hatte 1808 mit diesem heute im Louvre befindlichen Bild einen von Napoleon ausgeschriebenen Wettbewerb gewonnen (Propyläen, Abb. 54). – *7 Telemach und Eucharis:* Das 1818 datierte Bild befindet sich in Pariser Privatbesitz (Calvet-Sérullaz, 124). Das Sujet stammt aus Fénelons berühmtem Bildungsroman *Les Aventures de Télémaque* (1699), in dem Odysseus' Sohn von Kalypso begehrt wird, sich jedoch in eine ihrer Nymphen namens Eucharis verliebt. – *9 Paris und Helena:* 1788, Louvre (R. Cantinelli, *J. L. David,* Paris 1930, Tafel XX). Helena, Tochter des Zeus und der Leda, Inbegriff des schönen, aber treulosen Weibes, wurde von Paris ihrem Gatten Menelaos entführt und wurde somit der Anlaß des trojanischen Krieges. – *14* Pierre Narcisse *Guérin* (1774–1833), Historienmaler, Schüler von Brenet und Regnault, seit 1822 Direktor der französischen Akademie in Rom, folgte in der Kompositionsweise David. Aus seinem Atelier gingen – neben Ary Scheffer und Cogniet – die großen Romantiker Géricault und Delacroix hervor. – *Der Tod des Priamus,* eine dramatische Komposition barocker Prägung: heute im Musée Turpin de Crissé, Angers (Calvet-Sérullaz, Abb. 3). – *17 Theseus und Hippolyt: Phèdre accusant Hippolyte devant Thésée,* 1802, im Louvre. Baudelaire wird in dem ›Salon 1846‹ anläßlich der Landschaftsmalerei sein Gefallen an einer Kunst erläutern, die dem Phantasmagorischen nahesteht und folglich das Übernatürliche und Außerordentliche einbezieht. – *20 Vergils:* ›Aeneis‹, II, 506 ff. – *25* Léon *Cogniet:* war in der Tat ein Schüler Guérins (s. o. zu S. 155, *2*). – *28* Anne-Louis *Girodet*-Trioson (1767–1824), Lieblingsschüler Davids. Der ›Hippokrates‹, ein 1792 in Rom gemaltes Frühwerk, befindet sich heute noch in der École de Médecine (Castex, Abb. S. 103). – *35* Joseph-Nicolas *Robert-Fleury:* Schüler des eben genannten Girodet, den Baudelaire im *Salon de 1845* zu den zweitrangigen Meistern rechnet (S. 141, *5*).

S. 189, *1 Endymion: Le Sommeil d'Endymion,* ausgestellt im Salon 1792, und ›*Atalas* Begräbnis‹ *(Les Funérailles d'Atala),* 1808, nach Chateaubriands Erzählung *Atala* (1801), beide im Louvre (Ch. Sterling/H. Adhémar, *Musée national du Louvre, Peintures. XIXe siècle,* Paris 1959, II, Tafel 349). Girodet hat im doppelten Wortsinn Anacreon übertragen, als Maler und als Übersetzer: *Anacréon. Recueil de compositions, dessinées par Girodet et gravées par M. Chatillon, son élève, avec la traduction des odes de ce poète faite également par Girodet,* Paris 1825. – 4 François *Gérard* (1770–1837) nahm wie sein Lehrer David aktiv an der Revolution teil, wurde dennoch »erster Maler Ludwigs XVIII.«. Berühmt durch seine Porträts, von denen sich über achtzig in Versailles befinden. Er hatte u. a. *Bélisaire* (1795; Museum

Versailles), Porträts der Schauspielerin Anne Boutet (1779–1847), genannt *Mademoiselle Mars* (München, Neue Pinakothek), und des Dichters Jean-François *Ducis* (1733–1816) (Paris, Privatsammlung), zwei Skizzen für die ›Schlacht von Austerlitz‹ und ›Marius' Rückkehr nach Rom‹ sowie eine Zeichnung für die Luxusausgabe Racines bei Didot ausgestellt. – *5 Amphitryon:* Gestalt aus Plautus' und Molières gleichnamigen Komödien. – *15* Théodore *Géricault* (1791–1824), Schüler Carle Vernets und Guérins; sein Hauptwerk ›Das Floß der Medusa‹, im Salon 1819 ausgestellt, befindet sich heute im Louvre. Géricault hatte einen ›Reiterkampf‹ *(Combat de Cavalerie)* von kleinen Dimensionen ausgestellt, der möglicherweise mit dem unter Nr. P 274 aufgeführten Bild in der Wallace Collection in London identisch ist *(Wallace Collection Catalogues, Pictures and Drawings,* London 1968, Abb. S. 125); ferner zwei Zeichnungen, nach Thoré ›Pferde in Freiheit‹ und ›Männer, mit Stieren kämpfend‹, letztere wahrscheinlich eine Studie für die im Fogg Art Museum, Cambridge Mass., befindliche ›Zähmung der Stiere‹. – *16* Antoine-Jean *Gros* (1771–1835), Leutnant unter Napoleon, in dessen Dienst er seine Malerei stellte. David übertrug ihm die Leitung seines Ateliers, in dem sich die Maler der neuen Bewegung wie Delacroix, Géricault, Bonington trafen. Gros litt sein Leben lang unter dem Zwiespalt zwischen dem herben Akademismus seines Lehrers David und der freiheitlicheren, koloristischen Kunst der Romantik. Bekannt sind die großen Gemälde im Louvre ›Die Pestkranken von Jaffa‹ (1804) und ›Napoleon auf dem Schlachtfeld von Eylau‹ (1808; s. o. zu S. 188, 4). Unter den sechs ausgestellten Gemälden befanden sich eine Skizze für die ›Schlacht bei Abukir‹ (Detroit Institute of Arts; E. B. Whitcomb, *Catalogue of the Paintings and Sculptures ...*, Detroit 1954, Abb. S. 82; die ausgeführte Fassung befindet sich im Versailler Musée du Palais); die verschollene Skizze des *Roi Lear* war 1846 in der Sammlung Pajou. – *19* Pierre-Paul *Prud'hon* (1758–1823) malte meist mythologische und allegorische Themen und zielte in bewußtem Gegensatz zum zeichnerischen Stil der David-Schule auf malerische Weichheit in der Nachfolge Leonardos und des von Baudelaire erwähnten Correggio (ca. 1494 bis 1534). – *29* Das große Gemälde *Venus und Adonis* aus dem Salon 1812 befindet sich heute in der Wallace Collection, London (Mayne I, Abb. 14). Baudelaire hat jedoch im *Musée Classique* nur eine Skizze zu diesem Bild gesehen, die sich heute in einer Pariser Privatsammlung befindet (Calvet-Sérullaz, 124). – Außer dem genannten Gemälde war Prud'hon mit fünf Zeichnungen und drei Ölbildern vertreten: ›Die Unschuld, von der Liebe mitgerissen und von der Reue verfolgt‹, ›Phrosine und Melidor‹ (Salon 1798; Stich von Prud'hon) und ein Porträt. – *Diaz* wurde von Baudelaire im ›Salon 1845‹ (S. 159) wegen seiner verfließenden Farbgebung gescholten. Prud'hon hingegen, der ähnlich antikisierende Themen gestaltete, hatte trotz seiner Wendung gegen den Klassizismus der David-Schule Sinn für Kontur und Modellierung bewahrt. – *31* Dominique *Ingres* (1780–1867), Schüler Davids, war wegen der zunehmenden Kritik seit 1835 mit seinen Werken nicht mehr an die Öffentlichkeit getreten. Um so bedeutsamer war *Le Musée classique,* das aus fast allen seinen Schaffensperioden repräsentative Werke enthielt, die damals zum Teil noch nie ausgestellt waren. Es handelt sich, außer den weiter unten erwähnten Gemälden, um mythologische Themen wie ›Ödipus, das Rätsel lösend‹ (1808, Louvre; G. Wildenstein, *Ingres,* London ²1956, Tafel 26) und einige mittelalterliche Sujets, ›Francesca da Rimini‹ (1819; Angers, Musée Turpin de Crissé; Wildenstein, Tafel 51), ›Philipp V., das Goldene Vlies dem Marschall Berwick überreichend‹ (1818; Madrid, Sammlung Herzog von Alba; Wildenstein, Abb. 67). Die Vorbehalte der Kritik richteten sich insbesondere gegen die »Trockenheit des Konturs« (Lestelley, in *La Revue indépendante,* 25. Januar 1846, 256), gegen die am »Äußerlichen« haftende Malerei (Lenormant, in *Le Correspondant,* XIII, 670), gegen die archäologische Wiedergabe der Details und den Mangel an Farbe und Atmosphäre (Thoré, 1846, 49 f., 58). Mantz nennt diese Malerei eine »tote Sprache« (*L'Artiste,* 25. Januar 1846, 201). Aber die positiven Urteile überwiegen. Dem »Genie« (A. Jubinal, in *Le Voleur,* 20. Januar 1846, 61) sei ein »Triumph« und eine »Ovation« bereitet worden (de Vaines, in *La Revue nouvelle*, II, 234); Amaury Duval bezeichnet Ingres als eine der »machtvollen Intelligenzen des Jahrhunderts« und hebt seinen Geschmack, den »Adel« und die »Reinheit« seiner Werke hervor (*La Revue nouvelle,* 1. Februar 1846, 78, 85).

S. 190, *9 Stratonike:* 1840, Chantilly, Musée Condé (Mayne I, Abb. 12). Stratonike war die Gattin des syrischen Königs Seleukos Nikator (ca. 358 bis 281), des königlichsten unter den Feldherren Alexanders des Großen, Gründer eines mächtigen Diadochenreiches. Als sein Sohn Antiochos aus Liebe zu seiner Stiefmutter Stratonike auf den Tod erkrankte, trat Seleukos ihm die noch jugendliche Gattin ab. – In diesem Bilde Ingres' ist die Anknüpfung an die klassische Tradition besonders sichtbar. Baudelaire zieht deshalb zu Recht den Vergleich mit einem der großen Maler des *siècle classique,* Nicolas Poussin (1593–1665), der sich in Themen und Formgebung an die antike Kunst anlehnte. – *10 Große Odaliske:* 1814, Louvre (Mayne I, Abb. 29; Expo 1968/69, Abb. S. 39); siehe S. 225, *N 5.* – *11 Kleine Odaliske:* 1839, Fogg Art Museum, Cambridge, Mass. (Wildenstein, Abb. 149). Gegenüber der durch die Konzentrierung auf eine Gestalt und die Kargheit an Details mehr klassizistischen ›Großen Odaliske‹ befindet sich die ›Kleine Odaliske‹ in einem reich dekorierten Interieur, in dem sich noch zwei Dienerinnen – eine schlägt die Laute – aufhalten. Bizarr nennt Baudelaire das Bild offensichtlich dieser exotischen Note wegen. – *13 Bertin:* 1832, Louvre (Wildenstein, Tafel 88/89); s. o. zu S. 177, 22. Das Porträt war Ingres' erster großer Erfolg. – Louis-Mathieu *Molé* (1781–1855), Minister Louis-Philippes (1834; Privatsammlung; Wildenstein, Tafel 79 ff.). – *Madame d'Haussonville:* 1845, New York, Frick Collection (Mayne I, Abb. 31); s. u. zu S. 243, *26.* – *30 Thamar:* ›Juda und Thamar‹ (Wallace Collection, London; Calvet-Sérullaz, Abb. 4). Baudelaires abschätziges Urteil über Vernet (S. 135, 253 ff.) wird von der Kritik nicht geteilt. Jubinal nennt Vernet gleich nach Ingres, und Lestelley spricht anläßlich dieses Werkes von der »prachtvollen Realität« des »populärsten Künstlers Frankreichs« (*La Revue indépendante,* 25. Januar 1846, 259). Auch Heine, obschon nicht ohne Vorbehalte gegenüber Vernet, bespricht mit spürbarem Interesse und in aller Ausführlichkeit dieses im Salon 1843 ausgestellte Gemälde (K. R. H. Hessel, ›Heinrich Heines Verhältnis zur bildenden Kunst‹, Marburg 1931, 118). – Vernet hatte außerdem ›Rebekka am Brunnen‹, ›Die Bresche von Konstantine‹ und eine ›Jagd in den Pontinischen Sümpfen‹ ausgestellt.

S. 191, *3 Insel Kythera:* Anspielung auf die ›Einschiffung nach Kythera‹

(1717; Louvre; Replik in Berlin, Schloß Charlottenburg) von Antoine Watteau (1684–1721). – 7 Paul *Delaroche* (1797–1856), Historienmaler, der bei Gros gelernt hatte und der sich seit einem überwältigenden Erfolg im Salon 1831 die Gunst des Publikums durch die melodramatischen Darstellungen insbesondere von berühmten Persönlichkeiten im Augenblick vor dem Tod bewahren konnte (›Die Ermordung der Söhne Eduards IV.‹, 1831; Wallace Collection, London). So hatte er auch mit seinen drei Bildern im Bazar Bonne-Nouvelle großen Erfolg. Das eine stellt den Kardinal Richelieu vor, »der sterbekrank von Tarascon die Rhône hinauffährt und selbst in einem Kahne, der hinter seinem eigenen Kahne befestigt ist, den Cinq-Mars und den de Thou nach Lyon führt, um sie dort köpfen zu lassen« (Heine, ›Gemäldeausstellung in Paris 1831‹). Das Bild befindet sich heute in der Wallace Collection, London (Calvet-Sérullaz, Abb. 1). Cinq-Mars hatte eine Verschwörung gegen den Kardinal angezettelt; er war das Vorbild für Alfred de Vignys vielgelesenen historischen Roman *Cinq-Mars* (1826). Die beiden anderen Gemälde waren ›Der sterbende Kardinal Mazarin‹ (ebenfalls Salon 1831; heute Wallace Collection, London; Calvet-Sérullaz, Abb. 2) und ›Die Ermordung des Herzogs von Guise‹ (Salon 1835; Musée Condé, Chantilly; Propyläen, Abb. 60). – Die Kritiker nannten Delaroche in einem Atem mit dem Publikumsliebling Horace Vernet und stellten beide an die Spitze der »modernen Schule« (R. de Saint-Louis, in *La Sylphide,* III). Man lobte die Dramatik der Kompositionen, die Wahrheit der Details, die vorzügliche Technik. Heine erging sich 1831 in langen philosophischen und politischen Betrachtungen vor den beiden erstgenannten Bildern, deren Schlichtheit er rühmt. Gautier spricht rückblickend (*L'Artiste,* 15. Februar 1857, 145) von seiner »tiefen Aversion« gegen diese »bürgerliche Romantik«, die die große, von Victor Hugo und Delacroix geführte Bewegung »kompromittierte«. – *11 großen Bildern:* Die von Delaroche im *Musée classique* ausgestellten Bilder waren etwas über einen halben Meter hoch und einen knappen Meter breit. – *13* Léon *Cogniet* (1794–1880), dem Baudelaire im Jahr zuvor einen mittleren Rang zugesprochen hatte (S. 155), konnte als einer der Organisatoren des *Musée Classique* dem ›Tintoretto, seine tote Tochter malend‹ einen guten Platz reservieren (heute Musée des Beaux-Arts, Bordeaux; Mayne I, Abb. 13; Expo 1968/69, Abb. S. 35). Cogniet war außerdem mit der ›Entführung der Rebecca‹ (nach *Ivanhoe*; Salon 1831, gestochen von Girard) sowie einer ›Episode aus dem bethlehemitischen Kindermord‹ (Salon 1824) vertreten. – *14 Ary Scheffer* (1795–1858) wird von Baudelaire im ›Salon 1846‹ gnadenlos kritisiert (S. 258 f.). Der Maler hatte *Francesca da Rimini* ausgestellt, deren Geist Dante und Vergil in der Hölle erscheint (*Divina Commedia,* V. Gesang). Es handelt sich offenbar um die 1835 ausgestellte Fassung aus der Sammlung des Duc d'Orléans: *Le Dante et Virgile rencontrent l'ombre de Françoise de Rimini et de Paulo aux enfers* (Wallace Collection, London; *Wallace Collection Catalogue,* London 1953, Abb. 316). Unter den ausgestellten Werken Scheffers zog dieses Bild das Publikum am meisten an. Noch vierzehn Jahre später bekennt der zwanzigjährige Emile Zola in einem Brief an Cézanne, daß es für ihn »nichts Dichterischeres« gäbe als dieses Gemälde (Lilian R. Furst, *Zola's Art Criticism,* in: Finke, 164; Abb. einer Lithographie, 165). – Außerdem waren folgende Bilder ausgestellt: ›Die Witwe des Soldaten‹ (Salon 1822), ›Der König von Thule‹ nach Goethe

(1838; erster Entwurf im Museum zu Dordrecht), eines der beiden Porträts von Liszt (1839; Liszt-Museum, Weimar, Konservatorium, Genf). – *18 Delacroix* war im Bazar Bonne-Nouvelle, jedenfalls bei der Eröffnung, nicht vertreten. In dem *Bulletin des Arts – Guide des amateurs* wurde kurz vor Schließung der Ausstellung ein Katalog abgedruckt, in dem zwei Bilder von Delacroix aufgeführt sind, die der ebenfalls genannte Besitzer, Alexandre Dumas, möglicherweise verspätet zur Verfügung gestellt hatte: *Le Giaour. – Le Tasse en prison.* Der ›Tasso‹ war in dem Bazar Bonne-Nouvelle schon einmal ausgestellt worden (siehe Bd. IV, 54, 304 f.). – *28 Journalist:* Der Vorwurf des Journalistischen stammt mit Sicherheit aus dem Munde eines Anhängers des Klassizismus, zu dessen Grundsätzen es gehörte, im Streben nach dem Allgemeinen und Überzeitlichen von den Zufälligkeiten des alltäglichen Lebens abzusehen.

DER SALON 1846

Die Ausstellung des Jahres 1846 wurde im Louvre, dem damaligen Musée Royal, am 16. März eröffnet. Baudelaires bei den Gebrüdern Michel-Lévy erschienene Broschüre *Salon de 1846,* die er mit dem Namen Baudelaire Dufaÿs zeichnete, wurde am 23. Mai von der *Bibliographie de France* registriert. Der Dichter, der offensichtlich mit seinem Ausstellungsbericht des Vorjahrs unzufrieden war, hatte einen ehrgeizigen Plan verwirklicht: er durchbrach das ermüdende konventionelle Schema, das er 1845 angewandt hatte, die Künstler nach den verschiedenen Gattungen zu klassifizieren und innerhalb dieser Rubriken katalogartig eine möglichst große Zahl ihrer Werke zu besprechen. Er verzichtete zwar nicht auf diese gattungsbedingte instruktive Form, verband sie jedoch mit Überlegungen allgemeiner Art.

Bereits Jacques Crépet hat darauf hingewiesen, daß auf dem Umschlag des *Salon de 1845* ein nie veröffentlichter Traktat Baudelaires ›Über die Moderne Malerei‹ *(De la Peinture Moderne)* als »im Druck befindlich« *(»sous presse«)* angekündigt worden war, und daß Baudelaire offenbar bei der Abfassung dieses Salons auf den Entwurf zu diesem Buch und einzelne, ausgeführte Teile zurückgriff (Œuvres/Conard, CE, 450). Man wird deshalb annehmen dürfen, daß der überwiegende Teil des Salons bereits vor der Ausstellungseröffnung in einer nahezu endgültigen Fassung vorlag; so beispielsweise die Widmung an die Bürger, die Besinnung auf das Wesen der Kunstkritik, die Ausführungen über die Farbe. In anderen Kapiteln, wie die über das Porträt, die Landschaftsmalerei oder die Bildhauerkunst, folgt der allgemeinen Betrachtung über die Geschichte und das Wesen dieser Gattungen die traditionelle Begutachtung einzelner Werke, die nur nach dem Besuch der Ausstellung geschrieben sein kann. Ein Brief an die Mutter aus der zweiten Hälfte des März, in dem von acht Tagen die Rede ist, innerhalb derer der Band abgeschlossen sein müsse (Corr/Pl I, 136), bestätigt diese Vermutung.

Eine Reihe von Zeitungen verweist auf Baudelaires Broschüre. Im *Tintamarre* (24. und 30. Mai 1846) wird er als ein »wahrscheinlich unverstandener Malerling« verrissen und in der *Démocratie Pacifique* (7. Mai 1846) macht Ch. Brunier Baudelaire wegen seines »kruden Stils« Vorhaltungen; aber in den Tadel mischt sich Anerkennung: Baudelaires Sprache wird auf eine Stufe mit der des großen Philosophen und Kunstkritikers des 18. Jahrhunderts, mit Denis Diderot (1713–1784), gestellt. Auch sonst finden sich in den Zeitungen meist Lobsprüche, allerdings fast ausschließlich aus der Feder von Freunden und Bekannten. Henri Murger, dessen *Salon* mit dem Baudelaires eine Reihe schlagender Übereinstimmungen aufweist, rühmt, daß Baudelaire die Kunstkritik eines Diderot, eines E. T. A. Hoffmann und eines Stendhal wiederaufleben lasse; eine Tradition, die die Tagespresse zugrunde gerichtet habe *(Le Moniteur de la Mode,* 30. Mai 1846). Marc Fournier, mit dem Baudelaire offenbar bekannt war, hebt die »Originalität und das kühne Konzept dieses Büchleins« hervor (*L'Artiste,* 31. Mai 1846). Neben einer wohlwollenden Besprechung im *Journal d'Abbeville* (9. Juni 1846) fällt besonders das Urteil des *Portefeuille* vom 21. Juni auf: Baudelaires Werk sei »reizvoll« und »elegant«; es resümiere »die neuesten allgemeinen Gedanken über die moderne Malerei«. Die »ein wenig exzentrischen Meinungen des Autors« bestechen den Verfasser (wohl Loys L'Herminier; siehe Œuvres/Pl II, 1293). In dem von Auguste Vitu herausgegebenen *L'Écho, Littérature, Beaux-Arts, Théâtres, Musique et Modes* wird in der zweiten Hälfte Juli fast das ganze Kapitel über Delacroix abgedruckt und in den einleitenden Bemerkungen der ›Salon 1846‹ als ein Buch über die Kunst bezeichnet, »in dem die schwierigsten ästhetischen Probleme mit dem Scharfsinn eines Kritikers aufgeworfen und mit der Kühnheit eines Dichters gelöst werden«. Noch Jahre später sprachen der Dichter Théodore de Banville in seiner *Galerie contemporaine* (um 1876) und der Photograph Nadar im *Salon de 1855* von der Publikation dieser Broschüre als von einem bedeutenden Ereignis im Kunstleben der Zeit (Œuvres/Conard, CE, 474 f.). Der ›Salon 1846‹ begründete Baudelaires Ruf als Kunstkritiker ersten Ranges.

AN DIE BÜRGER

S. 193, 2 *An die Bürger:* Diese Widmung hat Anlaß zu widersprüchlichen Deutungen gegeben. Crépet spricht von »dick aufgetragenen Schmeicheleien« (Œuvres/Conard, AR, 528), und auch Cassagne meint, daß Baudelaire um des Erfolgs willen dem Bürgertum schöntut (*La Théorie de L'Art pour l'art,* Paris 1958, 158). Kenner wie Gilman, Ruff, Austin, Kelley sind von dem probürgerlichen Liberalismus Baudelaires überzeugt; Benjamin nennt ihn einen »Fürsprecher« des Bürgertums. Eine solche Interpretation bedeutete aber, daß Baudelaire wenig später, wenn auch nur für kurze Zeit, einen radikalen Gesinnungswandel durchgemacht hätte: während der Februarrevolution gründete er zusammen mit Champfleury und Toubin die kurzlebige Zeitung *Le Salut public* (siehe Bd. II), in der er sich auf die Seite der die Bourgeoisie bekämpfenden Republikaner schlug. In seinem Tagebuch spricht er von seinem »Begeisterungstaumel« im Jahre 1848 (*Mon cœur mis à nu,* V; siehe Bd. VI). Oehler versucht, diesen überraschenden Gesinnungswandel Baudelaires dadurch aus der Welt zu schaffen, daß er in der zum Teil offenkundigen Ironie der Widmung an die Bürger durchgehend eine versteckte Verhöhnung des Bourgeois als Klassenwesen sieht (Oehler, 11 ff.). Man wird jedoch nicht alle Widersprüchlichkeiten des Paradoxe liebenden Dichters glätten können. Sicher ist, daß er dem Bürgertum sowohl den guten Willen, sich zu bilden (siehe S. 127, 138, 192), als auch einen gewissen Instinkt für das Schöne (S. 122, 220, 271) zuspricht. Das hindert Baudelaire jedoch nicht daran, die anti-bürgerliche Einstellung der Romantik beizubehalten und sich über den spießbürgerlich genießenden Bürger und seine Borniertheit (S. 242, 254 f.) zu mokieren. Als Vertreter einer individualistischen Ästhetik (siehe seine Definition der Romantik, S. 198 f.) distanziert er sich entschieden von den Republikanern, deren politisches Credo von Gleichheit und Freiheit zu Anarchie und Sterilität im zeitgenössischen Kunstschaffen geführt habe (siehe Kap. XVII, S. 276 ff.). – 4 *Gerechtigkeit:* Diese provokante Gleichsetzung von Mehrheit, Macht und Gerechtigkeit findet sich auch in den ›Ratschlägen für junge Literaten‹ (siehe S. 117). Baudelaire erkennt dort die Macht des Publikums an, das als Käufer über den Erfolg eines Werkes entscheidet und damit letztlich auch die Instanz eines Kunstrichters ausübt. Er bezieht sich dabei insbesondere auf den Erfolg der Trivialromane eines Eugène Sue. – *16 Poesie:* Vgl. ›Ratschläge für junge Literaten‹, S. 122, *17*. – *21 Schacherer:* Der Begriff *accapareur,* der hier mit »Schacherer und Wucherer« übersetzt ist, meint Händler, die z. B. Korn aufkaufen, um einen Notstand künstlich zu erzeugen und um Preise diktieren zu können. Der Begriff wurde von der frühsozialistischen Kritik am Kapitalismus aufgegriffen. »Die wucherische Spekulation *(accaparement)* ist das hassenswerteste der sozialen Verbrechen.« (Charles Fourier, *Théorie des quatre mouvements et des destinées générales,* ³1846; zit. nach *Œuvres Complètes,* Paris 1966, I, 237).

S. 194, *19 Gefühl:* Für Baudelaire ist der schöpferische Akt wie auch die Aufnahme eines Kunstwerks im Gefühl begründet (siehe seine Definition der Romantik als »Art des Empfindens«, S. 199). Eine solche Ästhetik durchbricht den Klassizismus, der von dem aristokratischen Denken geprägt war und der als Voraussetzung für das Kunstverständnis Bildung und namentlich die Kenntnis der Antike voraussetzte. Noch zu Beginn der ›Weltausstellung 1855‹ (siehe Bd. V) bezeichnet Baudelaire Gefühl und Naivität als den eigentlichen Weg, der zur adäquaten Erfassung der Kunst führt, und entsagt aller ästhetischen Systematik. – *30 Menge:* Auch in Deutschland forderten Künstler und Dichter schon lange vor der Französischen Revolution, daß das Volk am Kunstleben Anteil nehmen solle, bis in »die niedersten Hütten des gemeinesten Bürgers« (J. G. Sulzer, ›Allgemeine Theorie der schönen Künste‹, 1771–74, Artikel »Künste«; Reprint Hildesheim 1967, 80). Während Baudelaire im *Salon de 1845* (s. o. S. 128) die Öffnung der Museen ausschließlich als Verdienst des Bürgerkönigs Louis-Philippe (1830–1848) hingestellt hatte, schreibt er jetzt diese Liberalisierung auf das Konto der Juli-Revolution und damit der bürgerlichen Kräfte, die er hier als fortschrittlich darstellt. – *36 Minderheit:* Mit der protestierenden Minderheit meint Baudelaire die Republikaner (siehe Kapitel XVII). Baudelaire wahrt eine ironische Distanz zu dem eben gefeierten mehrheitlichen Bürgertum.

S. 195, *5 Musée Espagnol:* s. o. zu S. 128, *25*. – *10 Gemeinsamkeit: communion.* Dieser Begriff gehört zum Gedankengut des Frühsozialismus. Pierre Leroux (1797–1871), der als charakteristischer Vertreter der politischen Romantik gilt, verstand die Demokratie als Religion, die auf einer »moralischen Kommunion« beruhte, d. h. einem gemeinsamen – auch internationalen – Glauben an einen universalen und transzendenten Urgrund (siehe David O. Evans, *Social Romanticism in France,* Oxford 1951, 43). Auch

Thoré gebraucht den Begriff der *»communion«* und sieht in der Liebe zu Poesie und Kunst das alle Menschen vereinende Band: Ästhetik und Politik gehen, wie er ausdrücklich betont, eine enge Verbindung ein (1846, XX bis XXII). – *21 satt: »repu«*; hat im Französischen einen deutlich abschätzigen Sinn.

I. WOZU KRITIK?

S. 196, *12 Gavarni,* eigentlich Sulpice-Guillaume Chevalier (1804–1866), veröffentlichte diese Lithographie in *Le Charivari* vom 27. November 1839. Es ist das vierte Blatt der Serie *Leçons et conseils* (›Lektionen und Ratschläge‹; Mayne I, Abb. II). – *29 spiegelt:* Émile Zola erinnerte sich dieser Worte Baudelaires in seinem ersten Salon 1866, als er eine berühmt gewordene Definition gab: »Ein Kunstwerk ist ein Ausschnitt der Schöpfung, wie er durch ein Temperament gesehen wird.« (E. Zola, *Salons,* hrsg. von F. W. J. Hemmings und R. J. Niess, Genf, 1959, 73.) – *31 Elegie:* In Frankreich war durch Antony Deschamps (1800–1869) und Auguste Barbier (1805–1882) eine gereimte, meist deskriptive und nachempfindende Kunstbetrachtung in Mode gebracht worden. Théophile Gautier, dem Baudelaire in Verehrung seine *Fleurs du Mal* widmen wird, gilt als Meister solcher *»transpositions d'art«.* 1834 schrieb er ein Gedicht auf Dürer *(Melancholia),* 1835 auf *Watteau,* 1844 auf *Ribeira* und *À Zurbaran;* auch seine ›Emailmalereien und Kameen‹ (*Émaux et Camées,* 1852) entstanden aus dem engen Kontakt mit der bildenden Kunst. Bereits 1844 verfaßte Baudelaire sein Gedicht auf Delacroix' ›Tasso im Gefängnis‹ (Bd. IV, S. 54), den er in der Ausstellung des Bazar Bonne-Nouvelle gesehen hatte, und die *Fleurs du Mal* sind voll von Reminiszenzen an Skulpturen, Bilder und Radierungen. Zeitschriften wie *L'Artiste,* in dem auch Baudelaire publizierte, druckten in fast allen Heften Gedichte auf Kunstwerke ab. So veröffentlichte dort der Baudelaire bekannte, zu Recht vergessene Amédée Pommier insgesamt sechzehn Sonette über den Salon 1851. Für die Nähe der Kunstkritik zur Poesie s. o. zu S. 135, *21.* – *N 3 erhabenen Geschmack:* Noch 1853 machte sich Gustave Planche zum Anwalt eines solchen Eklektizismus: die Künstler sollten so rein wie Leonardo und Raffael malen und zugleich die Konturen wie Rembrandt in »ein geheimnisvolles Dunkel hüllen«, selbst wenn das, wie er einräumt, ein schwieriges Problem darstellt *(Rembrandt* in *RDM,* 1853, III, 277).

S. 197, *5 parteiisch:* Baudelaire bekennt sich hier zu einer individualistischen Kritik, die die persönliche, sogar subjektive Reaktion vor dem Kunstwerk zur Grundlage des Urteils macht. Das entspricht einerseits seiner Absage an den nach absoluten Maßstäben strebenden Klassizismus, wie andrerseits seiner Verurteilung der eklektischen Künstler, deren Schwäche er in der »Unparteilichkeit« (S. 257) begründet sieht. Damit steht jedoch seine Auffassung im Gegensatz zur Objektivität, die er noch zu Beginn des ›Salon 1845‹ angestrebt hatte (S. 127). Wesentlich in diesem Prozeß der Klärung scheint der Baudelaire wohlbekannte Schauspieler, dramatische Autor und Kritiker Marc Fournier (1818–1879) gewesen zu sein, den er weiter unten zitiert (S. 254). Fournier hatte genau in den Tagen, als Baudelaire an diesem Salon arbeitete, nämlich am 15. März 1846, in *L'Artiste* seine Überzeugung von den Aufgaben der Kritik dargelegt, die Baudelaire weitgehend übernahm und an denen er auch in den folgenden Jahren festhielt: »Kritiker wird man durch irgendeine Leidenschaft«; »die eifersüchtige Kritik, die bittere und hartnäckig zweifelnde Kritik ist den Musen heilsam ... sie legt das tote Gehölz bloß« und wendet sich gegen »alle diese Aureolen aus vergoldeter Pappe« (*De la Critique,* in der Rubrik *La Semaine littéraire*). – Der Begriff der »politischen« Kritik ist metaphorisch zu verstehen, wie aus dem Folgenden hervorgeht. – *18 Naivität:* Die von Baudelaire geforderte Naivität ist eines der wesentlichen Kriterien seiner Kunstkritik und gehört zur romantischen Rebellion gegen den rationalistischen Regelkanon des Klassizismus. Man findet diesen Begriff bei Madame de Staël, Stendhal, Victor Hugo, Vigny u. a., in der zeitgenössischen Kunstkritik insbesondere bei Thoré, der im *Salon de 1846* der »Naivität in den Künsten« einen Absatz widmet (104). Die Forderung nach dem unverfälschten Ausdruck von Gefühl und Temperament zielt auf die von Baudelaire bekämpften Eklektizisten (siehe S. 256ff.) wie auf die routinierte seelenlose Malerei der Zeit (z. B. Troyon). Damit ist der Weg frei für eine unakademische Malweise von Autodidakten wie Catlin (S. 227). – *32 formgewordene Moral:* Das Zitat stammt aus der *Histoire de la Peinture en Italie* (1817): »Spräche ich zu Geometern, würde ich meinen Gedanken sagen, wie er sich mir darstellt: *Die Malerei ist nur eine konstruierte Moral.*« (Anm. zu Kapitel 156).

II. WAS IST ROMANTIK?

S. 198, *14 Romantik:* Nach der verinnerlichten Lyrik von Lamartine, Victor Hugo, Vigny in den zwanziger Jahren triumphierte die Romantik 1830 über den Klassizismus anläßlich der turbulenten Aufführung von Hugos *Hernani,* in der sogenannten *»bataille d'Hernani«.* Baudelaire spielt auf diese erbitterte, sich Jahre hinziehende Auseinandersetzung zwischen Klassizismus und Romantik an. In den vierziger Jahren war ihr Höhepunkt überschritten, und Catulle Mendès (1841–1909) bezeichnete Baudelaire als der zweiten romantischen Generation zugehörig, der »Neo-Romantik« (zit. nach M. Z. Shroder, *Icarus,* Cambridge/Mass. 1961, VIII). In der Tat bekannte Baudelaire noch 1859: »Die Romantik ist eine himmlische oder höllische Gnade, der wir ewige Stigmata verdanken.« (*Salon de 1859,* Kapitel VI; siehe Bd. V) – *19 Wirren:* Baudelaire, der sich weitgehend auf die Literatur – und nicht die Kunst – bezieht, spielt hier möglicherweise auf den Durchfall von Victor Hugos romantischem Drama *Les Burgraves* (1843) sowie den Triumph von Ponsards *Lucrèce* (1843) an. Der Mißerfolg veranlaßte Hugo, sich von der Bühne zurückzuziehen. – *30 Römern:* Die Aufforderung, sich von den antiken Themen abzuwenden, findet sich bereits in Madame de Staëls (1766–1817) Werk *De l'Allemagne* (1810), in dem sie den Franzosen die zeitgenössische deutsche Literatur und Philosophie nahebrachte und damit auf die französische Romantik nachhaltig einwirkte. – *32 Lokalkolorit:* In dem Vorwort zu seinem Drama *Cromwell,* einem der großen romantischen Manifeste, hatte Victor Hugo 1827 den Bruch mit den Regeln des klassischen Theaters vollzogen und »Natur und Wahrheit« sowie »Lokalkolorit« gefordert.

S. 199, *3 Raoul Rochette* (1789–1854), Historiker und Archäologe, Mitglied mehrerer Akademien, verfaßte wissenschaftliche Schriften über griechische Kolonien, über Pompeji, etruskische und römische Kunst. – *13 Glück:* Baudelaire zitiert aus dem Gedächtnis Stendhals *Histoire de la Peinture en Italie* (1817): »Die Schönheit ist Ausdruck einer gewissen Art und Gewohnheit, das Glück zu suchen.« (Kap. 110) – *21 Rokoko der Romantik:* s. o. zu S. 160, 7. – *24 Lage des Menschen:* Variante: *situation de l'âme* / der Seele. – *26 Romantik:* Baudelaires Definition der Romantik, die mit dem Unendlichkeitsbegriff Schlegels und Heines Übereinstimmungen aufweist, beruht vor allem auf dem Gegensatz zu Klassik und Klassizismus. – *30 Sektierer:* Baudelaire schließt V. Hugo von seiner Definition der Romantik aus (siehe S. 210). – *33 Nordens:* Die Gegenüberstellung von Norden und Süden, England und Deutschland einerseits und Italien und Spanien andrerseits, war seit Madame de Staëls Buch *De la Littérature* (1800) allgemeines Gedankengut.

S. 200, *4 Süden:* In Anlehnung an deutsche Schriftsteller hatte Madame de Staël in ihrem Werk *De L'Allemagne* die antike Poesie mit der Skulptur und die romantische mit der Malerei verglichen (Teil II, Kap. 11). – *14 Raffael:* Baudelaire schreibt gegen den Geschmack seiner Zeit, gegen die ungeheure Popularität, deren sich Raffael besonders beim Bürgertum erfreute. Von der Kühnheit seines Urteils zeugt Delacroix' Tagebucheintragung vom 6. Juni 1851: »Vielleicht wird man entdecken, daß Rembrandt ein sehr viel größerer Maler als Raffael ist.« Erschreckt über diese Abweichung von dem Geschmackskanon seiner Zeit bezeichnet der Maler seine eigenen Worte als »Blasphemie«. – *16 Rembrandt:* Gustave Planche berichtet, was auch Samuel-Henry Berthoud (s. o. zu S. 162, 5) in seinen populären Geschichten erzählt, daß der holländische Maler geldgierig bis zum Exzeß war und nicht vor zweifelhaften Praktiken zurückschreckte: er streute das Gerücht von seinem Tod aus, ließe seine Werke zu fabelhaften Preisen versteigern und erschien dann plötzlich inmitten der düpierten Käufer (*RDM*, 1853, III, 250).

III. ÜBER DIE FARBE

S. 201, *1 Über die Farbe:* Baudelaires Traktat über die Farbe ist ein wichtiges Dokument im Streit zwischen den Romantikern, für deren Kolorismus er Partei nimmt, und den klassizistischen Zeichnern. Baudelaire hat hier die Erkenntnisse der Wissenschaft einbezogen, die sich damals in zunehmendem Maße dem Phänomen der Farbe zuwandte. Man darf annehmen, daß er zumindest einige Kapitel des über 700 Seiten umfassenden damaligen Standardwerks von Eugène Chevreul *De la Loi du contraste simultané des couleurs* (Paris 1839; ›Vom Simultankontrast der Farben‹) gelesen hat. Chevreuls Erkenntnisse waren nicht neu. Goethe hatte sie in seinem Werk ›Zur Farbenlehre‹ bereits 1810 ausgesprochen (siehe z. B. Kapitel VI ›Farbige Schatten‹ der ›Ersten Abteilung: Physiologische Farben‹). Auch Delacroix war zu ähnlichen Ergebnissen wie Chevreul gelangt. – *7 inneren Wärme: calorique,* eine Flüssigkeit, von der man annahm, daß sie die Wärme transportiere. – *23 Kreisel:* Bereits im ›Salon 1845‹ (S. 132) hatte Baudelaire auf den bekannten Kreisel angespielt, der alle Spektralfarben vereinigt, die jedoch bei schneller Bewegung dem Auge weiß erscheinen. – 29 *durchscheinenden Gegenständen*: etwa die Blätter eines Baumes, die Sonnenstrahlen oder farbige Reflexe durchschimmern lassen. – *N 3 Wissenschaft des Kontrapunkts:* Es handelt sich um Chevreuls Gesetz vom Simultankontrast. Es besagt, daß eine Farbe wie Rot oder Blau im Auge des Betrachters die jeweilige Komplementärfarbe zur gleichen Zeit entstehen läßt, also Grün bzw. Orange. Delacroix, der zu dieser Erkenntnis bereits 1830 in Marokko gekommen war und der Baudelaire auf diese Probleme hingewiesen haben mag, hatte gegen 1850 versucht, Chevreul kennenzulernen; es war jedoch nicht zu einem Zusammentreffen gekommen (Fr. Cachin, *Paul Signac*, Paris 1964, 76).

S. 202, *13 blaue Schatten:* Die ganze, an Bernardin de Saint-Pierre (1737 bis 1814) erinnernde Schilderung des Sonnenuntergangs (vgl. die *Harmonies végétales de l'air* in den *Harmonies de la Nature*, 1815) ist eine dichterische Illustration des Chevreulschen Simultankontrasts; man vergleiche in dessen Buch (680) die Beschreibung eines Sonnenuntergangs. – *16 ewige Variation:* Chevreul widmet ein Kapitel dem *»principe de la variété«:* die Schönheit, zu deren Grundbestandteilen die Harmonie und die Vielfalt gehören, entspringt aus den wechselnden, vom Auge wahrgenommenen Verhältnissen; ihr Wechsel suggeriert den Gedanken der Unendlichkeit (640). – *21 Kontrapunkt:* Auch Chevreul spricht immer wieder von dem *»principe de l'harmonie du contraste«* (204).

S. 203, *1 Kopieren von Gipsfiguren:* In den Ateliers der Klassizisten wurde viel nach antiken Statuen gezeichnet. 1798 betrachtete es Goethe als »wesentlich notwendig« für einen jungen Maler, »viel nach antiken Statuen, oder guten Abgüssen derselben, zu zeichnen«. (›Gutachten über die Ausbildung eines jungen Malers‹, in: ›Schriften zur Kunst‹, Zürich, Artemis, 1954, 131) – *6 Verhältnis zueinander:* Chevreul hebt den *relativen* Wert der Farbe hervor. – *7 Lupe:* Auch nach Chevreul gilt die von ihm erkannte Gesetzmäßigkeit für jedes noch so kleine Detail, das man nicht »mit dem bloßen Auge« erkennen kann (600 f.). – *12 unendlich teilbar:* Die von Baudelaire gebrauchte Wendung *»matière divisible à l'infini«* ist mit Leibniz' Formulierung in der französischen Fassung seiner *Monadologie* (1714) identisch (§ 65). Chevreul weist die Theorie von der »unendlichen Teilbarkeit der Materie« zurück, geht aber, ebenso wie Baudelaire davon aus, daß die »Farbmasse gewissermaßen bis ins Unendliche teilbar« sei (601). – *23 von Geburt an:* Gegen die damals weitverbreitete Überzeugung, daß man Zeichner werden könne, aber zum Koloristen geboren sein müsse, wandte sich noch Charles Blanc in *La Peinture* (Paris o. J., 138). – *26 verschiedenen Rottönen:* Chevreul hatte nach 1825 entdeckt, daß jeder Farbton in einer Skala gleicher Töne verschiedener Intensität an der Grenze zu einer dunkleren Schattierung heller und an der Grenze zu einer helleren Schattierung dunkler erscheint. Das hatte Delacroix bereits 1824 aus den Bildern Constables (1776–1837) gelernt. Er war von der Technik des Engländers so beeindruckt, daß er sein ›Gemetzel von Chios‹ unmittelbar vor der Ausstellungseröffnung mindestens teilweise übermalte. Noch 1846 beschäftigte ihn dieses Problem: »Constable sagt, daß die Überlegenheit des Grüns seiner Wiesen darin liegt, daß es aus einer Vielzahl von verschiedenen Grüns zusammengesetzt ist. Der Mangel an Intensität und Leben im Grün der gewöhnlichen Landschaftsmaler ist in der einförmigen Tönung zu suchen.« (*Journal*, 23. September 1846) – 27 *antikoloristischer Grundbesitzer:* Die Zeichner, die die klassizistische Tradition wahrten, galten oft als die Hüter der gesellschaftlichen Ordnung, während für die fortschrittlichen Anhänger der Farbe der Vergleich mit den umstürzlerischen Elementen, die sich gegen die bestehenden Besitzverhältnisse wandten, nahezuliegen schien. – *30 Veroneses:* s. o. zu S. 134, *12*. Es ist kein Zufall, daß der Name Veronese in diesem Kapitel dreimal fällt. Delacroix soll gesagt haben, er verdanke die Entdeckung des Gesetzes vom Kontrast Veroneses ›Hochzeit zu Kana‹ (Louvre; Huyghe, 393). – *37 Luft:* Der Maler Paul Laurent hatte die Wirkung der Atmosphäre auf die Farbe untersucht: *Traité de perspective aérienne,* Nancy 1828 (in Bd. II seiner *Théorie de la Peinture*). Den Mangel an Farbenperspektive bemängelt Baudelaire besonders bei dem Haupt der Klassizisten, Ingres.

S. 204, *19 Erinnerung:* Der damals oft gebrauchte Vergleich zwischen der Harmonie der Farben und der Klänge führte Baudelaire zu einer seiner kühnsten Thesen: auch unabhängig von dem dargestellten Gegenstand übe die Farbe eine gewisse »melodische« Wirkung auf den Betrachter aus. Dieses Konzept einer absoluten Kunst wird er im ›Salon 1859‹ wiederaufnehmen (siehe W. Drost, ›Kriterien der Kunstkritik Baudelaires‹, in: ›Baudelaire‹, hrsg. von A. Noyer-Weidner, 1976, 410 ff.). Die Einführung der Erinnerung an ein Werk als ein Kriterium für dessen Qualität zeigt, daß Baudelaire, im Gegensatz zu den Klassizisten, die tieferen Bewußtseinsschichten als einen entscheidenden Faktor bei der Rezeption und Beurteilung von Kunstwerken betrachtet. – *26 Catlins:* s. u. zu S. 227, *8*. – *30 Analogist:* Alphonse Karr (1808–1890) entwickelte in seinem Roman *Einerley* (1838) seine Gedanken über die Analogien zwischen Farben und Gefühlen (II, 107 ff.). Delacroix kopierte diese Seiten in einem seiner *Carnets* (A. Moss, *Baudelaire et Delacroix,* Paris 1973, 98 ff.). Swedenborg, Fourier, Lavater, Joseph de Maistre und Romantiker wie Lamartine, Chateaubriand, Gautier hatten sich gleichfalls mit der suggestiven Kraft der Farben beschäftigt. – *32 E. T. A. Hoffmann:* s. o. zu S. 108, *18*. Die von Baudelaire zitierte Stelle stammt aus E. T. A. Hoffmanns ›Höchst zerstreute Gedanken‹, ›Kreisleriana 5‹, in: ›Phantasiestücke in Callots Manier‹, die in der Übersetzung der Gesamtausgabe von Loève-Weimars 1832 in Frankreich erschienen waren.

S. 205, *12 Pinselstriche:* Die Klassizisten hatten es abgelehnt, den Pinselstrich sichtbar auf der Leinwand in Erscheinung treten zu lassen, mit der Begründung, daß er nicht in der Natur sei. Baudelaire nimmt konsequenterweise die Gegenposition ein: er bejaht den erkennbaren Duktus der künstlerischen Handschrift. Der Pinselstrich ist somit Ausdruck einer individualistischen Haltung und zugleich eine notwendige Folge der Einsichten von Chevreul, daß reine Farben nicht durch Mischung getrübt, sondern unvermischt nebeneinander gesetzt werden müssen, um den Farbton zu beleben.

S. 206, *8 epische Dichter:* Baudelaire bringt offenbar den Begriff des »Epischen« in Zusammenhang mit der Darstellung der Aktualität bzw. der Modernität des Lebens und damit in Gegensatz zu den auf die Universalien des menschlichen Lebens gerichteten »philosophischen« Tendenzen des Klassizismus (siehe S. 184, 280).

IV. EUGÈNE DELACROIX

S. 206, *9 Delacroix:* s. o. zu S. 130, 2. – *14 modernen Schule:* Nach Auguste Jal wurde Delacroix in der Tat früh als Haupt der neuen Schule betrachtet, die man oft die »gotische« (*»école gothique«*) im Sinne von »barbarisch« nannte (*Esquisses, croquis et pochades, ou tout ce qu'on voudra sur le salon de 1827*, Paris 1828, 108; Horner, 21). Diese neue Lehre, meinte man, beruhe auf der Idealisierung des Häßlichen und dem Haß gegen das Idealschöne (Feuillet de Conches, *Lettre sur le Salon de 1831*, in: *L'Artiste*, 1831, 199; Horner, 25). – *28 Adolphe Thiers* (1797–1877), französischer Staatsmann, damals ein junger Advokat, der, aus seiner Heimatstadt Marseille nach Paris gekommen, dort im Journalismus debütierte. Der von Baudelaire zitierte Artikel war am 11. Mai 1822 erschienen. – *31 Dante und Virgil* (1822): vom Staat für 1200 Francs angekauft; heute im Louvre (Mayne I, Abb. 33; Huyghe, Abb. II).

S. 208, *3 Meisters der Schule:* nach Théophile Silvestre der Maler François Gérard (*Histoire des artistes vivants*, 1856, 62; zit. nach Mayne I, 53). Er stand mit Delacroix' Familie in Verbindung und machte den romantischen Maler mit Thiers bekannt, nachdem dieser auch das ›Gemetzel von Chios‹ sehr lobend besprochen hatte (siehe auch Huyghe, 117). – *13 Schmähungen:* E.-J. Delécluze, ein Schüler Davids und anerkannter Kritiker des akademischen Lagers, schrieb in seinem *Salon de 1822*, daß dieses Bild eine »Farbenkleckserei« sei – *»une vraie tartouillade«* (*Le Moniteur universel*, 22. Mai 1822; zit. nach Horner, 12). Théophile Silvestre überliefert das Wort eines Journalisten: »Delacroix malt mit einem trunkenen Besen«, ein Sarkasmus, der von Mund zu Mund ging (*Les Artistes français – Études d'après nature*, 1878, 27). – *16 Guérins:* Delacroix' Lehrer (s. o. zu S. 188, *14*); hatte ursprünglich davon abgeraten, das Bild auszustellen. – *26 Géricault:* s. o. zu S. 189, *15*; nicht 1822, sondern schon 1817 war Géricault aus Italien zurückgekehrt und hatte damals Delacroix' Bekanntschaft gemacht. – *27 römischen und florentiner Fresken:* Géricault hatte in der Brancacci-Kapelle in der florentiner Kirche Santa Maria del Carmine den die Frührenaissance einleitenden Masaccio (1401–1428) bewundert und in Rom Michelangelos Fresken in der Sixtinischen Kapelle studiert. – *32 Pestkranken von Chios:* 1824 (Louvre; Castex, Abb. S. 109; Huyghe, Tafel 3). – *34 Ausspruch:* Den gleichen Ausspruch zitiert Baudelaire schon in dem ›Musée classique des Bazar Bonne-Nouvelle‹ (siehe S. 189).

S. 209, *6 Abgeordnetenkammer:* Delacroix arbeitete 1846 noch an der 1838 begonnenen Ausmalung der Bibliothek des Palais Bourbon (siehe S. 217). – *17 Griechenland:* ›Griechenland stirbt auf den Ruinen von Missolunghi‹, 1827 ausgestellt, heute im Museum von Bordeaux (Huyghe, Tafel 5, Abb. 214). Eines der bedeutendsten Zeugnisse des Philhellenismus in der französischen Malerei. Missolunghi war 1826 von den Türken nach langer Belagerung eingenommen und zerstört worden; zwei Jahre zuvor hatte Lord Byron dort im Freiheitskampf für die Griechen den Tod gefunden. – *18 Sardanapal:* ›Der Tod des Sardanapal‹, gleichfalls im Salon 1827 ausgestellt, heute im Louvre (Huyghe, Abb. XI; Propyläen, Abb. 62). Lord Byrons gleichnamige Tragödie (1821) hatte den Maler zu dem Gemälde angeregt. Im Gegensatz zu Delacroix' bewegtem Gemälde hat das Drama einen stillen, fast lyrischen Ausklang. Der Katalog des Salons 1827 erläutert das Bild mit einem vielleicht von Delacroix stammenden Text: der Assyrerkönig, der in dem belagerten Palast sein Lager auf einem mächtigen Scheiterhaufen errichten ließ, »befiehlt Dienern und Eunuchen, seine Frauen, seine Pagen, seine Lieblingspferde und Lieblingshunde niederzumetzeln; kein Geschöpf, das je seiner Lust gedient hatte, soll ihn überleben«. Delacroix nennt sein Werk einen »asiatischen Gewaltstreich gegen die spartanische Nachahmung Davids« (Huyghe, 176, 173). – *Freiheit:* ›Die Freiheit auf den Barrikaden‹ war im Salon 1831 als eine von etwa vierzig Darstellungen der Juli-Revolution ausgestellt; heute im Louvre (Huyghe, Tafel 13, Propyläen, Abb. 61). Heine rühmte »die wirkliche Physiognomie der Julitage« (›Gemäldeausstellung‹, 18), während die Kritik Anstoß an der Vermengung von realistischer Darstellung und Allegorie in der Gestalt der hinstürmenden Freiheit nahm. Dazu G. Busch, ›Delacroix, Die Freiheit auf den Barrikaden‹, Stuttgart 1962. – *22 Sosthène de La Rochefoucauld,* Duc de Doudeauville (1785–1864), vergab damals die Regierungsaufträge. Man kennt Delacroix' Schilderung dieser Szene. In dem Bewußtsein, daß der Tod des *Sardanapal* »eine der schönsten Federn seines Hutes« sei, glaubte er, Sosthène de La Rochefoucauld würde ihm das Kreuz der Ehrenlegion verleihen. Auf die Aufforderung, seine Malweise zu ändern oder auf Regierungsaufträge zu verzichten, antwortete Delacroix: »Niemand in der Welt wird mich daran hindern, die Dinge auf meine Weise zu sehen«, und machte zugleich eine Reverenz (zit. nach E. A. Piron, *E. Delacroix, Sa vie et ses œuvres,* 1865, 60). Man darf annehmen, daß Delacroix selbst diese Begegnung Baudelaire geschildert hat. – *33 sieben Jahre:* Baudelaire irrt; es waren nur fünf Jahre. Die Begegnung zwischen Sosthène de la Rochefoucauld und Delacroix fand 1828 statt (R. Escholier, *Delacroix,* Paris 1926, I, 220 ff.). Seit 1832 wurde Delacroix wieder mit Regierungsaufträgen bedacht. – *35 Globe:* Im *Globe* des Jahres 1830 hat Thiers keinen Artikel veröffentlicht (Horner, 79).

S. 210, *6 die Frauen von Algier*: 1834, heute im Louvre (Mayne I, Abb. 34; Castex, Abb. S. 111; Huyghe, Tafel 21). Baudelaire hatte im Hotel Pimodan eine von Émile Deroy angefertigte Kopie dieses Bildes hängen. – *10 edle Ausnahmen:* Sie dürfen nicht unterschätzt werden. Von 1822 bis 1845 wurden von der Jury immerhin weit über fünfzig Bilder Delacroix' zu den verschiedenen Salons zugelassen, und selbst im Lager der eingefleischten Klassizisten hatten sich stets Stimmen zu seinen Gunsten erhoben. – *21 Victor Hugo:* war bereits 1828 von Auguste Jal als kongenial mit Delacroix bezeichnet worden (*Esquisses, croquis et pochades,* Paris 1828, 108). – *24 Fehlurteilen:* Ein anonymer Kritiker sah das Delacroix und Victor Hugo vereinigende Band in ihrer gemeinsamen, fanatischen Liebe zum Häßlichen (*L'Artiste,* 1835, 90), und Frédéric de Mercey behauptete, daß beide die Form dem Gehalt opferten (RDM, 1. Mai 1838, 384). – *26 Vergleich ... peinlich vorkommen:* In der Tat äußerte sich Delacroix abschätzig über den Dichter: »Victor Hugos Werke ähneln den Entwürfen eines talentierten Mannes: er sagt alles, was ihm durch den Kopf geht.« (*Journal,* 22. September 1844) – Baudelaires Vermutung, daß Hugo sich durch den Vergleich ebensowenig geschmeichelt fühlte, trifft zu. Hugo sprach dem Maler »alle Qualitäten zu, außer einer ... *die Schönheit.*« (Charles Hugo, *Victor Hugo en Zélande,* Paris 1868, 209 f.)

S. 212, *8 Vorurteil von dem Zufall:* In allen seinen Ausführungen widerspricht Baudelaire dem Vorurteil der akademischen Kritik, Delacroix schaffe in einer Art unkontrolliertem Schaffensrausch, bei dem er geglückte Partien allein dem Zufall zu verdanken habe. – *21 Verstoß in der Zeichnung:* Von den klassizistischen Kritikern hatte wohl keiner bei der Besprechung eines Werkes von Delacroix versäumt, auf »die unverzeihlichen Zeichenfehler« oder gar auf die »kindlichen Ungeschicklichkeiten« des Meisters hinzuweisen (anonyme Kritik in *L'Illustration,* VII, 1846, 201). – *29 nach Raffael:* Delacroix hatte Raffaels *Belle Jardinière* (›Die schöne Gärtnerin‹, Louvre) kopiert und als Vorbild für seine *Vierge des Moissons* genommen (›Die Heilige Jungfrau der Ernte‹, 1819; in der Kirche von Orcemont bei Rambouillet; Huyghe, Abb. 71). – *31 Lithographien:* Delacroix hatte 1825 im Medaillenkabinett des Duc de Blacas antike Münzen studiert und gegen ein Aquarell eine Anzahl von Abdrucken eingetauscht. In der Zeitschrift *L'Artiste* veröffentlichte er im selben Jahr achtzehn Blätter mit Darstellungen von antiken Münzen (›Eugène Delacroix‹, Ausstellung Kunsthalle Bremen, 1964, Abb. S. 233). Delacroix hat mehr als 100 Lithographien geschaffen. – *36 Supernaturalist:* Diese Stelle ist Heines Schrift über die ›Gemäldeausstellung in Paris 1831‹ entnommen, die 1833 in dem bei Renduel verlegten Buch *De la France* in französischer Sprache erschienen war. Das Zitat steht am Ende der Ausführungen über Decamps. Über die Bedeutung dieses Grundbegriffes der Ästhetik Baudelaires, der sich zeit seines Lebens gegen eine bloße *imitatio naturae* gewandt hat, siehe Cl. Pichois, *Surnaturalisme français et romantisme allemand,* in: *Mélanges offerts à la mémoire de Jean-Marie Carré,* Paris 1964.

S. 213, *3* Die *Italienischen Forschungen* von Carl Friedrich von Rumohr (1785–1843) waren 1827/31 erschienen. Im Unterschied zur Subjektivität seiner Vorgänger und romantischen Zeitgenossen verfaßte Rumohr sein Werk nach streng historisch-quellenkritischer Methode und wurde damit zu einer »entscheidenden Schlüsselfigur für die Entstehung der Kunstgeschichte« (Udo Kultermann, ›Geschichte der Kunstgeschichte‹, Wien–Düsseldorf 1966, 164). – *15 innersten Gedanken des Künstlers:* Bereits 1824 schreibt Delacroix in seinem *Journal*: »Beim Malen der Dinge malt man seine Seele«, und: »Das Neue liegt in dem schöpferischen Geist und nicht in der gemalten Natur.« Er spricht von dem Glück, »sich zu malen« und seine »Seele in tausend Formen zu zeigen« (14. Mai). – *18 materiellen Mittel der Ausführung:* siehe dazu den von Baudelaire angeführten Ausspruch Delacroix' in den ›Ratschlägen für junge Literaten‹ (S. 120). – *27 Ideal:* Nicht das Ideal-Schöne der Klassizisten, sondern der vom Künstler angestrebte *ideale* Ausdruck seiner Persönlichkeit im Kunstwerk. In der Tat bedient sich auch Delacroix dieses mißverständlichen Begriffs. Er unterscheidet das »vergängliche Ideal« der Natur von dem Ideal, das der Künstler als etwas ihm dauerhaft Zugehöriges »in sich selbst trägt« (*Journal,* 12. Oktober 1855). – *35 Heilige Symphorian:* Eine frühe Fassung des ›Symphorian‹ aus dem Jahr 1827 (heute in amerikanischem Privatbesitz) zeigt gegenüber der gedrängten Fülle der im Salon 1834 ausgestellten endgültigen Fassung (heute in der Kathedrale von Autun) verhältnismäßig wenig Figuren (G. Wildenstein, *Ingres,* London ²1956, 204, 208; Abb. 131 und Tafel 75).

S. 214, *1 Wörterbuch:* Baudelaire wird diese Gedanken im vierten Kapitel des ›Salon 1859‹ (Bd. V) vertiefend fortführen. Cl. Pichois weist darauf hin, daß der gleichfalls mit Delacroix bekannte Théophile Gautier am 26. März 1844 in *La Presse* ähnliche Überlegungen angestellt hatte: für den wahren Maler sei »die Natur nur das Wörterbuch, in dem er die Wörter sucht, deren er nicht sicher ist«. Gedanken dieser Art waren damals schon lange Gegenstand ästhetischer Erörterungen. 1816 sprach Théodore Jouffroy (1796–1842), der gleichfalls die bloße Nachahmung der gegenständlichen Welt aus dem Bereich des Schönen ausschloß, der Natur nur dann einen »Wert« zu, wenn sie die Funktion eines Ausdrucksträgers übernimmt: »Die Materie ist eine Hieroglyphe, deren Wert in ihrem Ausdruck liegt.« (*Cours d'esthétique,* Paris 1843, 353; dazu W. Drost: ›Zwei Etappen auf dem Weg von der normativen Ästhetik zur Wirkästhetik ... Jouffroy und Baudelaire‹, in: ›Festschrift für Georg Scheja‹, Sigmaringen 1975, 203–212). – *4 Erinnerung:* Baudelaire gibt eine Erfahrung wieder, die Delacroix während seiner Reise nach Marokko gemacht hatte: »Erst dann habe ich auf meiner Afrikareise etwas Leidliches zustande gebracht, wenn ich die kleinen Details genügend vergessen hatte, um mich in meinen Bildern nur an das Auffallende und Poetische zu erinnern.« (*Journal,* 17. Oktober 1853). – *6 Dante und Virgil:* siehe S. 206 f. – *21 Bildhauer:* Über Baudelaires Abneigung gegenüber der Skulptur siehe S. 273 ff. – *23 Farbe unmöglich:* Baudelaire war offenbar unbekannt, daß die Giebelfiguren griechischer Tempel in starken Farben angemalt waren. Er vergaß auch die Tradition der spätrömischen Bildhauerkunst, die mit mehreren Marmorsorten verschiedener Farbe arbeitete. – *25 Bewegung, Farbe und Atmosphäre zu tun:* Baudelaire hebt drei Aspekte der Malerei Delacroix' hervor, die ihn mit dem Barock verbinden und grundsätzlich von dem Klassizismus abheben, der sich vornehmlich an der Bildhauerkunst orientiert. – *29 System der geraden Linien:* Die Gerade bestimmt die Komposition vieler klassizistischer Werke, während bei Delacroix, als Fortführer der barocken Malerei, die Kurve vorherrscht. In seinem *Journal* heißt es: »Es gibt Linien, die ungeheuerlich sind: die Gerade ... und vor allem zwei Parallelen.« (1843).

S. 215, *23 Rubens:* Es gibt jedoch eine ganze Reihe von Gemälden, in denen Rubens Blumen, Früchte oder auch die Landschaft von »Spezialisten« malen ließ. In seiner ›Maria mit Kind‹ (Berlin, Gemäldegalerie Dahlem) sind die Früchte von Frans Snyders (1579–1657) gemalt.

S. 216, *3 Saint-Louis au Marais:* Delacroix' *Pietà* befindet sich in Wirklichkeit in der Pariser Kirche Saint-Denis-du-Saint-Sacrement (Huyghe, Abb. 269). Das 1844 gemalte Bild geht auf den manieristischen Maler Rosso Fiorentino zurück. Ein anonymer Kritiker rügte die Trivialität der Gestalten und ihres Ausdrucks, das grüne Inkarnat und insgesamt den Mangel an Harmonie. Delacroix habe sich losgelöst von »aller Wahrheit, aller Achtung für Wissenschaft, Religion und Geschichte« (*Journal des artistes,* 12. Oktober 1844, 340 ff.; Horner, 98). – *8 Hamlet:* Baudelaire spielt offenbar nicht auf Delacroix' ›Hamlet und Horatio auf dem Friedhof‹ (1839, im Louvre) an, sondern auf die Shakespeares *Hamlet* gewidmeten Lithographien. Die Blätter entstanden zwischen 1834 und 1843; dreizehn davon hatte Delacroix 1843 auf seine Kosten veröffentlicht, sicherlich jene, mit denen sich Baudelaire im Hotel Pimodan umgeben hatte. Die vollständige Reihe erschien posthum 1864. – *23 Christus am Ölberg:* 1827 gemalt; in der Pariser Kirche Saint-

Paul-Saint-Louis (Vorstudie bei Huyghe, Abb. 181). – Der *Heilige Sebastian,* dem die frommen Frauen beistehen, wurde im Salon 1836 ausgestellt und befindet sich heute im Museum von Nantua (Huyghe, Abb. 248). Das Bild ist sichtlich von der in Antwerpen befindlichen Kreuzabnahme von Rubens beeinflußt. – *37 einer meiner Freunde:* vielleicht der Dichter und Maler Joseph-Fernand Boissard (siehe S. 144 f.), in dessen Salon im Hotel Pimodan Balzac und besonders Baudelaire oft Gäste waren, oder Émile Deroy, der Baudelaire ein oder zwei Jahr zuvor porträtiert hatte.

S. 217, *12 Médoc:* ein geschätzter Wein aus der Gegend von Bordeaux. – *16 Hémicycle des Beaux-Arts:* das von Paul Delaroche (siehe S. 191) 1837/41 in dem Pariser Palais des Beaux-Arts ausgemalte Halbrund des Saales, in dem die Preisverteilung an die jungen Künstler vorgenommen wurde. Im Zentrum der Komposition stehen neben der allegorischen Figur des Ruhmes Iktinos, Phidias und Apelles, die drei berühmtesten Vertreter der griechischen Architektur, Bildhauerkunst und Plastik. Um sie gruppieren sich auf beiden Seiten die europäischen Künstler, unter ihnen Erwin von Steinbach, Dürer und Holbein. – *20 Plafond d'Homère:* die *Apothéose d'Homère* von Ingres; ursprünglich ein Deckengemälde und noch 1846 im Erdgeschoß des Louvre an der Decke eines Salons angebracht (Wildenstein, Tafel 71–73; Mayne I, Abb. 32); heute als Bild im Louvre, nachdem man es für die Weltausstellung 1855 heruntergenommen hatte. – *28 aufwendige Dekorationen:* Baudelaire mag an Charles Lebruns (1619–1690) Deckenmalerei in der berühmten Versailler Spiegelgalerie und der Apollo-Galerie des Louvre gedacht haben, sowie an Charles de La Fosse (1636–1716), der in der Kapelle des Schlosses von Versailles und im Dome des Invalides tätig gewesen war. Von François Lemoine (1688–1737) wird Baudelaire die Malereien in der Pariser Kirche Saint-Sulpice und den Salon d'Hercule in Versailles gekannt haben. – *33 Abgeordnetenkammer:* Unter den zwanzig allegorischen Malereien (1838–47) in dem Pariser Palais Bourbon ragen die großen Wandbilder hervor: ›Attila mit den Barbarenhorden im Gefolge zerstampft Italien und die Künste unter den Hufen seines Pferdes‹ und ›Orpheus bringt den Barbaren die Kultur nahe und lehrt sie die Künste des Friedens‹ (Huyghe, Tafel XXXIII f.). – *37 Bibliothek des Luxembourg:* Die Ausmalung der Decke stand 1846 kurz vor ihrer Vollendung (Huyghe, Abb. 294).

S. 218, *8 Dante:* In einer Fußnote am Ende des nun folgenden Zitats verweist Baudelaire auf die von ihm benutzte Übersetzung: »Die Hölle von Dante, IV. Gesang, Übersetzung von Pier Angelo Fiorentino.« Pier Angelo Fiorentino (1806–1864), ein Bekannter Baudelaires, Schriftsteller und bedeutender Musikkritiker, hatte 1840 Dantes *Divina Commedia* übersetzt. Baudelaire bezeichnete diese Übertragung als »die einzig gute für Dichter und Literaten, die nicht Italienisch können« (Corr/Pl II, 1002). Die deutsche Übersetzung folgt diesem Prosatext, unter Anlehnung an Karl Voßlers Übersetzung in reimlosen Jamben (Berlin 1942).

S. 219, *15 Télémaque:* s. o. zu S. 188, 7. – *16 Elysiums:* In der von Delacroix verfaßten Beschreibung des Gemäldes heißt es: »Es ist eine Art Elysium, wo die großen Männer vereint sind, die nicht die Gnade der Taufe erhalten haben: *Ihr großer Name hat ihnen eine so kostbare Auszeichnung eingebracht.*« (*La Bibliothèque du Luxembourg,* in *L'Artiste,* 1846, 221). – *26 Augenweide: »pour le plaisir des yeux«;* Zitat aus Fénelons Beschreibung von Kalypsos Insel (Télémaque I). – *31* Richard Parkes *Bonington* (1802–1828), Schüler von Gros. In seinen Landschaftsbildern war er ein Vorläufer der Schule von Barbizon und damit einer der Begründer der Landschaftsmalerei des 19. Jahrhunderts. – *34 Veroneses:* s. o. zu S. 134, *12*.

S. 220, *4 Die Entführung der Rebecca:* 1846 (heute im Metropolitan Museum, New York; Kelley, Abb. 1; Huyghe, Tafel LI); stellt eine Szene aus dem Roman *Ivanhoe* (1819) des damals viel gelesenen Walter Scott dar. Murger rühmt, ähnlich wie Champfleury, die »düstere und wilde Kraft«, in der sich »Feuer und Blut mischen« (*Le Moniteur de la Mode,* April 1846, 15). Laverdant hingegen beklagt, daß Delacroix sich in der Zeichnung »versündige« (*La Phalange,* 1846, 580). – *15 Romeo und Julia: Les Adieux de Roméo et Juliette,* datiert 1845 (Sammlung Dr. Robert von Hirsch, Basel; Mayne I, Abb. 37; Kelley, Abb. 2; Huyghe, Tafel XXXIX). – *27 allgemeine Beifall:* Baudelaire meint den Erfolg beim Publikum – das zu beobachten er sich schon im ›Salon 1845‹ vorgenommen hatte (S. 128) – und sicher nicht das Echo bei den Kollegen. Einige dieser Herren zeigten sich sogar schockiert wegen der zu stark betonten Sinnlichkeit der Umarmung (Delécluze, Menciaux). Nur Champfleury, Mantz, Arnoux und Gautier hoben das Gefühl und die Poesie dieser Abschiedsszene hervor (Horner, 103). Daß aber die Popularität Delacroix' jedenfalls bei der kaufkräftigen Bourgeoisie nicht so groß war, wie Baudelaire meint, beweist ein kleiner Artikel vom 10. Juni 1846 im *Bulletin des Arts* über den »Kaufwert der im Louvre ausgestellten Werke«. Er zeigt, daß Delacroix in der Schätzung des Publikums immer zu der unteren Kategorie der Künstler gehörte: Delacroix' im folgenden von Baudelaire besprochenes ›Gretchen in der Kirche‹ wurde von M. Collot für 1000 Francs erworben, zwei Pendants von Ary Scheffer – ›Faust und Gretchen im Garten‹ und ›Gretchen erscheint Faust beim Sabbat‹ – hingegen von dem Händler Susse für 45 000 Francs. Auch Decamps wird ungleich höher geschätzt als Delacroix: man zahlte für das weiter unten erwähnte *Souvenir de la Turquie d'Asie* 5000 Francs, ebenso wie für die von Baudelaire so lächerlich gemachten ›Verlassenen‹ von Diaz. Selbst Lehmanns ›Okeaniden‹ (s. u. S. 244) brachten 4000 Francs. Delacroix ist nur wenig teurer als Haffner und befindet sich dem Preise nach ungefähr auf dem Niveau eines Leleux (*Les Contrebandiers espagnols,* 1200 Francs; s. u. zu S. 236, *27*). – *33 Gretchen in der Kirche: Marguerite à l'église* (1846; ehemals im Besitz von Fanien; R. Escholier, *Delacroix,* Paris 1927, II, Abb. S. 308). – *35 Lithographien:* Delacroix' Lithographien zu Goethes ›Faust‹ erschienen 1828 in der Luxusausgabe der Stapferschen Übersetzung (Abb. in ›Delacroix‹, Ausstellung der Kunsthalle Bremen, 1964, 239). »Die Franzosen tadeln an ihm seine Wildheit, allein hier kommt sie ihm recht zustatten«, äußerte Goethe am 29. November 1826 gegenüber Eckermann und gestand ein, »daß Herr Delacroix meine eigene Vorstellung übertroffen hat«. – *37 Löwe:* datiert 1846 (im Besitz von Mahler: Kelley, Abb. 3). Das Aquarell fand ausnahmslos die Zustimmung der Kritik. Houssaye nennt es ein »Meisterwerk« (*L'Artiste,* 22. März 1846, 39), Laverdant empfindet es als »ebenso machtvoll und vielleicht noch wirklicher als ein Barrye« (*La Phalange,* 1846, 578), und de Vaines nennt es gar »das beste Tierbild, das man seit langem geschaffen hat« (*La Revue nouvelle,* 1846, 508). Alexandre Dumas père hat das Aquarell für 800 Francs gekauft (Horner, 105).

S. 221, *12 Shakespeare:* einer der Dichter, an dem sich die romantischen Maler am liebsten inspirierten, während Ingres' Haß auf den Engländer so weit ging, daß er ihn aus der ersten Fassung seiner *Apothéose d'Homère* (1827) ausmerzte. – *16 Dante und Virgil:* s. o. zu S. 206, *31*. – *Das Gemetzel von Chios:* s. o. zu S. 208, *32*. – *Sardanapal:* s. o. zu S. 209, *18*. – *17 Christus am Ölberg:* s. o. zu S. 216, *23*. – *Der heilige Sebastian:* s. o. zu S. 216, *23*.– *Medea:* Dieses Bild war zuerst im Salon 1838 ausgestellt und wurde vom Staat für das Museum von Lille erworben (Huyghe, Abb. 251). – *Die Schiffbrüchigen*: *Le Naufrage de Don Juan,* ausgestellt im Salon 1841 (heute im Louvre; Huyghe, Tafel XXVI). Das Sujet ist Byrons satirischem Epos *Don Juan* (1819/24) entnommen. Delacroix wird das Bild erneut in der ›Weltausstellung 1855‹ (siehe Bd. V) ausstellen. – *19 Hamlet: Hamlet et Horatio au cimetière* (›Hamlet und Horatio auf dem Friedhof‹, 1839; im Louvre; Huyghe, Abb. 242). – *23 Kreuzritter in Konstantinopel: L'Entrée des Croisés à Constantinople* (Finke, Abb. 32). Das heute im Louvre befindliche Bild war von Louis-Philippe für das Versailler Museum in Auftrag gegeben und in dem Salon 1841 ausgestellt worden. Die von Baudelaire hervorgehobene Gestalt wird oft als Ausschnitt abgebildet (Huyghe, Abb. 263). – *25 Frauen von Algier:* s. o. zu S. 210, *6*.

S. 222, 4 Carl Maria von *Weber* (1786–1826), Komponist, schrieb den ›Freischütz‹ und andere Opern. In dem Gedicht *Les Phares* bringt Baudelaire gleichfalls Webers Musik in Verbindung mit Delacroix' Malerei: »unter tiefvergrämtem Himmel« ziehen seltsame Fanfaren vorbei, »wie von Weber ein erstickter Seufzer« (Bd. III, S. 75). – *9 Rembrandt:* Baudelaire wird an Rembrandts Radierungen mit biblischen Motiven sowie an das im Louvre befindliche Gemälde ›Der Engel verläßt Tobias‹ gedacht haben. – *14 Frédérick Lemaître* (1800–1876), berühmter Schauspieler während der Romantik, spielte im Théâtre des Funambules mit Deburau (s. u. zu S. 233, *25*) und verkörperte romantische Helden, wie 1839 den Ruy Blas in Victor Hugos gleichnamigem Drama. – *15* William Charles *Macready* (1793–1873), englischer Tragöde, auf den Baudelaire noch einmal im ›Salon 1859‹ (Bd. V) hinweisen wird. Macready hatte das Pariser Publikum bereits 1828 erobert und war erneut im Winter 1844/45 aufgetreten; er spielte mit seiner Truppe vor allem Dramen Shakespeares in englischer Sprache. Baudelaires Hinweis auf die Nähe Delacroix' zum Theater ist durchaus zutreffend: Delacroix hatte 1825 in London einen anderen berühmten Schauspieler, Edmond Kean, den Hamlet spielen sehen, 1827 Kemble mit Miss Smithson in Paris, und diese wie andere Aufführungen hatten für den Theatergänger Delacroix bei der Schöpfung seiner Werke einen nicht unbedeutenden Anteil.

S. 223, *11* Louis de *Planet:* s. o. S. 149, *7* – *13* Louis-Antoine-Léon *Riesener:* siehe S. 156. Rieseners Bilder ›Die Geburt der Jungfrau Maria‹ und ›Christi Geburt‹ waren von der Jury zurückgewiesen worden. In der Pairs-Kammer befinden sich in unmittelbarer Nähe von Delacroix' Bildern (bei denen Riesener geholfen hatte) allegorische Darstellungen wie ›Die Philosophie‹, ›Das Evangelium‹ usw. – *16 Léger Chérelle* (geb. 1816), Schüler von Delacroix und Maler von Genre- und Früchtebildern, von denen drei ausgestellt waren. Das Thema des erwähnten religiösen Bildes ist aus den ›Heiligenleben‹ gezogen: »Die Jungfrau wurde ins Gefängnis geworfen und mit einem Pfeil durchbohrt, weil sie heilige Bücher gegen den Befehl des

Kaisers Diokletian bei sich verborgen hatte.« (Zit. nach dem Ausstellungskatalog 1846.) – *23* Der *Tod der Kleopatra:* heute im Museum zu Autun (Kelley, Abb. 4; Mayne I, Abb. 16). – Gustave-Joseph-Marie *Lassale-Bordes* (1814–1868), Schüler von Paul Delaroche, arbeitete ab 1838 etwa in Delacroix' Atelier und half ihm bei seinen Arbeiten in der Abgeordnetenkammer und im Palais du Luxembourg. In der Beurteilung des Bildes ist Baudelaire zu Recht vorsichtiger als sein Freund Champfleury, der es als eines der »besten großformatigen Bilder des Salons« pries(*Salons,* 81). Er stimmt weitgehend mit Thoré überein, dem die »herbe« Farbe mißfiel, der aber gleichwohl Worte der Anerkennung für die Komposition fand (*Salon de 1846,* 190).

V. VON DEN EROTISCHEN SUJETS UND VON TASSAERT

S. 224, *4* Octave *Tassaert:* s. o. zu S. 161, *24*. – *24 Museums der Liebe:* Für den Bereich der Dichtung hatte Gautier, der in vielem Baudelaire entscheidend beeinflußte, ähnliche Gedanken gehegt. In seinen erotischen Versen, *Musée secret,* verherrlicht er die von antiken Bildhauern wie von den venezianischen Malern gestaltete Frauenschönheit (*Le Parnasse satyrique du XIXe Siècle,* 1864). 1849 erschien von ihm *Le Poème de la Femme,* in dem er eine der weiter unten von Baudelaire angeführten Odalisken Ingres' namentlich erwähnt (*Émaux et Camées,* krit. Ausgabe von M. Cottin, Paris 1968, 30). – *28 Kythera:* s. o. zu S. 191, *3*.

S. 225, *9* Jakob *Jordaens* (1593–1678), neben Rubens einer der Hauptmeister der flämischen Malerei. Baudelaire konnte im Louvre, neben einigen anderen Werken, *Le Roi boit* (›Der König trinkt‹) sehen, eine lärmende Familienszene voll derber Lebenslust, sowie die ›Jugend Jupiters‹ mit jenem »prachtvollen Frauenrücken«, den Gautier hervorhob (*Guide de l'Amateur du Musée du Louvre,* Paris 1916, 134). – *20 Watteaus Sohn:* François-Louis-Joseph Watteau, auch gen. Watteau de Lille (1758–1823), Großneffe des eben erwähnten berühmten Malers Antoine Watteau. Baudelaire wird die von Laurent Guyot nach Zeichnungen des Watteau de Lille gestochene Folge *Cris et costumes de Paris* (1786) gekannt haben. Dupin d. J. stach einige Kostümzeichnungen nach Watteau (Thieme-Becker). – *21 Rembrandts:* Baudelaire denkt an die ›Bathseba im Bade‹, die nachdenklich vor sich hinblickt, während eine im Schatten gehaltene alte Dienerin ihr die Fußnägel schneidet (H. Gerson, ›Rembrandt – Gemälde‹, Gütersloh 1969, Farbtafel S. 107). Bevor das Bild 1869 in den Louvre kam, befand es sich in der Sammlung Peacock, Marquis Maison de la Caze. Baudelaire wird einen Reproduktionsstich gekannt haben. – *27 Giulio* Pippi, gen. *Romano* (1499–1546), hat eine Reihe erotischer Szenen gezeichnet, die Marcantonio Raimondi (um 1475 – um 1534) gestochen hat: *In quanti diversi modi, attitudini e positure giacciono i disonesti uomini con le donne* (1524). Wegen dieser Folge wurde gegen den Künstler in Rom ein Prozeß geführt. Pietro Aretino (1492–1556) verfaßte zu diesen Stichen Sonette. – *28 Devéria:* s. o. zu S. 143, *1*. – *Gavarni:* s. o. zu S. 196. *12*; s. u. zu S. 323, *29*. In dem Gedicht *L'Idéal* (Bd. III, S. 90) erwähnt Baudelaire Gavarni als den »Dichter der Bleichsucht«, der seinem »roten Ideal« nicht entspricht. Victor Fournel nennt Gavarni vor allem einen »Schilderer leichter Sitten« (*Les Artistes français contemporains,* Tours 1884, 523), und in der Tat ist sein lithographisches Werk reich an frivolen Szenen. Baudelaire wird insbesondere an Serien wie *Les Actrices* (1839 ff.) oder *Les Lorettes* (1841–43) gedacht haben. – *32 freien Liebe:* eine Lithographie von Tassaert (Mayne I, Abb. 17) aus der Folge *Les Amants et les Époux* (›Liebhaber und Gatten‹, 1832). Die Legende lautet: *Ne fais donc pas la cruelle!* (›Zier dich doch nicht so!‹) – *N 1 Sardanapal:* Etliche dieser Studien befinden sich im Cabinet des Dessins des Louvre. – *N 5 Große Odaliske ... Kleine Odaliske:* s. o. zu S. 190, *10* f.

S. 226, *8 Erigone:* Da Tassaert dieses und das folgende Thema des öfteren gemalt hat, ist nicht sicher, ob die von Kelley abgebildete Version (Abb. 5) im Salon ausgestellt war. (Siehe auch B. Prost, *Octave Tassaert,* Paris 1886.) Champfleury lobt, ähnlich wie Baudelaire, den freien Ausdruck der »Sinnlichkeit« (*Salons, 68*). – *9 letztes Jahr:* s. o. zu S. 161, *24*. – *26 Rue Vivienne:* vornehme Pariser Straße mit vielen Modistinnen; der Stadtteil des *Temple* war für seine Geschäfte berühmt. – *N 1 Meursius:* Das Zitat stammt aus dem Werk *Aloisiae Sigaeae Toletanae Satyra sotadica de Arcanis Amoris & Veneris* von Nicolas Chorier (1612–1692). »Unter dem Schild und der Lampe saßen in den Lupanars Jungen und Mädchen; jene waren unter der Stola mit weiblicher Kleidung geschmückt, diese wie Männer unter der Tunika angezogen und ihr Haar nach Art der Jungen frisiert. Jedes Geschlecht schien in das andere verstellt. *Alles Fleisch hatte seinen Weg verderbt.*« Der letzte Satz ist ein Bibelzitat, 1. Mos., 6,12. Siehe O. Görner, *Baudelaire et Aloisia Sigaea,* in: ›Zeitschrift für Französische Sprache und Literatur‹, 1932, VI, 330–332.

VI. VON EINIGEN KOLORISTEN

S. 227, *8* George *Catlin* (1796–1872), amerikanischer Maler; stellte Gegenstände des Eingeborenen-Lebens am Missouri sowie eigene Bilder in Amerika und Europa aus. 1845 brachte er zwölf Iowa-Indianer (darunter drei Kinder) nach Paris, wo sie vor Louis-Philippe in den Tuilerien ihre Kriegstänze zeigen durften. Für das große Publikum gab er in der Salle Martino halbstündige Vorstellungen mit Kämpfen, Skalpierung, Bogenschießen, Kriegsmärschen und rituellen Tänzen bei Tambourschlag. Anschließend konnte die Sammlung besichtigt werden. Gautier, Nerval, George Sand schrieben Artikel über dieses gesellschaftliche Ereignis, das den Parisern erlaubte, die Wahrheit der Romane Chateaubriands und Fenimore Coopers nachzuprüfen. Auch Delacroix bewunderte den Amerikaner und fertigte von den Eingeborenen zahlreiche Skizzen an (R. N. Beetem, *George Catlin in France: his Relationship to Delacroix and Baudelaire,* in: *Art Quarterly,* 24, 1961, 129–144). Noch 1861 sprach Thoré mit Begeisterung von diesen »rauhen, unbefangenen Typen«, die noch nicht »durch beständige Reibung mit einer verdorbenen Gesellschaft ... angekränkelt« seien und die eine Möglichkeit für die Erneuerung der Malerei bieten könnten, nachdem »die oberste und die mittlere Gesellschaftsschicht verbraucht« seien und »nur noch gleichförmige eintönige Züge« hergäben (Thoré-Bürger, ›Französische Kunst im 19. Jh.‹, hrsg. von A. Schmarsow und B. Klemm, Leipzig 1911, III, 30 f.). Baudelaire ging weniger vom Soziologischen und Gegenständlichen aus, als von der gewissermaßen naiven Darstellungsart Catlins: inmitten der kühlen akademischen und der elegant-konventionellen Malerei verabscheuter Eklektiker hält hier eine sehr viel unmittelbarere Malerei ihren Einzug in das Pariser Kunstleben (Drost, 276–283). Catlin veröffentlichte 1841 *Illustrations of the Manners, Customs and Conditions of the North American Indians* sowie *Notes of Eight Years' Travels and Residence in Europe, with the North American Indian Collection* (London 1848). Monographien über Catlin von H. McCracken, New York 1959, und M. C. Ross, Norman 1959. – Die beiden ausgestellten Porträts befinden sich in der Smithsonian Institution, Washington. ›Der Kleine Wolf‹ (Castex, Abb. S. 119; Kelley, Abb. 6) war, nach einem Wort von Lord Pilgrim (Pseudonym für Arsène Houssaye) zu einem *»héros populaire«* geworden (*L'Artiste,* 17. Mai 1846, 173). ›Büffelrückenfett‹ *(Graisse du dos de buffle)* in Expo 1968/69, 41; Kelley, Abb. 7. – *12 leidlichen Skizzen:* Anspielung auf einen Artikel von Paul Mantz (*L'Artiste,* 31. August 1845, 136).

S. 228, *5 De Profundis:* siehe S. 143. – *10 Die Ruhe auf der Flucht: Le Repos de la Sainte-Famille* (angeblich Kathedrale von Tulle; zeitgenössischer Reproduktionsstich bei Kelley, Abb. 8). Die Kritiker beklagten allgemein die negative Entwicklung der Brüder. – *12 Brudergenien:* Eugène Devéria (s. o. zu S. 143, *5*), bekannt durch den großen Erfolg seines Jugendwerks ›Die Geburt Heinrichs IV.‹ (1827; im Louvre), hatte eine ›Einweihung der Statue Heinrichs IV.‹ ausgestellt (Versailles; Kelley, Abb. 9). – *23* Joseph-Fernand *Boissard,* s. o. zu S. 144, *27*. – *33* Hippolyte *Debon:* Baudelaire hatte bereits im ›Salon 1845‹ die Delacroix nahestehende, kraftvolle Malerei Debons gelobt (S. 146). Nach dem in *L'Illustration* (Kelley, Abb. 10) erschienenen Holzschnitt zu urteilen, ist Baudelaires Vorwurf des allzu Artistischen, im Sinne eines zu glatten und eleganten Pseudorokoko, zutreffend. Der Vergleich mit Jordaens (s. o. zu S. 225, *9*) hinkt jedoch: Jordaens ist sehr viel derber und wirklichkeitsnäher. Ähnliches gilt für den Vergleich mit dem Franzosen aus der Caravaggio-Schule, Valentin de Boulogne (1591–1634). Die Ähnlichkeit mit Valentins Bild *Le Concert* (Louvre) ist allerdings nicht von der Hand zu weisen und fiel auch anderen Kritikern wie Champfleury, Gautier und Wey auf.

S. 229, 4 Louis-Jean-Noël *Duveau* (1818–1867), Schüler von Léon Cogniet (s. o. zu S. 155, *2*), erhielt 1842 den zweiten Rompreis. Champfleury, Laverdant, Thoré loben Duveau, weil er sich dem Leben der Armen zuwende und so dramatische Themen gestalte (Kelley, Abb. 11). – *8 Genrebilder von solcher Größe:* Duveaus Gemälde mißt 5,67 m : 3,71 m. Baudelaire mag an einige von William Turners Sturm- und Hafenbilder gedacht haben, die jedoch nicht einmal halb so groß wie Duveaus Bild sind. – *14* Alexandre *Laemlein* (1813–1871), ein aus Hohenfeld gebürtiger Deutscher, der mit zehn Jahren nach Paris kam, war seit 1829 im Atelier von Regnault, dann von Picot und stand zugleich auch unter dem Einfluß der Düsseldorfer Schule. Die *Charité,* die lange im Musée du Luxembourg war, befindet sich heute in der Präfektur der Dordogne (Kelley, Abb. 12; Calvet-Sérullaz, Abb. S. 117). – *22* Alexandre-Gabriel *Decamps:* s. o. zu S. 138, *26*. Decamps hatte neben den beiden weiter unten zitierten Bildern eine türkische Landschaft (Fodor Museum, Amsterdam) und ein *Souvenir de la Turquie* (Chantilly) ausgestellt. Während einer kurzen Schließung des Salons hat er seine Bilder, wahrscheinlich wegen der schlechten Aufnahme, zurückgezogen. Bei Baudelaire finden sich die negativen Elemente der Kritik seiner Kollegen, aber er hat sich mit so viel Liebe und Einfühlungsvermögen in das Werk des Romantikers versenkt, daß seine Seiten zu den ausgewogensten Würdigungen Decamps' gehören. – *31 Natur:* Eine der wenigen Stellen, in denen Baudelaire der Natur einen wohltuenden Einfluß im Bereich der Kunst zubilligt. Derartige Bekenntnisse werden in späterer Zeit verschwinden (siehe F. Leakey, *Baudelaire and Nature,* Manchester 1969).

S. 231, *9 Decamps' Lehrer:* Decamps hatte bei dem Architekturmaler Etienne Bouhot angefangen. Der starre Akademismus des David-Schülers Abel de Pujol, zu dem er dann ging, stießen ihn ab, so daß er sich selbständig machte. Sowohl Gautier (*Beaux-Arts* I, 216) wie auch die Brüder Goncourt heben mit Recht hervor, daß Decamps aus keiner Schule herkomme. – *15 Claude* Gelée, gen. Le *Lorrain* (1600–1682), malte in Rom idealisierte Landschaften, deren Wirkung bis ins 19. Jahrhundert reicht. – *22 die Ratte:* Baudelaire schätzt bei Decamps besonders die suggestiven Details. Kelley hat kein Bild mit einer schwimmenden Ratte gefunden, und es ist möglich, daß Baudelaire dieses Detail erfunden hat. – *29 Hakenhinrichtung:* s. o. zu S. 138, 32. Das Bild stellt dar, wie von einer mit Haken versehenen Festungsmauer einige Verurteilte vor einer gaffenden Menge herabgestürzt werden. Bezeichnend für die stets weiterbildende Phantasie des Dichter-Kritikers ist, daß keine Raubvögel auf Beute lauern, sondern ein schlichter Storch vorbeifliegt.

S. 232, *12 aus wirklichem Mörtel:* Der Vorwurf einer allzu materiellen Ausführung wird fast durchgehend von der Kritik erhoben. Thoré wirft Decamps vor, den Pinsel mit der Kelle vertauscht zu haben (*Salon de 1846,* 98). Andererseits war Decamps für die wirkungsvolle Darstellung gerade seiner Mauern berühmt. Murger spricht von *»ces fameux effets de murailles«* (*Le Moniteur de la Mode,* 10. April 1846, 15) und die Goncourts setzen eine solche Mauer in poetische Prosa um (*Études,* 206). – *25 Guignet und Chacaton:* s. o. zu S. 139, 23 und 171, 1. – *28 Nach dem Regen: Retour du berger: effet de pluie* (›Die Heimkehr des Hirten oder Wirkung des Regens‹; Fodor Museum, Amsterdam; Kelley, Abb. 14). Heine war wohl der einzige, der Verständnis für den neuen Stil Decamps' zeigte. Er nahm gegen die negative Kritik Gautiers Stellung, rühmte an diesem Bild, daß es »pyrenäentreu« gemalt sei, »so ganz ohne sentimentalen Anstrich und ohne süßliche Veridealisierung, daß einem hier das Talent des Decamps fast erschreckend, in seiner naivsten Nacktheit, offenbar wird« (›Lutetia‹, Anhang, ›Aus den Pyrenäen‹, I, 26. Juli 1846). – *31 Enten in Stein:* ein Vorwurf der Kritik, der zum Gemeinplatz wurde (Kelley, 204). Silvestre erzählt, daß Decamps ursprünglich eine Straße, ein Tor und einen Esel gemalt und nach unendlich vielen Versuchen dieses Konzept aufgegeben und durch den Kanal und die Enten ersetzt habe (*Artistes* I, 134). – *32 Türkische Schule: École de jeunes enfants ou salle d'asile, Asie Mineure* (Fodor Museum, Amsterdam; Drost, Abb. 17; Kelley, Abb. 13).

S. 233, *3* Octave *Penguilly-L'Haridon* (1811–1870), Artilleriehauptmann, bevor er Schüler von Charlet wurde; seit 1854 Konservator des Artilleriemuseums in Paris. Historien- und Landschaftsmaler. Baudelaire hat ihn neben C. Nanteuil als Radierer für das Frontispiz der zweiten Ausgabe seiner *Fleurs du Mal* in Betracht gezogen, insbesondere, weil der Name beider Illustratoren mit einer »romantischen Bedeutung verbunden war, die ganz mit meinem Geschmack übereinstimmte«. (Corr/Pl I, 577) Er wird auf ihn im ›Salon 1859‹ (Bd. V) erneut zu sprechen kommen und seine Sympathie zu erkennen geben. – *6 Pierrot: Pierrot présente à l'assemblée ses compagnons Arlequin et Polichinelle* (verschollen). Baudelaires Gefallen an diesem Bild liegt vor allem im Sujet begründet: er war in jener Zeit vom Théâtre des Funambules fasziniert (Kelley, 42). Siehe auch S. 299 f. – *22 Charivari:* Baudelaire meint den *Punch,* der den Untertitel *The London Charivari* trug. – *25* Gaspard *Deburau* (1796–1846) war der Sohn eines umherziehenden Gauklers und spielte im Pariser Théâtre des Funambules in Pantomimen den traditionellen Pierrot, dessen Gestalt er jedoch durch ein geistreiches und elegantes Spiel verjüngte. Er zog ganz Paris an, Schauspieler wie Lemaître und Mademoiselle Mars, Dichter wie Charles Nodier und Théophile Gautier. Champfleury, mit dem Baudelaire in diesen Jahren eng befreundet war, erzählt in seinen *Souvenirs des Funambules* (Paris 1859) von Deburaus Erfolgen und vergleicht ihn mit dem Tragöden Talma. Jules Janin verfaßte ein kleines Buch über *Deburau – Histoire du théâtre à quatre sous* (Paris 1832). Siehe auch Francis Haskell, in Finke, 7 f. – *31* Ignazio *Manzoni* (1799–1888), aus Mailand; ließ sich in Buenos Aires nieder. Besonders die klassizistische Kritik wandte sich gegen diese Kunst, die nur das 'Häßliche' gestalte und nicht einmal die Höhe »gemeiner Farcen« erreiche (A. Guillot, in *Revue indépendante* II, 1846, 438). Daß Baudelaire offenbar als einziger neben Champfleury, der gleichfalls den überraschenden Vergleich mit Goya zieht, dieses Bild bejahte, zeigt, wie extrem seine antiklassizistische Haltung war.

S. 234, *24* Genaro Perez de *Villa-Amil* (um 1810–1854) hatte sich als Maler von Architekturbildern hervorgetan. Er war für die künstlerische Ausstattung des Werkes *L'Espagne artistique et monumentale* (Paris 1842–45) zuständig, in dessen III. Band eine Lithographie des *Thron-Saals in Madrid* zu finden ist – offenbar eine eigenhändige Reproduktion seines Gemäldes (Kelley, Abb. 17). – *30 Roberts:* wahrscheinlich David Roberts (1796–1864), der 1835/36 in London ein Album *Picturesque Sketches in Spain* veröffentlicht hatte (Kelley, 260). – *33* Charles-Emile *Wattier:* s. o. zu S. 164, *3;* hatte u. a. ›Fest auf einer Insel‹, ›Spaziergang im Park‹ ausgestellt. – Léon *Pérèse:* s. o. zu S. 164, *1;* war mit Henri Baron (s. o. zu S. 160, 2) befreundet, dessen Gefallen an rokokohaften Themen er teilte.

S. 235, *8 Couture-Schule:* s. o. zu S. 132, *30.* – *10* Narcisse *Diaz de la Peña:* s. o. zu S. 159, *20.* – *19* Die *›Verlassenen‹* und die *›Liebesgärten‹* sind verschollen. Kelley bildet eine gleichfalls ausgestellte orientalische Szene ab (Abb. 19).

S. 236, *1 Célestin Nanteuil:* s. o. zu S. 160, *9;* hatte ein Bacchanal ausgestellt *Dans les Vignes* (›In den Weinbergen‹; Kelley, Abb. 20), das allgemein Anklang fand. – *4* Marcel-Antoine *Verdier* (1817–1856), Schüler Ingres', den auch Houssaye als zur Schule Coutures gehörig betrachtet (Kelley, 208). Er hatte zwei seiner Themen aus Boccaccio, bzw. Lafontaine, genommen. – *6* Charles-Louis-Lucien *Müller* (1815–1892), Historien-, Genre- und Bildnismaler, Schüler von Gros und Cogniet. Die *Sylphen* waren im Salon 1845 von der Kritik wohlwollend aufgenommen worden (Ferran, 250). Das Bild *Primavera* (ital. ›Frühling‹; Kelley, Abb. 21, nach einer Lithographie) ist laut Ausstellungskatalog eine Verherrlichung der Jugend; man sieht mehrere lagernde Paare, die trinken und plaudern; im Hintergrund eine sonnenbeschienene südliche Landschaft. – *10 Faustin Besson* (1821–1882) malte einst im »Pompadour-Stil«. Baudelaires Kritik scheint sich auf die ›Büßende Magdalena‹ (Kelley, Abb. 22) zu beziehen, an der seine Gesinnungsfreunde, Murger und Champfleury, die eintönige Farbgebung bemängelten. Diese ›Magdalena‹ (oder ein anderes Bild) war von dem Farb- und Raritätenhändler Deforges in seinem Geschäft, 8, Boulevard Montmartre, ausgestellt worden. Besson war u. a. durch einen ›Sommertag‹ (*Un Jour d'été;* Kelley, Abb. 23) vertreten. – *13* Alexandre-Victor *Fontaine* (geb. 1815), Genremaler, der ein Bild *L'Orage (Béranger)* nach Bérangers Gedicht ›Das Gewitter‹ ausstellte. Über Béranger s. o. zu S. 173, *21*. – *21 Couture:* s. o. zu S. 132, *30*. – *27 Leleux:* s. o. zu S. 162, *1*. Adolphe Leleux stellte u. a. *Contrebandiers espagnols* (›Spanische Schmuggler‹) aus, Armand u. a. ›Schweizer Tanz (aus der Umgebung des Schwarzwalds)‹, sowie eine ›Alpenbäuerin‹ (Kelley, Abb. 24–26). – *Guillemin:* s. o. zu S. 162, *8*. – Pierre-Édouard-Alexandre *Hédouin* (1820–1889), Schüler von Delaroche (s. o. zu S. 141, *11*) und Nanteuil (s. o. zu S. 160, *9*), wurde der »realistischen« Schule Leleux', mit dem er befreundet war, zugerechnet (Kelley, 210). – *28 Haffner:* s. o. zu S. 157, 4. Auch Murger drückt sein Bedauern aus, in den drei ausgestellten Bildern nicht den romantischen Porträtisten des Vorjahres wiederzufinden. Haffner hatte ein *Intérieur de ville* (*Fontarabie*) ausgestellt (Kelley, Abb. 27).

VII. VOM IDEAL UND VOM MODELL

S. 237, *8 Modell:* Ingres erreicht im Porträt diese Verbindung des Typischen, das die Klassizisten suchten, mit dem Individuellen, auf das Baudelaire zielt. Die Lektüre der Kapitel 108 und 109 in Stendhals *Histoire de la Peinture en Italie* (1817) hat Baudelaire zu diesen Seiten angeregt und ihn, wie Jean Pommier nachwies (*Dans les Chemins de Baudelaire,* Paris 1945, 291 f.), zum Plagiator werden lassen. – *27 graden Linien:* Baudelaire spielt auf die Infinitesimalrechnung an, die eine Größe als die Summe von unendlich vielen Kleinen betrachtet. Dem Kleinen kommt in seinen Augen der metaphorische Wert der Individualität zu, in deren Namen er das ideale Schöne verdammt. In den ›Ratschlägen für junge Literaten‹ (1846) gebraucht er ebenfalls das Bild des Kreises (*circonférence;* siehe S. 117) und vertritt dabei Ideen, wie sie ähnlich von Leibniz (1646–1716) formuliert wurden. Der deutsche Philosoph, mit Newton Entdecker der Differentialrechnung, hatte ein System entwickelt, in dem die Harmonie des Alls mit der des Individuellen übereinstimmte, ein Gedanke, der in diesen Jahren Baudelaire – und anderen Zeitgenossen wie Fourier – lieb war.

S. 238, *7 Mnemotechnik:* s. o. S. 204, *19*. In diesem ästhetischen Grundsatz liegt Baudelaires im Laufe der Jahre zunehmende Feindschaft gegenüber den Realisten begründet. – *9 Warze:* wörtlich von Stendhal (s. o. zu S. 237, *8*), *Histoire de la peinture en Italie,* Kap. 108, übernommen. – *Apoll des Belvedere:* röm. Kopie eines griech. Werkes aus dem 4. Jahrhundert (Vatikan). Sie war von Mengs und Winckelmann als das Ideal klassischer Schönheit hingestellt worden. Es ist nicht klar, ob Baudelaire an den ›Kämpfenden Gladiator‹ (*Gladiateur combattant*) des Louvre oder an den von Stendhal in der *Peinture en Italie* (Kap. 109) erwähnten *Gladiateur Borghese* denkt, die beide bereits der hellenistischen, also nachklassischen Zeit angehören. Die berühmte Figur des Antinous (Louvre) stammt aus der Spätantike, aus der Zeit des römischen Kaisers Hadrian (2. Jh. n. Chr.). Antinous war der Liebling dieses Kaisers, für den er, einem ärztlichen Aberglauben folgend, den Opfertod im Nil suchte (siehe L. Viardot, *Les Musées de France,* Paris ²1860, 328 f., 346 f.). Er wurde meist, wie in dem genannten Werk, mit großen Zügen, vollen Lippen und schwärmerischem Blick dargestellt, also *charmant,* wie Baudelaire schreibt. Bei diesem Vergleich geht es Stendhal und Baudelaire darum, gegenüber der Klassik, die nach dem Typischen strebt, der Spätzeit den Vorzug zu geben, weil sie das Individuelle sucht und idealisiert. – *20 Individuen:* Der Gedanke, daß kein Lebewesen mit einem anderen identisch ist, geht auf Leibniz' Prinzip von der Identität des Ununterscheidbaren zurück. In seinem vierten Brief an Clark illustriert er diesen Satz mit der Unmöglichkeit, daß zwei *Früchte* eines Baumes identisch sind (siehe auch seine ›Monadologie‹, § 9). – *25 Einheit:* Der Einheitsgedanke findet sich ebenfalls bei Leibniz, von dem man nicht weiß, wie gut Baudelaire ihn gekannt hat, und bei Fourier, der in seiner *Théorie de l'unité universelle* geschrieben hatte: »die Natur ... ist die Harmonie oder die Einheit, die auf der Zweiheit ... begründet ist.« (*Œuvres complètes,* Paris ³1966, III, 82)

S. 239, *5* Johann Kaspar *Lavater* (1741–1801), der Schweizer geistliche Dichter, dessen vierbändiges Werk ›Physiognomische Fragmente, Zur Beförderung der Menschenkenntnis und Menschenliebe‹ (Leipzig und Winterthur 1775/78) von Goethe sehr bewundert wurde. Auch in Frankreich war seine Wirkung sehr groß (siehe G. T. Clapton, *Lavater, Gall and Baudelaire,* in: *Revue de Littérature Comparée,* XIII, 1933, 259–298, 429–456). Ein umfangreiches, mit Kupfertafeln illustriertes Material stützt Lavaters These, daß jedes menschliche Glied, Nase, Augen, Mund Rückschlüsse auf den Charakter des Individuums zulassen. – *34 Kindheit:* Der ganze Absatz findet sich fast wörtlich in Stendhals *Histoire de la Peinture en Italie,* Kap. 109.

S. 240, *24 Werther:* aus Goethes Roman ›Die Leiden des jungen Werthers‹ (1774). – *25 Lovelace:* der gewissenlose Verführer in dem Roman *Clarissa Harlowe* (1748) von Samuel Richardson (1689–1761). – *26 Primrose:* der christlich-duldende Held aus dem *Vicar of Wakefield* (1766) von Oliver Goldsmith (1728–1774). – *Cassio:* Leutnant des Othello, in Shakespeares gleichnamigem Trauerspiel. – *27 Shylock:* in Shakespeares ›Kaufmann von Venedig‹. – *28 Jago:* Othellos heimtückisch verschlagener Fähnrich. – *Lady Macbeth:* die den Mord an König Duncan anratende und mitvollziehende Königin in Shakespeares ›Macbeth‹. – *Richard III.:* der verbrecherische König in dem gleichnamigen Trauerspiel von Shakespeare. – *29 Imogen:* die Tochter des Königs Cymbeline von Britannien, in Shakespeares ›Cymbeline‹.

VIII. VON EINIGEN ZEICHNERN

S. 241, *6 Allein Michelangelo ...:* Baudelaire zitiert wieder fast wörtlich Stendhal: »Man pflegt gemeinhin zu sagen, daß Michelangelo das Ideal fehle, wo doch er es ist, der unter den Modernen das Ideal erfunden hat.« (Kap. 147). – *26 Ingres:* s. o. zu S. 189, *31.*

S. 242, *6 verderbten Dichtern:* Baudelaire meint sich offenbar selbst, denn trotz aller Kritik vermag er sich dem Reiz des klassizistischen Malers nicht zu entziehen. – *9* Diego Rodriguez de Silva y *Velasquez* (1599–1660), Maler des spanischen Barocks, Schöpfer des berühmten Werks *Las Meniñas* (die Hofdamen der Infantin Marguerita), in dem die leichte Pinselführung und der außergewöhnliche Sinn für Licht und Farbe die malerische Technik Delacroix' und der Impressionisten vorwegnehmen. Baudelaire kannte mit Sicherheit das noch heute im Louvre befindliche ›Porträt der Infantin Marguerita‹. – *Lawrence:* s. o. zu S. 155, *16.* – *17 wenige Striche:* Baudelaire schreibt von Stendhal ab, was dieser von einigen Rötelzeichnungen nach Raffaels ›Fornarina‹ ganz am Ende des 109. Kapitels vermerkt. – *30 Molés Gehrock:* auf dem berühmten Porträt des französischen Staatsmanns Louis-Mathieu Molé (1781–1855), der von 1837 bis 1839 Premierminister unter Louis-Philippe war (Privatsammlung; Wildenstein, Tafel 79). – *Cherubini:* s. o. zu S. 177, *26.* – *Karrick:* englischer Reitrock mit mehreren kurzen Kragen. – *31 Plafond d'Homère:* s. o. zu S. 217, *20.* – *32 einen Blinden:* Homer. – *33 Einäugigen:* der portugiesische Dichter Camoeñs (1525–1580). – *Einarmigen*: Es ist nicht geklärt, wen Baudelaire meint. – *Buckligen:* Nach einer Legende war Äsop bucklig. – *35 Mayeux:* eine von dem Karikaturisten Traviès erfundene Gestalt (s. S. 327, *8*). – *36 schöne Muse:* Auf dem Porträt Cherubinis hält die Muse ihre Hand über dem Haupt Cherubinis.

S. 243, *25 Angelica:* ›Roger und Angelica‹, nach Ariosts *Orlando furioso;* 1819 ausgestellt, heute im Louvre (Wildenstein, Tafel 52). – *die beiden Odalisken:* s. o. zu S. 190, *10 f.* – *26 das Bildnis der Madame d'Haussonville:* heute in der Frick Collection, New York (Mayne I, Abb. 31). Das Bild wurde 1845 gemalt und war in dem *Musée Classique du Bazar Bonne-Nouvelle* ausgestellt (siehe S. 190). Gräfin Louise d'Haussonville, geb. Prinzessin de Broglie (1818–1882), war seit 1836 mit dem Staatsmann und Schriftsteller Joseph de Cléron, Comte d'Haussonville (1809–1884), der zwischen 1842 und 1848 Abgeordneter von Provins war, verheiratet.

S. 244, 2 *Flandrin:* s. o. zu S. 158, *1.* – *Lehmann:* s. o. zu S. 158, *12.* – *Amaury-Duval:* s. u. zu S. 248, *23.* – *23 Tochter Jephtas:* Der Hauptmann Jephta hatte ein Gelübde getan, dem Herrn, wenn er die Ammoniter »in seine Hand gäbe«, nach dem Siege das, »was zu meiner Haustür heraus mir entgegengehet«, zum Brandopfer zu weihen. Das erste, was ihm begegnete, war seine Tochter, der er, ehe er sie opferte, zwei Monate Zeit gönnte, »daß sie in die Berge gehe mit ihren Gespielen und dort ihre Jungfrauschaft beweine«. (Richter, 11) – Das im Salon 1836 ausgestellte Bild begründete Karl Salem Lehmanns (1814–1882) Ansehen. Der Maler, ein Bruder von Rudolphe Lehmann (s. o. zu S. 163, *19*), war gebürtiger Kieler; er hatte bei Ingres gelernt. – *28 Fürstin Belgiojoso:* s. o. zu S. 158, *12.* – *31 Die Okeaniden:* eine Version aus dem Jahr 1850 bei Kelley (Abb. 30). – *32 Hamlet und Ophelia:* heutiger Aufenthaltsort beider Bilder unbekannt (Kelley, Abb. 28/29). – John *Flaxmann* (1755–1826), reinster Vertreter der englischen Bildhauerkunst und Buchillustration seiner Zeit. Geschult an der griechischen Vasenmalerei, hatte er die klassizistische Umrißzeichnung begründet und für die Illustration der Ilias und Odyssee sowie von Dantes *Divina Commedia* (1793) verwandt.

S. 245, 4 *Bobino:* ein nach dem Namen seines Begründers genanntes

Théâtre des Variétés, in dem nach 1830 leichte Komödien und Melodramen gespielt wurden. – *8* Joséphine *Calamatta* (s. o. zu S. 164, *10*) hatte eine ›Heilige Cäcilia‹, ein ›Männerporträt‹ und ein allegorisches Bild ›Der Mensch zwischen Religion und Wollust‹ ausgestellt. Die Männlichkeit und oft auch Strenge ihres Stiles wurde von der Kritik hervorgehoben. – *14* Anne-François-Louis *Janmot:* s. o. zu S. 153, *19*. – *20 Lyon:* s. o. zu S. 172, *22*. – *24* Alfred de *Curzon:* s. o. zu S. 169, *18*. – Louis-Georges *Brillouin:* s. o. zu S. 175, 2. – *27 Wovon die jungen Mädchen träumen: À quoi rêvent les jeunes filles,* eine Folge von vier Blättern, deren eines ›Die Rückkehr des Geliebten‹ heißt. – *29 Schule von Metz:* Sie inspirierte sich vornehmlich an Themen des Mittelalters und spielte in der Bewegung der Romantik eine untergeordnete Rolle. Charles Laurent Maréchal (1801–1887), genannt Maréchal de Metz, war das Haupt dieser 1834 gegründeten Schule. – *31 Landschaften:* Curzon hatte, neben einigen Themen aus der italienischen Geschichte und den weiter unten erwähnten Zeichnungen, eine Loire-Landschaft ausgestellt (Kelley, 214).

S. 246, *7 Meister Martin:* Curzon hatte fünf Zeichnungen zu ›Meister Martin der Küfner und seine Gesellen‹ eingesandt (Museum von Poitiers; Kelley, Abb. 33–37; Expo 1968/69, Nr. 182–186). Keiner der Kritiker widmete Curzon so viel Aufmerksamkeit wie Baudelaire, dessen Liebe zu Hoffmann bekannt ist und den hier mehr der Gegenstand als die künstlerische Darstellungsweise anzog. – *11 ... am meisten leiste:* Pommier hat die Ansicht vertreten, daß Baudelaire dieses Zitat aus *La Vie de E.T.A. Hoffmann d'après les documents originaux* von Loève–Weimars im 20. Band (Paris 1833) der Übersetzung des gleichen Verfassers bezogen hat (*Dans les Chemins de Baudelaire,* Paris 1945, 303). Der Satz stammt jedoch nicht von E.T.A. Hoffmann selbst, sondern von Julius Eduard Hitzig (1780–1849): »Nächst dem Schauervollen, war das Scurrille das ihm ganz eigenthümliche Element. Zwischen beiden gab es für ihn keine gemüthliche Mitte ... und man kann sagen, daß diejenigen seiner Erzählungen, die ein objectives Gepräge haben, weil nichts Gräßliches und nichts Frazenhaftes darin vorkommt, wie z. B. Meister Martin, von einem Hoffmann herrühren, der sich in dem eigentlichen Hoffmann kaum nachweisen ließ.« (›Aus Hoffmann's Leben und Nachlaß‹ II, 1823) – *14* Vincent *Vidal* (s. o. zu S. 177, *5*) hatte drei Pastelle ausgestellt: ›Zeit der Rosen‹, die Baudelaire weiter unten erwähnt, ›Die Befriedigung‹ (junge Frau, die ihre Fingernägel mit Befriedigung anschaut) und die ›Lauscherin‹ (Kelley, Abb. 39, Stich von Posselwhite nach Vidal). – *26 Théophile Gautier* hatte in *La Presse* vom 7. April als »Verdienst« Vidals hervorgehoben, daß er sich griechischer und römischer Themen enthalten hätte, um »das Ideal der modernen Schönheit« zu suchen. Er hatte es nach Gautier in der Darstellung »entzückender« blonder Pariserinnen gefunden (Kelley, 215). – *29 Karrick:* s. o. zu S. 242, *30*. – *32 Akademie:* Die *Académie française* war den Romantikern wenig wohlwollend gesonnen und nahm Lamartine 1829, Victor Hugo 1841 und Vigny 1845 nur mit einem gewissen Widerstreben auf; Gautier wurde nie Mitglied der Akademie.

S. 247, *13 Fatinitza:* Lithographie von E. Desmaisons im Cabinet des Estampes, Paris; die *Eigenliebe* (*Amour de soi-même*) vom gleichen Graphiker (Kelley, Abb. 38). Fatinitza ist der Name einer Heldin aus Alexandre

Dumas' *Aventures de John Davy* (1840). Die Namen Stella und Vanessa finden sich nicht im Ausstellungskatalog (Kelley, 215). Baudelaire wird an Swifts zwei Geliebte gedacht haben: Stella war Esther Johnson, Esther Vanhomright wurde Vanessa genannt.

IX. VOM PORTRÄT

S. 247, 24 *Porträt:* Laverdant zählt 514 Porträts im Salon 1846, also etwa ein Sechstel der ausgestellten Werke (*La Phalange,* 1846, 559).

S. 248, *8 Bertin:* s. o. zu S. 190, *13*. – *Cherubini:* s. o. zu S. 177, *26*. – *20* Joshua *Reynolds* (1723–1792) verband als Porträtist die Tradition van Dycks mit dem Rembrandtschen Hell-Dunkel. – *21* Sir Thomas *Lawrence* (s. o. zu S. 155, *16*). Sein Werk, das dem 18. Jh. verpflichtet ist, galt lange als ein Zeichen des Niedergangs der englischen Malerei. Sein *Master Lambton* (Sammlung Earl of Durham) hatte auf der Ausstellung 1821 einen nachhaltigen Erfolg. Baudelaire wird Samuel Cousins' Mezzotinto (London, British Museum) nach diesem Bild gekannt haben. – *Dame mit dem Strohhut:* wahrscheinlich Reynolds Porträt von *Nelly O'Brien* (Wallace Collection, London; G. F. Hartlaub, ›Die großen englischen Maler der Blütezeit, 1730 bis 1840‹, München 1948, Abb. S. 45). – *23 Flandrin:* s. o. zu S. 158, *1*. – Eugène-Emmanuel Pinieu-Duval, gen. *Amaury-Duval* (1808–1885), Schüler Ingres', beeinflußt von Overbeck. – *24 Lehmann:* s. o. zu S. 158, *12*.

S. 249, *9 blauem Porträt:* ein Frauenporträt, das Delécluze mit Gainsboroughs ›Blauem Knaben‹ vergleicht (*Le Journal des Débats,* 2. Mai 1846). D. Ternois bildet einige Frauenporträts von Amaury-Duval ab (*Baudelaire et l'ingrisme,* in: Finke, 17–39). – *22 hündischer Weise:* Der Text ist E.T.A. Hoffmanns ›Nachricht von den neuesten Schicksalen des Hundes Berganza‹ entnommen. Den zweiten von Baudelaire zitierten Satz spricht nicht der Hund, sondern der mit ihm sich unterhaltende Autor. – *27 Dulcinea:* Don Quichotes geliebte Herrin, in Cervantes' Roman. – *34 Dubufe:* s. o. zu S. 155, *14*.

S. 250, *5* Alexis-Joseph *Pérignon* (s. o. zu S. 157, *21*) war besonders bei den Damen der reichen Bourgeoisie beliebt und hatte nicht weniger als zwölf Porträts ausgestellt. Die Kritik ist sich fast ausnahmslos in der Verurteilung des Malers einig (Kelley, 218). – *6* Paul *Delaroche:* s. o. zu S. 141, *11*; hatte nichts in den Salon 1846 gesandt, war aber im *Bazar Bonne-Nouvelle* (s. o. zu S. 191, 7) vertreten. – *9* Franz Xavier *Winterhalter* (1805–1873), gebürtiger Badenser, erfolgreicher Maler an den europäischen Höfen, insbesondere Louis-Philippes und Napoleons III. Man sah in ihm einen Fortsetzer der Tradition von Sir Thomas Lawrence (s. o. zu S. 155, *16*). 1846 hatte er ein ›Porträt des Königs‹ und zwei historische Szenen eingesandt: ›Die Königin Victoria stellt ihre Kinder dem König Louis-Philippe vor‹ (Versailles; Kelley, Abb. 41) und ›Familienzusammenkunft im Château d'Eu am 8. September 1845‹. – *Lépaulle:* s. o. zu S. 148, *1*. – *14* Frédérique-Émilie-Auguste *O'Connel,* geb. Miethe aus Berlin (1823–1885), Schülerin von K. Begas in Berlin, von Gallait und Bertin in Paris, seit 1853 in Paris ansässig. Der Name hatte auch andere Kritiker veranlaßt, sie für eine Engländerin zu halten. Sie bemühte sich später über Champfleury, mit Baudelaire bekannt zu werden (Corr/Pl II, 292, 806). – *20 Haffner:* s. o. zu S.

157, *4* – *24* Eugénie *Gautier:* s. o. zu S. 155, *24*; hatte ein Frauen- und ein Männerporträt ausgestellt. – *26 Tissier:* s. o. zu S. 156, *14*; hatte sechs Porträts und einen ›Christus, sein Kreuz tragend‹ ausgestellt. – Jean-Baptiste *Guignet* (1810–1857), Bruder von Adrien Guignet (s. o. zu S. 165, *4*), Schüler von Regnault, war mit elf Porträts vertreten, die von der Kritik kaum beachtet wurden. – *30* Gilbert-Camille *Victor Robert* hatte bereits im Salon 1845 eine große Allegorie ausgestellt (siehe S. 146f.). – *35* Bernard-Adolphe *Granier de Cassagnac* (1806–1880), Journalist und konservativer Politiker. Über seine Art, schonungslos Kritik zu üben, siehe S. 120.

S. 251, *12 Globe:* Der Porträtierte war damals Direktor des *Globe,* einer Zeitung des *»juste milieu«*. – *14 Boulanger:* s. o. zu S. 144, *9*; hatte Dramen und Romane von Victor Hugo illustriert, u. a. *Notre-Dame de Paris*; war durch das ›Porträt von A. Maquet‹ vertreten. – *24 übertriebene Lob der Dichter:* vor allem von Victor Hugo (siehe S. 144). – *26 Cogniet:* s. o. zu S. 155, *2*; hatte den Maler Fr.-M. Granet (s. o. zu S. 142, *24*) porträtiert (Musée Granet, Aix-en-Provence; Kelley, Abb. 42). – *32 Madame de Mirbel* (s. o. zu S. 177, *16*) hatte sieben Porträts ausgestellt.

X. VOM CHIC UND VOM PONCIF

S. 252, *18 poncif:* eine Schablone, meist aus Papier, auf der die Konturen der dargestellten Formen mit Löchern markiert sind. Durch diese ließen die Künstler Farbpuder fallen, um auf diese Weise eine Kopie der Konturen zu erhalten. – *N chique:* Baudelaire bezieht sich vermutlich auf eine Stelle aus Balzacs *L'Interdiction.*

XI. ÜBER HORACE VERNET

S. 253, *3 Horace Vernet* (s. o. zu S. 135, *1*). Th. Gautier hebt den zeitgenössischen Charakter der *Bataille d'Isly,* die fast eine ganze Wand im Salon Carré des Louvre einnahm, hervor (*Beaux-Arts,* II, 18), und Macé meint, daß dieses Bild eines der besten des Salons sei (*L'Artiste,* 29. März 1846, 62). Murger ist kritisch (*Le Moniteur de la Mode*, 1846, 15). Champfleury, ähnlich wie Baudelaire, zieht den Vergleich mit den damals aufkommenden Feuilletonromanen, die man nicht ein zweites Mal lesen könne (*Salons,* 4). Baudelaires Abneigung gegen diese Militärmalerei scheint mitbedingt zu sein durch den Haß auf seinen Stiefvater, den General Aupick. – *13 Vaudevillist:* Verfasser von Vaudevilles, d. h. leichten Sittenkomödien, die ein amüsantes Bild von dem täglichen Leben des Klein- und Großbürgertums gaben. Der bekannteste Vaudevillist ist der weiter unten erwähnte Scribe. – *25 Moniteur universel:* 1789 gegründete, ursprünglich politisch ausgerichtete Zeitung, die in den vierziger Jahren ihre Spalten immer mehr dem unpolitischen Tagesgeschehen öffnete. – *30 Pistolenschüssen:* M. Bruns weist in seiner Baudelaire-Ausgabe auf eine Karikatur hin, die Vernet darstellt, wie er auf einem galoppierenden Pferd mit einer Pistole Farbe auf eine Leinwand schießt (IV, 1906, 76). – *33 Popularität:* Baudelaire irrt; noch etwa zwei Jahrzehnte später wird Sainte-Beuve in den *Nouveaux Lundis* Vernet als einen der großen Repräsentanten seiner Zeit würdigen.

S. 254, *6 Epidermis:* Möglicherweise wandelt Baudelaire ein Urteil Lenormants sarkastisch ab: Vernet »wird der lebensvolle Repräsentant der

Epidermis eines Zeitalters sein« (*Le Correspondant,* 1846, 384). – *7 großen Mann:* Baudelaire meint den populären Dichter vieler Chansons, Pierre-Jean de Béranger (1780–1857), auf den er auch anläßlich Charlets in ›Einigen französischen Karikaturisten‹ eingeht (S. 308). Goethe sagt, daß fast allen Liedern Bérangers »ein unsittlicher, liederlicher Stoff zu Grunde liegt« und sie ihm »im hohen Grade zuwider sein würden, wenn nicht ein so großes Talent wie Béranger die Gegenstände behandelt hätte«. (Eckermann, ›Gespräche mit Goethe‹, 31. Januar 1827) – *20 Einheit:* Auch Heine hatte in seiner ›Gemäldeausstellung in Paris 1831‹, aus der Baudelaire S. 212f. zitiert, »die verschwimmende Unbedeutenheit der Hauptperson und das bedeutende Hervortreten der Nebenpersonen« als einen »Fehler« gerügt. Das wurde zu einem Gemeinplatz der Kritik (Kelley, 222). – *N 1 Fourniers:* s. o. zu S. 197, *5*. – *N 14 Hoffmann:* aus demselben Text, den Baudelaire S. 204f. zitiert.

S. 255, *10* Eugène *Scribe* (1791–1861), wohl der erfolgreichste französische Dramatiker der ersten Hälfte des 19. Jahrhunderts. Er verfaßte über 300 Melodramen und Sittenkomödien, die trotz ihrer Oberflächlichkeit noch heute bühnenwirksam sind, wie z. B. die in Deutschland viel gespielte Komödie ›Ein Glas Wasser‹. Für Baudelaire ein verhaßter Vielschreiber. – *14 Peter von Cornelius* (1783–1867), dessen Werk Baudelaire in seinem Artikel über ›Die philosophische Kunst‹ erwähnen wird (siehe Bd. V). Kurz vor Vollendung seines ›Jüngsten Gerichts‹ in der Münchener Ludwigskirche (1836–39) wurde er von der Académie des Beaux-Arts in Paris durch ein Festessen und von Louis-Philippe durch die Aufnahme in die Ehrenlegion gefeiert. Horace Vernet sandte ihm nach seiner Heimkehr einen begeisterten Brief (D. Koch, ›Peter Cornelius‹, Stuttgart 1905, 123). – *28 neue Generation:* Baudelaire meint vermutlich seine Altersgenossen Champfleury und Murger, die sich ähnlich ablehnend wie er gegenüber Vernet verhielten. – *N 2 Vous n'avez ...: Ihr habt nur eine Zeit zu leben, / Verbringet sie in Frohmut, Freunde;* nach J. Crépet Verse des Comte de Bonneval.

S. 256, 2 François-Marius *Granet:* s. o. S. 142, *24*; hatte nur religiöse Szenen ausgestellt, wie ›Savonarolas Verhör‹ (Lyon, Musée des Beaux-Arts; Mayne I, Abb. 27; Kelley, Abb. 44) und die ›Zelebrierung der Messe in Notre-Dame-de-Bon-Secours‹ (Musée Chéret, Nizza; Kelley, Abb. 45). – *10 laufenden Hunden: Chiens courants,* Titel zweier Studien Alfred Dedreux' (s. o. zu S. 164, *5*). Der Maler hatte vier Jagdgemälde ausgestellt; darunter eine *Chasse au vol sous Charles VII* (Kelley, Abb. 46), auf der die Hunde im Vergleich mit der Reitergruppe überdimensional groß wirken. – *13 Jouvenets:* s. o. zu S. 135, *14*. Im Vordergrund von Jouvenets Bild ›Christus treibt die Händler aus dem Tempel‹ zieht ein Hirte mit Schafen vorbei (Musée de Lyon; Replik im Louvre).

XII. ÜBER DEN EKLEKTIZISMUS UND DEN ZWEIFEL

S. 256, *15 Eklektizismus:* in der zeitgenössischen Philosophie vertreten von Victor Cousin (1792–1867) und von Pierre Leroux (1797–1871) in seiner *Réfutation de l'eclecticisme* (Paris 1841) bekämpft. In der Kunst war für Baudelaire der Eklektizismus Zeichen eines Mangels an »Naivität« und »Temperament« und damit an Individualität (siehe S. 197, *18*). – *23 die Arbeit, die sie reizt:* Der Begriff des *»travail attrayant«* stammt aus der frühsozialistischen Terminologie. Das erklärte Ziel der *»théorie sociétaire«* eines Charles Fourier war es, die Arbeit ebenso anziehend wie jegliche Vergnügung zu machen *(Œuvres complètes,* Paris 1966, II, 20).

S. 257, *9 Zweifel:* Die volle Bedeutung dieses Wortes ergibt sich aus Kapitel XVII (S. 276 f.), wo Baudelaire den »Mangel an Glauben« erläutert. – *32 entschiedene Richtung: parti pris.* Wie aus dem nächsten Kapitel hervorgeht, unterscheidet Baudelaire zwischen der instinktiven Voreingenommenheit, die eine unbewußte Reaktion des Temperaments ist, und dem rational begründeten *»parti pris«*, der sich aus einem akademischen System ableitet. Er wird das an Alignys *»parti-pris philosophique«* und Corots *»parti-pris naïf«* erläutern (siehe S. 267).

XIII. VON ARY SCHEFFER UND VON DEN SENTIMENTALEN AFFEN

S. 258, *21 Ary Scheffer:* s. o. zu S. 191, *14;* verband die klassizistische Formgebung mit einem oberflächlichen Sentimentalismus. Seit 1839 hatte er in den offiziellen Salons nicht mehr ausgestellt. Obgleich die alten Vorbehalte vor allem gegenüber seiner blassen Farbgebung nicht verstummten (Heine berichtet 1831, daß seine Feinde »ihm nachsagten, er male nur mit Schnupftabak und grüner Seife«; ›Gemäldeausstellung‹, 30), wurde der »durchgeistigte« und »moderne« Charakter seiner Werke von Delécluze, Pillet, Gautier u. a. hervorgehoben und seine Rückkehr in den Salon als ein großes Ereignis gefeiert. – *23* Johann Friedrich *Overbeck* (1789–1869), Haupt der Nazarener in Rom, wird von Baudelaire in seiner ›Philosophischen Kunst‹ (Bd. V) erwähnt. Scheffer war wohl weniger von ihm als von Ingres beeinflußt (Kelley, 223).

S. 259, *10 Shakespeare:* Baudelaire spielt sicherlich vor allem auf Delacroix an, der ungleich öfter seine Themen aus Shakespeares Dramen als aus Ludovico Ariosts (1474–1533) Versepos *Orlando furioso* bezogen hat. – *13 Der heilige Augustin:* Das Gemälde ist verschollen. Mehrere Repliken von der Hand des Künstlers selbst befinden sich im Louvre, der National Gallery, London, und in Dordrecht (Mayne I, Abb. 25; Kelley, Abb. 49). Baudelaire zitiert mit einigen Abweichungen die im Katalog abgedruckte Stelle aus Augustins *Confessiones* (IX, 10). – *28 Goethes Angedenken:* zwei Bilder ›Faust und Gretchen im Garten‹ und ›Gretchen erscheint Faust auf dem Hexensabbath‹ (Kelley, Abb. 50, 51). Selbst der spöttische Heine war von Scheffers Gretchen fasziniert: »Sie ist eine gemalte Seele. Wenn ich bei ihr vorüberging, sagte ich immer unwillkürlich: Liebes Kind!« (›Gemäldeausstellung‹, 32) – *37 Henry Scheffers:* s. o. zu S. 159, *1;* hatte neben drei Porträts einen ›Christuskopf‹ und einen ›Christus, sein Kreuz tragend‹ ausgestellt. Champfleury spricht von seiner »traurigen und kläglichen Malweise«: Scheffer habe mit Asche, die in Öl aufgelöst sei, gemalt (*Salons,* 7, 10). – *Girondisten:* Republikaner, die ursprünglich für den Sturz der Monarchie und für extreme Maßnahmen gegen den Klerus und die Emigranten eingetreten waren, dann aber, nach der Gründung der Republik, dem revolutionären Fanatismus Einhalt gebieten wollten und durch dieses Schwanken bereits 1793 den Untergang ihrer Partei herbeiführten. Für Baudelaire ist dieser Begriff gleichbedeutend mit Eklektiker.

S. 260, 2 *Delaroche:* s. o. zu S. 141, *11*. – *23 Arme Spinnerin:* Titel eines Bildes von Céleste Pensotti (s. o. zu S. 161, *13*), deren ›Abendliche Träumerei‹ Baudelaire im Vorjahr nicht mißfallen hatte. – *26 Dies Alter ist erbarmungslos: »Cet âge est sans pitié«*; Zitat aus Jean de La Fontaines (1621–1695) *Fables* (IX, 2): *Les Deux Pigeons* (›Die beiden Tauben‹). – *27 ›Heute‹* und *›Morgen‹:* zwei moralisierende Bilder von Charles Landelle (1821–1908), einem Schüler von Delaroche und Ary Scheffer (Kelley, Abb. 54, 55). – *N* 2 Denis *Diderot* (1713–1784); G. May zitiert eine Stelle bei Diderot, der sich auf Parrocel bezieht (*Diderot et Baudelaire critiques d'art*, Paris-Genf 1957, 10). Baudelaires sarkastische Schlußfolgerung fehlt jedoch bei Diderot.

S. 261, *3 Der Indiskrete:* von Henri-Guillaume Schlésinger (1814–1893), einem gebürtigen Frankfurter. – *7 Urlaubs:* Das wohl erfolgreichste Gemälde von Eugène Giraud (1806–1881) war nicht in diesem Salon, sondern 1839 ausgestellt worden und in unzähligen Reproduktionen jeden Materials, von Schokolade und Honigbrot bis zu Porzellan und Bronze, verbreitet worden (Kelley, 225). – *16* Jean Nicolas *Bouilly* (1763–1842), Vertreter moralisierender Literatur. – *Bernardin de Saint-Pierre* (1737–1814), Schüler Rousseaus, Verfasser der *Études de la Nature* (1784/87) mit der berühmten Liebesgeschichte *Paul et Virginie* (siehe S. 288, *12*). – *18 Liebe auf dem Land:* Baudelaire denkt wahrscheinlich an ›Die Liebe im Schloß‹ und ›Die Liebe auf dem Land‹ (Kelley, Abb. 56f.) von François-Claudius Compte-Calix (1813–1880). Unter den Ausstellungsstücken befand sich auch eine Radierung ›Liebe in der Stadt‹ von Pierre Cottin nach Guillemin. – *22 Leben eines jungen Mädchens:* von Charles Richard (Daten unbekannt); ein Bild mit fünf (nicht vier) Abteilungen: ›Das Rendezvous‹, ›Der Ball‹, ›Der Luxus‹, ›Das Elend‹, ›Saint-Lazare‹ (Name eines Pariser Frauengefängnisses). – *24 Almosen:* nicht identifiziert. – *25 Savoyarden:* Baudelaire evoziert das Bild eines sprichwörtlich armen Savoyarden, der vor der Tür der Konditorei Félix in der Rue Vivienne bettelt. – *28 Marion Delorme:* Versdrama Victor Hugos, 1831 aufgeführt; schildert die reine Liebe einer Kurtisane (s. o. zu S. 161, *1*), ein bei den Romantikern sehr beliebtes Thema. 1840 hatte Baudelaire Victor Hugo einen jugendlich-begeisterten Brief anläßlich dieses Dramas geschrieben (siehe S. 33).

XIV. VON EINIGEN ZWEIFLERN

S. 262, *10* Dominique *Papety:* s. o. zu S. 164, *17;* sein *Solon dictant ses lois* wurde von der Kritik durchweg als zu akademisch und kalt abgelehnt. – *15 kaiserlichen Schule:* David und sein Kreis. – *20* Auguste *Glaize:* s. o. zu S. 147, *17*. *Le Sang de Vénus* (Musée Fabre, Montpellier; Kelley, Abb. 60) wurde meist als poetisch, wenn auch ein wenig manieriert empfunden (A. de Calonne, in *La Sylphide*, 12. April 1846, 178). – *31* Louis *Matout:* s. o. zu S. 153, *1*; hatte in seinem ›Frühling‹ (nach Anakreon) offenbar der Romantik und dem Kolorismus Zugeständnisse gemacht.

S. 263, 4 Paul *Chenavard* (1807–1895), ein philosophischer Maler, von Hegel und den Nazarenern Cornelius und Overbeck, die er in Rom traf, beeinflußt. Baudelaire wird mit ihm in der ›Philosophischen Kunst‹ ins Gericht gehen (Bd. V). *Le Martyre de saint Polycarpe*, im Salon von 1841 ausgestellt, befindet sich in Argenton-sur-Creuse (in der Kirche Saint-Étienne). 1846 hatte Chenavard eine sich stark an Michelangelos ›Jüngstem Gericht‹ inspirierende Darstellung der ›Hölle‹ eingesandt (Montpellier, Musée Fabre; Mayne I, Abb. 15; Kelley, Abb. *61*). – *6* Philippe *Comairas* (1803–1875), Schüler von Guérin und Ingres, wird Chenavard bei seinen Fresken zur Menschheitsgeschichte im Pantheon helfen. – *14 Guignet:* s. o. zu S. 165, *4*. Baudelaire wiederholt seine treffende Kritik aus dem ›Salon 1845‹, die auch Champfleury vertrat (»inzestuöse Frucht von Decamps und Salvator Rosa«; *Salons,* 64). – *Salvator:* s. o. zu S. 165, *7*. – *17 Condottieri . . .: Condottières après un pillage* (Kelley, Abb. 62, nach einer Lithographie von E. Leroux). – *18 Xerxes:* enthält eine humanitäre Idee: dem persischen König wird nahegelegt, angesichts der Kürze des menschlichen Lebens die Untertanen so glücklich wie möglich zu machen und ihr Leben nicht durch ungerechte Kriege zu verkürzen. – *22 Pharaonen:* s. o. zu S. 165, *10*. – *23 Gigoux:* s. o. zu S. 163, 4. Gigoux hatte mit 600 lithographierten Vignetten für Le Sages *Gil Blas* Berühmtheit erlangt. – *27 Die Vermählung der Jungfrau Maria: Le Mariage de la Sainte Vierge,* bzw. ein Bild gleichen Titels, befindet sich in der Kapelle des Palais du Luxembourg. Während seines Florentiner Aufenthaltes war Gigoux besonders von Benozzo Gozzolis (1420–1498) reichhaltigen und dekorativen Fresken im Palazzo Medici-Riccardi beeindruckt (siehe auch Kelley, 230). – *31 Brune:* s. o. zu S. 147, *8*. Auf die Carracci wies Baudelaire bereits im Vorjahr hin. Das ausgestellte Bild ›Kain, seinen Bruder tötend‹ (Museum Troyes; Kelley, Abb. 63) rechtfertigt Brunes Ruf als Begründer der neu-spanischen Schule (Anklänge an Riberas ›Kampf des Herkules mit dem Kentauren Nessus‹, Bukarest). Das »übersteigert Häßliche« gehört zu Brunes Naturalismus.

S. 264, *5 Bard,* s. o. zu S. 166, *12*; Schüler von Delaroche und Ingres, und nicht von Vernet; er katte keine ›Charonsbarke‹ ausgestellt, sondern italienische Sujets und ein Porträt (Kelley, 230). – *10* François Auguste *Biard* (1798–1882) aus Lyon, malte anekdotische Episoden von seinen zahlreichen Reisen und genoß vorübergehend die Gunst des Publikums. Unter den acht ausgestellten Werken befinden sich ›Die Jugend Linnés‹, ›Das Recht auf Besuch‹, ›Der Blinde‹, ›Der Hund und der Papagei‹ sowie ›Der klassische Maler‹ (Kelley, Abb. 64–67).

XV. VON DER LANDSCHAFTSMALEREI

S. 264, *18 Landschaftsmalerei:* Laverdant zählt im Salon 346 Landschaften und Interieurs (*La Phalange,* 1846, 559). – *27 Flamen:* Baudelaire hätte eher die weitaus bedeutenderen holländischen Landschaftsmaler nennen sollen. Aber zu seiner Zeit wurde nicht immer scharf zwischen der flämischen und der holländischen Schule unterschieden. Cuyp, Ruisdael, Hobbema gehörten zu den Vorbildern für Georges Michel, Paul Huet, Jules Dupré, Théodore Rousseau.

S. 265, *10 englische Geschenk-Alben:* Keepsakes; s. o. zu S. 143, *19*. – *33 Tragödie:* Von den romantischen Dichtern (V. Hugo) wie den Frühsozialisten (Barrault) wurde die französische Tragödie als die klassische Form par excellence als unzeitgemäß verworfen.

S. 267, *6 Flandrin:* s. o. zu S. 172, *1*.– Alexandre *Desgoffes* (1805–1882),

Schwiegersohn von Flandrin, mit dem er bei Ingres gelernt hatte. – Paul *Chevandier* de Valdrome (1817–1877) sandte meist italienische Landschaften ein. – Alphonse *Teytaud* (geb. um 1815) war Spezialist für Landschaften mit biblischen und mythologischen Figuren. – *7 Geschmack einer Nation:* A. Cassagne stellt hingegen fest, daß schon seit 1842 das Publikum sich zu den Vorstellungen der Rachel drängte, die die klassischen Heldinnen wieder aufleben ließ, und daß der Beifall zugleich ein Protest gegen den Antiklassizismus der Romantiker war (*La Théorie de l'Art pour l'art en France,* Paris [2]1959, 32). – *9 historische Landschaft:* Baudelaire will sagen, daß Poussins Farbgebung und Komposition gegenüber den vergleichsweise blassen zeitgenössischen Malern so kraftvoll erschien, daß er ihrem klassizistischen Ideal nicht entsprechen konnte. Was Baudelaire als historische Landschaft bezeichnet, die auch *ideale* Landschaft genannt wird, ging aus den Werken von Annibale Carracci, Domenichino, Paul Bril, Adam Elsheimer u. a. hervor, die um 1600 in Rom tätig waren. Im Frankreich des 17. Jhdts. war Poussin, neben dem idyllischeren Claude Lorrain, der bedeutendste Vertreter dieses Genres, das man als heroische Landschaft bezeichnet, wenn Gestalten der antiken Mythologie eingeführt werden. – *12 Corot:* siehe S. 167 f.; hatte eine ›Ansicht im Wald von Fontainebleau‹ ausgestellt (Museum of Fine Arts, Boston; Mayne I, Abb. 18; Kelley, Abb. 74). Drei italienische Landschaften waren zurückgewiesen worden. – *23* Claude-Félix-Théodore d'*Aligny* (1798–1871), Maler und Radierer, stellte zwischen 1837 und 1842 historische Landschaften aus. Überraschend ist Baudelaires Lob der stark linearen Radierungen antiker Ruinen griechischer Landschaften. Der exotische Charakter dieser Blätter mochte bei seiner Beurteilung mitspielen (Mayne I, Abb. 22; Kelley, Abb. 68–73). – *28* Louis *Cabat* (1812–1893) gehörte zu den Entdeckern des Waldes von Fontainebleau und den größten Hoffnungen der romantischen Schule, der er, wie Baudelaire und die Kritik im allgemeinen feststellten, zugunsten einer klassizistischen Formgebung den Rücken wandte. Seine Ausstellungsstücke waren ›Die Rast‹ (Museum zu Louvain) und eine ›Landschaft mit Bach in der Haute-Vienne‹ (Kelley, Abb. 75 f.). – *35 Jansenismus:* Von Cornelius Jansen (1585–1638), Bischof von Ypern, vertretene Lehre, daß auch die guten Taten des Gläubigen keinen Einfluß auf ihr Seelenheil haben, sofern die göttliche Gnade fehlt. Diese Überzeugung führte zu einer asketischen Haltung, auf die Baudelaire hier anspielt.

S. 268, *13 Troyon:* s. o. zu S. 169, *12*. – *18 Charles Le Roux* (1814–1895), Schüler Corots, beeinflußt von Th. Rousseau, war von Mantz und Murger als ein Gefolgsmann Troyons bezeichnet worden. – *21* Louis *Coignard* (um 1810–1883), Tier- und Landschaftsmaler, Schüler Picots, hatte für seine ›Kuhherde am Waldrand‹ eine Medaille 3. Klasse erhalten. – *29 Français:* s. o. zu S. 168, *31*. – *31 Studie von Saint-Cloud:* Die höfische Gesellschaft in Rokokokostümen, die Meissonier (s. o. S. 165, *13*) in die Landschaft gemalt hatte, war von Champfleury (*Salons,* 77), Laverdant (*La Phalange,* 1846, 568) und Mantz beanstandet worden, obwohl der letztere erkannte, daß gerade sie den Erfolg des »naiven« Bildes ausmachte (*L'Artiste,* 5. April 1846, 73). Français hatte ferner einen ›Sonnenuntergang‹ (Musée Fabre, Montpellier) und ›Die Nymphen‹ (beide Kelley, Abb. 80/81) ausgestellt.

S. 269, *4 Flers:* s. o. zu S. 170, *1*. – *6* Antoine-Désiré *Héroult* (1802–1853), stellte zwischen 1837 und 1852 Seestücke sowie Küsten- und Flußlandschaften aus, im Salon von 1846 vier Ölbilder und drei Aquarelle. Als besonders poetisch fällt Baudelaire ein Aquarell auf: *Effet de soleil levant* (›Stimmung bei Sonnenaufgang‹). Aber er hat, ähnlich wie Gautier, Vorbehalte gegenüber dem Aquarellieren überhaupt und besonders dann, wenn die Aquarelltechnik auf die Ölmalerei übertragen wird. – *15 Joyant:* s. o. zu S. 171, *9;* hatte drei venezianische Veduten und die ›Brücke Saint-Bénézet in Avignon‹ ausgestellt (Kelley, Abb. 82). – Henri de *Chacaton:* s. o. zu S. 171, *1*; war u. a. durch den ›Aufbruch einer Karavane‹ und eine ›Syrische Stadt‹ vertreten. Auch Champfleury (*Salons,* 63) nennt seine Bilder *»pastiches«* von Decamps (siehe S. 138 ff.). – Louis *Lottier* (1815–1892), Schüler Gudins (s. u. zu S. 271, 7), Landschafts- und Marinemaler. Seine algerischen Themen sahen nach dem Urteil Thorés wie »Mosaiken« aus (1846, 148). Der Vergleich mit der vom Maler Louis Daguerre erfundenen Daguerreotypie zielt auf die Härte und Präzision Lottiers (über Baudelaires Ablehnung der Photographie siehe den ›Salon 1859‹, Kap. II, in Bd. V). – *Borget* (s. o. zu S. 171, *14*) hatte nicht weniger als acht Bilder und eine Bleistiftzeichnung ausgestellt, mit Motiven aus Brasilien, Peru, Indien, Birma usw. – *N 3 Hippolyte Babou* (1824–1878), Kritiker; hat Baudelaire den Titel der *Fleurs du Mal* vorgeschlagen. – *N 5 Gymnase:* das 1820 gegründete Pariser Théâtre du Gymnase, wo meist Komödien von Autoren wie Scribe (s. o. zu S. 255, *10*) und Alexandre Dumas d. J. mit großem Erfolg gespielt wurden.

S. 270, *11* Bei Prosper *Marilhat* (1811–1847) war Chacaton in die Lehre gegangen. Théophile Gautier (*La Presse,* 3. April 1846) macht wie Baudelaire auf die Ähnlichkeit zwischen beiden Künstlern aufmerksam. – *22* Théodore *Rousseau:* s. o. zu S. 167, *4*; hatte, nachdem sein ›Abstieg der Kühe‹ 1836 zurückgewiesen worden war, nicht mehr ausgestellt und galt als *»le grand refusé«*, der, wie Gautier schrieb, wegen seiner Naturnähe »die Perücken erschauern ließ« (*Beaux-Arts,* II, 132).

S. 271, *7* Théodore *Gudin* (1802–1880), lernte zunächst bei Girodet, wechselte dann zu Gros und den Romantikern über. Er vertrat aber bald die offizielle Kunst und wurde für die Marinemalerei, was Vernet für die Schlachtenmalerei war. Louis-Philippe hatte ihn beauftragt, mit neunzig großen Bildern die Geschichte der französischen Marine zu illustrieren. Ein Teil der 1846 ausgestellten Seeschlachten befindet sich in Versailles (Lacambre, 118). Gudin hatte auch einen ›Mondaufgang in Venedig‹, eine ›Neapolitanische Nacht‹, einen ›Blick aufs Meer an der schottischen Küste‹ ausgestellt (Kelley, Abb. 85–87; Castex, Abb. S. 129). – *14 Jules*-Achille *Noël* (1813 oder 1815–1881), Landschafts- und Marinemaler, der, von der Kritik kaum beachtet, seit 1840 ausstellte. Baudelaire bezieht sich auf sein *Souvenir de Rhodes* (Kelley, Abb. 88). – *25 Kiörböe:* s. o. zu S. 173, *7;* hatte einen ›Fuchs (keinen Wolf, wie Baudelaire schreibt) in der Falle, von Hirtenhunden gefunden‹ ausgestellt.

S. 272, *1 Saint-Jean:* siehe S. 172, *21;* wurde wegen der Frische und Brillanz seiner Blumen- und Früchtebilder, die man mit van Huysum verglich, fast durchweg enthusiastisch begrüßt. Der »beste Maler aus Lyon« (Thoré, 1846, 178) hatte ›Blumen in einer Vase‹ und eine ›Weinrebe, einen Baumstamm umschlingend‹ ausgestellt. – *12 Arondel:* s. o. zu S. 173, *23*. Kein Kritiker würdigt ihn eines Wortes – mit Ausnahme von Baudelaire, der sein Schuldner war. Arondel hatte ›Wild auf altem Möbel‹ ausgestellt. – *26* Philippe *Rousseau:* s. o. S. 173, *13*; war wegen seines Bildes ›Die Katze und die alte Ratte‹, nach einer Fabel von La Fontaine, von Mantz (*L'Artiste,* 5. April 1846, 74) und einem Anonymus als »geistvoll« bezeichnet worden (*L'Illustration,* 1846, 89). Baudelaires Lob bezieht sich auf zwei Stilleben. – *31 Durand-Ruel:* berühmter Pariser Kunsthändler.

XVI. WARUM DIE BILDHAUEREI EIN ÄRGERNIS IST

S. 273, 2 *Bildhauerkunst:* Baudelaires Abneigung gegenüber der Plastik ist im Zusammenhang mit seiner Auffassung der Romantik zu sehen, die er als pittoresk bzw. malerisch gegen die klassische, mehr skulpturale Schönheit ausspielt. Ihm widerstrebt überdies die Vielseitigkeit der Skulptur, weil er vom schöpferischen Künstlertum wie von der Kritik einen »ausschließlichen«, das heißt individuellen Standpunkt fordert. – *29* Antoine-Augustin *Préault* (1809–1879), Schüler von David d'Angers, Freund der romantischen Dichter und bekannt für seinen Wortwitz. Er war einer der wenigen Bildhauer, deren »wilde Träume« Baudelaire ein »geistiges Vergnügen« bereiteten (›Salon 1859‹, Kap. IX, Bd. V), während sie die Jury veranlaßten, zwischen 1837 und 1848 seine Werke von den Ausstellungen auszuschließen. – *30 Jean Goujon* (um 1510–1568) und *Germain Pilon* (1535–1590), zwei der bedeutendsten Bildhauer der französischen Renaissance. – *32 sculptiers:* Baudelaire wird diesen ungewöhnlichen Ausdruck, der etwa mit ›Bildhauerlinge‹ zu übersetzen wäre, von Diderot bezogen haben. Dieser hatte in Zusammenhang mit der Skulptur ebenfalls von den Karaiben gesprochen (G. May, *Diderot et Baudelaire critiques d'art,* Genf-Paris 1957, 81).

S. 274, *17 Kalumets:* bemalte Stäbe mit Federbehängen für kultische Zwecke bei den nordamerikanischen Indianern. – *19 Gayrard:* Es wird sich weniger um den Vater, Raymond Gayrard (1777–1858), handeln, der eine Marienstatue aus Holz und drei Marmorfiguren, ›Heilige Jungfrau‹, ›Pilgerin‹ und ›Winter‹ (Kelley, Abb. 90f.) ausgestellt hatte, als um den Sohn Paul-Joseph Raymond Gayrard (1807–1855), dessen marmorne ›Gruppe der fünf Töchter des Grafen von M(ontalembert)‹ (Kelley, Abb. 92) eben jene von Baudelaire getadelten Rüschen aufweist. – *20 David* d'Angers: s. o. zu S. 180, *1*; hatte in diesem Salon nicht ausgestellt, wird aber von Laverdant (*La Phalange,* III, 1846, 588) und Thoré (1846, 194) wegen eben der Wirklichkeitsnähe, die Baudelaire an ihm tadelt, gerühmt. – *22 Cumberworth:* s. o. zu S. 182, *16*; hatte sich an Bernardin de Saint-Pierres *Paul et Virginie* (siehe S. 288f.) für eine kleine Bronzestatue *Marie* – die schwarze Sklavin von Madame de la Tour – inspiriert. – *23 Susse:* bedeutende Kunsthandwerk-, Farben- und Skulpturenhandlung in Paris. – *24 Feuchère:* s. o. zu S. 181, *5*; hatte die Büste des Schauspielers Provost (Musée de la Comédie-Française; Kelley, Abb. 93) ausgestellt, die die Kritik positiv aufnahm. – *34 Vaudevillisten:* s. o. zu S. 253, *13*.

S. 275, 2 *Saint-Denis:* frühgotische Abteikirche mit bedeutenden Grabmalen der französischen Könige von der Gotik bis zur Renaissance. – *6* Jules *Klagmann* (1810–1867), Schüler von Feuchère und Ramey. Seine Gipsplastik ›Kleines Mädchen, eine Rose entblätternd‹ (Kelley, Abb. 94) war widersprüchlich beurteilt worden. Baudelaire spielt auf seine mehr kunstgewerbliche Tätigkeit an. – *8 Pradier:* s. o. zu S. 180, *23.* Keiner griff Pradier mit einer solchen Heftigkeit an wie Baudelaire, obgleich anerkannte Kritiker wie Thoré ihn einen »Heiden der Dekadenz« nannten (1846, 200) und Lenormant offen aussprach, daß Pradier die Bildhauerkunst »Rückschritte« machen lasse (*Le Correspondant,* April-Juni 1846, 391). – *16 Die leichte Poesie: La Poésie légère* (Musée des Beaux-Arts, Nîmes; Kelley, Abb. 96) ist ein weiteres Beispiel dafür, wie Baudelaire sich gegen den Publikumsgeschmack wendet. Nach Jubinal war die Marmorstatue das »erfolgreichste Werk des Salons« (*Le Voleur,* 20. Juni 1846, 541), und der anonyme Kritiker des *Moniteur des Arts* erwähnt, daß sie »unentwegt die Aufmerksamkeit des Publikums anzieht« (19. April 1846, 89). Baudelaires Freund Pierre Dupont (siehe Bd. II) hatte dieser Skulptur ein zehnstrophiges Gedicht gewidmet (*L'Artiste,* 19. April 1846, 114). – *19 Anakreon und Die Weisheit:* ›Anakreon und Amor‹ sowie ›Die Weisheit, die Pfeile Amors zurückweisend‹, zwei Bronzestatuen (Musée d'Art et d'Histoire, Genf; Kelley, Abb. 98 f.), wurden übereinstimmend von Laverdant (*La Phalange,* III, 1846, 577) und Thoré (1846, 202) als Pastiches antiker Werke bezeichnet. Pradier hatte ferner zwei Marmorstatuen von ›S.-Th. Jouffroy‹ (Stadtbibliothek Besançon; Kelley, Abb. 97) und des ›Herzogs von Orléans‹ (Museum von Versailles; Kelley, Abb. 95), einen »wahrhaften Anachronismus«, wie Courtois schrieb, ausgestellt (*Le Corsaire-Satan,* 3. April 1846, 964). – *30* Jean Pierre *Dantan:* s. o. zu S. 183, *5;* hatte fünf Büsten ausgestellt, die Baudelaire wahrscheinlich meint. Da er allerdings nicht immer präzise ist und ihm Verwechslungen unterlaufen, ist nicht auszuschließen, daß er auch Antoine-Laurent Dantans (1798–1878) Büste des ›Baron Mounier‹ miteinbezieht. – *33* Charles-Antoine-Armand *Lenglet* (1791– nach 1855), Schüler von Cartellier, Fabrikant, Goldschmied und gelegentlich Bildhauer, stellte zum ersten Mal aus, und zwar zwei Marmorbüsten, von denen Baudelaire ein Modell genau kannte. Es handelt sich um seinen Stiefvater, den General Aupick (Rathaus von Gravelines; Album, Abb. 94).

XVII. VON DEN SCHULEN UND DEN ARBEITERN

S. 276, *14 Republikaner:* So nahe Baudelaire auch den Sozialisten und Fourieristen in diesen Jahren stehen mochte (siehe S. 193 ff.) und so sehr ihn auch sozialistische Überzeugungen an der Seite des Volkes 1848 auf die Barrikaden trieben, war er doch kein Republikaner im strengen Sinn (siehe Pichois, *Baudelaire en 1847,* B/Études, 95–121). Oehler versucht, die anekdotische Begebenheit zu Beginn dieses Kapitels (die er mit dem Prosagedicht *Assommons les pauvres* zu Recht in Beziehung setzt; siehe Bd. VIII) als Ironie zu deuten; nicht die eigenen Empfindungen schildere Baudelaire, sondern die des ihm verhaßten konservativen Mittelstandes (Oehler, 30 ff.).

S. 277, *2 emanzipierten Arbeiter:* Das Kapitel ist ein Plädoyer gegen das revolutionäre Ideal der Gleichheit. Damit steht Baudelaire in Einklang mit dem Fourierismus, der in sein durchaus hierarchisches System den Individualismus einbezieht und sich ausdrücklich gegen das »kommunistische« Ideal der *»égalité«* verwahrt. »Das Prinzip der Gleichheit enthält einen Keim des Todes für die Kunst« (Laverdant, *De la Mission de l'art et du rôle* *des artistes,* in *La Phalange,* I, 1845, 261). – *8 Wirrwarr von Stilen:* Baudelaire übernimmt einen Gedanken Heines, der die ›Gemäldeausstellung in Paris 1831‹ einem »Waisenhause, einer Sammlung zusammengeraffter Kinder, die sich selbst überlassen gewesen und wovon keins mit dem anderen verwandt war«, verglich. Diesem Eindruck setzte er den einer »Galerie ... italienischer Gemälde« entgegen, die »an den Brüsten einer großen, gemeinsamen Mutter ihre Nahrung eingesogen und als eine große Familie, befriedet und einig, zwar nicht immer dieselben Worte, aber doch dieselbe Sprache sprechen«. – *10 poncifs:* siehe Kap. X, S. 252 f. – *21 Giulio Romano:* s. o. zu S. 225, 27. – *30 Schulen unter Ludwig XV.:* Baudelaire mag an Boucher, Fragonard, Greuze denken und unter dem *Kaiserreich* an David. – *31 Glauben:* siehe dazu Kapitel XII, S. 256 ff. Die Klage, daß die zeitgenössische Kunst an einem Mangel an Glauben und Idealen leide, formulierte bereits Alexandre Decamps, der Bruder des Malers, in der *Revue républicaine* (*Les Arts et l'industrie au XIXe siècle,* Oktober 1834; nach A. Cassagne, *La Théorie de l'Art pour l'art en France,* Paris ²1959, 49), und Tocqueville meinte 1835, diese Geisteshaltung sei aus der Gleichheit erwachsen (*De la Démocratie en Amérique,* Paris ²1961, II, 155). Pierre Leroux forderte in seiner *Réfutation de l'éclecticisme* (1841), daß die Wissenschaft zur Religion werden solle, um so den sonst unvermeidlichen Untergang der Menschheit zu vermeiden.

S. 278, *7 sich selbst überlassen:* Ähnlich schreibt Heine 1831: »Jeder Maler malt jetzt auf eigene Hand und für eigene Rechnung.« Er wendet sich dagegen, daß »bei den französischen Malern die mißverstandene Romantik grassiert, und, nach ihrem Hauptprinzip, jeder sich bestrebt, ganz anders als die anderen zu malen, oder wie die kursierende Redensart heißt: seine Eigentümlichkeit hervortreten zu lassen«. (›Gemäldeausstellung‹)

S. 279, *9 Vereinigungen: »Associations«* sollen »bei den demokratischen Völkern den Platz der machtvollen Einzelnen einnehmen, die die Gleichheit der Bedingungen hat verschwinden lassen« (Tocqueville, *De la Démocratie en Amérique,* Paris ²1961, II, 116). Indem Baudelaire sie den traditionellen Malerschulen gleichsetzt, verstößt er gegen die Idee einer gleichberechtigten Gemeinschaft, befindet sich jedoch in Einklang mit den Fourieristen (Laverdant, *De la Mission de l'art,* in *La Phalange,* 1846, 265, 269). – *17 sich vereinzelnde Freiheit:* Baudelaire übernimmt den Begriff der *»liberté divergente«* von Fourier, der sie als fruchtlos verdammt und als Ziel die »aktive und konvergierende Freiheit« aller in der Gemeinschaft aufstellt (*Œuvres complètes,* Paris 1966, III, 155 f.; Oehler, 67). – *23 Individualität:* Baudelaire gebraucht den Begriff der Individualität in einem doppelten Sinn, was Anlaß zu Fehldeutungen gegeben hat. Für ihn gibt es nur eine wirkliche Individualität, das ist die schicksalsgegebene des großen schöpferischen Menschen, und keineswegs die Individualität, die der emanzipierte Arbeiter oder Handwerker aus einer falschverstandenen Gleichheit erzwingen will. Insofern kann Baudelaires Kritik an dem Pseudo-Individualismus der Eklektiker nur mit Vorbehalt in Parallele zu Saint-Simons oder Leroux' Kritik am kapitalistischen Individualismus gesetzt werden. – *25 Romans:* Victor Hugos Roman *Notre-Dame de Paris* (1831), in dem ein Kapitel (V, 2) die Überschrift trägt: *»Ceci tuera cela«* – ›Dieses wird jenes töten‹. Hugo meint, daß mit dem Verlust der theokratischen Gesellschaftsform und dem Aufkommen der demokratischen Freiheit die »Einheit« verloren ging und die »kleinen Dinge die großen vernichten«, z. B. die Massenproduktionen des Buchdrucks die »große Schrift des Menschengeschlechts, die die Architektur ist« (Éd. Nationale, Paris 1889, I, 270, 277).

XVIII. VON DEM HEROISMUS DES MODERNEN LEBENS

S. 280, 24 *Schönheit:* Bereits Perrault hatte in seinem ›Vergleich zwischen den Alten und den Modernen, die Künste und Wissenschaften betreffend‹ (1688–1697), die Bedeutung des *»beau relatif«* hervorgehoben und damit eine historische Position eingenommen, wie sie Baudelaire mit großer Entschiedenheit vertritt (siehe S. 199). Die Zerlegung der Schönheit in zwei Komponenten mag Baudelaire von Kant – in der Darstellung von Madame de Staël – bezogen haben: »Kant behauptet, daß es in der Dichtung und in den Künsten zwei Arten von Schönheit gibt, eine, die sich auf die Zeit und auf dieses Leben bezieht, die andere auf die Ewigkeit und auf das Unendliche.« (*De L'Allemagne,* Paris 1810, III, Kap. VI)

S. 281, *3 Herakles auf dem Oeta:* Um den Qualen des Giftes zu entrinnen, das sich aus dem Prachtgewand der Dejanira in sein Fleisch fraß, schichtete Herkules einen Holzstoß auf dem Oeta und verbrannte sich darauf. – *Cato Uticensis:* Marcus Porcius Cato (95–46 v. Chr.) tötete sich selber auf der Flucht vor Cäsar, um nach der Niederlage des Pompejus das Ende der Republik nicht zu überleben. – *7 Rousseaus Selbstmord:* Das Gerücht, Jean-Jacques Rousseau (1712–1778) habe sich das Leben genommen, hielt sich bis in das 19. Jahrhundert. – *8 Raphaël de Valentin:* der Held von Balzacs Roman *La Peau de Chagrin* (›Das Chagrinleder‹, 1831), der die ihm verbleibende Lebenszeit für die Erfüllung seiner Liebe hingibt. – *12 Mamamuschi:* Monsieur Jourdain in Molières Komödie *Le Bourgeois Gentilhomme* (1670; ›Der Bürger als Edelmann‹) legt als vermeintlicher Träger hoher türkischer Würden phantastische Gewänder an. – *13 Antony:* s. o. zu S. 53, 2. – *17 verunglimpfte Frack:* Die klassizistische Ästhetik verabscheute die moderne Kleidung wegen ihrer mangelnden Idealität, und noch Canova vermochte Napoleon davon zu überzeugen, daß er in heroischer Nacktheit porträtiert werden müsse (Standbild, Brera, Mailand). Selbst die antiklassizistische Kritik, die mehr Aktualitätsbezug der Kunst gefordert hatte, war von dem einsetzenden »Naturalismus des Häßlichen« betroffen (Thoré, 1845, 52). Auch Delacroix schreckte vor der Darstellung des schwarzen Anzugs zurück, und Heine nannte ihn »grundprosaisch«. Baudelaire hingegen greift der realistischen Ästhetik vor, die mit Edmond Duranty die »besondere Note des Individuums in seiner Kleidung« forderte (*La Nouvelle Peinture,* 1876). – *N4 Seelenwanderung:* war für Fourier der »Angelpunkt des Systems der Harmonie«, da »das künftige Glück der Seelen unvollkommen wäre, könnten sie nicht zu diesem Leben zurückkehren« (*Théorie de l'unité universelle,* Paris ^{2}1841; *Œuvres complètes,* Paris 1966, II, 309).

S. 282, *3* Eugène-Louis *Lami* (1800–1890), zunächst Schüler von Horace Vernet, dann von Gros, in dessen Atelier er Bonington kennenlernte; dieser führte ihn in die Technik des Aquarells ein. Im Salon 1846 war Lami durch ein Ölbild, ›Die Königin Victoria im Familiensalon des Château d'Eu am 3. September 1843‹ (Versailles; Kelley, Abb. 100) und ein Aquarell ›Der große Maskenball in der Oper‹ vertreten. – *Gavarni:* s. o. zu S. 196, *12;* hatte nicht ausgestellt. – *7 Über das Dandytum:* Jules Barbey d'Aurevilly (1808–1889) hatte in seinem Werk *Du Dandysme et de George Brummel* (1845) den galanten Duc de Richelieu (1696–1788) mit dem englischen Modekönig George Brummel (1778–1840) verglichen und die Verschiedenheit ihres Dandytums aus dem Unterschied der Epochen hergeleitet: im 18. Jahrhundert aus dem entfesselten Drang nach Vergnügung, im 19. aus dem *ennui,* der Blasiertheit und Heuchlertum schafft. – *13 Frack:* Diesen ganzen Absatz wird Champfleury in *L'Ordre* vom 21. September 1850, anläßlich Courbets ›Begräbnis in Ornans‹, zitieren: »Der Maler aus Ornans hat vollkommen die Gedanken eines seltenen und bemerkenswerten Buches (des *Salon de 1846,* von Baudelaire) verstanden, wo sich diese treffenden Zeilen finden.« – *26 Gazette des Tribunaux:* Gerichtszeitung, der Stendhal die Anregung für seinen Roman *Le Rouge et le Noir* (1830) entnahm. In seinem dramatischen Entwurf *L'Ivrogne* (siehe Bd. II) bekennt Baudelaire, daß er dieses Blatt oft mit größtem Interesse gelesen hat. – *27 Moniteur:* s. o. zu S. 253, *25.* – *29 Minister:* Nach Oehler handelt es sich um François Guizot (1787–1874), der in einer stürmischen Sitzung der Kammer am 26. Januar 1844 niedergeschrien wurde, als man über die Antwort auf die Thronrede Louis-Philippes zum Jahreswechsel 1843/44 beriet (*»Flétrissure-Debatte«*). Guizots Wunsch, daß eine legitimistische Sympathiekundgebung für den Grafen von Chambord, Kronprätendenten der Bourbonenpartei, verurteilt würde, traf auf den erbitterten Widerstand fast des ganzen Hauses. Man warf Guizot vor, während der Hundert Tage mit den Bourbonen gemeinsame Sache gemacht zu haben. Eine Stunde soll Guizot auf der Rednerbühne gestanden haben, bevor man ihn zu Wort kommen ließ und seine Rechtfertigung anhörte.

S. 283, *4 Gedenkmünze:* Bronzemedaille (1844) von Maurice-Valentin Borrel, mit dem Brustbild Guizots (Cabinet des Estampes, Paris; Oehler, Etba VIII, 1976, Abb. vor S. 201). – *8* Lord *Byron* (1788–1824), dessen Verserzählung *The Corsair* 1814 erschien. Der Titelheld hat der menschlichen Gesellschaft den Krieg erklärt. – *10* Jean-François *Montès* (1765–1856), Seelsorger im Gefängnis der Conciergerie, der 1836 den berühmten Lacenaire aufs Schaffott begleitet hatte. Oehler (102 ff.) hat überzeugend nachgewiesen, daß es sich um den Mörder Pierre Poulmann handelt, der den Beistand des Abbés fast mit den von Baudelaire zitierten Worten zurückwies: *»Malheureux! vous voulez donc abattre mon courage!«* (»Unseliger! wollen Sie mir meinen Mut zerstören!« *Gazette des Tribunaux,* 7. Februar 1844, 3). Der von Baudelaire zuvor genannte *Moniteur universel* berichtete von Poulmann in denselben Nummern, die die historische Sitzung mit Guizot schildern (26. Januar 1844). – *30 Vautrin:* Die drei genannten Helden stammen aus *La Comédie humaine,* dem großen Romanwerk Balzacs. Vautrin, ein entflohener Zuchthäusler, spielt in den damals erschienenen *Splendeurs et misères des courtisanes* (1838–1847) eine bedeutsame Rolle als von der Gesellschaft Verfemter; *Rastignac,* ein junger ehrgeiziger Mann, erklärt am Ende des *Père Goriot* (1834) Paris den Krieg; der ehrliche Bankrotteur César *Birotteau* zahlt in dem gleichnamigen Roman (1837) seine Schulden bis auf Heller und Pfennig in märtyrerhafter Selbstverleugnung zurück. – *Fontanarès:* Held eines Dramas von Balzac, *Les Ressources de Quinola,* 1842 im

Odéon uraufgeführt. Daß die Handlung in der Vergangenheit spielt, 1588 unter dem Spanier Philipp II., erklärt Baudelaires Vorbehalt. Im übrigen ist Fontanarès für Baudelaire ein weiteres Beispiel für den genialen, von der Gesellschaft verkannten Außenseiter. Die Gesellschaft – König, Kirche, Bürger und selbst die Handwerker – begegnen dem Konstrukteur des ersten Dampfschiffes mit Herablassung, Haß, Gewinnsucht und Verständnislosigkeit, so daß Fontanarès sein Werk in die Luft sprengt.

VOM WESEN DES LACHENS UND ALLGEMEIN VON DEM KOMISCHEN IN DER BILDENDEN KUNST

De l'Essence de rire et généralement du comique dans les arts plastiques erschien am 8. Juli 1855 in der Zeitschrift *Le Portefeuille*, wurde zwei Jahre später in *Le Présent* am 1. September erneut gedruckt und schließlich postum innerhalb der *Curiosités esthétiques* bei den Gebrüdern Michel Lévy herausgegeben. Pichois hat dargelegt (B/Études, 80 ff.), daß dieser Artikel zu dem ersten – philosophischen – Teil eines von Baudelaire beabsichtigten Buchs über die Karikatur gehört, das auf der hinteren Klappe des *Salon de 1845* als bereits »im Druck befindlich« angekündigt worden war und dem Baudelaire 1852 den Titel *Physiologie du rire* geben wollte. Die zwei folgenden Artikel über ›Einige französische Karikaturisten‹ (S. 306 ff.) und ›Einige ausländische Karikaturisten‹ (S. 329 ff.) gehören gleichfalls zu diesem nie ausgeführten Werk, das somit als ein Fragment vor uns liegt. Die Geschichte des Manuskriptes gehört zu den schmerzvollsten Episoden in Baudelaires Leben. Er hoffte, mit dem vollendeten Buch, das er 1851 dem Redakteur der Zeitschrift *Le Pays* als *»très amusant«* anbot (Corr/Pl I, 175), ein neues Leben zu beginnen. Aber am 26. März 1853 sah er sich seiner Mutter gegenüber zu dem Geständnis genötigt, daß er das Manuskript für eine unbeglichene Rechnung in einem Hotel habe zurücklassen müssen (Corr/Pl I, 212)! 1854 oder zu Beginn des folgenden Jahres bot er es schließlich der renommierten *Revue des Deux Mondes* an, wurde aber abschlägig beschieden (Œuvres/Pl II, 1343 f.), so daß er sich gezwungen sah, es zunächst in dem oben genannten obskuren *Portefeuille* als Auszug eines Buches zu veröffentlichen, dessen Titel nunmehr *Peintres, statuaires et caricaturistes* lauten sollte. Das Werk, das zu schreiben Baudelaire versagt war, wurde von Champfleury verfaßt: *Histoire de la caricature antique* und *Histoire de la caricature moderne,* beide Paris 1865; zwei Werke, in denen Champfleury seinen Freund Baudelaire oft und ausführlich zitiert.

S. 284, 4 *Karikatur:* Von italienisch *caricare,* beladen, übertreiben. Die Karikatur hat es seit jeher gegeben. Sie gewann jedoch erst mit Hogarth (siehe S. 329 f.) im 18. Jahrhundert und Daumier im 19. Jahrhundert (siehe S. 312 ff.) den Rang einer besonderen Kunstgattung und wurde zu einem wirksamen Mittel politischer und gesellschaftlicher Kritik. – *17 bisher veröffentlichten Versuche:* Francis Grose, *Rules for drawing Caricatures,* London 1791 (in Übersetzungen Leipzig 1800, Paris 1802); Boyer de Nîmes, *Histoire des caricatures de la révolte des Français,* Paris 1792; E. Jaime, *Musée de la caricature ou recueil des caricatures les plus remarquables publiées en France depuis le quatorzième siècle jusqu'à nos jours,* Paris 1838.

– *33 ewiges Element:* Diese Zeilen sind in Zusammenhang mit Baudelaires Definition der Schönheit von 1846 zu sehen: sie bestehe aus »etwas Ewigem und etwas Vergänglichem« (S. 280).

S. 285, *13 Hypogäen:* unterirdische Grabräume. – *18 Genre:* Die klassizistische Kunstauffassung, vertreten durch die Akademie, versagte der Karikatur die Anerkennung als Gattung. – *20 Robert Macaire:* eine Folge von hundertzwanzig Blättern, die im *Charivari* zwischen August 1836 und November 1838, zwischen Oktober 1840 und September 1842 erschienen war (Delteil, 354–455; 832; 866–885). Robert Macaire und sein Gehilfe Bertrand sind zwei Bösewichter aus einem Melodrama von B. Antier, Saint-Amand und Paulyanthe, *L'Auberge des Adrets* (1823). Der von Baudelaire bewunderte Frédérick Lemaître (siehe S. 222, *14*) spielte die Rolle Macaires und schuf, zusammen mit Antier, eine Fortsetzung zu dem Melodrama, die Komödie *Robert Macaire,* deren Hauptrolle er bei der Erstaufführung 1834 übernahm. Daumier illustriert nicht das Lustspiel, sondern entwickelt die Figur des Gauners zu einer allgemeinen Karikatur des Spekulanten und teuflischen Betrügers. Von Charles Philipon (1800 oder 1806–1862; s. u. zu S. 312, *20*) stammen die Legenden zu den Karikaturen. Die Wirkung, insbesondere der Holzschnitte dieser Folge, reichte bis nach Deutschland, wo Robert Macaire in den vierziger Jahren in Reclams ›Joujoux‹, im Leipziger ›Charivari‹, in Oettingers ›Teufeleien‹ in Erscheinung trat. – *23* François *Rabelais* (um 1494–1553), Verfasser der humoristischen Romane von Gargantua und Pantagruel.

S. 286, *1 Der Weise lacht nur mit Zittern:* Zitat aus den *Maximes et réflexions sur la comédie* von Jacques-Bénigne Bossuet (1627–1704), Bischof von Meaux, Hofprediger Ludwigs XIV. und Verfasser berühmter Leichenpredigten (James S. Patty, *Baudelaire and Bossuet on Laughter,* in: *Publications of the Modern Language Association,* September 1965, 459–461). – *3 weisen König Judäas:* Salomo. – *4 Joseph de Maistre* (1753–1821), extrem konservativer Denker, dessen *Soirées de Saint-Pétersbourg* (1821) zu Baudelaires Lieblingsbüchern gehörten. »De Maistre und Edgar Poe haben mich denken gelehrt.« (Œuvres/Pl I, 669) – *11* Louis *Bourdaloue* (1632–1704), jesuitischer Prediger. – *29 niemals gelacht:* In der von Baudelaires Jugendfreunden veranstalteten Gedichtsammlung (*Vers,* 1843), an der er mitarbeiten wollte, findet sich von Le Vavasseur der Vers: »Freudige Götter, ich hasse euch: Jesus hat niemals gelacht!«

S. 287, *13 frühen Falles:* die Erbsünde, aus der Joseph de Maistre mit der Veränderung der menschlichen Natur auch die der menschlichen Gesellschaft ableitet. – *17 In dem irdischen Paradies ...:* Im Gegensatz zu den christlichen Theologen prophezeiten Sozialisten wie Saint-Simon, Fourier, auch Karl Marx in seinem »Kommunistischen Manifest« (1848), der Menschheit eine künftige Verwirklichung des Paradieses im Diesseits (W. Hofmann, ›Das irdische Paradies‹, München 1960, 331 ff.). Die ganze Passage bis zum Schluß des Absatzes ist ein teils wörtliches Zitat aus den *Contes normands* (1842) des in der Fußnote erwähnten *Philippe de Chennevière,* die Baudelaire seinerzeit besprochen hatte (siehe S. 99).

S. 288, *12 Virginiens:* die weibliche Hauptfigur in Bernardin de Saint-Pierres Roman *Paul et Virginie;* s. o. zu S. 261, *16*. – *24 Kirche der Pampelmusen:* bei Port-Louis, in dem eben erwähnten Roman. – *30 Palais-Royal:*

die Auslagen der Pariser Buchhändler, die im Palais-Royal in großer Zahl vertreten waren.

S. 289, *3 Gavarni:* siehe S. 323 ff. – *5 Hirschpark:* Der *Parc aux cerfs* befand sich in Versailles, wo Ludwig XV. ein Wildgehege eingerichtet hatte. Dieser Begriff wurde auf ein Haus in der Pariser Rue de Saint-Médéric übertragen, wo der König junge Frauen traf, deren Herkunft zu obskur war, als daß sie am Hof hätten erscheinen können. – *6 Favoritin:* wahrscheinlich die Marquise de Pompadour (1721–1764). – *7 Autrichienne:* die »Österreicherin«, nämlich Marie-Antoinette (1755–1793), Tochter des Kaisers Franz I. und der Maria Theresia, Gattin Ludwigs XVI., die auf dem Schafott starb. Die Eskapaden der lebensfrohen Königin wurden in Chansons, Pamphleten und Karikaturen angeprangert. – *30 Physiologen:* Baudelaire könnte an Sophie Gays *Physiologie du ridicule* (Paris 1833) gedacht haben. Siehe auch nächste Anmerkung.

S. 290, *1 Überlegenheit:* Baudelaire wird sich hier wohl auch an Stendhals Kapitel über ›Das Lachen‹ (*Le Rire*) in dessen *Racine et Shakespeare* (1823) erinnern (Gilman, 80f.). Stendhal zitiert dort den englischen Philosophen Hobbes (1588–1679), der das Überlegenheitsgefühl als Grundelement des Lachens herausstellt (in *Human Nature,* 1650; unter dem Titel *De la Nature humaine* übersetzt von Holbach, 1772; Neudruck Paris 1971, 96f.). – *6 satanische Idee:* Auch hier knüpft Baudelaire an de Maistre an, der dem Wirken Satans in der menschlichen Natur und Gesellschaft nachspürt und der die französische Revolution zum Beispiel als »satanisch« bezeichnet.

S. 291, *14 Melmoth: Melmoth the Wanderer* (Edinburg 1820), Roman von *Charles Robert Maturin* (1782–1824), Vikar an Sankt Peter in Dublin. Baudelaire nannte diesen »gotischen Roman« einen »Kodex der Romantik« (15. Februar 1865, Corr/PL II, 461) und hätte ihn selbst gerne übersetzt. Er fand das Dämonische in dem satanischen Lachen Melmoth' und war offenkundig bei der Aufstellung seiner Theorie auch von Maturin beeinflußt (Marcel A. Ruff, Einleitung zu Maturins *Bertram* in der Übersetzung von Nodier und Taylor, Paris 1956). – *25 widersprüchlichen Doppelnatur:* Melmoth hatte, ähnlich wie Faust (Maturin war von Goethes Dichtung beeinflußt), einen Pakt mit dem Teufel abgeschlossen und damit übermenschliches Wissen und eine Lebensdauer von hundertfünfzig Jahren erkauft.

S. 293, *22 das klassische Märlein:* findet sich bei Valerius Maximus, wurde von Erasmus übernommen und von Rabelais nacherzählt (*Gargantua,* Kapitel XX). – *24 Aristophanes* (um 445– um 385 vor Chr.), Vollender der attischen Komödie. – *Plautus* (um 250–184 vor Chr.), lateinischer Komödiendichter, wegweisend für das europäische Lustspiel. – *30 pasticcio:* Nachahmung. – *31 Grotesken:* römische Malereien von Ranken, in deren Blattwerk pflanzliche, tierische und menschliche Formen ineinander übergehen. Für Victor Hugo war das Groteske eine der höchsten schöpferischen Formen des menschlichen Geistes (Vorwort zu *Cromwell,* 1827). Siehe auch W. Kayser, ›Das Groteske in Malerei und Dichtung‹, Reinbek 1960. – *32 Masken* mit grotesker asymmetrischer Formgebung wurden in der römischen Antike als Karikatur lebender Zeitgenossen verwandt. – *Herkules:* Urbild männlicher Kraft in der römischen Spätzeit, der in den Komödien oft als Kraftmeier dargestellt wird. Im Louvre befindet sich ein parodistisches Vasengemälde, ›Die Apotheose des Herkules‹, das Herkules als fratzenhaften Muskelprotz zeigt (Fuchs, Abb. 29). – *33 Priapus:* Fruchtbarkeitsgott, Sohn des Dionysos und der Aphrodite. Am Hellespont verehrt, zunächst als Holzfetisch, dann als Gnom mit übergroßem Phallus (Ed. Fuchs, ›Geschichte der erotischen Kunst‹, München 1912, I, Abb. 114 f., 117). – *35 Töchter des Romulus:* Fuchs, ›Erotische Kunst‹, Abb. 105, 119. – *36 Glöckchen:* altes Symbol des Triumphes. – *37 Flügeln:* Symbol der Allmacht. Stendhal weist in seinen *Mémoires d'un touriste* auf die Flachreliefs an der Außenwand des antiken Theaters zu Nîmes (Fuchs, Abb. 120) hin, auf denen geflügelte, mit Adlerkopf und Glöckchen versehene Phallusse dargestellt waren (*Œuvres complètes,* Paris 1932, XIV, 141 f.).

S. 294, *2 Pan:* griechischer Hirtengott, halb Tier, halb Mensch, mit Bocksbeinen und Hörnern und menschlichem Gesicht. – *3 Plato* (427–347 vor Chr.), griechischer Philosoph. – Lucius Annaeus *Seneca* (4 vor Chr.–65 nach Chr.), römischer Philosoph, Vertreter der Stoa.

S. 296, *14 l'art pour l'art:* Kunst um der Kunst willen, eine von Théophile Gautier in dem Vorwort zu *Mademoiselle de Maupin* (1835) vertretene Ästhetik, der Baudelaire nicht immer anhängt. Anläßlich seiner Besprechung der *Chants et Chansons* seines sozialistischen Freundes Pierre Dupont nennt er sie eine »kindische Utopie« (Bd. II). – *36 E.T.A. Hoffmann:* s. o. zu S. 108, *18* und 204, *32*.

S. 297, *5 unschuldig Komische:* Baudelaire, der meist aus dem Gedächtnis zitiert, ist wahrscheinlich ein Versehen unterlaufen; er hätte das *wahrhaft* Komische schreiben müssen. Denn E.T.A. Hoffmann unterscheidet zwischen dem »bloß Komischen« einerseits, das er auch das »Drollige« oder »Possenhafte« nennt und das er in der ›Prinzessin Brambilla‹ (1821) als »nur in der äußeren Erscheinung« liegend definiert (Anfang des dritten Kapitels), und andrerseits dem »wahrhaft Komischen«, bei dem die »krampfhaften Zuckungen des Schmerzes« in die »wunderbare Lust« des Lachens münden (›Leiden eines Theaterdirektors‹). Dieses »wahrhaft Komische« ordnet sich organisch in Baudelaires Gedankengang ein, denn es ist ein Zeichen der »zwiespältigen menschlichen Natur« und ihres »Dualismus« (Th. Cramer, ›Das Groteske bei E.-T.-A. Hoffmann‹, München 1966, 78 f.). – *7 begeisterter Gespräche:* Baudelaire spielt vielleicht auf das Gespräch an, das im dritten Kapitel der ›Prinzessin Brambilla‹ Signor Celionati mit deutschen Künstlern über die Unterschiede zwischen italienischem und deutschem Scherz führt.

S. 298, *28 Eingebildeten Kranken: Le Malade imaginaire,* eine *comédie-ballet,* Molières letztes Stück (1673). Das erste Intermezzo – in italienischer Sprache – stellt eine verunglückte Serenade des Pulcinella dar, das zweite einen Tanz von Ägyptern mit Affen, das dritte eine »burleske Zeremonie«, die Verleihung des Doktorgrades an einen Mediziner. – *Bürger als Edelmann: Le Bourgeois Gentilhomme* (1670), Komödie mit vier burlesken Balletteinlagen. – *29* Jacques *Callot* (1592–1635); s. u. zu S. 337, *10*. Callot hat in einer Folge von vierundzwanzig Radierungen, *Balli di sfessania* (um 1622), verschiedene Figuren der Commedia dell'arte in exzentrischen Posen dargestellt (Th. Schröder, ›J. Callot. Das gesamte Werk‹, München 1971, Abb. S. 1082–1093). – *Voltaire:* Baudelaire wird an Erzählungen wie *Zadig* (1747) und vor allem an den *Candide* (1759) gedacht haben. – *37 Reiche des Spleen:* England.

S. 299, *3 Korso:* Via del Corso, die römische Straße, durch die der Karneval zieht; E.T.A. Hoffmanns Märchen ›Prinzessin Brambilla‹ spielt während des römischen Karnevals. Dem Erstdruck dieses ›Capriccio nach Jakob Callot‹ waren acht von dessen oben erwähnten Radierungen zur Commedia dell'arte beigegeben. – *8 englische Pantomime:* Es handelt sich wahrscheinlich um *Arlequin, pantomime anglaise en 3 actes et 11 tableaux,* die im Théâtre des Variétés vom 4. bis 13. August 1842 gespielt wurde (Mayne II, 159 f.). Théophile Gautier besprach dieses Stück in *La Presse* vom 14. August 1842. Baudelaires Freund Champfleury wird diese Beschreibung des öfteren (zum ersten Mal am 20. April 1851, in *L'Evénement*) zitieren. Sie ist bis 1867 zwölfmal veröffentlicht worden und damit der Text, der zu Lebzeiten des Dichters am häufigsten publiziert wurde. – *29 Deburau:* s. o. zu S. 233, *25.*

S. 300, *9 Harlekin:* lustige Gestalt aus der italienischen Stehgreifkomödie. – *Kassander:* der törichte und gutgläubige Alte, ein leichtes Opfer Harlekins. – *Leander:* der Typ des Verliebten. – *21 phanerogamischen Sitten:* Phanerogamen nannte Linnée die Blütenpflanzen, deren Fortpflanzungsorgane in den Blüten eingeschlossen sind (im Gegensatz zu den Kryptogamen oder Sporenpflanzen). – *22 Jardin des Plantes:* berühmter botanischer Garten in Paris, der auch heute einen Zoo beherbergt.

S. 301 *6 Saint-Denis:* Sankt Dionysius, der erste Bischof von Paris, im dritten Jahrhundert enthauptet, wird mit seinem Kopf in der Hand dargestellt. – *18 Kolombine:* lebhafte und schlagfertige Dienerin in der italienischen Stegreifkomödie.

S. 302, *27 Die Königsbraut:* 1821; aus dem Erzählzyklus der ›Serapionsbrüder‹, enthält im dritten Kapitel die von Baudelaire angeführte Beschreibung von der Ankunft des Baron Porphyrio von Ockerodastes bei seiner Braut.

S. 303, *22 Meister Floh,* 1822; das Märchen vom *›Goldnen Topf‹* (1814), im zweiten Teil der ›Phantasiestücke in Callots Manier‹.

S. 304, *18 Wackelköpfen:* chinesische Buddhafiguren aus Porzellan, deren locker aufgesetzte Köpfe durch die leiseste Berührung in Bewegung geraten.

EINIGE FRANZÖSISCHE KARIKATURISTEN

Der Aufsatz wurde zuerst in *Le Présent* am 1. Oktober 1857 veröffentlicht, erschien dann in *L'Artiste* vom 24. und 31. Oktober 1858 und wurde schließlich nach dem Tode Baudelaires in die *Curiosités esthétiques* aufgenommen (1868, bei Michel Lévy). – Gegen Ende 1854 oder zu Beginn 1855 teilt Baudelaire dem Sekretär der *Revue des Deux Mondes* mit, daß er zum dritten Mal seinen Artikel gemäß den Instruktionen von Herrn V. de Mars umgearbeitet habe (Œuvres/Pl II, 1343). Folgende französische Karikaturisten habe er neu aufgenommen: Watteau (wahrscheinlich den im *Salon de 1846* erwähnten Watteau d. J.; S. 225, *20*), Fragonard, Cazotte, Boilly, Debucourt, Langlois du Pont de l'Arche, Raffet, Bertall, Cham und Nadar. Diese Ausführungen sind nicht erhalten.

S. 306, *5 Carle Vernet* (1758–1836), zur Malerfamilie der Vernets gehörend. Er wuchs im Atelier seines Vaters Joseph auf, erhielt 1779 den zweiten Rompreis. Seine Bedeutung liegt in dem graphischen Werk, den militärischen und historischen Darstellungen, den Lithographien (die er als einer der ersten Franzosen verfertigte) von Jagdszenen und Pferderennen. Seine ersten Karikaturen schuf er zur Zeit des Direktoriums (1795–1799): als Royalist rächte er sich an den Republikanern, deren antikisierende und anglisierende Kleidung die Extravaganzen des Ancien Régime übertraf. – *6 Comédie Humaine* ist der Gesamttitel des über achtzig Werke umfassenden, unvollendeten Romanzyklus von Honoré de Balzac, in dem dieser ein getreues Bild der zeitgenössischen französischen Gesellschaft gibt. – *9 Modestichen:* Vernet schuf mehrere Folgen von Modestichen, wie die 56 Blätter der *Collection de costumes dessinés d'après nature par Carle Vernet et gravés par Debucourt* (Paris o. J.; siehe Expo 1968/69, 96) und die von La Mésangères hrsg. *Costumes Parisiens de la fin du XVIIIe siècle et du commencement du XIXe* (Paris 1797 ff.). In diesen Darstellungen hat Vernet, der ein Schwiegersohn des Radierers Jean-Michel Moreau (1741–1814) war, die Tradition der französischen Sitten- und Modedarstellung aus den Tagen des Ancien Régime bis in die Zeit der Restauration aufrecht erhalten. – *18 seinen Stulpstiefeln:* Baudelaire beschreibt exakt die nach Vernets Zeichnungen von Darcis 1796 gestochenen *Incroyables* (›Die Unglaublichen‹), deren Haare tief in die Stirn hineinfallen (A. Dayot, *Carle Vernet,* Paris 1925, Abb. S. 18). Das Pendant zu den *Incroyables* waren die gleichermaßen berühmt gewordenen *Merveilleuses* (›Die Wunderbaren‹) aus demselben Jahr, die riesige, phantastisch geformte Hüte oder, statt ihrer, gigantische Schleifen tragen und die Stoffmassen ihrer weiten Röcke über den Arm schlagen, um sich fortbewegen zu können. – *30 ein Spielhaus:* In den Werkkatalogen Carle Vernets ist kein derartiges Blatt nachgewiesen. Crépet hat wahrscheinlich gemacht, daß Baudelaire an ein von Louis Darcis (gest. 1801) nach einer Zeichnung von Guérain radiertes Blatt denkt, das den Titel trägt *Le Trente-et-un ou la maison de prêt sur nantissement* (›Einunddreißig oder das Pfandhaus‹; FM/Pommier-Pichois, Abb. S. 211). Das Blatt regte Baudelaire zu dem Gedicht *Le Jeu* an (Bd. III, S. 250).

S. 307, *11* Edme-Jean *Pigal* (1798–1872), Genremaler, Zeichner und Lithograph, Schüler von Gros. Seit 1827 stellte er regelmäßig aus. Mitarbeiter der satirischen Zeitschriften *La Silhouette, Le Charivari, La Caricature.* Unter seinen lithographierten Karikaturen sind das *Album comique de pathologie pittoresque, Mœurs populaires* und *Mœurs parisiennes* zu nennen. Champfleury charakterisiert Pigal durch den Vergleich mit dem Operettenschreiber und Romancier Paul de Kock (1793–1871); beide seien keine Genies, gäben aber unprätentiös einen aufschlußreichen Einblick in das Kleinbürgertum und die Bohème des 19. Jahrhunderts (*Champfleury CM,* 282). – *17 Bildern von unschuldiger Komik:* Pigal beschickte die Pariser Salons mit humoristischen Ölgemälden wie ›Der Haushalt eines Junggesellen‹ (1827), ›Zerstrittene Gatten‹ (1836), ›Die Toilette bei starkem Wind‹ (1844). Unter den »grotesken Bildern« erwähnt Champfleury den ›Portier, der seine Frau schlägt‹ (*CM,* 285). – *18* François-Auguste *Biard* malte Sittenbilder, die oft der Karikatur nahe kamen (s. o. zu S. 264, *10*). – *22* Nicolas-Toussaint *Charlet* (1792–1845), Maler und Lithograph, Schüler von Gros. Als Maler erlangte er Berühmtheit durch die von Musset und Delacroix gleichermaßen gelobte *Épisode de la retraite de Russie* (1836; Musée des Beaux-Arts, Lyon), die den Rückzug Napoleons aus Rußland darstellt.

In der Verehrung für Napoleon erzogen, trug er vornehmlich mit seinen fast 1100 Lithographien dazu bei, gegen den Widerstand der bourbonischen Monarchie die napoleonische Legende zu schaffen. 1820 erschien die Folge *La Vieille Armée française,* 1842 vollendete er *La Vie civile, politique et militaire du caporal Valentin;* als letztes größeres Werk gelten seine Illustrationen zu Napoleons *Mémorial de Sainte-Hélène* (1842). – *25 Volksszenen: Scènes populaires* (Expo 1968/69, 95). – *34 Gutmütigkeit und Unschuld:* Glaser (130 f.) hebt hervor, daß Pigal und die übrigen Karikaturisten der Restauration »noch nicht den scharfen Witz und die feine Satire kannten, die erst die folgenden Jahrzehnte ausbilden sollten.« – *35 Trunkenbolde:* Abbildung der ›Trinker‹ bei Glaser, ›Graphik der Neuzeit‹, Berlin 1922, 130).

S. 308, *17 Institut de France:* der Sitz der von Baudelaire gleich genannten *Académie française.* Arsène Alexandre (162) berichtet, daß Charlet eines Tages die Ambition gehabt habe, in die Académie gewählt zu werden. – *19* Baudelaire führt *Molière* an, weil dieser als Vertreter des verachteten Komödiantenstandes nicht in die Akademie aufgenommen werden konnte. Man betrachtete die Karikatur mit ähnlicher Geringschätzung wie die Komödie, weil sie gleichfalls außerhalb des klassischen Kunstkanons stand. – *30 Patriot:* Bereits 1846 hat Baudelaire den kosmopolitischen Geist des wahren Kunstliebhabers gegen den Chauvinismus der Militärmalerei Horace Vernets ausgespielt (S. 253 ff.). – *N 2 Béranger:* populärer, 1857 verstorbener Liederdichter, den Baudelaire bereits im *Salon de 1846* anläßlich Horace Vernets mit zum Teil identischen Argumenten aufs Korn genommen hat (S. 254, 7). Auch Victor Fournel (509) nennt Charlet den »Béranger des Zeichenstifts«.

S. 309, *2 die Pfaffen viel geschmäht:* Zwischen 1820 und 1830 erschien eine Fülle anti-klerikaler Lithographien, auf denen Soldaten und selbst Schulkinder die Priester verspotten (Grand-Carteret, 159 f.). – *8 dem Volk den Hof gemacht:* Gegen dieses Urteil Baudelaires nimmt A. Alexandre (S. 157 f.) ausdrücklich Stellung: Charlet als Sohn eines republikanischen Dragoners sei ein Mann des Volkes gewesen. Für Charlets Popularität zeugt eine Lithographie Hippolyte Bellangés: eine Menge von Arbeitern, Invaliden, alten Haudegen des Empire und Straßenjungen drängt sich um eine Büste des Karikaturisten, deren Sockel die Inschrift trägt: »À Charlet, le peuple«. – *11 selten eine Wahrheit:* Im Gegensatz dazu nennt Eugène Delacroix Charlets Gestalten »überzeugend wahr« und stellt »ihn als Charakterschilderer an die Seite von Molière und Lafontaine« (›Literarische Werke‹, deutsch von J. Meier-Graefe, Leipzig 1912, 291). In seinem Nekrolog auf Delacroix (siehe Bd. V) berichtet Baudelaire, daß der Maler ihn wegen der in diesem Artikel ausgedrückten Kritik an Charlet ins Atelier kommen ließ, um ihn zu schelten: »Delacroix hatte eine erstaunliche Schwäche ... für Charlet ... dieses vom Chauvinismus verwöhnte Kind.« – *19 beileibe keine Karikaturen:* In diesem Punkt stimmen Baudelaire und Delacroix miteinander überein: »Es sind nicht im entferntesten Karikaturen, sondern wirkliche Bildnisse, denen nur der Name fehlt. Und selbst den gibt er ihnen noch auf seine Art in seinen geistreichen Legenden, damit sie volles Leben gewinnen.« (Delacroix, ›Literarische Werke‹, 1912, 285) – *24 Vaudeville:* s. o. zu S. 252, *13.* – *27 Regeln der Liaison:* In den oft recht ausführlichen Legenden seiner Blätter ahmt Charlet die Aussprache des einfachen Volkes nach, die häufig gegen die Regeln der Französischen Akademie verstieß. – *29 Balzacs:* Baudelaire spielt auf Balzacs Roman *Les Paysans* (›Die Bauern‹) an, deren erster Teil 1844 in *La Presse* veröffentlicht wurde. – *30* William *Hogarth* (1697–1764), englischer Maler und Karikaturist, den Baudelaire weiter unten behandeln wird (S. 329 f.).

S. 310, *3 Klosterleuten:* Goya hat in einigen Blättern der *Caprichos* (1796/98; s. u. zu S. 332, *26* und 334, *8*) das Mönchstum karikiert (E. L. Ferrari, ›Goya. Sämtliche Radierungen und Lithographien‹, Wien 1961, Tafel 49, 53, 79). In den *Desastres de la Guerra* (1810–1813) stellt Goya jedoch die Priester und Mönche als erschütternde Opfer einer unbarmherzigen Verfolgung dar. – *10 voltairianische Predigt:* Voltaire war bekannt für seinen antiklerikalen Geist. – *12 Charlets Straßenjungen: Croquis lithographiques à l'usage des enfants* (1826; Expo 1968/69, 89 f.). – *17 der bleiche Schlingel:* Baudelaire zitiert aus Auguste Barbiers *Iambes* (1832): *»La race de Paris, c'est le pâle voyou/Au corps chétif, au teint jaune comme un vieux sou«* (»Der Pariser Menschenschlag, das ist der bleiche Straßenjunge / Von schmächtigem Wuchs und von gelber Hautfarbe, wie ein alter Groschen«). – *22 Räuber mit ihren Weibern:* das vierte Blatt einer bei Gihaut 1832 veröffentlichten Folge, das den am Ende dieses Absatzes zitierten Ausspruch zum Titel hat: *Voilà peut-être comme nous serons dimanche!* (G. Poulet/R. Kopp, *Qui était Baudelaire?*, Genf 1969, Abb. S. 56). Wie so oft verläßt Baudelaire sich auch hier auf sein Gedächtnis und gibt eine nicht ganz exakte Beschreibung: zwei Räuber oder Wilddiebe ruhen am Wegrand aus; zwischen ihnen sitzt eine Frau. Mit einer beredten Handbewegung zeigt einer der Männer auf den jenseits des Weges Hängenden. – *33 François Villon* (1431– um 1465) wurde zum Tode durch den Strang verurteilt, dann aber begnadigt. Er besang sein Schicksal in der *Ballade des Pendus* (›Die Ballade der Gehenkten‹) und in *L'Épitaphe de Villon en forme de ballade.* – *35 chic:* siehe S. 252. – Die *Rundungen und Ovale* entsprechen Baudelaires Definition des gleichermaßen verabscheuten *poncif* (S. 252).

S. 311, *5 Galerie der Uniformen:* Die Folge von Lithographien *Uniformes de la Garde Impériale* erschien 1819/20 bei Delpech; Delacroix nannte sie »prachtvoll« (›Literarische Werke‹, 292). – *14 Nachlässigkeit:* Delacroix wendet sich gegen das Vorurteil, »Charlet improvisiere«, und spricht von seiner »außerordentlichen Leichtigkeit in der Auffassung« und »Sicherheit« im Zeichnen (›Literarische Werke‹, 290). – *23 Pinelli:* s. u. zu S. 336, *9*. – *27 politischen Sprichwörtern:* Baudelaire spielt auf die Legenden bei Charlet an, die oft aktuelle Witzworte einbezogen. – *30 dem großen Maler:* Horace Vernet (siehe S. 253 ff.). – *dem großen Dichter:* Béranger (s. o. zu S. 254, *7*).

S. 312, *9 Honoré Daumier* (1808–1879) lernte zunächst einige Zeit bei dem Maler und Archäologen Alexandre-Marie Lenoir (1761–1839), dem Direktor des Musée des Monuments Français, der ihm die Antike nahebrachte, studierte auch bei dem Frühimpressionisten Eugène Boudin (1824 bis 1898), war aber weitgehend Autodidakt. Daumier veröffentlichte über 4000 Lithographien, dazu etwa 1000 Holzschnitte und einige Dutzend Gemälde. Er war der fruchtbarste und einer der größten Karikaturisten des 19. Jahrhunderts, der Frankreich in der Karikatur die Rolle zuwies, die Hogarth ein Jahrhundert zuvor für England in Anspruch genommen hatte. – *nicht sehr brillant:* Die ersten lithographischen Versuche Daumiers um 1829 zeigen seine Abhängigkeit von Grandville, Traviès und Monnier, und besonders von Charlet, in dessen Art er Soldaten und Offiziere der napoleonischen Armee zeichnete. – *10 unentrinnbare Berufung:* Daumiers Vater, ein Glasermeister, widersetzte sich dem Wunsch seines Sohnes, zeichnen zu lernen, und ließ ihn zunächst bei einem Buchhändler in die Lehre gehen. – *11 kleine Zeitung:* vermutlich *La Silhouette,* mit dem Untertitel *Journal des Caricatures;* sie veröffentlichte am 22. Juli und 24. Oktober 1830 Daumiers Lithographien *Passe ton chemin, cochon* (›Geh deines Weges, du Schwein‹; L. Delteil, *Honoré Daumier,* Paris 1925, Bd. I, Nr. 1) und *Des Victimes de la Révolution* (›Opfer der Revolution‹, Delteil, Nr. 14). – *13 Achille Ricourt* hatte einen Laden in der Rue du Coq. 1832 gründete er die Zeitschrift *L'Artiste.* – *20* Die Wochenschrift *La Caricature* wurde im November 1830 von Charles Philipon (s. o. zu S. 285, *20*) gegründet, um das Bürgerkönigtum anzugreifen. Diese Zeitung ist ein Höhepunkt in der Geschichte der europäischen Karikatur. Ein neues Pressegesetz, das die karikaturistische Behandlung von politischen Themen verbot, zwang *La Caricature* im August 1835 ihr Erscheinen einzustellen. Daumier war seit 1831 (neben Grandville, Traviès u. a.) ständiger Mitarbeiter der *Caricature.* – *29 Birne:* Philipon hatte 1831 den Einfall, den Kopf des Bürgerkönigs Louis-Philippe mit einer Birne zu vergleichen. In unendlich vielen Spielarten wandelten die Mitarbeiter der *Caricature* die Birnenkarikatur ab und machten sie zum Symbol des Kampfes gegen den König. Gegen Philipon wurden insgesamt sechzig Verfahren wegen Majestätsbeleidigung angestrengt. – *34 Reihe von Skizzen:* In der Ausgabe des *Charivari* vom 17. Januar 1834 wurden diese zu seiner Verteidigung dienenden vier Zeichnungen abgebildet (Hofmann, Abb. 13).

S. 313, *4 Kopf einer Kröte:* Baudelaire erinnert sich an einen Holzschnitt Grandvilles aus dem *Magasin Pittoresque* (1844), in dem dieser einen klassisch-griechischen Kopf durch die graduelle Änderung des Gesichtswinkels, durch Umformungen der Augen und des Mundes zum Kopf eines breitmauligen Frosches machte (G. Sello, ›Grandville‹, München 1969, Abb. S. 307). – *22 Die Freiheit:* Wie Baudelaire weiter unten erklärt, ist er sich nicht sicher, ob alle hier genannten Blätter von Daumier sind. In der Tat findet sich diese Karikatur nicht im Œuvre-Katalog des Künstlers. Ein mit dieser Beschreibung nicht übereinstimmendes, aber in der Intention und einigen Bildelementen ähnliches, von A.C. signiertes Blatt wurde in *La Caricature* 1834 veröffentlicht (Tafel 353, Nr. 168). – *35 blutjunges Mädchen:* Kein derartiges Blatt von Daumier ist bekannt.

S. 314, *1 Grisette:* junge, kokette Arbeiterin. Der Name wird von den grauen Leinenkleidern der Arbeiterinnen abgeleitet und findet sich bereits bei La Fontaine in seinen *Contes et nouvelles en vers* (1665). – *9 Freiheit vor einem Ausnahmegericht:* nach Mayne (II, 173) ein Blatt Decamps', das in *La Caricature* am 27. Juni 1831 erschien. Decamps hat eine Reihe solcher Karikaturen ausgeführt (siehe W. Balzer, ›Der junge Daumier und seine Kampfgefährten, Politische Karikatur in Frankreich 1830–1835‹, Dresden 1965, 22). – *12 Freiheit vor ihren Folterknechten:* möglicherweise ein Blatt aus *La Caricature,* die *Imitation d'un tableau du Titien* von Charles-Joseph

Traviès (1804–1859; Ausstellungskatalog ›Eugène Delacroix‹, Kunsthalle Bremen, 1964, Abb. S. 283). Baudelaire verweist in der Fußnote auf diesen Karikaturisten. Champfleury, der diese Seiten Baudelaires abdruckt, führt gleichfalls Traviès und Grandville als mögliche Zeichner an (CM, 227 f.). Traviès hat Tizians ›Dornenkrönung‹ (Louvre) durch die Politisierung parodiert. Anstelle Christi sitzt die an ihrer phrygischen Mütze kenntliche Freiheit zwischen fünf in der Tat daumierhaften Gestalten, unter denen sich Louis-Philippe (mit birnenförmigem Kopf und Regenschirm) befindet: er fesselt ihr die Hände. – *22 Gargantua:* erschien am 15. Dezember 1831 in *La Caricature.* Daumier bedient sich einer Gestalt aus François Rabelais' satirischem Roman *Gargantua* (1534). Der Riese Gargantua, ein unersättlicher Vielfraß, wird in Daumiers Darstellung zum Bürgerkönig, der das gesamte Einkommen Frankreichs verschlingt. Daumier wird wegen dieses Blattes zu einem halben Jahr Gefängnis und zu einer Geldbuße von 300 Francs verurteilt. – *29 Massakern in Rouen:* ein von General Ordener im April 1848 blutig unterdrückter Aufstand, der anläßlich der Departement-Wahlen ausgebrochen war (Œuvres/Conard, CE, 505). – *30 Im Vordergrund ein Leichnam:* nicht identifiziert.

S. 315, *3 der berühmteste unserer Demagogen:* wohl der Marquis de La Fayette (1757–1834), der an dem amerikanischen Unabhängigkeitskrieg sowie – als liberaler Royalist – an den Revolutionen 1789 und 1830 teilnahm. – *6 F.C.:* Crépet glaubt, F.C. mit Frank-Carré identifizieren zu können, der Erster Präsident des Gerichtshofs in Rouen gerade zu der Zeit war, als man die eben genannten Unruhen des Jahres 1848 unterdrückte (Œuvres/Conard, CE, 505). – *13 Le Charivari:* soviel wie Katzenmusik; satirische Zeitschrift, von dem Begründer der *Caricature* Ch. Philipon herausgegeben, erschien seit dem 1. Dezember 1832. Neben Daumier waren die wichtigsten Mitarbeiter Cham, Grandville, Monnier, Pigal, Traviès. – *14 zusätzliche Zeichnungen:* Die im August 1832 gegründete *Association mensuelle lithographique* gab zu dem von Baudelaire erwähnten Zweck Lithographien von der doppelten Größe der *Caricature*-Blätter heraus (siehe E. de T. Bechtel, *Freedom of the Press and l'Association mensuelle,* New York, 1952). – *15 Bußgelder:* 1834 z. B. wurde das Blatt zu einer Geldstrafe von 60 000 Francs verurteilt. Durch das im September 1835 verabschiedete Gesetz wurden die Sanktionen weiter verschärft. – *16 Rue Transnonain, le 15 Avril 1834:* der Titel des letzten Blattes einer Serie von 24 Lithographien, die im Juli 1834 in *L'Association mensuelle lithographique*) erschien (Delteil, Nr. 135; W. Balzer, ›Der junge Daumier und seine Kampfgefährten‹, Dresden 1965, Abb. 90/91). Aus einem Haus dieser Straße, in der eine Barrikade errichtet war, wurde ein Schuß abgegeben, der einen Offizier verwundete. Darauf stürzten die Soldaten in das Gebäude und töteten sämtliche Bewohner. Die Nationalgardisten waren, so erklärte der sardinische Botschafter, darüber ergrimmt gewesen, daß die Geschworenen vor Gericht gestellte Heckenschützen oft freisprachen, und wollten ein Exempel statuieren (K. Hillebrand, ›Geschichte Frankreichs, 1830–1871‹, Gotha 1877, 449). Pierre Leroux (s. o. zu S. 256, *15*), ein saint-simonistischer Politiker, kommentiert voller Entsetzen dieses Blutbad (abgedruckt in D. O. Evans, *Le Socialisme romantique,* Paris 1948, 223–238). – *31 satirische Galerie:* Die ganzfigurigen Porträts erschienen 1833/34 in *La Caricature* unter dem Titel *Célé-*

brités de la caricature; die *Brustbilder* erschienen 1833 größtenteils im *Charivari,* aber auch in *La Caricature.* Auf Anregung von Philipon modellierte Daumier dieselben Persönlichkeiten auch in Terrakotta. Die Figuren wurden Anfang 1832 in der Vitrine der *Caricature* ausgestellt (›Das Parlament der Juli-Monarchie‹, Insel-Bücherei Nr. 643, 1958). – *34 Pairs von Frankreich:* Champfleury betont die »in der Kunst noch nie dagewesene Brutalität in der Verfertigung dieser Masken, die den souveränen Anschein der Wirklichkeit besaßen« (*Caricature moderne,* 71).

S. 316, *7 Lavater:* s. o. zu S. 239, *5.* – *15 Die Freiheit der Presse:* eine Lithographie, auf deren Mittelgrund in großen Druckbuchstaben der von Baudelaire angegebene Titel geschrieben ist: La Liberté de la Presse (Delteil, Nr. 133). Das Blatt war von der *Association mensuelle* im März 1834 herausgegeben worden (›H. Daumier und die ungelösten Probleme der bürgerlichen Gesellschaft‹, Ausstellungskatalog der Neuen Gesellschaft für Bildende Kunst, Berlin ³1974, Abb. S. 185). Anlaß zu diesem Blatt hatte das am 16. Februar 1834 in Kraft getretene Gesetz gegen öffentliche Ausrufer von politischen Flugblättern gegeben. Der Ausruferberuf wurde nunmehr unter staatliche Kontrolle gestellt. Die Legende, deren Wortlaut Baudelaire im letzten Satz dieses Absatzes aufnimmt, lautet: *Ne vous y frottez pas!* (›Laßt euch nicht mit ihr ein!‹) In der Expo 1968/69 (S. 92) wird auf eine frühere Lithographie gleicher Tendenz hingewiesen: *„Ah! Tu veux te frotter à la Presse!!«* (»Ah! Du willst dich mit der Presse anlegen!!« Delteil, Nr. 71; ›Daumier und die ungelösten Probleme‹, Abb. S. 166). Auf diesem Blatt betätigt ein Drucker die Presse, zwischen deren Platten der Kopf Louis-Philippes eingeklemmt ist. – *16 Druckutensilien:* Baudelaires Beschreibung ist nicht ganz exakt. Der Arbeiter steht auf einem flachen Hügel und von seinen Instrumenten ist nichts zu sehen. Möglicherweise vermischt Baudelaire in seiner Erinnerung die beiden, das gleiche Thema behandelnden Blätter. – *22 Philippe und seine Polizisten:* Auf der linken Seite hält der Bürgerkönig den Regenschirm drohend erhoben; er wird von dem korrupten Justizminister Persil geschoben, während der bürgerlich-republikanische Abgeordnete Barrot ihn zurückzuhalten sucht. Auf der rechten Seite sieht man am Boden liegend Karl X., dessen gegen die Pressefreiheit gerichteten Verordnungen zu seinem Sturz geführt hatten. Um ihn bemühen sich offenbar der Kaiser von Österreich und der König von England. – *24 unterschiedliche Dinge geschaffen:* Nach dem Septembergesetz 1835, das hohe Strafen für Pressedelikte vorsah, fand sich Daumier gezwungen, die politische Karikatur zu verlassen und sich ein neues Gebiet zu erobern. Er wandte sich der Satire der bürgerlichen Gesellschaft zu, legte ihre Laster und Vorurteile sowie ihren Konformismus dar und zeigte den Bürger in seiner ganzen Lächerlichkeit. Nach der Februarrevolution 1848 nahm er die politische Karikatur wieder auf. – *33 Das letzte Bad: Le Dernier Bain* aus der Folge *Sentiments et passions* (*Charivari,* 7. Juni 1840, Delteil, Nr. 800; Lemaitre, Abb. gegenüber S. 278).

S. 317, *21 Titel des Blattes: Association en commandite pour l'exploitation de l'Humanité* (›Kommanditgesellschaft zur Ausbeutung der Menschheit‹; *Charivari,* 26. Mai 1840; Delteil, Nr. 796; W. Drost, *L'Inspiration plastique chez Baudelaire,* in: *Gazette des Beaux-Arts,* XLIX, 1957, Abb. S. 330). – *24 Erwägungen über die Sterblichkeit:* Der Tod liest eine offensichtlich von dem Leichenträger verfaßte Schrift, während im Hintergrund ein Begräbnis vorbeizieht. – *27 Némésis médicale* (›Ärztliche Rachegöttin‹, 1834/35), Titel einer Sammlung medizinischer Satiren des französischen Arztes François Fabre. Daumier illustrierte die zweite Ausgabe, *Némésis médicale illustrée* (1840), mit dreißig Holzschnitten. – *28 Cholera: Souvenir du choléra morbus* (Mayne II, Abb. S. 165).

S. 318, *6 Bagno:* Zuchthaus. Eine am 19. Oktober 1844 veröffentlichte Lithographie aus der Folge *Les Philanthropes du jour* (›Philanthropen heutzutage‹; Delteil, Nr. 1304). Die Legende lautet: »Also mein Freund, Sie haben schon mit zweiundzwanzig Jahren drei Menschen getötet... Was für eine kräftige Natur, und wie sehr ist die Gesellschaft schuldig, sie nicht besser angeleitet zu haben! – Oh ja, mein Herr!... Die Gendarmerie hat ein großes Unrecht, was mich betrifft.. ohne sie wäre ich nicht hier!« (Expo 1968/69, 91) – *37 Robert Macaire:* s. o. zu S. 285, *20*. – *Mœurs conjugales:* ›Ehesitten‹, 60 Lithographien, *Le Charivari* (Mai 1839/Juni 1842; Delteil, Nr. 624–683). – *Types parisiens:* 50 Lithographien in zwei Serien in *La Caricature, Le Charivari* und *Figaro* (1838/40; Delteil, Nr. 502/3, 559–606). – *Profils et silhouettes:* Unter diesem Titel erschienen 8 Lithographien in *La Caricature* und *Le Charivari* (Okt. 1840/Mai 1841; Delteil Nr. 850/1).

S. 319, *1 Les Baigneurs:* ›Badende‹, 30 Lithographien, wie alle folgenden Serien in *Le Charivari* (Juni 1839/September 1842; Delteil, Nr. 760–790); eine zweite Folge erschien 1864. – *Les Baigneuses:* ›Badende‹, 17 Blatt (Juli/September 1847; Delteil, Nr. 1629–1646). – *Les Canotiers parisiens:* ›Die Pariser Bootsfahrer‹, 20 Blatt (April/September 1843; Delteil, Nr. 1023–1042). – *2 Les Bas-Bleus:* ›Die Blaustrümpfe‹, 40 Blatt (Januar/August 1844; Delteil, Nr. 1221–1260). – *Pastorales:* 50 Blatt (Mai 1845/Mai 1846; Delteil, Nr. 1388–1437). – *Histoire Ancienne:* s. u. zu S. 319, *23*. – *Les Bons Bourgeois:* ›Die braven Bürger‹, 82 Blatt (Mai 1846/Juni 1849; Delteil, Nr. 1477–1567, 1571 f.); weitere Einzelblätter erschienen 1852, 1854, 1864 und 1865. – *3 Les Gens de Justice:* ›Die Leute von der Gerichtsbarkeit‹, 39 Blatt (März 1845/Oktober 1848; Delteil, Nr. 1337–1377). – *La Journée de M. Coquelet,* eigentlich *La Journée du célibataire* (›Der Tagesablauf eines Junggesellen‹), 12 Blatt (Februar/September 1839; Delteil, Nr. 607–618). – *Les Philanthropes du jour:* s. o. zu S. 318, *6*; 34 Blatt (September 1844/Januar 1846; Delteil, Nr. 1292–1326). – *4 Actualités:* Unter diesem Titel zeichnete Daumier fast sein ganzes Leben lang eine unermeßliche Anzahl von Lithographien in verschiedenen Zeitungen. Die erste Serie erschien 1839 im *Charivari* (Delteil, Nr. 746–752). – *Tout ce qu'on voudra:* ›Alles was man will‹, 90 Blatt (erste Serie März 1847/Juli 1851, Delteil, Nr. 1647–1720; zweite Serie März/November 1852, Delteil, Nr. 2200–2217, 2321). – *Les Représentants représentés:* ›Die repräsentierten Repräsentanten‹. Es handelt sich um zwei Folgen: *La Constituante* (›Die verfassungsgebende Versammlung‹; November 1848/Mai 1849; Delteil, Nr. 1796–1848) und *L'Assemblée Législative* (›Die gesetzgebende Versammlung‹; 1849–1885). – *5 Galerien mit Porträts:* s. o. zu S. 315, *31*. – *15 Die Satire Ménipée:* ein burleskes politisches Pamphlet (1594), von Jean Leroy und anderen, gegen die katholische Liga. – *23 Histoire ancienne:* ›Alte Geschichte‹, 50 Blatt, (Dezember 1841/Januar 1843; Delteil, Nr. 925–974). – *25 »Qui nous délivrera...:* »Wer wird uns von den Griechen und Römern befreien?« Dem obskuren satirischen Dichter Joseph

Berchoux (1765–1839) zugeschrieben. – *26 brutal über die Antike hergefallen:* Champfleury erinnert an die damalige Situation und hebt hervor, daß Daumier all das, was die »Jugend in der Schule zu respektieren lernte«, lächerlich gemacht habe (CM, 138). – *27 was die Antike Großes hatte:* Daumier zeichnete in seiner Jugend viel nach antiken Statuen im Louvre. Eine seiner Lithographien trägt den Titel *L'Antique est toujours beau* (1850; Delteil, Nr. 1702). – *28 der schäumende Achill:* Achill, aus Homers ›Ilias‹, ist von Daumier in einer Lithographie mit dem Titel *Le Baptême d'Achille* (›Die Taufe Achills‹) dargestellt worden (Delteil, Nr. 946), in der Achill als zappelndes und schreiendes Kind aus dem Wasser gezogen wird. – *29 Odysseus:* zum Beispiel die Lithographie *Présentation d'Ulysse à Nausicaa* (›Odysseus stellt sich Nausicaa vor‹; Delteil, Nr. 928). – *Penelope:* Odysseus' Gattin, die ihm während seiner langen Abwesenheit die Treue bewahrt. Daumier stellt sie in dem Blatt *Les Nuits de Pénélope* (›Die Nächte der Penelope‹; Delteil, Nr. 930) erschöpft vor ihrem Webstuhl sitzend dar, den Blick auf das an die Wand gemalte Profil ihres Mannes gerichtet. – *Telemach: Télémaque ravagé par l'amour* (›Telemach, von Liebe verzehrt‹; Delteil, Nr. 951). Telemach zog aus, um seinen Vater Odysseus zu suchen und verliebte sich, nach diesem, in die Nymphe Calypso. – *30 Helena: L'Enlèvement d'Hélène* (›Die Entführung Helenas‹; Delteil, Nr. 937). Wegen ihrer Entführung war der trojanische Krieg ausgebrochen.

S. 320, *1 höchst amüsantes Sakrileg:* In seinem Artikel *L'École Païenne* wird Baudelaire diesen Absatz mit einigen Abwandlungen wieder abdrucken (Bd. II). – *6 Tragödie:* Über Baudelaires Verachtung der klassischen Dramenform siehe den ›Salon 1846‹ (S. 265). – *16 chic:* siehe S. 252. – *22 so Fuß und Hand:* Eine ähnliche Formulierung gebraucht Baudelaire im ›Salon 1846‹, wobei er sich ausdrücklich auf Lavater bezieht (S. 239, *12*). – *28 Legenden:* Sie stammen im allgemeinen von Philipon (s. o. zu S. 285, *20*), Louis Huart, Albéric Second, Maurice Alhoy, später auch von Albert Wolff und Rochefort (Grand-Carteret, 244).

S. 321, *18 Henri Monnier* (1805–1877), Schüler von Girodet und Gros, die ihm allerdings bald die Tür wiesen. 1826/30 begleitete er Lami (s. o. zu S. 282, *3*) nach London und wurde dort von seinem Freund Cruikshank beeinflußt. Der von Balzac sehr geschätzte Karikaturist zeichnete für *La Caricature, Le Charivari* und *La Silhouette*. Illustrierte über sechzig Werke mit Holzschnitten und gestaltete eine Reihe von Bildmonographien wie *Six Quartiers de Paris* (1828), *Mœurs administratives* (1828), *Les Boutiques de Paris* (1829), *Les Petites Misères humaines* (1829). Sein Einfluß reichte bis nach Deutschland, zu Hosemann und Menzel; der Karikaturist Berliner Volksszenen, Dörbeck, ahmte ihn nach (Rümann, 167). – *19 großen Erfolg:* Balzac entdeckte Monnier und schätzte ihn als »einen Künstler von erstaunlicher Tiefe« (Rümann, 169). In seinem Roman *Les Employés* (1837) setzte er ihm in der Figur des Bixiou ein Denkmal. – *22 Schauspieler:* Monnier spielte selber Rollen in den von ihm verfaßten Stücken wie *La Famille improvisée* (1831) und *Compatriotes* (›Landsleute‹) (1849). – *23 Schriftsteller:* Neben den eben erwähnten Theaterstücken verfaßte Monnier 1841 die *Physiologie du Bourgeois* und anderes mehr (A. Marie, *Henry Monnier*, Paris 1931, 85 ff., 135 ff.). – *25 ein Wortklauber:* Champfleury berichtet von einer peinlich langweiligen Lesung, die Monnier im Atelier Chenavards von einem seiner Lustspiele gab (CM, 246f.). – *33 Monsieur Prudhomme* taucht zum ersten Mal 1830 in den *Scènes populaires* auf. 1852 wird ihn Monnier in seinem erfolgreichsten Lustspiel auf die Bühne bringen: *Grandeur et décadence de M. Joseph Prudhomme,* und später *Les Mémoires de Joseph Prudhomme* (1857) verfassen. Prudhomme, von Th. Gautier die »Synthese bürgerlicher Dummheit« genannt, verkörpert den Typ des ebenso trivialen wie wohlhabenden Bürgers unter der Julimonarchie, mit seinen angeberischen Gesten, seinem unersättlichen Magen und seinen nie versiegenden Gemeinplätzen. – *37 Tassen Kaffee:* Monnier hatte das Vorbild Prudhommes, den General Beauvais, in einem von ihm regelmäßig besuchten Pariser Café studiert.

S. 322, *7 Scènes populaires, dessinées à la plume:* ›Volkstümliche Szenen, mit der Feder gezeichnet‹, sechs Lithographien, Paris 1830, mit vielen Neuauflagen (Rümann, 166). Die Titel der Blätter, die mit einem kurzen Begleittext versehen waren, lauten *L'Exécution, Un Dîner Bourgeois, La Grande Dame, La Petite Fille, La Cour d'Assises* (›Das Schwurgericht‹), *Le Roman chez la Portière.* – *9 Daguerreotypie:* Im ›Salon 1859‹ wird Baudelaire ausführlich seine Vorbehalte gegenüber der Photographie darlegen (Bd. V). Th. Gautier wirft gleichfalls Monnier vor, nicht Komik zu schaffen, sondern die Wirklichkeit abzustenographieren (in *La Presse,* 20. Februar 1855). – *15 eines Spiegels, der nicht denkt:* Baudelaire mag eine berühmte Stelle aus *Le Rouge et le Noir* (1830) im Sinne haben, wo Stendhal den Roman mit einem Spiegel vergleicht, der unterschiedslos das Schöne wie das Verworfene wiedergibt (Buch II, Kapitel XIX). In dem Entwurf *Puisque Réalisme il y a* (Bd. II) präzisiert Baudelaire prägnant seine Einwände gegen die realistische Ästhetik, als deren Vertreter er Monnier angreift. Champfleury berichtet andrerseits über ein Gespräch zwischen Baudelaire und Monnier, bei dem der Dichter dem Karikaturisten vorwirft, nur ›Wörterbücher‹ geschaffen zu haben, aus denen schöpferische Künstler einzelne Wörter ziehen werden (CM, 244f.). – *17 Grandville,* eigentlich Jean-Ignace-Isidore Gérard (1803 bis 1847), studierte zunächst die Miniaturmalerei, wandte sich jedoch bald der Lithographie zu. 1827 erschien sein erster Zyklus von zwölf Lithographien *Chaque âge a ses plaisirs* (›Jedes Alter hat seine Freuden‹). Bei der Gründung der *Caricature* wurde er 1830 »der politischste der politischen Karikaturenzeichner« (Fuchs, 335), trat aber bald hinter Daumier, der 1831 Mitarbeiter wurde, zurück. Grandville zeichnete auch für den *Charivari,* wandte sich jedoch nach dem die Pressefreiheit unterdrückenden Septembergesetz ganz der Buchillustration zu (G. Sello, ›Grandville. Das gesamte Werk‹, München 1969). – *23 Ein Philosoph oder ein Arzt:* Ernst Bloch setzt, wie Walter Benjamin, Grandvilles geistige Verfassung – er starb im Wahnsinn – in Beziehung zu seiner Kunst: sein Werk sei das eines »schizophrenen Kleinbürgers« und »aufgebäumter Spott utopischen Unsinns« (zit. nach K. Riha, ›Grandville, Bilder aus dem Staats- und Familienleben der Tiere‹, Frankfurt/Main 1976, II, 389). – *28 niemals gelungen:* Mit seiner Ablehnung stand Baudelaire damals nicht allein. Anläßlich der *Fleurs animées* (1846) spricht Lazare Monk von einem »wirklichen Sakrileg« und meint, Grandville habe sich auf eine »verhängnisvolle Bahn« begeben (*L'Artiste,* 24. Mai 1846, 209f.). Th. Gautier urteilt gleichfalls negativ in seinen *Grotesques* (1844): »kühn im Gedanken, zaghaft in der Ausführung … hat er nur schwierig zu entschlüsselnde Bilderrätsel hervorgebracht« (zit. nach G. Sello, ›Grandville‹, München 1969, 1615). – *33 Les Métamorphoses du jour:* ›Heutige Metamorphosen‹ (1829), wiederholt gedruckte Folge von 73 farbigen Lithographien, Grandvilles erster großer Erfolg. Diese Blätter offenbaren das ihm eigene Talent, in den Gesichtern und dem Gebaren der Zeitgenossen Züge der Tierwelt satirisch aufzudecken, eine im Surrealismus von Max Ernst aufgenommene Darstellungsweise.

S. 323, *5 Le Monde à l'envers:* ›Verkehrte Welt‹. Es handelt sich um das Buch *Un autre Monde* (›Eine andere Welt‹, 1844) mit 188 zum Teil kolorierten Holzschnitten. Grandville ist hier nicht mehr ausschließlich Illustrator: die von ihm verfaßten Texte dienen zur Vervollständigung der Bilder. – Zu den *oberflächlichen Menschen* gehört auch der Romancier Alexandre Dumas père (1802–1870), der Grandvilles Werke als »eine improvisierte Illustration von unbekannten Erzählungen E.T.A. Hoffmanns« charakterisierte (*L'Artiste,* 31. Dezember 1854, 3). – *22 seiner Träume:* zwei Zeichnungen, die Grandville 1847 kurz vor seinem Tode im *Magasin pittoresque* mit den Titeln *Premier Rêve: Crime et expiation* (›Erster Traum: Schuld und Sühne‹) und *Second Rêve: Une promenade dans le ciel* (›Spaziergang im Himmel‹) veröffentlicht hat (G. Sello, ›Grandville‹, München 1969, Abb. S. 312 f.). Zu diesen Zeichnungen schrieb Grandville zwei erklärende Briefe an den Redakteur des *Magasin* (abgedruckt bei Sello, 1609 ff.). – *29 Gavarni,* eigentlich Sulpice-Guillaume Chevalier (1804–1866), hatte das Kupferstechen 1824 bei Jean Adam, einem der größten Sittenschilderer im Frankreich des 19. Jahrhunderts, gelernt. Er war Mitarbeiter mehrerer Zeitschriften, insbesondere des *Charivari.* 1847 bis 1851 lebte er in London. Die erste Gesamtwürdigung verfaßten die Brüder Goncourt, *Gavarni, l'homme et l'œuvre,* Paris 1876. – *Maschinenzeichnungen:* Gavarni, der bei einem Mechaniker und einem Maschineningenieur in die Lehre gegangen war, hatte eine Anzahl von Maschinenzeichnungen gestochen. – *30 Modezeichnungen:* Ab 1830 zeichnete Gavarni in Paris für Girardins Journal *La Mode* und gilt als »der Schöpfer der modernen Modezeichnung« (Hofmann, 120). – *33 nicht ganz Karikaturist:* Gavarni hat in *La Caricature* an der Seite Grandvilles, Decamps' und Daumiers auch echte Karikaturen geschaffen; diese machen jedoch nicht den bestimmten Zug seines Künstlertums aus. – *37* Pierre de *Marivaux* (1688–1763), Romancier und Lustspieldichter, bekannt für die Feinheit seiner psychologischen Analyse und die leichte – zuweilen auch als oberflächlich verurteilte – Eleganz seines Stils.

S. 324, *2 Legenden:* Gavarni, der auch schriftstellerisch tätig war und unter anderem eine recht beachtete Novelle *Madame Acker* (1842) verfaßt hat, soll den Unterschriften seiner Lithographien ebensoviel Zeit gewidmet haben wie den Bildern selbst (Gigoux, *Causeries,* 49). Erst der Bildtext, den Gavarni zu „vollendeter Form entwickelt« hat, macht seine Zeichnungen zu Karikaturen (Fuchs, ›Gavarni‹, München 1925, 9). – *19 Eine Probe:* ein Blatt aus den *Baliverneries parisiennes* (›Pariser Possen‹, 1846; ›Gavarni, Lithographien‹, Basel 1947, Abb. 15). In den *Baliverneries* und den *Impressions de ménage* steht Gavarni auf dem Höhepunkt seiner Kunst (Lemoisne, *Gavarni,* Paris 1928, II, 154). – *30 Schöpfer der Lorette: Les Lorettes,* eine Folge von 79 Lithographien in *Le Charivari* (1839/1846; Castex, Abb. S. 145). Der Name kam um 1840 auf, als durch die großen Straßendurchbrüche die neugebaute Rue Notre-Dame-de-Lorette wegen ihrer geringen Mieten die leichtsinnigen Frauen anzog. Nestor Roqueplan soll als erster den Namen der Straße auf ihre Bewohnerinnen übertragen haben. – *32 wie man bereits gesagt hat:* Baudelaire erinnert sich zum Teil wörtlich an Th. Gautiers Ausführungen über *Les Lorettes* in den *Œuvres choisies de Gavarni* (Paris 1846).

S. 325, *6 Paul de Kock* (1793–1871), Romancier und Theaterdichter, der seine Stoffe vornehmlich dem Leben des kleinen Bürgertums entnahm. Neben anderen Werken widmete er den Grisetten die Vaudevilles *Le Commis et la grisette* (1834) und *Le Bal des grisettes* (1839). Nach Gautier, dem Baudelaire auch hier weitgehend folgt, existierten 1846 die Grisetten nur noch in Paul de Kocks Werken. – *8 Quartier Latin:* Pariser Studentenviertel, in dem sich die Sorbonne und der berühmte Boulevard Saint-Michel befinden. – *9 Studenten: Les Étudiants de Paris,* eine Folge von 60 Blatt, erschienen 1839/41 bei Aubert (Ed. Fuchs, ›Gavarni‹, München 1925, Tafel 23–26). – *12 ein mehr als interessanter Künstler:* »Ja, Gavarni, Gavarni der Karikaturist, Gavarni der Herausgeber eines Modejournals sitzt höher als Cornelius, höher als Overbeck und Führich und Wilhelm Kaulbach« (Hugo von Hofmannsthal, 1893 in seiner Kritik über R. Muthers ›Geschichte der Malerei‹; zit. nach Hofmann, 53). – *19 Balzac zu ergänzen:* Sowohl Gautier (in *L'Artiste,* 11. Januar 1857, 66) als auch Champfleury heben die Gemeinsamkeiten zwischen Gavarni und Balzac hervor, nicht ohne nachdrücklich zu vermerken, daß ihm Balzacs Robustheit, Tiefe und visionäre Kraft abgehe (CM, 311 f.). – *20 Kommentatoren:* Gavarni illustrierte mit anderen 1838 Balzacs *Peau de chagrin* und 1846 *Paris Marié.* Daumier arbeitete an den bei Marescq 1851/53 erscheinenden *Œuvres de Balzac illustrées* mit. – *21 La Boîte aux lettres:* ›Der Briefkasten‹, Folge von 34 Lithographien, erschienen ab 1838. – *22 Les Actrices:* ›Die Schauspielerinnen‹, eine Folge von vierzehn Lithographien (*La Caricature,* 1839/41), zum Teil neu aufgelegt in *Œuvres choisies de Gavarni,* Paris 1846. – *Les Coulisses:* 31 Lithographien, erschienen ab 1838. – *Les Enfants terribles:* erschienen ab 1840 und wurden zum Teil ebenfalls in die *Œuvres choisies* aufgenommen. – *23 Hommes et femmes de plume:* ›Schriftsteller und Schriftstellerinnen‹. Es gibt offenbar keine Folge mit diesem Titel. Vielleicht denkt Baudelaire an die aus dem Jahre 1853 stammenden neun Lithographien *Messieurs du feuilleton,* in denen Edmond und Jules de Goncourt, Th. de Banville und andere Dichter und Schriftsteller abgebildet werden. – *ungeheure Folge:* Man schätzt das Werk Gavarnis auf rund 10 000 Blatt. – *25* Louis Joseph *Trimolet* (1812–1843), Schüler von Léthière und David d'Angers, Mitarbeiter am *Charivari* und an der *Caricature.* – *Traviès:* Maler und Lithograph; s. u. zu S. 326, 25. – Charles Émile *Jacque:* s. o. zu S. 178, 7. – *26 melancholisches Geschick:* Trimolet wurde mit neun Jahren Waise und mußte zu einem Strumpfwirker und zu einem Friseur in die Lehre gehen. – *30 Chansons populaires de la France: Chants et Chansons populaires de la France* (Paris 1843), ein dreibändiges Werk mit 84 französischen Volksliedern, illustriert mit Stahlstichen von Boilly, Daubigny, Meissonnier, Trimolet und anderen. In diesem Werk, wie auch anderen Blättern, zeichnete Trimolet wiederholt Figuren in die Landschaften seines Schwagers Daubigny (Rümann, 137, 146). – *31 Auberts komische Almanache: Le Comic Almanach pour 1842* erschien bei Aubert mit Radierungen von Trimolet (Expo 1968/69, 95). – *37 Cruikshanks Werken:* s. u. zu S. 331, *15*. Baudelaire führt offenbar die Vielzahl kleiner Gestalten und die bewegten Szenen bei Trimolet auf den englischen Karikaturisten zurück (s. a. Rümann, 146).

S. 326, 2 *Sonderstellung verdient:* Seiner hohen Einschätzung gibt Baudelaire auch in seinem Aufsatz *Peintres et Aquafortistes* (Bd. VII) Ausdruck, wo er die »geistvollen, so leichten und so beißenden« Blätter hervorhebt, mit denen Trimolet Auberts komische Almanache ausstattete. In Deutschland erschienen seine Karikaturen neben denen von Daumier und Cham in der von Oettinger herausgegebenen Zeitschrift ›Joujoux‹ (1843). – *5 ein Bild:* Nach J. Crépet handelt es sich vielleicht um das im *Salon de 1841* ausgestellte Bild *La Prière* (›Das Gebet‹; Œuvres/Conard, CE, 507). – *15* Marc-Antoine *Désaugiers* (1772–1827), Chansonnier und Vaudevillist, mit dem Beinamen »der französische Anakreon«. – *25* Charles-Joseph *Traviès* (1804–1859), Schüler von Fr. J. Heim, Mitarbeiter an den Zeitschriften *La Caricature, Le Charivari, La Silhouette* usw. Baudelaire kann Traviès im Hôtel Pimodan bei Boissard begegnet sein. Ein ungedruckter Katalog von Cl. Ferment in der Bibliothèque Nationale, Paris. – *37 Freuden und Leiden des Volkes: Les Joies et les Misères du pauvre peuple* (H. Beraldi, *Les Graveurs du XIXe siècle,* XII, Paris 1892, 152).

S. 327, *3 Scènes bachiques:* eine Folge von 19 Lithographien (*Le Charivari,* 1839/40; Expo 1968/69, 95). – *Lumpensammler:* Berühmt ist *Liard, chiffonnier philosophe (Le Charivari,* 22. August 1834; Mayne II, Abb. 43). Baudelaire hat möglicherweise an Traviès' Lumpensammler gedacht, als er *Le Vin des chiffonniers* (Bd. III, S. 274) verfaßte. – *8 Mayeux:* eine häßliche Gestalt, mit einem grotesken Buckel und langen, affenartigen Armen. Mayeux wird oft als Lebemann dargestellt, der Frauen ins *Cabinet particulier* führt; seine Häßlichkeit kontrastiert mit der Jugend der Erwählten (*Facéties de M. Mayeux,* Lemaitre, Abb. nach S. 288; Castex, Abb. S. 147). Er war zwischen 1830 und 1850 so populär, daß sein Name für den Titel mindestens zweier Zeitungen herhalten mußte. 1832 erschienen die ›Werke des verstorbenen Mayeux‹ (*Œuvres de feu M. Mayeux*) und 1851 eine politische Satire *Mayeux l'indépendant, homme politique* (Champfleury, *CM,* 205 ff.). – *9 Robert Macaire:* s. o. zu S. 285, *20*. – *10 Monsieur Prudhomme:* s. o. zu S. 321, *33*. – *12 Léclaire:* Ein kolorierter Stich aus der Zeit um 1835 zeigt *Leclercq, Premier Physionomane de France causant avec lui-même* (›Erster Physionomane Frankreichs im Selbstgespräch‹; Expo 1957, 77). Die folgenden Zeilen werden von Champfleury zitiert, der Baudelaires Erklärung für plausibel hält, obgleich er meint, daß Traviès eine bereits bestehende Gestalt aufgegriffen habe (*CM,* 199). Das Problem der Vaterschaft Mayeux' ist bis heute nicht eindeutig gelöst (Hofmann, 105). – *16 Caractères des passions gravés sur les desseins de l'illustre Mons.r le Brun,* ›Charaktere der Leidenschaften, gestochen (von S. Le Clerc) nach Zeichnungen von dem berühmten Herrn Le Brun‹ (1619–1690), verschiedene Male im 17. Jahrhundert verlegt (postum, Amsterdam 1702). Dieses Werk war bis ins 19. Jahrhundert hinein ein Lehrbuch der Klassizisten. – *36 von der Bühne verschwunden:* In der ›Weltausstellung 1855‹ war Traviès das letzte Mal vertreten.

S. 328, *8 Ragotin,* ein kleiner dicklicher Advokat aus Paul Scarrons

(1610–1660) *Roman comique* (›Der Komödiantenroman‹, 1651/57). In Ragotin wird das Provinzlertum karikiert. – *9 Philipon:* s. o. zu S. 285, *20*. – *16* Charles Émile *Jacque:* s. o. zu S. 178, 7. Jacque illustrierte 1836/38 Shakespeare und 1838 Bernardin de Saint-Pierre. Er arbeitete am *Charivari* mit und schuf für das sogenannte *Musée Philipon* die *Histoire de La Ramée, ex-fusilier de l'armée française etc.*, zu der er selbst den Text verfaßte (Rümann, 142). – *21* Die *Militairiana* wurden um 1840 bei Aubert im *Musée Philipon* veröffentlicht (Grand-Carteret, Abb. S. 178). – *22 Les Malades et les médecins* (›Kranke und Ärzte‹), 26 Lithographien (*Le Charivari,* März/November 1843; Expo 1968/69, 94).

EINIGE AUSLÄNDISCHE KARIKATURISTEN

HOGARTH – CRUIKSHANK
GOYA – PINELLI – BRUEGHEL

Der Aufsatz wurde zuerst in *Le Présent* am 15. Oktober 1857 veröffentlicht, dann in *L'Artiste* ein Jahr später am 26. September neu gedruckt und erschien schließlich postum in der Ausgabe der *Curiosités Esthétiques* 1868. Aus einem etwa auf die Jahreswende 1854/55 zu datierenden Schreiben an die Redaktion der *Revue des Deux Mondes* (Œuvres/Pl II, 1343) geht hervor, daß Baudelaire in einer ausführlicheren Fassung weitere Karikaturisten einbezogen hatte: Romeÿn van Hooge, Jan Steen, Cruikshank den Älteren, Thomas Hood, Kaulbach, Alfred Rethel, Rodolphe Toepffer. Diese Ausführungen sind nicht erhalten. – Über die Entstehungsgeschichte dieses Artikels siehe oben S. 474.

S. 329, 7 William *Hogarth* (1697–1764) ging auf eigenen Wunsch zu einem Goldschmied in die Lehre und machte sich 1718 in seiner Geburtsstadt London selbständig, wo er zunächst Wappen und Geschäftsadressen stach. Um 1728 wandte er sich der Malerei zu, in der er durch eine zum Teil auf das 19. Jahrhundert hinweisende freie Malweise, besonders als Bildnismaler, Bedeutsames schuf. Nach 1745 überwiegt sein Interesse an der Karikatur. Seine Abhandlung *Analysis of Beauty* (1753) war ein Welterfolg und wurde sogleich ins Deutsche und Italienische, 1805 dann auch von Hendrik Jansen ins Französische übersetzt (deutsch von M. Leitner, ›W. Hogarth's Aufzeichnungen‹, Berlin 1914). Hogarth gilt als der erste große Künstler, der das gesellschaftliche Leben seiner Zeit in einer solchen Vollständigkeit karikiert hat. – *8 das Komische zu Grabe getragen:* Es ist nicht bekannt, von wem dieser Ausspruch stammt. Möglicherweise hat Baudelaire der damals kursierenden Kritik an Hogarth eine pointierte Form gegeben. Lavater sprach von einem »Mißbrauch unwiderstehlichen Humors« (zit. nach Feuillet de Conches, *Histoire de l'école anglaise de peinture,* Paris 1882, 121), und in England lehnte die Mehrheit der Kritiker »das Groteske als monströse Form niederer Komik« ab (Ch. W. Thomsen, ›Das Groteske im englischen Roman des 18. Jahrhunderts‹, Darmstadt 1974, 114). – *17 Grandville:* siehe S. 322f. – *20 Leser:* Ähnlich äußert sich der englische Essayist Charles Lamb (1775 bis 1834): »Andere Gemälde betrachten wir, seine Drucke lesen wir« (zit. nach J. Burke, ›William Hogarth. Das graphische Werk‹, Wien/München

1968, 8). – *27 Hochzeit nach der Mode: The Marriage à la Mode,* berühmter, aus sechs Gemälden bestehender Zyklus (London, National Gallery), den Hogarth 1745 in Paris von G. Scotin, B. Baron und S. E. Ravenet stechen ließ (Expo 1968/69, 99). – *28 Folgen der Ausschweifung:* acht Reproduktionsstiche nach Gemälden im Sir John Soane's Museum, London, mit dem Titel *The Rake's Progress* (›Das Leben eines Wüstlings‹, 1735) und das Pendant *A Harlot's Progress* (›Das Leben einer Dirne‹), das 1732 nach (1755 verbrannten) Gemälden gestochen wurde (Burke, ›William Hogarth‹, Abb. 148–163 und 134–139). – *Palast des Gin:* eigentlich *Gin Lane* (›Branntweingasse‹, 1750/51). Baudelaire wird den Titel mit Rowlandsons Radierung *Gin Palace* aus der Totentanzfolge von 1815 verwechselt haben (F. D. Klingender, *Hogarth and English Caricature,* London/New York 1944, Abb. 17). – *29 Die Marter des Musikers: The Enraged Musician* (›Der aufgebrachte Musiker‹, 1741; Burke, ›William Hogarth‹, Abb. 184). Das Blatt zeigt einen Musikus am Fenster, der durch den Lärm vor seinem Haus an den Rand des Wahnsinns getrieben wird (Expo 1968/69, 99). – *den Haushalt des Poeten: The Distressed Poet* (›Der Dichter in Not‹, 1736/37; Burke, ›Hogarth‹, Abb. 169). Das Blatt stellt einen Dichter dar, der sich verzweifelt die Haare rauft, weil ihm nichts zu seinem Thema Armut einfällt (Expo 1968/69, 99). – *31 merkwürdigsten Blätter: Reward of Cruelty* (›Lohn der Grausamkeit‹; 1750/51) aus der Stichfolge *Four Stages of Cruelty* (Mayne II, Abb. 44; Expo 1968/69, Abb. S. 100).

S. 330, *2 aus dem Leib gespult:* Baudelaire beschreibt ungenau: die Winde hebt den Kopf des Gehenkten. – *8 Hund:* In Wirklichkeit frißt der Hund das Herz des Toten, das neben dem Eimer liegt. – *14* Die Ermordung des Richters *Fualdès* in Rodez 1817 hatte zu einem eklatanten Prozeß geführt. Fualdès hatte einst seinen Freund Jausion gedeckt, als er den von Jausion begangenen Kindesmord aufklären sollte. Nach 1814 war die Freundschaft aus politischen Gründen abgekühlt, und nachdem Fualdès während eines Streites 1817 auf diese Tat angespielt hatte, ließen ihn Jausion und dessen Schwager Bastide umbringen. Das in der Zeile zuvor erwähnte Schwein wurde von den Mördern eigens dazu bereitgehalten, das Blut des Ermordeten aufzulecken. Ein volkstümliches Chanson *La Complainte de Fualdès* schildert im Bänkelsängerton die Untat (eine Strophe abgedruckt in Œuvres/Pl II, 1361). – *Leierkasten:* Die Leierkastenmusik übertönte die Schreie des Opfers. – *19 Spleen:* siehe Bd. III, S. 369. – *20 Palast des Gin:* s. o. zu S. 329, *28.* – *21 grotesken Unfällen:* In dem Blatt *Gin Lane* fällt zum Beispiel ein Kind aus den Armen der betrunkenen Mutter über ein Treppengeländer hinab in den sicheren Tod. – *26 zahlreiche Würdigungen:* Möglicherweise kannte Baudelaire G. C. Lichtenbergs ›Ausführliche Erklärung der Hogarthischen Kupferstiche‹ (Göttingen 1794/1835; Neuausgabe Erfurt 1949), die in einer unvollständigen Übersetzung von M. Lamy gleichfalls in Göttingen 1797 erschienen war. – *30* Robert *Seymour* (1798–1836) war zunächst als Bildnis-, Miniatur- und Historienmaler tätig, widmete sich seit 1822 der Graphik. Von seinen zahlreichen Buchillustrationen sind besonders seine Zeichnungen zu Dickens' *Pickwick Papers* (1836) bekannt. Seymours Vorbild war der ebenfalls von Baudelaire besprochene Cruikshank; in Angleichung an dessen Namen signierte er frühe Blätter mit »Shortshanks«. Er zeichnete politische Karikaturen in der Art Rowlandsons und Gillrays. – *Spottbilder auf das Angeln:*

Vermutlich die 1833 entstandenen zwölf Lithographien für Richard Penns *Maxims and Hints for an Angler and Miseries of Fishing.* – *33* Diese *wunderbare Allegorie* wurde von François S. Delpech in seiner Lithographie *Passe tems* (›Zeitvertreib‹) nachgeahmt (Expo 1968/69, 94), ebenso wie von Daumier und Monnier.

S. 331, *2 The deep, deep sea:* Titel eines Blattes, das zwischen 1834 und 1836 erschienen war (Nr. 153 der *Sketches by Seymour,* ›Skizzen von Seymour‹, 1867). Die Legende lautet: *Mr. Dobbs singing: »Hearts as warm as those above lie under the waters cold* (»Herzen so warm wie jene da oben liegen da unten im kühlen Wasser«; Mayne II, Abb. S. 220; Expo 1968/69, Abb. S. 101). – *15 George Cruikshank* (1792–1878) klagte leidenschaftlich soziale und politische Mißstände an und war zugleich zwischen 1820 und 1840 einer der fruchtbarsten englischen Illustratoren. Er beeinflußte Daumier und Doré und in Deutschland Schroedter und Hosemann. – *18 Überfluß im Grotesken:* Auch Victor Hugo war besonders von dem grotesken Element beeindruckt (J.-B. Barrère, *Victor Hugo's Interest in the Grotesque,* in: Finke, 260). Cruikshank hatte 1825 Victor Hugos Roman *Han d'Islande* illustriert. – *21 ungeheuren Werkes:* A. M. Cohns Katalog *George Cruikshank, A Catalogue Raisonné* (London 1924) umfaßt über zweitausend Nummern. Zu den wichtigsten Werken zählen unter anderem die beiden jeweils aus acht Blättern bestehenden Folgen *The Bottle* (›Die Flasche‹) und *The Drunkard's Children* (›Die Kinder des Säufers‹; 1848), die in Hogarths moralisierender Manier die Folgen der Trunkenheit schildern, ferner die Illustrationen zu Chamissos ›Peter Schlemihl‹ (1823/24), Grimms Märchen (1823/26), W. H. Irelands *Life of Napoleon Buonaparte* (1823/28). 1835 gab Cruikshank den *Comic Almanac* heraus, der 1853 von *Punch's Almanac* abgelöst wurde.

S. 332, *9 winzige Welt schwirrt:* Baudelaire mag an Blätter wie den Stahlstich aus dem *Tablebook* (1851) gedacht haben, *All the World going to see the Great Exhibition of 1851* (›Die ganze Welt auf dem Weg, um die große Ausstellung 1851 zu sehen‹; Hofmann, Tafel 39). Man sieht, wie auf dem Erdball ameisengleiche Menschen, zum Teil wild gestikulierend, scharenweise zu dem Ausstellungsgebäude strömen. – *17 französischen Plagiatoren:* Monnier war während seines Englandaufenthaltes von Cruikshank beeinflußt (s. o. zu S. 321). Es ist bekannt, daß die französischen Karikaturisten in jenen Jahrzehnten viel von den Engländern übernommen hatten, jedoch nicht klar, wen genau Baudelaire gemeint hat. – *26* Francisco de *Goya* y Lucientes (1746–1828), Direktor der Malerakademie in Madrid, seit 1798 Hofmaler, wegen der politischen Verhältnisse 1824 nach Bordeaux emigriert, wo er vier Jahre später starb. Er brachte die spanische Kunst um die Wende vom 18. zum 19. Jahrhundert zur höchsten Blüte. Seine malerische Technik weist auf den Impressionismus hin. Revolutionär war vor allem seine Graphik, neben den von Baudelaire erwähnten *Caprichos* (1796/98) insbesondere die *Desastres de la Guerra* (›Die Schrecken des Krieges‹, 1810–1813), in denen er die während des napoleonischen Krieges in Spanien verübten Greuel und zugleich menschliche Grausamkeit und Bosheit überhaupt schildert. In der Gestaltung des Dämonischen und Phantastischen steht er in der Kunst des 19. Jahrhunderts unerreicht da. – *27 ausgezeichneten Artikel: Francisco Goya y Lucientes ... catalogue raisonné de l'œuvre gravée,* von Gautier und Eugène Piot in *Le Cabinet de l'amateur et de l'antiquaire* (I, 1842, 337–366).

Piot und Gautier waren 1840 gemeinsam nach Spanien gereist. – *29 gesammelten Aufsätze:* Diese Aufsätze, mit einzelnen Kapiteln über Belgien und Holland, London, China, Indien, erschienen 1845 (^{2}1856) unter dem Titel *Caprices et Zigzags,* enthalten jedoch die Seiten über Goya nicht. Gautier nahm seine Ausführungen über Goya in seine Reisebeschreibung *Voyage en Espagne* auf, die er in der ersten Ausgabe 1843 *Tra los montes* nannte.

S. 333, 2 *Aquatinta:* Durch einen auf die Kupferplatte in unterschiedlicher Dicke aufgeschmolzenen Kolophoniumstaub kann der Radierer fein abgestufte, gleichsam getuschte Töne (eben *aqua tinta*) erzeugen, die Goya meisterlich zu einer raffinierten Helldunkelwirkung zu steigern wußte. Goya hat häufig die Aquatinta mit der Radierung kombiniert; wo der Künstler mit dem Griffel in die Kolophoniummasse zeichnet und das Kupfer gänzlich freilegt, kann die Säure ungehindert wirken und jene Vertiefungen erzeugen, in denen sich die Druckerschwärze festsetzt; damit wird die eigentliche Zeichnung geätzt. – *Kaltnadelretouchen:* Statt die Säure wirken zu lassen, zeichnete Goya oft direkt auf die Kupferplatte. – *5 das Phantastische:* Einige phantastische Blätter Goyas regten Baudelaire wahrscheinlich zu einigen Versen in Gedichten wie *Le Vampire* und *La Béatrice* (Bd. III, S. 114, 298) und zu dem Prosagedicht *Les Chimères* (Bd. VIII) an (J. Prévost, *Baudelaire, Essai sur la création et l'inspiration poétiques,* Paris ^{2}1964, 118–132). – *12 Los Caprichos,* Goyas erstes großes Werk, entstanden 1793. Er veröffentlichte es 1796/98, mußte es aber, aus Furcht vor der Inquisition, zwei Tage nach Erscheinen aus dem Handel ziehen. Die achtzig Blätter karikieren gesellschaftliche und politische Zustände und kreisen um erotische Sujets und Hexenkunst. Die *Caprichos* waren in französischen Künstler- und Literaturkreisen früh durch ein Exemplar bekannt, das der Baron Vivant Denon (1747–1825), selbst Radierer und Kurator des Cabinet des Estampes an der Pariser Bibliothèque Nationale, den Besuchern zeigte. 1825 erschienen in einer Art Raubdruck zehn Blätter *Caricatures espagnoles d'après Goya* bei Motte. Aus den zwanziger Jahren stammen Delacroix' Zeichnungen nach den *Caprichos* (I. Hempel-Lipschutz, *Spanish Painting and the French Romantics,* Cambridge/Mass. 1972, 86, 96ff.). – *18 Godoï:* eigentlich Manuel de Godoy (1767–1851), 1792 erster Minister des Königs Carlos IV. Als Liebhaber der Königin Maria Luise und Günstling des Königs häufte er Ämter und sammelte auf Kosten des Volkes einen kaum vorstellbaren Reichtum an. In Zusammenhang mit den in Fontainebleau geschlossenen Verträgen ließ Godoy napoleonische Truppen nach Spanien einziehen, worauf sich die Masse des spanischen Volkes erhob. Er wurde 1797 gestürzt. – *König Carlos IV.* (1748–1819) regierte zwischen 1788 und 1808. Er war ein unfähiger Herrscher, der die Regierung Godoy und der Königin überließ. – *25 chronisch auftretenden Träumen:* Möglicherweise hat Baudelaire das ursprünglich als Titelbild der *Caprichos* konzipierte Blatt im Sinn, das Goya *Sueño* (›Traum‹) nennt. Es stellt einen an seinem Arbeitstisch eingeschlafenen Künstler dar, der von herbeiflatternden Uhus und fledermausartigen Tieren bedrängt wird. Die Legende lautet *El sueño de la razon produce monstruos* (›Der Schlaf der Vernunft erzeugt Monstren‹) und bedeutet offenbar, daß die Vernunft die Phantasie zügeln soll. – *34* Miguel de *Cervantes* (1547–1616), Schöpfer des *Don Quijote* (1605/15), eines als Satire auf die Ritterromane konzipierten Werks der Weltliteratur.

S. 334, *8 gähnende Mönche:* Blatt 80 der *Caprichos:* ›Jetzt ist es an der Zeit‹ (E. Lafuente Ferrari, ›Goya, Sämtliche Radierungen und Lithographien‹, Wien ²1964, Abb. 80). – *verfressene Mönche:* auf Blatt 13: ›Es ist heiß‹, Blatt 49: ›Poltergeister‹, Blatt 79: ›Niemand hat uns gesehen‹ (Ferrari, Abb. 13, 49, 79). – *13 Kinder ... am Spieß geröstet:* Es gibt kein solches Blatt bei Goya, jedoch sieht man auf Blatt 44 und 45 der *Caprichos* drei alte Hexen, während gefesselte, aufgehängte oder in einem großen Korb liegende Kinder ein ungewisses Schicksal erwarten (Ferrari, Abb. 44 f.). – *16 uralten Vetteln:* offenbar Blatt 17 *Bien tirada está* (›Er – der Strumpf – sitzt prächtig!‹; Lemaitre, Abb. nach S. 296; Castex, Abb. S. 149). Baudelaire spielt auf dieses Blatt in seinem Gedicht *Les Phares* an (Bd. III, S. 74). – *18 Hexensabbat der Zivilisation:* Auch Gautier gebraucht in dem gleichen Zusammenhang den Begriff des Sabbat (s. o. zu S. 332, 29). – *22 phantastische Landschaft:* Blatt 62 *Quien lo creyera!* (›Wer würde das glauben!‹; Castex, Abb. S. 151). Auf dieses Blatt mögen einige Verse in Baudelaires *Duellum* (Bd. III, S. 120) zurückgehen. – *33 Das andere Blatt:* Höchstwahrscheinlich vermischt Baudelaire hier zwei verschiedene Blätter. In dem Capricho 59 *Y aun no se van!* (›Und trotzdem gehen sie nicht fort!‹; E. L. Ferrari, Abb. 59; Lemaitre, Abb. nach S. 298) sucht ein Skelett den Grabstein hochzustemmen; niemand widersetzt sich seiner Anstrengung. In *Nada. Ello dira* (›Nichts. Es wird sich zeigen‹) aus den *Desastres de la Guerra* (1810–13; Ferrari, Abb. 154) sieht man einen Toten, der von einer Grabplatte zur Hälfte bedeckt ist und der auf ein Blatt das Wort »Nichts« geschrieben hat. Baudelaire mag sich an Gautiers nicht ganz exakte Beschreibung dieses Werkes in dessen *Voyage en Espagne* erinnert haben (F. D. Klingender, *Goya in the Democratic Tradition,* London 1948, 221).

S. 335, *4 Goyas Augen:* Goyas Sehkraft hatte nach einer Krankheit im Jahre 1825 nachgelassen, so daß er sich zeitweise beim Malen einer Lupe bedienen mußte. – *7 Stierkampfdarstellungen: Los Toros de Burdeos* (›Die Stiere von Bordeaux‹, 1825), eine Folge von vier Lithographien; nicht zu verwechseln mit der 1815/16 entstandenen *Tauromaquia.* – *16 eines dieser Bilder: Dibersión de España* (›Spaniens Zeitvertreib‹; Ferrari, Abb. 287).

S. 336, *9 Leonardo da Vinci* (1452–1519), neben Michelangelo, Raffael und Tizian Vollender der italienischen Malerei der Hochrenaissance. – Bartolomeo *Pinelli* (1781–1835), italienischer Maler, Radierer und Bildhauer. Er war vornehmlich Autodidakt, lernte aber auch an der römischen Akademie S. Luca und bildete sich längere Zeit in Bologna aus. Pinelli radierte, neben weiter unten zu nennenden Werken, eine *Istoria Romana* (›Römische Geschichte‹, 1810) sowie eine ›Griechische Geschichte‹ (1821), eine *Mitologia* und ›Veduten von Neapel‹ (1823). Er illustrierte die Werke vieler Dichter wie Virgil (1811), Dante, Cervantes, Ariost und Manzoni (Lithographien, 1830). Die von Baudelaire zitierten *Darstellungen aus dem Volksleben* stammen sicherlich aus der 50 Blatt umfassenden *Raccolta di costumi pittoreschi* (›Sammlung malerischer Bräuche‹, Rom 1809), in denen Pinelli Szenen aus dem täglichen Leben festhielt (R. Calzini, *B. Pinelli* in: *Emporium,* XXXIV, 1911, Abb. S. 83–90). Der große Erfolg dieser Blätter veranlaßte Pinelli, sieben Jahre später eine neue Folge herauszugeben: *Nuova Raccolta di Cinquanta Costumi Pittoreschi di Roma* (Expo 1968/69, 101 f.). Delacroix schätzte Pinelli und rühmte besonders ein *Combattimento* (›Kampf‹) (*Jour-*

nal, 5. Mai 1824). – *10 Leonardos Karikaturen:* Baudelaire denkt insbesondere an die berühmteste dieser Zeichnungen, das ›Fünf-Köpfe-Blatt‹ (Windsor), von dem sich eine Kopie im Louvre befindet. Er mochte auch die von Carlo Giuseppe Gerli 1784 in Mailand veröffentlichten 61 Radierungen nach ›Leonardos Zeichnungen‹ kennen, die 1830 unter dem Titel *Disegni di Leonardo da Vinci* neu aufgelegt wurden. Théophile Gautier erwähnt dieses Werk in einem Aufsatz über *Les Caricatures de Léonard de Vinci* (in *L'Artiste,* 12. April 1857, 22). – *14 nicht in vergnüglicher Laune:* Vasari hingegen berichtet: »Ein besonderes Vergnügen machte es Leonardo, wenn er Menschen mit ungewöhnlichen Gesichtszügen, Bärten oder Haarschmuck begegnete. Er hätte ihnen den ganzen Tag nachgehen können, und ihre Gestalt prägte sich ihm so ein, daß er sie zu Hause zeichnete, als ob sie vor im ständen.« (›Künstler der Renaissance‹, hrsg. von Fr. Schillmann, Wiesbaden/Berlin o. J., 234). – *16 Lehrers der Naturgeschichte:* Gautier urteilt genau wie Baudelaire in dem eben zitierten Aufsatz: »Man möchte meinen, der Künstler habe eine Art Vorlesung der Teratologie (Lehre von den Mißbildungen der Lebewesen) machen wollen, im Sinn von Geoffroy de Saint-Hilaire.« Saint-Hilaire (1772–1844) hatte unter anderem eine *Philosophie anatomique, Des Monstruosités humaines* (1822) und *Principes de philosophie zoologique* (1830) verfaßt. – *kleinste Warze:* Ähnlich kritisiert Baudelaire die Porträtisten im *Salon de 1846* (S. 238, *9). – 18 nicht . . . Karikaturen:* Gautier nennt Leonardos Zeichnungen »gewissermaßen eine menschliche Arabeske«. Die heutige Kunstwissenschaft sieht bei Leonardo nur »formale Ansätze zur Karikatur« (Hofmann, 21). Nach A. E. Popham bietet die »größere Zahl« dieser Zeichnungen »deutlich Erfindungen Leonardos, Experimente in der Verzerrung und Übertreibung einzelner Teile des menschlichen Gesichts«. (*The Drawings of Leonardo da Vinci,* London [3]1972, 39 f.) – *22 Bassanos:* ein Karnevalsbild, als Darstellung des Monats Februar, von Leandro Bassano (1557–1623) findet sich im Kunsthistorischen Museum in Wien (Mayne II, 193 f.; Kl. Demus, ›Kunsthistorisches Museum Wien, Verzeichnis der Gemälde‹, Wien 1973, Tafel 23). Baudelaire könnte eine Radierung der Folge von zwölf Monatsdarstellungen gesehen haben. Der Vordergrund des ›Februar‹ zeigt den Ausschnitt eines Marktes, Stände mit Geflügel und anderen Lebensmitteln, auf die Baudelaire in den folgenden Zeilen anspielen mag. Baudelaire hatte von Arondel (s. o. zu S. 173, *23)* einen offenbar falschen Bassano gekauft (siehe Cl. Pichois, *Baudelaire jeune collectionneur,* in: *Humanisme actif,* Festschrift Julien Cain, Paris 1968, I, 208). Er wird auf Bassano noch einmal im *Salon de 1859* eingehen (Bd. V). – *26 römischen Korso:* s. o. zu S. 299, *3. – N 1 kostbare Gemälde Goyas:* Im Musée Espagnol (s. o. zu S. 128, *25*) befanden sich unter anderem ›Ein Begräbnis‹, ›Das letzte Gebet des Verurteilten‹, ›Lazarillo de Tormes‹, ›Manolas auf dem Balkon‹, ›Schmiede‹, ein Selbstporträt von Goya und ein Bildnis der Herzogin von Alba (I. Hempel-Lipschutz, *Spanish Painting and the French Romantics,* Cambridge/Mass., 1972, 221).

S. 337, 2 *Prinzessin Brambilla:* s. o. zu S. 299, *3. – 4 Café Greco:* in der Via Condotti in Rom seit dem ausgehenden 18. Jahrhundert ein von Künstlern und Schriftstellern bevorzugter Treffpunkt. – *7 Materialistisch, wie der Süden:* siehe S. 200, *10.* – *10* Jacques *Callot:* s. o. zu S. 298, *29*; hatte in Rom bei dem Kupferstecher Philippe Thomassin, in Florenz bei dem Radierer Giulio Parigi gelernt; ein gründlicher Kenner des italienischen Volkslebens, das er geistreich und originell in einer Folge von fünfzig Radierungen, *Capricci di varie figure* (1617), geschildert hat. – *12 italienische Narrheit:* Baudelaire denkt an die *Balli di Sfessania* (s. o. zu S. 298, 29), auf die sich auch der eben genannte E. T. A. Hoffmann in der Einleitung zu seinen ›Phantasiestücken in Callots Manier‹ (1814/15) bezieht. – *18 pittoreske Szenen:* Möglicherweise denkt Baudelaire neben den *Costumi pittoreschi* (s. o. zu S. 336, 9) an die *Raccolta di motivi pittoreschi* (›Sammlung von malerischen Motiven‹; Rom 1809). – *20 caricaturiste noble:* »würdevoller Karikaturist«; an sich ein Widerspruch, da die Karikatur alles Erhabene und Edle durch die satirische Verzerrung vom Piedestal reißt. Die klassizistische Ästhetik schließt die Karikatur aus. Die einzige Folge Pinellis, die auch im Titel den Begriff der Karikatur aufführt, erschien 1809: *Caratteristici – Buffi caricati* (›Charakteristika – karikierte Possenreißer‹). – *26 Leben geführt:* Im *Magasin pittoresque* (Oktober 1846 und April, Mai, Juli 1857) wurde das Bild eines romantischen Künstlers von genialischem Aussehen entworfen, mit einem großen, nach oben breiter werdenden Hut, einem weiten Umhang, in die Stirne fallenden Locken und einem Zwirbelbart. – *32 gewohnheitsmäßigen Exzessen:* Pinelli starb an den Folgen eines übermäßigen Alkoholgenusses (Ceccarius, *B. Pinelli,* in: *Capitolium,* XI, 1935, 173). – *33 riesigen Hunde:* Sie erscheinen auch auf einer Karikatur Lindströms (Neapel 1830), die Pinelli beim Malen in einer dahinrasenden Kutsche darstellt (Ceccarius, Abb. S. 161).

S. 338, *13 Léopold Robert* (1794–1835). Das Beiwort unglücklich bezieht sich auf den Selbstmord Roberts. Seit 1818 lebte Robert in Italien und schilderte in seinen Gemälden vorzüglich das italienische Volksleben.

S. 339, *4 Pieter Brueghels des Älteren* (um 1520–1569), der sogenannte Bauernbrueghel, Schüler des Pieter Coecke van Aelst. Baudelaire wird Brueghel nur aus den etwa 300 Stichen gekannt haben, die nach seinen Zeichnungen gefertigt wurden, meist in Zusammenarbeit mit dem Kupferstecher und Verleger Hieronymus Cock. Ausgangspunkt für viele seiner gemalten wie gestochenen Werke war die phantasievolle, von Realismus, Groteske und Satire durchsetzte Malerei seines Landsmanns Hieronymus Bosch (um 1450– um 1516). Baudelaires Interpretation gilt als »eine der wichtigsten Brueghel-Deutungen« (Hofmann, 147). – *5 Höllenbrueghel:* Pieter Brueghel der Jüngere (um 1564–1638), der mit phantastischen Spukszenen, Bauernkirmessen und Winterlandschaften den Vater kopierte und frei variierend nachahmte. – *17 Das barocke Ideal:* Der Begriff *baroque* hat in Frankreich, sehr viel länger noch als in Deutschland, die Bedeutung von willkürlich, regellos und bizarr. Erst in *Pauvre Belgique!* (Bd. VII) wird Baudelaire diesem Begriff einen eindeutig positiven Sinn geben. – *23 willkürlich und regelwidrig:* L. Münz, der Baudelaires fünf Zeilen zuvor gezogenem Vergleich zwischen Brueghel und Grandville grundsätzlich zustimmt, schreibt einschränkend, daß man heute gelernt habe, diese Verquickungen zufälliger und widersprechender Formen als »sinnvolle Bildverdichtungen« zu verstehen (›Über die Bildsprache von . . . Grandville‹, in: ›Alte und Neue Kunst‹, 1954, III, 136). – *25 in zwei Klassen:* Baudelaire kennt nicht den vollen Umfang von Brueghels graphischem Werk, das auch Landschaften, Marinedarstellungen und Schilderungen des sozialen Lebens mit Aristokraten, Bürgern und Bauern umfaßt.

– *27 politischer Allegorien:* Baudelaire denkt hier offensichtlich an ›Die sieben Todsünden‹, auch ›Die sieben Laster‹ genannt, eine 1558 von Pieter van der Heyden gestochene Folge (H. A. Klein, *Graphic Worlds of Pieter Brueghel the Elder,* New York 1963, Tafel 40–46). – *28 Häuser, deren Fenster Augen:* Der Kupferstich, die *Gula* (›Gefräßigkeit‹) darstellend, aus der eben genannten Folge, zeigt im Hintergrund den Kopf eines Gefräßigen, der in eine Windmühle verwandelt ist (Klein, Tafel 44).

S. 340, 4 *Arbeiten einiger Ärzte:* Baudelaire meint offenbar J. J. Moreaus (geb. 1804) Werk *Du Haschisch et de l'aliénation mentale* (1845) sowie Brierre de Boismonts (1798–1881) *Des Hallucinations* (Paris 1845). In den ›Raketen‹ (IX; Bd. VI) zitiert er von demselben Autor ein anderes Werk, *Du Suicide et de la folie-suicide* (1856).

BIBLIOGRAPHIE

Die nachstehende Bibliographie zu diesem Einleitungsband der Dichtungen, Schriften und Briefe Charles Baudelaires in deutscher Übersetzung verzeichnet die französischen Gesamtausgaben, die deutschen Werkausgaben von Max Bruns und Franz Blei, die kritischen Ausgaben der *Fleurs du Mal* und der *Petits Poèmes en prose,* samt deren Konkordanzen; ferner die wichtigste Sekundärliteratur zu Baudelaires Leben und Werk in Auswahl, nebst Dokumentarbänden, Ausstellungskatalogen, Kolloquien- und Tagungsberichten. Unter der Überschrift »Literatur zu diesem Band« werden diejenigen Titel mit ihren Sigeln und Abkürzungen aufgeführt, auf die in den Anmerkungen häufiger verwiesen wird. Der leichteren Benutzbarkeit zuliebe wurden gelegentliche Wiederholungen von Titeln in Kauf genommen.

GESAMTAUSGABEN

Œuvres complètes de Charles Baudelaire. Édition définitive, précédée d'une notice par Théophile Gautier, hrsg. von Charles Asselineau und Théodore de Banville, deren Namen nicht genannt werden, in der Bibliothèque contemporaine des Verlages Michel Lévy frères, Paris; 7 Bde.

I. Les Fleurs du Mal, 1868
II. Curiosités esthétiques, 1868
III. L'Art romantique, 1869
IV. Petits Poëmes en prose, Les Paradis artificiels, 1869
V.–VII. Übersetzungen nach E. A. Poe, 1869–1870

Œuvres complètes de Charles Baudelaire. Édition critique, hrsg. von F. F. Gautier, ab 1933 von Y.-G. Le Dantec, Éditions de la „Nouvelle Revue française«, Paris; 12 Bde., von denen nur 7 erschienen.

Les Fleurs du Mal, 1918
Les Fleurs du Mal. Documents, variantes, bibliographie, 1934
Petits poèmes en prose, Les Paradis artificiels, 1921
L'Art romantique, 1923
Curiosités esthétiques, 1925
Correspondance I, 1841–1863, 1933
Œuvres diverses, 1937

Œuvres complètes de Charles Baudelaire, hrsg. von Jacques Crépet, und, ab 1952, von Jacques Crépet und Claude Pichois, Louis Conard, Paris; 19 Bde.

Les Fleurs du Mal (Ausgabe von 1868), Les Épaves, 1922; [2]1930
Quelques-uns de mes contemporains. Curiosités esthétiques, 1923
Quelques-uns de mes contemporains. L'Art romantique, 1925
Petits Poëmes en prose, Le Jeune Enchanteur, 1926
Les Paradis artificiels, La Fanfarlo, 1928
E. A. Poe, 5 Bde., 1932–1937
Juvenilia, Œuvres posthumes, Reliquiae, 3 Bde., 1939–1952
Correspondance générale, 6 Bde., 1947–1953

Œuvres de Charles Baudelaire, hrsg. von Y.-G. Le Dantec, »Bibliothèque de la Pléiade«, Editions Gallimard, Paris 1931/32, 2 Bde.; durchgesehene, veränderte Ausgabe in einem Band, 1954; abermals überarbeitete und erweiterte Ausgabe, hrsg. von Claude Pichois, 1961.

Œuvres complètes de Charles Baudelaire, in chronologischer Ordnung nach den Handschriften und Originalausgaben, mit unveröffentlichten Varianten und Anmerkungen (von Claude Pichois), Le Club du Meilleur Livre, Paris 1955, 2 Bde.

Œuvres complètes, hrsg. von Claude Pichois, »Bibliothèque de la Pléiade«, Éditions Gallimard, Paris 1975/1976, 2 Bde.

Correspondance, hrsg. von Claude Pichois, in Zusammenarbeit mit Jean Ziegler, »Bibliothèque de la Pléiade«, Editions Gallimard, Paris 1973, 2 Bde.

DEUTSCHE WERKAUSGABEN

Charles Baudelaire, Werke in deutscher Ausgabe, hrsg. und größtenteils übersetzt von Max Bruns, Verlag Bruns, Minden (1901–1910), 7 Bde.

1. Novellen und kleine Dichtungen in Prosa, übers. von Margarete Bruns (1904)
2. Die künstlichen Paradiese (1901)
3. Poe's Leben und Werke, Wagner in Paris u. a. (1902)
4. Zur Ästhetik der Malerei und der bildenden Kunst (1906)

5.1. Paralipomena (1910)
5.2. Tagebücher (1907)
Erg.-Bd. Briefe 1841–1866, übers. von Auguste Förster (1909)

Von einer zweiten, auf 5 Bände geplanten Ausgabe, ebenfalls bei Bruns, Minden, erschien nur Band:

2. Die künstlichen Paradiese, Tagebücher (1922).

Baudelaire, Ausgewählte Werke, hrsg. von Franz Blei, Georg Müller, München 1925, 3 Bde.; Nachdruck in einem Bande, o. O., o. J.
Die Blumen des Bösen, übers. von Terese Robinson
Die künstlichen Paradiese, Die Fanfarlo, Der junge Zauberer, Gedichte in Prosa, übers. von Erik-Ernst Schwabach
Kritische und nachgelassene Schriften, übers. von Franz Blei und Heinrich Steinitzer

LES FLEURS DU MAL

Les Fleurs du Mal. Édition critique Jacques Crépet – Georges Blin, refondue par Georges Blin et Claude Pichois, Bd. I., Corti, Paris 1968.
Les Fleurs du Mal, Les Épaves. Notice, notes et éclaircissements de Jacques Crépet, in: Œuvres complètes, Conard, Paris [2]1930.
Les Fleurs du Mal. Texte de la seconde édition suivi des pièces supprimées

en 1857 et des additions de 1868. Édition critique établie par Jacques Crépet et Georges Blin, Corti, Paris 1942.
Les Fleurs du Mal. Texte de 1861, Les Épaves, Sylves, avec certaines images qui ont pu inspirer le poète. Édition établie par Jean Pommier et Claude Pichois, Club des Libraires de France, Paris 1959.
Les Fleurs du Mal, Les Épaves, Poésies de jeunesse, Poésies diverses etc., in: Œuvres/Pl I.
Les Fleurs du Mal. Concordances, index et relevés statistiques, hrsg. von dem Centre d'étude du vocabulaire français, in Zusammenarbeit mit K. Menemencioglu, Librairie Larousse, Paris (1955); Basistext: Crépet-Blin 1942.
Robert T. Cargo, *A Concordance to Baudelaire's Les Fleurs du Mal,* Chapel Hill, The University of North Carolina Press (1965); Basistext: wie oben.

PETITS POEMES EN PROSE

Petits poëmes en prose. Édition critique par Robert Kopp, Corti, Paris 1969.
Le Spleen de Paris (Petits Poèmes en prose), in: Œuvres/Pl I.
Robert T. Cargo, *Concordance to Baudelaire's Petits Poèmes en prose, with Complete Text of the Poems,* The University of Alabama Press (1971); Basistext: Œuvres complètes, Bibliothèque de la Pléiade, Paris 1961.

SEKUNDÄRLITERATUR IN AUSWAHL

Lloyd James Austin, *L'Univers poétique de Baudelaire: Symbolisme et symbolique,* Mercure de France, Paris 1956.
Baudelaire, hrsg. von Alfred Noyer-Weidner, Wege der Forschung CCLXXIII, Darmstadt 1976.
Walter Benjamin, *Charles Baudelaire. Ein Lyriker im Zeitalter des Hochkapitalismus.* Zwei Fragmente, Suhrkamp Verlag, Frankfurt 1969; in: Gesammelte Schriften, Bd. I/2, ebd. 1974.
Georges Blin, *Baudelaire,* Préface de Jacques Crépet, Gallimard, Paris (1939).
Georges Blin, *Le Sadisme de Baudelaire,* Corti, Paris (1948).
Michel Butor, *Histoire extraordinaire, Essai sur un rêve de Baudelaire,* Gallimard, Paris (1961).
Robert T. Cargo, *Baudelaire Criticism 1950–1967.* A Bibliography with Critical Commentary, University of Alabama 1968.
A. E. Carter, *Baudelaire et la critique française 1868–1917,* Columbia, S. C. 1963.
Albert Cassagne, *Versification et métrique de Baudelaire,* Hachette, Paris 1906.
Jacques Crépet, *Propos sur Baudelaire,* rassemblés et annotés par Cl. Pichois, Préface de Jean Pommier, Mercure de France, Paris 1957.
Marc Eigeldinger, *Le Platonisme de Baudelaire,* La Baconnière, Neuchâtel (1951).
Marc Eigeldinger, *Poésie et métamorphoses,* La Baconnière, Neuchâtel (1973).
Pierre Emmanuel, *Baudelaire,* Coll. »Les Écrivains devant Dieu«, Desclée de Brouwer, Paris (1967).

Alison Fairlie, *Baudelaire: Les Fleurs du Mal,* Coll. »Studies in French Literature«, 6, Edward Arnold, London (1960).

André Ferran, *L'Esthétique de Baudelaire,* Hachette, Paris 1933; Nizet, Paris 1968.

Benjamin Fondane, *Baudelaire et l'expérience du gouffre,* Préface de Jean Cassou, Pierre Seghers, Paris 1947, ²1972.

Wilhelm Hausenstein, *Charles Baudelaire. Ein Versuch,* in: Charles Baudelaire, Ausgewählte Gedichte, Verlag Karl Alber, München 1946.

Pierre Jean Jouve, *Tombeau de Baudelaire,* Le Seuil, Paris (1958).

Rudolf Kassner, *Charles Baudelaire,* in: Motive, Essays, Fischer Verlag, Berlin (1906); in: Sämtliche Werke, Bd. 2, Verlag Neske, Pfullingen 1974; *Baudelaire,* verkürzte Fassung, in: Essays, Insel Verlag, Leipzig 1923.

Friedhelm Kemp, Baudelaire und das Christentum, Marburger Beiträge zur romanischen Philologie XXVII, Marburg/Lahn 1939.

Felix W. Leakey, *Baudelaire and Nature,* Manchester University Press (1969).

Giovanni Macchia, *Baudelaire critico,* Sansoni, Florenz 1939.

Max Milner, *Baudelaire, Enfer ou ciel, qu'importe!,* Coll. »La Recherche de l'Absolu«, Plon, Paris (1967).

Charles Mauron, *Le Dernier Baudelaire,* Corti, Paris 1966.

Morten Nøjgaard, *Élévation et expansion. Les deux dimensions de Baudelaire. Trois essais sur la technique poétique des Fleurs du Mal,* »Études romanes de l'Université d'Odense«, Bd. 4, Odense University Press, 1973.

Henri Peyre, *Connaissance de Baudelaire, Corti,* Paris 1951 (mit krit. Bibliographie).

Jean Pommier, *La Mystique de Baudelaire,* Les Belles Lettres, Paris 1932; Slatkine Reprints, Genf 1967.

Jean Pommier, *Dans les chemins de Baudelaire,* Corti, Paris (1945).

Georges Poulet, *Baudelaire,* in: Études sur le temps humains, Plon, Paris 1950.

Georges Poulet, *Qui était Baudelaire?,* Essai critique, précédé de notices documentaires par Robert Kopp, Albert Skira, Genf 1969 (mit Illustrationen).

Jean Prévost, *Baudelaire. Essai sur la création et l'inspiration poétiques,* Mercure de France, Paris 1953, ²1964, ³1971.

Jean-Pierre Richard, *Profondeur de Baudelaire,* in: *Poésie et profondeur,* Éditions du Seuil, Paris 1955.

Marcel A. Ruff, *Baudelaire l'homme et l'œuvre,* Hatier-Boivin, Paris 1955; Nouvelle édition, mise à jour, Coll. »Connaissance des Lettres«, Hatier, Paris 1966.

Marcel A. Ruff, *L'Esprit du Mal et l'esthétique baudelairienne,* Armand Colin, Paris 1955; Slatkine Reprints, Genf 1972.

Jean-Paul Sartre, *Baudelaire,* Précédé d'une note de Michel Leiris, Coll. »Les Essais«, Gallimard, Paris 1947.

Robert Vivier, *L'Originalité de Baudelaire,* Nouveau tirage revu par l'auteur de la réimpression en 1952, avec une note, de l'édition de 1926, Palais des Académies, Brüssel 1965.

Claude Zilberberg, *Une lecture des Fleurs du Mal,* Coll. »Univers sémiotiques«, Mame, Tours (1972).

Charles Baudelaire, Bibliothèque Nationale, Paris 1957; Katalog der Ausstellung aus Anlaß der Jahrhundertfeier des Erscheinens der *Fleurs du Mal.*
Baudelaire, Petit Palais, Paris, November 1968 – März 1969, Katalog der Ausstellung aus Anlaß des 100. Todestags.
Baudelaire, Sonderheft der Revue d'Histoire littéraire de la France, April-Juni 1967, Jg. 67,2; Nachdruck in der Reihe Publications de la Société d'Histoire littéraire de la France.
Baudelaire en Belgique, Avril 1864 – juillet 1866, Katalog von Jean Warmoes, anläßlich einer Ausstellung der Bibliothèque Royale, Brüssel 1967.
Baudelaire, Actes du colloque de Nice (25.–27. Mai 1967), Annales de la Faculté des Lettres et Sciences humaines de Nice, Nr. 4, Minard, Paris 1968.
Journées Baudelaire, Actes du colloque de Namur-Bruxelles, (10.–13. Oktober 1967), Académie Royale de langue et de littérature françaises, Brüssel 1968.

LITERATUR ZU DIESEM BAND

Liste der Siglen und Abkürzungen

I. Allgemein

Album	*Album Baudelaire.* Iconographie réunie et commentée par Claude Pichois, Bibliothèque de la Pléiade, Gallimard, Paris 1974.
Adhémar	*Curiosités esthétiques de Charles Baudelaire.* Édition intégrale illustrée. Introduction et notes de Jean Adhémar, Lausanne 1956.
AR	*L'Art romantique.*
B/Asselineau	*Baudelaire et Asselineau.* Textes recueillis et commentés par Jacques Crépet et Claude Pichois, Nizet, Paris 1953.
B/Contemporains	*Baudelaire devant ses Contemporains.* Témoignages rassemblés et présentés par W. T. Bandy et Claude Pichois, Coll. 10–18, Union Générale d'Édition, Paris 1967.
B/Crépet	*Baudelaire.* Étude biographique d'Eugène Crépet, revue et mise à jour par Jacques Crépet, Léon Vanier, Paris 1906; mehrere spätere Auflagen bei Messein.
B/Études	Claude Pichois, *Baudelaire.* Études et Témoignages, La Baconnière, Neuchâtel 1967.
B/Paris	Claude Pichois, *Baudelaire à Paris.* Photographies de Maurice Rué, »Albums littéraires de la France«, Hachette, Paris 1967.
B/Souvenirs	*Charles Baudelaire – Souvenirs, Correspondance, Bibliographie,* hrsg. von René Pincebourde, Paris 1872.
B/Urteil	*Baudelaire im Urteil seiner Zeitgenossen,* Auswahl und Anordnung der Texte von W. T. Bandy und Claude Pichois, Übersetzung und Bibliographie von

	Felix Philipp Ingold und Robert Kopp, Insel Verlag, Frankfurt 1969 (deutsche Ausgabe von B/Contemporains).
Buba	*Bulletin baudelairien,* publié par le Centre d'Études baudelairiennes, Vanderbilt University, Nashville/Tenn., U.S.A. Herausgeber: W. T. Bandy, James S. Patty, Raymond Poggenburg und, seit 1971, Claude Pichois.
CE	*Curiosités esthétiques.*
Corr/Conard	*Correspondance générale,* hrsg. von Jacques Crépet, Bd. I–VI, in: Œuvres complètes, Conard, Paris 1947 bis 1953.
Corr/Pl	Baudelaire, *Correspondance,* texte établi, présenté et annoté par Claude Pichois, avec la collaboration de Jean Ziegler, Bd. I/II, »Bibliothèque de la Pléiade«, Gallimard, Paris 1973.
Etba	*Études baudelairiennes,* publiées sous la direction de Marc Eigeldinger, Robert Kopp et Claude Pichois, La Baconnière, Neuchâtel, seit 1969.
Expo 1957	Katalog der Ausstellung in der Bibliothèque Nationale, Paris 1957, aus Anlaß der Jahrhundertfeier des Erscheinens der *Fleurs du Mal.*
Expo 1968/69	Katalog der Baudelaire-Ausstellung im Petit Palais, Paris, November 1968 – März 1969.
FM/Pommier-Pichois	*Les Fleurs du Mal, Texte de 1861, Les Épaves, Sylves,* avec certaines, images qui ont pu inspirer le poëte. Édition établie par Jean Pommier et Claude Pichois, Club des Libraires de France, Paris 1959.
Ico	*Iconographie de Charles Baudelaire,* recueillie et commentée par Claude Pichois et François Ruchon, Pierre Cailler, Genf 1960.
Lettres/B	*Lettres à Baudelaire,* publiées par Claude Pichois avec la collaboration de Vincenette Pichois, La Baconnière, Neuchâtel 1973 (Etba IV/V).
MF	*Mercure de France*
Œ P	*Œuvres posthumes et correspondances inédites,* hrsg. von Eugène Crépet, Paris 1887.
Œuvres/Conard	*Œuvres complètes* de Charles Baudelaire, hrsg. von Jacques Crépet (und Claude Pichois), Bd. I–XIX, Conard, Paris 1922–1953.
Œuvres/Pl	Baudelaire, *Œuvres complètes.* Texte établi, présenté et annoté par Claude Pichois, Bd. I/II, »Bibliothèque de la Pléiade«, Gallimard, Paris 1975/76.
PA	*Les Paradis artificiels.*
PPP/Kopp	*Petits Poëmes en prose,* Édition critique par Robert Kopp, Corti, Paris 1969.
RDM	*Revue des Deux Mondes.*
RHLF	*Revue d'Histoire littéraire de la France.*
Tombeau	Le Tombeau de Charles Baudelaire, Paris 1896.

II. Zur bildenden Kunst

Alexandre	Arsène Alexandre, *L'Art du Rire et de la Caricature,* Paris o. J.
Bénézit	E. Bénézit, *Dictionnaire critique et documentaire des peintres, sculpteures, dessinateurs et graveurs ...,* Bd. I–VIII, Paris 1948/55.
CA	Champfleury, *Histoire de la caricature antique,* Paris 1867 (zweite, sehr erweiterte Ausgabe).
Calvet-Sérullaz	Arlette Calvet-Sérullaz, *À Propos de l'Exposition Baudelaire: L'Exposition du Bazar Bonne-Nouvelle de 1846 et le Salon de 1859,* in: Bulletin de la Société de l'histoire de l'art français, Jg. 1969, Paris 1971, 123–34 (9 Abb.).
Castex	Pierre-Georges Castex, *Baudelaire critique d'art,* Étude et album, Paris 1969 (52 Abb.).
Champfleury/Salons	*Œuvres posthumes de Champfleury, Salons 1846–1851,* Paris 1894.
CM	Champfleury, *Histoire de la caricature moderne,* Paris o. J. (zweite, sehr erweiterte Ausgabe).
David à Delacroix	*De David à Delacroix – La Peinture française de 1774 à 1830,* Katalog der Ausstellung im Grand Palais, Paris 1974/75.
Delacroix	*Journal d'Eugène Delacroix,* hrsg. von André Joubin, Avant-propos von Jean-Louis Vaudoyer, 3 Bde., Paris ^{2}1960.
Delteil	Loys Delteil, *Le peintre-graveur illustré, XIXe et XXe siècles. Honoré Daumier,* Bd. I–XI, Paris 1925 bis 30.
Dieux	Théophile Gautier / Arsène Houssaye / Paul de Saint-Victor, *Les Dieux et les demi-dieux de la peinture,* Paris 1864.
Drost	Wolfgang Drost, *Kriterien der Kunstkritik Baudelaires,* in: Beiträge zur Theorie der Künste im 19. Jh., hrsg. von H. Koopmann und J. A. Schmoll gen. Eisenwerth, Frankfurt 1971, 256–85 (22 Abb.). (Erweiterter Nachdruck in: Baudelaire, hrsg. von A. Noyer-Weidner, Darmstadt 1976, 410–442.)
Ferran	André Ferran, *Le Salon de 1845 de Charles Baudelaire,* Édition critique, Toulouse 1933.
Finke	*French 19th Century Painting and Literature,* hrsg. von Ulrich Finke, Manchester 1972.
Fuchs	Eduard Fuchs, *Die Karikatur der europäischen Völker vom Altertum bis zur Neuzeit,* Berlin 1901.
Fournel	Victor Fournel, *Les Artistes français contemporains, Peintres – Sculpteurs,* Tours 1884.
Gautier/Beaux-Arts	Théophile Gautier, *Les Beaux-Arts en Europe 1855,* 2 Bde., Paris 1856.

Gigoux/Causeries	Jean Gigoux, *Causeries sur les artistes de mon temps,* Paris 1885.
Gilman	Margaret Gilman, *Baudelaire the Critic,* New York 1943.
Goncourt/Études	Edmond und Jules Goncourt, *Études d'art: Le Salon de 1852 – La Peinture à l'exposition de 1855,* Préface de Roger Marx, Paris 1893.
Grand-Carteret	J. Grand-Carteret, *Les Mœurs et la Caricature en France,* Paris 1888.
Heine	Heinrich Heine, *Gemäldeausstellung in Paris 1831,* in: Sämtliche Schriften, Bd. 3, Hanser Verlag, München 1971.
Hofmann	Werner Hofmann, *Die Karikatur von Leonardo bis Picasso,* Wien 1956.
Horner	Lucie Horner, *Baudelaire critique de Delacroix,* Genf 1956.
Huyghe	René Huyghe, *Delacroix,* München 1967.
Jahn	Johannes Jahn, *Wörterbuch der Kunst,* Stuttgart ^{4}1953.
Kelley	*Baudelaire, Salon de 1846,* Texte établi et présenté par David Kelley, Oxford 1975 (104 Abb.).
Lacambre	Geneviève / Jean Lacambre, *À propos de l'exposition Baudelaire: Les Salons de 1845 et 1846,* in: Bulletin de la Société de l'histoire de l'art français, Jg. 1969, Paris 1971, 107–21 (10 Abb.).
Lemaitre	*Curiosités esthétiques, L'Art romantique et autres Œuvres critiques de Baudelaire,* Textes établis avec introduction, relevé de variantes, note, bibliographie et sommaire biographique par Henri Lemaitre, Garnier, Paris 1962 (47 Abb.).
May	Gita May, *Diderot et Baudelaire critiques d'art,* Paris/Genf 1957.
Mayne I	*Art in Paris 1845–1862,* Salons and other Exhibitions Reviewed by Charles Baudelaire. Translated and edited by Jonathan Mayne, London ^{2}1965 (72 Abb.).
Mayne II	*The Painter of Modern Life and other Essays by Charles Baudelaire.* Translated and edited by Jonathan Mayne, London 1964 (54 Abb.).
Murger	Henri Murger, *Salon de 1846,* vier Artikel in: Le Moniteur de la mode, Bd. VII, 10. April – 10. Mai 1846.
Oehler	Dolf Oehler, *Die antibourgeoise Ästhetik des jungen Baudelaire, Untersuchungen zum ›Salon de 1846‹,* Diss., Frankfurt 1975.
Propyläen	Rudolf Zeitler, *Die Kunst des 19. Jahrhunderts,* Berlin 1966 (Propyläen Kunstgeschichte).
Rümann	Arthur Rümann, Das illustrierte Buch des 19. Jahrhunderts in England, Frankreich und Deutschland, 1790–1860, Leipzig 1930.

Silvestre	Théophile Silvestre, *Les Artistes français,* Bd. I, *Romantiques,* Bd. II, *Éclectiques et réalistes,* Paris ^{7}1926.
Tabarant	A. Tabarant, *La Vie artistique au temps de Baudelaire,* Paris 1963.
Thieme/Becker	Ulrich Thieme / Felix Becker, *Allgemeines Lexikon der bildenden Künstler von der Antike bis zur Gegenwart,* Bd. I–XXXVII, Leipzig 1907–1950.
Thoré	Théophile Thoré, *Salon de 1844,* Paris 1844; *Salon de 1845,* Paris 1845; *Salon de 1846,* Paris 1846.
Wildenstein	Georges Wildenstein, *Ingres,* London ^{2}1956.

In den Anmerkungen finden folgende Siglen Verwendung: *Dr* (Druck), *Ms* (Manuskript), *N* (Fußnote), s. o. / s. u. (siehe oben / siehe unten; Verweis auf den Anmerkungsteil des betreffenden Bandes), *T* (Titel, Überschrift), *W* (Widmung).
Bandangaben in römischen Ziffern verweisen auf die übrigen Bände dieser Ausgabe.

PERSONENREGISTER

Acis 405
Ahriman 113
d'Aligny, Claude-Félix-Théodore 267, 467
Alkibiades 111, 386
Amaury-Duval (Eugène-Pinieu Duval) 244, 248, 249, 461
Anacreon 189
Ancelle, Narcisse,Désiré 42, 45 f., 48, 376
Antinous 458
Antony 53
Apollo 114
Appert, Eugène 148, 405
Aretino, Pietro 452
Ariost 259, 459
Aristophan 293
Arondel, Antoine-J.-M. 173, 272, 388, 422, 468
Asselineau, Charles 377, 391
Augustinus 259
d'Aumale, Henri, duc 24, 373
Aupick, Caroline (Dufaÿs) 12, 16, 20, 22, 26 f., 29, 37 ff., 44 f., 51 f., 359, 372
Aupick, James 12, 359, 372, 375 f.
Aymard, Antoine Baron 12, 372

Babou, Hippolyte 269, 468
Balzac, Honoré de 99, 121, 187, 252, 266, 283, 309, 326, 384, 431, 473, 489
Banville, Théodore de 49, 72, 381 f., 398
Barbey D'Aurevilly, Jules 282, 473
Barbier, Auguste 408
Barbieri, Giovanni Francesco (Guercino) 147, 405
Bard, Jean-Auguste 166, 264, 417, 466
Baron, Henri 160, 411
Bartolini, Lorenzo 179, 180, 181, 425
Bassano, Leandro 336, 496
Baudelaire, Anne-Félicité 8, 371, 380, 385
Baudelaire, Claude-Alphonse 7 ff., 15, 18, 32, 35 f., 371 ff., 375, 380
Belgiojoso, Cristina Trivulzio, Fürstin 158, 244, 410
Belisar 418
Bellini, Giovanni 138, 399
Belloc, Jean-Hilaire 156, 409
Benjamin, Walter 347 f.
Béranger, Charles 173, 422
Béranger, Pierre-Jean de 173, 236, 308, 463
Bernadin de Saint-Pierre, Jacques-Henri 261, 288
Berthoud, Samuel-Henry 162, 413
Bertin d. Ä. 177, 190, 248, 424

Besson, Faustin 236, 457
Biard, François-Auguste 264, 307, 466, 479
Bigand, Auguste 149, 405
Birotteau, César 102
Blanc, Edmond 44, 376
Blanchard, Théophile-Clément 172, 421
Blas, Gil 163, 414
Blei, Franz 348
Boissard, Joseph-Fernand 144–145, 228, 403, 454
Bonington, Richard Parkes 219, 450
Borget, Auguste 171, 269, 420, 468
Borgia, Cesare 119, 387
Bosio, François-Joseph 180, 426
Bossuet, Jacque-Bénigne 286, 475
Bouilly, Jean-Nicolas 261
Boulanger, Clément 160, 412
Boulanger, Louis 144, 251, 402 f.
Boulogne, Valentin de 454
Bouniol, Bathild 107, 385
Bourbon, Marie Caroline de 402
Bourdaloue, Louis 286, 475
Brambilla, Prinzessin 299
Brascassat, Jacques-Raymond 172, 421
Brillouin, Louis-Georges 175, 245, 422
Brohan, Mademoiselle A. 159, 411
Brogniart, Alexandre 20, 372
Brueghel d. Ä., Pieter 339 f., 497
Brune, Adolphe 147, 263, 404
Brummel, George 473
Byron, George Gordon Lord 283, 445

Cabat, Louis 267 f., 467
Calamatta, Joséphine 164, 245, 415, 460
Calame, Alexandre 170, 419
Callot, Jacques 298, 337, 477, 496
Camagni, Hubert-Noël 183, 428
Carlos IV. 333, 494
Carracci, Agostino 405
Carracci, Annibale 405
Carracci, Lodovico 147, 263, 405
Cassagnac, Granier de 120
Cassio 240, 458
Cato, Marcus Porcius 472
Catlin, George 204, 227 f., 453 f., 454
Catull 182
Caus, Salomon de 160, 412
Cervantes, Miguel de 333, 460, 494
Chabal-Dussurgey, Pierre-Adrien 176, 423
Chacaton, Jean-Nicolas-Henri de 171, 232, 269, 270, 420, 468

Chaix d'Est-Ange, Louis-Adolphe 158, 410
Champagnes, Philippe de 408
Champfleury (Jules Husson) 391
Charlet, Nicolas-Toussaint 307 ff., 479, 481
Chassériau, Théodore 145 f., 404
Chateaubriand, François-René de 34, 107, 375
Chazal, Antoine 174, 422
Chenavard, Paul 263, 465 f.
Chénier, André 185, 430
Chennevières, Philippe de 287, 384
Chérelle, Léger 223, 451
Cherubini, Salvadore 177, 242, 248, 424
Chevalet, Émile 75
Chevreul, Eugène 442 f.
Chevandier de Valdrome, Paul 267
Chiapperi, Cornelio 304
Chodruc-Duclos 383
Chorier, Nicolas 453
Chrysale 156
Cimabue 185, 430
Cinq-Mars 436
Clésinger, Auguste 183, 428
Cogniet, Léon 155, 188, 191, 192, 251, 408, 436
Coignard, Louis 268, 467
Comairas, Philippe 263, 466
Compte-Calix, François-Claudius 465
Constable, John 443
Corday, Charlotte 431
Cornelius, Peter von 152, 255, 407, 463
Corot, Camille 167–168, 172, 267, 417 f., 467
Correggio (Antonio Allegri) 134, 189, 396
Courbet, Gustave 396
Court, Joseph 157, 410
Cousin, Charles 379
Cousin, Victor 463
Couture, Thomas 132, 235, 236
Cruikshank, George 325, 331, 490, 493
Cumberworth, Charles 182, 274, 428, 469
Curzon, Alfred de 169, 175, 245, 419, 460

Daguerre, Louis 468
Dantan, Jean-Pierre 183, 275, 428, 470
Dante Alighieri 206, 215, 218, 221, 449
Daumas, Louis-Joseph 181, 427
Daumier, Honoré 133, 252, 312 ff., 324 f., 388, 395 f., 475, 481 f., 484 ff.
Dauzats, Adrien 170, 419
David, Jacques-Louis 185, 186, 187, 188, 208, 248, 418, 431
David d'Angers, Pierre-Jean 180, 274, 425, 469

David, Jules 143, 177, 402
De Bay, Auguste-Hyacinthe 427
Debay, Jean-Baptiste 182
Debon, François-Hippolyte 146, 228, 404, 454
Deburau, Gaspard 233, 299 f., 451
Decamps, Alexandre Gabriel 138–141, 151, 165, 183, 229–233, 260, 263, 270, 399 f., 454 f., 482
Dedreux, Alfred 164, 256, 463
Defrance, Jacques-Louis-Marin 20, 372
Delacroix, Eugène 25, 120, 130 ff., 134 ff., 141, 145 f., 147, 149, 154, 156, 183, 189 ff., 204, 206 ff., 223 ff., 230, 232, 242, 252 f., 258, 260, 270 f., 279, 345, 373, 388, 390, 392, 394, 396 f., 398, 401 ff., 445 ff., 449 ff.
Delaroche, Paul 141, 165, 191, 250, 260, 400, 436
Delécluze, Étienne-Jean 127, 392
Delorme, Marion 33, 161, 412, 465
Deroy, Émile 391
Désaugiers, Marc-Antoine 106, 326, 385, 490
Desgoffes, Alexandre 267, 466
Devéria, Achille 143, 225, 228, 401 f.
Devéria, Eugène 143, 228, 401, 454
Diaz de la Peña, Narcisse 159, 163, 189, 235, 411
Diday, François 170, 419
Diderot, Denis 106, 260, 381, 385, 389, 390, 425, 465, 469
Diogenes 383
Doderer, Heimito von 351
Don Quichote 460
Dreux, Alfred de 164, 256, 415
Drolling, Martin 165, 416
Dubufe, Claude-Marie 155, 192, 249 f., 409
Dubufe, Édouard 155, 409
Ducessois, Anne-Félicité 8, 371, 380, 385
Ducessois, Jean-François-Théodore 9, 371
Ducessois, Louis-Théodore 9, 371
Duckett, William 312
Dürer, Albrecht 153, 408
Dufour, Marc-Antoine 37, 375
Dufaÿs, Charles (Baudelaire) 52 f.
Dugasseau, Charles 150, 406
Dulcinea 249, 461
Dumas, Alexandre 377, 387
Duméril, André-Marie-Constant 20, 372
Dupont, Ernest 156 f., 410
Dupont, Louis-Pierre 177, 424
Durand-Ruel 272, 469
Duval, Jeanne 38, 376
Duval-Lecamus, Jules 144, 163, 188, 414
Duval-Lecamus, Pierre 144, 162, 188
Duveau, Louis-Jean-Noël 229, 454
Dyck, Anthonis van 155, 251, 409

Émon, Jean-Louis 20, 372
Engel, Eduard 345
Etex, Antoine 154, 181, 408
Euklid 87

Falaise, Jean de 99
Faliero, Marino 401
Fava, Giglio 303 f.,
Fay, Joseph 151 f., 407
Fénelon, François de Salignac de la Mothe- 188, 219, 449
Feuchère, Jean-Jacques 181, 274, 426 f., 469
Féval, Paul 117, 387
Fiorentino, Pier Angelo 449
Flandrin, Hippolyte 158, 244, 248, 249, 410
Flandrin, Paul 172, 267, 421
Flaxman, John 244, 459
Flers, Camille 170, 269, 419
Fleurant 113
Fontaine, Alexandre-Victor 236, 457
Fontanarès 473
Forceville-Duvette, Gédéon-Alphonse-Casimir 182, 428
Fourier, Charles 458, 471
Fournier, Marc 440
Forniquette 81 ff.
Français, Louis 168–169, 268, 418
Frank-Carré 483
Franklin, Benjamin 385
Frère, Théodore-Charles 170, 420
Fualdès, Antoine 330

Galathea 405
Garnerey, Hippolyte 171, 420
Garraud, Joseph Gabriel 182, 427
Garrigue, Mademoiselle 158, 411
Gautier, Eugénie 155 f., 250, 409
Gautier, Théophile 114, 122, 132, 246, 332, 387
Gavarni, Paul 196, 225, 282, 289, 323 ff., 440, 452
Gavarni (Sulpice-Guillaume Chevalier) 488
Gayrard, Paul-Joseph-Raymond 274, 469
Geffroy, Edmond 166, 417
Gelée, Claude (Lorrain) 147, 231, 404
Geoffroy Saint-Hilaire, Étienne 20, 372
George, Stefan 346 f.
Gérard, François Baron 189, 209, 433
Géricault, Théodore 189, 208, 434, 445
Gigoux, Jean-François 163, 263, 414, 466
Giraud, Eugène 465
Girodet-Trioson (Anne-Louis Girodet de Roussy) 185, 188, 433
Glaize, Auguste 147, 262, 405, 465

Gleyre, Charles 150, 406
Godoy, Manuel de 333, 494
Goethe, Johann Wolfgang 122, 259, 442 f.
Goldsmith, Oliver 458
Goujon, Jean 273, 469
Goya, Francisco de 234, 310, 332 f., 481, 493 f., 495 f.
Gozzoli, Benozzo 466
Grandville (Jean-Ignace-Isidore Gérard) 322 f., 329, 487
Granet, François-Marius 142, 251, 256, 401, 463
Granier de Cassagnac, Bernard-Adolphe 250–251, 387, 462
Gros, Antoine-Jean 188 f., 434
Gsteiger, Manfred 344
Gudin, Théodore 271, 468
Guercino 147, 405
Guérin, Pierre Narcisse 185, 188, 208, 433
Guignet, Jean-Adrien 139, 165, 232, 250, 263, 400, 415
Guignet, Jean-Baptiste 250, 462
Guillemin, Alexandre-Marie 162, 236, 413
Guyon, Madame 158, 411
Guizot, François 282, 473

Haffner, Félix 157, 169, 236 f., 250, 410, 457
Hainfray, Adélaïde-Marie-Louise-Ursule 37, 375
Hamlet 396
Harlekin 301
Harlowe, Clarissa 458
d'Haussonville, Louise 190, 243, 459
Haussoullier, William 135–138, 153, 183, 197, 397 f., 399
Hédouin, Pierre-Edouard-Alexandre 236, 457
Heine, Heinrich 171, 212, 420, 447, 464, 471
Helena 486
Henriquel-Dupont, Louis-Pierre 177 f.
Herkules 294, 381, 400, 472, 476
Héroult, Antoine-Désiré 269, 467
Hesse, Nicolas-Auguste 151, 407
Hignard, Henri 59 f., 379
Hobbes, Thomas 476
Hoffmann, E.T.A. 99, 122, 204, 245, 254, 297, 304, 337, 385, 444, 460 f., 477 f.
Hogarth, William 309, 329 f., 481, 491
Holbach, Paul Thiry, Baron de 106, 385
Homer 106, 168, 215, 242
Horaz 218
Hornung, Joseph 166, 417
Huet, Paul 169, 418
Hugo, Victor 26, 33, 144, 162, 210–212, 373, 375, 403, 441, 446, 471

Imogen 240, 458
Ingres, Jean Auguste Dominique 133, 137, 172, 177 f., 185, 189–191, 213, 215, 217, 225, 241 f., 243, 244, 248, 249, 278 f., 395 f., 398, 408, 434, 449

Io 105
Isabey, Eugène 160, 412

Jacquand, Claudius 165, 416
Jacque, Charles Émile 178, 325, 328, 425, 491
Jago 240, 458
Janin, Jules 120, 386 f.
Janmot, Louis 153–154, 245, 407
Jansen, Cornelius 467
Jaquotot, Caroline 22, 373
Jephta 459
Jesus Christus 106, 293
Jollivet, Pierre Jules 152, 407
Jordaens, Jakob 225, 228, 452
Josua 87, 383
Jouvenet, Jean 135, 256, 397, 463
Joyant, Jules 171, 269, 420
Juive, Sara la (la Louchette) 380
Jupiter 106

Kalckreuth, Wolf von 347
Kant, Immanuel 472
Karr, Alphonse 444
Kassander 300 f.
Kassner, Rudolf 349
Kiörboë, Carl-Frederik 173, 271, 422, 468
Klagmann, Jules 275, 469
Kock, Paul de 325, 489
Kolombine 301

Laemlein, Alexandre 229, 454
La Fayette, Marquis de 483
La Fontaine, Jean de 160
Lafontan, Ernest 384
La Fosse, Charles de 449
La Foulhouze, Gabriel Amable de 163, 414
Lamb, Charles 491
Lami, Eugène-Louis 282, 472
Landelle, Charles 465
Lapierre, Emile 172, 421
Lasègue, Charles 30 f., 374
Lasalle-Bordes, Gustave-Joseph-Marie 223, 452
Laurent, Paul 444
Laurié, Monsieur 37
Lavater, Johann Kaspar 109, 239, 316, 386, 458
Lavieille, Eugène 172, 421
Laviron, Gabriel 152, 407

Lawrence, Thomas 155, 242, 248, 460
Leander 300 f.
Lebrun, Charles 327, 449
Lécurieux, Jacques 160 f., 412
Lehmann, Henri 158, 244, 248, 249, 410
Lehmann, Rudolphe 163, 414, 459
Leibnitz, Wilhelm 237 f., 457 f.
Leiendecker, Mathias 159, 411
Leleux, Gebrüder Adolphe und Armand 162, 236, 413
Lemaître, Frédérick 222, 451, 475
Lemer, Jeanne 38, 48 f.
Lemoine, François 449
Lemud, Aimé de 175, 422
Lenglet, Charles-Antoine-Armand 275 f., 470
Leoni, Leone 112, 386
Lépaulle, François 148, 249 f.
Lépaulle, Guillaume 148, 405
Lepelletier De Saint-Fargeau, Louis Michel 187, 432
Lepoittevin, Eugène 162, 413
Le Roux, Charles 467
Lesage, Alain 414
Lescaut, Manon 112, 163, 414
Le Vavasseur 475
Lorrain, Claude (Gelée) 147, 404, 455
Lottier, Louis (1815–1892) 269, 468
Loubon, Émile 171, 420
Louis-Philippe, König von Frankreich II, 128, 159, 238, 372, 378, 392, 411, 482 f., 484
Lovelace 240, 458
Lucan 218
Lucullus 383

Macaire, Robert 285, 318 f., 475
Macbeth 240, 458
Macready, William Charles 222, 451
Magdalena 105
Maistre, Joseph de 286, 475
Manu 106, 385
Manzoni, Ignazio 233, 456
Marat, Jean-Paul 186 f., 431
Marc-Aurel 131, 393
Maréchal, Laurent-Charles 176, 423, 460
Maria 105
Marie-Antoinette 476
Marilhat, Prosper 270, 468
Marivaux, Pierre de 323, 488
Masson, Alphonse 176, 423
Matout, Louis 153, 262, 407, 465
Maturin, Charles Robert 291, 476

Maurin, Antoine 144, 177, 403, 424
Maurin, Eugène 424
Mayeux 242
Mazeppa 403
Meissonnier, Ernest 165, 173, 254, 268, 416
Melmoth 291, 294 f., 476
Ménard, Louis 377 ff., 385
Mesmer, Franz Anton 372
Mésuré, Fortuné (Fortunatus) 391
Meursius 226, 452
Michelangelo Buonarotti 91, 207, 216, 222, 241, 253, 263, 273, 458
Michelet, Jules 156
Millet, Aimé 183, 428
Mirabeau 110
Mirbel, Madame Lizinka-Aimée-Zoë de 177, 251, 424
Moine, Antonin 177, 423
Molé, Louis-Mathieu 190, 242, 435, 459
Molière 153, 253, 298, 308, 320, 477
Monnier, Henri 322 f., 327, 486 f.
Montès, Jean-François 283, 473
Mouchy, Emile-Edouard 148, 405
Müller, Charles-Louis-Lucien 162, 236, 413, 456
Musset, Alfred de 114

Nanteuil, Célestin 160, 236, 412, 456
Napoleon Bonaparte 433
Nerval, Gérard de 384
Nietzsche, Friedrich 343ff.
Noël, Jules-Achille 271, 468
Nubilis 81 ff.

O'Connell, Frédérique-Émilie Auguste 249 f., 461
Odysseus 486
Olivier, Marguerite-Aline 21, 373
Ormudz 113
Ourliac, Édouard 120, 384
Overbeck, Johann Friedrich 258, 464
Ovid 218

Paganini, Nicolo 110, 386
Pan 294
Papety, Dominique 164, 262, 415, 465
Parny 53
Paul 288
Pelez, Raimon 382
Penelope 319, 486
Penguilly-l'Haridon, Octave 233, 455
Pensotti, Céleste 161, 413, 465
Pérèse, Léon (Félix Muguet) 164, 234 f., 415, 456

Pérignon Alexis-Joseph 157, 250, 410, 461
Perrault, Charles 472
Petrarca 53
Philipon, Charles 312, 328, 482
Phryne 426
Pierrot, Jules 28, 374
Pigal, Edme-Jean 307 f., 479
Pillard, Jacques 150, 406
Pillon, Germain 273, 469
Pinelli, Bartolomeo 311, 336 ff., 495, 497
Pippi, Giulio (Romano) 225, 452
Planche, Gustave 127, 391
Planet, Louis de 149–150, 156, 223, 406
Platon 294
Plautus 293
Pollet, Victor 176, 423
Poussin, Nicolas 138, 148, 190, 232, 400, 467
Pradier, Jean-Jacques 180 f., 275, 426, 470
Prarond, Ernest 383
Préault, Auguste 273, 469
Prévost d'Exiles, Abbé 386, 414
Priapus 293, 477
Privat d'Anglemont 382
Prometheus 104 f.
Prud'hon, Pierre-Paul 185, 189
Purgon 113

Quinet, Edgar 104, 385 f.

Rabelais, François 285, 298, 475, 483
Raffael (Raffaelo Santi) 133, 138, 190, 200, 208, 212, 222, 232, 240, 242, 276, 395, 442
Raimondi, Marcantonio 452
Ravergie, Hippolyte 159, 411
Regnault, Jean-Baptiste 25, 373
Rembrandt 142, 178, 200, 222, 225, 248, 265, 270, 278, 442, 452
Rémond, Jean-Charles-Joseph 166, 416
Reynolds, Joshua 248, 461
Richard III. 240, 458
Richardson, Samuel 458
Ribera, José 148, 180, 405
Richard, Charles 465
Richardot, Charles-Jean 198, 410
Richelieu, Duc de 473
Richomme, Félicité-Antoinette 9, 371
Ricourt, Achille 312
Riesener, Louis-Antoine-Léon 156, 223, 409 f., 451
Rilke, Rainer Maria 349 ff.
Robert, Léopold 338, 497

Robert, Gilbert-Camille Victor 146–147, 250, 404, 462
Robert-Fleury, Joseph-Nicolas 141, 142, 188, 400 f.
Roberts, David 234, 456
Rochette, Raoul 199
Roehn, Jean-Alphonse 166, 416
Romano, Giulio (Pippi) 225, 277
Roqueplan, Camille 160, 163, 412
Rosa, Salvator 165, 263, 415
Rousseau, Jean-Jacques 281, 472
Rousseau, Philippe 173, 272, 422, 469
Rousseau, Théodore 167, 270 ff., 417, 468
Rubens, Peter-Paul 131, 133, 135, 141, 207, 208, 215, 222, 225, 245, 265, 270, 394 f., 448
Rudder, Louis-Henry de 175, 423
Rumohr, Carl Friedrich von 447

Sainte-Beuve, Charles-Augustin 27, 69, 180, 373, 426
Saint-Jean, Simon (1808–1860) 172, 272, 421, 468
Saint-Pierre, Bernadin de 465
Saint-Simon, Claude-Henri de 12, 372
Salvandy, Achille Comte de 24, 373
Samson 399 f.
Sand, George (Lucile-Aurore Dupin, Baronne Dudevant) 386
Sardanapal 445
Scarron, Paul 490
Scheffer, Ary 104, 191, 258 ff., 436, 464
Scheffer, Henri 25, 159, 259, 411, 464
Schlésinger, Henri-Guillaume 465
Schnetz, Jean-Victor 145, 403 f.
Scribe, Eugène 255, 269, 463
Scudéry, Madeleine de 99, 384
Seneca 294
Senneville, Louis de 104, 106 f., 385
Sergent, Elise (Pomaré) 382
Seymour, Robert 330, 492 f.
Shakespeare 162, 218, 221, 259, 458
Shylock 240, 458
Sigaea, Aloisia 453
Simart, Pierre-Charles 182, 428
Sokrates 81 ff., 186, 187
Songeon, Lucius-Nestor 35, 375
Sosthène de la Rochefoucauld 209, 446
Staël-Holstein, Germaine de 441 f., 472
Standish, Lord 128
Stendhal (Henri Beyle) 112, 197, 199, 240, 381, 385 f., 441, 457 ff., 476, 487
Stratonike 190, 435
Sue, Eugène 26, 117, 373
Susse 274
Symphorianus 398

Tassaert, Nicolas 161, 224 ff., 452 f.
Tassaert, Octave 161, 413, 452
Telemach 319, 486
Teytaud, Alphonse 267, 467
Therese von Avila 149, 406
Thiers, Adolphe 206–208, 209, 215, 445
Thoré, Théophile 394
Tintoretto (Jacobo Robusti) 135, 175, 397
Tissier, Jean-Baptiste-Ange 156, 250, 409
Tocqueville, Alexis Clérel de 279, 471
Tourneux, Eugène 176, 423
Traviès, Charles-Joseph 482, 490
Traviès, Joseph Traviès de Villers 314, 325, 326 ff.
Trenck, Franz von der 110, 386
Triboulet 12, 381
Trimolet, Louis Joseph 325 f., 489 f.
Trivulzio, Cristina 158, 244, 410
Troyon, Constant 169, 268, 418 f.

Valdrome, Chevandier de 467
Valentin, Jean de Boulogne gen. 228
Velasquez, Diego Rodriguez de Silva y 242, 459
Verdier, Marcel-Antoine 158, 236, 411, 456
Vernet, Carle 478 f.
Vernet, Horace 25, 135, 157, 190, 253–255, 257, 260, 264, 373, 397, 435, 462
Veronese, Paolo 134, 135, 204, 205, 219, 222, 245, 396, 444
Vidal, Vincent 143, 177, 246, 247, 402, 423 ff., 460
Villa-Amil, Genaro Perez de 234, 456
Villemain, Abel-François 27, 373
Villon, François 310, 481
Vinci, Leonardo da 336, 495 f.
Virgil 188, 206–207, 218
Virginie 288 f.
Vitu, Auguste 382
Voltaire, François-Marie Arouet 114, 298, 334, 386, 477

Wagner, Richard 345 f.
Warens, Madame de 116
Watteau, Antoine 164, 177, 191, 224, 265, 276, 415
Watteau, François-Louis-Joseph 452
Wattier, Charles-Emile 164, 234 f., 415, 456
Weber, Carl Maria von 222, 451
Wickenberg, Petter Gabriel 170, 419
Winterhalter, Franz Xavier 249 f., 461

Xerxes 466

Ziesing, Theodor 344
Zola, Émile 440
Zoroaster 106, 385
Zurbarán, Francisco de 158, 411

REGISTER DER FRANZÖSISCHEN GEDICHTE

Au milieu de la foule 74
Ci-gît qui, pour avoir trop aimé les gaupes 66
»Combien dureront nos amours?« 74
Hélas!qui n'a gémi sur autrui 60
Il aimait à la voir 58
Il est des chastes mots 62
Je n'ai pas pour maîtresse 64
N'est-ce pas qu'il est doux 58
Noble femme au bras fort 72
Le Salon Caricatural (*C'est moi, Messieurs . . .*) 76
Sonnet (*Vous avez, chère soeur . . .*) 62
Tous imberbes alors 68
Tout à l'heure je viens d'entendre 58
Tout là-haut 56
Vous avez empoigné les crins de la Déesse 72

REGISTER DER DEUTSCHEN ÜBERTRAGUNGEN IN PROSA

Ach! wer hat nicht über die andern 61
Alle bartlos damals 69
Du hast die Mähne der Göttin 73
Es gibt keusche Worte 63
Edles Weib mit den kräftigen Armen 73
Erquickt es nicht das Herz 59
Gern sah er sie 59
Hoch oben 57
Hier ruht, weil er die Huren allzu sehr geliebt hat 67
Inmitten der Menge 75
Meine Geliebte ist kein strahlendes Geschöpf 65
Der Salon der Karikaturisten (*Ich bins, meine Herren. . .*) 77
Sanft kam von draußen 59
Sonett (*Kamst du, liebe Schwester . . .*) 63
»Wie lang wird unsere Liebe währen?« 75

INHALTSVERZEICHNIS

BRIEFE 7

JUGENDGEDICHTE 55

THEATER

Idéolus 81

FRÜHE PROSA

Les Contes normands und Historiettes Baguenaudières 99
Wie man seine Schulden bezahlt, wenn man Genie hat 100
Prométhée delivré 104
Le Siècle 107
Eine Auswahl tröstlicher Maximen über die Liebe 108
Ratschläge für junge Literaten 116

SCHRIFTEN ZUR KUNST

Der Salon 1845 127
I. Historienmalerei 130
II. Porträts 155
III. Genrebilder 160
IV. Landschaftsmalerei 167
V. Zeichnungen – Stiche – Radierungen 175
VI. Skulpturen 179

Das Musée classique des Bazar Bonne-Nouvelle 185

Der Salon 1846 193
I. Wozu Kritik 196
II. Was ist Romantik? 198
III. Über die Farbe 201
IV. Eugène Delacroix 206
V. Von den erotischen Sujets und von Tassaert 224
VI. Von einigen Koloristen 227
VII. Vom Ideal und vom Modell 237
VIII. Von einigen Zeichnern 241
IX. Vom Porträt 247

X. Vom Chic und vom Poncif 252
XI. Über Horace Vernet 253
XII. Über den Eklektizismus und den Zweifel 256
XIII. Von Ary Scheffer und von den sentimentalen Affen 258
XIV. Von einigen Zweiflern 262
XV. Von der Landschaftsmalerei 264
XVI. Warum die Bildhauerei ein Ärgernis ist 273
XVII. Von den Schulen und den Arbeitern 276
XVIII. Von dem Heroismus des modernen Lebens 280

Vom Wesen des Lachens 284
Einige französische Karikaturisten 306
Einige ausländische Karikaturisten 329

ANHANG

Zu der deutschen Baudelaire-Ausgabe 343
Zu diesem Band 357
Lebenstafel 359
Anmerkungen zu den Briefen 371
Anmerkungen zu den Jugendgedichten 377
Anmerkungen zu Idéolus 383
Anmerkungen zur frühen Prosa 384
Anmerkungen zu den Kunstschriften 387
Bibliographie 499
Literatur zu diesem Band 503
Personenregister 508
Register der Gedichte 520
Verzeichnis der Abbildungen 523

ABBILDUNGEN

1 Charles Baudelaire als Schüler, Photographie einer Miniatur (1833/34); Lausanne, Sammlung Armand Godoy

2 Émile Deroy, *Charles Baudelaire,* Öl (1843 oder 1844); Versailles, Musée

3 Jacques-Louis David, *Marat,* Öl (1793); Brüssel, Musées Royaux; (zu Seite 186)

4 Eugène Delacroix, *Les dernières paroles de Marc Aurèle,* Öl (1845); Lyon, Musée des Beaux-Artz; (S. 131)

5 Eugène Delacroix, *Dante et Virgile aux enfers,* Öl (1822); Paris, Louvre; (S. 206)

6 Eugène Delacroix, *Roméo et Juliette,* Öl (1846); Basel, Dr. Robert von Hirsch; (S. 220)

7 Théodore Chassériau, *Ali-Ben-Hamet, Kalife de Constantine,* Öl (1845); Versailles, Musée; (S. 145)

8 Jean-Auguste-Dominique Ingres, *La grande Odalisque,* Öl (1814); Paris, Louvre; (S. 190)

9 Jean-Auguste-Dominique Ingres, *Cherubini et sa muse,* Öl (1842); Paris, Louvre; (S. 242)

10 Ary Scheffer, *St. Augustin et Ste Monique,* Öl (1846); London, National Gallery; (S. 259)

11 William Haussoulier, *La Fontaine de Jouvence,* Öl (1845); London, Mr. Graham Reynolds; (S. 136)

12 George Catlin, *Little Wolf, a Famous Warrior,* Öl (1845/46); Washington, Smithsonian Institution; (S. 227)

13 Alexandre Decamps, *École turque,* Öl (1846); Amsterdam, Fodor Museum; (S. 232)

14 Camille Corot, *Homère et les bergers,* Öl (1845); St. Lô, Musée; (S. 168)

15 William Hogarth, *The Reward of Cruelty,* Kupferstich (1750/51); London, British Museum; (S. 329)

16 Gavarni (Guillaume-Sulpice Chevalier), *Baliverneries parisiennes, »Ma bonne Dame charitable . . .«,* Kupferstich (1846); Paris, Bibliothèque Nationale; (S. 324)

17 Honoré Daumier, *Liberté de la presse,* Lithographie (1834); Paris, Bibliothèque Nationale; (S. 316)

18 Honoré Daumier, *Les Philantropes du jour,* Lithographie (1844); Paris, Bibliothèque Nationale; (S. 318)

19 Grandville (Jean-Ignace-Isidore Gérard), *Le premier rêve, Crime et expiation,* Holzschnitt nach Grandville (1847); Paris, Bibliothèque Nationale; (S. 323)

Charles Baudelaire
Sämtliche Werke / Briefe

Band 2

Charles Baudelaire
Sämtliche Werke/Briefe

In acht Bänden

Herausgegeben von
Friedhelm Kemp und Claude Pichois
in Zusammenarbeit mit
Wolfgang Drost

Band 2

Zweitausendeins

Vom Sozialismus zum Supranaturalismus Edgar Allan Poe

1847-1857

Übersetzungen von Guido Meister, Friedhelm Kemp
und Wolfgang Drost.
Kommentar von Friedhelm Kemp und Wolfgang Drost.

Lizenzausgabe mit freundlicher Genehmigung
des Carl Hanser Verlages.

Herstellung der Lizenzausgabe:
Dieter Kohler & Bernd Leberfinger, Nördlingen.
Druck: Brönner & Daentler, Eichstätt.
Einband: G. Lachenmaier, Reutlingen.
Umschlag: Angelo Marabese.

Diese Ausgabe gibt es nur bei Zweitausendeins im Versand (Postfach, D-60381 Frankfurt am Main) oder in den Zweitausendeins-Läden in Berlin, Essen, Frankfurt, Freiburg, Hamburg, Köln, München, Nürnberg, Saarbrücken, Stuttgart.

In der Schweiz über buch 2000,
Postfach 89, CH-8910 Affoltern a. A.

ISBN 3-86150-094-9

BRIEFE

1846-1856

AN DIE MITGLIEDER DES KOMITEES DER SOCIETE DES GENS DE LETTRES

[Paris, Dezember 1846 (?)]

Messieurs,

In der Annahme, daß außergewöhnliche und äußerst dringliche Notwendigkeiten mich dazu ermächtigen könnten, erlaube ich mir, die Société um einen Betrag von *200 Francs* anzugehen. Eine Novelle von mir, *La Fanfarlo,* befindet sich gegenwärtig im Druck. Ich habe demnach ein Guthaben von 31 Francs – für den Beitrag und einige Spesen. Ich kann der Société das Geld ohne weiteres rasch zurückerstatten, zunächst durch Artikel – und dann durch Nachdrucke. – Ein Roman von mir, – *L'Homme aux Ruysdaëls,* soll demnächst in *L'Époque* erscheinen, und ich halte für Herrn *Godefroy* schon eine Novelle bereit, *Le Prétendant malgache,* die ich Ihnen gleichzeitig hätte zusenden sollen, die ich jedoch versehentlich zu Hause vergessen habe.
In der Annahme, daß die sämtlichen Schwierigkeiten, die das Erscheinen der *Fanfarlo* verzögert haben, mich dazu ermächtigen, bitte ich Sie hiermit, in dieser kläglichen, für mich so gewichtigen Geldangelegenheit ungesäumt eine Entscheidung zu treffen, selbst vor der Erneuerung des Komitees, falls eine solche stattfindet.
Genehmigen Sie, Messieurs, die Versicherung meiner aufrichtigen Wertschätzung und meiner vorzüglichsten Hochachtung.

Charles Baudelaire De Fayis

AN MADAME AUPICK

[1847?]

Nur wenn ich gar keinen anderen Ausweg mehr sehe, das heißt, *wenn ich sehr hungrig bin,* wende ich mich an Sie, so sehr ekelt und widert es mich an. Um das Unglück voll zu machen, verlangt Monsieur Ancelle Ihre Ermächtigung; ich bin deshalb trotz des Wetters und der Beschwerlichkeit [...] hergekommen, um Ihre

Genehmigung einzuholen, mir in Neuilly das Nötige aushändigen zu lassen, um mir einen *Wasserbehälter* zu kaufen und ein paar Tage zu leben. Das Allerdringlichste ist [...]. Ich komme nicht zu Ihnen hinauf, weil ich weiß, mit *wieviel Beleidigungen, Schmähungen und Demütigungen* ich für das Benötigte zahlen müßte. Ich kehre unverzüglich nach Neuilly zurück, um Ihre Genehmigung hinzubringen. Ich erwarte die Antwort hier unten im Wagen. Vernichten Sie diesen Zettel, denn *es wäre beschämend für Sie, wenn er jemandem in die Hände fiele.*

AN MADAME AUPICK

[Paris,] Samstag, den 4. Dezember 1847

Trotz des grausamen Briefes, mit dem Sie meine letzte Bitte beantwortet haben, halte ich mich für befugt, mich noch einmal an Sie zu wenden; ich bin mir dabei wohl bewußt, wie sehr Sie dies verstimmen muß und wie schwierig es für mich sein wird, Ihnen die Berechtigung dieses Ansuchens begreiflich zu machen; da ich aber zutiefst überzeugt bin, daß mir daraus ein unendlicher und endgültiger Nutzen erwachsen kann, so hoffe ich, auch Sie davon zu überzeugen. Bitte beachten Sie, daß ich *noch ein Mal* sage und darunter in aller Aufrichtigkeit verstehe: ein letztes Mal. Gewiß schulde ich Ihnen Dank für die Liebenswürdigkeit, mit der Sie mir ein paar Gegenstände liefern ließen, die für ein etwas vernünftigeres Leben als das von mir seit langem ertragene unerläßlich sind, nämlich ein paar Möbel. Aber nachdem die Möbel gekauft waren, blieb mir kein roter Heller, und noch fehlten verschiedene, nicht minder unentbehrliche Dinge, die leicht zu erraten sind, eine Lampe, ein Wasserbehälter, usw. Es genügt wohl, Ihnen zu sagen, daß ich eine lange Auseinandersetzung mit Monsieur Ancelle über mich habe ergehen lassen müssen, um mir Holz und Kohlen zu erkämpfen. Wenn Sie wüßten, wieviel Überwindung es mich gekostet hat, zur Feder zu greifen und mich noch einmal an Sie zu wenden, obwohl ich daran verzweifle, Ihnen bei Ihrem stets bequemen und regelmäßigen Leben begreiflich zu machen, wie ich in solche Verlegenheiten geraten konnte! Stellen Sie sich einen dauernden Müßiggang vor, der einem dauernden Mißbehagen entspringt, und gleichzeitig einen tiefen Haß gegen diesen Müßiggang und die von dauerndem Geldmangel bedingte völlige Unfähigkeit, ihm zu entrinnen. Unter solchen Umständen ist es, ungeachtet der mich erwartenden Demütigung, jedenfalls ratsamer, mich wieder an Sie zu wenden, statt an irgendwelche anderen Personen, bei denen ich nicht die gleiche Teilnahme fände. Meine augenblickliche Lage ist folgende. Ich war sehr glücklich, eine Wohnung und Möbel zu haben, aber ich hatte kein Geld und suchte mir seit zwei, drei Tagen welches zu beschaffen, als ich am vergangenen Montagabend von Müdigkeit, Verdruß und Hunger erschöpft das erste beste Hotel aufsuchte, das ich seither nicht verlassen habe, *und zwar aus guten Gründen*. Ich hatte die Adresse dieses Hotels einem Freund gegeben, dem ich vor vier Jahren Geld geliehen hatte, als ich noch etwas besaß, aber er läßt mich im Stich. Ich habe übrigens nicht viel ausgegeben, 30 oder 35 Francs in einer Woche; aber das ist nicht die ganze Schwierigkeit. Denn angenommen, Sie wären aus einem unseligerweise stets unzulänglichen Wohlwollen bereit, mir aus dieser betrüblichen Unbesonnenheit zu helfen, was soll MORGEN werden? Denn der Müßiggang bringt mich um, verzehrt mich, frißt mich auf. Ich weiß wirklich nicht, wo ich Kraft genug hernehme, die verderblichen Auswirkungen dieses Müßiggangs zu überwinden, und noch einen ungetrübten Geist zu bewahren, und eine ständige Hoffnung auf Wohlstand, Glück und Ruhe. Hören Sie nun, worum ich Sie *flehentlich* bitte, so sehr fühle ich, daß ich an den äußersten Grenzen der Geduld angelangt bin, nicht nur der Geduld der anderen, sondern auch meiner eigenen. Schicken Sie mir, *auch wenn es Sie große Mühe kosten sollte und Sie diesen letzten Dienst nicht wirklich für nützlich halten, nicht nur den erwähnten Betrag, sondern darüber hinaus, was ich brauche, um etwa zwanzig Tage zu leben*. Die Höhe des Betrages stelle ich Ihrem Ermessen anheim. Ich glaube so unumstößlich an den Gebrauch der Zeit und an die Macht meines Willens, *daß ich mit Bestimmtheit weiß:* wenn es mir gelänge, zwei oder drei Wochen lang ein geregeltes Leben zu führen, *mein Verstand wäre gerettet*. Es ist ein letzter Versuch, *es ist ein Spiel*. Setzen Sie auf das Unbekannte, meine liebe Mutter, ich bitte Sie darum. Die Erklärung für diese sechs mit soviel Absonderlichkeit und Unheil angefüllten Jahre, – wenn ich mich nicht einer geistigen und körperlichen Gesundheit erfreut hätte, die nichts umzubringen vermocht hat, – ist ganz einfach; – sie läßt sich folgendermaßen zusammenfassen: Unbedachtsamkeit, unaufhörliches Hinausschieben der allergewöhnlichsten vernünftigen Pläne auf morgen, und demzufolge Elend, und immerfort Elend. Wollen Sie ein Beispiel; manchmal habe ich drei Tage lang mein Bett nicht verlassen, weil es mir bald an Wäsche fehlte, bald an Brennholz. Wirklich, Laudanum und Wein sind schlechte Helfer gegen den Gram. Sie vertreiben die Zeit, aber sie erneuern das Leben nicht. Zudem braucht man Geld, um sich abzustumpfen. Als Sie das letztemal die Güte hatten, mir 15 Francs zu geben, hatte ich seit *zwei Tagen* – achtundvierzig Stunden – nichts gegessen. Ich war unaufhörlich nach und von Neuilly unterwegs; ich getraute mich nicht, Monsieur Ancelle mein Unrecht einzugestehen, und nur der Schnaps, den man mir geschenkt hatte, hielt mich wach und aufrecht, ausgerechnet mich, der ich den Branntwein verabscheue und dem er den Magen umdreht. Mögen diese Geständnisse – ob meinet- oder Ihretwegen – weder den Mitlebenden noch der Nachwelt je bekannt werden! Denn noch glaube ich, daß die Nachwelt mich etwas angeht. Es scheint unglaublich, daß ein vernunftbegabtes und aus einer guten und zartfühlenden Mutter hervorgegangenes Geschöpf so herunterkommen konnte. Darum bitte ich Sie ferner, diesen Brief, der nur an Sie gerichtet ist, den ersten Menschen, dem ich derartiges anvertraue, – nicht aus der Hand zu geben. Sie finden in Ihrem Herzen gewiß hinreichende Gründe, um einzusehen, daß solche Klagen nur für Sie bestimmt sein können und unter uns bleiben müssen. Im übrigen habe ich alles überdacht, ehe ich Ihnen schrieb, und *ich habe beschlossen, Monsieur Ancelle* – mit dem ich bereits zwei unangenehme Unterredungen hatte – *nicht wiederzusehen,* falls Sie den Fehler begehen sollten, diesen letzten Versuch vulgär zu finden und ähnlich den übrigen, und ihm diesen Brief mitzuteilen oder auch nur einen Rat zu geben. Ich habe diese beiden Seiten nochmals durchgelesen, und sie kommen mir selbst absonderlich vor. Noch nie habe ich es gewagt, mich so laut zu beklagen. Ich hoffe, Sie werden so gütig sein, diese Erregtheit den *Ihnen unbekannten Leiden* zuzuschreiben, die ich erdulde. Die völlige Untätigkeit meines äußeren Lebens, die zu der unablässigen Tätigkeit meiner Ideen im Gegensatz steht, stürzt mich in unerhörte Wutausbrüche. Ich zürne mir meiner Fehler wegen, und ich zürne Ihnen, weil Sie nicht an die Aufrichtigkeit meiner Vorsätze glauben. In Wahrheit lebe ich seit mehreren Monaten in einem übernatürlichen Zustand. Nun – um auf das Prinzip dessen zurückzukommen, was ich Ihnen beweisen wollte, mein absurdes Dasein erklärt sich im allgemeinen folgendermaßen: Unbedachtsamkeit im Ausgeben des Geldes, das für die Arbeit bestimmt ist. Die Zeit entflieht, die Bedürfnisse bleiben. *Ein letztes Mal* habe ich mich mit dem Wunsch, diesem Zustand ein Ende zu bereiten, und im Vertrauen auf meinen Willen an Sie gewandt, um Sie zu dem Wagnis eines Versuchs, eines letzten Einsatzes, wie ich vorhin sagte, zu bewegen, selbst auf die Gefahr hin – ich wiederhole es –, daß er Ihnen übersteigert vorkommen und Sie in Ungelegenheiten bringen könnte. Ich *ahne* und verstehe durchaus, wie unerträglich jede Unregelmäßigkeit in den Ausgaben für eine Hausfrau sein muß und wieviel Unruhe dies in Ihr Leben bringt, besonders für Sie, da ich mit Ihnen gelebt habe; aber ich befinde mich in einer außergewöhnlichen Gemütsverfassung; ich wollte noch einmal prüfen, ob das Geld meiner Mutter mir Nutzen bringen könnte, – und davon bin ich fest und unumstößlich überzeugt; ich leide zu sehr, um dem nicht *ein letztes Mal* ein Ende bereiten zu wollen. Mir scheint, ich habe diese Wendung schon mehrfach gebraucht. Und in der Tat ist es ungeachtet der furchtbaren Schmerzen, die es mir bereiten würde, Paris zu verlassen und von so vielen schönen Träumen Abschied zu nehmen, mein aufrichtiger und nachdrücklicher Entschluß, dies zu tun, wenn es mir nicht gelingt, mich dank dem Geld, um das ich Sie bitte, eine Zeitlang ganz der Arbeit zu widmen. Dann aber würde ich weit fortgehen. Leute, die ich auf der Ile Maurice kennengelernt habe, waren so freundlich, sich meiner zu erinnern; mich erwartet dort eine leicht auszufüllende Stelle, ein für die Lebensverhältnisse der dort ansässig Gewordenen schönes Gehalt und *die Langeweile, die fürchterliche Langeweile und geistige Erschlaffung der warmen und blauen Länder.*

Aber ich bin dazu bereit, zur Strafe und Sühne für meinen Hochmut, wenn ich meinen letzten Vorsätzen untreu werde. Suchen Sie den Posten, den ich bekleiden würde, nicht unter den öffentlichen Ämtern. Denn er entspricht beinahe dem eines Domestiken. Es handelt sich darum, den Kindern eines Freundes *alles* beizubringen, außer Chemie, Physik und Mathematik. Aber reden wir nicht mehr davon, denn schon die Möglichkeit, diesen Entschluß fassen zu müssen, läßt mich erschaudern. Ich setze nur noch hinzu, daß, falls ich es für angebracht halten sollte, *mich dergestalt dafür zu bestrafen, keinen meiner Träume verwirklicht zu haben,* meine Forderung dahin ginge – da mich dort unten ein angenehmes und gesichertes Leben erwarten würde –, *alles hinter mir bezahlt zu sehen.* Der bloße Gedanke an diesen Abstieg und dieses Aufgeben der Kräfte jagt mir einen Schauder über die Haut. Deshalb beschwöre ich Sie, diesen Brief nicht einmal vertraulich Monsieur Ancelle zu zeigen, so beschämend finde ich es für einen Mann, an einem Erfolg zu zweifeln. Ich habe Zeit bis zum Februar, um anzunehmen oder abzulehnen, und ich habe mir vorgesetzt, Ihnen zu Neujahr die Beweise für die gute Verwendung Ihres Geldes zu liefern.

Nun zu meinem Plan: er ist denkbar einfach. Vor ungefähr acht Monaten habe ich den Auftrag übernommen, zwei große Artikel zu schreiben, die immer noch nicht abgeschlossen sind, der eine eine *Geschichte der Karikatur,* der andere eine *Geschichte der Bildhauerei.* Macht insgesamt 600 Francs, die für dringende Bedürfnisse Verwendung finden sollen. Wohlgemerkt, diese Themen sind für mich ein Kinderspiel.

Nach Neujahr mache ich mich an ein neues Geschäft, – nämlich die Schöpfung von Werken der reinen Phantasie, – den Roman. Es hat keinen Zweck, Ihnen hier den Ernst, die Schönheit dieser Kunst und das Unendliche an ihr darzulegen. Da es uns hier um materielle Fragen geht, mag Ihnen die Gewißheit genügen, daß *alles sich verkauft, ob gut oder schlecht;* es geht nur darum, durchzuhalten.

Nun *habe ich mir ausgerechnet,* daß der aufs äußerste gestiegene Überdruß der Mehrzahl meiner Gläubiger, die ihr Guthaben als ziemlich hoffnungslos ansehen, und ferner die innere Überzeugung

der meisten unter ihnen, daß sie mich *schmählich bestohlen* haben, mir erlauben sollten, die Gesamtsumme meiner Schulden auf höchstens 6 oder 8000 Francs zu reduzieren. Mit Umsicht und Beharrlichkeit ist ein solcher Betrag leicht aufzutreiben, das dürfen Sie meiner im Umgang mit Zeitschriften und Verlegern erworbenen Erfahrung glauben. Wen soll ich mit der beschwerlichen Aufgabe betreuen, mit diesen zu verhandeln, mich selber, Monsieur Ancelle, oder sonst jemanden? Ich weiß es noch nicht. Aber ich fordere von Ihnen das Versprechen, daß Sie nach diesem ersten Schritt, und wenn überdies mehrere Monate verstrichen sind, – weil ich beweisen möchte, daß ich nicht nur imstande bin, meine Schulden zu bezahlen, sondern auch, keine neuen zu machen, – mir mit Ihrem Zeugnis beistehen und auch als erste alles aufbieten werden, mir die freie Verfügung über mein Vermögen zurückzugewinnen. Dann werden Sie mir auch jene grausamen Briefe zurückgeben, die Sie erwähnt haben und die Sie so unnachsichtig beurteilen. Aber wenn Sie wüßten, aus welch einem In- und Durcheinander kleiner und großer Leiden mein gewöhnliches Leiden besteht! Zumindest habe ich mich diesmal bemüht, Ihnen einen geziemenden Brief zu schreiben, der überdies die völlige Klarheit meines Geistes in meinen lichten Augenblicken bezeugen kann; aber unglücklicherweise brauche ich Sie und kann Ihnen gegenüber keinen Schritt unternehmen, der nicht eigennützig aussähe.
Ich bin sehr müde. Ich habe so etwas wie ein Mühlrad im Kopf. – Ein letztes Mal, meine liebe Mutter, beschwöre ich Sie im Namen meines Heils. – Ich glaube, ich mache Sie zum ersten Mal so ausführlich zur Vertrauten so vieler Pläne, die mir lieb und wichtig sind. Möge dies Sie überzeugen, daß ich von Zeit zu Zeit meiner Mutter gegenüber meinen Stolz abzulegen wünsche!
Reden Sie mir nicht von meinem Alter. Sie wissen, keine Erziehung ist wie die andere. Und das Problem läßt sich so zusammenfassen: Je mehr Zeit zwischen dem Tag der Geburt und dem Augenblick des Erfolgs verflossen ist, desto mehr muß man sich beeilen, um den Rest zu nutzen.
Doch noch einmal, ich fühle mich jetzt in einer so guten Verfassung, daß es wirklich traurig wäre, wenn ich mich nicht deutlich ausgedrückt hätte. Die Zeit verfliegt, und noch ein paar weitere

Tage des Müßiggangs können mich umbringen. Ich habe, wie ich Ihnen schon sagte, einen solchen Mißbrauch mit meinen Kräften getrieben, daß ich an die äußersten Grenzen meiner eigenen Geduld geraten und einer letzten großen Anstrengung unfähig bin, wenn mir nicht ein wenig geholfen wird.
Sollten Sie zufällig auf den Gedanken kommen, Monsieur Ancelle um Geld zu bitten, so sagen Sie ihm nicht, wofür Sie es benötigen, denn da ich mich an Sie gewandt habe, *soll mir wenigstens die Freude beschieden sein, diesen Dienst einzig von Ihnen zu empfangen.* Antworten Sie mir umgehend; *seit drei Tagen ermuntere ich mich selbst, Ihnen zu schreiben, ohne den Mut aufzubringen.* Der Bote ist zuverlässig. – Noch ein Wort. Seit langem suchen Sie mich völlig aus Ihrer Nähe zu verbannen. Vermutlich hoffen Sie, diese Ausschließung werde zur Beendigung meiner Schwierigkeiten führen. *Ich mag mir mancherlei zuschulden* haben kommen lassen, so ist es darum doch noch kein Vergehen, und halten Sie mein Gemüt für stark genug, eine dauernde Einsamkeit zu ertragen? Ich *verpflichte mich, Sie erst dann wieder zu besuchen, wenn ich Ihnen eine gute Nachricht zu überbringen habe.* Aber dann bestehe ich darauf, Sie zu sehen und gut aufgenommen zu werden, und derart sogar, daß Ihre Haltung, Ihre Blicke und Ihr Wort mich bei Ihnen gegen jedermann beschützen.
Leben Sie wohl. Ich bin glücklich, Ihnen geschrieben zu haben.

Charles

AN MADAME AUPICK

[Paris,] Sonntag, den 5. Dez[ember 1847]

Ich danke Ihnen aus tiefem Herzen. Kein Dienst ist je zu besserer Stunde gekommen. Glauben Sie mir, der Wert dieses Geldes ist mir vollkommen bewußt. Ihr Brief hat mich nicht weniger geschmerzt, dessen bin ich gewiß, als der meinige Sie geschmerzt haben muß. Dies alles weiß ich, und ich habe alles erraten. Aber ich hoffe, Ihnen eines Tages *alles* zurückzuerstatten; glauben Sie nicht, daß ich bei diesen meinen Worten nur grob und nackt an das Geld denke; ich möchte Ihnen mehr als nur Ihr Geld zurückerstatten. – Sollten Sie mir wirklich schreiben wollen, wie Sie mir dies zu verstehen geben, so ist meine Adresse, die Sie vielleicht nicht kennen, Rue de Babylone 36. – Was Sie mir schicken, wird genügen, – *es muß*. Ich weiß, was diese Summe bedeutet, und es muß mir gelingen, sie zu nutzen.

Charles Baudelaire Defayis

Geben Sie niemandem meine Adresse.

AN MADAME AUPICK

[Paris,] 16. Dezember 1847

Du bist vermutlich mitten im Trubel eines Umzugs, und so mag meine Bitte Dir vielleicht ein wenig ungelegen kommen. Ich habe Dir vieles zu sagen und zu erklären. Ein Brief kostet mich mehr Anstrengung als ein ganzer Band. Einerseits flößt in Deinem Hause mir alles ein Grauen ein, vor allem die Dienstboten. Ich wollte Dich bitten, heute *in den Louvre* zu kommen, *ins Museum, in den großen Salon carré;* Du sagst mir, um wieviel Uhr, doch so früh wie möglich. Das Museum wird übrigens erst um 11 Uhr geöffnet. Es ist der Ort in Paris, wo sich am besten plaudern läßt; er ist geheizt, man kann warten, ohne sich zu langweilen, und überdies ist es der Ort, der sich am besten für ein Rendezvous mit einer Dame schickt. Aber wenn es Dir allzu schlecht paßt, so mache einen anderen Vorschlag. Beinahe hätte ich vergessen, Dir zu sagen, daß Du in Ermangelung einer Karte dem Pförtner einfach Deinen Namen sagst, und daß Du Deinen Sohn abzuholen kommst. Er weiß Bescheid.
Antworte mir sofort.

B. D.

Ich will mich bemühen, vor Dir dort zu sein. Ich danke Dir für Deinen letzten Brief. Du hattest diesen Ton seit langem verloren. Dieser Brief hat mich veranlaßt, Dich um dieses Rendezvous zu bitten.

[Paris?] 21. August 1848

Citoyen,

Ein unbekannter Freund, der Ihnen leidenschaftlich zugetan ist, *möchte Sie unbedingt sehen,* nicht nur, um sich zu unterrichten und Ihre Zeit für einige Minuten in Anspruch zu nehmen, was ja vielleicht sein Recht wäre, sondern auch, um Sie von gewissen Dingen zu unterrichten, die Ihre Sicherheit betreffen und die Ihnen vielleicht unbekannt sind. Selbst wenn der Schreiber dieser Zeilen Ihnen nur Dinge berichtete, die Sie bereits wissen, stünde er meiner Meinung nach nicht lächerlich da, weil Bewunderung und Sympathie ihn hinlänglich rechtfertigen.

Ich habe lange mit meiner Trägheit gerungen, um Ihnen einen sehr langen Brief zu schreiben; ich habe indessen die Kühnheit vorgezogen, mich unmittelbar an Sie heranzuwagen. Heute haben die Polizisten mir allenthalben den Zugang verwehrt; ich hoffte nämlich, Ihnen diese Zeilen durch andere Abgeordnete zukommen zu lassen, mit denen ich flüchtig bekannt bin. Wenn Sie es nicht allzu überspannt finden, daß ein armseliger Unbekannter einen von Arbeit und Geschäften bedrängten Mann wie Sie um eine sofortige kurze Antwort bittet, – dann will ich *bis in alle Ewigkeit* im Café-Restaurant an der Ecke der Rue de Bourgogne warten. – Haben Sie die Liebenswürdigkeit, mir zwei Zeilen zu antworten, – Ihre Adresse, Ihre Empfangszeiten –, und zwar so schnell wie möglich. Die Verwirrung, die sich aller Geister bemächtigt hat, fordert die raschesten Erklärungen zwischen allen beherzten Männern.

Charles Baudelaire

Genehmigen Sie ein für allemal die aufrichtigsten Zeichen meiner Ergebenheit und meiner Bewunderung.

AN PIERRE-JOSEPH PROUDHON

[Paris (?), 21. oder 22. August 1848]

Folgendes hatte ich Ihnen zu sagen, und es scheint mir nützlich; denn entweder wissen Sie es schon, und dann besteht meine Pflicht darin, es dennoch zu sagen, da ich nicht weiß, ob Sie es wissen, oder Sie wissen es nicht, und dann ist es gut, daß Sie es wissen.

Man verspricht uns Unruhen. Wer wird sie auslösen? Wir wissen es nicht. Aber bei der nächsten Kundgebung, und wäre sie gegen das Volk gerichtet, also beim nächsten Vorwand, – können Sie *ermordet* werden.

Es handelt sich um eine wirkliche Verschwörung.

Vorerst nur ein dunkles Verlangen, eine vage Bereitschaft, die sich hinsichtlich Ihrer ähnlicher Worte bedient, wie diejenigen sich vernehmen ließen, die vor wenigen Jahren Heinrich V. den Tod wünschten: *Natürlich soll man niemand den Tod wünschen, aber es wäre doch ein rechtes Glück, wenn er bei einem Unfall ums Leben käme.* Die andere Formulierung ist deutlicher: *Bei der nächsten Gelegenheit wissen wir, wo er wohnt, und wir werden ihn auch zu finden wissen. Dem werden wir's besorgen* – Sie sind der große Sündenbock. – Seien Sie überzeugt, daß ich keineswegs übertreibe; ich kann Ihnen keine Beweise liefern. Wenn ich welche besäße, hätte ich sie der Präfektur gemeldet, ohne Sie zu fragen. Aber mein Gewissen und mein Verstand machen, wo meine Überzeugungen mit im Spiel sind, einen ausgezeichneten Spitzel aus mir. Das heißt, daß ich meiner Behauptung sicher bin, dessen nämlich, daß der Mann, der UNS allen teuer ist, in Gefahr schwebt. Das geht so weit, daß ich im Falle eines Anschlags, in Erinnerung an verschiedene erlauschte Gespräche, *Namen nennen könnte;* so unvorsichtig ist die Blutgier.

Ich glaubte heute, Sie würden mir die Ehre einer Antwort erweisen. Es ging mir übrigens nur darum, Ihnen einige Verbesserungen vorzuschlagen, die mir für Ihre Zeitung wichtig scheinen: zum Beispiel für die wöchentliche Ausgabe die Neuauflage der ganzen Sammlung, und ferner, ob es nicht angebracht wäre, ein riesiges Plakat herauszubringen, das von Ihnen, von anderen Abgeordneten und von den Redakteuren Ihrer Zeitung unterzeichnet wäre und in einer gewaltigen Auflage gedruckt würde, um dem Volk zu BEFEHLEN, sich nicht zu rühren. Ihr Name ist zur Zeit sehr viel bekannter und einflußreicher, als Sie glauben. Eine Erhebung kann anfangs legitimistisch sein und im Sozialismus enden; doch auch das Umgekehrte kann stattfinden.

Der Schreiber dieser Zeilen setzt ein unbeschränktes Vertrauen in Sie, und das Gleiche gilt für viele seiner Freunde, die für die sicheren Erkenntnisse, die sie Ihnen verdanken, mit geschlossenen Augen hinter Ihnen marschieren würden.

Darum: kommt es in nächster Zeit zu noch so unbedeutenden Unruhen, *seien Sie nicht zu Hause*. Halten Sie sich womöglich eine geheime Leibwache, oder verlangen Sie den Schutz der Polizei. Allerdings *wäre die Regierung vielleicht gerne bereit*, von den reißenden Bestien der Besitzenden *ein solches Geschenk anzunehmen;* da ist es vielleicht besser, Sie schützen sich selbst.

Charles Baudelaire

AN MADAME AUPICK

Paris, 8. Dezember 1848

Vorgestern hat Monsieur Ancelle mir gesagt, daß Sie vor einiger Zeit meine Reise ins Departement Indre ohne mein Wissen bezahlt haben, und daß ich das Geld, welches ich seiner Gefälligkeit zu verdanken glaubte, in Wirklichkeit Ihnen verdanke. Monsieur Ancelle hat nicht recht daran getan, mir diese Zuwendung ursprünglich zu verschweigen und zu verhehlen; denn zuvörderst hätte es mich keineswegs beschämt, und zweitens, wenn er mir gleich gesagt hätte: »Ich habe einen Betrag von 500 Francs für Sie erhalten«, so hätte ich, statt ihn nach und nach auf einer Reise zu verzehren, die mir nichts eingebracht hat, diesen Betrag als ganzen in Paris, das ich dann nicht verlassen hätte, sehr viel nutzbringender verwenden können.

Ich gestehe Ihnen, daß Monsieur Ancelles vertrauliche Mitteilung hinsichtlich dieser Zuwendung mich sehr erstaunt hat, nicht weniger als die Sorgfalt, mit welcher er sie mir erst verheimlicht hat. Ich war, ich gestehe es, sehr erstaunt, daß Sie da drunten noch geruhen, an mich zu denken und sich meiner ewigen Geldverlegenheiten anzunehmen, vor allem nach dem Empfang, den Sie mir einige Tage vor Ihrer Abreise bereitet haben.

Mit dem Ihnen eigenen reizbaren Starrsinn, Ihrer gewohnten Heftigkeit haben Sie mich schlecht behandelt, einzig und allein eines armen Weibes wegen, das *ich seit langem nur noch aus Pflicht liebe,* das ist alles. Wie seltsam, daß Sie, die Sie in Ihren Reden mir gegenüber sich so oft, so lange über die Vergeistigung der Gefühle, die Pflicht ergehen, diese seltsame Liaison nicht verstanden haben, bei der ich nichts zu gewinnen habe, und bei welcher Sühne und das Verlangen, die Ergebenheit eines Menschen zu belohnen, die Hauptrolle spielen. Die Treulosigkeiten einer Frau mögen noch so zahlreich, ihr Charakter noch so hart sein, wenn sie ein paar Funken guten Willens und der Ergebenheit gezeigt hat, so genügt dies für einen selbstlosen Mann, und zumal für einen Dichter, daß er sich verpflichtet fühlt, ihr dies zu vergelten. Bitte, verzeihen Sie mir, auf diesen Punkt noch einmal zurückgekommen zu sein, aber es hat mich geschmerzt, daß Sie den so einfachen Sinn meines Ansuchens nicht sogleich erkannt haben. Wenn ich Ihnen diesbezüglich seither nichts mehr geschrieben habe, so geschah dies vor allem aus Furcht, ich möchte Sie betrüben, wenn ich nicht eine hinreichend ausführliche Erklärung vorausschickte, und zum andern, weil ich mich genötigt sah, gewisse Pläne hinauszuschieben, deren Verwirklichung eine größere Festigkeit und Ruhe voraussetzt, als meine Lage sie mir augenblicklich bietet. Dennoch muß ich noch einmal darauf zurückkommen, und ich halte mich für verpflichtet, Ihnen folgende Erklärungen zu geben: Was macht es, wenn, mit meinen heute achtundzwanzig Jahren weniger vier Monaten, mit einem ungeheuren Ehrgeiz als Dichter, durch meinen Geschmack, meine Grundsätze auf ewig geschieden von der Welt der *ehrbaren Leute,* – was macht es schon, wenn ich, mit dem Gebäude meiner literarischen Träume beschäftigt, außerdem noch *eine Pflicht* erfülle, oder das, was ich auf Kosten der herkömmlichen Auffassungen von Ehre, Geld und Wohlstand für eine Pflicht halte? Beachten Sie wohl, daß es mir nicht darum geht, Ihre Zustimmung zu erwirken; sondern lediglich das Zugeständnis, daß ich wohl Recht haben könnte; und zum andern, daß, da die Angelegenheit allein meinem Willen anheimgestellt bleibt, falls irgendein Ereignis oder eine nicht vorhersehbare Überlegung sie durchkreuzen sollte, ich durchaus zu Verhandlungen mit mir selbst bereit wäre und meine Pläne umstoßen könnte.

Nun muß ich noch den Mut finden, Ihnen unumwunden zu gestehen, daß ich, ob ich zwar von mir aus *niemals darauf verfallen wäre,* Sie um Geld zu bitten, – da Sie nun einmal die Initiative ergriffen und mir dadurch gezeigt haben, daß Sie noch an mich denken, – auf den Gedanken gekommen bin, Sie könnten mir noch einmal zu Hilfe kommen. Neujahr rückt heran; das ist der Zeitpunkt, an dem ich die Wohnung wechseln muß. Könnten Sie dem, was mir hier von Herrn Ancelle zusteht, und dem, was ich anderweitig einnehmen werde, bis dahin 250 Francs hinzufügen, oder, falls Ihnen dies ganz unmöglich sein sollte, ihn ermächtigen, mir diesen Betrag in Ihrem Namen zu leihen, so wäre ich reich genug, um mehrere Pläne zu verwirklichen, die mir schon seit langem am Herzen liegen, unter anderen den, meine armen geliebten Manuskripte auszulösen, die ewig verpfändet sind; falls sie überhaupt noch vorhanden sind!

Da haben Sie die grausame Neuigkeit, die ich Ihnen mitzuteilen hatte.

Die 23 Tage bis zum Monatsende genügen, um mir eine Antwort zukommen zu lassen. Ich wäre glücklich, wenn Sie sich entschließen könnten, mir einige Zeilen zu schreiben, statt sich Monsieur Ancelles zu bedienen, um mir Ihre Entscheidung zu übermitteln, oder die Überlegungen, die mir schriftlich mitzuteilen Sie vielleicht für angebracht halten.

Was Sie betrifft, so liegt mir nur eines am Herzen: ich wüßte gerne, wie Ihre Überfahrt verlaufen ist, ob Sie sich dort unten wohlfühlen, und ob Ihr Gesundheitszustand sich gebessert hat.

Ich meinerseits, obwohl die Literatur weniger denn je in Gunst steht, bin immer der gleiche, das heißt, ich bin überzeugt, daß meine Schulden einmal bezahlt werden und daß der Ruhm mein Schicksal krönen wird.

Ein weiterer Grund, weshalb ich glücklich wäre, wenn Sie meiner Bitte willfahren könnten, ist meine lebhafte Befürchtung, es

möchte hier zu einem Aufstand kommen, und nichts ist kläglicher, als in solchen Augenblicken völlig mittellos zu sein.
Leben Sie wohl. Ich nehme an, Sie werden mir diesen Brief nicht verargen. Sie werden vermutlich längere Zeit dort unten bleiben. Neue Regierungen werden Sie kaum wieder versetzen ... Vielleicht, wenn sich meine Vermögensverhältnisse bessern, komme ich in einem Jahr nach Konstantinopel; denn meine Reisewut überfällt mich immer wieder.

Charles

AN MONSIEUR R^{ard}

1848 (?)

Monsieur,

Sie nennen mich einen Ultra-Liberalen, und Sie denken mich damit zu beschimpfen. Als einzige Antwort sollte ich mich bei Ihnen bedanken. Betrachten wir indessen dieses ehrenrührige Epitheton etwas näher. Ich schlage das Wörterbuch auf und finde als erste Bedeutung dieses Wortes: *einer, der gebefreudig ist*. Ich wette, in diesem Sinne werden Sie sich mit mir als ultra-liberal bezeichnen, und womöglich entziehen Sie mir diesen Titel sogar; aber Sie übernehmen ihn zweifellos für sich, und werden somit in Ihrer eigenen Meinung liberaler sein als ich; da nun aber nicht anzunehmen ist, daß Sie sich selbst beleidigen wollten, so darf ich die schönere Hälfte der Bedeutung dieses Wortes bereits zu meinen Gunsten buchen.
In einem übertragenen Sinn bedeutet es: *einen Menschen, der erhabene, freie, edle und großzügige Ideen hat*. Wiederum glaube ich behaupten zu können, daß Sie überzeugt sind, edel zu denken, großzügig zu handeln, und daß Ihre Gedanken ebenso frei wie erhaben sind. Da hätten wir also aufs neue ein Lob, daß ich Ihnen entringe oder zumindest doch mit Ihnen teile.
Mit diesem Wort ist eine dritte Bedeutung verknüpft, die noch wenig bestimmt ist, die sich leichter verstehen als definieren läßt

und die doch in folgenden Worten auf das genaueste zum Ausdruck kommt: *liberale Ansichten, wie sie von dem frommen Lanjuinais, dem tugendhaften La Fayette, dem ernsten Beauséjour, dem strengen d'Argenson vertreten werden.* Sollten Sie, indem Sie das Wort liberal in dieser letzteren Bedeutung meinem Namen als ein Schandmal anheften, mich jenen berühmten Männern zugesellen, so brauche ich nicht mehr zu erröten. Sollte es noch ehrenwertere Leute geben, woran ich nicht zweifle, da Sie es mir versichern, so haben diese eine Vollkommenheit erreicht, von deren Gipfel sie eine solche Fülle des Lichtes verbreiten, daß sie sich unserem Blick entziehen. Ich liebe die Helle, die mich leitet, nicht jene, die mich blendet und in Abgründe führt.

Sollten Sie mit ultra-liberal jenen Menschen gemeint haben, dessen Leben nur Unordnung und sittliche Verderbnis ist? Er zeige sich, und ich werde ihn als erster verdammen. Aber ich finde ihn überall. Ich sehe ihn in Ihrer Nähe, wie er heute jene Farbe mit Blut befleckt, die er makellos nennt, und die er nur angenommen hat, um sie schützend zwischen sich und seine Ankläger zu stellen.

Monsieur, nach eingehender Selbstprüfung kann ich nicht annehmen, daß Sie zu meinen Gunsten ein Wort derart entstellen wollten, das nur den Dummköpfen höherer Kreise und insgemein den Feinden jener Regierungen Schrecken einjagt, die sich auf Tugend und Gerechtigkeit stützen, weil sie Freiheit und Gleichheit gewährleisten. Da ich Sie nun weder für einen Dummkopf noch für einen Feind der bürgerlichen Freiheit und Gleichheit halte, so danke ich Ihnen aufrichtig für die Güte, mit der Sie mir den schönsten Titel zuerkennen, den ein Bürger tragen kann.

Verderbliche Wirkung der Leidenschaften, du wirst meine Augen nicht verblenden! Ich fühle es im Grunde meines Herzens: Es gibt wahrhaft liberale Menschen, weil es noch Menschen gibt, die den wahren Ruhm und die Tugend lieben.

Ich grüße Sie, Monsieur.

Ch. B. ...

AN MONSIEUR ANCELLE

Dijon, Donnerstag, den 10. Januar 1850

Bitte aufmerksam lesen.

Ich war recht schwer erkrankt, wie Sie wissen. Das Laudanum hat meinen Magen ziemlich durcheinander gebracht; aber es ist nicht das erste Mal, und er ist kräftig genug, sich zu erholen.

Jeanne ist gestern früh angekommen und hat mir ausführlich von ihrer Unterredung mit Ihnen berichtet. Für mich ist seit langem alles Trübsal. Ich war deshalb nicht weiter erstaunt, Dinge zu vernehmen, die beweisen, daß Sie nicht das geringste Verständnis für mein Leben besitzen; doch darauf werde ich später zurückkommen.

Vor mir liegt Ihr Brief vom 14. Dezember, der erst am 17. eintraf. Als erstes muß ich Ihnen sagen, daß Palis Sie schamlos bestohlen hat. Lächerliche und aberwitzige Fehler im Inhaltsverzeichnis, wie *Le Tombant vivant, Vitesse de la lune,* statt *Le Tombeau vivant, Tristesse de la lune,* und viele andere mehr, die Vergoldung voller Flecken, der Einband, der aus Chagrinleder sein sollte und der aus einem Papier ist, das Chagrinleder nachahmt, von mir mit Bleistift eingetragene Korrekturen, die nicht berücksichtigt wurden, – dies alles beweist, daß er sich meine Abwesenheit zunutze gemacht hat, um seinen Verpflichtungen nicht nachzukommen und mich darüber hinaus zu bestehlen. Ich war noch etwa 20 Francs schuldig. Der Einband hätte, unserer Vereinbarung nach, 8 Francs kosten sollen. Macht insgesamt 28. Und Sie zahlen ihm 40 ...

Sie scheinen meine Briefe mit großer Zerstreutheit zu lesen. Sie befürchten meine Rückkehr nach Paris, weil ich Ihnen schreibe: Ich wünsche sehnlichst, HIER fortzukommen. Sie haben nicht verstanden, daß mit HIER das Hotel gemeint war. Der Satz besagte demnach: Ich wünsche sehnlichst, einen Ort zu verlassen, wo ich *dreimal mehr* ausgebe, als ich ausgeben sollte. Meine Absicht, als ich hier ankam, war, einerseits eine ganz kleine Wohnung zu mieten, und andererseits ein paar Möbel. Dann brauchte ich mich lange Zeit, außer der monatlichen Miete, nur noch um die laufenden Ausgaben zu kümmern. Deshalb sagte ich Ihnen bei meiner Abreise von Paris, was ich in meinem Brief wiederholt habe, daß mir sehr daran gelegen wäre, 300 Francs *für den ersten Monat* zu erhalten. Ich verlasse Paris am 3. Der erste Monat, denke ich, ist der Dezember. Statt dessen schicken Sie mir – und zwar erst am 17. – (vierzehn Tage Hotelkosten Ihretwegen) – *200 Francs für zwei Monate, Dezember 49 und Dezember 50.* Ich hatte Sie um 300 Francs für den ersten Monat gebeten, in Anbetracht dessen, was die Einrichtung kosten würde. Es war eine Gefälligkeit, auf die ich zählte, aber Sie haben nicht einmal unsere Vereinbarungen genau eingehalten, *nämlich 200 Francs am 1. Dezember – (ich habe Sie am 17. erhalten) – und 200 am 1. Januar* –, DIE SIND SIE MIR SCHULDIG. Ich versichere Ihnen, daß ich glaubte, es handle sich Ihrerseits um einen Rechenfehler, ein unerhebliches Versehen. Doch da kommt Jeanne und wiederholt und bestätigt mir das gleiche. Wirklich, ich bin höchst erstaunt. Überlegen Sie doch einmal, und Sie werden wie ich zu dem Ergebnis kommen, daß zwei Monate, also zweimal 200 Francs, 400 Francs ergeben und nicht 200 Francs. Und dabei hatten Sie mich wie gesagt hoffen lassen, die erste Sendung werde wegen der unvermeidlichen Ausgaben für eine erste Einrichtung 300 Francs betragen; aber das fordere ich nicht, oder wage ich vielmehr nicht zu fordern. Jeanne sagt, als Begründung machten Sie geltend, Sie hätten mir schon sehr große Gefälligkeiten erwiesen. Das stimmt, und ich bin Ihnen aufrichtig dankbar dafür, aber das ist kein stichhaltiger Grund, um mir Schwierigkeiten zu bereiten. Ich gebe im Hotel 12 Francs aus. Wenn ich einmal in meinen eigenen vier Wänden bin, – was nur möglich wäre, wenn die Miete für drei Monate vorausbezahlt würde, wozu dann noch monatlich 30 Francs oder höchstens, allerhöchstens 40 Francs für die Miete der Möbel kämen, – *so würde ich 3 bis 4 Francs pro Tag ausgeben.* Sehen Sie Ihren Fehler jetzt ein? ...

Noch etwas. Jeanne, der ich wegen ihrer Unterredung mit Ihnen sehr zugesetzt habe, versichert mir, Sie hätten ihr gesagt: wenn sie Ihnen ein Wort schriebe, das Sie von der Notwendigkeit eines Vorschusses überzeugte, so würden Sie einen solchen Vorschuß auf jeden Fall leisten. *Das ist nun wirklich sonderbar und auch recht demütigend für mich:* zu welchem Fenster soll man denn Ihrer Meinung nach das Geld in einer Kleinstadt hinauswerfen,

wo die Arbeit das einzige Heilmittel gegen die Langeweile ist? Ich weiß nicht, was Jeanne vorhat, und ob der Wunsch, dieses Hotel zu verlassen, sie zu einem Schritt verleitet, den ich für unschicklich halte; aber ich wiederhole Ihnen, wenn Sie *200 Francs für den Januar* rechnen, *die ich nicht erhalten habe,* und 200 Francs für den Februar, so gewähren sie keinerlei Vorschuß, begehen keinerlei Gefälligkeit und weichen nicht von unseren Vereinbarungen ab. Wenn Sie wüßten, wie sehr ich es satt habe, immer und immer wieder auf diese verfluchten Geldfragen zurückzukommen! Einmal wird das ja wohl ein Ende nehmen.
Sie haben Jeanne noch manches andere gesagt; aber ich habe den Mut nicht mehr, Ihnen Vorwürfe zu machen. Sie sind ein großes Kind. Doch ich habe Ihnen oft genug Ihre Gefühlsduselei vorgeworfen und Ihnen vor Augen geführt, wie zwecklos Ihre Anwandlungen von Rührung hinsichtlich meiner Mutter sind. Lassen Sie das doch ein für allemal aus dem Spiel, und wenn da in meinem Geist etwas zerbrochen sein sollte, bedauern Sie mich und lassen Sie mich in Frieden. Und Jeanne ebenfalls. Es wäre noch so manches zu sagen, aber wir wollen es übergehen. Ich möchte Sie nur bitten, falls Sie später zufällig einmal wieder Gelegenheit haben sollten, Mademoiselle Lemer zu begegnen, dann spielen Sie nicht mehr mit ihr, reden Sie nicht mehr so viel, und seien Sie gesetzter. Ich habe seit langem die Gewohnheit angenommen, Ihnen ohne Umschweife alles zu sagen, was ich denke; Sie dürfen mir das nicht übelnehmen.
Sobald ich dieses verfluchte Hotel los bin und ein paar Möbel gemietet habe, richte ich mein Leben folgendermaßen ein. Außer meiner Rente kann ich ein Minimum von 1200 Francs zusammenbringen. Macht also 300 im Monat, meine Rente mit eingerechnet. Ich überlasse Jeanne 50 Francs für ihre Toiletten. Mit 150 Francs muß sie unseren Lebensunterhalt bestreiten. 50 Francs lege ich beiseite für die Miete der Möbel und der Wohnung. Dann weitere 50 Francs, um später in Paris Möbel zu kaufen, wenn ich genügend Arbeit geleistet habe, um meine Schulden zu bezahlen, und es angezeigt finde, zurückzukehren.
Was meine Schulden betrifft, so habe ich sie vielleicht zum hundertsten Male zusammengerechnet. Es ist trostlos; aber es muß ein

Ende nehmen. Ich habe es geschworen. Insgesamt bin ich 21236,50 Francs schuldig. – Wechsel über 14077 Francs; 4228 Francs Schulden, die nicht mit Wechseln über mehr als 100 Francs garantiert sind; 919,25 Francs kleine Schulden unter 100 Francs; und schließlich 2012,25 Francs Schulden bei Freunden. Wie oft war ich nicht, bei einem so bedeutenden Betrag, das Opfer von Diebstählen, oder Unredlichkeiten, oder Schwachheiten, wie die Geschichte mit René Lurois zeigt, von der Sie weiter unten einen eingehenden Bericht finden.

Ich fasse zusammen: *Sie haben einen Fehler gemacht.* So viele Gefälligkeiten Sie mir auch erwiesen haben mögen, *ich hätte zumindest seit dem Tage meines Eintreffens hier 200 Francs im Monat erhalten sollen,* aber 200 sind keine 400. Erinnern Sie sich, daß der ganze Betrag für das Jahr 49 seit Oktober aufgebraucht war. Wenn ich Sie auffordere, mir ungesäumt Januar und Februar zu schicken, also 400 oder sogar 500 Francs, dann aus den stichhaltigen Gründen, die ich Ihnen auseinandergesetzt habe. Es ist gar nicht möglich, dieses Geld zu vertun, und da Jeanne, *wie alle Frauen, mehr als sparsam ist,* liegt es außerdem in ihrem Interesse, mich zu überwachen. Zum andern werde ich Ihnen über die Verwendung des Geldes Rechenschaft ablegen und die Rechnungen vorweisen. Das bin ich Ihnen schuldig. Was ich jetzt tun werde, haben Sie mir früher mehrfach angeraten. Sie haben es also vergessen. Was Sie für mich tun werden, und was ich Ihnen mit Beharrlichkeit und vernünftigen Überlegungen abgerungen hatte, das hätten Sie *vor sehr langer Zeit von sich aus* tun sollen. Offensichtlich sind Sie nicht gesonnen, Ihre Rolle mir gegenüber, und überhaupt irgendeinem Menschen gegenüber, auf diejenige eines fühllosen Bevollmächtigten und Geschäftsmannes zu beschränken. Und doch mußte die Initiative von mir ausgehen; all diese so vernünftigen Dinge, die Sie mir hätten vorschlagen sollen, habe ich als erster wollen müssen.

Die ganze Rechtfertigung für all dieses findet sich in einem Ausspruch von Ihnen: *Ich wäre gewillt, einem sittlichen Zweck zuliebe Ihr ganzes Vermögen zu zerstören.* – Wohlan! ziehen Sie die Schlußfolgerung.

Wenn meine Mutter Ihnen zufällig während meiner Abwesenheit nochmals Geld schicken sollte, bin ich noch einmal bereit, es in Empfang zu nehmen. Teilen Sie es mir mit, aber schicken Sie es nicht, denn mit Ihren 200 Francs und dem, was ich sonst verdienen kann, habe ich genug zum Leben; Sie verrechnen es bei meiner Rückkehr oder verwenden es während meiner Abwesenheit entsprechend den Anweisungen, die ich Ihnen schicken werde, für legitime Zwecke.

Erlauben Sie mir, ehe ich diesen Brief schließe, ein paar Worte hinzuzufügen, die nur wenig mit dem Vorstehenden zu tun haben; aber ich nutze die Gelegenheit, um Ihnen alles zu sagen, was ich auf dem Herzen habe. Außerdem werde ich Sie voraussichtlich mehrere Monate nicht sehen. Auch damit ist schon etwas erreicht, aber, wie gesagt, ich nutze die Gelegenheit, um Ihnen alles zu sagen.

Sie befinden sich mir gegenüber in einer eigenartigen Lage. Sie ist nicht nur eine Rechtslage, sondern gewissermaßen auch eine des Gefühls. Es ist unmöglich, daß Sie sich dessen nicht bewußt sind. Ich meinerseits, der ich nicht zur Sentimentalität neige, habe mich dieser Wahrheit nicht verschließen können. Die finstere Einsamkeit, die ich rings um mich geschaffen habe, *und die mich nur noch enger mit Jeanne verbunden hat*, hat meinen Geist auch daran gewöhnt, Sie als einen wichtigen Bestandteil meines Lebens zu betrachten. Ich komme zur Sache. Wenn dies unausweichlich Ihr Verhältnis zu mir ist, was bedeutet dann oft dieses merkwürdige Unverständnis für meine Interessen? *Was bedeutet diese Parteilichkeit zugunsten meiner Mutter, deren Schuld Ihnen bekannt ist?* Was bedeuten Ihre endlosen Wiederholungen, Ihre egoistischen Maximen, Ihre Grobheiten, Ihre Unverschämtheiten? Freilich habe ich es Ihnen gehörig heimgezahlt, aber das alles ist ohne Sinn und Verstand. Unsere Beziehungen müssen besser werden. Meine lange Abwesenheit wird diesem Ziel nicht abträglich sein. Im übrigen, *jede Sünde findet Vergebung.* Was ich, wie Sie wissen, folgendermaßen übersetze: Nichts ist irreparabel.

Ich lege den Protest bei, um den Sie mich für den *Gefälligkeitswechsel* gebeten haben.

Geben Sie mir diesen Brief zurück.

Neuilly, Donnerstag, 9. Januar 1851

Seit mehreren Wochen habe ich mir vorgesetzt, Ihnen zu schreiben. Mehrmals habe ich es schon versucht, und mehrmals sah ich mich genötigt, von dieser Beschwerlichkeit Abstand zu nehmen. Meine unablässigen Schmerzen und meine geistige Vereinsamung haben mich ein wenig hart und gewiß auch sehr unbeholfen werden lassen. Ich wollte, ich könnte Ihnen in einem sanfteren Stil schreiben, aber selbst wenn Ihr Stolz ihn unschicklich finden sollte, so hoffe ich doch, Ihr Verstand erkennt, wie löblich meine Absicht und wie groß mein Verdienst ist, Ihnen gegenüber diesen Schritt zu unternehmen, den ich früher gern und freudig getan hätte, der aber in der Lage, die Sie zwischen uns geschaffen haben, unwiderruflich der letzte sein muß.

Daß Sie mich Ihrer Freundschaft beraubt haben und all jener gemeinschaftlichen Beziehungen, die jeder Mensch von seiner Mutter zu erwarten das Recht hat, das haben Sie mit Ihrem Gewissen auszumachen, und vielleicht Ihr Mann mit dem seinen. Darüber werde ich mir später gewiß noch Klarheit verschaffen.

Aber es gibt ein gewisses Zartgefühl, das davor warnt, uns zu stellen, als wollten wir uns jemand zu Dank verpflichten, den wir beleidigen oder der uns zumindest gleichgültig ist. Denn dies ist eine erneute Beleidigung. Sie erraten, daß ich von einem gewissen Betrag sprechen will, den Monsieur Ancelle erhalten hat. Wie! er erhält Geld, ohne einen Brief für mich, ohne ein Wort, das mir vorschreibt oder empfiehlt, wozu ich dieses Geld verwenden soll. So bedenken Sie doch, daß Sie mir gegenüber jeden Anspruch auf *Menschenliebe* verscherzt haben, denn von mütterlichem Gefühl kann hier nicht die Rede sein. Deshalb legen Sie Wert darauf, einem anderen als mir menschliche Gefühle zu zeigen. Sie haben also Gewissensbisse. Ich aber weigere mich, die Bekundung Ihrer Reue gelten zu lassen, wenn sie keine andere Gestalt annimmt; deutlicher ausgedrückt: *wenn Sie nicht unverzüglich, und ganz und gar, wieder eine Mutter werden,* sehe ich mich gezwungen, durch einen Gerichtsbeamten zuhanden von Herrn Ancelle gegen jegliche Annahme einer von Ihnen kommenden Summe Einspruch

zu erheben, und ich werde Maßnahmen treffen, daß dieser Einspruch strengstens respektiert wird.
Ich halte es nicht für nötig, Sie ausdrücklich auf die Wichtigkeit dieses Briefes sowie Ihrer Antwort hinzuweisen, die an niemand anderen als AN MICH, AN MICH gerichtet zu sein hat, verstehen Sie mich? Von dieser Antwort oder von Ihrem Schweigen hängt mein künftiges Verhalten Ihnen gegenüber und auch mein Verhalten mir gegenüber ab. In genau drei Monaten werde ich dreißig. Das weckt in mir zahlreiche Überlegungen, die unschwer zu erraten sind. So liegt ein Teil meines künftigen Lebens *moralisch* in Ihren Händen? Möchten Sie mir doch schreiben, was ich ersehne!
Wenn Sie geruhen, die Bedeutung dieses Briefes einzusehen, werden Sie in Ihrer Antwort gewiß sehr genaue Auskünfte über Ihr Wohlergehen hinzufügen.
Da Sie großen Einfluß auf Monsieur Ancelle haben, sollten Sie ihm in Ihrem nächsten Brief sagen, er möge mir das Leben weniger schwer und ein wenig erträglicher machen.
Ich wünsche, ich *will*, daß er an dem, worüber ich hier mit Ihnen verhandle, keinen Anteil habe. Ich werde keinerlei Bescheid aus seinem Munde annehmen.

Charles Baudelaire

AN MADAME MARIE

Paris, 15, Cité d'Orléans
[Anfang 1852?]

Madame,

Ist es wirklich möglich, daß ich Sie nie wiedersehen soll? Das ist für mich die entscheidende Frage, denn ich bin an jenem Punkt angelangt, wo Ihre Abwesenheit bereits eine ungeheure Entbehrung für mein Herz bedeutet.
Als ich vernahm, daß Sie nicht mehr Modell stehen wollten und daß ich die unfreiwillige Ursache sei, habe ich eine seltsame Traurigkeit empfunden. Ich wollte Ihnen schreiben, obschon ich kein

besonderer Freund des Schreibens bin. Man bereut es fast immer. Aber ich wage nichts, da ich beschlossen habe, mich Ihnen für immer hinzugeben.

Wissen Sie, daß unser langes Gespräch am Donnerstag recht eigenartig war? Eben jenes Gespräch, das mich in einen neuen Zustand versetzt hat und das der Anlaß dieses Briefes ist.

Ein Mann, der sagt: »Ich liebe Sie!« und der bittet, – und eine Frau, die antwortet: »Sie lieben? Ich! Niemals! Nur einer besitzt meine Liebe. Wehe dem, der nach ihm käme; er könnte nur meine Gleichgültigkeit und meine Verachtung erlangen!« Und um die Freude zu kosten, Ihnen länger in die Augen zu schauen, duldet es dieser gleiche Mann, daß Sie ihm von einem anderen sprechen, nur von ihm sprechen, nur zu ihm in Liebe entbrennen, nur an ihn denken. Alle diese Geständnisse haben ein sehr merkwürdiges Ergebnis gezeitigt, dieses nämlich, daß Sie für mich nicht mehr einfach eine Frau sind, die man begehrt, sondern eine Frau, die man um ihrer Aufrichtigkeit willen liebt, um ihrer Leidenschaft, ihrer Frische, ihrer Jugend und ihrer Narrheit willen! ...

Ich habe bei diesen Erklärungen viel verloren, denn Sie haben sie mit solcher Entschiedenheit vorgebracht, daß ich mich augenblicklich ergeben mußte; Sie aber, Madame, haben dabei viel gewonnen. Sie haben mir Ehrfurcht und eine tiefe Achtung eingeflößt. Bleiben Sie immer so und bewahren Sie sich ja diese Leidenschaft, die Sie so schön und so glücklich macht.

Kehren Sie zurück, ich flehe Sie an, und ich will in meinem Wünschen und Verlangen sanft und bescheiden sein. Ich verdiente, von Ihnen verachtet zu werden, als ich Ihnen antwortete, ich gäbe mich mit den Brosamen zufrieden. Ich log. Oh! wenn Sie wüßten, wie schön Sie an jenem Abend waren! ... Ich wage nicht, Ihnen Komplimente zu machen, das ist so gewöhnlich! Aber Ihre Augen, Ihr Mund, Ihre ganze lebendige und lebhafte Person geht, jetzt eben, vor meinen geschlossenen Augen vorüber, – und ich fühle, daß es endgültig ist. Kehren Sie zurück, ich bitte Sie auf Knien darum; ich behaupte nicht, daß Sie mich ohne Liebe finden werden, und jedenfalls werden Sie meinen Geist nicht hindern können, um Ihre Arme zu schweifen, um Ihre so schönen Hände, Ihre Augen, in denen Ihr ganzes Leben seinen Sitz hat, Ihre ganze anbetungswürdige leibliche Gestalt. Nein, das können Sie gewiß nicht; aber Sie dürfen beruhigt sein, Sie sind für mich ein Gegenstand der Anbetung, und ich wäre niemals fähig, Sie zu besudeln; Sie werden mir stets unverändert strahlend erscheinen. Ihre ganze Person ist so gut, so schön und so köstlich zu atmen! Sie sind für mich das Leben und die Bewegung, nicht eigentlich so sehr wegen der raschen Gesten und einer gewissen Heftigkeit Ihres Wesens, als Ihrer Augen wegen, die dem Dichter nur eine unsterbliche Liebe einflößen können.

Ich finde keine Worte, um Ihnen zu sagen, wie sehr ich Ihre Augen liebe, und wie sehr ich Ihre Schönheit zu schätzen weiß. Sie verbindet zwei Arten von Liebreiz, die sich auszuschließen pflegen, sich aber bei Ihnen nicht ausschließen: den Liebreiz des Kindes und den der Frau. Oh! glauben Sie mir, ich sage es Ihnen aus tiefstem Herzen, Sie sind ein anbetungswürdiges Geschöpf, und ich liebe Sie innig. Es ist ein tugendhaftes Gefühl, das mich für immer an Sie bindet. Ob Sie es wollen oder nicht, Sie werden hinfort mein Talisman sein und meine Kraft. Ich liebe Sie, Marie, das läßt sich nicht leugnen, aber die Liebe, die ich für Sie empfinde, ist die Liebe, die der Christ für seinen Gott empfindet. Darum geben Sie ihr niemals einen irdischen, so oft erniedrigenden Namen, dieser unkörperlichen und geheimnisvollen Anbetung, dieser sanften und keuschen Anziehung, die selbst gegen Ihren Willen meine Seele mit der Ihren vereinigt. Es wäre ein Frevel!

Ich war tot, Sie haben mich zu neuem Leben erweckt. Oh! Sie wissen nicht, was alles ich Ihnen verdanke! Ich habe aus Ihrem Engelsblick unbekannte Wonnen geschöpft; Ihre Augen haben mich in das Glück der Seele eingeweiht, in das Allervollkommenste, Allerzarteste. Hinfort sind Sie meine einzige Königin, meine Leidenschaft und meine Schönheit, Sie sind der Teil meiner selbst, der aus einer geistigen Liebkosung entstanden ist.

Dank Ihrer, Marie, werde ich stark sein und groß. Wie Petrarca werde ich meine Laura unsterblich machen. Seien Sie mein Schutzengel, meine Muse und meine Madonna und führen Sie mich auf dem Weg des Schönen.

Antworten Sie mir nur ein einziges Wort, ich bitte Sie, ein einziges. Es gibt im Leben eines jeden Menschen Tage des Schwankens und der Entscheidung, an denen ein Zeichen der Freundschaft, ein Blick, ein hingekritzeltes Wort einen zur Torheit oder zum Wahnsinn treiben. Ich schwöre Ihnen, mit mir ist es soweit. Ein Wort von Ihnen wird der Segen sein, den man betrachtet und auswendig lernt. Wenn Sie wüßten, wie unsäglich Sie geliebt werden! Sehen Sie, ich werfe mich Ihnen zu Füßen; ein Wort, sagen Sie ein Wort... Nein, Sie werden es nicht sagen!

Glücklich, tausendmal glücklich jener, den Sie unter allen anderen auserkoren haben, Sie, so voller Klugheit und Schönheit, Sie, so begehrenswert, Begabung, Geist und Herz! Welche Frau vermöchte jemals Ihren Platz einzunehmen? Ich wage nicht, um einen Besuch zu bitten, Sie würden ihn mir abschlagen. Lieber warte ich. Ich werde warten, jahrelang, und wenn Sie sich so hartnäckig geliebt sehen, mit Ehrfurcht, mit völliger Uneigennützigkeit, dann werden Sie sich erinnern, daß Sie mich anfangs mißhandelt haben, und Sie werden zugeben, daß dies eine schlechte Tat war.

Nun denn, es steht mir nicht frei, mich den Schlägen zu entziehen, die mir zu senden meiner Göttin gefällt. Sie haben beliebt, mich vor die Tür zu setzen, mir beliebt es, Sie anzubeten, wir sind quitt.

Ch. Baudelaire

AN AUGUSTE POULET-MALASSIS

Paris, Samstag, den 20. März 1852

Mein lieber Malassis,

Ihr Brief ist mir schon vor mehreren Tagen im Café Tabourey übergeben worden. Aber eine Reihe unaufschiebbarer Arbeiten und tausend dumme Laufereien haben mich verhindert, Ihnen zu antworten.

Champfleury, Christophe und Montégut geht es sehr gut. – Champfleury schreibt jetzt in der *Revue de Paris*. –

Bei allen meinen Bekannten erblicke ich nur individuelle Torheit und Leidenschaft. Niemand ist bereit, sich auf den Standpunkt der *Vorsehung* zu stellen. Sie erraten, was ich meine. Der Präsident hat sich den Schriftstellern angenehm gemacht, indem er die Sondersteuer auf die Romane aufgehoben hat. Der *napoleonische Sozialismus* hat sich in der Rentenumwandlung bekundet; und man FÜRCHTET täglich eine Verordnung, welche die Nebenverwandten im Erbfall mit einem Viertel besteuert. Endlich hat der Präsident erkannt, daß er sich ins vorteilhafteste Licht setzte, wenn er der öffentlichen Diskussion über die Beschlagnahme der Güter der Prinzen von Orléans nichts in den Weg legte. So werden dann alle Unterlagen gedruckt, und auf jede Schrift antwortet eine Gegenschrift. Es ist auch die Rede davon, das Departement für Literarische Angelegenheiten, nachdem es vor kurzem dem *Erziehungsministerium* unterstellt worden war, wieder dem *Innenministerium* anzugliedern. Verschiedene Mitglieder der Société des Gens de Lettres haben sich über diese Promiskuität mit den Professoren beschwert, die übrigens verkappte Jesuiten sind und alles fressen, wenn es etwas zu fressen gibt.

Übrigens bin ich überzeugt, daß alle gehässigen Anmerkungen und Gedanken über die Universität dem Präsidenten nicht unangenehm sein werden. Darum wäre es mir auch recht lieb, nur *zwei Parteien* einander gegenüber zu sehen, und ich hasse dieses pedantische und scheinheilige *Milieu*, das mich zu Karzer und trockenem Brot verurteilt hat. – Das alles belustigt mich sehr. Aber ich bin entschlossen, in Zukunft jeder menschlichen Polemik fernzubleiben, und entschlossener denn je, den höheren Traum von der Anwendung der Metaphysik auf den Roman zu verfolgen. – Die *Semaine théâtrale* ist uns unter den Händen weggestorben. Die letzte Nummer enthielt einen *sehr guten* literarkritischen Artikel von Champfleury und zwei Gedichte von mir, die nicht schlecht sind. – Ich habe in der *Revue de Paris* einen langen Artikel über einen großen amerikanischen Schriftsteller veröffentlicht. *Aber ich fürchte sehr, dieses erste Mal wird auch das letzte sein. Mein Artikel ist fehl am Platz.* Der erste Teil ist am 29. Februar erschienen, und der zweite erscheint in zehn Tagen. Es gibt dann auch eine Novelle von Champfleury.

Unterdessen hatte ich einen *schönen Traum*. *Amic* hatte mir gesagt, er wolle unbedingt eine GROSSE Zeitschrift gründen und ich solle die Leitung übernehmen. – Ich habe ihm meine Vorstellungen mitgeteilt; aber offenbar waren *unsere* Pläne (ich wollte Champfleury als Mitarbeiter) *allzu* schön. Er ist sehr abgekühlt, und ich glaube, die Sache fällt ins Wasser.

Sie hatten also meine Adresse verloren: 25, Rue des Marais-du-Temple. Aber ich bin nur noch bis Ende des Monats dort, ich schicke Ihnen dann meine neue Adresse. – Leben Sie wohl, und überzeugen Sie sich wie ich immer mehr davon, daß die Philosophie *Alles* ist.

Charles Baudelaire

AN MADAME AUPICK

[Paris,] *Samstag, den 27. März 1852,*
2 Uhr nachmittags

Es ist zwei Uhr; wenn ich will, daß mein Brief noch heute abgeht, habe ich nur zwei und eine halbe Stunde Zeit, Dir zu schreiben, und dabei habe ich Dir so vieles zu sagen. Ich schreibe Dir in einem Café, dem großen Postamt gegenüber, von Lärm, Tricktrack und Billard umgeben, um mehr Ruhe zu haben und besser nachdenken zu können. Das wirst Du gleich verstehen. – Wie ist es möglich, daß man in neun Monaten keinen einzigen Tag findet, um seiner Mutter zu schreiben, nicht einmal, um ihr zu danken? Das ist wirklich unbegreiflich. Und jeden Tag denkt man daran, und jeden Tag sagt man sich: Heute schreibe ich. Und die Tage verfliegen mit zahllosen fruchtlosen Laufereien, oder mit der Verfertigung schwächlicher Artikel, die hastig geschrieben werden, um ein bißchen Geld zu verdienen. – Du wirst in diesem Brief Dinge finden, die Dir sicher gefallen werden und die Dir beweisen, daß mir zwar immer noch gewisse schwere Fehler anhängen, daß mein Geist jedoch nicht verdummt, sondern wächst; und Du wirst andere finden, die Dich betrüben. Aber hast Du mich nicht ermutigt, alles zu sagen, und *bei wem* denn soll ich mich beklagen? Es gibt Tage, an denen die Einsamkeit mich zur Verzweiflung treibt.

Mein Brief wird ohne jede Ordnung sein. Das ist die unvermeidliche Folge meiner gegenwärtigen Geistesverfassung und der wenigen Zeit, die mir zur Verfügung steht. Ich will ihn gewissermaßen in Abschnitte einteilen, so wie mir die wichtigsten Dinge einfallen, die ich Dir zu sagen habe und die mich seit langem tagtäglich beschäftigen.

Ich lege diesem Brief ein paar Artikel von mir bei, die ich mit der Schere aus einer Zeitung ausgeschnitten habe, damit der Brief nicht zu schwer wird. Es wäre mir nicht unlieb, wenn Du sie gelegentlich lesen wolltest. Ich zweifle, ob Du alles verstehen wirst; das ist durchaus nicht frech gemeint. Nur sind sie so ganz *ausgesprochen pariserisch,* und ich zweifle, ob sie außerhalb der *Kreise,* für die und über die sie geschrieben wurden, verstanden werden können. *Les drames et les romans honnêtes,* Zahlen mit Bleistift: 0, 2, 3, 4, 5, 6, *L'École païenne:* 6 [*sic*]. *Les deux crépuscules:* 7, 8.
Ich habe etwas anderes geschrieben, das Dir besser gefallen wird, und mit dem ich recht zufrieden bin. Da ich Dir keine ganzen Bände in einem Brief schicken kann, muß ich Dich um die Güte bitten, bei Herrn Monier (Lesekabinett oder Buchhandlung?), der in Madrid der Korrespondent der *Revue de Paris* ist, die Nummer, je nachdem, zu leihen oder zu kaufen, die in Paris am 1. März erschienen ist, und die Nummer, die am 31. März erscheinen und in Madrid voraussichtlich am 5. oder 6. April eintreffen wird. Ich habe einen amerikanischen Autor entdeckt, der eine unglaubliche Sympathie in mir erweckt hat, und ich habe zwei Artikel über sein Leben und seine Werke verfaßt. Sie sind mit Inbrunst geschrieben; aber hie und da werden einige Zeilen Dir vermutlich äußerst überspannt vorkommen. Das erklärt sich aus dem schmerzlichen und verrückten Leben, das ich führe; außerdem sind sie nachts geschrieben; manchmal habe ich *von 10 Uhr bis 10 Uhr* gearbeitet. Ich bin gezwungen, nachts zu arbeiten, um Ruhe zu haben und um den unerträglichen Plackereien durch die Frau, mit der ich lebe, zu entgehen. Manchmal nehme ich Reißaus, um schreiben zu können, und gehe auf die Bibliothek, oder in ein Lesekabinett, oder zu einem Weinhändler, oder in ein Café, wie heute. Das versetzt mich in einen Zustand unablässigen Zornes. So können gewiß keine langen Werke geschaffen werden. – Ich hatte mein Englisch weit-

gehend vergessen, und das hat mir die Arbeit noch mehr erschwert. Aber *jetzt kann ich es sehr gut.* Kurzum, ich glaube, ich habe diese Sache *zu einem guten Ende* geführt.

[...]

Jeanne ist ein Hindernis geworden, nicht nur für mein Glück, das wäre kaum von Belang; auch ich bin imstande, mein Vergnügen zu opfern, und ich habe es bewiesen; – sondern für die Vervollkommnung meines Geistes. Die vergangenen neun Monate waren eine entscheidende Erfahrung. Keine der großen Aufgaben, die sich mir stellen, die Bezahlung meiner Schulden, die Rückgewinnung der Verfügungsgewalt über mein Vermögen, die Erlangung der Berühmtheit, die Linderung der Schmerzen, die ich Dir bereitet habe, kann unter solchen Umständen erfüllt werden. *Früher besaß sie gewisse Qualitäten,* aber sie hat sie *verloren,* und ich habe an Hellsichtigkeit gewonnen. MIT EINEM WESEN LEBEN, das uns keinen Dank weiß für unsere Bemühungen, das diese mit beharrlicher Unbeholfenheit oder Bosheit durchkreuzt, das einen nur als seinen Dienstboten und sein Eigentum betrachtet, mit dem man kein Wort über Politik oder Literatur wechseln kann, einem Geschöpf, *das nichts lernen will,* obwohl man ihm angeboten hat, ihm selber Unterricht zu erteilen, einem Geschöpf, DAS MICH NICHT BEWUNDERT und sich nicht einmal für meine Arbeiten interessiert, das meine Manuskripte ins Feuer werfen würde, wenn ihm das mehr Geld einbrächte als deren Veröffentlichung, das meine Katze fortjagt, die in der Wohnung mein einziges Vergnügen war, und statt dessen Hunde hereinbringt, *weil* ich deren Anblick nicht ertrage, das nicht weiß oder nicht einsehen will, daß es genügte, *nur* EINEN *Monat lang sehr knauserig zu sein,* um, dank dieser Ruhepause, ein dickes Buch fertigzustellen, – kurzum, ist das menschenmöglich? Ist das menschenmöglich? Ich habe Tränen der Scham und der Wut in den Augen, während ich Dir dies schreibe; und ich bin wahrhaftig froh, keine Waffe im Hause zu haben; ich denke an die Fälle, in denen ich der Vernunft nicht zu gehorchen vermag, und an die schreckliche Nacht, in der ich ihr mit einer Konsole den Schädel aufgeschlagen habe. Das also ist mir dort zuteil geworden, wo ich vor zehn Monaten Erleichterung und Ruhe zu finden hoffte. Um alle meine Gedanken in einen einzigen zusammenzufassen und Dir eine Vorstellung von allen meinen Überlegungen zu geben, so bin ich *ein für allemal* der Überzeugung, daß einzig die Frau, die gelitten und ein Kind zur Welt gebracht hat, dem Manne ebenbürtig ist. Nur das Gebären verleiht dem Weibchen sittliche Einsicht. Und junge Frauen ohne Hausstand und ohne Kinder sind nichts als Koketterie, Fühllosigkeit und elegantes Lotterleben. – Es galt jedoch, einen Entschluß zu fassen. Seit vier Monaten habe ich nichts anderes im Kopf. Doch was tun? Noch behielt eine schreckliche Eitelkeit die Oberhand über mein Leiden: diese Frau nicht zu verlassen, ohne ihr einen erheblichen Betrag zu geben. Aber woher diesen nehmen, da das Geld, das ich verdiente, Tag um Tag draufging, anstatt zusammengespart zu werden, und da schließlich auch meine Mutter, der zu schreiben ich mich nicht mehr getraute, weil ich ihr nichts Gutes mitzuteilen hatte, mir diesen hohen Betrag nicht bieten konnte, weil sie ihn selber nicht besaß. Lauter vernünftige Erwägungen, wie Du siehst. Und dennoch muß ich fortgehn. *Aber fortgehn* FÜR IMMER.

Nun habe ich also folgendes beschlossen: ich fange mit dem Wichtigsten an; das heißt, ich gehe fort. Da ich ihr keinen erheblichen Betrag bieten kann, werde ich ihr noch mehrmals Geld geben, was mir leicht fällt, da ich es *verhältnismäßig leicht verdiene* und durch anhaltendes Arbeiten noch mehr verdienen kann. ABER ICH WERDE SIE NIE WIEDERSEHEN. Sie soll machen, was sie will. Sie mag zur Hölle fahren, wenn sie dorthin will. Ich habe zehn Jahre meines Lebens in diesem Kampf verausgabt. Alle Illusionen meiner jungen Jahre sind dahin. Geblieben ist mir nur eine vielleicht endgültige Bitterkeit.
Und was soll aus mir werden? Ich verzichte lieber darauf, mir eine kleine Wohnung einzurichten, weil sie, auch heute noch, allzu gefährdet wäre, obschon ich mich sehr verändert habe. Das Hotel Garni ist mir ein Greuel. In Erwartung einer besseren Lösung habe ich beschlossen, bei einem befreundeten Arzt unterzukommen, der mir für 150 Francs statt den 240, die er von anderen Leuten verlangt, ein schönes Zimmer bietet, einen schönen Garten, eine

ausgezeichnete Küche, sowie täglich ein kaltes Bad und zwei Duschen. Das ist eine deutsche Kur, die für meinen gegenwärtigen entzündeten Zustand besonders angezeigt ist.
Ich möchte deshalb das Monatsende und den Umzug am 7. April nutzen – *unsere Wohnung ist bereits an unsere Nachfolger vermietet* –, um das Weite zu suchen. Aber ich sitze auf dem Trockenen. *Ich habe verschiedene Dinge geschrieben, die nächsten Monat gedruckt werden.* ABER NACH DEM 8. Verstehst Du jetzt die Tragödie? Was tun? Ich habe mir gesagt: Monsieur Ancelle hat vielleicht keinen Heller von meiner Mutter erhalten. Vielleicht auch hat sie selber nichts, *gar nichts,* denn im Augenblick ihrer Abreise von Paris hat sie mich wissen lassen, daß ihre Ausgaben jetzt höher sein würden als früher. Aber zumindest kann sie *mir* ein paar Zeilen schicken, die Monsieur Ancelle ermächtigen, mir einen erheblichen Betrag zu geben, um dieses ganze Drunter und Drüber an einem Tag zu bewerkstelligen. Später wird sie diese Summe nach und nach zurückerstatten, *wenn es ihr möglich ist.* – Abgesehen von dem Defizit, daß Dir vor Deiner Abreise bekannt war, bin ich mit Monsieur Ancelle *bei genauen und regelmäßigen Abrechnungen* verblieben. – Dies also, meine liebe Mutter, ist das Ansinnen, das ich unter SO ENTSCHEIDENDEN Umständen an Dich zu stellen wage. – *Es bleiben zwei Mieten zu bezahlen und alle Rechnungen, die zu begleichen sind, wenn man ein Stadtviertel verläßt, Fleischer, Wein, Krämer, etc.* – insgesamt 400. Und dann gehört es sich wohl, bei meinem Arzt mit 150 Francs einzuziehen, als Vorauszahlung auf den ersten Monat. Schließlich möchte ich mir ein paar *Bücher* kaufen, – keine Bücher kaufen zu können, ist unerträglich, – und etwas zum Anziehen. Trotz meiner Leiden muß ich unwillkürlich lachen, wenn ich an die Predigt denke, die Du mir in Deinem letzten Brief über den Zusammenhang zwischen Menschenwürde und Kleidung gehalten hast, ist doch der eine Anzug, den Du mir vor neun Monaten gekauft hast, noch jetzt die einzige Bedeckung des Zweibeiners, der Dir schreibt. – Und schließlich möchte ich einen *sehr alten Gläubiger* beschwichtigen können, der mir *ernste* Unannehmlichkeiten bereiten kann. Das alles ergibt freilich einen sehr hohen Betrag, aber bedenke, meine liebe Mutter, daß *irgendetwas in beliebiger Höhe* das Dringlichste ist. Not-

falls halte ich es, wie ich es schon so oft gehalten habe: *ich verzichte auf alles im Augenblick nicht Unerläßliche.*
Es ist jetzt 4 Uhr und 20 Minuten. Die Zeit drängt.
Ich gehe am 7. April zu Madame Olivier. Ich bitte Dich, ich flehe Dich an, Monsieur Ancelle keine vertraulichen Bemerkungen über die Verwendung dieses Geldes zu machen. *Ich teile ihm mit, was mir beliebt.* Du aber machst aus Monsieur Ancelle etwas Brüderliches oder Väterliches, das mir gar nicht paßt. Dieser Brief ist, meine ich, ernst genug, um Dir die rechte Verwendung des Geldes hinlänglich zu garantieren. Notfalls würden 1000 FRANCS genügen. Aber schon mit 400 könnte ich mich behelfen. Nur blieben mir dann keine 5 Francs für meine persönlichen Bedürfnisse, und ich müßte alle meine kleinen Einkünfte des Monats April abwarten, um sie laufend für meine Einkäufe und die Heilanstalt zu verwenden.
Morgen schreibe ich Dir nochmals; denn ich habe für mindestens zwanzig Seiten Gedanken im Kopf. Aber warte meinen zweiten Brief nicht ab, um mir zu antworten, und verschiebe sogar, wenn Du es denn nicht lassen kannst, die Gedanken oder Ratschläge, die Dir einfallen mögen, auf später; denke zuerst an den Brief, den ich Monsieur Ancelle vorzeigen möchte. Morgen oder übermorgen will ich versuchen, Dir tröstlichere und fröhlichere Dinge zu schreiben. Noch eins: Monsieur Ancelle hat mir gegenüber Dein *Flattern* erwähnt. Der Gute wußte nicht, was das heißen sollte. Ich aber habe es verstanden. Kümmere Dich also um Deine Augen, hol Dir Rat, und nicht nur bei einem Arzt. Bedenke doch, daß ich vielleicht später einmal bei Dir leben werde, und daß der Anblick einer blinden Mutter, ganz abgesehen von den größeren Pflichten, die mir das auferlegen würde, was nebensächlich wäre, ein täglicher Schmerz für mich wäre.
Von den politischen Ereignissen und der niederschmetternden Wirkung, die sie auf mich hatten, berichte ich Dir ein andermal.
Lebe wohl, bedauere mich in Gedanken an die unerträglichen Plagen, die ich mir bereitet habe.
Vergiß nicht, beim Buchhändler meine beiden Arbeiten über Edgar Allan Poe zu verlangen.

Charles

AN THEODORE OLIVIER

[Paris,] Sonntag, den 18. April 1852

Wirklich, Monsieur, je länger ich darüber nachdenke, desto mehr finde ich, daß die alten Leute einen ihnen eigenen *Dünkel* besitzen und die Nachsicht mißbrauchen, die *wir* ihnen entgegenbringen. Ruhig und gelassen hatte ich gestern dem, was Madame Olivier mir sagte, zugehört. Ich wunderte mich über ihre Bedenken, aber ich achtete sie als Ausdruck der Gewohnheiten einer übergewissenhaften Person. Ich hatte den Mund nicht aufgetan, und alles stand zum besten, als Sie, gänzlich überflüssigerweise und zur Unzeit, die Raserei anwandelte, *eine Rede zu halten*. Wenn Sie mich einmal zu Wort hätten kommen lassen, hätte ich Ihnen gesagt, daß sich in meinem Heft ein Brief meiner Mutter befand, die mich ermächtigte, da 500 Francs und dort 600 Francs zu nehmen, was *ihrer eigenen Rechnung* nach 1100 Francs ausmacht; Sie jedoch haben es vorgezogen, mir in großsprecherischem Tone *darzulegen*, daß ich mir Ihres Bedünkens zuviel Freiheiten herausnähme, daß ich von Monsieur Ancelle bereits 500 Francs erhalten hätte, daß Sie dies wüßten, daß auch die glücklichsten Umstände nicht von Dauer seien, daß es meine Pflicht sei, mir die allergrößte Zurückhaltung aufzuerlegen, – (ich kenne meine Pflichten gegen meine Mutter, die *ihrerseits* nicht redet, sondern handelt, die keine Ratschläge erteilt, sondern sich opfert), – daß die armen Senatoren nur 40000 Francs hätten, und ihre Pferde – daß Sie der Hüter der Familiengeheimnisse seien, und zuletzt, Monsieur, haben Sie wie einer, der völlig den Kopf verloren hat, von Gott gesprochen und mir *von höchster Warte aus* erklärt, daß ich kein *durch und durch verdorbener* Geist sei. Ich bedarf Ihres Lobes nicht, Monsieur, um mich selbst zu erkennen.

Was Ihre Verantwortung betrifft, dürfen Sie beruhigt sein. Sie werden keine einzige mehr zu tragen haben, nicht einmal die einer Bestellung oder eines Briefkastens. Nur ein einziges Mal noch werden Sie in meinem Leben vorkommen, und zwar bei einer feierlichen Gelegenheit, bei der Sie, wie ich zu hoffen wage, jene aufrechte Gesinnung und jene Verstandesklarheit an den Tag legen werden, von denen Sie soviel Aufhebens machen, die jedoch in

Ihnen verdunkelt und vernichtet werden von einer fürchterlichen Eitelkeit. – Ich las gestern in dem Vorwort zu einer *Elementarlehre der Geometrie* des 17. Jahrhunderts, daß die exakten Wissenschaften uns nur zu höheren Verdiensten auf den Weg brächten, und daß es wenig verschlage, sich den Schädel vollzustopfen mit Kreisen, Figuren, festen Körpern, mit Sinus und Cosinus, wenn man nicht, worauf es doch eigentlich ankomme, ein Christ und ein liebenswürdiger Mensch sei. – Vielleicht werde ich dieses Vorwort zu Ihrem Gebrauch neu drucken lassen.

Dies alles wäre nur grotesk und albern, wenn Sie nicht in meinem Gehirn eine schädliche Aufregung angerichtet hätten. *Sie wissen indes ohne Zweifel aus Erfahrung,* wie sehr die Gewohnheit, mit Büchern umzugehen und zu arbeiten, einen *duldsam* macht; es wird Sie deshalb nicht verwundern, daß ich Ihnen Ihre kindische und senile Heftigkeit durchaus verzeihe. Doch werden andere vielleicht für die alten Schmerzen, die Sie in mir wachgerufen haben, büßen müssen.

Ich glaube jedoch nicht, daß die Nächstenliebe mich verpflichtet, mich Ihren schulmeisterlichen Unverschämtheiten nochmals *auszusetzen.* Ich werde Ihre Wohnung folglich nicht mehr betreten, und sollten Sie einen Brief meiner Mutter erhalten, die Ihnen, wahrscheinlicher- oder zumindest möglicherweise, das Geld zurückschicken wird, so senden Sie dieses Geld oder die Antwort an Monsieur Ancelle, den ich häufig sehe; das enthebt mich der Notwendigkeit, eine Zeile von Ihnen zu erhalten.

Genehmigen Sie, Monsieur, *die genaue Summe* an Hochachtung, die Ihnen zu bezeigen mir die Schicklichkeit gebietet.

C. B.

Ich behalte jetzt von allen meinen Briefen eine Abschrift, wie ein ordentlicher Mensch, der weiß, was er *tut.*

[Paris,] Samstag, den 26. März 1853

Ich weiß, daß ich Dir großen Kummer bereiten werde, meine schmerzliche Gemütsverfassung muß sich notwendigerweise in einem Brief spiegeln, ganz abgesehen von allem, was ich Dir zu gestehen habe. Aber ich kann nicht anders. Trotz der *zahlreichen* Briefe, die ich Dir in Gedanken geschrieben habe, denn seit einem Jahr habe ich mich jeden Monat in Gedanken hingesetzt, um Dir zu schreiben, – wird mein Brief kurz sein. Ich befinde mich in solchen Verlegenheiten und Schwierigkeiten, daß ich kaum eine Stunde auf diesen Brief verwenden kann, der ein Vergnügen für mich sein sollte, aber ganz das Gegenteil ist. – Seit langem habe ich mein Leben zu einem solchen Wirrwarr gemacht, daß ich nicht einmal mehr für die Arbeit Zeit finde. –

Ich beginne mit dem Schlimmsten, und Peinlichsten. – Ich schreibe Dir mit meinen beiden letzten Holzscheiten und verfrorenen Fingern. – Ich werde in diesen Tagen einer Zahlung wegen belangt werden, die ich gestern hätte leisten sollen. – Und Ende des Monats werde ich einer anderen wegen belangt werden. Dieses Jahr, das heißt seit dem vergangenen April bis heute, ist für mich eine wahre Katastrophe gewesen, obwohl ich die Mittel in Händen hatte, etwas völlig anderes daraus zu machen. Ich habe das unumschränkteste Vertrauen zu Dir; die bewundernswerte Nachsicht, mit der Du mich auf Deiner Durchreise in Paris behandelt hast, erlaubt mir, Dir alles zu sagen, und ich hoffe, Du hältst mich nicht für völlig verrückt, da ich meinen Wahnsinn kenne. Was hätte es auch für einen Zweck, sich zu verstellen und Dir einen Brief voll verlogener Fröhlichkeit und Zuversicht aufzusetzen, während mein Geist von solchen Ängsten heimgesucht wird, daß ich beinahe nicht mehr schlafe, oder oft nur mit unerträglichen Träumen und Fieber?

Warum habe ich Dir nicht früher geschrieben, nicht wahr? – Aber Du hast Dich nie schämen müssen. – Und dann hinderte mich jenes Versprechen, das ich mir selber gegeben hatte, Dir nur zu schreiben, um Dir Erfreuliches mitzuteilen. – Und auch das Versprechen, Dich nie um einen Pfennig zu bitten. – Heute ist das nicht möglich.

Nachdem ich, *vor einem Jahr,* Dein Geld erhalten hatte, – und zwar infolge eines gänzlich unschuldigen Versehens meinerseits sogar mehr, als Du beabsichtigtest, – habe ich es unverzüglich so verwendet, wie ich Dir vorausgesagt hatte. Ich habe das Defizit des Jahres beglichen, und ich habe allein gelebt. – Hier fängt das Unglück von neuem an. – Ich lebte in einem Hause, unter dessen Inhaberin, mit ihrer Verschlagenheit, ihrem ewigen Gezänk, ihren Betrügereien, ich derart gelitten habe, daß ich fortgegangen bin; meiner Gewohnheit nach, ohne ein Wort zu sagen. *Ich schuldete ihr nichts,* aber ich war töricht genug, die Miete weiterlaufen zu lassen, ohne dort zu wohnen, – die Folge ist, daß der Betrag, den ich ihr schulde, die Miete einer Wohnung darstellt, die ich nicht bewohnt habe. Ich habe erfahren, daß dieses schamlose Geschöpf sich erfrecht hatte, Dir zu schreiben. – Nun hatte ich aber, in der Meinung, ich könnte sie demnächst abholen lassen, *all meine Bücher* dort zurückgelassen, – *meine sämtlichen Manuskripte, abgeschlossene wie angefangene, ganze Schachteln mit Papieren,* MIT BRIEFEN, – ZEICHNUNGEN, – *kurz,* ALLES, – *das Wertvollste, was ich besitze: Papiere.* – Unterdessen hatte ein Verleger – ein reicher und liebenswürdiger Verleger – Zuneigung zu mir gefaßt und mich um ein Buch gebeten. – Ein Teil der benötigten Manuskripte befand sich *in jener Wohnung;* – ich habe versucht, von vorne zu beginnen, habe mir gewisse Bücher neu angeschafft, und habe mich darauf versteift, Dir nicht zu schreiben. Am 10. Januar mußte ich, meinem Vertrag nach, das Buch abliefern, ich habe mein Geld in Empfang genommen, und dem Drucker ein so wüstes Manuskript geliefert, daß ich bei den ersten *Fahnen* feststellen mußte, daß die *Korrekturen und Änderungen* so beträchtlich waren, daß es besser wäre, die *Druckformen* einzuschmelzen, und alles *neu zu setzen.* Diese ganze Sprache ist Dir unbekannt; gemeint ist, daß der von den Arbeitern gesetzte Teil – durch mein Verschulden – gewissermaßen unbrauchbar war, – und daß die Ehre mich verpflichtete, für den Schaden aufzukommen. Der Drucker, der keine korrigierten Abzüge erhielt, wurde böse; der Verleger hielt mich für verrückt, und war wütend! – Er, der mir klipp und klar gesagt hatte: *Machen Sie sich keine Sorgen. Sie suchen seit mehreren Jahren einen Verleger; ich betreue Ihre An-*

gelegenheiten und werde alles drucken, was Sie schreiben. – Der Ärmste, meinetwegen hat er den Winterverkauf verpaßt, seit drei Monaten getraue ich mich weder, ihm zu schreiben, noch ihn aufzusuchen. Das Buch liegt immer noch auf meinem Tisch, *unterbrochen.* – Ich habe die Hälfte der Druckkosten bezahlt. – Wahrscheinlich wird zwischen Frankreich und den Vereinigten Staaten ein Abkommen unterzeichnet, das unser Buch nicht, oder zumindest nicht ohne neue Unkosten, zu veröffentlichen erlaubt. – Wirklich, ich verliere darüber den Verstand. – Dieses Buch war der Ausgangspunkt eines neuen Lebens. – Darauf sollte die Veröffentlichung meiner Gedichte folgen, und die Neuauflage meiner *Salons,* zusammen mit meiner Arbeit über die *Caricaturistes,* die bei jenem bereits erwähnten Scheusal geblieben ist, und für die ich von der *Revue de Paris* über 200 Francs erhalten habe, so daß ich keinen Sou mehr dafür bekommen kann.

Jener Mann, der mich für *verrückt* hielt, der meine Verzögerungen überhaupt nicht verstehen kann und dessen Wohlwollen für mich den Anfang meines literarischen Rufs bedeutete, – muß mich jetzt für *einen Dieb* halten. – Werde ich mich jemals mit ihm aussöhnen können?

Das ist noch nicht alles. – Die Oper, – der Direktor der Oper bestellt bei mir ein neuartiges Libretto, das von einem neuen, angesehenen Komponisten vertont werden sollte. Ich glaube sogar, man hätte es vielleicht *Meyerbeer* anvertraut. Das war ein Glücksfall, womöglich eine Lebensrente. Es gibt Fünfzigjährige, deren Ruf fest begründet ist, und denen eine solche Gunst niemals zuteil geworden ist. – Aber Elend und Unordnung führen zu einer solchen Erschlaffung, einem solchen Trübsinn, daß ich alle Verabredungen versäumt habe. – *Zum Glück* habe ich keinen Sou empfangen!

Das ist noch nicht alles. – Der Partner des Direktors eines Boulevardtheaters bittet mich um ein Stück. Es sollte diesen Monat gelesen werden. – *Es ist nicht geschrieben.* – Aus Rücksicht auf meine Beziehungen zu diesem Herrn hat ein Anführer der Claque mir 300 Francs geliehen, die letzten Monat dazu dienten, eine andere Katastrophe abzuwenden. Wenn das Stück geschrieben wäre, hätte das nichts zu sagen; ich ließe die Schuld durch den

Partner des Direktors begleichen oder auf die künftigen Einnahmen aus dem Stück oder auf den Verkauf meiner Karten anrechnen. Aber das Stück ist nicht geschrieben; Fetzen davon befinden sich *bei der Frau des bewußten Hotels,* und die Schuld wird in sechs Tagen fällig, am Monatsende; was soll aus mir werden? – Wie wird es mir ergehen?

In manchen Augenblicken packt mich das Verlangen, endlos zu schlafen; aber ich kann nicht mehr schlafen, weil ich immerfort denke.

Unnötig, Dir zu sagen, daß ich den Winter ohne Feuer verbracht habe. Aber das ist eine Kleinigkeit.

Kurzum, dieses Jahr ist mir *bewiesen* worden, daß ich wirklich Geld verdienen konnte und mit Fleiß und Ausdauer sogar viel Geld. – Aber die frühere Unordnung, das unaufhörliche Elend, ein neues Defizit, das gedeckt werden muß, die durch lauter kleine Plackereien verminderte Tatkraft und schließlich, um nichts zu verschweigen, mein Hang zum Träumen, haben alles zunichte gemacht.

Ich habe Dir noch etwas zu sagen. – Ich bin mir Deiner Güte und Deiner Klugheit so bewußt, daß ich es mir zur Pflicht mache, alles zu sagen. – Noch habe ich nicht alle meine Nöte aufgezählt.

Vor einem Jahr habe ich mich von Jeanne getrennt, wie ich es Dir geschrieben hatte, – woran Du zweifeltest, – was mich verletzt hat; – warum nimmst Du an, ich hätte es nötig oder hätte Lust, Dir irgend etwas zu verbergen? – Mehrere Monate lang habe ich sie zwei- oder dreimal im Monat besucht, um ihr ein wenig Geld zu bringen. –

Jetzt aber ist sie ernstlich krank und im tiefsten Elend. – Ich erwähne das Monsieur *Ancelle* gegenüber nie; der Elende wäre allzu erfreut darüber. – Es versteht sich, daß ein kleiner Teil dessen, was Du mir schicken wirst, ihr zufallen wird. – Ich bereue es jetzt, Dir dies gesagt zu haben, denn mit Deinen plumpen mütterlichen Maßnahmen bist Du fähig, ihr durch Monsieur Ancelle Geld zukommen zu lassen, ohne mich in Kenntnis zu setzen. – Das wäre höchst ungebührlich. Du willst mich doch nicht erneut verletzen, nicht wahr? Dieser Gedanke wird wachsen, und sich in meinem Geist einnisten und mich verfolgen. – Kurz und gut, ich will Dir erklären, was ich in dieser Hinsicht leide: – Sie hat mir viel Leid zugefügt, nicht wahr? – Wie oft – und noch kürzlich Dir gegenüber, – vor einem Jahr, – wie sehr habe ich mich nicht beklagt! – Aber angesichts eines solchen Verfalls, einer so abgründigen Schwermut, fühle ich meine Augen voller Tränen, – und um nichts zu verschweigen, mein Herz voller Vorwürfe. – Zweimal habe ich von ihrem Schmuck und ihren Möbeln gelebt, ich habe sie verleitet, für mich Schulden zu machen, Wechsel zu unterschreiben, ich habe sie geschlagen, und zuguterletzt, statt ihr zu zeigen, wie ein Mann wie ich sich benimmt, habe ich ihr immer nur ein Beispiel der Ausschweifung und des unsteten Lebenswandels gegeben. Sie leidet – aber sie ist stumm. – Ist das kein Grund für Gewissensbisse? Und bin ich in dieser Hinsicht nicht schuldig, wie in jeder anderen?

Dir hätte ich auf Deine alten Tage die Freude bereiten sollen, die zu erhoffen meine Begabung Dich berechtigte, – ich habe es nicht getan.

Auch mir selbst gegenüber bin ich schuldig; dieses Mißverhältnis zwischen Wollen und Können bleibt mir unbegreiflich. – Ich habe eine so richtige, so deutliche Vorstellung von Pflicht und Nützlichkeit, und tue dennoch stets das Gegenteil, – warum?

Da hat mir doch Ancelle, dieser Schwachkopf, vor einiger Zeit gesagt, er habe Dir geschrieben, es gehe mir gut. Dieser Trottel merkt nichts und begreift nichts, in keinem Bereich. Ich will Dich nicht beunruhigen, dazu besteht keine Veranlassung. Ich besitze ja eine so robuste Gesundheit, daß sie mit allem fertig wird. Aber dieses gräßliche Leben und der Branntwein – den ich abschaffen werde – haben mir den Magen für mehrere Monate verdorben, außerdem habe ich unerträgliche Nervenschmerzen – genau wie die Frauen. – Das alles mußte ja so kommen.

Verstehst Du jetzt, warum ich in der furchtbaren Einsamkeit, die mich umgibt, das Genie Edgar Poes so gut verstanden habe, und warum ich sein gräßliches Leben so gut beschreiben konnte?

In diesem Zusammenhang muß ich Dir sagen, daß dieses verfluchte Buch, und der Verlust des Vertrauens meines Verlegers, und die Verzögerungen, und die Zwischenfälle, die ich befürchtete, – wie das internationale Abkommen, das ich vorhin erwähnte, kurzum, diese ganze, vor drei Monaten sichere Angelegenheit, die von Tag zu Tag unsicherer und *befremdlicher* wird, – mich noch aus einem anderen Grund quälen. Ich hatte mich schon gefreut, Dir eine Überraschung besonderer Art zu bereiten. – Ich wollte Monsieur Aupick ein schönes, auf erlesenem Papier gedrucktes und schön gebundenes Exemplar schicken. – Ich weiß wohl, daß jeder Austausch von Herzlichkeiten zwischen ihm und mir unmöglich ist, aber er hätte verstanden, daß diese Zusendung eines Buches, das immerhin ein bemerkenswertes Buch sein wird, ein Beweis meiner Hochachtung wäre, und ein Beweis, daß mir an der seinigen gelegen ist (wenn es mir jemals gelingt, mich frei zu machen). Du hättest es erfahren, und es hätte Dir eine gewisse Befriedigung bereitet. Das war meine einzige Absicht. *Ich bitte Dich dringend, kein Wort davon zu sagen.*

Ich weiß nicht, ob ich Dich zu seiner kürzlichen Ernennung beglückwünschen soll, – denn ich weiß nicht, ob Du nicht lieber in Madrid geblieben wärest.

Ich habe dieser Tage bei *Monsieur Ancelle,* bei *Madame Olivier* und im *Außenministerium* Erkundigungen eingezogen, wann Du zurückkommst, denn ich fürchtete, mein Brief könnte Dich nicht mehr in *Madrid* erreichen. Niemand wußte Bescheid. So gebe ich ihn auf gut Glück zur Post. Er geht heute abend, den 26., ab; wenn Du mir mit deiner gewohnten Pünktlichkeit antwortest, so kann die Antwort am 7. April in meinen Händen sein, genau *einen Tag vor* einer neuen Krise. Wie ich mich bis dahin verhalten soll, um die teuflischen Erschütterungen, die mir bevorstehen, abzuwenden, *weiß ich nicht.* – Ich will versuchen, mein Buch behutsam voranzutreiben, behutsam wie ein Mann, der keinen Pfennig besitzt, und den Verstand verloren hat. –

Fast hätte ich vergessen, Dir Zahlen zu nennen; aber es ist wirklich so furchtbar, daß es mir wehtut, es niederzuschreiben. Es ist mir gelungen, Deinen Geldbeutel ein Jahr hindurch nicht in Anspruch zu nehmen; ich brauche nicht zu betonen, daß ich unablässig den Plan hege, ihn nie mehr in Anspruch zu nehmen, sollte es dennoch abermals nötig sein, dann bestimmt nicht vor einem Jahr.

– Die Bücher und die Manuskripte auslösen.

– Den Rest der Druckkosten bezahlen.

– Die beiden Darlehen, deren eines heute fällig wird, und das andere *(der Geldgeber in der Theaterangelegenheit)* am Monatsende.
– Zahlreiche kleine Schulden, ganz kleine, die sich aber anhäufen.
– Meine Miete und einen Speisewirt bezahlen –
– Der unglücklichen Jeanne beistehen.
Macht alles zusammen *knapp, ganz knapp,* ein Jahreseinkommen, 2400 Francs. – Es ist klar, daß Du keinen solchen Betrag für mich auf die Seite gelegt hast – ich halte es für ausgeschlossen. Zum Glück sind die kleinen Schulden dehnbar, und ich werde den gewichtigeren die geringfügigeren opfern. – *Vielleicht, vielleicht* kann ich mir bis zum 7. mit den letzten Fragmenten von E. A. Poe, die ich in das Buch aufnehmen möchte, noch etwas Geld beschaffen. –
Ich hätte Dir noch Millionen Dinge zu sagen; – aber die Zeit drängt entsetzlich;
– Zum Beispiel – daß Du Dir keine Sorgen machen sollst, obwohl ich weiß, daß Du es tust, – wegen der alten Abrechnung mit Monsieur *Ancelle.* – Für ihn ist das eine Lappalie; – es ist eine allzu winzige Schuld, als daß sie nicht leicht getilgt werden könnte, sobald ich die anderen alten Schulden vermindern kann.
– Daß ich einen Plan habe, den ich für gut halte, und mit dem ich mich seit beinahe zwei Jahren beschäftige, – und zwar ganz unabhängig von der Literatur –, um einen sehr hohen Betrag zu verdienen. – Das muß warten, bis ich mich mit meinem Verleger versöhnt habe und zwei oder drei Bände veröffentlicht sind. – Wenn es mir nicht gelingt, mit diesem Mittel den fürchterlichen Rückstand zu decken, – bedenke nur, daß die Zinsen weiterlaufen, – bin ich gezwungen, mich mit voller Kraft ins Theater zu stürzen.
– Daß ich mich sehr ernstlich über Deine Freunde zu beschweren habe, – über Monsieur Olivier vor einem Jahr; ich habe wirklich geglaubt, er gerate ins *Faseln.* – Ich hatte Dir diese phantastische Szene ausführlich beschrieben, aber ich habe eine ganze Reihe Briefe für Dich angefangen, die vor ein paar Monaten mit allen meinen Papieren zurückgeblieben sind.
– Über Monsieur *Émon,* der mich sehr rüpelhaft beleidigt hat, ohne daß ich ihn im geringsten gereizt hätte. – Ich hatte Lust, ihn

zu verprügeln, aber bei ihm, wie bei dem Herrn Olivier, habe ich mich beherrscht, – Monsieur Olivier, – ich hatte ihm geschrieben, aber ich habe den Brief nicht abgeschickt, – ich habe mich, wie gesagt, beherrscht, und zwar einzig Dir zuliebe.

Usw., usw.... – –

Monsieur Ancelle geht mir auf die Nerven, und ich sehe ihn so selten wie möglich. – Hast Du ihn wirklich beauftragt, Dir über meine Gefühle und Ideen zu berichten? Du weißt sehr wohl, daß der bloße Gedanke genügte, um mich rasend zu machen, und daß ich im übrigen die Moral der Bourgeoisie verabscheue.

Vor ein paar Tagen habe ich in einer Zeitung einen Auszug aus einer spanischen Zeitung gelesen, die berichtete, daß die Armen von Madrid Dir nachtrauern werden. Ich gestehe, mein erster Gedanke war böse. Nachträglich mußte ich im Gedanken an meinen Gedanken unwillkürlich lachen. Kurzum, ich habe eingesehen, daß Du überall zur Ehre Deines Mannes beitragen wolltest, was ganz natürlich ist.

Schreibe mir direkt an M. Charles Baudelaire, 60, rue PIGALLE, IN PARIS, und sorge Dich nicht des zu zahlenden Portos wegen, ich glaube, man kann nicht frei machen.

Ich lege diesem Brief einige Proben des armen unterbrochenen Buches bei. Eine der beachtenswertesten ist in der *Oktober*nummer der *Revue de Paris,* in meiner Übersetzung, erschienen; – in der gleichen Nummer stand ein Gedicht von mir, ein sehr gefährliches, für das man mich beinahe gerichtlich verfolgt hätte. Wenn Du diese beiden Stücke nicht gelesen hast, und wenn Du Zeit hast, so verlange sie doch im Lesekabinett. Das ist doch bei einem gewissen *Monier* in Madrid? Der Titel lautet: *Le Puits et le Pendule,* in der *Oktobernummer.*

Aber ich bitte Dich, *antworte mir, ehe Du das alles liest*; Du bekommst es ohnehin später in dem Band wieder zu Gesicht. –

Arme liebe Mutter, in diesem abscheulichen Brief ist gar wenig Raum für die Zärtlichkeit. Wenn ich Dir sagte, daß ich zehnmal Pläne geschmiedet habe, wie ich mir Geld beschaffen könnte, um nach *Madrid* zu eilen, einzig um Dir die Hand zu drücken, Du würdest mir nicht glauben, nicht wahr? – Wenn ich Dir sagte, daß ich in meinen furchtbaren Anwandlungen von Trübsinn oft ganz leise mit Dir plaudere, Du würdest mir nicht glauben. – Du würdest glauben, es seien Erfindungen kindlicher Höflichkeit. – Ich besitze ein so merkwürdiges Gemüt, daß ich mich selber nicht darin zurechtfinde.

Nun, ich werde Dich sicher bald sehen; wie man sich bei feierlichen Anlässen sorgfältig kleidet, so werde ich versuchen, meinen armen Verstand herauszuputzen, um Dich würdig zu empfangen. – Ich habe oft verschiedene Leute gefragt, wie es Dir geht, – man hat mir immer geantwortet: *gut.* Stimmt das? –

Noch ein Wort. – Schicke mir soviel Geld wie irgend möglich, das heißt den höchsten Betrag, den Du entbehren kannst, ohne in Bedrängnis zu geraten, denn im Grunde ist es nur gerecht, daß ich leide. – Und wenn Du kein Geld hast, ermächtige mich, mir von Monsieur Ancelle etwas geben zu lassen, auch wenn Du ihm seit dem vergangenen April nichts geschickt haben solltest.

Mach mir nicht zuviel Vorwürfe; – wenn diese schlimme Krise überstanden ist, erhole ich mich wieder. – Ich umarme Dich und drücke Deine Hände.

Charles
60, rue Pigalle

AN AUGUSTE POULET-MALASSIS

[Paris,] Freitag, den 16. Dezember 1853

Mein lieber Malassis,

Ich bitte Sie, ich sage nicht dringlichst, denn das wäre unverschämt, – ich bitte Sie ganz einfach, – wenn es möglich ist, – sofort nach Empfang meines Briefes – IRGENDEINEN *Betrag* – in Form einer Postanweisung – aufzugeben. Wie Sie sehen, lasse ich Ihnen völlige Freiheit, – da es sich offenkundig nicht um einen *hohen* Betrag handeln kann. Es geht für mich lediglich darum, mir ein paar Tage Ruhe zu verschaffen, die ich nutzen will, und einige wichtige Sachen fertigzustellen, deren positives Ergebnis der nächste Monat bringen wird.

Als ich den Entschluß faßte, Sie um etwas Geld zu bitten, habe ich in meinen Papieren kramen müssen, um festzustellen, wieviel ich Ihnen bereits schuldete. Ich finde die Zahl 36. Sollte ich mich irren, müssen Sie es mir sagen, und ich nehme an, daß Sie es mir persönlich sagen werden; denn Champfleury hat mir gestern gesagt, daß Sie uns im Januar besuchen kämen.
Es ist unmöglich, Ihnen all die höchst realen Bedrängnisse zu erzählen, die mich dieses Jahr, durch meine Schuld und ohne mein Verschulden, betroffen haben. Ein unfruchtbares Jahr. Dieser ganze groteske Roman geht Sie nichts an und ließe Sie gleichgültig. Sie leben jetzt so geruhsam! Mein Leben hingegen wird, Sie ahnen es, stets aus Wutausbrüchen, *Todesfällen,* Beleidigungen und vor allem aus Unzufriedenheit mit mir selbst bestehen. Ich versichere Ihnen, diese Redeweise ist nicht zu emphatisch; ich schreibe Ihnen bei kaltem Blute. – Ich weiß nur, ich fühle nur, daß ich als Folge einer ganzen Reihe von Fehlschlägen, zu denen meine eigene Dummheit das Ihrige beigetragen hat, ein volles Jahr verloren habe und daß ich *vier Bände und drei Komödien* SCHREIBEN MUSS; daß diese Werke nicht geschrieben sind, daß zumindest noch manches daran zu tun ist, – daß ich für mehrere von ihnen Vorschüsse erhalten habe, – und daß ich *keinen Pfennig* habe, um, nicht etwa vierzehn Tage, sondern auch nur einen Tag zu arbeiten. Sie werden es nicht verwunderlich finden, daß ich an Sie gedacht habe, der Sie mir gegenüber so liebenswürdig waren, – und zwar immer.

P.S. – MIT ODER OHNE GELD, antworten Sie sofort; vor allem aber, lieber Freund, keine plumpen, für Schwachköpfe bestimmten Ausreden; die bloße Tatsache, daß Sie mir nichts zukommen lassen, beweist mir, daß Sie es nicht können. – Und – mein lieber Freund – verschonen Sie mich mit Geistreicheleien, – so wie mein jetziges Leben aussieht, wäre mir damit schlecht gedient.
Da Sie im Januar herkommen, zähle ich natürlich auf Ihren Besuch. Ich will sehen, wie es sich einrichten läßt, Ihr Geld für Sie beiseite zu legen. Ich werde eine Reihe von Arbeiten im *Moniteur* veröffentlichen, sobald ich das bißchen freie Zeit habe, um das ich Sie bitte, und das wird mir EINE GROSSE SUMME einbringen.

Weiteres P.S. – Christophe hat mir vor ein paar Monaten eine Nummer des *Journal d'Alençon* gegeben, in der Sie durchblicken lassen, daß der Übersetzer und *Enthusiast* das gleiche ENDE nehmen werde wie sein *Vorbild. Das kommt davon, wenn man geistreich sein will!* Ich habe die Nummer noch unter meinen Papieren.
Sie behaupten ferner, meine Kategorien, meine psychologischen Erklärungen seien unverständlich, – ja sogar, wenn ich mich recht entsinne, – ich besäße auch nicht die Spur eines philosophischen Kopfes. – Es ist möglich, daß ich in Arbeiten, die eilig niedergeschrieben wurden, unter dem Druck der Not und von rohen Wirrköpfen behindert, mich etwas dunkel ausgedrückt habe; aber der neue, um das Doppelte vermehrte Artikel, der im Januar erscheint, wird Ihnen zeigen, daß ich durchaus weiß, was ich sagen wollte. – Ich meinesteils bin sicher, daß Sie das GENIE, um das es geht, nicht verstanden haben. Mit dem polternden Behagen des Geistes haben Sie von einem Manne gesprochen, den Sie nicht näher kennen. – Hinzu kommt, daß die von Ihnen abgedruckte Übersetzung den Sinn und den poetischen Stil des RABEN nur unzulänglich wiedergibt. Möchte mein leiser Groll Sie nicht abhalten, für mich zu tun, was Sie können. Wenn Ihre Geliebte noch bei Ihnen ist, wenn sie mich nicht zu sehr haßt, – und wenn Sie es für angebracht halten, empfehlen Sie mich ihr.
Ich danke Ihnen für Ihr Geld, falls Sie es schicken; für Ihre rasche Antwort, falls Sie mir nur einen Brief schreiben.
Herzlich Ihr

Ch. Baudelaire
60, rue Pigalle

AN MADAME AUPICK

[Paris,] Montag, den 26. Dezember 1853

Wenn der Bote Dich zu Hause antrifft, schreibe mir eine kurze Antwort, und gib ihm etwas, da ich ihn nicht bezahlen kann. – Wenn Du nicht zu Hause bist, hat er Anweisung, den Brief abzugeben, – und in diesem Falle zähle ich darauf, daß Du, sobald Du ihn gelesen hast, die Güte haben wirst, mir noch heute eine Antwort zukommen zu lassen; denn ein Brief durch die Post würde zu lange dauern.

Sei mir nicht böse, wenn ich Dir gestehe, daß Dein Brief zwei Tage ungeöffnet auf meinem Tisch gelegen hat; bei meiner augenblicklichen Entkräftung kommt es vor, daß ich Briefe erst nach drei Monaten erbreche, und Deine Handschrift fängt an, mir den gleichen Schrecken einzuflößen wie die jener Leute, die auf Grund ihrer Forderungen meine Feinde sind, und deren unablässige Reklamationen mich zur Verzweiflung bringen. – Inzwischen habe ich ihn gelesen, und ich versichere Dir, daß mir noch nie etwas so seltsam Verschrobenes untergekommen ist. In einem Anfall mütterlichen Dünkels hast Du mir neulich durch die Post grammatikalische Anmerkungen zu einem Autor zukommen lassen, den Du nie gelesen hast; nun treibt dieser Dünkel Dich neuerdings, Dir einzubilden, alle meine Leiden rührten daher, daß ich keine Gummischuhe trage. – *Dann Gott und der Himmel, die hier nichts zu suchen haben.* – In Wahrheit geht es um etwas völlig anderes. Verzeih mir, daß ich in einem solchen Ton mit Dir rede; – mir entgeht nichts; Du siehst das Kindische an der Mutterschaft nicht, und wenn ich das Rührende in diesem kindischen Verhalten nicht sähe, würde ich Dir nicht mehr schreiben; – das war übrigens meine Absicht, denn Dein vorletzter Brief war so grausam, so bitter und beinahe grob – was einen im Elend besonders schmerzt, – daß, wenn ich zwei Tage später Deine *hundertundzehn Francs* gehabt hätte, ich sie Dir unverzüglich mit der Post zurückgeschickt hätte, ohne das Geringste davon zu behalten; – aber, ich sage es nochmals, aus den Wunderlichkeiten, die Du mir schreibst, spricht eine Güte, die mich veranlaßt, Dich über meine traurigen Angelegenheiten auf dem laufenden zu halten und mich Deiner zu bedienen. – Schreibst Du mir doch selber, – das ist der einzige Satz, der mir zu Herzen gegangen ist: *Verbirg mir nichts.*

Ich brauche Dir wohl nicht zu sagen, daß ich Deine *ungewöhnlichen* Anerbietungen nicht angenommen habe. Ich habe, wie man so sagt, andere Sorgen. Was deine Befürchtungen betrifft, meine Person könnte im Elend verkommen, so wisse, daß ich mein Leben lang, ob in Lumpen oder in geordneten Verhältnissen, – stets zwei

Stunden auf meine Toilette verwendet habe. Beschmutze Deine Briefe nicht mit solchen Dummheiten.

Zu Deinen unaufhörlichen, höchst berechtigten und doch fast unverständlichen Vorwürfen, mein Buch betreffend: *Dieses Buch! Wann kommt dieses Buch heraus? Diese Artikel, – wann erscheinen diese Artikel?* – kann ich Dir nur eines sagen; jeder, der wie ich gelebt hat, würde mich verstehen: – ein Monat ist eben verstrichen, das heißt *das Doppelte* der zur Vollendung des Buches notwendige Zeit, – und ich habe den ganzen Monat keine fünf ruhigen Tage gehabt!

Nun zu dem, was ich Dir zu sagen habe, – da Dein Wohlwollen nicht erstorben ist, – und beruhige Dich, – es geht diesmal nicht um Deinen Geldbeutel, – im übrigen weiß ich, daß Du keinen Pfennig hast.

Wenn ich heute über einen nicht unerheblichen Betrag verfügte, etwa 100 Francs, – dann kaufte ich keine Schuhe, keine Hemden, ich ginge damit weder zum Schneider noch ins Pfandhaus. Gestern war die letzte Frist, um etwas zu tun, das ich als eine *unabweisbare* Pflicht betrachte, nämlich die Exhumierung und Wiederbestattung einer Frau, die mir ihre letzten Mittel gegeben hat, ohne zu klagen, ohne zu stöhnen, *und vor allem ohne weise Ratschläge.* Ich muß an einen Bürgermeister schreiben, dann an den Polizeipräfekten. Das Terrain wird mich 86 Francs kosten, natürlich kommen noch Trinkgelder hinzu, und was der Totengräber sich ergaunert. DAS ist wichtiger als die Schuhe; – im übrigen bin ich körperliche Leiden so sehr gewohnt, ich verstehe mich darauf, zwei Hemden unter einer zerschlissenen Jacke, durch die der Wind pfeift, in die Hose zu stopfen, bin so geschickt darin, Stroh- oder gar Papiersohlen in durchlöcherte Schuhe einzulegen, daß ich beinahe nur noch die seelischen Leiden spüre. – Allerdings muß ich gestehen, ich bin jetzt so weit, daß ich aus Angst, meine Kleidung noch mehr zu zerreißen, mich nicht mehr getraue, eine jähe Bewegung zu machen oder allzu weit zu gehen.

ICH WILL KEINEN HELLER SCHULDEN ZAHLEN. Ich werde meine Gläubiger hinhalten, bis mein Buch fertig ist. Ich darf annehmen, daß man mir beim *Moniteur* das gleiche Wohlwollen entgegenbringen wird wie damals, vor drei Monaten, als ich das letzte Mal dort war; mein Leben ist eine solche Hetze, daß das genaue Datum mir entfallen ist. – Es geht um folgendes: nicht frieren zu müssen, gehen zu können, ohne jede meiner Bewegungen überwachen zu müssen, genügend Geld zu behalten, um *ohne Unterbrechung und beharrlich* mindestens sechzehn Tage arbeiten zu können, – das ist meine fixe Idee, – und zwar seit langem. Nun würden – selbst angenommen, meine Kleider wären verkauft, und ich müßte mir neue anschaffen, – 150 Francs genügen, um *all diese Probleme* zu lösen. – Aber ich will Monsieur Ancelle nicht aufsuchen, den ich *mit kleinen Quittungen über 20 Francs* geplagt habe, der sich daran gewöhnt hat, daß ich, ohne eine Zeile von Dir, nur sehr kleine Beträge von ihm verlange. Statt ihm nun Dein Einverständnis mit der Post zu schicken, was sehr lange dauert, – und diese Grabbeschaffung ist *dringend,* – könntest Du es nicht – unversiegelt und in geziemende Worte gekleidet – meinem Boten übergeben, – falls er Dich antrifft? – Ich würde ihn dann unverzüglich nach Neuilly schicken, denn, wie gesagt, abgesehen davon, daß Monsieur Ancelle mich sehr viel Zeit kostet, erlaubt meine *Ausstattung* mir keine weiten Gänge mehr. *Das wären also 100 Francs für den bereits erwähnten Zweck, 100 Francs für Kleidung und sonstiges, – 50 Francs, die Sou um Sou aufgegessen würden.* Dieses Geld wird Monsieur Ancelle selbstverständlich in einigen Monaten wieder einbehalten können, in sechs, sieben, vielleicht noch mehr, doch was tut's?

– Wenn es mir nächsten Monat – was für ein abscheuliches Neujahr! – finanziell besser geht, will ich sehen, ob ich Dich von der Miete entlasten kann. – Jetzt habe ich in meinen Augen eine Pflicht erfüllt, indem ich Dir alles erzähle. *Ich warte in alle Ruhe Deine Antwort ab, ehe ich einen anderen Entschluß fasse.* Ich erzähle Dir *das Betrübliche und Gräßliche* nicht gerne, aber war es nicht dennoch besser, Dich ein wenig zu betrüben? – Ich brauche zwei Zeilen von Dir, *um mir ein dreistündiges Gespräch mit Monsieur Ancelle zu ersparen;* ich weiß noch nicht, was ich tun werde, wenn Du sie mir nicht schickst; jedenfalls werde ich *die Sache* nichts aufs Konto *Deines Herzens, sondern* Deines *Weitblicks* setzen.

Charles

[Paris,] 8. März 1854

Meine liebe Mutter, das kleine Buch, das ich Dir beilege, ist eingestandenermaßen nur eine plumpe Schmeichelei. Ich bin sicher, daß Du wunderbare Dinge darin entdecken wirst; außer in den *Jugendgedichten* und in *Scenes from Politian,* die am Ende stehen und die Mittelmäßiges enthalten, wirst Du nur Schönes und Merkwürdiges finden. Obwohl ich das Buch gegenwärtig nicht benötige, da ich *einige Unterlagen doppelt* habe, verliere es nicht, und vor allem VERLEIHE ES NICHT. Es ist, wie Du siehst, eine sehr hübsche Ausgabe, und Du weißt, welche Mühe es mich gekostet hat, diese verschiedenen Ausgaben zusammenzubringen. Sehr merkwürdig, und für mich unübersehbar, ist die geheime, wenn auch unausdrückliche Ähnlichkeit zwischen meinen eigenen Gedichten und denen jenes Mannes, wenn man den Unterschied des Temperaments und des Klimas in Anschlag bringt.

Ich gehe morgen früh nach Neuilly, um von Monsieur Ancelle das Geld zu fordern, *das mir für den Monat April zusteht.* Da ich keine Lust habe, mich mit ihm herumzustreiten, noch mich gegen seine Ängstlichkeit und EHRBARE KNAUSERIGKEIT auf Erörterungen einzulassen, und da Deine Handschrift allmächtig ist, möchte ich heute, wenn ich nach Hause komme, – 60, rue Pigalle – ich habe den Mut gefunden, am Fastnachtsdienstag zurückzukehren, – möchte ich also ein paar an ihn gerichtete Zeilen von Dir vorfinden, in einem Umschlag mit meiner Adresse; unter Umständen mache ich gar keinen Gebrauch davon; wenn er sich kampflos ergeben sollte, wäre der Brief überflüssig; aber wenn er sich auf Erörterungen verlegt, was dann? So oft er etwas herausrücken soll, hat er die Manie, mir nur *ein oder zwei Louis auf einmal zu geben, mit denen ich natürlich nichts anfangen kann.* Nun muß aber, da mein Paletot auseinanderfällt, – er hat zwei und einen halben Monat länger gehalten, als ich dachte, – unbedingt ein Ersatz her, – *das Pfandhaus liegt nur zwei Schritte von meiner Wohnung entfernt;* – ich werde nicht *alles* auslösen, – wozu auch? – Abgesehen davon, daß ich zuviel Geld dafür benötigte, würde ich mich des Überflüssigen wiederum bedienen, um zu Geld zu kommen; zum andern – obzwar meine Miete jetzt von 100 Francs auf 40 herabgesetzt ist, will ich mir morgen endlich Frieden schaffen mit meiner Hausbesitzerin. Außerdem möchte ich, daß mir noch etwas übrig bleibt, um ein paar Tage zu arbeiten; das ergibt zusammen jedenfalls 150 Francs. – Die Kleider machen 91 – die Miete 40 – ich *werde nur die Hälfte der Kleider abholen.* Vor ein paar Tagen hast Du gesagt, Du wagtest nicht, Dich zu erkundigen, wie es um meine Abrechnungen steht; folgendermaßen: seit Jahresanfang habe ich die Beträge für die Monate Januar, Februar, März in voller Höhe bezogen. Außerdem am Anfang des vergangenen Monats 200 Francs erhalten, die zu Deinen Lasten gehen, *wenn ich sie nicht von dem Geld dieser unseligen Artikel zurückbezahle, die immer noch nicht erschienen sind, oder wenn meine zusätzlichen Forderungen in Neuilly nicht seltener werden.* Überdies habe ich nicht vergessen, daß Du mich gebeten hast, nie Geld von Dir zu verlangen.

Da Du den *Moniteur* erhältst, wirst Du gemerkt haben, daß es mir nicht gelungen ist, die Veröffentlichung dieser unseligen Artikel zu beschleunigen. Ich kann mich nicht entschließen, mich zu der Bitte um einen Vorschuß zu erniedrigen, vor allem nicht vor den Fahnen. Ich werde wieder hingehen; aber ich werde vermutlich genötigt sein, mich auch an die *Illustration,* die *Revue de Paris* und *Le Pays* zu wenden.

Was Deine Besuche angeht, so würden sie mich zum glücklichsten Menschen auf Erden machen. *Jeanne kommt immer nur in aller Frühe, um mir ihre Sorgen zu erzählen;* nachmittags – wenn ich vernünftig genug war, ein wenig Geld zu behalten, – und morgen werde ich gewiß welches haben – bleibe ich zu Hause. – Dafür gibt es triftige Gründe. Ich will noch in diesem Monat sämtliche Rückstände erledigen, – die literarischen Rückstände – insbesondere das *Drama,* das ich fertigstellen will, ehe *die Saison im Odéon* vorbei ist und *Tisserand in die Provinz geht.*

Wenn Du zum Abendessen zufällig nicht zu Hause bist und dieser Brief, den ich selber überbringe, um einen Boten zu sparen, Dir zu spät übergeben werden sollte, als daß Du noch *heute abend* zu mir schicken könntest, dann bitte *morgen sehr früh.* Ich möchte nach

Neuilly gehen, ehe Monsieur Ancelle zu Mittag ißt. Möglicherweise fruchten alle diese Vorkehrungen nichts, um meinen Geldhunger davon abzuhalten, beim *Moniteur zu borgen;* aber dieser Schritt widerstrebt mir, und ich würde gerne noch einige Tage davon Abstand nehmen. – Du siehst, meine liebe Mutter, dieser Brief enthält überhaupt keinen Anlaß zur Betrübnis.
Ich umarme Dich und bitte Dich, nie zu ZWEIFELN.

Ch. Baudelaire
60, rue Pigalle

Heute abend oder morgen. – Verliere das Buch nicht UND LEIHE ES NICHT AUS.
Solltest Du mich in den nächsten Tagen besuchen wollen, und sollte ein ein- oder zweistündiges Gespräch mich in meiner Arbeit stören, so würde ich mir die Freiheit nehmen, trotz Deiner Anwesenheit darin fortzufahren.

AN EUGENE PELLETAN

[Paris,] Freitag, den 17. März 1854

Monsieur,

Ich bin Ihnen niemals begegnet und habe niemals die Ehre gehabt, mich mit Ihnen zu unterhalten. Man hat mir berichtet, Sie hätten freundlicherweise in einem Ihrer jüngsten Artikel *(Revue de Paris),* meinen Namen genannt, und einzig dieser Umstand ermutigt mich, an Sie zu schreiben, um Ihnen folgende Bitte vorzutragen: – Seit langem schon, seit 1847, lasse ich es mir angelegen sein, den Ruf eines Mannes zu befördern, der Dichter, Gelehrter und Metaphysiker in einem ist: dies alles, ohne daß er aufhörte, Erzähler zu sein. Niemand anders als ich hat Edgar Poe in Paris zur Berühmtheit verholfen; das Belustigende ist, daß meine biographischen und kritischen Artikel sowie meine Übersetzungen andere bewogen haben, sich ebenfalls mit ihm zu beschäftigen; niemand jedoch, – außer Ihnen, – hat meinen Namen auch nur zu erwähnen geruht. Die Welt ist mit Dummheit gepflastert. Dabei sind diese unglücklichen Fragmente überhaupt nur dank meiner Zudringlichkeiten erschienen. Bald hieß es – das ist zu *bizarr,* zu *exzentrisch,* zu *gräßlich,* zu *ausgetüftelt* (warum nicht *zu schön?*). – Da der schöne Buchhandel in unserer guten Zeit mich nötigt, zwei Fliegen mit einer Klappe zu schlagen, habe ich an das *Musée littéraire,* im zweiten Feuilleton des SIECLE, gedacht. Monsieur de Tramont, der mir seine Unterstützung ausdrücklich zugesagt hat, hat *acht* Proben in Händen. Es versteht sich, daß ich, um den Handel zu erleichtern, die rein philosophischen oder wissenschaftlichen Stücke streichen werde. – Sie wären die liebenswürdigste Ausnahme unter den Journalisten, wenn Sie bei Monsieur de Tramont und Monsieur Tillot ein passendes Wort zu meinen Gunsten einlegen wollten. Ihre Stellung und Ihre Bekanntheit verleihen Ihren Worten sicherlich großes Gewicht. – Nur, – einem Kollegen gegenüber, scheint mir, bedarf es keiner Zurückhaltung, – wäre ich sehr glücklich, wenn ich in dieser Angelegenheit weder das Gesicht von Monsieur Desnoyers zu sehen noch seine Stimme zu hören bekäme. Ich schwöre Ihnen, daß ich persönlich nichts gegen ihn habe; sein Haß auf das Schöne ist unschuldig, weil er unbewußt ist, er ist animalisch und instinktiv; und wäre er der beste aller Menschen, literarisch wird er stets nur Unheil anrichten. – Die Achtung, die Ihre Arbeiten mir für Ihren Charakter eingeflößt haben, hat mich zu diesem vielleicht befremdlichen Schreiben ermuntert.

Genehmigen Sie, Monsieur, den Ausdruck meiner aufrichtigsten Erkenntlichkeit, und seien Sie überzeugt, daß diese Formel in Ihrem Fall nichts von der Banalität ähnlicher Sätze hat, wie sie bei hochgestellten Persönlichkeiten üblich sind.

Ch. Baudelaire

AN MADAME AUPICK

[Paris,] 25. Juni 1854

Meine liebe Mutter, ich bin VERPFLICHTET, *ernstlich verpflichtet,* HEUTE ABEND jemand zum Essen einzuladen; da die Küche hier, weil mein Hotelier völlig *heruntergekommen* ist, *was ich nicht wußte,* ungenießbar ist, so muß ich die betreffende Person in ein Gasthaus ausführen. Wenn ich ihr auch ein Wort schriebe, um ihr Herkommen zu verhindern, – eine dicke Lüge, Abwesenheit, Krankheit, – so wäre ich doch selber froh, einmal auswärts zu essen, denn es ist wirklich grausam, was man hier bekommt. Früher war das Haus gut geführt, jetzt ist es abscheulich. Ancelle ist, wie Du weißt, zurück, und ich werde ihn veranlassen, Dir alles, was Du mir diesen Monat geschickt hast, zu erstatten.

Und die bewußte Angelegenheit? die bewußte Angelegenheit? wirst Du fragen. Sie hat abermals neue Phasen durchlaufen. Sie ist wie die Orientfrage; endlich bereinigt. Doch um welchen Preis, großer Gott! Ich verliere 1300 Francs. Mit andern Worten, weil ein baldiges Erscheinen dringlich ist, habe ich mich bereit gefunden, etwas, das 2000 Francs wert ist, für 700 hinzugeben. Vielleicht unterzeichne ich morgen meinen Vertrag mit dem *Pays,* der *Zeitung des Kaiserreichs,* und dann werde ich wie ein Verrückter herumlaufen, um mir auf diese Hypothek Geld zu leihen. Das ganze Werk erscheint in EINEM MONAT. – Zuvor wirst Du in den nächsten Tagen drei große Stücke im *Constitutionnel* finden.

All dies Schlimme hat vielleicht sein Gutes. Ich werde genötigt sein, meine *Theaterentwürfe* energisch zu fördern, um 1000 oder 2000 Francs leihen zu können.

Ich bitte Dich, schreibe mir keinen Brief voller Vorwürfe.

Charles

[Paris,] 28. Juli 1854

Soeben hat Arondel das Haus verlassen. Ein wahres Gespenst; zum Glück war ich in meinem Ankleidezimmer versteckt. Er hat eine Zeitlang gewartet, und Monsieur Lepage ist ganz von sich aus darauf verfallen, ihm zu sagen, die Druckerei habe nach mir geschickt und mich holen lassen. Es ist mir unmöglich, Deinen ausführlichen Brief, außer in gedrängter Kürze, zu beantworten, – ja, ja, alles kommt in Ordnung; ja, diese Versöhnung wird stattfinden, und zwar in allen Ehren, wenn Dein Mann nur einen Funken Geist besitzt; ja, ich weiß alles, was Du meinetwegen hast erdulden müssen.

Im Augenblick weiß ich nicht, wo mir der Kopf steht. Ich bin von Nichtstuern und Schurken überlaufen, die mir meine Tage stehlen, – ich werde mich hermetisch abschließen lassen, – abends bin ich in der Setzerei, – ich habe keine Zeit mehr zu verlieren, die Setzerei würde mich überholen, so schnell geht alles. Du wirst bereits erraten haben, was mir absurderweise zugestoßen ist. Diese Trottel haben es sich einfallen lassen, den 24. um 4 Uhr mit dem Abdruck zu beginnen, ohne mich zu benachrichtigen. Dementsprechend war die Ausgabe für die Provinz ein wahrer Arschwisch, ein *Monstrum.* Selbst in der Pariser Ausgabe, wo das Ärgste noch in der Nacht beseitigt werden konnte, weil ich zufällig in die Druckerei gekommen war, – sind schwere Fehler stehengeblieben, besonders in der Widmung an Maria Clemm, auf die ich großen Wert legte; so sollte es heißen: *»il embaumera,* LUI, *votre nom de* SA *gloire«*.

Ich will versuchen, Dir bis übermorgen einen Merkzettel zu schreiben, in doppelter Ausfertigung, einen für Dich, einen für Ancelle; sieh zu, daß er den seinen nicht verliert, der Euch von Nutzen sein kann, da er Euch die Grundlagen für die Auseinandersetzung liefert und Euch gleichzeitig beweist, *daß etwas geschehen muß, bis meine Lebensumstände eine glücklichere Wendung nehmen.* – Diese Übersetzungen kosten mich eine Heidenarbeit, und dennoch muß es mir gelingen, einige Zeit für meine Dramenentwürfe zu erübrigen.

Ach, apropos: die 40 Francs? – könnte es heute sein? Sie gehen an

den Oberkellner, als kleine Abschlagszahlung. Könnte es den 1. oder 5. August sein?
Spätestens in drei Tagen erhältst Du noch den Merkzettel.

Charles

Ich werde den Boten nicht bezahlen.

AN PAUL DE SAINT-VICTOR

[Paris,] Dienstag, den 26. September 1854

Obwohl ich Sie nicht kenne, Monsieur, möchte ich Sie um einen großen Gefallen bitten. Diese Bitte erklärt sich aus keinem anderen Grund als der sehr aufrichtigen Bewunderung, die ich für den Menschen hege, von dem die Rede sein wird. Wie kommt es, daß Sie, für den das dramatische Feuilleton kein abzuarbeitendes *Pensum* ist, sondern eine Gelegenheit, romantische Ideen zum Ausdruck zu bringen, Sie, der Sie die Romantiker verstehen, nicht von Herrn Rouvière in der Reprise der *Mousquetaires* gesprochen haben?

Auch wenn es zu spät ist und Sie ihn nicht gesehen haben, gehen Sie hin, – ich selber habe ihn siebenmal gesehen, – Sie werden einen hohen Genuß haben, dessen bin ich sicher. – Rouvière macht aus diesem Stück etwas Neues. – Und sollte ich zufällig das Opfer einer Täuschung sein, sollten sein Spiel, seine Darstellung für Sie nicht den gleichen Wert, die gleiche Bedeutung haben, so wäre mein größter Kummer nur die mangelnde Übereinstimmung meiner Intelligenz mit der Ihren.

Der Zufall hat mir zugetragen, daß Sie *unsere* Feuilletons im *Pays* unterhaltsam finden. Aber welch ein Martyrium, Monsieur! – Wir sind bei unserer 3., 4., 5. Unterbrechung. Die Abonnenten schreien, und diese Herren unterwerfen sich. Die Welt steht auf dem Kopf. Wir sind erst beim 18. Feuilleton, und es bleiben mir noch 26 von meinem gesamten Vorrat, – mein sehr langes Vorwort über die Lage der mit Phantasie begabten Menschen in den protestantischen und handeltreibenden Gesellschaften nicht mit-

gerechnet. – Wie lange wird sich das hinziehen? – Und Madame Clémence Robert wird an die Stelle eines genialen Mannes gesetzt, der sich mit sämtlichen Fragen beschäftigt hat! – Ich konnte nicht anders, ich mußte mich heute abend bei jemand beklagen. – Heute morgen wollte ich *Théophile* aufsuchen, da er nicht zu Hause war, habe ich mich auf Sie gestürzt.
Genehmigen Sie die Versicherung meiner aufrichtigen Sympathie.

Ch. Baudelaire

AN PAUL DE SAINT-VICTOR

[Paris,] Samstag, den 14. Oktober 1854

Sie werden mich entschieden für einen *Anpreiser* von der zudringlichsten Sorte halten, Monsieur, und ich weiß wahrhaftig nicht, wie ich mich verhalten soll. – Als es um Rouvière ging, war es leicht; – ein so hochbegabter Mann; – heute, Monsieur, geht es um eine Dame, und um es rundheraus zu sagen, ich wünsche von ganzem Herzen, Sie möchten für *Mademoiselle Daubrun* ein gutes Wort finden. – Sie hätten heute abend in der *Gaîté* ein gewaltiges Melodram sehen sollen, *Les Oiseaux de proie,* aber ich glaube, die Vorstellung ist um zwei oder drei Tage verschoben worden. – Ich habe Théophile gestern einen Brief platt auf dem Bauch im gleichen Sinne geschrieben, und ich weiß nicht, wo ich heute die Kühnheit hernehme, Ihre Feder in den Dienst meiner Interessen stellen zu wollen.
Mademoiselle Daubrun ist eine jener Schauspielerinnen, die bald gut, bald schlecht sind, je nach dem Wind, den Nerven, der Ermutigung oder Entmutigung.
In Erwartung dessen, daß es dem *Pays* beliebt, die Veröffentlichung der noch verbleibenden 32 Feuilletons wieder aufzunehmen, – will ich auf eigene Kosten einen hübschen kleinen Luxusband mit Gedichten von Edgar Poe herausbringen; lauter Unveröffentlichtes. Muß ich Ihnen eigens versichern, daß Ihr Name einer der ersten zehn ist, die dem Drucker mitgeteilt werden?
Tausend Entschuldigungen und tausendmal Dank.

Ch. Baudelaire

AN PAUL DE SAINT-VICTOR

[Paris,] Sonntag, den 22. Oktober 1854

Ich danke Ihnen, Monsieur; – hinsichtlich Rouvières lag tatsächlich ein Mißverständnis vor. Ich habe Monsieur Pellerin nie gesagt, es spiele in *Diane de Chivry*. – Ich habe gesagt, daß *Diane de Chivry* die *Mousquetaires* ablösen sollte, – seither hat man sich anders entschieden, – und Sie haben wirklich eine der bemerkenswertesten künstlerischen Darbietungen versäumt. – Rouvière war nur für zwei Monate engagiert. – Wenn sich ein ganzes Jahr lang kein Stück mit einer Rolle fände, in der die Originalität seines Talents sich entfalten könnte, würde er ein ganzes Jahr lang seine Gage umsonst erhalten, und Monsieur Hosteins Sympathie für ihn geht nicht so weit, daß er die Interessen des Direktors vergißt. Ich weiß, daß Madame Colet und Monsieur de Vigny sich bemühen, ihn irgendwo unterzubringen, um ihn *Chatterton* und *La Maréchale d'Ancre* spielen zu lassen, und ich zittere bei dem Gedanken, es könnte ihnen gelingen, – und zwar ohne sonderliche Mühe, – denn ich habe mich meinerseits – da ich weiß, daß Monsieur Holstein ihn mit Freuden behielte, wenn er ein gutes, seinem Temperament anpaßbares Stück hätte, – an die Arbeit gemacht, und bin mit ihm – das heißt mit Rouvière – übereingekommen, ihm die ersten Aufzeichnungen zu einem psychologischen Melodram über die *Trunksucht* zu geben, das vorzuschlagen und dessen Annahme durchzusetzen ich ihm anheimstellen würde, wenn es mir gelingt, – wie ich glaube, wie ich hoffe, – das Grauen des Branntweins herauszudestillieren, – und falls Monsieur Holstein auf meinen Vorschlag nicht eingeht, – oder wenn Rouvière anderwärts beschäftigt ist, – werde ich so lange warten wie nötig, und nur *er* wird dieses Stück spielen. Ich erzähle Ihnen dies alles nur, weil die Pechvögel sich immer einbilden, man müsse sich für alle ihre Träume interessieren.

Was die *Histoires extraordinaires* angeht, – Lhéritier ist gut, liebenswürdig und reizend, – und auch hier liegt vielleicht ein Mißverständnis vor. – Man hat immer in den Tag hinein publiziert, die Zahl der Feuilletons war nicht vereinbart worden, – ich war nie unpünktlich, mein Feuilleton war stets einen Tag vorher bereit, –

jedesmal, wenn die Veröffentlichung unterbrochen wurde, hat man nicht einmal geruht, es mir am Vortag mitzuteilen. – Als ich demnach ohne jede vorherige Benachrichtigung mein Werk durch ein sehr langes anderes ersetzt sah, mußte ich glauben, es sei aus einer jener reizenden Launen der Zeitungsherausgeber abgesägt worden. Was ich in diesem Laden schon alles über mich habe ergehen lassen müssen, ist namenlos; von den Geldfragen gar nicht zu reden, – und dabei ist man gewiß der Ansicht, es sei immer noch zu teuer, – denn das Geschrei der Abonnenten in der Provinz ist nur ein Vorwand, und der einzige Grund für die Ersetzung sind die lächerlich geringen Kosten, die für die Ersatzwerke zu zahlen sind. – Eine kleine monatliche Ersparnis. – Um Ihnen ein Beispiel für die feinen Sitten Ihrer Zeitung zu geben, – *würden Sie es für möglich halten, daß ich jedesmal zudringlich werden mußte, um der Druckerei meine eigenen Feuilletons zu entreißen,* – daß mir mehrere fehlen, die mir hartnäckig verweigert worden sind, und daß, falls es unglücklicherweise keine Abzüge mehr zu kaufen gäbe, ich gezwungen wäre, sie anhand von geliehenen Nummern auf eigene Kosten neu setzen zu lassen oder die fehlenden Teile des Manuskripts neu zu schreiben? – *Im übrigen muß ich gestehen, daß Ihr Brief mir eine gewisse Beruhigung gewährt,* und wenn es wirklich genügt, diesen für den Druck zuständigen Herren gehörig zuzusetzen, damit der Abdruck wieder aufgenommen wird, *so soll das unverzüglich geschehen.*

Nun FLEHE ICH SIE AN, *kein Wort von meinen Klagen zu wiederholen.* Eine Zeitung ist immer eine Räuberhöhle. Übrigens glaube ich, daß ich die Kränkungen eigentlich liebe, sie stählen den Charakter, und ich sammle sie.

Was Mademoiselle Daubrun angeht, die ich Ihnen sehr schüchtern empfohlen habe, denn sie macht mir den Eindruck einer Person, die gelegentlich aus Zufall Talent hat, – so kann ich Ihnen gar nicht genug danken, und wie soll ich mich für Ihr Wohlwollen erkenntlich zeigen? Das geringste Zeichen der Anerkennung kann eine vorzügliche Wirkung auf sie haben. – Seit vielen Jahren, Monsieur, hat man mich der Höflichkeit und des Wohlwollens

entwöhnt, und wenn ein ausgezeichneter Mensch sie mir erweist, bin ich jedesmal ganz verblüfft.
Genehmigen Sie den Ausdruck meiner aufrichtigen Dankbarkeit.

Ch. Baudelaire

AN HIPPOLYTE HOSTEIN

[Paris,] Mittwoch, den 8. November 1854

Monsieur,

Ich fände den Mut nicht und das Zutrauen, den befremdlichen Schritt zu unternehmen, zu dem ich mich heute anschicke, wüßte ich nicht, daß ich zu einem Mann von Geist spreche.
Das Werk, das ich Ihnen übersende und das aufzutreiben mich die größte Mühe gekostet hat, da die Bibliothek es nicht ausleihen will, – und die *Revue retrospective* seit langem verschwunden ist, – ist so gut wie unbekannt; vielleicht kennen Sie es? – Jedenfalls ist es weder in den sämtlichen Werken, *noch in den nachgelassenen Werken* enthalten, und außer einigen Büchernarren kennt es eigentlich niemand. Seit vielen Jahren bin ich überzeugt, daß diesem Werk in unseren Tagen ein großer Erfolg beschieden wäre; ein anderer als ich hätte an die *Comédie-Française* oder an das *Gymnase* gedacht; aber die Wahl, die ich treffe, scheint mir besser, einmal der Qualitäten des Direktors wegen, vor allem aber deshalb, weil sie – lassen Sie es mich aussprechen, – paradox ist.
Monsieur Hostein ist ein Freund von Balzac. Verdanken wir Ihnen, Monsieur, doch die vorzügliche Aufführung der *Marâtre!* – Monsieur Hostein wird den Wert eines Werkes zu erkennen wissen, das sich wie ein seltsamer Vorläufer des Theaters ausnimmt, von dem Balzac träumte.
In den vom Staat subventionierten Theatern geschieht nichts, läuft nichts, bleibt es beim alten; dort ist jedermann ängstlich und prüde.
Außerdem wäre es doch interessant, einmal festzustellen, ob das so verachtete Boulevard-Publikum wirklich nicht imstande wäre,

ein solches Werk verständnisvoll und mit Beifall aufzunehmen, – ein Werk von so hohem Rang – auf den das Wort *literarisch* anzuwenden, mir widerstrebt, weil es dem gräßlichen Kauderwelsch unserer Zeit angehört.

Ich dachte, die unermüdlichen Erfolge Ihres Theaters ermächtigten Sie, ohne großes Risiko einen Aufsehen erregenden Versuch zu wagen, und die Einnahmen aus den *Cosaques* und dem *Sanglier* könnten – schlimmstenfalls – die Aufnahme des Diderot'schen Stückes ausgleichen.

Wenn ich Ihren Stolz auf höchste treiben wollte, könnte ich Ihnen sagen, es sei Ihrer würdig, mit diesem großen Autor Geld zu verlieren, aber leider sehe ich mich zu dem Geständnis veranlaßt, daß meiner Überzeugung nach Geld damit zu verdienen ist.

Schließlich – wage ich auch diesen letzten Schritt noch? – denn hier scheine ich, ein Ihnen Unbekannter, zudringlich in Ihre Rechte und Obliegenheiten einzugreifen, – schließlich kam es mir so vor, als ob ein seiner Leidenschaftlichkeit, seines Kunstverstands und seines poetischen Charakters wegen so wunderbarer Darsteller wie Monsieur Rouvière, ein Darsteller, der mich in den *Mousquetaires* hingerissen hat, – ich ahne nicht einmal, ob Sie in diesem Punkte meiner Ansicht sind, – es kam mir, sage ich, so vor, als ob in dieser von Diderot geschriebenen Rolle Diderots (Hardouin) – eine Gestalt, in der Zartgefühl sich mit Ironie und einem höchst wunderlichen Zynismus verbindet, – die Begabung dieses Schauspielers eine völlig neue Entfaltungsmöglichkeit fände.

Verwunderlicherweise haben sämtliche Personen dieses Stückes *gelebt*. Monsieur Poultier, der Marinebeamte, ist in hohem Alter gestorben; ich habe jemand gekannt, der ihn noch gekannt hat.

Mehrere Frauen kommen in dem Stück vor, die alle amüsant und liebenswürdig sind.

Dieses Werk ist, genau genommen, das einzige wirklich dramatische Werk Diderots. *Le Fils naturel* und *Le Père de famille* lassen sich nicht damit vergleichen.

Was die Änderungen betrifft, – ich wünschte, Sie möchten hierin mit mir übereinstimmen, – so dürften einige wenige genügen; sie beträfen gewisse veraltete Ausdrücke, einige Gepflogenheiten der damaligen Rechtsprechung, etc. etc. Mit anderen Worten, es emp-

fiehlt sich vermutlich, dem modernen Publikum zuliebe einige unschuldige Anachronismen zu begehen.
Und nun erlauben Sie mir noch, Monsieur, die Gelegenheit wahrzunehmen, um Ihnen zu gestehen, daß ich seit langem mit dem Plan eines Dramas umgehe, das an Erschreckendem und Seltsamem nichts zu wünschen übrig läßt, und in den seltenen Augenblicken, da ich daran arbeiten kann, schwebt mir immer das Bild Ihres ungewöhnlichen Schauspielers vor Augen. Es handelt sich um ein Drama über die *Trunksucht.* Ich brauche Ihnen nicht zu sagen, daß mein Trunkenbold kein gewöhnlicher Trunkenbold ist. – Genehmigen Sie, Monsieur, die Versicherung meiner Hochachtung, und erlauben Sie mir, zu hoffen.

Ch. Baudelaire
57, rue de Seine

AN MADAME AUPICK

[Paris,] Montag, den 4. Dezember [1854]

Meine liebe Mutter, Du wirst es kaum verwunderlich finden, daß ich so viel Zeit verstreichen ließ, ohne Dir für Deine plötzliche und völlig unverhoffte Hilfe zu danken. Du kennst mein seltsames Leben und weißt, daß jeder Tag mir mein Teil Ärger, Streitigkeiten, Schwierigkeiten, Laufereien und Arbeit bringt, und es somit nicht verwunderlich ist, wenn ich Briefe, die zu schreiben ich für meine Pflicht erachte, oft vierzehn Tage lang immer wieder auf morgen verschiebe. Heute jedoch komme ich aus eigenem Antrieb, um Deine Hilfe zu erbitten. Ich muß ihrer schon sehr dringend bedürfen, denn, wenn es mir dank des vertrackten Lebens, das man mir bereitet hat, jedesmal wie eine *Bettelei* vorkommt, mein GELD zu fordern, so wirst Du ermessen, was ich empfinde, wenn die Not mich zwingt, einen Gefallen zu erbitten. Diese kümmerlichen hundert Francs haben mich gerührt; sie haben mir zu leben erlaubt, und sonst nichts; wenn ich sie für eine der wichtigen Angelegenheiten verwendet hätte, die mir am Herzen liegen, wäre mir nichts geblieben. So habe ich fünf oder sechs jener kleinen

Schulden damit beglichen, mit denen wir in unserem Viertel zu leben pflegen. Beim Anblick dieses armseligen Geldscheins, den Du für eine gewaltige Hilfe hieltest, war mir vor allem der Gedanke peinlich, daß er für Dich eine Entbehrung darstellte.
Heute nun geht es für mich um eben dieselben Bedürfnisse wie vor ein paar Monaten. Habe ich was zum Anziehen, JA oder NEIN? Das soll nicht heißen: Kann ich über die Straße gehen, ohne daß die Leute sich nach mir umdrehen, das ist mir gleichgültig, – aber muß ich mich damit abfinden, mich ins Bett zu legen und im Bett zu bleiben, weil ich nichts anzuziehen habe? Darf ich endlich in dem Augenblick, da ich ein wenig Ruhe und Freiheit dringend nötig habe, – denn ich kann jeden Augenblick genötigt sein, mich ausschließlich um die Zeitung zu kümmern, jeden Morgen muß ich auf Fahnen gefaßt sein, – darf ich hoffen, diese Ruhe zu erlangen, die von ein paar kleinen Schulden abhängt? Zuguterletzt wählt Madame Trolley, die eine dumme Pute ist wie alle Geschöpfe in ihren Kreisen, ausgerechnet diesen Augenblick, um *äußerst schroff,* wie Du siehst, das Geld zurückzufordern, das sie mir geliehen hat. Dieses Geld stand in Neuilly lange zu ihrer Verfügung; aber Monsieur Ancelle, der immer nur seinen Kopf durchsetzen muß, hat es für gut befunden, sie so lange warten zu lassen, bis sie es leid war. Ich habe die Geduld verloren, und eines schönen Tages, vor langer, langer Zeit, habe ich das Geld genommen und ausgegeben.
Ich habe Monsieur Ancelle vor zwei oder drei Tagen gesehen; er war auf dem Weg zu Dir; ich habe ihn inständig gebeten, Dir dies alles wenigstens teilweise zu erklären und darauf zu dringen, daß es ihm gestattet werde *(daß es ihm gestattet werde!)*, abermals das gleiche für mich zu tun wie letzten Monat; aber ich bin überzeugt, daß er Dir von alledem überhaupt nichts gesagt hat. – Ich habe mit ihm über die Jahresabrechnung gesprochen, über die Notwendigkeit, eine große Gesamtabrechnung aufzustellen, über die Unerheblichkeit dieser Abrechnung, auf welchen Betrag sie sich auch belaufen mochte, wenn er im neuen Jahr nur nicht weiter zunahm; ich habe ihm vorgeworfen, Dich erschreckt zu haben, und ihm schließlich meine Bestellung für Dich aufgetragen. Ich habe mir von ihm noch einen Kreditbrief für seinen Schneider geben lassen.

– Da ich ihm kein Geld entreißen konnte, wollte ich mir wenigstens das Mittel sichern, zu etwas Anziehbarem zu gelangen . . .
. . . .
Welchen Demütigungen habt Ihr mich ausgesetzt, mein Gott! und wie kann es jemand Freude bereiten, einen Menschen wie mich mit solchen Erbärmlichkeiten zu quälen?
Wie dem auch sei, ich habe von diesem Brief noch keinen Gebrauch gemacht; ich würde es vorziehen, keinen Gebrauch davon zu machen; denn es ist doch völlig widersinnig, immer neue Sachen zu kaufen, wenn man sich mit dem gleichen Betrag bessere verschaffen kann. In meinem Fall geht es nur darum, meinem Schneider eine Abschlagszahlung zu leisten und die Sachen auszulösen, die schon fertig sind.
Von dem Betrag, den ich bei Monsieur Ancelle abheben möchte, den gleichen wie letzten Monat (350 Francs), will ich auch der Besitzerin meines Hotels eine Abschlagszahlung leisten und die Gelegenheit wahrnehmen, um ihr die seit ewigen Zeiten verlangte endgültige Abrechnung sowie eine Quittung über sämtliche von mir geleisteten Zahlungen *zu entreißen, abzuverlangen,* unter Druck *zu entwinden.* – Alles Geld, das ich von dem *Pays* erhalten werde, die Vorschüsse dieses Monats und die Restzahlung zu Neujahr, wird seinen Weg dorthin nehmen; denn diese Frau hat mir auf den 9. Januar gekündigt, und ich habe mir geschworen, mich in Zukunft nie wieder in die Klauen eines Hotelbesitzers zu begeben.
Ich kehre ins Konkubinat zurück, und wenn ich am 9. Januar nicht bei Mademoiselle Lemer eingerichtet bin, dann eben bei der *Anderen;* was ich brauche, ist *eine Familie;* nur so kann ich arbeiten und weniger ausgeben.
Monsieur Ancelle behauptet, er wäre überglücklich, wenn ich im kommenden Jahr nur 2400 Francs von ihm beziehen würde. Du weißt, daß ich die Absicht hatte, nur 1200 zu beziehen. Aber er glaubt es nicht.
Ich habe tausend Plackereien; ich erwarte eine *Druckfahne* wie den Messias. Von dem *Pays* hat man mehrmals nach mir geschickt. – Man zögert, mein Buch wieder aufzunehmen, weil man fürchtet, ich könnte die Zeitung gelegentlich im Stich lassen. Wie

sollte man nicht der Verläßlichkeit eines Mannes mißtrauen, der in so trostlosen Verhältnissen lebt wie ich?
Freunde haben mir zu verstehen gegeben, daß, wenn ich mich mit meinen Theaterplänen, die wohlwollend aufgenommen wurden, nicht beeile, mir eines jener Mißgeschicke zustoßen könnte, wie sie mich so häufig heimgesucht haben und die man zeitlebens nicht verwindet.
Schließlich bin ich auch – seit langem schon – im Rückstand mit der *Revue de Paris.*
Mein Gehirn ist völlig zermartert.
– Eben fällt mir etwas ein, das mich bei unserem letzten Zusammensein stutzig gemacht hat, – nämlich eine gewisse Beunruhigung, die Du an den Tag gelegt hast, weil Du mich für fähig hältst, beim Zivilgericht einen gewissen Schritt zu unternehmen. Ich bin in der Tat imstande, ihn zu unternehmen, – bin jedoch nicht töricht genug, ihn ohne *berechtigten Anspruch* auf Erfolg zu unternehmen. – Und leider muß ich bekennen, daß darauf gegenwärtig nicht die geringste Aussicht bestünde. – Kurzum, ich glaube, mein Leben ist von allem Anfang an verdammt worden, und wird es *ewiglich* bleiben.
Ich vergaß noch etwas. Ich hatte gestern, ich hatte heute morgen eine sehr schwere, sehr dringliche Schuld zu bezahlen; ein an mich gerichteter Brief für Monsieur Ancelle könnte mir frühestens *morgen* Geld beschaffen, – und es betrübt mich auch, wenn ich den verlorenen Tag bedenke, den mich dieser Gang zu Ancelle kosten würde; er mag ein vortrefflicher Mensch sein, aber er ist auch der taktloseste durch die Art, wie er einen in Gespräche verwickelt und einem die Zeit stiehlt; – ich bitte Dich deshalb, mir wenn möglich, als erstes, noch ehe Du mir diesen Brief für Monsieur Ancelle schickst, falls Du dies für angebracht hältst, – denn Du schreibst manchmal lange Briefe, – mir als erstes 60 Francs zu schicken, die ich Dir *morgen,* sobald ich ihn aufgesucht habe, zurückschicken werde; ein Bote findet mich mit Sicherheit jederzeit zu Hause, da ich für 9 Uhr abends ein Feuilleton zugesagt habe, dem ich mich jetzt zuwenden werde.
Ich weiß, daß heute Montag ist, Dein Besuchstag, ich bitte Dich deshalb tausendmal um Verzeihung. Doch um Deine Nerven zu

schonen, sage ich dem Boten, daß er nicht auf Antwort warten und den Brief nur abgeben soll.
Ich umarme Dich.

Charles

Du behauptest, daß ich Dir oft große Leiden bereite; – und wenn meine Strafe nur darin bestünde, Dir diese unerträglichen Briefe schreiben, – und darin *immer wieder alles und jedes erklären und erklären zu müssen,* – es wäre Strafe genug.

AN JULES BARBEY D'AUREVILLY

[Paris,] Mittwoch, den 20. Dezember 1854

Mein lieber Herr Barbey d'Aurevilly,

Ich habe Sie *etliche Male* aufgesucht, um Ihnen die Hand zu drükken, aber ich habe kein Glück gehabt; – ich schicke heute morgen auf gut Glück zu Ihnen, um Sie um einen kleinen Gefallen zu bitten. – Ich bin ganz verdummt und zerschlagen, ich habe überhaupt nichts zu lesen, und außerdem habe ich einer Dame, die darauf schon seit langem erpicht ist, versprochen, ihr etwas von Ihnen zu lesen zu geben; – wenn Sie diesem Mann gleichviel was von Ihnen mitgeben könnten, *La Bague, Le Dandysme, Germaine, La Vieille Maîtresse, l'Ensorcelée,* – ich pflege Bücher nicht zu verlieren, – würden Sie mich sehr glücklich machen. – Sollte der Bote Sie nicht antreffen, oder sollten Sie gerade *im Kerker* sitzen, – will ich ein andermal wieder zu Ihnen schicken.
Ihre Liebenswürdigkeit wäre vollkommen, wenn Sie der Sendung eine Liste Ihrer verschiedenen Werke, mit den Namen der Verleger, beilegen wollten, – eine Liste, die ich schon seit langem benötige.
Ihr großer Artikel über Monselet hat diesem armen Burschen völlig den Kopf verdreht. Er war zugleich sehr glücklich und sehr unglücklich. Ich habe mein möglichstes getan, um ihn zu überzeu-

gen, daß er sehr glücklich sein sollte. – Wenn es sich um mich gehandelt hätte, wäre ich sehr unglücklich gewesen. Leben Sie wohl, Monsieur, und seien Sie für immer meiner Freundschaft und meiner Bewunderung versichert.

Ch. Baudelaire

AN MADAME AUPICK

[Paris,] Donnerstag, den 20. Dezember 1855

Meine liebe Mutter, ich habe Ihnen viel zu sagen, und Monsieur Ancelle, der Ihnen diesen Brief überbringt, ist über alles auf dem laufenden. Wir beide, er und ich, haben gottlob von jeher, vor allem aber seit zwei Monaten, alles miteinander besprochen und erörtert.

Vor allem wünsche ich, Sie zu sehen. Seit nunmehr über einem Jahr weigern Sie sich, mich zu empfangen, und ich bin überzeugt, Ihrem berechtigten Zorn dürfte nun Genüge geschehen sein. Meinem Verhältnis zu Ihnen haftet etwas ganz und gar Abnormes und für mich unendlich Demütigendes an, das aufrecht zu erhalten, unmöglich Ihre Absicht sein kann. Wenn diese Bitte Ihren Empfindungen nicht Genüge tut, so lassen Sie zumindest Großmut walten. Ich bin noch kein alter Mann, aber ich kann es sehr bald werden. Es scheint mir unmöglich, daß Sie diese Situation fortdauern lassen wollen; ich bin Demütigungen aller Art ausgesetzt, es wäre doch das Mindeste, daß wenigstens Sie mir solche ersparen. Und wie ich schon sagte, wenn Sie schon ohne Freude und ohne Vertrauen in diese Versöhnung einwilligen, so möge doch wenigstens eine Art Erbarmen Sie dazu bewegen. Gestern, im Vorgefühl des Umzugs *(der morgen stattfinden soll)*, habe ich angefangen, eine Menge Papiere zu ordnen. Ich habe eine Menge Briefe von Ihnen wiedergefunden, die zu verschiedenen Zeiten, unter verschiedenen Umständen geschrieben wurden. Ich habe versucht, mehrere wieder zu lesen; alle waren von tiefer Anteilnahme erfüllt, einer ausschließlich materiellen freilich, als wären die Schulden alles, als wären die geistigen Freuden und Befriedigungen nichts. Aber da sie vor allem mütterlich waren, haben sie die allerschmerzlichsten Gedanken in mir erweckt. All diese Briefe stellten verflossene Jahre dar, schlecht verflossene Jahre. Diese Lektüre ist mir bald unerträglich geworden. Nichts ist in manchen Fällen widriger als die Vergangenheit. Und wie ich dem allen nachdachte, kam ich zu dem Schluß, daß diese Situation nicht nur ungeheuerlich und empörend sei, sondern darüber hinaus gefährlich. Aus dem Umstand, daß mir eine Geistesbeschaffenheit eignet, die Ihnen offensichtlich überspannt erscheint, darf nicht gefolgert werden, daß ich ein krankhaftes Gefallen fände an dieser völligen Einsamkeit und dieser Entfernung von meiner Mutter. Ich glaube, ich sagte Ihnen schon, ich könnte ein alter Mann werden; doch es gibt Schlimmeres. Einer von uns beiden kann sterben, und der Gedanke, wir könnten sterben, ohne uns wiederzusehen, tut wahrhaftig weh. Sie wissen, wie sehr mir jede Emphase zuwider ist. Ich bin mir meines Unrechts Ihnen gegenüber bewußt; und so oft ich etwas recht lebhaft empfinde, zwingt die Angst vor einer Übertreibung mich dazu, mich so kühl wie möglich auszudrücken. Sie täuschen sich deshalb nicht, wenn Sie hinter meinen Worten eine Wärme und eine Innigkeit des Verlangens vermuten, die ich einer mir eigenen Scheu wegen vielleicht nicht ganz hineinlege. – Vor allem aber, wie ich bereits sagte, gewähren Sie mir dies: sollten Sie mir das Übrige gewähren, das heißt eine materielle Befriedigung, es könnte mir nicht wahrhaft genügen. Ich bin nun schon seit geraumer Zeit recht krank an Leib und Seele, und ich will alles, alles auf einmal, eine völlige Verjüngung, eine augenblickliche Befriedigung für Leib und Seele. Die Jahre häufen sich, und keins von beiden wird mir zuteil, das ist wirklich hart.

Ancelle wird Ihnen meinen Wunsch, ich möchte eher sagen, meinen festen Entschluß berichten, mich ein für allemal in einer Wohnung einzurichten, die ich schon seit zwei Monaten gewählt habe. So habe ich fast schon beim Einzug eine Miete zu zahlen, da die Wohnung seit zwei und einem halben Monat reserviert ist, ohne daß ich sie beziehen konnte, weil mir das Geld fehlte.

Ich bin das Leben in Schankwirtschaften und Hotels garnis gründlich satt; es bringt mich um und vergiftet mich. Ich verstehe nicht, wie ich das ausgehalten habe.

Ich habe die Erkältungen, die Migräne- und Fieberanfälle satt, und vor allem bin ich es satt, zweimal am Tag das Haus verlassen zu müssen, und den Schnee, den Straßenschmutz, den Regen. – Ich wiederhole es ihm unablässig; aber er will Ihre Ermächtigung, bevor er meinem Wunsch entspricht.

Es fehlt mir an allem; es handelt sich demnach um ein größeres Opfer oder einen größeren Vorschuß als sonst. Aber ich werde auch unendliche Vorteile daraus ziehen, und zwar beinahe unverzüglich; vor allem, keine Zeitverluste mehr. Das ist meine Plage, meine größte Plage; denn es gibt einen noch schlimmeren Zustand als körperliche Schmerzen: die Angst, mitanzusehen, wie in diesem gräßlichen Dasein mit seinen unaufhörlichen Erschütterungen die wunderbare dichterische Begabung, die Klarheit der Gedanken und die Macht der Hoffnung, die mein eigentliches Kapital darstellen, sich abnutzen, verfallen und verschwinden.

Meine liebe Mutter, Sie haben so gar keine Ahnung von der Existenz eines Dichters, daß Sie für dieses Argument vermutlich wenig Verständnis aufbringen; und doch ist dies meine schlimmste Befürchtung; ich will nicht in einem vergessenen Winkel verrekken, ich will das Alter nicht ohne ein regelmäßiges Leben herankommen sehen, damit werde ich mich NIEMALS abfinden; und ich glaube, daß meine Person sehr wertvoll ist, ich will nicht sagen, wertvoller als andere, doch wertvoll genug für mich.

Um auf meine Einrichtung zurückzukommen, es fehlt mir an allem: Möbel, Wäsche, Kleidung, sogar Kochtöpfe, Matratzen, und meine bei verschiedenen Buchbindern liegengebliebenen Bücher, ich brauche alles, alles, und zwar sofort. Ancelle kann sich um so verwickelte Dinge nicht kümmern, das habe ich ihm begreiflich gemacht. Übrigens hängen alle diese Ausgaben eine an der andern. Meine Einrichtung hängt von der Möglichkeit ab, da fortzugehen, wo ich jetzt bin. Meine Ruhe hängt von der Vollständigkeit dieser Einrichtung ab. – Mehrere Sachen sind schon bestellt. In drei Tagen ist alles vorbei. Da morgen der Tag ist, an dem ich ausziehe oder alles hier, in der Rue de Seine, zurücklasse (und das in Arbeit befindliche Buch? – und der Drucker! der Verleger!); angenommen, ich bekomme das Geld heute, dann werde ich zwei oder drei Nächte auf dem Fußboden schlafen, und arbeiten, wo es eben geht; denn ich kann das Begonnene nicht unterbrechen.

Ich habe diese Wohnung im Viertel des Boulevard du Temple gewählt, *rue Angoulême 18;* das Haus ist schön und vor allem ruhig; ich werde also wie ein anständiger Mensch untergebracht sein; endlich! – Das wird, wie ich Ihnen sagte, eine wahre Verjüngung bewirken, ich bedarf eines ganz und gar verborgenen Lebens, von vollkommener Keuschheit und Nüchternheit.

Meine beiden Bände werden jetzt endlich erscheinen, und im neuen Jahr werde ich, dank der *Revue des Deux Mondes,* und dank Ancelles, anständig leben können. Deswegen mache ich mir keine Sorgen. Ich werde endlich ein Zuhause haben. Sie werden in Zukunft von derartigen Ungelegenheiten verschont bleiben. Es wird keine Veranlassungen mehr dazu geben. – Ich habe alle Vorkehrungen getroffen, um diese neue Einrichtung vor jeglichem Unheil zu bewahren.

Ach! mein Gott! ich vergaß den Betrag. Mit 1500 Francs ist alles in drei Tagen erledigt. Offen gestanden, das Leben eines Dichters ist gewiß soviel wert: es ist nicht mehr und nicht weniger; ich habe alles fünfzigmal durchgerechnet. Es ist knapp, aber es reicht gerade. Ich habe Ancelle sehr nachdrücklich zugesetzt, er möge mir mit seiner Zaghaftigkeit, seinen Ängstlichkeiten keine Schwierigkeiten bereiten, und nicht auf Mittel sinnen, mir dieses Geld in mehreren Raten zu geben, was es um seinen ganzen Wert und Nutzen bringen würde; ich bin gezwungen, so rasch zu handeln, so rasch! Und alle diese Ausgaben, wie ich Ihnen schon sagte, sind aufs engste, wie eine Folge von Handlungen, miteinander verknüpft. Was Selbstachtung und Schicklichkeit betrifft, bedarf es keiner näheren Erklärungen.

Wenn ich bedenke, wieviel ich gezwungenermaßen, sinnlos und unausweichlich, ohne Vergnügen, ohne Vorteil ausgebe, möchte ich rasend werden. Ich habe soeben nachgerechnet, was alles ich in diesem Jahr *von Ihnen, von Ancelle, vom Pays und von dem Verlag Lévy* erhalten habe; es ist enorm, freilich, ich habe wie ein wildes Tier gelebt, wie ein begossener Pudel. Und so wird es ewig weitergehen, bis meine Phantasie sich mit meiner Gesundheit verflüchtigt, es sei denn, ich treffe ungesäumt die erwähnte große Entscheidung.

Ich sagte gerade heute morgen etwas zu Ancelle, das mir recht

vernünftig vorkommt. Ich sagte ihm: Sähen Sie es lieber, wenn ich mich wie so viele Schriftsteller verhielte, die weniger Stolz als ich haben, und das täte, was ich noch nie getan habe, unter keinem Ministerium, unter keiner Regierung? Mir graut davor, einen Minister um Geld zu bitten, und doch ist das beinahe üblich; dafür stehen besondere Gelder zur Verfügung. Ich aber besitze einen Stolz und eine Vorsicht, die mich immer von solchen Mitteln abgehalten haben. Nie wird mein Name in den schmählichen Paperassen einer Regierung zu finden sein. Lieber will ich bei allen Leuten Schulden haben; lieber will ich mich mit Ihnen herumstreiten, und meine Mutter quälen, wie schmerzlich das auch sein mag.
Seien Sie nicht gekränkt, wenn Sie mein Buch als letzte erhalten. Ich möchte Ihnen ein schönes Exemplar schenken. Und ich werde drei Exemplare auf besonderem Papier drucken.
Was meine literarischen Pläne betrifft, – aber die kümmern Sie ja nur wenig, – davon erzähle ich Ihnen ein andermal. – Es sind übrigens für das neue Jahr dieselben wie für das verflossene, die zu vollenden mein fürchterliches Leben mich verhindert hat. Ein Band *Critique* (fertig), *Poésies* (fertig), und beinahe verkauft, – ein Roman und ein großes Schauspiel. – Ich umarme Sie, – ich sage nicht: Ich flehe Sie an, – ich sage nur: Haben Sie ein wenig Wagemut und Vertrauen.

Charles

Morgen muß ich ausziehen; ich hätte meine Unterkunft heute räumen sollen.
Alles reiflich erwogen, habe ich Ancelle so selten irgendwelche Umstände meines Lebens verheimlicht, daß ich es auch für angebracht hielt, ihn diesen Brief lesen zu lassen, ehe er ihn mitnimmt, um ihn Ihnen zu übergeben. Ich nehme an, daß dieses Vorgehen nichts Kränkendes für Sie hat. Er hat mich darauf aufmerksam gemacht, daß der von mir geäußerte lebhafte Wunsch, Sie wiederzusehen, vielleicht nicht von hinlänglichen Entschuldigungen begleitet sei. Aber diese Reue, diese Entschuldigungen, die errät man doch, das springt in die Augen: ich habe sie Ihnen zweimal bezeugt, in zwei Briefen, die Sie nicht gelesen haben. Es gibt Dinge, die gleichsam sichtbar gedacht werden. Könnten Sie wirklich an-

nehmen, ich hätte mich glücklich gefühlt, Sie beleidigt und die wahrlich falsche Meinung, die Sie sich von mir gebildet haben, noch verschlimmert zu haben? – Ich bitte Sie nochmals inständig, seien Sie großmütig, und Sie werden es nicht bereuen. Wer hindert uns, sobald ich ein regelmäßiges Leben führe, uns wenigstens zweimal in der Woche zu sehen oder zu treffen? Derart könnte ich Sie über mein Leben auf dem laufenden halten, und dank der neuen Gefälligkeit, um die ich Ancelle bitte, wird es in Zukunft keine Erschütterungen mehr geben.

AN MADAME AUPICK

[Paris,] 9. Januar 1856

Meine liebe Mutter, ich bin überzeugt, daß Sie geglaubt haben, ich würde vergessen, Ihnen ein paar Worte des Dankes zu schreiben, – nein; – in Wahrheit schlug ich mich mit allerlei Lästigkeiten und Sorgen herum; – in Wahrheit haben diese Lästigkeiten, dieses unvermeidliche Hin- und Herlaufen mich sehr viel Zeit gekostet, und sobald ich mich ein wenig ruhiger fühlte, galt es natürlich, diese Lücke in meiner Arbeit auszufüllen. Endlich, und seit langem zum ersten Mal, habe ich mit einem Gefühl der Sicherheit lange hintereinander arbeiten können, – aber ich vergaß, Ihnen zu sagen, daß der eigentliche Grund für meine Verspätung darin besteht, daß ich Ihnen mit diesem Brief den ersten Band meines Buches schicken wollte. Nun gibt es eine Verzögerung nach der anderen. Mein Verleger wettert wie ein Verrückter wegen der Kosten, die ich der Druckerei verursache, und wegen meiner Langsamkeit. Aber ich bin entschlossen, stets so zu handeln, nach meinem Willen nämlich, – zumindest, wo es um *Literatur* geht. In drei Tagen jedoch werde ich mich endlich an den zweiten Band machen können. Heute morgen hätte ich *Ancelle* sehen sollen; ich zog es vor, Ihnen zu schreiben. Sobald meine Umschläge fertig sind, schicke ich Ihnen ein Exemplar, und wenn ich später, wie ich hoffe, ein paar Exemplare auf schönem Papier erhalten kann, geben Sie mir dieses gegen das neue zurück. – Sobald der zweite Band fertig ist, – und

für dieses Buch brauche ich keine vier Monate, sondern nur einen, – werde ich regelmäßig für die *Revue des Deux Mondes* arbeiten.
Sie haben gewünscht, ich sollte den langen Brief lesen, den Sie Ancelle geschrieben haben; ich habe ihn gelesen, und ich muß der Wahrheit zuliebe gestehen, Ancelle, der mich nachgerade kennt, hat wohl befürchtet, ich könnte mich gekränkt fühlen. Aber ich habe etwas mehr gesunden Menschenverstand, als er annimmt, und hätte dieser Brief noch zwanzigmal mehr mütterliche Kleinigkeiten enthalten, er hätte mich nicht weniger tief gerührt. Es gehört zum Wesen der wahren Dichter, – verzeihen Sie mir diese kleine Anwandlung von Stolz, es ist der einzige, der mir erlaubt ist, – daß sie aus sich selbst heraustreten und ein völlig anderes Wesen verstehen können.
Eine einzige Stelle, und ich bin sicher, daß Sie diesbezüglich eine Antwort erwarten, hat mich höchlichst überrascht, – sowohl der verspäteten Gefühlsanwandlung als auch ihrer Wunderlichkeit wegen: ich meine die Stelle, die meinen Bruder betrifft. Mein Bruder hat mich bei zwei Gelegenheiten tief verletzt, die eine kennen Sie, die andere nicht. – Das Verbrechen meines Bruders heißt Dummheit, weiter nichts, – aber das ist viel. – Ich hätte nie gedacht, daß Sie auf den Gedanken verfallen könnten, mir diesbezüglich Ratschläge zu erteilen. – Die *bösen* Leute, welche wissen, was sie tun, sind mir lieber als die *guten Dummen*. Meine Abneigung gegen meinen Bruder ist so lebhaft, daß ich es nicht schätze, gefragt zu werden, ob ich einen Bruder habe. Die Welt hat nichts Kostbareres als den *poetischen Geist* und die *Ritterlichkeit der Gefühle*. Seine politische und wissenschaftliche Nullität, seine zynischen Ansichten über die Frauen, denen gegenüber man, wenn schon nicht Leidenschaft, so doch Artigkeit an den Tag legen sollte, alles, einfach alles macht ihn mir fremd. – Muß ich Ihnen jedoch eigens versichern, daß ich im Falle irgendwelcher unerwarteter Umstände nicht nur unfähig wäre, meinem Bruder zu schaden, sondern ihm auch nur den geringsten Kummer zu bereiten? – Das ist nicht Freundschaft, sondern nur das Gefühl für Anstand.
Erlauben Sie mir, Sie zu umarmen, und Ihnen nochmals meinen Dank auszusprechen, der so aufrichtig und empfunden ist, wie Sie sich ihn nur denken können.

Ich wohne: 18, rue d'Angoulême-du-Temple. – Ich werde Ihnen jedenfalls ein paar Zeilen schreiben, wenn ich das erwähnte Buch schicke. – Ich hatte Ihnen die von mir verfaßte Biographie eines meiner Freunde geschickt und einen abscheulichen Artikel über mich. – Ancelle sagt, Sie hätten nichts erhalten. – Seltsam.

AN SAINTE-BEUVE

[Paris,] 19. März 1856

Hier, mein lieber Beschützer, eine Art Literatur, die Ihnen vielleicht nicht ebenso viel Begeisterung einflößt wie mir, die Sie aber gewiß interessieren wird. *Edgar Poe,* der in Amerika nicht viel gilt, *muß* für *Frankreich* ein großer Mann werden, – muß, das heißt: ich wünsche es; ich weiß, wie mutig Sie sind, und wie sehr Sie das Neue lieben, so war ich so kühn, Michel Lévy Ihre Unterstützung in Aussicht zustellen.

Können Sie mir ein paar Zeilen schicken, des Inhalts, daß Sie im *Athenaeum* oder sonstwo etwas schreiben werden? Ich würde dann Monsieur Lalanne bitten, niemand anderen damit zu beauftragen, – besitzt Ihre Feder doch eine *ganz besondere* Autorität, deren ich bedarf.

Sie sehen am Ende der Notiz (die allen gängigen Meinungen über die *Vereinigten Staaten* widerspricht), daß ich weitere Studien in Aussicht stelle. Ich werde später die Ansichten dieses seltsamen Mannes auf dem Felde der Wissenschaften, der Philosophie und der Literatur darlegen.

Ich befehle also meine allzeit verworrene Seele in Ihre Hände.

Ch. Baudelaire

18, Rue d'Angoulême-du-Temple

Wird für den Direktor der Zeitung ein weiteres Exemplar benötigt, möge er es bei der Verlagsbuchhandlung holen lassen.

C. B.

AN SAINTE-BEUVE

[Paris,] Mittwoch, den 26. März 1856

Sie wußten wohl, daß diese gute kleine Nachricht eine große Freude für mich sein würde. Lalanne ist von Asselineau benachrichtigt worden, und das Buch sollte nur dann jemand anderem übergeben werden, wenn Sie den Artikel nicht hätten schreiben können. Lalanne hat ein Exemplar erhalten.

Im Zusammenhang mit dem Übrigen Ihres Briefes kann ich Ihnen ein paar Einzelheiten mitteilen, die Sie interessieren dürften.

Es wird einen zweiten Band geben, und ein zweites Vorwort.

Der erste Band ist dazu bestimmt, das Publikum zu ködern: *jongleries, conjecturisme, canards,* etc. *Ligeia* ist das einzige bedeutende Stück, das der Stimmung und Haltung nach zum zweiten Band überleitet.

Der zweite Band enthält phantastische Geschichten höherer Art: *hallucinations, maladies mentales, grotesque pur, surnaturalisme,* etc.

Das zweite Vorwort soll die Analyse der Werke enthalten, die ich nicht übersetzen werde, und vor allem die Darlegung der *wissenschaftlichen* und *literarischen* Ansichten des Verfassers. Ich werde dieserhalb sogar an Herrn von Humboldt schreiben müssen, um seine Meinung über ein ihm gewidmetes kleines Buch zu erbitten; es handelt sich um *Eureka.*

Das erste Vorwort, das Sie kennen und in dem ich einen heftigen Protest gegen den Amerikanismus einzulegen versucht habe, ist in biographischer Hinsicht so gut wie komplett. – Man wird sich befleißigen, Poe nur als *Jongleur* gelten zu lassen, doch ich werde mit allem Nachdruck auf den übernatürlichen Charakter seiner Dichtung und seiner Erzählungen zurückkommen. Amerikaner ist er nur als *Jongleur.* Übrigens hat er sich nach besten Kräften über seine Landsleute lustig gemacht.

Das von Ihnen erwähnte Stück gehört *demnach* in den zweiten Band. Es ist ein Gespräch zwischen zwei Seelen nach der Zerstörung des Erdballs. Es gibt *drei Gespräche dieser Art,* die ich Ihnen am Ende des Monats gerne leihen werde, ehe ich meinen zweiten Band dem Drucker übergebe.

Und nun danke ich Ihnen von ganzem Herzen; doch Sie sind so liebenswürdig, daß Sie sich mit mir großen Gefahren aussetzen. Nach *Poe* kommen zwei Bände von mir, einer mit kritischen Arbeiten, und ein Gedichtband. So bitte ich Sie im voraus um Vergebung; ich fürchte übrigens, Sie werden mich, sobald ich nicht mehr mit der Stimme eines großen Dichters spreche, für einen höchst aufdringlichen Schreihals halten.
Ganz der Ihrige,

Ch. Baudelaire

Am Ende des zweiten Bandes von Poe bringe ich ein paar Proben seiner Gedichte.
Ich bin überzeugt, ein so sorgsamer Mensch wie Sie wird es mir nicht verargen, wenn ich ihn bitte, die Rechtschreibung von Edgar Poes Namen genau zu beachten. Kein *d,* kein Trema, kein Akzent.

Ch. Baudelaire

DIE FANFARLO

DIE FANFARLO

Samuel Cramer, der einstmals – als die Romantik ihre gute Zeit hatte –, einige romantische Torheiten mit dem Namen Manuela de Monteverde unterzeichnete, ist das widersprüchliche Erzeugnis eines blassen Deutschen und einer braunen Chilenin. Nimmt man zu dieser zweifachen Abstammung eine französische Erziehung und eine literarische Bildung hinzu, so werden die wunderlichen Vertracktheiten dieses Charakters zwar nicht gerade Wohlgefallen und Erbauung auslösen, aber doch weniger befremden. – Samuel hat eine reine, edle Stirn, glänzende Augen wie zwei Tropfen Kaffee, eine spott- und streitsüchtige Nase, schamlose, sinnliche Lippen, das breite Kinn eines Despoten und geziert raphaelesk herabwallendes Haar. – Er ist gleichzeitig ein großer Nichtstuer, ehrgeizig und enttäuscht, vom Unglück umwittert; denn er hat sein Leben lang fast immer nur halbe Einfälle gehabt. Die Sonne der Trägheit, die unaufhörlich in ihm leuchtet, frißt und verdampft ihm jenes halbe Genie, womit der Himmel ihn begabt hat. Unter all den halbgroßen Männern, die ich in diesem schrecklichen Pariser Leben gekannt habe, war Samuel, mehr als jeder andere, der Mann der mißratenen schönen Werke; – ein kränkliches und phantastisches Wesen, dessen Poesie sehr viel mehr in seiner Person als in seinen Werken hervorschien, und jemand, der mir gegen ein Uhr nachts, zwischen der Glut eines Kohlenfeuers und dem Ticktack einer Uhr, immer als der Gott der Ohnmacht erschienen ist –, ein moderner, hermaphroditischer Gott, – einer so gewaltigen und jedes Maß übersteigenden Ohnmacht, daß sie etwas Sagenhaftes hat!

Wie nur soll ich den Leser ins Bild setzen und ihm zu einem klaren Einblick in diese düstere, von hellen Blitzen durchzuckte Natur verhelfen –, in der Faulheit und Unternehmungsgeist beieinander wohnen –, die an schwierigen Plänen nicht minder fruchtbar ist als an lächerlichen Fehlschlägen; – ein Geist, in dem das Paradox oft die Ausmaße der Naivität annahm, und dessen Einbildungskraft ebenso weitausgreifend war wie seine Einsamkeit und Trägheit grenzenlos? Es gehörte zu Samuels allernatürlichsten Sonderbar-

keiten, daß er sich denen ebenbürtig erachtete, die ihn zur Bewunderung hingerissen hatten; war er von der Lektüre eines schönen Buches begeistert, so schloß er unwillkürlich: »Das ist so schön, daß es von mir sein könnte!« – und zwischen dem und der Folgerung: »Also ist es von mir« –, liegt nur ein Gedankenstrich.
Ein solcher Charakter ist in unserer heutigen Welt häufiger, als man annimmt: die Straßen, die öffentlichen Promenaden, die Kneipen und alle Stätten des Müßiggangs wimmeln von derartigen Menschen. Sie identifizieren sich so stark mit ihrem jüngsten Vorbild, daß sie beinahe glauben, sie hätten es selber erfunden. – Da entziffern sie heute mühsam die mystischen Schriften eines Plotin oder Porphyrios; und morgen bewundern sie, wie meisterhaft Crébillon der Jüngere es verstanden hat, die französische Leichtfertigkeit ihres Naturells zu treffen. Gestern unterhielten sie sich vertraulich mit Hieronymus Cardanus; jetzt scherzen sie mit Sterne oder schwelgen mit Rabelais aus allen Schlemmerschüsseln der Hyperbel. Im übrigen fühlen sie sich in jeder ihrer Metamorphosen so glücklich, daß sie es all diesen schönen Geistern nicht im geringsten verargen, ihnen in der Wertschätzung der Nachwelt zuvorgekommen zu sein. – Eine unschuldige und achtenswürdige Schamlosigkeit! Derart war der arme Samuel.
Durchaus ein Ehrenmann von Geburt, und ein wenig ein Lump zum Zeitvertreib – Komödiant aus Veranlagung – spielte er für sich selbst und bei verschlossenen Türen unvergleichliche Tragödien oder, besser gesagt, Tragikomödien. Fühlte er, daß Heiterkeit ihn anwandelte und kitzelte, mußte diese gehörig konstatiert werden, und unser Freund gab ein schallendes Gelächter von sich. Quoll ihm bei einer Erinnerung eine Träne im Augwinkel, trat er zum Spiegel, um sich weinen zu sehen. Hatte ein Straßenmädchen, in einem Anfall von wilder kindischer Eifersucht, ihm mit einer Nadel oder einem Federmesser die Haut geritzt, prahlte Samuel im stillen, einen Messerstich empfangen zu haben, und wenn er einige armselige zwanzigtausend Franken schuldete, rief er fröhlich aus: »Wie traurig und bejammernswert ist doch das Los eines Genies, das unter einer Schuldenlast von einer Million ächzt!«
Man soll übrigens nicht glauben, er wäre der wahren Gefühle nicht fähig gewesen, und die Leidenschaft hätte nur die Oberflä-

che seiner Haut gestreift. Er hätte seine Hemden verkauft für einen Menschen, den er kaum kannte und den er gestern nach einer eingehenden Untersuchung seiner Stirn und seiner Hand zu seinem engsten Freunde erklärt hatte. In den Dingen des Geistes und der Seele gab er sich der müßigen Betrachtung der germanischen Naturen hin –, in der Leidenschaft entfaltete er die rasche, flüchtige Glut seiner Mutter, – und in der Praxis des Lebens alle Wunderlichkeiten der französischen Eitelkeit. Er hätte sich im Duell geschlagen für einen Autor oder Künstler, der schon seit zweihundert Jahren tot war. Wie er sich der Frömmigkeit mit Inbrunst ergeben hatte, war er nun mit Leidenschaft Atheist. Er war gleichzeitig alle Künstler, die er studiert, und alle Bücher, die er gelesen hatte, und unerachtet dieser Begabung zum Komödianten blieb er von Grund auf er selbst. Stets war er der sanfte, der launenhafte, der träge, der schreckliche, der gelehrte, der unwissende, der verwahrloste, der kokette Samuel Cramer, die romantische Manuela de Monteverde. Er schwärmte für einen Freund wie für eine Frau, liebte eine Frau wie einen Kameraden. Er besaß die Logik aller edlen Gefühle und die Wissenschaft aller Durchtriebenheiten, und dennoch hat er es niemals zu etwas gebracht, weil er zu sehr an das Unmögliche glaubte. – Kein Wunder! war er doch unablässig damit beschäftigt, es sich auszumalen.

Eines Abends kam Samuel die Lust an, auszugehen; das Wetter war schön, ein Wohlgeruch lag in der Luft. – Da er seiner Natur nach in allem gerne das Maß überschritt, hatte er Gewohnheiten der Eingezogenheit und des Umherschweifens angenommen, die beide gleichermaßen heftig und anhaltend waren, und seit längerem war er seiner Behausung treu geblieben. Die mütterliche Trägheit, die kreolische Nichtstuerei, die in seinen Adern floß, machte ihn unempfindlich für die Unordnung seines Zimmers, seiner Wäsche und für das schmutzstarrende, wilde Durcheinander seines Haars. Er kämmte sich, wusch sich, und in wenigen Minuten gelang es ihm, den Anzug und das sichere Auftreten der Leute wiederzufinden, denen Eleganz eine alltägliche Selbstverständlichkeit ist; dann öffnete er das Fenster. – Ein warmes, goldenes Licht überflutete den verstaubten Raum. Bewundernd sah Samuel, wie der Frühling in wenigen Tagen gekommen und nun unversehens da war. Eine laue, von Düften schwangere Luft blähte seine Nüstern –, und was ihm davon in den Kopf stieg, weckte dort Träume und Wünsche, und das übrige erregte allerlei Gelüste in Herz, Magen und Leber. – Entschlossen blies er seine beiden Kerzen aus, deren eine noch über einem Band Swedenborg zuckte, während die andere über einem jener schändlicher Bücher erlosch, aus denen nur diejenigen Geister Gewinn ziehen, die von einem Wahrheitsdurst besessen sind, der vor nichts zurückschreckt.

Von der Höhe seiner Einsamkeit, in einem Wust von Papieren, von Büchern, die auf dem Boden verstreut lagen, und rings umlagert von seinen Träumen, bemerkte Samuel öfters auf einem Spazierweg des Luxembourg eine Gestalt und ein Gesicht, die er in der Provinz geliebt hatte –, in dem Alter, da man noch aus Liebe liebt. – Obwohl ihre Züge durch einige Jahre der Erfahrung reifer und voller geworden waren, besaßen sie doch die tiefe und zurückhaltende Anmut der anständigen Frau; am Grunde ihrer Augen schimmerte gelegentlich noch die feuchte Verträumtheit des jungen Mädchens. Sie ging und kam, gewöhnlich begleitet von einem recht eleganten Hausmädchen, dessen Gesicht und Haltung eher eine Vertraute und Gesellschafterin als eine Bedienerin vermuten ließen. Sie schien die entlegenen Stellen des Gartens zu bevorzugen; traurig ließ sie sich dort nieder, mit dem Gehaben einer Witwe, und manchmal hielt ihre zerstreute Hand ein Buch, in dem sie nicht las.

Samuel hatte sie in der Umgebung von Lyon gekannt, jung, aufgeweckt, ausgelassen und magerer. Weil er sie so oft betrachtet und sozusagen wiedererkannt hatte, waren nach und nach all die unscheinbaren Erinnerungen zurückgekehrt, die sich in seiner Vorstellung mit ihr verknüpften; Stück für Stück hatte er sich diesen ganzen Jugendroman vorerzählt, der sich seither in der Unruhe seines Lebens und den Irrgängen seiner Leidenschaften verloren hatte.

An diesem Abend grüßte er sie, doch aufmerksamer und zuvorkommender. Im Vorübergehen vernahm er hinter sich diesen Fetzen eines Zwiegesprächs: »Wie finden Sie diesen jungen Mann, Marietta?« – Aber der Ton der Stimme bei diesen Worten war so zerstreut, daß auch der mißwilligste Beobachter an der Dame nichts auszusetzen gefunden hätte.

»Er macht doch einen sehr guten Eindruck, Madame. – Madame wissen, daß dies Herr Samuel Cramer ist?«
Und strengeren Tones: »Woher wissen Sie das, Marietta?«

. . . .

Dies war Anlaß genug, daß Samuel sich anderntags bemüßigt sah, ihr das Taschentuch und das Buch nachzutragen, die er auf einer Bank fand, und die sie doch keineswegs verloren hatte, weil sie ganz nahe stand und den Spatzen zusah, die sich um Brotkrumen zankten, oder in das innere Wirken und Weben der Pflanzenwelt versunken schien. Wie es häufig der Fall ist, wenn es dem Schicksal beliebt hat, zwei Seelen auf den gleichen Ton zu stimmen, durchfuhr ihn nichtsdestoweniger – als er unvermittelt das Gespräch einleitete –, das freudige Erschrecken, einen Menschen zu finden, der bereit war, ihn anzuhören und ihm zu antworten.
»Dürfte ich mich so glücklich schätzen, Madame, daß Sie mir noch eine Stelle in einem Winkel Ihrer Erinnerung einräumen? Habe ich mich so sehr verändert, daß Sie in mir den Kindheitsgefährten nicht mehr wiedererkennen sollten, mit dem Sie Versteck zu spielen und die Schule zu schwänzen geruhten?«
»Eine Frau«, erwiderte die Dame mit einem halben Lächeln, »hat nicht das Recht, die Leute so leicht wiederzuerkennen; darum danke ich Ihnen, mein Herr, daß Sie mir, als erster, die Gelegenheit geboten haben, mir diese schönen und heiteren Erinnerungen zurückzurufen. – Und, nicht wahr? – jedes Jahr unseres Lebens bringt so viele Ereignisse und Gedanken mit sich ... und mir scheint wahrhaftig, es müsse Jahre her sein ...«
»Jahre«, entgegnete Samuel, »die für mich bald schleichend langsam verstrichen, bald im Fluge enteilten, insgesamt jedoch, wenn auch auf unterschiedliche Weise, grausame Jahre!«
»Und die Poesie? ...«, sagte die Dame mit einem Lächeln in den Augen.
»Immer noch, Madame!« antwortete Samuel lachend. »Aber was lesen Sie denn dort?«
»Einen Roman von Walter Scott.«
»Aha! das erklärt mir, warum Sie die Lektüre so häufig unterbrachen. – Oh, was für ein langweiliger Schriftsteller! Der seine

Funde aus staubigen alten Chroniken holt! lauter ungenießbare Beschreibungen historischen Plunders – abgelebter Kram und allerlei Trödel: Waffen, Geschirre, Möbel, gothische Herbergen und Opernschlösser, in denen einige aufgezogene Puppen einherspazieren, in bunten Jacken und Wämsern; – erzbekannte Gestalten, die in zehn Jahren jeder achtzehnjährige Plagiator verschmähen wird; unmögliche Schloßherrinnen und Liebhaber, die uns nichts mehr angehen; – keine Wahrheit des Herzens, keine Philosophie der Empfindungen! Wie anders sind da doch unsere guten französischen Romanschreiber, bei denen die Leidenschaft oder die Moral stets über die äußerliche Beschreibung der Gegenstände triumphiert! – Was macht es schon, ob die Schloßherrin Halskrause und Reifrock trägt, oder ein seidenes Unterkleid zu einer Krinoline, wenn sie nur gehörig schluchzt oder ihren Gatten mit Anstand betrügt? Nehmen Sie stärkeren Anteil an dem Liebhaber, wenn er in seiner Weste statt des Dolches eine Visitenkarte trägt, und ein Despot im schwarzen Anzug, jagt er Ihnen einen weniger poetischen Schrecken ein als ein von Büffelleder und Eisen starrender Tyrann?«

Samuel gehörte, wie man sieht, zu der Klasse der *zehrenden* Leute – der unausstehlichen und leidenschaftlichen Menschen, bei denen der Beruf das Gespräch verdirbt, und denen jede Gelegenheit recht ist, selbst eine improvisierte Bekanntschaft unter einem Baum oder an einer Straßenecke, – und sei es nur mit einem Lumpensammler –, um rücksichtslos ihre Gedanken zu entwickeln. – Zwischen den Handlungsreisenden, den Industrierittern, den Werbern für eine Kommanditgesellschaft und den *zehrenden* Dichtern besteht einzig der Unterschied von Reklame zu Predigt; das Laster der letzteren ist völlig uneigennützig.

Die Dame begnügte sich mit der einfachen Feststellung: »Mein lieber Herr Samuel, ich bin nur Publikum; woraus Sie entnehmen, daß meine Seele unschuldig ist. So bin ich leicht zu unterhalten und zu vergnügen. – Doch sprechen wir von Ihnen; – ich würde mich glücklich schätzen, wenn Sie mich für würdig erachteten, einige Ihrer Hervorbringungen zu lesen.«

»Aber, Madame, was verschafft mir ...?« ließ die plumpe Eitelkeit des erstaunten Dichters sich vernehmen.

»Der Inhaber meines Lesekabinetts sagt, er kenne sie nicht.« – Und sie lächelte sanft, wie um die Wirkung dieses flüchtigen Spottes abzuschwächen.
»Madame«, ließ Samuel sich sentenziös vernehmen, »das wahre Publikum des neunzehnten Jahrhunderts sind die Frauen; Ihr Beifall verleiht mir einen höheren Rang als zwanzig Akademien.«
»Nun denn, Monsieur, ich zähle auf Ihr Versprechen. – Marietta, meinen Sonnenschirm, meinen Schal; vielleicht wartet *man* zu Hause schon auf uns. Du weißt doch, der Herr kommt zeitig zurück.«
Ein anmutiges Nicken bedeutete ihm kurz, daß er verabschiedet sei, ein Gruß, der nichts Kompromittierendes hatte, und dessen Vertraulichkeit die Würde nicht ausschloß.
Samuel war nicht weiter erstaunt, eine alte Jugendliebe dem Joch der Ehe unterworfen zu sehen. Das ist ja allenthalben die Regel in der Geschichte der Gefühle. – Sie hieß Madame de Cosmelly, und wohnte in einer der vornehmsten Straßen des Faubourg Saint-Germain.
Als er sie anderntags wiedersah, saß sie mit geneigtem Haupte, das eine anmutige, fast ein wenig einstudierte Melancholie zu den Blumen des Beetes niederbeugte; er überreichte ihr seinen Band der *Fischadler,* eine Sammlung von Sonetten, wie wir alle deren gemacht und gelesen haben, zu jener Zeit, als wir bei kurzem Verstand so lange Haare trugen.
Samuel war sehr neugierig zu erfahren, ob seine *Fischadler* die Seele dieser schönen Schwermütigen bezaubert hatten, und ob die Schreie dieser garstigen Vögel zu seinen Gunsten bei ihr gesprochen hatten; doch einige Tage später erklärte sie ihm mit einer desperaten Unschuld und Aufrichtigkeit:
»Monsieur, ich bin nur eine Frau, und mein Urteil zählt dementsprechend wenig; aber mir scheint doch, wenn die Herren Autoren lieben und traurig sind, so gleicht das kaum der Liebe und der Traurigkeit der übrigen Menschen. Sie schreiben da Galanterien, denen es keineswegs an Eleganz mangelt und die von erlesenem Geschmack zeugen, und richten sie an Damen, die ich genügend schätze, um zu glauben, daß sie ihnen gelegentlich einen leisen Schauder verursachen. Sie besingen die Schönheit der Mütter in

einem Stil, der Sie des Beifalls ihrer Töchter berauben muß. Sie lassen die Welt wissen, daß der Fuß und die Hand einer gewissen Dame Ihre Sinne verwirren, die, wie wir zu ihrer Ehre annehmen möchten, weniger Zeit daran verschwendet, Sie zu lesen, als Strümpfe und Fausthandschuhe für die Füße und Hände ihrer Kinder zu stricken. Ich sehe Sie in einem der seltsamsten Widersprüche befangen, dessen geheimnisvolle Ursache mir noch verborgen bleibt: Ihren allermystischsten Weihrauch streuen Sie wunderlichen Geschöpfen, die noch weniger lesen als die Damen, und Sie ersterben in platonischer Anbetung vor Sultaninnen sehr minderer Sorte, die, wie mir scheint, wenn sie der zarten Person eines Dichters ansichtig werden sollten, die Augen wie Stallvieh aufreißen würden, das ein Feuer aus dem Schlaf weckt. Ich ahne auch nicht, warum Sie eine solche Vorliebe für Friedhöfe und Gräber haben, und für anatomische Beschreibungen. Wenn man jung ist, wenn man, wie Sie, ein schönes Talent und sämtliche Vorbedingungen des Glücks hat, scheint es mir sehr viel natürlicher, die Gesundheit und die Freuden des redlichen Mannes zu feiern, als sich in Lästerungen zu ergehen und sich mit Raubvögeln zu unterreden.«

Folgendes war Samuels Antwort: »Madame, beklagen Sie mich, oder vielmehr, beklagen Sie uns, denn ich habe manch einen Bruder von meiner Sorte; der Haß auf alles und auf uns selber hat uns zu diesen Lügen geführt. Aus Verzweiflung darüber, daß unsere natürlichen Mittel uns nicht gestatten, schön und edel zu sein, haben wir unser Gesicht so seltsam geschminkt. Wir haben uns so sehr bemüht, unser Herz zu zergliedern, wir haben das Mikroskop so häufig mißbraucht, um die häßlichen Auswüchse und die schändlichen Warzen zu studieren, die es bedecken und die wir vorsätzlich vergrößern, daß es uns unmöglich geworden ist, die Sprache der übrigen Menschen zu sprechen. Sie leben, um zu leben, und wir, ach! wir leben, um zu wissen. Da liegt das ganze Geheimnis. Das Alter verändert nur die Stimme und beraubt uns nur der Haare und Zähne; wir haben die Stimme der Natur entstellt, wir haben einen um den andern die Stacheln der jungfräulichen Scham ausgemerzt, mit denen wie bei jedem anständigen Menschen auch unser Inneres versehen war. Wir haben psycholo-

gisiert wie die Narren, die ihre Narrheit vermehren, indem sie sie zu verstehen suchen. Die Jahre schwächen nur die Glieder, und wir haben die Leidenschaften verdorben. Wehe, dreimal wehe den schwächlichen Vätern, die uns rachitisch und bresthaft geschaffen haben, und vorherbestimmt, nur totgeborene Kinder zu zeugen!«
»Immer wieder *Fischadler!*« sagt sie; »kommen Sie, geben Sie mir den Arm, und bewundern Sie mit mir diese armen Blumen, die der Frühling so glücklich macht!«
Statt die Blumen zu bewundern, begann Samuel Cramer, der nun schon einmal in Phrasen und Perioden hineingeraten war, einige sehr mäßige Stanzen in seiner ersten Manier zur Prosa umzubilden und herzusagen. Die Dame ließ ihn gewähren.
»Welch ein Unterschied, und wie wenig bleibt von demselben Menschen, außer der Erinnerung! Die Erinnerung aber bringt nur neue Leiden. Wie schön war doch die Zeit, als der Morgen uns noch nicht mit matten oder von drückenden Träumen zerschlagenen Knien weckte, als wir mit hellen Augen der ganzen Natur entgegenlachten, als unsere Seele nicht räsonierte, sondern lebte und genoß; als wir, ohne zu lärmen oder uns zu brüsten, sanft unsere Seufzer verhauchten! Wie oft habe ich in müßigen Stunden mir einen jener schönen Herbstabende zurückgerufen, an denen die jungen Seelen sich unversehens innerlich recken, wie jene Bäume, deren Wachstum ein Blitz um mehrere Ellen beschleunigt. Dann sehe ich, dann fühle ich, dann höre ich; die großen Schmetterlinge erwachen vom Licht des Mondes; die Nachtviolen öffnen sich dem warmen Wind; das Wasser in den Becken der Springbrunnen entschlummert. – Hören Sie im Geist die plötzlichen Walzerklänge dieses geheimnisvollen Klaviers. Es gewittert, schwüle Düfte streichen durch die Fenster herein; es ist die Stunde, da die Gärten voll rosa und weißer Kleider sind, die den Nachttau nicht fürchten. Gefällig halten die Ranken der Sträucher die fliehenden Röcke fest, die blonden Locken wirbeln und verschlingen sich mit den braunen Haaren. – Erinnern Sie sich noch, Madame, der riesigen Heuhaufen, die man so schnell herabrutschen konnte, der alten Kinderfrau, die nicht rasch genug war, Sie wieder einzufangen, und der Glocke, die es so eilig hatte, Sie unter das Auge Ihrer Tante zurückzurufen, in das große Speisezimmer?«

Madame de Cosmelly unterbrach Samuel mit einem Seufzer, wollte den Mund öffnen, wohl um ihn zu bitten, er möge einhalten, doch schon hatte er seine Rede wiederaufgenommen.

»Das Kläglichste«, sagte er, »ist, daß es mit jeder Liebe ein schlechtes Ende nimmt, ein um so schlechteres, je göttlicher, je beschwingter sie begann. Unser Traumbild mag noch so vergeistigt sein, zuletzt findet man es mit einem gierigen Säugling an der Brust; kein heimlicher Erdenwinkel, kein Häuschen sind so reizend, daß die Hacke sie nicht niederrisse und verwüstete. Und dabei werden nur äußerliche Dinge zerstört; aber es gibt eine andere, unerbittlichere und verstohlenere Zerstörung, der die unsichtbaren Dinge zum Opfer fallen. Versetzen Sie sich in den Augenblick, da Sie sich an den Erwählten Ihres Herzens schmiegen und zu ihm sprechen: Ach, daß wir Flügel hätten, gemeinsam aufzufliegen in die Tiefe des Himmels! – und eben in diesem Augenblick vernehmen Sie eine strenge, unerbittliche Stimme, die sich an Ihr Ohr neigt, und diese Stimme sagt Ihnen, daß unsere Leidenschaften uns belügen, daß die schönen Gesichter ihre Schönheit unserer Kurzsichtigkeit und die schönen Seelen die ihrige unserer Ahnungslosigkeit verdanken, und daß unausweichlich ein Tag kommt, da das Götterbild dem schärferen Blick nur noch ein Gegenstand, nicht des Hasses, doch der Verachtung und der Verwunderung ist.«

»Nicht weiter, Monsieur!« bat Madame de Cosmelly. Sie war offensichtlich bewegt; Samuel hatte bemerkt, daß er eine alte Wunde mit dem Eisen berührt hatte, und grausam drang er weiter vor.

»Madame«, sagte er, »die heilsamen Leiden der Erinnerung haben auch ihre Reize, und wenn der Schmerz uns berauscht, finden wir manchmal eine Erleichterung darin. – Welche redliche Seele, wenn diese düstere Mahnung sie trifft, riefe nicht aus: Herr, nimm mich fort von hier, mitsamt meinem Traum, rein und unberührt: ich will der Natur meine Leidenschaft in ihrer ganzen Jungfräulichkeit zurückerstatten, und meinen Kranz unverwelklich hinüberretten. – Auch sind die Folgen der Enttäuschung schrecklich. – Die siechen Ausgeburten einer sterbenden Liebe sind die traurige Ausschweifung und die häßliche Ohnmacht: die Ausschweifung des

Geistes, die Ohnmacht des Herzens, die bewirken, daß der eine nur noch aus Neugier lebt, und das andere tagtäglich an Erschöpfung stirbt. Wir gleichen alle mehr oder minder einem Reisenden, der ein weites Land durchwandert hat und allabendlich die Sonne betrachtet, deren Strahlen einst die Annehmlichkeiten seines Weges prächtig übergoldeten, und die nun hinter einer öden Fläche hinabsinkt. Verdrossen sitzt er auf schmutzigen Hügeln, zwischen den Trümmern einer unbekannten Vergangenheit, und er spricht zu dem Heidekraut, daß es vergebens seine Düfte dem leeren Himmel emporsende; zu den seltenen und unglücklichen Körnern, daß sie vergebens keimten in einem ausgetrockneten Boden; zu den Vögeln, die ihre Hochzeiten von jemand gesegnet glauben, daß sie schlecht beraten seien, ihre Nester in einer Gegend zu bauen, die frostige Winde durchstürmen. Traurig macht er sich wieder auf, einer Wüste entgegen, von der er weiß, daß sie der bereits durchwanderten gleichen wird, und ein bleiches Gespenst, Vernunft genannt, gibt ihm das Geleite, das mit dem bleichen Schein seiner Laterne die Dürre seines Weges beleuchtet, und um seinen von Zeit zu Zeit wieder erwachenden Durst zu stillen, träufelt es ihm das Gift der Langeweile ein.«

Plötzlich, als er einen tiefen Seufzer und ein schlecht verhehltes Schluchzen vernahm, wandte er sich Madame de Cosmelly wieder zu; sie weinte und hatte nicht einmal mehr die Kraft, ihre reichlich strömenden Tränen zu verbergen.

Eine Zeitlang betrachtete er sie schweigend, mit einer Miene voller Rührung und Salbung, wie nur er sie zustande brachte; der rohe und scheinheilige Komödiant war stolz auf diese schönen Tränen; er betrachtete sie als sein Werk und als sein literarisches Eigentum. Er täuschte sich über die tiefere Bedeutung dieser Tränen, wie Madame de Cosmelly, ganz überschwemmt von ihrer unschuldigen Verzweiflung, sich über den Ausdruck seines Blickes täuschte. Es fand da ein seltsames Spiel der Mißverständnisse statt, das bewirkte, daß er ihre beiden Hände ergriff und sie den Druck der seinigen mit einem zärtlichen Vertrauen erwiderte.

»Madame«, begann Samuel nach einigen Augenblicken des Schweigens – des klassischen Schweigens der Ergriffenheit – von neuem, »die höhere, die wahre Weisheit flucht nicht, sie hofft. Wie könnten wir ohne die göttliche Gabe der Hoffnung diese gräßliche Wüste der Langeweile durchwandern, die ich Ihnen soeben beschrieben habe? Das Gespenst, das uns begleitet, ist wahrlich ein Phantom der Vernunft: es läßt sich vertreiben, wenn man es mit dem Weihwasser der ersten theologischen Tugend besprengt. Es gibt eine freundliche Philosophie, die aus den anscheinend unwürdigsten Gegenständen Trost zu schöpfen vermag. Wie die Tugend höher steht als die Unschuld, wie es verdienstvoller ist, eine Wüste anzusäen, als sorglos einen Obstgarten zu plündern, ebenso ist es einer auserwählten Seele wahrhaft würdig, sich zu läutern und durch ihre Berührung auch den Nächsten zu läutern. Wie es keinen Verrat gibt, der nicht Verzeihung fände, so gibt es auch kein Vergehen, von dem man nicht freigesprochen würde, kein Vergessen, daß sich nicht wieder ausgleichen ließe; es gibt eine Wissenschaft, die uns lehrt, unseren Nächsten zu lieben und ihn der Liebe würdig zu finden, wie es ein Wissen gibt, das uns die rechte Lebensart lehrt. Je empfindlicher ein Gemüt ist, desto eigentümlichere Schönheiten gewahrt es; je zärtlicher eine Seele ist, je mehr sie der göttlichen Hoffnung sich öffnet, desto mehr fühlt sie sich getrieben, ihren Mitmenschen, und sei er der Schuldbefleckteste, zu lieben; dies ist das Werk der Liebe, die Barmherzigkeit heißt, und man weiß von mehr als einer trostlos verlorenen Reisenden in den dürren Wüsten der Enttäuschung, die ihren Glauben wiederfand und dem, was sie verloren hatte, jetzt inniger anhängt, mit um so größerer Berechtigung, weil sie sich nun darauf versteht, ihre Leidenschaft und die der geliebten Person zu lenken.«

Madame de Cosmellys Züge hatten sich nach und nach erhellt; ihre Traurigkeit erstrahlte von Hoffnung, wie die Sonne durch feuchte Dünste bricht, und kaum hatte Samuel seine Rede beendet, als sie lebhaft und mit dem arglosen Eifer eines Kindes zu ihm sprach:

»Ist das auch wahr, Monsieur? Dergleichen sollte möglich sein, und die Hand des Verzweifelten fände Zweige, die sich so leicht ergreifen ließen?«

»Aber gewiß, Madame.«

»Ach! Sie würden mich zur glücklichsten aller Frauen machen, wenn Sie die Güte hätten, mich Ihre Rezepte zu lehren!«

»Nichts leichter als das«, lautete die rohe Antwort.
Während die beiden solche empfindsamen Galanterien austauschten, hatte das Vertrauen sich eingestellt und ihre Hände derart verschlungen, daß nach einigem Zaudern und verschämtem Sichsträuben, die Samuel als ein gutes Omen auslegte, Madame de Cosmelly nun ihrerseits ihm ihr Herz ausschüttete und folgendermaßen begann:
»Ich verstehe, Monsieur, wie sehr ein poetisches Gemüt unter dieser Vereinsamung leiden muß, und wie bald ein Sehnen und Verlangen wie das Ihrige sich in seiner Einsamkeit verzehren muß; aber Ihre Schmerzen, die nur Ihnen gehören, entspringen, soweit ich dies dem Gepränge Ihrer Worte entnehmen konnte, seltsamen Bedürfnissen, die immer unbefriedigt sind und fast unmöglich zu befriedigen sein dürften. Sie leiden, gewiß; aber es könnte doch sein, daß Ihr Leiden Ihre Größe ausmacht und daß es Ihnen ebenso unentbehrlich ist wie anderen das Glück. – Werden Sie nun auch geruhen, mich anzuhören und einem leichter faßlichen Kummer – einem provinziellen Schmerz – Ihr Mitgefühl nicht zu versagen? Ich erwarte von Ihnen, Monsieur Cramer, von Ihnen, dem Gelehrten, dem Mann des Geistes, die Ratschläge und vielleicht den Beistand eines Freundes.
Sie wissen, daß ich zu der Zeit, da Sie mich gekannt haben, ein braves kleines Mädchen war, ein wenig verträumt schon wie Sie, doch schüchtern und sehr folgsam; daß ich mich weniger oft als Sie im Spiegel betrachtete, und daß ich immer zögerte, die Pfirsiche und Weintrauben, die Sie für mich im Obstgarten unserer Nachbarn stahlen, zu verspeisen oder in meine Taschen zu stekken. Alle Vergnügungen waren für mich nur angenehm und vollständig, soweit sie erlaubt waren, und ich umarmte einen hübschen Knaben wie Sie sehr viel lieber unter den Augen meiner alten Tante als draußen in den Feldern. Die Koketterie und die Sorgfalt, die jedes heiratsfähige Mädchen auf seine Person wenden soll, stellten sich erst später ein. Als ich schlecht und recht gelernt hatte, eine Romanze am Klavier zu singen, zog man mich geschmackvoller an und nötigte mich zu einer geraden Haltung; ich erhielt Turnstunden, und um meine Hände zu schonen, verbot man mir, Blumen zu pflanzen oder Vögel zu halten. Ich durfte nun auch

andere Bücher lesen als die von Berquin, und man führte mich in großer Toilette in das Theater des Ortes, wo es mäßige Opern zu sehen gab. Als Monsieur de Cosmelly auf unser Schloß kam, empfand ich sogleich eine lebhafte Freundschaft für ihn. Meine Tante war mit den Jahren ein wenig mürrisch geworden, um so vorteilhafter hob seine blühende Jugend sich davon ab; auch fand ich, er habe etwas Edles, Redliches an sich, und er behandelte mich stets mit der respektvollsten Zuvorkommenheit. Schön und bewundernswert war, was man sich von ihm erzählte: er war am Arm verwundet worden in einem Duell für einen Freund, der ein wenig ein Hasenfuß war und der ihm die Ehre seiner Schwester anvertraut hatte; einem alten mittellosen Kameraden hatte er ungeheure Summen geliehen; und was sonst noch? Er hatte aller Welt gegenüber auf ebenso verbindliche wie unwiderstehliche Weise etwas Befehlendes an sich, das auch mich zähmte. Was für ein Leben hatte er geführt, ehe er zu uns kam, um unser Schloßleben zu teilen? Hatte er andere Vergnügungen gekannt, als mit mir auf die Jagd zu gehen oder sittsame Romanzen an meinem schlechten Klavier zu singen? Hatte er Mätressen gehabt? Ich wußte es nicht, und es kam mir auch nicht in den Sinn, mich danach zu erkundigen. Ich begann, ihn zu lieben, mit der ganzen Gläubigkeit eines jungen Mädchens, das keine Zeit hatte, Vergleiche zu ziehen, und ich heiratete ihn – zur größten Genugtuung meiner Tante. Als ich seine Frau war im Angesicht der Religion und vor dem Gesetz, liebte ich ihn noch mehr. – Mag sein, ich liebte ihn zu sehr. – Tat ich unrecht, tat ich recht daran? wer kann das wissen? Ich bin glücklich gewesen in dieser Liebe, ich hatte Unrecht, mir nicht zu sagen, daß sie gestört werden könnte. – Kannte ich ihn eigentlich vor unserer Eheschließung? Nein, gewiß nicht; doch mir scheint, man kann einem anständigen Mädchen, das sich verheiraten möchte und eine unvorsichtige Wahl trifft, ebenso wenig einen Vorwurf daraus machen als einer verlorenen Frau, wenn sie sich einem unwürdigen Liebhaber ergibt. Alle beide – ach, wir Unglücklichen! – sind gleich unwissend. Diesen unglücklichen Opfern, die man heiratsfähige Töchter nennt, fehlt eine weniger schamhafte Erziehung; sie sollten, meine ich, die Laster eines Mannes kennen. Ich wollte, jede dieser armen Kleinen hätte, bevor sie das eheliche Joch auf sich nimmt, Gelegenheit, von einem Versteck aus ungesehen dem Gespräch zweier Männer beizuwohnen, die miteinander über das Leben reden, und insbesondere über die Frauen. Nach dieser ersten, fürchterlichen Probe könnten sie sich dem schrecklichen Wagnis der Ehe gefahrloser aussetzen, da die Schwäche und die Stärke ihres künftigen Tyrannen ihnen bekannt wären.«

Samuel wußte nicht recht, worauf dieses reizende Opfer hinaus wollte; doch er fand allmählich, daß sie für eine Frau, die ihre Illusionen verloren hatte, allzuviel von ihrem Gatten sprach.

Nachdem sie einige Minuten hatte verstreichen lassen, als scheue sie sich, den dunklen Punkt zu berühren, fuhr sie folgendermaßen fort: »Eines Tages beschloß Monsieur de Cosmelly, nach Paris zurückzukehren; ich sollte in meinem Lichte erstrahlen und mich in einem Rahmen bewegen, der meinen Vorzügen entsprach. Eine schöne, gebildete Frau, pflegte er zu sagen, ist sich Paris schuldig. Sie muß es verstehen, in der Welt aufzutreten und einige ihrer Strahlen auf ihren Mann fallen zu lassen. – Eine Frau, die einen edlen Geist und Verstand besitzt, weiß, daß aller Glanz, den sie hienieden zu erwarten hat, von dem Glanz ihres Weggefährten auf sie fällt, dessen Fähigkeiten sie sich dienend unterwirft, und sie weiß vor allem, daß sie nur soviel Achtung genießt, als sie ihm Achtung zu verschaffen versteht. – Dies war gewiß das einfachste und sicherste Mittel, sich eines fast freudigen Gehorsams zu versichern; zu wissen, daß meine Bemühungen und mein Gehorsam mich in seinen Augen verschönten, wahrlich, das allein genügte schon, daß ich mich bereit fand, diesem schrecklichen Paris entgegenzutreten, vor dem ich instinktiv Angst hatte, und dessen düsteres und funkelndes Phantom am Horizont meiner Träume das arme Herz einer Jungvermählten beklemmte. Das also war, seinen Reden nach, der wahre Grund unserer Reise. Tugendhaft unterwirft das liebende Weib sich der Eitelkeit des Gatten. Vielleicht belog er sich selbst mit einer Art Gutgläubigkeit; vielleicht betrog er sein Gewissen, ohne es selbst recht zu bemerken. – In Paris waren gewisse Tage den engeren Freunden vorbehalten, die Monsieur de Cosmelly auf die Dauer ebenso langweilten, wie seine Frau ihn gelangweilt hatte. Vielleicht war er ihrer ein wenig überdrüssig geworden, weil sie ihn zu sehr liebte; sie brachte ihm ihr ganzes Herz dar. Seiner Freunde wurde er aus dem entgegengesetzten Grunde überdrüssig. Sie hatten ihm nichts zu bieten als die eintönigen Vergnügungen einer Unterhaltung, an der die Leidenschaft keinen Teil hatte. Von nun an ging seine Tätigkeit in eine andere Richtung. Nach den Freunden kamen die Pferde und das Spiel an die Reihe. Das Getümmel der Welt, der Anblick derer, die sich von allen lästigen Banden freigehalten hatten und die ihm unaufhörlich die Erinnerungen an eine wilde, bewegte Jugend zurückriefen, entrissen ihn dem stillen Winkel am Kamin und den langen Plauderstunden. Er, der bisher nur seinem Herzen gefolgt war, hatte mit einem Mal zu tun. Reich, ohne einen Beruf, verstand er es, sich einer eitlen Geschäftigkeit zu überlassen, die seine ganze Zeit ausfüllte; die Fragen einer Ehefrau: Wohin gehst du? – Wann wird man dich wiedersehen? Komm bald zurück! – ich mußte sie tief in meinem Busen verschließen; denn das englische Leben – dieser Tod des Herzens – das Leben in Klubs und Zirkeln, nahm in völlig in Anspruch. – Die ausschließliche Sorgfalt, die er seiner Person angedeihen ließ, und der Dandyismus, den er zur Schau trug, kränkten mich; es war allzu offenkundig, daß dies alles nicht mir galt. Ich wollte es ihm gleichtun, mehr als schön sein, das heißt kokett, kokett für ihn, wie er es für die Welt war. Ich wollte die Asche meines erloschenen Glücks wieder entfachen, indem ich darin stocherte und wühlte; aber ich muß mich wohl nur sehr schlecht auf die Verstellung verstehen und zum Laster allzu unbeholfen sein; er geruhte nicht einmal, den ganzen Aufwand zu bemerken. – Meine Tante, grausam wie alle alten und neidischen Frauen, die sich begnügen müssen, ein Schauspiel zu bewundern, in dem sie ehmals eine Rolle hatten, und Vergnügungen mitanzusehen, die ihnen versagt sind, hatte nichts Eiligeres zu tun, als mich durch die keineswegs uneigennützige Vermittlung eines Vetters von Monsieur de Cosmelly wissen zu lassen, daß dieser sich in eine junge Person verliebt hatte, die der Bühne angehörte und allgemein bewundert wurde. Ich ließ mich in sämtliche Theater führen, und bei jeder Frau, die ich mit einigen Reizen ausgestattet die Bühne betreten sah, zitterte ich, in ihr meine Rivalin zu bewundern. Schließlich erbarmte sich derselbe Vetter, und ich erfuhr von ihm, daß es sich um die Fanfarlo handelte, eine ebenso schöne wie dumme Tänzerin. – Ihnen als Schriftsteller dürfte sie nicht unbekannt sein. – Ich bin weder sehr eitel noch sehr stolz auf mein Gesicht; doch ich schwöre Ihnen, Monsieur Cramer, daß ich so manches Mal, nächtlicherweile, gegen drei oder vier Uhr morgens, vom Warten auf meinen Mann erschöpft, mit rotgeweinten, übermüdeten Augen, nach langen, inständigen Gebeten um seine Rückkehr zur Treue und Pflichterfüllung, Gott, mein Gewissen und den Spiegel befragt habe, ob ich denn nicht ebenso schön wäre wie jene elende Fanfarlo. Die Antwort meines Spiegels und meines Gewissens war: Ja. Gott hat mir verboten, mich dessen zu rühmen, nicht aber, mir dadurch einen legitimen Sieg zu verschaffen. Warum nur geben die Männer von zwei Schönen, die einander ebenbürtig sind, der Blume, an der alle Welt gerochen hat, den Vorzug vor jener, die sich damit begnügte, im Garten der Ehe immer nur an den abgelegenen Pfaden zu blühen, wo sie den Blicken der Vorübergehenden entzogen blieb? Warum finden die Frauen, die ihren Leib verschenken, – jenen Schatz, zu dem ein einziger Sultan den Schlüssel besitzen sollte, – warum nur finden sie mehr Anbeter als wir unglücklichen Märtyrerinnen einer einzigen Liebe? Mit was für einem Zauber verklärt das Laster gewisse Geschöpfe? Woher kommt es, daß die Tugend gewisse andere linkisch und abstoßend erscheinen läßt? Lösen Sie mir dieses Rätsel, Sie, der Sie, Ihrem Stand nach, alle Gefühle des Lebens und ihre verschiedenen Ursachen kennen müssen!«

Samuel fand keine Zeit zu antworten, denn schon fuhr sie heftig fort: »Monsieur de Cosmellys Gewissen hat eine schwere Last zu tragen, wenn das Verderben einer jungen und jungfräulichen Seele dem Gott nahe geht, der sie schuf, um eine andere Seele glücklich zu machen. Wenn Monsieur de Cosmelly heute abend stürbe, er hätte Grund, sich für manches Vergebung zu erflehen; denn er hat, durch seine Schuld, seine Frau schreckliche Gefühle gelehrt: Haß, Mißtrauen gegen den geliebten Gegenstand und den Durst nach Rache. – Ach! Monsieur, ich verbringe qualvolle Nächte, voller Unrast und Schlaflosigkeit; ich bete, ich stoße Verwünschungen und Lästerungen aus. Der Priester sagt mir, man müsse sein Kreuz mit Ergebung tragen; doch Liebesraserei und erschüttertes Vertrauen kennen keine Ergebung. Mein Beichtvater ist keine Frau, und ich liebe meinen Gatten, ich liebe ihn, Monsieur, mit der ganzen Leidenschaft und dem wilden Schmerz einer Mätresse, die man geschlagen und unter die Füße getreten hat. Es gibt nichts, was ich unversucht gelassen hätte. Statt der dunklen und schlichten Toiletten, die seinem Auge ehmals wohlgefielen, habe ich ausgefallene, prächtige Kleider angelegt, wie die Damen vom Theater sie tragen. Ich, die keusche Gattin, die er sich aus der Verborgenheit eines ärmlichen Schlosses geholt hat, ich habe in Dirnenkleidern vor ihm paradiert; ich war geistreich, übermütig, und trug doch den Tod im Herzen. Mit dem Flittertand des Gelächters habe ich meine Verzweiflung aufgeputzt. Und er, ach! er sah es nicht einmal. Ich habe Rot aufgelegt, Monsieur, ich habe Rot aufgelegt! – Das ist nun, wie Sie sehen, eine banale Geschichte, die Geschichte aller unglücklichen Frauen – ein Provinzroman!«

Während sie schluchzte, stand Samuel wie Tartüff da, den Orgon, der unerwartet aus seinem Versteck hervorgestürzte Gatte, zu fassen bekommt; dergestalt brach das tugendhafte Schluchzen dieser Dame aus ihrem Herzen und packte die wankelsinnige Gleisnerei unseres Dichters beim Kragen.

Die ungewöhnliche Offenheit, der Freimut und das Vertrauen, mit denen Madame de Cosmelly zu ihm gesprochen hatte, hatten die kühnsten Hoffnungen in ihm erweckt – ohne ihn zu erstaunen. Samuel Cramer, der die Welt so oft in Erstaunen versetzt hat, geriet selber kaum in Erstaunen. Er betrug sich, als hätte er in seinem Leben einen Gedanken Diderots in die Tat umsetzen und seine Wahrheit erhärten wollen: »Der Unglaube ist bisweilen das Laster eines Dummkopfs, und die Leichtgläubigkeit der Fehler eines Mannes von Geist. Der Weitblick eines Mannes von Geist schaut die Unzahl der Möglichkeiten. Der Dummkopf sieht kaum ein anderes Mögliches, als was schon da ist. Die Verzagtheit des einen und die Dreistigkeit des andren mögen hierin ihren Grund haben.« Das erklärt alles. Einige heikle Leser, denen es um die wahrscheinliche Wahrheit zu tun ist, werden an dieser Geschichte vermutlich allerhand auszusetzen haben, bei der ich doch weiter nichts zu tun hatte, als die Namen zu ändern und einige Einzelheiten stärker herauszuarbeiten. Wie, werden sie sagen, kann Samuel,

ein Dichter von schlechtem Ton und schlechten Sitten, einer Dame wie Madame de Cosmelly so hurtig näherkommen? sie, anläßlich eines Romans von Walter Scott, mit einer poetischen Sturzflut romantischer Banalitäten überschütten? und was veranlaßt Madame de Cosmelly, die zurückhaltende, tugendhafte Gattin, so schamlos und vertrauensselig ihr Herz vor ihm auszuschütten und ihm das Geheimnis ihres Kummers anzuvertrauen? Meine Antwort hierauf lautet, daß Madame de Cosmelly die Einfalt einer schönen Seele, und Samuel die Verwegenheit der Schmetterlinge, der Maikäfer und der Dichter besaß; er stürzte sich in jede Flamme und schwang sich durch jedes Fenster. Diderots Gedanke erklärt, warum sie so verlassen war, und warum er so keck und unverschämt zugriff. Er erklärt auch sämtliche Fehler, die Samuel in seinem Leben begangen hat, Fehler, die einem Dummkopf niemals unterlaufen wären. Jener Teil der Leserschaft, der von Natur kleinmütig und verzagt ist, wird eine Persönlichkeit wie Samuel kaum je verstehen, der von Natur leichtgläubig und ein Phantast war, und zwar so sehr, daß er – wie als Dichter an sein Publikum – als Mann an seine eigenen Leidenschaften glaubte.
Unterdes war ihm aufgegangen, daß diese Frau stärker, weniger leicht einzunehmen war, als es den Anschein hatte, und daß man diese fromme Einfalt nicht vor den Kopf stoßen durfte. So verlegte er sich wieder auf seinen romantischen Jargon. Da er sich seiner Dummheit schämte, wollte er es nun mit der Durchtriebenheit versuchen; eine Weile erging er sich noch wie ein junger Seminarist in Betrachtungen über Wunden, die es dadurch zu schließen oder zu kauterisieren galt, daß man dem Kranken neue, reichlich und schmerzlos blutende Einschnitte beibrachte. Wer immer sich, ohne die Unwiderstehlichkeit eines Valmont oder Lovelace zu besitzen, die Eroberung einer anständigen Frau vorgesetzt hat, der daran kaum gelegen war, der weiß, mit welch lächerlicher und hochtrabender Unbeholfenheit jeder sein Herz vorweist und dazu spricht: Sie sehen, ich bin ein Bär! Nehmen Sie mich, wie ich bin; – und ich brauche ihm demnach nicht zu erläutern, wie töricht Samuel sich benahm. Madame de Cosmelly, diese liebenswürdige Elmire, die den Scharfblick der Tugend und deren Vorsicht besaß, erkannte sehr bald, welchen Vorteil sie aus diesem unerfahrenen

Schurken, für ihr Glück und für die Ehre ihres Gatten, ziehen konnte. Sie zahlte ihn also in gleicher Münze; sie gestattete ihm, ihre Hände zu drücken; man sprach von Freundschaft und platonischer Liebe. Sie flüsterte das Wort Rache; sie sagte, daß man, in solchen schmerzlichen Krisen eines Frauenlebens, den Rest des Herzens, den der Treulose einem noch gelassen habe, gerne seinem Rächer überlassen würde –, und was dergleichen dramatische Leichtfertig- und Schwachsinnigkeiten mehr sind. Kurz, sie spielte die Kokette um des guten Zweckes willen, und blinder als ein gelehrter Schulfuchs versprach unser junger Wüstling, Monsieur de Cosmelly die Fanfarlo abspenstig zu machen und ihn der Kurtisane zu entledigen, – wobei er sich mit der Hoffnung schmeichelte, in den Armen der anständigen Frau den Lohn für dieses verdienstliche Werk zu finden. – Nur ein Dichter ist töricht genug, auf solche Ungeheuerlichkeiten zu verfallen.

Ein Zwischenfall in dieser Geschichte, der nicht ohne Komik war und gleichsam ein Intermezzo in dem schmerzlichen Drama darstellte, das sich zwischen diesen vier Personen abspielen sollte, war das Quiproquo, das Samuel mit seinen Sonetten anrichtete; denn, was Sonette betraf, war er unverbesserlich. In dem Sonett, das an Madame de Cosmelly gerichtet war, pries er in mystischem Stil ihre Schönheit einer Beatrice, ihre Stimme, die engelhafte Reinheit ihrer Augen, die Keuschheit ihres Ganges, usw.; in dem anderen für die Fanfarlo servierte er dieser ein Ragout gepfefferter Galanterien, das den abgebrühtesten Gaumen lüstern zu machen geeignet war, eine Art Dichtung übrigens, auf die er sich meisterlich verstand und in der er früh schon allen andalusischen Singsang hinter sich gelassen hatte. Das erste Machwerk gelangte zu dem bewußten Frauenzimmer, das diesen Gurkensalat in die Zigarrenkiste warf; das zweite zu der armen Verlassenen, die erst große Augen machte, schließlich aber begriff und, trotz ihrer Schmerzen, in schallendes Gelächter ausbrach, wie zu besseren Zeiten.

Samuel ging ins Theater und begann die Fanfarlo auf den Brettern zu studieren. Er fand sie leicht, kräftig, großartig, sehr geschmackvoll in ihren Kostümen, und schätzte Monsieur de Cosmelly sehr glücklich, sich für ein solches Prachtstück ruinieren zu dürfen.

Er sprach zweimal bei ihr vor, – ein kleines Haus, eine Treppe mit

Samtläufer, rings Portieren und Teppiche, in einem neuen Gartenviertel; doch er fand keinen vernünftigen Vorwand, der ihm Zutritt verschafft hätte. Eine Liebeserklärung war gänzlich unangebracht, vielleicht sogar gefährlich. Ein Fehlschlag hätte ihn der Möglichkeit beraubt, jemals wiederzukommen. Er hätte sich ihr vorstellen lassen können, doch er erfuhr, daß die Fanfarlo niemanden empfing. Von Zeit zu Zeit sah sie einige nahe Freunde bei sich. Was hätte er bei einer Tänzerin auch zu sagen oder zu suchen gehabt, die glänzend bezahlt und ausgehalten wurde, und die ihr Liebhaber anbetete? Was hätte er ihr zu bringen gehabt, er, der weder Schneider noch Näherin, weder Ballettmeister noch Millionär war? – So faßte er einen einfachen, rohen Entschluß: er wollte die Fanfarlo so weit bringen, daß sie zu ihm kam. Damals hatten die lobenden oder tadelnden Kritiken einen sehr viel größeren Wert als jetzt. *Die Bedenkenlosigkeiten* der Feuilletonisten, wie ein wackerer Verteidiger sich kürzlich in einem Prozeß ausdrückte, der eine traurige Berühmtheit erlangt hat, gingen sehr viel weiter als heutzutage. Da einige begabte Künstler gelegentlich vor den Journalisten kapituliert hatten, kannte die Frechheit dieser leichtfertigen, übermütigen jungen Leute keine Grenzen mehr. Und so verlegte Samuel, – der von Musik nichts verstand, – sich denn auf das Fach der Singspieltheater.

Von nun an wurde die Fanfarlo allwöchentlich in einer einflußreichen Zeitung unter dem Strich verrissen. Man konnte von ihr weder sagen noch zu verstehen geben, daß ihre Beine, ihre Fesseln oder ihre Knie nicht wohlgeformt wären; das Spiel der Muskeln war unter den Strümpfen sichtbar; und alle Operngläser hätten derartige Behauptungen als Lästerungen verschrien. Die Vorwürfe lauteten, daß sie roh, gewöhnlich und geschmacklos sei, daß sie Gewohnheiten von jenseits des Rheins und der Pyrenäen bei uns einführen wolle, Kastagnetten, Sporen, Stiefelabsätze, – ganz abgesehen davon, daß sie sich betrank wie ein Grenadier, daß sie die kleinen Hunde und die Tochter ihrer Hausmeisterin zu sehr liebte, – und andere schmutzige Wäsche aus ihrem Privatleben, wie sie das tägliche Fressen gewisser Winkelblätter sind. Mit jener den Journalisten eigenen Taktik, die darin besteht, Unvergleichliches miteinander zu vergleichen, stellte man ihr eine ätherische Tänzerin entgegen, die stets ganz in Weiß gekleidet auftrat, und deren keusche Bewegungen keinem Gewissen seine Ruhe raubten. Die Fanfarlo schrie und lachte manchmal sehr laut in den Zuschauerraum hinein, während sie mit einem Sprung an der Rampe landete; sie wagte es, tanzend zu schreiten. Niemals trug sie jene abgeschmackten Gewänder aus Gaze, die alles sehen und nichts erraten lassen. Sie liebte die Stoffe, die ein Geräusch verursachen, die langen, krachenden, mit Pailletten und kleinen Blechstücken besetzten Röcke, die man mit kräftigem Knie hochwerfen muß, die bunten Mieder, wie Seiltänzerinnen sie tragen; sie tanzte, nicht etwa mit Ohrringen, sondern mit Ohrgehängen, fast möchte ich sagen, mit ganzen Lüstern. Am liebsten hätte sie unten an ihren Röcken eine Anzahl jener seltsamen kleinen Puppen angebracht, wie man sie bei den alten Zigeunerinnen sieht, die einem mit drohenden Worten die Zukunft weissagen, und denen man am hellen Mittag unter verfallenen römischen Bogen begegnet; lauter Dreistigkeiten, in die der romantische Samuel – einer der letzten Romantiker, die Frankreich besitzt, – vernarrt war.

Derart daß er, nachdem er die Fanfarlo drei Monate lang heruntergemacht hatte, sich sterblich in sie verliebte, und daß sie endlich wissen wollte, wer denn das Ungeheuer, der herzlose, von allen guten Geistern verlassene Pedant wäre, der die königliche Überlegenheit ihres Genies mit solcher Verbissenheit leugnete.

Man muß der Fanfarlo die Gerechtigkeit widerfahren lassen, daß, was sich bei ihr regte, nur Neugier war, sonst nichts. Trug ein solcher Mann die Nase wirklich mitten im Gesicht, war er wie andere seinesgleichen gebaut? Nachdem sie einige nähere Erkundigungen über Samuel Cramer eingezogen und erfahren hatte, daß er ein Mensch wie andere auch wäre, kein Narr und auch nicht unbegabt, begann sie zu ahnen, daß es hier etwas zu erraten gab, und daß diese schrecklichen Artikel, die jeden Montag erschienen, nur so etwas wie ein wöchentlich zugesandtes Bukett bedeuten mochten, oder die Visitenkarte eines hartnäckigen Bittstellers.

So empfing sie ihn eines Abends in ihrer Garderobe. Zwei mächtige Leuchter und ein helles Feuer warfen ihre zitternden Lichter auf die bunten Kostüme, die in diesem Boudoir herumlagen.

Die Königin des Ortes stand im Begriff, das Theater zu verlassen;

schon war sie in das Gewand einer gewöhnlichen Sterblichen zurückgeschlüpft; sie hockte auf einem Stuhl und zog einen Halbstiefel an, wobei sie ohne Scham ihr anbetungswürdiges Bein zeigte; mit ihren langen, weichen Händen warf sie das Schnürband wie ein Weberschiffchen durch die Ösen, ohne des Unterrocks zu achten, den sie hochgeschlagen hatte. Dieses Bein war für Samuel schon seit langem ein Gegenstand ewiger Begierde. Lang, schlank, stark, weich und sehnig zugleich, besaß es die ganze Fehlerlosigkeit des Schönen und den ganzen lockenden Reiz des Hübschen. Im senkrechten Querschnitt an seiner breitesten Stelle hätte der Unterschenkel eine Art Dreieck ergeben, dessen Spitze auf dem Schienbein gelegen wäre und dessen gewölbte Basis die geschwungene Linie der Wade gebildet hätte. Ein echtes Männerbein ist zu hart, die Frauenbeine auf Devérias Zeichnungen sind zu weich, um hier eine zulängliche Vorstellung zu liefern.
In dieser anziehenden Stellung, das Haupt gegen den Fuß geneigt, zeigte sie den Nacken eines Prokonsuls, breit und kräftig, und ließ die Furche zwischen den Schulterblättern ahnen, die von üppigem, braunem Fleisch bedeckt waren. Das schwere, dichte Haar fiel zu beiden Seiten herab, kitzelte ihr die Brust, und verdeckte die Augen derart, daß sie es immer wieder beiseiteschieben und zurückwerfen mußte. Eine verspielt mutwillige Ungeduld, wie bei einem verwöhnten Kind, dem es nicht schnell genug geht, warf das ganze Geschöpf und seine Kleidung hin und her, und ließ einen alle Augenblicke neue Aussichten, neue Linien- und Farbwirkungen entdecken.
Samuel blieb respektvoll stehen –, oder tat doch so, als ob er respektvoll stehen bliebe; denn bei diesem Teufelskerl weiß man nie so recht, wo der Komödiant beginnt.
»Ah! da sind Sie!« rief sie, ohne ihre Haltung zu ändern, obwohl Samuels Besuch ihr einige Minuten zuvor gemeldet worden war. »Sie wollen etwas von mir, nicht wahr?«
Die großartige Unverschämtheit dieser Worte traf den armen Samuel mitten ins Herz; acht Tage lang hatte er Madame de Cosmelly wie eine romantische Elster mit seinem Geschwätz unterhalten; hier antwortete er in aller Ruhe: »Ja, Madame.« – Und Tränen traten ihm in die Augen.

Das hatte einen ungeheuren Erfolg; die Fanfarlo lächelte.
»Aber was zum Teufel ist denn in Sie gefahren, Monsieur, daß Sie mich derart zerfetzen? Was für ein schreckliches Metier ...«
»Schrecklich, allerdings, Madame ... denn ich bete Sie an.«
»Ich ahnte es«, erwiderte die Fanfarlo. »Aber Sie sind ein Scheusal; diese Taktik ist niederträchtig. – Wir armen Mädchen!« fügte sie lachend hinzu. »Flora, mein Armband. – Geben Sie mir den Arm bis zu meinem Wagen, und sagen Sie mir, ob ich Ihnen heut abend gefallen habe.«
Und so gingen sie denn, Arm in Arm, wie zwei alte Freunde; Samuel liebte, oder fühlte wenigstens, wie sein Herz heftig pochte. Er war vielleicht ein seltsamer Kauz, aber diesmal jedenfalls war er nicht lächerlich.
In seiner Freude hätte er beinahe vergessen, Madame de Cosmelly von seinem Erfolg zu benachrichtigen, und ihr ein wenig Hoffnung in ihre Verlassenheit zu bringen.
Einige Tage später spielte die Fanfarlo die Rolle der Kolombine in einer großen Pantomime, die einige geistreiche Leute für sie verfaßt hatten. Sie trat da in einer reizvollen Folge von Verwandlungen auf, als Kolombine, Gretchen, Elvira und Zephirine, und empfing, auf die heiterste Art der Welt, die Küsse von Vertretern mehrerer Generationen, die verschiedenen Ländern und verschiedenen Literaturen entlehnt waren. Ein großer Komponist hatte es nicht verschmäht, eine der Seltsamkeit des Sujets angepaßte, phantasievolle Musik zu schreiben. Die Fanfarlo war abwechselnd sittsam, feenhaft, ausgelassen, munter; sie war hinreißend in ihrer Kunst, ebenso sehr Schauspielerin mit den Beinen wie Tänzerin mit den Augen.
Nebenbei bemerkt, die Tanzkunst wird bei uns viel zu wenig geschätzt. Alle großen Völker, vorab die der Antike, die Inder, die Araber, haben sie im gleichen Maße wie die Dichtkunst gepflegt. Der Tanz steht ebenso hoch über der Musik, in gewissen heidnischen Gesellschaften jedenfalls, wie das Sichtbare und Erschaffene höher steht als das Unsichtbare und Unerschaffene. – Nur diejenigen können mich verstehen, bei denen die Musik malerische Vorstellungen weckt. – Alles, was die Musik Geheimnisvolles in sich birgt, kann der Tanz zum Vorschein bringen, und er hat darüber

hinaus den Vorzug, menschlich und faßlich zu sein. Der Tanz ist die Poesie der Arme und Beine, er ist die anmutige, schreckliche, durch Bewegung beseelte und verschönte Materie. – Terpsichore ist eine Muse des Südens; ich vermute, daß sie sehr braun war, und die Füße oft in goldenen Kornfeldern geschwungen hat; jede ihrer rhythmisch abgemessenen Bewegungen liefert dem Bildhauer ein göttliches Motiv. Doch nicht zufrieden, mit Terpsichore zu wetteifern, rief die katholische Fanfarlo die ganze Kunst der neueren Gottheiten zu Hilfe. Im Nebel verschwimmen und mischen sich die Gestalten mancher handfesteren und aufdringlicheren Feen und Undinen. Sie war zugleich ein shakespearisches Capriccio und eine italienische Harlekinade.

Der Dichter schwamm in Entzücken; er glaubte den Traum seiner längst vergangenen Jugendtage vor sich zu sehen. Er war nahe daran, in seiner Loge die lächerlichsten Freudensprünge zu vollführen und sich an irgendetwas den Kopf einzurennen, ein solcher Taumel hatte von ihm Besitz ergriffen.

Eine niedrige, dichtgeschlossene Kalesche brachte den Dichter und die Tänzerin in rascher Fahrt zu dem kleinen Haus, von dem schon die Rede war.

Unser Freund gab seiner Bewunderung durch stumme Küsse Ausdruck, die er ihr inbrünstig auf Füße und Hände preßte. – Auch sie war voller Bewunderung für ihn; nicht, daß sie die Macht ihrer Reize nicht gekannt hätte, aber ein so bizarrer Mensch, eine solche elektrisierende Leidenschaft waren ihr noch nicht vorgekommen.

Das Wetter war schwarz wie das Grab, und der Wind trieb schwere Wolkenhaufen unruhig vor sich her, aus denen ein Regen- und Hagelschauer niederprasselte. Die Dachstuben erzitterten und die Kirchtürme ächzten unter der Wucht des Sturmes; der Rinnstein, dieses Totenbett, auf dem die *billets doux* und die Orgien des verflossenen Tages hintreiben, wälzte wirbelnd seine tausend Geheimnisse dem Abfluß zu; die Sterblichkeit ließ sich fröhlich auf den Hospitälern nieder, und die Chattertons und Savages der Rue Saint-Jacques umklammerten mit erstarrten Fingern ihr Schreibgerät –, als der falscheste, selbstsüchtigste, sinnlichste, leckerhafteste, geistreichste all unserer Freunde vor einem schönen Nachtmahl und einer guten Tafel eintraf, von einer der schönsten Frauen begleitet, welche die Natur uns zur Augenweide erschaffen hat. Samuel wollte das Fenster aufreißen, um einen Siegerblick auf die verfluchte Stadt zu werfen; doch als sein Auge auf die verschiedenen Glückseligkeiten fiel, die ihn umgaben, eilte er, sie zu genießen.

In solcher Gesellschaft mußte er beredt werden: und so kam es, daß die Fanfarlo ihn trotz seiner zu hohen Stirne, seiner zerwühlten Haare und seiner Stupsnase beinahe hübsch fand.

Samuel und die Fanfarlo hatten in allem die gleichen Ansichten über die Küche und die Ernährungsweise, die für Ausnahmemenschen bekömmlich ist. Fades, läppisches Fleisch und ebensolche Fische waren bei den Soupers dieser Sirene verpönt. Der Champagner entehrte nur selten ihren Tisch. Die berühmtesten und duftendsten Bordeauxweine mußten dem schweren, gedrängten Bataillon der Burgunderweine, der Weine der Auvergne, des Anjou, den Südweinen, sowie ausländischen, deutschen, griechischen, spanischen Weinen den Vortritt lassen. Samuel pflegte zu sagen, ein Glas echten Weines müsse einer dunklen Traube gleichen, und man hätte an einem solchen Wein ebensoviel zu speisen wie zu trinken. – Die Fanfarlo liebte das noch blutende Fleisch und die Weine, die berauschen. – Doch sie betrank sich nie. – Bei allen beiden erfreute die Trüffel sich einer tiefen, aufrichtigen Wertschätzung. – Die Trüffel, jenes geheime und geheimnisvolle Gewächs der Kybele, diese wohlschmeckende Krankheit, die sie in ihren Eingeweiden länger verborgen gehalten hat als das kostbarste Metall, jene köstliche Materie, die der Wissenschaft des Agromanen spottet, wie das Gold derjenigen des Paracelsus, die Trüffel, welche die Antike von der modernen Welt unterscheidet*, und die vor einem Glas Chioswein soviel bedeutet wie mehrere Nullen hinter einer Zahl.

Was die Frage der Saucen, Ragouts und Würzen angeht, eine schwierige Frage, die eine ebenso ernsthafte Behandlung erfordern würde wie ein wissenschaftliches Feuilleton, so darf ich dem Leser versichern, daß sie auch hierin völlig einig waren, vor allem hinsichtlich der Notwendigkeit, die ganze Pharmakognostik der Na-

* Die Trüffel der Römer waren weiß und von einer anderen Sorte.

tur zur Unterstützung der Küche herbeizurufen. Pfefferkräuter, englische Gewürze, Erzeugnisse der Kolonien, Safranstaub, exotische Pulver, alles wäre ihnen recht gewesen, selbst Moschus und Weihrauch. Wenn Kleopatra noch lebte, so bin ich sicher, sie hätte ein Rinds- oder Rehfilet mit den Wohlgerüchen Arabiens zubereiten lassen. Es ist wahrlich beklagenswert, daß es kein eigens der Lust zuliebe geschaffenes Gesetz gibt, das unsere heutigen *cordons bleus* nötigte, die chemischen Eigenschaften ihrer Ingredienzen zu kennen, und daß diese sich nicht darauf verstehen, gegebenenfalls, etwa für ein Liebesmahl, kulinarische Elemente ausfindig zu machen, die, fast brennbar, bereit sind, den Organismus wie Blausäure zu durchdringen und sich wie Äther zu verflüchtigen.
Merkwürdig, dieses Einverständnis ihrer Ansichten über das gute Leben, diese Verwandtschaft des Geschmacks knüpfte rasch ein Band zwischen ihnen; diese tiefe Übereinstimmung der Sinne, die bei Samuel aus jedem seiner Blicke und Worte aufglänzte, machte der Fanfarlo starken Eindruck. Diese Sprache, bald nüchtern wie Zahlen, bald zart und duftend wie eine Blüte oder ein Sachet, diese seltsame Kunst des Gesprächs, deren Geheimnis nur ihm allein bekannt war, gewann ihm vollends die Gunst dieser bezaubernden Frau. Und als er das Schlafzimmer in Augenschein nahm, stellte er hier nicht ohne lebhafte und tiefe Befriedigung fest, daß auch hinsichtlich der Einrichtung und Anlage häuslicher Räume eine völlige Brüderlichkeit des Geschmacks und der Empfindungen zwischen ihnen herrschte. Cramer verabscheute, meiner Meinung nach durchaus zu Recht, in Wohnräumen die großen, geraden Linien und die ins Innere versetzte Architektur. Die weiten Säle der alten Schlösser ängstigen mich, und ich bedauere die Schloßherrinnen, die genötigt waren, in hohen Schlafgemächern, die etwas von einem Grabgewölbe hatten, der Liebe zu pflegen, in riesigen Katafalken, die sich Betten nannten, auf ausladenden Monumenten, die sich anmaßten, als Sessel zu dienen. Die Zimmer in Pompeji sind eben handgroß; die indischen Ruinen, welche die Küste von Malabar bedecken, zeugen von dem nämlichen System. Diese großen wollüstigen und weisen Völker wußten Bescheid. Um sich in Muße zu sammeln, bedürfen die vertraulichen Gefühle eines engen Raumes.

Das Schlafzimmer der Fanfarlo war also sehr klein, sehr niedrig, überfüllt mit weichen, duftenden und gefährlich zu berührenden Gegenständen; die Luft war von seltsamen Miasmen geschwängert, in denen man wie in einem Treibhaus langsam dahinzusiechen wünschte. Das Licht der Lampe spielte in einem Gewirr von Spitzen und allerlei bunten, changierenden Stoffen. Hier und da fiel ihr Schein auf einige Bilder, die eine spanische Wollust atmeten: sehr weiße Fleischtöne vor sehr dunklen Hintergründen. Und am Grunde dieses bezaubernden Gemachs, das gleichzeitig etwas von einem verrufenen Ort und einem Heiligtum hatte, sah Samuel die neue Göttin seines Herzens im strahlenden und heiligen Glanz ihrer Nacktheit auf sich zuschreiten.

Welcher Mann wollte nicht, und koste es ihn die Hälfte seiner Tage, seinen Traum, seinen wahren Traum hüllenlos vor sich stehen und das angebetete Phantom seiner Einbildungskraft eines um das andere sämtlicher Kleidungsstücke sich entledigen sehen, die bestimmt waren, es vor den Augen der Menge zu schützen? Doch Samuel, von einem wunderlichen Einfall gepackt, begann wie ein verwöhntes Kind zu schreien: »Ich will Kolombine, gib mir Kolombine wieder; gib sie mir wieder, wie sie mich gestern abend verrückt gemacht hat, das Gauklerkind, die Seiltänzerin!«

Anfangs erstaunt, fand die Fanfarlo sich doch bereit, der Laune des Mannes, den sie sich erwählt hatte, zu willfahren; Flora wurde herbeigeklingelt, die nun freilich einwandte, es sei bereits drei Uhr morgens, am Theater sei alles geschlossen, der Pförtner schlafe, das Wetter sei abscheulich, – es hatte nicht aufgehört zu stürmen, – es blieb ihr nichts übrig, als derjenigen zu gehorchen, die selber gehorchte. Doch kaum hatte die Zofe das Zimmer verlassen, als Cramer etwas Neues einfiel; er riß an der Klingelschnur und rief mit donnernder Stimme: »Und vergessen Sie ja nicht das Rouge!«

Dieser bezeichnende Zug, den die Fanfarlo ihren Kameraden eines Abends selber erzählt hat, als man sie über die Anfänge ihres Verhältnisses mit Samuel befragte, hat mich keineswegs verwundert; daran erkannte ich unverzüglich den Autor der *Fischadler*. Er wird immer eine Vorliebe für Rouge und Bleiweiß haben, für Rauschgold und Flitter aller Art. Am liebsten würde er den Bäumen und dem Himmel eine andere Farbe geben, und wenn Gott

ihm den Plan seiner Schöpfung anvertraut hätte, er hätte sie womöglich verpfuscht.
Obwohl Samuel eine verdorbene Phantasie hatte, und vielleicht eben darum, war die Liebe bei ihm weniger eine Angelegenheit der Sinne als des Verstandes. Sie bestand vor allem in der Bewunderung des Schönen und in dem Verlangen danach; er betrachtete die Fortpflanzung als eine Entstellung der Liebe, und die Schwangerschaft als eine Spinnenkrankheit. Irgendwo hat er einmal geschrieben: »Die Engel sind Hermaphroditen und unfruchtbar.« – Er liebte einen menschlichen Körper wie eine stoffliche Harmonie, wie eine schöne Architektur, die sich zudem noch bewegte; und dieser völlige Materialismus kam dem reinsten Idealismus sehr nahe. Aber da das Schöne, das die Liebe verursacht, seiner Ansicht nach zwei Elemente in sich vereinigte: die Linie und den Reiz –, und da alles bisher Erwähnte nur in bezug auf die Linie gilt –, so bestand, in dieser Nacht wenigstens, der Reiz führ ihn in dem Rouge.
Die Fanfarlo also vereinigte für ihn die Linie und den Reiz, und wenn er sie betrachtete, wie sie mit dem Freimut und der sieghaften Ruhe des geliebten Weibes neben ihm auf dem Bette saß und ihre Hände sanft auf ihm ruhen ließ, dann war ihm, als erblickte er die Unendlichkeit hinter den hellen Augen dieser Schönheit, und als verlören die seinen sich in immer weiteren Himmelsfernen. Übrigens war er, was solchen Ausnahmewesen häufig widerfährt, in seinem Paradiese häufig allein, da keiner es mit ihm bewohnen konnte; und wenn er sie zufällig einmal dorthin entführte und fast gewaltsam mitriß, so blieb sie doch immer zurück; und so kam es, daß seine Liebe in dem Himmel, wo er herrschte, traurig zu werden begann und in königlicher Einsamkeit an der Melancholie der Bläue kränkelte.
Indessen wurde er ihrer niemals überdrüssig; niemals, wenn er sein Liebesnest verließ und leichten Schrittes über das Trottoir stapfte, empfand er in der frischen Morgenluft jenes selbstsüchtige Vergnügen an der Zigarre und den tief in die Taschen vergrabenen Händen, von dem bei unserem großen modernen Romancier* einmal die Rede ist.

* Bei dem Verfasser der Erzählung *La Fille aux yeux d'or.*

Wenn Samuel auch kein Herz besaß, so besaß er doch den Adel der Intelligenz, und statt ihn undankbar zu machen, hatte der Genuß bei ihm jene köstliche Befriedigung, jene sinnliche Verträumtheit erzeugt, die vielleicht mehr wert ist als die Liebe, wie die Menge sie versteht. Überdies hatte die Fanfarlo ihr Bestes getan und ihre geschicktesten Liebkosungen an ihn verschwendet, weil sie bald bemerkt hatte, daß es sich bei diesem Mann verlohnte; sie hatte sich auch an seine mystische Ausdrucksweise gewöhnt, die er mit Schlüpfrigkeiten und derben Zoten durchsetzte. – Das hatte für sie zumindest den Reiz der Neuheit.

Diese plötzliche Leidenschaft der Tänzerin hatte Aufsehen erregt. Mehrere Male hatte ihr Auftreten abgesagt werden müssen; sie hatte die Proben versäumt; manch einer beneidete Samuel.

Eines Abends, als der Zufall, die Langweile, die Monsieur de Cosmelly plagte, oder das Zusammentreffen einiger Umstände, die seine Frau in die Wege geleitet hatte, die beiden vor dem Kaminfeuer vereinigt hatte, – nach einem langen Schweigen, wie es sich in den Ehen einstellt, in denen man sich nichts mehr zu sagen und vieles voreinander zu verbergen hat, – nachdem sie am Klavier einige Kompositionen gesungen hatte, die sich vor zehn Jahren großer Beliebtheit erfreuten, – sagte sie ihm mit der sanften, behutsamen Stimme der Tugend, die liebevoll klingen möchte und die den Gegenstand ihrer Zuneigung zu vergrämen fürchtet –, daß sie ihn sehr bedauere, daß sie viel geweint habe, mehr noch über ihn als über sich selbst; daß sie in ihrer ihm ganz ergebenen Unterwerfung und Entsagung zumindest gewünscht hätte, er möge anderswo als bei ihr die Liebe finden, die er von seiner Frau nicht mehr verlangte; daß sie mehr darunter gelitten hätte, ihn betrogen als sich verlassen zu sehen; daß überdies auch sie große Schuld trage, da sie die Pflicht einer zärtlichen Gattin, ihren Gatten vor der Gefahr zu warnen, versäumt habe; daß sie ansonsten durchaus bereit sei, diese blutende Wunde vernarben zu lassen und alles auf sich zu nehmen, um eine gemeinsame Schuld zu tilgen, usw. –, was immer die durch Zärtlichkeit ermächtigte weibliche Schläue an honigsüßen Worten ihr eingeben mochte. – Sie weinte, sie weinte gut; das Feuer beleuchtete ihre Tränen und ihr vom Schmerz verschöntes Gesicht.

Monsieur de Cosmelly sagte kein Wort und verließ das Haus. Die Männer, die man in der Schlinge ihres Fehltritts ertappt hat, schätzen es nicht, der Großmut ein reuiges Opfer darzubringen. Wenn er sich zu der Fanfarlo begab, so stieß er dort vermutlich auf Spuren der Unordnung, Zigarrenstummel und Feuilletons.

Eines Morgens riß die helle Stimme der Fanfarlo unseren Freund aus dem Schlaf, und Samuel hob langsam sein müdes Haupt von dem Kissen, auf dem es ruhte, um einen Brief zu lesen, den sie ihm reichte:

»Dank, Monsieur, tausendmal Dank! mein Glück und meine Erkenntlichkeit werden Ihnen in einer besseren Welt vergolten werden. Ich nehme Ihre Gabe an. Ich empfange meinen Gatten aus Ihren Händen zurück, und ich entführe ihn heute abend auf unseren Besitz in C., wo ich die Gesundheit und das Leben wiederzufinden hoffe, die ich Ihnen verdanke. Empfangen Sie das Versprechen einer ewigen Freundschaft. Ich wußte, der Ehrenmann, für den ich Sie immer gehalten habe, würde einer Freundschaft mehr stets den Vorzug geben vor jedem anderen Lohn.«

Samuel, in Spitzen sich wälzend und an einer der frischesten und schönsten Schultern lehnend, die man je erblickt hat, überkam eine vage Empfindung, als habe man ihm einen Streich gespielt, und er hatte einige Mühe, sich die Einzelheiten der Intrige ins Gedächtnis zu rufen, deren Lösung er herbeigeführt hatte; aber er sagte sich gelassen: Sind unsere Leidenschaften auch wirklich aufrichtig? Weiß man denn mit Sicherheit, was man will? Und wer kennt schon das Barometer seines Herzens?

»Was murmelst du da? Was gibt es? Laß sehen!« sagte die Fanfarlo.

»Ach! nichts«, antwortete Samuel. »Der Brief einer anständigen Frau, der ich versprochen hatte, deine Liebe zu gewinnen.«

»Das sollst du mir bezahlen«, murmelte sie zwischen den Zähnen.

Aller Wahrscheinlichkeit nach hat die Fanfarlo Samuel wirklich geliebt, aber mit jener Liebe, die nur wenige Seelen kennen: mit Groll im Herzen. Er hingegen fand sich bestraft durch das, worin er gesündigt hatte. Wie oft hatte er die Leidenschaft geheuchelt; nun war er gezwungen, sie kennenzulernen; aber es war nicht die ruhige, stille und starke Liebe, wie ein anständiges junges Mädchen sie einflößt, es war die schreckliche, die trostlose und schmachvolle Liebe, die krankhafte Liebe der Kurtisane. Samuel lernte alle Martern der Eifersucht kennen, und die Erniedrigung, und die Traurigkeit, in die uns das Bewußtsein eines unausrottbar eingefleischten Übels versetzt –, kurz das ganze Grauen jener lasterhaften Ehe, die man Konkubinat nennt. – Sie ihrerseits wird alle Tage fetter; sie ist eine etwas dickliche, adrett herausstaffierte und raffinierte Schönheit, eine Art ministerieller Lorette. Eines vielleicht nicht allzu fernen Tages wird sie zur Osterbeichte gehen und das geweihte Brot an die Armen ihres Sprengels verteilen. Um diese Zeit wird Samuel sich unter Umständen schon zu Tode geschuftet haben und, wie er in seinen guten Tagen gesagt hat, *unterm kühlen Steine ruhn,* während die Fanfarlo mit ihren Stiftsdamen-Allüren einem jungen Erben den Kopf verdreht. – Vorläufig hat sie sich aufs Kinderkriegen verlegt; sie ist soeben glücklich von Zwillingen entbunden worden. – Samuel ist mit vier wissenschaftlichen Büchern niedergekommen: ein Buch über die vier Evangelisten – ein anderes über die Symbolik der Farben – eine Denkschrift über ein neues Annoncen-System – und ein viertes, dessen Titel mir nicht einfallen will. – Das Entsetzlichste an diesem Buch ist, daß es schwungvoll, energisch geschrieben ist und allerlei Wissenswertes enthält. Samuel hat die Stirn gehabt, ihm ein Virgilzitat als Motto voranzustellen: *Auri sacra fames!* – Die Fanfarlo möchte, daß ihr Liebhaber Mitglied des Institut Français wird, und sie intrigiert im Ministerium, daß er das Kreuz der Ehrenlegion erhält.

Armer Sänger der *Fischadler!* Arme Manuela de Monteverde! – Er ist tief gesunken. – Kürzlich erfuhr ich, daß er eine sozialistische Tageszeitung gründen und sich der Politik widmen wolle. – Eine unredliche Intelligenz! – wie der redliche Herr Nisard sich auszudrücken beliebt.

WEIN UND HASCHISCH

WEIN UND HASCHISCH
VERGLICHEN ALS MITTEL ZUR VERVIELFÄLTIGUNG DER INDIVIDUALITÄT

I
DER WEIN

Ein sehr berühmter Mann, der zugleich ein großer Dummkopf war, – zwei Dinge, die, so scheint es, sich sehr wohl miteinander vertragen, wie zu erweisen ich vermutlich mehr als einmal das schmerzliche Vergnügen haben werde, – hat es gewagt, in einem Buch über die Tafelfreuden, das unter dem zweifachen Gesichtspunkt der Hygiene und des Genusses abgefaßt ist, unter dem Stichwort WEIN folgendes zu schreiben: »Der Patriarch Noah gilt als der Erfinder des Weines; es ist dies eine Flüssigkeit, die aus der Traube des Weinstocks gewonnen wird.«

Und weiter? Weiter nichts: das ist alles. Man mag den Band durchblättern, ihn wenden und drehen, wie man will, ihn auf den Kopf stellen, ihn von hinten nach vorne, von links nach rechts und von rechts nach links lesen, man wird nichts anderes finden über den Wein in der *Physiologie des Geschmacks* des hochberühmten und höchst geachteten Brillat-Savarin: *»Der Patriarch Noah …«* und *»es ist dies eine Flüssigkeit …«*

Ich stelle mir einen Mondbewohner oder den Bewohner eines fernen Planeten vor, der unsere Erde bereist und, von seinen langen Fahrten ermüdet, darauf sinnt, sich den Gaumen zu erfrischen und den Magen zu erwärmen. Er will sich über die Vergnügungen und Gebräuche unserer Erde unterrichten. Gerüchtweise hat er gewisse köstliche Flüssigkeiten erwähnen hören, vermittels derer die Bürger dieser Kugel sich nach Belieben Mut und Fröhlichkeit verschaffen. Um da das Richtige zu wählen, schlägt der Mondbewohner das Orakel des Geschmacks, den berühmten und unfehlbaren Brillat-Savarin, auf und erhält dort, unter dem Stichwort WEIN, die unschätzbare Auskunft: *»Der Patriarch Noah …«* und *»diese Flüssigkeit wird …«* Das fördert gleich die Verdauung. Das erübrigt jede weitere Erklärung. Es ist unmöglich, nachdem man diesen

Satz gelesen hat, nicht eine sehr genaue und hinlängliche Vorstellung von sämtlichen Weinsorten zu haben, von ihren verschiedenen Qualitäten, ihren Nachteilen, ihrer Wirkung auf Magen und Gehirn.

Ach! liebe Freunde, lest nicht Brillat-Savarin. *Gott bewahrt Seine Geliebten vor unnützer Lektüre;* so lautet die erste Maxime eines kleinen Buches von Lavater, eines Philosophen, der die Menschen mehr geliebt hat als alle Magistratspersonen der Alten und der Neuen Welt. Man hat keinen Kuchen auf Lavaters Namen getauft; aber das Gedächtnis dieses engelhaften Menschen wird in der Christenheit noch fortleben, wenn die braven Bürger selber den Brillat-Savarin vergessen haben werden; diesen faden Napfkuchen, dessen geringster Fehler noch der ist, den Vorwand abzugeben für alberne Tiraden pedantischer Maximen, die diesem famosen Meisterwerk entstammen.

Sollte eine neue Ausgabe dieses falschen Meisterwerks es wagen, den gesunden Menschenverstand unserer Zeit herauszufordern, – schwermütige Trinker, fröhliche Trinker, ihr alle, die ihr im Wein Erinnerung oder Vergessen sucht, und die ihr, denen niemals Genüge zuteil wird, den Himmel nur noch durch den Boden einer Flasche betrachtet, vergessene und verkannte Trinker, würdet ihr ein Exemplar dieses Buches erwerben und so Böses mit Gutem, Gleichgültigkeit mit Wohltun vergelten?

Ich schlage die *Kreisleriana* des göttlichen Hoffmann auf, und lese dort eine sonderbare Empfehlung. Der gewissenhafte Musiker soll sich des Champagners bedienen, um eine komische Oper zu schreiben. Dort findet er die prickelnde, leichte Ausgelassenheit, die das Genre erfordert. Die Kirchenmusik verlangt alte Rhein- oder Franzweine. Wie am Grunde tiefsinniger Ideen wird er dort eine berauschende Herbheit finden; die heroische Musik jedoch kommt nicht ohne Burgunder zustande. Er hat den hohen Schwung und das Mitreißende der Vaterlandsliebe. Das ist unvergleichlich viel besser, und, abgesehen von der leidenschaftlichen Empfindung eines Trinkers, finde ich hier eine Unparteilichkeit, die einem Deutschen die größte Ehre macht.

Hoffmann hat ein seltsames psychologisches Barometer aufgestellt, das bestimmt war, ihm die verschiedenen Temperaturen und die atmosphärischen Phänomene seines Gemüts anzuzeigen; man findet da Einteilungen wie die folgenden: leicht ironischer Geist, durch Nachsicht gemäßigt; Geist der Einsamkeit, verbunden mit tiefem Selbstgenügen; musikalische Lustigkeit, musikalischer Enthusiasmus, musikalischer Sturm; sarkastische Lustigkeit, mir selber unerträglich; Streben, aus meinem Ich herauszutreten, äußerste Objektivität, Verschmelzung meines Wesens mit der Natur. Selbstverständlich waren die Einteilungen auf Hoffmanns Seelenbarometer in ihrer fortschreitenden Reihenfolge angeordnet, wie bei den üblichen Barometern. Zwischen diesem Seelenbarometer und der Erklärung der musikalischen Qualitäten der Weine scheint mir eine offenkundige Verwandtschaft zu bestehen.

Als Hoffmann im Sterben lag, stand er im Begriff, etwas Geld zu verdienen. Das Glück lächelte ihm. Wie unser teurer großer Balzac erblickte er erst in seinen letzten Zeiten den Nordlichtschimmer seiner ältesten Hoffnungen. Damals hatten die Verleger, die sich für ihre Almanache um seine Erzählungen rissen, die Gewohnheit, um sich bei ihm in Gunst zu setzen, ihrer Geldsendung eine Kiste mit französischen Weinen beizufügen.

II

Tiefe Freuden des Weines, wer hat euch nicht gekannt? Wer einen Gewissensbiß zu beschwichtigen, eine Erinnerung heraufzubeschwören, einen Schmerz zu ertränken, ein Luftschloß zu erbauen hatte, sie alle haben dich angerufen, geheimnisvoller Gott, der sich in den Fasern des Weinstocks verbirgt. Wie groß sind doch die Schauspiele des Weines, die eine innere Sonne erleuchtet! Wie wahr und voller Inbrunst ist diese zweite Jugend, die der Mensch aus ihm schöpft! Aber wie fürchterlich auch sind seine zerschmetternden Wonnen und seine entnervenden Bezauberungen! Und dennoch, sprecht, auf Seele und Gewissen, ihr Richter, Gesetzgeber, Weltmenschen, ihr alle, die das Glück milde stimmt, denen euer Vermögen Tugend und Wohlergehen leicht macht, sprecht, wer von euch wäre mitleidlos genug, daß er den Mut fände, den Menschen zu verdammen, der sich Genie antrinkt?

Ist übrigens der Wein nicht immer dieser gewaltige Kämpfer, der seines Sieges gewiß ist und der sich geschworen hat, weder Mitleid noch Gnade walten zu lassen? Der Wein ist wie der Mensch: nie wird man wissen, bis zu welchem Grade man ihn achten oder verachten, ihn lieben oder hassen kann, noch wie vieler erhabener Taten oder ungeheuerlicher Freveltaten er fähig ist. Seien wir also nicht grausamer gegen ihn als gegen uns selber und behandeln wir ihn als unsresgleichen.

Manchmal ist mir, ich höre den Wein sprechen, – er spricht mit seiner Seele, mit jener Geisterstimme, die nur Geistern vernehmlich ist –: »Mensch, du mein Geliebter, nicht mein gläserner Kerker, nicht die Riegel aus Kork sollen mich hindern, einen Gesang voller Brüderlichkeit für dich anzustimmen, einen Gesang der Freude, des Lichtes und der Hoffnung. Ich bin nicht undankbar, ich weiß, daß ich dir das Leben danke. Ich weiß, was es dich an harter Arbeit und an Sonne auf den Schultern gekostet hat. Du hast mir das Leben gegeben; ich will es dir lohnen. Reichlich will ich dir meine Schuld bezahlen; denn groß ist meine Lust, wenn ich tief in eine Kehle stürze, die von der Arbeit durstig ist. Die Brust eines rechtschaffenen Mannes ist ein Aufenthalt, der mir weit mehr behagt als diese trübseligen, fühllosen Keller. Sie ist ein fröhliches Grab, darin ich meinen Auftrag mit Begeisterung erfülle. In dem Magen des Arbeiters veranstalte ich ein gewaltiges Drunter und Drüber, und über unsichtbare Treppen steige ich von dort in sein Gehirn auf, wo ich meinen höchsten Tanz vollführe.

Hörst du, wie die mächtigen Kehrreime der alten Zeiten sich in mir regen und widerhallen, die Gesänge der Liebe und des Ruhmes? Ich bin die Seele des Vaterlandes, ich bin halb ein Galan und halb ein Soldat. Ich bin die Hoffnung der Sonntage. *Arbeit macht den Alltag reich,* der Wein macht die Sonntage glücklich. Die Ellbogen auf den Eßtisch gestemmt und die Ärmel aufgekrempelt, wirst du voll Stolz mein Loblied singen und wahrhaft zufrieden sein.

Ich werde ein Leuchten entfachen in den Augen deines alten Weibes, der alten Genossin deiner täglichen Plagen und deiner ältesten Hoffnungen. Sänftigen werde ich ihren Blick und am Grunde ihrer Augen den Glanz der Jugend erneuern. Und dein lieber Kleiner, der Bläßling, das arme kleine Eselchen, ins gleiche Geschirr der Mühsal eingespannt wie das Deichselpferd, ihm werde ich die schönen Farben seiner Wiege wiedergeben und werde für diesen neuen Athleten des Lebens das Öl sein, das die Muskeln der alten Kämpfer kräftigte.

Wie ein pflanzliches Ambrosia werde ich tief in deine Brust stürzen. Ich werde das Korn sein, das da Frucht bringt in der unter Schmerzen aufgegrabenen Furche. Aus unserer innigen Verbindung wird die Poesie entstehen. Wir beide, ein Gott werden wir zusammen sein, und uns aufschwingen in die Unendlichkeit, wie die Vögel, die Schmetterlinge, die Marienfäden, die Düfte und alles, was Flügel hat.«

So singt der Wein in seiner geheimnisvollen Sprache. Wehe dem, dessen selbstsüchtiges Herz, das sich den Schmerzen seiner Brüder verschließt, dieses Lied niemals vernommen hat!

Ich habe oft gedacht: wenn Christus heute auf der Anklagebank erschiene, so fände sich gewiß ein Staatsanwalt, der den Nachweis erbrächte, daß in seinem Falle Rückfälligkeit als erschwerender Umstand hinzukommt. Der Wein wird alle Tage rückfällig. Alle Tage wiederholt er seine Wohltaten. Das erklärt wohl auch die Erbitterung der Moralisten gegen ihn, ich meine: der pharisäischen Pseudo-Moralisten.

Aber das ist noch nicht alles. Steigen wir ein wenig tiefer hinab. Betrachten wir eines jener geheimnisvollen Wesen, die sozusagen von den Abfällen der großen Städte leben. Denn es gibt sonderbare Berufe. Ihre Zahl ist unendlich. Manchmal habe ich mit Schrecken gedacht, es könnte Berufe geben, die ohne jede Freude wären. Handwerke ohne Vergnügen, Mühen ohne Erleichterung, Schmerzen ohne Entschädigung. Ich täuschte mich. Da ist ein Mann, dessen Aufgabe es ist, die Großstadtabfälle eines Tages aufzusammeln. Alles, was die Hauptstadt weggeworfen, alles, was sie verloren, alles, was sie verschmäht, alles, was sie zerbrochen hat, er katalogisiert es, er sammelt es. Er durchstöbert die Archive der Ausschweifung, die Schutthaufen des Abhubs. Er sondert aus, wählt mit Bedacht; wie ein Geiziger einen Schatz sammelt er den Kehricht ein, der, von der Gottheit der Industrie wiedergekäut, zu Gegenständen des Gebrauchs oder des Genusses Verwendung findet. Da steigt er, beim düsteren Schein der Laternen, die im Nachtwind flackern, eine der langen, gewundenen Straßen hinauf, in deren engen Häusern die kleinen Leute der Montagne Sainte-Geneviève hausen. Er trägt *seinen Weidenschal mit der Nr. 7* umgehängt. Kopfschüttelnd kommt er daher und über Pflastersteine stolpernd wie die jungen Dichter, die tagelang umherwandern und ihre Reime suchen. Er redet vor sich hin; er schüttet seine Seele in die kalte, düstere Nachtluft aus. Das ist ein prächtiger Monolog, neben dem die schwungvollsten Tragödien jämmerlich verblassen. »Vorwärts! marsch! Division, Tête, Armee!« Wie Napoleon im Todeskampf auf Sankt Helena! Die Nr. 7 scheint sich in ein eisernes Szepter, der Weidenschal in einen kaiserlichen Mantel verwandelt zu haben. Jetzt beglückwünscht er seine Armee. Die Schlacht ist gewonnen, doch der Tag war heiß. Hoch zu Roß reitet er durch Siegespforten in seine Stadt ein. Sein Herz ist glücklich. Entzückt lauscht er den Jubelrufen der begeisterten Menge. Sogleich wird er ein Gesetzbuch diktieren, das alle bekannten Gesetzbücher übertrifft. Feierlich schwört er, seine Völker glücklich zu machen. Elend und Laster sind von der Erde verschwunden.

Und doch sind Schultern und Rücken zerschunden von der Last seines Tragkorbs. Häuslicher Kummer plagt ihn. Er ist wie zerschlagen an allen Gliedern: vierzig Jahre Arbeit, und immer unterwegs! Das Alter macht ihm zu schaffen. Aber der Wein, ein neuer Paktol, wälzt durch die sieche Menschheit ein geistiges Gold. Wie die guten Könige herrscht er durch seine Dienste und besingt seine Heldentaten durch die Kehle seiner Untertanen.

Es gibt auf dem Erdball eine zahllose, namenlose Menge, deren Leiden einzuschläfern der Schlaf nicht genügen würde. Der Wein ist ihr Sänger und Dichter.

Manch einer wird mich wohl allzu nachsichtig finden. »Sie sprechen die Trunksucht frei, Sie idealisieren die Liederlichkeit.« Ich gestehe, daß ich angesichts der Wohltaten nicht den Mut finde, die Schäden aufzuzählen. Ich habe ja auch gesagt, der Wein sei dem Menschen vergleichbar, und bei beiden kämen, zugegebenermaßen, ihre Verbrechen ihren Tugenden gleich. Kann ich mehr tun? Doch mir fällt noch etwas anderes ein. Wenn der Wein aus dem, was die Menschen hervorbringen, verschwände, so entstünde, glaube ich, in der Gesundheit und in der Geistessphäre des Planeten eine Leere, ein Mangel, eine Störung, die sehr viel schrecklicher wäre als sämtliche Exzesse und Verirrungen, für die man den Wein verantwortlich macht. Ist es nicht ein einleuchtender Gedanke, daß diejenigen, welche, in aller Unschuld oder aus Grundsätzen, niemals Wein trinken, Schwachköpfe oder Heuchler sind; Schwachköpfe, das heißt Menschen, die weder das Menschengeschlecht noch die Natur kennen; Künstler, welche die überlieferten Mittel der Kunst verwerfen; Arbeiter, welche die Mechanik lästern; – Heuchler, das heißt verschämte Schlemmer, die sich mit ihrer Nüchternheit brüsten, im verborgenen trinken und irgendein geheimes Laster haben? Ein Mensch, der nur Wasser trinkt, hat seinen Mitmenschen etwas zu verbergen.

Man urteile selbst: vor einigen Jahren rottete die Menge der Schwachköpfe sich in einer Gemäldeausstellung vor einem Bilde zusammen, das wie ein Industriegegenstand poliert, gewachst und gefirnißt war. In jeder Hinsicht das Gegenteil von Kunst; zu Drollings *Küche* verhielt es sich wie der Wahnwitz zum Schwachsinn, wie die Fanatiker zum braven Nachahmer. Auf diesem mit mikroskopischer Treue gemalten Bilde sah man Mücken fliegen. Auch mich verlockte diese Ungeheuerlichkeit wie alle Welt; aber ich schämte mich dieser sonderbaren Schwäche, denn das, dem ich erlag, war die unwiderstehliche Anziehungskraft des Gräßlichen. Schließlich bemerkte ich, daß ich, ohne es zu wissen, von einer philosophischen Neugier besessen war, von dem mächtigen Drang zu erfahren, wie der sittliche Charakter des Mannes beschaffen sein mochte, der eine solche verbrecherische Ungeheuerlichkeit hervorgebracht hatte. Ich wettete mit mir, daß er ein grundböser Mensch sein müsse. Ich ließ Erkundigungen einziehen, und mein Instinkt hatte das Vergnügen, diese psychologische Wette zu gewinnen. Ich erfuhr, daß das Ungeheuer regelmäßig vor Tagesanbruch aufstand, daß er seine Haushälterin ruiniert hatte, und *daß er nur Milch trank!*

Noch ein oder zwei Geschichten, und wir gelangen zu unfehlbaren Glaubenssätzen. Eines Tages sehe ich auf dem Trottoir eine große Menschenansammlung; es gelingt mir, meine Augen über die Schultern der Gaffer zu erheben, und ich erblicke folgende Szene:

ein Mann liegt ausgestreckt an der Erde, auf dem Rücken, die Augen aufgeschlagen und gen Himmel gerichtet; ein anderer steht vor ihm, der nur durch Gebärden zu ihm spricht, während der am Boden nur mit den Augen antwortet; beide scheinen von einem unbeschreiblichen Wohlwollen durchdrungen. Die Gebärden des Stehenden scheinen dem Geist des Liegenden zu sagen: »Komm, komm, das Glück erwartet uns, zwei Schritt von hier, an der Straßenecke. Noch haben wir das Ufer des Kummers nicht ganz aus den Augen verloren, wir sind noch nicht auf dem *offenen Meer* der Träume; nur Mut, mein Freund, sag deinen Beinen, sie sollten deinem Geist willfahren.«

Dies alles unter harmonischem Schwanken und Schaukeln. Der andere trieb vermutlich schon auf dem *offenen Meer* (er schwamm nebenbei in der Gosse), denn sein seliges Lächeln erwiderte: »Laß deinen Freund in Frieden, das Ufer des Kummers ist schon weit genug hinter wohltätigen Nebeln verschwunden; der Himmel der Träume hat mir schon alles gewährt.« Ich glaube sogar einen undeutlichen Satz vernommen zu haben, oder vielmehr einen Seufzer, der mit lallenden Worten aus seinem Munde kam: »Man muß vernünftig sein.« Das ist der Gipfel der Erhabenheit. Aber der Rausch hat noch eine Über-Erhabenheit, wie sich sogleich zeigen wird. Immer noch voller Nachsicht macht der Freund sich allein zu der Schenke auf, dann kommt er mit einem Strick in der Hand zurück. Der Gedanke muß ihm unerträglich gewesen sein, sich allein davonzumachen und allein auszufahren nach dem Glück; darum ist er gekommen, seinen Freund im Wagen abzuholen. Der Wagen ist der Strick. Er schiebt ihm den Wagen unters Kreuz. Der Freund, der Länge nach ausgestreckt, lächelt; man sieht, er hat die mütterliche Absicht begriffen. Der andere schlingt einen Knoten; dann setzt er sich wie ein sanftes, behutsames Pferd in Bewegung und fährt seinen Freund zum Rendezvous des Glücks. Der Mann, der gefahren oder vielmehr geschleift wird und dabei mit seinem Rücken das Pflaster blank reibt, lächelt noch immer sein unaussprechliches Lächeln.

Die Menge steht wie gebannt, keiner rührt sich; was zu schön ist, was die poetischen Kräfte des Menschen übersteigt, erregt eher Staunen als Rührung.

Da war einmal ein Mann, ein Spanier, ein Gitarrist, der lange Zeit mit Paganini reiste: das war noch vor der Zeit, in der Paganini eine große öffentliche Berühmtheit erlangte.
Die beiden führten zusammen das große Vagabundenleben der Zigeuner, der fahrenden Musikanten, der Heim- und Heimatlosen. Alle beide, Geige und Gitarre, gaben Konzerte überall, wo sie durchkamen. So sind sie längere Zeit durch verschiedene Länder gezogen. Mein Spanier war so begabt, daß er wie Orpheus sagen durfte: »Ich bin der Herr der Natur.«
Überall, wo er durchkam, über die Saiten schabte und sie harmonisch unter seinem Daumen hüpfen ließ, konnte er sicher sein, daß eine dichte Menge hinter ihm herlief. Ein solches Geheimnis läßt einen nicht Hungers sterben. Man folgte ihm, wie man Christus folgte. Wie hätte man einen solchen Mann von Tisch und Türe weisen können, ihn, das Genie, den Zauberer, der einem die Seele zum Singen bringt, daß sie ihre schönsten, ihre verborgensten, ihre unbekanntesten und geheimnisvollsten Weisen singt! Man hat mir versichert, dieser Mann sei imstande gewesen, auf einem Instrument, das nur Ton um Ton hervorbringt, mit Leichtigkeit den Ton zu halten. Paganini führte die Kasse, er verwaltete das Gesellschaftskapital; was niemand verwundern wird.
Die Kasse wanderte auf der Person des Verwalters; bald war sie oben, bald war sie unten, heute in den Stiefeln, morgen zwischen zwei Rocknähten. Wenn der Gitarrist, der ein starker Trinker war, sich nach dem Stand der Finanzen erkundigte, antwortete Paganini, es sei nichts mehr da, oder doch so gut wie nichts; denn Paganini war wie die alten Leute, die immer fürchten, es könnte *nicht langen*. Der Spanier glaubte ihm oder tat so, als glaubte er ihm, und die Blicke fern auf dem Horizont der Straße gerichtet, rupfte und zupfte er seine unzertrennliche Gefährtin. Paganini wanderte auf der anderen Straßenseite. Das war ein gegenseitiges Übereinkommen, damit keiner den anderen störte. So übte und arbeitete jeder unter dem Wandern.
Kamen sie dann an einen Ort, der einige Einnahmen verhieß, so spielte einer der beiden eine seiner Kompositionen, und der andere neben ihm improvisierte eine Variation, eine Begleitung, eine Untermalung. Was an Freuden und an Poesie in diesem Troubadour-

leben steckte, wird man niemals erfahren. Eines Tages trennten sie sich, ich weiß nicht warum. Der Spanier zog allein weiter. Eines Abends kommt er in eine kleine Stadt des Jura; er schlägt einen Zettel an und läßt durch einen Ausrufer verkündigen, daß er ein Konzert geben wird in einem Saal des Rathauses. Das Konzert, das ist er: eine Gitarre, sonst nichts. Er hatte sich schon bekannt gemacht, er war in ein paar Cafés aufgetreten, und sein ungewöhnliches Talent war einigen Musikern des Städtchens aufgefallen. Kurzum, es fanden sich viele Leute ein.

Mein Spanier hatte in einem Winkel des Städtchens, neben dem Friedhof, einen anderen Spanier, einen *Landsmann,* aufgetrieben. Dieser war eine Art Bestattungs-Unternehmer, ein Steinmetz, der Grabmäler aus Marmor verfertigte. Wie alle Leute, die ein düsteres Gewerbe ausüben, trank er gerne und viel. So kam es, daß die Flasche und das gemeinsame Vaterland die beiden einander nahebrachten; der Musikant und der Steinmetz wurden unzertrennlich. Auch am Tage des Konzerts, zur festgesetzten Stunde, waren die beiden beisammen, doch wo? Das galt es in Erfahrung zu bringen. Man lief alle Kneipen des Städtchens, alle Caféhäuser ab, endlich fand man ihn mit seinem Freund in einer unbeschreiblichen Spelunke, völlig betrunken, der andere ebenfalls. Folgen Szenen à la Kean und à la Frédérick. Schließlich willigt er ein: er wird spielen; doch da überkommt ihn mit einmal eine Idee: »Du wirst mit mir spielen«, sagt er zu seinem Freund. Dieser weigert sich; er besaß zwar eine Geige, aber er kratzte nur wie der ärgste Bierfiedler darauf herum. »Du wirst spielen, oder ich spiele auch nicht.«

Da helfen weder weise Reden noch Vernunftgründe; der andere muß sich fügen. Schon sind sie auf der Estrade, vor den feinen Bürgern des Ortes. »Wein her!« sagt der Spanier. Der Grabstättenverfertiger, der allen bekannt war, wenn auch keineswegs als Musiker, war zu betrunken, um sich zu schämen. Wie der Wein gebracht wird, hat man keine Geduld mehr, die Flaschen zu entkorken. Meine beiden Taugenichtse schlagen ihnen mit dem Messer den Hals ab, wie die schlechterzogenen Leute. Ein erhebender Anblick für all diese Provinzler im Sonntagsstaat! Die Damen ziehen sich zurück, und angesichts der beiden Trunkenbolde, die sich wie Halbverrückte aufführen, ergreifen viele empört die Flucht.

Diejenigen aber, bei denen die Neugier stärker war als die Scham und die den Mut hatten, zu bleiben, hatten es nicht zu bereuen. »Fang an!« sagte der Gitarrist zu dem Steinmetz. Unmöglich, zu beschreiben, was für Töne aus der betrunkenen Geige drangen: Bacchus, der im Rausch einen Stein zersägt. Was spielt er, oder was versucht er zu spielen? Irgendetwas, die erstbeste Weise, die ihm einfiel. Mit einem Mal erklingt eine Melodie, kräftig und süß, verspielt und gesammelt zugleich, und diese Melodie umhüllt, erstickt, löscht und verbirgt den kreischenden Lärm. Die Gitarre singt so laut, daß man die Geige nicht mehr hört. Und dennoch spielt sie die gleiche Weise, die weinselige Weise, die der Steinmetz angestimmt hatte.

Die Gitarre spricht mit gewaltiger Klangfülle; sie plaudert, sie singt, sie deklamiert mit bestürzendem Schwung, mit einer unerhörten Sicherheit und Reinheit des Vortrags. Die Gitarre improvisierte eine Variation über das Thema der wie von einem Blinden gestrichenen Geige. Sie ließ sich davon führen, und umhüllte die schmächtige Nacktheit ihrer Töne mütterlich mit einem prächtigen Gewand. Mein Leser wird verstehen, daß so etwas sich nicht beschreiben läßt; ein wahrheitsliebender und ernstzunehmender Zeuge hat mir von der Begebenheit erzählt. Die Zuhörer waren schließlich trunkener als der Gitarrist. Der Spanier wurde gefeiert, beglückwünscht, mit überschwenglicher Begeisterung umjubelt. Doch offensichtlich war der dortige Menschenschlag nicht nach seinem Geschmack; denn dies blieb das einzige Mal, daß er sich dort zu spielen herbeiließ.

Und wo mag er jetzt sein? Unter welcher Sonne hat er seine letzten Träume geträumt? In welchem Boden ruht seine kosmopolitische Hülle? In welchem Straßengraben hat er sein Leben ausgehaucht? Wo sind die berauschenden Düfte der verschwundenen Blüten? Wo ist der Farbenzauber der Sonnenuntergänge von einst?

III

Sonderlich Neues habe ich hier gewiß keinen gelehrt. Der Wein ist jedermann bekannt; jedermann liebt ihn. Wenn einmal ein wahrhaft philosophischer Arzt erscheint, wie man seinesgleichen heutzutage kaum noch findet, so wird er der rechte Mann sein, eine gründliche Untersuchung über den Wein zu schreiben, eine Art doppelter Psychologie, über den Menschen einerseits und den Wein anderseits. Er wird erklären, wie und warum gewissen Getränken das Vermögen innewohnt, die Persönlichkeit des denkenden Wesens maßlos zu steigern und gleichsam eine dritte Person zu erzeugen, ein mystisches Geschehen, bei dem der natürliche Mensch und der Wein, der animalische und der vegetabilische Gott, die Rolle des Vaters und des Sohnes in der Dreieinigkeit spielen; sie erzeugen einen Heiligen Geist, den höheren Menschen, der aus beiden gleicherweise hervorgeht.

Es gibt Menschen, auf die der Wein eine so erstaunliche Belebungskraft ausübt, daß ihre Beine kräftiger werden und ihr Gehör sich aufs äußerste verfeinert. Ich habe ein Individuum gekannt, dessen geschwächtes Sehvermögen in der Trunkenheit seine ganze ursprüngliche Schärfe wiederfand. Der Wein verwandelte den Maulwurf in einen Adler.

Ein unbekannter alter Autor hat gesagt: Nichts kommt der Freude des Trinkers gleich, es sei denn die Freude des Weines darüber, daß er getrunken wird. Tatsächlich spielt der Wein im Leben der Menschheit eine wesentliche Rolle, eine so wesentliche Rolle, daß es mich nicht wundern sollte, wenn einige verständige Köpfe, von einer pantheistischen Idee verlockt, ihm eine Art Persönlichkeit zuschreiben würden. Der Wein und der Mensch sind in meinen Augen zwei befreundete Streiter, die sich unaufhörlich bekämpfen und unaufhörlich miteinander versöhnen. Immer umarmt der Besiegte den Sieger.

Es gibt bösartige Trunkenbolde; doch das sind Leute, die von Natur böse sind. Der Schlechte wird abscheulich, wenn er trinkt, wie der Gute vortrefflich wird.

Anschließend soll nun von einer Substanz die Rede sein, die seit einigen Jahren in Mode gekommen ist, eine Art köstlicher Droge für eine gewisse Sorte von Dilettanten, deren Wirkungen die des Weines an durchschlagender Gewalt bei weitem übertreffen. Ich werde alle diese Wirkungen sorgfältig beschreiben, dann die Schilderung der unterschiedlichen Auswirkungen des Weines wieder aufnehmen und einen Vergleich ziehen zwischen diesen beiden

künstlichen Mitteln, durch welche der Mensch, indem er seine Persönlichkeit aufs äußerste steigert, in sich gleichsam eine Art Gottheit erschafft.
Ich werde die Nachteile des Haschisch zeigen, deren geringster, trotz der unerwarteten Schätze von Wohlwollen, die es scheinbar in dem Herzen oder vielmehr in dem Gehirn des Menschen zur Entfaltung bringt, – dessen geringster Fehler, sage ich, darin besteht, daß es asozial ist, während der Wein zutiefst menschlich, ja, fast möchte ich sagen, tatfreudig ist.

IV
DAS HASCHISCH

Wenn man den Hanf erntet, treten bisweilen bei den männlichen und weiblichen Arbeitern sonderbare Erscheinungen auf. Man sollte meinen, aus der Ernte erhebe sich so etwas wie ein schwindelerregender Geist, der um die Beine kreist und tückisch bis in das Gehirn hinaufsteigt. Der Kopf des Erntenden wird von einem Taumel erfaßt, oder Träume bemächtigen sich seiner. Die Glieder erschlaffen und verweigern den Dienst. Ich erinnere mich übrigens ähnlicher Erscheinungen, die sich einstellten, wenn ich als Kind mich spielend in Haufen gemähter Luzerne wälzte.
Man hat versucht, Haschisch aus französischem Hanf zu gewinnen. Bisher haben sämtliche Versuche zu nichts geführt, und die Unentwegten, die sich um jeden Preis märchenhafte Wonnen verschaffen wollen, haben sich weiterhin des Haschisch bedient, welches über das Mittelmeer herübergekommen, das heißt, aus indischem oder ägyptischem Hanf hergestellt worden war. Das Haschisch setzt sich zusammen aus einem Absud von indischem Hanf, Butter und einer kleinen Menge Opium.
Das ergibt eine grüne, sonderbar riechende Konfitüre, und dieser Geruch ist so stark, daß er einen gewissen Widerwillen erregt, wie ihn übrigens jeder feine Geruch erregen würde, den man aufs äußerste verstärkt und gleichsam verdichtet hätte. Man nehme davon ein nußgroßes Stück, lege es auf einen kleinen Löffel, und

man besitzt das Glück; das ganze und volle Glück mit all seinen Trunkenheiten, all seinen jugendlichen Torheiten, und seinen schrankenlosen Seligkeiten. Da hat man das Glück, in Gestalt eines kleinen Stücks Konfitüre; nehmt davon, und fürchtet euch nicht, man stirbt nicht daran; die körperlichen Organe erfahren keine ernstliche Beeinträchtigung dadurch. Vielleicht wird die Willenskraft geschwächt, doch das steht auf einem anderen Blatt.

Damit das Haschisch seine volle Wirkung entfalten kann, empfiehlt es sich gewöhnlich, es in sehr heißem, schwarzem Kaffee aufzulösen und es nüchtern zu sich zu nehmen; die Abendmahlzeit wird auf zehn Uhr oder Mitternacht verschoben; nur eine sehr leichte Suppe ist erlaubt. Ein Verstoß gegen diese so einfache Regel würde, da Speisen der Droge zuwider sind, zu Erbrechen führen oder die Wirkung des Haschisch vereiteln. Viele Unwissende oder Dummköpfe, die hiergegen verstoßen, beschuldigen dann das Haschisch der Unwirksamkeit.

Kaum hat man die kleine Droge zu sich genommen, wozu es übrigens einer gewissen Entschlossenheit bedarf, da die Mixtur, wie gesagt, so stark riecht, daß sie bei manchen Personen Anwandlungen von Übelkeit hervorruft, so findet man sich unverzüglich in einen beklommenen Zustand versetzt. Man hat von den wunderbaren Wirkungen des Haschisch reden gehört, nichts Genaueres, man hat sich eine eigene Vorstellung gebildet, ein Ideal des Rausches, und nun brennt man darauf, zu erfahren, ob das Ergebnis dem, was man sich vorgestellt hat, auch entspricht. Die Zeit, die zwischen dem Herunterschlucken des Getränks und den ersten Symptomen vergeht, ist je nach Temperament und auch nach Gewohnheit verschieden lang. Diejenigen, die das Haschisch kennen und es regelmäßig nehmen, spüren manchmal schon nach einer halben Stunde die ersten Anzeichen, daß es sich ihrer zu bemächtigen beginnt.

Ich habe zu sagen vergessen, daß, da das Haschisch im Menschen eine Steigerung seiner Persönlichkeit bewirkt und zugleich eine sehr lebhafte Empfindung der Umgebung und dessen, was sich in ihr ereignet, auslöst, es ratsam ist, sich seinem Einfluß nur in einer Umgebung und unter Umständen auszusetzen, die ihm nicht abträglich sind. Wie jede Freude, jedes Behagen in sich überquillt, so

vertieft jeder Schmerz, jede Angst sich ins Unendliche. Man unterlasse es deshalb, eine solche Erfahrung an sich selbst zu machen, wenn man etwas Unangenehmes zu erledigen hat, wenn man zur Schwermut neigt, wenn ein Schuldschein zu zahlen ist. Wie gesagt, das Haschisch ist jeder Tätigkeit abträglich. Es tröstet nicht wie der Wein; es steigert nur die menschliche Persönlichkeit ins Maßlose unter den gegebenen Umständen, in denen sie sich befindet. Man wähle nach Möglichkeit eine schöne Wohnung oder eine schöne Landschaft; der Geist sei frei und unbeschäftigt; man habe ein paar Genossen um sich, deren intellektuelles Temperament dem eigenen verwandt ist; auch etwas Musik sollte nicht fehlen.
Meistens beschweren die Neulinge sich, bei ihrer ersten Einweihung, über die Langsamkeit, mit der die Wirkung sich einstellt. Sie waren so gespannt darauf, und da sich ihres Bedünkens immer noch nichts ereignet, ergehen sie sich in prahlerischen Bekundungen ihrer Ungläubigkeit, was diejenigen sehr belustigt, die schon einige Erfahrung haben und wissen, wie das Haschisch sich beträgt. Von nicht geringer Komik ist es, die ersten Anzeichen schon während dieser Ungläubigkeit erscheinen und sich vermehren zu sehen. Zunächst überkommt einen eine unwiderstehliche, völlig unangebrachte Heiterkeit. Die gewöhnlichsten Worte, die einfachsten Gedanken gewinnen ein seltsames, fremdartiges Aussehen. Diese Fröhlichkeit ist einem selber unausstehlich; doch vergeblich sträubt man sich dagegen. Der Dämon hält einen gepackt; alle Anstrengungen, durch die man ihm Widerstand zu leisten versucht, beschleunigen nur die Fortschritte des Übels. Man lacht über die eigene Albernheit und Narrheit; die Gefährten lachen einem ins Gesicht, aber man verübelt es ihnen nicht, denn schon beginnt das Wohlwollen sich zu offenbaren.
Diese etwas schleppende Lustigkeit, diese unbehagliche Vergnügtheit, diese Unsicherheit, diese Unentschiedenheit der Erkrankung dauern meist nur kurze Zeit. Bisweilen geschieht es, daß Menschen, die sonst zu Wortspielen völlig unfähig sind, unaufhörlich in langer Kette einen Kalauer nach dem anderen improvisieren, oder ganz und gar unwahrscheinliche Gedankenverbindungen, denen auch die in diesen läppischen Künsten unübertroffenen Meister kaum zu folgen vermöchten. Nach einigen Minuten hängen

die Gedanken nur noch so lose aneinander, die Fäden, welche die einzelnen Begriffe zusammenhalten, werden so dünn, daß allein die Mitgesellen, die Glaubensbrüder des Betreffenden noch imstande sind, ihn zu verstehen. Seine Ausgelassenheit, sein schallendes Gelächter erscheinen jedem anderen Menschen, der sich nicht in dem gleichen Zustand befindet, als der Gipfel der Albernheit.
Die Weisheit dieses Unglücklichen kommt einem dann höchst ergötzlich vor, seine Kaltblütigkeit reizt zur äußersten Ironie; er erscheint einem als der närrischste und lächerlichste aller Menschen. Mit seinen Spießgesellen aber versteht man sich auf das allerbeste. Bald verständigt man sich nur noch durch Blicke. Es ist dies in der Tat eine Situation von erheblicher Komik, wenn Menschen sich in einem Zustand der Fröhlichkeit befinden, die demjenigen, der in einer anderen Welt als sie lebt, unbegreiflich bleibt. Sie fassen dann ein tiefes Mitleid mit ihm. Und damit steigt die Vorstellung der Überlegenheit an unserem geistigen Horizont empor, die bald schon ins Maßlose wachsen wird.
In dieser ersten Phase war ich einmal Zeuge zweier grotesker Szenen. Ein berühmter Musiker, dem die Eigenschaften des Haschisch unbekannt waren, der davon vielleicht noch niemals hatte reden hören, kommt in eine Gesellschaft, in der fast jeder Haschisch genommen hat. Man versucht, ihm dessen wundervolle Wirkungen zu erklären. Er lacht gefällig, wie einer, der wohl aus Schicklichkeit, weil er wohlerzogen ist, einige Minuten lang *mitspielt*. Die andern lachen immer lauter; denn der Mensch, der Haschisch genommen hat, ist, in der ersten Phase, mit einem wunderbaren Sinn für Komik begabt. Das Gelächter, die unbegreiflichen Ungeheuerlichkeiten, die unentwirrbaren Wortspiele, die absonderlichen Gebärden dauern an. Der Musiker erklärt, es sei eine schlechte Kunst, so zu *chargieren*, und wohl auch recht ermüdend für diejenigen, die darauf verfallen waren.
Die allgemeine Heiterkeit wächst. »Sie mögen diese Charge vergnüglich finden, ich bin anderer Ansicht«, sagt er. »Es genügt, daß sie uns Vergnügen macht«, läßt einer der ichsüchtigen Kranken sich vernehmen. Das schallende Gelächter will nicht enden. Mein Musiker wird ärgerlich und will davongehen. Einer schließt die Türe und versteckt den Schlüssel. Ein anderer fällt vor ihm auf die

Knie und beteuert ihm unter Tränen, im Namen der ganzen Gesellschaft, obwohl sie alle für ihn und seine Inferiorität von dem allertiefsten Mitleid durchdrungen seien, so seien sie darum doch nicht minder von einem ewigen Wohlwollen beseelt.

Man bestürmt ihn, etwas zu spielen; er fügt sich. Kaum hatte er zu spielen begonnen, als die Geigenklänge, die sich durch die Räume verbreiteten, da und dort einen der Kranken ergriffen. Ringsum vernahm man nur noch tiefe Seufzer, Schluchzen, herzzerreißendes Stöhnen, Ströme von Tränen. Entsetzt hält der Musiker inne; er glaubt, in ein Irrenhaus geraten zu sein. Er nähert sich demjenigen, dessen Glückseligkeit den größten Lärm vollführte; er fragt ihn, ob er sehr leide und wodurch man ihm eine Erleichterung verschaffen könne. Einer, der sich nichts vormachen läßt und der ebenfalls von der beseligenden Droge nicht gekostet hat, schlägt Limonade und etwas Saures vor. Aus verzückten Augen läßt der Kranke einen Blick unsäglicher Verachtung auf ihn fallen; nur sein Stolz bewahrt den Unbesonnenen vor den gröbsten Beschimpfungen. Was in der Tat könnte einen Wonnekranken ärger reizen, als ihn heilen zu wollen?

Hier noch ein, meiner Meinung nach, höchst seltsames Phänomen: ein Dienstmädchen, das man beauftragt hat, einigen Leuten, die Haschisch genommen haben, Tabak und Erfrischungen zu bringen, bricht, als es sich von wunderlichen Gesichtern, übermäßig vergrößerten Augen und wie von einem unheilschwangeren Dunstkreis umgeben sieht, in ein sinnloses Gelächter aus, läßt das Tablett fallen, das mit sämtlichen Tassen und Gläsern am Boden zerschellt, und stürzt erschrocken davon. Alle lachen. Anderntags gesteht das Mädchen, es sei ihr noch einige Stunden ganz wunderlich zumute gewesen, *ganz kurios, ganz ich weiß nicht wie*. Dabei hatte sie kein Haschisch genommen.

Die zweite Phase kündigt sich durch ein Kühlwerden der Extremitäten an, eine große Schwäche überkommt einen; die Hände werden, sozusagen, wie Butter, der Kopf wird schwer, eine allgemeine Betäubung bemächtigt sich des ganzen Wesens. Die Augen weiten sich, als würden sie von einer unerbittlichen Ekstase nach allen Seiten auseinandergezogen. Blässe bedeckt das Gesicht, es wird fahl und grünlich. Die Lippen werden schmal, verkürzen sich und scheinen sich nach innen zurückziehen zu wollen. Tiefe, rauhe Seufzer entringen sich der Brust, als könnte die alte Natur die Last der neuen, verwandelten nicht länger ertragen. Die Sinne werden von ungewöhnlicher Freiheit und Schärfe. Die Augen durchdringen die Unendlichkeit. Das Ohr vernimmt im schrillsten Lärm die allerflüchtigsten Töne.

Die Halluzinationen beginnen. Die äußeren Gegenstände nehmen ein monströses Aussehen an. Sie zeigen sich in bisher unbekannter Gestalt. Dann verformen sie sich, verwandeln sich, und zuletzt dringen sie in uns ein, oder vielmehr, wir treten in sie hinüber. Die allerseltsamsten Zweideutigkeiten, die unerklärlichsten Gedankenübertragungen finden statt. Die Töne haben eine Farbe, die Farben eine Musik. Die musikalischen Noten sind Zahlen, und wie die Musik in unsere Ohren dringt, lösen wir mit erschreckender Geschwindigkeit die kniffligsten Rechenaufgaben. Man sitzt da und raucht; man glaubt, in seiner Pfeife zu sitzen, und unsere Pfeife raucht uns; wir sind die bläulichen Wolken, die wir aufsteigen lassen.

Ein durchaus behaglicher Zustand; eines nur beschäftigt und beunruhigt uns: Wie stellt man es an, um aus seiner Pfeife wieder herauszukommen? Diese Vorstellung währt eine Ewigkeit. In einem lichten Augenblick gelingt es einem mit großer Anstrengung, einen Blick auf die Wanduhr zu werfen. Die Ewigkeit hat eine Minute gewährt. Andere Gedanken strömen herbei, nehmen uns mit, eine Minute lang tragen sie uns in ihrem lebendigen Strudel dahin, und diese Minute ist abermals eine Ewigkeit. Die Proportionen der Zeit, des Seins geraten durcheinander, so zahllos, so heftig ist der Andrang der Empfindungen und Gedanken. Man lebt mehrere Menschenleben in dem Raum einer Stunde. Es ist das Thema der *Peau de chagrin*. Die Organe und das, was man verkostet, stehen in keinem Verhältnis mehr.

Von Zeit zu Zeit erlischt die Persönlichkeit. Die Objektivität, die der Grundzug gewisser pantheistischer Dichter und der großen Schauspieler ist, wird so übermächtig, daß man eins wird mit den Wesen außerhalb des eigenen Selbst. Man wird ein Baum im Windesrauschen, dessen Melodien der Natur sein Pflanzengemüt erzählen. Jetzt schwebt man in der entgrenzten Weite des blauen

Himmels. Jeder Schmerz ist verschwunden. Man kämpft nicht mehr, man wird dahingetragen, man hat die Herrschaft über sich selbst verloren, und man trauert ihr nicht nach. Gleich wird jeder Gedanke an die Zeit gänzlich verschwinden. Von Zeit zu Zeit findet noch ein kurzes Erwachen statt. Man glaubt, aus einer wunderbaren, einer phantastischen Welt zu kommen. Man behält zwar die Fähigkeit, sich selbst zu beobachten, und anderntags wird man sich noch einiger seiner Empfindungen erinnern, aber man ist außerstande, seine Gemütskräfte anzuwenden. Wer sich einfallen ließe, auch nur eine Feder schneiden, einen Bleistift spitzen zu wollen, – die Mühe ginge über seine Kräfte.

Ein andermal erzählt die Musik uns unendliche Dichtungen, versetzt uns in Dramen voller Entsetzen oder in bunte Zauberopern. Sie gesellt sich den Gegenständen, die man vor Augen hat. Die Deckengemälde, auch wenn sie mittelmäßig oder schlecht sind, gewinnen eine erschreckende Lebendigkeit. Bezaubernd rinnt ein kristallklarer Bach durch schwankende Gräser. Nymphen in schimmernder Nacktheit schauen uns aus großen Augen an, die Himmel und Wasser an Durchsichtigkeit übertreffen. Man nimmt seinen Platz und seine Rolle in den erbärmlichsten Gemälden ein, auf den unbeholfensten Tapeten an den Wänden eines Gasthofzimmers.

Ich habe bemerkt, daß das Wasser für alle ein wenig künstlerisch veranlagten Geister, wenn das Haschisch sie erleuchtet, einen erschreckenden Zauber gewinnt. Die fließenden Gewässer, die Springbrunnen, die sanftrauschenden Wasserfälle, die blaue Unendlichkeit des Meeres wogen, schlummern und singen in der Tiefe unseres Gemüts. Es wäre vielleicht nicht ratsam, einen Menschen in dieser Verfassung am Ufer eines klaren Gewässers allein zu lassen; wie der Fischer in der Ballade könnte er sich von einem Wasserfräulein hinabziehen lassen.

Gegen Ende des Abends mag man etwas essen, doch ist dies unter Umständen mit Schwierigkeiten verbunden. Alles Materielle liegt so weit unter einem, daß man gewiß lieber bliebe, wo man ist, lang ausgestreckt am Grunde seines geistigen Paradieses. Mitunter jedoch entwickelt sich ein ganz ungewöhnlicher Heißhunger; aber es bedarf großer Entschlossenheit, um eine Flasche zu heben, Messer und Gabel zu handhaben.

Die dritte Phase, die von der zweiten durch eine verdoppelte Krise, eine schwindelerregende Trunkenheit und als deren Folge ein neuerliches Unbehagen, geschieden ist, ist etwas Unbeschreibliches: das, was die Orientalen *kief* nennen, das reine, volle Glück. Das ist nichts Wirbelndes, Tobendes mehr. Das ist eine Glückseligkeit der Ruhe und der Reglosigkeit. Alle philosophischen Probleme sind gelöst. Alle schwierigen Fragen, mit denen sich die Theologen herumschlagen und an denen die denkende Menschheit verzweifelt, sind durchschaubar und klar. Jeder Widerspruch ist in der Einheit aufgehoben. Der Mensch ist zum Gott geworden.

Etwas in uns sagt uns: »Du bist etwas Höheres als alle übrigen Menschen, niemand versteht, was du jetzt denkst und weißt. Ja, sie sind sogar außerstande, die unendliche Liebe zu begreifen, die du für sie empfindest. Aber du darfst sie darum nicht hassen; du sollst Mitleid haben mit ihnen. Eine Unermeßlichkeit des Glücks und der Tugend tut sich dir auf. Nie wird jemand erfahren, welchen Grad der Tugend und der Einsicht du erreicht hast. Lebe in der Einsamkeit deines Geistes, und vermeide es, die Menschen zu betrüben.«

Eine der allerwunderlichsten Wirkungen des Haschisch ist die bis zur närrischsten Behutsamkeit gesteigerte Furcht, wen immer auch zur betrüben. Man wäre sogar bereit, wenn man die Kraft dazu hätte, den übernatürlichen Zustand, in dem man sich befindet, zu verbergen, um dem letzten der Menschen jede Beunruhigung zu ersparen.

Zum Abschluß noch folgende Beobachtung, die an Merkwürdigkeit den andern kaum nachstehen dürfte. Wenn man anderntags das Morgenlicht in seinem Zimmer erblickt, ist die erste Empfindung ein tiefes Staunen. Die Zeit war völlig ausgelöscht. Soeben war es Nacht, jetzt ist heller Tag. »Habe ich geschlafen, oder habe ich nicht geschlafen? Hat mein Rausch die ganze Nacht gedauert, und hat, bei geschwundenem Zeitbewußtsein, diese ganze Nacht für mich kaum den Wert einer Sekunde gehabt? oder aber war ich begraben unter den Schleiern eines Schlafes voller Gesichte?« Unmöglich, es je zu erfahren.

Es ist einem, als empfände man ein Wohlbehagen und eine wunderbare Leichtigkeit des Geistes; keinerlei Müdigkeit. Kaum aber

hat man sich erhoben, als ein Überrest des Rausches sich bemerkbar macht. Die schwachen Beine suchen sich ängstlich ihren Weg, man fürchtet, man könnte wie ein zerbrechlicher Gegenstand Schaden nehmen. Eine große Mattigkeit, die nicht ohne Reiz ist, bemächtigt sich unseres Geistes. Man ist unfähig zur Arbeit und zu jedem tatkräftigen Handeln.
Dies ist die wohlverdiente Strafe für die freventliche Verschwendung, die man mit seinem in so hoher Menge verausgabten Nervenfluidum getrieben hat. Man hat seine Persönlichkeit in alle vier Winde zerstreut, und nun hat man Mühe, sie wieder einzusammeln und zusammenzufassen.

V

Ich behaupte nicht, das Haschisch übe auf alle Menschen alle soeben beschriebenen Wirkungen aus. Ich habe bis auf weniges die Phänomene beschrieben, die im allgemeinen, mit gelegentlichen Abweichungen, bei den künstlerisch und philosophisch begabten Geistern auftreten. Doch es gibt auch Temperamente, bei denen diese Droge nur eine närrische Ausgelassenheit entwickelt, eine übermütige Lustigkeit, die etwas vom Schwindel an sich hat; sie tanzen, sie springen, sie stampfen und lachen. Ihr Haschisch ist gleichsam nur materiell. Den Spiritualisten, die großes Mitleid mit ihnen haben, kommen sie unerträglich vor. Das Gemeine ihrer Persönlichkeit bricht sich Bahn. Ich habe einmal eine Respekt gebietende Justizperson, einen Ehrenmann, wie die Weltleute von sich selber sagen, einen jener Männer, deren künstliche Würde immer Eindruck macht, gesehen, der in dem Augenblick, als das Haschisch in ihm zu wirken begann, sich unversehens anschickte, den unanständigsten *Cancan* zu tanzen. Das innere Ungeheuer kam in seiner Wahrheit zum Vorschein. Dieser Mann, der über die Taten seiner Mitmenschen zu Gericht saß, dieser *Togatus,* hatte insgeheim den Cancan erlernt.
Man darf demnach versichern, daß diese Entpersönlichung, dieser Objektivismus, von dem hier die Rede war und der nur eine höchste Steigerung des poetischen Geistes darstellt, in dem Haschisch jener Leute niemals zu finden sein wird.

VI

In Ägypten verbietet die Regierung den Verkauf des Haschisch und den Handel damit, zumindest im Inneren des Landes. Die Unglücklichen, die ihm verfallen sind, gehen zum Apotheker und erstehen dort, unter dem Vorwand, ein anderes Mittel zu kaufen, ihre kleine, schon hergerichtete Dosis. Die ägyptische Regierung handelt verständig und weise. Kein vernünftiger Staat, dessen Untertanen Haschisch nehmen, könnte Bestand haben. Dabei kommen weder Krieger noch Bürger zustande. Es ist dem Menschen in der Tat, bei Strafe des Verfalls und des geistigen Todes, verboten, die Ordnung der urgegebenen Bedingungen seines Daseins zu zerrütten und das Gleichgewicht zwischen seinen Fähigkeiten und seiner Umgebung zu stören. Sollte einer Regierung jemals daran gelegen sein, die von ihr Regierten zu korrumpieren, sie brauchte nur den Gebrauch des Haschisch zu ermutigen.

Man sagt zwar, diese Substanz verursache keinerlei körperliche Schädigungen. Das trifft zu, bis jetzt wenigstens. Denn ich weiß nicht, bis zu welchem Punkt sich sagen läßt, ein Mensch, der nichts tut als träumen und der zu handeln unfähig wäre, befinde sich, auch wenn keines seiner Glieder beschädigt wäre, bei guter Gesundheit. Aber der Wille ist angegriffen, und dieser ist das kostbarste Organ. Nie wird ein Mensch, der sich mit einem Löffel voll Konfitüre augenblicklich alle Güter des Himmels und der Erde verschaffen kann, sich auch nur den tausendsten Teil davon durch Arbeit erwerben. Wir sollen aber leben und arbeiten, das ist die Hauptsache.

Der Einfall, in dem gleichen Artikel von Wein und Haschisch zu sprechen, entsprang dem Umstand, daß beiden in der Tat etwas gemeinsam ist: eine außerordentliche Entwicklung der poetischen Kräfte des Menschen. Das nicht zu zügelnde Verlangen des Menschen nach allen Substanzen, gesunden oder gefährlichen, die seine Persönlichkeit steigern, zeugt von seiner Größe. Sein Trachten ist allzeit darauf gerichtet, seine Hoffnungen mit neuer Glut zu beseelen und sich aufzuschwingen in die Unendlichkeit. Doch man betrachte, was dabei herauskommt. Da haben wir ein Getränk, das die Verdauung fördert, die Muskeln kräftigt und das Blut bereichert. Selbst in großen Mengen eingenommen, verursacht es nur vorübergehende Störungen. Und hier haben wir eine Substanz, welche die Verdauungsfunktionen unterbricht, die Glieder schwächt und die einen Rausch von vierundzwanzig Stunden bewirken kann. Der Wein steigert die Willenskraft, das Haschisch vernichtet sie. Der Wein ist eine Stütze für den Körper, das Haschisch liefert uns die Waffe zum Selbstmord. Der Wein macht wohlwollend und gesellig. Das Haschisch vereinzelt. Der eine ist sozusagen arbeitsam, das andere seinem Wesen nach träge. Warum auch sollte einer arbeiten, ackern, schreiben, etwas herstellen, wenn man sich des Paradieses auf einen Schlag bemächtigen kann? Schließlich ist der Wein für das Volk da, welches arbeitet und ihn zu trinken verdient. Das Haschisch gehört in die Klasse der einsamen Freuden; er ist für die elenden Müßiggänger gemacht. Der Wein ist nützlich, er bringt Ergebnisse hervor, die ihre Früchte tragen. Das Haschisch ist unnütz und gefährlich.*

VII

Ich beschließe diesen Artikel mit einigen Worten, die nicht von mir sind, sondern von einem bemerkenswertem, wenig bekannten Philosophen, Barbereau, der Musiktheoretiker und Professor am Conservatoire ist. Ich war mit ihm zusammen in einer Gesellschaft, von der einige Personen das beseligende Gift eingenommen hatten, und mit einem Ausdruck unsäglicher Verachtung sagte er zu mir: »Ich begreife nicht, warum der Mensch, dieses Vernunft- und Geistwesen, sich künstlicher Mittel bedient, um der Seligkeit eines poetischen Zustands teilhaft zu werden, da doch die Begei-

* Nur um daran zu erinnern, sei hier der Versuch erwähnt, den man kürzlich unternommen hat, um das Haschisch zur Heilung des Wahnsinns zu verwenden. Der Wahnsinnige, der Haschisch einnimmt, zieht sich einen anderen Wahn zu, der den ersten vertreibt, und wenn der Rausch vorüber ist, gewinnt der wahre Wahnsinn, der sein Normalzustand ist, wieder die Oberhand, wie bei uns Vernünftigkeit und Gesundheit. Der Arzt, der dieses prächtige System erfunden hat, ist alles andere als ein philosophischer Kopf.

sterung und der Wille genügen, ihn in ein übernatürliches Dasein emporzutragen. Die großen Dichter, die Philosophen, die Propheten sind Wesen, die durch die bloße, freie Betätigung des Willens einen Zustand erreichen, in dem sie gleichzeitig Ursache und Wirkung, Subjekt und Objekt, Magnetiseur und Somnambule sind.«
Ich denke genau wie er.

LE SALUT PUBLIC

LE SALUT PUBLIC

1. Nummer

ES LEBE DIE REPUBLIK!

Man sagte dem Volk: Sei auf der Hut!
Heute muß man dem Volk sagen: Habe Vertrauen in die Regierung.
Volk! Du bist da, immer gegenwärtig, und deine Regierung kann keinen Fehler begehen. Überwache sie, aber umgib sie mit deiner Liebe. Deine Regierung ist dein Sohn.
Man hat dem Volk gesagt: Achtung vor den Verschwörern, den Gemäßigten, den Rückschrittlichen! Wohl gilt es, wachsam zu sein, die Zeiten sind von dichtem Gewölk verhangen, trotz der Morgenröte, die so strahlend heraufkam. Dieses eine aber wisse das Volk: Das beste Heilmittel gegen die Verschwörungen aller Art ist DER UNBEDINGTE GLAUBE an die Republik, und daß jede feindliche Absicht unweigerlich erstickt werden wird in einer Atmosphäre allgemeiner Liebe.

AN DIE FÜHRER DER PROVISORISCHEN REGIERUNG

Ehre sei euch, die ihr in der Verwirrung der ersten Tage die Initiative ergriffen habt.
Das Volk hat Vertrauen in euch. Habt Vertrauen in das Volk!
Das gegenseitige Vertauen wird alles retten. Schande über den, der kein guter Republikaner ist! Er gehört dieser Zeit nicht an. Schande über den, der argwöhnisch abseits steht. Er ist also schwach!
Seid groß, seid stark im Regieren, und zweifelt niemals an der Intelligenz des Volkes, das euch folgt.
Es liebt diejenigen, die es lieben. Seid also ohne Furcht.
Tut niemals einen Schritt zurück. Sondern schreitet aus wie der Wind. Wir wissen nun, daß die Stunden Jahre sind.

Ehre demnach euch, die ihr die schwere Last der ersten Tage auf eure Schultern genommen habt! Ihr haltet Europa in euren Händen. Wir wissen, daß ihr eurer Aufgabe würdig sein werdet. Denn eine gemeinsame Erfahrung, die uns von unsern Vätern vermacht worden ist, lehrt uns: ES GIBT KEIN HEIL AUSSER DER NATIONALVERSAMMLUNG!

Und wenn dieses große Heilmittel endlich durch eure Sorgfalt auf unsere langen Leiden angewendet worden ist, so werdet ihr, von euren hohen Ämtern zurücktretend, die Erinnerung an eine große Tat mitnehmen, und die fromme Dankbarkeit aller, welche die einzige *Auszeichnung* und die einzige würdige Belohnung der großen Citoyens ist.

WIE STERNSCHNUPPEN FAHREN DIE GROSSEN REPUTATIONEN DAHIN

Zwei Männer sind tief herabgestürzt zu dieser Stunde: die Herren Thiers und Odilon Barrot.

Der erste war immer ein Affe voller Bosheit, lachend, schreiend, gestikulierend, hüpfend; er glaubte an nichts, schrieb über alles.

Da er nicht an die Revolution glaubte, schrieb er die Revolution.

Da er nicht an das Kaiserreich glaubte, schrieb er das Kaiserreich.

Wißt ihr, was er liebte?

Die Affen. Er ließ ihnen einen Palast erbauen.

Der andere war sein Gevatter, ein ernster Mann, die Karikatur eines Tribuns; er hatte die ganze Würde eines Bärenführers, der Herr Barrot: er hat sein Leben damit hingebracht, einen Affen vorzuführen. Zehn Jahre lang hat Frankreich an einen großen Redner geglaubt, an den Herrn Barrot.

Freilich hatte er, als er in die gewesene Abgeordnetenkammer eintrat, einen gehörigen Vorrat an Worten in seinen Taschen.

In die rechte Tasche steckte er: *Mein Land, mein Patriotismus.* In die linke Tasche: *Ehre und Tugend.* (Seine Familie bezog *einhundertdreißigtausend* Francs für ihre Ämter.)

Die Nationalgarde ist trunken vor Freude; voller Begeisterung hört sie überall die Rufe: Es lebe die Republik! Es ist eine vollendete Tatsache: es gibt nur noch Republikaner in Frankreich.

DER 24. FEBRUAR

Der 24. Februar ist der größte Tag der Menschheit! Von dem 24. Februar werden die künftigen Geschlechter die endgültige, unwiderrufliche Heraufkunft des Rechtes der Volkssouveränität datieren. Nach dreitausend Jahren Knechtschaft tritt endlich das Recht in die Welt ein, und das Wüten der Tyrannen wird nichts dawider vermögen. Französisches Volk, sei stolz auf dich; du bist der Erlöser der Menschheit.

Wenn ihr über achtzigtausend Bajonette und Tausende von Munitionswagen, und über Kanonen mit angezündeter Lunte verfügt, und ihr habt das Recht und den Willen des Volkes gegen euch, so seid ihr eine verlorene Regierung, und ich gebe euch keine achtzig Stunden, um euch aus dem Staube zu machen. Das ist es, was der 24. Februar die Welt gelehrt hat. Jede Nation, die hinfort in der Sklaverei bleibt, beweist damit, daß sie der Freiheit nicht würdig ist: laßt es euch gesagt sein, unterdrückte Völker!

DIE DRUCKERPRESSEN

Einige irregeleitete Brüder haben Druckerpressen zerstört. Ihr zerbrecht die Werkzeuge der Revolution. Mit der Freiheit der Presse hätten wir zwanzigmal mehr Druckerpressen, und wir hätten vielleicht immer noch nicht genügend Arme, um sie in Gang zu halten.

Jede Maschine ist heilig wie ein Kunstgegenstand.

Die Intelligenz ist uns zuteil geworden, um uns zu retten.

Jede Maschine oder jedes Erzeugnis der Intelligenz richtet nur dann Unheil an, wenn es von einer schändlichen Regierung verwaltet wird.

Die übrigen Arbeiter haben protestiert, unter anderen die Redakteure der Zeitung *L'Atelier*. Sie haben unserer Erwartung entsprochen.

DIE KÖNIGIN VON SPANIEN HAT BAUCHSCHMERZEN

Es heißt sogar, sie seien ihr zur Stunde schon wieder vergangen. Wenn einige Verdächtigungen das Wahre getroffen haben sollten, so wäre dies nur ein erneuter Beweis dafür, daß selbst das Verbrechen der guten Sache dient.
Vorwärts, Spanien! Rasch ans Werk!

DREI WORTE ÜBER DREI REGIERUNGEN

Seit sechzig Jahren war in Frankreich jede Regierung immer ärger als die vorhergegangene. Napoleon hatte ihm einen pulverrauchgeschwärzten, doch glorreich funkelnden Despotismus beschert; Frankreich vergab es ihm. Die Restauration hatte ihm die Privilegien und die Peitschenhiebe der adeligen Herren zurückgebracht; aber sie trat offen und ohne Heuchelei auf; einige getreue Domestiken folgten ihr ins Exil. Die schmachvolle Regierung, die soeben gestürzt ist, wollte es dem Volk gegenüber mit der List versuchen, mit Heuchelei, Raffgier und allen erdenklichen niedrigen Leidenschaften; es hat genügt, daß das Volk ihr ein Bein stellte, und schon liegt sie im Dreck.

EIN WORT AN DEN EX-KÖNIG

Als es brenzlich zu werden anfing, lachte der Ex-König sich ins Fäustchen und rieb sich die Hände: »Am Ende werden auch diesmal alle hereingefallen sein!« – Als man Karl x. stürzte, jagte er fröhlich in Saint-Cloud. Immer derselbe Geist des Taumels und der Täuschung! Sind sie denn so vergreist, diese armen Könige, daß die Blindheit bei ihnen ein Erbübel ist?

Seit siebzehn Jahren hat das Schwert des französischen Volkes die Verträge von 1815 zum zweiten Mal zerfetzt. Verkünden wir laut, sehr laut, diese drei großen Prinzipien republikanischer Politik.
Keine Eroberungen mehr! Die Eroberungen sind ein Attentat auf die Rechte der Völker, und früher oder später werden die unterworfenen Nationen gegen ihre Eroberer aufstehen.
Die Französische Republik wird innerhalb ihrer natürlichen Grenzen die Provinzen in sich aufnehmen, die ihr AUS EIGENEM FREIEN WILLEN sich anschließen wollen. Außerhalb ihrer natürlichen Grenzen, die der Rhein und die Alpen sind, leistet sie feierlich Verzicht auf den Besitz des allerschmalsten Streifen Landes.
Frankreich nimmt alle Völker, die dem tyrannischen Regiment eines fremden oder einheimischen Herrschers unterworfen sind, in seinen Schutz, aber es wird sein Schwert nur ziehen, um die Grundsätze und Einrichtungen der Revolution zu verteidigen.
Im Innern ist die Devise der Französischen Republik: Alles durch das Volk! Alles für das Volk!
Nach außen: Alles durch die Völker! Alles für die Völker!

GESUNDER VERSTAND DES VOLKES

Es gibt Menschen, die voller fertiger Phrasen und Gemeinplätze stecken, voller Beiwörter, die so hohl sind wie ihr eigener Kopf. – Der Herr Odilon Barrot zum Beispiel.
Wenn man von 89 spricht, sagen die Leute: Voltaire hat die Revolution gemacht; oder auch: Rousseau hat die Revolution gemacht; oder auch: Beaumarchais hat die Revolution gemacht.
Dummköpfe! Einfaltspinsel! Zweifache Narren!
Michelet hat gesagt: »Die Revolution von 89 ist von dem Volk gemacht worden.« Und hier hatte Michelet recht.
Das Volk liebt die geistreichen Herren nicht! Und es gäbe sämtliche Voltaires und Beaumarchais der Welt für eine alte Hose.
Zum Beweis: an Skulpturen und Gemälden ist in den Tuilerien nichts verwüstet worden außer dem Bild des Ex-Königs und Bu-

geauds; nur eine einzige Büste hat man aus dem Fenster geworfen! ... Die Büste Voltaires!

RESPEKT FÜR DIE KÜNSTE UND DIE INDUSTRIE

Ein wackerer Bürger hat sich gestern nach Meudon begeben, um den Befehlshaber der Nationalgarde Amanton zu warnen: daß er die Kunstgegenstände vor der andringenden Garde schützen möge, die, wie verlautete, es auf das Schloß des Ex-Königs abgesehen hätte. Die provisorische Regierung hat eine Bewachungsmannschaft stellen müssen.

Man kann es nicht oft genug wiederholen: Respekt vor den Gegenständen der Kunst und der Industrie, und vor allen Erzeugnissen der Intelligenz!

DIE SCHÖNHEIT DES VOLKES

Seit drei Tagen bietet die Pariser Bevölkerung einen wunderbaren Anblick leiblicher Schönheit. Lange Wachen und Müdigkeit beugen die Körper; aber das Gefühl der zurückgewonnenen Rechte richtet sie auf, und jeder geht mit erhobenem Haupte. Auf den Gesichtern liegt das Leuchten der Begeisterung und des republikanischen Stolzes. Sie wollten, die Schändlichen, das Bürgertum sollte ihrem Bilde gleichen, – ganz Magen und ganz Wanst, – während das Volk vor Hunger ächzte. Volk und Bürgertum haben dieses Gewürm der Korruption und der Sittenlosigkeit vom Leibe Frankreichs abgeschüttelt. Wer schöne Menschen sehen will, Männer sechs Fuß hoch, der komme nach Frankreich. Ein freier Mann, er sei wer er sei, ist schöner als der Marmor, und kein Zwerg steht einem Riesen nach, wenn er die Stirne hoch trägt und im Herzen das Gefühl seiner bürgerlichen Rechte.

»LE CONSTITUTIONNEL« NIMMT ANSTOSS!

Der *Constitutionnel* gibt klein bei; das ist nett von ihm; das ist großmütig. Der *Constitutionnel* verspricht, ein guter Bürger zu sein.

Odilon Barrot, die große Puppe aus Karton, und Thiers, dieser Jahrmarktsaffe, vergeben dem Volk, daß es sich nicht hat bestehlen lassen wollen. Was hält das Volk von ihrer Vergebung?

DIE REPUBLIKANISCHEN KÜNSTLER

Die Maler haben sich tapfer in die Revolution gestürzt, sie haben in den Reihen des Volkes mitgekämpft.

Im Rathaus trugen die Künstler, mit blutigen Lettern geschrieben, den Titel ARTISTES RÉPUBLICAINS auf ihren Hüten; zwei von ihnen sind auf einen Tisch gestiegen und haben zum Volk gesprochen.

Es war von einer Kundgebung die Rede, die im Louvre stattfinden sollte, gegen die *Académie de Peinture,* die, seit achtzehn Jahren, so viele Tränen getrunken, so viele junge Talente durch Hunger und Elend getötet hat. Doch die törichten Greise, Architekten, Musiker, Feldmesser und Geometer liegen heute am Boden.

Versetzen wir ihnen nicht noch den Eselstritt.

WIEDERERÖFFNUNG DER THEATER

Die Theater werden wieder eröffnet.

Wir haben die Tragödien satt; man soll doch nicht glauben, der Patriotismus müsse auf zwölf Füßen daherkommen; was sich für die erste Revolution schickte, genügt uns nicht mehr.

Wir sind klüger geworden. Keine Tragödien mehr, keine römische Geschichte mehr. Sind wir heute nicht größer als Brutus, usw.?

GUTE NACHRICHTEN!

Der Ex-König und seine Familie haben sich nach England eingeschifft. Vermutlich sind sie dort schon eingetroffen. Das Volk möge ruhig sein, England wird nichts wagen, für *den Letzten der Bourbonen.*

– Es wird Ernst, die Könige gehen! Leopold hat die Flucht ergriffen. Belgien hat sich für französisch erklärt.

– Man wollte dem Citoyen Rothschild(!) bange machen und ihn zur Flucht veranlassen: als ob das zur Herrschaft gelangte Volk sich an anderleuts Talern vergriffe. Es nimmt sich nur seine Rechte. Rothschilds Antwort war: »Ich habe Vertrauen in die neue Regierung, und ich bleibe.« Bravo!

– Eine Nationalversammlung wird einberufen werden, sobald die provisorische Regierung die *für die Wahlbeteiligung aller Bürger* notwendigen Anordnungen und polizeilichen Maßnahmen getroffen hat.

– In Dijon ist die Französische Republik ausgerufen worden.

– Ehre sei Pius IX.! Folgenden großen Ausspruch hat er kürzlich getan: »Die alten Gebäude bedürfen neuer Fundamente.«

– Zwei Priester kletterten gestern über eine Barrikade; Leute aus dem Volk beschimpften sie; die Mehrzahl verteidigt sie. Wie wunderbar ist diese hohe Vernunft des Volkes!

– Und noch schöner. In der Kapelle der Tuilerien findet man einen bemerkenswerten hölzernen Christus. Einer ruft: »Das ist unser Herr! Hut ab!« – Alle nehmen die Hüte ab, und man trägt den Christus im Triumph nach Saint-Roch.

Es ist entschieden: die Revolution von 1848 wird größer sein als die von 1789; sie beginnt ja auch, wo die andere endete.

ES LEBE DIE REPUBLIK!

Die Redaktion: *Champfleury,*
Baudelaire und *Toubin*

Imp. Ed. Baudruche, rue de la Harpe, 90

LE SALUT PUBLIC

2. Nummer

ES LEBE DIE REPUBLIK!

Die Redaktionsmitglieder und Eigentümer des »Salut Public«, Champfleury, Baudelaire *und* Toubin, *haben die Zustellung der Zeitung an ihre Abonnenten absichtlich verzögert, um zuvor eine Vignette stechen zu lassen, die ihr Blatt von einem anderen unterscheiden soll, das sich des gleichen Titels bemächtigt hat.*

DIE STRAFEN GOTTES

Der Ex-König wandert.
Er zieht von Volk zu Volk, von Stadt zu Stadt.
Er zieht übers Meer; – jenseits des Meeres brodelt es im Volk, die Republik gärt insgeheim.
Weiter, weiter, jenseits des Ozeans, die Republik!
Er wendet nach Spanien um, – die Republik kreist in der Luft und berauscht die Lungen, wie ein Parfum.
Wo soll er dieses verfluchte Haupt betten?
In Rom? ... Der Heilige Vater segnet die Tyrannen nicht mehr. Er könnte ihm höchstens die Absolution erteilen. An der aber ist dem Ex-König nichts gelegen. Er glaubt weder an Gott noch an den Teufel.
Ein Glas Johannisberger, um die verschmachtende Kehle des Ewigen Juden des Königtums zu erfrischen! ... Metternich hat keine Zeit. Er hat genug auf dem Hals; er muß alle Briefe, alle Zeitungen, alle Depeschen abfangen. Außerdem herrscht unter Despoten wenig Brüderlichkeit. Was zählt ein Despot ohne Krone?
Der Ex-König zieht unentwegt von Volk zu Volk, von Stadt zu Stadt.
Immer und immer wieder: Es lebe die Republik! es lebe die Freiheit! Jubelgesänge! Jauchzen! Freudetränen!
Er läuft aus allen Kräften, um irgendwo rechtzeitig vor der Repu-

blik anzukommen, um dort sein Haupt zu betten, das ist sein Traum. Denn die ganze Erde ist für ihn nur noch Angst und Grauen, die ihn umgeben. Doch kaum rührt er an die Grenzschranken, da heben die Glocken schon an, sich freudig in Bewegung zu setzen und die Republik in seine bestürzten Ohren zu läuten.

Louis-Philippes Kopf zieht die Republik an, wie die Blitzableiter dazu dienen, daß der Himmel sich entlädt.

Er wird noch lange wandern, das ist die über ihn verhängte Strafe. Er muß die Welt besuchen, die republikanische Welt, die keine Zeit hat, an ihn zu denken.

AN DIE PRIESTER!

Im letzten Jahrhundert schliefen das Königtum und die Kirche brüderlich im gleichen Schmutz, als die Revolution auf sie herabstieß und sie in Fetzen riß.

»Das kommt davon, daß man in schlechter Gesellschaft lebt«, sagte sich die Kirche; »das soll mir nicht noch einmal passieren.«

Die Kirche hat Recht gehabt. Sie mögen tun, was sie wollen, Könige bleiben Könige, und der beste ist nicht mehr wert als seine Minister.

Priester, zaudert nicht: werft euch kühn in die Arme des Volkes. Ihr werdet euch erneuern bei seiner Berührung; es achtet euch; es wird euch lieben. Jesus Christus, euer Herr und Meister, ist auch der unsere; er war mit uns auf den Barrikaden, und durch ihn, durch ihn allein haben wir den Sieg errungen. Christus ist der Stifter aller modernen Republiken; wer daran zweifelt, hat das Evangelium nicht gelesen. Priester, schließt euch kühn uns an; Affre und Lacordaire haben euch ein Beispiel gegeben. Wir haben denselben Gott, was sollen da zwei Altäre?

DER ARME METTERNICH!

Frankreich ist eine Republik.
Die Schweiz ist eine Republik, eine wahre Republik seit vier Monaten.
England, Spanien und Belgien stehen kurz davor, Republiken zu werden.
Österreich, das dreiköpfige Ungeheuer, wird von der Landkarte verschwinden. Die Deutsche Republik wird sich ihren deutschen Kopf nehmen; die Italienische Republik wird sich ihren italienischen Kopf nehmen, die Polnische – eine rechte und rechtschaffene Republik! – wird sich ihren slawischen Kopf nehmen. Drei minus drei, bleibt der arme Metternich, der nicht in seinem Bett sterben wird.
So gibt es denn eine göttliche Gerechtigkeit!

GUTE SITTEN, ODER ALLES IST VERLOREN!

Gute Sitten, gute Sitten, wir brauchen gute Sitten! Die Einrichtungen erneuern, vortrefflich! aber laßt uns auch die Sitten erneuern, ohne die es keine Einrichtungen gibt. Der Name eines Republikaners ist schön und rühmlich, doch je rühmlicher er ist, desto schwerer ist er zu tragen. Laßt uns deshalb aus unseren Herzen alle erniedrigenden Instinkte tilgen, alle verworfenen Leidenschaften, deren Keime die schmutzige Regierung Louis-Philippes dort hervorzulocken bemüht war. Die Tugend ist das belebende Prinzip, die bewahrende Kraft der Republiken.
Der Konvent hatte die Tugend auf die Tagesordnung gesetzt.

»L'AMI DU PEUPLE« IM JAHRE 1848

Der Citoyen Raspail, ein Arzt wie Marat, und wie er ein unglücklicher und streitbarer Arzt, gibt wie er den *Ami du Peuple* heraus. Die beiden ersten Nummern riechen schon auf eine Meile nach Marat. Der gleiche Argwohn, die gleiche Begabung, der gleiche

Eifer! – Aber ist dies auch an der Zeit? Diese schon so deutlich vorgetragenen Verdächtigungen sind nicht ungefährlich. Sämtliche Ernennungen werden überprüft werden; es besteht kein Anlaß, Angst zu verbreiten.
Der Citoyen Raspail, als angesehener Anführer einer Partei, ist durch und durch ein Ehrenmann, und er hat das Recht, sehr streng zu sein; wir aber möchten den Citoyen Raspail beschwören, von diesem Recht noch keinen Gebrauch zu machen.
Um des Himmels willen, enthalten wir uns der voreiligen Urteile über die Regierung! Überwachen wir sie streng, und die Millionen Augen der Nation seien Tag und Nacht auf sie gerichtet; doch stören wir ihr Tun nicht durch vorschnelle Verdächtigungen. Hält sie nicht die rechte Richtung ein, holla! Bleibt sie in der rechten Richtung, bravo! Im einen wie im anderen Fall wollen wir sie allein nach ihren Taten beurteilen, es geht um das öffentliche Wohl. Überlassen wir die tendenziösen Anschuldigungen der unmoralischen Regierung, die wir soeben niedergeworfen haben; sie sind der Republikaner unwürdig. Die Männer von 1793 sollten uns nur in ihrem glühenden Glauben an die Republik und in ihrer bewunderungswürdigen Aufopferung für das Vaterland ein Vorbild sein; seien wir vor allem weder ein zweiter Marat, noch ein Chabot, noch irgendeiner jener unermüdlichen Ausspürer böser Absichten. Nur so werden wir unsere junge Republik vor den tausend Gefahren bewahren, die ihre Wiege umlauern.

DIE KONSERVATIVE ZEITUNG DER REPUBLIK

Es gilt, dem Gerechtigkeit widerfahren zu lassen, dem sie gebührt, jetzt, da wir Zeit haben.
Der Citoyen Girardin beträgt sich bewundernswürdig. Inmitten der Verwirrung, der Unordnung, die sich augenblicklich aller öffentlichen und privaten Einrichtungen bemächtigt haben, ist die Zeitung des Citoyen Girardin besser denn je gemacht. Diese bekannte Geschicktheit, diese rasche und allseitige Anpassungsfähigkeit, dieser Überschuß an Energie, alles schlägt der Republik zum Vorteil aus.

Alle Tage werden die wichtigen und aktuellen Fragen in *La Presse* abgehandelt.
Der Citoyen Girardin hat sich die Devise erwählt: JEDEN TAG EINE IDEE!
Bis heute sagt seine Zeitung, was jedermann denkt.
Vergangenen Montag war der Citoyen Girardin der erste bei dem Treffen am Grabe Armand Carrels.

DIE STELLENJAGD

Empörend! Wir kommen aus den Ministerien, vom Rathaus und von der Polizeipräfektur: in allen Korridoren wimmelt es von solchen, die sich eine Stelle erbetteln nöchten. Man erkennt sie an dem niedrigen Ausdruck ihres Gesichtes, das von der Dienstbeflissenheit des Lakaien gezeichnet ist.
Nein, das sind keine Republikaner; ein Republikaner strebt danach, eine Anstellung zu verdienen, und sorgt sich nicht, ob er sie auch erhält. Die Pflastersteine unserer Straßen sind noch rot vom Blut unserer Väter, die für die Freiheit gestorben sind; lassen wir ihren hochherzigen Schatten wenigstens noch einen Augenblick lang die Illusion über unsere Tugenden. Wenn diese unersättlichen Verschlinger der Republik zumindest mit uns für ihren Sieg gefochten hätten; doch der da so leichtfüßig die Treppe eines Ministers hinaufhüpft, war ganz gewiß nicht auf den Barrikaden dabei. Geduld! Wir werden euch noch die Maske vom Gesicht reißen, ihr Schurken; ihr werdet euch nicht auf lange des Lohnes eurer Niedrigkeiten erfreuen.

DIE ERSTE UND DIE LETZTE

1789 war das Volk noch nicht oder kaum erst zur Sittlichkeit erzogen. – Heute kennt das Volk seine Pflichten und setzt sie in die Tat um, zur Beschämung mancher ehemaliger Adligen und mancher Bürger.
1789 bekämpften Adel und Klerus die Revolution auf das erbit-

tertste. – Heute ist das Gegenteil der Fall: es gibt nur Republikaner in Frankreich.
1789 emigrierte ein Teil der Nation und ergriff die Waffen gegen die Republik. – Heute emigriert niemand, nicht einmal Herr Thiers, dessen die Republik doch leicht und gerne entraten könnte.
1789 war die Gesellschaft rationalistisch und materialistisch. – Heute ist sie zutiefst spiritualistisch und christlich.
Darum war 1789 blutig. – Darum wird 1848 sittlich, menschlich und barmherzig sein.

Es gab einmal in Deutschland ein Duodezfürstentum, kaum handtellergroß, das Herzogtum Coburg-Gotha. Dieses Land war sozusagen ein königliches Gestüt, ein Stall *schöner* Männer, alle wie die Tambourmajors gewachsen, die für die Prinzessinnen Europas bestimmt waren.
Womit werden nun, da es keine Prinzessinnen gibt, all diese vollkommenen Mannsbilder sich beschäftigen?

PFEIFEN WIR AUF DEN REST

Unter dem Ex-König gab es eine *Pairswürde,* das heißt impotente Greise voller Eidschwüre und Rheumatismen.
Es gibt keine Pairswürde mehr: pfeifen wir auf den Rest!
Unter dem Ex-König gab es barbarische, blutrünstige Soldaten, die *Munizipalgardisten,* denen es ein Vergnügen war, einen Mann aus dem Volke *herunterzuholen.*
Es gibt keine Munizipalgarde mehr: pfeifen wir auf den Rest!
Unter dem Ex-König gab es einen *Wähler-Census;* für eine Summe von 500 Francs hatte ein Schwachkopf das Recht, in der Kammer zu sprechen; für eine Summe von 200 Francs hatte ein Bürger das Recht, sich durch einen Schwachkopf vertreten zu lassen.
Es gibt keinen Census mehr: pfeifen wir auf den Rest!
Unter dem Ex-König gab es einen *Stempel;* eine kleine pfenniggroße Gravüre, welche die intelligenten Bürger hinderte, ihre Brüder aufzuklären.

Es gibt keinen Stempel mehr: pfeifen wir auf den Rest!
Unter dem Ex-König gab es eine *Salzsteuer,* welche die Fruchtbarmachung des Landbaus verhinderte und die Pflugschar aufhielt.
Es gibt keine Salzsteuer mehr: pfeifen wir auf den Rest!
Unter dem Ex-König gab es Haufen von *Knirpsen,* eine Legion von *Fettwänsten,* ganze Heerscharen von *bornes;* alle schöpften mit vollen Händen aus der Schatulle der Geheimfonds und bereicherten sich auf Kosten des Volkes.
Es gibt keine Knirpse mehr, es gibt keine Fettwänste mehr, und *bornes* gibt's nur noch an den Straßen.
Pfeifen wir auf den Rest!

Im Odéon wurde einige Zeit vor der Revolution *Der letzte Figaro* des Herrn Lesguillon aufgeführt. Dieser nichtswürdige Schreiberling hatte ein konterrevolutionäres Stück verfaßt; unter dem Ex-König hatte er das Recht dazu; im übrigen hätte die Zensur ihm nicht gestattet, die Männer von 89 bis 93 in ihrem wahren Licht zu zeigen. Aber heute ist die Rede davon, dieses elende Stück mit einigen republikanischen Verkleisterungen wieder auf die Bühne zu bringen.
Die Schulen, die den revolutionären Figaro wieder und wieder ausgepfiffen haben, sollen nicht minder verhindern, daß Figaro mit seinen republikanischen Binden, Umschlägen und Krücken wiederkehrt.
Das Volk wüßte wohl, wie es sich verhalten soll, wenn es dem Citoyen Alexandre Dumas einfiele, sein unmoralisches Stück über die *Girondisten* zu *republikanisieren.*
– Der Herr Châtel ist gescheitert. Niemand will etwas von seiner *Französischen Kirche* wissen. Muß einer im übrigen nicht ein religiöser Schwachkopf sein, um am Morgen nach der Erstürmung der Tuilerien zu glauben, man hätte Zeit, sich über seine Messen in schlechtem Französisch Gedanken zu machen!
Das Volk hat eigenhändig alle Proklamationen und Anschläge dieses einfältigen Primas der Gallier zerrissen.
– Jemand läuft im Quartier Latin herum, um Unterschriften für eine Bittschrift zu sammeln, in der es darum geht, den Herrn Orfila auf seinem Posten an der Fakultät zu erhalten.

Dieser Quacksalber, dieser Marktschreier fühlt sich also abgesetzt; also ist er schuldig.
Hüten wir uns dieser Sorte gegenüber vor Nachsicht!
– Das Théatre de la République wird demnächst *Le Roi s'amuse,* eines der großen Werke des Citoyen Victor Hugo, wieder herausbringen. Dringend zu wünschen ist, daß das Théatre de la Porte-Saint-Martin so rasch wie möglich *L'Auberge des Adrets* und *Robert Macaire* inszeniert, und vor allem *Vautrin,* jenes schöne Stück unseres großen Romanciers, des Citoyen Balzac.
Pinto soll angeblich auch wieder gespielt werden. Warum sich drei Stunden langweilen, nur um *»A bas Philippe!«* rufen zu hören? Eine sehr bedeutungsvolle Anspielung unter dem Ex-König, doch heute gegenstandslos.
– Mißtrauen möchte man den Citoyens anraten gegen die Dame Hermance Lesguillon, die Herren Barthélemy, Jean Journet und andere, welche die Republik in abscheulichen Versen besingen.
Der Kaiser Nero hatte die lobenswerte Angewohnheit, alle schlechten Dichter im Zirkus zusammentreiben und sie dort auspeitschen zu lassen.

Die Redaktion: *Champfleury,*
Baudelaire und *Toubin*

Imp. Ed. Baudruche, rue de la Harpe, 90

PROSASCHRIFTEN

CHAMPFLEURYS ERZÄHLUNGEN

Chien-Caillou, Pauvre Trompette,
*Feu Miette**

Eines Tages erschien ein ganz kleiner Band, ganz unauffällig, ganz einfach, und alles in allem ein Ereignis, *Chien-Caillou*. Einfach, sauber, drastisch erzählt, oder vielmehr verzeichnet, die Geschichte eines armen Stechers, eines sehr originellen Künstlers, der aber derart von allen Reichtümern entblößt war, daß er zwischen Mohrrüben, einem Kaninchen und einer Prostituierten lebte; und er schuf Meisterwerke. Mit so was wagte Champfleury zu debütieren: er begnügte sich mit der Natur und setzte ein unbegrenztes Vertrauen in sie.

Dieselbe Lieferung enthielt noch einige weitere bemerkenswerte Geschichten, unter anderen: *Monsieur le Maire de Classy-les-Bois,* hinsichtlich derer ich den Leser bitten möchte, sich vor Augen zu halten, daß Champfleury ein vorzüglicher Kenner der Provinz ist, dieses unerschöpflichen Vorrats literarischer Motive, wie unser großer Honoré de Balzac so meisterhaft bewiesen hat, und ebenfalls in seinem kleinen Winkel, wo die Leserschaft ihn ausfindig machen muß, ein anderer sehr bescheidener und zurückgezogener Geist, der Verfasser der *Contes Normands* und der *Histoires baguenaudières,* Jean de Falaise (Philippe de Chennevières), ein wackeres Gemüt, das ganz der Arbeit und der Religion der Natur geweiht ist, wie Champfleury, und wie er abseits der Zeitungen aufgewachsen, fern von den entsetzlichen Dysenterien der Herren Dumas, Féval und Konsorten.

Dann *Carnaval,* oder einige kostbare Bemerkungen über diese seltsamen Umzüge, diesen bändergeschmückten und buntangestrichenen Schmerz, über den die Dummköpfe lachen, den aber die Pariser respektieren.

Die zweite Lieferung enthielt *Pauvre Trompette,* oder die klägliche Geschichte einer sehr selbstsüchtigen alten Trinkerin, die ihren

* 3 Bände, englisches Format, bei Martinon, rue du Coq-Saint-Honoré.

Schwiegersohn und ihre Tochter ruiniert, um ihren abscheulichen kleinen Köter mit Curaçao und Anisette vollzugießen. In seiner Verzweiflung vergiftet der Schwiegersohn den Hund mit eben den Flüssigkeiten, wonach es ihn gelüstet, und die Rabenmutter hängt an das Fenster ihres Ladens ein Schild, das den Schwiegersohn der Verachtung und dem Haß der Öffentlichkeit preisgibt. – Eine wahre Geschichte wie die vorhergehenden. – Überhaupt wäre es ein grober Irrtum, anzunehmen, bei all diesen kurzen Geschichten liefe es am Ende auf Fröhlichkeit und Zerstreuung hinaus. Man macht sich kaum eine Vorstellung, was Champfleury alles an wahrem Schmerz und wahrer Schwermut hineinlegt oder vielmehr aus ihnen herauszulesen weiß.

An dem Tage, da er *Monsieur Prudhomme au Salon* schrieb, war er auf Henri Monnier eifersüchtig. Wer das Mehr kann, kann auch das Weniger, das wissen wir; und so ist denn auch dieses Stück sehr sorgfältig ausgearbeitet und sehr amüsant. Aber der Autor ist doch unstreitig von höherer Abkunft, und er hat Besseres zu tun.

Grandeur et décadence d'une sérinette. – Darin steckt etwas von der Erfindung eines Kindes, eines musikalischen Kindes, ob Knabe, ob Mädchen, man weiß nicht recht, etwas ganz Entzückendes. Diese Novelle liefert so recht den Beweis für die alte Verwandtschaft des Verfassers mit einigen deutschen und englischen Schriftstellern, melancholischen Geistern wie er, denen als Mitgift eine fortwährende unwillkürliche Ironie zugefallen ist. Darüber hinaus findet man auch hier, wie schon oben angemerkt, eine vorzügliche Schilderung der Bosheit und Dummheit in der Provinz.

Une religion au cinquième. – Das ist die Geschichte, die Schilderung der Sudelküche einer modernen Religion, die naturgetreue Schilderung einiger dieser Elenden, wie wir alle sie gekannt haben, die des Glaubens sind, man mache eine neue Lehre, wie man ein Kind macht, auf einem Strohsack, den *Compère Mathieu* in der Hand, und als sei dies das Leichteste von der Welt.

Der letzte Band ist Balzac gewidmet. Es ist unmöglich, verständigere, einfachere, natürlichere Werke einem erhabeneren Schutzpatron zu empfehlen. Diese Widmung ist vortrefflich, vortrefflich ihres Stiles, vortrefflich der Gedanken wegen. Balzac ist freilich ein Romancier und ein Gelehrter, ein Erfinder und ein Beobachter; ein Naturkundiger, der beide Gesetze kennt: das der Erzeugung der Ideen und das der Erzeugung lebender Wesen. Er ist ein großer Mann im wörtlichen Wortverstand; er ist der Schöpfer einer Methode und der einzige, dessen Methode zu untersuchen sich lohnt.

Und dies ist meiner persönlichen Ansicht nach unter den günstigen Prognosen für Champfleurys literarische Zukunft nicht die geringste.

Dieser letzte Band enthält *Feu Miette,* die, wie immer, wahre Geschichte eines berühmten Charlatans des Quai des Augustins. – *Le Fuenzès,* ein glücklicher Einfall, ein verhängnisvolles Gemälde, das seinen Käufern Unglück bringt!

Simple histoire d'un rentier, d'un lampiste et d'une horloge – ein kostbares Stück: wie das ereignislose, einsame Leben in der Provinz unweigerlich gewisse Formen der Narrheit hervorbringt. Diese wandelnden Automaten, deren Gehirn zuletzt nur noch Lampe und Uhr ist, lassen sich schwerlich trefflicher malen und zeichnen.

Van Schaendel, père et fils. – Ihr unverdrossenen Naturmaler, die ihr euch von Mohrrüben ernährt, um sie besser malen zu können, und euch in Federn kleiden würdet, um einen Papagei besser malen zu können, lest und lest diese hohen Lehren, die von einer gewaltigen deutschen Ironie durchwürzt sind.

Von dem Stil war bisher noch nicht die Rede. Er ist unschwer zu erraten. Er ist kühn, schroff, poetisch, voller Überraschungen, wie die Natur. Nichts Geschwollenes, nichts übertrieben Literarisches. Wie der Autor sich befleißigt, die Menschen und ihre für den, der zu sehen versteht, immer eigenartigen Physiognomien getreulich aufzufassen, so geht es ihm gleichfalls darum, den Schrei des Tieres in ihnen festzuhalten; woraus sich ein um so erstaunlicheres Verfahren ergibt, als es gleichsam ungreifbar bleibt. Ich weiß nicht, ob ich mich recht verständlich mache; doch jeder, der das Bedürfnis empfunden hat, sich eine Ästhetik für den eigenen Gebrauch zu schaffen, wird mich verstehen.

Den einzigen Vorwurf, den ich dem Verfasser machen möchte,

wäre der, daß er seinen eigenen Reichtum vielleicht nicht kennt, daß er nicht redselig genug ist, daß er dem Leser zuviel zutraut, daß er keine Folgerungen zieht, daß er einen Gegenstand nicht erschöpft; lauter Vorwürfe, die auf das Gleiche hinauslaufen, und die ein und dasselbe Prinzip betreffen. Doch vielleicht habe ich Unrecht; man soll niemandes Geschick in eine andere Richtung zwingen; große Entwürfe sind schöner als überladene Gemälde, und er hat vielleicht das bessere Verfahren erwählt, die einfache, knappe ältere Erzählweise.

Der vierte Band, der demnächst erscheinen wird, ist seinen Vorgängern zumindest ebenbürtig.

Zum Abschluß darf zusammenfassend gesagt werden, daß diese Novellen wirklich unterhaltsam sind und einer Literatur sehr hohen Ranges angehören.

JULES JANIN
und
Le Gâteau des Rois

Um dem Leser, der in die Dessous der Literatur nicht eingeweiht ist, dem, was eine Reputation begründet, oft unbekannt bleibt, einen ersten Begriff von der wirklichen literarischen Bedeutung dieser kleinen Bücher voller Geist, Poesie und Beobachtungen zu vermitteln, so sei ihm kund und zu wissen, daß das erste der Reihe, *Chien-Caillou, Fantaisies d'hiver,* zu gleicher Zeit herauskam wie ein kleines Buch eines sehr berühmten Mannes, der gleichzeitig mit Champfleury auf den Gedanken solcher vierteljährlichen Veröffentlichungen gekommen war. Das Resultat war allerdings, daß bei den Geistern, die, da das Büchermachen ihr tagtägliches Geschäft ist, heikler als die anderen sind, Champfleurys Buch das des berühmten Mannes *auffraß*.
Alle, von denen hier die Rede ist, kannten *Le Gâteau des Rois;* sie kannten das Buch, weil es nun einmal ihr Metier ist, alles zu kennen. *Le Gâteau des Rois,* eine Art *Christmas,* oder Weihnachtsbuch, verdankte seine Entstehung vor allem der unmißverständlich bekundeten Absicht, der Sprache all jene Wirkungen zu entlocken, die ein überbegabter Instrumentalist seinem Instrument entlockt – unendliche Variationen auf dem Diktionär zu spielen! Falsch angewandte Kräfte! der Irrtum eines schwachen Geistes!
Die Einfälle in diesem Buch hasteten nur so vorüber; mit der Raschheit des Tones flohen sie dahin; Gedankenverbindungen, die kaum einen Halt boten, mußten ihnen auf gut Glück zur Stütze dienen; sie hingen nur durch den allerschwächsten Faden zusammen, nach dem nämlichen Verfahren der Verknüpfung, wie man es bei Leuten antrifft, die als Geisteskranke eingesperrt werden; ein wilder Strudel unwillkürlicher Einfälle, ein wahres Kirchturmrennen, Verleugnung des lenkenden Willens.
Dieser seltsame Gewaltstreich wurde von jenem allbekannten Herren begangen, dessen ganz spezielles einziges Vermögen darin besteht, nicht Herr seiner selbst zu sein, ein Mann der Zufälle, der *Glücksfälle.*

Freilich war er begabt, doch welch ein Mißbrauch seines Talents! welch wüstes Treiben! Und wie er sich anstrengt dabei, wie er leidet! Freilich, dieses unermüdliche Gezappel einer abgetakelten Tänzerin verdiente wohl, daß man ihm einige Achtung oder zumindest ein bedauerndes Mitgefühl nicht versagte! aber ach! die verbrauchten Mittelchen! die mattgewordenen Bemühungen! das nur noch langeweilende Gekose! Die Einfälle unseres Herrn sind alte Närrinnen, die zuviel getanzt, die das Bein zu oft und zu hoch geschwungen haben. *Sustulerunt saepius pedes.* Wo bleibt das Herz? wo bleibt die Seele, wo bleibt die Vernunft in diesem ...?

PIERRE DUPONT

Ich habe Pierre Duponts *Chants et Chansons* aufmerksam wiedergelesen, und ich bin nach wie vor überzeugt, daß der Erfolg dieses neuen Dichters ein wichtiges Ereignis ist, nicht so sehr seines eigenen Wertes wegen, der freilich bedeutend ist, als der öffentlichen Gefühle wegen, die in dieser Poesie zum Ausdruck kommen, und die in Pierre Dupont ein Echo gefunden haben.

Um diesen Gedanken etwas näher auszuführen, bitte ich den Leser, sich die Entwicklung der Poesie während der jüngstvergangenen Zeiten in einem raschen Überblick zu vergegenwärtigen. Es wäre gewiß unbillig, die Verdienste, welche die sogenannte romantische Schule sich um die Dichtung erworben hat, bestreiten zu wollen. Sie hat uns zur Wahrheit des Bildes zurückgerufen, sie hat die akademischen Klischees beseitigt, und selbst von dem höheren sprachlichen Gesichtspunkt aus verdient sie die verächtliche Behandlung nicht, welche gewisse impotente Schulfüchse ihr boshafterweise angedeihen lassen. Dennoch war die romantische Erhebung, schon ihres Prinzips wegen, zu kurzer Dauer verurteilt. Indem sie die Moral verwarf, und bisweilen sogar die Leidenschaft ausschloß, war die kindische Utopie der Schule des *l'art pour l'art* notwendigerweise steril. Sie verging sich in flagranti gegen den Genius der Menschheit. Im Namen der höheren Prinzipien, auf denen das allgemeine Leben beruht, sind wir berechtigt, sie der Heterodoxie für schuldig zu erklären. Allerdings gehörten dieser Bewegung sehr einfallsreiche Literaten, hochgebildete Kenner des Altertums und einige Verskünstler an, die, zugegebenermaßen, die Prosodie fast zum Rang einer Schöpfung erhoben und die den Mitteln, die sie gemeinschaftlich beigesteuert hatten, höchst überraschende Wirkungen entlockten. Einige unter ihnen geruhten sogar, sich das politische Milieu zunutze zu machen. Navarin lenkte ihre Blicke dem Orient zu, und der Philhellenismus brachte ein Buch hervor, so buntfarbig wie ein Taschentuch oder ein indischer Schal. Sämtliche abergläubische Formen des Katholizismus oder des Ostens wurden in wunderlichen, kunstvollen Rhythmen besungen. Wie sehr aber müssen wir diesen rein äußerlichen Tönen, die bestimmt sind, die schwachen Blicke von Kindern zu blenden und ihren trägen Ohren zu schmeicheln, die Klage jenes leidenden Gemüts vorziehen, das, aus einem eingebildeten Sarg heraus, alles aufbot, um einer verstörten Gesellschaft Interesse an seiner unheilbaren Schwermut abzugewinnen. Und mag er ein noch so großer Egoist sein, dennoch erzürnt der Dichter mich weniger, wenn er spricht: Ich, ich denke ... Ich, ich fühle ..., als der unermüdliche Fiedler oder Sudler, der mit seinem Instrument oder Malgerät einen Teufelspakt geschlossen hat. Die naive Lumperei des einen ist verzeihlich; die schulgerechte Schamlosigkeit des anderen empört mich.

Aber mehr noch als jenem gebe ich dem Dichter den Vorzug, der mit den Menschen seiner Zeit einen dauernden Bund schließt, und Gedanken und Gefühle mit ihnen austauscht, die er in eine edle, hinlänglich angemessene Sprache übersetzt. Der Dichter, der sich auf einem Punkt des Umkreises der Menschheit befindet, sendet den ihm übermittelten menschlichen Gedanken auf der gleichen Linie in harmonischeren Schwingungen zurück; jeder wahre Dichter soll eine Inkarnation sein, und um diese meine Ansicht durch ein Beispiel aus jüngster Zeit abschließend zu vervollständigen: wenn, ungeachtet all dieser literarischen Leistungen, ungeachtet all dieser Anstrengungen, die Gesetze der Wahrheit beiseite zu schieben, ungeachtet all dieses Dilettantismus, dieses mit unzähligem Gerät versehenen, mit unzähligen Listen gerüsteten *Voluptuosismus,* ein Dichter auftritt, unbeholfen bisweilen, doch fast immer groß, der in flammenglühenden Worten die Heiligkeit des Aufstandes von 1830 verkündet und das Elend in England und Irland besingt, so war, ungeachtet seiner unzulänglichen Reime, ungeachtet seiner Pleonasmen, seiner nicht zu Ende geführten Perioden, die Frage entschieden, und die Kunst hinfort von Sittlichkeit und Nutzen nicht mehr zu trennen.

Pierre Dupont traf ein solches Los.

Versetzen wir uns in die letzten Jahre der Monarchie zurück. Wie reizvoll wäre es, in einem unparteiischen Buch die Gefühle, die Lehren, das äußere und innere Leben, die Moden und Sitten der Jugend unter der Regierung Louis-Philippes zu erzählen! Der Geist allein war überreizt, das Herz hatte keinen Anteil daran, und

die berühmte Losung: *Enrichissez-vous!*, eine wahre, berechtigte Parole, falls sie die Sittlichkeit mit einbegreift, verleugnete diese schon dadurch, daß sie ihr keinerlei Nachdruck verlieh. Reichtum kann eine Garantie des Wissens und der Sittlichkeit sein, vorausgesetzt, es handle sich um wohlerworbenen Besitz; sobald der Reichtum jedoch zum alleinigen Ziel aller Anstrengungen des Einzelnen erklärt wird, so verschwinden Begeisterung, Nächstenliebe, Philosophie und alles übrige, worin das gemeinsame Erbteil in dem eklektischen System einer besitzenden Gesellschaft besteht. Die Geschichte der Jugend unter der Regierung Louis-Philippes ist diejenige der Stätten der Ausschweifung und der Restaurants. Mit etwas weniger Schamlosigkeit, etwas weniger Verschwendungssucht und etwas mehr Zurückhaltung erlangten die ausgehaltenen Frauenspersonen unter der Regierung Louis-Philippes eine Berühmtheit und Bedeutung, die denjenigen gleichkamen, die sie unter dem Kaiserreich besessen hatten. Von Zeit zu Zeit erhob sich ein großes Getöse von Reden, die denen des Porticus glichen, und die Klänge der Maison-d'Or vermischten sich mit den unschuldigen Paradoxa aus dem Palais der Legislative.
Unterdessen begannen einige reine und frische Gesänge in Konzerten und privaten Gesellschaften zu zirkulieren. Was da erklang, war wie ein Ruf zurück zur Ordnung und wie eine Einladung der Natur; und die verdorbensten Geister begrüßten sie wie eine Erfrischung, wie eine Oase. Einige Hirtengesänge *(Les Paysans)* waren erschienen, und schon ergötzten und betäubten die bürgerlichen Pianos sich mit ihrer Wiederholung.
Hier beginnt nun, mit einem entschiedenen Erfolg, Pierre Duponts Pariser Leben; doch empfiehlt es sich, noch weiter zurückzugehen, nicht nur, um eine berechtigte Neugier des Publikums zu befriedigen, sondern auch, um zu zeigen, welche wunderbare Logik in der Entstehung der materiellen Umstände wie der sittlichen Phänomene liegt. Das Publikum liebt es, zu erfahren, welche Erziehung die Geister, die es seines Vertrauens würdigt, genossen haben; die Veranlassung dazu liegt, möchte man meinen, in einem unwiderstehlichen Gleichheitsverlangen. »Du hast unser Herz gerührt! Jetzt wollen wir bewiesen haben, daß auch du nur ein Mensch bist, und daß die gleichen Aussichten auf Vervollkommnung für

uns alle bestehen.« An den Philosophen, den Gelehrten, den Dichter, den Künstler, an alles, was groß ist, an jeden, der das Publikum bewegt und verwandelt, wendet es sich mit derselben Forderung. Der Heißhunger, mit dem wir die Lebensbeschreibungen verschlingen, entspringt einem tiefeingewurzelten Gleichheitsverlangen.

Pierre Duponts Kindheit und Jugend ähneln der Kindheit und Jugend aller Männer, denen es bestimmt ist, einmal berühmt zu werden. Sie sind sehr einfach, und sie erklären das folgende Alter. Die frischen Eindrücke des Familienlebens, die Liebe, der Zwang, das Aufbegehren mischen sich in hinreichender Menge, um einen Dichter hervorzubringen. Der Rest ist Erworbenes. Pierre Dupont wird am 23. April 1821 geboren, in Lyon, der großen Stadt der Arbeit und der industriellen Wunder. Eine Handwerkerfamilie, Arbeit und Ordnung, der Anblick des täglich erzeugten Reichtums, dies alles wird seine Frucht tragen. Mit vier Jahren verliert Dupont seine Mutter; ein bejahrter Taufpate, ein Priester, nimmt ihn zu sich, und beginnt eine Erziehung, die im Kleinen Seminar von Largentière ihre Fortsetzung finden sollte. Nach dem Verlassen dieser religiösen Anstalt wird Dupont Lehrling in einer Seidenweberei; bald aber steckt man ihn in ein großes Bankhaus, wo er zu ersticken droht. Die großen rotlinierten Papierblätter, die häßlichen grünen Aktendeckel der Notare und Rechtsanwälte, voller Familienstreitigkeiten, -gehässigkeiten und -auseinandersetzungen, oft unbekannter Verbrechen, die grausame, unerbittliche Regelmäßigkeit eines Handelshauses, dies alles ist so recht danach angetan, den Entwicklungsgang eines Dichters abzuschließen. Jedem von uns ist es zuträglich, einmal in seinem Leben dem Druck einer abscheulichen Tyrannei ausgesetzt gewesen zu sein; so lernt er, sie zu hassen. Wie viele Philosophen hat nicht das Priesterseminar hervorgebracht! In wie vielen Naturen ist der Geist der Revolte in der ständigen Nähe eines grausamen und pünktlichen Militärs aus dem Kaiserreich erwacht! Befruchtende Disziplin, wie viele Freiheitsgesänge verdanken wir dir! Eines schönen Morgens macht die gepeinigte großmütige Natur sich gewaltsam Luft, der höllische Zauber ist gebrochen, und es bleibt nur das Unentbehrliche, eine schmerzliche Erinnerung, eine Hefe für den Teig.

Pierre Dupont hatte einen Großvater in Provins, den er gelegentlich besuchte; dort lernte er Pierre Lebrun von der Académie Française kennen, und kurze Zeit darauf traf ihn, da sein Los gezogen worden war, die Verpflichtung, in ein Jäger-Regiment einzutreten. Zu seinem großen Glück war das Buch *Les Deux Anges* abgeschlossen. Pierre Lebrun kam auf den Einfall, eine stattliche Zahl von Subskribenten für den Druck des Buches zusammenzubringen; der Erlös diente dann dazu, einen Ersatzmann zu bezahlen. So begann Pierre Dupont sein sozusagen öffentliches Leben damit, daß er sich mit Hilfe der Poesie von der Knechtschaft loskaufte. Das wird ihm eine große Ehre und ein großer Trost sein, daß er, als junger Mensch, die Muse nötigte, in seinem Leben eine nützliche, unmittelbar wirksame Rolle zu spielen.

Eben dieses unzulängliche, oft fehlerhafte, noch unsichere Buch enthält jedoch, wie dies häufig der Fall zu sein pflegt, den Keim zu einer künftigen Begabung, die für eine höhere Intelligenz mit Sicherheit vorauszusehen war. Der Band erhielt einen Preis der Akademie, und Pierre Dupont bekleidete seitdem eine bescheidene Stellung, als Helfer bei den Arbeiten an dem Französischen Wörterbuch. Ich möchte annehmen, daß diese Tätigkeit, so unerheblich sie dem Anschein nach gewesen sein mag, doch dazu beitrug, das Wohlgefallen an einer schönen Sprache in ihm zu steigern und zu vervollkommnen. Genötigt, häufig den stürmischen Diskussionen der antiken Grammatik und Rhetorik im Streit mit der modernen, den lebhaften und geistreichen Auseinandersetzungen zwischen Cousin und Victor Hugo beizuwohnen, mußte sein Geist sich bei solcher Gymnastik kräftigen, und so lernte er den ungeheuren Wert des treffenden Wortes erkennen. Dies mag vielen Leuten kindisch vorkommen, doch diese haben sich noch niemals verdeutlicht, welche ununterbrochene Arbeit im Geist des Schriftstellers stattfindet, noch jemals bedacht, welcher Folge von Umständen es bedarf, um einen Dichter hervorzubringen.

Schließlich betrug Pierre Dupont sich der Akademie gegenüber, wie er sich dem Bankhaus gegenüber betragen hatte. Er wollte frei sein, und er tat gut daran. Der Dichter muß durch sich selber leben; er muß, wie Honoré de Balzac einmal sagte, eine geschäftsmäßige Außenseite bieten. Sein Werkzeug muß ihn ernähren, Duponts Beziehungen zu Lebrun waren stets lauter und untadelig, und, wie Sainte-Beuve gesagt hat, wenn Dupont gänzlich frei und unabhängig sein wollte, so bewahrte er der Vergangenheit doch seine Erkenntlichkeit.

Die Sammlung *Les Paysans, chants rustiques,* erschien also: ein schmucker Band, mit recht hübschen Lithographien illustriert, der es wohl wagen durfte, sich in den Salons sehen zu lassen und in bürgerlichen Häusern mit Anstand seinen Platz auf dem Piano einzunehmen. Alle Welt wußte dem Dichter Dank, daß er endlich ein wenig Wahrheit und Natur in diese Lieder eingeführt hatte, welche die abendlichen Gesellschaften zu unterhalten bestimmt waren. Das war nun nicht länger jene unverdauliche Kost von Süßspeisen und Zuckerwerk, mit der man in ungebildeten Familien unbedachtsamerweise das Gedächtnis der Töchter des Hauses überfüttert. Hier vernahm man eine wahrhafte Mischung ungekünstelter Melancholie mit dem Übermut einer unbefangenen Fröhlichkeit, hie und da auch die kräftigen Akzente männlicher Arbeitsamkeit.

Unterdessen hatte Dupont, immerzu auf seiner natürlichen Bahn fortschreitend, einen Gesang komponiert, der eine entschiedenere Gangart einschlug und sehr viel mehr danach angetan war, den Einwohnern einer großen Stadt das Herz zu rühren. Ich erinnere mich noch der ersten vertraulichen Mitteilung, der liebenswürdigen Offenheit, mit der es mir dieses Neue vortrug, so als sei er sich seines Entschlusses noch nicht ganz sicher. Als ich diesen bewundernswürdigen Schrei des Schmerzes und der Schwermut (*Le Chant des Ouvriers,* 1846) vernahm, war ich hingerissen und gerührt. Seit so viel Jahren erwarteten wir ein wenig kraftvolle und wahre Poesie! Welcher Partei man auch angehören, mit welchen Vorurteilen man auch genährt worden sein mag, es ist unmöglich, nicht ergriffen zu sein von dem Anblick dieser kränkelnden Menge, die den Staub der Werkstätten atmet, Baumwolle schluckt, sich mit Bleiweiß, Quecksilber und sämtlichen zur Herstellung von Meisterwerken benötigten Giftstoffen verseucht, unter Würmern und Ungeziefer schläft, am Grunde der Viertel, wo die unscheinbarsten und die höchsten Tugenden Seite an Seite mit den hartgesottensten Lastern und dem Auswurf des Bagno hau-

sen; dieser seufzenden und ächzenden Menge, denen *die Erde ihre Wunder verdankt;* die *ein rotes, stürmisches Blut in ihren Adern rinnen fühlt,* die aus traurigen Augen einen langen Blick auf den Sonnenschein und Schatten der großen Parke wirft, und die schon Trost und Stärkung darin findet, wenn sie aus Leibeskräften ihren rettenden Refrain wiederholt: *Aimons-nous!* ...
Seitdem war Duponts Schicksal gemacht; er brauchte nur noch auf der einmal entdeckten Bahn fortzuschreiten. Die Freuden und Schmerzen und die Gefahren eines jeden Berufes zu erzählen, und all diese Aspekte und diese verschiedenen Horizonte des Leidens und der menschlichen Arbeit durch eine tröstliche Philosophie zu erhellen, das war die Verpflichtung, die ihm auferlegt war, und die er geduldig erfüllte. Es wird eine Zeit kommen, da die Töne dieser *Marseilleise* der Arbeit wie ein freimaurerisches Losungswort umgehen werden, und da der Verbannte, der Verlassene, der verlorene Reisende, ob unter dem sengenden Himmel der Tropen, ob in den Wüsteneien des ewigen Schnees, wenn er diese kräftige Melodie vernimmt, welche die Luft mit dem Hauch ihrer Herkunft durchwürzt:

Nous dont la lampe le matin
Au clairon du coq se rallume,
Nous tous qu'un salaire incertain
Ramène avant l'aube à l'enclume ...

(Wir, deren Lampe in der Frühe beim Weckruf des Hahns sich entzündet, wir alle, die ein ungewisser Lohn vor Tagesanbruch an den Amboß zurückführt ...)

wird sagen dürfen: Ich habe nichts mehr zu fürchten, ich bin in Frankreich!
Die Februarrevolution beschleunigte den Ausbruch dieser ungeduldigen Blüte und vervielfältigte die Schwingungen der volkstümlichen Saite; alles Unglück und alle Hoffnungen der Revolution fanden ein Echo in Pierre Duponts Poesie. Dennoch verlor auch die ländliche Muse nicht ihre Rechte, und je weiter man in seinem Werk voranschreitet, hört und sieht man immer wieder, wie in den

gewundenen Tälern wild ragender Gebirgsketten, neben der alltäglichen, volkbelebten Straße die frische, unberührte Quelle leise rauschen und leuchten, die von dem Schnee der Gipfel herabrieselt:

Entendez-vous au creux du val
Ce long murmure qui serpente?
Est-ce une flûte de cristal?
Non, c'est la voix de l'eau qui chante.

(Hört ihr in der Talschlucht dieses unaufhörliche Murmeln, das sich hinschlängelt? Ist es eine kristallene Flöte? Nein, es ist die Stimme des Wassers, die da singt.)

Das Werk des Dichters gliedert sich ganz natürlich in drei Teile, die ländlichen Lieder, die politischen und sozialistischen Lieder, und einige symbolische Gesänge, die gleichsam die Philosophie des Werkes sind. Dieser Teil ist vielleicht der persönlichste, hier entfaltet sich eine sanft verschattete Philosophie, so etwas wie die Mystik eines Liebenden. Duponts Optimismus, sein schrankenloses Vertrauen in die natürliche Güte des Menschen, seine fanatische Liebe zur Natur bilden den größten Teil seiner Begabung. Es gibt da eine spanische Komödie, in der ein junges Mädchen, wie es das inbrünstige Spektakeln der Vögel in den Bäumen vernimmt, fragt: »Was ist das für eine Stimme, und was singt sie?« Und die Vögel wiederholen im Chor: »Die Liebe, die Liebe!« – »Laub der Bäume, Wind des Himmels, was sagt ihr, was befehlt ihr?« – Und der Chor antwortet: »Die Liebe, die Liebe!« und der Chor der Bäche sagt abermals das gleiche. Die Reihe ist lang, und der Refrain ist immer derselbe. Diese geheimnisvolle Stimme singt unaufhörlich das Allheilmittel in Duponts Werk. Die schwermütige Schönheit der Natur hat sich seiner Seele so tief eingeprägt, daß ihm, wenn er einen Trauergesang auf die Greuel des Bürgerkrieges anstimmt, als erstes folgende Bilder und Verse in den Sinn kommen:

La France est pâle comme un lis,
Le front ceint de grises verveines.

(Frankreich ist bleich wie eine Lilie, die Stirn umkränzt von grauen Verbenen.)

Manch einer wird in diesen politischen Liedern und Kriegsgesängen vermutlich den Glanz und Lärm der Schlachten vermissen, den Schwung der Begeisterung, die Kraft des Hasses, die schmetternden Rufe der Trompete, die schrillen Töne der Pfeife, närrisch wie die Hoffnung der Jugend, wenn sie zur Eroberung der Welt aufbricht, das unermüdliche Grollen der Geschütze, das Ächzen der Verwundeten, und das volle Gepränge des Sieges, das eine militärische Nation wie die unsrige so sehr liebt. Doch man besinne sich, und man wird entdecken, daß, was bei einem anderen ein Fehler wäre, bei Dupont zur Qualität wird. In der Tat, wie könnte er sich selbst widersprechen? Von Zeit zu Zeit entringt sich seinem Mund ein lauter Schrei der Entrüstung, doch man sieht, daß er rasch zur Vergebung bereit ist, beim leisesten Zeichen der Reue, beim ersten Sonnenstrahl! Ein einziges Mal hat Dupont, vielleicht ohne es zu ahnen, den Geist der Zerstörung als etwas Nützliches anerkannt; dieses Geständnis ist ihm entflohen, aber man sehe in welchen Worten:

Le glaive brisera le glaive,
Et du combat naîtra l'amour!

(Das Schwert wird das Schwert zerbrechen, und aus dem Streit wird die Liebe geboren!)

Letztlich, wenn man diese politischen Gesänge aufmerksam wiederliest, so entdeckt man, daß ihnen allen ein besonderer Geschmack eigen ist. Sie halten sich gut, und sie sind untereinander durch ein gemeinsames Band verknüpft: die Liebe zur Menschheit. Diese letzte Zeile regt mich zu einer Betrachtung an, die auf den berechtigten, und dennoch erstaunlichen, Erfolg unseres Dichters ein helles Licht wirft. Es gibt Epochen, in denen die Mittel, deren

der Künstler zur Ausführung eines Werkes bedarf, in genügender Zahl vorhanden sind, einen hinreichenden Grad der Vervollkommnung erreicht haben und nicht allzuviel kosten, so daß jeder sie fast in gleicher Menge erwerben kann. Es gibt Zeiten, da alle Maler imstande sind, eine Leinwand mehr oder minder rasch und geschickt mit Farbe zu bedecken; bei den Dichtern verhält es sich ähnlich. Warum ist dann der Name des einen in aller Munde, und warum verstaubt der des anderen in den düsteren Regalen der Buchhandlungen, oder schläft noch als Manuskript auf den Redaktionen der Zeitungen? Mit einem Wort, was ist das große Geheimnis Duponts, und woher stammt die Sympathie, die ihn umgibt? Dieses große Geheimnis kann ich verraten, es ist sehr einfach: es liegt weder in den Kenntnissen noch im Einfallsreichtum, weder in der Geschicktheit des Machens noch in der mehr oder minder großen Anzahl der Verfahrensweisen, die der Künstler aus dem gemeinsamen Vorrat des menschlichen Wissens geschöpft hat; es liegt in der Liebe zur Tugend und zur Menschheit, und in jenem schwer Faßbaren, das uns aus seiner Dichtung unaufhörlich anweht, und das ich die Lust, das Behagen, das unbedingte Wohlgefallen an allem Republikanischen nennen möchte.
Doch da ist noch etwas anderes; ja, etwas anderes.
Die Freude.
Etwas Außergewöhnliches ist diese Freude, die in den Werken einiger berühmter Schriftsteller atmet und herrscht, wie dies Champfleury einmal im Hinblick auf Balzac so treffend festgestellt hat. Die Schmerzen, die ihnen zustoßen, mögen noch so groß, der Anblick des menschlichen Treibens noch so niederdrückend sein, ihr gesundes Temperament, und vielleicht etwas noch Besseres, ein hoher Geist der Weisheit nämlich, behält zuletzt immer wieder die Oberhand. Es ist, als trügen sie ihren Trost in sich selber. Ja, die Natur ist so schön, und der Mensch ist so groß, daß es einem, von höherer Warte aus, schwerfällt, Worte wie unersetzlich, unheilbar, unrettbar zu begreifen. Wenn ein Dichter uns solcherart des Guten und Trostreichen versichert, wer hätte das Herz, sich zu sträuben?
Verschwindet denn, ihr täuschenden Schatten: René, Obermann, Werther; entweicht in die Nebel der Leere, ungeheuerliche Schöp-

fungen der Trägheit und der Einsamkeit; wie die Säue in den See Genezareth stürzet zurück in die Zauberhaine, denen euch die feindlichen Feen entlockt haben, ihr von romantischem Schwindel befallenen Hämmel! Der Genius der Tat duldet euch nicht länger unter uns.
Wenn ich Duponts Werk durchlaufe, kommt mir jedesmal Proudhon in den Sinn, und jenes erhabene Gefühl, das ihn ergriff, als er das Lyoneser Lied trällern hörte:

Allons, du courage,
Braves ouvriers!
Du cœur à l'ouvrage!
Soyons les premiers.

(Vorwärts, Mut! wackere Arbeiter! Frisch ans Werk! Laßt uns die ersten sein!)

und in die Worte ausbrach:
»So schreitet denn singend zur Arbeit, auserwähltes Geschlecht, euer Refrain ist schöner als der von Rouget de Lisle.«
Es wird Pierre Dupont ewig zur Ehre gereichen, als erster das Tor eingestoßen zu haben. Das Beil in der Hand, hat er die Ketten der Zugbrücke vor dem Eingang in die Festung gesprengt; die Volksdichtung hat nun freie Bahn.
Mächtige Flehgebete, tiefe Seufzer der Hoffnung, nicht enden wollende Rufe der Ermutigung beginnen die Brust zu schwellen. Dies alles wird Buch, wird Poesie und Gesang werden, allem Widerstand zum Trotz.
Der Poesie ist ein hohes Los gefallen! Freudig oder klagend, trägt sie immer das göttliche Zeichen der Utopie an sich. Sie widerspricht unaufhörlich dem Faktum, anders wäre sie nicht. Im Kerker wird sie zum Aufstand; am Fenster des Spitals ist sie glühende Hoffnung auf Genesung; in der zerlumpten und verschmutzten Dachkammer schmückt sie sich wie eine Fee des Luxus und der Eleganz; sie ist nicht nur Feststellung, sie ist Wiederherstellung. Überall widersagt sie der Bosheit.
So schreite denn singend der Zukunft entgegen, auserwählter

Dichter, deine Gesänge sind das leuchtende Abbild der Hoffnungen und Überzeugungen des Volkes!

Die Veröffentlichung, zu der diese Ausführungen gehören, enthält zu jedem Lied die Musik, die fast immer von dem Dichter selber stammt, einfache Melodien, in denen Freiheit und Freimut herrschen, die jedoch, um recht vorgetragen zu werden, einer gewissen Kunst bedürfen. Es war ein vortrefflicher Gedanke, um von dieser Begabung eine angemessene Vorstellung zu vermitteln, die Musik mitzuliefern, da viele der Gedichte durch ihre Weise wunderbar ergänzt werden. Wie viele andere Menschen habe ich Pierre Dupont seine Werke oft selber singen hören, und wie diese bin ich der Überzeugung, daß niemand sie besser gesungen hat. Ich habe schöne Stimmen gehört, die seine ländlichen oder patriotischen Töne zu treffen versuchten, und empfand dabei doch nur ein quälendes Mißbehagen. Da diese Lieder zu all denen gelangen werden, die die Poesie lieben, und die sie selber singen wollen, zum Trost der Familie, zur Feier der Gastlichkeit, zur Erheiterung an langen Winterabenden, so möchte ich ihnen einen Gedanken mitteilen, der sich einstellte, als ich dem Grund des Mißbehagens nachdachte, das mir viele Sänger verursacht haben. Es genügt nicht, eine reine oder angenehme Stimme zu haben; Empfindung zu haben, ist noch sehr viel mutiger. Die meisten Gesänge Duponts, ob sie nun eine Gemütsverfassung darstellen oder etwas berichten, sind lyrische Dramen, zu denen die Schilderungen Bühnenbild und Hintergrund liefern. Um das Werk angemessen darzubieten, muß der Vortragende sich demnach ganz in die erfundene Person *hineinversetzen,* sich tief mit den Gefühlen, die sie ausdrückt, durchdringen, und sie so kräftig empfinden, als wären sie sein eigenes Werk. Man muß ein Werk sich anverwandeln, um es recht auszudrücken; gewiß eine jener banalen und tausendfach wiederholten Wahrheiten, die zu wiederholen man nicht aufhören soll. Wer meinen Rat verschmäht, der mache ein anderes Geheimnis ausfindig.

[*Albumblatt*]

In dem Maße, wie der Mensch im Leben fortschreitet und die Dinge von höherer Warte sieht, verliert das, was die Welt die Schönheit zu nennen übereingekommen ist, viel von seiner Wichtigkeit, und ebenso die Lust, und manch anderer Schnickschnack. Für Augen, die der Täuschung nicht mehr erliegen und die fortan klaren Blickes sind, haben alle Jahreszeiten ihren Wert, und der Winter ist nicht die schlechteste und keineswegs ohne Zauber. Fortan wird die Schönheit nur noch *die Verheißung des Glücks* sein; ein Ausdruck Stendhals, wenn ich nicht irre. Die Schönheit wird die Form sein, die ein Höchstmaß an Güte, an Treue zu dem gegebenen Versprechen, an Gewissenhaftigkeit in der Einhaltung des Vertrags, an Einsicht und Einfühlung in die Verhältnisse zusichert. Die Häßlichkeit wird Grausamkeit, Raffgier, Dummheit, Lüge sein. Die meisten jungen Leute verkennen diese Dinge, und sie erfahren sie nur auf ihre Kosten. Einige von uns wissen sie heute; aber man weiß nur für sich allein. Welche Mittel könnte ich wirksam anwenden, um einen jungen Leichtfuß zu überzeugen, daß die unwiderstehliche Sympathie, die ich für die alten Frauen empfinde, diese Wesen, die viel gelitten haben durch ihre Liebhaber, ihre Gatten, ihre Kinder, und auch aus eigener Schuld, mit keinerlei sexuellem Begehren vermischt ist?

. . . .

Wenn die Idee der Tugend und der Allgemeinen Menschenliebe nicht an all unseren Vergnügungen teilhat, werden all unsere Vergnügungen sich in Qual und Reue verkehren.

26. August 1851

DIE SITTSAMEN DRAMEN UND ROMANE

Seit einiger Zeit hat auf dem Theater, und übrigens auch im Roman, ein großer Eifer für die Sittsamkeit um sich gegriffen. Die kindischen Ausschreitungen der sogenannten romantischen Schule haben eine Reaktion hervorgerufen, der man wohl den Vorwurf einer schuldhaften Ungeschicklichkeit machen darf, trotz der lauteren Absichten, von denen sie beseelt scheint. Es ist gewiß etwas Großes um die Tugend, und bis zum heutigen Tage hat kein Schriftsteller, der noch bei Verstand war, sich zu der Behauptung verstiegen, die Schöpfungen der Kunst sollten die großen Gesetze der Sittlichkeit über den Haufen stoßen. Die Frage ist demnach nur, ob die tugendhaften Schriftsteller es auch richtig angreifen, um Achtung und Liebe für die Tugend zu wecken, ob die Tugend mit den Diensten, die man ihr leistet, auch zufrieden ist.

Zwei Beispiele springen mir da gleich ins Gedächtnis. Einer der stolzesten Fürsprecher der bürgerlichen Ehrbarkeit, einer der Ritter des *gesunden Menschenverstands,* Émile Augier, hat ein Stück geschrieben, »Der Schierlingsbecher«, worin man einen jungen Menschen sieht, einen Herumtreiber, Lebemann und Saufkumpan, einen vollkommenen Epikuräer, der sich zuletzt in die reinen Augen eines jungen Mädchens verliebt. Man hat große Lüstlinge plötzlich ihren ganzen Luxus zum Fenster hinauswerfen sehen, um in der Askese und völligen Armut unbekannte herbe Wonnen zu kosten. Das wäre schön, wenn auch nicht gerade neu. Aber das überstiege das tugendhafte Fassungsvermögen des Publikums, an das Augier sich wendet. Ihm ging es, glaube ich, darum, zu beweisen, daß man sich zuletzt doch *ducken* muß, und daß die Tugend sich glücklich schätzt, die Überreste der Ausschweifung aufzunehmen.

Hören wir Gabrielle, die tugendhafte Gabrielle, gemeinsam mit ihrem tugendhaften Gatten abschätzen, wie vieler Jahre tugendhafter Knauserigkeit es in ihrem Falle bedarf, – wenn man die Zinsen beim Kapital beläßt und die Zinseszinsen mitrechnet, – um in den Genuß einer Rente von zehn bis zwanzig tausend Pfund zu gelangen. Fünf Jahre, zehn Jahre, gleichviel, *die Zahlen des Dichters* sind mir entfallen. »Dann«, so sprechen die beiden tugendsamen Eheleute: *»Nous pourrons nous donner le luxe d'un garçon!«* Bei den Hörnern sämtlicher Teufel der Unsauberkeit! bei der Seele des Tiberius und des Marquis de Sade! was werden sie denn die ganze Zeit über treiben? Muß ich meine Feder mit den Namen all jener Laster besudeln, denen zu frönen sie genötigt sein werden, um ihr tugendhaftes Programm durchzuführen? Oder hofft der Dichter etwa, diesem großen Publikum kleiner Leute aufzuschwätzen, die Ehegatten würden sich unterdes der völligen Keuschheit befleißigen? Sollte er sie etwa dazu verleiten wollen, sich bei den haushälterischen Chinesen oder bei Malthus Belehrung zu holen?

Nein, es ist unmöglich, *bei vollem Bewußtsein* einen Vers zu schreiben, der von solchen Schmählichkeiten strotzt. Nur, Augier hat sich vertan, und sein Versehen enthält seine Strafe. Er hat sich der Sprache des Kontors, der Sprache der Weltleute bedient, und glaubte, die Sprache der Tugend zu sprechen. Man versichert mir, in dem, was die Schriftsteller dieser Schule schrieben, fände man gelungene Partien, gute Verse und sogar einen gewissen Schwung. Was denn, bei Gott! entschuldigte die Vorliebe für diese Stücke, wenn sie gänzlich wertlos wären?

Aber die Reaktion behält die Oberhand, die dumme und geifernde Reaktion. Das geistsprühende Vorwort der *Mademoiselle de Maupin* stieß die bürgerliche Dummheit und Heuchelei vor den Kopf, und die freche Selbstgefälligkeit der Schule des *gesunden Menschenverstands* rächt sich für die heftigen Ausfälle der Romantik. Ja, leider! es geht hier um Rache. *Kean ou Désordre et Génie* schien das Publikum überzeugen zu wollen, daß zwischen Unordnung und Genie ein notwendiger Zusammenhang besteht, und, um sich zu rächen, tituliert Gabrielle ihren Gatten einen Dichter! *»O poète, je t'aime.«*

Ein Notar! seht sie doch nur, diese *ehrsame* Bürgerin, wie sie liebegirrend an der Schulter ihres Mannes hängt und ihm schmachtende Blicke zuwirft, wie sie es in ihren Romanen gelesen hat! Und seht sämtliche Notare im Publikum dem Autor Beifall klatschen, der sie als seinesgleichen behandelt und der sie an allen jenen armen Ludern rächt, die Schulden haben und überzeugt sind, das Handwerk eines Dichters bestehe darin, die lyrischen Regungen der Seele in einem von der Tradition bestimmten Rhythmus auszudrücken! Das ist der Schlüssel zu manch einem Erfolg.

Das begann damit, daß man sagte: *die Poesie des Herzens!* Seither geht es mit der französischen Sprache bergab, und die schlechten literarischen Leidenschaften bringen sie um ihre Genauigkeit.

Im Vorbeigehn ist hier ein Hinweis auf den Parallelismus der Dummheit angebracht, und darauf, daß die nämlichen sprachlichen Exzentrizitäten uns bei jeder der extremen Schulen begegnen. Da gibt es eine ganze Schar von Dichtern, welche die heidnische Wollust derart heruntergebracht hat, daß sie unaufhörlich Worte wie *heilig, Verzückung, Gebet,* usw. im Munde führen, um Dinge und Wesen zu bezeichnen, die nichts Heiliges oder Verzücktes an sich haben, weit gefehlt, wobei sie die Anbetung des Weibes bis zur widerwärtigsten Ruchlosigkeit hinaufsteigern. Von einem *heiligen* Erotismus gepackt, hat einer von ihnen sich gar zu dem Ausruf: *»o ma belle catholique«* hinreißen lassen. Da könnte man gleich hingehen und einen Altar mit Exkrementen beschmieren. Und das alles ist um so lächerlicher, als die Mätressen der Dichter gewöhnlich recht garstige Schlumpen sind, unter denen diejenigen, die ihnen die Suppe kochen und keinen zweiten Liebhaber bezahlen, noch die annehmbarsten sind.

Neben der Schule des *gesunden Menschenverstands* mit ihren korrekten und eitlen Bürgern hat sich ein ganzes ungesundes Völkchen von sentimentalen Frauenzimmern gebildet und ausgebreitet: Grisetten, die ebenfalls immer den lieben Gott bemühen; Lisetten, denen man um ihrer *gaîté française* willen alles durchgehen läßt; öffentliche Dirnen, die sich wer weiß wo eine engelhafte Reinheit bewahrt haben, usw.... Eine andere Abart der Heuchelei.

Man könnte die *Schule des gesunden Menschenverstands* heute auch die *Schule der Rache* nennen*. Worin besteht der Erfolg des

* Der Beiname *Schule des gesunden Menschenverstands* hat folgenden Ursprung: Als vor einigen Jahren in den Büros des *Corsaire-Satan* von dem Erfolg eines Stückes der betreffenden Schule die Rede war, entfuhr einem der Redakteure in einem Anfall literarischer Entrüstung der Ausruf: »Da gibt es wahrhaftig doch

Jerôme Paturot, dieses abscheulichen Fastnachtskehraus, wo die Dichter und Gelehrten von prosaischen Lausbuben mit Schmutz und Mehlbeuteln beworfen werden? Der friedliche Pierre Leroux, dessen zahlreiche Werke gleichsam ein Kompendium sämtlicher Formen des menschlichen Glaubens darstellen, hat erhabene und ergreifende Seiten geschrieben, die der Verfasser des *Jérôme Paturot* vermutlich niemals gelesen hat. Proudhon ist ein Schriftsteller, um den uns Europa immer beneiden wird. Victor Hugo hat doch gewiß einige schöne Strophen geschrieben, und ich sehe nicht, daß der gelehrte Viollet-le-Duc ein lächerlicher Architekt wäre. Die Rache! die Rache! Das kleine Publikum muß sich erleichtern. Die Werke sind unterwürfige Schmeicheleien an die Adresse erzürnter Sklaven.

Es gibt einige – große und schreckliche – Worte, die in der literarischen Polemik immerfort wiederkehren: die Kunst, das Schöne, das Nützliche, die Moral. Das gibt dann jedesmal ein großes Durcheinander, und da keiner die Weisheit des Philosophen besitzt, reißt jeder die Hälfte der Fahne an sich und versichert, die andere sei ohne jeden Wert. Ich werde mich hüten, mir in einem so kurzen Artikel das Ansehen eines Philosophen geben zu wollen und meine Leser dadurch zu ermüden, daß ich mich anheischig mache, absolute ästhetische Maßstäbe aufzustellen. Ich will mich nur des Dringendsten entledigen, und spreche die Sprache des gemeinen Mannes. Es ist eine schmerzliche Feststellung, daß wir bei zwei entgegengesetzten Schulen verwandten Irrtümern begegnen: bei der bürgerlichen und bei der sozialistischen Schule. »Verbessern wir die Moral! die Moral!« rufen beide mit dem Fiebereifer von Missionaren. Natürlich predigt die eine die bürgerliche und die andere die sozialistische Moral. Und damit ist Kunst nur noch eine Angelegenheit der Propaganda.

Leute, die glauben, eine Komödie würde mit gesundem Menschenverstand geschrieben.« Er wollte damit sagen: Der gesunde Menschenverstand genügt nicht, um ... usw. Der Chefredakteur, ein Mann, der an allem seinen unbefangenen Spaß hatte, fand den Vorfall so ungeheuer komisch, daß er den Ausspruch gedruckt sehen wollte. Seither bedienten der *Corsaire-Satan* und bald auch andere Zeitungen sich des Ausdrucks als eines Schmähwortes, und die jungen Leute der betreffenden Schule griffen ihn auf und schwenkten ihn wie eine Fahne, nach dem Vorbild der Sanskulotten.

Ist die Kunst nützlich? Ja. Warum? Weil sie Kunst ist. Gibt es eine schädliche Kunst? Ja. Diejenige, welche die Lebensbedingungen durcheinanderbringt. Das Laster ist verführerisch; also muß man es verführerisch darstellen; doch es hat Krankheiten und eigentümliche seelische Leiden im Gefolge; also muß man diese beschreiben. Untersucht alle Wunden wie ein Arzt, der in einem Krankenhaus seinen Dienst versieht, und die Schule des gesunden Menschenverstands, die Schule der ausschließlichen Sittlichkeit, wird keinen Anlaß zum Tadel haben. Findet das Verbrechen immer seine Strafe, die Tugend immer ihren Lohn? Nein; und dennoch, wenn dein Roman, dein Drama wohlgeraten ist, wird niemand die Lust anwandeln, gegen die Gesetze der Natur zu verstoßen. Die erste unumgängliche Voraussetzung, um eine gesunde Kunst hervorzubringen, ist der Glaube an die durchgehende Einheit. Ich möchte den sehen, der mir ein einziges Werk der Einbildungskraft ausfindig macht, das alle Bedingungen des Schönen in sich vereinigte und dabei ein verderbliches Werk wäre.
Ein junger Schriftsteller, der einige gute Sachen geschrieben hat, ließ sich eines schönen Tages von dem sozialistischen Sophisma dazu hinreißen, von einem beschränkten Standpunkt aus Balzac in der *Semaine* in bezug auf die Sittlichkeit anzugreifen. Balzac, der unter den scharfen Anschuldigungen der Heuchler viel zu leiden hatte und der dieser Frage eine große Wichtigkeit beimaß, ergriff die Gelegenheit, um sich vor zwanzigtausend Lesern zu rechtfertigen. Ich will diese beiden Artikel hier nicht noch einmal schreiben; sie sind ein Wunder an Klarheit und Aufrichtigkeit. Balzac ging sehr gründlich vor. Er begann damit, daß er mit komisch unschuldiger Gutmütigkeit seine Bücher durchging und noch einmal die Konten seiner tugendhaften Gestalten und seiner Verbrecher gegeneinander abwog. Die Tugend blieb dabei immer noch im Vorteil, trotz der Verdorbenheit der Gesellschaft, *die ich nicht geschaffen habe,* wie er sagte. Dann zeigte er, daß es wenige große Schurken gibt, deren verworfene Seele uns nicht eine tröstliche Kehrseite bietet. Nach der Aufzählung aller Strafen, welche die Übertreter des Sittengesetzes unverzüglich ereilen und sie hier schon wie mit einer irdischen Hölle umgeben, wendet er sich an die schwachen und leicht verführbaren Herzen, mit folgender War-

nung, die bei aller Düsterkeit nicht einer gewissen Komik entbehrt: »Weh Ihnen, meine Herren, wenn das Schicksal eines Loustau oder eines Lucien de Rubempré Sie zur Nachahmung reizt!«

In der Tat soll man die Laster schildern, so wie sie sind, oder sie nicht sehen. Und wenn der Leser keinen philosophischen oder religiösen Führer in sich trägt, der ihm bei der Lektüre des Buches das Geleit gibt, so ist ihm nicht zu helfen.

Ich habe einen Freund, der mir jahrelang immer wieder in den Ohren gelegen ist, ich müsse Berquin lesen. Das ist ein Schriftsteller. Berquin! ein so liebenswürdiger, gütiger Autor, ein Tröster, ein Wohltäter, ein großer Schriftsteller! Da ich als Kind das Glück oder Unglück gehabt hatte, nur dicke Bücher für die Großen zu lesen, kannte ich ihn nicht. Eines Tages, als mir von diesem Problem à la mode: die Moral in der Kunst, ganz wirr im Kopf war, spielte die Vorsehung der Schriftsteller mir einen Band Berquin in die Hände. Als erstes sah ich, daß die Kinder dort wie Erwachsene, wie Bücher redeten und daß sie ihren Eltern Moralpredigten hielten. Da haben wir eine falsche Kunst, dachte ich. Als ich aber weiterlas, gewahrte ich, daß die Bravheit dort immerfort mit Süßigkeiten überschüttet und die Bosheit unfehlbar durch die Strafe der Lächerlichkeit preisgegeben wurde. Wenn du hübsch artig bist, bekommst du ein *Zuckerl,* das ist die Grundlage dieser Sittlichkeit. Die Tugend ist die Bedingung *sine qua non* des Erfolgs. Da fragt man sich doch, ob Berquin überhaupt ein Christ war. Das ist nun gewißlich, sagte ich mir, eine schädliche Kunst. Denn, sobald der Schüler Berquins in die Welt eintritt, wird er den Satz sehr bald umkehren: Der Erfolg ist die Bedingung *sine qua non* der Tugend. Im übrigen wird das Aushängeschild des glücklichen Lasters ihn täuschen; auf die Vorschriften seines Lehrers gestützt, wird er sich in der Herberge des Lasters niederlassen und glauben, er logiere unter dem Zeichen der Sittlichkeit.

Nun denn! Berquin, M. de Montyon. M. Émile Augier und so viele andere ehrenwerte Persönlichkeiten, bei ihnen allen läuft es auf das gleiche hinaus. Sie morden die Tugend, wie M. Léon Faucher der Literatur soeben einen tödlichen Streich versetzt hat, mit seiner satanischen Verordnung zugunsten der sittsamen Theaterstücke.

Die Preise bringen Unglück. Akademische Preise, Tugendpreise, Orden, all diese Erfindungen des Teufels ermutigen die Heuchelei und hemmen die spontanen Regungen eines freien Herzens. Wenn ich einen Menschen das Kreuz beantragen sehe, ist mir jedesmal, als hörte ich ihn zu dem Herrscher sprechen: »Ja, ich habe meine Pflicht getan; wenn Sie es aber nicht aller Welt verkünden, so schwöre ich, daß ich es von nun an bleiben lasse.«

Wer hindert zwei Schurken, daß sie sich zusammentun, um den Prix Montyon zu gewinnen? Der eine simuliert das Elend, der andere die Wohltätigkeit. In einem öffentlichen Preis liegt etwas, das den Menschen und die Menschheit verletzt, und die Schamhaftigkeit der Tugend beleidigt. Ich meinerseits wollte mit keinem Menschen Freundschaft schließen, der einen Tugendpreis empfangen hätte; ich fürchtete, einen unerbittlichen Tyrannen in ihm zu finden.

Und bedarf es eines Preises für einen Schriftsteller, so findet er ihn in der Achtung seiner Mitbrüder und in der Kasse seiner Buchhändler.

In was zum Teufel mischt sich der Herr Minister? Will er Heuchelei erzeugen, damit er das Vergnügen habe, sie zu belohnen? Nun wird man in den Theatern des Boulevard nur noch Predigten hören. Wenn ein Autor Mietrückstände zu zahlen hat, wird er ein sittsames Stück schreiben; wenn er sehr hohe Schulden hat, ein engelreines Stück. Eine vortreffliche Einrichtung!

Ich werde später noch einmal auf diese Frage zurückkommen, und ich werde dann von den Versuchen zu einer Verjüngung des Theaters sprechen, die zwei große französische Geister unternommen haben, Balzac und Diderot.

DIE HEIDNISCHE SCHULE

In dem eben verflossenen Jahr hat sich etwas Bedeutsames zugetragen. Ich will nicht gerade behaupten, daß dieses Ereignis das wichtigste ist, aber eines der wichtigsten oder vielmehr eines der bezeichnendsten ist es jedenfalls.

Bei einem Festessen zum Gedenken an die Februarrevolution wurde ein Toast auf den Gott Pan ausgebracht, ja, auf den Gott Pan, und zwar von einem jener jungen Leute, die für gebildet und intelligent gelten dürfen.

»Aber«, sprach ich ihn an, »was hat der Gott Pan denn mit der Revolution zu tun?«

»Wie meinen Sie?« entgegnete er. »Aber der Gott Pan hat doch die Revolution gemacht. Er ist die Revolution.«

»Sagen Sie mal, ist er nicht schon seit langem gestorben? Mir ist doch, als hätte man über dem Mittelmeer weithin eine laute Stimme vernommen, und diese geheimnisvolle Stimme, die von den Säulen des Herkules bis zu den Gestaden Asiens erschallte, hatte der Alten Welt verkündet: DER GROSSE PAN IST TOT!«

»Das ist ein Gerücht, das man verbreitet. Böse Zungen haben es ausgestreut; aber es entspricht nicht den Tatsachen. Nein, der Gott Pan ist nicht tot! Der Gott Pan lebt noch«, sprach er und hob die Augen in höchst wunderlicher Rührung gen Himmel ... »Er wird wiederkehren.«

Er sprach von dem Gott Pan wie von dem Gefangenen auf Sankt Helena.

»Sollten Sie«, fragte ich, »demnach ein Heide sein?«

»Gewiß doch, allerdings; wissen Sie denn nicht, daß das Heidentum, das recht verstandene, auf seinen Begriff gebrachte, allein imstande ist, die Welt zu retten? Es gilt umzukehren zu den wahren Lehren, die der ruchlose Galiläer *für eine kurze Weile* verdunkelt hat. Juno selber hat mir übrigens einen huldvollen Blick zugeworfen, einen Blick, der mir bis in die Seele gedrungen ist. Ich war niedergeschlagen und mißmutig inmitten der Menge; ich sah den Festzug vorbeiziehn, und flehentlich hingen meine verliebten Augen an jener schönen Gottheit, als, sanft und seelenvoll, einer ihrer

Blicke mich traf, der mich wieder aufrichtete und mir neuen Mut einflößte.«

»Juno hat Ihnen einen ihrer kuhäugigen Blicke zugeworfen, *bôôpis éré*. – Der Arme scheint nicht ganz bei Verstand.« »Aber sehen Sie denn nicht«, mischte ein Dritter sich ein, »daß es sich um die Zeremonie des fetten Faschingsochsen handelt? Er sah alle diese rosigen Weibspersonen mit *heidnischen* Augen an, und Ernestine, die am Hippodrome angestellt ist und die als Juno figurierte, hat einen Blick schwer von Erinnerungen, einen wahren *Kuh*blick, auf ihm ruhen lassen.«

»Ernestine, meinetwegen«, sagte der Heide, den diese Bemerkung verstimmte. »Sie wollen mich ernüchtern. Aber dieser Blick hat dennoch seine Wirkung auf mein Gemüt nicht verfehlt, und ich erachte ihn als ein günstiges Omen.«

Mir scheint, solch ein überschwengliches Heidentum kann nur bei einem Menschen auftreten, der Heinrich Heine und seine von materialistischer Sentimentalität verseuchte Literatur zuviel, und schlecht, gelesen hat.

Und da mir der Name dieses berühmten Schuldigen schon einmal entschlüpft ist, soll hier sogleich einer seiner Einfälle berichtet werden, über den ich jedesmal, wenn ich daran denke, außer mir gerate. Heinrich Heine erzählt in einem seiner Bücher, wie er auf einer Wanderung, mitten im wilden Gebirge, am Rande gräßlicher Schluchten, in einer Wüstenei von Eis und Schnee, einem jener Mönche begegnet, die in Begleitung eines Hundes unterwegs sind, um verirrten Reisenden in Todesnot Beistand zu leisten. Kurz zuvor noch hatte der Autor sich in einsamen Ergüssen seines voltairianischen Hasses gegen die Pfaffen entladen. Eine Zeitlang betrachtet er den Menschenfreund, der seinem frommen Geschäft nachgeht; ein Kampf spielt sich in seiner hochmütigen Seele ab; zuletzt aber, nach einem schmerzlichen Zaudern, ergibt er sich und faßt einen schönen Entschluß: »*Gegen* den *Mann will ich nicht schreiben!*«

Welche Großmut! Die Füße in weichen Pantoffeln, am wärmenden Ofen, mit Lobpreisungen verwöhnt von einer verbuhlten Gesellschaft, tat der berühmte Herr den feierlichen Schwur, einen armen Teufel von Mönch nicht zu verleumden, dem sein Name

und seine Gotteslästerungen immer unbekannt bleiben werden, und der, im Falle der Not, ihn selber retten würde!
Nein, nie hätte Voltaire etwas so Schmähliches geschrieben. Voltaire hatte zuviel *Geschmack;* überdies war er ein Mann der Tat, und er liebte die Menschen.
Doch kehren wir zum Olymp zurück. Seit einiger Zeit hockt mir der ganze Olymp im Nacken, und das macht mir zu schaffen; die Götter purzeln mir nur so auf den Kopf, wie andern die Schornsteine. Mir ist, als träumte ich einen bösen Traum, als wirbelte ich durch die Leere und eine Unzahl hölzerner, eiserner, goldener und silberner Götzen stürzen mit mir, verfolgen mich in meinem Sturz, drängeln und stoßen mich und brechen mir Kopf und Kreuz.
Unmöglich, auch nur einen Schritt zu tun, ein Wort zu sprechen, ohne daß man auf etwas Heidentümliches stößt.
Gibt man seiner Befürchtung, seiner Trauer Ausdruck, wenn man mit ansehen muß, wie die menschliche Gattung verkümmert, wie die öffentliche Gesundheit infolge schlechter Hygiene verfällt, gleich steht da ein Dichter neben einem, der einem entgegenhält: »Wie sollen die Frauen denn schöne Kinder gebären in einem Land, wo sie einen garstigen Gehenkten anbeten!« – Ein kurioser *Fanatismus!*
In der Stadt geht es drunter und drüber. Die Läden schließen. Hastig kaufen die Frauen noch einige Vorräte ein, das Straßenpflaster wird aufgerissen, alle Herzen schlagen angstvoll und beklommen einem großen Ereignis entgegen. Das Pflaster wird bald von Blut überströmt sein. – Da begegnet dir ein Wesen, das in Seligkeit schwimmt; unter dem Arm trägt es eine Anzahl wunderlicher hieroglyphischer Schmöker. – »Und Sie«, sprichst du ihn an, »auf wessen Seite sind Sie?« – »Mein Lieber«, antwortet er mit sanfter Stimme, »ich habe soeben eine Entdeckung gemacht: hochmerkwürdige Auskünfte über die Vermählung von Isis und Osiris.« – »Hol Sie der Teufel! Mögen Isis und Osiris eine zahlreiche Nachkommenschaft zeugen und uns gestohlen bleiben!«
Die scheinbar unschuldige Narretei geht bisweilen sehr weit. Vor einigen Jahren schuf Daumier ein bemerkenswertes Werk, *L'Histoire ancienne,* das sozusagen die beste Paraphrase des berühmten Wortes darstellte: *Qui nous délivrera des Grecs et des Ro-*

mains? Daumier ist brutal über die Antike und die Mythologie hergefallen, und hat darauf gespuckt. Und der schäumende Achill, und der listenreiche Odysseus, und die brave Penelope, und Telemach, der lange Einfaltspinsel, und die schöne Helena, die Troja zugrunde richtete, und die liebeglühende Sappho, diese Schutzgöttin der Hysterikerinnen, kurzum alle und jeder standen in jener possierlichen Häßlichkeit vor uns wie die schlotterichten alten Heldendarsteller, die in den Kulissen eine Prise Tabak schnupfen. Und vor eben diesen Blättern, dieser amüsanten und wohlangebrachten *Lästerung,* habe ich einen Schriftsteller von Talent in Tränen ausbrechen sehen. Er war empört, er nannte dies eine Ruchlosigkeit. Der Arme brauchte noch eine Religion.

Manch einer hat mit seinem Geld und seinem Beifall diese bedauerliche Narretei begünstigt, die darauf hinausläuft, aus dem Menschen einen Nichtstuer und aus dem Schriftsteller einen Opiumesser zu machen.

Unter einem rein literarischen Gesichtswinkel betrachtet, ist das nichts anderes als ein ebenso überflüssiges wie wiederwärtiges Pastiche. Hat man sich nicht weidlich genug über jene naiven Pinsler lustig gemacht, die sich beeiferten, es dem *Cimabue* nachzutun; über die Schreiberlinge mit toledanischem Dolch, Degen und Wams? Und ihr unseligen Neuheiden, treibt ihr denn ein anderes Geschäft? Pastiche! Pastiche! Ihr habt wohl irgendwo eure Seele verloren, an einem verrufenen Ort, daß ihr so durch die Vergangenheit lauft wie leere Körper, die sich im Abfall der Antike eine Gelegenheitsseele zu erstöbern hoffen? Was erwartet ihr euch vom Himmel oder von der Dummheit des Publikums? Ein Vermögen, das hinreicht, Priapus und Bacchus in euren Mansarden Altäre zu errichten? Die Konsequentesten unter euch werden die größten Zyniker sein. Sie werden dem Gott Crepitus einen Altar errichten.

Wird der Gott Crepitus euch anderntags nach euren albernen Orgien einen Magentee bereiten? Wird Venus Aphrodite oder Venus Mercennaria euch die Leiden lindern, die sie euch verursacht hat? Werden all diese Marmorbilder ergebene Frauen sein, wenn es ans Sterben geht, wenn die Kräfte versagen, wenn euch die Reue überkommt? Schlürft ihr Suppen aus Ambrosia? eßt ihr parische Koteletts? Wie viel gibt man auf dem Pfandhaus für eine Leier?

Die Leidenschaft und die Vernunft verabschieden, heißt die Literatur töten. Die Anstrengungen der vergangenen christlichen und philosophischen Gesellschaft verleugnen, heißt Selbstmord begehen, heißt die Kraft und die Mittel zur Vervollkommnung von sich weisen. Sich ausschließlich mit den Verführungen der sinnlichen Kunst umgeben, heißt sich mit großer Wahrscheinlichkeit dem Untergang ausliefern. Lange Zeit, sehr lange Zeit, werdet ihr nur das Schöne, nichts als das Schöne, sehen, lieben, empfinden können. Ich nehme das Wort hier in einem eingeschränkten Verstande. Die Welt wird euch nur in ihrer stofflichen Gestalt erscheinen. Das Triebwerk, das sie in Bewegung hält, wird lange verborgen bleiben.

Möchten Religion und Philosophie doch eines Tages kommen, als hätte der Schrei eines Verzweifelten sie herbeigezwungen! Das wird immer wieder das Los der Unsinnigen sein, die in der Natur nur Rhythmen und Formen sehen. Zwar wird auch die Philosophie ihnen anfangs nur wie ein interessantes Spiel erscheinen, eine angenehme Gymnastik, eine Fechtkunst im Leeren. Wie groß aber wird ihre Strafe sein! Jedes Kind, dessen poetisches Gemüt überreizt wird, dem nicht unaufhörlich das Schauspiel des tätigen Lebens arbeitender Menschen als Antrieb vor Augen steht, das immerfort von Ruhm und Wollust reden hört, dessen Sinne Tag für Tag durch Kunstgegenstände gestreichelt, erregt, erschreckt, entflammt und befriedigt werden, wird der unglücklichste aller Menschen sein und auch die anderen unglücklich machen. Mit zwölf Jahren wird er seiner Amme unter die Röcke greifen, und wenn die Macht im Verbrechen oder in der Kunst ihn nicht über das Los der gewöhnlichen Sterblichen hinaushebt, wird er mit dreißig im Spital verenden. Unstet durchschweift seine unablässig gereizte und unbefriedigte Seele die Welt, die Welt der Beschäftigten, der harten Arbeit; sie schweift umher, sage ich, wie eine Gassenhure, und ruft: »Plastik! Plastik!« Die Plastik – dieses gräßliche Wort jagt mir eine Gänsehaut über den Rücken, – die Plastik hat diesen Menschen vergiftet, und dennoch kann er ohne dieses Gift nicht leben. Er hat die Vernunft aus seinem Herzen verbannt, und nun trifft ihn die gerechte Strafe, daß die Vernunft sich weigert, zu ihm zurückzukehren. Ein heftiger Schrecken, durch den die Natur ihn zur Ordnung riefe, wäre noch das Beste, was ihm widerfahren könnte. So nämlich lautet das Gesetz des Lebens: Wer die reinen Genüsse einer redlichen Tätigkeit verschmäht, kann nur die schrecklichen Genüsse des Lasters empfinden. Die Sünde enthält ihre Hölle, und die Natur spricht von Zeit zu Zeit zu dem Schmerz und der Not: Gehet hin und zerschmettert diesen Rebellen!

Das Nützliche, das Wahre, das Gute, das wahrhaft Liebenswürdige, dies alles wird ihm unbekannt sein. Aufgebläht von seinem ermattenden Traum, wird er die andern damit aufblähen und ermatten wollen. Er denkt nicht an seine Mutter, seine Amme; er lästert seine Freunde, oder liebt sie nur *ihrer Form wegen;* er verachtet und erniedrigt sein Weib, falls er eines hat.

Die maßlose Liebe zur Form stürzt den Menschen in namenlose Greuel der Unordnung. Von der wilden Leidenschaft für das Schöne, das Seltsame, das Hübsche, das Pittoreske verzehrt, denn es gibt da Grade und Abstufungen, verschwinden die Begriffe des Wahren und Gerechten. Die wahnwitzige Leidenschaft für die Kunst ist ein Krebs, der alles übrige zerfrißt; und da die gänzliche Abwesenheit des Wahren und Gerechten in der Kunst der Abwesenheit der Kunst gleichkommt, löst der ganze Mensch sich auf; die übermäßige Ausbildung einer einzigen Fähigkeit führt ins Nichts. Ich begreife die Wut der Ikonoklasten und Muselmanen auf die Bilder. Alle Gewissensbisse des heiligen Augustinus über die allzu große Augenlust scheinen mir gerechtfertigt. Die Gefahr ist so groß, daß ich die Vernichtung dessen, wovon sie ausgeht, verzeihlich finde. Der Wahnwitz der Kunst gleicht dem Mißbrauch des Geistes. Wo eins von diesen beiden zum höchsten Herrn erklärt wird, erzeugt dies Dummheit, Herzenshärte, maßlosen Hochmut und Egoismus. Ich erinnere mich der Worte eines Spaßvogels von Künstler, dem man ein falsches Geldstück gegeben hatte: »Das hebe ich mir für einen Armen auf.« Der Elende fand ein teuflisches Vergnügen daran, den Armen zu bestehlen und sich gleichzeitig des Vorteils zu erfreuen, für wohltätig zu gelten. Und einen anderen habe ich sagen hören: »Warum ziehen die Armen denn keine Handschuhe an, wenn sie betteln? Sie würden ein Vermögen machen.« Und wieder einen anderen: »Geben Sie dem nichts: der ist schlecht drapiert; seine Lumpen stehen ihm nicht.«

Man halte dergleichen nicht für Kindereien. Was der Mund sich zu sagen gewöhnt, gewöhnt das Herz sich zu glauben.

Ich kenne eine ganze Anzahl redlicher Menschen, die, wie ich, dieser gefährlichen Komödie überdrüssig sind; sie betrübt uns, sie drückt uns das Herz ab.

Die Literatur muß ihre Kräfte wieder in einer gesünderen Atmosphäre stählen. Die Zeit ist nicht mehr fern, wo man begreifen wird, daß jede Literatur, die sich weigert, mit Wissenschaft und Philosophie in brüderlicher Gemeinschaft zu leben, eine menschenmörderische und selbstmörderische Literatur ist.

DIE MORAL DES SPIELZEUGS

Vor vielen Jahren – vor wie vielen ist mir entfallen; das liegt in den nebelhaften Fernen der frühsten Kindheit, – durfte ich meine Mutter einmal zu einer Madame Panckoucke begleiten, der sie einen Besuch abstattete. War es die Mutter, die Frau, die Schwägerin des jetzigen Panckoucke? Ich weiß es nicht. Ich erinnere mich noch, daß sie in einem Stadthaus wohnte, einem jener sehr stillen Hôtels, wo Gras in den Ecken des Hofes wächst, in einer ruhigen Straße, der Rue des Poitevins. Dieses Haus galt als sehr gastfreundlich, und an gewissen Tagen war es von Lichterglanz und Stimmengewirr belebt. Ich habe viel von einem Maskenball erzählen hören, auf dem Alexandre Dumas, der sich damals als der junge Autor des »*Henri III*« einen Namen gemacht hatte, große Wirkung tat, zusammen mit Mademoiselle Elisa Mercœur, die er an seinem Arm führte und die als Page kostümiert war.

Ich entsinne mich noch sehr genau, daß diese Dame in Samt und Pelzwerk gekleidet war. Nach einer Weile sagte sie: »Ich will dem kleinen Knaben da etwas schenken, damit er sich meiner erinnert.« Sie nahm mich bei der Hand, und wir durchwanderten mehrere Zimmer; dann öffnete sie die Tür eines Raumes, in dem ein wahres Märchenwunderland sich vor mir auftat. Man sah keine Wände, derart waren sie von oben bis unten mit Spielzeug verkleidet. Die Decke verschwand unter einer Überfülle von Spielsachen, die wie wunderbare Stalaktiten herunterhingen. Über den Fußboden führte kaum ein schmaler Pfad, auf den man die Füße setzen konnte. Es gab da eine Welt von Spielzeug jeglicher Art, vom kostspieligsten bis zum bescheidensten, vom einfachsten bis zum kompliziertesten.

»Das hier«, sagte sie, »ist das Schatzhaus der Kinder. Ich habe ein kleines Budget, das für sie bestimmt ist, und wenn ein artiger kleiner Junge mich besuchen kommt, führe ich ihn hierher, damit er eine Erinnerung an mich mitnimmt. Und nun wähle.«

Mit jener bewundernswerten und blitzschnellen Raschheit, welche die Kinder auszeichnet, bei denen Verlangen, Überlegung und Ausführung gleichsam nur ein einziges Vermögen sind, was sie von den entarteten Erwachsenen unterscheidet, denen im Gegenteil die Überlegung fast alle Zeit wegfrißt, – bemächtigte ich mich unter dem, was mich da umgab, sofort des schönsten, des teuersten, des buntesten, des frischesten, des ausgefallensten Stückes. Meine Mutter erhob lauten Einspruch gegen meine Unbescheidenheit und wollte um keinen Preis zulassen, daß ich es mitnähme. Wenn es nach ihr gegangen wäre, hätte ich mich mit einer armseligen Nichtigkeit zufrieden geben sollen. Aber ich konnte mich nicht damit abfinden, und, um es allen recht zu machen, begnügte ich mich schließlich mit etwas, das zwischen beiden die Mitte hielt.

Oft schon habe ich mir ausgemalt, was aus all jenen *artigen kleinen Jungen* geworden sein mag, die, nachdem sie nun eine gehörige Strecke des grausamen Lebens hinter sich haben, seit langem schon mit anderen Dingen als mit Spielsachen umgehen, und die seinerzeit in sorglosen Kindertagen eine Erinnerung aus dem Schatzhaus der Madame Panckoucke mitgenommen haben.

Dieses Abenteuer ist auch der Grund, warum es mir unmöglich ist, vor einem Spielzeugladen stehen zu bleiben und meine Blicke über das unentwirrbare Durcheinander seiner seltsamen Formen und wilden Farben schweifen zu lassen, ohne an die Dame in Samt und Pelzwerk zu denken, die mir wie die Spielzeugfee vorkommt.

Übrigens habe ich niemals meine Zuneigung und Bewunderung – eine Bewunderung, die sich wohl begründen ließe, – für diese seltsamen Gebilde verloren, die in ihrer blanken Sauberkeit, ihrer blitzenden Buntheit, durch die gewaltsamen Gebärden, die Entschiedenheit ihres Umrisses den Vorstellungen der Kindheit von dem, was schön ist, so sehr entsprechen. In einem großen Spielzeugladen herrscht eine ungewöhnliche Fröhlichkeit, um deretwillen er jeder schönen bürgerlichen Wohnung vorzuziehen ist. Findet man dort nicht das ganze Leben in Miniatur, nur sehr viel farbiger, sauberer und funkelnder als das wirkliche Leben? Man erblickt dort Gärten, Theater, schöne Toiletten, Augen rein wie der Diamant, Backen, auf denen die Schminke glüht, reizende Spitzen, Kutschen, Pferde- und Viehställe, Trunkenbolde, Charlatane, Bankiers, Komödianten, Polichinellen, blitzend wie ein Feuerwerk, ganze Küchen, und ganze Armeen in Reih und Glied, mit Reiterei und Geschützen.

Alle Kinder sprechen mit ihren Spielsachen; die Spielsachen werden Akteure in dem großem Drama des Lebens, wie es sich ihnen in der *camera obscura* ihres kleinen Gehirns darstellt. Durch ihre Spiele bekunden die Kinder ihr hohes Abstraktionsvermögen und ihre lebhafte Einbildungskraft. Sie spielen ohne Spielzeug. Ich will hier nicht von den kleinen Mädchen reden, welche die gnädige Frau spielen, einander Visiten abstatten, sich ihre Kinder vorstellen und von ihren Toiletten reden. Die armen Kleinen eifern ihren Müttern nach: sie präludieren ihrer künftigen unsterblichen Albernheit, und keines von ihnen, das weiß ich gewiß, wird je meine Frau werden. – Aber die Post, das ewige Drama der Post, das mit Stühlen gespielt wird: Stühle, die die Postkutsche, Stühle, die die Pferde, Stühle, die die Reisenden sind; nur der Postillon ist ein lebendiges Wesen! Das Gespann rührt sich nicht vom Fleck, und doch verschlingt es mit glühender Geschwindigkeit weite Länderstrecken. Welche Einfachheit der Inszenierung! Wäre sie nicht geeignet, die ohnmächtige Phantasie dieses blasierten Publikums zu beschämen, das an den Bühnenkünstler die Forderung nach sinnlicher und mechanischer Vollendung erhebt, und nicht begreift, daß Shakespeares Stücke auch bei einer Ausstattung von barbarischer Einfachheit nichts von ihrer Schönheit einbüßen?
Und die Kinder, die Krieg spielen! Nicht in den Tuilerien mit echten Gewehren und echten Säbeln; ich spreche von dem einsamen Kind, das für sich allein zwei Armeen lenkt und in den Kampf führt. Die Soldaten mögen Korken, Dominosteine, Brettspielfiguren oder Knöchelchen sein; es wird Tote geben, Friedensverträge, Geiseln, Gefangene, Kontributionen. Ich habe bei mehreren Kindern festgestellt, daß sie des Glaubens waren, über Niederlage oder Sieg im Kriege entscheide die mehr oder minder hohe Zahl der Toten. Später, wenn sie, am Leben der Gesamtheit beteiligt, um nicht zu unterliegen, selber zu siegen genötigt sind, werden sie wissen, wie unsicher ein Sieg ist, und daß er nur dann ein wahrer Sieg ist, wenn er gleichsam der Gipfel eines abschüssigen Geländes ist, über das die Armee fortan mit wunderbarer Raschheit dem Feind nachsetzt, oder auch der erste feste Punkt, von dem aus es immer weiter und weiter geht.
Diese Leichtigkeit, seine Phantasie zufriedenzustellen, zeugt von

der Spiritualität des Kindes in seinen künstlerischen Vorstellungen. Das Spielzeug ist die erste Einweihung in die Kunst, oder vielmehr das erste, worin Kunst sich für das Kind verwirklicht, und die vollendeteren Werke, denen es als reifer Mann begegnen wird, werden in seinem Geist weder das gleiche Feuer, noch die gleiche Begeisterung oder den gleichen Glauben wecken.
Man versuche doch einmal, sich diesen ungeheuren *mundus* des Kindes zu vergegenwärtigen, man bedenke das barbarische Spielzeug, das primitive Spielzeug, bei dem es für den Hersteller darum ging, ein möglichst getreues Bild mit Mitteln zu verfertigen, die möglichst wenig Kosten verursachten: zum Beispiel der Hampelmann, den ein einziger Faden in Bewegung setzt; die Schmiede, die ihre Hämmer auf einen Amboß niedergehen läßt; das Pferd und sein Reiter aus drei Teilen, vier Gelenken für die Beine, wobei der Schwanz ein Pfeiflein bildet und der Reiter bisweilen, ein großer Luxus! eine kleine Feder trägt; – das Spielzeug für fünf, für zwei, für einen Groschen. – Glaubt ihr wohl, diese einfachen Gebilde schüfen im Gemüt des Kindes eine mindere Wirklichkeit als jene aufwendigen Neujahrsgeschenke, die eher eine Huldigung kriecherischer Schmarotzer an den Reichtum der Eltern darstellen, als ein Geschenk für die kindliche Poesie?
So ist das Spielzeug des Armen. Wenn du morgens das Haus verläßt, fest entschlossen, einen weiten einsamen Spaziergang auf den Straßen vor der Stadt zu unternehmen, so fülle deine Taschen mit diesen kleinen Erfindungen, und längs den Schenken, am Fuß der Bäume, verehre sie den unbekannten armen Kindern, die du unterwegs antriffst. Mit weitaufgerissenen Augen werden sie zuerst nicht zuzugreifen wagen; ihr Glück kommt ihnen nicht geheuer vor. Dann schlagen sie ihre Hände rasch um das Geschenk und nehmen reißaus, wie die Katzen tun, die sich mit einem Stück Fleisch, das man ihnen zuwarf, davonmachen, um es abseits zu verzehren, da sie den Menschen zu mißtrauen gelernt haben.
Was übrigens das Spielzeug des Armen betrifft, so habe ich einmal etwas noch Einfacheres, doch auch noch Traurigeres als das Groschenspielzeug gesehen, – ein lebendiges Spielzeug. An einer Landstraße, hinter dem Gitter eines schönen Gartens, an dessen Ende man ein hübsches Schloß erblickte, stand ein schönes, frisches

Kind, allerliebst herausgeputzt in seinem ländlichen Kostüm. Der Luxus, die Sorglosigkeit und der gewohnte Anblick des Reichtums verleihen diesen Kindern ein so hübsches Aussehen, das man glauben sollte, sie wären nicht aus dem gleichen Stoff gemacht wie die Kinder kleiner Leute oder der Armen. Neben ihm lag ein prächtiges Spielzeug im Grase, ebenso frisch wie sein Besitzer, lackiert, vergoldet, in einem schönen Kleid, mit kleinen Federbüscheln und Glasketten geschmückt. Doch das Kind schenkte seinem Spielzeug keinerlei Beachtung; etwas anderes hatte es ihm angetan: jenseits des Gitters, auf der Landstraße, zwischen Disteln und Nesseln, stand ein anderes Kind, schmutzig, ein schmächtiges Bürschchen, von jener Sorte, bei welcher der Rotz sich langsam zwischen Staub und Dreck einen Weg bahnt. Durch dieses symbolische Gitter hindurch zeigte der arme Knabe dem reichen sein Spielzeug, das dieser mit begehrlichen Blicken betrachtete, wie eine nie gesehene Seltenheit. Dieses Spielzeug aber, das der kleine Schmutzfink in einem vergitterten Kasten neckte, schwenkte und schüttelte, war eine lebendige Ratte. Aus Sparsamkeit wohl hatten die Eltern sein Spielzeug dem Leben selbst entnommen.

Ich glaube, daß von den Kindern gewöhnlich eine Wirkung auf ihr Spielzeug ausgeht, mit anderen Worten, daß ihre Wahl von freilich unbestimmten, unausgesprochenen, doch höchst wirklichen Anlagen und Wünschen gelenkt ist. Dennoch möchte ich nicht behaupten, daß nicht auch das Umgekehrte stattfände, das heißt, das von dem Spielzeug keine Wirkung auf das Kind ausginge, zumal wenn diesem eine Zukunft als Schriftsteller oder Künstler bestimmt ist. Es wäre nicht verwunderlich, wenn ein solches Kind, dem seine Eltern hauptsächlich allerlei Theater schenkten, damit es auch allein dem Vergnügen an Schauspiel und Marionetten nachgehen könnte, sich schon daran gewöhnte, das Theater als die köstlichste Gestalt des Schönen zu betrachten.

Es gibt eine Art Spielzeug, das sich seit einiger Zeit zu vermehren trachtet, und von dem ich weder Gutes noch Böses zu sagen habe. Ich meine das wissenschaftliche Spielzeug. Der Hauptfehler dieses Spielzeugs ist der hohe Preis. Aber diese Spielsachen können lange unterhalten, und im Geist des Kindes die Lust an wunderbaren und überraschenden Wirkungen entwickeln. Das Stereoskop, daß ein flaches Bild erhaben erscheinen läßt, gehört zu dieser Sorte. Es ist schon seit einigen Jahren verbreitet. Das ältere Phenakistikop ist weniger bekannt. Man stelle sich eine beliebige Bewegung vor, einen Tanz zum Beispiel oder einen Jonglierakt, der in eine gewisse Anzahl von Einzelbewegungen unterteilt und zerlegt ist; man stelle sich ferner vor, jedes dieser Einzelbewegungen – insgesamt etwa zwanzig – sei durch eine volle Gestalt des Jongleurs oder Tänzers dargestellt, und zwar derart, daß alle diese Zeichnungen sich über einen kreisförmigen Kartonstreifen hinziehen. Man befestige diesen Kartonreif, ebenso wie einen darüber angebrachten, in regelmäßigen Abständen von zwanzig Öffnungen durchbrochenen zweiten Streifen auf einem Zapfen am Ende eines Griffes, den man so hält, wie man die Augen vor allzu grellem Feuer abschirmt. Die zwanzig kleinen Figuren, deren jede eine der zwanzig Einzelbewegungen einer einzigen Figur darstellt, spiegeln sich in einem in der Blickrichtung des Betrachters angebrachten Spiegel. Man halte sein Auge in Höhe der kleinen Öffnungen und versetze die Kartonstreifen in eine rasche Umdrehung. Die Geschwindigkeit der Kreisbewegung verwandelt die zwanzig Öffnungen in eine einzige ringförmige, durch die hindurch man im Spiegel zwanzig tanzende Gestalten erblickt, die einander völlig gleichen und deren jede mit phantastischer Genauigkeit dieselbe Bewegung vollführt. Jede dieser kleinen Gestalten hat von den neunzehn anderen profitiert. Sie kreist auf dem Kartonstreifen, und ihre Geschwindigkeit macht sie unsichtbar, im Spiegel hingegen, durch die kreisende Öffnung betrachtet, vollführt sie an Ort und Stelle die sämtlichen, auf die zwanzig Gestalten verteilten Bewegungen. Die Anzahl der Bilder, die man derart hervorrufen kann, ist unendlich.

Ich möchte noch einiges anmerken über die Art und Weise, wie Kinder mit ihrem Spielzeug umgehen, und über die Einstellung der Eltern zu dieser erregenden Frage. – Es gibt Eltern, die ihren Kindern überhaupt kein Spielzeug geben wollen. Das sind ernste, würdige, über die Maßen ernste und würdige Personen, denen das Studium der Natur fremd geblieben ist, und die gemeinhin alle Leute in ihrer Umgebung unglücklich machen. Ich weiß nicht, warum ich mich der Vorstellung nicht erwehren kann, sie müßten

Erzprotestanten sein. Sie kennen und dulden keinerlei poetischen Zeitvertreib. Das sind dieselben Leute, die einem Armen einen Franc geben würden, unter der Bedingung, daß er sich mit Brot vollstopfte, und die ihm jederzeit zwei Groschen verweigern würden, um in der Schenke seinen Durst zu löschen. Wenn ich mir eine gewisse Sorte übervernünftiger und antipoetischer Personen vorstelle, unter denen ich so sehr gelitten habe, fühle ich immer wieder, wie der Haß meine Nerven zwickt und schüttelt.

Es gibt andere Eltern, welche die Spielsachen für Gegenstände der stummen Anbetung halten; es gibt Anzüge, die man doch wenigstens sonntags anlegen darf; die Spielsachen aber sollen noch ganz anders geschont werden! Kaum hat ein Freund des Hauses dem Kind seine Gabe in die Schürze gelegt, so stürzt die grimmige und haushälterische Mutter sich darauf, verschließt es in einen Schrank, und sagt: *»Das ist zu schön für dein Alter; wenn du groß bist, darfst du es haben!«* Einer meiner Freunde hat mir gestanden, daß er niemals mit seinen Spielsachen spielen durfte. »Und als ich groß war«, setzte er hinzu, »hatte ich anderes zu tun.« – Übrigens gibt es auch Kinder, die von sich aus das gleiche tun: sie benutzen ihre Spielsachen nicht, sie schonen sie, stellen sie ordentlich auf, machen Bibliotheken und Museen daraus, und zeigen sie von Zeit zu Zeit ihren kleinen Freunden, mit der Bitte, *sie nicht zu berühren.* Es fiele mir schwer, solchen *frühen Erwachsenen* nicht zu mißtrauen.

Die meisten Kleinen wollen vor allem *die Seele sehen,* die einen nach einiger Zeit des Spielens, die anderen *auf der Stelle.* Von dem früheren oder späteren Auftreten dieses Verlangens hängt die mehr oder minder große Langlebigkeit des Spielzeugs ab. Ich habe nicht das Herz, diese Manie der Kinder zu tadeln: sie ist eine erste metaphysische Regung. Sobald dieses Verlangen sich des kindlichen Hirnmarks bemächtigt hat, verleiht es den Fingern und Nägeln eine seltsame Behendigkeit und Stärke. Das Kind dreht und wendet sein Spielzeug, kratzt daran, stößt es gegen die Wände, wirft es auf den Fußboden. Von Zeit zu Zeit läßt es dessen mechanische Bewegungen wieder abschnurren, manchmal im Gegensinne. Das wunderbare Leben steht still. Wie das Volk, das die Tuilerien belagert, unternimmt das Kind eine letzte Anstrengung;

endlich bricht es das Spielzeug auf, es ist der Stärkere. Aber *wo ist die Seele?* Hier beginnen dann die Bestürzung und die Trauer.
Es gibt andere, die ihr Spielzeug sogleich zerbrechen, kaum daß man es ihnen in die Hände gelegt hat, kaum daß sie es eines Blickes gewürdigt haben; was diese betrifft, so gestehe ich, daß ich nicht ahne, welche geheimnisvolle Regung sie dazu treibt. Überfällt sie ein abergläubischer Zorn auf diese kleinen Gegenstände, die die Menschenwelt nachahmen, oder unterwerfen sie das Spielzeug einer Art freimaurerischer Prüfung, ehe sie ihm den Zutritt in das kindliche Leben verstatten? – *Puzzling question!*

DA ES IHN DENN SCHON EINMAL GIBT, DEN REALISMUS ...

Champfleury hat dem Menschengeschlecht einen Possen spielen wollen.

»Gesteh es nur, du verdorbenes Kind, du hast deinen Spaß an der allgemeinen Verwirrung, und sogar an der Mühe, die mich dieser Artikel kostet.«

Geschichte des Wortes und seiner Erfindung.

Erster Besuch bei Courbet. (Zu jener Zeit maß Champfleury den Künsten eine ungeheure Bedeutung bei. Er hat sich seither geändert.)

Was Courbet damals war.

Analyse des *Courbet* und seiner Werke.

Champfleury hat ihn vergiftet. – Er träumte von einem Wort, einer Fahne, einer *blague,* einer Parole, oder einer Losung, um das Feldgeschrei »Romantik« zu übertreffen. Er glaubte, es müsse immer eines dieser magisch wirkenden Worte geben, deren Sinn nicht recht festzustellen ist.

Indem er das, *was er für sein Verfahren hält* (denn er ist von Natur kurzsichtig), allen Geistern aufnötigte, ließ er seinen Spreng- und Schreckschuß losgehen.

Courbet seinerseits ist der unbeholfene Macchiavell dieses Borgia geworden, im Sinne von *Michelets* Geschichtsauffassung, – Courbet hat aus einem harmlosen Possen eine Theorie entwickelt, mit einem kompromittierenden Ausmaß an Überzeugtheit.

Teller, auf die ein Hahn gemalt ist.

Gravüren, die mit einem Nagel gestochen sind.

Courbets und Bonvins familiäre, bäuerliche Sujets.

Der Übersetzer Hebels.

Pierre Dupont.

Dementsprechend dann die Verwirrung im Geist des Publikums.

War das Märchen erst einmal in die Welt gesetzt, mußte man auch daran glauben.

Er, der Musiker des Gefühls, mußte an den Straßenecken den Schwengel seines Leierkastens drehen.

Eine wenig standfeste Schaustellung herumführen, die er immer wieder durch schlechte philosophische Pflöcke abstützen mußte.
Darin liegt die Strafe.
Champfleury trägt seinen Realismus mit sich.
Prometheus hat seinen Geier.
(Nicht weil er das Feuer vom Himmel herabgeholt hat, sondern weil er das Feuer dort vermutete, wo es nicht ist, und anderen den Glauben aufgeschwätzt hat.)
In der Affäre Courbet: Préault, der eines Tages vielleicht ...
Sein Zorn, seine Empörung daraufhin, ein prächtiger Anblick.
Mme Sand. Castille. (Champfleury bekam es mit der Angst zu tun.) Aber Gaffer gibt es überall.
Seither Realismus – bäuerlich, plump, ja grobschlächtig, flegelhaft.
In Champfleury, dem Dichter *(Les deux Cabarets d'Auteuil, La Lettre à Colombine, der Strauß des Armen),* steckt etwas von einem Spaßvogel. Möge dieses Etwas ihm noch lange erhalten bleiben, weil es ihm Vergnügen bereitet, und vielleicht beruht auch ein Teil seiner Begabung darin. – Ein Blick à la Dickens, der Nachttisch der Liebe. Wenn die Dinge ihm einen etwas phantastischen Anblick bieten, so kommt das daher, daß er die Augen zusammenkneift, weil er etwas kurzsichtig ist. – Weil er alles bis in die kleinste Einzelheit untersucht, glaubt er einer äußeren *Realität* habhaft zu werden. Demzufolge dann *Realismus,* – er will uns aufschwätzen, was er für sein Verfahren hält.
Dennoch, *if at all,* wenn Realismus einen Sinn hat – Ernsthafte Erörterung.
Jeder gute Dichter war stets *Realist.*
Gleichung zwischen Eindruck und Ausdruck.
Aufrichtigkeit.
Man nehme Banville als Beispiel.
Die schlechten Dichter sind jene, die ...
Schablonen.
Ponsard.
Übrigens, letzten Endes war Champfleury entschuldbar; zur Verzweiflung getrieben durch die Dummheit, die Schablonen, und den »gesunden Menschenverstand«, suchte er nach einem Feldzei-

chen, unter dem sich die Liebhaber der Wahrheit zusammenschließen könnten.

Doch dann nahm die Sache eine schlimme Wendung. Übrigens befindet jeder, der eine Partei gründet, sich unvermeidlich in schlechter Gesellschaft.

Es kam zu den lächerlichsten Irrtümern und Mißverständnissen. Auch mir gegenüber hieß es, man habe mir die Ehre erwiesen ..., obwohl ich alles in meiner Macht Stehende getan habe, um diese Bezeichnung nicht zu verdienen.

Ich wäre zudem – wie ich die Partei wissen ließ, – ein enttäuschendes Angebinde. Es fehlt mir gänzlich an Überzeugung, Gehorsam und Dummheit. Für *uns* eine *blague.* – Champfleury, ein Hierophant. Aber die Menge.

Die Poesie ist das Wirklichste, was es gibt, das, was nur in *einer anderen Welt* ganz wahr ist. – Diese Welt hier, – ein hieroglyphisches Diktionär.

Von alledem wird nicht mehr bleiben als eine große Erschöpfung für den Hexenmeister, den Vaucanson, dem sein eigener Automat zu schaffen macht, den unseligen Champfleury, ein Opfer seines *cant,* seiner diplomatischen Pose, – und eine ganze Anzahl solcher, die sich am Narrenseil führen ließen, deren rasche und wiederholte Fehlurteile die Literaturgeschichte ebenso wenig interessieren, wie die Menge die Nachwelt interessiert.

(Zu untersuchen: Courbets Natur, sein Talent, und seine Moral.)
Courbet als Retter der Welt.

SCHRIFTEN ZUM THEATER

DON JUANS ENDE

Drama

Die Hauptpersonen sind: DON JUAN, der der Langeweile und der Schwermut verfallen ist; – SEIN ERSTER DIENER, ODER VERWALTER, dem ich einen anderen Namen als Leporello oder Sganarell geben möchte, ein kalter, verständiger und vulgärer Mensch, der unablässig Tugend und Sparsamkeit im Munde führt; er liebt es, diese beiden Vorstellungen miteinander zu verbinden; – er hat eine Art Verstand à la Franklin. Er ist ein Schuft wie Franklin. Er ist die künftige Bourgeoisie, die den sinkenden Adel bald verdrängen wird. Im übrigen verabscheut dieser Verwalter seinen Herrn und vor allem den Sohn seines Herrn. In der Leitung der Geschäfte seines Herrn hat er sich ein Vermögen erworben, er verabscheut ihn der kaum verhohlenen Verachtung wegen, die dieser für seinen Verwalter, und für das Geld, an den Tag legt. Juan, der Sohn, ist ein frühreifer Abklatsch seines Vaters, und da der Diener unter ihm viel zu leiden hatte, erklärt dies seinen zweiten Haß, der mit dem ersten eins ist. – EINE JUNGE TÄNZERIN ZIGEUNERISCHER ABKUNFT, SOLEDAD oder TRINIDAD, die Don Juan entführt und aufgezogen hat, die er protegiert, und der, trotz des Altersunterschieds, nichts schöner, nichts liebenswürdiger vorkommt und die nichts kennt, das ihr größeren Stolz einflößte, als ihr Liebhaber. – DON JUANS SOHN, ein Ausbund von Lasterhaftigkeit und Liebenswürdigkeit, von seinem Vater erzogen und gebildet. Geben wir ihm etwa siebzehn Jahre. Wichtig ist, daß diese Rolle von einer Frau gespielt wird. Warum, wird sich zeigen, wenn ich zu den Szenen komme, wo diese Rolle sich in ihrem vollem Glanze zeigt. – EINE JUNGE DEUTSCHE PRINZESSIN, Don Juans künftige Gemahlin, nachdem er Witwer geworden ist, – DER KÖNIG VON SPANIEN – EINE ALTE ZIGEUNERIN – DIEBE – ZIGEUNER – TÄNZERINNEN – EINIGE SCHÖNE FRAUEN, die zu Don Juans Dienerschaft gehören, unter denen jeder eine besondere Aufgabe zufällt, die Wäschekammer, die Aufsicht über das Gesinde, usw. ... – DAS STANDBILD DES KOMTURS – ein phantastischer, grotesker und gewalttätiger Koloß

nach englischer Manier, – CATILINAS SCHATTEN – EIN ENGEL, der an Don Juan Anteil nimmt.
Das Drama beginnt wie Goethes *Faust*. Don Juan streift mit seinem Diener IN DER STADT UND AUF DEM LANDE umher. Er ist in vertrauensseliger Laune, – und er spricht von seiner tödlichen Langeweile, von der für ihn unübersteigbaren Schwierigkeit, eine neue Beschäftigung oder neue Genüsse zu finden. Er gesteht, daß er bisweilen Wesen, die weit unter ihm stehen, um ihr einfältiges Glück beneidet. Diese vorübergehenden Bürger in Begleitung ihrer Frauen, die ebenso dumm und vulgär sind wie sie selber, haben Leidenschaften, um deretwillen sie leiden oder glücklich sind. Diese Schiffer sind zu beneiden, trotz ihrer groben Nahrung, ihrer Unwissenheit, ihrer rauhen Kleidung und ihrer anstrengenden Arbeit. Der Genuß beruht nicht auf den Eigenschaften der Dinge, sondern auf der Kraft, mit der man sie begehrt.
Als Antwort gibt der Diener ein paar Gemeinplätze von sich, die seines beschränkten Verstandes würdig sind, – wie unbegreiflich er es fände, daß Monsieur unglücklich sei, mit einem so großen Namen, einem so großen Vermögen; er, ein armer Teufel, der dennoch ein Mensch wäre, wüßte schon, wie man mit weniger glücklich sein könnte, usw. ...
»Siehst du die Zigeuner und die Eselsdiebe dort, welche die Polizisten vor sich hertreiben? Sie sind in großer Gefahr; und doch möchte ich wetten, daß sie ihre glücklichen Augenblicke haben, die ich nicht kenne. Ich hätte in der Tat Lust, mich dessen zu vergewissern. Die Gegend ist einsam, wie wär's, wenn wir den braven Leuten zu Hilfe kämen, und wenn wir die Polizei mit Prügeln davonjagten, – wir könnten sie näher kennenlernen. Diese seltsame Rasse hat für mich den Reiz des Unbekannten.«
»Ach, Monsieur«, sagt der Diener, »es gibt keinen zweiten Diener in Spanien, dem sein Herr so seltsame Abenteuer zumutet wie diejenigen, in die Ihr mich verwickeln wollt. Euer Wille geschehe. Welche wunderliche Unterhaltung für einen hohen Herrn, sein Leben für die Rettung von ein paar Gaunern aufs Spiel zu setzen.«

LAGER DER ZIGEUNER IM GEBIRGE

Plan zu dem Theaterstück
»DER TRUNKENBOLD«
Ein Brief Baudelaires
an den Schauspieler Jean-Hippolyte Tisserant

Paris, den 28. Januar 1854

Sie haben mir, mein lieber Monsieur Tisserant, einen Brief geschrieben, der einen gehörigen Packen Komplimente enthält. Warten Sie damit lieber, bis ich Sie auch verdient habe. – Wir werden später sehen, ob mich zu loben Veranlassung besteht; im übrigen bin ich mir wohl bewußt, daß ich mich selber – und dies wird dann zugegebenermaßen auf Ihr Betreiben hin geschehen sein – einer großen Prüfung unterziehen werde. – Sehr bald schon werde ich in Erfahrung gebracht haben, ob ich imstande bin, ein brauchbares Bühnenstück zu konzipieren. – Aus diesem Anlaß und um Sie über den Stand dieser Konzeption zu unterrichten, schreibe ich Ihnen diesen längeren Brief, den Ihnen zu schreiben ich schon seit mehreren Tagen beabsichtigte, und den ich von einem Tag auf den andern verschob.

– Als erstes gestatten Sie mir, Ihnen etwas zu sagen, das losgeworden zu sein mich sehr erleichtern wird, da es schon an Unverschämtheit grenzt, und gesetzt selbst, daß wir beide Weise wären, so kennen wir uns doch erst seit kurzem. – Meine Artikel, meine unseligen, meine verfluchten Artikel scheinen sich mir unter der Hand in die Länge zu ziehen, ich habe noch einige Tage Arbeit vor mir, ich kann nicht von meinem Tisch weg, ohne daß ich Gefahr liefe, den glückseligen Augenblick noch weiter hinauszuschieben, an dem ich dieser Sorge entledigt wäre und an dem ich vor allem eine größere Summe dafür in Empfang nähme. *Ich habe* buchstäblich *keinen Pfennig mehr;* 20, 25 Francs bedeuten für mich, wenn ich wie jetzt eingeschlossen bin, eine Woche. Falls diese, wie sich von selbst versteht, Ihren Beutel nicht zu sehr belasten, – Sie bekämen das Geld bald zurück, *vielleicht* in den ersten Tagen des Februar, – und – sollten Sie in Ihrer Liebenswürdigkeit ein Äußerstes tun wollen, – so kämen Sie, statt den Betrag diesem Mann zu übergeben, selber her und brächten ihn – und besuchten mich, –

dann *vor allem,* wenn Sie kein Geld haben. Ein guter Besuch ist, wenn man eingeschlossen lebt, – die beste Zerstreuung.
Ich komme auf unsere Angelegenheit zurück, die mir am Herzen liegt; ich wünschte sehr, es käme zu einem guten Einvernehmen zwischen uns, – ich fühle, daß ich Ihrer bedürfen könnte, und ich glaube, in gewissen Fällen sind Sie vermutlich besser als ich in der Lage, das Mögliche vom Unmöglichen zu unterscheiden.
– Obwohl es von Wichtigkeit ist, – habe ich mir über den Titel noch keine Gedanken gemacht; – DER BRUNNEN? DIE TRUNKSUCHT? DER HANG ZUM BÖSEN? USW.
Als mich dieser Stoff zu beschäftigen begann, war die erste Frage, die ich mir vorlegte, diese: Welcher Klasse, welchem Beruf soll die Hauptperson des Stückes angehören? – Ich entschloß mich für einen schweren, rauhen, trivialen Beruf. Den BALKENSÄGER. Was mich fast dazu genötigt hat, war ein Chanson, das zu einer tieftraurigen Melodie gesungen wird und das auf dem Theater, meine ich, eine großartige Wirkung tun müßte, wenn wir den gewöhnlichen Arbeitsplatz des Balkensägers auf die Bühne bringen, und vor allem, wenn ich, wozu ich die größte Lust habe, im dritten Akt das Tableau einer *goguette lyrique* oder einer *lice chansonnière* entfalte. Dieses Chanson hat etwas seltsam Grimmiges und Rauhes an sich. Es beginnt:

Rien n'est aussi-z-aimable, –
Fanfru-Cancru-Lon-La-Lalira –
Rien n'est aussi-z-aimable
Que le Scieur de Long.

Und das Beste ist, daß es fast prophetisch ist, es kann das *Lied vom Weidenbaum* unseres Volksschauspiels werden. Zuletzt wirft der so liebenswürdige Balkensäger seine Frau ins Wasser, dann spricht er, und die Angeredete ist ein *Meerfräulein* (was für ein wunderlicher Einfall! ich nehme an, es ist von der Wasserflut die Rede und von ihrer Musik, denn an dieser Stelle hat das Chanson bei mir eine Lücke):

Chante, Sirène, chante,
Fanfru-Cancru-Lon-La-Lalira –

Chante, Sirène, chante,
T'as raison de chanter,

Car t'as la mer à boire,
Fanfru-Cancru-Lon-La-Lalira –
Car t'as la mer à boire
Et ma mie à manger!

Ich muß an jemand aus der Gegend schreiben, um diese Lücke zu füllen und um die Melodie aufschreiben zu lassen.

Mein Balkensäger ist ein Träumer, ein Nichtstuer, er hat Höheres im Kopf, oder glaubt, es darin zu haben, das über sein eintöniges Handwerk hinausliegt, und wie alle Träumer und Faulenzer betrinkt er sich.

Die Frau soll hübsch sein. – Ein Muster an Sanftmut, Geduld und *Verständigkeit.*

Das Tableau der *goguette* soll die lyrischen Instinkte des Volkes zeigen, in ihrer häufigen Komik und Unbeholfenheit. – Früher habe ich die *goguettes* besucht, – ich werde wieder hingehen müssen. – Oder vielmehr, wir werden sie gemeinsam aufsuchen, – vielleicht fänden wir dort sogar ein paar Proben der Volkspoesie, die wir, so wie sie sind, übernehmen könnten. Außerdem dient dieses Tableau uns zu einer Erholung in all dem Jammer und Schrecken.

Ich will Ihnen hier kein ins einzelne gehendes Szenario entwerfen, da ich Ihnen in ein paar Tagen eines nach den Regeln der Kunst aufstellen werde; dieses werden Sie dann einer näheren Prüfung unterziehen, die mir helfen soll, einige Ungeschicklichkeiten zu vermeiden. Hier und heute also nur einige Hinweise.

Die beiden ersten Akte bringen Szenen des Elends, der Arbeitslosigkeit, häuslicher Zwistigkeiten, – der Trunkenheit und der *Eifersucht.* Wozu dieses neue Element dienlich ist, wird sich alsbald zeigen.

Der dritte Akt, *Die Goguette* – wo seine Frau, von der er getrennt lebt, und die sich um ihn Sorgen macht, ihn aufsucht. – Dort nötigt er sie zu einem abendlichen Stelldichein für den folgenden Tag, – einen SONNTAG.

Der vierte Akt. Das Verbrechen – sorgfältig vorausbedacht und geplant. – Wie es begangen wird, will ich noch näher ausführen.
Der fünfte Akt. – (In einer anderen Stadt.) Die Auflösung: der Schuldige verrät sich selber unter dem Druck des Grauens. – Wie finden Sie das? Wie oft haben ähnliche Fälle mich betroffen gemacht, wenn ich die *Gazette des tribunaux* las!
Sie sehen, wie einfach das Stück ist. Keinerlei Verwicklungen, keine Überraschungen. Nichts als die Folgen eines Lasters, und was sich eines um das andere aus einer gegebenen Situation ergibt.
Ich führe noch zwei weitere Personen ein:
Eine Schwester des Balkensägers, ein Geschöpf, das in Bänder, in Fünfgroschenschmuck vernarrt ist, das sich in Vorstadtkneipen und Tanzlokalen herumtreibt; – ohne jedes Verständnis für die christliche Tugend ihrer Schwägerin. – Der Typ der frühreifen Pariser Verdorbenheit.
Ein junger Mann, – ziemlich reich, – einem höheren Berufsstand angehörend, – ernstlich verliebt in die Frau unseres Arbeiters, – doch redlich und ein Bewunderer ihrer Tugend. – Es gelingt ihm, dem Haushalt von Zeit zu Zeit etwas Geld zukommen zu lassen.
Sie hingegen, – bei dem Druck der Leiden, die ihr Mann ihr auferlegt, – ist die Macht der Religion über sie doch nicht stark genug, daß sie nicht bisweilen ein wenig an diesen Mann denkt und sich ausmalt, ein wieviel angenehmeres, reicheres, anständigeres Leben sie an seiner Seite hätte führen können. – Doch sie macht sich diesen Gedanken wie ein Verbrechen zum Vorwurf und bekämpft die Versuchung in dieser Richtung; – das scheint mir ein echt dramatisches Element. – Sie haben bereits erraten, daß unser Arbeiter den Vorwand einer aufs äußerste gebrachten Eifersucht mit Freuden ergreifen wird, um sich selber nicht eingestehen zu müssen, daß er seiner Frau vor allem ihre Ergebung, ihre Sanftmut, ihre Geduld und Tugend verübelt. – Und dennoch liebt er sie, – aber der Alkohol und das Elend haben seine Verstandeskräfte bereits in Mitleidenschaft gezogen. – Bemerken Sie ferner, daß die sehr subtile Psychologie des Verbrechens dem Theaterpublikum nicht vertraut ist und daß es wohl sehr schwierig gewesen wäre, ihm eine Untat ohne jeden Vorwand begreiflich zu machen.
Außer diesen Personen haben wir nur Nebenfiguren: vielleicht

einen Arbeiter, der ein *Spaßvogel* und Tunichtgut ist, ein Liebhaber der Schwester; – Straßenmädchen; – Besucher der Vorstadtlokale – der Kneipen – der Schankstuben, – Matrosen, Polizisten.

Und nun die Szene des Verbrechens. – Vergessen Sie nicht, daß es schon vorausbedacht ist. Der Mann ist als erster zur Stelle. Er hat den Treffpunkt ausgesucht. – SONNTAGABEND. – Eine dunkle Straße oder Ebene. – In der Ferne Orchesterklänge eines Tingeltangels. – Eine schwermütige, unheimliche Landschaft in der Umgegend von Paris. – Liebesszenen – so traurig wie möglich – zwischen diesem Mann und seiner Frau; – er bedrängt sie, ihm zu vergeben, – sie soll ihm erlauben, zu ihr zurückzukehren und bei ihr zu leben. – Noch nie ist sie ihm so schön erschienen. – Echte Rührung ergreift ihn. – Sie gehen auf und ab, entfernen sich, kehren wieder. Die Bühne kann so ein oder zweimal leer bleiben, – was, wie es heißt, wider die Regeln ist, doch ich pfeife auf die Regeln, – ich glaube, diese leere Bühne, diese einsame nächtliche Landschaft können die unheimliche Wirkung noch erhöhen. – Fast überkommt ihn eine neue Verliebtheit; er begehrt sie, er bettelt, – die Blässe, die Magerkeit machen sie noch anziehender, sie wirken fast aufreizend. Das Publikum muß ahnen, worum es geht. Obwohl die Arme auch eine Regung der ehemaligen Neigung verspürt, – weigert sie sich doch, dieser wilden Leidenschaft an einem solchen Ort zu willfahren. – Diese Weigerung reizt den Ehemann, der diese Keuschheit dem Vorhandensein einer ehebrecherischen Leidenschaft oder dem Verbot eines Liebhabers zuschreibt. *»Ich muß ein Ende machen, – aber ich werde niemals den Mut dazu finden, – ich kann das nicht SELBER tun.«* – Da bringen Feigheit und Aberglaube ihn auf einen genialen Einfall.

Er stellt sich, als würde ihm schlecht, was ihm nicht schwer fällt, da die Erregung es erleichtert, *»Höre, da drüben, wo dieser kleine Weg endet, linkerhand, – findest du einen Birnbaum (oder einen Apfelbaum), – geh, bring mir eine von seinen Früchten.«* (Irgend ein Vorwand, dieser oder ein anderer, – ich werfe dies alles nur mit fliegender Feder aufs Papier.)

Es ist stockfinstere Nacht, der Mond hat sich verkrochen. Während seine Frau in der Dunkelheit verschwindet, erhebt er sich von dem Stein, auf den er sich gesetzt hat, und legt das Ohr an die

Erde: »*Wie Gott will! Entrinnt sie, um so besser, – fällt sie hinein, so spricht Gott ihr das Urteil.*«

Er hat ihr den Weg gezeigt, auf dem sie zu einem Brunnen gelangen muß, der sich kaum über den Boden erhebt.

Man hört das Geräusch eines schweren Körpers, der ins Wasser fällt, – zuvor jedoch einen Schrei, – und die Schreie dauern an.

»*Was tun? Es könnte wer kommen, – man könnte mich, man wird mich für den Mörder halten. – Aber Gottes Gericht ist über sie ergangen! – Ah, da sind doch Steine, – die Steine, die den Brunnenrand bilden.*«

Er läuft davon, verschwindet.

Die Bühne bleibt leer.

Je mehr Steine man hinabpoltern hört, desto schwächer werden die Schreie. – Sie verstummen.

Der Mann kehrt zurück: »ICH BIN FREI! – *Armer Engel, sie wird große Schmerzen ausgestanden haben!*«

Dies alles immer wieder unterbrochen von fernen Orchesterklängen. – Am Ende des Aktes sieht man Gruppen von Betrunkenen und singenden Grisetten – darunter auch die Schwester – die Straße entlangkommen.

Und nun in wenigen Worten die Erklärung des Schlusses. Unser Mann hat die Flucht ergriffen. – Wir befinden uns jetzt in einer Hafenstadt am Meer; – er will sich als Matrose anheuern lassen. Er trinkt entsetzlich: Schankbuden, Seemannskneipen – *musicos.* – Die Vorstellung: *Ich bin frei, frei, frei* – ist zur fixen Idee geworden, die ihn nicht losläßt. Ich bin *frei,* – ich bin *ruhig,* – *man wird niemals etwas erfahren.* Und da er immerzu trinkt und schon seit Monaten fürchterliche Mengen in sich hineinschüttet, nimmt seine Widerstandskraft immer mehr ab, – und die fixe Idee bricht schließlich mit ein paar lautgesprochenen Worten hervor. Sobald er dessen gewahr wird, versucht er, sich zu betäuben: er *trinkt* noch mehr, er *wandert,* er *läuft* ruhelos umher; doch sein seltsames Betragen zieht die Aufmerksamkeit auf sich, – ein Mann, der beständig läuft, muß *etwas* angestellt haben. Er wird verhaftet; und – mit *einer Hurtigkeit, einer Inbrunst, einer außerordentlichen Emphase,* mit einer bis ins Detail gehenden Genauigkeit – sehr rasch, sehr rasch, als fürchte er, es könnte ihm keine Zeit

mehr bleiben, alles herauszureden, – erzählt er sein ganzes Verbrechen. – Dann bricht er bewußtlos zusammen. – Polizisten bemächtigen sich seiner und tragen ihn in einen Fiaker.
Das ist sehr tiefsinnig, nicht wahr, und sehr scharfsinnig? Doch muß man es dem Publikum unbedingt begreiflich machen. – Gestehen Sie, daß es wahrhaft fürchterlich ist. – Man kann die kleine Schwester auch noch in einer jener Sauf- und Lasterhöhlen auftreten lassen, wo die Seeleute verkehren.
Noch zwei Worte. Befinden Sie sich Ihren Direktoren gegenüber in einer starken Position?
Stimmt es, daß Royer als geheimer Mitarbeiter beteiligt zu werden verlangt? – Ich würde das niemals hinnehmen.
Ich bin ganz der Ihrige. Meine gräßlichen Geldsorgen sind Ihnen eine Garantie, daß ich mich mit Feuer an die Arbeit machen werde.

Ch. Baudelaire

Sie werden mir sagen, was Sie von dem allen halten. Ich wäre *nicht abgeneigt,* das Werk in *mehrere kurze Tableaux* aufzuteilen, statt die lästige Aufteilung in fünf lange Akte zu wählen.

C. B.

Vernichten Sie meinen Brief nicht, er könnte uns, unter Umständen als Aufzeichnung, oder als Gedächtnisstütze, dienlich sein.

PHILIBERT ROUVIÈRE

Welch ein aufgewühltes, gewundenes Leben, wie jene knorrigen, in ihrem Wachstum verstörten Bäume, – der Granatapfelbaum zum Beispiel, – die uns reichgestaltete, wohlschmeckende Früchte geben, und deren rotprangende Blüte die Geschichte eines lange gestauten Saftes zu erzählen scheint. Es gibt zu Tausenden Leute, die in der Literatur für den *flüssigen* Stil schwärmen, die Kunst, die sich lässig, fast unbekümmert ergießt, ohne Methode, doch auch ohne Ausbrüche und Kaskaden. Andere, – und diese sind meist Literaten, – lesen nur das mit Vergnügen, was wiedergelesen zu werden verlangt. Fast genießen sie die Qualen des Autors. Denn diese reiflich erwogenen, mühevollen, durchlittenen Werke enthalten den immer lebendigen Saft, der sie hervorbrachte. Sie enthalten die höchste literarische Gnade: die Energie. Ebenso verhält es sich mit Rouvière; er besitzt jene höchste, entscheidende Gnade, – die Energie, die Intensität in Bewegung, Wort und Blick.

Philibert Rouvière hat, wie bereits angedeutet, ein mühseliges Leben geführt, das ihm manchen Stoß versetzt hat. Er wurde 1809 in Nîmes geboren. Seine Eltern, wohlhabende Kaufleute, ließen ihn den vollständigen Studienweg durchlaufen. Der junge Mann sollte den Anwaltsberuf ergreifen. So besaß er von Anfang an den unschätzbaren Vorteil einer freizügigen Erziehung. Mehr oder weniger abgeschlossen, stempelt eine solche Erziehung sozusagen den Menschen; und manch einer, auch unter den gewaltigen Geistern, der ihrer entraten mußte, hat zeitlebens eine Art Lücke empfunden, die auszufüllen die Studien seines reifen Lebens nicht imstande waren. Schon in früher Jugend hatte Rouvière ein so lebhaftes, so glühendes Interesse für das Theater bekundet, daß seine Mutter, die alle Vorurteile einer strengen Frömmigkeit besaß, ihm mit Verzweiflung voraussagte, er werde noch einmal die Bühne besteigen. Dennoch war es nicht der verdammliche Pomp des Theaters, an den Rouvière zuerst seine Jugend vergeuden sollte. Er debütierte als Maler. Jung schon, seiner Eltern beraubt, fand er sich im Besitz eines kleinen Vermögens, und er machte sich seine Freiheit zunutze, um 1827 in das Atelier von Gros einzutreten.

1830 stellte er ein Bild aus, dessen Sujet dem bewegenden Schauspiel der Julirevolution entlehnt war; dieses Werk trug, glaube ich, die Bezeichnung *La Barricade,* und ich habe Künstler aus Gros' Schule es mit Achtung nennen hören. In den Zeiten erzwungener Muße, die ihm sein abenteuerliches Schauspielerleben bereitete, hat Rouvière seither mehr als einmal sich seines malerischen Talents bedient. Hier und dort findet man von ihm einige gelungene Porträts.

Doch die Malerei war nur eine Ablenkung gewesen. Die teuflische Lust zur Bühne gewann unwiderstehlich die Oberhand, und 1837 bat er Joanny, ihn anzuhören. Der alte Schauspieler bestärkte ihn nachdrücklich darin, diese neue Laufbahn einzuschlagen, und Rouvière debütierte am Théatre-Français. Eine Zeitlang besuchte er das Conservatoire; – eine derartige Naivität hat nichts Entehrendes, und uns ist wohl ein Lächeln gestattet angesichts dieses ergötzlichen Hinundher eines Genies, das seiner selbst erst später bewußt wird. Am Conservatoire wurde Rouvière so schlecht, daß er Angst bekam. Die auf ihre orthopädischen Künste eingeschworenen Professoren, die den Auftrag hatten, die überlieferte Diktion und Gebärdensprache zu lehren, mußten mit Verwunderung feststellen, daß ihr Unterricht das Absurde bewirkte. Von der Schule gemartert, verlor Rouvière seine ganze angeborene Anmut, ohne eine der pädagogischen *Anmutigkeiten* zu erwerben. Glücklicherweise entfloh er diesem Institut beizeiten, dessen Luft nicht für seine Lungen geschaffen war; er nahm einigen Unterricht bei Michelot (aber was ist ein solcher Unterricht schon? Ein paar Grundregeln, hygienische Vorschriften, schamlose Wahrheiten; der Rest, *der Rest,* das heißt alles, entzieht sich der Demonstration), und fand endlich 1839 eine Anstellung am Odéon, unter der Direktion der Herren d'Épagny und Lireux. Dort spielte er den Antiochus in *Rodogune,* den *König Lear,* den *Macbeth* von Ducis. *Der Arzt seiner Ehre* bot ihm die Gelegenheit zu einer glücklichen, einzigartigen Schöpfung, die in der Laufbahn des Künstlers einen Höhepunkt markierte. – Er tat sich hervor in *Le Duc d'Albe* und in *Le Vieux Consul;* und als Tiresias in einer Übersetzung der *Antigone* bewies er eine vollkommene Einsicht in jene großartigen Gestalten, welche die Antike uns überliefert hat, jene synthetischen Gestalten, die für unsere widersprüchlichen modernen Poetiken wie eine Herausforderung sind. Schon in dem *Arzt seiner Ehre* war jene plötzliche, eruptive Energie zum Vorschein gekommen, die eine gänzlich andersartige Literatur kennzeichnet, und seither war er imstande, seine volle Bestimmung zu erfassen. Er begriff, welch inniger Zusammenhang zwischen ihm und der romantischen Literatur bestand; denn, ohne es unseren unerbittlichen Klassikern gegenüber an Respekt fehlen zu lassen, glaube ich doch, daß es einen großen Schauspieler wie Rouvière danach verlangen kann, andere Sprachen zu übersetzen, andere Leidenschaften darzustellen. Er wird seinen leidenschaftlichen Ausdruckswillen in eine andere Richtung lenken, er wird sich an einer anderen Atmosphäre berauschen; was er erträumt, wonach es ihn verlangt, soll animalischer und vergeistigter zugleich sein; und er wird warten, wenn es sein muß. Schmerzliche Solidarität! Mängel, die keinen Ausgleich finden! Bald sucht der Dichter seinen Schauspieler, wie der Maler seinen Stecher; bald seufzt der Schauspieler nach seinem Dichter.

Monsieur Bocage, ein wirtschaftlich denkender und vorsichtiger Mann, ein Mann der *Gleichheit* zudem, hütete sich wohl, Rouvière abermals zu verpflichten; und hier beginnt nun die abscheuliche Epopöe von dem fahrenden Komödianten. Rouvière reiste unstet von Ort zu Ort; – die Provinz, das Ausland, beide ein verzweiflungsvoller Trost für den, der unaufhörlich von seinen natürlichen Richtern träumt, und der wie höhere Abgesandte die belebenden Gestalten der Dichter erwartet!

Rouvière kam nach Paris zurück und spielte am Théâtre de Saint-Germain den *Hamlet* von Dumas und Meurice. Dumas hatte Rouvière das Manuskript übermittelt, und dieser hatte sich derart für die Rolle begeistert, daß er vorschlug, das Stück am Saint-Germain mit der kleinen Truppe, die sich dort befand, herauszubringen. Es wurde ein schöner Erfolg, dem die gesamte Presse beiwohnte, und die Begeisterung, die er auslöste, wird durch ein Feuilleton von Jules Janin vom Ende September 1846 bezeugt. Er gehörte in der Folge der Truppe des Théâtre-Historique an; alle Welt erinnert sich noch seines glanzvollen Spieles als Karl IX. in *La Reine Margot.* Man glaubte den wirklichen Karl IX. zu erblicken, als wäre er leibhaft aus dem Grabe auferstanden. Trotz der entschiedenen

Art, mit der er die schwierige Rolle des Hamlet an demselben Theater spielte, wurde er nicht wieder engagiert, und erst anderthalb Jahre später schuf er mit großer Originalität den Fritz in *Le Comte Hermann*. Diese wiederholten Erfolge, oft jedoch in weiten Abständen, verschafften dem Künstler indes keine feste und dauerhafte Anstellung; es schien, als ob seine Vorzüge ihm schadeten und als ob seine unverkennbar eigene Manier ihn zu einem beschwerlichen Menschen machte. Am Théâtre de la Porte-Saint-Martin, wo ein unglücklicher Bankrott ihn nötigte, ein Engagement auf drei Jahre vorzeitig abzubrechen, schuf er den Masaniello in *Salvator Rosa*. In jüngster Zeit ist Rouvière mit unglaublicher Bravour wieder an der Gaîté aufgetreten, wo er die Rolle des Mordaunt gespielt hat, und am Odéon, wo Hamlet wieder ins Programm gesetzt wurde und eine Begeisterung ohnegleichen auslöste. Nie zuvor vielleicht hatte er ihn so vortrefflich gespielt; schließlich hat er an demselben Theater kürzlich den Favilla geschaffen, in welcher Rolle er Fähigkeiten ganz ungewohnter Art entwickelte, die man nicht im entferntesten erwartet hatte, die aber für diejenigen vorauszusehen gewesen waren, die ihm eine besondere Aufmerksamkeit gewidmet hatten.

Jetzt, da Rouvières Platz gesichert ist, ein hervorragender Platz, der zugleich auf volkstümlichen Erfolgen und auf der Achtung beruht, die er den anspruchsvollsten Schriftstellern eingeflößt hat (das Beste, was über ihn geschrieben wurde, sind Théophile Gautiers Feuilletons in *La Presse* und in *Le Moniteur*, und Champfleurys Novelle *Le Comédien Trianon*), ist es angebracht und erlaubt, rückhaltlos von ihm zu sprechen. Rouvière hatte ehemals große Fehler, Fehler, die vielleicht eben seinem Überschuß an Energie entsprangen; diese Fehler sind heute verschwunden. Rouvière war nicht immer Herr seiner selbst; jetzt ist er ein Künstler, der seiner Sache gewiß ist. Ein ganz besonderes Kennzeichen seines Talents ist eine Feierlichkeit, der man sich beugen muß. Eine dichterische Größe umgibt ihn. Kaum hat er die Bühne betreten, heftet das Auge des Zuschauers sich auf ihn und will ihn nicht mehr verlassen. Seine eindringliche, nachdrückliche Diktion, mächtigen Schwungs, wo die Rede Emphase erheischt, oder gebrochen, wo eine Trivialität unvermeidlich ist, fesselt unwiderstehlich die Aufmerksamkeit. – Was man von der Clairon gesagt hat, die eine sehr kleine Person war, trifft auch auf ihn zu: er wächst auf der Bühne; und das ist der Beweis einer großen Begabung. – Es gibt bei ihm Momente eines bestürzenden Ungestüms, hinreißender Hochgemutheit, gesammelter Glut, bei denen man alles das vor sich zu haben glaubt, was uns von Kean und Lekain berichtet wird. Und obwohl die Intensität des Spiels und die Überwältigung durch seinen machtvollen Willen an dieser Verführung den größten Anteil haben, so findet dieses ganze Wunder doch ohne jede Anstrengung statt. Er hat, wie gewisse chemische Substanzen, jenen Geschmack, den man *sui generis* nennt. Derartige Künstler, die so selten und so kostbar sind, mögen uns manchmal wunderlich vorkommen; es ist ihnen unmöglich, *schlecht* zu sein, das heißt, sie könnten nie mißfallen.

So außerordentlich Rouvière sich auch in der Rolle des unschlüssigen und widersprüchlichen Hamlet gezeigt hat, ein Gewaltstreich, der in der Geschichte des Theaters Epoche machen wird, so fand ich ihn doch in den rein tragischen Gestalten stets noch mehr in seinem Element, und recht eigentlich *wahrer*. Wenn er den Mordaunt spielte, so empfing, darf man wohl sagen, das ganze Drama davon eine eigene Beleuchtung. Er war die Achse, um die alles Übrige kreiste, er schien die Verkörperung der Rache, die uns die Geschichte auslegt. Es gibt da eine Szene, wo Mordaunt Cromwell eine Ladung todgeweihter Gefangener übergibt; wenn dann, auf dessen väterlich fürsorgliche Mahnung, er möge nun der Ruhe pflegen, ehe er einen neuen Auftrag übernähme, Rouvière der Hand des Protektors mit unglaublicher Leichtigkeit den Brief entriß und zur Antwort gab: *»Ich bin niemals müde, Sir!«* da durchfuhren diese so einfachen Worte die Seele wie ein Schwert, und der Beifall des Publikums, das von Mordaunts Absichten unterrichtet ist und den Grund seines Eifers kennt, verebbte in einem Schauder. Noch einzigartiger vielleicht war die tragische Gewalt seines Spiels, wenn er, während sein Oheim ihm die lange Reihe der Verbrechen seiner Mutter aufzählte, diesen jedesmal mit einem blutdürstenden Aufschrei der Sohnesliebe: *»Sir, sie war meine Mutter!«* unterbrach. Er mußte das fünf oder sechsmal sagen! und jedesmal war es neu und jedesmal schön.

Man war neugierig zu sehen, wie Rouvière die Liebe und die Zärtlichkeit in *Maître Favilla* zum Ausdruck bringen würde. Er war bezaubernd. Der Darsteller des Rächers, der schreckliche Hamlet, ist der rücksichtsvollste, der herzlichste Gatte geworden; er hat die eheliche Liebe mit einer köstlichen Blüte der Ritterlichkeit geschmückt. Seine vornehme, feierliche Stimme bebte wie die eines Menschen, dessen Seele den Dingen dieser Welt nicht mehr verhaftet ist; es war, als schwebte er in dem reinen Äther eines Geisteshimmels. Das Lob war einstimmig. Nur Monsieur Janin, der den Schauspieler einige Jahre zuvor so trefflich gewürdigt hatte, wollte ihn die schlechte Laune entgelten lassen, in die das Stück ihn versetzte. Der Schaden ist gering. Wenn Monsieur Janin allzu oft auf die Wahrheit verfiele, könnte ihr Ruf darunter leiden.
Soll ich noch jenen unvergleichlichen Geschmack hervorheben, der bei Rouvière in der Anordnung seiner Kostüme herrscht, jene Kunst, mit der er sich schminkt, nicht wie ein selbstgefälliger Miniaturist, sondern wie ein wahrer Schauspieler, in dem stets ein Maler steckt? Seine Gewandung umschwebt und umhüllt harmonisch seine Persönlichkeit. Das verrät eine glückliche Hand, einen Zug, der den Künstler kennzeichnet, für den es nichts Nebensächliches gibt.
Bei einem seltsamen Philosophen finde ich einige Zeilen, die mich an die Kunst der großen Darsteller denken lassen:
»Wenn ich wissen will, bis zu welchem Grade ein Mensch umsichtig oder töricht, bis zu welchem Grade er gut oder böse ist, oder was augenblicklich seine Gedanken sind, so bilde ich meinen Gesichtsausdruck nach dem seinigen, so genau wie möglich, und dann warte ich, bis ich merke, was für Gedanken oder Empfindungen in meinem Geist oder meinem Herzen entstehen, um gewissermaßen meiner Physiognomie sich anzupassen und ihr zu entsprechen.«
Und wenn der große Schauspieler dann, von seiner Rolle durchdrungen, angekleidet, geschminkt, vor seinen Spiegel tritt, schrecklich oder liebenswert, verführerisch oder abstoßend, und wenn er diese neue Persönlichkeit betrachtet, die für einige Stunden die seinige werden soll, so gewint er aus dieser Untersuchung eine neue Vollendung, eine Art rückläufigen Magnetismus. Dann

ist die magische Handlung beendet, das Wunder der Objektivität vollbracht, und der Künstler darf nun sein *Eureka!* sprechen. Eine Verkörperung der Liebe oder des Grauens, kann er die Bühne betreten.
So ist Rouvière.

DIE WELTAUSSTELLUNG
1855

DIE WELTAUSSTELLUNG 1855
DIE SCHÖNEN KÜNSTE

I. ÜBER DIE METHODE DER KRITIK. DIE MODERNE IDEE DES FORTSCHRITTS IN IHRER ANWENDUNG AUF DIE SCHÖNEN KÜNSTE. WIE DIE LEBENSKRAFT WANDERT.

Wenige Beschäftigungen sind so anregend, so fesselnd, so voller Überraschungen und Offenbarungen für einen Kritiker, für einen nachdenklichen Geist, dessen Aufmerksamkeit auf die Verallgemeinerung nicht minder als auf die Untersuchung des Einzelnen und, noch besser gesagt, auf die Idee der Ordnung und der allumfassenden Hierarchie gerichtet ist, wie die Vergleichung der einzelnen Nationen und ihrer jeweiligen Erzeugnisse. Wenn ich von Hierarchie rede, so will ich damit nicht behaupten, daß diese oder jene Nation dieser oder jener anderen überlegen sei. Mag es zwar in der Natur mehr oder minder heilige Pflanzen geben, mehr oder minder vergeistigte Formen, mehr oder minder geheiligte Tiere, und mag auch, läßt man sich von der ungeheuren, alles durchwaltenden Analogie leiten, die Folgerung berechtigt sein, daß gewisse Nationen – riesige Tiere, deren Organismus ihrer Umwelt angepaßt ist, – von der Vorsehung für ein bestimmtes Ziel ausgerüstet und erzogen worden sind, ein mehr oder minder erhabenes, dem Himmel mehr oder minder näheres Ziel, – so will ich hier doch nur zwei Dinge feststellen: den *gleichen* Nutzen einer jeden in den Augen DESSEN, der unerklärbar ist, und den wunderbaren Beistand, den sie einander in der Harmonie des Universums leisten.
Der Leser, dem solche weitreichenden Betrachtungen durch einsames Nachsinnen (mehr als durch die Bücher) wohlvertraut sind, mag schon erraten haben, worauf ich hinaus will; und – um mit einer Frage, die fast einer Formel gleichkommt, alle üblichen umwegigen und hinhaltenden Vorbemerkungen abzubrechen, – diese Frage wendet sich an jeden gutwilligen Menschen, vorausgesetzt, er habe ein wenig nachgedacht und ferne Länder bereist, – was täte, was sagte wohl ein moderner Winckelmann (deren gibt es

übergenug, es wimmelt nur so von ihnen bei uns, die Trägen sind in sie vernarrt), was wohl sagte er angesichts eines chinesischen Erzeugnisses, eines seltsamen Erzeugnisses, bizarr, verschnörkelt, von greller Farbigkeit, und manchmal nur wie hingehaucht? Und doch ist es ein Probestück der universalen Schönheit; aber um es zu verstehen, muß der Kritiker, der Betrachter in sich selber eine Umwandlung bewirken, der etwas Geheimnisvolles anhaftet: unter der Einwirkung des Willens auf seine Einbildungskraft muß er aus sich selber dahin gelangen, daß er an jener Welt teilnimmt, die diese ungewohnten Blüten hervorgetrieben hat. Diese göttliche Gnade des Kosmopolitismus ist – in ihrer ganzen Fülle – nur wenigen Menschen eigen; doch alle können sie in verschiedenen Graden erwerben. Die in dieser Hinsicht Begabtesten sind jene einsamen Reisenden, die lange Jahre hindurch in undurchdringlichen Wäldern, in der unübersehbaren Weite der Prärien gelebt haben, ohne einen anderen Gefährten als ihr Gewehr, ganz schauend, zerlegend, schreibend. Keine Decke des Schulwissens, kein Paradox der Universität, keine Utopie der Pädagogen haben ihnen den Blick auf die Vielfalt der Wahrheit verhängt. Sie kennen die bewundernswürdige, die unsterbliche, die unvermeidliche Beziehung zwischen der Gestalt und ihrer Funktion. Und diese Männer enthalten sich jeder Kritik: sie schauen, sie forschen.

Nehme ich, statt eines Pädagogen, einen Mann von Welt, verständig, klug, und versetze ihn in einen fernen Himmelsstrich, so bin ich sicher, wie groß auch anfangs sein Erstaunen bei der Landung, wie mehr oder weniger langwierig, mehr oder minder mühsam die Eingewöhnung war, früher oder später wird seine Sympathie so lebhaft, so eindringlich sein, daß sie eine ganze Welt von neuen Vorstellungen in ihm hervorrufen wird, eine Welt, die hinfort ein zugehöriger Bestandteil seiner selbst sein und ihn, in Gestalt von Erinnerungen, bis an seinen Tod begleiten wird. Diese Formen der Gebäude, die seinem akademischen Auge zuerst ein Ärgernis waren (jedes Volk ist akademisch, wenn es die andern beurteilt; jedes ist barbarisch, wenn die andern ihrerseits es beurteilen), diese unheimliche Pflanzenwelt, im Vergleich zu den ihm geläufigen Gewächsen seiner Heimat, diese Frauen und diese Männer, deren Muskeln sich nicht nach der klassischen Art seines Landes regen,

deren Gangart nicht dem ihm gewohnten Rhythmus folgt, deren Blick nicht die gleiche Anziehungskraft auf ihn ausübt, diese Düfte, die nicht mehr jene des mütterlichen Boudoirs sind, diese geheimnisvollen Blüten, deren tiefe Farbe sich den Augen aufdrängt, während ihre Gestalt den Blick verwirrt, diese Früchte mit dem täuschenden Geschmack, der die Sinne verrückt und dem Gaumen Vorstellungen vermittelt, welche dem Geruch angehören, diese ganze Welt neuer Harmonien wird langsam Einlaß finden, wird ihn geduldig durchdringen, wie der Dampf eines aromatischen Bades; all diese unbekannte Lebenskraft wird seiner eigenen Lebendigkeit hinzugefügt; einige tausend Vorstellungen und Empfindungen werden sein Diktionär eines Sterblichen bereichern, und es mag wohl gar der Fall eintreten, daß er, das Maß überschreitend und von dem gerechten Geltenlassen zur Verwerfung übergehend, wie der bekehrte Sigamber verbrennt, was er angebetet, und anbetet, was er verbrannt hatte.
Ich wiederhole: was sagte, was schriebe wohl angesichts solcher ihm ungewohnter Erscheinungen einer jener auf die Ästhetik *eingeschworenen modernen Professoren,* von denen bei Heinrich Heine die Rede ist, diesem liebenswürdigen Geist, der ein Genie wäre, wenn er sich dem Göttlichen häufiger zuwendete? Der törichte Doktrinär des Schönen würde gewiß Unsinn schwatzen; eingeschlossen in der jede freie Sicht verhindernden Strahlenfestung seines Systems, würde er Leben und Natur lästern, und in seinem Fanatismus für das Griechische, Italienische oder Pariserische glaubte er sich alsbald berechtigt, über dieses unverschämte Volk ein Verbot zu verhängen, daß es sich nicht unterstehen sollte, nach anderen Verfahrensweisen als den von ihm vorgeschriebenen zu genießen, zu träumen oder zu denken; – eine tintenklecksende Wissenschaft, ein verkommener Geschmack, barbarischer als die Barbaren, der die Farbe des Himmels, die Gestalt der Pflanzen, die Bewegung und den Geruch der Tiere vergessen hat, und dessen verkrampfte, federlahme Finger jede Behendigkeit eingebüßt haben, die ungeheure Klaviatur der *Entsprechungen* zu durchlaufen!
Wie alle meine Freunde habe ich mehr als einmal versucht, mich in ein System einzuschließen, um dort unangefochten zu predigen. Aber ein System ist eine Art Verdammnis, die uns unaufhörlich von

Abschwörung zu Abschwörung treibt; immer wieder muß ein neues erfunden werden, und diese Mühsal ist eine grausame Strafe. Und jedesmal war mein System schön, umfassend, geräumig, vor allem bequem und glatt; wenigstens erschien es mir so. Und jedesmal kam mir ein spontanes, unerwartetes Erzeugnis der alles durchwaltenden Lebenskraft in die Quere, um meine kindische und altbackene Wissenschaft, diese klägliche Tochter der Utopie, Lügen zu strafen. Ich mochte meinen Maßstab verschieben oder verlängern, immer blieb ich hinter dem *homo universalis* zurück und lief unaufhörlich hinter dem Schönen in seiner wechselfarbenen Vielgestalt her, das sich auf den unendlichen Spiralen des Lebens bewegt. Unaufhörlich zu der Demütigung eines abermaligen Glaubenswechsels verdammt, faßte ich machtvoll einen Entschluß. Um dem Greuel jener philosophischen Apostasien zu entrinnen, ergab ich mich stolz der Bescheidenheit; ich hielt Einkehr und fand eine Zuflucht bei der sündelosen Einfalt. Untertänigst bitte ich die akademischen Geister aller Richtungen, die in den verschiedenen Werkstätten der Kunstfabrik hausen, dafür um Vergebung. Dort hat mein philosophisches Gewissen Ruhe gefunden; und ich kann zumindest versichern, soweit ein Mensch für seine Tugenden einstehen kann, daß mein Geist sich seither einer weiter ausgreifenden Unparteilichkeit erfreut.

Sollten die Menschen, denen es aufgetragen ist, das Schöne auszudrücken, sich den Regeln der Kathederästhetik bequemen, das Schöne selber, wie leicht einzusehen, verschwände von der Erde, weil alle Typen, alle Ideen, alle Empfindungen sich auflösen würden in eine weite Einheit, so eintönig und unpersönlich wie die Langeweile und das Nichts. Die Mannigfaltigkeit, diese *conditio sine qua non* des Lebens, wäre aus dem Leben getilgt. Denn unbestreitbar tritt in den vielfältigen Schöpfungen der Kunst immer wieder etwas Neues zutage, das sich in alle Ewigkeit der Regel und den Analysen der Schule entziehen wird! Das Staunen, einer der großen Genüsse, die Kunst und Literatur uns bereiten, beruht eben auf dieser Mannigfaltigkeit der Typen und Empfindungen. – Der auf seine Ästhetik *eingeschworene Professor,* eine Art Mandarin und Tyrann in einem, kommt mir immer wie ein Frevler vor, der sich an Gottes Stelle setzt.

Ich will sogar noch weiter gehen, mit gütigem Verlaub der überheblichen Sophisten, die ihre Wissenschaft aus den Büchern bezogen haben, und wie heikel, wie schwierig zu entwickeln mein Gedanke auch sein mag, so hoffe ich doch, es wird mir gelingen. *Das Schöne ist immer bizarr*. Ich will damit nicht sagen, es sei vorsätzlich, aus kühler Berechnung bizarr, denn in diesem Fall wäre es ein Ungeheuer, das aus den Geleisen des Lebens geraten wäre. Ich meine, daß es immer ein wenig Bizarrerie enthält, eine naive, absichtslose, unbewußte Seltsamkeit, und daß eben diese Seltsamkeit es recht eigentlich zu dem Schönen macht. Sie ist sein Erkennungszeichen, sein Charakteristikum. Man kehre den Satz um und versuche, sich ein *banales Schönes* vorzustellen! Wie aber sollte diese Bizarrerie, unerläßlich, ununterdrückbar, von unendlicher Vielfalt in ihrer Abhängigkeit von Umwelt, Klima, Sitten, Rasse, Religion und dem Temperament des Künstlers, – wie sollte sie jemals nach den utopischen Regeln, die in irgendeinem kleinen Heiligtum der Wissenschaft ausgeheckt wurden, gelenkt, verbessert, zurechtgebracht werden, ohne daß die Kunst selber Gefahr liefe, zugrunde zu gehen? Diese Beigabe der Bizarrerie, welche die Individualität ausmacht und bestimmt, ohne die es keine Schönheit gibt, spielt in der Kunst (das Treffende des Vergleichs möge seine Trivialität entschuldigen) die Rolle des Geschmacks oder der Würze in den Speisen, wie ja auch die Speisen, abgesehen von ihrem Nutzen oder der Menge an Nährsubstanz, die sie enthalten, nur durch die *Idee*, die sie der Zunge offenbaren, sich voneinander unterscheiden.

Ich werde mich demnach bemühen, in der ehrenvollen Untersuchung dieser schönen Ausstellung, die so verschiedenartig in ihren Bestandteilen, so beunruhigend in ihrer Vielfalt, so verwirrend für den Pädagogen ist, mich jeder Art Pedanterie zu entschlagen. Genügend andere werden im Werkstattjargon daherreden und sich auf Kosten der Künstler zur Geltung bringen. Die Gelehrsamkeit scheint mir in vielen Fällen eine ihrer Natur nach wenig beweiskräftige Kinderei. Die Mühe wäre allzu gering, mich in spitzfindigen Erörterungen zu ergehen über die Symmetrie oder Ausgewogenheit der Komposition, über die Abstimmung der Töne, über den warmen und den kalten Ton, etc. ... O Eitelkeit! lieber spreche ich im Namen des Gefühls, der Moral und des Vergnügens. Ich hoffe, einige Leute, die bei aller Gelehrsamkeit keine Pedanten sind, werden an meiner *Ignoranz* Gefallen finden.

Man erzählt sich, Balzac (wer hörte nicht voll Respekt all die Anekdoten, und wären sie noch so unscheinbar, die von diesem großen Genie handeln?) habe eines Tages vor einem schönen Bild gestanden, einer Winterlandschaft voll tiefer Schwermut, von dichtem Reif überzogen, mit einigen wenigen Hütten und ärmlichen Bauern; nachdem er ein unansehnliches Haus betrachtet hatte, aus dem ein magerer Rauchfaden aufstieg, rief Balzac aus: »Wie schön das ist! Aber was tun sie in dieser Hütte? woran denken sie? was haben sie für Sorgen? ob die Ernte gut war? *Sicher sind da Wechsel fällig geworden!*«

Lache wer will über Herrn von Balzac. Ich weiß nicht, welcher Maler die Ehre gehabt hat, das Gemüt des großen Romanciers zu bewegen, Mutmaßungen und Besorgnisse in ihm zu erregen, aber ich glaube, daß er uns damit, in seiner hinreißenden Naivität, eine treffliche Lehre erteilt hat, wie man als Kritiker verfahren soll. Mehr als einmal wird es mir unterlaufen, daß ich ein Bild allein nach dem beurteile, was alles es an Ideen oder Träumereien in meinem Gemüt lebendig werden läßt.

Die Malerei ist eine Beschwörung, eine magische Handlung (könnten wir doch die Seele der Kinder darüber befragen!), und wenn die beschworene Person, wenn die heraufgerufene Idee sich erhoben und uns angeblickt haben von Angesicht zu Angesicht, dann haben wir nicht das Recht – zumindest wäre dies der Gipfel der Albernheit –, uns in wohlweisen Erörterungen über die Beschwörungsformeln des Hexenmeisters zu ergehen. Ich kenne kein Problem, an dem der Pedant wie der Philosophaster so sehr zuschanden wird, wie das Bemühen, erfahren zu wollen, kraft welcher Gesetze die in ihrer Methode gegensätzlichsten Künstler die gleichen Vorstellungen wecken und verwandte Empfindungen in uns erregen.

Noch vor einem weiteren Irrtum, der heute sehr im Schwange ist, möchte ich mich wie vor der Hölle hüten. – Ich meine die Idee des Fortschritts. Dieses düstere Fanal, eine Erfindung unserer jetztzeitigen Philosophaster, welcher weder die Natur noch die Gottheit ein Garantiezeugnis ausgestellt hat, diese moderne Laterne wirft ihre Finsternisse über alle Gegenstände der Erkenntnis; die Freiheit löst sich in Dunst auf, die Strafe verschwindet. Wer sich Licht verschaffen will über die Geschichte, muß vor allem dieses Fanal der Arglist auslöschen. Diese groteske Idee, die auf dem fauligen Grund des modernen Dünkels erblüht ist, hat jeden seiner Pflicht entbunden, jede Seele ihrer Verantwortung enthoben, dem Willen alle Bande abgestreift, in der die Liebe zum Schönen ihn gefangen hielt: und falls dieser klägliche Wahnwitz noch lange fortdauert, werden die dahinsiechenden Völker greisenhaft plappernd auf dem Ruhekissen des Verhängnisses in Schlaf sinken. Diese lächerliche Selbstgefälligkeit ist das Zeichen eines bereits allzu offenkundigen Verfalls.

Man frage irgendeinen braven Franzosen, der Tag für Tag in seiner Schenke *seine* Zeitung liest, was er unter Fortschritt versteht, und seine Antwort wird lauten, daß die Dampfkraft, die Elektrizität und die Gasbeleuchtung, diese den Römern unbekannten Wunder, der Fortschritt seien, und daß diese Entdeckungen ein hinreichendes Zeugnis unserer Überlegenheit über die Alten ablegten. Welche Finsternis hat sich dieses unseligen Gehirns bemächtigt, wenn die Bereiche des Geistes und der Materie darin so wunderlich vermengt sind! Der arme Kerl ist derart durch seine zookratischen und industriellen Philosophen amerikanisiert, daß er die Vorstellung dessen verloren hat, was die Erscheinungen der physischen Welt von denen der geistigen, was das Natürliche von dem Übernatürlichen unterscheidet.

Wenn eine Nation heute das Moralische in einem zarteren Sinne begreift, als das vorangegangene Jahrhundert es begriff, dann hat ein Fortschritt stattgefunden; das ist klar. Wenn ein Künstler dieses Jahr ein Werk hervorbringt, das von größerem Wissen oder einer höheren Einbildungskraft zeugt, als er im Vorjahr gezeigt hat, so ist dies ein untrügliches Zeichen seines Fortschreitens. Wenn die Lebensmittel heute von besserer Qualität und preiswerter sind als gestern, so stellt dies im materiellen Bereich einen unbestreitbaren Fortschritt dar. Wo aber, ich bitte euch, ist die Garantie des Fortschritts für morgen? Denn so verstehen es die Schüler der Philosophen der Dampfkraft und der chemischen

Zündhölzer: der Fortschritt erscheint ihnen nur in Gestalt einer unendlichen Reihe. Wo ist diese Garantie? Nirgendwo anders, sage ich, als in eurer Leichtgläubigkeit und eurem Dünkel.

Ich will hier nicht näher auf die Frage eingehen, ob der unendliche Fortschritt, indem er die Menschheit durch die neuen Genüsse, die er ihr verschafft, entsprechend verzärtelt, am Ende nicht ihre ausgeklügeltste und grausamste Marter wäre; ob er nicht, mit jedem Schritt unausgesetzt das bereits Erreichte verneinend, eine Art unaufhörlich erneuerter Selbstmord wäre, und ob er, unentrinnbar umschlossen von dem Feuerkreis der göttlichen Logik, nicht jenem Skorpion gleicht, der sich selbst mit seinem furchtbaren Stachel durchbohrt, diesem ewigen *desideratum,* das seine ewig währende Verzweiflung ausmacht.

Überträgt man die Idee des Fortschritts in den Bereich der schöpferischen Einbildungskraft (einige auf Logik um jeden Preis versessene Geister waren verwegen genug, dies zu tun), so wächst ihre Absurdität ins Riesenhafte, ihre Groteskheit steigert sich ins Grausenhafte. Die These ist nicht mehr aufrecht zu halten. Die Tatsachen sind allzu greifbar, allzu offenkundig. Sie spotten des Sophismas und treten unerschütterlich den Gegenbeweis an. Im Bereich der Dichtung und der Künste hat, wer etwas Neues offenbart, nur selten einen Vorläufer. Jedesmal sind Blüte und Frucht spontan, individuell. Hat Signorelli wirklich Michelangelo hervorgebracht? War Raffael schon in Perugino enthalten? Der Künstler hängt nur von sich selbst ab. Er verspricht den kommenden Jahrhunderten nur seine eigenen Werke. Er bürgt nur für sich selbst. Er stirbt ohne Nachkommen. Er war *sein König, sein Priester und sein Gott.* Wahrhaftig, auf solche Erscheinungen ist Pierre Leroux' berühmte Donnerformel einmal anwendbar!

Ebenso verhält es sich mit allen Nationen, welche die Künste der Einbildungskraft mit Freude und Erfolg pflegen. Das augenblickliche Gedeihen ist ach! nur für eine kurze Weile gesichert. Im Osten einst rötete der Morgen sich, das Licht ist gen Süden gewandert, und nun erstrahlt es im Westen. Durch seine zentrale Lage in der zivilisierten Welt scheint Frankreich in der Tat dazu berufen zu sein, alle Vorstellungen und alle Dichtungen der es umgebenden Nationen aufzunehmen und sie wunderbar bearbeitet und umge-

staltet diesen Völkern zurückzugeben. Man sollte jedoch niemals vergessen, daß die Nationen als gewaltige kollektive Lebewesen den gleichen Gesetzen wie die Individuen unterworfen sind. Wie die Kinder wimmern, lallen sie, wachsen und werden größer. Wie die Jugend und das reife Mannesalter bringen sie weise und kühne Werke hervor. Wie das Greisenalter schlafen sie über dem erworbenen Reichtum ein. Es geschieht wohl, daß eben jenes erste Leitende, dem sie ihre Stärke und ihre Entwicklung verdanken, auch ihren Untergang herbeiführt, vor allem dann, wenn dieses Erste, das einst von leidenschaftlicher Eroberungslust durchseelt war, für die Mehrzahl zu einer Art Routine geworden ist. Dann, wie ich bereits andeutete, wandert die Lebensenergie, begünstigt andere Himmelsstriche und andere Rassen; und man soll nicht glauben, daß die Neugekommenen das gesamte Erbe der Alten antreten und eine in allen Stücken fertige Lehre von ihnen übernehmen. Oft geschieht es (wie dies im Mittelalter der Fall war), daß, weil alles verloren ging, alles neu zu erschaffen ist.
Wer die Weltausstellung mit der vorgefaßten Meinung besuchen sollte, in Italien die Nachfahren Leonardos, Raffaels und Michelangelos, in Deutschland den Geist Albrecht Dürers, in Spanien die Seele Zurbaráns und des Velazquez zu finden, der würde sich ein unfruchtbares Erstaunen bereiten. Ich habe weder die Zeit, noch weiß ich vermutlich genug, um die Gesetze zu ergründen, nach denen die künstlerische Lebenskraft wandert, und zu untersuchen, warum Gott die Völker ihrer bisweilen auf eine Zeit, bisweilen für immer beraubt; ich begnüge mich damit, einen in der Geschichte häufig anzutreffenden Tatbestand festzustellen. Wir leben in einem Jahrhundert, dem man gewisse Gemeinplätze wiederholen muß, in einem aufgeblasenen Jahrhundert, das sich erhaben dünkt über die Mißgeschicke Roms und Griechenlands.

Die Ausstellung der englischen Maler ist sehr schön, einzigartig schön, und einer langen, gründlichen Untersuchung wert. Gerne hätte ich damit begonnen, unsere Nachbarn zu rühmen, dieses Volk mit seinem bewundernswürdigen Reichtum an Dichtern und Romanciers, das Volk Shakespeares, Crabbes und Byrons, Maturins und Godwins; die Mitbürger eines Reynolds, eines Hogarth

und eines Gainsborough. Aber ich möchte sie noch eingehender studieren; das ist eine vortreffliche Ausrede; eine äußerste Höflichkeit veranlaßt mich, dieses so angenehme Geschäft noch aufzuschieben. Ich werde mich verspäten, doch dafür später Besseres bringen.
Ich beginne also mit einer leichteren Aufgabe: ich werde rasch die vornehmsten Meister der französischen Schule untersuchen und nachweisen, welche Elemente des Fortschritts oder welche Fermente der Zersetzung sie enthält.

II. INGRES

Diese Französische Ausstellung ist so umfangreich und besteht aufs Ganze gesehen zugleich aus so bekannten Werken, die für die Neugier der Pariser schon reichlich abgenützt sind, daß die Kritik eher darauf bedacht sein muß, dem Temperament eines jeden Künstlers und seinen Bewegkräften eindringlich nachzuspüren, als jedes Werk bis ins einzelne nachzuerzählen.
Als David, dieses kühle Gestirn, und Guérin und Girodet, seine zeitgenössischen Satelliten, diese in ihrer Art auf den feinsten Auszug erpichten Laboranten, sich am Horizont der Kunst erhoben, geschah eine große Umwälzung. Ohne hier das Ziel, das sie verfolgten, zu analysieren, ohne dessen Rechtmäßigkeit nachzuprüfen, ohne zu untersuchen, ob sie nicht zu weit gegangen sind, sei hier nur festgestellt, daß sie ein Ziel hatten, ein großes Ziel der Abkehr von jenen allzu lebhaften und liebenswürdigen Leichtfertigkeiten, die abzuschätzen oder zu charakterisieren ich mich hier gleichfalls enthalten möchte; – daß sie dieses Ziel mit Ausdauer verfolgten und daß sie beim Schein ihrer künstlichen Sonne mit einem Freimut, einer Entschiedenheit und einer Geschlossenheit vorrückten, wie sie Männern wohl ansteht, die für etwas Partei ergriffen haben. Als der herbe Geist sich milderte und unter Gros' Pinsel gefällig wurde, war er bereits verloren.
Ich erinnere mich noch sehr deutlich des respektvollen Staunens, das zu unserer Kinderzeit all diese unfreiwillig phantastischen Gestalten, all diese akademischen Gespenster umgab; und auch ich

konnte mich einer Art religiösen Schauders nicht erwehren beim Anblick all dieser wunderlich geklitterten langen Hansen, all dieser schlanken und feierlichen »schönen Männer«, all dieser dümmlich keuschen Frauen in den klassischen Haltungen der Wollust, von denen jene ihre Scham hinter antike Säbel, diese hinter eine auf pedantische Manier durchscheinende Draperie retteten. Diese ganze wahrhaft jeglicher Natur entrückte Welt agierte, oder besser: posierte in einem grünlichen Lichte, das seltsamerweise für Sonnenschein gelten wollte. Aber diese damals allzu gefeierten, heute allzu verachteten Meister hatten doch, ihre wunderlichen Verfahrensweisen und Systeme einmal beiseite gesetzt, das große Verdienst, das französische Wesen zum Geschmack am Heroischen zurückzuführen. Diese fortwährende Betrachtung der griechischen und römischen Geschichte mußte schließlich einen heilsamen stoischen Einfluß ausüben; doch waren sie nicht immer so griechisch und römisch, wie sie erscheinen wollten. David freilich hörte niemals auf, der heroische, der unbeugsame, der despotische Enthüller und Ankläger zu sein. Bei Guérin und Girodet, die übrigens, ebenso wie der Prophet, in hohem Grade auf die melodramatische Wirkung aus waren, würden sich eher schon einige leichte Spuren des Verfalls, einige düstere und ergötzliche Vorzeichen der künftigen Romantik feststellen lassen. Diese Dido etwa, so theatralisch herausgeputzt, mit Kleinodien behangen, schmachtend hingegossen im Schein der untergehenden Sonne gleich einer lässigen Kreolin, steht sie den frühesten Gesichten eines Chateaubriand nicht näher als den Vorstellungen Virgils, und läßt ihr schwimmender Blick, tränenverschleiert wie in einem Keepsake, nicht schon gewisse Pariserinnen Balzacs ahnen? Girodets *Atala* ist, was auch gewisse, bald schon abgetane Spaßvögel denken mögen, ein Drama, das einer Unzahl unaussprechlicher moderner Nichtigkeiten weit überlegen ist.
Heute aber stehen wir vor einem Manne von ungeheurem, von unbestreitbarem Ansehen, dessen Werk erheblich schwieriger zu begreifen und zu erklären ist. Ich habe soeben, hinsichtlich jener unglücklichen illustren Maler, den respektlosen Ausdruck »geklittert« zu verwenden gewagt. Man wird es mir deshalb nicht verargen, wenn ich, um die Empfindung gewisser künstlerischer Tem-

peramente angesichts von Ingres' Werken zu erklären, sage, daß sie sich bei ihm einer ungleich geheimnisvolleren und vertrackteren »Geklittertheit« ausgesetzt fühlen als bei den Meistern der republikanischen und kaiserlichen Schule, von der er doch seinen Ausgang genommen hat.

Bevor wir unseren Gegenstand recht eigentlich in Angriff nehmen, sei ein erster Eindruck festgehalten, wie manch einer ihn empfunden hat und dessen er sich unvermeidlicherweise erinnern wird, sobald er das Ingres' Werken geweihte Heiligtum betreten hat. Dieser schwer zu bestimmende Eindruck, der, in nicht näher bekannter Mischung, etwas von Beklemmung, von Langeweile und von Furcht an sich hat, gemahnt einen unwillkürlich an so etwas wie die Ohnmachten, die einen in luftarmen Räumen, in den Dünsten eines chemischen Laboratoriums anwandeln, oder wenn man sich einer gespenstischen Umgebung bewußt wird, besser gesagt: einer Umgebung, die dem Gespenstischen nacheifert; eine Bevölkerung von Automaten, die unsere Sinne durch ihre allzu sichtbare und greifbare Fremdartigkeit verwirrt. Das ist nun nicht mehr jene eben erwähnte kindliche Ehrfurcht, die uns vor den *Sabinerinnen* ergreift, vor dem *Marat* in seiner Badewanne, vor der *Sündflut*, vor dem melodramatischen *Brutus*. Es ist eine mächtige Empfindung, gewiß – diese Mächtigkeit Ingres' soll nicht bestritten werden –, aber sie ist doch von niederer, gleichsam krankhafter Art. Fast eine negative Empfindung, wenn man so sagen könnte. In der Tat, das Geständnis soll sogleich heraus: der berühmte und auf seine Weise revolutionäre Maler besitzt derart unbestreitbare Verdienste, er übt einen derart unwiderstehlichen Zauber aus, deren beider Ursprung ich sogleich untersuchen werde, daß es kindisch wäre, hier in der Entfaltung seiner geistigen Fähigkeiten nicht einen Mangel, einen Verlust, einen Ausfall festzustellen. Die Einbildungskraft, die jene in ihren akademischen Turnkünsten befangenen großen Maler aufrecht hielt, – die Einbildungskraft, jenes oberste unserer Vermögen, ist verschwunden.

Keine Einbildungskraft mehr, folglich keine Bewegung. Ich will die Unehrerbietigkeit und den bösen Willen nicht so weit treiben, zu behaupten, Ingres habe hier resigniert; ich glaube seinen Charakter hinreichend gut zu kennen, um hier von seiner Seite eher einen heroischen Verzicht, ein Opfer auf dem Altar solcher Vermögen zu erblicken, die er aufrichtig für großartiger und bedeutender hält.

Damit nähert er sich, so ungeheuerlich dies Paradox auch erscheinen mag, einem jungen Maler, dessen bemerkenswerte Anfänge sich kürzlich mit der Gewalt eines Aufstandes ereignet haben. Auch Courbet ist ein gewaltiger Arbeiter, ein unbändiger und beharrlicher Wille; und die Ergebnisse, die er erzielt hat, Ergebnisse, die für einige Geister bereits einen höheren Reiz besitzen als die Werke des großen Meisters in der Nachfolge Raffaels, wohl aufgrund ihrer Handfestigkeit und ihres verliebten Zynismus, haben, wie Ingres' Werke, das Besondere an sich, daß in ihnen der Geist eines Sektierers sich ausspricht, der mehr als ein Vermögen hinmordet. Die Politik, die Literatur bringen ebenfalls solche Kraftgenies hervor, solche Protestanten, solche Anti-Supranaturalisten, die nichts anderes als eine bisweilen heilsame Gesinnung der Auflehnung gegen das bisher Geltende zu ihrem Verhalten berechtigt. Die Vorsehung, welche die Geschicke der Malerei lenkt, bedient sich als Mithelfer all jener, die der Vorherrschaft eines ihnen widerstrebenden Ideals überdrüssig waren, wenn es sie nicht gar unterdrückt hatte. Der Unterschied liegt nur darin, daß das heroische Opfer, welches Ingres der Tradition und dem Schönheitsideal eines Raffael darbringt, bei Courbet der äußeren, handfesten, unmittelbaren Natur zugute kommt. Was sie veranlaßt, wider die Einbildungskraft zu streiten, ist bei beiden verschieden; jeder ist auf seine Weise ein Fanatiker, der eine in der Gegenrichtung des anderen, doch bei beiden läuft es auf das gleiche Schlachtopfer hinaus.

Um nun den Faden unserer Untersuchung wieder aufzunehmen: Worauf hat Ingres es abgesehen? Sein Ziel ist gewiß nicht der Ausdruck der Gefühle, der Leidenschaften, der Abstufungen dieser Leidenschaften und Gefühle; noch weniger die Darstellung großer historischer Szenen (unbeschadet seiner italienischen, seiner allzu italienischen Schönheiten offenbart das Gemälde des *heiligen Symphorianus,* das auch in der Häufung der Figuren dem italienischen Geschmack folgt, gewiß nicht die Erhabenheit eines christlichen Opfertodes, noch die zugleich grimmige und gleichgültige Rohheit der eingefleischten Heiden). Was also sucht, wovon also träumt Ingres? Was zu sagen ist er in diese Welt gekommen? Welchen neuen Beitrag liefert er zu dem Evangelium der Malerei?

Ich könnte mir denken, daß ihm eine Art Ideal vorschwebt, das sich zur einen Hälfte aus Gesundheit, zur andern aus Gemütsruhe, fast Gleichgültigkeit zusammensetzt, etwas dem Ideal der Antike Verwandtes, dem er die Wunderlichkeiten und die Detailfreudigkeit der modernen Kunst hinzugefügt hat. Dies miteinander gepaart zu haben, verleiht seinen Werken häufig ihren seltsamen Zauber. Derart in ein Ideal verliebt, das in einem aufreizenden Ehebruch die stille Festigkeit eines Raffael mit den Toilettenkünsten eines galanten Frauenzimmers vermischt, war es Ingres vor allem bestimmt, als Porträtmaler zu reüssieren; und tatsächlich hat er in dieser Gattung seine größten, seine berechtigsten Erfolge errungen. Aber er ist keiner jener Stundenmaler, jener Allerweltsverfertiger von Bildnissen, die Hinz oder Kunz aufsuchen kann, um, den Geldbeutel in der Hand, das Konterfei seiner ungehörigen Person zu verlangen. Ingres wählt sich seine Modelle, und mit bewundernswürdigem Takt wählt er anerkennenswerterweise die Modelle, die am meisten geeignet sind, sein besonderes Talent zur Geltung zu bringen. Schöne Frauen, reiche Naturen, gelassene Menschen von blühender Gesundheit, da triumphiert er, die sind seine Freude!

Hier jedoch erhebt sich eine hundertmal erörterte Frage, auf die zurückzukommen sich immer wieder lohnt! Wie soll man Ingres' Zeichenkunst beurteilen? Ist sie höheren Ranges? Zeugt sie von vollkommener Einsicht? Alle diejenigen werden mich verstehen, welche die führenden Meister hinsichtlich ihrer Zeichenkunst miteinander verglichen haben, wenn ich sage, daß Ingres' Zeichnung die Zeichnung eines Systematikers ist. Er ist der Ansicht, die Natur müsse berichtigt, verbessert werden, der angenehme, der den Augen wohlgefällige, geglückte Betrug sei nicht nur berechtigt, sondern eine Pflicht. Bisher hatte man gesagt, die Natur müsse in ihrer Gesamtheit, in all ihrer Logik ausgelegt und wiedergegeben werden; in den Werken jedoch des hier in Rede stehenden Meisters begegnen uns oft Verschlagenheit, List und Gewalt, manchmal auch Betrug und Überrumpelung. Da sieht man eine Heerschar allzu gleichartig spindelförmiger Finger, deren schmale Ausläufer die Nägel bedrängen, welche, nach Lavater, angesichts dieser breiten Brust, dieses muskulösen Vorderarms, dieses ein wenig männlichen Gesamteindrucks spachtelförmig sein müßten, als Anzeichen eines Geistes, der den männlichen Beschäftigungen, der Symmetrie und den übersichtlichen Ordnungen der Kunst zuneigt. Da sieht man zarte Gesichter und nichts als elegante Schultern, welche allzu kräftigen Armen von raffaelischer Rundung und Fülle gesellt sind. Doch Raffael liebte nun einmal die fleischigen Arme; dem Meister zu gehorchen und zu gefallen, war die Hauptsache. Hier finden wir einen Nabel, der sich zu den Rippen hinauf verirrt, dort eine Brust, deren Spitze allzu sehr nach der Achselhöhle weist; hier – weniger entschuldbar (denn gemeinhin haben diese verschiedenen kleinen Schwindeleien eine mehr oder minder einleuchtende Entschuldigung, die sich aus dem ungezügelten Trachten nach *Stil* leicht ableiten läßt), – hier, sage ich, bringt uns ein unsägliches, abgehagertes Bein ohne Muskeln, ohne Rundungen, ohne Falte in der Kniekehle völlig aus der Fassung *(Jupiter und Antiope)*.

Festzustellen ist auch, daß der Maler, von seiner fast krankhaften Bemühtheit um Stil fortgerissen, oft die Modellierung unterdrückt oder bis zur Unsichtbarkeit verringert, in der Hoffnung, dadurch dem Kontur mehr Bedeutung zu verleihen; derart, daß seine Gestalten sich wie untadelige Musterzeichnungen ausnehmen, die von einer weichen, leblosen, dem Organismus fremden Materie aufgebläht sind. Gelegentlich fällt das Auge auf ein entzückendes Detail, von einer Lebendigkeit, an der nichts auszusetzen ist; aber dann meldet sich der böse Gedanke, hier habe nicht Ingres die Natur gesucht, sondern die Natur habe den Maler vergewaltigt und diese hohe und mächtige Dame habe ihn durch ihre unwiderstehliche Macht bezwungen.

Nach alledem wird man leicht begreifen, daß Ingres als ein Mann von ausgezeichneten Eigenschaften, als ein beredter Liebhaber der Schönheit gelten darf, daß es ihm aber an jener Kraft der Leidenschaft mangelt, die das Schicksal des Genies ist. Seine vornehmste Sorge sind ein an der Antike gebildeter Geschmack und der Respekt vor der Schule. Kurzum, er bewundert leicht, neigt zum

Eklektizismus, wie alle Menschen, die unter keinem Schicksal stehen. Daher sehen wir ihn denn auch von Archaismus zu Archaismus schweifen; Tizian *(Pius VII. in der Sixtinischen Kapelle),* die Emaille-Maler der Renaissance *(Venus Anadyomene),* Poussin und Carracci *(Jupiter und Antiope),* Raffael *(Der heilige Symphorianus),* die frühen Deutschen (sämtliche kleinen Bilder, die eine Szene oder Anekdote darstellen), die Wunderlichkeiten und die Buntheit der Perser, der Chinesen (die kleine *Odaliske*) wetteifern miteinander, wem der Vorzug gilt. Die Liebe zur Antike und deren Einfluß sind überall spürbar; aber zwischen Ingres und der Antike scheint mir oft das gleiche Verhältnis zu herrschen wie zwischen dem guten Ton, mit seinen kurzlebigen Launen, und dem natürlichen Anstand, den Würde und Menschlichkeit dem Einzelnen verleihen.

Vor allem in der *Apotheose Kaiser Napoleons I.*, dem sonst im Hôtel de Ville befindlichen Gemälde, hat Ingres seine Vorliebe für die Etrusker zu erkennen gegeben. Die Etrusker jedoch, diese großen Vereinfacher, haben die Vereinfachung nicht so weit getrieben, daß sie die Pferde nicht an die Wagen gespannt hätten. Diese übernatürlichen Pferde (woraus nur sind diese Pferde gemacht, die aus einem festen, glatten Stoff zu sein scheinen, wie das hölzerne Pferd, das die Stadt Troja einnahm?), besitzen sie denn die Kraft des Magneten, um den Wagen hinter ihnen ohne Riemen und Geschirr zu ziehen? Auch kann ich mich nicht enthalten, von dem Kaiser Napoleon zu sagen, daß ich an ihm jene epische und schicksalhafte Schönheit vermißt habe, die seine Zeitgenossen und seine Geschichtsschreiber ihm gemeinhin zuerkennen. Es widerstrebt mir, die legendäre äußere Erscheinung der großen Männer nicht gewahrt zu sehen, und das Volk, das hierin einer Meinung mit mir ist, sieht seine Lieblingshelden kaum anders als im prächtigen Feierkleid der öffentlichen Zeremonien oder in jenem historischen eisengrauen Feldmantel, der, allen auf den Stil versessenen Gemütern zum Trotz, in einer modernen Apotheose keineswegs fehl am Platz wäre.

Doch man könnte gegen dieses Werk noch einen gewichtigeren Vorwurf erheben. Das Hauptmerkmal einer Apotheose muß das Gefühl des Übernatürlichen sein, der mächtige Aufschwung zu höheren Regionen, ein Hinaufgetragenwerden, ein unwiderstehlicher Flug gen Himmel, dem Ziel alles menschlichen Strebens und dem klassischen Aufenthalt aller großen Männer. Diese Apotheose jedoch oder vielmehr dieses Gespann fällt, fällt mit einer seiner Schwere entsprechenden Geschwindigkeit. Die Pferde ziehen den Wagen zur Erde herab. Wie ein Ballon ohne Gas, der all seinen Ballast behalten hat, wird das Ganze unweigerlich am Erdboden zerschellen.

Von der *Jeanne d'Arc,* die durch eine übertriebene Pedanterie der Malweise auffällt, wage ich nicht zu sprechen. Ob ich gleich, wie seine Getreuen meinen, Ingres nicht gerade ein übermäßiges Wohlwollen entgegengebracht habe, so möchte ich doch den Glauben nicht aufgeben, daß auch die höchste Begabung das Recht behält, einmal zu irren. Hier, wie in der *Apotheose,* keine Spur von Gefühl, von Supranaturalismus. Wo ist sie denn nur, diese edle Jungfrau, die, nach der Versicherung des guten Herrn Delécluze, sich und uns an Voltaires Schlüpfrigkeiten rächen sollte? Zusammenfassend möchte ich sagen, daß es der Wille, oder vielmehr ein ungeheurer Mißbrauch des Willens ist, was – von seiner Gelehrsamkeit, seiner unduldsamen und fast ausschweifenden Vorliebe für die Schönheit abgesehen – Ingres zu dem gemacht hat, was er ist: der mächtige, unbestreitbare, jeder Aufsicht entrückte Herrscher. Kurzum, er ist, was er von Anfang an war. Dank der Kraft, die ihn beseelt, wird er es bis an sein Ende bleiben. Wie er keine Fortschritte gemacht hat, wird er auch nicht altern. Seine allzu leidenschaftlichen Bewunderer werden immer bleiben, was sie waren, verliebt bis zur Verblendung; und nichts wird sich in Frankreich geändert haben, nicht einmal das närrische Bestreben, einem großen Künstler die Wunderlichkeiten zu entlehnen, die nur ihm allein zu eigen sein können, und das Unnachahmliche nachzuahmen.

Zahllose, übrigens meist glückliche Umstände haben sich vereinigt, Ingres' gewaltigen Ruhm zu befestigen. Die Achtung der Weltleute hat er sich durch seine emphatische Liebe zur Antike und zur Tradition erworben. Den Exzentrikern, den Blasierten, unzähligen reizempfänglichen Gemütern, die immer auf Neuheiten, und seien es bittere Neuheiten, aus sind, hat es seine Wunderlichkeit angetan. Das Gute aber oder zumindest doch Gefällige an ihm hat eine beklagenswerte Wirkung unter der Menge seiner Nachahmer ausgeübt; was näher zu erläutern, ich mehr als einmal Gelegenheit haben werde.

III. EUGÈNE DELACROIX

Eugène Delacroix und Ingres teilen sich in die Gunst und den Haß des Publikums. Seit langem schon hat die öffentliche Meinung einen Kreis um sie gebildet wie um zwei Ringkämpfer. Ohne dieses weitverbreitete kindische Vergnügen an Entgegensetzungen zu billigen, müssen wir doch mit einer näheren Betrachtung dieser beiden französischen Meister beginnen, da sich um sie herum, unterhalb ihrer nahezu sämtliche Individualitäten gruppiert und gestaffelt haben, aus denen unser Künstlerpersonal sich zusammensetzt.

Angesichts der fünfunddreißig Gemälde Delacroix' ist der erste Gedanke, der sich des Beschauers bemächtigt, der eines ausgefüllten Lebens, einer beharrlichen, unablässigen Liebe zur Kunst. Welches Bild ist das beste? Es wäre kaum ausfindig zu machen. Welches das interessanteste? Man kann sich nicht entscheiden. Hie und da glaubt man Zeichen eines Fortschritts wahrzunehmen; aber wenn gewisse Bilder jüngeren Datums ein Zeugnis dafür liefern, daß Delacroix gewisse bedeutende Fähigkeiten aufs Äußerste gesteigert hat, so gewahrt der unparteiisch Urteilende zu seiner Betroffenheit, daß dieser Maler (*Dante und Virgil in der Unterwelt* ist aus dem Jahre 1822) von Jugend auf groß war. Manchmal war er zarter, manchmal eigenartiger, manchmal mehr Maler, immer aber war er groß.

Ein so edel, so glücklich erfülltes Schicksal, ein von der Natur gesegnetes und durch die staunenswürdigste Willenskraft vollendetes Schicksal ruft mir unaufhörlich die Verse des großen Dichters ins Gedächtnis:

Il naît sous le soleil de nobles créatures
Unissant ici-bas tout ce qu'on peut rêver:
Corps de fer, cœurs de flamme; admirables natures!

Dieu semble les produire afin de se prouver;
Il prend pour les pétrir une argile plus douce,
Et souvent passe un siècle à les parachever.

Il met, comme un sculpteur, l'empreinte de son pouce
Sur leurs fronts rayonnants de la gloire des cieux,
Et l'ardente auréole en gerbes d'or y pousse.

Ces hommes-là s'en vont, calmes et radieux,
Sans quitter un instant leur pose solennelle,
Avec l'œil immobile et le maintien des dieux ...

Ne leur donnez qu'un jour, ou donnez-leur cent ans,
L'orage ou le repos, la palette ou le glaive:
Ils mèneront à bout leurs dessins éclatants.

Leur existence étrange est le réel du rêve!
Ils exécuteront votre plan idéal,
Comme un maître savant le croquis d'un élève.

Vos désirs inconnus sous l'arceau triomphal,
Dont votre esprit en songe arondissait la voûte,
Passent assis en croupe au dos de leur cheval ...

De ceux-là chaque peuple en compte cinq ou six,
Cinq ou six tout au plus, dans les siècles prospères,
Types toujours vivants dont on fait des récits.

(Edle Geschöpfe werden unter der Sonne geboren, die hienieden alles, was man erträumen mag, in sich vereinigen: eiserne Körper, glühende Herzen; bewundernswürdige Naturen!

Gott scheint sie hervorzubringen, um sich zu beweisen; sie zu kneten, wählt er einen gefügigeren Ton, und manchmal vergeht ein Jahrhundert, ehe er sie vollendet hat.

Wie ein Bildhauer läßt er den Abdruck seines Daumens auf ihrer Stirne, welche die Glorie des Himmels umleuchtet, und in goldenen Garben umgibt sie eine glühende Aureole.

Diese Männer schreiten einher, gelassen und strahlend, ohne auch nur für einen Augenblick ihre feierliche Haltung aufzugeben, unbeweglichen Blickes wie die Götter und göttlichen Betragens ...

Gebt ihnen nur einen Tag, oder gebt ihnen hundert Jahre, das Unwetter oder die Ruhe, die Palette oder das Schwert: sie werden ihre großartigen Absichten zu Ende führen.

Ihr seltsames Dasein ist die Wirklichkeit des Traumes! Sie werden euren idealen Entwurf ausführen, wie ein kundiger Meister die Skizze eines Schülers.

Unter dem Triumphbogen, dessen Wölbung euer Geist im Traume rundete, reiten eure unbekannten Wünsche einher, auf ihres Rosses Kruppe sitzend ...

Von solchen zählt jedes Volk fünf oder sechs, fünf oder sechs allerhöchstens, in den Jahrhunderten des Gedeihens, ewig lebendige Vorbilder, die in Geschichten fortleben.)

Théophile Gautier nennt dies eine »Entschädigung«. Genügte ein Delacroix allein nicht schon, die Leerräume eines Jahrhunderts auszufüllen?
Nie ist ein Künstler heftiger angegriffen, ausgiebiger verspottet, eifriger behindert und gehemmt worden. Was aber kümmern uns das Zaudern der Regierungen (ich spreche von vergangenen Zeiten), das Gezeter einiger bürgerlicher Salons, die gehässigen Abhandlungen einiger Schankstubenakademien und der Starrsinn der Dominospieler? Der Beweis ist erbracht, die Frage auf ewig entschieden, das Ergebnis ist da, sichtbar, überwältigend, alles überstrahlend.
Delacroix hat sich in sämtlichen Gattungen betätigt; seine Einbildungskraft und sein Wissen haben sich in allen Bereichen der

Malerei umgetan. Er hat (und mit welcher Liebe, mit welcher Feinheit!) reizende kleine Bilder voller Intimität und Tiefsinn gemalt; er hat die Wände unserer Paläste *verherrlicht,* er hat unsere Museen mit mächtigen Kompositionen angefüllt.
Dieses Jahr hat er berechtigterweise die Gelegenheit wahrgenommen, um einen beträchtlichen Teil seiner Lebensarbeit zu zeigen und uns zu veranlassen, gleichsam die Prozeßakten einer neuerlichen Durchsicht zu unterziehen. Die Auswahl dieser Sammlung ist mit großem Takt getroffen worden, in der Absicht, uns schlüssige und zugleich unterschiedliche Proben seines Geistes und seines Könnens zu liefern.
Da haben wir *Dante und Virgil,* dieses Bild eines jungen Mannes, das seinerzeit eine Revolution bedeutete und auf dem man die eine Figur (den Leib des rücklings im Wasser treibenden Mannes) lange Zeit fälschlich Géricault zugeschrieben hat. Unter den großen Bildern kann einem die Wahl schwerfallen: soll man sich für *Trajans Gerechtigkeit* oder für den *Einzug der Kreuzfahrer in Konstantinopel* entscheiden? *Trajans Gerechtigkeit* ist ein Gemälde von so wunderbarer Leuchtkraft, so luftig, so voller Bewegung und Gepränge! Der Kaiser ist so schön, die Menge, die sich um die Säulen rankt oder mit dem Gefolge einherzieht, ist so heftig bewegt, die in Tränen aufgelöste Witwe so dramatisch! Dies ist das Bild, das einst durch die dürftigen Späße eines Alphonse Karr, der sich seines gesunden Menschenverstands zur Unzeit bediente, *verherrlicht* wurde, als dieser sich über das rosa Pferd aufhielt; als ob es keine Pferde gäbe, auf deren Fell ein rosiger Schimmer liegt, und als ob der Maler jedenfalls nicht das Recht hätte, solche zu malen. Aber das Gemälde der *Kreuzfahrer,* ganz abgesehen von seinem Gegenstand, ergreift einen derart bis ins Innerste, durch seine stürmische und düstere Harmonie! Was für ein Himmel und was für ein Meer! Alles dort ist aufgewühlt, wie nach einem gewaltigen Ereignis. Die hinter den Kreuzfahrern ansteigende Stadt, die diese soeben durchritten haben, erstreckt sich mit wunderbarer Wahrheit in die Tiefe. Und überall diese schillernden, wallenden Fahnen, deren leuchtende Falten sich knatternd in der hellen Luft entrollen! Überall die unruhig tätige Menge, der Tumult der Waffen, die Pracht der Gewänder, die emphatische Wahrheit der Ge-

bärde in den großen Lebensaugenblicken! Diese beiden Gemälde sind von wahrhaft shakespearischer Schönheit. Denn niemand nach Shakespeare versteht sich so meisterlich darauf, das Drama und den Traum in einer geheimnisvollen Einheit zu verschmelzen.
Das Publikum wird all jene Bilder stürmischen Angedenkens wiederfinden, die einmal Aufstand, Kampf und Triumph bedeuteten: *Der Doge Marino Faliero* (Salon 1827. – Seltsam festzustellen, daß *Kaiser Justinian, der die Institutionen verfaßt* und *Christus am Ölberg* aus demselben Jahr stammen), *Der Bischof von Lüttich,* diese wunderbare Übersetzung Walter Scotts, voller Gewühl, Bewegung und Licht, *Das Gemetzel von Chios, Der Gefangene von Chillon, Tasso im Gefängnis, Die jüdische Hochzeit, Die Verzückten von Tanger,* etc., etc. Wie aber soll man diese Folge bezaubernder Bilder näher charakterisieren, etwa den *Hamlet* mit dem Schädel in der Hand und *Romeos und Julias Abschied* – so tiefergreifende und fesselnde Bilder, daß das Auge, wenn es sich in ihre kleinen schwermütigen Welten versenkt hat, sich nicht mehr losreißen kann, daß das Gemüt ihnen ausgeliefert bleibt?

Et le tableau quitté nous *tormente et* nous *suit.*
(Und das verlaßne Bild, es quält uns und es verfolgt uns.)

Das ist nicht der Hamlet, wie Rouvière ihn kürzlich, und mit großer Meisterschaft, vor uns hat erstehen lassen, ätzend, unglücklich und ungestüm, voller Unrast bis zur Wildheit. Da haben wir die ganze romantische Wunderlichkeit des großen Tragöden; Delacroix jedoch, getreuer vielleicht, hat uns einen zarten, bleichgesichtigen Hamlet gezeigt, mit weißen, weiblichen Händen, eine erlesene Natur, doch weich, von Unentschiedenheit überhaucht und fast erloschenen Blickes.
Und nun der berühmte Kopf der sich zurückwerfenden Maria Magdalena, mit ihrem seltsamen und geheimnisvollen Lächeln, und von so übernatürlicher Schönheit, daß man nicht weiß, ob die Verklärung des Todes sie umleuchtet oder ob die Inbrunst der Gottesliebe sie verschönt.
Romeos und Julias Abschied veranlaßt mich zu einer Anmerkung, die ich für sehr wichtig halte. Ich habe über die Häßlichkeit von

Delacroix' Frauen so viel Spottreden gehört, ohne diesen Spott je begreifen zu können, daß ich die Gelegenheit ergreife, gegen dieses Vorurteil Protest einzulegen. Victor Hugo soll es, dem Vernehmen nach, geteilt haben. Er beklagte es, – das war noch zur Blütezeit der Romantik, – daß derjenige, den die öffentliche Meinung an Ruhm ihm gleichstellte, sich so ungeheuerliche Verstöße gegen die Schönheit zuschulden kommen ließ. Er hat Delacroix' Frauen einmal als Frösche bezeichnet. Doch Victor Hugo ist ein großer plastischer Dichter, dem der Blick für die Spiritualität verschlossen ist.

Bedauerlicherweise ist der *Sardanapal* dieses Jahr nicht wiedererschienen. Man hätte dort sehr schöne, helle, leuchtende, rosige Frauen gesehen, wenigstens meiner Erinnerung nach. Sardanapal selber war schön wie eine Frau. Delacroix' Frauen lassen sich im allgemeinen in zwei Klassen einteilen: die einen, leicht verständlich und oft der Mythologie angehörend, sind notwendigerweise schön (die liegende Nymphe, die dem Beschauer den Rücken zuwendet, in dem Deckengemälde der Galerie d'Apollon). Sie sind prächtig, sehr kräftig, füllig, üppig und erfreuen sich einer herrlichen Transparenz ihres Inkarnats und besitzen wunderbares Haar.

Die andern hingegen, bisweilen historische Frauengestalten (*Kleopatra,* die Schlange betrachtend), noch öfter Geschöpfe der freien Erfindung, Genrebilder, bald Gretchen, bald Ophelia, Desdemona, die Jungfrau Maria oder gar Maria Magdalena, möchte ich *femmes d'intimité,* Frauen der Verinnerlichung, nennen. Es ist, als trügen sie ein schmerzliches Geheimnis in ihren Augen, das zu verbergen keine noch so tiefe Verstellung ausreicht. Ihre Blässe ist gleichsam eine Offenbarung innerer Kämpfe. Ob der Zauber des Verbrechens oder der Geruch der Heiligkeit sie umwittert, ob ihre Gebärden schmachtend oder ungestüm sind, immer tragen diese im Herzen oder im Gemüt leidenden Frauen in ihren Augen die bleierne Stumpfheit des Fiebers oder das seltsame Glitzern des Leidens, und im Blick die ganze Stärke des Supranaturalismus.

Dennoch, und unbeschadet dessen, sind es stets *distinguierte,* ja durchaus und vor allem *distinguierte* Frauen, und um schließlich alles in einem Wort zu sagen, so scheint mir Delacroix der Künst-

ler zu sein, der im höchsten Grade begabt ist, die moderne Frau auszudrücken, namentlich dort, wo die moderne Frau als Heldin, als Abgesandte höllischer oder himmlischer Mächte, erscheint. Diese Frauen sind sogar ihrer körperlichen Beschaffenheit nach auf moderne Weise schön: traumversunken, zeigen sie dennoch einen üppigen Busen auf einem leicht verengten Brustkorb, ein breites Becken und entzückende Arme und Beine.
Die neuen, dem Publikum noch unbekannten Bilder sind: *Die beiden Foscari,* die *Arabische Familie,* die *Löwenjagd,* der *Kopf einer alten Frau* (ein Porträt von Delacroix ist eine Seltenheit). Diese unterschiedlichen Gemälde gestatten uns, die erstaunliche Sicherheit festzustellen, die der Meister erlangt hat. Die *Löwenjagd* ist eine wahre Farbenexplosion (das Wort in seinem guten Sinne verstanden). Niemals sind schönere, intensivere Farben durch den Kanal der Augen bis in die Seele gedrungen.
Ein erster rascher Überblick über diese Bilder in ihrer Gesamtheit und ihre aufmerksame gründliche Prüfung erlauben alsbald mehrere unwiderlegliche Wahrheiten festzustellen. Als erstes ist folgendes hochbedeutsame Faktum anzumerken: sieht man ein Bild Delacroix' aus allzu großer Entfernung, um seinen Gegenstand untersuchen, ja überhaupt erkennen zu können, so hat das Gemüt dennoch bereits einen reichen, glücklichen oder schwermütigen Eindruck empfangen. Es ist, als ob diese Malerei, wie die Hexenmeister und Magnetiseure, was sie beseelt, weithin ausstrahlte. Dieses einzigartige Phänomen erklärt sich aus der Macht des Koloristen, aus der vollkommenen Übereinstimmung der Töne und der (im Kopf des Malers prästabilierten) Harmonie zwischen der Farbe und dem Gegenstand. Es ist, als ob diese Farbe – man vergebe mir derartige Gewagtheiten des Ausdrucks für etwas, das so leicht nicht in Worte zu fassen ist, – von sich selber her denke, gleichviel, welche Dinge sie umkleide. Hinzu kommt, daß diese wunderbaren Akkorde seiner Farbe uns oft anregen, von Harmonie und Melodie zu träumen, und oft nimmt man von diesen Bildern einen gleichsam musikalischen Eindruck mit. Der Dichter hat diese schwer bestimmbaren Empfindungen in Versen auszudrücken versucht, deren Seltsamkeit man ihnen wohl ihrer Aufrichtigkeit wegen durchgehen läßt:

Delacroix, lac de sang, hanté de mauvais anges,
Ombragé par un bois de sapins toujours vert,
Où, sous un ciel chagrin, des fanfares étranges
Passent comme un soupir étouffé de Weber.

(Delacroix, Blutsee, von bösen Engeln überflogen, umschattet von immergrünem Fichtenwald, wo unter tiefvergrämtem Himmel seltsame Fanfaren vorbeiziehn, wie von Weber ein erstickter Seufzer.)

Blutsee: das Rot; – *von bösen Engeln überflogen:* Supranaturalismus; – *immergrüner Fichtenwald:* das Grün, die Komplementärfarbe des Roten; – *tiefvergrämter Himmel:* der aufgewühlte, gewittrige Hintergrund seiner Bilder; – *die Fanfaren* und *Weber:* Vorstellungen von romantischer Musik, wie die Harmonien seiner Farbe sie in uns wecken.
Und von Delacroix' Zeichnung, die man so töricht, so kleinlich bekrittelt hat, soll hier nur gesagt werden, daß es Grundwahrheiten gibt, die vollkommen verkannt werden; daß eine gute Zeichnung nicht aus einer harten, starren, grausamen, despotischen Linie besteht, die eine Figur wie eine Zwangsjacke umschließt; daß die Zeichnung wie die Natur sein soll: lebhaft, bewegt; daß die Vereinfachung der Zeichnung eine Ungeheuerlichkeit ist, wie die Tragödie in der Welt des Dramas; daß wir in der Natur einer unendlichen Reihe gekrümmter, fliehender, gebrochener Linien begegnen, die eine aus der anderen nach unfehlbaren Gesetzen hervorgehen, wonach alles Gleichlaufende unmerkliche Abweichungen und Einbuchtungen aufweist, wonach Aus- und Eingebogenes einander entsprechen und im Wechsel fortlaufen; daß Delacroix all diesen Bedingungen bewundernswürdig Genüge leistet und daß, selbst wenn in seiner Zeichnung sich gelegentlich Schwächen oder Übertreibungen bemerkbar machen sollten, er sich doch zumindest das ungeheure Verdienst erworben hat, ein unaufhörlicher und wirksamer Protest gegen die barbarische Invasion der geraden Linie zu sein, dieser tragischen und systematischen Linie, deren verheerende Auswirkungen in der Malerei und Bildhauerkunst jetzt schon unabsehbar sind.

Eine andere, sehr hohe, sehr weitreichende Eigenschaft seines Talents, die Delacroix zu dem Maler macht, den die Dichter lieben, ist dessen wesentlich literarische Beschaffenheit. Nicht nur hat seine Malerei stets mit Erfolg das Feld der hohen Literatur durcheilt, nicht nur hat sie Ariost, Byron, Dante, Walter Scott, Shakespeare übersetzt und Umgang mit ihnen gepflogen, – diese Malerei ist auch imstande, uns Ideen zu offenbaren, die einer höheren Ordnung angehören, die zarter, tiefer sind als die Mehrzahl derer, die bei den neueren Malern anzutreffen sind.
Und man beachte wohl, daß Delacroix dieses ans Wunderbare grenzende Ergebnis niemals durch das Fratzenhafte, durch tüftelnde Genauigkeit, durch Finten und Kniffe erzielt; sondern durch die Gesamtwirkung, durch die tiefe, völlige Übereinstimmung seiner Farbe, seines Gegenstandes, seiner Zeichnung und durch die dramatische Gebärdensprache seiner Gestalten.
Edgar Allan Poe sagt irgendwo, die Wirkung des Opiums auf die Sinne beruhe darauf, daß es die ganze Natur mit einem übernatürlichen Reiz für uns umkleide, durch den jedes Ding eine tiefere, nachdrücklichere, machtvollere Bedeutung gewinnt. Wer hat nicht, auch ohne zum Opium seine Zuflucht zu nehmen, jene wunderbaren Stunden gekannt, wahre Feste des Geistes, wo die wacheren Sinne länger nachhallende Empfindungen vernehmen, wo eine lichtere Himmelsbläue uns unendlichere Tiefen auftut, wo die Geräusche wie Musik erklingen, wo die Farben sprechen, wo die Düfte Welten von Gedanken erzählen? Und Delacroix' Malerei wirkt auf mich, als sei sie so etwas wie eine Übersetzung dieser schönen Tage des Geistes. Sie hat etwas Mächtiges an sich, und es liegt ein Glanz der Auszeichnung über ihr. Wie die Natur, wenn höchstempfindliche Nerven sie aufnehmen, offenbart diese Malerei den Supranaturalismus.
Was wird Delacroix der Nachwelt bedeuten? Wie wird ihre ausgleichende Gerechtigkeit über ihn befinden? Schon jetzt, an dem Punkt seiner Laufbahn, den er erreicht hat, fällt es nicht schwer, es auszusprechen, ohne auf allzu großen Widerspruch zu stoßen. Das Urteil der Nachwelt wird wie das unsere lauten: daß er ein einzigartiger Zusammenklang der erstaunlichsten Fähigkeiten war; daß er wie Rembrandt den Sinn für Innerlichkeit und den tiefen Zau-

ber besaß, ein Gefühl für Komposition und das Dekorative wie Rubens und Lebrun, die Farbigkeit des Märchenhaften wie Veronese, etc.; daß er aber darüberhinaus eine Eigenschaft *sui generis* besaß, etwas Unbestimmbares, das doch die Schwermut und die Glut unseres Jahrhunderts bestimmt, etwas durch und durch Neues, das ihn zu einem einzigartigen Künstler macht, ohne Erzeuger, ohne Vorgänger, wahrscheinlich auch ohne Nachfolger, ein so kostbares Glied, daß es unersetzlich ist und daß mit seinem Verschwinden, falls dergleichen zu bewerkstelligen überhaupt denkbar wäre, eine ganze Welt der Gedanken, Vorstellungen und Empfindungen verschwände und eine allzu große Lücke entstünde in der durch die Geschichte fortlaufenden Kette.

STUDIEN ÜBER POE
(1848-1857)

[VORTEXT ZU BAUDELAIRES ÜBERSETZUNG DER ERZÄHLUNG *Mesmeric Revelation*]

Es ist in letzter Zeit viel die Rede gewesen von Edgar Poe. Er verdient es auch. Mit einem Band Erzählungen ist sein Ruf über die Meere zu uns gedrungen. Er hat Erstaunen erregt, Erstaunen eher als Rührung oder Begeisterung. So pflegt es allen Erzählern zu gehen, die nach einer Methode verfahren, die sie selber geschaffen haben, und die sich unmittelbar aus ihrem Temperament herleitet. Ich halte es für unmöglich, einen starken Erzähler zu finden, der sich nicht seine Methode geschaffen hätte, oder vielmehr, dessen angeborene Art zu fühlen und zu empfinden sich nicht in einem sicheren Können verwandelt wiederfände. Deshalb sind die bedeutenden Erzähler auch alle mehr oder minder Philosophen: Diderot, Laclos, Hoffmann, Goethe, Jean Paul, Maturin, Honoré de Balzac, Edgar Poe. Man beachte, daß ich die allerverschiedensten und gegensätzlichsten anführe. Es gilt aber von allen, sogar von Diderot, dem sprunghaftesten und abenteuerlichsten, der gleichsam darauf aus war, den Einfall nach Regeln zu erhaschen; der sein leicht entflammbares, sanguinisches und lärmendes Naturell erst hinnahm und dann vorsätzlich nutzte. Man nehme Laurence Sterne, bei dem das Phänomen noch sehr viel auffälliger und sehr viel verdienstvoller ist. Dieser Mann hat sich seine Methode erschaffen. Mit nicht zu entmutigender Gutwilligkeit und Gutgläubigkeit folgen all diese Autoren der Vorlage der Natur, der reinen Natur. – Welcher? – Ihrer eigenen. Darum sind sie meist auch sehr viel erstaunlicher und origineller als die bloßen Phantasiemenschen, die mit keinerlei philosophischem Geist begabt sind, die nur die Ereignisse anhäufen und aneinanderreihen, ohne sie zu ordnen, und ohne ihren geheimnisvollen Sinn zu erklären. Ich sagte, sie seien erstaunlich. Ich gehe noch weiter: das Erstaunliche ist auch ihre Absicht. Bei mehreren unter ihnen lassen ihre Werke erkennen, daß das Übernatürliche ihr Hauptanliegen ist. Das hängt, wie gesagt, mit jener angeborenen Spür-und-Suchsinnigkeit (man lasse mir dieses Wortungetüm durchgehen) zusammen, jenem inquisitorischen Geist, dem Geist eines Untersuchungsrichters, der vielleicht in frühesten Kindheitseindrücken wurzelt. Andere, leidenschaftlich darauf erpicht, die Natur zu erforschen, nehmen die Seele unter die Lupe, wie die Ärzte den Körper, und verderben sich die Augen auf der Suche nach deren Triebfedern. Wieder andere bilden eine Mischform, und suchen diese beiden Systeme in einer geheimnisvollen Einheit zu verschmelzen. Einheit des Animalischen, Einheit des Fluidums, Einheit des Urstoffes, alle diese jüngsten Theorien sind durch einen seltsamen Zufall manchmal einem Dichter zur gleichen Zeit eingefallen wie den Gelehrten. So kommt schließlich ein Augenblick, da die Erzähler von der geschilderten Sorte gleichsam eifersüchtig werden auf die Philosophen; dann liefern auch sie ihr System vom Aufbau der Natur, gelegentlich gar mit einer gewissen Anmaßung, die doch etwas Unschuldiges, Liebenswürdiges an sich hat. Man kennt *Seraphitus, Louis Lambert,* und eine ganze Anzahl von Stellen in anderen Büchern, wo Balzac, dieser große Geist, der mit Recht auf ein enzyklopädisches Wissen Anspruch erhebt, den Versuch unternommen hat, unterschiedliche Ideen aus Swedenborgs, Mesmers, Marats, Goethes und Geoffroy Saint-Hilaires Schriften zu einem einheitlichen und endgültigen System zu verschmelzen. Diese Vorstellung der Einheit hat Edgar Poe verfolgt, und er hat sich diesen Lieblingstraum nicht weniger Mühen kosten lassen als Balzac. Unverkennbar schwingen diese ausgesprochen literarischen Geister, wenn sie einmal darauf verfallen, sich zu wunderlichen Rittern durch die Philosophie auf. Sie preschen unversehens vor, und plötzlich sprengen sie auf Wegen davon, die nur ihnen zustehen.

Zusammenfassend möchte ich demnach sagen: die drei Kennzeichen der *entdeckungsfreudigen* Erzähler sind: 1. ein *ihnen eigenes* Verfahren; 2. das *Erstaunen;* 3. der Drang zur Philosophie; drei Kennzeichen, auf denen denn auch ihre Überlegenheit beruht. In der hier folgenden Arbeit von Edgar Poe hängt die Argumentation bisweilen an einem äußerst feinen Faden, dann wieder ist sie dunkel und von Zeit zu Zeit von seltsamer Verwegenheit. Man wird sich damit abfinden und die Sache schlucken müssen, wie sie ist. Das Wichtigste ist, daß man sich Wort für Wort an den Text hält. Manches wäre noch sehr viel dunkler geworden, wenn ich Umschreibungen gewählt hätte, statt mich mit knechtischer Treue an den Buchstaben meines Autors zu halten.

Es erübrigt sich, darauf hinzuweisen, daß die *Liberté de penser* die Ideen des amerikanischen Erzählers keineswegs teilt. Der Abdruck dieser hohen wissenschaftlichen Kuriosität erfolgte lediglich, weil man den Lesern einen Gefallen damit zu erweisen glaubte.

EDGAR ALLAN POE
SEIN LEBEN UND SEINE WERKE

I

Es gibt unausweichliche Verhängnisse; es gibt in der Literatur jedes Landes Menschen, die das Wort *guignon* in geheimnisvollen Zeichen in die gewundenen Falten ihrer Stirne geschrieben tragen. Vor einiger Zeit wurde den Gerichten ein Unglücklicher zugeführt, auf dessen Stirne die seltsamen Worte *pas de chance* eintätowiert standen. So trug er überall das Etikett seines Lebens mit sich herum, wie ein Buch seinen Titel, und als man ihn verhörte, zeigte es sich, daß seine Existenz seiner Aufschrift entsprach. In der Literaturgeschichte gibt es ähnliche Schicksale. Man sollte meinen, der blinde Engel der Vergeltung hätte sich gewisser Menschen bemächtigt, um sie aus Leibeskräften auszupeitschen, zur Erbauung der anderen. Durchforscht man jedoch aufmerksam ihr Leben, so wird man ihnen Talente, Tugenden, Liebenswürdigkeit nicht absprechen können. Die Gesellschaft verhängt einen eigenen Bannfluch über sie, und legt ihnen Charakterfehler zur Last, die ihre Verfolgung erst in ihnen hervorgerufen hat. Was hat Hoffmann nicht getan, um das Schicksal zu entwaffnen? Was hat Balzac nicht unternommen, um das Glück zu beschwören? Hoffmann war genötigt, sich das Rückgrat sengen zu lassen, eben in dem lang herbeigesehnten Augenblick, da er anfing, der Notdurft nicht mehr schutzlos ausgeliefert zu sein, da die Verleger sich um seine Erzählungen rissen, da er endlich jene Bibliothek sein eigen nannte, die er sich so sehr gewünscht hatte. Balzac träumte von drei Dingen: eine wohlgeordnete, große Ausgabe seiner Werke, die Tilgung seiner Schulden, und eine Ehe, eine Lieblingsvorstellung, die er seit langem gehegt und gehätschelt hatte; dank fortgesetzter Anstrengungen, deren Summe sich vorzustellen, selbst die Ehrgeizigsten und Arbeitswilligsten entsetzt, kommt die Ausgabe zustande, die Schulden werden getilgt, die Ehe wird geschlossen. Ja, Balzac ist glücklich. Das tückische Schicksal aber, das ihm erlaubt hatte, einen Fuß in sein gelobtes Land zu setzen, vertreibt

ihn alsbald mit Gewalt. Balzacs Todeskampf war fürchterlich und seiner Kräfte würdig.
Gibt es demnach eine diabolische Vorsehung, die von der Wiege an das Unglück vorbestimmt und zubereitet? Ein Mensch, dessen düsteres, verzweifeltes Talent etwas Furchteinflößendes hat, ist *mit Vorbedacht* einer Umgebung ausgesetzt worden, die ihm feindlich gesinnt war. Eine zarte, empfindliche Seele, wie Vauvenargues, entfaltet ihre kränkelnden Blätter nur langsam in der rauhen Atmosphäre einer Garnison. Ein Gemüt, das nach Luft verlangt, das die freie Natur liebt, quält sich lange Zeit hinter den erstickenden Mauern eines Seminars ab. Jenes närrische, ironische, hochgroteske Talent, dessen Gelächter bald einem Schluckser, bald einem Schluchzen gleicht, hat in weitläufigen Amtsstuben gesessen, mit Menschen, die eine goldene Brille auf der Nase trugen. Gibt es denn Seelen, die für den Altar bestimmt sind, *geweihte* Seelen gleichsam, und denen es auferlegt ist, auf dem Weg zu Tod und Ruhm sich selber dauernd zum Opfer zu bringen? Wird der Albtraum der *Ténèbres,* der diese Ausnahmemenschen umschließt, niemals weichen? Vergeblich wehren sie sich, treffen sie alle erdenklichen Vorkehrungen, vervollkommnen sie ihre Vorsichtsmaßnahmen. Laßt uns alle Ausgänge versperren, den Schlüssel zweimal im Schloß umdrehen, die Fenster abdichten. Oh! wir haben das Schlüsselloch vergessen; der Teufel ist schon hindurchgeschlüpft.

Leur chien même les mord et leur donne la rage.
Un ami jurera qu'ils ont trahi le roi.

(Selbst ihr Hund beißt sie und steckt sie mit seiner Tollwut an. Ein Freund wird beschwören, daß sie den König verraten haben.)

Alfred de Vigny hat ein Buch geschrieben, um zu beweisen, daß für den Dichter nirgends ein Platz ist, weder in einer Republik, noch in einer absoluten oder in einer konstitutionellen Monarchie; und niemand hat ihm widersprochen.
Das Leben Edgar Poes ist eine klägliche Tragödie, und das Schreckliche ihres Ausgangs wird durch das Triviale noch gestei-

gert. Die verschiedenen Dokumente, die ich kürzlich gelesen habe, haben in mir die Überzeugung geweckt, daß die Vereinigten Staaten für Poe ein riesiger Käfig waren, ein einziges großes Buchhaltungsunternehmen, und daß er sein Leben lang unselige Anstrengungen unternommen hat, um dem Einfluß dieser widerwärtigen Atmosphäre zu entrinnen. In einer seiner Biographien heißt es, Mr. Poe hätte, wenn er nur bereit gewesen wäre, sein Genie gewissen Regeln zu unterwerfen und seine schöpferischen Fähigkeiten auf eine der amerikanischen Erde angemessenere Weise anzuwenden, durchaus ein verdienender Autor, *a money-making author,* sein können; schließlich seien die Zeiten gar nicht so hart für einen begabten Menschen, der immer sein täglich Brot findet, vorausgesetzt, seine Lebensführung sei ordentlich und sparsam und er gebrauche die materiellen Güter mit Maß. Anderswo behauptet ein Kritiker, ohne zu erröten, Mr. Poes Genie möge noch so schön sein, besser wäre es doch für ihn gewesen, nur Talent zu besitzen, weil das Talent sich leichter bezahlt macht als das Genie. In einer Notiz, auf die wir noch zurückkommen werden, und die von einem seiner Freunde geschrieben wurde, gesteht dieser, daß es schwierig gewesen sei, Mr. Poe an einer Zeitschrift zu beschäftigen, und daß man genötigt war, ihm weniger zu zahlen als den anderen, weil er einen Stil schrieb, der allzu hoch über dem Durchschnitt lag. Dies alles erinnert mich an das abscheulich väterliche Sprichwort: *Make money, my son, honestly, if you can,* BUT MAKE MONEY. *Welch ein Krämergeruch!* wie Joseph de Maistre einmal anläßlich Lockes ausruft.

Wenn man sich mit einem Amerikaner unterhält, und dabei auf Mr. Poe zu sprechen kommt, wird er sein Genie bereitwillig einräumen; er wird vielleicht sogar stolz darauf sein, zuletzt aber wird er mit überlegenem Ton sagen: Ich aber, ich bin ein positiver Mensch; und mit dem Anflug eines sardonischen Lächelns wird er von jenen großen Geistern zu sprechen beginnen, die nichts zu bewahren verstehen; er wird sich über Mr. Poes zügelloses Leben ergehen, den Alkoholdunst seines Atems, der an einer Kerzenflamme Feuer gefangen hätte, seine unsteten Lebensgewohnheiten; er wird hinzufügen, daß er ein *erratisches* Wesen, ein *aus der Bahn geratener* Planet gewesen sei; unablässig sei er von New

York nach Philadelphia, von Boston nach Baltimore, von Baltimore nach Richmond unterwegs gewesen. Und wenn man ihm, bewegten Herzens schon angesichts dieser vom Unheil überschatteten Existenz, zu bedenken gibt, daß die Demokratie auch ihre Nachteile habe, daß sie, trotz ihrer wohlwollenden Maske der Freiheit, vielleicht nicht jedem erlaube, seine Individualität zu entfalten, daß es oft recht schwierig sei, in einem Land zu denken und zu schreiben, wo zwanzig, dreißig Millionen Souveräne herrschen, daß es einem überdies *zu Ohren gekommen sei,* es gäbe in den Vereinigten Staaten eine Tyrannei, die sehr viel grausamer und unerbittlicher wäre als diejenige eines Monarchen, nämlich die der öffentlichen Meinung, – dann, oh! dann wird man ihn die Augen aufreißen und blitzende Blicke schleudern sehen, der Schaum des verletzten Patriotismus tritt ihm auf die Lippen, und aus seinem Munde schleudert Amerika selbst Schmähreden gegen die Metaphysik und gegen Europa, seine alte Mutter. Der Amerikaner ist ein positives Wesen, voll eitlen Stolzes auf seine industrielle Macht, und ein wenig eifersüchtig auf den Alten Kontinent. Aber Mitleid zu haben mit einem Dichter, den Schmerz und Einsamkeit in den Wahnsinn treiben konnten, dazu hat er keine Zeit. Er ist so stolz auf seine junge Größe, er hat einen so naiven Glauben an die Allmacht der Industrie, er ist so felsenfest überzeugt, daß sie zuletzt den Teufel selber fressen wird, daß all diese Hirngespinste ihm recht erbärmlich vorkommen. Vorwärts, sagt er, vorwärts, was kümmern uns unsere Toten. Er würde ohne Bedenken über die einsamen und freien Seelen hinwegschreiten, und sie ebenso unbekümmert sich unterwerfen wie seine ungeheuren Eisenbahnstrecken die abgeholzten Wälder, und seine Dampferungetüme die Trümmer eines am Vortag abgebrannten Schiffes. Er hat es so eilig, anzukommen. Zeit und Geld, darum geht es.
Kurz bevor Balzac in den letzten Abgrund hinabstieg, mit den edlen Klagen eines Helden, der noch Großes zu vollbringen hat, wurde Edgar Poe, der mehr als einen Zug mit ihm gemeinsam hat, von einem gräßlichen Tod getroffen. Frankreich hat eines seiner größten Genies verloren, und Amerika einen Erzähler, einen Kritiker, einen Philosophen, der nicht für dieses Land geschaffen war. Manch einer von unseren Landsleuten weiß nichts von Edgar Poes

Tod; viele glaubten, er sei ein reicher junger Gentleman gewesen, der wenig schrieb, der seine bizarren und unheimlichen Schöpfungen in den heitersten Stunden des Müßiggangs hervorbrachte, und das literarische Leben nur durch seltene, strahlende Erfolge kannte. Die Wirklichkeit war in allem das Gegenstück.
Poes Familie war eine der angesehensten von Baltimore. Sein Großvater war *quarter master general** während der Revolution, und La Fayette brachte ihm hohe Achtung und Freundschaft entgegen. Das letzte Mal, als er jenes Land besuchte, bat er dessen Witwe, die feierliche Versicherung seiner Dankbarkeit für die Dienste, die ihr Gatte ihm erwiesen hatte, entgegenzunehmen. Sein Urgroßvater hatte eine Tochter des englischen Admirals Mac Bride geheiratet, und durch ihn war Poes Familie mit den höchsten Häusern Englands verwandt. Edgars Vater erhielt eine Erziehung, wie sie dieser Herkunft entsprach. Von einer heftigen Leidenschaft für eine junge und schöne Schauspielerin ergriffen, brannte er mit ihr durch und heiratete sie. Um sein Geschick noch enger mit dem ihrigen zu verknüpfen, wollte auch er als Schauspieler auftreten. Da beiden jedoch die rechte Begabung für diesen Beruf fehlte, führten sie ein klägliches, unsicheres Leben. Der jungen Dame kam wenigstens ihre Schönheit zustatten, und das bezauberte Publikum ertrug ihr mittelmäßiges Spiel. Auf einer ihrer Tourneen kamen sie auch nach Richmond, und dort starben beide innerhalb weniger Wochen rasch hintereinander, beide an der gleichen Ursache: Hunger, Not, Elend.
So überließen sie dem Zufall, ohne Brot, ohne Unterkunft, ohne Freund, ein unglückliches kleines Wesen, das die Natur immerhin mit einigem Reiz ausgestattet hatte. Ein reicher Handelsmann jener Stadt, Mr. Allan, ließ sich rühren. Er fand Gefallen an dem hübschen Knaben, und da er keine Kinder hatte, nahm er ihn an Kindesstatt an. So wuchs Edgar Poe im Wohlstand auf und erhielt eine gründliche Erziehung. Im Jahre 1817 begleitete er seine Adoptiveltern auf einer Reise durch England, Schottland und Irland. Ehe sie in ihre Heimat zurückkehrten, übergaben sie ihn

* Ein Posten, der die Aufgaben eines Generalstabschefs und eines Intendanten in sich vereinigte.

Doktor Bransby, der in Stoke-Newington bei London eine bedeutende Erziehungsanstalt leitete, wo er fünf Jahre verbrachte.
Jeder, der über sein eigenes Leben nachgedacht, der häufig zurückgeblickt hat, um seine Vergangenheit mit der Gegenwart zu vergleichen, jeder, der die Gewohnheit angenommen hat, gerne psychologische Betrachtungen über sich selbst anzustellen, weiß, welcher unermeßliche Anteil der Jugendzeit an dem Genie eines Menschen zukommt, wie es sich zuletzt herausbildet. Dies ist die Zeit, in welcher die Dinge tiefere Eindrücke in dem zarten, empfänglichen Gemüt hinterlassen; die Zeit, in welcher die Farben leuchtender sind und die Klänge eine geheimnisvolle Sprache reden. Der Charakter, der Genius, der Stil eines Menschen wird von seiner frühesten Jugend an durch scheinbar alltägliche Begebenheiten geprägt. Wenn alle Menschen, die in der Welt eine Rolle gespielt haben, die Eindrücke ihrer Kindheit aufgezeichnet hätten, welch ein großartiges Diktionär der Seelenkunde besäßen wir! Edgar Poes Farben, seine Sinnesart stehen in einem heftigen Kontrast zu dem Hintergrund der amerikanischen Literatur. Seine Landsleute finden ihn kaum amerikanisch, und er ist doch auch kein Engländer. Es ist deshalb ein Glücksfall, daß wir einer seiner Erzählungen, einer wenig bekannten Erzählung, *William Wilson,* eine merkwürdige Schilderung seines Lebens auf jener Schule in Stoke-Newington entnehmen können. Alle Erzählungen Edgar Poes sind gewissermaßen autobiographisch. Man findet den Menschen in seinem Werk. Die Gestalten und Begebenheiten sind der Rahmen und das Beiwerk seiner Erzählungen.

»Meine frühesten Erinnerungen an das Schulleben sind verknüpft mit einem großen, weitläufigen elisabethanischen Gebäude in einer ländlichen Ortschaft Englands, die immer wie im Nebel lag, zwischen unzähligen riesigen und knorrigen Bäumen, und deren Häuser alle sehr alt waren. Dieses ehrwürdige alte Städtchen hatte wahrlich etwas Traumartiges und Sanftberuhigendes. Noch jetzt ist mir, als spürte ich die erfrischende Kühle im tiefen Schatten seiner Alleen, als atmete ich den Wohlgeruch seiner tausend Gesträuche, und wieder durchschauert mich ein unbeschreibliches Entzücken bei dem tiefen, hohlen Ton der Kirchenglocke, wie er

allstündlich unversehens mit verworrenem Grollen die dämmerige Stille unterbrach, in welcher der durchbrochene gothische Kirchturm verschlafen und wie eingebettet dalag.
Es bereitet mir vielleicht ein so tiefes Vergnügen, wie ich heute überhaupt zu empfinden fähig bin, wenn ich mir die Schule und alles, was sie betraf, bis ins Kleinste zurückrufe. Dem Elend ausgeliefert, wie ich es heute bin, – einem ach! nur zu wirklichen Elend, – darf ich wohl auf Nachsicht zählen, wenn ich in ein paar flüchtigen, verstreuten Einzelheiten eine so kurze und schwache Erleichterung suche. Bei all ihrer Trivialität und vielleicht sogar Lächerlichkeit haben diese Einzelheiten überdies in meiner Vorstellung eine zusätzliche Bedeutung gewonnen, durch ihre Verbindung mit einer Lebenszeit und Örtlichkeit, in und an denen ich, wie mir heute scheint, die ersten zweideutigen Warnungen des Geschicks vernahm, das mich später so tief in sein Dunkel hüllte. Es sei mir darum gestattet, in der Erinnerung dorthin zurückzukehren.
Das Gebäude war, wie schon gesagt, alt und unregelmäßig gebaut, das Grundstück von beträchtlichen Ausmaßen, und eine hohe Mauer aus kräftigen Ziegelsteinen, auf welcher Glasscherben in einer Mörtelschicht staken, umgab die ganze Anlage. Diese gefängnisartige Umwallung bildete die Grenze unseres Aufenthaltsortes; was jenseits lag, bekamen wir nur dreimal in der Woche zu sehen, – einmal jeden Samstagnachmittag, wo man uns, unter der Aufsicht zweier Hilfslehrer, einen kurzen gemeinsamen Spaziergang durch die umliegenden Felder gestattete, – und zweimal sonntags, wo wir auf die gleiche förmliche Weise zum Morgen- und Abendgottesdienst in der einzigen Kirche des Ortes geführt wurden. Der Vorsteher unserer Schule war gleichzeitig der Pfarrer dieser Kirche. Mit welchem Gefühl des Staunens und der Verwunderung sah ich ihn jedesmal, von unseren entlegenen Sitzen auf der Empore, feierlich-gemessenen Schrittes zur Kanzel hinaufsteigen! Dieser ehrwürdige Mann, mit seinem sanften, milden Antlitz, in einem so schimmernd und geistlich niederwallenden Talar, unter seiner so sorgfältig gepuderten, steifen und mächtigen Perücke, – konnte dies derselbe Mann sein, der kürzlich noch, mit säuerlicher Miene und in schnupftabakbesudelter Kleidung, die Rute in der Hand, die drakonischen Gesetze der Schule vollstreckte? Welch

gigantisches Paradoxon, dessen Ungeheuerlichkeit jeder Lösung spottet!

An einer Ecke der plumpen Mauer befand sich ein nicht minder plumpes mürrisches Tor. Es war mit Eisenbolzen vernietet und beschlagen, und sein oberer Rand mit gezähnten Eisenspitzen besetzt. Welch tiefen Schauder flößte es uns ein! Es wurde niemals geöffnet, außer bei den drei bereits erwähnten regelmäßigen Hinaus- und Hereingängen; in jedem Ächzen seiner mächtigen Angeln lag für uns eine Fülle des Geheimnisses, – eine ganze Welt, die uns zu feierlichen Anmerkungen oder noch feierlicheren Betrachtungen anregte.

Der weite umschlossene Bezirk war von unregelmäßiger Gestalt, die zahlreiche geräumige Unterabteilungen aufwies. Von diesen bildeten drei oder vier der größeren den Schulhof. Er war planiert, und der Boden mit feinem harten Kies bedeckt. Ich erinnere mich noch sehr gut, daß hier weder Bäume noch Bänke noch sonst etwas dergleichen vorhanden waren. Natürlich lag er hinter dem Hauptgebäude. Nach vorne hinaus lag ein kleiner Vorgarten, der mit Buchs und anderem Strauchwerk bepflanzt war; aber wir durchschritten diesen geheiligten Bereich nur bei sehr seltenen Gelegenheiten, – wenn wir in die Schule aufgenommen wurden oder sie endgültig verließen, vielleicht auch, wenn ein Verwandter, ein Freund gekommen war, und wir an seiner Hand fröhlich den Heimweg antraten für die Weihnachtstage oder die Sommerferien.

Aber das Haus selber! – was für ein wunderliches altes Gebäude das war!! – ein wahrer Zauberpalast in meinen Augen! Sie nahmen wirklich kein Ende, seine Krümmungen und Windungen, – seine unbegreiflichen Unterabteilungen. Es war schwierig, jederzeit genau anzugeben, auf welchem seiner beiden Stockwerke man sich befand. Aus jeden Raum führten unfehlbar drei oder vier Stufen in jeden der anderen hinauf oder hinab. Unzählbar, – unvorstellbar waren sodann die seitlich abzweigenden Flure, die derart in sich zurückliefen, daß unsere zutreffendste Vorstellung von der Gesamtheit des Gebäudes nicht sehr verschieden von derjenigen war, die wir uns von der Unendlichkeit machten. Zumindest bin ich während der fünf Jahre meines Aufenthalts dort niemals imstande gewesen, genau zu ermitteln, an welcher abgelegenen

Örtlichkeit der kleine Schlafsaal lag, der mir zusammen mit einigen andern achtzehn oder zwanzig Mitschülern zugewiesen war.*
Der Unterrichtsraum war der größte des ganzen Hauses, – ja, wie mir vorkam, der größte Raum der ganzen Welt. Er war sehr lang, sehr eng, und bedrückend niedrig, mit gotischen Spitzbogenfenstern und einer Decke aus Eichenholz. In einer entlegenen furchteinflößenden Ecke befand sich ein abgeteilter kleiner Raum von acht bis zehn Fuß im Geviert, das *sanctum,* in dem sich, während des Unterrichts, unser Vorsteher, der Reverend Dr. Bransby, aufhielt. Die Wände dieses Allerheiligsten waren aus kräftigem Holz, mit einer massiven Tür, die, auch in der Abwesenheit des *dominie,* zu öffnen wir uns niemals getraut und lieber die *peine forte et dure* über uns ergehen lassen hätten. In anderen Ecken befanden sich zwei ähnliche Verschläge, denen zwar eine geringere Verehrung entgegengebracht wurde, die uns jedoch gleichfalls gehörigen Schauder einflößten. Einer war das Katheder des Hilfslehrers für die klassischen Sprachen, der andere das des Englisch- und Mathematiklehrers. Kreuz und quer, in endloser Unregelmäßigkeit über den ganzen Raum verstreut, standen zahllose Bänke und Pulte, schwarz, alt, und abgenutzt, auf denen sich besorgniserregende Haufen abgegriffener Bücher stapelten, und die derart mit eingekerbten Initialen, ganzen Namen in voller Länge, grotesken Figuren und mancherlei anderweitigen Leistungen des Taschenmessers übersät waren, daß sie, was an ursprünglicher Gestalt in längst vergangenen Tagen ihnen einmal zu eigen gewesen sein mochte, längst gänzlich verloren hatten. Ein mächtiger Wasserzuber stand am einen Ende des Raumes, eine Wanduhr von erstaunlichen Ausmaßen an dem anderen.
Eingeschlossen von den dicken Mauern dieser ehrwürdigen Lehranstalt verbrachte ich, ohne allzu viel Langeweile oder Widerwillen, das dritte Jahrfünft meines Lebens. Die fruchtbare Einbildungskraft der Kindheit bedarf keiner äußeren Ereignisse zu ihrer Beschäftigung oder Unterhaltung; und die dem Anschein nach trübsinnige Monotonie der Schule war erfüllt von stärkeren Erre-

* Eine bei Kindern häufige Täuschung, da ihnen, was sie sehen, häufig unverhältnismäßig groß und kompliziert erscheint.

gungen, als meine reiferen Jugendjahre in der Wollust oder mein Mannesalter im Verbrechen gefunden haben. Doch muß ich wohl annehmen, das meine erste geistige Entwicklung mancherlei Ungewöhnliches, ja Outriertes an sich hatte. Bei der Mehrzahl der Menschen hinterlassen die Ereignisse der frühesten Lebensjahre im reifen Alter nur selten noch deutliche Bilder. Alles liegt in grauem Schatten, – schwache, ungewisse Erinnerungen, – ein verschwimmender Nachglanz blasser Freuden und phantasmagorischer Leiden. Bei mir ist es anders. Ich muß in meiner Kindheit alles dasjenige mit der Kraft des Mannes empfunden haben, was ich in meinem Gedächtnis so lebendig, so tief und dauerhaft eingegraben finde wie die Inschriften karthagischer Denkmünzen.
In Wirklichkeit aber – das Wort Wirklichkeit in dem beschränkten Verstand der Weltmenschen genommen –, wie wenig gab es da zu erinnern! Das morgendliche Wecken, abends die Aufforderung, schlafen zu gehen; das Auswendiglernen, das Aufsagen; die regelmäßig wiederkehrenden Halbfeiertage, und Spaziergänge; der Schulhof mit seinem Lärm und Tumult, seinen Streitigkeiten, Spielen, Intrigen; – dies alles wurde, dank einer längst vergessenen Zauberkunst des Gemüts, zu etwas, das eine Welt der überwältigenden Empfindungen, der erstaunlichen Begebenheiten, der wechselnden Stimmungen, der leidenschaftlichsten und geistaufwühlendsten Erregungen enthielt. *»Oh! le bon temps, que ce siècle de fer!«**

Ein erstaunliches Stück, nicht wahr? Zeigt es nicht schon ein wenig den sonderbaren Charakter des Mannes? Für mein Empfinden haucht diese Schilderung aus der Schulzeit einen schwarzen Duft aus. Ich spüre dort allenthalben den düsteren Schauder langer Jahre des Eingeschlossenseins. Die Stunden im Karzer, die Bedrükkungen einer kränkelnden, verlassenen Kindheit, der Schrecken vor dem Lehrer, unserem Feind, der Haß der tyrannischen Kameraden, die Einsamkeit des Herzens, alle diese Folterqualen der jungen Jahre sind Edgar Poe erspart geblieben. So viele Veranlassungen zur Schwermut haben ihm nichts anhaben können. Er ist

* In Poes Werken wimmelt es von französischen Sätzen.

jung, er liebt die Einsamkeit, oder vielmehr, er fühlt sich nicht einsam; er liebt seine Leidenschaften. *Die fruchtbare Einbildungskraft der Kindheit* verleiht allem einen Reiz, überzieht es mit einem Farbenschmelz. Man sieht bereits, daß die Übung des Willens und der einsame Hochmut eine große Rolle in seinem Leben spielen werden. Hat es nicht gar den Anschein, als liebe er den Schmerz ein wenig, als ahne er bereits in ihm den künftig unzertrennlichen Gefährten seines Lebens, und als rufe er ihn, wie ein junger Gladiator, mit einer Art lüsterner Rauheit herbei? Der arme Knabe hat weder Vater noch Mutter, aber er ist glücklich; er rühmt sich, tief geprägt zu sein *wie eine karthagische Denkmünze.*
Im Jahre 1822 kehrt Edgar Poe aus Dr. Bransbys Anstalt nach Richmond zurück, und setzt seine Studien unter der Leitung der besten Lehrer fort. Er war nunmehr ein sehr bemerkenswerter junger Mann, seiner körperlichen Behendigkeit, seiner Gewandtheit wegen, und mit den Reizen einer fremdartigen Schönheit verbanden sich bei ihm ein wunderbares dichterisches Erinnerungsvermögen und eine frühe Begabung, Erzählungen aus dem Stegreif zu erfinden. 1825 wurde er Student an der Universität von Virginia, die damals eine jener Einrichtungen war, an denen die größte Verschwendung herrschte. Edgar Poe tat sich unter seinen Studiengenossen durch eine noch wildere Vergnügungssucht hervor. Er war bereits ein sehr empfehlenswerter Schüler und machte unglaubliche Fortschritte in der Mathematik; er besaß eine besondere Begabung für die Physik und die Naturwissenschaften, was hier angemerkt zu werden verdient, weil viele seiner Werke ein starkes wissenschaftliches Interesse erkennen lassen; gleichzeitig aber hatte er schon zu trinken begonnen, er spielte und beging so viele Streiche, daß er zuletzt ausgestoßen wurde. Als Mr. Allan sich weigerte, einige Spielschulden zu bezahlen, ließ er sich zu einer Unüberlegtheit hinreißen, er brach mit seinem Adoptivvater und nahm seinen Flug nach Griechenland. Es war die Zeit Botzaris' und der Erhebung der Hellenen. Bei der Ankunft in Sankt Petersburg waren sein Beutel und seine Begeisterung bereits etwas erschöpft; er zog sich einen bösen Handel mit den russischen Behörden zu, von dem man nicht weiß, worum es ging. Es kam so weit, daß Edgar Poe, wie man versichert, im Begriff stand, seine frühreif-

fen Kenntnisse von Menschen und Dingen um die Erfahrung der sibirischen Grausamkeiten zu bereichern.* Schließlich war er sehr glücklich, den Beistand des amerikanischen Konsuls, Henry Middleton, anzunehmen, der sich für ihn verwendete und ihm die Heimreise ermöglichte. 1829 trat er in die Militärakademie von West Point ein. Unterdessen hatte Mr. Allan, dessen erste Frau gestorben war, eine Dame geheiratet, die um viele Jahre jünger als er war. Er selber war damals fünfundsechzig Jahre alt. Mr. Poe soll sich dieser Dame gegenüber ungehörig betragen und sich über diese Eheschließung lustig gemacht haben. Der alte Gentlemann schrieb ihm einen sehr harten Brief, auf den er seinerseits mit einem noch bittereren Schreiben antwortete. Die Wunde war unheilbar, und kurze Zeit darauf starb Mr. Allan, ohne seinem Adoptivsohn einen Pfennig zu hinterlassen.

Hier stößt man in den biographischen Aufzeichnungen auf höchst geheimnisvolle Worte, sehr dunkle und seltsame Andeutungen über das Betragen unseres künftigen Schriftstelles. Höchst scheinheilig, und zugleich beteuernd, daß er nichts gesagt haben wolle, daß es Dinge gebe, die (warum nur?) verborgen bleiben müßten, daß gewisse ungeheure Fälle dem Geschichtsschreiber Schweigen gebieten, läßt der Biograph durchblicken, daß Poe sich eines schweren Vergehens schuldig gemacht habe. Der Vorwurf ist um so gefährlicher, als alles im Dunkeln bleibt. Was zum Teufel will er sagen? Will er uns zu vertehen geben, daß Poe die Frau seines Adoptivvaters zu verführen suchte? Es ist völlig unmöglich, sich hier Klarheit zu verschaffen. Doch ich glaube den Leser bereits hinlänglich vor den amerikanischen Biographen gewarnt zu haben. Sie sind allzu gute Demokraten, um ihre großen Männer nicht zu hassen, und die Böswilligkeit, die Poe über das klägliche Ende seines traurigen Daseins hinaus verfolgt, erinnert an den Haß, mit dem England Lord Byron verfolgt hat.

Poe verließ West Point, ohne einen militärischen Grad erworben zu haben, und begann die unselige Schlacht seines Lebens. 1831 veröffentlichte er einen kleinen Gedichtband, der von den Zeit-

* Eine Lebensbeschreibung Edgar Poes, der Bericht seiner Abenteuer in Rußland und seine Korrespondenz, die uns die amerikanischen Zeitungen vor langer Zeit schon in Aussicht stellten, sind niemals erschienen.

schriften wohlwollend aufgenommen wurde, der sich jedoch nicht verkaufte. Die ewige Geschichte des ersten Buches. Mr. Lowell, ein amerikanischer Kritiker, schreibt, eines dieser Gedichte, *To Helen,* verströme *einen ambrosischen Duft,* und es sei würdig, den Versen der Griechischen Anthologie an die Seite gestellt zu werden. In diesen Strophen ist von nikäischen Barken die Rede, von Najaden, von der Schönheit und Herrlichkeit Griechenlands, von Psyches Lampe. Im Vorbeigehn sei hier die Schwäche der Amerikaner, einer allzu jungen Literatur, für das *pastiche* angemerkt. Mit der Harmonie seines Rhythmus und dem Wohllaut seiner Reime, zwei männliche zu drei weiblichen auf fünf Verse verteilt, erinnert dieses Gedicht an einige geglückte Versuche der französischen Romantik. Aber man sieht auch, daß Poe noch weit entfernt war von dem Wetterleuchten seines exzentrischen Schicksals als Schriftsteller.

Indessen schrieb der Unglückliche für die Zeitungen, arbeitete für Verleger als Kompilator und Übersetzer, verfaßte glänzende Artikel und Erzählungen für Zeitschriften. Die Herausgeber brachten sie gerne, aber sie zahlten den armen jungen Mann so schlecht, daß er in ein schreckliches Elend geriet. Er stieg so tief hinab, daß ein Augenblick kam, da er *die Todespforten in ihren Angeln kreischen* hören konnte. Eines Tages setzte eine Zeitung in Baltimore zwei Preise aus, für das beste Gedicht und für die beste Prosaerzählung. Ein Schriftstellerkomitee, dem Mr. John Kennedy angehörte, wurde beauftragt, die eingesandten Manuskripte zu beurteilen. Allerdings unterzogen sie sich kaum der Mühe, diese auch zu lesen; daß sie mit ihren Namen für die Entscheidung einstanden, war alles, was der Verleger von ihnen verlangte. Während sie über dieses und jenes miteinander redeten, fiel einem von ihnen ein Manuskript auf, das sich durch die Schönheit, die Sauberkeit und Klarheit seiner Schriftzüge auszeichnete. Noch am Ende seines Lebens besaß Edgar Poe eine unvergleichlich schöne Handschrift. (Ich finde diese Bemerkung sehr amerikanisch.) Mr. Kennedy las eine Seite für sich, und unter dem Eindruck, den der Stil der Erzählung auf ihn gemacht hatte, las er sie mit lauter Stimme vor. Das Komitee erkannte den Preis durch Zuruf dem ersten Genie zu, das leserlich schreiben konnte. Der geheime Umschlag wurde erbro-

chen, und zum Vorschein kam der damals unbekannte Name Edgar Poe.
Der Verleger schilderte Mr. Kennedy den jungen Autor mit Worten, die ihn reizten, seine Bekanntschaft zu machen. Das grausame Schicksal hatte Poe die klassische Physiognomie des hungerleidenden Poeten verliehen. Es hatte ihn auch aufs beste für diese Rolle herausgeputzt. Mr. Kennedy berichtet, daß er einen jungen Mann antraf, der von Entbehrungen zum Skelett abgemagert war; er trug einen fadenscheinigen Gehrock, der, einer wohlbekannten Taktik folgend, bis ans Kinn hinauf zugeknöpft war, zerlumpte Kniehosen und zerrissene Stiefel, in denen offensichtlich keinerlei Strümpfe steckten; bei alledem ein stolzes Auftreten, ein vornehmes Betragen und Augen, die von Intelligenz sprühten. Kennedy sprach wie zu einem Freund zu ihm, und überwand seine Befangenheit. Poe schüttete ihm sein Herz aus, erzählte ihm seine ganze Geschichte, seinen brennenden Ehrgeiz, seine hochfliegenden Pläne. Kennedy nahm sich des Dringendsten an, er führte ihn in einen Kleiderladen, zu einem *fripier,* wie Lesage gesagt hätte, und ließ ihn anständig einkleiden; dann vermittelte er ihm Bekanntschaften.
Um diese Zeit faßte ein Mr. Thomas White, der den *Southern Literary Messenger* aufgekauft hatte, den Entschluß, Mr. Poe mit dessen Leitung zu beauftragen, und er setzte ihm ein Jahresgehalt von 2500 Francs aus. Sogleich heiratete dieser ein junges Mädchen, das keinen Heller besaß. (Dieser Satz stammt nicht von mir; ich bitte den Leser, den leichten Beiklang von Verachtung zu bemerken, der in diesem *sogleich* liegt, – der Unglückliche hielt sich demnach für reich, – und in diesem Lakonismus, dieser Trockenheit, mit der ein wichtiges Ereignis mitgeteilt wird; und überdies: ein junges Mädchen ohne einen Heller! *a girl without a cent!*) Dem Vernehmen nach soll der unmäßige Genuß alkoholischer Getränke damals bereits einen gewissen Raum in seinem Leben eingenommen haben; das hinderte ihn jedoch nicht, daß er Zeit fand, eine ganze Reihe von Artikeln und schönen kritischen Beiträgen für den *Messenger* zu schreiben. Nachdem er diesen anderthalb Jahre geleitet hatte, zog er sich nach Philadelphia zurück, und übernahm die Redaktion des *Gentleman's Magazine.* Diese regel-

mäßig erscheinenden Sammelhefte gingen eines Tages in *Graham's Magazine* auf, und Poe fuhr fort, für dieses zu schreiben. 1840 veröffentlichte er *Tales of the Grotesque and Arabesque*. 1844 finden wir ihn in New York, wo er das *Broadway Journal* leitet. 1845 erschien der wohlbekannte kleine Band bei Wiley und Putnam, der einen Teil seiner Gedichte und eine Reihe von Erzählungen enthält. Dieser Ausgabe haben die französischen Übersetzer fast sämtliche Musterbeispiele von Poes Talent entnommen, die in den Pariser Zeitungen erschienen sind. Bis 1847 veröffentlicht er nacheinander verschiedene Werke, von denen sogleich die Rede sein soll. Hier erfahren wir, daß seine Frau, von Not und Entbehrungen entkräftet, in einer Stadt namens Fordham, in der Nähe von New York, stirbt. Unter den Schriftstellern von New York wird eine Sammlung veranstaltet, um Edgar Poe aufzuhelfen. Kurze Zeit darauf ist in den Zeitungen wiederum von ihm die Rede als von jemand, der sich an der Schwelle des Todes befindet. Diesmal aber steht es schlimmer: er hat das *delirium tremens*. Eine grausame Notiz in einer Zeitung jener Zeit beschuldigt ihn, all diejenigen zu verachten, die sich seine Freunde nennen, und nur Ekel und Abscheu für die Welt zu empfinden. Er verdiente jedoch etwas Geld, und seine literarischen Arbeiten reichten fast hin, seinen Lebensunterhalt zu bestreiten; einige Geständnisse seiner Biographen lassen jedoch erkennen, daß er widrige Lebenserschwernisse zu überwinden hatte. Es scheint, daß er während der letzten zwei Jahre, da er von Zeit zu Zeit in Richmond auftauchte, durch seine Säufergewohnheit heftigen Anstoß bei den Leuten erregte. Angesichts der immer wiederkehrenden diesbezüglichen Beschuldigungen sollte man meinen, sämtliche Schriftsteller der Vereinigten Staaten wären Muster an Enthaltsamkeit. Bei seinem letzten Besuch jedoch, der ungefähr zwei Monate währte, sah man ihn mit einem Mal sauber, korrekt, elegant gekleidet, mit liebenswürdigem Auftreten, und schön wie das Genie. Hier fehlen mir augenscheinlich nähere Auskünfte, und die Aufzeichnungen, die ich vor Augen habe, sind nicht intelligent genug, um diese merkwürdigen Veränderungen begreiflich zu machen. Vielleicht ist die Erklärung in einer wunderbaren mütterlichen Vorsorge zu finden, die den Verdüsterten umgab, und mit Engelswaffen den Dämon in ihm bekämpfte, jene Ausgeburt seines Blutes und seiner ausgestandenen Leiden.

Bei diesem letzten Besuch in Richmond hielt Poe *zwei öffentliche Lesungen.* Es muß hier kurz auf diese *lectures* eingegangen werden, die im literarischen Leben der Vereinigten Staaten eine so große Rolle spielen. Es gibt kein Gesetz, das einen Schriftsteller, einen Philosophen, einen Dichter oder wen immer, der zu reden versteht, hindern könnte, eine Lesung, einen öffentlichen Vortrag über irgendein literarisches oder philosophisches Thema anzukündigen. Er mietet einen Saal. Jeder zahlt einen Beitrag für das Vergnügen, einem Manne zuzuhören, der Ideen von sich gibt oder sich aufs Phrasenmachen verlegt. Das Publikum kommt oder kommt nicht. Im letzteren Fall war es eine Fehlspekulation, wie jedes andere kaufmännische Abenteuer. Ist jedoch der Vortragende ein berühmter Schriftsteller, so strömen die Leute herbei, und es wird so etwas wie eine feierliche Veranstaltung. Es ist, wie man sieht, gleichsam, als könnte jedermann einen der Lehrstühle des Collège de France besteigen. Das erinnert an Andrieux, an La Harpe, an Baour-Lormian und an jene Art literarischer Restauration, wie sie, nachdem die Revolution sich beruhigt hatte, in den Lyzeen, den Athenäen und Casinos stattfand.

Als Gegenstand seines Vortrags wählte Edgar Poe ein Thema, das immer interessant ist, und das bei uns heftig umstritten worden ist. Er kündigte an, daß er über das *Prinzip der Poesie* sprechen werde. Seit langem schon gibt es in den Vereinigten Staaten eine utilitaristische Bewegung, die sich auch der Poesie, wie alles übrigen, bemächtigen möchte. Es gibt dort humanitäre Dichter, Dichter des allgemeinen Wahlrechts, Dichter, die für die Aufhebung der Getreidegesetzgebung, und Dichter, die für die Errichtung von *work-houses* eintreten. Ich schwöre, daß ich hier auf niemand in unserem eigenen Land anspiele. Es ist nicht meine Schuld, wenn die nämlichen Streitfragen und die nämlichen Theorien verschiedene Nationen erregen. Poe in seinen *lectures* erklärte ihnen den Krieg. Er behauptete nicht gerade, wie gewisse geistverlassene fanatische Anhänger Goethes, und andere marmorkalte und unmenschliche Dichter, alles Schöne sei seinem Wesen nach unnütz; sein Hauptanliegen war jedoch die Widerlegung dessen, was er geistvoll *die große dichterische Häresie der Moderne* nannte. Diese Häresie ist die Idee des unmittelbaren Nutzens. Edgar Poe gab, wie man sieht, in gewisser Hinsicht der französischen romantischen Bewegung Recht. Er sagte: »Unser Geist besitzt elementare Fähigkeiten, deren jede auf ein anderes Ziel gerichtet ist. Die einen dienen der Befriedigung des Verstandes, andere der Wahrnehmung von Farben und Formen, und wieder andere erfüllen konstruktive Zwecke. Die Logik, die Malerei, die Mechanik sind die Hervorbringungen dieser Vermögen. Und wie wir Nerven haben, um Wohlgerüche einzuatmen, Nerven, um die schönen Farben zu empfinden, und um uns an der Berührung glatter Körperflächen zu erfreuen, so haben wir auch ein Grundvermögen, um das Schöne wahrzunehmen; es hat seinen eigenen Zweck und seine eigenen Mittel. Die Poesie ist die Hervorbringung dieses Vermögens; sie wendet sich an den Schönheitssinn und an keinen andern. *Es heißt, sie beleidigen, wenn man sie dem Kriterium der anderen Fähigkeiten unterwirft,* und sie ist auf keine anderen Gegenstände anwendbar als auf jene, die notwendigerweise die Nahrung des geistigen Organs sind, dem sie ihre Entstehung verdankt. Daß die Poesie folglich und in der Folge auch nützlich ist, darüber besteht kein Zweifel, doch dies ist nicht ihr Zweck; das ist die *Dreingabe.* Niemanden erstaunt es, daß eine Halle, eine Landungsbrücke oder sonst eine industrielle Konstruktion den Bedingungen des Schönen genügt, obwohl dies nicht das Hauptziel und die vornehmste Absicht des Ingenieurs oder Architekten war.« Poe erläuterte seine These durch ausgewählte Stücke aus Kritiken, die sich auf Dichter seines Landes bezogen, und durch Rezitationen englischer Dichter. Man bat ihn, sein Gedicht *The Raven* zu lesen. Ein Gedicht, das sich bei der amerikanischen Kritik großer Wertschätzung erfreut. Sie sprechen davon als von einem sehr merkwürdigen Versgebilde, von weitausgreifendem, kompliziertem Rhythmus, mit kunstvoll verschlungenen Reimen, die ihrem Nationalstolz schmeicheln, der auf die europäischen Kunststücke ein wenig eifersüchtig ist. Es scheint jedoch, daß die Zuhörer enttäuscht waren von dem Vortrag des Verfassers, der es nicht verstand, sein Werk zur Geltung zu bringen. Eine makellose Diktion, doch eine dumpfe Stimme, eine melodische Gleichförmigkeit, ein weitgehendes Außerachtlassen der musikalischen Wirkungen, die seine kunstreiche Feder gewissermaßen angegeben hatte, waren kaum geeignet, die zufrieden zu stellen, die sich ein Fest versprochen hatten von dem Vergleich zwischen Sprecher und Autor. Das erstaunt mich nicht im geringsten. Ich habe öfters festgestellt, daß bewundernswerte Dichter abscheuliche Schauspieler sind. Die tiefen Schriftsteller sind keine Redner, glücklicherweise.

Der Saal war von einer zahlreichen Zuhörerschaft angefüllt. Alle, die Edgar Poe seit den Tagen seiner unscheinbaren Anfänge nicht wiedergesehen hatten, waren in Scharen herbeigeeilt, um ihren berühmt gewordenen Mitbürger anzustaunen. Dieser schöne Empfang überschwemmte sein Herz mit Freude. Ein berechtigter und entschuldbarer Stolz schwellte seine Brust. Er war so sichtlich entzückt, daß er davon sprach, sich endgültig in Richmond niederzulassen. Es verlautete, er wolle sich wieder verheiraten. Aller Augen wandten sich auf eine verwitwete Dame, die ebenso schön wie reich war, die Poe einstmals geliebt hatte und von der man vermutete, daß sie das ursprüngliche Modell seiner *Lenore* war. Er mußte sich jedoch für einige Zeit nach New York begeben, um dort eine neue Ausgabe seiner *Erzählungen* herauszugeben. Auch hatte der Gatte einer sehr reichen Dame in jener Stadt ihn gebeten, die Gedichte seiner Frau zu ordnen, ein Vorwort, Anmerkungen etc. dazu zu schreiben.

Poe verließ also Richmond; doch als er aufbrach, klagte er über Schüttelfrost und Schwächeanfälle. Da er sich, als er in Baltimore eintraf, immer noch unwohl fühlte, nahm er zur Stärkung eine geringe Menge Alkohol zu sich. Es war dies seit mehreren Monaten das erste Mal, daß der verfluchte Alkohol seine Lippen berührte; aber es genügte, um den in ihm schlummernden Teufel zu wecken. Ein Tag der Ausschweifung löste einen neuerlichen Anfall des *delirium tremens,* seiner alten Bekanntschaft, aus. Am andern Morgen las die Polizei ihn, in einem Zustand völliger Betäubung, von der Straße auf. Da er ohne Geld, ohne Freunde und ohne Wohnung war, brachten sie ihn in ein Krankenhaus, und in einem Bett dieses Krankenhauses starb der Verfasser der *Black Cat* und des Buches *Eureka* am 7. Oktober 1849, im Alter von siebenunddreißig Jahren.

Edgar Poe hinterließ keine Angehörigen, außer einer Schwester, die in Richmond lebt. Seine Frau war einige Zeit vor ihm gestorben, und sie hatten keine Kinder. Sie war ein Fräulein Clemm und eine entfernte Kusine ihres Mannes. Ihre Mutter hatte eine tiefe Zuneigung zu Poe gefaßt. In all seinem Elend stand sie ihm treulich zur Seite, und sein frühzeitiges Ende war ein gräßlicher Schlag für sie. Das Band, das ihrer beider Seelen verknüpfte, war durch den Tod ihrer Tochter nicht gelockert worden. Eine solche Ergebenheit, eine so edle, so unerschütterliche Zuneigung gereichen Edgar Poe zur höchsten Ehre. Wer eine so bedingungslose Freundschaft einzuflößen vermochte, besaß gewiß Tugenden und eine geistige Persönlichkeit von großer Anziehungskraft.
Mr. Willis hat eine kurze Notiz über Poe veröffentlicht, der ich den folgenden Auszug entnehme:

»Von Mr. Poes Absicht, sich in dieser Stadt niederzulassen, hörten wir zum ersten Mal durch eine Bittstellerin, eine Dame, die sich uns als die Mutter seiner Frau vorstellte. Sie suchte eine Anstellung für ihn. Sie begründete ihr Vorgehen mit der Erklärung, daß er krank sei, daß ihre Tochter dahinsieche, und daß beide sich in einer Lage befänden, die es ihr notwendig erscheinen ließe, diesen Schritt selber zu unternehmen. Die Fassung dieser Dame, die durch ihre Aufopferung, durch die völlige Hingabe ihres eigenen dürftigen Lebens an eine kummervolle Zärtlichkeit schön und heilig wirkte, die sanfte und traurige Stimme, mit der sie ihrem Plädoyer Nachdruck verlieh, ihr aus einer versunkenen Zeit stammendes Betragen, das aber durch absichtslose Gewöhnung groß und vornehm war, das Lob und die Wertschätzung, mit denen sie sich über die Ansprüche und Gaben ihres Sohnes äußerte, dies alles offenbarte uns die Gegenwart eines jener Engel, die in den menschlichen Nöten Frauengestalt annehmen. Es war ein hartes Geschick, über das sie wachte und das sie beschützte. Mr. Poe schrieb mit gesuchter Schwierigkeit *und in einem Stil, der das geistige Niveau der Allgemeinheit allzu weit überstieg, als daß man ihn teuer hätte bezahlen können.* Er befand sich unaufhörlich in Geldschwierigkeiten, und oft fehlte es ihm und seiner kranken Frau am Allernotwendigsten zum Leben. Jahrelang sahen wir je-

den Winter kein rührenderes Schauspiel in dieser Stadt als diese unermüdliche Dienerin des Genies, die ärmlich und unzureichend bekleidet von Zeitung zu Zeitung ging, um ein Gedicht zu verkaufen oder einen Artikel über einen literarischen Gegenstand; zuweilen erklärte sie nur mit stockender Stimme, er sei krank, und bat für ihn, und sagte nichts anderes als dies: *er ist krank,* gleichviel welche Gründe ihn hinderten, etwas zu schreiben, und niemals, wenn sie unter Tränen seine Not schilderte, erlaubte sie ihren Lippen auch nur eine Silbe, die man als einen Zweifel hätte deuten können, als eine Anklage oder eine Abnahme des Vertrauens, das sie in das Genie und die guten Absichten ihres Sohnes setzte. Sie verließ ihn nicht nach dem Tode ihrer Tochter. Sie übte weiterhin ihr Amt als Engel, lebte mit ihm, pflegte ihn, überwachte ihn, schützte ihn, und wenn die Versuchungen ihn hinausrissen, war immer noch sie es, die für ihn *bat,* in all ihrem Kummer, in der Einsamkeit ihrer verhaltenen Gefühle, mit ihrer Selbstlosigkeit, die in der Verlassenheit, den Entbehrungen und den Leiden erwachte. Wenn die Aufopferung des Weibes, aus der ersten Liebe entstanden und durch menschliche Leidenschaft genährt, deren Gegenstand verklärt und heiligt, wie dies allgemein anerkannt und zugegeben wird, wie sehr spricht dann nicht zu Gunsten dessen, der sie erweckte, eine Aufopferung wie diese, so rein, so selbstlos und heilig wie die Wachsamkeit eines Schutzgeistes.
Wir haben einen Brief vor uns, den jene Dame, Mistress Clemm, an dem Morgen schrieb, an dem sie den Tod des Gegenstandes dieser unermüdlichen Liebe erfuhr. Er wäre die beste Bittschrift, die wir für sie vorlegen könnten, aber wir wollen nur einige Worte daraus abschreiben, – dieser Brief ist geheiligt wie ihre Einsamkeit –, um die Richtigkeit des Bildes zu belegen, das wir soeben gezeichnet haben, und um dem Aufruf, durch den wir uns für sie verwenden möchten, größeren Nachdruck zu verleihen:
›Heute morgen erreichte mich die Nachricht von dem Tode meines gelieben Eddie* … Können Sie mir Einzelheiten, nähere Umstände mitteilen? … Oh! verlassen Sie Ihre arme Freundin nicht in dieser bitteren Trübsal …

* Vertrauliche Abkürzung für Edgar.

Sagen Sie Herrn X., er möge mich aufsuchen; ich habe mich gegen ihn noch eines Auftrags meines armen Eddie zu entledigen ... Ich brauche Sie nicht zu bitten, seinen Tod anzuzeigen und *gut von ihm zu sprechen.* Ich weiß, Sie werden es tun. *Aber sagen Sie nur ja, was für ein liebevoller Sohn er für mich war,* für mich, seine arme, untröstliche Mutter! ...‹ «

Wie sehr ist diese arme Frau um den guten Ruf ihres Sohnes besorgt! Wie schön, wie groß ist das! Bewundernswertes Geschöpf, wie die Freiheit sich das Verhängnis unterwirft, wie der Geist über dem Fleisch steht, so schwebt deine Liebe über aller Liebe der Menschen! Möchten unsere Tränen doch über den Ozean zu dir gelangen, die Tränen all derer, die, wie dein armer Eddie, glücklos, rastlos sind, und die Elend und Schmerzen oft in die Ausschweifung getrieben haben, möchten sie doch den Weg zu deinem Herzen finden! Möchten diese Zeilen, in denen die aufrichtigste, die ehrfürchtigste Bewunderung sich ausspricht, deinen mütterlichen Augen wohlgefallen! Dein beinahe göttliches Bild wird wie auf leichten Flügeln immerdar über dem Martyriologium der Literatur schweben!

Poes Tod rief in Amerika eine echte Erschütterung hervor. Aus verschiedenen Teilen der Union erhoben sich echte Zeugnisse des Schmerzes. Dem Toten wird manchmal manches verziehen. Wir freuen uns, einen Brief Mr. Longfellows anführen zu können, der ihm um so mehr zur Ehre gereicht, als Edgar Poe ihn eher schlecht behandelt hatte: »Wie traurig ist doch Mr. Poes Ende, eines so reich begabten, genialen Mannes! Ich habe ihn niemals persönlich gekannt, aber ich habe stets eine hohe Achtung für die Sprachgewalt seiner Prosa und seiner Poesie empfunden. Seine Prosa ist auf bemerkenswerte Weise kräftig, direkt, *und dennoch aus der Fülle fließend,* und von seinen Versen geht ein eigener melodischer Zauber aus, eine Atmosphäre der wahren Poesie, die einen völlig überwältigt. Die Schärfe seiner Kritik habe ich stets nur der Reizbarkeit einer überempfindlichen Natur zugeschrieben, die das Falsche, wo immer es erscheint, zur Verzweiflung bringt.«

Er nötigt uns ein Lächeln ab, mit seiner *Fülle,* der weitschweifige Verfasser der *Evangeline.* Ob er Edgar Poe wohl für einen Spiegel hält?

II

Es ist ein sehr großes und nützliches Vergnügen, die Wesenszüge eines großen Mannes mit seinen Werken zu vergleichen. Die Lebensbeschreibungen, die Aufzeichnungen über die Sitten, die Gewohnheiten, die Physiognomie der Künstler und Schriftsteller haben jederzeit eine durchaus berechtigte Neugier geweckt. Wer hätte nicht bisweilen bei Erasmus die Geschliffenheit des Stils und die Klarheit der Gedanken in seinem scharfgeschnittenen Profil wiederzufinden versucht, das Hitzige und Lärmige ihrer Werke in den Köpfen von Diderot und Mercier, deren Bonhomie nicht ohne eine Beimischung von Prahlerei ist, die hartnäckige Ironie in dem wie eingeätzten Lächeln Voltaires, Befehlsgewalt und Macht der Prophetie in dem fernblickenden Auge und der kräftigen Gestalt Joseph de Maistres, diesem Adler und Ochsen in einem? Wer hätte nicht schon seinen Scharfsinn daran geübt, die *Comédie humaine* in Balzacs mächtigem und zerfurchtem Vorhaupt und Antlitz zu entziffern?

Edgar Poe war von gedrungener Gestalt, etwas unter Mittelmaß, doch kräftig und wohlgebildet; mit kleinen Händen und Füßen. Ehe seine Gesundheit angegriffen wurde, war er wunderbarer Kraftleistungen fähig. Man sollte meinen, und dies dürfte häufig bemerkt worden sein, daß die Natur denjenigen, mit denen sie Großes vorhat, ein sehr hartes Leben bereitet. Unbeschadet einer bisweilen schmächtigen Erscheinung sind sie wie Athleten gebaut, ebenso tauglich für das Vergnügen wie für das Leiden. Während Balzac an den Proben zu den *Ressources de Quinola* teilnahm, sie leitete und selber alle Rollen spielte, las und korrigierte er die Druckfahnen seiner Bücher; er soupierte mit den Schauspielern, und wenn jedermann ermüdet sich schlafen legte, kehrte er rüstig an seine Arbeit zurück. Jeder weiß, daß er Schlaflosigkeit und Nüchternheit bis zum Exzeß übertrieb. Edgar Poe hatte sich in seiner Jugend in allen Übungen der Kraft und Gewandtheit ausgezeichnet; das bildete denn auch einen Teil seiner Begabung: Berechnungen und Probleme. Eines Tages ging er eine Wette ein, daß er von einem Kai in Richmond aus den Jamesfluß sieben Meilen hinaufschwimmen, und noch am gleichen Tag zu Fuß zurückkehren werde. Und er tat es. Es war ein heißer Sommertag, doch das konnte ihm nichts anhaben. Sein Betragen, seine Gebärden, sein Gang, seine Art, den Kopf zu halten, alles ließ ihn, wenn er seine guten Tage hatte, als einen Mann von hoher Distinktion erscheinen. Die Natur hatte ihn *ausgezeichnet,* wie jene Menschen, die in einer Gesellschaft, im Café, auf der Straße das Auge des Beobachters auf sich *ziehen* und seinen Geist beschäftigen. Wenn das Beiwort: *fremdartig,* mit dem man in modernen Schilderungen solchen Mißbrauch getrieben hat, jemals als Kennzeichnung auf etwas zutrifft, dann gewiß auf Poes besondere Art von Schönheit. Seine Züge waren nicht groß, doch ziemlich regelmäßig, die Hautfarbe ein helles Braun, der Gesichtsausdruck traurig und zerstreut, und obwohl weder Zorn noch Anmaßung daraus sprach, lag doch etwas Quälendes darin. Seine ungewöhnlich schönen Augen wirkten auf den ersten Blick dunkelgrau, bei näherem Hinsehen schien kühl und leicht ein unbestimmbarer violetter Schimmer darauf zu liegen. Wundervoll war seine Stirne; nicht daß sie an die lächerlichen Ausmaße erinnert hätte, wie schlechte Künstler sie erfinden, wenn sie das Genie, um ihm zu schmeicheln, mit einem Wasserkopf ausstatten; der Eindruck war vielmehr der, als drängte eine übermächtige innere Kraft die Organe der Reflexion und Erfindung nach vorne. Indessen fehlten auch jene Partien nicht, in welche die Kraniologen den Sinn für das Pittoreske verlegen, doch schienen sie verschoben, unterdrückt und bedrängt von der alles sich anmaßenden Tyrannei des Vergleichens, Konstruierens und Begründens. Auf dieser Stirne thronte auch, in stolzer Ruhe, der Sinn für Idealität und vollkommene Schöne, der ästhetische Sinn par excellence. Trotz aller dieser Eigenschaften bot dieser Kopf keinen angenehmen und harmonischen Gesamtanblick. En face gesehen, erregte und bannte er die Aufmerksamkeit durch den gebieterischen und inquisitorischen Ausdruck der Stirne, das Profil jedoch offenbarte gewisse Mängel; Vorder- und Hinterhaupt beherbergten jedes eine gewaltige Hirnmasse, während die dazwischen liegenden Teile nur mittelmäßig ausgestattet waren; kurz, eine Übermächtigkeit der animalischen und intellektuellen Fähigkeiten, und ein Mangel dort, wo das Verehrungsvermögen und die affektiven Eigenschaften ihren Sitz haben. Die verzweifelten Echorufe der Schwermut, die aus Poes Werken erklingen, treffen uns zwar mit durchdringender Gewalt, aber es ist doch, zugegebenermaßen, eine sehr einsame Schwermut, der die meisten Menschen kaum Sympathie entgegenbringen. Ich kann mich des Lachens nicht erwehren, wenn ich an die Zeilen denke, die ein in den Vereinigten Staaten hochgeschätzter Schriftsteller, dessen Name mir entfallen ist, über Poe, einige Zeit nach dessen Tod, geschrieben hat. Ich zitiere nach dem Gedächtnis, doch ich verbürge mich für den Sinn: »Ich habe die Werke des zu früh verstorbenen Edgar Poe wiedergelesen. Welch wunderbarer Dichter! welch erstaunlicher Erzähler! welch großartiger, übernatürlicher Geist! Er war wirklich der starke Kopf unseres Landes! Und dennoch! ich gäbe seine siebzig mystischen, analytischen und grotesken Erzählungen, die alle so brillant und voller Einfälle sind, dahin um ein gutes kleines Buch für Haus und Herd, das er hätte schreiben können, mit diesem wunderbar reinen Stil, der ihm eine so große Überlegenheit über uns verlieh. Um wie vieles größer stünde Mr. Poe da!« Von Edgar Poe ein Buch für Haus und Herd zu fordern! Die menschliche Dummheit ist doch wahrlich allenthalben die gleiche, und die Kritik wird nicht aufhören, schwere Gemüse an anmutige Ziersträucher hängen zu wollen.

Poe hatte schwarzes Haar, das von ein paar weißen Strähnen durchzogen war, einen großen struppigen Schnurrbart, den zu pflegen und gehörig zu glätten er häufig vergaß. Er kleidete sich mit Geschmack, doch ein wenig nachlässig, wie ein Gentleman, der Wichtigeres zu tun hat. Seine Umgangsformen waren vortrefflich, sehr höflich und selbstsicher. Aber wie er sich im Gespräch gab, verdient besonderer Erwähnung. Als ich das erste Mal einen Amerikaner darüber befragte, antwortete er unter großem Gelächter: »Oh! oh! er hatte eine Art zu reden, *die ganz und gar außer der Folge war!*« Nach einigen näheren Erklärungen begriff ich, daß Poe sich in der Welt der Gedanken mit weiten Schritten vorwärtsbewegte, wie ein Mathematiker, der schon sehr fortgeschrittenen Schülern etwas demonstriert, und daß er gerne monologisierte. Tatsächlich war sein Gespräch im höchsten Grade ergiebig. Er war kein *Schönredner,* und wie in seinen Werken verabscheute er auch in seinen Worten alles Konventionelle; aber ein umfassendes Wissen, die Kenntnis mehrerer Sprachen, gründliche Studien, ein Gedankenreichtum, den er sich in mehreren Ländern erworben hatte, ließen einen aus seinen Worten eine Fülle der Belehrung schöpfen. Und so war er der rechte Umgang für diejenigen, die ihre Freundschaft nach dem geistigen Gewinn bemessen, den sie aus dem Verkehr mit einem Menschen ziehen können. Es scheint jedoch, daß Poe in der Wahl seiner Zuhörerschaft sehr wenig heikel war. Ob seine Zuhörer fähig waren, dem feinen Faden seiner Abstraktionen zu folgen, oder die strahlenden Einfälle zu bewundern, die mit ihren Blitzen unaufhörlich den düsteren Himmel seines Gehirns durchzuckten, das kümmerte ihn wenig. Er ließ sich in einer Kneipe nieder, neben einem schmutzigen Liederjan, und entwickelte diesem die Hauptlinien seines furchtbaren Buches *Eureka,* mit einem Ernst und einer erbarmungslosen Kaltblütigkeit, als diktierte er einem Sekretär, oder als disputierte er mit Kepler, Bacon oder Swedenborg. Das war eine seiner Charaktereigentümlichkeiten. Nie hat ein Mensch sich so völlig über die Regeln der Gesellschaft hinweggesetzt, sich weniger um die Vorübergehenden gekümmert und darum, weshalb man ihn an gewissen Tagen in den billigen Cafés empfing, und weshalb man ihm zu den Lokalen, wo die *anständigen Leute* einkehren, den Zutritt verwehrte. Nie hat irgendeine Gesellschaft dergleichen vergeben, eine englische oder amerikanische schon gar nicht. Und Poe besaß auch noch sein Genie, für das er um Nachsicht bitten mußte; er hatte im *Messenger* schonungslos Jagd auf die Mittelmäßigkeit gemacht; seine Kritik war die eines harten Zuchtmeisters gewesen, eines überlegenen, einsamen Mannes, für den die Ideen alles sind. Es kam ein Augenblick, da er einen Abscheu vor allem Menschlichen faßte, und nur noch die Metaphysik ihm etwas bedeutete. Poe, dessen Geist sein junges, formloses Land blendete, an dessen Lebenswandel Menschen, die sich für seinesgleichen hielten, Anstoß nahmen, wurde unvermeidlicherweise einer der allerunglücklichsten Schriftsteller. Die etwas gegen ihn auf dem Herzen hatten, rotteten sich zusammen; es wurde einsam um ihn. In Paris, in Deutschland hätte er Freunde gefunden, die ihn verstanden und ihm geholfen hätten; im Amerika mußte er um sein Brot kämpfen. Hier haben wir die hinreichende Erklärung für seine Trunksucht

und seinen ständigen Wohnungswechsel. Er zog durch das Leben wie durch eine Sahara, er wechselte den Ort wie ein Araber.
Aber es gibt noch andere Gründe: die schweren häuslichen Sorgen zum Beispiel. Wir haben gesehen, wie er schon in früher Jugend unversehens den Wechselfällen des Lebens ausgesetzt worden war. Poe war fast immer allein; auch mußten die gewaltige Anspannung seiner geistigen Kräfte und der harte Druck seiner Arbeit ihn dahin bringen, daß er im Wein und in Spirituosen eine Wollust des Vergessens fand. Was anderen Beschwerlichkeiten bereitet, verschaffte ihm eine Erleichterung. Kurzum, literarische Gehässigkeiten, Schauder des Unendlichen, häusliche Sorgen, Schmählichkeiten des Elends, Poe floh vor dem allen in die Schwärze der Trunkenheit, wie in die Schwärze des Grabes; denn er trank nicht wie ein Genießer, sondern wie ein Barbar; kaum hatte der Alkohol seine Lippen berührt, pflanzte Poe sich an der Theke auf, und trank Glas um Glas, bis sein guter Engel ersäuft und seine Fähigkeiten zerstört waren. Wunderbarerweise hat diese schreckliche Gewohnheit, wie alle, die ihn gekannt haben, glaubwürdig versichern, weder die Reinheit und Vollkommenheit seines Stiles beeinträchtigt, noch die Klarheit seines Denkens, noch seinen Fleiß oder seinen Eifer bei schwierigen Untersuchungen. Die Mehrzahl seiner guten Arbeiten wurde vor oder nach einem solchen Anfall niedergeschrieben. Nach dem Erscheinen von *Eureka* trank er wie ein Besessener. Und an eben jenem Morgen, an dem die Zeitschrift *Whig* in New York *The Raven* veröffentlichte und Poes Name in aller Munde war, wankte er stolpernd die Häuserwände des Brodway* entlang.
Die Trunksucht der Literaten ist eine der verbreitetsten und beklagenswertesten Erscheinungen des modernen Lebens; aber vielleicht gibt es doch mildernde Umstände. Auch zur Zeit von Saint-Amant, Chapelle und Colletet betrank die Literatur sich, doch in fröhlicher Gesellschaft, zusammen mit vornehmen und hochgestellten Personen, die sehr belesen waren, und die sich nicht scheuten, eine *Schenke* zu betreten. Sogar gewisse Damen oder Fräulein scheuten sich nicht, zu bekennen, daß sie gelegentlich dem Weine

* Ein Boulevard in New York; eben dort hat einer von Poes Verlegern seinen Laden.

zusprachen, wie das Abenteuer jener Dame beweist, die von ihrer Dienerin in Chapelles Gesellschaft überrascht wurde, als die beiden nach dem Nachtmahl heiße Tränen über den armen Pindar vergossen, den die Unwissenheit seiner Ärzte in die Grube gebracht hatte. Die Tradition wird im 18. Jahrhundert beibehalten, doch sie verändert sich ein wenig. Rétifs Schule trinkt, aber es ist bereits eine Schule von Parias, eine Unterwelt. Der hochbetagte Mercier wird in der Rue du Coq-Honoré angetroffen; Napoleon ist über das 18. Jahrhundert heraufgestiegen, Mercier ist ein wenig betrunken, und er sagt, *daß er nur noch aus Neugierde lebe.** Heutigen Tages hat die literarische Trunksucht einen düsteren und unheimlichen Charakter angenommen. Es gibt keine ausgesprochen belesene Klasse mehr, die sich den Umgang mit Literaten zur Ehre anrechnete. Sie sind so sehr von ihren Arbeiten in Anspruch genommen, die Schulen befehden sich derart untereinander, daß jeder mehr oder minder für sich bleibt. Und was die Frauen angeht, so hindern ihre Unbildung, ihre politische und literarische Unzulänglichkeit manchen Autor, etwas anderes in ihnen zu erblicken als Hausgerätschaften oder Objekte der Lust. Ist die Mahlzeit eingenommen und das Tier befriedigt, betritt der Dichter die weite Einsamkeit seines Geistes; bisweilen ist er von seinem Handwerk erschöpft. Was dann? Schließlich gewöhnt er sich an die Vorstellung von seiner unbesieglichen Kraft, und er kann der Hoffnung nicht mehr widerstehen, im Alkohol jene sanften oder erschreckenden Gesichte wiederzufinden, die für ihn bereits alte Bekannte sind. Dem gleichen Wandel der Sitten, der die Welt der Literatur zu einer eigenen Klasse gemacht hat, wird man wohl auch den ungeheuren Verbrauch an Tabak zuschreiben müssen, der bei der neueren Literatur anzutreffen ist.

* Ob Victor Hugo diesen Ausspruch kannte?

III

Ich will versuchen, eine Vorstellung von den Hauptzügen zu vermitteln, die in Edgar Poes Werken vorherrschen. Sie alle näher zu untersuchen, es sei denn, man schriebe ein Buch, ist unmöglich, denn trotz seines ungeregelten, höllischen Lebens hat dieser seltsame Mensch sehr viel hervorgebracht. Poe bietet sich unter drei Aspekten dar: der Kritiker, der Dichter und der Erzähler; in dem Erzähler steckt zudem noch ein Philosoph.

Als er zum Leiter des *Southern Literary Messenger* berufen wurde, vereinbarte man, daß er jährlich 2500 Francs erhalten sollte. Für dieses magere Gehalt übernahm er die Verpflichtung, die Arbeiten zu lesen und eine Auswahl unter ihnen zu treffen, die für die jeweilige Monatsnummer bestimmt waren, und darüber hinaus den sogenannten *redaktionellen* Teil abzufassen, das heißt die Besprechungen sämtlicher Neuerscheinungen und die Kommentare zu allen literarischen Ereignissen. Darüber hinaus gab er häufig, sehr häufig, eine Novelle oder ein Gedicht. Zwei Jahre lang etwa trieb er dieses Handwerk. Dank seiner aktiven Leitung und der Originalität seiner Kritik erregte der *Literary Messenger* bald allgemeine Aufmerksamkeit. Vor mir liegt die Sammlung sämtlicher Hefte dieser beiden Jahrgänge: der redaktionelle Teil ist beträchtlich; die Beiträge sind sehr lang. Oft findet man in ein und derselben Nummer die Besprechung eines Romans, eines Gedichtbandes, eines Werkes aus dem Gebiet der Medizin, der Physik oder der Geschichte. Alle sind mit größter Sorgfalt geschrieben, und man bemerkt, daß ihr Verfasser eine Kenntnis verschiedener Literaturen und eine wissenschaftliche Begabung besaß, die an die französischen Schriftsteller des 18. Jahrhunderts erinnert. Edgar Poe scheint die vorausliegenden Jahre des Elends wohl genützt und über vieles gründlich nachgedacht zu haben. Wir finden hier eine beträchtliche Sammlung kritischer Würdigungen der wichtigsten englischen und amerikanischen Autoren, häufig auch französischer Memoiren. Wo eine Idee aufkam, woher sie stammte, worauf sie zielte, welcher Schule sie angehörte, welcher Methode ihr Autor sich bediente, dies alles wurde deutlich, klar und knapp dargelegt. Wenn Poe große Aufmerksamkeit erregte, so zog er sich auch viele Feinde zu. Tief durchdrungen von seinen Überzeugungen, befehdete er unermüdlich die Fehlurteile, die törichten Pastiches, die Solözismen, die Barbarismen und überhaupt alle literarischen Untaten, die in Journalen und Büchern tagtäglich begangen werden. In dieser Hinsicht war ihm nichts vorzuwerfen, er ging selber mit gutem Beispiel voran; sein Stil ist rein, dem Gedanken entsprechend, dessen genauer Abdruck er ist. Poe ist immer korrekt. Es ist sehr bemerkenswert, daß ein Mann von so ausschweifender und hochfliegender Einbildungskraft zugleich ein solcher Liebhaber der Regeln und mit einer solchen Befähigung zu gründlichen Untersuchungen und geduldigen Nachforschungen ausgestattet ist. Gewissermaßen ein fleischgewordener Widerspruch. Sein Ruhm als Kritiker war seinem literarischen Fortkommen sehr abträglich. Viele Leute wollten sich an ihm rächen. Es gibt kaum einen Vorwurf, den man ihm später, je mehr sein Werk zunahm, nicht ins Gesicht geschleudert hätte. Alle Welt kennt diese lange, abgeschmackte Litanei: Unsittlichkeit, Fühllosigkeit, mangelnde Schlußfolgerungen, Überspanntheit, überflüssige Literatur. Niemals hat die französische Kritik Balzac seinen *Grand homme de province à Paris* vergeben.

Als Dichter steht Poe für sich. Fast als einziger vertritt er die romantische Bewegung jenseits des Ozeans. Er ist der erste Amerikaner, der seinen Stil recht eigentlich zu einem Werkzeug gemacht hat. Seine Poesie ist tief und klagend, und dennoch geschliffen, rein, korrekt und schimmernd wie ein Kleinod aus Kristall. Man sieht, trotz ihrer erstaunlichen Qualitäten, um deretwillen die zarten, weichen Seelen in sie verliebt sind, hätten Alfred de Musset und Alphonse de Lamartine nicht zu seinen Freunden gehört, wenn er unter uns gelebt hätte. Sie haben zu wenig Willenskraft und sind nicht genugsam Herren ihrer selbst. Edgar Poe liebte die komplizierten Rhythmen, doch, unbeschadet aller Kompliziertheit, verlieh er ihnen eine tiefe Harmonie. Es gibt von ihm eine kürzere Dichtung, die den Titel *Die Glocken* trägt; sie besitzt literarischen Seltenheitswert, nur übersetzbar ist sie nicht. *Der Rabe* war ein großer Erfolg. Longfellow und Emerson gestehen, daß dieses Gedicht ein Wunderwerk sei. Sein Vorwurf ist nicht aufwendig, es ist ein reines Kunstwerk. In einer Regen- und Sturmnacht vernimmt ein Student ein Klopfen, zuerst am Fenster, dann an seiner Türe; er öffnet, in der Annahme, es möchte ein Besucher sein. Es ist ein armer verirrter Rabe, den das Lampenlicht angezogen hat. Dieser gezähmte Rabe hat bei einem anderen Herrn das Sprechen gelernt, und das erste Wort, das zufällig dem Schnabel des unheimlichen Vogels entfällt, trifft den Studenten in einer seiner Herzkammern und weckt dort eine lange Reihe trauriger Gedanken aus dem Schlummer: *eine tote Frau, tausend betrogene Sehnsüchte, tausend enttäuschte Wünsche, ein zerbrochenes Dasein,* eine Flut von Erinnerungen, die sich in die kalte und trostlose Nacht ergießt. Der Ton ist ernst und fast übernatürlich, wie die Gedanken eines Schlaflosen; die Verse fallen einer um den andern, wie ein monotones Weinen. In dem Gedicht *Dreamland* hat er die Aufeinanderfolge von Träumen und phantastischen Bildern zu schildern versucht, wie sie die Seele bedrängen, wenn das Auge des Körpers geschlossen ist. Andere Stücke wie *Ulalume, Annabel Lee* erfreuen sich gleicher Berühmtheit. Doch Edgar Poes dichterisches Gepäck ist von geringem Umfang. Seine verdichtete und ausgearbeitete Poesie muß ihn manche Mühen gekostet haben, und seine allzu häufigen Geldnöte erlaubten ihm nicht, sich dieser wollüstigen und fruchtlosen Qual zu überlassen.

Als Novellist und Romancier ist Edgar Poe einzig in seiner Art, ebenso wie Maturin, Balzac, Hoffmann, jeder in der seinigen. Die verschiedenen Stücke, die er zuerst in Zeitschriften verstreut veröffentlicht hat, wurden in zwei Sammlungen zusammengefaßt: *Tales of the Grotesque and Arabesque* und *Edgar A. Poe's Tales,* beide bei Wiley und Putnam. Das ergibt insgesamt ungefähr zweiundsiebzig Stücke. Man findet dort heftige Bouffonnerien, rein Groteskes, ein alle Fesseln sprengendes Streben nach dem Unendlichen, und eine besondere Vorliebe für den Magnetismus. Die kleine Ausgabe der Erzählungen hat in Paris wie in Amerika großen Erfolg gehabt, weil sie höchst dramatische Stücke enthält, freilich von einer Dramatik eigener Art.

Ich wollte, ich könnte Poes Literatur sehr knapp und treffsicher charakterisieren, denn es ist eine völlig neuartige Literatur. Eines ihrer wesentlichen Merkmale, das sie von allen anderen unterscheidet, sind, man verzeihe mir diese wunderlichen Ausdrücke, der Konjekturismus und der Probabilismus. Diese meine Behauptung läßt sich an einigen seiner Sujets nachprüfen.

Der Goldkäfer: Analyse der nacheinander anzuwendenden Mittel, um ein Kryptogramm zu entschlüsseln, mit dessen Hilfe sich ein vergrabener Schatz auffinden läßt. Ich kann mich des schmerzlichen Gedankens nicht erwehren, der unglückliche E. Poe müsse mehr als einmal von Mitteln geträumt haben, Schätze zu entdekken. Wie logisch und scharfsinnig ist die Erklärung dieser Methode, die als eine seltsame literarische Spezialität gewisse Geheimbeamte der Polizei betreiben! Wie schön ist die Beschreibung des Schatzes, und wie wohltuend Wärme und Glanz, die von ihm ausgehen! Denn der Schatz wird gefunden! *Er war kein Traum,* wie dies in solchen Romanen meist der Fall ist, in denen der Verfasser den Leser unsanft aufweckt, nachdem er in dessen Geist die begehrlichsten Hoffnungen erregt hat; diesmal ist es ein *wirklicher* Schatz, und der Entzifferer hat ihn wohl verdient. Hier die genaue Bestandsaufnahme: in Münzen vierhundertfünfzigtausend Dollar, keine Spur Silber, alle in Gold, und aus sehr früher Zeit stammend; die einzelnen Stücke sehr groß und sehr schwer, unleserliche Inschriften; hundertzehn Diamanten, achtzehn Rubine, dreihundertzehn Smaragde, einundzwanzig Saphire und ein Opal; zweihundert massive Ringe und Ohrgehänge, etwa dreißig Ketten, dreiundachtzig Kruzifixe, fünf Weihrauchfässer, eine riesige, mit Rebenlaub und Bacchantinnen verzierte goldene Punschbowle, zwei Schwertgriffe, hundertsiebenundneunzig mit Edelsteinen besetzte Uhren. Der Inhalt der Truhe wird zuerst auf anderthalb Millionen Dollar geschätzt, aber der Verkauf der Schmuckstücke erhöht den Gesamtbetrag noch darüber hinaus. Die Beschreibung dieses Schatzes weckt schwindelerregende Vorstellungen von Größe und Anwandlungen zur Wohltätigkeit. Was diese Truhe, die der Pirat Kidd vergraben hatte, enthielt, reichte wahrhaftig hin, manch eine unbekannte Verzweiflung zu lindern.

Ein Sturz in den Maelstrom: Ließe sich der Abstieg in einen Abgrund, dessen Tiefe noch unerforscht ist, nicht dadurch bewerkstelligen, daß man die Gesetze der Schwerkraft auf eine neue Art untersucht?

Die Mordtat in der Rue Morgue könnte manchen Untersuchungs-

richter etwas lehren. Ein Mord ist begangen worden. Wie? von wem? Es gibt in dieser Affäre unerklärliche und einander widersprechende Umstände. Die Polizei gibt die Hoffnung auf, das Rätsel zu lösen. Ein junger Mann meldet sich, der dann aus Liebe zur Kunst die ganze Untersuchung noch einmal von vorne aufrollt. Durch eine äußerste Konzentration seines Denkens, und durch die Schritt um Schritt fortschreitende Analyse aller Phänomene seines Verstandes, ist es ihm gelungen, dem Gesetz der Entstehung der Gedanken auf die Spur zu kommen. Zwischen einem Wort und einem andern, zwischen zwei dem Anschein nach völlig unabhängigen Vorstellungen vermag er die ganze Kette der Zwischenglieder wiederherzustellen, und vor den staunenden Augen die Lücke der unausgedrückten und fast unbewußten Vorstellungen auszufüllen. Er hat alle Möglichkeiten genau überdacht, und alle wahrscheinlichen Verkettungen der Tatbestände. Er schreitet von Induktion zu Induktion zurück und führt zuletzt den unwiderleglichen Beweis, daß das Verbrechen von einem Affen begangen wurde.
Die Mesmerische Offenbarung: Der Autor ist offenbar von folgender Überlegung ausgegangen: Könnte man nicht, mit Hilfe der unbekannten, magnetisches Fluidum genannten Kraft das Gesetz entdecken, das die Welten des Jenseits regiert? Der Anfang ist voller Größe und Feierlichkeit. Der Arzt hat den Kranken nur eingeschläfert, um seine Leiden zu lindern. »Was halten Sie von Ihrer Krankheit? – Ich werde daran sterben. – Schmerzt Sie dieser Gedanke? – Nein.« Der Kranke beschwert sich, die Fragen seien schlecht gestellt. »Leite mich«, sagt der Arzt. »Sie müssen mit dem Ersten beginnen. – Was ist das Erste? – *(Mit sehr leiser Stimme:)* GOTT. – Ist Gott Geist? – Nein. – So ist er Materie? – Nein.« Folgt eine weitausgreifende Theorie der Materie, der Abstufungen der Materie und der Stufenleiter der Geschöpfe. Ich habe dieses Stück 1848 in einer Nummer der *Liberté de penser* veröffentlicht.
Anderswo haben wir den Bericht einer Seele, die auf einem verschwundenen Planeten lebte. Hier war der Ausgangspunkt: Kann man, vermittels der Induktion und Analyse, erraten, welche körperlichen und seelischen Erscheinungen bei den Bewohnern einer Welt auftreten würden, denen sich ein menschenmörderischer Komet näherte?

In anderen Stücken wiederum begegnet uns das rein Phantastische, der Natur nachgestaltet, und ohne jede Erklärung, in Hoffmanns Manier: *The Man in the Crowd* taucht unablässig in der Menge unter; er genießt es, in dem menschlichen Ozean zu baden. Wenn die Dämmerung mit ihren schwankenden Lichtern und Schatten herabsinkt, flieht er die friedlichen Viertel, und strebt begierig denjenigen zu, wo die menschliche Materie durcheinanderwimmelt. Je mehr der Kreis des Lichtes und des Lebens sich verengt, desto mehr sucht er dessen Mittelpunkt; wie die Menschen der Sintflut klammert er sich verzweifelt an die letzten Gipfelpunkte des öffentlichen Treibens. Und das ist alles. Ist er ein Verbrecher, den die Einsamkeit schreckt? Ist er ein Schwachkopf, der sich selbst nicht ertragen kann?
Welcher auch nur ein wenig belesene Pariser hätte nicht den *Schwarzen Kater* gelesen? Dort finden wir wiederum andere Eigenschaften. Wie sanft und unschuldig beginnt doch dieses schreckliche Gedicht des Verbrechens! »Meine Frau und ich waren durch eine große Gemeinschaft in Dingen des Geschmacks verbunden, und durch unser Wohlwollen den Tieren gegenüber; unsere Eltern hatten uns diese Leidenschaft vererbt. So glich denn unser Haus auch einer Menagerie, wo wir von allerlei Tieren umgeben waren.« Sie geraten in finanzielle Nöte. Statt zu handeln, verschließt der Mann sich in düstere Wirtshausträume. Der schöne schwarze Kater, der liebenswürdige Pluto, der sich früher so anschmiegsam bezeigte, wenn sein Herr nach Hause kam, begegnet ihm nun weniger aufmerksam und zutraulich; es scheint sogar, als meide er ihn und als wittere er die Gefahren des Branntweins und Genevers. Der Mann ist beleidigt. Sein Trübsinn, seine mürrische Verschlossenheit steigern sich mit der Gewöhnung an das Gift. Wie treffend ist die Beschreibung des düsteren Wirtshauslebens, der schweigenden Stunden stumpf vor sich hinbrütender Trunkenheit! Doch wird das alles rasch und knapp erzählt. Der stumme Vorwurf des Katers reizt ihn mehr und mehr. Eines Abends, aus ich weiß nicht welchem Grund, packt er das Tier, zieht sein Taschenmesser und sticht ihm ein Auge aus. Das einäugige, blutende Tier meidet ihn von nun an, und er haßt es desto mehr. Schließlich erhängt und erdrosselt er es. Dieser Abschnitt verdient, zitiert zu werden:

»Unterdessen erholte der Kater sich langsam. Die Höhle des verlorenen Auges bot freilich einen fürchterlichen Anblick, doch schien das Tier keine Schmerzen mehr zu leiden. Es lief im Haus umher wie gewöhnlich, nur wenn ich näherkam, floh es, wie zu erwarten, in äußerstem Entsetzen davon. Meine ehemalige Zuneigung war noch nicht so gänzlich erloschen, daß der offenkundige Abscheu eines Geschöpfs, das mich so sehr geliebt hatte, mich nicht betrübt hätte. Doch dieses Gefühl wich bald der Gereiztheit; und dann kam, wie um mich endgültig und unwiderruflich dem Untergang zuzuführen, der Geist der PERVERSITÄT über mich. Diesem Geist schenkt die Philosophie keinerlei Beachtung. Doch so gewiß ich bin, daß meine Seele lebt, so fest glaube ich, daß die Verderbt- und Verkehrtheit einer der Grundtriebe des Menschenherzens ist, eines der ursprünglichen, nicht weiter zerlegbaren Fähigkeiten und Gefühle, die das Wesen des Menschen ausmachen. – Wer hat nicht schon hundertmal eine niederträchtige oder törichte Handlung begangen, einzig und allein deshalb, weil er wußte, daß er sie nicht hätte begehen sollen? Verspüren wir nicht, wider unser besseres Wissen, eine beständige Neigung in uns, das zu verletzen, was *Gesetz* ist, bloß weil wir wissen, daß es Gesetz ist? Dieser Geist der Perversität, wie gesagt, richtete mich endgültig zugrunde. Es war jenes unerforschliche Verlangen der Seele, sich selbst zu betrüben, – ihre eigene Natur zu vergewaltigen, – Böses zuzufügen, allein aus Liebe zu dem Bösen, – welches mich trieb, die diesem unschuldigen Tier zugefügte Qual zu verlängern und schließlich ganz an ihm zu vollstrecken. Eines Morgens legte ich ihm kaltblütig einen Strick um den Hals, und erhängte es am Ast eines Baumes. Ich erhängte es, während mir die Tränen aus den Augen strömten und bitterste Reue mir das Herz zerriß, – erhängte es, *weil* ich wußte, daß es mich geliebt hatte, und *weil* ich fühlte, daß ich ihm grundlos zürnte; – erhängte es, *weil* ich wußte, daß ich durch diese meine Tat eine Sünde beging, eine Todsünde, durch die ich meine unsterbliche Seele so sehr aufs Spiel setzte, daß sie, wenn dergleichen im Bereich des Möglichen läge, selbst der unendlichen Gnade des allerbarmherzigsten und allerschrecklichsten Gottes entzogen sein würde.«

Ein Brand richtet die beiden Ehegatten vollends zugrunde, und sie suchen in einem Armenviertel Zuflucht. Der Mann fährt fort zu trinken. Seine Krankheit macht fürchterliche Fortschritte, *»denn welche Krankheit wäre wohl dem Alkohol vergleichbar?«* Eines Abends gewahrt er in der Schenke auf einem der dort aufgestellten Fässer einen sehr schönen schwarzen Kater, der dem seinigen in allen Stücken gleicht. Das Tier läßt sich streicheln und erwidert seine Zärtlichkeiten. Er nimmt es mit, um seine Frau zu trösten. Anderntags entdeckt man, daß dem Kater ein Auge fehlt, das gleiche wie dem ersten. Diesmal ist es die Freundschaft des Tieres, die ihn langsam zur Verzweiflung treibt; seine lästige Unterwürfigkeit kommt ihm wie eine Rache, eine Ironie vor, wie ein in einem geheimnisvollen Tier verkörperter Gewissensbiß. Offensichtlich ist der Verstand des Unglücklichen gestört. Als er eines Abends zu einer häuslichen Verrichtung mit seiner Frau in den Keller hinabsteigt, verfängt der sie getreulich umstreichende Kater sich in seinen Beinen. Er wird wütend, will sich auf ihn stürzen; seine Frau wirft sich dazwischen, und er streckt sie mit einem Axthieb zu Boden. Wie läßt man eine Leiche verschwinden, das ist sein erster Gedanke. Die Frau wird eingemauert, die Mauer selber mit geschickt verschmutztem Mörtel sorgfältig verschlossen und verputzt. Der Kater hatte das Weite gesucht. »Er hatte meinen Zorn begriffen und es für ratsam gehalten, sich davonzumachen.« Der Mann schläft den Schlaf des Gerechten, und anderntags, bei Sonnenaufgang, überkommt ihn eine ungeheure Freude und Erleichterung, weil die verhaßten Liebkosungen des Tieres ihm nicht schon das Erwachen vergiften. Das Haus ist jedoch schon mehrfach gerichtlich durchsucht worden, und die entmutigten Beamten wollen sich eben zurückziehen, als der Mann plötzlich sagt: »Sie haben den Keller vergessen, meine Herren.« Man steigt in den Keller hinab, und wie sie die Stufen wieder heraufsteigen, ohne ein belastendes Indiz gefunden zu haben, »überkam mich ein teuflischer Einfall, und von unerhörtem Stolz geschwellt, rief ich aus: Schöne Mauern! ein gut gebautes Haus, wahrhaftig! solche Keller macht man nicht mehr! Und bei diesen Worten klopfte ich mit meinem Spazierstock eben auf die Stelle, wo das Opfer verborgen war.« Ein hohler, ferner, klagender Schrei wird vernehmlich; der Mann fällt in Ohnmacht; die Justizbeamten stocken, reißen die Mauer

nieder, die Leiche fällt ihnen entgegen, und ein scheußlicher Kater, halb Fell, halb Gips, stürzt hervor, mit seinem einzigen bluttriefenden und wahnsinnsfunkelnden Auge.
Nicht nur das Wahrscheinliche und Mögliche haben Poes brennende Neugier erregt, sondern auch die Geisteskrankheiten. *Berenice* ist ein bewundernswertes Muster dieser Gattung; so unwahrscheinlich und übertrieben diese gräßliche Geschichte sich in meiner trockenen Darstellung auch ausnehmen mag, so kann ich dem Leser doch versichern, daß nichts logischer und möglicher sein könnte. Egaeus und Berenice sind Geschwisterkinder; Egaeus, bleich, schmächtig, in theosophische Bücher vertieft, mißbraucht seine Geisteskräfte zur Erforschung des Unerforschlichen; Berenice, ausgelassen und verspielt, immer in freier Luft, in Wald und Garten, ist von berückender Schönheit, einer Schönheit voll sinnlichen Glanzes. Berenice wird von einer geheimnisvoll schrecklichen Krankheit befallen, die einmal auch mit dem seltsamen Namen einer *Distorsion der Persönlichkeit* bezeichnet wird. Es scheint, als ob es sich um Hysterie handele. Sie erleidet auch einige epileptische Anfälle, an deren Ausgang sie häufig in eine Art Todesstarre verfällt, aus der übergangslos ein jähes Erwachen erfolgt. Diese wunderbare Schönheit treibt, sozusagen, der Auflösung entgegen. Egaeus seinerseits hat eine Krankheit, die, um, wie er sagt, die Sprache des gemeinen Mannes zu reden, sich noch wunderlicher ausnimmt. Sie besteht in einer Übersteigerung des meditativen Vermögens, einer krankhaften Überreizung der Kräfte, die uns zur *Aufmerksamkeit* befähigen. »Lange Stunden verloren dazusitzen, die Augen auf irgendeinen alltäglichen Satz geheftet; einen ganzen Sommertag lang einen Schatten zu verfolgen, der über das Parkett wanderte; eine Nacht hindurch selbstvergessen in die senkrechte Flamme einer Lampe zu starren oder in die Glut des Kamins; unendliche Male ein gewöhnliches Wort zu wiederholen, bis der Klang aufhörte, für meinen Geist noch etwas Bestimmtes zu bedeuten; jede Empfindung meines körperlichen Vorhandenseins in einer hartnäckig bewahrten Regungslosigkeit zu verlieren, – dies waren einige der Verirrungen, die eine geistige Verfassung in mir hervorgerufen hatte, welche, wenn sie auch nicht gerade häufig auftritt, doch der Untersuchung und Zergliederung wert ist.« Und

er läßt es sich angelegen sein, uns darauf hinzuweisen, daß es sich hier nicht um die allen Menschen gemeinsame Übertreibung der Träumerei handelt; denn der Träumer nimmt einen Gegenstand, der ihn verlockt, zum Ausgangspunkt, er wandert von Folgerung zu Folgerung, und nach einem langen verträumten Tag hat der erste Anlaß sich verflüchtigt, das *incitamentum* ist verschwunden. Bei Egaeus geschieht das genaue Gegenteil. Der Gegenstand ist jedesmal kindisch; aber durch das Medium einer inständigen Meditation gewinnt er eine ungeheure Kraft der Rückstrahlung. Wenige Folgerungen, keine angenehmen Betrachtungen; und zuletzt hat der diesen Prozeß auslösende Gegenstand, weit entfernt davon, dem Gesicht entschwunden zu sein, eine übernatürliche Anziehungskraft gewonnen, er hat sich ins Maßlose vergrößert, worin das unterscheidende Merkmal dieser Krankheit besteht.

Egaeus will seine Kusine heiraten. Zur Zeit ihrer unvergleichlichen Schönheit hat er niemals auch nur ein einziges Wort der Liebe an sie gerichtet; aber er empfindet eine große Freundschaft für sie und ein großes Erbarmen. Geht nicht auch die ungeheure Verlokkung eines Problems von ihr aus? Und *in der seltsamen Verkehrung seines Daseins haben,* wie er selber gesteht, *seine Gefühle niemals vom Herzen, und seine Leidenschaften immer vom Geist ihren Ausgang genommen.* Eines Abends, in der Bibliothek, steht Berenice vor ihm. Ist es eine Wirkung seiner Verstörtheit, oder der Dämmerung, jedenfalls erscheint sie ihm größer als sonst. Wortlos betrachtet er eine geraume Zeit dieses längliche Gespenst, das mit der schmerzlichen Koketterie der häßlich gewordenen Frau ein Lächeln versucht, ein Lächeln, das ihm sagen soll: Ich habe mich sehr verändert, nicht wahr? Und dabei zeigt sie zwischen ihren armen verzerrten Lippen ihre sämtlichen Zähne. »Wollte Gott, ich hätte sie nie gesehen, oder ich wäre bei ihrem Anblick tot umgesunken!«

Jetzt haben diese Zähne sich im Kopf des Mannes festgesetzt. Zwei Tage und eine Nacht bleibt er wie angenagelt an der gleichen Stelle, rings von Zähnen umgeben. Die Zähne sind in seinem Gehirn daguerreotypiert, lang und schmal wie die Zähne eines toten Pferdes; kein Fleck, keine Scharte, keine Zacke ist ihm entgangen.

Er schaudert vor Grauen, als er bemerkt, daß er so weit gekommen ist, ihnen eine Fähigkeit des Empfindens und sogar eine von den Lippen unabhängige seelische Ausdruckskraft zuzuschreiben. Man hat von Mademoiselle Sallé gesagt, *que tous ses pas étaient des sentiments,* und ich meinerseits glaubte von Berenice allen Ernstes *que toutes ses dents étaient des idées.*«

Gegen Ende des zweiten Tages ist Berenice tot; trotz seines Widerstrebens sieht Egaeus sich genötigt, das Sterbezimmer zu betreten und der irdischen Hülle seiner Kusine ein letztes Lebewohl zu sagen. Man hat die Bahre auf dem Bett abgestellt. Er hebt die schweren Bettvorhänge, die, über seine Schultern niederfallend, ihn in der engsten Gemeinschaft mit der Toten einschließen. Seltsam, die Binde, die um ihre Wangen hochgebunden war, hatte sich aufgelöst. Die Zähne schimmern unerbittlich weiß und lang. Mit Gewalt reißt er sich von dem Bett los, und stürzt entsetzt davon.

Seither haben sich Finsternisse in seinem Geist angehäuft, und der Bericht wird unklar und verworren. Als er sich wiederfindet, sitzt er in der Bibliothek an einem Tisch, Lampenschein fällt auf ein aufgeschlagenes Buch vor ihm, und er fährt zusammen, als seine Blicke auf folgenden Satz fallen: *Dicebant mihi sodales, si sepulchrum amicae visitarem, curas meas aliquantulum fore levatas.* Daneben ein Kästchen aus Ebenholz. Warum dieses Kästchen? gehört es nicht dem Hausarzt? Ein Diener tritt ein, bleich und verstört; er spricht leise und undeutlich. Doch ist in seinen abgehackten Sätzen von Grabschändung die Rede, von lauten Schreien, die man gehört habe, von einem noch warmen, zuckenden Leichnam, den man ganz blutverschmiert und verstümmelt am Rand seiner Grube gefunden habe. Wie der Diener auf seine Kleider zeigt, sieht Egaeus, daß sie von Erde und Blut besudelt sind. Der Diener ergreift seine Hand: sie weist seltsame Spuren auf, wie von Nägeln zerkratzt. Er lenkt seine Aufmerksamkeit auf ein Gerät, das an der Wand lehnt. Es ist ein Spaten. Mit einem Schrei des Entsetzens stürzt Egaeus sich auf das Kästchen; doch in seiner Schwäche und Erregung läßt er es fallen, das Kästchen springt auf, einige Instrumente, wie Zahnchirurgen sie benützen, fallen heraus und verstreuen sich mit gräßlichem Eisengeklapper über das Parkett, widerlich vermischt mit den verfluchten Gegenständen seiner Halluzination. Seiner selber unbewußt war der Unglückselige hingegangen, um seine fixe Idee aus dem Kiefer seiner Kusine zu brechen, die man während eines ihrer Anfälle versehentlich begraben hatte.

Gewöhnlich läßt Edgar Poe alles Beiwerk weg, oder beschränkt es doch aufs äußerste. Dank dieser grausamen Enthaltsamkeit tritt die treibende Idee deutlicher hervor und das Sujet zeichnet sich wie mit glühendem Umriß vor diesen kahlen Hintergründen ab. Seine erzählerische Methode ist denkbar einfach. Mit zynischer Einförmigkeit mißbraucht er das »ich«. Er scheint so sicher, den Leser zu fesseln, daß er sich kaum um etwas Abwechslung in seinen Mitteln bemüht. Seine Erzählungen sind fast immer Berichte oder Manuskripte der Hauptperson. Daß er sich oft mit solchem Eifer durch das Gräßliche hindurcharbeitet, rührt vielleicht, wie ich bei mehreren Menschen bemerkt habe, von einer sehr starken unbeschäftigten Vitalität her, bei manchen auch von einer hartnäckigen Keuschheit, oder von tiefen verdrängten Gefühls- und Gemütskräften. Die übernatürliche Wollust, die der Mensch empfinden kann, wenn er sein eigenes Blut fließen sieht, die jähen, zwecklosen Bewegungen, die fast wider Willen laut ausgestoßenen Schreie sind verwandte Erscheinungen. Der Schmerz ist eine Erleichterung für den Schmerz, in der Tat erholt man sich von der Ruhe.

Ein weiteres besonderes Merkmal dessen, was er schreibt, ist Poes entschiedener Anti-Feminismus. Es handelt sich um Folgendes: die Frauen schreiben, schreiben mit einer alles überschwemmenden Geschwindigkeit; ihr Herz plappert über ganze Bogen von Papier hin. Sie kennen gemeinhin weder Kunst noch Maß, noch Logik; ihr Stil schleppt und wogt wie ihre Kleider. Eine sehr große und zu Recht berühmte Schriftstellerin, Georges Sand, hat sich trotz ihrer Überlegenheit diesem Gesetz der Veranlagung nicht gänzlich entziehen können; sie wirft ihre Meisterwerke in den Postkasten wie Briefe. Sagt man ihr nicht nach, sie schriebe ihre Bücher auf Briefpapier?

In Edgar Poes Büchern ist der Stil gedrängt, *verkettet;* kein schlechter Wille des Lesers oder seine Trägheit könnten durch die

Maschen dieses von der Logik geknüpften Netzes hindurchschlüpfen. Wie gehorsame Pfeile fliegen alle Gedanken demselben Ziel entgegen.

Ich habe viele Erzählungen nacheinander gelesen, ohne auf eine einzige Liebesgeschichte zu stoßen. Das ist mir erst im nachhinein aufgefallen, so berauschend ist dieser Mann. Ohne dieses asketische System eines anspruchsvollen Geistes unbedingt zum Vorbild erheben zu wollen, so scheint mir doch, eine strenge Literatur wäre bei uns ein empfehlenswerter Protest gegen die überhandnehmende *Aufgeblasenheit* der Frauen, denen die Männer mit ihrer widerwärtigen Vergötterung mehr und mehr den Kopf verdreht haben; und ich habe große Nachsicht mit Voltaire, der es für angemessen hielt, in der Vorrede zu seiner Tragödie *La Mort de César*, in der keine Frauen auftreten, unter vorgeblichen Entschuldigungen für seine Unverschämtheit, dies sein rühmliches Kunststück gebührend herauszustreichen.

Bei Edgar Poe finden wir keine entnervenden Rührseligkeiten; doch überall, doch unaufhörlich die unermüdliche Inbrunst für das Ideale. Wie Balzac, der es auf dem Totenbett vielleicht bedauerte, kein reiner Gelehrter zu sein, hat er Anfälle von Wissenschaftlichkeit. Er hat ein *Handbuch des Konchyliologen* geschrieben, das ich zu erwähnen vergaß. Wie die Eroberer und die Philosophen ist er von einem mitreißenden Hang zur Einheit beseelt; er gleicht das Seelische dem Körperlichen an. Es ist, als wollte er auf die Literatur die Verfahrensweisen der Philosophie, und auf die Philosophie die Methode der Algebra anwenden. Bei diesem unablässigen Aufstieg dem Unendlichen zu geht einem ein wenig der Atem aus. Um diese Literatur ist eine verdünnte Luft wie in einem Laboratorium. Unablässig wird darin der Wille verherrlicht, der auf Induktion und Analyse gerichtet ist. Man hat den Eindruck, als wollte Poe den Propheten das Wort entreißen, und das Monopol der vernünftigen Erklärung für sich in Anspruch nehmen. Deshalb sind auch die Landschaften, die seinen Erfindungen einer fieberhaften Phantasie als Hintergrund dienen, von gespenstischer Blässe. Poe, dessen Leidenschaften kaum die der übrigen Menschen waren, zeichnet Bäume und Wolken, die sich wie Träume von Bäumen und Wolken ausnehmen, oder die vielmehr

seinen seltsamen Personen gleichen, auch sie wie diese von einem übernatürlichen, galvanischen Schauder erregt.
Einmal jedoch hat er sich bemüht, ein rein menschliches Buch zu schreiben. *Der umstandliche Bericht des Arthur Gordon Pym aus Nantucket,* dem kein großer Erfolg beschieden war, ist eine Geschichte von Schiffern, die nach schweren Seeschäden in die windstillen Zonen der südlichen Meere geraten sind. Der Genius des Erzählers ergötzt sich an jenen schrecklichen Szenen und an den erstaunlichen Schilderungen von Völkerschaften und Inseln, die auf keiner Karte zu finden sind. Die Ausführung dieses Buches ist äußerst einfach und von peinlicher Genauigkeit. Es wird übrigens als ein Logbuch präsentiert. Das Schiff ist steuerlos; Lebensmittel und Trinkwasser sind aufgebraucht; den Matrosen bleibt kein anderer Ausweg als der Kannibalismus. Da wird eine Brigg gesichtet. »Zuerst sahen wir niemand an Bord, bis das Schiff uns auf eine Viertelseemeile nahegekommen war. Da erblicken wir drei Männer, die wir ihrer Kleidung nach für Holländer hielten. Zwei von ihnen lagen auf alten Segeln nahe dem Vorderdeck, und der dritte, der uns neugierig zu mustern schien, stand nah beim Bugspriet an der Steuerbordreling. Dieser letztere war ein großer, kräftig gebauter Mann von sehr dunkler Hautfarbe. Seine Gebärden schienen uns ermutigen zu wollen, wir sollten uns gedulden; er machte uns Zeichen, die seine Freude auszudrücken schienen, und die uns dennoch seltsam anmuteten; auch lächelte er beständig, wie um uns sein hellschimmerndes weißes Gebiß zu zeigen. Wie das Schiff noch näher kam, sahen wir die rote Wollmütze von seinem Kopf ins Wasser fallen; er aber achtete dessen nicht, sondern fuhr fort zu lächeln und seine seltsamen Gebärden zu vollführen. Ich berichte alle diese Dinge und Umstände bis in ihre geringsten Einzelheiten, und ich berichte sie, wohlgemerkt, genau so, wie sie uns erschienen.
Die Brigg kam langsam näher, und nahm nun geraden Kurs auf uns zu, und – ich kann dieses Abenteuer nicht kalten Blutes erzählen, – unsere Herzen begannen wie wild in unserem Leibe zu hüpfen, und unsere Seelen konnten sich nicht ersättigen an Freudenschreien und Danksagungen gegen Gott, der vollständigen, glorreichen und unerhofften Befreiung wegen, die uns zum Grei-

fen nahe war. Plötzlich aber kamen von dem seltsamen Schiff, – es lag jetzt in der Windrichtung auf uns zu, – über das Meer dahingetragen, ein Geruch, ein Gestank zu uns herüber, den zu schildern Worte nicht ausreichen: infernalisch, atemberaubend, unerträglich, unvorstellbar. Ich riß den Mund auf, um Luft zu schöpfen, und als ich mich zu meinen Gefährten umwandte, sah ich, daß sie bleicher als Marmor waren. Doch für Vermutungen oder Überlegungen blieb keine Zeit mehr, die Brigg war noch fünfzig Fuß von uns entfernt, und man beabsichtigte wohl, an unserem Heck anzulegen, so daß wir an Bord gehen könnten, ohne daß man ein Boot aussetzte. Wir stürzten nach achtern, als plötzlich ein heftiges Gieren die Brigg um fünf oder sechs Strich von dem Kurs abbrachte, den sie bisher eingehalten hatte, und wie sie nun in ungefähr zwanzig Fuß Entfernung an unserem Heck vorbeitrieb, hatten wir einen vollen Überblick über ihr Deck. Werde ich je das dreifache Grauen jenes Anblicks vergessen? Fünfundzwanzig oder dreißig Leichen, darunter auch einige Frauen, lagen zwischen Kajüte und Kombüse da und dort unregelmäßig verstreut, in dem letzten, ekelhaftesten Stadium der Verwesung! Deutlich sahen wir, daß auf diesem Unglücksschiff keine lebende Seele war! Und dennoch konnten wir nicht anders: wir riefen diese Toten um ihre Hilfe an! Ja, in der Bestürzung über diesen Anblick haben wir diese schweigenden Bilder des Ekels lange und inständig gebeten, anzuhalten für uns, uns nicht einem dem ihrigen gleichen Schicksal zu überlassen, und uns Aufnahme zu gewähren in ihre liebwerte Gesellschaft! Wir waren wie Rasende vor Grauen und Verzweiflung, die Qualen der Enttäuschung hatten uns zu Narren werden lassen.

Auf unsere ersten Schreie des Entsetzens kam vom Bugspriet des fremden Schiffes eine Art Antwort herüber, die dem Ruf aus einer Menschenkehle so sehr glich, daß sie das feinste Ohr überrascht und getäuscht hätte. In dem gleichen Augenblick brachte eine neuerliche plötzliche Schwenkung das Vorderdeck vor unsere Blicke, und wir konnten erkennen, woher dieser Laut stammte. Wir sahen die große, kräftig gebaute Gestalt noch immer am Dollbord lehnen, und ihr Haupt immerfort hin und her schwanken, jetzt jedoch derart von uns abgewendet, daß wir das Gesicht nicht sehen konnten. Die Arme waren über das Geländer der Reling ausgestreckt, und die Hände hingen nach außen. Die Knie des Mannes ruhten auf einer straffgespannten Trosse, die vom Fuß des Bugspriets zu einem der Davits verlief. Auf seinem Rücken, von dem ein Stück Hemd heruntergerissen war und das nackte Fleisch freigab, war eine mächtige Seemöwe damit beschäftigt, das gräßliche Fleisch in sich hineinzuschlingen; Schnabel und Krallen wühlten in der Tiefe dieses Körpers, ihr weißes Gefieder war blutbespritzt. Als die Brigg wendete, als wollte sie uns näherkommen, zog der Vogel seinen roten Kopf mit einiger Beschwerlichkeit heraus, und nachdem er uns einen Augenblick lang wie erstaunt betrachtet hatte, löste er sich träge von dem Körper, an dem er sich gütlich tat, dann nahm er seinen Flug geradewegs über unser Deck, und schwebte dort einige Zeit mit einem Stück der koagulierten und wie lebendigen Substanz im Schnabel. Zuletzt fiel das gräßliche Stück, mit einem unheimlichen Aufklatschen, gerade vor Parkers Füße. Gott möge mir verzeihen! doch im ersten Augenblick durchzuckte mich ein Gedanke, – ein Gedanke, den ich nicht niederschreiben werde, – und ich merkte, wie ich mechanisch einen Schritt auf das blutige Stück zu tat. Ich hob die Augen, und meine Blicke trafen sich mit Augusts Blicken, aus denen ein so nachdrücklicher und mahnender Vorwurf sprach, daß er mich alsbald zur Besinnung brachte. Ich stürzte vor, und mit einem tiefen Schauder warf ich das Greuel ins Meer.

Der Körper, dem dieser Fleischfetzen entrissen worden war, ruhte, wie gesagt, auf einer Trosse, so daß er von den Stößen des raubgierigen Vogels leicht ins Schwanken geriet, und diese Erschütterungen waren es, die uns anfangs veranlaßt hatten, ihn für ein lebendes Wesen zu halten. Als die Möwe ihn von ihrem Gewicht befreite, taumelte er, drehte sich und sank halb hintenüber, so daß wir ihm voll ins Gesicht sehen konnten. Nein, niemals bot sich uns ein schrecklicherer Anblick! Die Augenhöhlen waren leer, und da alles Fleisch um den Mund abgefressen war, lagen die Zähne gänzlich bloß. Das also war das Lächeln gewesen, das uns zur Hoffnung ermutigt hatte! Das also ... doch genug, die Brigg, wie schon gesagt, glitt an unserm Heck vorüber und setzte ihre Fahrt langsam aber stetig unterm Winde fort. Mit ihr und ihrer schrecklichen Mannschaft schwanden langsam alle unsere glücklichen Visionen von Freude und Rettung dahin!«

Eureka war wohl das Buch, von dem Edgar Poe lange geträumt hatte und das er besonders liebte. Es kann hier nicht der Ort sein, näher darauf einzugehen. Dieses Buch verlangt einen Artikel für sich. Wer *Die Mesmerische Offenbarung* gelesen hat, kennt die metaphysischen Neigungen unseres Autors. In *Eureka* hat er es darauf abgesehen, darzulegen, wie und nach welchem Gesetz das Universum seine heutige sichtbare Gestalt gewonnen und seine gegenwärtige Organisation erlangt hat, und wie ferner dasselbe Gesetz, dem die Schöpfung ihre Entstehung verdankt, das Mittel ihrer Zerstörung und des endgültigen Verschwindens der Welt sein wird. Man wird leicht einsehen, warum ich mich nicht leichtfertig auf die Erörterung eines so anspruchsvollen Unternehmens einlassen möchte. Ich müßte fürchten, auf Abwege zu geraten und einem Autor Unrecht zu tun, für den ich den größten Respekt habe. Man hat Edgar Poe bereits beschuldigt, ein Pantheist zu sein, und obwohl ich mich zu dem Geständnis genötigt sehe, daß man ihn dem Anschein nach für einen solchen halten möchte, kann ich doch versichern, daß er, wie mancher große Liebhaber der Logik, sich zuweilen kräftig widerspricht, was ihm nur zum Lobe gereicht; so stehen seinem Pantheismus seine Vorstellungen von der Stufenordnung der Lebewesen entgegen, und viele Passagen, wo er nachdrücklich das Fortleben der Persönlichkeit vertritt. Edgar Poe war sehr stolz auf dieses Buch, das, wie zu erwarten, nicht den Erfolg seiner Erzählungen hatte. Man muß es bedachtsam lesen und seine seltsamen Ideen prüfen, indem man sie verwandten und ihnen widersprechenden Systemen gegenüberstellt.

IV

Ich hatte einmal einen Freund, der auf seine Art auch ein Metaphysiker war, leidenschaftlich und bedingungslos, mit einem Gehaben wie Saint-Just. Oft sagte er, und nahm dabei diesen oder jenen zum Exempel, während er mich selber von der Seite anblickte: »Jeder Mystiker hat ein geheimes Laster.« Und innerlich ergänzte ich seinen Gedanken: Also muß man ihn vernichten. Doch ich lachte, weil ich ihn nicht verstand. Als ich eines Tages mit einem bekannten Buchhändler plauderte, der eine große Kundschaft hat und dessen Spezialität es ist, den Leidenschaften der mystischen Zirkel und der dunklen Liebhaber der Geheimwissenschaften zu dienen, und als ich ihn um Auskünfte über seine Kunden bat, gab er zur Antwort: »Bedenken Sie, daß jeder Mystiker ein geheimes Laster hat, und zwar oft ein sehr materielles; bei diesem ist es die Trunksucht, bei jenem die Freßlust, bei wieder einem andern die Unzucht; der wird sehr geizig sein, ein anderer sehr grausam, usw.«

Mein Gott! sagte ich mir, was ist dies für ein unerbittliches Gesetz, das uns gefesselt hält, uns beherrscht, und sich für die Verletzung seines unerträglichen Despotismus rächt, indem es unsere sittliche Person herabsetzt und entwürdigt? Die Erleuchteten waren die Größten unter den Menschen. Warum sollen sie für ihre Größe gezüchtigt werden? War ihr Streben nicht das edelste? Wird der Mensch in alle Ewigkeit so eng beschränkt sein, daß eine seiner Fähigkeiten nur auf Kosten der übrigen zunehmen kann? Ist es ein großes Verbrechen, oder kann es zumindest zu schweren Verfehlungen führen, wenn einer um jeden Preis die Wahrheit erkennen will, sind Einfalt und Gleichgültigkeit eine Tugend und eine Garantie des Gleichgewichts, so glaube ich, daß wir mit diesen hohen Schuldigen große Nachsicht haben müssen, denn als Kindern des 18. und 19. Jahrhunderts ist das gleiche Laster uns allen zur Last zu legen.

Ich sage es ohne Scheu, weil ich weiß, daß es einem tiefen Gefühl des Mitleids und der Zärtlichkeit entspringt: Edgar Poe, der Trunkenbold, der Arme, der Verfolgte, der Paria, gefällt mir mehr, als wenn er gleichmütig und *tugendhaft* wäre, mehr als ein Goethe oder ein Walter Scott. Gerne sagte ich von ihm und von einer ganzen besonderen Menschenklasse, was der Katechismus von unserem Gott sagt: »Er hat viel für uns gelitten.«

Auf seinen Grabstein könnte man folgende Inschrift setzen: »Ihr alle, die ihr mit inbrünstigem Verlangen danach getrachtet habt, die Gesetze eures Wesens zu ergründen, die ihr nach dem Unendlichen verlangt habt, und deren verdrängte Gefühle sich eine gräßliche Erleichterung zu verschaffen suchten in dem Wein der Ausschweifung, bittet für ihn. Sein geläutertes Körperliches schwimmt nun inmitten der Wesen, deren Dasein er geahnt hat, bittet für ihn, der schaut und der weiß, er wird euer Fürsprecher sein.«

[VORTEXT ZU BAUDELAIRES ÜBERSETZUNG DER ERZÄHLUNG *Berenice*]

Das Stück, das unsere Leser hier finden, ist den Werken Edgar Poes entnommen. Es stammt aus den Anfängen seiner literarischen Tätigkeit. Edgar Poe, den man die *tête forte* der Vereinigten Staaten nennen könnte, ist 1849 im Alter von sechsunddreißig Jahren gestorben. Er ist sozusagen in der Gosse gestorben; eines Morgens haben Polizisten ihn aufgelesen und ins Krankenhaus von Baltimore gebracht; er ist, wie Hoffmann und Balzac und mancher andere, in dem Augenblick aus dem Leben geschieden, da er im Begriff stand, seines fürchterlichen Schicksals Herr zu werden. Um ganz gerecht zu sein, wird man die strenge Gesellschaft, in deren Kerker ihn die Vorsehung gestoßen hatte, für einen Teil seiner Laster, und namentlich für seine Trunksucht, verantwortlich machen dürfen.

Wenn Poe glücklich oder einigermaßen sorgenfrei war, war er stets der liebenswürdigste und gewinnendste Mensch. Der einzige wahre Trost im Leben dieses exzentrischen, von Ungewittern verdüsterten Schriftstellers war die Ergebenheit, mit der die Mutter seiner Frau sich wie ein Engel seiner angenommen hat: Mistress Clemm, der alle einsamen Herzen eine wohlverdiente Huldigung erweisen werden.

Edgar Poe ist nicht eigentlich ein Dichter und ein Erzähler; er ist Dichter, Erzähler und Philosoph. Er trägt das zweifache Siegel des Erleuchteten und des Gelehrten. Daß er einige schlechte, rasch hingeworfene Werke geschrieben hat, ist nicht weiter verwunderlich; sein schreckliches Leben erklärt es; was ihm aber ewig zum Lobe gereichen wird, ist die gründliche Beschäftigung mit allen wirklich wichtigen Gegenständen, den *einzigen,* die der Aufmerksamkeit eines *geistigen* Menschen würdig sind: Probabilitäten, Geisteskrankheiten, Konjekturalwissenschaften, Hoffnungen und Berechnungen über ein Leben nach dem Tode, eingehende Untersuchungen der Exzentriker und der Parias des irdischen Daseins, unmittelbar symbolische Bouffonnerien. Nimmt man zu diesem unablässigen Tätigkeitsdrang seines Geistes eine seltene Gelehr-

samkeit hinzu, eine *erstaunliche* Unparteilichkeit, die das Widerspiel seiner *subjektiven* Natur war, eine ungewöhnliche Kraft des Folgerns und Untersuchens, und die *Schroffheit* alles dessen, was er schreibt, – so wird man sich nicht wundern, daß wir ihn die *tête forte* seines Landes genannt haben. Die hartnäckige Vorstellung der Nutzbarkeit, oder vielmehr ein leidenschaftliches Wissen- und Erfahrenwollen unterscheidet Poe von sämtlichen Romantikern des Kontinents, oder, wenn man so will, von allen Nachbetern der sogenannten romantischen Schule.
Bisher war Poe hierzulande nur durch die Erzählungen *Le Scarabée d'or, Le Chat noir* und *L'Assassinat de la rue Morgue* bekannt, in der Übersetzung von Madame Isabelle Meunier, nach einem vortrefflichen positiven Übersetzungssystem, und durch *La Révélation mésmérienne,* in *La Liberté de penser,* übersetzt von Charles Baudelaire, der in den beiden letzten Bänden der *Revue de Paris* eine sehr entschiedene Würdigung des Lebens und der Hauptzüge der Werke des unglücklichen Poe veröffentlicht hat, und dem wir auch das folgende Stück verdanken.
Poes Hauptwerke sind: *Tales of the Grotesque and Arabesque,* was sich etwa mit *Grotesken und Arabesken* übersetzen ließe, ein Band Erzählungen bei Wiley und Putnam, in New York; ein Band Gedichte, *The Literati, Eureka, Arthur Gordon Pym,* und eine stattliche Zahl sehr scharfsinniger Essays über englische und amerikanische Dichter.

[VORTEXT ZU BAUDELAIRES ÜBERSETZUNG DER *Philosophy of Furniture*]

Wer von uns hat nicht schon, in langen Stunden der Muße, das Vergnügen gekostet, sich eine Musterwohnung einzurichten, ein ideales Domizilium, ein *rêvoir*? Je nach seinem Temperament hat jeder Gold und Seide, Holz und Metall zusammengebracht, er hat das Sonnenlicht gedämpft oder den künstlichen Schimmer der Lampen verstärkt, hat sogar Möbel mit neuartigen Formen erfunden, oder ältere Formen zusammengedrängt.

Der Artikel, den unsere Leser hier finden, stammt von einem großen amerikanischen Schriftsteller, der in Frankreich unbekannt ist und in den Vereinigten Staaten ein wenig verkannt wird. Edgar Poe hat ein Leben voller Schmerzen geführt, und einen noch trostloseren Tod gefunden. Manche seiner Landsleute sprechen nur mit einer gewissen Bitterkeit von ihm, hat der junge amerikanische Riese doch eine sehr empfindliche Haut, selbst in Angelegenheiten von geringerer Wichtigkeit duldet er keinen Spaß. Fenimore Cooper hat das wohl zu spüren bekommen: Grausame Axiome wie: *Einzig die Yankees sind rückschrittlich; – all unsere Vorstellungen von Geschmack erschöpfen sich in einem protzigen Aufwand; – der Preis eines Einrichtungsgegenstandes ist bei uns zum einzigen Kriterium seines Wertes geworden; – die Entartung des Geschmacks hält mit der Vervielfältigung des Dollars Schritt;* – und die grimmigen Späße über die unzähligen Spiegel, die unsinnige Verwendung von geschliffenem Glas und Gasleuchtern in den aristokratischen Wohnungen Amerikas, – sind gewiß harte Brocken für die zarte Kehle einer jungen Nation von *Parvenus*.
Unparteiisch oder nicht, dieser Artikel schien uns Kuriositätswert zu besitzen, und er wird unsere Leser unterhalten. Mit Edgar Poes persönlichen Ansichten, wie eine Wohnung einzurichten sei, keineswegs unverständigen Ansichten, wie uns scheint, mögen sie es halten, wie sie wollen.

[WIDMUNG DER *Histoires extraordinaires*]

Für Maria Clemm,
in Milford, Connecticut (U.S.A.)

Seit langem schon, Madame, trug ich mich mit dem Wunsch, Ihre mütterlichen Augen durch diese Übersetzung eines der größten Dichter dieses Jahrhunderts zu erfreuen; doch das literarische Leben ist so voll von Wechselfällen und Hindernissen, und ich fürchte, Deutschland ist mir mit diesem Tribut der Wertschätzung zuvorgekommen, der dem Andenken eines Schriftstellers gebührt, der, wie ein Hoffmann, ein Jean Paul, ein Balzac, weniger ein Kind seines Landes als ein Kosmopolit ist. Schon zwei Jahre vor der furchtbaren Katastrophe, die ein so erfülltes und so glühendes Dasein zerbrach, war ich bemüht, Edgar Poe unter den Literaturfreunden meines Landes bekannt zu machen. Aber damals war mir sein von unaufhörlichen Stürmen bedrohtes Leben unbekannt; ich wußte nicht, daß dieser überschwengliche Reichtum seiner Werke das Erzeugnis eines vulkanischen Bodens war, und wenn ich heute die falsche Vorstellung, die ich mir von seinem Leben gemacht hatte, mit der Wirklichkeit vergleiche, – den Edgar Poe, den meine Phantasie erschaffen hatte, – reich, glücklich, – ein genialer junger Gentleman, der inmitten der tausend Beschäftigungen eines eleganten Daseins sich gelegentlich der Literatur widmet, – mit dem wahren Edgar, – dem armen Eddie, jenem, den Sie geliebt und dem Sie geholfen haben, – jenem, den ich in Frankreich bekannt machen werde, – so erfüllt mich dieser ironische Widerspruch mit unbezwinglicher Rührung. Mehrere Jahre sind dahingegangen, und sein Schatten hat mich niemals verlassen. Heute habe ich nicht nur das Vergnügen, seine schönen Werke vorzustellen, sondern auch dasjenige, den Namen jener Frau darüberzusetzen, die stets nur Güte und Sanftheit für ihn war. Wie Ihre Zärtlichkeit seine Wunden pflegte, so wird sein Ruhm Ihren Namen mit balsamischem Duft umhüllen.

Sie werden den Aufsatz lesen, den ich über sein Leben und seine Werke verfaßt habe; Sie werden mir sagen, ob ich seinen Charakter recht verstanden habe, seine Leiden und das sehr Besondere seiner Geistesbeschaffenheit, und sollte ich mich getäuscht haben, werden Sie mich berichtigen. Alles, was von Ihnen kommt, Madame, wird mit Ehrfurcht und Dankbarkeit aufgenommen werden, selbst der leise Tadel, zu dem die Strenge Sie bewegen könnte, mit welcher ich mich über Ihre Landsleute geäußert habe, zweifelsohne um dem Haß ein wenig Luft zu machen, den die Republiken der Krämer und die physiokratischen Gesellschaften in mir auslösen.

Diese öffentliche Huldigung war ich einer Mutter schuldig, deren Größe und Güte der Welt der schönen Literatur ebenso zur Ehre

gereicht wie die wunderbaren Schöpfungen Ihres Sohnes. Ich würde mich tausendmal glücklich schätzen, wenn ein verirrter Strahl dieser Liebe, welche die Sonne seines Lebens war, über die uns trennenden Meere auf mich fiele, der im Dunkeln dahinsiecht, um mich zu stärken mit seiner magnetischen Wärme.
Leben Sie wohl, Madame; unter den verschiedenen Gruß- und Wunschformeln, die das Sendschreiben einer *Seele* an eine *Seele* beschließen könnten, kenne ich nur eine, die den von Ihnen mir eingegebenen Gefühlen gemäß ist: *Goodness, goddess!*

[NACHBEMERKUNG ZU DER ÜBERSETZUNG DER ERZÄHLUNG *The Unparalleled Adventures of One Hans Pfaall*]

L'Aventure sans pareille d'un certain Hans Pfaall wurde zum ersten Mal im *Southern Literary Messenger* abgedruckt, der ersten von Poe geleiteten Zeitschrift in Richmond. Er war damals dreiundzwanzig Jahre alt. In der postumen Ausgabe seiner Werke, – die, nebenbei bemerkt, bei weitem nicht vollständig ist, – folgt auf Hans Pfaall eine höchst eigenartige Nachbemerkung, die ich hier etwas näher untersuchen möchte, und die den Lesern, welche diese Veröffentlichung interessiert hat, mit einer der Kindereien dieses großen Genies bekannt machen wird.
Poe läßt mehrere Werke Revue passieren, die alle das nämliche Thema behandeln, – ein Geschehen auf dem Mond, – eine Beschreibung des Mondes, etc. – *ouvrages-canards,* oder – wie die Amerikaner, die sich so gerne nasführen lassen, dergleichen zu nennen pflegen, – *hoaxes.* Poe unterzieht sich der Mühe, nachzuweisen, wie sehr all diese Werke seinem eigenen unterlegen sind, weil ihnen eine wichtige Eigenschaft fehlt, von der sogleich des Näheren die Rede sein soll.
Als erstes zitiert er Mr. Lockes *Moon Story* oder *Moon-Hoax,* die vermutlich nichts anderes ist als jene kläglichen *Animaux dans la lune,* die, vor etwa zwanzig Jahren, auch auf unserem schon ame-

rikanischen Kontinent einiges Aufsehen erregten. Zunächst stellt er fest, daß sein *jeu d'esprit* bereits vor drei Wochen im *Southern Literary Messenger* erschienen war, als Mr. Locke seinen *canard* in der *New York Sun* veröffentlichte. Mehrere Blätter haben die beiden Werke zusammengenommen und gemeinsam veröffentlicht, und Poe ist über diese ihm aufgenötigte Verwandtschaft mit Recht erbost.
Um Mr. Lockes *Moon-Hoax* zu *schlucken,* mußten die astronomischen Kenntnisse des Publikums so mangelhaft sein, daß es ans Unwahrscheinliche grenzt.
Mr. Lockes Teleskop ist nicht stark genug, um den von der Erde 240 000 Meilen entfernten Mond so nahe heranzuholen, daß man dort Tiere und Blumen sehen, bei kleineren Vögeln die Form und Farbe der Augen erkennen könnte, wie Herschel, der Held in Mr. Lockes *canard,* dies tut. Und die Linsen seines Teleskops schließlich werden von Hartleg und Grant hergestellt; diese Herren hatten jedoch, wie Poe triumphierend anmerkt, bereits mehrere Jahre vor der Veröffentlichung des *hoax* jegliche geschäftliche Tätigkeit eingestellt.
Herschel (Locke) erwähnt eine Art Haarüberhang, der die Augen eines Mondbisons verschattet, und versichert, dieser sei von der Natur vorgesehen, um die Augen des Tieres vor dem heftigen Wechsel von Dunkel und Helligkeit zu schützen, dem alle Bewohner der unserem Planeten zugekehrten Seite des Mondes ausgesetzt seien. Aber ein solcher Wechsel findet gar nicht statt; jene Bewohner, falls es deren gibt, können keinerlei Dunkel kennen. In Abwesenheit der Sonne werden sie von der Erde erhellt.
Seine Mondtopographie *versetzt* gewissermaßen *das Herz nach rechts.* Sie widerspricht sämtlichen Karten und widerspricht sich selbst. Der Autor weiß nicht, daß auf einer Mondkarte der Osten links sein muß.
Von unbestimmten Benennungen wie *Mare Nubium, Mare Tranquilitatis, Mare Fecunditatis* irregeführt, die den Mondflecken von den alten Astronomen gegeben wurden, ergeht Mr. Locke sich in eingehenden Beschreibungen der Meere und Flüssigkeitsmassen auf dem Mond. Nun hat jedoch die Astronomie eindeutig festgestellt, daß derartiges dort nicht vorhanden ist.

Die Beschreibung der Flügel eines *Fledermaus-Menschen* ist ein Plagiat der *fliegenden Inselbewohner* von Peter Wilkins. Mr. Locke sagt irgendwo: »Welch ungeheuren Einfluß hat unser dreizehnmal größerer Erdball auf den Satelliten ausüben müssen, als dieser noch ein Embryo im Schoße der Zeit war, der passive Gegenstand einer chemischen Verwandtschaft!« Das klingt großartig; aber kein Astronom hätte sich so ausgedrückt und noch weniger dergleichen an eine wissenschaftliche Zeitschrift in Edinburgh geschrieben. Denn ein Astronom weiß, daß die Erde, – so wie der Satz hier zu verstehen ist, – nicht dreizehn-, sondern sogar neunundvierzigmal größer ist als der Mond.

Nun aber folgt eine Bemerkung, die für Poes analytischen Geist sehr bezeichnend ist. Wie denn, sagt er, Herschel sieht Tiere, sehr deutlich, beschreibt sie bis ins einzelne, ihre Gestalt, ihre Farben! Das verrät den *falschen* Beobachter! Er versteht sich nicht auf sein Geschäft als Hersteller von *hoaxes*. Denn was müßte einem *echten* Beobachter unverzüglich als erstes auffallen und sich ihm einprägen, falls er auf dem Mond Tiere erblickte, – obzwar er dies hätte voraussehen können: »Sie gehen mit den Füßen nach oben und mit dem Kopf nach unten, wie die Fliegen an der Zimmerdecke!« – So spricht die Natur.

Den Vorstellungen von Pflanzen und Tieren liegt keinerlei echte Analogie zugrunde; – die Flügel des *Fledermaus-Menschen* können ihn in einer so verdünnten Luft wie der des Mondes nicht tragen; – daß ein künstliches Licht durch das Objektiv einfällt, ist pures Geschwätz; – wenn die Teleskope nur stark genug sein müßten, um uns erkennen zu lassen, was auf einem Himmelskörper vor sich geht, wäre dies dem Menschen längst gelungen; doch dieser Körper muß auch genügend erleuchtet sein, und je weiter er entfernt ist, desto diffuser ist das Licht, usw.

Und Poe kommt zu folgendem Schluß, der jenen merkwürdig genug vorkommen wird, die sich in dem Arbeitszimmer eines genialen Mannes gern etwas näher umtun, – unter den auf einen Faden aufgezogenen quadratischen Blättchen Jean Pauls, – den wie mit einem Spinnennetz überzogenen Druckfahnen Balzacs, – den Randbemerkungen Buffons, usw.

»All diese verschiedenen kleinen Werke verfolgen ein einziges

Ziel, die Satire; ihr Thema – eine Beschreibung der Sitten auf dem Monde, die mit den unseren verglichen werden. Aber in keinem finde ich das Bemühen, die Einzelheiten der Reise als solcher glaubhaft zu machen. Keiner der Autoren scheint auch nur die geringsten astronomischen Kenntnisse zu besitzen. In *Hans Pfaall* ist das Vorhaben insofern neuartig, als es hier darauf abgesehen ist, der Wahrscheinlichkeit *(verisimilitude)* in der Anwendung der wissenschaftlichen Prinzipien (soweit das Phantastische des Gegenstandes dergleichen zuläßt) auf die tatsächliche Reise von der Erde zum Mond möglichst nahe zu kommen.«

Ich gestatte dem Leser zu lächeln, – ich habe selber mehr als einmal gelächelt, wenn ich meinen Autor eines seiner *Steckenpferde* reiten sah. Sind die kleinlichen Züge jeder Größe für einen unparteilichen Geist nicht stets ein rührendes Schauspiel? Es ist wirklich merkwürdig zu sehen, wie bei einem bald so tief germanischen und bald so ernsthaft orientalischen Kopf unvermittelt der Amerikanismus zum Vorschein kommt, mit dem er gesättigt ist.

Doch bei näherem Zusehen überwiegt die Bewunderung. Wer, frage ich, wer unter uns, – und ich denke an die Kräftigsten, – wer hätte es gewagt, – mit dreiundzwanzig Jahren, in dem Alter, wo man *lesen* lernt, – sich, hinreichend mit astronomischen und physikalischen Kenntnissen ausgerüstet, auf den Mond zu begeben und sich entschlossen auf das *Steckenpferd* oder vielmehr den scheuen Hippogryph der *Wahrscheinlichkeit* zu schwingen?

EDGAR POE,
SEIN LEBEN UND SEINE WERKE

… some unhappy master whom unmerciful
Disaster
Followed fast and followed faster till his songs
one burden bore –
Till the dirges of his Hope that melancholy
burden bore
Of ›Never-nevermore‹.«

Edgar Poe, *The Raven*

Sur son thrône d'airain le Destin qui s'en raille
Imbibe leur éponge avec du fiel amer,
Et la Nécessité les tord dans sa tenaille.

Théophile Gautier, *Ténèbres*

I

Kürzlich wurde ein Unglücklicher vor unsere Gerichte gebracht, auf dessen Stirne das hohe Zeichen einer seltenen und seltsamen Inschrift eintätowiert war: *Pas de chance!* Derart trug er über seinen Augen das Etikett seines Lebens, wie ein Buch seinen Titel, und das Verhör erwies, wie grausam wahrhaftig die wunderlichen Worte waren, die dort zu lesen standen. In der Geschichte der Literatur gibt es ähnliche Schicksale, wahre Verdammte, – Männer, die das Wort *guignon* in geheimnisvollen Zeichen in die gewundenen Falten ihrer Stirne geschrieben tragen. Der blinde Engel der Vergeltung hat sich ihrer bemächtigt, um sie aus Leibeskräften auszupeitschen, zur Erbauung der anderen. Vergebens zeigt ihr Leben Talente, Tugenden, Liebenswürdigkeit; die Gesellschaft verhängt einen eigenen Bannfluch über sie, und legt ihnen Schwächen zur Last, die ihre Verfolgung in ihnen hervorgerufen hat. – Was hat Hoffmann nicht getan, um das Schicksal zu entwaffnen, und was hat Balzac nicht unternommen, um das Glück zu beschwören? – Gibt es demnach eine diabolische Vorsehung, die von der Wiege an das Unglück vorbestimmt, – die geistige und engelhafte Naturen mit *Vorbedacht* einer Umgebung aussetzt, die ihnen feindlich gesinnt ist, so wie die Märtyrer in den Zirkus geworfen wurden? Gibt es denn Seelen, die für den Altar bestimmt sind, *geweihte* Seelen, die dazu verdammt sind, auf dem Weg zu Tod und Ruhm ihr Leben in Trümmer sinken zu sehen? Wird der Alptraum der *Ténèbres* diese Ausnahmeseelen ewig bedrängen? – Vergeblich wehren sie sich, vergeblich passen sie sich der Welt an, ihren Ansprüchen, ihren Listen; sie vervollkommnen ihre Vorsichtsmaßnahmen, versperren alle Ausgänge, verpolstern die Fenster gegen die Wurfgeschosse des Zufalls; aber der Teufel schlüpft durch ein Schlüsselloch herein; eine Vollkommenheit wird die Stelle sein, wo sie verwundbar sind, und eine Überlegenheit der Keim ihrer Verdammnis.

L'aigle, pour les briser, du haut du firmament
Sur leur front découvert lâchera la tortue,
Car ils doivent périr inévitablement.

(Sie zu zerschmettern, läßt vom hohen Firmament der Adler auf ihre entblößte Stirn die Schildkröte niederfallen, denn unabwendbar ist *ihnen* der Untergang zubestimmt.)

Ihr Schicksal ist in ihre ganze leibliche Beschaffenheit eingeschrieben, es leuchtet mit düstrem Glanz aus ihren Augen und ihren Gebärden, es kreist in ihren Adern mit jedem einzelnen ihrer Blutkörperchen.
Ein berühmter Schriftsteller unserer Zeit hat ein Buch geschrieben, um zu beweisen, daß der Dichter keinen ihm gebührenden Platz finden könne, weder in einer demokratischen noch in einer aristokratischen Gesellschaft, weder in einer Republik noch in einer absoluten oder gemäßigten Monarchie. Wer hat ihm darauf eine gültige Antwort erteilen können? Ich liefere heute einen neuen Lebensbericht zur Stütze seiner These, ich füge dem Martyriologium einen neuen Heiligen hinzu: mir ist die Aufgabe zugefallen, die Geschichte eines jener erlauchten Unglückseligen zu schreiben,

der, allzu reich an Poesie und Leidenschaft, nach so vielen anderen gekommen war, um sich hienieden der rauhen Lehre des Genies bei den niederen Seelen zu unterziehen.
Welch eine klägliche Tragödie war das Leben Edgar Poes! Wie schrecklich war der Ausgang, sein Tod, dessen Schrecken durch die Trivialität noch gesteigert wurde! – Aus sämtlichen Dokumenten, die ich gelesen habe, ergibt sich für mich, daß die Vereinigten Staaten für Poe nur ein riesiges Gefängnis waren, das er mit der fiebrigen Unrast eines Wesens durcheilte, das geschaffen war, um in einer Welt zu leben, wo reinere Düfte es erquickten, – nur eine einzige große Barbarei mit Gasbeleuchtung, – und daß sein inneres, geistiges Leben, als Dichter oder selbst als Trunkenbold, nichts als ein unablässiges Bemühen war, dem Einfluß dieser abstoßenden Umwelt zu entrinnen. Erbarmungslos ist die Diktatur der öffentlichen Meinung in den demokratischen Gesellschaften; man erwarte von ihr weder Mitleid noch Nachsicht, noch Geschmeidigkeit in der Anwendung ihrer Gesetze auf die vielfältigen und vielverschlungenen Fälle des moralischen Lebens. Es ist, als wäre aus der ruchlosen Liebe zur Freiheit eine neue Tyrannei entstanden, die Tyrannei der Tiere oder Zookratie, die in ihrer grausamen Fühllosigkeit dem Götzen Jaggernaut gleicht. – Ein Biograph versichert uns mit ernster Miene, – er ist durchaus wohlgesinnt, der Gute, – Poe hätte, wenn er nur bereit gewesen wäre, sein Genie gewissen Regeln zu unterwerfen, durchaus ein verdienender Autor, *a money-making author,* werden können; – ein anderer, – diesmal ein Zyniker aus Unverstand, – Poes Genie möge noch so schön sein, besser wäre es doch für ihn gewesen, nur Talent zu besitzen, weil das Talent sich leichter bezahlt macht als das Genie. Wieder ein anderer, der Zeitungen und Zeitschriften geleitet hat, ein Freund des Dichters, gesteht, daß es schwierig gewesen sei, ihn zu beschäftigen, und daß man genötigt war, ihm weniger zu zahlen als den anderen, weil er einen Stil schrieb, der allzu hoch über dem Durchschnitt lag. *Welch ein Krämergeruch!* wie Joseph de Maistre sagte.
Gewisse Leute sind noch weiter gegangen, aus plumpem Unverständnis für sein Genie im Verein mit der Bösartigkeit bürgerlicher Heuchelei haben sie ihn nach Herzenslust beschimpft; und nach

seinem plötzlichen Verschwinden haben sie diesen Leichnam noch gehörig geschulmeistert, – insbesondere Mr. Rufus Griswold, der, um mich hier der rächenden Worte George Grahams zu bedienen, bei dieser Gelegenheit eine unsterbliche Gemeinheit begangen hat. Poe hatte, vielleicht von der düsteren Vorahnung eines jähen Endes gestreift, die Herren Griswold und Willis bestellt, seine Werke zu ordnen, seine Biographie zu schreiben, und sein Angedenken wiederherzustellen. Dieser leichenschänderische Schulmeister hat seinen Freund des langen und breiten in einem riesigen geistlosen und gehässigen Artikel verleumdet, ausgerechnet als Vorrede zu der postumen Ausgabe seiner Werke. – Gibt es denn in Amerika keine Verordnung, die den Hunden das Betreten der Friedhöfe untersagt? – Mr. Willis hingegen hat, als das genaue Gegenteil, bewiesen, daß der wahre Geist immer von Wohlwollen und Anstand begleitet ist, und daß die Barmherzigkeit mit unseren Mitbrüdern nicht nur eine sittliche Pflicht, sondern auch eines der Gebote des guten Geschmacks ist.
Wenn man sich mit einem Amerikaner unterhält, und dabei auf Poe zu sprechen kommt, so wird er ihm vielleicht Genie zugestehen; er wird vielleicht sogar stolz auf ihn sein; aber, mit dem überlegenen sardonischen Tonfall, der den *positiven Menschen* verrät, wird er sich über Poes zügelloses Leben ereifern, den Alkoholdunst seines Atems, der an einer Kerzenflamme Feuer gefangen hätte, seine unsteten Lebensgewohnheiten; er wird hinzufügen, daß er ein erratisches, in sich gegensätzliches Wesen, ein aus der Bahn geratener Planet war; unablässig sei er von Baltimore nach New York, von New York nach Philadelphia, von Philadelphia nach Boston, von Boston nach Baltimore, von Baltimore nach Richmond unterwegs gewesen. Und wenn man ihm, bewegten Herzens schon dieser Präludien einer trostlosen Geschichte wegen, zu bedenken gibt, daß der Betreffende vielleicht nicht der allein Schuldige und daß es nicht so einfach sei, unbehelligt zu denken und zu schreiben in einem Land, wo es Millionen von Herrschern gibt, einem Land ohne rechte Hauptstadt, und ohne Aristokratie, – dann wird man ihn die Augen aufreißen und blitzende Blicke schleudern sehen, der Schaum des verletzten Patriotismus tritt ihm auf die Lippen, und aus seinem Munde schleudert Amerika selbst

Schmähreden gegen Europa, seine alte Mutter, und gegen die Philosophie der alten Zeit.
Ich wiederhole, daß ich zu der Überzeugung gelangt bin, Edgar Poe und sein Vaterland standen nicht auf gleicher Höhe. Die Vereinigten Staaten sind ein riesiges Land, das noch im Kindesalter steht und von einer natürlichen Eifersucht auf den alten Kontinent beseelt ist. Stolz auf seine anormale und fast monströse materielle Entwicklung, hat dieser Neuling in der Geschichte einen naiven Glauben an die Allmacht der Industrie; er ist überzeugt, wie einige Unselige unter uns, daß sie zuletzt den Teufel selber fressen wird. Zeit und Geld haben dort drüben einen so großen Wert! Die materielle Betriebsamkeit, die in ihrer Übertreibung die Ausmaße eines nationalen Wahnsinns angenommen hat, läßt in den Geistern nur geringen Raum für die Dinge, die nicht von dieser Erde sind. Poe, der einer angesehenen Familie entstammte, und der im übrigen die Ansicht vertrat, das Fehlen jeglicher auf Herkunft beruhenden Aristokratie sei das große Unglück seines Landes, weil, wie er sagte, bei einem Volk ohne Aristokratie der Kult des Schönen nur verfallen, schwinden und verschwinden könnte, – der seine Mitbürger beschuldigte, bis in ihren aufwendigen und kostspieligen Luxus hinein alle Anzeichen des schlechten Geschmacks zu zeigen, wie sie das Merkmal des Parvenus sind, – der den Fortschritt, diese große moderne Idee, für einen Wahn verzückter Schwachköpfe hielt, und der die *Vervollkommnungen* der menschlichen Behausung Narben und rechtwinklige Abscheulichkeiten nannte, – Poe war dort drüben ein ungewöhnlich einsamer Kopf. Er glaubte nur an das Unveränderliche, das Ewige, das *self-same,* und er erfreute sich – grausames Vorrecht in einer in sich selbst verliebten Gesellschaft, – jenes großen gesunden Verstandes nach Art eines Macchiavell, der vor dem Weisen, wie eine leuchtende Säule, durch die Wüste der Geschichte einherzieht. – Was hätte er gedacht, was geschrieben, der Unglückliche, wenn ihm zu Ohren gekommen wäre, wie die Theologin des Gefühls aus Freundschaft für das Menschengeschlecht die Hölle abschaffte, wie der Philosoph der Zahl ein Versicherungssystem vorschlug, eine Beitragsleistung von einem Sou pro Kopf zur Abschaffung des Krieges, – und die Aufhebung der Todesstrafe und der Rechtschreibung, diese

beiden verwandten Narrheiten! – und so viele andere Kranke, die, *das Ohr dem Wind geneigt*, kreiselnde Phantasien schreiben, die ebenso blähend sind wie das Element, das sie ihnen eingibt? – Läßt man dieses untrügliche Erschauen der Wahrheit, eine wahre Krankheit unter gewissen Umständen, begleitet sein von einer aufs äußerste verfeinerten Sinnlichkeit, die eine falsche Note zur Verzweiflung brachte, einer Feinheit des Geschmacks, die alles, außer der allein rechten Proportion, empörte, einer unstillbaren Liebe zum Schönen, welche die Gewalt einer krankhaften Leidenschaft angenommen hatte, so wird es niemand verwundern, daß für einen solchen Menschen das Leben zur Hölle geworden war, und daß es ein böses Ende mit ihm nahm; bewundernswert bleibt nur, daß er es so lange *ausgehalten* hat.

II

Poes Familie war eine der angesehensten von Baltimore. Sein Großvater mütterlicherseits hatte als *quarter-master general* in dem Unabhängigkeitskrieg gedient, und La Fayette brachte ihm hohe Achtung und Freundschaft entgegen. Auf seiner letzten Reise in die Vereinigten Staaten wollte er die Witwe des Generals besuchen und sie seiner Dankbarkeit versichern für die Dienste, die ihr Gatte ihm erwiesen hatte. Der Urgroßvater hatte eine Tochter des englischen Generals Mac Bride geheiratet, der mit den höchsten Häusern Englands versippt war. David Poe, Edgars Vater und der Sohn des Generals, verliebte sich leidenschaftlich in eine englische Schauspielerin, Elisabeth Arnold, die ihrer Schönheit wegen berühmt war; er entfloh mit ihr und heiratete sie. Um sein Geschick noch enger mit dem ihrigen zu verknüpfen, wurde er Schauspieler und trat mit seiner Frau an verschiedenen Theatern auf, in den wichtigsten Städten der Union. Die beiden Gatten starben in Richmond, fast zu gleicher Zeit; sie hinterließen drei kleine Kinder, darunter Edgar, die gänzlich hilflos und von allem entblößt zurückblieben.
Edgar Poe ist 1813 in Baltimore geboren. – Ich folge hier seinen eigenen Angaben, denn er hat gegen Griswold Einspruch erhoben,

der seine Geburt in das Jahr 1811 verlegt hatte. – Wenn je der Geist des Romans, um mich eines Ausdrucks unseres Dichters zu bedienen, über einer Geburt gewaltet hat, – ein düsterer und stürmischer Geist! – so hat er gewiß über der seinigen gewaltet. Poe war wahrhaft das Kind der Leidenschaft und des Abenteuers. Ein reicher Handelsmann jener Stadt, Mr. Allan, fand Gefallen an dem hübschen Unglücklichen, den die Natur mit soviel Reiz ausgestattet hatte, und da er keine Kinder hatte, nahm er ihn an Kindesstatt an. Von nun an hieß er also Edgar Allan Poe. So wuchs er in erfreulichem Wohlstand auf und in der berechtigten Hoffnung auf eines jener Vermögen, die dem Charakter eine stolze Selbstsicherheit verleihen. Er begleitete seine Adoptiveltern auf einer Reise, die sie durch England, Schottland und Irland unternahmen, und ehe sie in ihre Heimat zurückkehrten, übergaben sie ihn Doktor Bransby, der in Stoke-Newington bei London eine bedeutende Erziehungsanstalt leitete. – Poe hat selber, in *William Wilson,* dieses seltsame, im alten elisabethanischen Stil errichtete Gebäude und die Eindrücke seines Schülerlebens beschrieben.

Im Jahre 1822 kehrte er nach Richmond zurück, und setzte seine Studien in Amerika fort, unter der Leitung der besten Lehrer der Stadt. An der Universität von Charlottesville, wo er sich 1825 einschrieb, tat er sich nicht nur durch eine ans Wunderbare grenzende Intelligenz hervor, sondern auch durch einen fast unheimlichen Überschuß an Leidenschaften, – eine echt amerikanische Frühreife, – die zuletzt dazu führte, daß er ausgestoßen wurde. Im Vorübergehen sei hier angemerkt, daß Poe bereits in Charlottesville eine höchst bemerkenswerte Befähigung für die Naturwissenschaften und die Mathematik an den Tag gelegt hatte. Später wird er sich ihrer in seinen seltsamen Geschichten häufig bedienen, und ihnen die unerwartetsten Mittel entnehmen. Doch ich habe Gründe, zu glauben, daß er nicht dieser Art von Erfindungen die größte Wichtigkeit beimaß, und daß er – vielleicht sogar auf Grund dieser frühreifen Befähigung, – fast geneigt war, sie, im Vergleich zu den Werken der reinen Einbildungskraft, für *leichte* Gauklerkunststücke zu halten. Einige unglückliche Spielschulden führten zu einem augenblicklichen Zerwürfnis zwischen ihm und seinem Adoptivvater, und Edgar, – ein höchst merkwürdiger Umstand, der, was immer man gesagt haben mag, auf ein starkes Ingredienz von Ritterlichkeit in seinem leicht entflammbaren Geist schließen läßt, – faßte den Entschluß, sich an den hellenischen Freiheitskämpfen zu beteiligen und wider die Türken zu streiten. Er brach also nach Griechenland auf. Was wurde aus ihm im Osten? was trieb er dort, – besuchte er die klassischen Ufer des Mittelmeers, – warum finden wir ihn mit einem Mal in Petersburg, ohne Paß, – und in was für eine düstere Affäre verwickelt, – genötigt, sich an den amerikanischen Botschafter, Henry Middleton, zu wenden, um dem russischen Strafvollzug zu entrinnen und nach Hause zurückzukehren? – Wir wissen es nicht; es gibt da eine Lücke, die er allein hätte schließen können. Edgar Poes Lebensbeschreibung, seine Jugend, seine Abenteuer in Rußland und seine Korrespondenz, die uns die amerikanischen Zeitungen vor langer Zeit schon in Aussicht stellten, sind niemals erschienen.

1829 nach Amerika zurückgekehrt, äußerte er den Wunsch, in die Militärakademie von West Point einzutreten; er wurde auch wirklich aufgenommen, und lieferte dort wie überall Beweise einer bewundernswürdig begabten, doch durch nichts zu bändigenden Intelligenz, und nach einigen Monaten mußte er West Point wieder verlassen. – Um diese Zeit trat in seiner Adoptivfamilie ein Ereignis ein, das die nachhaltigsten Folgen für sein ganzes Leben haben sollte. Mrs. Allan, der er allem Anschein nach mit kindlicher Liebe zugetan gewesen war, starb, und Mr. Allan vermählte sich mit einer ganz jungen Frau. Es kommt zu einem häuslichen Streit, – eine seltsame, dunkle Geschichte, die ich nicht erzählen kann, weil kein Biograph sich unmißverständlich ausdrückt. Es braucht demnach nicht zu erstaunen, daß er sich endgültig von Mr. Allan trennte, und daß dieser, der aus seiner zweiten Ehe Kinder hatte, ihn jedes Anteils an seinem Erbe für verlustig erklärte.

Kurze Zeit, nachdem er Richmond verlassen hatte, veröffentlichte Poe einen kleinen Gedichtband; der in Wahrheit einen strahlenden Beginn bezeichnete. Wer für die englische Dichtung empfänglich ist, fühlt dort schon den unirdischen Klang, die schwermütige Ruhe, das wunderbar Feierliche und die frühreife Erfahrenheit, – fast hätte ich die *angeborene Erfahrenheit* gesagt, – die den großen Dichter kennzeichnen.

Die Not machte ihn auf einige Zeit zum Soldaten, und man darf annehmen, daß er sich die drückenden leeren Stunden des Garnisonlebens zunutze machte, um die Materialien zu seinen späteren Werken vorzubereiten, – fremdartigen Werken, die geschaffen worden zu sein scheinen, um uns zu beweisen, daß das Fremdartige ein integrierender Bestandteil des Schönen ist. In das literarische Leben zurückgekehrt, das einzige Element, in dem gewisse deklassierte Wesen atmen können, siechte Poe im äußersten Elend dahin, als ein glücklicher Zufall ihm aufhalf. Der Eigentümer einer Zeitschrift hatte zwei Preise gestiftet, einen für die beste Erzählung, einen anderen für das beste Gedicht. Eine besonders schöne Schrift zog die Augen Mr. Kennedys auf sich, der dem Preisrichterkollegium vorstand, und verlockte ihn, die Manuskripte selber in Augenschein zu nehmen. Es stellte sich heraus, daß Poe beide Preise gewonnen hatte; doch nur ein einziger wurde ihm verliehen. Der Präsident der Kommission war begierig, den Unbekannten kennenzulernen. Der Herausgeber der Zeitschrift brachte ihm einen jungen Mann von auffallender Schönheit, zerlumpt, bis ans Kinn hinauf zugeknöpft, mit dem Aussehen eines ebenso stolzen wie verhungerten Edelmanns. Kennedy benahm sich vortrefflich. Er vermittelte Poe die Bekanntschaft eines Mr. Thomas White, der in Richmond den *Southern Literary Messenger* gründete. Mr. White war ein unternehmender Mann, doch ohne jede literarische Begabung; er bedurfte eines Helfers. Ganz jung noch, – mit zweiundzwanzig Jahren, – sah Poe sich demnach als Leiter einer Zeitschrift, deren Schicksal von ihm allein abhing. Und er machte etwas daraus. Der *Southern Literary Messenger* hat seither anerkannt, daß er diesem fluchbeladenen Exzentriker, diesem unverbesserlichen Trunkenbold seine Leserschaft und seine einträgliche Berühmtheit verdankte. In diesem *magazine* erschien zum ersten Mal die *Aventure sans paraille d'un certain Hans Pfaall*, und mehrere andere Erzählungen, die unsere Leser unter ihren Augen vorbeiziehen sehen werden. Fast zwei Jahre hindurch erstaunte Edgar Poe, mit bewundernswertem Arbeitseifer, sein Publikum durch eine Reihe neuartiger Schöpfungen und durch kritische Beiträge, deren Lebhaftigkeit, deren Scharfsinn und abgewogene Strenge wohl danach angetan waren, die Aufmerksamkeit auf sich zu ziehen. Diese Kritiken betrafen Bücher jeder Art, und die gründliche Bildung, die der junge Mann sich erworben hatte, kam ihm vortrefflich zustatten. Man bedenke, daß diese gewaltige Arbeit für fünfhundert Dollar, das heißt zweitausendsiebenhundert Francs jährlich geleistet wurde. – *Sogleich* – schreibt Griswold, der damit sagen will: er hielt sich wohl schon für begütert, der Schwachkopf! – heiratete er ein junges Mädchen, schön, anmutig, liebenswürdig und von heldenhafter Gesinnung, das aber *keinen roten Heller besaß,* – wie derselbe Griswold mit einem Beiklang von Verachtung hinzufügt. Sie war eine Miss Virginia Clemm, seine Kusine. Trotz der seiner Zeitschrift geleisteten Dienste überwarf Mr. White sich mit Poe nach etwa zwei Jahren. Der Grund zu dieser Trennung lag offensichtlich in den Anfällen von Hypochondrie und Trunksucht, die den Dichter heimsuchten, – charakteristische Verhängnisse, die seinen geistigen Himmel verdüsterten, wie jene drohenden Gewölke, die der romantischsten Gegend unvermittelt ein Ansehen von scheinbar unheilbarer Schwermut verleihen. – Von nun an sehen wir den Unglücklichen, wie einen Wüstenbewohner, immer wieder sein Zelt abbrechen und seine leichten Penaten von einer größeren Stadt der Union zur anderen führen. Überall leitet er Zeitschriften oder ist deren glänzender Mitarbeiter. Mit bestürzender Schnelligkeit verstreut er Kritiken, philosophische Beiträge und Erzählungen voll magischen Zaubers, die dann unter dem Titel *Tales of the Grotesque and Arabesque* gesammelt erscheinen, – einem bemerkenswerten und wohlerwogenen Titel, denn die Ornamente der Groteske und Arabeske vermeiden die menschliche Gestalt, und wir werden noch sehen, daß Poes Literatur in mehr als einer Hinsicht eine außer- oder übermenschliche ist. Aus verletzenden und empörenden Zeitungsnotizen erfahren wir, daß Mr. Poe und seine Frau, gefährlich erkrankt, in Fordham im tiefsten Elend leben. Kurze Zeit nach dem Tod seiner Frau erleidet der Dichter die ersten Anfälle des *delirium tremens.* Eine neuerliche Notiz erscheint unversehens in einer Zeitung, – eine diesmal mehr als grausame Notiz, – die Anklage erhebt gegen seine Menschenverachtung und seinen Weltekel, und ihm einen jener Gesinnungsprozesse macht, in denen die öffentliche Meinung sich zur Anklägerin aufwirft und gegen die er sich zeitlebens zu verteidigen hatte, – einer der unfruchtbarsten und erschöpfendsten Kämpfe, die ich kenne.

Gewiß, er verdiente etwas Geld, und seine literarischen Arbeiten reichten fast hin, seinen Lebensunterhalt zu bestreiten. Doch ich habe Beweise, daß er unaufhörlich die widerwärtigsten Schwierigkeiten zu überwinden hatte. Wie so viele andere Schriftsteller träumte er von einer *eigenen* Zeitschrift, er wollte *sein eigener Herr* sein, und er hatte in der Tat Leiden genug ausgestanden, um für seine Gedanken eine solche endgültige Zuflucht zu ersehnen. Um sich diesen Wunsch zu verwirklichen, um sich eine genügend hohe Geldsumme zu verschaffen, verlegte er sich auf sogenannte *lectures.* Man weiß, was diese Lesungen sind, – eine Art Spekulation, wie wenn man das Collège de France allen Literaten zur Verfügung stellte, wobei der Autor seine *lecture* erst dann veröffentlicht, wenn er soviel Einnahmen daraus bezogen hat, wie sie ihm zu schaffen vermag. Poe hatte in New York bereits mit *Eureka,* seinem großen kosmogonischen Gedicht, eine *lecture* bestritten, die sogar heftige Diskussionen hervorgerufen hatte. Diesmal sollten es *lectures* in seiner engeren Heimat, in Virginia, sein. Er beabsichtigte, wie er an Willis schrieb, eine Tournee durch den Westen und Süden zu unternehmen, und er zählte auf die Unterstützung seiner literarischen Freunde und seiner alten Bekannten von der Hochschule und aus West Point. Er besuchte also die wichtigsten Städte von Virginia, und Richmond sah den Mann wieder, den man dort so jung, so arm, so abgerissen gekannt hatte. Alle diejenigen, die Poe seit den Tagen seiner Verborgenheit nicht mehr gesehen hatten, eilten in Scharen herbei, um ihren berühmten Landsmann in Augenschein zu nehmen. Er erschien, schön, elegant, korrekt wie das Genie. Ich glaube sogar, daß er seit einiger Zeit die Leutseligkeit so weit getrieben hatte, sich in einen Abstinenzverein aufnehmen zu lassen. Er wählte ein ebenso weites wie erhabenes Thema: *das Prinzip der Poesie,* und er entwickelte es mit jener Hellsichtigkeit, die einer seiner Vorzüge ist. Als echter Dichter, der er war, glaubte er, das Ziel der Poesie sei von gleicher Art wie ihr Ursprung, und sie habe nichts anderes zu bezwecken als sich selbst.

Der schöne Empfang, den man ihm bereitete, überschwemmte sein armes Herz mit Stolz und Freude; er war so sichtlich entzückt, daß er davon sprach, sich endgültig in Richmond niederzulassen und sein Leben an jenen Orten zu beschließen, die ihm durch seine Kindheit so lieb geworden waren. Er hatte jedoch in New York zu tun; als er am 4. Oktober aufbrach, klagte er über Schüttelfrost und Schwächeanfälle. Da er sich bei seiner Ankunft in Baltimore, am 6. abends, immer noch unwohl fühlte, ließ er sein Gepäck an den Hafenplatz bringen, von dem aus er sich nach Philadelphia begeben wollte, und betrat eine Schenke, um etwas Anregendes zu sich zu nehmen. Unglücklicherweise traf er dort alte Bekannte und blieb länger dort. Anderntags, im fahlen Grau der ersten Frühe, fand man auf der Straße einen Leichnam, – ob dies das rechte Wort ist? – nein, einen noch lebenden Körper, dem doch der Tod schon sein königliches Siegel aufgeprägt hatte. Auf diesem Körper, dessen Namen niemand kannte, fand man weder Papiere noch Geld, und so brachte man ihn in ein Krankenhaus. Dort starb Edgar Poe, noch am Abend dieses Sonntags, des 7. Oktobers 1849, im Alter von siebenunddreißig Jahren, vom *delirium tremens* besiegt, jenem Schreckensgast, der sein Gehirn schon ein- oder zweimal heimgesucht hatte. So ging einer der größten Helden der Literatur aus dieser Welt, der geniale Mensch, der in seinem *Schwarzen Kater* die schicksalhaften Worte geschrieben hatte: *Welche Krankheit ist dem Alkohol vergleichbar!*

Dieser Tod ist beinahe ein Selbstmord, – ein seit langem vorbereiteter Selbstmord. Zumindest verursachte er einen dementsprechenden Skandal. Es gab einen Sturm der Entrüstung, und die *Tugend* genoß es, ihrem hochtrabenden *cant* freien Lauf zu lassen. Selbst die nachsichtigsten Leichenprediger konnten nicht umhin, der unvermeidlichen bürgerlichen Moral Raum zu geben, die sich eine so wunderbare Gelegenheit wohlweislich nicht entgehen ließ. Mr. Griswold verleumdete den Toten; Mr. Willis in seiner aufrichtigen Betrübnis betrug sich mehr als anständig. – Ach! der Mann, der die steilsten Höhen der Ästhetik erklommen hatte und in die unerforschtesten Abgründe des menschlichen Geistes hinabgestiegen war, der Mann, der, ein Leben hindurch, das einem Sturm ohne Windstille glich, neue Mittel, unbekannte Verfahren gefunden hatte, um die Einbildungskraft zu erstaunen, um die schönheitsdurstigen Seelen zu entzücken, war in wenigen Stunden in einem Krankenhausbett gestorben, – welch ein Schicksal! Und soviel Größe und soviel Unglück, um eine Wolke bürgerlichen Geschwätzes aufzuwirbeln, um die willkommene Beute und ein Gegenstand für tugendhafte Journalisten zu werden!

Ut declamatio fias!

Dergleichen Schauspiele sind nichts Neues; selten ist ein frisches erlauchtes Grab nicht der Ort, wo die Skandale sich ein Stelldichein geben. Im übrigen liebt die Gesellschaft diese unglücklichen Besessenen nicht, und, ob sie nun Störenfriede in ihnen sieht, oder in aller Einfalt sie als Gewissensvorwürfe empfindet, sie hat unbestreitbar recht. Wer erinnert sich nicht, wie die Pariser Presse bei Balzacs Ableben über ihn herzog, der doch eines korrekten Todes gestorben war? – Und als in jüngster Zeit, – heute, den 26. Januar, vor einem Jahr, – ein Schriftsteller von untadeliger Ehrenhaftigkeit, von hoher Intelligenz und *immer ungetrübter Hellsichtigkeit,* in aller Stille, ohne eine Menschenseele zu behelligen, hinging, – so rücksichtsvoll, daß seine Rücksicht sich fast schon wie Verachtung ausnahm, – um in der dunkelsten Straße, die er ausfindig machen konnte, seine Seele zu befreien, – welche widerwärtigen Moralpredigten! welch abgefeimter Mord! Ein berühmter Journalist, den Jesus selber niemals großmütige Manieren lehren wird, fand die Angelegenheit lustig genug, um sie in einem groben Kalauer zu feiern. – Unter den zahlreichen Menschenrechten, zu deren Aufzählung die Weisheit des 19. Jahrhunderts sich so häufig und so selbstgefällig anschickt, hat man zwei von erheblicher Wichtigkeit vergessen: das Recht, sich zu widersprechen, und das Recht, *auf- und davonzugehen.* Aber in den Augen der *Gesellschaft* ist es eine Frechheit, wenn einer davongeht; gerne würde sie gewisse sterbliche Reste züchtigen, wie jener unglückliche Soldat, der vom Vampirismus befallen war und keine Leiche erblicken konnte, ohne in Raserei zu geraten. – Und dennoch ist es zu sagen erlaubt, daß, unter dem Druck gewisser Umstände, nach reiflicher Abwägung gewisser Unvereinbarkeiten, mit dem festen Glauben an gewisse Dogmen und Metempsychosen, – es ist zu sagen erlaubt, ohne Emphase und ohne Wortspiel, daß der Selbstmord bisweilen die vernünftigste Tat des Lebens ist. – Und so bildet sich eine

schon zahlreiche Gesellschaft von Geistern, die uns vertraulich umschweben, und deren jeder uns die Ruhe preist, die er jetzt genießt, und zu der er uns zu überreden sucht.
Gestehen wir immerhin, daß der schauerliche Tod dessen, der *Eureka* schrieb, einige tröstliche Ausnahmen hervorrief, sonst müßte man verzweifeln und die Waffen strecken. Mr. Willis, wie bereits gesagt, sprach rechtschaffen, und sogar herzlich, von den guten Beziehungen, die zwischen Poe und ihm jederzeit bestanden hatten. Die Herren John Neal und George Graham ermahnten Mr. Griswold zur Anständigkeit. Mr. Longfellow, – und dies gereicht ihm um so mehr zur Ehre, als Poe ihn sehr schlecht behandelt hatte, – betrug sich, wie es einem Dichter ansteht, als er bei dem Dichter wie bei dem Prosaschriftsteller die Macht des Ausdrucks rühmte. Ein Unbekannter schrieb, das literarische Amerika habe seinen besten Kopf verloren.
Aber das gebrochene, das zerrissene, das von sieben Schwertern durchbohrte Herz war das seiner Schwiegermutter, Mrs. Clemm. Edgar war zugleich ihr Sohn und ihre Tochter. Es war ein hartes Geschick, sagt Willis, dem ich diese Einzelheiten fast wortwörtlich entnehme, ein hartes Geschick, über dem sie wachte und das sie beschützte. Denn Edgar Poe war ein unbequemer Mensch; abgesehen davon, daß er mit einer umständlichen Beschwerlichkeit schrieb und *in einem Stil, der allzu hoch über dem intellektuellen Mittelmaß lag, als daß man ihn dementsprechend hoch hätte bezahlen können,* steckte er allzeit in Geldschwierigkeiten und oft fehlte es ihm und seiner kranken Frau am Allernotwendigsten zum Leben. Eines Tages sah Willis eine alte Frau, sanft und ernst, sein Büro betreten. Es war Mrs. Clemm. Sie *suchte Arbeit* für ihren teuren Edgar. Der Biograph schreibt, daß nicht nur das Zutreffende ihres Lobes, die Richtigkeit, mit der sie die Gaben ihres Sohnes beurteilte, ihn in Erstaunen versetzten, sondern ebenfalls ihre ganze äußere Erscheinung, – ihre sanfte, traurige Stimme, ihre ein wenig altmodischen Manieren, die doch der Schönheit und Größe nicht entbehrten. Und mehrere Jahre hindurch, fährt er fort, haben wir diese unermüdliche Dienerin des Genies gesehen, wie sie von Zeitung zu Zeitung ging, um bald ein Gedicht, bald einen Artikel zu verkaufen, und hinzufügte, *er* sei krank, – die

einzige Erklärung, der einzige Grund, die einzige Entschuldigung, die sie vorbrachte, wenn ihr Sohn sich augenblicklich in einer jener Phasen der Unfruchtbarkeit befand, wie sie jeder seinen Nerven unterworfene Schriftsteller kennt; niemals aber erlaubte sie ihren Lippen, daß ihnen auch nur eine einzige Silbe entschlüpfte, die ihr als ein Zweifel hätte ausgelegt werden können, als eine Verringerung des Vertrauens, das sie in das Genie und den guten Willen ihres geliebten Sohnes setzte. Als ihre Tochter starb, schloß sie sich mit um so innigerer Mütterlichkeit an den Überlebenden des Kampfes an, der ein so unheilvolles Ende genommen hatte; sie lebte mit ihm, sorgte für ihn, überwachte ihn, verteidigte ihn gegen das Leben und gegen ihn selbst. Wahrlich, – so schließt Willis mit hohem, unparteiischem Geiste, – wenn die Aufopferung des Weibes, aus der ersten Liebe entstanden und durch menschliche Leidenschaft genährt, deren Gegenstand verklärt und heiligt, wie sehr spricht dann nicht zu Gunsten dessen, der sie erweckte, eine Aufopferung wie diese, so rein, so selbstlos und heilig wie eine göttliche Schildwache? Poes Verleumder hätten in der Tat bedenken sollen, daß es Verführungen gibt, die so mächtig sind, daß sie nur Tugenden sein können.

Man wird erraten, wie schrecklich die Nachricht für die arme Frau war. Sie schrieb an Willis einen Brief, aus dem folgende Zeilen zitiert seien:

»Heute morgen erreichte mich die Nachricht von dem Tode meines geliebten Eddie ... Können Sie mir Einzelheiten, nähere Umstände mitteilen? ... Oh! verlassen Sie Ihre arme Freundin nicht in dieser bitteren Trübsal ... Sagen Sie Herrn X., er möge mich aufsuchen; ich habe mich gegen ihn noch eines Auftrags meines armen Eddie zu entledigen ... Ich brauche Sie nicht zu bitten, seinen Tod anzuzeigen, und gut von ihm zu sprechen. Ich weiß, Sie werden es tun. Aber sagen Sie nur ja, *was für ein liebevoller Sohn er für mich war*, für mich, seine arme, untröstliche Mutter ...«

Diese Frau erscheint mir groß, von einer mehr als antiken Größe. Von einem vernichtenden Schlag getroffen, denkt sie nur an den Ruf dessen, der für sie alles war, und um sie zufriedenzustellen, genügt es nicht, daß man ihn ein Genie nennt, man soll wissen, daß er ein pflichtbewußter und liebevoller Mensch war. Unverkennbar ist diese Mutter uns gesandt worden, um – als Fackel und Herdflamme, die ein Strahl aus höchsten Höhen entzündet hat, – einem Geschlecht wie dem unsrigen beispielhaft voranzuleuchten, dem an Aufopferung, Heldenmut und allem, was über die Pflicht hinausreicht, wenig gelegen ist. War es darum nicht ein Akt der Gerechtigkeit, über die Werke des Dichters den Namen derjenigen zu setzen, welche die sittliche Sonne seines Lebens war? Sein Ruhm wird den Namen der Frau mit balsamischen Duft umhüllen, deren Zärtlichkeit seine Wunden zu verbinden verstand, und deren Bild für alle Zeiten über dem Martyriologium der Literatur schweben wird.

III

Über Poes Leben, seinem sittlichen Betragen, seinen Umgangsformen, seiner leiblichen Erscheinung, über allem, was seine Gesamtpersönlichkeit ausmacht, liegt für uns etwas zugleich Düsteres und Strahlendes. Seine Person war seltsam, verführerisch und, wie seine Werke, von einer unbestimmbaren Schwermut geprägt. Im übrigen war er in jeder Hinsicht bemerkenswert wohlausgestattet. Als junger Mensch hatte er eine seltene Befähigung für alle körperlichen Übungen bewiesen, und obwohl er klein war, mit den Händen und Füßen einer Frau, wie überhaupt sein ganzes Wesen diesen Zug weiblicher Zartheit trug, war er mehr als robust und erstaunlicher Kraftleistungen fähig. Er hat in seiner Jugend als Schwimmer eine Wette gewonnen, die das gewöhnliche Maß des Möglichen übersteigt. Man sollte meinen, daß die Natur denjenigen, mit denen sie Großes vorhat, ein kräftiges Temperament verleiht, wie sie die Bäume mit machtvoller Lebendigkeit ausstattet, die bestimmt sind, die Trauer und den Schmerz zu symbolisieren. Unbeschadet einer bisweilen schmächtigen Erscheinung sind diese Menschen wie Athleten gebaut, ebenso tauglich für die Ausschweifung wie für die Arbeit, zu Exzessen geneigt und zu den erstaunlichsten Enthaltsamkeiten imstande.

Über einige Edgar Poe betreffende Punkte besteht einhellige Übereinkunft, zum Beispiel über seine große, ihm angeborene Vornehmheit, seine Beredsamkeit und seine Schönheit, auf die er ein wenig eitel gewesen sein soll. Sein Betragen, eine seltsame Mischung von Unnahbarkeit und ausgesuchter Liebenswürdigkeit, zeugte von großer Selbstsicherheit. Seine Physiognomie, sein Gang, seine Gebärden, die Art, wie er den Kopf hielt, alles ließ, zumal an seinen guten Tagen, ihn als einen Ausnahmemenschen erscheinen. Sein ganzes Wesen atmete feierliche Eindringlichkeit. Die Natur hatte ihn wirklich ausgezeichnet, wie jene Gestalten, die das Auge des vorübergehenden Beobachters auf sich ziehen und ihn in der Erinnerung noch beschäftigen. Sogar der sauertöpfische Pedant Griswold muß zugeben, daß er bei einem Besuch bei Poe, den er nach der Krankheit und dem Tod seiner Frau noch bleich und krank antraf, sich nicht genug verwundern konnte, nicht nur über seine untadeligen Umgangsformen, sondern mehr noch über sein aristokratisches Aussehen, den Wohlgeruch in seiner Wohnung, deren Einrichtung übrigens recht bescheiden war. Griswold weiß nicht, daß der Dichter mehr als jeder andere das wunderbare, der Pariserin und der Spanierin zugeschriebene Privileg besitzt, sich mit einem Nichts zu schmücken, und daß Poe, der in allem das Schöne liebte, wohl die Kunst erworben hatte, eine Hütte in einen noch nie gesehenen Palast zu verwandeln. Hat er nicht Entwürfe für Einrichtungen, Pläne zu Landhäusern, Gärten und Landschaftsumgestaltungen geschrieben, die uns durch ihre hohe Originalität und Seltsamkeit fesseln?

Es gibt einen reizenden Brief von Mrs. Frances Osgood, die eine von Poes Freundinnen war, und die uns über seine Sitten, seine Person, sein häusliches Leben höchst bemerkenswerte Auskünfte gibt. Diese Frau, die selber eine vorzügliche Schriftstellerin war, bestreitet entschieden sämtliche Laster und Fehler, die man Poe zur Last gelegt hat. »Den Männern gegenüber«, schreibt sie an Griswold, »mag er so gewesen sein, wie Sie ihn schildern, und als Mann mögen sie recht haben. Ich darf jedoch feststellen, daß er im Umgang mit Frauen ein völlig anderer Mensch war, und niemals hat eine Frau sich dem tiefen Eindruck entziehen können, den Mr. Poe auf sie machte. Er ist mir immer nur als ein Muster an Eleganz, Vornehmheit und Großzügigkeit erschienen ...

Wir sahen uns das erste Mal im *Astor House*. Willis hatte mir an

der Table d'hôte den *Raben* herübergereicht, über den der Autor, wie er sagte, gerne meine Meinung hören würde. Die geheimnisvolle, übernatürliche Musik dieses seltsamen Gedichtes durchdrang mein ganzes Inneres so sehr, daß ich, als ich erfuhr, daß Poe mir vorgestellt zu werden wünschte, ein Unbehagen empfand, das fast an Erschrecken grenzte. Er erschien mit seinem schönen, hochmütigen Kopf, seinen dunklen Augen, aus denen ein Strahl der Auserwähltheit blitzte, mit seinem Betragen, das eine unübersetzbare Mischung von Unnahbarkeit und Sanftheit war, – er begrüßte mich, ruhig, ernst, beinahe kalt; doch unter dieser Kälte schwang ein unverkennbares Wohlwollen mit, das nicht verfehlte, einen tiefen Eindruck bei mir zu hinterlassen. Von diesem Augenblick an bis zu seinem Tode waren wir Freunde ..., und ich weiß, daß er in seinen letzten Worten auch meiner gedacht hat und daß er mir, ehe seine Vernunft von ihrem herrscherlichen Thron herabgestoßen wurde, mir einen letzten Beweis seiner Treue in der Freundschaft gegeben hat.
In seinem Heim vor allem, das zugleich so einfach und so poetisch war, erschien Edgar Poes Charakter mir in seinem schönsten Licht. Übermütig, herzlich, geistreich, bald fügsam und bald ungebärdig wie ein verwöhntes Kind, hatte er für seine junge, sanfte und angebetete Frau, und für jeden, der zu ihm kam, selbst mitten in seinen ermüdendsten literarischen Geschäften, stets ein freundliches Wort, ein wohlwollendes Lächeln, stets war er aufmerksam, höflich, zuvorkommend. Endlose Stunden verbrachte er an seinem Pult, unter dem Bildnis seiner *Lenore*, der Geliebten und der Toten, immer unermüdlich, in sein Schicksal ergeben, und brachte in seiner wunderbaren Handschrift die funkelnden Phantasien zu Papier, die in seinem erstaunlichen, immer wachen Geist vorüberzogen. – Ich entsinne mich, daß ich ihn eines Morgens fröhlicher und munterer antraf als sonst. Virginia, seine sanfte Frau, hatte mich gebeten, sie zu besuchen, und ich konnte ihren dringenden Bitten nicht widerstehen... Ich fand ihn bei der Arbeit an jener Artikelserie, die er unter dem Titel *The Literati of New York* veröffentlicht hat. ›Schauen Sie‹, sagte er, und entrollte mit einem triumphierenden Lächeln mehrere kleine Papierrollen (er schrieb auf schmale Streifen, vermutlich um sein Manuskript schon der Justierung in

den Zeitungen anzupassen), – ›ich werde Ihnen an der unterschiedlichen Länge die verschiedenen Grade der Achtung demonstrieren, die ich für jedes Mitglied Ihres Literatenvolks empfinde. Auf jeder dieser Rollen ist einer der Ihrigen aufgewickelt und wird nach Gebühr durchgesprochen. – Komm her, Virginia, und hilf mir!‹ Und sie entrollten sie alle, eine um die andere. Zuletzt kam eine an die Reihe, die endlos schien. Lachend ging Virginia rückwärts bis in eine Ecke des Zimmers, immer das eine Ende dieser Rolle haltend, während ihr Mann das andere Ende hielt und damit in eine andere Ecke ging. ›Und wer ist der Glückliche‹, sagte ich, ›den Sie einer solchen unermeßlichen Güte für würdig befunden haben?‹ – ›Hast du das gehört‹, rief er, ›als ob ihr eitles kleines Herz ihr nicht längst verraten hätte, daß sie selber es ist!‹
Als ich meiner Gesundheit wegen auf Reisen gehen mußte, unterhielt ich einen regelmäßigen Briefwechsel mit Poe, wozu die dringenden Bitten seiner Frau mich bewogen hatten, die glaubte, daß ich einen heilsamen Einfluß auf ihn gewinnen und ihn ein wenig lenken könnte ... Von der Liebe und dem Vertrauen, die zwischen ihm und seiner Frau herrschten, und deren Anblick mich immer wieder entzückte, kann ich gar nicht überzeugt und herzlich genug sprechen. Ich übergehe hier einige kleine poetische Episoden, in die den Dichter sein romantisches Temperament hinriß. Ich glaube, sie war die einzige Frau, die er ohne Unterlaß wirklich geliebt hat ...«

In Poes Novellen geht es niemals um Liebe. Zumindest *Ligeia, Eleonora* sind keine eigentlichen Liebesgeschichten, da der Grundgedanke, um den das Werk kreist, ganz anderer Art ist. Vielleicht war die Prosa in seinen Augen nicht die Sprache, die diesem seltsamen und fast unübersetzbaren Gefühl angemessen war; denn seine Gedichte hinwiederum sind ganz davon durchsättigt. Die göttliche Leidenschaft erscheint dort in aller ihrer Pracht, gestirnt, und von unheilbarer Schwermut umschattet. In seinen Artikeln spricht er manchmal von der Liebe, und gar wie von etwas, bei dessen Namen die Feder erschauert. In *The Domain of Arnheim* versichert er, die vier Grundbedingungen des Glückes seien: das Leben im Freien, die *Liebe einer Frau,* das Freisein von jeglichem Ehrgeiz und die Schöpfung eines neuartigen Schönen. – Mrs. Frances Osgoods Ansicht von Poes ritterlicher Achtung für die Frauen findet ihre Bestätigung darin, daß sich, trotz seiner außerordentlichen Begabung für das Groteske und das Schauerliche, in seinem ganzen Werk keine einzige Stelle findet, in der Lüsternheit hineinspielte oder gar Sinnenlust das Thema wäre. Seine Frauenbildnisse sind wie von einem Schimmer der Verklärung umgeben; sie erstrahlen in einem übernatürlichen Dunste, und sind in der überschwenglichen Art eines Anbeters gemalt. – Und haben wir, was die *kleinen romantischen Episoden* betrifft, Anlaß zur Verwunderung, daß ein derart von seinen Nerven abhängiger Mensch, dessen Schönheitsdurst vielleicht sein vorherrschender Charakterzug war, zuweilen mit leidenschaftlicher Glut die Galanterie gepflegt hat, jene moschusduftende vulkanische Blume, die mit Vorliebe in dem brodelnden Gehirn der Dichter gedeiht?

Von seiner besonderen persönlichen Schönheit, die mehrere Biographen erwähnen, kann man sich wohl eine annähernde Vorstellung machen, wenn man alle die unbestimmten und dennoch charakteristischen Vorstellungen zu Hilfe ruft, die in dem Wort »romantisch« enthalten sind, ein Wort, das im allgemeinen dazu dient, jene Art Schönheit zu bezeichnen, die vor allem im Ausdruck liegt. Poe hatte eine breite, gebieterische Stirne, wo gewisse Erhebungen die mächtigen Fähigkeiten verrieten, die zu vertreten sie beauftragt sind, – Konstruktion, Analogie, Kausalität, – und wo in stillem Stolz der Sinn für das Ideale thronte, der ästhetische Sinn par excellence. Dennoch, trotz dieser Gaben, oder eben wegen dieser übermäßigen Bevorrechtigungen, bot dieser Kopf, im Profil betrachtet, vielleicht keinen angenehmen Anblick. Wie bei allem einseitig Außerordentlichen konnte Überfluß ein Defizit, Übermacht eine Armut zur Folge haben. Poe hatte große, zugleich dunkle und lichtstrahlende Augen, von unbestimmter düsterer Farbe, die ins Violette spielte, eine edle, kräftige Nase, einen feingeschnittenen, traurigen Mund, auf dem doch ein leichtes Lächeln schwebte, hellbraune Haut, ein meist bleiches Antlitz, mit einem etwas zerstreuten Ausdruck und einem unmerklichen Anflug beharrlicher Schwermut.

Seine Unterhaltung war höchst bemerkenswert und geistnährend durch und durch. Er war nicht das, was man einen Schönredner nennt, – etwas Gräßliches, – und zudem waren Gemeinplätze im Reden wie im Schreiben ihm ein Greuel; aber ein umfassendes Wissen, eine hochentwickelte Sprachkundigkeit, gründliche Studien, in mehreren Ländern eingesammelte Eindrücke machten sein Wort zu einer Belehrung. Seine durch und durch dichterische Beredsamkeit, voller Methode, und dennoch außer jeder Methode sich bewegend, ein Vorrat an Bildern, die einer von den meisten Geistern wenig besuchten Welt entstammten, eine erstaunliche Kunstfertigkeit, aus einem einleuchtenden und unbestreitbaren Satz geheime und neuartige Aperçus abzuleiten, ungeahnte Perspektiven zu eröffnen, und, mit einem Wort, die Kunst, zu entzükken, zum Nachdenken anzuregen, zum Träumen, die Seelen den schlammigen Geleisen der Gewöhnung zu entreißen, – dies waren die strahlenden Fähigkeiten, die vielen in Erinnerung geblieben sind. Zuweilen aber geschah es, – zumindest wird dies berichtet, – daß der Dichter, einer zerstörerischen Laune folgend, seine Freunde unversehens durch einen bestürzenden Zynismus auf die Erde zurückholte und sein Geisteswerk mit roher Gewalt in Trümmer schlug. Bemerkenswert ist übrigens, daß er in der Wahl seiner Zuhörer sehr wenig heikel war, und ich glaube, es wird dem Leser nicht schwerfallen, in der Geschichte andere große und originale Köpfe ausfindig zu machen, denen jede Gesellschaft recht war. Gewisse Geister, Einsame inmitten der Menge, unaufhörlich mit sich selber sich Unterredende, lassen sich jedes beliebige Publikum gefallen. So ergibt sich eine Art Brüderlichkeit, die auf Verachtung gegründet ist.

Mit jener Trunksucht, – der vielberedeten und mit einer Beharrlichkeit zum Vorwurf erhobenen, die zum Glauben verleiten könnte, alle Schriftsteller der Vereinigten Staaten, mit Ausnahme Poes, wären Engel an Enthaltsamkeit, – müssen wir uns jedoch etwas näher befassen. Mehrere Auslegungen sind glaubwürdig, und keine schließt die anderen aus. Als erstes gilt es, festzuhalten, daß Willis und Mrs. Osgood versichern, eine sehr geringe Menge Wein oder Schnaps habe genügt, seinen Organismus völlig aus dem Lot zu bringen. Auch liegt ja die Vorstellung nahe, ein so wahrhaft einsamer, doch so zutiefst unglücklicher Mensch, dem das ganze System der menschlichen Gesellschaft oft als ein Paradoxon und eine einzige Heuchelei erscheinen mochte, ein Mensch, der, von einem unerbittlichen Schicksal verfolgt, zu öfteren Malen wiederholte, die Gesellschaft sei nur ein Haufe von Schuften (einem Bericht von Griswold zufolge, der dies mit der Empörung eines Mannes überliefert, der das Gleiche denken mag, es jedoch niemals aussprechen würde), – die Vorstellung, sage ich, drängt sich auf, dieser Dichter, der sehr früh schon den Zufällen des freien Lebens ausgeliefert, dessen Gehirn von unablässiger harter Arbeit umklammert war, habe zuweilen in den Flaschen eine Wollust des Vergessens gesucht. Literarische Mißgunst, Schauder der Unendlichkeit, häuslicher Kummer, Erniedrigungen des Elends, Poe entfloh dem allen in die Schwärze der Trunkenheit, wie in ein vorweggenommenes Grab. Doch so einleuchtend diese Erklärung auch scheinen mag, sie will mir doch zu eng vorkommen, und ich mißtraue ihr, eben ihrer kläglichen Einfachheit wegen.

Ich erfahre, daß er nicht wie ein Genießer trank, sondern wie ein Barbar, mit durchaus amerikanischer Geschäftigkeit und Zeitersparnis, als vollzöge er eine menschenmörderische Funktion, als gälte es, *etwas* in ihm zu töten, *a worm that would not die.* Es wird auch berichtet, eines Tages, als er im Begriff stand, sich wieder zu verheiraten (die Verlobten waren bereits aufgeboten, und als man ihn zu einer Verbindung beglückwünschte, welche die höchsten Voraussetzungen zu Glück und Wohlstand in seine Hände legte, hatte er gesagt: »Kann sein, daß Sie ein Aufgebot gesehen haben, aber merken Sie sich dies eine: ich heirate nicht«), sei er auf eine Ärgernis erregende Weise betrunken in der Nachbarschaft derjenigen erschienen, die seine zukünftige Frau hätte werden sollen. So nahm er zu seinem Laster Zuflucht, um sich eines Eidbruchs gegen die arme Tote zu entledigen, deren Bild noch immer in ihm lebte und die er in seiner *Annabel Lee* so wunderbar besungen hatte. Ich erachte also, in einer großen Anzahl der Fälle, das unendlich kostbare Faktum der Vorsätzlichkeit für erwiesen und festgestellt.

Andererseits lese ich in einem langen Artikel des *Southern Literary Messenger,* – eben jener Zeitschrift, der er zum Erfolg verholfen hatte, – daß weder die Reinheit, die Vollkommenheit seines Stiles, noch die Klarheit seines Denkens oder sein Arbeitseifer durch diese schreckliche Gewohnheit beeinträchtigt wurden; daß die Mehrzahl seiner vorzüglichen Beiträge vor oder nach einer dieser Krisen niedergeschrieben wurde; daß er nach der Veröffentlichung von *Eureka* seiner Neigung auf das Erbarmungswürdigste frönte, und daß er in New York, eben an dem Morgen, an dem sein Gedicht *The Raven* erschien, während der Name des Dichters in aller Munde war, anstößig schwankend und stolpernd den Broadway überquerte. Man beachte, daß *vor oder nach einer Krise* soviel bedeutet wie daß die Trunkenheit sowohl der Anregung als auch der Beruhigung dienen konnte. Nun ist es aber unbestreitbar, daß es – gleich jenen flüchtigen und auffallenden Eindrücken, die je flüchtiger desto auffälliger in ihrer Wiederkehr sind und die bisweilen von etwas Äußerem ausgelöst werden, von einer Art Wink wie einem Glockenklang, einer musikalischen Note, oder einem vergessenen Duft, und die ihrerseits ein Geschehen auslösen, das einem schon bekannten Geschehnis gleicht und das in einem uns früher einmal offenbarten Zusammenhang die gleiche Stelle einnahm, – daß es, gleich jenen seltsamen regelmäßig wiederkehrenden Träumen, die uns im Schlaf heimsuchen, in der Trunkenheit nicht nur Träume gibt, die sich verketten, sondern ganze Reihen von Überlegungen, die, um sich wieder einzustellen, des Milieus bedürfen, in dem sie einmal entstanden sind. Wenn der Leser mir ohne Widerstreben bis hierher gefolgt ist, wird er meine Schlußfolgerung bereits erraten haben: ich vermute, daß Poes Trunksucht in vielen Fällen, wenn auch gewiß nicht in allen, ein Hilfsmittel der Mnemonik, eine Arbeitsmethode war, eine gewaltsame und tödliche Methode, die jedoch seiner leidenschaftlichen Natur entsprach. Der Dichter hatte zu trinken gelernt, wie ein gewissenhafter Schriftsteller sich dazu anhält, Hefte mit Beobachtungen anzulegen. Er konnte dem Verlangen nicht widerstehen, die wunderbaren oder schrecklichen Gesichte, die subtilen Gedankengebilde wiederzufinden, denen er in einem früheren Sturm begegnet war; es waren alte Bekannte, die ihn unwiderstehlich anzogen, und um die Verbindung mit ihnen wieder aufzunehmen, schlug er den gefährlichsten, aber kürzesten Weg ein. Was ihn umgebracht hat, ist ein Teil dessen, was heute unseren Genuß ausmacht.

IV

Von den Werken dieses einzigartigen Genies habe ich wenig zu sagen; die Leser werden zeigen, was sie davon halten. Es hätte wohl seine Schwierigkeiten für mich, wenn es auch nicht unmöglich wäre, wollte ich seine Methode entwirren, sein Verfahren erklären, namentlich in jenem Teil seiner Werke, deren vornehmste Wirkung in der geschickten Führung einer Untersuchung liegt. Ich könnte den Leser in seine Fabrikationsgeheimnisse einführen, mich über jenen Anteil amerikanischer Geistesart verbreiten, aus dem heraus es ihm Freude bereitet, eine Schwierigkeit besiegt, ein Rätsel erklärt, einen Gewaltstreich vollbracht zu haben, – der ihn veranlaßt, sich mit einem kindlichen, fast perversen Vergnügen in der Welt der Probabilitäten und Konjekturen herumzutreiben, und *canards* zu erfinden, die seinen kunstvollen Listen eine Art von Wahrscheinlichkeit verdanken. Niemand wird bestreiten, daß Poe ein wunderbarer Gaukler ist, aber ich weiß, daß er einen anderen Teil seiner Werke sehr viel höher schätzte. Hierzu habe ich einige gewichtigere Anmerkungen zu machen, die im übrigen sehr kurz ausfallen werden.

Nicht durch diese materiellen Wunder, obwohl sie ihm zu seinem Ruf verholfen haben, wird Poe die Bewunderung der denkenden Menschen zuteil werden, sondern durch seine Liebe zum Schönen, durch seine Kenntnis der harmonischen Bedingungen der Schönheit, durch seine tiefe, klagende Poesie, die nichtsdestoweniger ausgearbeitet, transparent und korrekt ist wie ein kristallenes Schmuckstück, – durch seinen wunderbaren Stil, seine reine und bizarre Schreibart, – so dicht wie die Maschen eines Panzerhemdes, – gefällig und minutiös, – deren leiseste Absicht dazu dient, den Leser unmerklich einem vorbestimmten Ziel näherzubringen, – und vor allem schließlich durch dieses sehr besondere Genie, dieses einzigartige Temperament, das ihn befähigte, auf eine untadelige, packende, furchterregende Weise die *Ausnahme in der sittlichen Weltordnung* zu schildern und zu erklären. – Diderot, um ein Beispiel aus Hunderten herauszugreifen, ist ein sanguinischer Autor; Poe ist der auf die Nerven, und auf noch etwas mehr, angewiesene Schriftsteller, – und zwar der beste, den ich kenne.

Der Beginn, die Introduktion bei ihm hat stets etwas unwiderstehlich, doch gewaltlos Ansaugendes, wie ein Wirbel. Seine Feierlichkeit überrascht und versetzt den Geist in Spannung. Man fühlt sogleich, daß es um etwas Ernstes geht. Und langsam, nach und nach, entwickelt sich eine Geschichte, deren ganzes Interesse auf einer kaum wahrnehmbaren Richtungsänderung des Denkweges beruht, und auf einer kühnen Hypothese, einer verwegenen Beimischung der Natur in dem Gemenge der Fähigkeiten. Widerstandslos ergibt sich der vom Schwindel überwältigte Leser den Folgerungen des Autors in ihrem stetigen Fortgang.
Kein Mensch, ich wiederhole es, hat noch mit magischerer Gewalt die *Ausnahmen* des Menschenlebens und der Natur geschildert; – den glühenden Erfahrungsdurst der Konvaleszenz; – Spätsommer und Spätherbst voll entnervendem Glast, die warmen, feuchten und nebeligen Zeiten, wenn ein Wind aus Süden die Nerven erschlafft und entspannt wie die Saiten eines Instruments, wenn die Augen sich mit Tränen füllen, die nicht aus dem Herzen aufsteigen; – die Halluzination, die anfangs dem Zweifel noch Raum läßt, bald aber überzeugt ist und wohlweise argumentiert wie ein Buch; – das Absurde, das sich des Geistes bemächtigt und ihn mit grauenerregender Logik lenkt und beherrscht; – die Hysterie, die statt des Willens sich aufdrängt, den Widerspruch, in dem Nerven und Geist zueinander stehen, und den derart mißgestimmten Menschen, daß er Schmerz durch Gelächter ausdrückt. Er zerlegt das Allerflüchtigste, er wägt das Unwägbare, und beschreibt mit jener bis ins Kleinste gehenden wissenschaftlichen Manier, deren Wirkungen erschreckend sind, jene ganze Welt des Wahns, die den Nervenmenschen umschwebt und ihn ins Verderben führt.
Der Eifer selbst, mit dem er sich dem Grotesken aus Liebe zum Grotesken ergibt, und dem Gräßlichen aus Liebe zum Gräßlichen, beweist mir die Aufrichtigkeit seines Werkes und die Übereinstimmung zwischen Mensch und Dichter. – Ich habe schon bei mehreren Menschen bemerkt, daß dieser Eifer oft einer beschäftigungslosen mächtigen Vitalität entspringt, mitunter auch einer hartnäckigen Keuschheit und gelegentlich wohl auch einer verdrängten Kraft zu tiefer Empfindung. Die übernatürliche Wollust, die es dem Menschen bereiten kann, sein eigenes Blut fließen zu sehen,

die jähen, heftigen, zwecklosen Gebärden, die laut hinausgestoßenen Schreie, ohne daß der Geist der Kehle einen Befehl dazu erteilt hätte, sind Erscheinungen, die demselben Bereich angehören.
In dieser Literatur mit ihrer verdünnten Luft kann den Geist jene unbestimmte Beklemmung überkommen, jene ängstliche Empfindung, der das Weinen nahe ist, und jene Verstörung des Herzens, wie sie an den Stätten entlegener Weite und Seltsamkeit zu Hause sind. Aber die Bewunderung überwiegt, und zudem, welch ein Künstler ist hier am Werk! Hintergrund und Beiwerk sind den Gefühlen der Personen angemessen. Einsamkeit der Natur oder Gewühl der Städte, alles wird kraftvoll und phantasievoll beschrieben. Wie unser Eugène Delacroix, der seine Kunst zur großen Dichtung hinaufgesteigert hat, liebt Edgar Poe es, seine Gestalten vor Hintergründen, die ins Violette oder Grünliche spielen, erscheinen zu lassen, im Phosphorglanz der Fäulnis und im Dunst des Gewitters. Die sogenannte unbelebte Natur nimmt an der Natur der lebendigen Wesen teil, und bebt wie diese von einem übernatürlichen galvanischen Schauder. Das Opium vertieft den Raum, stattet alle Farben dort mit einem magischen Sinn aus, und alle Geräusche sättigen sich mit einem Klang voll tieferer Bedeutung. Manchmal eröffnen sich unversehens großartige, von Licht und Farbe überflutete Ausblicke in seinen Landschaften, und am Grund ihrer Horizonte sieht man östliche Städte erscheinen und im Dunst der Ferne schwebende Bauwerke, die die Sonne mit einem goldenen Regen überschüttet.
Poes Personen, oder vielmehr die immer wieder auftretende Person, der Mensch mit den aufs äußerste verfeinerten Fähigkeiten, der Mensch mit den erschlafften Nerven, der Mensch, dessen glühender und geduldiger Wille allen Schwierigkeiten trotzt, dessen Blick starr wie ein Schwert auf Gegenstände gerichtet ist, die unter diesem Blick immer größer werden, – das ist Poe selber. – Und seine Frauen, leuchtende Wesen alle und kränkelnd, dahinsiechend an seltsamen Leiden und mit einer Stimme sprechend, die an Musik gemahnt, das ist er abermals; zumindest haben sie, durch ihre fremdartigen Gelüste, ihr Wissen, ihre unheilbare Schwermut, einen starken Anteil an dem Wesen ihres Schöpfers. Seine ideale Frauengestalt, seine Titanide, erscheint uns in ver-

schiedenen Bildnissen, die uns verstreut in seinen leider allzu wenigen Gedichten begegnen, Bildnissen, oder vielmehr verschiedenen Weisen, die Schönheit zu empfinden, die durch das Temperament des Autors einander angenähert werden und zu einer bei aller Unbestimmtheit doch spürbaren Einheit verschmelzen, in welcher zarter vielleicht als anderwärts jene unersättliche Liebe zum Schönen lebt, die sein Ehrentitel ist, der Inbegriff all seines Anrechts auf die Liebe und Ehrfurcht der Dichter.

Unter dem Titel *Histoires extraordinaires* versammeln wir verschiedene Erzählungen, die aus Poes Gesamtwerk ausgewählt wurden. Dieses Werk besteht aus einer beträchtlichen Anzahl von Novellen, einer nicht weniger beträchtlichen Menge kritischer und anderer Artikel, einer philosophischen Dichtung *(Eureka)*, Gedichten und einem rein menschlichen Roman *(The Nerrative of Arthur Gordon Pym)*. Wenn sich mir, wie ich hoffe, noch einmal die Gelegenheit bietet, von diesem Dichter zu sprechen, so werde ich seine philosophischen und literarischen Ansichten näher untersuchen, und auch auf jene Werke eingehen, deren vollständige Übersetzung wenig Aussichten auf Erfolg hätte bei einem Publikum, dem Unterhaltung und Rührung lieber sind als die bedeutendste philosophische Wahrheit.

1 Baudelaire par lui-même, Selbstporträt

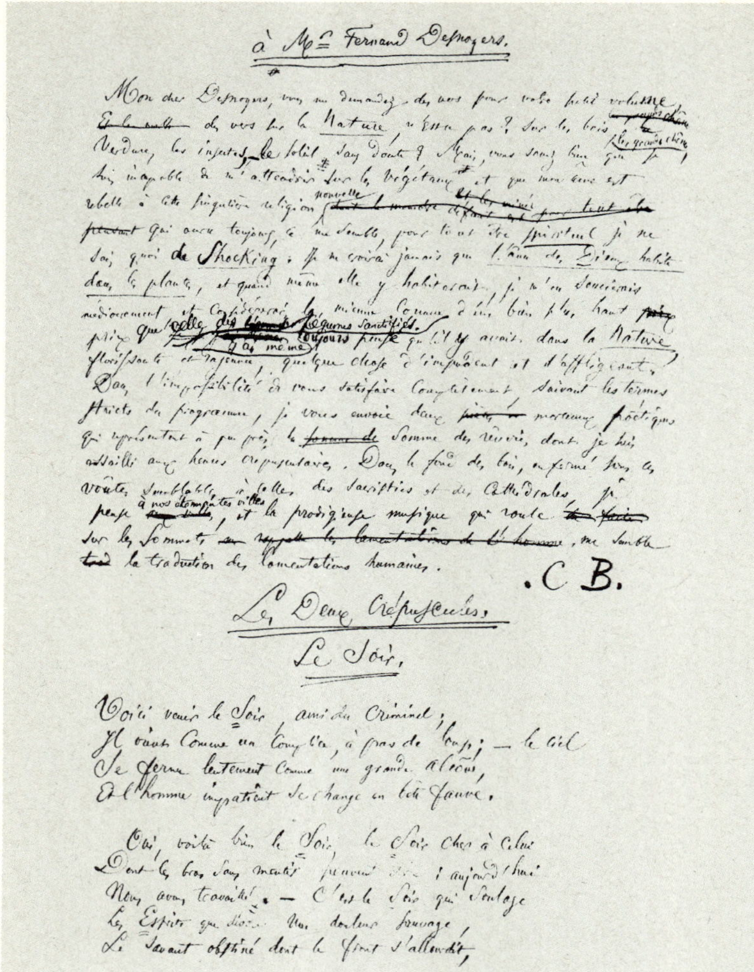

à Mr Fernand Desnoyers.

Mon cher Desnoyers, vous me demandez des vers pour votre petit volume, des vers sur la Nature, n'est-ce pas? sur les bois, les grands chênes, la verdure, les insectes, — le soleil, sans doute? Mais, vous savez bien que je suis incapable de m'attendrir sur les végétaux, et que mon âme est rebelle à cette singulière religion nouvelle, qui aura toujours, ce me semble, pour tout être spirituel je ne sais quoi de Shocking. Je ne croirai jamais que l'âme des Dieux habite dans les plantes, et, quand même elle y habiterait, je m'en soucierais médiocrement et considérerais la mienne comme d'un bien plus haut prix que celle des légumes sanctifiés. J'ai même toujours pensé qu'il y avait dans la Nature florissante et rajeunie, quelque chose d'impudent et d'affligeant. Dans l'impossibilité de vous satisfaire complètement suivant les termes stricts du programme, je vous envoie deux morceaux poétiques qui représentent à peu près la somme des rêveries dont je suis assailli aux heures crépusculaires. Dans le fond des bois, enfermé sous ces voûtes semblables à celles des sacristies et des cathédrales, je pense à nos étonnantes villes, et la prodigieuse musique qui roule sur les sommets, me semble la traduction des lamentations humaines.

C. B.

Les Deux Crépuscules.

Le Soir.

Voici venir le Soir, ami du Criminel;
Il vient comme un complice, à pas de loup; — le ciel
Se ferme lentement comme une grande alcôve,
Et l'homme impatient se change en bête fauve.

Oui, voilà bien le Soir, le Soir cher à celui
Dont les bras, sans mentir, peuvent dire: aujourd'hui
Nous avons travaillé! — C'est le Soir qui soulage
Les Esprits que dévore une douleur sauvage,
Le savant obstiné dont le front s'alourdit,

2 Brief Baudelaires an *Fernand Desnoyers*, 1853/54

LE SALUT PUBLIC.

2ᵉ NUMÉRO.

VIVE LA REPUBLIQUE!

Les rédacteurs - propriétaires du Salut public, *CHAMPFLEURY, BAUDELAIRE, et TOUBIN ont retardé à dessein l'envoi du journal à leurs abonnés, afin de faire graver une vignette qui servira à distinguer leur feuille d'une autre qui s'est emparée du même titre.*

LES CHATIMENTS DE DIEU.

L'ex-roi se promène.

Il va de peuple en peuple, de ville en ville.

Il passe la mer; — au-delà de la mer, le peuple bouillonne, la République fermente sourdement.

Plus loin, plus loin, au-delà de l'Océan, la République!

Il rabat sur l'Espagne, — la République circule dans l'air, et enivre les poumons, comme un parfum.

Où reposer cette tête maudite?

A Rome?... Le Saint-Père ne bénit plus les tyrans.

Tout au plus pourrait-il lui donner l'absolution. Mais l'ex-roi s'en moque. Il ne croit ni à Dieu, ni à Diable.

Un verre de Johannisberg pour rafraichir le gosier altéré du Juif errant de la Royauté!... Metternich n'a pas le temps. Il a bien assez d'affaires sur les bras; il faut intercepter toutes les lettres, tous les journaux, toutes les dépêches. Et d'ailleurs, entre despotes, il y a peu de fraternité. Qu'est ce qu'un despote sans couronne?

L'ex-roi va toujours de peuple en peuple, de ville en ville.

Toujours et toujours, vive la République!

3 Le Salut public, 1. März 1848

4 *Eugène Delacroix,* La Mort de Sardanapale

5 *Gustave Courbet*

6 *Champfleury*, Karikatur von Baudelaire,
mit einem Selbstporträt von Baudelaire

7 *Joseph de Maistre*

8 *Edgar Allan Poe*

9 Baudelaire, Karikatur von *Nadar*

10 Charles Baudelaire, 1855

11 Charles Baudelaire, Selbstporträt

12 Gustave Courbet, Porträt von Baudelaire

13 Gustave Courbet, L'Atelier du peintre

14 Baudelaire, La Fanfarlo

15 *Edouard Frère,* La loge de la Fanfarlo

16 Weltausstellung 1855, *Ingres'* Werke

17 Der Schauspieler *Philibert Rouvière* als Hamlet

NEUE ANMERKUNGEN ZU EDGAR POE

I

Literatur der Dekadenz! – Leere Worte, die wir, mit dem vollen Klang eines emphatischen Gähnens, des öfteren aus dem Munde jener Sphinxe ohne Rätsel fallen hören, die Wache halten vor den heiligen Pforten der klassischen Ästhetik. Und jedesmal, wenn das unwiderlegbare Orakel ertönt, dürfen wir sicher sein, daß es sich um ein Werk handelt, das sich unterhaltsamer liest als die *Ilias*. Offensichtlich geht es um eine Dichtung oder einen Roman, die in allen Teilen geschickt auf Überraschung angelegt sind, deren Stil prächtig geschmückt ist, in denen eine unfehlbare Hand sich aller Mittel der Sprache und der Prosodie mit Geschick bedient hat. Wenn ich diesen Bannfluch grollen höre, – der, nebenbei gesagt, meist einen meiner Lieblingsdichter trifft, – juckt es mich jedesmal, darauf zu erwidern: Halten Sie mich etwa für einen Barbaren wie Sie? Glauben Sie, ich wäre imstande, mich ebenso trübseligen Vergnügungen zu ergeben wie den Ihrigen? Dann regen sich groteske Vergleiche in meinem Kopf; mir ist, als würden zwei Frauen mir vorgestellt: die eine, eine ländliche Matrone, abstoßend gesund und tugendhaft, ohne Haltung, ohne Blick, kurzum ein Wesen, *das alles nur der bloßen Natur verdankt;* die andere, eine jener Schönheiten, die die Erinnerung beherrschen und bedrängen, die ihrem tiefen, ursprünglichen Zauber die ganze Eloquenz des weiblichen Putzes hinzufügt, die ihren Fuß zu setzen versteht, selbstbewußt und Herrin ihrer selbst, – eine Stimme, die wie ein wohlgestimmtes Instrument spricht, und gedankenschwere Blicke, die davon nur verraten, was sie wollen. Meine Wahl könnte nicht zweifelhaft sein, und doch gibt es pädagogische Sphinxe, die mich eines Verstoßes gegen die Ehre der Klassik beschuldigen würden. – Doch, diese Gleichnisse beiseite gesetzt, glaube ich mich ermächtigt, diese weisen Herren zu fragen, ob sie sich wohl der ganzen Eitelkeit, der ganzen Vergeblichkeit ihrer Weisheit bewußt sind. Der Ausdruck *Literatur der Dekadenz* besagt, daß es eine Stufenleiter der Literaturen gibt, eine im Säuglingsalter, eine im Knaben-, im Jünglingsalter, usw. Dieser Ausdruck, meine ich, setzt so etwas wie Schicksal und Vorsehung, einen unabwendbaren Ratschluß voraus; und es ist demnach durchaus ungerecht, uns den Vollzug des geheimnisvollen Gesetzes zum Vorwurf zu machen. Alles, was ich dem akademischen Ausspruch entnehmen kann, läuft darauf hinaus, daß es schändlich ist, diesem Gesetz mit Vergnügen zu gehorchen, und daß wir Schuld auf uns laden, wenn wir uns unseres Geschickes erfreuen. – Diese Sonne, die vor wenigen Stunden alles mit der Wucht ihres senkrecht niederfallenden weißen Lichtes traf, wird bald im Westen den Horizont mit vielfältigen Farben überfluten. In diesen Farbenspielen der sterbenden Sonne werden gewisse poetische Geister neue Entzückungen finden: sie werden dort schimmernde Säulenhallen entdecken, Kaskaden geschmolzenen Metalls, lodernde Paradiese, einen schwermütigen Glanz, die Wollust des Bedauerns, alle Zauberkünste des Traumes, alle Erinnerungen des Opiums. Und der Sonnenuntergang wird ihnen in der Tat vorkommen wie die wunderbare Allegorie einer Seele voller Leben, die herabsteigt hinter dem Horizont mit einem herrlichen Vorrat an Gedanken und Träumen.

Eines aber haben die eingeschworenen Herren Professoren nicht bedacht: daß, wie das Leben sich bewegt, eine Verwicklung, eine Verbindung auftreten kann, auf die ihre Schulweisheit nicht gefaßt war. Und dann versagt ihre unzulängliche Sprache, wie in dem Fall, – eine Erscheinung, die sich vielleicht in vielfältigen Abwandlungen wiederholen wird, – wo eine Nation mit der Dekadenz beginnt und dort einsetzt, wo die anderen aufhören.

Wenn in den ungeheuren Kolonien des jetzigen Jahrhunderts neue Literaturen entstehen, so werden sich dabei unweigerlich Vorfälle in der Welt des Geistes ereignen, welche die Schulweisheit aus der Fassung bringen. Jugendlich und ältlich zugleich, schwatzt und faselt Amerika mit einer ganz erstaunlichen Zungenfertigkeit. Wer könnte seine Dichter zählen? Sie sind zahllos. Seine *Blaustrümpfe?* Sie überschwemmen die Zeitschriften. Seine Kritiker? Man glaube mir, daß es Pedanten besitzt, die den unseren in nichts nachstehen, um den Künstler unablässig zu der Schönheit der Antike zurückzurufen, um einen Dichter oder Romancier über die Sittlichkeit seines Zieles und den Wert seiner Absichten zu verhören. Es gibt

dort wie hier, aber mehr noch als hier, Literaten, die der Orthographie nicht mächtig sind; eine unnütze kindische Betriebsamkeit; eine Unzahl von Kompilatoren, Wiederkäuern, Plagiatoren von Plagiaten und Kritikern von Kritiken. In diesem Gewühl von Mittelmäßigkeiten, in dieser auf die materielle Vervollkommnung versessenen Gesellschaft, – ein neuartiges Ärgernis, das uns die Größe der müßiggängerischen Völker begreiflich macht, – in dieser nach dem Erstaunlichen gierenden, in das Leben, vor allem aber ein aufreizendes Leben verliebten Gesellschaft, ist ein Mann erschienen, der groß war, nicht nur seines metaphysischen Scharfsinns wegen, der düsteren oder hinreißenden Schönheit seiner Vorstellungen, der Strenge seiner Analyse wegen, sondern groß auch und nicht minder groß als *Karikatur*. – Hierüber mich zu erklären, muß ich mit einiger Sorgfalt vorgehen; denn erst kürzlich hat ein unbesonnener Kritiker, um Edgar Poe herabzusetzen und um die Aufrichtigkeit meiner Bewunderung in Zweifel zu ziehen, sich des Wortes *Jongleur* bedient, das ich selber, und zwar fast als ein Lob, auf den edlen Dichter angewandt hatte.
Umgeben von einer gefräßigen, nach materiellen Reichtümern lüsternen Welt, hat Poe sich in die Welt der Träume aufgeschwungen. Erstickt von der amerikanischen Atmosphäre, hat er *Eureka* die Worte vorangestellt: »Dieses Buch schenke ich denjenigen, die ihren Glauben in die Träume als die einzigen Wirklichkeiten gesetzt haben!« Er war demnach ein bewundernswürdiger Protest; er war es und er leistete ihn auf seine Weise, *in his own way*. Der Autor, der, in dem *Gespräch zwischen Monos und Una,* in Sturzbächen seine Verachtung und seinen Ekel über die Demokratie, den Fortschritt und die *Zivilisation* ergießt, ist der nämliche Autor, der, um der Leichtgläubigkeit einen Streich zu spielen, um die Gaffer unter seinen Landsleuten zu entzücken, die Überlegenheit des Menschen auf das nachdrücklichste behauptet und die für den Stolz *des modernen Menschen* schmeichelhaftesten, die einfallsreichsten *canards* fabriziert hat. In diesem Licht gesehen, erscheint mir Poe als ein Helot, der seinen Herrn beschämen will. Kurz und gut, um, was ich meine, noch unumwundener auszusprechen: Poe war immer groß, nicht nur in seinen erhabenen Vorstellungen, sondern auch als Possenreißer.

II

Denn er fiel auf keinen Schwindel herein! – Ich glaube nicht, daß der Virginier, der mitten in der demokratischen Hochflut kalten Blutes den Satz niederschrieb: »Das Volk hat mit den Gesetzen nichts zu schaffen, außer dem, daß es ihnen zu gehorchen hat«, jemals ein Opfer der modernen Weisheit war, – und: »Die Nase eines Pöbels ist seine Phantasie, und an dieser Nase wird er immer leicht zu führen sein«, – und hundert andere Stellen, wo der Spott dicht wie Eisenhagel niederprasselt, ohne sich doch einer gewissen hochmütigen Nachlässigkeit zu begeben. – Die Swedenborgianer beglückwünschen ihn zu seiner *Mesmeric Revelation,* gleich jenen gutgläubigen Illuminaten, die vorlängst in dem Verfasser des *Diable amoureux* einen Verräter ihrer Mysterien überwachten; sie danken ihm für die großen Wahrheiten, die er verkündet hat, – alldieweil sie festgestellt haben (o Verifikatoren des nicht Verifizierbaren!), daß alle seine Behauptungen buchstäblich wahr sind; – obwohl sie anfangs, dem Geständnis dieser guten Leute nach, den Verdacht gehabt hätten, es mit einer bloßen Erfindung zu tun zu haben. Poe erwidert darauf, daß er seinesteils niemals den geringsten Zweifel gehegt habe. – Soll ich noch jene kurze Stelle anführen, die mir in die Augen springt, während ich zum hundertsten Male seine unterhaltsamen *Marginalia* durchblättere, die gleichsam die Geheimkammer seines Geistes sind: »Die ungeheure Vermehrung der Bücher in allen Wissensgebieten ist eine der schlimmsten Geißeln dieses Zeitalters. Weil sie eines der ernstlichsten Hindernisse für den Erwerb alles positiven Wissens ist.« Aristokrat mehr von Natur als durch Geburt, hat der Virginier, der Mann des Südens, wie ein Byron, den es in eine schlechte Welt verschlagen hat, jederzeit seine philosophische Kaltblütigkeit bewahrt, und sei es, daß er die Nase des Pöbels definiert, sei es, daß er der Hersteller neuer Religionen spottet oder über die Bibliotheken herzieht, er bleibt, was der wahre Dichter allezeit war und sein wird, – eine wunderlich verkleidete Wahrheit, ein augenscheinliches Paradoxon, das nicht unter der Masse ins Gedränge geraten will, und das fern nach Osten eilt, wenn das Feuerwerk im Westen abgebrannt wird.

Noch wichtiger aber, das Allerwichtigste: die Feststellung, daß dieser Autor, das Erzeugnis eines in sich selbst vernarrten Jahrhunderts, der Sohn einer Nation, deren Selbstvernarrtheit größer ist als die jeder anderen, die natürliche Bosheit des Menschen mit aller Deutlichkeit erkannt und unerschütterlich behauptet hat. Es gibt da, sagt er, im Menschen eine geheimnisvolle Kraft, die die moderne Philosophie nicht in Betracht ziehen will; und doch bleiben, ohne diese ungenannte Kraft, ohne diese uranfängliche Hinneigung, eine Unzahl menschlicher Handlungen unerklärt und unerklärbar. Diese Handlungen üben nur deshalb eine solche Anziehungskraft aus, *weil* sie böse, *weil* sie gefährlich sind; sie locken und verlocken uns wie der Abgrund. Diese ursprüngliche, unwiderstehliche Kraft ist die natürliche Perversität, die bewirkt, daß der Mensch unaufhörlich zugleich Menschen- und Selbstmörder ist, Mörder und Henker; – denn, so fügt er mit bemerkenswert satanischer Spitzfindigkeit hinzu, die Unmöglichkeit, einen hinreichenden vernünftigen Beweggrund für gewisse böse Taten ausfindig zu machen, könnte uns dazu verleiten, sie als Eingebungen des Teufels zu betrachten, wenn Erfahrung und Geschichte uns nicht lehrten, daß Gott sich ihrer häufig bedient, um die Ordnung wiederherzustellen und die Schurken zu bestrafen; – *nachdem er sich eben dieser Schurken als Helfershelfer bedient hat!* ein Zusatz, der sich mir, ich gestehe es, als ein Gedanke aufdrängt, der hier ebenso ruchloser wie unvermeidlicher Weise stillschweigend mitgedacht ist. Für diesmal aber möchte ich nur die große vergessene Wahrheit festhalten, – die uranfängliche Perversität des Menschen, – und nicht ohne eine gewisse Befriedigung sehe ich einige Trümmer des alten Wahren aus einem Lande zu uns zurückkehren, woher man sie nicht erwartete. Welch erfreulicher Anblick, einige Explosionen alter Wahrheit derart all diesen Liebedienern der Menschheit ins Gesicht platzen zu sehen, all diesen Schauklern und Hätschlern mit ihrem ewigen Eiapopeia in allen möglichen Tonarten: »Ich bin als ein guter Mensch geboren, und ihr auch, und wir alle sind als gute Menschen geboren!« und dabei vergessen diese widersinnigen Gleichmacher, – nein! sie stellen sich nur, als vergäßen sie, daß wir alle als freiherrliche Bösewichte zur Welt kommen!

Auf welche Lüge hätte der hereinfallen können, der – schmerzliche Nötigung der Umwelt, – sie selber bisweilen so kunstreich verschränkte? Welche Verachtung der Philosophaster, an seinen guten Tagen, den Tagen, an denen er gleichsam erleuchtet war! Dieser Dichter, der mehrere Geschichten eben zu dem Zweck erfunden zu haben scheint, um die vorgebliche Allmacht des Menschen zu bestätigen, hat sich bisweilen selber säubern wollen. An dem Tag, da er schrieb: »Alle Gewißheit liegt in den Träumen«, verwies er seinen eigenen Amerikanismus in den Bereich der niederen Dinge; zu anderen Malen, rückkehrend auf die wahre Bahn des Dichters und im Gehorsam wohl gegen die unausweichliche Wahrheit, die wie ein Dämon nicht von uns abläßt, stieß er die inbrünstigen Seufzer des *gefallenen Engels* aus, *der sich der himmlischen Gefilde erinnert;* dann trauerte er dem Goldenen Zeitalter nach und dem verlorenen Garten Eden; er beweinte jene ganze Herrlichkeit der Natur, *die unter dem glühenden Anhauch der Hochöfen zusammenschrumpft;* und schließlich schrieb er die großartigen Seiten des *Gesprächs zwischen Monos und Una,* die den unfehlbaren De Maistre bezaubert und verwirrt hätten.

Er war es, der vom Sozialismus gesagt hat, als dieser noch gar keinen Namen hatte, oder als dieser Name noch nicht allgemein verbreitet war: »Die Welt wird augenblicklich von einer neuen Sekte von Philosophen verseucht, die sich noch nicht als Angehörige einer Sekte erkannt und infolgedessen noch keinen Namen angenommen haben. Es sind dies diejenigen, *die an jeden alten Trödel glauben* (die Prediger des Abgetanen, wie man auch sagen könnte). Der Hohepriester im Osten ist Charles Fourier, – im Westen, Horace Greely; und Hohepriester sind sie mit bestem Wissen und Gewissen. Das Einzige, was diese Sekte verbindet, ist die Leichtgläubigkeit; – nennen wir es Aberwitz, und reden wir nicht mehr davon. Man frage einen unter ihnen, warum er dieses oder jenes glaube; und wenn er gewissenhaft ist (wie die Unwissenden meist zu sein pflegen), wird seine Antwort ähnlich ausfallen wie die Talleyrands, als man ihn fragte, warum er an die Bibel glaube. »Ich glaube daran«, erwiderte er, »erstens, weil ich Bischof von Autun bin, und zum andern, weil ich nicht das Geringste darin verstehe.« Was diese Philosophen *Argument* nennen, ist

eine ihnen eigene Art, *das, was ist, zu leugnen und das zu erklären, was nicht ist.«*
Auch der Fortschritt, diese große Häresie der allgemeinen Vergreisung, konnte ihm nicht entgehen. Der Leser wird an verschiedenen Stellen auf die Ausdrücke stoßen, deren er sich bediente, um sie zu kennzeichnen. Angesichts des Eifers, den er dabei entfaltet, sollte man wahrhaftig meinen, er hätte Veranlassung, sich an ihr zu rächen als an einem öffentlichen Hemmnis, einer Plage, die einem allenthalben begegnet. Wie hätte er gelacht, mit jenem verächtlichen Lachen des Dichters, der sich niemals ins Gedränge der Gaffer mischt, wenn er, wie mir dies kürzlich beschieden war, auf folgenden staunenswürdigen Satz gestoßen wäre, der an die närrischen vorsätzlichen Ungereimtheiten der Possenreißer gemahnt, und der mir, heimtückisch sich brüstend, in einer mehr als ernsten Zeitung begegnet ist: *Der unaufhörliche Fortschritt der Wissenschaft hat uns vor kurzem erlaubt, dem verlorenen und seit so langer Zeit gesuchten Geheimnis ...* (des griechischen Feuers, der Härtung des Kupfers, irgendetwas, das verschwunden ist), *auf die Spur zu kommen, dessen gelungenste Anwendungen in eine sehr ferne* barbarische *Zeit zurückreichen!!!* – Das ist ein Satz, der wahrlich als ein Fund gelten darf, eine großartige Entdeckung, selbst in einem Jahrhundert des *unaufhörlichen Fortschritts;* doch ich glaube, die Mumie Allamistakeo hätte hier nicht versäumt, mit dem sanften und verhaltenen Ton der Überlegenheit zu fragen, ob der Umstand, daß dieses berühmte Geheimnis verloren gegangen war, ebenfalls dem *unaufhörlichen* Fortschritt, – dem unabänderlichen, unwiderstehlichen Gesetz des Fortschritts, – zu danken sei. – Wahrlich, um den Ton der Farce zu verabschieden, bei einem Gegenstand, der ebenso beweinens- wie belachenswürdig ist, man kommt aus dem Staunen nicht heraus, wenn man mit ansieht, wie eine Nation, mehrere Nationen, die ganze Menschheit bald zu ihren Weisen, ihren Hexenmeistern spricht: Ich will euch lieben und euch groß machen, wenn ihr mich überzeugt, daß wir fortschreiten, ohne unser Zutun, unausweichlich, – im Schlaf; enthebt uns der Verantwortung, verhüllt uns die Demütigung durch Vergleiche, verfälscht die Geschichte, und ihr dürft euch die Weisen der Weisen nennen. – Ist es nicht zum Verwundern, daß diese so

einfache Idee nicht allen Köpfen aufgeht: daß der Fortschritt (insofern ein Fortschritt stattfindet) den Schmerz in dem Maße vervollkommnet, in dem er die Lust verfeinert, und daß, die Völker, wenn ihre Haut immer zarter wird, offensichtlich nur einer *Italiam fugientem* nachjagen, einer jeden Augenblick bereits wieder verlorenen Eroberung, einem unausgesetzt sich selbst aufhebenden Fortschritt?

Aber diese Täuschungen, die auch nicht ganz uneigennützig sind, entstehen in einem Bereich der Perversität und der Lüge, – Irrlichter über Sümpfen, – sie reizen die Seelen, die, wie Edgar Poe, das ewige Feuer lieben, zur Verachtung, und die verworrenen Geister, wie Jean-Jacques Rousseau, denen eine verletzte und rasch aufbegehrende Empfindsamkeit statt aller Philosophie dient, zur Verzweiflung. Daß dieser gegen das *Animal dépravé* im Recht war, ist nicht zu bezweifeln; aber dieses verderbte Tier darf ihm den Vorwurf machen, daß er sich auf die einfache Natur beruft. Die Natur bringt nur Ungeheuer hervor, und es geht einzig und allein darum, sich über das Wort *der Wilde* zu verständigen. Kein Philosoph wird es wagen, diese unglücklichen, verrotteten Horden als Muster aufzustellen; Opfer der Elemente, Fraß der Tiere, sind sie ebenso unfähig, Waffen herzustellen wie die Vorstellung einer höchsten geistigen Macht hervorzubringen. Will man jedoch den modernen, den zivilisierten Menschen mit dem wilden Menschen vergleichen, oder vielmehr eine sogenannte zivilisierte Nation mit einer sogenannten wilden, das heißt einer all jener sinnreichen Erfindungen beraubten, die den Einzelnen des Heroismus überheben, wer sähe nicht, daß dann dem Wilden alle Ehre zufiele? Seiner Natur nach, wie auch durch die Umstände genötigt, ist er enzyklopädisch, während der zivilisierte Mensch sich auf die unendlich kleinen Bereiche des Besonderen beschränkt sieht. Der zivilisierte Mensch erfindet die Philosophie des Fortschritts, um sich über seine Abdankung und seinen Abstieg zu trösten; während der wilde Mensch, ein gefürchteter und geachteter Gemahl, ein zu persönlichem Heldenmut genötigter Krieger, ein Dichter in den Stunden der Schwermut, wenn die sinkende Sonne ihn einlädt, die vergangenen Zeiten und die Stammesvorfahren zu besingen, der Sphäre des Ideals sehr viel näher ist. Welchen Mangel könnten wir ihm vorzuwerfen wagen? Er hat den Priester, er hat den Zauberer und den Arzt. Was sage ich? er hat den Dandy, die höchste Verkörperung der in das materielle Leben übertragenen Idee des Schönen, denjenigen, der die Form vorschreibt und das Betragen regelt. Seine Kleidung, sein Schmuck, seine Waffen, seine Pfeife zeugen von einem Erfindergeist, der uns längst abhanden gekommen ist. Wollen wir unsere trägen Augen und unsere betäubten Ohren mit jenen Augen vergleichen, die den Nebel durchspähen, mit jenen Ohren, die *das Gras wachsen hören* könnten? Und die Wilde, das einfältige, kindliche Gemüt, ein gehorsames, anschmiegsames Tier, ganz Hingabe und wissend, daß sie nur die eine Hälfte eines gemeinsamen Schicksals ist, werden wir sie auf eine niedrigere Stufe stellen als die amerikanische Dame, der Monsieur Bellegarigue (Redakteur des *Moniteur de l'Épicerie!*) ein Lob zu spenden vermeinte, als er sie für das Ideal der ausgehaltenen Frau erklärte? Diese gleiche Frau, deren allzu positive Sitten Edgar Poe – ihm, der so galant, so voller Respekt für die Schönheit war, – die folgenden traurigen Zeilen eingegeben haben: »Diese übertrieben großen Geldbeutel, die wie eine riesige Gurke aussehen und die unter unseren Schönen Mode geworden sind, stammen nicht, wie man glaubt, aus Paris; sie sind durchaus einheimisch. Was auch sollte eine solche Mode in Paris, wo eine Frau nur ihr Geld in ihren Beutel steckt? Aber der Beutel einer Amerikanerin! Dieser Beutel muß geräumig genug sein, daß ihr ganzes Geld darin Platz hat, – und ihre ganze Seele!« – Was die Religion betrifft, so liegt es mir fern, von einem Vitzliputzli ebenso leichtfertig zu sprechen wie Alfred de Musset; ich gestehe ungescheut, daß ich den Kult eines Teutates dem des Mammon bei weitem vorziehe; und der Priester, der einem grausamen Erpressergott Menschenopfer schlachtet, Opfer, die eines *ehrenhaften* Todes sterben, Opfer, die sterben *wollen,* scheint mir ein durchaus sanftes und menschliches Wesen, verglichen mit dem Finanzmann, der ganze Völkerschaften nur seinem Eigennutz hinmetzelt. Gelegentlich ahnt der oder jener noch etwas von diesen Dingen, und in einem Artikel von Barbey d'Aurevilly ist mir einmal ein Ausruf philosophischer Trauer begegnet, der alles zusammenfaßt, was ich zu diesem Thema zu sagen hätte: »Ihr zivilisierten Völker, die ihr nicht aufhört, den Stein auf die Wilden zu werfen, bald werdet ihr nicht einmal mehr verdienen, auch nur Götzenanbeter zu sein!«

Eine solche Umwelt, – ich sagte es bereits, und ich kann dem Verlangen nicht widerstehen, es zu wiederholen, – ist nicht für die Dichter geschaffen. Was im Geist eines Franzosen, und wäre er noch so demokratisch, unter einem *Staat* verstanden wird, fände keinen Raum im Geist eines Amerikaners. Für jeden verständigen Menschen der Alten Welt hat ein politischer Staat einen Mittelpunkt, um den sich alles bewegt, der sein Gehirn und seine Sonne ist, glorreiche, weit zurückreichende Erinnerungen, lange poetische und militärische Annalen, eine Aristokratie, der die Armut, die Tochter der Revolutionen, paradoxerweise nur einen noch höheren Glanz verleihen kann; aber *Das!* dieser lärmende Haufe von Käufern und Verkäufern, dieses Namenlose, dieses kopflose Ungeheuer, dieser Deportierte hinter dem Ozean, ein Staat! – meinetwegen, wenn eine große Schankwirtschaft, wo die Gäste dichtgedrängt an schmutzigen Tischen sitzen und von unflätigen Reden umlärmt ihre Geschäfte bereden, für einen *Salon* gelten kann, für das, was wir ehmals einen Salon nannten, eine Republik des Geistes unter dem Vorsitz der Schönheit!

Es wird immer schwierig sein, den Stand eines schreibenden Menschen mit Anstand und zugleich ertragreich auszuüben, ohne sich der Verleumdung auszusetzen, der Schmähsucht der Nichtskönner, dem Neid der Reichen, – jenem Neid, der ihre Strafe ist! – den Rachegelüsten der bürgerlichen Mittelmäßigkeit. Was aber schwierig ist in einer gemäßigten Monarchie oder einer geordneten Republik, wird nahezu undurchführbar in einer Art Tohuwabohu, wo jeder, als ein Wachtmeister der öffentlichen Meinung, seine Mitbürger zugunsten seiner Laster – oder seiner Tugenden, das läuft aufs gleiche hinaus, – polizeilich überwacht, wo ein Dichter, ein Romancier eines Landes von Sklavenhaltern in den Augen eines abolitionistischen Kritikers ein abscheulicher Schriftsteller ist, – wo es schwer fällt zu sagen, was das größere Ärgernis ist, – der hemmungslose Zynismus oder die Unerschütterlichkeit der biblischen Heuchelei. Verbrennungen von Negern in Ketten, um keiner anderen Schuld, als weil das Rot der Ehre ihnen in die schwarze Wange stieg, Revolverschüsse im Parterre eines Theaters, Vielweiberei in den Paradiesen des Westens, den die Wilden (die man zu Unrecht so nennt) noch nicht mit solchen schändlichen Utopien besudelt hatten, Plakate an den Mauern, die – gewiß um dem Grundsatz der schrankenlosen Freiheit die höchste Weihe zu erteilen, – *die Heilung von der Neunmonate-Krankheit* in Aussicht stellen, dies sind einige der ins Auge springenden Züge, einige Beispiele der sittlichen Verfassung in dem edlen Lande Franklins, des Erfinders der Rechnungsstubenmoral, des Helden eines Jahrhunderts, das sich der Materie ergeben hat. Es ist angebracht, unablässig auf diese Wunder an Brutalität hinzuweisen, in einer Zeit, da die Americanomanie fast zu einer Leidenschaft geworden ist, die zum guten Ton gehört; derart, daß ein Erzbischof kürzlich sich allen Ernstes zu der Verheißung verstieg, die Tage seien nicht mehr fern, da die Vorsehung auch uns in den Genuß dieses transatlantischen Ideals setzen werde.

III

Ein solches gesellschaftliches Milieu bringt notwendigerweise die entsprechenden literarischen Irrtümer hervor. Gegen diese Irrtümer ist Poe, so oft er konnte, mit allem Nachdruck aufgetreten. Es darf uns deshalb nicht verwundern, daß die amerikanischen Schriftsteller zwar sein ungewöhnliches Vermögen als Dichter und Erzähler anerkannten, seine Bedeutung als Kritiker jedoch immer herabzusetzen suchten. In einem Land, wo die Idee des Nutzens, die entschiedenste Feindin der Idee der Schönheit, Vorrang und Vorherrschaft über alles besitzt, muß der *most honorable critic* als der vollkommene gelten, der Kritiker, heißt das, dessen Neigungen und Wünsche den Neigungen und Wünschen seiner Leserschaft am nächsten kommen, – der Kritiker, der, die Fähigkeiten und Gattungen der Hervorbringung verwechselnd, allen ein einziges Ziel vorschreibt, – der Kritiker, der in einem Gedichtband nach den Mitteln zur Vervollkommnung des Gewissens Ausschau hält. Natürlich wird es ihm desto weniger um die wirklichen, die positiven Schönheiten der Poesie zu tun sein; an Unvollkommenheiten oder gar Fehlern in der Ausführung wird er desto weniger Anstoß nehmen. Edgar Poe hingegen, der die Welt des Geistes in *Reine Vernunft, Geschmack* und *Moralischen Sinn* einteilte, richtete sich in seiner Kritik danach, welcher dieser drei Abteilungen der Gegenstand seiner Untersuchung angehörte. Den Vorrang besaßen für ihn die Vollkommenheit der Anlage und die Korrektheit der Ausführung; er zerlegte die literarischen Werke wie mangelhafte mechanische Vorrichtungen (fehlerhaft im Hinblick auf den zu erreichenden Zweck), und vermerkte sorgfältig, welche Fehler bei der Herstellung begangen worden waren; wenn er dann zu den Einzelheiten des Werkes überging, zu seinem plastischen Ausdruck, zum Stil mit einem Wort, musterte er sämtliche Verstöße gegen die Prosodie, die grammatischen Schnitzer und jene ganze Masse der Schlacken (nicht eine entging ihm), welche bei den Schriftstellern, die keine Künstler sind, die besten Absichten beschmutzen und die edelsten Geistesschöpfungen verunstalten.

Für ihn ist die Einbildungskraft die Königin aller menschlichen Fähigkeiten; aber unter diesem Wort versteht er etwas Größeres, als der Leser gemeinhin darunter versteht. Die Einbildungskraft *(imagination)* ist nicht die Phantasie *(phantasy);* sie ist auch nicht die Sensibilität, obwohl es schwer fiele, sich einen Menschen mit Einbildungskraft vorzustellen, der nicht sensibel wäre. Die Einbildungskraft ist ein fast göttliches Vermögen, das vor allem, unabhängig von den philosophischen Methoden, die geheimen inneren Beziehungen der Dinge, die Entsprechungen und Analogien wahrnimmt. Die Ehren und die Funktionen, die er diesem Vermögen zuschreibt, verleihen ihm einen derartigen Wert, daß (zumindest, wenn man den Gedanken des Autors recht begriffen hat) ein Gelehrter ohne Einbildungskraft nur noch als ein falscher Gelehrter, oder wenigstens als ein unvollständiger Gelehrter, erscheint.

Unter den literarischen Bereichen, in denen die Einbildungskraft die seltsamsten Ergebnisse zeitigt und die wenn auch nicht reichsten und kostbarsten Schätze (diese gehören der Poesie an), so doch die zahlreichsten und mannigfaltigsten ernten kann, hat Poe einen vor allen anderen bevorzugt, die *Novelle.* Sie hat dem weitläufigen Roman gegenüber den ungeheuren Vorteil, daß ihre Kürze die Intensität der Wirkung steigert. Diese Lektüre, die ohne Unterbrechung stattfinden kann, hinterläßt im Geist des Lesers

eine sehr viel mächtigere Erinnerung als eine zerstückelte Lektüre, die häufig von geschäftlichen Sorgen und gesellschaftlichen Verpflichtungen unterbrochen wird. Die Einheit des Eindrucks, die *Totalität* der Wirkung ist ein gewaltiger Vorteil, der dieser Art Darstellung eine ganz besondere Überlegenheit verleihen kann, derart daß eine allzu kurze Novelle (was gewiß ein Fehler ist) vor einer zu langen Novelle immer noch den Vorzug verdient. Geht der Künstler mit Geschick zu Werke, wird er nicht seine Gedanken den Vorkommnissen anpassen, sondern er wird, nachdem er zunächst mit Vorbedacht, in aller Muße, die zu erzielende Wirkung festgesetzt hat, die Begebenheiten erfinden und die Vorkommnisse kombinieren, die am meisten geeignet sind, die gewünschte Wirkung hervorzubringen. Wenn die Niederschrift des ersten Satzes nicht schon im Hinblick darauf erfolgt, daß diese beabsichtigte Wirkung sich zuletzt einstellt, so ist das Werk von Anfang an verfehlt. An keiner Stelle darf ein Wort sich einschleichen, das nicht einem Zweck gehorchte, das nicht, mittelbar oder unmittelbar, dazu beitrüge, die vorgesetzte Absicht zu erreichen.
Es gibt einen Punkt, in dem die Novelle sogar dem Gedicht überlegen ist. Es bedarf des Rhythmus, um die Idee der Schönheit zu entwickeln, die das höchste und vornehmste Ziel des Gedichtes ist. Nun stellt jedoch der Rhythmus, bei dem es ohne gewisse Kunstgriffe nicht abgeht, jener sorgfältigen Entwicklung der Gedanken und Ausdrücke, deren Gegenstand die *Wahrheit* ist, ein unüberwindliches Hindernis entgegen. Denn die Wahrheit kann sehr oft das Ziel der Novelle sein, und die logische Beweisführung das beste Werkzeug, um eine vollkommene Novelle durchzukonstruieren. Darum kann diese Gattung, die weniger hoch steht als die reine Poesie, vielfältigere Hervorbringungen liefern, die der Allgemeinheit der Leser leichter zugänglich sind. Darüber hinaus steht dem Autor einer Novelle eine Vielfalt des Tons, der sprachlichen Nuance zur Verfügung, der Ton der Überlegung, der sarkastische, der humoristische Ton, die sämtlich die Idee der reinen Schönheit beleidigen und nicht mit ihr zusammenstimmen. Und eben deshalb arbeitet der Autor, der in einer Novelle nur auf die Schönheit hinauswill, nur zu seinem eigenen großen Nachteil, weil ihm das hierzu förderlichste Werkzeug, der Rhythmus, fehlt. Ich weiß, daß

in allen Literaturen (bisweilen glückliche) Anstrengungen unternommen worden sind, rein dichterische Erzählungen zu schaffen; Edgar Poe selber hat deren sehr schöne zustande gebracht. Doch diese Kämpfe und Bemühungen dienen letzten Endes nur dazu, die Wirksamkeit der wahren, den entsprechenden Zwecken angepaßten Mittel zu beweisen, und ich wäre beinahe geneigt, zu glauben, daß diese heroischen Versuche bei einigen Autoren, die zu den größten zählen dürften, einer Verzweiflung entspringen.

IV

»*Genus irritabile vatum!* Daß die Poeten (wir bedienen uns des Wortes in seinem weitesten Verstand, der gleichsam alle Künstler in sich begreift) ein reizbares Geschlecht sind, ist wohlbekannt; das *Warum?* scheint mit jedoch weniger allgemein verstanden zu werden. Nur seines aufs höchste entwickelten Sinnes für das Schöne wegen ist ein Künstler ein Künstler, – eines Sinnes, der ihm berauschende Genüsse verschafft, der jedoch gleichzeitig einen eben solchen Sinn für jede Unform und jedes Mißverhältnis voraussetzt und in sich schließt. Deshalb bringt ein Unrecht, eine Ungerechtigkeit, die einem Dichter zugefügt wird, der wahrhaft ein Dichter ist, ihn in einem Grade zur Verzweiflung, der für einen nach üblicher Weise Urteilenden in einem gänzlichen *Mißverhältnis* zu der begangenen Ungerechtigkeit steht. Die Dichter sehen das Unrecht zwar *niemals* dort, wo es nicht vorhanden ist, sehr oft aber dort, wo die Augen des Nicht-Dichters überhaupt keines sehen. So hat die berühmte Reizbarkeit der Dichter nichts mit dem *Temperament,* im üblichen Sinne des Wortes, zu tun, sondern mit einer ungewöhnlichen Hellsichtigkeit im Hinblick auf das Falsche und das Ungerechte. Diese Hellsichtigkeit ist nichts anderes als eine selbstverständliche Folge der lebhaften Wahrnehmung des Wahren, des Richtigen, der rechten Verhältnisse, mit einem Wort, des Schönen. Eines jedoch steht fest: der Mensch, der (dem allgemeinen Urteil nach) nicht *irritabilis* ist, hat auch nichts vom Dichter an sich.«

So spricht der Dichter selbst, in der Einleitung zu einer vortrefflichen und unwiderlegbaren Apologie für alle, die seines Geschlechtes sind. Mit dieser Sensibilität behandelte Poe die literarischen Angelegenheiten, und die äußerste Wichtigkeit, die er allem beimaß, was die Poesie betrifft, verleitete ihn des öfteren zu einem Ton, in dem, wie die Schwachen meinten, seine Überlegenheit allzu unverhohlen zum Ausdruck kam. Ich habe, glaube ich, schon darauf hingewiesen, daß mehrere der Vorurteile, die er zu bekämpfen hatte, der falschen Vorstellungen, der gängigen Wertungen, die in seiner Welt umliefen, seit langem die französische Presse verseucht haben. Es dürfte deshalb nicht unangebracht sein, einige seiner wichtigsten Ansichten hinsichtlich der poetischen Verfahrensweise in verkürzter Form wiederzugeben. Da der Irrtum immer in der gleichen Richtung verläuft, wird die Nutzanwendung keinerlei Schwierigkeiten bereiten.

Vor allem aber sei darauf hingewiesen, daß statt des Anteils, der sonst der Natur des Dichters, dem Angeborenen, eingeräumt wird, Poe seinerseits der Wissenschaft, der Arbeit und der Analyse einen Anteil zuweist, der dem Hochmut der Ungelehrten übertrieben vorkommen mag. Nicht nur hat er beträchtliche Anstrengungen unternommen, um den flüchtigen Dämon der glücklichen Minuten seinem Willen zu unterwerfen, um diese köstlichen Empfindungen, jene Erhebungen des Gemüts in eine geistige Welt zurückzurufen, all jene so seltenen und so kostbaren Zustände dichterischer Gesundheit, daß sie uns wahrlich als Gnaden erscheinen könnten, die sich auf den Menschen herablassen und ihn als Himmelsboten besuchen; sondern er hat die Inspiration auch der Methode, der strengsten Analyse unterworfen. Die Wahl der Mittel! Immer wieder kommt er darauf zu sprechen; sachkundig und beredt, vertritt er seine grundsätzlichen Ansichten über die Anwendung zweckgerechter Mittel, über den Gebrauch des Reimes, die Verbesserung des Refrains, die Anpassung des Rhythmus an die Empfindung. Er behauptete, wer das Ungreifbare nicht zu ergreifen verstünde, sei kein Dichter; der nur sei ein Dichter, der Herr über sein Gedächtnis sei, Beherrscher der Worte und das Register seiner eigenen Gefühle, das jedem Griff jederzeit zur Verfügung stünde. Alles für die Lösung! wiederholt er gerne. Sogar ein Sonett bedarf eines Planes, und die Konstruktion, das Gerüst sozusagen,

ist die wichtigste Garantie für das geheimnisvolle Leben der Geisteswerke.
Ich ziehe hier natürlicherweise den Aufsatz *The Poetic Principle* heran und finde dort gleich eingangs einen heftigen Protest gegen das, was man hinsichtlich der Poesie die Häresie der Länge oder des Umfangs nennen könnte, – die absurde Vorgeltung, die den umfangreichen Dichtungen zugesprochen wird. »Es gibt kein langes Gedicht; was man unter einem langen Gedicht versteht, ist ein sich selbst widersprechender Ausdruck.« Tatsächlich verdient ein Gedicht diese Bezeichnung nur, insofern es das Gemüt erregt, die Seele erhebt, und der positive Wert eines Gedichtes steht in einem genauen Verhältnis zu dieser Gemütserregung, dieser *Erhebung* der Seele. Aus psychologischen Gründen aber sind alle Erregungen notwendigerweise flüchtig und vorübergehend. Der Ausnahmezustand, in den das Gemüt des Lesers, gleichsam mit Gewalt, versetzt worden ist, wird gewiß nicht so lange währen wie die Lektüre eines Gedichtes, dessen Länge die Ausdauer der Begeisterung übersteigt, deren die menschliche Natur fähig ist.
Damit ist dem epischen Gedicht offensichtlich das Urteil gesprochen. Denn ein Werk von solcher Ausdehnung kann nicht als poetisch gelten, weil hier die Lebensbedingung jedes Kunstwerks aufgeopfert wird, die Einheit; – ich meine hier nicht die Einheit der Konzeption, sondern die Einheit des Eindrucks, die *Totalität* der Wirkung, von der schon bei Gelegenheit des Vergleichs zwischen Roman und Novelle die Rede war. Das epische Gedicht erscheint uns daher in ästhetischer Hinsicht als ein Paradoxon. Möglicherweise sind in alten Zeiten gewisse Folgen lyrischer Gedichte entstanden, welche die Kompilatoren später zu epischen Gedichten verbunden haben; aber jede *epische Absicht* entspricht offensichtlich einem unvollkommenen Kunstsinn. Die Zeiten dieser künstlerischen Verirrungen sind vorbei, und es ist sogar höchst zweifelhaft, ob ein langes Gedicht jemals wahrhaft volkstümlich, im stärksten Wortverstand, sein konnte.
Es muß hinzugefügt werden, daß ein zu kurzes Gedicht, das der Erregung, die es hervorruft, kein genügendes *pabulum* bietet, das dem natürlichen Appetit des Lesers nicht entspricht, ebenfalls mit schweren Mängeln behaftet ist. Der Eindruck mag noch so stark,

noch so leuchtend sein, er ist nicht von Dauer; das Gedächtnis bewahrt ihn nicht; er ist wie ein Siegel, das, allzu leicht und allzu flüchtig aufgedrückt, nicht Zeit gehabt hat, dem Wachs sein Bild einzuprägen.

Aber es gibt noch eine andere Häresie, die dank der Heuchelei, der Plumpheit und Niedrigkeit der Geister sehr viel bedenklicher ist und sehr viel größere Aussichten auf Dauer hat, – ein weitaus zählebigerer Irrtum, – ich meine die Häresie der *Belehrung,* in deren Gefolge unvermeidlicherweise die Häresien der *Leidenschaft,* der *Wahrheit* und der *Moral* erscheinen. Zahllose Menschen sind der Meinung, Ziel und Zweck der Poesie sei irgendeine Art Belehrung, deren Bestimmung es wäre, bald das Gewissen zu kräftigen, bald die Sitten zu vervollkommnen, bald endlich irgendetwas *Nützliches* zu demonstrieren. Edgar Poe behauptet, dieser Irrglaube hätte vor allem in Amerika seine Anhänger; doch leider! braucht man nicht bis nach Boston zu gehen, um der in Frage stehenden Häresie zu begegnen. Selbst hierzulande setzt sie uns allenthalben zu, und tut der wahren Poesie tagtäglich Abbruch. Die Poesie, wenn einer nur ein wenig bereit ist, in sich selbst hinabzusteigen, sein Gemüt zu befragen, sich vergangener Begeisterungen zu entsinnen, hat keinen anderen Zweck als sich selbst; sie kann keinen anderen haben, und kein Gedicht wird je so groß, so edel, so wahrhaft seines Namens würdig sein wie das Gedicht, das einzig um des Vergnügens willen, ein Gedicht zu schreiben, geschrieben wurde.

Ich will damit nicht sagen, daß die Poesie nicht zur Veredelung der Sitten beitrage, man verstehe mich recht, – daß sie letzten Endes den Menschen nicht über den Bereich der niederen Interessen erhebe; das wäre offensichtlich widersinnig. Ich meine, wenn der Dichter sich einen moralischen Zweck vorgesetzt hat, so hat er seine poetische Kraft geschwächt; und man darf getrost eine Wette darauf eingehen, daß sein Werk unzulänglich sein wird. Die Poesie kann es der Wissenschaft oder der Moral nicht gleichtun, sie stirbt daran oder erreicht ihr Ziel nicht; sie hat nicht die Wahrheit zum Gegenstand, sie hat nur Sich Selbst. Wahrheiten werden anders und anderswo dargelegt. Die Wahrheit hat nichts mit den Liedern zu tun. Alles, was die Anmut, den Zauber, die Unwiderstehlichkeit eines Liedes ausmacht, würde die Wahrheit ihres Ansehens und ihrer Herrschaft berauben. Kalt, gelassen, unerschütterlich, verwirft der Geist der Beweisführung die Diamanten und Blumen der Muse; er ist daher das strikte Gegenteil des poetischen Geistes.

Die Reine Vernunft hat es auf die Wahrheit abgesehen, der Geschmack zeigt uns die Schönheit, und der Moralische Sinn lehrt uns die Pflicht. Allerdings bestehen von dem mittleren Sinn zu den beiden äußeren die innigsten Verbindungen, und zwischen ihm und dem Moralischen Sinn verläuft nur eine so feine Grenzscheide, daß Aristoteles keinen Anstand genommen hat, einige seiner zartesten Verrichtungen unter die Tugenden zu rechnen. Weshalb denn, was den Menschen des Geschmacks beim Anblick des Lasters vor allem zur Verzweiflung reizt, seine Mißgestalt, sein Mißverhältnis ist. Das Laster verletzt das Rechte und Wahre, empört Geist und Gewissen; aber als Beleidigung der Harmonie, als Dissonanz, wird es in noch höherem Grade gewisse poetische Geister verletzen, und ich meine, es habe nichts Anstoß Erregendes, wenn man jedes Vergehen gegen die Moral, gegen das sittliche Schöne, als einen Verstoß gegen den Rhythmus und die Prosodie, die alles durchwalten, betrachtet.

Eben dieser wunderbare, dieser unsterbliche Instinkt für das Schöne läßt uns die Erde und ihre Schauspiele als eine Ahnung, eine Entsprechung des Himmels betrachten. Das unstillbare Verlangen nach allem, was jenseits liegt, und was das Leben uns offenbart, ist der lebendigste Beweis unserer Unsterblichkeit. Dank der Poesie und zugleich *durch die Poesie* hindurch, dank der Musik und *durch die Musik hindurch* ahnt die Seele die Herrlichkeiten jenseits des Grabes; und wenn ein köstliches Gedicht uns die Tränen in die Augen treibt, so beweisen diese Tränen nicht etwa ein Übermaß des Genusses, eher sind sie das Zeugnis einer aufgewühlten Schwermut, einer Forderung der Nerven, eines ins Unvollkommene verbannten Wesens, das sich, schon hier auf Erden, eines offenbarten Paradieses alsogleich bemächtigen möchte.

Das Prinzip der Poesie ist demnach, strikt und einfach, die Sehnsucht des Menschen nach einer höheren Schönheit, und dieses Prinzip manifestiert sich in einer Gemütserregung, einer Begeisterung der Seele, – einer Begeisterung, die gänzlich unabhängig ist von der Leidenschaft, an der das Herz sich berauscht, und von der Wahrheit, die der Vernunft zur Nahrung dient. Denn die Leidenschaft ist *natürlich,* allzu natürlich, um in den Bezirk der reinen Schönheit nicht einen verletzenden Mißklang zu bringen, allzu vertraulich und allzu heftig, um nicht Anstoß zu erregen bei den reinen Sehnsüchten, den anmutigen Melancholien und den edlen Verzweiflungen, deren Heimat die übernatürlichen Regionen der Poesie sind.

Dieses äußerste Zartgefühl, diese Erhebung ins Überweltliche, dieser Ton der Unsterblichkeit, den Edgar Poe von der Muse fordert, haben ihn keineswegs dahin geführt, der Praxis der Ausführung eine geringere Aufmerksamkeit zuzuwenden; sie waren vielmehr der Ansporn, den genialen Praktiker in ihm immer schärfer auszubilden. Manch einer, vor allem die Leser seines seltsamen Gedichtes, das den Titel *The Raven* trägt, wäre empört, wenn ich den Aufsatz erörterte, in dem unser Dichter ganz unbefangen scheinbar, doch nicht ohne eine leichte Impertinenz, die tadelnswert zu finden, ich mich nicht entschließen kann, sein kompositorisches Verfahren bis ins kleinste erklärt hat, die Wahl des passenden Rhythmus, eines Refrains, – eines Refrains, so knapp wie möglich und im unterschiedlichsten Sinne verwendbar, und gleichzeitig höchst kennzeichnend für Schwermut und Verzweiflung, mit dem klangvollsten aller Reime geschmückt *(nevermore),* – die Wahl eines Vogels, der die menschliche Stimme nachzuahmen imstande ist, eines Vogels jedoch – des Raben –, mit dem in den Augen des Volkes die düstere Vorstellung eines Unglücksboten verknüpft ist, – die Wahl des poetischsten Tones, des Tones der Melancholie, – der poetischsten Empfindung, der Liebe zu einer Verstorbenen, usw. – »Und ich werde«, sagte er, »den Helden meines Gedichts nicht in einer ärmlichen Umgebung vorführen, weil die Armut trivial ist und der Idee der Schönheit widerspricht. Seine Schwermut wird in einem prächtig und poetisch ausgestatteten Raume hausen.« Der Leser wird in mehreren Novellen Poes auf seltsame Symptome dieses unmäßigen Wohlgefallens an schönen Formen stoßen, vor allem an schönen Seltsamkeiten, an reichem Zierat und orientalischer Pracht.

Dieser Aufsatz schien mir, wie gesagt, von einer leichten Impertinenz durchfärbt. Die Anhänger der Inspiration werden indes nicht verfehlen, eine Lästerung und eine Entweihung darin zu erblicken; insbesondere für sie aber, glaube ich, wurde der Aufsatz geschrieben. Wie sehr es gewissen Schriftstellern beliebt, sich keinen Zwang aufzuerlegen, im Wahn, geschlossenen Auges das Meisterwerk zu erzielen, voller Vertrauen in die Unordnung, zuversichtlich darauf vertrauend, daß die Buchstaben, die man gegen die Decke wirft, als Gedicht zu Boden fallen, so sehr hat Edgar Poe – einer der inspiriertesten Menschen, die ich kenne, – Wert darauf gelegt, die Spontaneität zu verbergen, Kaltblütigkeit und freie Entschließung vorzutäuschen. »Ich glaube mich rühmen zu dürfen«, sagt er mit einem amüsanten Stolz, der ganz nach meinem Geschmack ist, »daß kein einziger Punkt meiner Komposition dem Zufall überlassen blieb, und daß das ganze Werk Schritt für Schritt seinem Ziele näherkam, mit der Genauigkeit und der strengen Logik einer mathematischen Aufgabe.« Nur die Liebhaber des Zufalls, wie gesagt, die Fatalisten der Inspiration und die Fanatiker des *Blankverses* können an solchen *Kleinigkeiten* Anstoß nehmen. In der Kunst gibt es keine Kleinigkeiten.

Was den reimlosen Blankvers betrifft, möchte ich hinzufügen, daß Poe ein außerordentliches Gewicht auf den Reim legte, und daß er auf die Untersuchung des mathematischen und musikalischen Vergnügens, das der Geist dem Reim abgewinnt, die gleiche Sorgfalt, den gleichen Scharfsinn verwendet hat wie auf die übrigen Gegenstände, die sich auf das Handwerk des Dichters beziehen. Wie er bewiesen hat, daß der Refrain einer unendlich veränderlichen Anwendung fähig ist, so war er auch bemüht, das Vergnügen am Reime zu verjüngen, zu verdoppeln, indem er ihm jenes unerwartete Element der *Fremdartigkeit* hinzufügte, das gleichsam die unerläßliche Würze aller Schönheit ist. Er macht oft einen glücklichen Gebrauch von der Wiederholung desselben Verses oder mehrerer Verse, der beharrlichen Wiederkehr von Sätzen, die das lastende Wiederundwieder der Schwermut oder Zwangsvorstellungen vortäuscht, – von dem bloßen, einfachen Refrain, der jedoch in verschiedenartigen Zusammenhängen wiederkehrt, – von dem leicht abgewandelten Refrain, der Lässigkeit und Zerstreutheit andeuten soll, – von Doppel- und Trippelreimen, und auch von einer Art Reim, die in die moderne Poesie, jedoch mit höherer Präzision und Absichtlichkeit, die Überraschungen des *versus leoninus* einführt.

Selbstverständlich ist der Wert all dieser Mittel nur aus ihrer Anwendung zu erschließen; und die Übersetzung derart absichtsvoller, derart konzentrierter Gedichte mag ein noch so verlockender Traum sein, sie muß ein Traum bleiben. Poe hat wenige Gedichte geschrieben; er hat des öfteren sein Bedauern darüber geäußert, daß er sich dieser Art Arbeit, die er für die edelste hielt, nicht nur nicht häufiger, sondern nicht ausschließlich widmen konnte. Aber seine Poesie tut immer eine mächtige Wirkung. Das glüht und ergießt sich nicht wie bei Byron, das hat nicht die weiche, harmonische, edle Schwermut eines Tennyson, für den er übrigens, nebenbei bemerkt, eine fast brüderliche Bewunderung empfand. Poes Dichtung hat etwas Tiefes und Schillerndes wie der Traum, etwas Geheimnisvolles und Vollkommenes wie der Kristall. Es erübrigt sich, denke ich, zu erwähnen, daß die amerikanischen Kritiker diese Dichtung oft herabgesetzt haben; erst kürzlich begegnete mir in einem Nachschlagewerk amerikanischer Biographien ein Artikel, in dem sie für befremdlich erklärt wurde; man gab dort der Befürchtung Ausdruck, diese Muse der ausgeklügelten Toilettenkünste könnte Schule machen in dem ruhmreichen Land der utilitaristischen Moral, und man bedauerte schließlich, daß Poe seine Gaben nicht verwendet habe, um moralische Wahrheiten auszudrücken, statt sie auf der Suche nach einem bizarren Ideal zu vergeuden und seine Verse mit dem Fluidum einer zwar geheimnisvollen, doch unbestreitbar sinnlichen Wollust zu durchtränken.

Wir kennen diese wackeren Streiter. Die Vorwürfe, die die schlechten Kritiker den guten Dichtern machen, sind in allen Ländern die gleichen. Als ich den erwähnten Artikel las, war mir, als läse ich die Übersetzung einer jener zahlreichen Anklagereden, mit denen die Pariser Kritiker diejenigen unter unseren Dichtern verfolgen, die am meisten in die Vollkommenheit verliebt sind. Welchen wir den Vorzug geben, ist leicht zu erraten, und jede Seele, der es die reine Poesie angetan hat, wird mich verstehen, wenn ich sage, daß unser antipoetisches Geschlecht einem Dichter wie Victor Hugo eine geringere Bewunderung zollen würde, wenn er vollkommen wäre, und daß er für all sein lyrisches Genie nur dadurch Verzeihung erlangen konnte, daß er in seine Poesie gewaltsam und rücksichtslos hineinbrachte, was für Edgar Poe die eigentliche Häresie der Moderne war, – *die Belehrung.*

DIE ENTSTEHUNG EINES GEDICHTES
[Vortext]

Die Poetik, so heißt es, wird nach den Gedichten gemacht, die ihr als Muster dienen. Hier einmal haben wir einen Dichter, der behauptet, sein Gedicht nach seiner Poetik komponiert zu haben. Er besaß gewiß ein großes Genie und mehr Inspiration als irgendeiner, wenn man unter Inspiration die Energie, den geistigen Enthusiasmus und die Fähigkeit versteht, seine Fähigkeiten wach zu halten. Aber er liebte auch die Arbeit mehr als jeder andere; er wiederholte gerne, er, der durch und durch ein Original war, Originalität sei etwas, das sich erlernen ließe, womit nicht gesagt sein soll, sie sei etwas, das durch bloßen Unterricht vermittelt werden könnte. Der Zufall und das Unbegreifliche waren seine beiden großen Feinde. Hat eine wunderliche, nicht ungefällige Eitelkeit ihn veranlaßt, sich sehr viel weniger inspiriert zu geben, als er von Natur aus war? Hat er das gnadenhafte Können in sich verkleinert, um seinem eigenen Willen den Löwenanteil zuzuschanzen? Ich wäre nicht abgeneigt, dies zu glauben; obwohl man indes nicht außer Acht lassen darf, daß seinem Genie, bei aller Glut und Wendigkeit, ein leidenschaftlicher Hang zur Analyse, zu Kombinationen und Berechnungen eigen war. Ein anderes seiner Lieblingsaxiome lautete: »In einem Gedicht wie in einem Roman, in einem Sonett wie in einer Novelle muß alles zu der Lösung beitragen. Ein guter Autor hat schon die letzte Zeile im Sinn, wenn er die erste niederschreibt.« Dank dieser bewundernswerten Methode kann der Komponierende sein Werk von Ende her beginnen, und je nach Laune an gleichviel welchem Teil arbeiten. Kann sein, solche *zynischen* Maximen verstimmen die Liebhaber des poetischen *Wahnsinns;* doch jeder möge es damit halten, wie er mag. Es wird immer angebracht sein, ihnen zu zeigen, wie sehr die reifliche Überlegung der Kunst zum Vorteil gereicht, und den Weltleuten das Auge dafür zu öffnen, welche harte Arbeit dieser Luxusgegenstand erfordert, den man Poesie nennt.

Und ein wenig Charlatanerie ist dem Genie schließlich gestattet, ja sie steht ihm gar nicht so übel an. Sie ist, wie die Schminke auf den Wangen einer von Natur schönen Frau, eine zusätzliche Würze für den Geist.

Ein überaus seltsames Gedicht. Es kreist um ein geheimnisvoll tiefes Wort, schreckensvoll wie die Unendlichkeit, das Tausende qualverzerrter Münder seit dem Anbeginn der Zeiten wiederholt haben, und das manch ein Träumer aus der trivialen Gewohnheit der Verzweiflung auf eine Ecke seines Tisches geschrieben hat, um seine Feder zu versuchen: *Nimmermehr!* Die Unermeßlichkeit in ihren Höhen und Tiefen, die allenthalben Vernichtung gebiert, ist von dieser Vorstellung erfüllt, und die Menschheit, die sich dem Stumpfsinn nicht ergeben hat, ist gerne bereit, die Hölle gelten zu lassen, um nur der unheilbaren Verzweiflung zu entrinnen, die dieses Wort in sich schließt.

Jeder die Poesie nachbildenden Prosa haftet unvermeidlicherweise eine schreckliche Unvollkommenheit an; doch bei einer gereimten Nachäfferei wäre das Übel noch größer. Der Leser wird begreifen, daß es mir unmöglich ist, ihm eine genaue Vorstellung von der tiefen, unheimlichen Klangfülle, der machtvollen Monotonie dieser Verse zu vermitteln, deren breite, dreimal wiederkehrende Reime wie ein schwermütiges Grabgeläute klingen. Dies ist wirklich das Gedicht der Verzweiflung, die keinen Schlummer findet; nichts fehlt: weder die fiebernde Unrast der Gedanken, noch die grellen Farben, weder das krankhafte Grübeln, das hilflos stammelnde Entsetzen, noch gar die bizarre Lustigkeit des Schmerzes, die ihn noch fürchterlicher macht. Man lausche in seiner Erinnerung den klagendsten Strophen Lamartines, den prächtigsten und reichsten Rhythmen Victor Hugos; man nehme Théophile Gautiers geistreichste und verständnisvollste Terzinen hinzu, – aus

Ténèbres zum Beispiel, dieser langen Folge grausiger Concetti über den Tod und das Nichts, wo der Dreireim so gut zu der unablässig bohrenden Schwermut paßt, – und man gewinnt vielleicht eine annähernde Vorstellung von Poes Begabung als Verskünstler; wohlgemerkt: als Verskünstler, denn es dürfte sich erübrigen, von seiner Einbildungskraft zu sprechen.
Doch ich höre schon den Leser, der wie Alcest murmelt: »Nun, wir werden ja sehen!« – Hier also ist das Gedicht:

Le Corbeau

HINWEIS DES ÜBERSETZERS

Den aufrichtigen Bewunderern der Gaben Edgar Poes sei hiermit gesagt, daß ich meine Aufgabe als abgeschlossen betrachte, obwohl es mir Vergnügen bereitet hätte, sie ihnen zu Gefallen noch weiter auszudehnen. Die beiden Serien der *Histoires extraordinaires* und der *Nouvelles Histoires extraordinaires* und *Les Aventures d'Arthur Gordon Pym* genügen, Edgar Poe unter seinen verschiedenen Aspekten vorzustellen: als bald grauenvollen, bald anmutigen, abwechselnd spöttischen und zärtlichen visionären Erzähler, der stets Philosoph und Analytiker ist, als einen Geist sowohl, dem es die Magie der absoluten Wahrscheinlichkeit angetan hat, wie auch als absichtslosen Spaßvogel und Possenreißer. *Eureka* hat ihnen den anspruchsvollen und scharfsinnigen Dialektiker gezeigt. Um meine Aufgabe in einem Land wie Frankreich fruchtbringend fortzusetzen, bliebe mir noch, Edgar Poe, den Dichter, und Edgar Poe, den Literaturkritiker, zu zeigen. Jeder wahre Liebhaber der Poesie wird einräumen, daß die erste dieser beiden Aufgaben beinahe unerfüllbar ist, und daß mein sehr bescheidenes und sehr ergebenes übersetzerisches Vermögen nicht hinreicht, für die fehlenden Köstlichkeiten des Rhythmus und des Reimes Ersatz zu schaffen. Denen, die sich aufs Erraten verstehen, werden die poetischen Fragmente, die sich in den Novellen finden,

– etwa *Le Vers vainqueur* in *Ligeia, Le Palais hanté* in *La Chute de la maison Usher* und das so geheimnisvoll beredte Gedicht *Le Corbeau* – genügen, um sie alle Wunder des reinen Dichters ahnen zu lassen.

Was sein zweites Talent, das des Kritikers, betrifft, so wird man leicht einsehen, daß das, was ich Edgar Poes *Causeries du Lundi* nennen könnte, wenig Aussicht hätte, den oberflächlichen Parisern zu gefallen, die kaum Interesse aufbringen würden für die literarischen Auseinandersetzungen einer noch jungen Nation, und die, in der Literatur wie in der Politik, den Norden zum Feind des Südens machen.

Zum Beschluß möchte ich den unbekannten französischen Freunden Edgar Poes sagen, daß ich stolz und glücklich bin, ihrem Gedächtnis eine neue Art von Schönheit überliefert zu haben; und warum sollte ich nicht auch gestehen, daß das, was mich bei meinem Vorhaben getragen hat, das Vergnügen war, ihnen einen Menschen vorzustellen, der mir ein wenig glich, in einigen Punkten, und also einen Teil meiner selbst?

Ich habe Anlaß zu glauben, daß die Zeit nicht mehr fern ist, wo die Herren Verleger der französischen Volksausgaben der Werke Edgar Poes die rühmliche Nötigung verspüren werden, diese Werke in einer gediegeneren, den Bibliotheken der Bücherliebhaber würdigeren Ausstattung und in einer Ausgabe herauszubringen, in welcher die einzelnen Stücke, aus denen sie bestehen, nach ihrer Zusammengehörigkeit und endgültig geordnet sein werden.

ANHANG

ZU DIESEM BAND

Diese erste deutsche Gesamtausgabe der Schriften Charles Baudelaires ist chronologisch angeordnet. Der hier vorgelegte zweite Band enthält sämtliche von Januar 1847 bis Juni 1857 veröffentlichten Prosaarbeiten, einschließlich einiger Entwürfe; ferner ausgewählte Briefe Baudelaires aus der Zeit von 1846 bis März 1856. Aus werkgeschichtlichen Gründen jedoch wie auch aus solchen der thematischen Zusammengehörigkeit war es bei den Schriften nicht möglich, die Zeitfolge überall strikt einzuhalten. So wurden der Essay *De l'Essence du Rire* und die beiden Aufsätze über einige französische und ausländische Karikaturisten, da der Plan und die Vorarbeiten dazu weit zurückreichen, bereits in den ersten Band (S. 284 ff.) aufgenommen. In diesem zweiten Band wurden die kleineren Prosaschriften, die Schriften zum Theater und die Studien über Edgar Allan Poe in der Reihenfolge ihres Erscheinens zu drei Gruppen zusammengefaßt. Der Text der beiden Nummern des *Salut public,* einer Gemeinschaftsarbeit Baudelaires mit Champfleury und Charles Toubin, wurde aus kompositorischen Erwägungen, chronologisch verschoben, der Gruppe der kürzeren Prosaarbeiten meist stärker journalistischen Charakters vorgeordnet.

Um jedoch den Leser bei den Briefen als auch hinsichtlich der literarischen Entwicklung Baudelaires in diesem Jahrzehnt vor dem Erscheinen der *Fleurs du Mal* die Übersicht zu erleichtern, verzeichnet nachstehend eine Zeittafel sämtliche Erstdrucke von 1847 bis Juni 1857, mit Ausnahme der Drucke oder Wiederabdrucke einzelner Gedichte sowie der Übersetzungen nach Edgar Allan Poe. Im übrigen sei auf die ausführliche Lebenstafel in Band I (S. 359 ff.) verwiesen.

Den Briefen liegen die beiden Bände der von Claude Pichois besorgten kritischen Ausgabe der *Correspondance* (1973) in der Bibliothèque de la Pléiade zugrunde; den übrigen Texten, wenn nichts anderes vermerkt, die ebendort gleichfalls von Claude Pichois herausgegebenen *Œuvres complètes* (1975/76).

Guido Meister übersetzte die Briefe und die Schriften über Edgar Allan Poe; Wolfgang Drost die *Exposition universelle (1855)*; beide in Zusammenarbeit mit Friedhelm Kemp, der die übrigen Texte des Bandes übersetzte. In dem von Friedhelm Kemp besorgten Anhang stammen die Anmerkungen zu der ›Weltausstellung 1855‹ von Wolfgang Drost.

In diesem Anhang ist der Anmerkungsteil zu den Briefen folgendermaßen angelegt: bei jedem Brief werden, soweit erforderlich, die zu seinem Verständnis nützlichen biographischen Fakten, ferner Auskünfte über seine Veranlassung und den Empfänger gegeben; anschließend folgen nähere Angaben und Erklärungen zu einzelnen Stellen, die jeweils unter Beifügung der Seiten- und Zeilenzahl in Stichworten angeführt werden.

Die Erläuterungen ebenso wie die allgemeinen Auskünfte wollen in der Regel nicht mehr als eine unmittelbare Verständnishilfe geben; lediglich bei den drei Stücken über die ›Weltausstellung 1855‹ wurde von dieser strengen Enthaltsamkeit abgewichen, da es ratsam schien, Baudelaires kunstkritische und ästhetische Ansichten im Kontext der Zeit schärfer zu profilieren. Anläßlich des *Salut public* wird auf Baudelaires journalistische Tätigkeit und einen eigenen Zeitschriftenplan näher eingegangen.

Ausgiebig benutzt wurden für den Anmerkungsteil die Werkausgaben von Jacques Crépet, sowie die beiden bereits erwähnten Ausgaben der Bibliothèque de la Pléiade von Claude Pichois, der auch den Text des Anhangs gelesen, überprüft und durch manchen Hinweis verbessert und vervollständigt hat. Ihm und Wolfgang Drost sei auch hier wiederum für ihre unermüdliche Hilfe herzlich gedankt. Dank sei auch gesagt, für ihre Mitarbeit an den Anmerkungen zu der ›Weltausstellung 1855‹, Ulrike Riechers, Frankfurt; für sachkundige Sorgfalt und Geduld bei der Überwachung der Drucklegung und für die Erstellung des Registers, Susanne Schaup, München.

Zur Thematik dieses Bandes, die dessen Titel anzudeuten versucht, sei eine kurze Vorbemerkung gestattet. Über den »Sozialismus« des jungen Baudelaire ist wohl das letzte Wort noch nicht gesprochen. Soviel jedoch dürfte feststehen: er bleibt unbegriffen oder wird verfälscht, wenn man Beiwörter wie revolutionär, republikanisch, demokratisch, sozialistisch nach unserem und nicht nach dem Wortverstand der Epoche verwendet. Baudelaires Einstellung zur Gesellschaft seiner Zeit, und damit zu dem Milieu, dem er entstammte, war entschieden anti-bürgerlich; wie schon für die Dichter der deutschen Romantik, wie für Brentano, Eichendorff und Heine, war der Bürger, der Philister, der Bourgeois ihm ein Gegenstand der Verachtung. Baudelaire und seine Freunde waren indes eher Anhänger eines gemäßigten Sozialismus mit christlich-mystischem Einschlag. Zu diesen Freunden gehörte vor 1848, neben Champfleury und Pierre Dupont, unter anderen Alphonse Esquiros (1814-1876). Esquiros hatte bereits 1840 bei Le Gallois, dem späteren Verleger der *Mystères galans des Théâtres de Paris* (siehe S. 395) unter dem Titel *L'Évangile du Peuple* eine sozialistische Auslegung biblischer Texte veröffentlicht. Er war ein Schüler des christlich-demokratischen Abbé Félicité de Lamennais (1782-1854), dessen *Paroles d'un croyant* (1834), die von der Kirche auf den Index gesetzt wurden, Baudelaire mit Sicherheit gekannt hat. Noch wichtiger für den ganzen Kreis waren die Schriften Charles Fouriers (1772-1837) und die auf seine Lehre sich berufenden Siedlungsgemeinschaften der *phalanstères*. In einer fourieristischen Zeitung, der *Démocratie pacifique*, stieß Baudelaire 1847 zum ersten Mal auf die Übersetzung einer Erzählung Edgar Allan Poes, die dort als abschreckendes Beispiel der abgetanen Lehre von der natürlichen Verderbtheit des Menschen zu lesen stand (siehe S. 431). Poe und De Maistre haben dann, nach 1848 und dem Staatsstreich von 1851, Baudelaire in seinem immer schon vorhandenen und vertretenen Supranaturalismus bestärkt.*

Was diesen angeht, so handelt es sich offensichtlich um einen Import aus Deutschland. In dem Intermezzo des ›Walpurgisnachttraumes‹ in Goethes ›Faust, Erster Teil‹, das 1797 entstand

* Vgl. hierzu und zu den folgenden Ausführungen W.T. Bandy/Jules Mouquet, *Baudelaire en 1848*, Paris 1946; Claude Pichois, *Baudelaire en 1847, Petit essai de sociologie littéraire*, in: *Baudelaire, Études et témoignages*, Neuchâtel 1976, 95-134; ders., *La Littérature française à la lumière du surnaturalisme*, in: *Le Surnaturalisme français*, Actes du colloque organisé à l'Université Vanderbilt les 31 mars et 1er avril 1978, Neuchâtel 1979, 9-27; Max Milner, *Baudelaire et le surnaturalisme*, ebd., 29-49.

und 1808 zum ersten Mal gedruckt wurde, tritt unter anderen Vertretern weltanschaulicher Richtungen der damaligen Zeit nach dem Realisten auch ein Supernaturalist auf und sagt sein Sprüchlein her: »Mit viel Vergnügen bin ich da / Und freue mich mit diesen: / Denn von den Teufeln kann ich ja / Auf gute Geister schließen.« Goethe zielte damit, einem Brief an Schiller nach, auf die Frommen um den Grafen Friedrich Leopold zu Stolberg, der bekanntlich 1800 zum Ärgernis seiner Jugendfreunde zum Katholizismus übertrat. Gérard de Nerval in seiner Übersetzung des ›Faust‹ (1828) übernahm das Wort *supernaturaliste.* In Heines ›Gemäldeausstellung in Paris 1831‹ las man dann: »In der Kunst bin ich Supernaturalist. Ich glaube, daß der Künstler nicht alle seine Typen in der Natur auffinden kann, sondern daß ihm die bedeutendsten Typen, als eingeborene Symbolik eingeborner Ideen, gleichsam in der Seele geoffenbart werden.« In seinem *Salon de 1846* zitiert Baudelaire Heine nach der Übersetzung des Sammelbandes ›Französische Zustände‹ (*De la France,* 1833): *»En fait d'art, je suis surnaturaliste …«* (siehe Bd. I, S. 212 ff.) Wiederum als *supernaturaliste,* und abermals mit Bezug auf weltanschauliche »Sekten« in Deutschland, findet sich der Terminus 1836 bei Edgar Quinet, in seinem Buch *Allemagne et Italie,* und 1845/46 verzeichnet der Diktionär von Bescherelle *supranaturalisme* als philosophischen Terminus.

Weiterhin begegnet man bei Baudelaire den Formen *surnaturalisme, surnaturaliste, supranaturalisme, supranaturel.* So stellt er 1848 in dem Vortext zu seiner ersten Übersetzung einer Erzählung von Edgar Allan Poe *(La Révélation magnétique)* den *naturalistes* unter den Romanciers diejenigen gegenüber, in deren Werken man *»la préoccupation d'un perpétuel surnaturalisme«* bemerke (siehe S. 237 f.); und in dem Glaubensbekenntnis des Musikers Barbereau am Ende des Essays *Du Vin et du hachisch* (1851; siehe S. 141) heißt es: *»Je ne comprends pas pourquoi l'homme rationnel et spirituel se sert de moyens artificiels pour arriver à la béatitude poétique, puisque l'enthousiasme et la volonté suffisent pour l'élever à une existence supranaturelle.«* Der Terminus *surnaturalisme* kehrt dann in der Delacroix gewidmeten Rezension anläßlich der Weltausstellung 1855 wieder. Die wohl genaueste und zugleich sinnlichste Definition dessen, was Baudelaire unter *supranaturalisme* verstanden wissen wollte, findet sich in einem nicht genau datierbaren Aphorismus der *Fusées* (XI; siehe Bd. VI):

»Zwei grundsätzliche Eigenschaften der literarischen Arbeit: Supranaturalismus und Ironie.

Persönliche Betrachtungsweise, Anblick, den die Dinge dem Schriftsteller bieten, dann Wendung des Geistes ins Satanische. Das Übernatürliche umfaßt die Grundfarbe und den besonderen Tonfall, das heißt Eindringlichkeit, Klangfülle, Durchsichtigkeit, Schwingungsvermögen, Tiefe und Widerhall in Raum und Zeit.

Es gibt Augenblicke unseres Daseins, in denen Zeit und Ausdehnung sich vertiefen, und das Gefühl unseres Daseins eine Erhöhung ins Unermeßliche erfährt.«

ZEITTAFEL DER ERSTDRUCKE

1847 Januar: *La Fanfarlo* (S. 83 ff.)
1848 18. Januar: *Les Contes de Champfleury* (S. 163 ff.)
17. Februar/1. März: *Le Salut public* (S. 143 ff.)
15. Juli: Vortext zu der ersten Übersetzung einer Erzählung von Edgar Allan Poe, *Révélation magnétique* (S. 257 ff.)
1850 7., 8., 11. und 12. März: *Du Vin et du hachisch* (S. 117 ff.)
9. April: unter dem Titel *Les Limbes* 12 Sonette: *Pluviôse irrité ...* (*Spleen*, Bd. III, S. 198), *Le Mauvais Moine* (S. 78), *L'Idéal* (S. 91 f.), *Le Mort joyeux* (S. 194), *Les Chats* (S. 186), *La Mort des artistes* (S. 325), *La Mort des amants* (S. 323), *Le Tonneau de la Haine* (S. 196), *De profundis clamavi* (S. 112 f.), *La Cloche fêlée* (S. 196 f.), *Les Hiboux* (S. 188).
26. August: (Albumblatt) (S. 181)
Ende August: *Pierre Dupont* (S. 169 ff.)
27. November: *Les Drames et les Romans honnêtes* (S. 182 ff.)
1851 22. Januar: *L'École païenne* (S. 189 ff.)
März/April: *Edgar Allan Poe, sa vie et ses ouvrages* (S. 260 ff.)
17. April: Vortext zu der Übersetzung der Erzählung *Bérénice* von Edgar Allan Poe (S. 306 f.)
Oktober: Vortext zu der Übersetzung des Essays *Philosophie de l'ameublement* von Edgar Allan Poe (S. 307 f.)
1853 17. April: *Morale du joujou* (S. 196 ff.)
1854 25. Juli: Widmung der *Histoires extraordinaires* an Maria Clemm (S. 308 f.)
1855 26. Mai: *Méthode de critique* (*Exposition universelle de* 1855, I) (S. 227 ff.)
1. Juni: Unter dem Titel *Les Fleurs du Mal* 18 Gedichte: *Au Lecteur* (Bd. III, S. 54 f.), *Réversibilité* (S. 138 f.), *Le Tonneau de la Haine* (S. 196), *Confession* (S. 140 f.) *L'Aube spirituelle* (S. 142 f.), *La Destruction* (S. 286), *Un voyage à Cythère* (S. 300 f.), *L'Irréparable* (S. 160 f.), *L'Invitation au voyage* (S. 158 f.), *Moesta et Errabunda* (S. 180 f.), *La Cloche fêlée* (S. 196 f.), *L'Ennemi* (S. 78 f.), *La Vie antérieure* (S. 82), *De profundis clamavi* (S. 112 f.), *Remords posthume* (S. 118), *Le Guignon* (S. 80), *Le Vampire* (S. 114 f.), *L'Amour et le Crâne* (S. 304).
2. Juni: *Le Crépuscule du Matin* (Bd. III, S. 266 f.), *Le Crépuscule du Soir* (S. 248 f.) und die beiden Prosagedichte XXII *Le Crépuscule du Soir* und XXIII *La Solitude* (siehe Bd. VIII)
3. Juni: *Eugène Delacroix* (*Exposition universelle de 1855*, III) (S. 244 ff.)
8. Juli: *De l'Essence du rire et généralement du comique dans les arts plastiques* (Bd. I, S. 284 ff.)
12. August: *M. Ingres* (*Exposition universelle de 1855*, II) (S. 236 ff.)
Dezember/Januar 1855: *Philibert Rouvière* (S. 218 ff.)
1856 Februar/März: *Edgar Poe, sa vie et ses œuvres* (S. 314 ff.), als Vorwort zu den *Histoires extraordinaires*
1857 März: *Notes nouvelles sur Edgar Poe* (S. 341 ff.) als Vorwort zu den *Nouvelles Histoires extraordinaires*
20. April: Nachbemerkung zu der Übersetzung der Erzählung *L'Aventure sans pareille d'un certain Hans Pfaall* (S. 310 ff.)

20. *April:* 9 Gedichte aus den *Fleurs du Mal: La Beauté* (Bd. III, S. 90), *La Géante* (S. 92), *Le Flambeau vivant* (S. 136 f.), *Harmonie du Soir* (S. 144), *Le Flacon* (S. 146 f.), *Le Poison* (S. 148), *Tout entière* (S. 134), *Avec ses vêtements ...* (S. 106), *Je te donne ces vers ...* (S. 130 f.)
Juni: *Les Fleurs du Mal* (Bd. III)

ANMERKUNGEN

BRIEFE

1847-1856

7 AN DIE MITGLIEDER DES KOMITEES DER SOCIETE DES GENS DE LETTRES, DEZEMBER 1846 (?)

Baudelaire gehörte der Société des Gens de Lettres seit dem 16. Juni 1846 unter dem Namen Baudelaire Dufaÿs an.

8 La Fanfarlo: nähere Angaben über die Entstehung und das Erscheinen dieser Novelle siehe S. XXX. – *12 L'Homme aux Ruysdaëls:* Der Mann mit den Ruysdaels; ein offensichtlich nie in Angriff genommener Roman, dessen Titel nur hier erwähnt wird. – *13 L'Époque:* eine 1845 als Konkurrenzunternehmen zu *La Presse* gegründete Tageszeitung, die im Februar 1847 ihr Erscheinen wieder einstellen mußte. – *14* Louis-Stanislas *Godefroy* (1813-1872), von November 1846 bis Mai 1858 *agent central* der Société des Gens de Lettres. – *Le Prétendant malgache:* Der madegassische Bewerber; derselbe Titel erscheint auf einer Liste geplanter Prosagedichte und auf drei Listen mit Titeln von geplanten Romanen und Novellen.

7 AN MADAME AUPICK, 1847 (?)

Das Billett ist am linken Rand zerrissen; die dadurch beschädigten oder verlorengegangenen Wörter konnten größtenteils sinngemäß ergänzt oder ersetzt werden.

30 Narcisse-Désiré *Ancelle* (1801-1888), Notar in Neuilly, von 1851 bis 1868 Bürgermeister dieser Stadt; seit dem 14. Juli 1846 Baudelaires amtlich bestellter Vormund, der ihm von den Zinsen und kleineren Einkünften aus seinem väterlichen Vermögen einen regelmäßigen monatlichen Betrag von 200 Francs zukommen läßt.

11 AN MADAME AUPICK, 4. DEZEMBER 1847

33 Ile Maurice: Auf seiner Seereise hatte Baudelaire im September 1841 siebzehn Tage in Port-Louis auf der Ile Maurice verbracht. Bei dem hier erwähnten Freund handelt es sich vielleicht um Autard de Bragard, in dessen Familie Baudelaire damals in Port-Louis empfangen worden war.

12 *24 Geschichte der Karikatur … Geschichte der Bildhauerei:* Ähnliche Werke hat Baudelaire wiederholt unter verschiedenen Titeln angekündigt; so *De la Caricature* auf dem Umschlag des *Salon 1845*. 1855 erschien in *Le Portefeuille* der Essay *De l'Essence du rire,* als Auszug eines Buches, dessen Titel *Peintres, statuaires et caricaturistes* lauten sollte. Siehe *Vom Wesen des Lachens,* Bd. I, S. 184 ff., und die beiden Artikel über *Einige französische Karikaturisten* und *Einige ausländische Karikaturisten,* Bd. I, S. 306 ff. und 329 ff.

14 *22 jedermann:* Anspielung auf Baudelaires Stiefvater, den General Aupick.

15 AN MADAME AUPICK, 16. DEZEMBER 1847

11 im Trubel eines Umzugs: Im Frühjahr 1846 zum Generalleutnant (Divisionsgeneral) befördert und am 28. November zum Kommandanten an der

École Polytechnique ernannt, bezog Aupick im Dezember eine neue Wohnung in der Rue de Clichy.

16 AN PIERRE-JOSEPH PROUDHON, 21. AUGUST 1848
Der Sozialist und Publizist Pierre-Joseph Proudhon (1809-1865), der seit 1847 in Paris lebte, war nach der Februarrevolution des Jahres 1848 in die *Assemblée constituante* gewählt worden und gehörte seit dem 4. Juni der *Assemblée nationale* an. Im Zusammenhang mit gewissen Forderungen, die er in seiner Zeitung *Le Représentant du Peuple* und in der Nationalversammlung erhoben hatte, war seine Zeitung an drei Tagen hintereinander, vom 16. bis 18. August, beschlagnahmt worden. Ein wohl von Proudhons Hand stammender Zettel, der sich erhalten hat, läßt vermuten, daß die von Baudelaire erbetene Zusammenkunft zustande kam.

17 AN PIERRE-JOSEPH PROUDHON, 21./22. AUGUST 1848
14 Heinrich V.: So nannten die Royalisten den Grafen Henri de Chambord (1820-1883), den Enkel Karls X., der 1830 verbannt wurde und sich auf Schloß Frohsdorf in Österreich zurückzog.
18 *1 dem Volk zu* BEFEHLEN, *sich nicht zu rühren:* In der Nummer des *Représentant du Peuple* vom 20. August hatte Proudhon die Demokraten ermahnt, »sich jeder Demonstration, jeder Manifestation zu enthalten, die ihren Feinden neue Vorwände liefern könnten«. Er zitiert dort den *Spectateur républicain,* der die Royalisten bezichtigte, das Volk zu einem Aufstand anstacheln zu wollen, um so die Republik und das Volk endgültig zugrunde zu richten.

18 AN MADAME AUPICK, 8. DEZEMBER 1848
Es ist nicht eindeutig festzustellen, ob dieser Brief an Madame Aupick oder an ihren Gatten gerichtet ist. Crépet, in der ersten Gesamtausgabe der Briefe (Corr/Conard I, 107 ff.) nimmt das letztere an; Pichois (Corr/Pl I, 785) folgt Marcel Ruff (*L'Esprit du mal et l'esthétique baudelairienne,* Paris 1955, 437) und nimmt Baudelaires Mutter als Adressatin an. Der General war am 13. April zum außerordentlichen Gesandten und Botschafter in Konstantinopel ernannt worden, wohin das Ehepaar am 12. Mai von Marseille aus aufgebrochen war.
20 meine Reise ins Departement Indre: Das erste Doppelblatt dieses Briefes ist verlorengegangen; in dem ersten Abdruck des Briefes (*Revue de Paris,* 15. August 1917) liest man *Inde* statt *Indre.* Dies dürfte jedoch ein Druck- (oder Schreib-)fehler sein; Baudelaire hatte sich im Oktober 1848 kurze Zeit in Châteauroux, der Kreishauptstadt des Departement Indre, aufgehalten, als Chefredakteur des *Représentant de l'Indre.*
19 *6 eines armen Weibes wegen:* Jeanne Duval.

21 AN MONSIEUR R^{ard}, 1848 (?)
Dieser undatierte, vermutlich nicht abgesandte Brief fand sich in Baudelaires Nachlaß. Der Adressat konnte bisher nicht ermittelt werden. Crépet (Corr/Conard I, 64 ff.) setzt den Brief früher an; Pichois (Corr/Pl I, 785 f.) zieht auch das Jahr 1849 in Erwägung.
22 2 Jean-Denis, comte de *Lanjuinais* (1753-1827) christlich-konservativer Politiker mit freiheitlichen Ideen, die er schon während der Französischen Revolu-

tion mit großem Freimut vertrat. – *3* Marie-Joseph Marquis de *La Fayette* (1757-1834), General und Politiker, populärer liberaler Royalist, der in dem amerikanischen Unabhängigkeitskrieg und in den Revolutionen von 1789 und 1830 eine Rolle spielte. – Antoine Bourreau de *Beauséjour* (1771-1855), ehemaliger Offizier der Revolutionsarmee, Deputierter unter der Restauration, der die Regierung Ludwigs XVIII. angriff; gehörte dem linken Flügel der Royalisten an. – *4* Marc-René de Voyer, marquis *d'Argenson* (1771-1842), liberaler Politiker unter der Restauration und der Julimonarchie.

23 AN MONSIEUR ANCELLE, 20. JANUAR 1850

Was Baudelaire veranlaßte, nach Dijon zu reisen, wie lange er sich dort aufgehalten hat, ist nicht bekannt. Vielleicht hat er Jules Viard, den Gründer der Pariser Zeitschrift *Le Représentant du Peuple,* dorthin begleitet, der am 21. Dezember 1849 in Dijon als Chefredakteur die Leitung der sozialistischen Zeitung *Le Travail* übernahm.

14 Palis: der Pariser Kalligraph, der eine (heute verlorene) Prachthandschrift des ersten Manuskriptes der *Fleurs du Mal,* deren endgültiger Titel damals noch nicht festlag, anfertigte (siehe Bd. III, S. 359 f.). – *16 Le Tombeau vivant:* vermutlich der erste Titel des Gedichtes *Le Mauvais Moine,* aus den *Fleurs du Mal* (Bd. III, S. 78); *Tristesse de la lune* (Bd. III, S. 184 ff.).

25 *21 Mademoiselle Lemer:* Jeanne Duval (auch Lemer oder Prosper).

26 *8 René Lurois:* nicht näher bekannter Gläubiger Baudelaires.

27 *26 deren Schuld:* Baudelaire spielt hier vermutlich darauf an, daß seine Mutter sich, als im Familienrat über seine Entmündigung verhandelt wurde, auf die Seite ihres Mannes und von Baudelaires Halbbruder Alphonse stellte.

29 AN MADAME MARIE, ANFANG 1852 (?)

Weder die Adressatin noch das Datum der Abfassung dieses Briefes, dessen Autograph seit über achtzig Jahren unauffindbar ist, konnten bisher eindeutig ermittelt werden. Crépet (Corr/Conard I, 99 ff.) folgt den Konjekturen Albert Feuillerats, in dessen Buch *Baudelaire et la Belle aux cheveux d'or* (Yale University Press, New Haven 1941), und sieht in der Empfängerin die Schauspielerin Marie Daubrun (geb. 1827), die Baudelaire 1847 kennenlernte und für die er eine Reihe von Gedichten schrieb (siehe Bd. III, S. 148 ff., 385 ff.). Seiner Ansicht nach ist der Brief demnach in die frühen Jahre dieser Freundschaft, also 1847/48, zu datieren. Pichois enthält sich einer eindeutigen Zuschreibung und verlegt den Brief, mit Féli Gautier (*Charles Baudelaire, Lettres 1841-1866,* Paris 1906), in das Jahr 1852. Gelegentliche, mitunter wortwörtliche Anklänge an Verse aus Gedichten an Marie Daubrun und Madame Sabatier sind unverkennbar. Baudelaire gehört jedoch in Liebessachen, wie etwa Clemens Brentano, zu den »Verwertern«, die sich nicht scheuen, eigene Erzeugnisse in umgewandelter und angepaßter Gestalt wieder zu verwenden. Pichois weist im übrigen auf seltsame Übereinstimmungen zwischen diesem Brief und einer Novelle Henri Murgers, *Les Amours d'Olivier,* hin, die Murger 1851 in seinem Sammelband *Scènes de la vie de jeunesse* aufnahm. Der Held dieser Novelle liebt Marie Duchampy, die Frau seines Erziehers, der er ähnliche »platonische« Briefe schreibt und die er zeitweilig im Atelier eines befreundeten Malers unterbringt, der seinerseits ein Verhältnis mit ihr anfängt. – Die Übersetzung folgt dem Text des Erstdrucks (*Gazette anecdotique,* Juli 1894), den auch Pichois

(Corr/Pl I, 180 ff.) übernimmt; er weist gegenüber dem Zweitdruck (*Le Journal,* Dezember 1900) geringfügige Abweichungen auf.

31 *7 Ihrer Augen wegen, die dem Dichter nur eine unsterbliche Liebe einflößen können: vos yeux qui ne peuvent inspirer au poète qu'un amour immortel;* vgl. das Gedicht *La Beauté* (Bd. III, S. 90). – *13 den Liebreiz des Kindes und den der Frau: la grace de l'enfant et celle de la femme;* vgl. das zweifellos von Marie Daubrun inspirierte Gedicht *Le Beau Navire* (Bd. III, S. 154 ff.). – *33 Seien Sie mein Schutzengel, meine Muse ...: Soyez mon ange gardien, ma Muse et ma Madone, et conduisez-moi dans la route du Beau;* vgl. die beiden an Madame Sabatier gerichteten Sonette *Que diras-tu ce soir ...* und *Le Flambeau vivant* (Bd. III, S. 136 ff.), in denen diese beiden Sätze nahezu wörtlich wiederkehren.

32 AN AUGUSTE POULET-MALASSIS, 20. MÄRZ 1852

Paul-Emmanuel-Auguste Poulet-Malassis (1815-1878), dessen Vater und Vorfahren schon Drucker in Alençon waren, hatte ab 1847 die École Nationale des Chartes in Paris besucht. Als überzeugter Sozialist gründete er 1848 mit einigen Freunden *L'Aimable Faubourien, journal de la canaille,* der es auf fünf Nummern brachte. Bei dem Aufstand am 23. Juni wurde er verhaftet und erst im Dezember wieder freigelassen. Baudelaire dürfte seinen späteren Verleger bereits 1850 kennengelernt haben. Nach dem Tode seines Vaters war Poulet-Malassis 1852 nach Alençon zurückgekehrt, um die dortige Druckerei sowie das *Journal d'Alençon,* das er aus einem Annoncenblatt zu einer dreimal wöchentlich erscheinenden halbliterarischen Zeitung entwickelte, fortzuführen. 1855 gründet er in Paris einen Verlag, behält jedoch die Druckerei in Alençon bei. Den Hintergrund dieses Briefes bilden die Ereignisse seit dem Staatsstreich vom 2. Dezember 1851, bei dem der Präsident Louis-Napoléon die Nationalversammlung auflöste und seine republikanischen und royalistischen Gegner verhaften ließ. – *24 Café Tabourey:* ein damals beliebter Treffpunkt der Literaten und Kritiker in der Rue de Vaugirard 20; lange Jahre wohnte Jules Janin (s. u. zu S. 167) in diesem Hause. – *28 Champfleury:* s. u. S. 396. – Ernest *Christophe* (1827-1892), Bildhauer und Freund Baudelaires, der ihm zwei seiner Gedichte widmete: *Le Masque* und *Danse Macabre* (siehe Bd. III, S. 94 ff. und S. 252 ff.) – Émile *Montégut* (1825-1895), Essayist und Kritiker, den Baudelaire ebenfalls öfters im Café Tabourey traf; schrieb zahlreiche Artikel über englische und amerikanische Literatur, übersetzte Shakespeare, Macaulay und Emerson; seit 1847 Mitarbeiter der *Revue des Deux Mondes.* – *31 Standpunkt der Vorsehung:* Dies ist auch der Standpunkt Joseph de Maistres (1753 bis 1821), dessen Werk Baudelaire vermutlich 1851 kennengelernt hat, durch die Veröffentlichung der *Lettres et Opuscules inédits.* Diese Veröffentlichung hätte in der projektierten literarischen Zeitschrift *Le Hibou philosophe* (siehe S. 400 ff.) besprochen werden sollen. In den Aufzeichnungen zu *Mon cœur mis à nu* (siehe Bd. VII) liest man auf dem 5. Blatt: »Meine Wut beim Staatsstreich! Wieviel Schüssen war ich nicht ausgesetzt! Wieder ein Bonaparte! Welche Schmach! – Und dennoch hat sich alles beruhigt! Gibt es kein Recht, auf das der Präsident sich berufen kann? – Kaiser Napoléon III., was ist er? Was ist er wert? Sein Wesen ist zu deuten, und seine Rolle im Plan der Vorsehung.«

33 *1 Sondersteuer auf die Romane:* Unter der Zweiten Republik waren die Tageszeitungen, in denen die so beliebten und erfolgreichen Feuilletonromane er-

schienen, mit einer Sondersteuer belegt worden, weil man diesen Romanen einen demoralisierenden Einfluß auf die arbeitenden Klassen und damit die sozialistische Revolution vorwarf. – *7 Beschlagnahme der Güter der Prinzen von Orléans:* Diese Beschlagnahme wurde schließlich durchgeführt. – *27 Artikel von Champfleury: Correspondance littéraire adressée à une dame de province,* in der *Semaine théâtrale* vom 1. Februar 1852; Champfleury hatte hier unter anderem die *Voyage en Orient* von Gérard de Nerval und die *Études sur Shakespeare* von Philarète Chasles besprochen. – *28 zwei Gedichte von mir:* unter dem Titel *Les Deux Crépuscules* die beiden Gedichte *Le Crépuscule du matin* und *Le Crépuscule du soir* (siehe Bd. III, S. 266 ff. und 248 ff.). – *29 einen langen Artikel über einen großen amerikanischen Schriftsteller: Edgar Allan Poe, sa vie et ses ouvrages,* siehe S. 260 ff. – *34 Novelle von Champfleury: Les Trios de Chenizelle, souvenirs d'un musicien;* später in dem Sammelband *Contes d'été* (1853). – *35* Auguste *Amic* (1798-1868), Geschäftsführer der *Société des Travailleurs réunis.*

34 AN MADAME AUPICK, 27. MÄRZ 1852

Nachdem General Aupick im Februar 1851 zum Botschafter in London ernannt worden war und diesen Posten abgelehnt hatte, wurde er am 18. Juni zum Botschafter in Madrid ernannt, wo er und Baudelaires Mutter am 28. Juli eintrafen.

19 in neun Monaten: genauer in sieben Monaten; Baudelaires letzter Brief an seine Mutter war vom 30. August 1851.

35 *12 Les drames et les romans honnêtes:* siehe S. 182 ff. – *13 L'école païenne:* siehe S. 189 ff. – *Les deux crépuscules:* s. o. zu S. 33, *38*. – *15 Ich habe etwas anderes geschrieben:* die erste große Studie über Poe (siehe S. 260 ff.).

38 *7 verschiedene Dinge, ... die nächsten Monat gedruckt werden:* In den folgenden Wochen erscheint lediglich Baudelaires Übersetzung der Erzählung *Berenice* von Poe, am 17. April in *L'Illustration* (s. u. zu S. 306).

39 *5* Marguerite-Aline *Olivier,* die Frau des Artillerieoffiziers Théodore Olivier, die zu den Freunden des Ehepaars Aupick gehörten. Baudelaire hatte seine Mutter gebeten, ihm ihre Briefe über die Adresse von Madame Olivier zukommen zu lassen. – *17 meinen zweiten Brief:* Dieser Brief scheint nicht geschrieben worden zu sein. – *31 politischen Ereignisse:* die Folgen des Staatsstreichs vom 2. Dezember.

40 AN THEODORE OLIVIER, 18. APRIL 1852

Dieser Brief stammt aus Baudelaires Nachlaß; er wurde niemals abgeschickt.

41 *2 Elementarlehre der Geometrie: Nouveaux Élements de Géometrie* (1667) von Antoine Arnauld, dem großen Verteidiger des Jansenius. Baudelaire resümiert hier das Vorwort von Pierre Nicole.

42 AN MADAME AUPICK, 26. MÄRZ 1853

24 auf Deiner Durchreise: d. h. während des Zwischenaufenthalts in Paris nach dem Fortgang des Generals Aupick von Konstantinopel und vor seiner Abreise nach Madrid. – *32 Aber Du hast Dich nie schämen müssen: Mais tu ne connais pas la honte, toi;* vgl. die beiden ersten Verse des Gedichtes *Réversibilité* (Bd. III, S. 138), das Baudelaire am 3. Mai 1853 an Madame Sabatier sandte.

43 *20 liebenswürdiger Verleger:* Victor Lecou, bei dem die *Revue de Paris* erschien und der im März in einem Katalog seiner Neuerscheinungen als bereits im Druck befindlich angekündigt hatte: »*Contes Extraordinaires, par Edgar-Allan Poe, auteur américain, traduit par M. Charles Baudelaire*«, mit der Bemerkung: »Dieser Autor ist gleichzeitig der Balzac und der Hoffmann der Vereinigten Staaten.« Der Band erschien dann erst im März 1856 bei Michel Lévy, unter dem Titel *Histoires extraordinaires*.

44 *2 den Winterverkauf verpaßt:* In einer Notiz zu Baudelaires Übersetzung der Erzählung *A Tale of the Ragged Mountains* von Poe in der *Illustration* vom 11. Dezember 1852 las man: »Dieses bemerkenswerte Stück ... ist einem Buch entnommen, das nächsten Monat in der Verlagsbuchhandlung von Victor Lecou erscheinen wird, unter dem Titel *Histoires extraordinaires,* von dem verstorbenen Edgar Allan Poe, mit biographischen und kritischen Anmerkungen von Charles Baudelaire.« – *11 Neuauflage meiner Salons, zusammen mit meiner Arbeit über die Caricaturistes:* Gemeint sind der *Salon 1845*, der *Salon 1846, Vom Wesen des Lachens* und die beiden Artikel über die französischen und ausländischen Karikaturisten (siehe Bd. I, S. 127 ff.), die zu Baudelaires Lebzeiten nicht wieder gedruckt wurden. – *21 Die Oper: La Fin de Don Juan,* siehe S. 209 f. – *der Direktor der Oper:* Nestor Roqueplan (1804-1870), Leiter der Pariser Oper von 1847 bis 1854. – *24* Giacomo *Meyerbeer* (1791-1864) aus Berlin, damals der erfolgreichste Opernkomponist in Paris.

47 *15 seiner kürzlichen Ernennung:* General Aupick war am 8. März zum Senator ernannt worden; er verließ Madrid am 21. April. – *Madame Olivier:* s. o. zu S. 39, *5*.

48 *36* Jean-Louis *Émon* (1790-1880), ein Freund des Hauses Aupick, der im August 1844 zu dem Familienrat gehörte, der Baudelaires Entmündigung beschloß.

49 *3 den Brief nicht abgeschickt:* siehe S. 40 f. – *7 Hast Du ihn wirklich beauftragt ...:* Daß Madame Aupick Ancelle einen derartigen Auftrag erteilt hatte, geht aus erhaltenen Briefen hervor. – *12 die Armen von Madrid:* General Aupick war Ehrenpräsident der *Société française de bienfaisance* in Madrid. – *24 ein Gedicht von mir: Le Reniement de saint Pierre,* siehe Bd. II, S. 308 ff. – *28 Le Puits et le Pendule:* die Übersetzung der Erzählung *The Pit and the Pendulum* von Poe.

50 AN AUGUSTE POULET-MALASSIS, 16. DEZEMBER 1853

51 *6 daß Sie uns im Januar besuchen kämen:* Poulet-Malassis hielt sich meist in Alençon auf, wo er die väterliche Druckerei leitete. – *18 vier Bände und drei Komödien:* die bereits mehrfach erwähnten Salons, die Arbeiten über die Karikaturisten und der erste Sammelband mit Übersetzungen E. A. Poes; mit den drei Komödien könnten die drei Entwurf gebliebenen Dramen gemeint sein: *La Fin de Don Juan* (siehe S. 209 f.), *L'Ivrogne* (siehe S. 211 ff.) und *Le Marquis du* 1er *Housards* (siehe Bd. V). – *34 Arbeiten im Moniteur:* Baudelaire hoffte dort weitere Übersetzungen von E. A. Poe unterzubringen; die Verhandlungen scheiterten.

52 *2 Christophe:* s. o. zu S. 32, *28*. – *eine Nummer des Journal d'Alençon:* vom 9. Januar 1853. Poulet-Malassis hatte dort einen Artikel über Baudelaire als Übersetzer E. A. Poes veröffentlicht, unter Hinweis auf den ersten großen Essay, der 1852 in der *Revue des Deux Mondes* erschienen war, und auf den bei

Lecou angekündigten Sammelband. Crépet gibt einen längeren Auszug aus diesem Artikel (Corr/Conard I, 229f.), in dem Poulet-Malassis Poe vor allem als methodischen Psychopathen und »einen reinen Künstler von der elendesten und beklagenswertesten Sorte« behandelt. Er behauptet dort jedoch nicht, daß Poes Übersetzer das gleiche Ende wie der amerikanische Erzähler nehmen werde. – *12 der neue, um das Doppelte vermehrte Artikel:* erschien erst im März 1856 als Vorwort der *Histoires extraordinaires* (siehe S. 314ff.), nachdem *Le Pays* im Februar des gleichen Jahres einen Auszug gebracht hatte. – *16 Übersetzung ... des Raben:* nicht von Baudelaire; dessen erste Prosaübersetzung dieses Gedichtes am 1. März 1853 in *L'Artiste* erschien.

52 AN MADAME AUPICK, 26. DEZEMBER 1853

53 *14 Autor ..., den Du nie gelesen hast:* E. A. Poe, den Madame Aupick erst durch die Übersetzungen und den Artikel ihres Sohnes kennengelernt hatte.

54 *19 Wiederbestattung einer Frau:* Es handelt sich vermutlich um Jeannes Mutter. Schon in einem Brief vom 18. November 1853 war von einer Frau die Rede gewesen, für deren Bestattungskosten Baudelaire von seiner Mutter Geld erbat.

56 AN MADAME AUPICK, 8. MÄRZ 1854

3 das kleine Buch: The Poetical Works of Edgar Allan Poe, with a Notice of His Life and Genius by James Hannay, London 1853. – *6 Scenes from Politian:* drei Szenen aus einem unvollendeten Schauspiel über den italienischen Humanisten und Dichter Angelo Poliziano.

57 *18 Da Du den Moniteur erhältst:* der dem General Aupick als Senator von Amts wegen regelmäßig zuging. – *23 Le Pays:* Dort war im April 1852 seine Übersetzung der Erzählung *Berenice* von E. A. Poe erschienen (siehe S. 306f.). Dort erschienen später auch die *Histoires extraordinaires* und die *Nouvelles Histoires extraordinaires* als Feuilleton. – *33* Hippolyte *Tisseran* (1809 bis 1877), Schauspieler, seit 1851 der wichtigste Darsteller am Théâtre de l'Odéon.

58 AN EUGENE PELLETAN, 17. MÄRZ 1854

21 in einem Ihrer jüngsten Artikel: Eugène Pelletan (1814-1884), Journalist, später Politiker, überzeugter Republikaner und Freidenker, hatte am 16. Januar in *Le Siècle* einen Artikel über die *Revue de Paris* geschrieben, der größtenteils Maxime Du Camp, einem der Gründer und Mitherausgeber der Zeitschrift, gewidmet war und in dem Baudelaire nur beiläufig erwähnt wurde. – *30 niemand jedoch, – außer Ihnen:* und außer Barbey d'Aurevilly, der am 27. Juli 1853 in *Le Pays* sein Bedauern darüber ausgesprochen hatte, daß Baudelaires Poe-Übersetzungen auf sich warten ließen.

59 *12 Charles de Tramont* war der Administrator des *Siècle,* dessen leitender Direktor *Tillot* war. – *18* Louis *Desnoyers* war einer der Mitbesitzer und Mitherausgeber des *Siècle;* er leitete dort den literarischen Teil.

60 AN MADAME AUPICK, 25. JUNI 1854

4 jemand zum Essen einzuladen: Pichois vermutet, es könnte sich um Marie Daubrun gehandelt haben. – *11 das Haus:* Hôtel du Maroc, Rue de Seine. – *20 Vertrag mit dem Pays:* Die *Histoires extraordinaires* erschienen dort mit mehrfachen Unterbrechungen vom 25. Juli 1854 bis 20. April 1855. – *24 drei große Stücke im Constitutionel:* abermals eine der leeren Hoffnungen Baudelaires, da nicht ein Stück dort erschien. – *26 Theaterentwürfe:* s.o. zu S. 51, *18.*

61 AN MADAME AUPICK, 28. JULI 1854
3 Antoine-Jean-Marie *Arondel* (gest. 1881), Bilderhändler im Hôtel Pimodan, Baudelaires Hauptgläubiger. – *5 Monsieur Lepage:* der Besitzer des Hôtel du Maroc, in dem Baudelaire damals wohnte. – *18 was mir absurderweise zugestoßen ist: Le Pays* hatte am 15. Juli die Veröffentlichung der *Histoires extraordinaires* für den 26. angekündigt und mit dem Satz für die Provinzausgabe bereits am 24. begonnen. – *25 Maria Clemm:* die Tante, Schwiegermutter und Adoptivmutter E. A. Poes; Näheres über ihre Rolle in Poes Leben S. 278 ff. und S. 327 ff.; über die hier erwähnte Widmung s. u. zu S. 308. Der Setzer hatte die beiden in Kapitälchen gedruckten Wörter weggelassen. – *30 Auseinandersetzung:* darüber, wie eine Regelung mit Arondel zu erzielen sein könnte.

62 AN PAUL DE SAINT-VICTOR, 26. SEPTEMBER 1854
Paul de Saint-Victor (1825-1881), bedeutender, vor allem dramatischer Kritiker; schrieb seit 1852 wöchentlich einen größeren Beitrag für *Le Pays* über Theater, Literatur und bildende Kunst. – *15 Rouvière:* s. u. zu S. 218 ff. – *Reprise der Mousquetaires:* Der Roman *Les trois Mousquetaires* (1844) von Alexandre Dumas (1802-1870) war unmittelbar nach dem Erscheinen der Buchausgabe für die Bühne bearbeitet worden. Philibert Rouvière spielte in dieser Reprise am Théâtre de la Gaîté die Rolle des Mordaunt. – *25 unsere Feuilletons im Pays:* die in Fortsetzungen erscheinenden *Histoires extraordinaires* von E. A. Poe.

63 *2 Clémence Robert:* Nachdem am 20. und 26. September Baudelaires Übersetzung der Erzählung *The Facts in the Case of M. Valdemar* erschienen war, wurde der Vorabdruck der *Histoires extraordinaires* erst am 11./12. Dezember wieder aufgenommen; in der Zwischenzeit erschien ab 27. September der historische Roman *Le Confesseur de la Reine* von Clémence Robert. – *5 Théophile* Gautier (1811-1872), der Verfasser des Gedichtbandes *Émaux et Camées* (1852) und des Romans *Mademoiselle de Maupin* (1853), langjähriger Freund Baudelaires, der ihm die *Fleurs du Mal* widmete. – *6 habe ich mich auf Sie gestürzt:* Paul de Saint-Victors Antwort, vom 29. September, ist erhalten (Œuvres/Conard, VI, 365 f. und Lettres/B, 351); es heißt dort: »Ich danke Ihnen für den Hinweis, daß Rouvière wieder auftritt. Ich habe die Reprise der *Mousquetaires* nicht gesehen, und ich wußte nicht, daß er eine Rolle darin hat; Ihre Empfehlung soll mir genügen, daß ich mir vornehme, ihn zu sehen, denn ich lege ein zu großes Gewicht auf das Urteil eines Geistes wie des Ihrigen, um nicht im vorhinein sicher zu sein, daß ich es teilen werde … Ja, es stimmt, Monsieur, daß die wahrhaft *extraordinären* Geschichten, die Sie sozusagen als Stecher übertragen, mich bezaubern. Ich bedränge die Zeitung unablässig, den Abdruck fortzusetzen, und die Reklamationen der vier oder fünf Dummköpfe, die protestiert haben, haben mich ebenso empört wie Sie. In dergleichen Fällen und wenn man gewiß ist, dem Publikum etwas Geniales zu liefern, ist meine Meinung die, daß man sich um nichts scheren und fortfahren soll, den Säuen Perlen vorzuwerfen, trotz ihres Grunzens.«

63 AN PAUL DE SAINT-VICTOR, 14. OKTOBER 1854
16 Mademoiselle Daubrun: Marie Daubrun spielte am Théâtre de la Gaîté die Rolle der Duchesse de Guérande in dem »Drama in fünf Akten« *Les Oiseaux de proie* von Adolphe Dennery, mit Musik von Fossey; die Uraufführung fand am 16. Oktober statt. – *22 Ihre Feder in den Dienst meiner Interessen stellen zu wollen:* Am 23. Oktober las man in *Le Pays* in einer Rezension aus Saint-Victors Feder: »Vergessen wir nicht Mademoiselle Daubrun, so pathetisch und so stolz in der Rolle der Herzogin von Guérande; große Dame von Kopf bis Fuß, wie man sie sich hoheitsvoller und natürlicher nicht vorstellen könnte.« – *27 daß es dem Pays beliebt:* siehe den vorigen Brief an Saint-Victor und die Anmerkungen dazu. – *29 einen hübschen kleinen Luxusband:* Das Projekt wurde niemals verwirklicht. – *31 Ihr Name einer der ersten zehn:* Saint-Victor war Bibliophile.

64 AN PAUL DE SAINT-VICTOR, 22. OKTOBER 1854
3 Ich danke Ihnen: für ein nicht erhaltenes Antwortschreiben Saint-Victors auf den Brief vom 14. Oktober. – *4 Monsieur Pellerin:* Setzer und Korrektor am *Pays*. – *5 Diane de Chivry:* Drama in fünf Akten und in Prosa von Frédéric Soulié; Uraufführung 1839. – *8 versäumt:* Saint-Victor hat demnach Rouvière in der Rolle des Mordaunt in der Reprise der *Trois Mousquetaires* nicht gesehen; dennoch findet sich in dem bereits erwähnten Feuilleton vom 23. Oktober eine kurze Würdigung Rouvières in dieser Rolle. – *12* Hippolyte *Hostein* (1814-1896), Schriftsteller, von 1849 bis 1858 Leiter des Théâtre de la Gaîté; siehe auch den folgenden Brief. – *14* Louise *Colet* (1810-1876), Dichterin und Erzählerin, Freundin und Geliebte Victor Cousins und Gustave Flauberts; siehe Joseph F. Jackson, *Louise Colet et ses amis littéraires,* New Haven 1937. – Alfred de *Vigny* (1797-1863), Dichter, Erzähler und Dramatiker; von ihm sind die beiden Dramen *Chatterton* (1835) und *La Maréchale d'Ancre* (1831). – *22 Melodram über die Trunksucht: L'Ivrogne,* siehe S. 211 ff. – *32 Lhéritier:* vermutlich der Redaktionssekretär des *Pays.*

66 AN HIPPOLYTE HOSTEIN, 8. NOVEMBER 1854
11 Das Werk …: Mit diesem Brief übersandte Baudelaire dem damaligen Direktor des Théâtre de la Gaîté ein Heft der *Revue rétrospective,* in der 1834 aus Denis Diderots (1713-1784) Nachlaß die Komödie *Est-il bon? Est-il méchant?* zum ersten Mal gedruckt wurde. Der erste unter den Freunden Baudelaires, der sich für dieses Stück, ein dramatisches Selbstporträt Diderots, interessierte, war Champfleury, der seit 1851 bereits Schritte unternommen hatte, die Comédie-Française zu einer Aufführung zu bewegen. – *24 La Marâtre:* »intimes Drama in fünf Akten und acht Bildern«, von Honoré de Balzac; wurde am 25. Mai 1848 am Théâtre-Historique uraufgeführt.

67 *7 Les Cosaques:* Drama in neun Bildern von Alphonse Arnault und Louis Judicis, mit Musik von Fossey, das am 24. November 1853 am Théâtre de la Gaîté uraufgeführt worden war. – *Sanglier: Le Sanglier des Ardennes ou Le Spectre du château,* Melodram in fünf Akten *à grand spectacle* von Emile van der Burch, mit Musik von Fossey; Uraufführung am 29. Juli 1854 am Théâtre de la Gaîté. Marie Daubrun spielte darin die Rolle der Margue, Wirtin des Gasthofs L'Écu de Flandre. – *20 Mousquetaires:* s. o. zu S. 62, *15*. – *28 ich habe jemand gekannt …:* Durch seinen 1759 geborenen Vater, den er im Alter

von sechs Jahren verlor, und durch dessen Freundeskreis hing Baudelaire noch nah mit dem 18. Jahrhundert zusammen. – *32 Le Fils naturel* (1757) und *Le Père de famille* (1758), bürgerliche Rührstücke in Prosa.

68 *9 Drama über die Trunksucht: L'Ivrogne,* siehe S. 211 ff.

68 AN MADAME AUPICK, 4. DEZEMBER 1854

69 *16 Madame Trolley:* eine Schwester der Madame Ancelle.

70 *2 zu gelangen ...:* Nach der Überlieferung der Handschrift ist nicht zu ermitteln, ob diese Punkte von Baudelaire stammen oder eine Lücke bezeichnen sollen. – *16 Besitzerin meines Hotels:* Madame Lepage; Baudelaire blieb noch einige Wochen im Hôtel du Maroc. – *27 Mademoiselle Lemer:* Jeanne Duval. – *dann eben bei der Anderen:* aller Wahrscheinlichkeit nach Marie Daubrun.

71 *8 im Rückstand:* Es handelt sich um einen Betrag von 50 Francs, den Baudelaire 1852 als Vorschuß auf einen nie geschriebenen Artikel *L'Illuminisme américain* erhalten hatte. – *14 einen gewissen Schritt:* Baudelaire hat sich wiederholt mit dem Gedanken getragen, eine gerichtliche Aufhebung der über ihn verhängten Vormundschaft zu bewirken. – *34 ein Feuilleton:* die Übersetzung der Erzählung *Some Words with a Mummy* von E. A. Poe, mit der *Le Pays* die Vorabdrucke aus den *Histoires extraordinaires* am 11./12. Dezember wieder aufnahm, um sogleich eine neue Unterbrechung bis zum 21. Januar 1855 eintreten zu lassen.

72 AN JULES BARBEY D'AUREVILLY, 20. DEZEMBER 1854

Baudelaire hatte den Erzähler und Kritiker Jules-Amédée Barbey d'Aurevilly (1808-1889) etwa 1852/53 kennengelernt und sogleich Freundschaft mit ihm geschlossen. Dies ist der erste erhaltene Brief an Barbey d'Aurevilly, von dessen Briefen an Baudelaire eine größere Anzahl überliefert ist (Lettres/B, 26-59). – *16 einer Dame:* Madame Sabatier, bei der Baudelaire Anfang der fünfziger Jahre durch seinen Freund Gautier eingeführt worden war und der in den *Fleurs du Mal* ein ganzer Zyklus von Gedichten gewidmet ist; siehe Bd. III, S. 348 f. – *19 La Bague ...: La Bague d'Annibal* (1843), *Du Dandysme et de G. Brummell* (1845), *Une vieille Maîtresse* (1851), *L'Ensorcelée* (1854). Bei *Germaine* handelt es sich um einen bereits abgeschlossenen Roman, den Barbey d'Aurevilly sich jedoch zu veröffentlichen scheute, »der Immoralität und das Grauens wegen«, wie es in seinem Antwortschreiben (Lettres/B, 32) heißt; er erschien erst 1884 unter dem Titel *Ce qui ne meurt pas.* – *22 im Kerker: en prison,* ein Ausdruck, den Barbey d'Aurevilly gebrauchte, wenn er sich einschloß, um zu schreiben. – *28 Artikel über Monselet:* Charles Monselet (1825 bis 1888), Dichter und Kritiker, hatte 1854 einen schmalen Gedichtband *Les Vignes du Seigneur* veröffentlicht; Barbey d'Aurevillys Artikel war am 7. Dezember im *Pays* erschienen.

73 AN MADAME AUPICK, 20. DEZEMBER 1855

27 des Umzugs: in die Rue d'Angoulême-du-Temple (heute Rue Jean-Pierre-Timbaud), 18; siehe B/Paris, 59.

75 *33 das in Arbeit befindliche Buch:* die *Histoires extraordinaires* und die *Nouvelles Histoires extraordinaires,* von denen der erste Titel 1856 erschien.

76 *8 dank der Revue des Deux Mondes:* Baudelaire spricht bereits in einem früheren Brief an seine Mutter davon, daß er nun regelmäßig für diese Zeit-

schrift schreiben werde, der überdies schon der Beginn einer Arbeit vorläge. Tatsächlich brachte die Zeitschrift nichts mehr von Baudelaire; dort waren im Juni 1855 achtzehn Gedichte aus den *Fleurs du Mal,* unter diesem Titel, erschienen. – *31 von dem Verlag Lévy:* als Vorschuß auf die beiden Bände der Poe-Übersetzungen.

77 *12 mein Buch:* die *Histoires extraordinaires;* die drei Sonderexemplare wurden nicht gedruckt.

78 *9 keine Erschütterungen mehr geben:* Unmittelbar, nachdem sie diesen Brief erhalten hatte, schrieb Madame Aupick an Ancelle und ermächtigte ihn, ihrem Sohn 1500 Francs zu geben: »Das ist das Wesentliche für ihn.« Dieses Opfer sei jedoch das Einzige, wozu sie sich bereitfinden könne; Charles habe sie so schwer beleidigt, sein Verhalten ihr gegenüber sei so weit von dem entfernt, was es sein sollte, daß sie sich wenig geneigt fühle, »unsere Beziehungen wieder aufzunehmen«. Bereits am 22. Dezember erhielt Baudelaire einen Betrag von 460 Francs als Anzahlung auf einen Vorschuß von 1500 Francs.

78 AN MADAME AUPICK, 9. JANUAR 1956
22 den ersten Band meines Buches: die *Histoires extraordinaires* von E. A. Poe, die soeben bei Michel Lévy herausgekommen waren. – *28 den zweiten Band:* die *Nouvelles Histoires extraordinaires,* die erst 1857 bei dem gleichen Verleger erschienen. – *32 Exemplare auf schönem Papier:* s. o. zu S. 69, *29.*

79 *2 Revue des Deux Mondes:* s. o. zu S. 76, *8.* – *18 zwei Gelegenheiten:* Alphonse Baudelaire hatte sich, als es darum ging, Baudelaire zu entmündigen, auf die Seite des General Aupick geschlagen. Bei der zweiten, Madame Aupick unbekannten Gelegenheit handelt es sich um eine Auseinandersetzung aus dem Winter 1841, Baudelaires Schulden betreffend; siehe Bd. I, S. 36f. und S. 375.

80 *3 Biographie eines meiner Freunde:* der Aufsatz über Rouvière, der soeben erschienen war; siehe S. 218ff. – *4 abscheulichen Artikel über mich:* sehr wahrscheinlich der Artikel von Louis Goudall im *Figaro* vom 4. November 1855 über die 18 Gedichte aus den *Fleurs du Mal,* die am 1. Juni in der *Revue des Deux Mondes* erschienen waren. Baudelaire habe, heißt es in diesem Artikel, ganz Paris zehn Jahre lang mystifiziert, »indem er nichts veröffentlichte, und nur von Zeit zu Zeit vor einer kleinen Zahl von Eingeweihten, die ebenso unwissend wie geschwätzig waren, einige sensationelle Artikel losließ«. Unseligerweise habe er der Versuchung einer größeren Publizität durch die *Revue des Deux Mondes* nicht widerstehen können; der Erfolg war, »daß sein Ruf und sein Talent in tausend Stücke zersprangen«. Es folgt eine längere Liste von Vorwürfen; seine Poesie sei »skrofulös, abstoßend, eiskalt, ohne Farbe, eine Totengruft- und Schlachthofpoesie«. »Nachdem Baudelaire seinen auf fortgesetzter Überraschung beruhenden Ruf eingebüßt hat, wird er hinfort nur noch unter den *Versagern* der zeitgenössischen Dichtung genannt werden.«

80 AN SAINTE-BEUVE, 19. MÄRZ 1856
8 Hier, mein lieber Beschützer, eine Art Literatur ...: Dieser Brief an den Kritiker Charles-Augustin Sainte-Beuve (1804-1869), den Baudelaire seit etwa zehn Jahren kannte, begleitete ein Exemplar der *Histoires extraordinaires.* – *17 Lalanne:* Ludovic Lalanne hatte 1853 die Leitung der Zeitschrift *L'Athenaeum français* übernommen, die später in der *Revue contemporaine* aufging.

3 diese gute kleine Nachricht: In seinem Antwortschreiben vom 24. März hatte Sainte-Beuve eine kurze Besprechung in Aussicht gestellt, mit einigen Betrachtungen zum Problem der Übersetzung. »Sie sind ein *fin traducteur,* und in gewissen Passagen, die ich bereits gelesen habe, ist ihr Stil *d'une rare curiosité.*« Sainte-Beuve bat jedoch um ein wenig Geduld; er hat sein Versprechen nicht gehalten. – *10 zweiten Band ... zweites Vorwort:* die *Nouvelles Histoires extraordinaires,* mit den *Notes nouvelles sur Edgar Poe;* siehe S. 341 ff. – *11 jongleries:* Jonglierkünste, Gauklerkunststücke. – *12 conjecturisme:* konsequent durchgespielte Mutmaßungen; systematische Entwürfe des Möglichen oder Denkbaren. – *canards:* Das Wort *canard,* Ente, bezeichnete zuerst gewisse billige illustrierte Druckerzeugnisse mit sensationellem Inhalt, dann sehr bald die »Zeitungsente«, die sensationelle Falschmeldung. Baudelaire übersetzte auch Poes Erzählung *The Balloon-Hoax,* die er unter dem Titel *Le Canard au ballon* in die HE aufnahm; siehe hierzu S. 310 ff. – *16 hallucinations:* Halluzinationen, Sinnestäuschungen. – *maladies mentales:* Geisteskrankheiten. – *grotesque pur:* das rein Groteske. – *21 Herrn von Humboldt:* Alexander von Humboldt (1769-1859), der große deutsche Naturforscher, der lange Jahre in Paris gelebt hatte und dessen Berichte über seine mit Bonpland unternommene Reise nach Südamerika zuerst in französischer Sprache herauskamen; von 1845 bis 1862 erschien sein Alterswerk »Kosmos, Versuch einer physischen Weltbeschreibung«, dessen Übersetzung in Auszügen (von H. Faye, 1846 bis 1848) Baudelaire vielleicht bekannt war. Ob Baudelaire an Humboldt geschrieben hat oder nicht, konnte nicht ermittelt werden. – *23 Eureka:* Baudelaire hatte damals noch nicht die Absicht, dieses Buch ebenfalls zu übersetzen. Seine Übersetzung erschien erst 1864 bei Michel Lévy; übrigens ohne die Widmung an Alexander von Humboldt, die der amerikanischen Ausgabe von 1848 voransteht. – *32 Das von Ihnen erwähnte Stück:* Es handelt sich um die Übersetzung der *Conversation of Eiros and Charmion,* die unter dem Titel *Entretien d'Eiros avec Charmion* am 27. Juli 1854 in *Le Pays* erschienen war; eine überarbeitete Fassung unter dem Titel *Conversation d'Eiros avec Charmion* erschien dann 1857 in den *Nouvelles Histoires extraordinaires.* Die beiden weiteren Gespräche sind *The Power of Words (Puissance de la Parole)* und *The Colloquy of Monos and Una (Colloque entre Monos et Una).*

82 *4 Gedichtband: Les Fleurs du Mal,* über die Baudelaire am 30. Dezember 1856 einen Vertrag mit Poulet-Malassis abschloß.

DIE FANFARLO

1. Januar 1847, Bulletin de la Société des Gens de Lettres (signiert Charles Defayis); (Ende?) 1848, Les Veillées littéraires illustrées, 15. Lieferung des I. Bandes, J. Bry aîné, éditeur, (Paris), (unter Baudelaires Namen), mit zwei Holzschnitten von François Rouget, nach Vorzeichnungen von Edouard Frère (1819-1886), einem Schüler von Paul Delaroche; 1849 (fehlerhafter) Nachdruck in Les Veillées littéraires illustrées, auf den 1850/51 noch zwei weitere Nachdrucke folgten; Œuvres/Lévy; Œuvres/Conard; Œuvres/Pl. Der Druck in Œuvres/Pl folgt dem Erstdruck von 1847, von dem Claude Pichois schon 1957 bei den Editions du Rocher, Mo-

naco, eine kritische Neuausgabe mit Kommentar veranstaltet hatte, deren Text auch diese Übersetzung folgt.

Die Novelle *La Fanfarlo* ist Baudelaires einzige erzählerische Arbeit. Die früheren Werkausgaben enthalten zwar noch eine weitere Erzählung, *Le Jeune Enchanteur,* die am 20., 21. und 22. Februar als Feuilleton in der Zeitung *L'Esprit Public* erschienen ist, bei der es sich jedoch, wie W.T. Bandy 1950 im *Mercure de France* nachgewiesen hat, um eine Übersetzung aus dem Englischen handelt. Die Vorlage war die Erzählung *The Young Enchanter – From a Papyrus of Herculaneum,* als deren Verfasser ein Reverend Croly gilt. Baudelaire entnahm diesen Text einem sehr verbreiteten Keepsake: *The Forget me not; A Christmas, New Year's, and Birthday Present for MDCCCXXXVI.*

Über die Entstehungszeit der Novelle fehlen genauere Angaben. Charles Asselineau, in seiner kleinen Monographie über Baudelaire (1869), glaubt sie in die Jahre 1843/44 verlegen zu dürfen (B/Asselineau, 69). Um diese Zeit ist auch in Baudelaires Briefen an seine Mutter gelegentlich von einer Novelle, an der er arbeite, die Rede. Manches spricht jedoch dafür, daß *La Fanfarlo* in ihrer jetzigen Gestalt erst später vollendet wurde. Samuel Cramer, der Held der Erzählung, ist unverkennbar ein Selbstporträt des Dichters, so wie Émile Déroy ihn 1843/44 gemalt hat. Die Mehrzahl der Kommentatoren haben dementsprechend die Erzählung mit Recht als ein Palimpsest gelesen und sind den autobiographischen Anspielungen nachgegangen. Als literarische Vorbilder, an denen Baudelaire sich sowohl in seiner stilistischen Haltung als auch im Hinblick auf Thematik und Handlungsführung inspiriert hat, sind in erster Linie Balzac und Gautier, doch auch Mérimée und Musset zu nennen; Balzac mit *Béatrix, Études de femme, La Fille aux yeux d'or, Illusions perdues;* Gautier vor allem mit seinem Roman *Mademoiselle de Maupin,* Musset mit *La Double Maîtresse.* – Baudelaire, der die Novelle im Sommer 1857 kurz vor dem Erscheinen der *Fleurs du Mal* in einem Bittgesuch an das Ministère de l'Instruction publique zum letzten Mal erwähnt, scheint selber keine weitere Veröffentlichung im Rahmen seiner Werke vorgesehen zu haben.

S. 85, *2 Samuel Cramer:* Théophile de Ferrière hatte 1836 unter dem Pseudonym Samuel Bach ein Buch *Il Vivere* veröffentlicht, in dem ein deutscher Pianist namens Kramer vorkommt. – *3 Manuela de Monteverde:* Ein Jahr später veröffentlichte derselbe Autor *Les Romans et le Mariage;* dort trägt eine der Personen den Namen *de Montevède.* Ein weibliches Pseudonym hatte schon Prosper Mérimée gewählt, als er 1825 seine frühen dramatischen Arbeiten ohne jede andere Namensnennung unter dem Titel *Théâtre de Clara Gazul, comédienne espagnole* veröffentlichte.

S. 86, *11 Plotin:* Plotinos (ca. 270-205 v. Chr.), aus Ägypten, Begründer des Neuplatonimus; lehrte in Rom; sein Schüler und Biograph *Porphyrios* gab später seine Schriften unter dem Titel Enneaden heraus. – *12* Claude-Prosper Jolyot de *Crébillon* (1707-1777), Verfasser galanter Romane. – *15 Hieronymus Cardanus:* Girolamo Cardano (1501-1576) aus Mailand, Arzt und Gelehrter; schrieb unter vielen anderen Büchern eines *De subtilitate.* – Laurence *Sterne* (1713-1786), englischer Humorist, Verfasser des Romans *The Life and Opinions of Tristram Shandy* und der *Sentimental Journey through France and Italy.* – *16* François *Rabelais* (ca. 1494-1553), französischer Humorist, Verfasser der Romane von Gargantua und Pantagruel.

S. 88, *5* Emmanuel *Swedenborg* (1688-1772), der schwedische Naturforscher und Visionär, den Baudelaire sehr schätzte; siehe die Anmerkung zu dem

Gedicht *Correspondances,* Bd. III, S. 371. – 25 *in der Umgebung von Lyon:* Baudelaire hatte vier Jahre seiner Kindheit (1832-1836) in Lyon verbracht. Die Dame im Jardin du Luxembourg erinnert in ihrer Haltung ein wenig an das Bild, das Baudelaire von seiner Mutter zur Zeit ihrer Witwenschaft gehabt haben dürfte; Pichois und andere haben mit Recht darauf hingewiesen, daß Baudelaire ihr wohl auch Züge seiner Schwägerin Félicité Baudelaire, der Frau seines Halbbruders Alphonse, geliehen hat, der er auf »platonische« Weise den Hof gemacht zu haben scheint und der er 1846 seine kleine Frühschrift *Eine Auswahl tröstlicher Maximen über die Liebe* zusandte; siehe Bd. I, S. 52f. – 35 *Marietta:* Mariette war der Name der Kinderfrau, deren Gedächtnis Baudelaire das Gedicht *La servante au grand cœur ...* gewidmet hat; siehe Bd. III, S. 258ff.

S. 89, 34 Sir *Walter Scott* (1771-1832), höchst erfolgreicher Verfasser zahlreicher historischer Romane.

S. 90, 20 *zehrenden Leute:* im Original: *gens absorbants.*

S. 91, 22 *Fischadler:* Der französische Titel *Les Orfraies* klingt zugleich ornithologischer und phantastischer; vermutlich meint Baudelaire gar nicht den Pygargus vulgaris, der ein Tagraubvogel ist, sondern die sehr viel romantischere *effraie,* die Schleier-, Turm- oder Klageule, die in hohlen Bäumen und Ruinen haust. Die gleiche Verwechslung scheint bei Théophile Gautier in seinem Gedicht *La Comédie de la Mort* (1838) vorzuliegen: *Leur cœur, comme une orfraie au fond d'une ruine ...*

S. 93, 30 *Gärten voll rosa und weißer Kleider:* vgl. die Jugendstrophe *Il aimait à la voir ...,* Bd. I, S. 58.

S. 96, 5 *der ersten theologischen Tugend:* Die erste der drei *virtutes theologicae* ist der Glaube; es folgen Liebe *(caritas)* und Hoffnung, die Samuel Cramer im folgenden ebenfalls bemüht. – 17 *Je empfindlicher ein Gemüt ist ...:* Baudelaire übernimmt hier einen Gedanken aus einem *Discours sur les passions de l'amour,* den Victor Cousin im September 1843 in der *Revue des Deux Mondes* veröffentlicht und Pascal zugeschrieben hatte.

S. 98, 1 Arnaud *Berquin* (ca. 1749-1791), beliebter, bis 1860 immer wieder neuaufgelegter Jugendschriftsteller; 1783/84 erschien *L'Ami des enfants* in vierundzwanzig Bänden.

S. 101, 1 *die Fanfarlo:* hispanisierender Name, in dem der Anklang an Fanfare nicht zu überhören ist; in den vierziger Jahren trat eine *polkeuse* unter dem Namen *Fanfarnou* auf. Die Fanfarlo zeigt gewisse Gemeinsamkeiten mit der *femme aux yeux verts,* der in den *Fleurs du Mal* ein ganzes Zyklus von Liebesgedichten gewidmet und die unzweifelhaft mit Marie Daubrun gleichzusetzen ist.

S. 102, 16 *stand Samuel wie Tartüff da:* in der 7. Szene des 4. Aktes der Komödie *L'Imposteur ou Le Tartuffe* (1667) von Molière, als Tartüff sich anschickt, Orgons Gattin Elmire zu verführen. – 26 *einen Gedanken Diderots:* den 32. aus den *Pensées philosophiques* von Denis Diderot (1713-1784).

S. 103, 29 *Valmont:* der zynische Verführer in Choderlos de Laclos' (1741 bis 1803) Roman *Les Liaisons dangereuses.* – *Lovelace:* Robert Lovelace, der Verführer in Samuel Richardsons (1689-1761) Roman *Clarissa Harlowe.* – 36 *Elmine:* s. o. zu 102, *16.*

S. 104, 27 *andalusischen Singsang:* wörtlich *andalouseries;* Anspielung auf Musset.

S. 105, 15 *Bedenkenlosigkeiten:* wörtlich *facilités.* Der hier erwähnte Prozeß konnte bisher nicht ausfindig gemacht werden. Die geschilderten Praktiken der

Theaterkritik waren Baudelaire nicht unbekannt; über seine Tätigkeit als mutmaßlicher Mitarbeiter des *Tintamarre* und der *Mystères galants des théâtres de Paris* siehe S. XXX. – *33 die kleinen Hunde:* Anzüglichkeiten in dieser Richtung finden sich in den *Mystères galants* in dem Kapitel über *Célimène II* (Œuvres/Pl II, 990). – *die Tochter ihrer Hausmeisterin:* Eine ähnliche Anspielung findet sich im Dezember 1846 in einer Nummer des *Corsaire-Satan,* zu dessen Mitarbeitern Baudelaire gehörte. Die lesbischen Sitten der Schauspielerinnen waren ein beliebtes Thema der Zeit. Es sei in diesem Zusammenhang auch daran erinnert, daß die *Fleurs du Mal* mehrfach unter dem Titel *Les Lesbiennes* angekündigt wurden.

S. 106, *5 tanzend zu schreiten:* In dem Sonett *Avec ses vêtements* ... (Bd. III, S. 106) lautet der zweite Vers: *Même quand elle marche on croirait qu'elle danse.*

S. 107, *14* Achille *Devéria* (1800-1857), Schüler von Girodet, Maler, Zeichner, Stecher und Lithograph.

S. 108, *18 Pantomime:* Baudelaire war ein großer Liebhaber der Pantomime. – *20 Gretchen:* aus Goethes *Faust.* – *Elvira:* Don Juans Geliebte in Molières Komödie *Don Juan ou Le Festin de Pierre* (1665). – *Zephirine:* jugendliche Hauptdarstellerin in *Les Saltimbanques,* einer berühmten »Parade« von Dumersan und Varin, die 1838 am Théâtre des Variétés uraufgeführt wurde: die Geschichte einer Truppe von Komödianten, Akrobaten und Gauklern. – *34 Nur diejenigen ...:* So etwa E. T. A. Hoffmann, aus dessen *Kreisleriana* Baudelaire in dem *Salon 1846* unter anderen den Satz zitiert: »Nicht sowohl im Traume, als im Zustande des Delirierens, der dem Einschlafen vorhergeht, vorzüglich wenn ich viel Musik gehört habe, finde ich eine Übereinkunft der Farben, Töne und Düfte.« Siehe Bd. I, S. 204.

S. 109, *26 Das Wetter war schwarz wie das Grab ...:* In dem 1843 erschienenen Sammelband *Vers,* an dem Baudelaire mitgearbeitet haben soll, findet sich unter dem Namen seines Freundes Ernest Prarond ein Gedicht *Un jour de pluie,* das sich wie die Vorlage dieser Prosaschilderung ausnimmt:

Les nuages sont noirs, et le vent qui les berce
Les heurte, et de leur choc fait ruisseler l'averse ...
Le dôme s'arrondit comme une large tombe.
Le ruisseau, lit funèbre où s'en vont les dégoûts,
Charrie en bouillonnant les secrets des égouts ...

(Die Wolken sind schwarz, und der Wind, der sie wiegt, treibt sie aufeinander und läßt aus dem Zusammenprall den Schauer niedergehen ... Die Kuppel wölbt sich wie ein großes Grab. Die Gosse, ein Totenbett, in dem alles Ekle dahintreibt, wälzt wirbelnd die Geheimnisse der Abflüsse fort ...) – *32 die Sterblichkeit ließ sich ...:* verwandte Wörter und Bilder finden sich in den Gedichten *Spleen (Pluviôse, irrité contre la ville entière ...), Crépuscule du soir* und *Crépuscule du matin;* siehe Bd. III, S. 198, 248 ff. und 266 ff. – *33* Thomas *Chatterton* (1752-1770) schrieb Gedichte im Stil und Geschmack des 15. Jahrhunderts, die er als Werk eines Mönches Thomas Rowley ausgab; aus Verzweiflung über seine Armut vergiftete er sich mit Arsen. Alfred des Vigny schrieb ein Drama in Prosa *Chatterton* (1835). – Richard *Savage* (gest. 1743) schrieb Gedichte und Lustspiele; wurde 1727 zum Tode verurteilt, weil er einen Adligen in einem Wirtshausstreit getötet hatte; wurde jedoch begnadigt und starb in großer Armut. Die von ihm ausgestreute abenteuerliche Geschichte seiner illegitimen Herkunft aus zwei gräflichen Häusern hat Samuel Johnson in seiner Biographie des Dichters überliefert.

S. 110, 2 *einen Siegerblick auf die verfluchte Stadt zu werfen:* wie Rastignac am Ende von Balzacs Roman *Le Père Goriot* (1834). – 24 *Kybele:* hier soviel wie die Erdgöttin Gäa. – 27 Theophrastus *Paracelsus* von Hohenheim (1493-1541), berühmter Arzt und Erneuerer der Medizin; galt auch als Alchemist. – 35 *Pharmacognostik:* Arzneimittelkunde. – *Fußnote:* Baudelaire übernimmt diesen Satz aus Brillat-Savarins *Physiologie du goût;* s. u. zu S. 119, 6.

S. 111, 7 *cordons bleus:* Ritter des alten Ordens des St-Esprit, die das Ordenszeichen an einem blauen Band trugen; davon entlehnt scherzhafte Bezeichnung für eine vorzügliche Köchin, der blauen Bänder wegen, wie sie angesehene Köchinnen zu tragen pflegten. – 18 *Sachet:* ein Riechkissen mit getrockneten Kräutern und Blumen.

S. 112, 7 *Bilder, die eine spanische Wollust atmeten:* Baudelaire hatte eine beondere Vorliebe für die spanische Malerei; im Louvre besuchte er gerne die Sammlung spanischer Bilder, unter denen sich bis 1848 auch die Privatsammlung Louis-Philippes befand. – 31 *Und vergessen Sie ja nicht das Rouge!:* vgl. hierzu *Das Lob des Schminkens* in dem großen Essay über Constantin Guys, *Le Peintre de la vie moderne,* Bd. V.

S. 113, *Fußnote:* s. o. S. 389, 24. Anspielung auf die Gefühle Henri de Marsays in Balzacs Erzählung, der sich nach einer Liebesnacht in den Armen Paquitas nach Hause begibt.

S. 116, 8 *Lorette:* eine Dame der Halbwelt; das Wort findet sich schon 1840 bei Heine; 1841 erschien im *Charivari* von Gavarni eine Folge von 79 Lithographien *Les Lorettes.* – 12 *unterm kühlen Steine ruhn:* wörtlich *cloué sous la lame,* festgenagelt unter der (Grab-)Platte; *lame* im Sinne von *dalle,* Grabstein, findet sich in der französischen Dichtung schon bei Villon und Ronsard, von denen es die Romantiker übernehmen. – 18 *Symbolik der Farben:* vgl. das Kapitel *Über die Farbe* in dem *Salon 1846,* Bd. I, S. 201 ff. – 19 *neues Annoncen-System:* Ein solches beschäftigte Baudelaire in den letzten Monaten des Jahres 1846, als er mit Auguste Vitu und Théodore de Banville anonym an den *Causeries* des *Tintamarre* mitarbeitete. – 23 *Auri sacra fames:* der heilige Hunger nach dem Gold; Aeneis, III, 57. – 30 Désiré *Nisard* (1806-1888), Schriftsteller, ein Gegner der Romantiker; veröffentlichte 1844 die beiden ersten Bände seiner *Histoire de la Littérature française,* in der er das Mittelalter und die neuere Zeit eher abwertend behandelte; wurde 1850 als Gegenkandidat Alfred de Mussets in die Academie Française aufgenommen.

WEIN UND HASCHISCH

7., 8., 11. und 12. März 1851, Messager de l'Assemblée; Œuvres/Lévy; Œuvres/Conard III; Œuvres/Pl I.

Baudelaire scheint den Haschisch bereits 1841/42 kurz vor oder nach der Rückkehr von seiner großen Reise bei Louis Ménard, seinem Mitschüler am Collège Louis-le-Grand, kennengelernt zu haben. Damals dürfte auch das aquarellierte Selbstporträt mit der Vendôme-Säule entstanden sein (Album 34). Gemeinsame Séancen mit Haschisch fanden später bei Boissard de Boisdernier im Hôtel Pimodan statt, unter der Kontrolle des Arztes Moreau de Tours (s. u. zu S. 141, Fußnote); auch Gautier, Balzac nahmen gelegentlich an diesen Séancen teil. Baudelaire hat Haschisch genommen, kaum jedoch sehr regelmäßig; seine Droge war das Opium. Als er sich 1857 näher für Thomas De Quinceys (1785-1859) *Confessions of an English Opium Eater* zu interessieren begann und einen Artikel über ihn plante, führte dies schließlich dazu, daß er den Essay von 1851, mit teilweise wörtlichen Entlehnungen, für *Le Poème du Haschisch,* den ersten Teil der *Paradis artificiels* (1860), umschrieb; siehe Bd. VI.

S. 119, *6 ein sehr berühmter Mann:* Anthelme Brillat-Savarin (1755-1826), in seiner *Physiologie du goût ou Méditations sur la gastronomie transcendante* (1825), Kapitel IX, das den Getränken gewidmet ist. Baudelaires Zitat ist ungenau.

S. 120, *5 ein kleines Buch von Lavater:* Gemeint ist *Johann Kaspar Lavaters Vermächtnis an seine Freunde,* Zürich 1796, in der französischen Übersetzung von G. Schweighäuser, *Dernier Don de Lavater à ses amis,* Paris/Straßburg 1805. Der Satz, auf den Baudelaire anspielt, der sechste von Lavaters »Grundsätzen für das Jahr 1796«, lautet dort: »Nichts Unwahres, Unweises, Liebloses, Unnützes zu sprechen. (Vor vergeblichen Worten bewahrt Gott Seine Geliebten.)« Es handelt sich demnach weder um den ersten Grundsatz des Buches noch um Lektüre. – Johann Caspar Lavater (1741-1801) war dem französischen Publikum vor allem durch die Übersetzung seiner *Physiognomischen Fragmente zur Beförderung der Menschenkenntnis und Menschenliebe* (1775-1778) bekanntgeworden, von der eine zehnbändige Ausgabe, *L'Art de connaître les Hommes par la Physionomie,* mit über 500 Kupfern, 1805-09 in Paris erschienen war. Diese Ausgabe dürfte Baudelaire gekannt haben, da sie im Nachlaß seines Vaters nachgewiesen ist. – 24 E.T.A. *Hoffmann* (1770-1822); Baudelaires Anspielung bezieht sich auf die *Höchst zerstreuten Gedanken* unter den *Kreisleriana* im Ersten Teil der *Phantasiestücke in Callots Manier* (1814). – *36 psychologisches Barometer:* Baudelaire folgt hier, wie auch anderswo, den biographischen Texten Walter Scotts und des Übersetzers Loève-Weimars in dem 1. und 20. Bande der französischen Hoffmann-Ausgabe von 1830/33.

S. 122, *11 »Mensch, du mein Geliebter ...:* eine Prosaparaphrase des Gedichtes *L'Ame du vin* in den *Fleurs du Mal* (Bd. III, S. 271), das zuerst 1850 unter dem Titel *Le Vin des honnêtes gens* erschienen war.

S. 123, 24 *eines jener geheimnisvollen Wesen:* vgl. hierzu das Gedicht *Le Vin des chiffonniers* in den *Fleurs du Mal* (Bd. III, S. 274 ff.), Erstdruck etwa 1850.

S. 124, 4 *Weidenschal:* im Original *châle d'osier,* weil der Weidenkorb des Kehrichtsammlers ihm wie ein Schal um den Hals hängt. Unter *der Nr. 7* ist offensichtlich der Haken zu verstehen, mit dem er seine Funde aufspießt. – 24 *Paktol:* Paktolos, ein ehemals Goldsand führender kleiner Fluß in Lydien, der sich in den Hermos ergießt.

S. 125, *15 vor einem Bilde:* nicht näher bestimmbar. Crépet vermutet, es sei die *Étude de Saint-Cloud* von Louis Français, die Baudelaire im *Salon* 1846 gesehen und besprochen hatte (siehe Bd. I, S. 268 f.), gemeint; nach Pichois zielt Baudelaire eher auf Ernest Meissonier, bei dem »wir unwillkürlich an Martin Drolling denken« müssen *(Salon 1845),* siehe Bd. I, S. 165. – *17 Drollings Küche:* das heute im Louvre befindliche Gemälde *Intérieur de cuisine* von Martin Drolling (1752 bis 1827) (Expo 1968/69, no 140).

S. 127, 2 Nicolo *Paganini* (1784-1840), berühmter Geiger.

S. 128, 22 Edmund *Kean* (1787-1833), englischer Schauspieler, der vor allem als Darsteller in Shakespeares Stücken Berühmtheit erlangte. – *Frédérick* Lemaître

(1800-1876), einer der bedeutendsten Schauspieler der Epoche, vor allem als Darsteller in Melodramen.

S. 136, *34 Peau de chagrin* (1831), Roman von Balzac, in dem ein Stück Chagrinleder die Eigenschaft hat, jeden Wunsch zu erfüllen; bei jedem Wunsch jedoch schrumpft das Leder und verkürzt so die Lebenszeit seines Besitzers.

S. 137, *4 den Fischer in der Ballade ...:* Anspielung auf Goethes Ballade *Der Fischer,* die öfters nachgedichtet worden war, unter anderem von Gautier in seinem Gedicht *L'Ondine et le Pêcheur* (*Poésies complètes,* 1845).

S. 139, *36 Cancan:* »ausgelassener, unzüchtiger Tanz mit drolligen Gebärden; er entstand während der Juliherrschaft im Quartier Latin; der Name wird 1836 erwähnt ... In den *Nouvelles à la main* (1841) schildert Nestor Roqueplan den damaligen *cancan* sehr anschaulich.« (Cl. Klöpper, Französisches Real-Lexikon, Leipzig 1898)

S. 140, *1 Togatus:* von Toga, dem aus einem halbrunden, weißwollenen Tuch bestehenden, weiten und lang herabwallenden Obergewand des Römers in Friedenszeiten, wenn er öffentlich als Bürger erschien; daher *togatus* als Bezeichnung des römischen Bürgers; auch Advokat, Justizperson.

S. 141, *28* Auguste *Barbereau* (1799-1879), Violinist, Dirigent, Musiktheoretiker; Verfasser zweier Bücher *Traité théorique et pratique de la composition musicale* (1845) und *Étude sur l'origine du système musical* (1852). Baudelaire dürfte Barbereau im Hôtel Pimodan oder durch seinen Freund Champfleury kennengelernt haben; siehe Cl. Pichois, *A la recherche d'un Baudelaire perdu,* in: Studia Neolatina, Festschrift für Peter M. Schon, 1978, 155-163. – *Fußnote, der Arzt ...:* Jacques-Joseph Moreau de Tours (1804-1884), Verfasser eines Buches *Du haschisch et de l'aliénation mentale* (1845).

LE SALUT PUBLIC

BAUDELAIRES JOURNALISTISCHE TÄTIGKEIT

Angesichts der Werkausgaben seit 1868 vergißt man allzu leicht, daß der Dichter und Essayist Baudelaire zu Lebzeiten, genaugenommen, nur zwei Bücher veröffentlicht hat: *Les Fleurs du Mal* und *Les Paradis artificiels.* Mehrere andere Bücher waren geplant, kamen jedoch nicht zustande. Baudelaire debütierte als Journalist, Feuilletonist, Literatur- und Kunstkritiker; seine Artikel, Kritiken und essayistischen Arbeiten erschienen in Zeitungen, Zeitschriften und Lieferungen oder, wie etwa die beiden Salons 1845/46 und der Essay über Richard Wagner, als Broschüren. Kein Wunder demnach, daß wir ihm von früh an als genanntem oder ungenanntem Mitarbeiter mancher, oft sehr kurzlebiger publizistischer Unternehmen begegnen.

Baudelaires erster signierter Artikel, ein Hinweis auf die *Contes normands* von Jean de Falaise (siehe Bd. I, S. 99), findet sich in der 1822 gegründeten Zeitschrift *Le Corsaire, Journal des spectacles, de la littérature, des arts, mœurs et modes,* die 1844 mit einem ähnlichen Blatt *Le Satan* verschmolz und sich seither *Le Corsaire-Satan* nannte, 1847 jedoch wieder den ursprünglichen Titel annahm. In den fünfziger Jahren begegnet man Baudelaire häufiger in den beiden Wochenzeitungen *Semaine théâtrale* und *L'Artiste.* Einigermaßen belegt, wenn auch im einzelnen nicht nachzuweisen, ist seine anonyme Mitarbeit an dem Sammelwerk *Les Mystères galans des Théâtres de Paris,* den wöchentlich erscheinenden *Causeries* des *Tintamarre,* sowie an *La Tribune nationale* und *Le Représentant de l'Indre.* Während der Revolution 1848 gab Baudelaire selber mit zwei Freunden die Zeitung *Le Salut public* heraus, von der jedoch nur zwei Nummern erschienen. Eine eigene literarische Zeitschrift *Le Hibou philosophe,* die ihn längere Zeit beschäftigte, gelangte niemals über das Stadium des Projekts hinaus. Da die beiden Nummern des *Salut public* Baudelaires Namen als den eines Redaktionsmitglieds tragen, wurden sie vollständig übersetzt und in diese Werkausgabe aufgenommen. Über seine mutmaßliche Mitarbeit an anderen Zeitungen und Zeitschriften wie auch über seine eigenen publizistischen Pläne folgen nachstehend, chronologisch geordnet, nähere Angaben.

Les Mystères galans des Théâtres de Paris (Actrices galantes) erschienen im Februar 1844 bei Cazel in Paris; der eigentliche Verleger und Herausgeber war jedoch Auguste Le Gallois. Zu den Mitarbeitern dieses bewußt frechen, anstößigen, auch niedrigsten Klatsch nicht verschmähenden Potpourris, dessen Titel den Käufer sowohl an Eugène Sues Roman *Les Mystères de Paris* als auch an das 1843/44 in Lieferungen erschienene seriöse Sammelwerk *Les Actrices célèbres contemporaines* erinnern sollte, gehörten, neben Baudelaire, dessen Freund Privat d'Anglemont, Georges Mathieu (alias Dairnvaell), Fortuné Mesuré (Fortunatus) und der Abbé Constant, der sich später als Adept und Eingeweihter okkulter Wissenschaften hervortun sollte. Die *Mystères galans* sind kein Buch, sondern eine Sammlung von witzigen, anzüglichen, schlüpfrigen, hämischen Anekdoten, Polemiken und Plaudereien. Einen Neudruck der verschollenen Publikation veranstaltete 1938 Jacques Crépet; einen Artikel daraus (*Ponsard;* s.o. zu S. 205, *34*) nahm dieser 1939 in Œuvres/Conard/Posth (I, 105-112) auf; umfangreiche Auszüge geben die Œuvres/Pl (II, 983-1011).

Die Zeitschrift *Le Tintamarre* brachte von September 1846 bis Ende März 1847 wöchentlich einmal eine Rubrik *Causeries,* deren Redakteure Auguste Vitu, Baudelaire und Théodore de Banville waren; die einzelnen Beiträge waren entweder unsigniert oder mit den Pseudonymen Francis Lambert, Marc-Aurèle und Joseph d'Estienne unterzeichnet. 1920 veröffentlichte André Malraux vierzehn dieser *Causeries,* mit Illustrationen von Constantin Guys und einem Vorwort von Féli Gautier. Ein Neudruck sämtlicher siebenundzwanzig Plaudereien findet sich in den 1932 von Jules Mouquet herausgegebenen *Œuvres en collaboration;* das gleiche Gesamt, in kritischer Textgestalt, bieten die Œuvres/Conard/Posth (I, 118-190); das von Jacques Crépet Baudelaire zugeschriebene eine anonyme Stück und die acht mit dem Pseudonym Joseph d'Estienne signierten Stücke ebenfalls in Œuvres/Pl (II, 1012-1027).

LE SALUT PUBLIC

Die beiden Nummern des *Salut public* erschienen am 27. Februar und 1. März 1848. Faksimiledruck, hrsg. von Ed. Champion, mit einem Vorwort von Fernand Vandérem, 1925; hrsg. von Jean Ducourneau, 1971; Œ P; Œuvres/Conard/Posth I; Œuvres/Pl II.

Von den drei Redakteuren dieser Zeitung waren Baudelaire und Champfleury schon seit längerem befreundet. Champfleury (Jules Husson, 1821-1889), der anfangs unter dem Pseudonym Fleury, später Champfleury schrieb, war einer der nächsten und treuesten Freunde Baudelaires. Die beiden hatten sich wohl 1845 als Mitarbeiter des *Corsaire-Satan* kennengelernt. Auch nach den Ereignissen der Februarrevolution sahen die beiden sich fast täglich und führten stundenlange Gespräche miteinander. Erst unter dem Einfluß De Maistres und Edgar Allan Poes entfernte Baudelaire sich seit 1850 immer weiter von Champfleury sowie von seinen politischen und künstlerischen Ansichten (siehe auch S. 204f. und die Anmerkungen dazu).

In einem Brief Champfleurys an Armand Baschet aus dem Jahre 1852 heißt es: »Gleich in den ersten Februartagen habe ich zusammen mit einem Freund, dem Dichter Baudelaire-Dufaÿs, das *Salut public* begründet: eine glücklose Zeitung, die bloß zwei Ausgaben erlebte und die wir in den Caféhäusern selbst verkauften. Der Verkauf brachte uns insgesamt sieben Francs, zwei Sous ein: denn eine meiner ehemaligen Freundinnen hatte gleich für drei Francs eingekauft – für ihre Geliebten! Sie hatte – leider ihrer dreißig!!!« (B/Zeitgenossen, 78).

Die genauesten und ausführlichsten Schilderungen über Baudelaire in den ersten Wochen der Februarrevolution und über die Gründung der Zeitung hat Charles Toubin hinterlassen (*Souvenirs d'un septuagénaire* [siehe B/Contemporains und B/Zeitgenossen]). Danach wurde die Zeitung mit einem Kapital von achtzig oder neunzig Francs begründet, die Toubin und sein Bruder als letztes in ihrem Beutel hatten. Zum Redaktionsbüro wählte man den kaum besuchten Saal im zweiten Stock des Café Turlot an der Ecke der Rue de l'École de Médecine und der Rue Hautefeuille, ein beliebter Treffpunkt der Maler- und Dichterfreunde Baudelaires. Die Wahl des Titels war rasch getroffen. »Baudelaire schlug *Le Salut public* vor; ich fand dies zu aggressiv, doch wiesen mich meine beiden Mitarbeiter darauf hin, daß man in Revolutionszeiten seine Stimme erheben müsse, um sich Gehör zu verschaffen.« Was die Einheitlichkeit der Ansichten und Meinungen betraf, »so kümmerten wir uns darum überhaupt nicht. Champfleurys politische Ideen reichten nicht weiter als zur Verachtung der Stadtgarde. Baudelaire begrüßte die Revolution wie alles, was gewalttätig und anormal war, und aus diesem Grunde fürchtete ich ihn mehr, als daß ich ihn liebte«. Die erste Nummer wurde in weniger als zwei Stunden redigiert und in 400 Exemplaren gedruckt; die Kosten betrugen etwa 30 Francs. »Da fast alle Werkstätten geschlossen waren, fiel es nicht schwer, Verkäufer zu finden. Doch wie die von Noah nach der Sintflut ausgeschickten Raben zogen unsere Vögel davon und kehrten nicht zurück.«

Die zweite Nummer, zu der Courbet eine Vignette lieferte (was die Auslieferung verzögerte), wurde sorgfältiger ausgearbeitet. Baudelaire, in einem weißen Arbeiterkittel, bot diese Nummer selber abends in der Rue Saint-André-des-Arts zum Verkauf an; mit einem Exemplar beehrte er fromm den Erzbischof von Paris, »ein anderes überbrachte er, in demokratischer Gesinnung, Herrn Raspail (s.u. zu S. 155, 27), der an der Place de l'École de Médecine wohnte und dem er seit der Lektüre des *Ami du Peuple* grenzenlose Zuneigung und Bewunderung entgegenbrachte«. Eine junge, als Arbeiterin verkleidete Witwe betätigte sich ebenfalls als Verkäuferin in der Rue des Saints-Pères. Der Verkauf durch diese beiden brachte zwölf oder fünfzehn Francs ein, »und man beschloß 1., daß die Republik, der unsere Ratschläge und Gedankenblitze künftig versagt bleiben würden, sich selbst aus der Klemme helfen müsse, und 2., daß ein herrliches Gedenkbankett stattfinden sollte, und zwar gleichzeitig zur Feier der Geburt und des Ablebens unserer Zeitung, allerdings mit einer auf fünf beschränkten Teilnehmerzahl: die drei Gründer, mein Bruder (als stiller Gesellschafter) und die junge Witwe, welche uns, in die Arche zurückgekehrt, regelrecht als *Taube* vorkam«.

S. 145, *5 Habe Vertrauen in die Regierung:* In der ersten Proklamation der vorläufigen Regierung war von Republik noch nicht die Rede gewesen. In der zweiten hieß es, sie »wolle die *Republik,* unter dem Vorbehalt der Ratifikation durch das Volk, das man unverzüglich befragen werde«. Die Führer der Republikaner hatten sich daraufhin in das Hôtel de Ville begeben und den Mitgliedern der Regierung ein Ultimatum gestellt, das die Ausrufung der Republik bewirkte. – *18 An die Führer ...:* Dieser Artikel stammt möglicherweise von Baudelaire.

S. 146, *5 Nationalversammlung:* wie sie sich am Vorabend der Französischen Revolution konstituiert hatte. – *16* Adolphe *Thiers* (1797-1877), Journalist, Historiker und Politiker; Minister und Präsident des Staatsrats unter der Julimonarchie. – *Odilon Barrot* (1791-1873), Deputierter und Anführer der gemäßigten Linken unter Louis-Philippe. – *22 einen Palast:* Anspielung auf ein in den dreißiger Jahren neu errichtetes Haus für die Affen des Jardin des Plantes.

S. 147, *21 Druckerpressen zerstört:* vor allem die der seit 1833 erscheinenden konservativen Tageszeitung *L'Univers.*

S. 148, *1 L'Atelier:* Diese 1840 gegründete Zeitung, die sich selber als das »Organ der sittlichen und materiellen Interessen der Arbeiter« definierte, gehörte zu denjenigen, die die Revolution von 1848 vorbereitet hatten. – *3 Die Königin von Spanien:* Isabella II. (1830-1904), Tochter Ferdinands VII. (gest. 1833); regierte bis 1868. Ein Sohn Louis-Philippes war mit einer ihrer Schwestern verheiratet. – *24 Karl X.:* Charles X (1757-1836), Bruder Ludwigs XVI. und Ludwigs XVIII., dem er 1824 auf dem Thron nachfolgte; er wurde von der Julirevolution 1830 gestürzt und ging ins Exil.

S. 149, *3 Verträge von 1815:* mit den alliierten Siegermächten nach der Vertreibung Napoleons und der Wiedereinsetzung der Bourbonen. – *5 Keine Eroberungen mehr!:* Schon die Nationalversammlung von 1789 hatte den Eroberungskrieg geächtet. – *26* Pierre-Augustin Caron de *Beaumarchais* (1732-1799), Verfasser der Komödie *Le Mariage de Figaro* (1781), die bei ihrer Uraufführung 1784 einen ungeheuren Erfolg hatte und als ein Fanal der Revolution gelten darf. – *28* Jules *Michelet* (1798-1874), Historiker und leidenschaftlicher Demokrat; schrieb eine Geschichte der Französischen Revolution (1847-1853). – *33* Thomas-Robert *Bugeaud* de la Piconnerie (1784-1849), Marschall von Frankreich, Kolonisator Nordafrikas. Am 24. Februar 1848 war ihm der Oberbefehl über die Armee von Paris übertragen worden; dennoch gelang es ihm nicht, die Monarchie zu retten.

S. 150, *2 Die Büste Voltaires!:* Der ganze Artikel könnte von Baudelaire stammen, der Voltaire nicht liebte.

S. 151, *1 Le Constitutionnel:* von 1819 bis 1832 die bedeutendste und einflußreichste liberale Zeitung. Nach der Julirevolution sanken seine Auflageziffern; zuletzt war Thiers der dirigierende Geist des Blattes. – *8 Die republikanischen Künstler:* möglicherweise von Baudelaire. – *15 Académie de Peinture:* die heutige Académie des Beaux-Arts; war Ende des 17. Jahrhunderts auf Betreiben des Malers Le Brun gegründet worden. – *22 Wir haben die Tragödien satt:* vgl. Baudelaires Verteidigung der Moderne in seinem *Salon de 1846* (Von dem Heroismus des modernen Lebens, Bd. I, S. 280 ff.).

S. 152, *6 Leopold:* Leopold I. (1790-1865), aus dem Hause Sachsen-Coburg, 1831 zum König der Belgier gewählt; war mit einer Tochter Louis-Philippes vermählt. – *8* James Baron *Rothschild,* der jüngste Sohn des Gründers der Bankiersdynastie Meier-Amschel Rothschild. Als nach der Revolution von 1848 sein Schloß in Suresnes geplündert und angezündet worden war, stand er im Begriff, Frankreich zu verlassen. Der Polizeipräfekt von Paris, Marc Caussidière, ein überzeugter Linksrepublikaner, forderte ihn zum Bleiben auf und stellte ihm ein Pikett der Garde Républicaine, daß sein Stadthotel bewachte. James Rothschild stiftete daraufhin 50000 Francs für die Verwundeten des Februaraufstands. – *18 Pius IX.:* Papst von 1846 bis 1878; verkündete die Dogmen von der Unbefleckten Empfängnis Mariens und von der Unfehlbarkeit des Papstes. – *23 Und noch schöner:* Die hier erzählte Anekdote entnahmen die Redakteure des *Salut public* der Zeitung *La Presse* vom 26. Februar.

S. 153, *7 eine Vignette:* Diese von Courbet entworfene Holzschnittvignette zeigt einen Mann in weißer Bluse und Zylinder, der auf einer Barrikade steht; in der einen Hand schwingt er ein Gewehr, in der anderen eine Trikolore, auf der man die Worte *Voix du peuple, voix de Dieu* liest. – *von einem anderen:* Die einzige Nummer dieses gemäßigten *Salut public, journal des principes sociaux et des intérêts de tous* war am 27. Februar erschienen. – *9 Die Strafen Gottes:* Auch dieser, im Stil von Lamennais' *Paroles d'un croyant* (1834) verfaßte Artikel wird Baudelaire zugeschrieben. – *23* Clemens-Wenzeslas *Metternich* (1773-1859), österreichischer Staatsmann; nach dem Sturz Napoleons der führende Politiker der europäischen Restauration. Der erwähnte *Johannisberger* kam von einem seiner Güter im Rheingau.

S. 154, *28* Denis-Auguste *Affre* (geb. 1793), Erzbischof von Paris; erlag am 25. Juni 1848 einer tödlichen Verwundung, als er sich auf die Barrikaden begeben hatte, um die Kämpfenden zum Frieden zu mahnen. – Jean-Baptiste-Henri *Lacordaire* (1802-1861), Dominikaner, Wiederhersteller des Dominikanerordens in Frankreich, bedeutender Kanzelredner, ein Schüler Lamennais', mit dem und Montalembert er 1830 die christlich-soziale Zeitung *L'Avenir* gegründet hatte.

S. 155, *25 Konvent:* der Nationalkonvent von 1792, mit dem die republikanische Regierung Frankreichs begann. – 27 François *Raspail* (1794-1878), Chemiker, praktischer Arzt und Politiker, einer der Vorkämpfer des allgemeinen Wahlrechts. Sein ultra-radikales Blatt *L'Ami Du Peuple En 1848* erschien zum ersten Mal am 27. Februar mit der Devise: »Gott und Vaterland – Volle und ganze Freiheit des Denkens – Unbeschränkte religiöse Toleranz – Vergessen der Vergangenheit – Wachsamkeit für die Zukunft – Allgemeines Wahlrecht.« Die zweite Nummer wurde von Studenten auf der Place Saint-Michel öffentlich verbrannt; die dritte erschien erst am 12. März. – Jean-Paul *Marat* (1743-1793), Arzt und Revolutionär, Herausgeber der Zeitung *L'Ami du Peuple,* in der er immer wieder zur Bekämpfung und Ausrottung der Gegner der Revolution aufrief.

S. 156, 22 François *Chabot* (1759-1794), Kapuziner, dann Mitglied des Nationalkonvents; starb auf dem Schaffott. – *25 Die konservative Zeitung der Republik:* Émile de Girardin (1806-1881) hatte in der von ihm herausgegebenen *Presse* am 28. Februar geschrieben, ihre Kolumnen reichten nicht hin, alle während der Revolution geprägten »glücklichen Worte« zu bringen; er wolle jedoch den Namen zitieren, den das Volk der *Presse* gegeben habe; es nenne *La Presse: »Le journal conservateur de la république.«* Dem bereits zitierten Bericht Toubins zufolge hatten Baudelaire und Courbet am 22. Februar Girardin aufgesucht, um ihm eine von einem Munizipalgardisten an einem Aufständischen begangene Greueltat zu berichten. Baudelaire schätzte Girardin nicht; der Artikel dürfte jedoch von ihm stammen und wohl auch in der Absicht geschrieben sein, sich Girardin ins Gedächtnis zu rufen.

S. 157, *3 Jeden Tag eine Idee!:* Die Devise *»Une idée par jour«* stand in *La Presse* am 29. Februar zu lesen. – *7 am Grabe Armand Carrels:* Girardin hatte 1836 den Republikaner Armand Carrel (geb. 1800), den Herausgeber der republikanisch-liberalen Zeitung *Le National,* im Duell getötet. Der *vergangene Montag* war der 28. Februar, für den eine Gedenkfeier am Grabe Carrels vorgesehen war, die dann allerdings auf den Donnerstag der gleichen Woche verschoben worden war, so daß Girardin nicht nur als erster, sondern auch als einziger am Grabe Carrels eintraf. – *8 Die Stellenjagd: La Curée,* Titel eines berühmten Gedichtes in den satirischen *Ïambes* (1832) von Auguste Barbier (1805-1882). Ein Aufsatz Baudelaires über Barbier erschien 1861 und fand in die *Réflexions sur quelques-uns de mes contemporains* (Bd. VII) Aufnahme. Siehe auch S. 170. – *26 Die Erste und die Letzte:* Auf Grund seiner spiritualistischen Tendenz dürfte dieser Artikel wohl Baudelaire zuzuweisen sein.

S. 158, *12 Coburg-Gotha:* Aus diesem Hause stammten Leopold I., der König der Belgier, und Albert, der Prinzgemahl der Königin Viktoria von England. – *26 Wählerzensus:* sowohl der *cens d'éligibilité,* den jeder, der sich wählen lassen wollte, als der *cens électoral,* den jeder, der Wähler sein wollte, aufweisen mußte; diese betrugen seit 1830 500 und 200 Francs direkte Steuern. – *31 Stempel:* franz. *timbre;* die Zeitungen mußten eine Stempelabgabe entrichten, die durch die provisorische Regierung abgeschafft worden war.

S. 159, *6 borne:* wörtl. Grenze, Grenzstein; im übertragenen Sinne ein schwerfälliger, beschränkter Mensch. – *12 Der letzte Figaro: Le Dernier Figaro, ou Cinq journées d'un siècle,* Komödie in Prosa und in 5 »Epochen«, von Jean-Pierre-François Lesguillon; Uraufführung am 8. Februar 1848 am Théâtre de l'Odéon. – *25 sein unmoralisches Stück: Le Chevalier de la Maison-Rouge,* eine Episode aus der Zeit der Girondisten, das 1847 am Théâtre-Historique uraufgeführt worden war. – *27 Der Herr Châtel:* der Abbé Châtel (1795-1857) Gründer einer gallikanischen Église Catholique Française, zu deren Bischof er sich ernannt hatte. – *36* Mathieu *Orfila:* Medizinprofessor, ein Freund des Hauses Aupick, war damals Dekan der Medizinischen Fakultät der Sorbonne; ein Posten, den er durch die Revolution verlor.

S. 160, *4 Le Roi s'amuse:* Dieses Drama in Versen von Victor Hugo, dem Verdi den Stoff seiner Oper *Rigoletto* entnahm, war 1832 am Abend seiner Uraufführung verboten worden; es wurde jedoch erst 1853 wieder gespielt. – *7 L'Auberge des Adrets:* In diesem Melodram in drei Akten von Benjamin Antier, Saint-Amand und Paulyanthe (1823) und in dessen Fortsetzung *Robert Macaire* von Benjamin Antier und Frédérick Lemaître (1834) hatte Lemaître (s. o. zu S. 128, 22) die Hauptrolle des Robert Macaire gespielt. – *8 Vautrin:* Drama in 5 Akten und in Prosa, von Honoré de Balzac; Uraufführung am 14. März 1840 am Théâtre de la Porte-Saint-Martin. – *10 Pinto: Pinto ou La Journée d'une conspiration,* historische Komödie in fünf Akten und in Prosa von Népomucène Lemercier, die 1800 an der Comédie-Française uraufgeführt und 1834 am Théâtre de la Porte-Saint-Martin wiederholt worden war. Man rief darin »Nieder mit Philipp!«, weil es in dem Stück um eine portugiesische Verschwörung gegen Philipp II. von Spanien ging. – *15 Hermance Lesguillon:* ein schreibender Blaustrumpf. – Auguste-Marseille *Bar-*

thélemy (1796-1867); Journalist und Satiriker, der 1832 in seinem poetischen Wochenblatt *Némésis* die neue Monarchie angegriffen hatte. Als dieses sehr bald schon sein Erscheinen einstellte, verdächtigte man ihn, von der Regierung gekauft worden zu sein. – Jean *Journet* (1799-1861), der »Apostel« des fourieristischen Sozialismus.

Von der »glühend republikanischen, demokratischen und sozialistischen« Tageszeitung *La Tribune nationale, Organe des intérêts de tous les citoyens* erschienen am 26. Februar, 12. März und um den 10. April 1852 drei »Probe-Nummern« (mit Beiträgen von Lamennais und Esquiros). In der dritten Nummer findet sich zum ersten Mal Baudelaires Name als *»secrétaire de rédaction«*. In derselben Eigenschaft wird er vom 26. Mai bis 6. Juni, an welchem Tag die Zeitung ihr Erscheinen einstellte, genannt. Siehe J. Mouquet/W.T. Bandy, *Baudelaire en 1848 – La Tribune nationale* (Paris 1946); dort auch eine größere Anzahl der Artikel, an denen Baudelaire mitgearbeitet haben könnte; neun dieser Beiträge übernimmt Pichois in Œuvres/Pl II, 1040-1059.

Baudelaires sehr kurzfristige und nie recht aufgehellte Mitarbeit als *»rédacteur en chef«* an der im Oktober 1848 in Châteauroux gegründeten »reaktionären« Zeitung *Le Représentant de l'Indre* (siehe B/Zeitgenossen, 78ff.) ist zwar nachdrücklich behauptet worden, genauere Spuren dieser Episode sind jedoch nicht nachweisbar. Pichois in Œuvres/Pl II, 1060-1063, druckt einen Artikel *Actuellement* aus der ersten Nummer der Zeitung ab.

Die *Semaine théâtrale,* zu der Baudelaire insgesamt drei Beiträge geliefert hat, brachte es vom 6. November 1851 bis zum 1. Februar 1852 auf neun Nummern. Herausgeber und Leiter waren Giraud und Dagneau, der Chefredakteur Charles Monselet; von den weiteren Mitarbeitern seien erwähnt: Asselineau, Banville, Champfleury, Vitu; die Auflagenhöhe betrug 250 bis 300 Exemplare. Baudelaires Zeitschrift *Le Hibou philosophe* hätte die Nachfolge dieses Wochenblatts übernehmen sollen. Er besprach sich darüber mit Champfleury und ließ diesem im Februar 1852 ausführliche Vorschläge zu dem Projekt zugehen. Erstdruck in Œuvres/Conard/Posth I, 209ff.; dann Œuvres/Pl II, 50ff.

Anmerkungen
über die Redaktion und Zusammenstellung der Zeitung
LE HIBOU PHILOSOPHE

Der Titel sollte hoch oben stehen. Das Papier sollte gut gefüllt aussehen.

Sämtliche verwendeten Schrifttypen, Gattungen, Untergattungen, Arten, sollten derselben Familie angehören. Eine einheitliche Typographie. Die Anzeigen sollten aneinander gerückt, gut ausgerichtet und von einheitlichem Charakter sein.

Das Format sollte weniger quadratisch als das der *Semaine théâtrale* sein.

Ich bin kein großer Freund der Gewohnheit, gewisse Artikel in einer leichteren Type zu setzen als die übrigen.

Ich habe keine Meinung darüber, ob es sich schickt, die Seite in drei Kolumnen statt in zwei zu unterteilen.

Artikel, die zu schreiben wären: eine allgemeine Würdigung der Werke *Th.*

Gautiers, Sainte-Beuves. Würdigung der Leitung und der Tendenzen der *Revue des Deux Mondes. Balzac* als Bühnenautor. *Das Leben in den Kulissen. Der Geist des Ateliers. Gustave Planche,* radikaler Verriß. Nullität und Grausamkeit der Impotenz; schreibt wie ein Tropf, ein Beamter. *Jules Janin:* totaler Verriß. Weder Kenntnisse, noch Stil, noch gute Gefühle. *Alexandre Dumas* wäre Monselet anzuvertrauen. War immer schon ein Windbeutel. Aufzeigen, wie oft er die Natur und die Geschichte Lügen gestraft hat. Schreibt wie ein Marktschreier. – *Eugène Sue,* ein dummes und garstiges Talent. *Paul Féval,* Idiot.

Werke, die zu würdigen wären: der letzte Band der *Causeries du Lundi,* Gedichte von *Houssaye* und *Brizeux, Lettres et Mélanges* von *Joseph de Maistre. Le Mariage de Victorine.* LA RELIGIEUSE DE TOULOUSE: TÖTEN. Die Übersetzung *Emersons.*

Liste der Verlagsbuchhändler, mit denen wir Verbindung aufnehmen sollten: *Furne, Houssiaux, Blanchard (Hetzel), Lecou, Michel Lévy, Giraud et Dagneau, Amyot, Charpentier, Baudry, Didier, Sandré, Hachette, Garnier, Gaume, Cadot, Souverain, Potter,* etc. ...

Berichterstattungen über *künstlerische* Ereignisse. Zu untersuchen wäre, ob das Fehlen einer Bürgschaft und die augenblickliche Tyrannei es uns erlaubt, im Hinblick auf *Kunst und Verlagsbuchhandel,* das Verhalten der Behörden zu diskutieren.

Zu untersuchen wäre, ob das Fehlen einer Bürgschaft es uns nicht verbietet, über Werke aus dem Bereich der Historie und der Religion zu berichten. Zu vermeiden wären alle offenkundig sozialistischen sowie alle offenkundig hofschranzenmäßigen Tendenzen und Anspielungen.

Wir sollten einander mit völliger Offenheit überwachen und beraten.

Wir fünf zusammen sollten eine Liste aufstellen: der wichtigen Personen, Schriftsteller, Zeitschriften – und Zeitungsdirektoren, Freunde, die Propaganda machen könnten, der Lesekabinette, Lesezirkel, Restaurants und Cafés, Buchhandlungen, denen *Le Hibou philosophe* zu schicken wäre.

Jeder sollte eine Liste derjenigen unserer Freunde aufstellen, die wir auffordern könnten, die Zeitung zu abonnieren.

Zu schreiben wären die Artikel über einige ältere Autoren, die, weil sie ihrem Jahrhundert voraus waren, einige Lehren erteilen könnten, wie die jetzige Literatur sich erneuern ließe, zum Beispiel: *Mercier, Bernardin de Saint-Pierre,* etc. ...

Zu schreiben wäre ein Artikel – über *Florian* (Monselet);
– über *Sedaine* (Monselet oder Champfleury);
– über *Ourliac* (Champfleury).

Wir fünf sollten einen großen Artikel schreiben (*Öffentliche Versteigerung und Ausverkauf der abgetanen Wörter,* der *École pompeuse classique,* der *École classique galante,* der *École romantique naissante,* der *École satanique,* der *École lame de Tolède,* der *École olympienne* (V. Hugo), der *École plastique* (T. Gautier), der *École païenne* (Banville), der *École poitrinaire,* der *École du bon sens,* der *École mélancolico-farceuse* (Alf. de Musset).

Hinsichtlich der Novellen, die wir bringen, sollten sie der sogenannten *phantastischen* Literatur angehören, oder Sittenschilderungen sein, Szenen des wirklichen Lebens, soweit wie möglich in einem ungezwungenen, wahren und aufrichtigen Stil.

Für die Provinzblätter wäre ein Zirkular zu redigieren.

Zu prüfen wäre, was für die Propaganda im Ausland geschehen könnte.

Zu untersuchen wäre, ob es angeht, daß in *Le Hibou philosophe* Bücher oder Artikel besprochen werden, die wir anderwärts veröffentlichen.

Wieviel wäre für öffentliche Anschläge aufzuwenden?

Über die festen und die jeweils anfallenden Kosten wäre eine sehr genaue Aufstellung zu machen.

Kommt Geld herein, sollte es in zwei Hälften geteilt werden, eine, um die Werbung zu erhöhen, die andere, um das Gehalt der Redakteure zu erhöhen.

Müssen wir miteinander einen Gesellschaftsvertrag abschließen?

Bitte, lassen Sie mich doch auch Ihre Gedanken wissen.

Champfleury verfaßte daraufhin seinerseits einen längeren, ins einzelne gehenden Vertragsentwurf für die Redaktion des *Hibou philosophe* (veröffentlicht von Jacques Crépet, Mercure de France, 15. Sept. 1935). Er schlägt darin ein Redaktionskomitee von fünf Mitgliedern vor: außer ihnen beiden drei weitere bisherige Mitarbeiter der *Semaine théâtrale,* Armand Baschet, Charles Monselet, André Thomas. Es fand sich jedoch kein Geldgeber, und so blieb es bei dem Projekt.

Der Titel der Zeitschrift ist einem Titel Restif de la Bretonnes (1734-1806) nachgebildet, der seine *Nuits de Paris ou Le Spectateur nocturne* (1788-1794) ursprünglich *Le Hibou nocturne* nennen wollte.

Gustave Planche (1808-1857), seit 1831 Kunst und Literaturkritiker an der *Revue des Deux Mondes,* ein Gegner der Romantischen Schule. – *Jules Janin:* siehe S. 167 f. und die Anm. dazu. – *Paul Féval:* s. o. zu S. 163, *26.* – *Der letzte Band der Causeries du Lundi:* von Sainte-Beuve; gemeint ist der soeben erschienene vierte Band (s. o. zu S. 365, 4), der u. a. einen Artikel über Pierre Dupont enthielt. – *Arsène Houssaye* (1815-1856), Dichter, Schriftsteller, Kritiker und Theaterdirektor, dem Baudelaire 1862 eine Anzahl seiner *Poèmes en prose* widmen sollte (siehe Bd. VIII); 1851 waren seine *Poésies complètes* erschienen. – Auguste *Brizeux* (1803-1858), aus der Bretagne gebürtiger Dichter irischer Abstammung, der in seinen Gedichten vor allem bretonische Themen behandelte; 1852 war von ihm erschienen *Primel et Nola,* eine »mystische Geschichte in Versen«. – *Lettres et Mélanges:* Gemeint sind die 1851 in zwei Bänden, mit einem Porträt des Autors erschienenen *Lettres et opuscules inédits* von Joseph de Maistre (1753-1821). – *Le Mariage de Victorine:* Komödie in drei Akten von George Sand, die am 26. November 1851 uraufgeführt worden war und der Monselet eine begeisterte Besprechung in der *Semaine théâtrale* gewidmet hatte. – *La Religieuse de Toulouse:* Roman von Jules Janin, der 1850 in zwei Bänden erschienen war. – *Die Übersetzung Emersons:* Émile Montégut (s. o. zu S. 32, *28*) hatte 1850 Übersetzungen nach Ralph Waldo Emerson (1803-1882) unter dem Titel *Essais de philosophie américaine* veröffentlicht. – *Mercier:* s. o. zu S. 281, *10.* – Jacques-Henri *Bernardin de Saint-Pierre* (1737-1814), Naturforscher, Reisender, Sozialutopist, ein Freund Rousseaus und Vorläufer der Romantik. – Jean-Pierre Claris de *Florian* (1755 bis 1794); schrieb Fabeln, bürgerliche Komödien und zahlreiche Romane. – Michel-Jean *Sedaine* (1719-1797), Dramatiker und Librettist. – Édouard *Ourliac* (1813 bis 1848), Novellist und Essayist, einer von Baudelaires frühesten literarischen Bekannten. – *École païenne:* siehe Baudelaires Aufsatz (S. 189 ff.), der am 22. Januar 1852 in der *Semaine théâtrale* erschienen war. In derselben Zeitschrift war am 13. November 1851 von Monselet *1er pétard attaché à la perruque de l'École du bon sens* (Erster an der Perücke der Schule des gesunden Menschenverstands befestigter Knallfrosch) erschienen.

Unter nicht genau datierbaren Papieren Baudelaires fand sich auch folgende Liste, die in dieselbe Zeit wie die Anmerkungen zu *Le Hibou philosophe* gehören könnte, vermutlich aber auf das Projekt einer späteren, eigenen Zeitschrift Ende der fünfziger Jahre zu beziehen ist. Erstdruck von Jacques Crépet, *Miettes baudelairiennes* (Mercure de France, 15. Februar 1936); dann Œuvres/Conard/Posth I, 208; Œuvres/Pl II, 53.

Titel
für einen Sammelband in monatlichen Lieferungen

Trotzdem!
Die Oase.
Paucis.
Die Eremitage.
Die Kartause.
Die Letzte Zuflucht der Musen.
La République des Lettres.
Die Reaktion.
Der Brunnen in der Wüste.
An die Preziösen.
Le Recueil de ces Messieurs.
Die freiwilligen Eremiten.
Die Thebais.
Les Incroyables.
Die Arbeiter der letzten Stunde.
Les Bien Informés.
Les Lunes parisiennes.

Zu den einzelnen Titeln:

Paucis: Den Wenigen. – *Le Recueil de ces Messieurs:* Titel einer Sammlung von Novellen, Erzählungen und Dialogen von Caylus, Diderot u. a., Amsterdam 1745. – *Les Incroyables:* Es gab bereits ein *Journal des Incroyables* im III. Jahr der Republik; *incroyables* nannte man unter dem Directoire eine bestimmte Sorte von royalistischen Stutzern. – *Die Arbeiter der letzten Stunde:* siehe Matth, 20. – *Les Bien Informés* (Die Wohlunterrichteten) erschienen vom III. bis VIII. Jahr der Republik, *Les Lunes parisiennes* 1822/23.

Claude Pichois ordnet ein weiteres undatiertes Blatt, wohl die Notiz zu einem Aufsatz, aus dem Besitz Champfleurys hier ein. Erstdruck in: Catalogue des Manuscrits de Champfleury, 1891; Œuvres/Pl II, 54.

Über einige zeitgenössische Vorurteile

Was ist ein Vorurteil?
Eine Mode des Denkens.
Über M. de Béranger – Dichter und Patriot.
Über das Vaterland im 19. Jahrhundert.
Über M. de Lamartine – religiöser Autor.
Über die Religion im 19. Jahrhundert.
Über die liebenswürdige Religion – M. Lacordaire.

Über M. Victor Hugo – Romantiker und Denker.
Über Gott im 19. Jahrhundert.
Über einige falsche Ideen der romantischen Wiedergeburt.
Über die öffentlichen Mädchen und die Philanthropie.
(Über die Rehabilitierungen überhaupt.)
Über Jean-Jaques – sentimentaler und nichtswürdiger Autor.
Über die Republik im 19. Jahrhundert und über die Republikaner. (Robespierre hätte die humanitären Republikaner Garnier-Pagès und Louis-Marie de Cormenin für sehr farblos und des Fallbeils würdig erachtet.)
Über die falschen Morgenröten.
Epilog oder Tröstungen.

Pierre-Jean de *Béranger* (1780-1857), der beliebteste Chanson-Dichter seiner Zeit, den Baudelaire verabscheute. – Alphonse de *Lamartine* (1790-1869), Dichter, Erzähler, Historiker, neben Hugo, Musset, Vigny der Hauptvertreter der »romantischen Schule«; seine bedeutendsten Gedichtsammlungen sind die *Méditations poétiques* (1820) und die *Nouvelles Méditations* (1825). – Jean-Baptiste-Henri *Lacordaire:* s.o. zu S. 154, *28.* – *Jean-Jacques:* Rousseau. – Étienne-Joseph-Louis *Garnier-Pagès* (1800-1841), franz. Politiker, das Haupt der republikanischen Partei unter Louis-Philippe. – *Louis-Marie de Cormenin* (1788-1868), franz. Politiker; seine »Timon« unterzeichneten Pamphlete waren von nachhaltigem Einfluß auf die Entwicklung der liberalen Gesinnung unter der Regierung Louis-Philippes.

PROSASCHRIFTEN

CHAMPFLEURYS ERZÄHLUNGEN

Chien-Caillou, Pauvre Trompette, Feu Miette

18. Januar 1848, Le Corsaire; Œuvres/Pl II.

Die hier besprochenen Erzählungen Champfleurys (siehe S. 396) waren 1847 in dreimonatlichen Lieferungen oder Einzelbänden bei dem Verleger Martinon erschienen: *Chien-Caillou, Fantaisies d'hiver,* mit einer Widmung an Victor Hugo; *Pauvre Trompette, Fantaisies de printemps,* mit einer Widmung an Eugène Delacroix; *Feu Miette, Fantaisies d'été,* mit einer Widmung an Honoré de Balzac. In jedem Band sind einzelne Erzählungen wiederum einzelnen Personen gewidmet, so im ersten Band Théophile Gautier, Arsène Houssaye, Gérard de Nerval, Auguste Vacquerie, Pierre de Fayis (alias Charles Baudelaire), Pierre Dupont; im zweiten Band Jules Janin; im dritten Édouard Thierry.– Siehe Lloyd, 16-19.

S. 163, *6 Geschichte eines armen Stechers:* Chien-Caillou war der Beiname des Stechers Rodolphe Bresdin (1825-1885), nach Chingackook, dem Helden eines Romans von James Fenimore Cooper, in der Aussprache einer französischen Hausmeisterin. – *21 Contes normands … Histoires baguenaudières:* Baudelaire hatte diese beiden Erzählungsbände am 24. November 1845 in *Le Corsaire-Satan* besprochen; siehe Bd. I, S. 99. – *26* Alexandre *Dumas* (1802-1870), Autor zahlreicher und erfolgreicher historischer Feuilletonromane, u.a. *Le Comte de Monte-Cristo* (1844/45), *Les Trois Mousquetaires* (1844). – Paul *Féval* (1817-1887) schrieb ebenfalls zahlreiche Feuilletonromane, u.a. *Les Mystères de Londres* (1844), *Les Amours de Paris* (1845). – *Konsorten:* Darunter ist vor allem Eugène Sue (1804-1875), der Verfasser der *Mystères de Paris* (1842/43), zu verstehen.

S. 164, *14 Henri Monnier* (1799-1877), Schriftsteller, Schauspieler und Karikaturist, Mitarbeiter des *Charivari* und anderer Zeitungen; schuf die Gestalt des M. Joseph Prudhomme in *Scènes dessinées à la plume* (1832). – *33 Compère Mathieu: Le Compère Mathieu ou Les Bigarrures de l'esprit humain* (1765), antiklerikaler satirischer Roman des Abbé Henri-Joseph Dulaurens (1719-1797), den man auch Voltaire zugeschrieben hat.

S. 166, *10 der vierte Band:* Die auf dem Umschlag von *Pauvre Trompette* für den September 1847 angekündigten *Fantaisies d'automne* sind nicht erschienen; statt dessen veröffentlichte Champfleury 1854 einen Band *Contes d'automne.*

JULES JANIN
und le Gâteau des Rois

31. März 1934, Le Figaro; Œuvres/Pl II.

Fragment eines Artikels, etwa aus der gleichen Zeit wie die vorstehende Rezension der Erzählungen von Champfleury.

S. 167, *9 Chien-Caillou:* s.o. zu S. 163, *6.* – *16 Le Gâteau des Rois, symphonie fantastique* von Jules Janin (1804-1874), Kritiker und Erzähler; schrieb unter anderem den Roman *L'Ane mort et la femme guillotinée,* eine Art Satire oder Parodie auf den Schauerroman. Eine Neuausgabe des *Gâteau des Rois,* mit ausführlichem Kommentar von Joseph-Marc Bailbé, erschien 1972; siehe auch *Baudelaire rival de Janin?* von Jean-François Delesalle, Etba III, 41-53.

S. 168, *9 Sustulerunt saepius pedes:* Sie haben öfters die Füße, die Beine hochgeworfen; vermutlich ein von Baudelaire fabriziertes Scheinzitat, nach der französischen Redensart *lever la jambe,* von Tänzerinnen gebraucht, jedoch mit einem deutlich erotischen Nebensinn.

PIERRE DUPONT

Ende August 1851 als 20. Lieferung der *Chants et Chansons* von Pierre Dupont; AR; Œuvres/Conard V; Œuvres/Pl II.

Diese 20. Lieferung enthielt außer Baudelaires Aufsatz eine Porträtvignette Duponts, von Gigoux, gestochen von Ch. Colin. Baudelaire hatte Pierre Dupont (1812-1870) vermutlich um 1840 kennengelernt; eine nahe Freundschaft und gemeinsame politische Überzeugungen verbinden die beiden in den Jahren 1846 bis 1851. Baudelaire schrieb noch einen zweiten, kürzeren Artikel über Pierre Dupont, der 1861/62 erschien und später in die *Réflexions sur quelques-uns de mes contemporains* Aufnahme fand; siehe Bd. VII. – Baudelaires und Duponts gemeinsamer Freund Champfleury hat letzteren unter dem Namen Giraud in seinem Roman *Les Aventures de Mademoiselle Mariette* (1853) porträtiert, Baudelaire hat zu diesem Roman 1853 einen »Schlüssel« aufgestellt (Corr/Pl, I, 208 ff.), in dem es heißt: »Giraud: Pierre Dupont. Antithese des vorigen [Thédore de Banville], volkstümlicher Dichter, unermüdlicher Chansonnier, hat das Glück gehabt, die Februarrevolution zu wittern, und seinen Einfluß als revolutionärer Dichter mit seinem Ruf als ländlichem Poeten zu vereinigen. Seine Werke sind heute zahlreich. Er komponiert selber die Musik zu seinen Liedern.« – Nach Baudelaires Tod veröffentlichte Dupont am 22. September 1867 in *Le Nain jaune* ein Sonett *Hommage à la mémoire de mon ami Charles Baudelaire,* mit der Unterschrift: *Paris, le 9 septembre 1867. Souvenir de la Brasserie des Martyrs* (Œuvres/Conard, V, 504 f.). – Siehe Lloyd, 19-32.

S. 169, *2 Chants et Chansons:* Duponts Gesänge und Lieder, mit meist eigenen Melodien, erschienen von 1851 bis 1854 in vier Bänden, deren erster von 1851 27 Lieferungen umfaßt, die vom 5. April bis 25. Oktober herauskamen; Baudelaires Aufsatz ist als Vorwort aufzufassen. – *30 Navarin:* Neokastron; dort war am 26. Oktober 1827 die türkisch-ägyptische Flotte in einer Seeschlacht von den Franzosen, Engländern und Russen vollständig vernichtet worden. – *31 ein Buch ... so buntfarbig wie ein Taschentuch:* Victor Hugos Gedichtsammlung *Les Orientales* (1829).

S. 170, *2 Klage jenes leidenden Gemüts:* Anspielung auf den Band *Vie, poésies et pensées de Joseph Delorme* (1829) von Sainte-Beuve. – *25 ein Dichter auftritt ...:* Auguste Barbier; s. o. zu S. 157, *8*.

S. 171, *1 Enrichissez-vous!:* Bereichert euch! Dieses Losungswort der Bourgeoisie unter Louis-Philippe wird dem konservativen Minister und Historiker François Guizot zugeschrieben. – *17 Porticus:* Säulenhalle, Beiname der stoischen Schule, nach der Halle, in der die Anhänger der Stoa sich vereinigten. – *18 Maison-d'Or:* auch Maison Dorée, Restaurant des Boulevard des Italiens, in einem 1839 im Renaissancestil erbauten Gebäude mit viel Vergoldung; neben dem Café Anglais und dem Café Riche einer der beliebtesten Treffpunkte der eleganten Welt. – *24 Les Paysans: Le Chant des paysans* (1849).

S. 172, *13 am 23. April 1821:* Baudelaire selber war am 9. April des gleichen Jahres geboren. – *27 Entwicklungsgang eines Dichters abzuschließen:* Hier und weiter unten denkt Baudelaire offensichtlich an sich selbst. – *32 eines grausamen und pünktlichen Militärs:* Anspielung auf Baudelaires Stiefvater, den General Aupick.

S. 173, *2 Pierre Lebrun* (1785-1873), in seiner Jugend ein Mitschüler des General Aupick, seit 1828 Mitglied der Académie française, Pair von Frankreich unter der Julimonarchie, Mitglied des Senats im Zweiten Kaiserreich. – *5 Les Deux Anges, poème. Poésies diverses.* Dieser Erstling Duponts erschien 1844 in Provins. – *26* Victor *Cousin* (1792-1867), Philosoph und Politiker, Begründer der sogenannten »eklektischen Schule«.

S. 174, *2 wie Sainte-Beuve gesagt hat:* in einem Artikel über Pierre Dupont und Hégésippe Moreau, der am 21./22. April 1851 im *Constitutionnel* erschienen war und später in den vierten Band der *Causeries du Lundi* aufgenommen wurde. – *5 Les Paysans, chants rustiques* (1846), Gedichte von Dupont, *musique arrangée par Victor Parizot.*

S. 175, 1 die Erde ihre Wunder verdankt: la terre doit ses merveilles, ebenso wie die beiden folgenden hervorgehobenen Stellen und der Vierzeiler *Nous dont la lampe ...* Zitate aus Duponts *Chant des Ouvriers.*

S. 176, *5 Entendez-vous au creux du val ...:* aus *La Chanson des prés* in dem zweiten Band der *Chants et Chansons.* – *20 eine spanische Komödie: El mágico prodigioso* von Calderón de la Barca (1600-1681), III. Akt, 6. Szene. Baudelaire, der kein Spanisch konnte, kannte diese Szene aus den *Études sur l'Espagne* (1847) seines Freundes Philarète Chasles (1798-1873); bei Calderon sind diese Naturstimmen Einflüsterungen des Teufels.

S. 177, *1 La France est pâle comme un lis ...:* aus *Les Journées de Juin. Chant funèbre,* datiert auf den Juli 1848, aus dem zweiten Bande der *Chants et Chansons.* – *23 Le glaive brisera le glaive ...: Le Chant des nations,* datiert auf das Jahr 1848, aus dem ersten Band der *Chants et Chansons.*

S. 178, *24 wie dies Champfleury ... festgestellt hat:* in seinen *Sensations de voyage d'un essayiste,* die im April 1851 als Feuilleton in *L'Événement* erschienen. – *36 René, Obermann, Werther:* drei »Helden« des Weltschmerzes: *René* von François-René de Chateaubriand (1768-1848), zuerst 1802 in dessen *Génie du Christianisme; Obermann* von Étienne Pivert de Senancour (1770-1846), erster Druck 1804; *Die Leiden des jungen Werthers* von Goethe, 1774.

S. 179, *1 in den See Genezareth:* Matth 14, 23. – *6 Proudhon:* s. o. zu S. 16. Proudhon hatte sich vor 1847 eine Zeitlang in Lyon aufgehalten. Als Quelle des nachstehenden Zitats führt Baudelaire in einer Fußnote Proudhons Schrift *Avertissement aux propriétaires, ou Lettre à M. Considerant, rédacteur de la Phalange, sur une Défense de la propriété* (Paris/Besançon 1841) an. Proudhons erste größere Schrift *Qu'est-ce que la propriété?* (1840) beginnt mit dem berühmt gewordenen Satz: »Eigentum ist Diebstahl.« – Der Text der von Baudelaire aus dem Gedächtnis zietierten *chanson faubourienne* lautet bei Proudhon: *En avant! courage! / Marchons les premiers: / Du cœur à l'ouvrage, / Braves ouvriers!* – *17 Rouget de Lisle* (1760-1836), der Verfasser der Marseillaise.

S. 180, *4 zu jedem Lied die Musik:* Jede Lieferung der *Chants et Chansons* enthielt ein Lied, dem ein gestochenes Frontispiz voransteht und die Melodie folgt. – *27 hineinversetzen:* wörtlich *entrer dans la peau.* Die Redewendung war damals neu; der Schauspieler Eugène Bignon soll sie 1850 aufgebracht haben; siehe Cl. Pichois, *Quand l'acteur Bignon »entra dans la peau de son personnage«, Le Français moderne,* Juli 1952, 173 f.

[ALBUMBLATT]

7. Februar 1925, Supplément littéraire du Figaro; Œuvres/Pl II.

Dieser Text aus der Entstehungszeit des Aufsatzes über Pierre Dupont entstammt dem Album einer nicht näher bekannten Madame Francine Ledoux, das auch Eintragungen von folgenden Freunden Baudelaires enthält: Théodore de Banville, Pierre Dupont, Gustave Mathieu und Champfleury.

S. 181, *9 die Verheißung des Glücks: La beauté n'est que la promesse du bonheur.* Der Satz stammt aus einer Fußnote zu Kap. XVII von Stendhals *De l'Amour* (1822). Baudelaire hatte diesen Satz bereits 1846 in seiner *Auswahl tröstlicher Maximen über die Liebe* zitiert; siehe Bd. I, S. 110 f. – *19 unwiderstehliche Sympathie, die ich für die alten Frauen empfinde:* siehe in den *Fleurs du Mal* die Gedichtfolge *Les Petites Vieilles,* Bd. III, S. 136 ff.

DIE SITTSAMEN DRAMEN UND ROMANE

27. November 1851, Semaine théâtrale; AR; Œuvres/Conard V; Œuvres/Pl II.

Siehe Lloyd, 32-39.

S. 182, *18 Emile Augier* (1820-1889), unter den Dramatikern der Anführer jener *école du bon sens,* die Baudelaire so von Herzen verabscheute. 1844 hatte *La Ciguë,* ein Schauspiel in zwei Akten und in Versen, am Théâtre de l'Odéon ihn berühmt gemacht. 1849 war an der Comédie-Française die Verskomödie *Gabrielle* uraufgeführt worden. Sein bekanntestes Stück, das ihn überlebte, ist die zusammen mit Jules Sandeau (1811-1883) geschriebene Komödie *Le Gendre de M. Poirier* (1854). – *19 Der Schierlingsbecher: La Ciguë.*

S. 183, 3 Nous pourrons ...: Wir werden uns den Luxus eines Knaben erlauben können! *Gabrielle,* I. Akt, 1. Szene. – *5 Tiberius:* römischer Kaiser von 14 bis 37 n. Chr., von dessen geheimen Ausschweifungen auf Capri Sueton berichtet. – Donatien-Alphonse-François *marquis de Sade* (1740-1814), Verfasser berüchtigter pornographischer Romane: *Justine ou Les malheurs de la vertu, Juliette ou Les prospérités du vice.* – *12* Thomas Robert *Malthus* (1766-1834), veröffentlichte 1798 *An Essay on the Principle of Population,* in dem er für eine Geburtenkontrolle eintrat. – *24 Mademoiselle de Maupin:* Roman von Théophile Gautier, der 1835 erschienen war. – *28 Kean, ou Désordre et Génie:* Kean, oder Unordnung und Genie, Drama von Alexandre Dumas, das 1836 uraufgeführt worden war. Baudelaire erwähnt es bereits 1846 in seinen *Ratschlägen für junge Schriftsteller;* siehe Bd. I, S. 122. – *36 sämtliche Notare:* Baudelaire Vormund Ancelle war bis zum 28. April 1851 Notar gewesen, ehe er zum Bürgermeister von Neuilly ernannt wurde.

S. 184, *19 o ma belle catholique:* als wörtliches Zitat nicht nachweisbar. – *28 Grisetten:* im Pariser Jargon Bezeichnung für Näherinnen oder Putzmacherinnen, die mit Herren einen gemeinsamen Haushalt führen. – *Lisette:* in Pierre-Jean de Bérangers (1780-1857) Liedern der Typ der sorglosen, leichtlebigen Grisette. – *Fußnote – einem der Redakteure:* Baudelaire selber. – *Chefredakteur:* Le Poitevin Saint-Alme, der unter dem Decknamen M. de Saint-Charmay in Champfleurys Roman *Les Aventures de Mademoiselle Mariette* (1853) auftritt.

S. 185, *1 Jérôme Paturot à la recherche d'une position sociale* (1843), satirischer Roman von Louis Reybaud (1799-1879), zu dem 1848 noch eine Fortsetzung *Jérôme Paturot à la recherche de la meilleure des républiques* erschien. – *3 Pierre Leroux* (1797-1871), Philosoph und utopischer Sozialreformer; gründete 1824 mit Paul-François Dubois die (später saint-simonistische) literarisch-philosophische Zeitschrift *Le Globe* (die auch Goethe bezog und aufmerksam las); sozialistischer Abgeordneter in der Verfassungsgebenden und Gesetzgebenden Versammlung von 1848/49. – *7 Proudhon:* s. o. zu S. 16 und S. 179, *6.* – *10 Eugène-Emmanuel Viollet-le-Duc* (1814-1879), Architekt, Archäologe und Schriftsteller; restaurierte unter dem Zweiten Kaiserreich eine große Anzahl historischer Denkmäler des Mittelalters, darunter Notre-Dame in Paris.

S. 186, *18 ein junger Schriftsteller:* Hippolyte Castille. Der hier erwähnte Artikel war am 4. Oktober 1846 in *La Semaine* erschienen; Balzacs Antwort ebendort am 11. Oktober.

S. 187, *2 Lousteau:* begabter Journalist und Arrivist in Balzacs *Comédie humaine.* – *3 Lucien de Rubempré:* junger Dandy und Emporkömmling in den beiden Romanen *Illusions perdues* (1837-1843) und *Splendeurs et Misères des courtisanes* (1839-1847) von Balzac. – *8 Ich habe einen Freund:* nicht eindeutig identifizierbar. Pichois vermutet, daß Charles Richomme, ein Vetter Baudelaires, gemeint sei. Richomme war einer der Hauptredakteure des von 1840 bis 1851 erscheinenden *Dimanche des enfants;* er schrieb auch das Vorwort zu einer Neuausgabe der *Contes et Historiettes à l'usage des enfants* von Arnaud *Berquin;* s. o.

zu S. 98, *1*. – *33* Jean-Baptiste-Antoine baron *de Montyon* (1733-1820), hatte mehrere wissenschaftliche und einen Tugendpreis gestiftet, die alljährlich vergeben wurden. Diesen Tugendpreis hatte die Académie française Augier für seine Komödie *Gabrielle* zuerkannt. – *35* *Léon Faucher* (1804-1854), französischer Politiker, Innenminister der Zweiten Republik. – *37* *satanischen Verordnung:* vom 12. Oktober 1851. In dieser Verordnung wurden Prämien festgesetzt für diejenigen erfolgreichen Theaterstücke, die einen sittlichen Zweck verfolgten und »die geeignet waren, den arbeitenden Klassen durch die Verbreitung gesunder Anschauungen und den Anblick guter Beispiele zur Belehrung zu dienen«.

S. 188, *25* *Ich werde später noch einmal ...:* Der hier in Aussicht genommene Artikel wurde nicht geschrieben; über Baudelaires Interessen an Balzacs und Diderots dramatischen Arbeiten s. o. zu S. 66, *11* und 160, *8*.

DIE HEIDNISCHE SCHULE

22. Januar 1852, Semaine théâtrale; 25. Dezember 1866, La Revue de poche; AR; Œuvres/Conard V; Œuvres/Pl II.

Die hier angegriffene *école païenne* hat als Schule im strengeren Sinne nicht existiert. Von den Dichtern, an die Baudelaire hier gedacht haben könnte, nennen Crépet und Pichois in erster Linie Théodore de Banville (1823-1891), einen Vorläufer der sogenannten Parnassiens; ferner in vorderster Linie Charles-Marie-René Leconte de Lisle (1818-1894), den Anführer der Parnassiens, dessen *Poèmes antiques* 1852 erschienen; Théophile de Gautier; Louis Ménard, den Verfasser des von Baudelaire 1846 kritisierten *Prométhée délivré* (siehe Bd. I, S. 104 ff.); Victor de Laprade (1812-1887) (siehe den Brief an Ferdinand Desnoyers, vom Ende 1853 / Anfang 1854, Bd. III, S. 405); und schließlich sogar Gérard de Nerval (1808 bis 1855). – Siehe Lloyd, 39-47.

Im *Figaro* vom 20. Juni 1864 liest man unter dem Namen Jules Claretiesfolgende Anekdote: »Eines Morgens kurz nach Sonnenaufgang vernimmt der Verfasser der *Fleurs du Mal* ein heftiges Pochen an seiner Türe. Er erwacht: ›Wer ist da?‹ – Er horcht. – ›Was machen Sie mit Zeus?‹ fragt nun eine schreckliche Stimme, die Stimme des Hellenisten Louis Ménard. – Charles Baudelaires Rache an dem Verfolger besteht in einem einzigen Satz. ›Sie sind ein Heide‹, sagt er, und schläft wieder ein.«

S. 189, *8* *einem jener jungen Leute:* ein Student. – *18* *»Der große Pan ist tot!«:* Plutarch, *De defectu oraculorum,* Kapitel XVII. – *25* *dem Gefangenen auf Sankt Helena:* Napoleon, der 1821 als Verbannter auf der Insel Sankt Helena gestorben war. – *32* *Juno:* Hera, die Gattin des Zeus, die Homer ihrer großen Augen wegen lobend die kuhäugige Göttin nennt.

S. 190, *8* *Hippodrome:* ein Zirkus, der 1845 in der Nähe des Arc de Triomphe errichtet worden war, und der nach einem Brand im Jahre 1850 an die heutige Place Victor-Hugo verlegt wurde. – *16* *Heinrich Heine* (1799-1856) lebte seit 1831 in Paris. Die von Baudelaire erwähnte Episode findet sich im Vierten Teil der *Reisebilder* (1830), Kap. IV. Baudelaire kannte diese *Tableaux de voyage* aus der Ausgabe der *Œuvres de Henri Heine,* die 1834 in Paris erschienen war. Allerdings handelt es sich bei Heine um einen Mönch in der Umgebung von Lucca, der, »durch Dorn und Gestrippe, die Felsen hinauf klimmt, um droben, in den Bergdörfern, Kranke zu trösten oder Kinder beten zu lehren«; während Baudelaire an einen der Mönche vom Großen Sankt Bernhard zu denken scheint.

S. 191, *3 Voltaire:* den Baudelaire sonst gründlich verabscheute. Man sehe den in *Le Salut public* berichteten Zwischenfall der Revolution von 1848, S. 149f. – *31 die Vermählung von Isis und Osiris:* vermutlich eine Anspielung auf Nervals Vorliebe für die antiken Mysterien. – *35* Honoré *Daumier* (1808-1879), siehe Bd. I, S. 311ff. Die 50 Lithographien seiner *Histoire ancienne* waren vom Dezember 1841 bis zum Januar 1843 erschienen. – *37 Qui nous délivrera ...:* »Wer wird uns von den Griechen und Römern befreien?« Dieser Vers wird dem obskuren Dichter Joseph Berchoux (1765-1839) zugeschrieben.

S. 192, *1 brutal über die Antike ... hergefallen:* Dieser ganze Absatz über Daumiers *Histoire ancienne* findet sich mit geringfügigen Abweichungen in dem Aufsatz über *Einige französische Karikaturisten* (Bd. I, S. 319f.; siehe dort auch die Anmerkungen S. 485f.) – *10 Schriftsteller von Talent:* vermutlich Théodore de Banville. – *18 Pastiche:* ital. *pasticcio,* wörtl. Pastete, Mischspeise; in Dichtung und Malerei soviel wie Nachahmung, Nachbildung, Werk im Stil und Geschmack eines anderen. – *20* Giovanni *Cimabue* (1240-1301), italienischer Maler, der Lehrer Giottos. – *21 mit toledanischem Dolch:* siehe Baudelaires Projekt der Zeitung *Le Hibou philosophe,* S. 400ff. – *28 Priapus:* der römische Gartengott mit aufgerecktem Glied. – *Bacchus:* der Gott des Weines. – *Crepitus:* Furz. – *32 Venus Aphrodite:* griechische und römische Göttin der Liebe. – *Venus Mercennaria:* die Göttin der käuflichen Liebe. – *36 parische Koteletts:* aus Parischem Marmor, von der Insel Paros.

S. 194, *13 Die maßlose Liebe zur Form ...:* vgl. das Albumblatt S. 181. Am 6. Mai 1861 heißt es in einem Brief Baudelaires an seine Mutter: »Meine einzige Lust war das Vergnügen, ein Zustand ständiger Erregung; die Reisen, die schönen Möbel, die Gemälde, die Dirnen, usw. Heute trage ich die grausame Strafe dafür.« – *23 Gewissensbisse des heiligen Augustinus:* In seinen *Confessiones* (VI, 8) klagt Augustinus sich der Leidenschaft wegen an, mit der er die blutigen Zirkusspiele besuchte. – *29 Worte eines Spaßvogels ...:* vgl. das Prosagedicht *La Fausse Monnaie* in *Le Spleen de Paris,* Bd. VIII.

DIE MORAL DES SPIELZEUGS

17. April 1853, Le Monde littéraire; 19. August 1855, Le Portefeuille; 13. Juni 1857, Le Rabelais; AR; Œuvres/Conard V; Œuvres/Pl I.

Diese Arbeit, die in verhältnismäßig kurzen Abständen zwei Nachdrucke erlebte, hat Baudelaire selber in die zu seinen Lebzeiten nie zustande gekommene Ausgabe seiner Werke aufnehmen wollen. In der Annahme, daß Asselineau und Banville, den Herausgebern von AR, eine korrigierte Fassung Baudelaires vorgelegen hat, folgt die Übersetzung dem Text in AR von 1869. Aus dem zwölften bis vierzehnten Absatz, die großenteils wortwörtlich übernommen wurden, hat Baudelaire später das Prosagedicht *Das Spielzeug des Armen* gestaltet; siehe Bd. VIII.

S. 196, *4 Madame Panckoucke* (1783-1860), geb. Ernestine Desormaux, war die Frau des Schriftstellers und Verlagsbuchhändlers Charles-Louis-Fleury Panckoucke (1780-1844), bei dem die vielbändige zweisprachige *Bibliothèque latine-française* erschien. Beider Sohn Ernest Panckoucke (1808-1886), der *jetzige Panckoucke,* übernahm 1844 die väterliche Verlagsbuchhandlung. – Der hier geschilderte Besuch bei Madame Panckoucke muß vor der Übersiedlung des Haushalts Aupick nach Lyon, im Januar 1832, stattgefunden haben. – *12 Alexandre Dumas:*

s.o. zu S. 163, *26;* sein »historisches und romantisches Drama« *Henri III et sa cour* wurde am 10. Februar 1829 an der Comédie-Française uraufgeführt. – *14 Élisa Mercœur* (1809-1835), Dichterin der Romantischen Schule; 1834 erschienen in Paris ihre *Œuvres completes.*

S. 197, *10 begnügte ich mich ... die Mitte hielt:* wörtlich *je me résignai à un juste-milieu;* Anspielung auf die Zentrumspartei der Juli-Monarchie, die jede extreme Position zu vermeiden suchte.

S. 201, *2 Phenakistikop:* In einem Brief aus Lyon, vom 23. November 1833, berichtet Baudelaire seinem Halbbruder Alphonse, daß sein Stiefvater ihm ein Phenakistikop geschenkt habe, von dem er hier bereits eine kurze Beschreibung lieferte.

S. 203, *10 Puzzling question!:* eine schwierige, kniffliche Frage, die nicht so leicht zu entscheiden ist. – Statt dieser beiden englischen Wörter las man in dem Erstdruck von 1853 folgenden letzten Absatz: »In einem weiteren Artikel werde ich von der Herstellung der Spielsachen sprechen, und von dem diesbezüglichen Geschmack der verschiedenen Nationen: ein nicht leicht zu behandelnder Gegenstand.« – Dieser zweite Artikel ist niemals geschrieben worden.

DA ES IHN DENN SCHON EINMAL GIBT, DEN REALISMUS ...

15. Juli 1938, Mesures; Œuvres/Conard XVII; Œuvres/Pl II.

Crépet und Pichois datieren die Handschrift dieses flüchtigen Entwurfs zu einem Artikel, in dem Baudelaire sich mit dem Problem des Realismus auseinandersetzt, in die letzten Monate des Jahres 1855. Nachdem die Jury der Weltausstellung im Juni 1855 Gustave Courbets (1819-1877) Bilder abgelehnt hatte, hatte dieser in einer Baracke eine eigene Ausstellung veranstaltet: *Le Réalisme. Exhibition et vente de 40 tableaux et 4 dessins de M. Gustave Courbet* (siehe auch S. 417).

Baudelaire war mit Courbet befreundet, und dieser hatte ihn bereits 1847 gemalt. Das Bild, das sich heute im Musée Fabre von Montpellier befindet, zeigt den Dichter an einem Tisch mit Schreibgerät sitzend; er raucht und liest in einem größeren Buch. Auf dem Kolossalgemälde *L'Atelier du Peintre, Allégorie réelle* (heute im Louvre), das Courbet in seiner Baracke ausgestellt hatte, sieht man Baudelaire rechts am Bildrand auf einem Tisch sitzend; er liest wiederum in einem großen Buch, das er auf dem Schoß hält; der Kopf (ohne Pfeife) ist sichtlich eine Kopie des Porträts von 1847. Baudelaire vertritt hier die Poesie und figuriert unter den »Erwählten, die das Leben leben«. Hinter ihm zeigte das Bild eine Negerin, die sich in einem Spiegel betrachtet. Baudelaire scheint darauf gedrungen zu haben, daß diese Figur noch vor der Ausstellung getilgt wurde; sie ist jedoch noch schwach erkennbar (siehe *Qui était, 62/71*). Courbets *exhibition* löste eine heftige Diskussion in der Presse aus. Champfleury (siehe S. 396) trat für ihn ein und veröffentlichte am 2. September in *L'Artiste* einen Artikel unter dem Titel *Sur M. Courbet. Lettre à Madame Sand,* den er 1857 in seinen Sammelband *Le Réalisme* aufnahm. Dieses »Manifest« scheint die Veranlassung zu Baudelaires Entwurf gewesen zu sein.

S. 204, *1 Titel:* Als Courbet mit der Arbeit an seinem Bild *L'Atelier* beschäftigt war, hatte er an Champfleury geschrieben: »Ich habe mich in ein riesiges Gemälde gestürzt ..., vielleicht noch größer als *L'Enterrement à Ornans* [heute ebenfalls im Louvre], woran man sehen wird, daß ich noch nicht tot bin, und der

Realismus ebensowenig, *puisque réalisme il y a.*« Es ist anzunehmen, daß Champfleury diesen Brief seinen Freunden gezeigt hat; Baudelaire bedient sich des Zitats daraus als Überschrift für seinen Entwurf. – *6 allgemeinen Verwirrung:* Von der allgemeinen Verwirrung, die das Schlagwort Realismus auslöste, ist auch 1857 in Baudelaires Besprechung des Romans *Madame Bovary* von Gustave Flaubert die Rede; siehe Bd. V. – *15 blague:* Scherz, Spaß, übermütiger Streich. – *22 der unbeholfene Machiavell dieses Borgia ...:* Jules *Michelet* (1798-1874) hatte im fünften Bande seiner *Histoire de France* (1855) geschrieben: »Nein, Cesare Borgia ist keineswegs Machiavells legitimes Ideal.« Michelets Anspielung bezieht sich auf Niccolo Machiavellis (1469-1527) Traktat *Il Principe* (1513). – *26 Teller, auf die ein Hahn ...:* Champfleury sammelte volkstümliche Kunst der Französischen Revolution: Teller, auf die der gallische Hahn gemalt war, grobgestochene Gravüren. – *28* François *Bonvin* (1817-1887), Maler und Graveur; gründete 1849 mit Courbet, Champfleury und anderen eine Gesellschaft *Les Mercredis,* die sich mittwochs auf der Seine-Insel Saint-Germain traf. Bonvin, der aus dem Volk kam und Volksdarstellungen liebte, tritt in Champfleurys Roman *Les Aventures de Mademoiselle Mariette* unter dem Namen Thomas auf; in Baudelaires »Schlüssel« zu diesem Roman (Corr/Pl I, 210) heißt es von ihm: »Vorzüglicher Maler, verständiger und positiver Geist, Anhänger der École *Réaliste,* liebt vor allem Darstellungen des Familienlebens und des Hausgeräts.« – *29 Der Übersetzer Hebels:* Max Buchon, ein großer Freund Courbets, der 1846 in Salins einen Band *Poésies allemandes* herausbrachte, mit Übersetzungen alemannischer Gedichte von Johann Peter Hebel (1760-1828) und Gedichten von Körner, Uhland und Heine. – *30 Pierre Dupont:* siehe S. 169 ff. Auch dieser Liederdichter hatte anfangs dem Realismus nahegestanden, sich dann jedoch nachdrücklich von ihm distanziert.

S. 205, *9* Antoine-Augustin *Préault* (1809-1879), Bildhauer; Baudelaire erwähnt ihn in seinem *Salon 1846* (Bd. I, S. 273). – *11 Mme Sand:* George Sand (alias Aurore Dupin, baronne Dudevant, 1804-1876), Verfasserin zahlreicher Romane, an die Champfleury seinen offenen Brief gerichtet hatte. – Hippolyte *Castille:* s. o. zu S. 186, *18.* – *15 Les deux Cabarets d'Auteuil:* Erzählung in den *Contes domestiques* (1852); *La Lettre à Colombine,* Erzählung in den *Contes d'automne* (1854); der *Strauß des Armen* findet sich in einer Episode dieser Erzählung. – *19* Charles *Dickens* (1812-1870), großer englischer Erzähler und Humorist. – *31* Théodore de *Banville* (1823-1891), in seinen *Odes funambulesques* (1857) findet sich ein Gedicht auf Courbets Bild *Bonjour, Monsieur Courbet!* (heute im Louvre); dort vernimmt man die Klage der Erdgöttin Kybele: *Ami, si tu me vois à ce point triste et laide, / C'est que Monsieur Courbet vient de passer par là!* – Freund, wenn du mich derart traurig und häßlich erblickst, so liegt das daran, daß Herr Courbet hier vorüberkam. – *34* François *Ponsard* (1814-1867), Dramatiker, neben Augier der Hauptvertreter der antiromantischen *»école du bon sens«.* Sein erster großer Erfolg war die klassische Tragödie *Lucrèce* (1843).

S. 206, *12 Hierophant:* Oberpriester und Vorsteher der Eleusinischen Mysterien. – *15 ein hieroglyphisches Diktionär:* Verwandte Formulierungen finden sich in dem *Salon de 1846* (»Für Eugène Delacroix ist die Natur ein unerschöpfliches Wörterbuch«), in dem Aufsatz über Théodore de Banville (siehe Bd. VII) und in dem *Salon de 1859* (Bd. V.). – *21* Jacques de *Vaucanson* (1709-1782), Erfinder berühmter Automaten, eines Flötenspielers, einer Ente. Baudelaire schreibt versehentlich *Daubenton.* – *23 cant:* engl. Verstellung, Heuchelei.

SCHRIFTEN ZUM THEATER

DON JUANS ENDE

1887, Œ P; Œuvres/Conard XVII; Œuvres/Pl I.

Bruchstück des Szenarios einer Oper, von der Asselineau berichtet, daß Baudelaire sie für Nestor Roqueplan, den Direktor der Pariser Oper von 1874 bis 1854, habe schreiben wollen. In dieser Oper hätten sich Don Juan und Catilina begegnen sollen. Siehe auch Baudelaires Brief an seine Mutter vom 26. März 1853 (S. 44); und zum Thema das Gedicht *Don Juan aux Enfers* in den *Fleurs du Mal* (Bd. III, S. 86).

S. 209, *5 einen anderen Namen:* Leporello heißt Don Juans Diener bei Mozart, bei Gautier (*Albertus,* 1831) und bei Musset (*Une matinée de Don Juan,* 1833); Sganarelle bei Molière (*Don Juan ou le Festin de Pierre,* 1665). – *9 à la Franklin:* Benjamin Franklin (1706-1790), einer der Begründer der amerikanischen Unabhängigkeit; hielt sich 1777 zu Verhandlungen mit Ludwig XVI. in Paris auf; Baudelaire verabscheute ihn.

S. 210, *1 Catilinas Schatten:* Lucius Sergius Catilina (108-62 v. Chr.); galt unter der verderbten Jugend Roms als der Frechste und Verwegenste, sammelte eine Anzahl Verschwörer um sich, mit denen er einen Aufstand vorbereitete; von Cicero entlarvt, entfloh er und endete durch Selbstmord.

Plan zu dem Theaterstück DER TRUNKENBOLD

1872 SC (unvollständig); Corr/Pl I.

Den Keim zu diesem Theaterstück bildet das Gedicht *Le Vin de l'assassin* in den *Fleurs du Mal* (Bd. III, S. 276), dessen Erstdruck aus dem Jahr 1848 stammt. Es gehört zu den Gedichten, die vorzutragen Baudelaire am häufigsten gebeten wurde. Als er es Anfang der fünfziger Jahre einmal bei einem Abendessen vortrug, dem der Schauspieler Hippolyte Tisserant (1809-1877) beiwohnte, machte dieser ihm den Vorschlag, den Stoff zu einem Theaterstück auszuarbeiten, in dem er, Tisserant, die Hauptrolle spielen würde. Die Anregung zu dem Gedicht hatte Baudelaire vielleicht bei Pétrus Borel (1809-1859) in dessen *Champavert* (1833) gefunden, wo der Schüler Passereau sich an seiner untreuen Geliebten rächt, indem er sie bei Nacht in einen Brunnen lockt und dann einen um den anderen die Steine der Brunnenmauer lockert und auf die schon Halbertrunkene fallen läßt.

Das Stück war zuerst für das Théâtre de l'Odéon vorgesehen, an dem Tisserant damals mit großem Erfolg auftrat; dann für das Théâtre de la Porte Saint-Martin, in Zusammenarbeit mit dessen Direktor Marc Fournier, und schließlich für das Théâtre de la Gaîté, wo Philibert Rouvière (siehe S. 218 ff.) die Hauptrolle hätte spielen sollen.

S. 211, *6 einen Brief:* Dieser Brief hat sich erhalten (Lettres/B, 369 f.); der Ton des Schreibers ist freundschaftlich, herzlich, ermutigend.

S. 212, *14 Balkensäger:* frz. *scieur de long.* Die Kenntnis des etwas später erwähnten Chansons *Les Scieurs de long* verdankt Baudelaire wahrscheinlich seinem Freunde Champfleury, der eine Fassung in sechs Strophen 1860 in seine Sammlung *Chansons populaires des provinces de France* aufnahm. – *20 goguette lyrique: Goguette* nannten die Pariser gewisse Arbeiter-Sängergesellschaften, die sich seit 1840 in fast jedem Viertel gebildet hatten und sich allwöchentlich in einer Schenke trafen. Eine Schilderung dieser *goguettes* findet sich in den *Nuits d'octobre* (1852) von Gérard de Nerval. – *lice chansonnière:* frz. *lice,* Turnier, Wettstreit. Die erste *Lice chansonnière* war eine 1830 gegründete Vereinigung von Dichtern liberaler und patriotischer Lieder, die der Polizei ein Dorn im Auge war und fortwährend bespitzelt wurde; sie hatte Folgegesellschaften, die sich großer Beliebtheit erfreuten. – *23 Rien n'est ...:* Nichts ist so liebenswert ... wie der Balkensäger ... Und weiter unten: Singe, Sirene, singe ... Du hast Grund zu singen, denn zum Trank hast du das Meer ... und zur Speise meine Liebste! – *27 Lied vom Weidenbaum:* Lied der Desdemona in Shakespeares *Othello.* – *29 Meerfräulein:* In der griechischen Mythologie waren die Sirenen ursprünglich halb Frauen, halb Vögel; schon das Mittelalter setzte sie mit den Meernixen gleich, deren Gesang ebenfalls als lieblich und verderbenbringend galt.

S. 214, *6 Gazette des tribunaux, journal judiciaire et des débats justicièrs,* eine täglich erscheinende juristische Zeitung, die 1825 gegründet wurde.

S. 216, *24 musicos: musico,* niederländische Hafenkneipe mit Musik; das Wort findet sich schon im 16. Jahrhundert bei Agrippa d'Aubigné, und später bei Voltaire.

S. 217, *11* Alphonse *Royer* (1803-1875), einer der Direktoren des Théâtre de l'Odéon, Verfasser zahlreicher Librettos.

PHILIBERT ROUVIÈRE

Dezember 1855/Januar 1856, Nouvelle Galerie des artistes dramatiques vivants, 61. Lieferung; 1. Dezember 1859, L'Artiste; AR; Œuvres/Conard V; Œuvres/Pl II.

Die insgesamt 80 Lieferungen der *Nouvelle Galerie* erschienen jede mit einem gestochenen Bildnis des betreffenden Darstellers von Charles Geoffroy. Der Stich der 61. Lieferung zeigt Rouvière in der Rolle des Hamlet, den Degen in der Hand, wohl in dem Augenblick, da er im Begriff steht, den hinter der Tapete lauernden Polonius zu töten. Der Abdruck in *L'Artiste* weist einige Kürzungen auf. Übersetzungsvorlage ist der Text in AR.

Philibert Rouvière (1805-1865), dem Baudelaire 1865 auch einen Nekrolog widmete (siehe Bd. VII) gehörte zu den »unverstandenen« Künstlern, die es ihm angetan hatten; unter seinen Freunden teilten Champfleury, Gautier, Delacroix seine Bewunderung. Rouvière ist das Vorbild der Hauptgestalt in Champfleurys Erzählung *Le Comédien Trianon,* in dessen *Contes d'automne* (1854); auch Manets *Acteur tragique* stellt Rouvière als Hamlet dar.

Baudelaire hoffte, Rouvière werde die Hauptrolle in seinem Stück *L'Ivrogne* spielen (siehe S. 211 ff.), von dem in seinen Briefen mehrfach die Rede ist. Außerdem war er mit der Bitte an ihn herangetreten, sich für Marie Daubrun zu verwenden. In einem Billet aus dem August 1855 teilt Rouvière ihm mit, er habe dieserhalb an Gustave Vaëz, einen der Direktoren des Théâtre de l'Odéon, geschrieben. Weiter heißt es: »Es freut mich, daß man *Sie* beauftragt hat, die biographische Notiz zu schreiben. Ich werde Ihnen einige nähere Angaben schicken.« Siehe auch die Briefe an Paul de Saint-Victor und Hippolyte Hostein, S. 62 ff. und 67.

S. 218, *35* Antoine-Jean *Gros* (1771-1835), Schüler Davids.

S. 219, *3 La Barricade:* Der genaue Titel des 1830 im Luxembourg ausgestellten Bildes lautete *Scène des barricades, le 29 juillet, place du Palais-Royal.* – *11* *Joanny* (1775-1840), Maler, Soldat, Schauspieler. Er hatte 1830 bei der Uraufführung von Victor Hugos *Hernani* an der Comédie-Française die Rolle des Don Ruy Gomez gespielt. – *25* *Michelot* (1786-1856) gehörte der Comédie-Française von 1805 bis 1831 an; er spielte 1830 den Don Carlos in *Hernani;* von 1835 bis 1851 Lehrer am Conservatoire. – *30* Violet *d'Épagny* (1793-1868), fruchtbarer Bühnenautor. – Auguste *Lireux* (1810-1870), seit 1841, zusammen mit D'Epagny, Leiter des Théâtre de l'Odéon. – *31* *Rodogune:* Tragödie von Pierre Corneille (1606-1684); Uraufführung 1645. – *König Lear: Le Roi Lear* (1844), in einer Bearbeitung des Shakespeare'schen Stückes von Sauvage und Duhomme. – Jean-François *Ducis* (1733-1806), Dramatiker und Übersetzer Shakespeares. – *Der Arzt seiner Ehre:* Calderóns Schauspiel *El médico de su honra,* in einer Bearbeitung von L. Lucas (1843). – *34* *Le Duc d'Albe à Bruxelles, ou La Belgique sous la domination de l'Espagne* (1843), Drama von Henri Samuel. – *Le Vieux Consul* (1844), Tragödie von Arthur Ponroy. – *35* *Antigone* (1843), die Tragödie des Sophokles in einer Bearbeitung von Paul Meurice und Auguste Vacquerie.

S. 220, *18* Pierre *Bocage* (1797-1863), Schauspieler, Nachfolger Lireux' in der Leitung des Théâtre de l'Odéon. – *27* *Hamlet:* Die Aufführung der Bearbeitung dieses Stückes von Alexandre Dumas und Paul Meurice fand im September 1846 statt. *Jules Janins* (s. o. zu S. 167, *16*) Artikel erschien am 21. September in dem *Journal des Débats.* – *34* *Théâtre Historique:* Dieses Theater war 1847 von Alexandre Dumas gegründet und kurze Zeit auch von ihm geleitet worden. – *35* *La Reine Margot* (1845), Schauspiel von Alexandre Dumas in Zusammenarbeit mit Auguste Maquet. Die Hauptfigur des Stückes war Marguerite de Valois, Tochter Heinrichs II. und der Catarina Medici, Gemahlin Heinrichs IV., der sie verstieß. *Karl IX.* (1530-1574) war ihr Bruder.

S. 221, *3* *Le Comte Hermann* (1849), von Alexandre Dumas. – *11* *Salvator Rosa* (1851), Drama von Ferdinand Dugué. – *13* *Mordaunt:* in der Bühnenbearbeitung der *Trois Mousquetaires* (Uraufführung 1844) von Alexandre Dumas; siehe Baudelaires Briefe an Saint-Victor (S. 62 ff.). – *16* *Maître Favilla* (1855), Drama von George Sand. – *24* *Théophile Gautiers Feuilletons:* später wieder abgedruckt in seiner *Histoire dramatique depuis vingt-cinq ans* (1858).

S. 222, *1* *Clairon:* Claire-Joseph Léris, genannt Clairon (1723-1803), berühmte Tragödin, die ihre größten Erfolge in Voltaires Stücken errang.

S. 222, *6* *Kean:* s. o. zu S. 128, 22. – Henri-Louis Cain, genannt *Lekain* (1728-1778), franz. Schauspieler, berühmt als Darsteller in Voltaires Tragödien.

S. 223, 22 *Bei einem seltsamen Philosophen ...:* bei Edgar Allan Poe, in seiner Erzählung *The Purloined Letter,* die Baudelaire übersetzt hatte. Die Übersetzung war im März 1855 unter dem Titel *Facultés divinatoires d'Auguste Dupin* erschienen und wurde unter dem Titel *La Lettre volée* in den Sammelband der *Histoires extraordinaires* (1856) aufgenommen. Poe selber hatte sich an einem Text inspiriert, den Burke und Lavater dem italienischen Physiognomisten Tommaso Campanella (1568-1639) zuschrieben.

DIE WELTAUSSTELLUNG
1855

DIE FRANZÖSISCHE KUNST UM 1855
IN DER SICHT BAUDELAIRES

Nach dem Vorbild der ersten Weltausstellung in dem Londoner Kristallpalast 1851 sollte die Pariser *Exposition Universelle* einen Querschnitt durch die Errungenschaften »aller zivilisatorischen Mächte« auf industriellem und kulturellem Gebiet geben. Man wollte den »Genius des 19. Jahrhunderts« mit jedem erdenklichen festlichen Prunk vor den Repräsentanten aller Länder dokumentieren (*L'Artiste,* 1855, 178). Die kosmopolitischen Ziele mischten sich mit nationalem Prestigedenken. Napoleon III., der sich als Friedenskaiser verstand, wollte den in Frankreich sich stürmisch entwickelnden Industrialismus und den damit verbundenen steigenden Wohlstand vorführen. Er war bestrebt, die erste Weltausstellung in den Schatten zu stellen. Eine darauf zielende Neuerung war, auch die Künste einzubeziehen und die repräsentativsten Werke der letzten fünfzig Jahre in Paris, jenem »zentralen Punkt des Globus«, zusammenzutragen: Die Ausstellung ersetzte dem Connaisseur von damals in nur vier Stunden eine fünfzehnjährige Wallfahrt (Gautier, I, 2). Der die Technik und Industrie bestimmende Gedanke des Fortschritts wurde auf die schönen Künste übertragen. Die Künstler aus den verschiedenen Kontinenten sollten sich nicht nur, wie Gautier schrieb, »die Hand reichen, sich messen und gegenseitig würdigen«; nach Napoleons Willen war die Ausstellung als Motivierung für den Eifer der Kunstschaffenden und als eines der »wirkungsvollsten Mittel« des »Fortschritts« konzipiert (nach dem im *Livret* abgedruckten *Décret,* S. VII). So verstand es neben anderen die Kunstkritikerin Claude Vignon: »Die Weltausstellung wird gewiß für alle Länder das Signal zu einer Regeneration der Künste geben« (Vignon, 6). Baudelaire hingegen stellt das Konzept des Fortschritts in seinem Einleitungskapitel in Frage und betont skeptisch den Niedergang der zeitgenössischen Kunst.

Die Ausstellung gliederte sich in zwei große Teile, in eine neu errichtete doppelstöckige Glas- und Eisenkonstruktion, das Palais des Beaux-Arts, in der Avenue Montaigne, und in die Exposition de l'Industrie. Man hatte den für 1854 geplanten *Salon* mit Werken zeitgenössischer Künstler um ein Jahr verschoben (*Livret,* VIII). Die Zahl der Exponate belief sich auf 5128. Allein an Gemälden und Zeichnungen der etwa zweitausend Künstler umfassenden französischen Schule (einschließlich einiger in Frankreich lebender Ausländer) zählt man 1869 Werke. Hinzu kamen noch etwa tausend weitere Werke, graphische Blätter, Architekturzeichnungen und vor allem Skulpturen. Es stellten etwa zwanzig Nationen aus: Deutschland mit Baden, Nassau, Bayern, Hessen, Preußen, Sachsen, Württemberg und der Hansestadt Hamburg, Italien mit der Toskana, den beiden Sizilien, Sardinien und den päpstlichen Staaten, weiterhin Belgien, Dänemark, die Vereinigten Staaten, Großbritannien, Spanien, Griechenland, Luxemburg, Mexiko, die Niederlande, Österreich, Peru, Portugal, Norwegen, Schweden, die Schweiz und die Türkei. Rußland fehlte wegen des Krimkrieges. Die feierliche Eröffnung der gesamten Ausstellung fand in Anwesenheit des Kaisers und vieler Abgeordneter der ausstellenden Länder am 15. Mai statt. Die Kunstausstellung schloß ihre Tore ein halbes Jahr später, am 30. November, wobei der Kaiser persönlich die Auszeichnungen den Künstlern überreichte. Die Zahl der Besucher belief sich auf 891682 Personen (F.B. de Mercey, *Études sur les Beaux-Arts,* Paris 1855, III, 281).

Gegenüber den traditionellen *Salons* war eine Neuheit, daß bereits früher ausgestellte Werke zugelassen wurden. Frankreich wollte dadurch den Anspruch dokumentieren, »die Metropole der Kunst« (Gautier, I, 5) und die »Hüterin des heiligen Feuers« zu sein (Goncourt, 189). So hatten die anerkannten Künstler die Möglichkeit, einen umfassenden Rückblick auf ihr Schaffen zu geben. Ingres, der seit 1835 nicht mehr ausgestellt hatte, war mit 43 Bildern vertreten, die ein halbes Jahrhundert umfaßten. Von Delacroix waren 42 Werke aufgehängt (Horner, 121), unter ihnen das Gemälde ›Dante und Virgil‹, sein erster großer, turbulenter Erfolg von 1822. Decamps kam auf insgesamt 60, wenn auch meist kleinformatige Bilder, was seine Popularität eindringlich vor Augen führt, die er mit Horace Vernet teilte, der 22, zum Teil großformatige Werke eingesandt hatte. Das waren die Meister, denen die Jury neben Meissonier, Heim und Henriquel-Dupont die große Ehrenmedaille zuerkannte. (Diese Auszeichnung wurde unter den Ausländern nur dem Deutschen Cornelius, dem Briten Landseer und dem Belgier Leys zuteil; *Exposition Universelle de 1855, Rapports du jury mixte international,* Paris 1856, II, 709f.) Auffallend ist, daß die genannten französischen Maler fast alle noch im letzten Jahrhundert geboren waren: Ingres war 75 Jahre alt, Vernet 66, Delacroix 57, Decamps 52. Auch Corot, dessen poetisches Talent alle anerkannten, war 59. Der Kleinmeister Meissonier war mit 40 Jahren der Jüngste unter den offiziell anerkannten Größen. Die Ausstellung war demnach mehr eine Retrospektive und Apotheose des Erreichten als ein Querschnitt durch das damalige Kunstleben und die sich abspielenden Auseinandersetzungen und Experimente. Die nachdrängende Generation, die doch den eigentlichen »Fortschritt« darstellte, kam relativ schlecht weg. Das zeigt deutlich das Beispiel Courbets (1819-1877). Von ihm waren zwar 11 Gemälde angenommen worden (darunter die berühmten ›Steinklopfer‹ von 1849), aber man hatte zwei seiner avantgardistischen Bilder zurückgewiesen, die heute im Louvre hängen und zu seinen Hauptwerken zählen, *Das Begräbnis in Ornans* (1850) und *L'Atelier du peintre* (1855), das ein allegorisches Programm mit sozialistischer Tendenz einschloß. Man hatte ihm bedeutet, daß er eine verheerende Wirkung auf die Entwicklung der französischen Kunst ausübe (Courbet, 31). In seiner Entrüstung führte Courbet nunmehr einen schon zuvor ins Auge gefaßten Plan aus und errichtete wenige Schritte von dem Haupteingang der Weltausstellung in der Avenue Montaigne für über 40 seiner Bilder eine Baracke, die mit einem großen Schild DU RÉALISME – allerdings ohne rechten Erfolg – das Publikum anziehen sollte (s.o. zu S. 204). Das eigentliche Neue, die sich immer mehr entfaltende realistische Malerei, war somit aus der offiziellen Kunstschau weitgehend verdrängt. Courbets Malerei wurde als zu häßlich und zu unidealistisch abgelehnt, er selbst als »Anti-Christ der physischen und moralischen Schönheit« attackiert (Charles Perrier in: *L'Artiste,* 14. Oktober 1855; zit. nach Roberts-Jones, 56) und der Realismus insgesamt als *»négation de l'art«* verdammt (Edouard Houssaye, in: *L'Artiste,* 1856, 224).

In seinem Kommentar zur Weltausstellung entwirft Baudelaire in den einleitenden Seiten eine Art Philosophie der Kunst, skizziert seine ästhetische Einstellung und analysiert die geistige Situation seiner Zeit. Auch in die Bilanz des Schaffens von Delacroix und Ingres sind allgemeine Betrachtungen eingeflossen, deren Originalität jedoch den Herausgebern der regierungsfreundlichen Zeitung *Le Pays* nicht behagte oder ihnen zu wenig dem Geschmack ihrer Leser zu entsprechen schien, so daß sie Baudelaires dritten Artikel, die Analyse Ingres', zurückwiesen und dem konventionelleren Louis Énault den weiteren Bericht über die Weltausstellung anvertrauten. Somit erschienen in *Le Pays* nur zwei Teile des vorliegenden Salons, *Méthode de critique* am 26. Mai und *Eugène Delacroix* am 3. Juni. Für die von der Redaktion dieser Zeitung abgelehnten Seiten über Ingres – seit der Ausgabe der *Curiosités esthétiques* als zweites Kapitel bezeichnet – war der Dichter gezwungen, sich nach einer anderen Zeitung umzusehen. Sie wurden, offenbar nach vielen Schwierigkeiten, erst am 12. August im *Portefeuille* veröffentlicht. In einem Brief vom 9. Juni (Corr/Pl I, 313) spricht Baudelaire von einem vierten Artikel, von dem jedoch unbekannt ist, welche Künstler er zum Gegenstand haben sollte (vielleicht die Engländer). Es ist fraglich, ob dieser Teil seiner Besprechung jemals feste Formen angenommen hat.

Baudelaire ist einer von etwa vierzig Kritikern, die in Frankreich über die Kunstwerke der Weltausstellung Bericht erstatteten. Alle Kritiker von Rang hatten zur Feder gegriffen, in Zeitungen Artikel veröffentlicht und diese dann nicht selten in Buchform herausgegeben. Baudelaires Meister Théophile Gautier, der die Richtung *l'art pour l'art* vertrat, faßte seine in dem offiziellen Organ des Zweiten Kaiserreichs, dem *Moniteur universel,* erschienenen Artikel in zwei Bände zusammen: *Les Beaux-Arts en Europe – 1855* (Paris 1856). Von dem die klassizistische Ästhetik vertretenden Etienne-Jean Delécluze stammen *Les Beaux-Arts dans les deux mondes en 1855* (Paris 1856), die zuerst in dem sich unabhängig gebenden *Journal des Débats* erschienen waren. Maxime Du Camp, der Freund Flauberts, schrieb einen oft eigenwilligen Salonbericht, ebenso die Gebrüder Goncourt, die, ähnlich wie Baudelaire, ihre Ausführungen mit Reflexionen allgemeiner Art über den Sinn der Kunst und ihre Möglichkeiten im 19. Jahrhundert einleiten. »Von all diesen Kritikern ist Baudelaire unbestreitbar der Interessanteste«, schreibt Roberts-Jones (52), gewiß zu Recht, weil der Dichter sich von der konventionellen Form der Berichterstattung, die Kunstwerk um Kunstwerk behandelt, entfernt und mit großer Überlegenheit eine Gesamtschau der Malerei der ersten Hälfte des Jahrhunderts anhand von Delacroix und Ingres gibt.

DIE WELTAUSSTELLUNG 1855

Die drei für die Weltausstellung 1855 geschriebenen Rezensionen Baudelaires wurden 1868 von den Herausgebern der CE in der hier gebotenen Reihenfolge zusammengefaßt. Die gleiche Anordnung bieten Œuvres/Conard IV und Œuvres/Pl II.

1. ÜBER DIE METHODE DER KRITIK ...

S. 227, *12 Vergleichung der einzelnen Nationen:* Auch Gautier hatte, wie es dieser erste internationale »Kongreß moderner Kunst« nahelegte, darüber philosophiert, wie sich die »Kunst entwickelt, wächst, ihrem Höhepunkt zueilt, dann zugrundegeht« oder sich in ein anderes Gebiet »verlagert«. Der Grund für dieses Versiegen der schöpferischen Kräfte sei unerfindlich; mit wenigen Ausnahmen bleibe jedoch »die Summe des Genies stets die gleiche« (Gautier I, 3, 5). – *16 mehr oder minder vergeistigte Formen:* Baudelaire bezieht hier mystische Anschauungen des 18. Jahrhunderts ein wie die des ihm wohlbekannten Theosophen Emanuel Swedenborg (1688-1772), der in der Schöpfung verschiedene Grade des Göttlichen, des Geistigen und des Natürlichen unterschied. – *18 alles durchwaltenden Analogie:* Der Begriff stammt von Charles Fourier (1772-1837), mit dem Baudelaire vor 1848 sympathisiert hatte. Später hatte er sich zwar entschieden von ihm distanziert, die Idee der *analogie universelle* jedoch als ein festes Element sowohl seiner Dichtungen als auch seiner Ästhetik beibehalten. Siehe das Gedicht *Les Correspondances* (Bd. III, S. 371). – *34* Johann Joachim *Winckelmann* (1717 bis 1768) initiierte den Kult der griechischen Antike und schuf die Grundlage für die vom Klassizismus vertretene Ästhetik des Idealschönen. Seine epochemachenden Abhandlungen, ›Gedanken über die Nachahmung der griechischen Werke‹ (1755) und die ›Geschichte der Kunst des Altertums‹ (1764), wurden 1781 von M. Huber ins Französische übersetzt und übten eine nachhaltige Wirkung auf den Klassizismus eines David und Ingres aus.

S. 228, *2 chinesischen Erzeugnisses:* Baudelaire hatte möglicherweise die Sammlung chinesischer Kunstgegenstände aus dem Besitz Montignys, des früheren Konsuls in Schanghai, besucht (Yoshio Abé in: *Le Monde,* 28. November 1968). Von diesem »chinesischen Museum« existiert ein *Catalogue de la Collection chinoise exposée dans la Galerie des Beaux-Arts, Avenue Montaigne,* Paris, Vinchon, Imprimerie des Musées Impériaux, 1855. Gautier widmete dieser Ausstellung eine ausführliche Besprechung (I, 130-142). – *11 Kosmopolitismus:* Zu Recht betont Gilman, daß es sich vornehmlich um einen »ästhetischen Kosmopolitismus« handelt (Gilman, 87). Seine Wurzeln gehen auf das 18. Jahrhundert zurück, auf die chinesischen Zierformen des Rokoko, die sogenannten Chinoiserien, aber auch auf das philosophische Gedankengut eines Voltaire, der die hohe Kultur der Chinesen und ihren aufgeklärten Geist in seinem *Dictionnaire philosophique* 1764 rühmte.

S. 229, *15 der bekehrte Sigamber:* der Merowinger Chlodwig I. (466-511), der Begründer des Frankenreichs, der 498/499 durch den heiligen Remigius in Reims die Taufe empfing. Der Überlieferung nach soll der Heilige bei dieser Gelegenheit die Worte gesprochen haben: *»Mitis depone colle, Sigamber; adora quod incendisti, incende quod adorasti.«* (Gregor von Tours, *Historiarum Libri Decem,* II, 31.) Dieser Taufspruch ist in folgender Gestalt in Frankreich fast sprichwörtlich geworden: *»Courbe la tête, fier Sicambre; adore ce que tu as brûlé, brûle ce que tu as adoré.«* (Beuge dein Haupt, stolzer Sigamber; bete an, was du verbrannt hast; verbrenne, was du angebetet hast.) – *19 Heinrich Heine* (1797-1856) war seit 1831 ständig in Paris. Er verfaßte sogleich einen Salonbericht, den Baudelaire offenbar genau studiert hat. In seiner ›Gemäldeausstellung in Paris 1831‹ gebraucht Heine zwei Begriffe, die Baudelaire zusammenbringt: er nennt Carl Friedrich von Rumohr einen »neueren Ästhetiker« (siehe Bd. I, zu S. 213, *3*) und spricht von den »Oberkennern« unter den französischen »stehenden Kunstrezensenten«. – *22 Doktrinär des Schönen:* In der *Revue des Deux Mondes* hatte Delacroix am 15. Juli 1854 in seinen *Questions sur le Beau* eine ähnliche Haltung eingenommen, indem er die Klassizisten anprangerte: für sie bestünde »die Schönheit nur in einer Sammlung von Rezepten«, und das Ideal würden sie »mit dem Zollstock suchen« (E. Delacroix, *Literarische Werke,* deutsch von J. Meier-Graefe, Leipzig 1912, 249 f.). – *32 Geruch der Tiere:* Ein solcher Gedanke mutet seltsam an für den Dandy und Großstadtmenschen Baudelaire, der jedoch seit seiner Kindheit für Gerüche besonders aufgeschlossen war. – *36 System:* L. Venturi deutet diese Passage als eine – damals weitverbreitete – Reaktion gegen die Hegelsche Ästhetik, deren erster Band in französischer Übersetzung 1840 erschienen war (›Geschichte der Kunstkritik‹, hrsg. von Nello Ponente, übers. von P. Keutner, München 1972, 240). In einem der großen Manifeste der Romantik schreibt Victor Hugo, daß Gott ihn vor jeder Art System bewahren möge (Vorwort zum *Cromwell,* 1827; Éd. définitive d'après les manuscrits originaux, Paris o. J., 37). Baudelaires gesamte Ästhetik beruht, wie die seiner anti-klassizistisch eingestellten Gesinnungsgenossen, auf einer Ästhetik, in deren Mittelpunkt die Intuition und die Nachempfindung des Kunstwerks steht (siehe Bd. I, zu S. 194, *19*).

S. 231, 4 *Das Schöne ist immer bizarr:* Es handelt sich um ein Zitat aus Edgar Allan Poes Erzählung *Ligeia,* die Baudelaire kurz zuvor übersetzt hatte (erschienen in *Le Pays* am 3. und 4. Februar 1855). Der amerikanische Dichter seinerseits variiert eine Formulierung aus dem *Essay on Beauty* (1612) des englischen Philosophen Francis Bacon (1561-1626): »Keine noch so große Schönheit gibt es, an der sich nicht irgend etwas Unregelmäßiges in ihren Verhältnissen fände.« (*Essays,* hrsg. von L. L. Schücking, Wiesbaden 1940, 197).

S. 232, 4 Honoré de *Balzac* (1799-1850), Schöpfer des Romanzyklus der *Comédie Humaine,* von Baudelaire als Vertreter der Modernität gerühmt (siehe Bd. I, S. 283). – *35 die Idee des Fortschritts:* Dieser und die folgenden drei Absätze fehlen 1855 in *Le Pays* und sind erst 1868 in der Ausgabe der CE abgedruckt worden. Möglicherweise waren sie dem Rotstift des Redakteurs zum Opfer gefallen, denn der logische Fortgang der Gedanken Baudelaires ist um ein wichtiges Glied verkürzt worden. Es ist jedoch wahrscheinlicher, daß Baudelaire diese Absätze nach 1855 zugefügt hat. – Baudelaire betrachtet den Fortschritt als »eine fortschreitende Vorherrschaft der Materie« (siehe Bd. VI, ›Salon 1859‹, Kap. II), während die Anhänger der Fortschrittsgedanken ihn als eine »Errungenschaft der Intelligenz über die trägen Kräfte der Materie« hinstellen (nicht signiertes Programm der Zeitschrift *Le Progrès, Revue Démocratique,* Dezember 1849, S. 5).

S. 233, *16 Dampfkraft:* Maxime Du Camp, der gleichfalls über die Weltausstellung berichtete, hatte im selben Jahr 1855 seine Gedichtsammlung *Les Chants modernes* veröffentlicht, in deren *Chants de la matière* viele Strophen *La Vapeur* (Die Dampfkraft), *La Locomotive* und ähnliche Symbole des industriellen und wirtschaftlichen Fortschritts feiern. – 22 *zookratischen und industriellen Philosophen:* Den Begriff zookratisch findet man oft bei Alphonse Rabbe. Baudelaire versteht ihn als Gegenbegriff zum Adjektiv theokratisch, das eine Staatsform bezeichnet, in der die staatliche und kirchliche Gewalt vereint sind. Mit zookratisch meint er eine Staatsform, die ohne metaphysische Grundlegung ganz auf den biologischen Bedürfnissen und Ansprüchen der Menschheit beruht.

S. 234, 22 *Blüte und Frucht spontan:* Wie sehr die Gedanken Baudelaires damals diskutiert wurden, zeigt der Salonbericht Perriers, der zwei Wochen vor dem Artikel des Dichters erschien. Perrier spielt dort ebenfalls die »Sukzession«, beziehungsweise den »Fortschritt« der Industrie gegen die »Spontaneität« der künstlerischen Schöpfung aus. »Von wem sollten wohl Zeuxis und Phidias, Raffael und Michelangelo, Poussin und Lesueur herkommen!« (17) – *23* Luca *Signorelli* (1441-1523), ein Hauptmeister der italienischen Malerei der Frührenaissance. – *Michelangelo* Buonarotti (1475-1564) hatte, wie bereits G. Vasari (1511-1574) betonte, »bei seinem göttlichen Weltgericht« (1534 ff.) in der Sixtinischen Kapelle von Sankt Peter in Rom an Signorellis ›Jüngstem Gericht‹ (1499-1506) in der Cappella Brizio der Kathedrale von Orvieto angeknüpft und einige Details direkt übernommen (Ch. de Tolnay, *Michelangelo,* Princeton 1960, V, 106). – 24 *Raffael* Santi (1483-1520) verkörpert die Hochrenaissance in ihrer reinsten Form. – *Perugino,* eigentlich Pietro Vannucci (um 1450-1523); Raffael war etwa um 1500 in Peruginos Werkstatt eingetreten. Schon Vasari berichtet 1550, daß bekanntlich »Raffael in der Schule Pietro Peruginos dessen Stil so genau ... nachahmte, daß man ... ihre Arbeiten nicht voneinander zu unterscheiden vermochte«. (›Künstler der Renaissance‹, hrsg. von Fr. Schillmann, Wiesbaden–Berlin, o. J., 279f.) Auch die modernen Kunsthistoriker haben Schwierigkeiten gehabt, die Werke der beiden Meister zu sondern (C. Castellaneta, *L'Opera completa del Perugino,* Mailand 1969, 98). – *28 Wahrhaftig, auf solche Erscheinungen ...* Dieser Satz fehlt 1855. Jacques Crépet (Œuvres/Conard IV, 483 f.) vermutet, er sei erst nach 1863 eingefügt worden, da Baudelaire hier offensichtlich auf die philosophische Dichtung *La Grève de Samarez* (Der Strand von Samarez) von Pierre *Leroux* (s. o. zu S. 185, *3*) anspielt, die dieser im Exil auf Jersey geschrieben hat und die erst 1863 erschienen ist. Leroux distanziert sich hier ironischerweise von Victor Hugo, seinem Mitgenossen im Exil, und dessen Auffassung von dem gottgleichen Künstler und Dichter. Die Dichtung ist eine Art platonischer Dialog Leroux' mit seinen Freunden. Es heißt dort: *»L'artiste est une étoile, une clarté, une rose, un rossignol. Il brille par lui-même, il est odoriférant par lui-même ... Il est le Soleil ... Le Beau, c'est moi ... L'Art, c'est l'artiste ... Les Dieux, le genre humain, tout cela c'est du vulgaire. Le Poète seul existe, c'est le poète qui est le Dieu ...«* (199/200). Der Künstler ist ein Stern, eine Helle, eine Rose, eine Nachtigall. Er leuchtet aus sich selbst, er duftet durch sich selbst ... Er ist die Sonne ... Das Schöne bin ich ... Die Kunst ist der Künstler ... Die Götter, das Menschengeschlecht, das ist nur der gemeine Pöbel. Der Dichter allein existiert, der Dichter ist der Gott ... Baudelaire nimmt Leroux' Donnerformel hier im positiven Sinne. – *32 Im Osten einst rötete* ... Baudelaire wird an die babylonische, assyrische und ägyptische Kunst denken, die schon damals im Louvre vertreten waren. – *33 Süden:* die griechische und römische Antike. – *35 Frankreich:* Hier entrichtet Baudelaire seinen Tribut an die gängige Überzeugung von der Überlegenheit der französischen Nation, ein Standpunkt, von dem er bald abrücken wird.

S. 235, *19 Leonardo* da Vinci (1452-1519), Vollender der italienischen Hochrenaissance, dem Baudelaire eine Strophe seiner *Phares* gewidmet hat (siehe Bd. III, S. 72, wie auch Bd. I, S. 336 über die Karikaturen Leonardos). – *Michelangelos:* Auch ihn zählte Baudelaire zu den »Leuchttürmen« unter den europäischen Künstlern (siehe Bd. III, S. 72). – *20 Albrecht Dürer* (1471-1528) war in Frankreich vornehmlich durch den Kupferstich *Melancolia* bekannt, über den Théophile Gautier 1834 ein Gedicht *Melencholia* verfaßte. Michelet interpretierte im Jahr der Weltausstellung das Blatt als Dokument der Verzweiflung des faustischen Menschen am Vorabend der Reformation (*Histoire de France, La Réforme,* 1855). – *21* Francisco de *Zurbarán* (1598-1664) und Diego Rodriguez Silva y *Velazquez* (1599-1660), zwei der repräsentativsten Maler des spanischen Barocks, das dem Pariser Publikum 1838 durch die Eröffnung des *Musée Espagnol* offenbart wurde (s. o. zu S. 112, *7;* siehe auch Bd. I, zu S. 128, *25* und S. 158, *20*). – *30 Mißgeschicke Roms und Griechenlands:* In der Zeitung *Le Pays* folgt diesen Worten Baudelaires Signatur. Die weiteren zwei Absätze stehen als Postskriptum. – *31 Die Ausstellung der englischen Maler* zog die größte Aufmerksamkeit des kunstliebenden Publikums auf sich. An erster Stelle des Interesses stand J. E. Millais (1829-1896), den Baudelaire im ›Salon 1859‹ einen »preziösen Dichter«

nennt. Er vertrat mit W.H. Hunt (1827-1910) die Kunst der Präraffaeliten, die sich 1848 zusammengeschlossen hatten. Sie suchten seelische Einfachheit und Wahrheit in Gegenstand und Darstellung und wurden deshalb von den französischen Kritikern zu Recht als »Realisten« bezeichnet (Mantz, 125; Viel-Castel, 507). Vor Millais' *Ophelia* (1852; Tate Gallery, London) drängten sich die Neugierigen: das Thema der im Wasser treibenden, wahnsinnig gewordenen Ophelia aus Shakespeares *Hamlet* inmitten einer farbenprächtigen, minutiös geschilderten Vegetation faszinierte die Besucher. Die Rezeption dieses Gemäldes, das die verschiedensten Kritiker als Hauptwerk der englischen Ausstellung ansprachen, ist charakteristisch für die Aufnahme der präraffaelitischen Malerei überhaupt, die als krude in der Farbgebung und »seltsam« (Mantz, 126; Vignon, 32f.) oder »bizarr« und von »barocker Exzentrizität« (Gautier, I, 7f.) gekennzeichnet und gelegentlich auch als »schlechter Geschmack« verdammt wurde (Lavergne, 9), deren Originalität man jedoch mehr oder minder anerkannte. Neben den Präraffaeliten stellte noch eine Reihe anderer Künstler aus, die Baudelaire zu Beginn des ›Salon 1859‹ und im vierten Teil seines Versuches über Gautier (siehe Bd. V) kurz charakterisieren wird: G. Cattermole (1800-1868), J.Cl. Hook (1819-1907), E. Landseer (1802-1873), Ch.-R. Leslie (1794-1859), D. Maclise (1806-1870), J.-N. Paton (1821-1901). – *35* George *Crabbe* (1754-1832), Dichter, Arzt und Pfarrer, Verfasser eines Romans *The Borough* (1810; *Der Weiler*), in dem er voller Pessimismus die Not der Bauern schildert. – Lord *Byron* (1788-1824), Hauptvertreter der romantischen Literatur, von Goethe das »größte Talent des Jahrhunderts« genannt. – Charles Robert *Maturin* (1782-1824), Verfasser des von Baudelaire geschätzten Schauerromans *Melmoth the Wanderer* (1820), auf den er anläßlich seiner Abhandlung *Vom Wesen des Lachens* eingeht (Bd. I, S. 291 und 476). – *36* William *Godwin* (1756 bis 1836) ging in seinen politischen Schriften gegen Mängel der britischen Institutionen, insbesondere der Rechtsprechung, an. Er setzte sich für Freiheit und Gleichheit ein, bekämpfte jede Form von Tyrannei. Er gilt als einer der Väter des Anarchismus. – Sir Joshua *Reynolds* (1723-1792), Begründer der *Grand Manner* in der englischen Porträt-Malerei und Hauptmeister seiner Zeit, den Baudelaire im ›Salon 1846‹ zitiert (Bd. I, S. 248). – William *Hogarth* (1697-1764), Maler und Radierer, dessen Bedeutung als Karikaturist Baudelaire in dem Aufsatz über ›Einige ausländische Karikaturisten‹ hervorhebt (siehe Bd. I, S. 329f.).

S. 236, *1* Thomas *Gainsborough* (1727-1788), Porträt- und Landschaftsmaler, neben Reynolds der bedeutendste Meister des englischen 18. Jahrhunderts. In der malerischen Farbgebung ist er von Watteau beeinflußt. – *eingehender studieren:* Baudelaire wird dieses Projekt nie ausführen, sondern nur mit wenigen Worten auf die hier ausgestellten Bilder im ›Salon 1859‹ zurückkommen (siehe Bd. V).

II. INGRES

Diesem zweiten Artikel, der am 12. August 1855 in *Le Portefeuille* erschien, ging dort ein kurzer Text *Encore M. Ingres* von Arthur Ponroy, einem der Freunde Baudelaires aus der Zeit des *Corsaire-Satan,* voraus. *Le Portefeuille* hatte bereits einen Artikel über Ingres auf der Weltausstellung gebracht, und Ponroy rechtfertigt den Abdruck dieses zweiten Artikels mit der Wichtigkeit der *question de doctrines;* zugleich hebt er Baudelaires »Feinheit der Beobachtung« hervor und seine hohe Kunst des geschriebenen Wortes. Der Artikel hatte Baudelaire »eine Hundemühe« gekostet (Corr/Pl I, 313).

S. 236, *10* Jean-Auguste-Dominique *Ingres* (1780-1867), trotz seines Alters immer noch der hervorragende Vertreter des sogenannten Klassizismus, der in diesem Jahr wohl seinen letzten großen Triumph feierte. Ingres war ein Schüler des gleich von Baudelaire genannten Klassizisten der vorausgehenden Generation, Jacques-Louis David, gewesen, gegen den er während seines langen Italienaufenthalts – 1806 bis 1820 in Rom, dann bis 1824 in Florenz – opponierte. Ingres' Klassizismus unterscheidet sich in der Tat wesentlich von dem Davids, wie Baudelaire im folgenden herausgearbeitet hat. Die moderne Kunstgeschichte ordnet Ingres sogar der Romantik zu und führt das Mißverständnis, daß Ingres als Klassizist von den Zeitgenossen angesehen wurde, auf seine lineare Kunst, also das Vorwiegen des Zeichnerischen, zurück, das im Gegensatz zu der ganz auf der Farbe beruhenden Malerei des Romantikers Delacroix stand (Dorival, 156 f.). Baudelaire hatte Ingres nach einer flüchtigen Erwähnung im ›Salon 1845‹ (Bd. I, S. 133) in dem *Musée Classique des Bazar Bonne-Nouvelle* gewürdigt (Bd. I, S. 189 ff.) und war im ›Salon 1846‹ verschiedentlich kritisch, aber auch lobend auf ihn eingegangen. – *17* Jacques-Louis *David* (1748-1825), Hauptmeister des Klassizismus des ausgehenden 18. und beginnenden 19. Jahrhunderts, war in Rom von der Lehre des Archäologen Antoine Quatremère de Quincy (1755-1849) überzeugt worden, daß es eine absolute Schönheit gebe und man dieser am besten durch das Studium der griechisch-römischen Skulptur nahekommen könne. – Pierre *Guérin* (1774-1833), der unter den Epigonen David in seiner Kunst am nächsten stand, hatte nicht sein Atelier, sondern das Jean-Baptiste Regnaults (1754-1829) besucht. Seine ›Rückkehr des Marius Sextius‹ (1799; Louvre; Friedländer, Abb. 15) zeigt eine klassische Komposition im Sinne Poussins mit der Betonung der Horizontalen und statisch angeordneten Figuren, die heute als steif und leblos empfunden werden (Friedländer, 59). – Anne-Louis *Girodet* Trioson, eigentlich Girodet de Roussy (1767 bis 1824), war hingegen Davids Schüler, stand jedoch, wie Baudelaire im folgenden hervorhebt, bereits der Frühromantik nahe (siehe G. Bernier, *Girodet*, Paris 1975). Man darf annehmen, daß Baudelaire auf den folgenden Seiten Teile einer Studie benutzt, deren Erscheinen er bereits auf dem Umschlag seines ›Salons 1845‹ angekündigt hatte: *David, Guérin, Girodet*. – *20 eine große Umwälzung: une grande révolution;* bereits im *Musée classique du Bazar Bonne-Nouvelle* hatte Baudelaire die Entstehung des Davidschen Klassizismus mit der Revolution in Zusammenhang gebracht. – *24 liebenswürdigen Leichtfertigkeiten:* Baudelaire meint die Kunst des Rokoko, insbesondere wohl die schwelgerischen, erotischen Bilder eines François Boucher (1703-1770), bei dem David seine Malerlehre begonnen hatte. – *30* Der Baron Antoine-Jean *Gros* (1771-1835), Schüler Davids, der größte Schlachtenmaler des Empire, begeisterte sich für den Barockmaler Rubens, von dem er die kräftigen Farben, den vehementen Pinselstrich und, im Gegensatz zur Statik seines Meisters, die dynamische Komposition mit großen Massen und Lichteffekten übernahm.

S. 237, *23 Dido:* Äneas erzählt Dido die Unglücksfälle Trojas', Ölbild von Guérin, das im Salon 1817 ausgestellt war (heute im Louvre; Sterling/Adhémar, II, Tafel 364). Äneas, unter einem Prachthelm mit Schnurrbart und elegant frisiertem Haar, erzählt der auf einem Kanapee à la Madame Recamier lässig hingestreckten koketten Dido von dem Untergang Trojas und von seinen Irrfahrten. – *theatralisch herausgeputzt:* Dido trägt eine Art kronenähnliches Diadem, von dem ein Schleier auf ihren Nacken fällt, sowie ein leichtes, gepunktetes Voilekleid, das nach der damals herrschenden Mode des Empire unter dem Busen zusammengerafft ist. – *26* François-René de *Chateaubriand* (1768-1848), einer der großen Vorläufer der französischen Romantik, besonders durch die in seinem *Génie du Christianisme ou beautés de la religion chrétienne* (*Der Genius des Christentums oder Schönheiten der christlichen Religion;* 1902) enthaltene, von Weltschmerz erfüllte Erzählung *René,* die Goethes ›Werther‹ nahesteht. In einem Kapitel dieses Buches mit dem Titel ›Leidenschaftliche Liebe – Dido‹ stellt er die Passion der antiken Heldin als »seelische Krankheit« dar und hebt die Spiritualität hervor, die das Christentum der Liebe verliehen hat (Teil II, Buch III, Kap. 2). – *27 Virgils:* Publius Vergilius Maro (70-19 vor Chr.), römischer Dichter, der in dem Epos *Aeneis* die Vorgeschichte Roms und im ersten bis vierten Buch die Begegnung des Helden mit Dido, der Königin von Karthago, erzählt. Sie gibt sich den Tod, als Äneas, auf Geheiß Jupiters, nach Italien aufbricht. – *28 Keepsake:* In der Romantik sehr beliebte und vielgelesene, hübsch gedruckte Bände mit Gedichten, kleineren Erzählungen und sehr ansprechenden Stichen, die romantische Frauenschönheit in einer etwas sentimentalen Weise darstellten. – Trotz der künstlerischen Anspruchslosigkeit hat Baudelaire des öfteren dargelegt, daß ihn diese schwelgerischen Sentimentalitäten durchaus berührten. – *28 Balzac:* wurde von Baudelaire als ein Schriftsteller geschätzt, der das Augenmerk auf die zeitgenössische Wirklichkeit richtete, auf den Heroismus des modernen Lebens (siehe Bd. I, S. 283). Hier spielt Baudelaire auf romantische Frauengestalten an, wie z. B. Esther Gobseck (in *Splendeurs et Misères des courtisanes,* 1838-1847), die dem geliebten Mann alles opfert. – *29 Girodets Atala:* Es handelt sich um die ›Grablegung Atalas‹, die im Salon 1808 ausgestellt war (Louvre; Friedländer, Abb. 14). Baudelaire hatte das Bild schon im *Musée classique du Bazar Bonne-Nouvelle* erwähnt (siehe Bd. I, S. 189). Das Motiv stammt aus Chateaubriands *Génie du Christianisme;* der Dichter hatte die dort eingeschlossene Erzählung *Atala ou les Amours de deux sauvages dans le désert* (›Atala oder die Liebe zweier Wilden in der Wüste‹) bereits 1801 veröffentlicht (siehe auch Henry Lemonnier, *L'»Atala« de Chateaubriand et l'»Atala« de Girodet,* in: Gazette des Beaux-Arts, 1914, 363-371). Gautier rühmte den »fast modernen« Charakter dieses »romantischen Sujets« (*Guide de l'Amateur au Musée du Louvre,* Paris 1916, 15). – *30 ein Drama:* Hier nimmt Baudelaire die einige Zeilen weiter oben gemachte Bemerkung über die »melodramatische Wirkung«, die auf die Romantik hinweist, auf. Der Schmerz des jungen Chactas, der das geliebte Mädchen in das Grab legt und dabei ein letztes Mal ihren Körper umschlingt, war geeignet, das größere Publikum wie auch Kritiker (Gautier) durch die gefühlsbetonte Dramatik anzusprechen.

S. 238, *3 Geklittertheit:* Obgleich Baudelaire, im Einklang mit den meisten seiner Zeitgenossen, Ingres als dem Klassizismus zugehörig ansieht, hatte er bereits im ›Salon 1846‹ erkannt, daß seine Kunst eine vielfache Wurzel hatte. Ingres nahm seine Themen zum Teil aus dem Mittelalter oder wandte sich, wie die Romantiker, exotischen Motiven zu. Auch seine antiken Sujets verstoßen gegen die Strenge und den Adel, wie der Klassizismus sie erstrebte, so daß man ihn einen »in den Ruinen Athens verirrten Chinesen« nennen konnte (Silvestre II, 37). – *9 Heiligtum:* Ingres' Werken war ein ganzer Saal vorbehalten, »wie es der Gerechtigkeit entsprach« (de Calonne, 109). Ein altes Photo von einer Wand mit der ›Apotheose Napoleons‹ zeigt einen Ausschnitt aus der Fülle der dichtgehängten 43 Bilder (Mayne I, Abb. 28; Fr. Anderson Trapp, *The Universal Exhibition 1855,* in: *The Burlington Magazine,* 107, 1965, 304, Abb. 20). Die genaue Aufstellung der gehängten Bilder findet man in dem kürzlich nachgedruckten Ausstellungskatalog, dem sogenannten

Livret (siehe Bibliographie). Abbildungen gibt Georges Wildenstein in seiner Monographie *Ingres,* London ²1956. – *14 chemischen Laboratoriums:* Baudelaires Vergleich ist so ungewöhnlich nicht. Bei Mantz findet sich eine ähnliche Charakterisierung: Ingres Genie habe »unter der Glocke einer pneumatischen Maschine gelebt« (228). – *19 Sabinerinnen:* Davids Gemälde ›Der Raub der Sabinerinnen‹ (1799; heute im Louvre; Friedländer, Abb. 6). – *20* Davids *Marat assassiné* (›Der ermordete Marat‹) hängt in den Musées Royaux, Brüssel. Zu Marat und diesem Bild siehe Bd. I, S. 431. – *Sündflut: Le Déluge,* von Girodet (heute im Louvre). – *21 Brutus:* Guérins ›Rückführung der Leiche des Brutus nach Rom‹ (1797); es sei denn, daß Baudelaire auf Davids Bild ›Brutus und seine toten Söhne‹ (1789, Louvre; Sterling/Adhémar, II, Tafel 171) anspielt. Beide Bilder nehmen ein für den Heroismus römischer Prägung der Revolutionsmalerei charakteristisches Thema auf. – *32 die Einbildungskraft, jenes oberste unserer Vermögen:* Baudelaire wird diese Worte als Titel für das dritte Kapitel des ›Salon 1859‹ (siehe Bd. V) wählen und eine theoretische Grundlegung für die Unverzichtbarkeit der schöpferischen Phantasie geben.

S. 239, *4 Paradox:* Schon im ›Salon 1845‹ hatte Baudelaire aufreizend zwei Namen miteinander verbunden, die, nach der landläufigen Auffassung, zwei Welten trennen: Ingres und Daumier (siehe Bd. I, S. 133). – *7 Courbet:* s. S. 417 – *15 Anti-Supranaturalisten:* Schon im *Salon de 1846* hatte Baudelaire den Begriff des Supernaturalisten von Heine übernommen und auf den von ihm bewunderten Delacroix angewandt (Bd. I, S. 212). – *34* Das Martyrium des *heiligen Symphorianus* (1834; Autun, Kathedrale; Wildenstein, Tafel 75; siehe auch Bd. I, S. 213). In der Ausstellung des Jahres 1834 stieß dieses Bild Ingres' auf eine feindliche Kritik, insbesondere von seiten der Klassizisten: »Das Werk wurde aus Neid brutal verunglimpft und blieb vom Publikum unverstanden« (Gebaüer, 24, zitiert M. de Loménie). Die Romantiker ließen ihm manches Lob zuteil werden, und noch 1855 meinte Gautier (I, 147), daß man seit Michelangelos ›Jüngstem Gericht‹ im Vatikan »nichts so Gelehrtes, Starkes, Robustes« gesehen habe: »Es ist das nec plus ultra des Stils und der Kunst.«

S. 241, *3* Johann Kaspar *Lavater* (s. o. zu S. 120, *5*) hat in seinen ›Physiognomischen Fragmenten‹ geschrieben, daß die Hände »alle der Statur der Personen, denen sie zugehören, vollkommen angemessen (sind); so daß man aus jeder die Statur des ganzen Körpers ... bestimmen könnte« wie »auch den physiognomischen Charakter des Gesichtes« (Bd. IV, 1. Abschnitt, 3. Fragment, 1. Zugabe); siehe auch Bd. I, S. 239. – *19 Jupiter und Antiope* (1851, Paris, Louvre; Wildenstein, Abb. 170). Im Text von 1855 steht der offensichtliche Druckfehler – oder Irrtum Baudelaires – Venus und Antiope.

S. 242, *3 Tizian* (um 1487-1576), der große Maler der venezianischen Renaissance. ›Die Sixtinische Kapelle mit Papst Pius VII., die Ehrung der Kardinäle empfangend‹ (1814, Washington, National Gallery of Art, Kress Collection; Wildenstein, Tafel 2, 39). Die Gebrüder Goncourt (192) erwähnen das Tizian zugeschriebene ›Tridentinische Konzil‹ (Louis Hautecœur, *Musée National du Louvre, Catalogue des peintures,* II, *École italienne et école espagnole,* Paris 1926, 136) als Vorbild für Ingres' *Pius VII.* Auch Gautier ist der Ansicht, daß Ingres' *»Sixtinische Kapelle* von Tizian signiert sein könnte« (in: *L'Artiste,* 1857, I, 5). – *4 Venus Anadyomene,* datiert 1808 und 1848 (Musée Condé, Chantilly; Wildenstein, Tafel 108). Baudelaires Hinweis auf die Emaille-Maler der Renaissance erklärt sich wohl durch die leuchtenden Farben und die ovale Form. Die erste Vorzeichnung Ingres' zu diesem Bild inspirierte sich an Botticellis (um 1444-1510) ›Geburt der Venus‹ (Florenz, Uffizien). – Nicolas *Poussin* (1593-1665), Hauptvertreter des mit barokken Zügen durchsetzten Klassizismus, zu dessen Vorbildern der Bologneser Annibale *Carracci* (1560-1609) gehört. – *5 Der heilige Symphorianus:* s.o. zu S. 239, *34;* Ingres, der 1806 bis 1824 und 1834 bis 1841 in Italien gelebt und die italienische Kunst eingehend studiert hatte, griff in einigen Details, wie z.B. der Frau mit dem Kind auf dem Arm, auf Raffaels ›Messe von Bolsena‹ in den Stanzen des Vatikan zurück. In anderen Bildern ist der Einfluß des Renaissance-Malers noch deutlicher, so in dem ›Gelöbnis Ludwigs XIII.‹ und der ›Apotheose Homers‹ nach dem Vorbild von Raffaels ›Sixtinischer Madonna‹ und seiner ›Schule von Athen‹. – *8 die kleine Odaliske:* auch die ›Odaliske mit dem Sklaven‹ genannt (1839; Fogg Art Museum, Cambridge/Mass.; Rosenblum, Tafel 38; siehe auch Bd. I, S. 190). Gautier hatte dieses Bild in einem *Poème de la Femme* 1849 besungen, das er 1852 in seine Gedichtsammlung *Émaux et Camées* aufnahm. – *15 Apotheose Kaiser Napoleons I.* (1853, Deckengemälde des Pariser Hôtel de Ville; 1871 bei dem Aufstand der Commune zerstört (Wildenstein, Abb. Nr. 100). – *17 Etrusker:* Kein ungewöhnlicher Vergleich, wie eine Passage bei Perrier zeigt, der auf die »antiken Streitrösser« hinweist, »wie wir sie von den etruskischen Vasen kennen« (60). Auch die neuere Kunstgeschichte spricht vom »Etruskismus« des frühen Ingres, der diesen aber in der Folge zugunsten der römischen Hochrenaissance mit dem Leitbild Raffaels aufgegeben hatte (Friedländer, 88, 102). – *33 modernen Apotheose:* Im letzten Kapitel des *Salon de 1846* hatte Baudelaire den »Heroismus des modernen Lebens« gegen die klassizistische Tradition ausgespielt und in der modernen Kleidung des Fracks – wie hier in dem Militärmantel Napoleons – die ihr innewohnende Poesie erkannt und sich damit in Gegensatz zu den meisten Zeitgenossen gestellt (siehe Bd. I, zu S. 281, *17*).

S. 243, *9* ›*Jeanne d'Arc* bei der Krönung Karls VII.‹ (1854, Paris, Louvre; Wildenstein, Tafel 111). – *17* Etienne-Jean *Delécluze* (1781-1863), Schüler Davids, über den er die erste Monographie verfaßt hat. In seinen von 1819 bis an sein Lebensende verfaßten Salonberichten zeigt er sich als der typische Vertreter eines konstant gegen die romantische und später gegen die realistische Malerei polemisierenden Kritikers. Die Versicherung, auf die Baudelaire anspielt, ist aus den gedruckten Schriften Delécluzes nicht bekannt (R. Baschet, *Delécluze, témoin de son temps,* Paris 1942, 297). Entweder ist Baudelaire eine derartige mündliche Bemerkung zu Ohren gekommen, oder, was wahrscheinlicher ist, er unterstellte sie maliziös dem Anwalt der klassizistischen Kunst. – *Voltaire* (1694-1778), Philosoph und Dichter, hat in seinem heroisch-komischen Epos *La Pucelle d'Orléans* (1762) eine Parodie auf die Unberührtheit der Retterin Frankreichs geschrieben, die er zu einem unehelichen – und auf groben Sinnengenuß erpichten – Kind eines Pfarrers und einer Magd machte.

III. EUGÈNE DELACROIX

Der Artikel erschien in *Le Pays* am 3. Juni 1855. Delacroix dankte Baudelaire für die Zusendung der Besprechung und äußerte die Hoffnung, daß das Publikum des Dichters Augen habe, die sein Gesamtwerk noch wohlwollender beurteilen, als er es selbst tue! (Lettres/B, 115).

S. 244, *5 Eugène Delacroix* (1798-1863), Hauptvertreter der französischen Romantik (siehe auch Bd. I, zu S. 130, 2), war zunächst Schüler Guérins (s.o. zu

S. 236, *17*), bildete sich jedoch weitgehend allein durch das Studium der Werke des flämischen Barockmalers Rubens (1577-1640) und des farbenreichen Paolo Veronese (1528-1588), von dem er sagte, daß er ihm alles verdanke, was er gelernt habe (E. Waldmann, ›Französische Maler des XIX. Jahrhunderts‹, Breslau 1925, 27). Er löste die harten Konturen der Klassizisten in eine Vielzahl von kleinen Strichen auf und setzte statt ihrer glatten Farbflächen Farbtupfer und flimmernde Farbflecken auf die Leinwand und tauchte die gegenständliche Welt in eine lichtvolle, farbige Atmosphäre. Damit bereitete er den Impressionismus vor und wurde überhaupt zum »Vater der modernen Malerei« (Waldmann, 26), obgleich er in der Thematik und den Kompositionsformen weitgehend der barocken Tradition verpflichtet blieb. Baudelaire bewunderte Delacroix seit je: Schon zu Beginn seiner Analysen, in seinem ›Salon 1845‹, stellt er ihn als »den originellsten Maler der alten wie der modernen Zeit« hin (siehe Bd. I, S. 130), und sein Nekrolog (siehe Bd. VII) ist eine einzige Apotheose. Die Ästhetik des Dichters ist entscheidend von der des Malers mitgeprägt worden, obgleich sich Delacroix Baudelaire gegenüber stets reserviert verhalten hat. – *9 Vergnügen an Entgegensetzungen:* Noch heute fühlen sich moderne Kunsthistoriker veranlaßt, das Vorurteil, Ingres habe das Werk Davids weitergeführt und sei der Verfechter des Klassizismus, zu widerlegen: »Nichts ist falscher als diese Deutung« (Dorival, 156; ähnlich Friedländer, 123). Das Mißverständnis leitet sich unter anderem daher, daß die den Klassizismus repräsentierende Akademie, die durch die mächtig um sich greifende Romantik in die Enge getrieben wurde, Ingres zu ihrem Verteidiger erkor. – *15 fünfunddreißig Gemälde Delacroix':* Delacroix hatte in Wirklichkeit 42 Bilder ausgestellt (Horner, 121); die genaue Aufstellung dieser Werke in dem *Livret,* einzelne Abbildungen bei Bartolatto und Huyghe. – *21 Bilder jüngeren Datums:* die weiter unten erwähnten Werke ›Die arabische Familie‹ (1854), ›Die beiden Foscari‹ (1855) und die ›Löwenjagd‹ (1855). – *24 Dante und Virgil in der Unterwelt,* auch die ›Dantebarke‹ genannt (Paris, Louvre; Huyghe, Tafel II). Über die Aufnahme dieses Werks, mit dem Delacroix zum ersten Mal an die Öffentlichkeit trat, berichtet Baudelaire im *Salon de 1846* (Bd. I, S. 206-208). – *32 Il naît sous le soleil ...:* Baudelaire entnahm diese Terzinen, die ebenso wie der folgende kurze Absatz in dem Erstdruck nicht enthalten waren, dem Gedicht *Compensation* aus Théophile Gautiers *Comédie de la Mort* (1838).

S. 245, *12 ... leurs dessins éclatants:* vermutlich ein Schreib- oder Gedächtnisfehler Baudelaires, jedenfalls ein Druckfehler. Gautier schreibt *leurs destins* (wie Œuvres/Conard IV, 243 stillschweigend berichtigt); Baudelaire dachte wohl ans *desseins,* weshalb das Wort hier mit *Absichten* übersetzt wurde.

S. 246, *22 heftiger angegriffen:* 1827 schreibt L. Vitet, daß sich auf Delacroix' Haupt »alle Verfluchungen der Gegner der neuen Schule entladen« (Vitet, *Études sur les Beaux-Arts,* Paris 1846, I, 189); siehe auch Bd. I, zu S. 208, *13*. – *24 Zaudern der Regierungen:* siehe Bd. I, zu S. 209, *22*. – *30 in sämtlichen Gattungen betätigt:* In der Tat ist Delacroix einer der letzten universalen Künstler, der sich neben den von Baudelaire genannten Gattungen auch in der Radierung und Lithographie betätigte (siehe Bd. I, zu S. 130, *2*).

S. 247, *2 kleine Bilder:* Delacroix hat mehrere kleine Staffeleibilder in der Größe von etwa 25 auf 30 cm gemalt, wie den ›Sitzenden Türken beim Rauchen‹ (1825, Louvre; Bortolatto, Tafel X), ›Frau mit dem Papagei‹ (1827, Lyon; Bortolatto, Tafel XVII) oder den ›Tod der Ophelia‹ (1853, Louvre; Bortolatto, Tafel IL). – *3 Paläste:* Delacroix schuf monumentale Wandmalereien für den *Salon du Roi*

(1833; Bortolatto, Nr. 299-325), für die Bibliothek im Palais Bourbon (vollendet 1847; Huyghe, Tafel XXXIIIf.), die Bibliothek im Palais du Luxembourg (vollendet 1846; Huyghe, Tafel XXXVIIf.) und die Apollo-Decke im Louvre (Auftrag 1850; Huyghe, Abb. 304; siehe auch Bd. I, S. 217f.). – *4 mächtigen Kompositionen:* Diese haben zuweilen die Maße von etwa 4 × 5 m, wie der ›Einzug der Kreuzfahrer in Konstantinopel‹ (s. u. zu S. 247, *17*) oder ›Trajans Gerechtigkeit‹ (s. u. zu S. 247, *16*). – *15 Géricault:* Nach Moss (178) glaubt Baudelaire irrtümlicherweise, man habe diesen den Rand der Barke eben loslassenden Männerleib Théodore Géricault (1791-1824) zugeschrieben. Der Irrtum sei dadurch entstanden, daß Delacroix seinerseits als Modell gedient habe für den auf dem Rücken liegenden Mann im Vordergrund von Géricaults Bild ›Das Floß der Medusa‹ (Propyläen, Abb. 56; siehe auch L. Eitner, *Géricault's Raft of the Medusa,* London 1972, Abb. 46f.). Du Camps Urteil, daß diese Übereinstimmungen sowie der »gesuchte und gefundene Horroreffekt« (95) auf den Einfluß von Géricaults Werk zurückzuführen seien, weist darauf hin, daß sich Baudelaire vielleicht doch nicht geirrt hat. – *16 Trajans Gerechtigkeit* (1840, Musée des Beaux-Arts, Rouen; Huyghe, Abb. 260). Das Gemälde war vom Staat für 4000 Francs angekauft worden. Während die Interpretation, die der Meister von dieser Szene aus Dantes ›Göttlicher Komödie‹ (›Purgatorium‹, 10. Gesang) gegeben hatte, ihm einige Kritik einbrachte, würdigte man die ausgewogene Komposition und die Farbenpracht – *17 Einzug der Kreuzfahrer in Konstantinopel* (1840, Salon 1841; Louvre; Huyghe, Tafel XXVIIf.). Das Bild war 1838 von Louis Philippe für das Museum in Versailles in Auftrag gegeben worden. Es stellt den Einzug des Grafen Baudouin von Flandern in Byzanz während des vierten Kreuzzuges 1204 dar. – *23 Alphonse Karr* (1808 bis 1890) hatte 1840 in einer kleinen, von ihm verfaßten Zeitschrift *Les Guêpes* (›Die Wespen‹) das Werk verhöhnt: »Das ganze erinnert an die Prozession des fetten Faschingsochsen. Insbesondere Trajan sieht aus wie ein ziegelrot gefärbter Metzgergeselle. Ich habe nach dem Verdienst eines solchen Werkes gefragt. Man hat mir geantwortet: ›Die Farbe!‹ Und ich habe alle Welt gefragt: was ist Farbe? Besteht die Farbe darin, einen Schimmel mit Farbe wie aus Weinhefe zu machen? Das erscheint mir eine elende Entschuldigung für eine so unkorrekte Zeichnung, wie sie mehrere Figuren dieses Bildes aufweisen« (*Les Guêpes,* April 1840, 65). Im ›Salon 1859‹ wird Baudelaire auf Karr noch einmal zurückkommen (siehe Bd. V).

S. 248, *7 Der Doge Marino Falieri:* ›Die Hinrichtung des Dogen Marino Falieri‹ (1826, London, Wallace Collection; Huyghe, Tafel VI), nach Lord Byrons gleichnamiger Tragödie (siehe Bd. I, zu. S. 141, *29*). – *8 Kaiser Justinian ...:* 1826 in Auftrag gegeben für einen Sitzungssaal des Pariser Conseil d'État; 1871 verbrannt (Bortolatto, Nr. 140; F. A. Trapp, *An Early Photograph of a Lost Delacroix,* in: *Burlington Magazine,* 106, 1964, 266, Abb. 17f.). – *Christus am Ölberg,* 1826; ausgestellt im Salon 1827 (Paris, Saint-Paul–Saint-Louis; Bortolatto, Abb. 136). – *9 Der Bischof von Lüttich:* ›Die Ermordung des Bischofs von Lüttich‹, 1829 für den Herzog von Orléans gemalt, 1831 ausgestellt, seit 1961 im Louvre (Huyghe, Tafel XV). Das Thema stammt aus dem 22. Kapitel des historischen Romans *Quentin Durward* (1823) von Walter Scott (1771-1832). Vignon (202f.) vergleicht die düsteren Töne und funkelnden Lichter des Bildes mit Rembrandt, und Gautier (I, 177) bewundert den Meister, der »Lärm und Tumult zu malen vermochte«. – *11 Das Gemetzel von Chios,* 1823-1824 (Salon 1824; Paris, Louvre; Huyghe, Tafel III; siehe auch Bd. I, S. 208 und 221). Es handelt sich um eine poetische Darstellung einer Episode aus dem Freiheitskrieg der Griechen gegen die Türken 1820. Das Bild, dessen Hintergrund Delacroix umgemalt haben soll, als er Constables Bilder kennenlernte (siehe Bd. I, zu S. 203, *26*), bezeichnet durch die neue und freie Art, Licht und Atmosphäre in Farbe auszudrücken, einen Wendepunkt in der Malerei des 19. Jahrhunderts. – *Der Gefangene von Chillon,* 1834, ausgestellt 1835 (Paris, Louvre; Huyghe, Abb. 239). Das Thema ist dem 8. Gesang von Lord Byrons Gedicht *The Prisoner of Chillon* (1816) entnommen. – *12 Tasso im Gefängnis,* 1824 ausgestellt (Winterthur, Smlg. Reinhardt). Baudelaire hatte 1844 ein Sonett über eine der beiden Versionen dieses Themas verfaßt und Tasso als Verkörperung des Genies gezeichnet, das die Gesellschaft verkennt und verspottet (siehe Bd. IV, S. 54). – *Die jüdische Hochzeit* in Marokko: 1837 begonnen; Salon 1841 (Paris, Louvre; Huyghe, Tafel XXV). Delacroix hatte am 21. Februar 1832 in Tanger an einer solchen Hochzeit teilgenommen und dazu Skizzen angefertigt. Gautier (I, 180) bezeichnete dieses Bild »als Meisterwerk der Lokalfarbe«. – *Die Verzückten von Tanger:* 1837; Salon 1838 (Minneapolis, Institute of Arts; Bortolatto, Abb. 293). – *14 Hamlet* auf dem Friedhof: 1839; Salon 1839 (Louvre; Huyghe, Abb. 242). Baudelaire war ebenfalls von den Lithographien, mit denen Delacroix Shakespeares Tragödie illustriert hatte, fasziniert (siehe Bd. I, S. 216). – *15 Romeos und Julias Abschied:* 1845 (ehem. Basel, Smlg. Robert Hirsch; Huyghe, Tafel XXXIX). Im ›Salon 1846‹ hatte Baudelaire das Bild mit besonderem Lob bedacht (Bd. I, S. 220). – *19 Et le tableau quitté ...:* Der Vers stammt aus Théophile Gautiers *Terza Rima* in *La Comédie de la mort* (1838). Die kursiv gedruckten Pronomina zeigen eine kleine, von Baudelaire vorgenommene Veränderung an (*nous* statt *eux*). – *21 Rouvière* hatte im September 1846 die Rolle des Hamlet in der Bearbeitung von Dumas und Meurice gespielt (s. o. S. 220). Baudelaires und Rouvières gemeinsamer Freund Manet hat ein Porträt des Schauspielers in dieser Rolle gemalt (1865; Washington, National Gallery; M. Venturi/S. Orienti, *L'Opera pittorica di Edouard Manet,* Mailand 1967, Abb. 90). – *29 Maria Magdalena* in der Wüste: 1843 (Paris, Privatbesitz; Bortolatto, Abb. 431). Es handelt sich um eine Skizze für das Gemälde ›Magdalena im Gebet‹ (Winterthur, Smlg. Reinhart; Bortolatto, Abb. 430). Baudelaire besprach das Bild eingehend im *Salon de 1845* (Bd. I, S. 130f.). – *35 Häßlichkeit von Delacroix' Frauen:* Loudun bezeichnet die Figuren Delacroix' nach der ›Medea‹ als »monströs und sogar abstoßend« (*Exposition Universelle de 1855,* Paris 1855, 113-117; zit. nach Horner, 124); siehe auch Bd. I, S. 221 f.

S. 249, *3 Victor Hugo* (1802-1885), der Führer der romantischen Bewegung in der Literatur, war von Baudelaire gegen die allgemeine Überzeugung als Antipode zu Delacroix hingestellt worden (Bd. I, S. 210f.). – *8 als Frösche bezeichnet:* Charles Hugo berichtet, daß sein Vater Delacroix' Frauen »unwiderstehlich häßlich fand ... mit tiefer Stirn, großem Mund, platter Nase und kleinen Augen« (zit. nach Moss, 178). – *großer plastischer Dichter:* Über Baudelaires Abneigung gegenüber der Bildhauerkunst siehe Bd. I, S. 273-276. – *11* Der Tod des *Sardanapal:* 1827 (Salon 1827; Paris, Louvre; Huyghe, Tafel XI). Siehe Bd. I, zu S. 209, *18*. Baudelaire liebte dieses Bild besonders; noch 1861 bezeichnet er es als eines der großen Werke der Romantik und findet in ihm seine Jugend wieder (siehe *Exposition de la Galerie Martinet,* Bd. VII). – *18 Galerie d'Apollon:* Es handelt sich um das Deckengemälde in der Apollogalerie des Louvre (1850/1851; Bortolatto, Nr. 574; Tafel LV), das Apollo als den Besieger der pythischen Schlange zeigt. Baudelaire widmet diesem Gemälde im Nekrolog auf Delacroix 1863 eine ausführliche Beschreibung (Bd. VII). – *22 Kleopatra:* Nach Pichois befindet sich das Bild in einer Schweizer Privatsammlung (Œuvres/Pl II, 1376). Ein Bild mit dem Titel ›Kleopatra und der Bauer‹ (1838) befindet sich im William Hayes Ackland Memorial Art Center, Chapel Hill, North Carolina (Salon 1839; Huyghe, Abb. 257), ein weiteres Gemälde (1848) mit demselben Titel in der Sammlung W. Ryan (Bortolatto, Nr. 514). – *24 Gretchen:* aus Goethes ›Faust‹. Baudelaire mag an Delacroix' ›Gretchen in der Kirche‹ (1846, Bortolatto, Abb. 455) denken, das er bereits erwähnt hat (Bd. I, S. 220). – *Ophelia:* Auch hier gibt es verschiedene Gestaltungen dieser Figur aus *Hamlet:* ›Hamlets und Ophelias Abschied‹ (1840; Paris, Louvre; Bortolatto, Abb. 353), ›Der Tod Ophelias‹ (1838, München, Neue Pinakothek; Bortolatto, Abb. 332), davon eine Variante von 1844 in der Sammlung Reinhart, Winterthur (Bortolatto, Abb. 415) sowie eine von 1853 im Louvre (s. o. zu S. 26, *18*). – *Desdemona,* die weibliche Hauptgestalt in Shakespeares *Othello,* wurde von Delacroix des öfteren dargestellt. Es ist nicht bekannt, welche Fassung ausgestellt war: ›Desdemona und Emilia‹ (1825; ehemals Paris, Smlg. Soulier; Bortolatto, Nr. 112); ›Othello und Desdemona‹ (1850; Bortolatto, Nr. 560); ›Desdemona wird von ihrem Vater verflucht‹ (1852; Reims, Musée des Beaux-Arts; Bortolatto, Abb. 584; hierzu zwei Repliken wohl von 1853: Bortolatto, Nr. 647 f.). – *29 Zauber des Verbrechens:* Eben auf diese Stelle scheint Delacroix angespielt zu haben, als er sich in kleinem Kreis über Baudelaire beklagte, der »in seiner Malerei ich weiß nicht was Krankes« lobte (Lettres/B, 112). – *34 Supranaturalismus:* s. o. zu S. 239, *15*.

S. 250, *8 Die beiden Foscari:* 1855 (Chantilly, Musée Condé, Huyghe, Abb. 157). Der Doge Francesco Foscari wurde gezwungen, der Verurteilung seines Sohnes beizuwohnen. Lord Byron hat das Schicksal der beiden Männer aus dem 15. Jahrhundert behandelt (*The Two Foscari,* 1821). – *9 die Arabische Familie:* 1854 (Paris, Smlg. David-Weill; Bortolatto, Abb. 702). – *die Löwenjagd:* 1855 (Bordeaux, Musée des Beaux-Arts; Huyghe, Abb. 347). Delacroix hatte 1854 von der Regierung für 12000 Franken den Auftrag für dieses Bild erhalten, das 1870 teilweise zerstört wurde. Eine von Odilon Redon 1857 angefertigte Kopie zeigt die Komposition in ihrem ursprünglichen Aussehen. Auf der Weltausstellung erntete dieses Bild wenig positive Kritik. – *Kopf einer alten Frau:* nach Pichois in französischem Privatbesitz (Œuvres/Pl II, 1377). Vielleicht handelt es sich um den bei Bortolatto abgebildeten ›Kopf einer alten Frau‹ (Nr. 37, S. 90), der mit Vorbehalt auf 1822 datiert wurde. Dagegen spricht, daß de Calonne (127 f.) das Werk als eines der neuen Gemälde des Meisters bezeichnet. – *24 Magnetiseure:* Baudelaire mag an Franz Anton Mesmer (1733-1815) denken, dessen Lehre vom Mesmerismus oder vom tierischen Magnetismus (siehe Bd. I, zu S. 20, *34*) heute als Ursprung der Hypnosetheorie angesehen wird. – *27 prästabilierten Harmonie:* Der Begriff stammt aus der *Theodizee* (1710) von Leibniz (1646-1716). Baudelaire hat bereits im ›Salon 1846‹ verschiedentlich auf Gedanken des deutschen Philosophen zurückgegriffen (siehe Bd. I, zu S. 237, 27 und 238, *20 ff.*). – *28 diese Farbe … von sich selber her denke:* Nach Horner (132) hat kein Kritiker der Farbe soviel individuelle Ausdruckskraft zugesprochen wie Baudelaire. Nur einer steht Baudelaires Überzeugung sehr nahe, nämlich Delacroix selbst, von dem der Dichter beeinflußt sein wird: »Gegen die allgemeine Anschauung möchte ich sagen, daß die Farbe eine viel geheimnisvollere und vielleicht mächtigere Kraft ausübt; sie wirkt gewissermaßen ohne unser Wissen« (*Journal,* 6. Juni 1851). – *34 Der Dichter hat …:* von hier ab bis S. 251, *14 … seiner Farbe sie in uns wecken* spätere Einschiebung Baudelaires.

S. 251, *1 Delacroix, lac de sang …:* Diese Strophe stammt aus dem Gedicht

Les Phares der *Fleurs du Mal* (Bd. III, S. 74). – *9 das Rot:* Die Zusammen- und Gegenüberstellung von Rot und Grün hatte Baudelaire von jeher fasziniert (siehe Bd. I, S. 132, 204). – *12* Carl-Maria von *Weber* (1786-1828), bedeutender Komponist der deutschen Romantik, Schöpfer des ›Freischütz‹ (1821). Bereits in seinem *Salon de 1846* hatte Baudelaire geschrieben, daß Delacroix »klagend und tief wie eine Melodie von Weber« sei (Bd. I, S. 222). – *21 wie die Tragödie in der Welt des Dramas:* Dieser Vergleich fehlt in dem Druck von 1855.

S. 252, *5 Ariost:* Ludovico Ariosto (1474-1533). Eine Episode seines Epos ›Der rasende Roland‹ war der Gegenstand für Delacroix ›Angelica und der verwundete Medor‹, 1850 (Smlg. Madison H. Lewis, New York; Bortolatto, Abb. 556). – *Byron:* Delacroix inspirierte sich oft an Byrons Werken: ›Marino Falieri‹, ›Sardanapal‹, ›Der Gefangene von Chillon‹ und andere mehr. – *16 Edgar Allan Poe:* Die Stelle, auf die Baudelaire sich hier bezieht, befindet sich in dem von ihm übersetzten *Tale of the Ragged Mountains (Les Souvenirs de M. Auguste Bedloe).* Baudelaire übersetzt allerdings *opium,* wo bei Poe *morphine* steht: »Unterdessen tat das Morphium seine gewohnheitsmäßige Wirkung – die nämlich, der gesamten Außenwelt *an intensity of interest* zu verleihen. – *30 Supranaturalismus:* Gavarni, der von Delacroix' »Sudeleien« spricht, hat offensichtlich Baudelaires *Salon de 1846* und das Zitat aus Heines ›Gemäldeausstellung in Paris 1831‹ (siehe Bd. I, S. 212 f.) im Auge, wenn er schreibt: »Da kommen doch Leute daher und reden dem Bürger vom *Supernaturalismus dieses Zeugs* ... Das ist doch wirklich dummes Geschwätz« (zitiert nach E. und J. Goncourt, *Gavarni,* Paris 1873, 362 f.). – *37 Rembrandt* (1606-1669), der große holländische Barockmaler, den Baudelaire, wie Rubens und Veronese, als einen von Delacroix' Ahnherren anführt (Bd. I, S. 222).

S. 253, *2* Peter Paul *Rubens* (1577-1640), flämischer Barockmaler. Baudelaire nennt Delacroix 1863 in seinem Nekrolog den »französischen Rubens« (siehe Bd. VII). – Charles *Lebrun* (1619-1690), einer der großen Vertreter der französischen Barockmalerei mit stark klassizistischem Einschlag (siehe Bd. I, zu S. 217, *28*). – *Veronese:* s. o. zu S. 244, *5*.

STUDIEN ÜBER POE

Baudelaire hat Edgar Allan Poe in der fourieristischen Zeitschrift *La Démocratie pacifique* entdeckt. Dort erschienen zwischen Januar 1847 und Mai 1848 fünf Erzählungen Poes in der Übersetzung von Isabelle Meunier. Zwei andere Erzählungen, *William Wilson* und *The Gold Bug,* waren bereits 1844 und 1845 von Gustave Brunet und Alphonse Borgers (Amédée Pichot) übersetzt worden. Die erste Übersetzung von Isabelle Meunier *(Le Chat noir)* war von folgender redaktioneller Notiz begleitet:

»Wir bringen diese Novelle um zu zeigen, zu welchen seltsamen Argumenten die letzten Parteigänger des Dogmas von der angeborenen Verderbtheit *(perversité native)* sich genötigt sehen. Hier haben wir eine Fabel, die bestimmt ist, dieses stürzende Dogma zu stützen, und in welcher der Autor, obwohl er sich ganz und gar im Phantastischen ergeht, diese vorgeblich angeborene Verderbtheit erst ins Spiel zu bringen wagt, nachdem er den Helden seiner Erzählung mehrere Jahre der Trunksucht hat durchleben lassen.«

Baudelaire war von dieser Erzählung so fasziniert, daß er den Entschluß faßte, Poe seinerseits zu übersetzen und in Frankreich gründlicher bekannt zu machen. Er besaß, vor allem durch seine Mutter, einige Kenntnisse des Englischen und hatte im Vorjahr bereits als Feuilleton in *L'Esprit public* unter eigenem Namen, und bald hernach in *Le Magasin littéraire,* die Erzählung *Le Jeune Enchanteur* veröffentlicht, bei der es sich jedoch um eine Übersetzung aus dem Englischen handelte.

In dem vierten, Edgar Poe gewidmeten Kapitel seines Buches *Charles Baudelaire, sa vie et son œuvre* schreibt sein Freund Asselineau: »Ich habe selten eine so totale, so rasche, so ausschließliche Besessenheit wie diese gesehen. Wo immer er sich befand, auf der Straße, im Café, in einer Druckerei, morgens, abends, stellte er alsbald die Frage: ›Kennen Sie Edgar Poe?‹ Und je nach der Antwort ergoß er seine Begeisterung oder bedrängte er seinen Partner mit Fragen ... Wer zu Recht oder Unrecht als ein Kenner der englischen und amerikanischen Literatur galt, wurde buchstäblich einem hochnotpeinlichen Verhör unterzogen. Er belästigte die ausländischen Buchhändler mit Bestellungen und Nachforschungen über die verschiedenen Ausgaben seines Autors, von dem einige noch niemals gehört hatten ... Er duldete nicht, daß irgendeinem seiner Freunde der geringste Umstand in der Biographie seines Helden unbekannt war, und er war verärgert, wenn man eine komische Nuance, eine Anspielung, eine Feinheit nicht sogleich begriff. Im übrigen nahm er mit dem Erstbesten vorlieb ... Ein Cafékellner, wenn er nur Englisch konnte, diente ihm als Vorwand, die Bedeutung eines Wortes, einer sprichwörtlichen Redensart, eines Slangausdrucks zu erörtern. Lange Zeit wählte er sich einen englischen Schankwirt in der Rue de Rivoli zum Berater, bei dem er Whisky trank und den *Punch* las, in der Gesellschaft der *grooms* des Faubourg Saint-Honoré.«

Rückblickend schreibt Baudelaire im Februar 1860 an Armand Fraisse (Corr/Pl I, 676), er habe, als er sich Ende der vierziger Jahre Poes Werke beschaffte, bei diesem Gedichte und Novellen gefunden, wie er selber sie, wenn auch undeutlich und verworren, im Sinn gehabt habe; und in einem Brief an Théophile Thoré, etwa aus dem Juni 1866 (Corr/Pl II, 386), heißt es: »Wissen Sie, warum ich Poe so geduldig übersetzt habe? Weil er mir glich. Als ich zum erstenmal eines seiner Bücher aufschlug, entdeckte ich, zu meinem Erschrecken und Entzücken, nicht nur Sujets, von denen ich geträumt, sondern SÄTZE, die ich gedacht, und die er zwanzig Jahre früher geschrieben hatte.«

Vorläufig veröffentlichte Baudelaire jedoch nur seine Übersetzung der Erzählung *Mesmeric Revelation,* die am 15. Juli 1848 in *La Liberté de penser* erschien. Erst 1852 erschienen sein erster größerer Essay über Poe, drei weitere Erzählungen und Poes Betrachtungen über Fragen des Wohnens und der Inneneinrichtung. Nach drei weiteren Erzählungen und der Übersetzung des Essays *The Poetic Principle* brachte *Le Pays* 1854/55 als Vorabdruck insgesamt 37 Texte, die dann größtenteils 1856 und 1857 in zwei Sammelbänden bei Michel Lévy herauskamen, unter den Titeln *Histoires extraordinaires* und *Nouvelles Histoires extraordinaires.* Es folgten 1858 die Übersetzung des kleinen Romans *The Narrative of Arthur Gordon Pym of Nantucket* und als Nachzügler 1863 *Eureka* und 1865 die *Histoires grotesques et sérieuses,* mit einigen bisher unveröffentlichten Stücken.

Diese fünf Bände Übersetzungen nach E. A. Poe, die der Verleger später (1868/69) umgruppierte und in drei zusammenfaßte, stellen in Baudelaires Werk das umfangreichste, vermutlich auch das ertragreichste Unternehmen dar. Die *Histoires extraordinaires* erreichten zu seinen Lebzeiten fünf, die *Nouvelles Histoires extraordinaires* vier Auflagen. Über die Rezensionen der fünf Bände unterrichten ausführlich die Œuvres/Conard HE 374 ff., NHE 312 ff., Pym 259 ff., Eureka 248 ff., HGS 240 ff.

Zwei Artikel haben Baudelaires besonderen Unwillen erregt: ein Aufsatz Louis Veuillots, *La Poésie à l'heure qu'il est,* und ein anderer Barbey d'Aurevillys, *Le Roi des Bohêmes ou Edgar Poe,* beide in derselben Nummer der halbwöchentlich erscheinenden (sehr kurzlebigen) reaktionären Zeitschrift *Le Réveil,* vom 15. Mai 1858. Ein Exemplar dieser Nummer hat sich erhalten, in dem Baudelaire beide Texte mit Bleistiftmarginalien versehen hat (siehe Œuvres/Pl II, 338 ff.). Man liest dort: »dieser Veuillot macht mir Lust, die *Strafjustiz* noch einmal zu kosten, indem ich ihm die seinigen [die Ohren] anders als nur mit meinen Versen streichle« und »aber d'Aurevilly ist [selber] ein Trunkenbold«. (Siehe hierzu den Brief Barbey d'Aurevillys an Baudelaire von 14. Mai 1858, Lettres/B 53 f.) Die Rezension, die Baudelaire vermutlich die größte Freude bereitet hat, stammte von einem neunzehnjährigen Mädchen: die umfangreiche Besprechung seiner Übersetzung des »Prosagedichts« *Eureka* von Judith Walter, alias Judith Gautier (1845-1917), der ältesten Tochter Théophile Gautiers, in *Le Moniteur universel,* am 28./29. März 1864 (vollständig abgedruckt in Œuvres/Conard, Eureka 255-260). In seinem Dankschreiben vom 5. April 1864 (Corr/Pl II, 352 f.) gesteht Baudelaire der ihm seit ihren Kindertagen bekannten jungen Dame, sie habe ihn genötigt, »selber an den garstigen Meinungen zu zweifeln, die ich mir hinsichtlich der Frauen im allgemeinen gebildet habe«.

Baudelaires Vorlagen waren sowohl einzelne Nummern des *Southern Literary Messenger,* die er durch William Wilberforce Mann, einen in Paris lebenden Amerikaner und Mitarbeiter dieser Zeitschrift, erhalten hatte, als auch einige zu Poes Lebzeiten erschienene Buchausgaben und die drei Bände der ersten von Rufus W. Griswold besorgten postumen Gesamtausgabe (New York 1850). Die meisten seiner Übersetzungen wurden, oft mehrfach, einer gründlichen Überarbeitung unterzogen und die Irrtümer, Versehen, Druckfehler und Auslassungen der frühen Fassungen berichtigt; sämtliche Varianten der verschiedenen Drucke finden sich verzeichnet in Œuvres/Conard.

Nicht ganz zur Geltung kommt hier die Bedeutung, die Poe, und mit ihm Baudelaire, einem Werk wie *Eureka* zuschrieb, das 1848 erschienen war, mit dem Untertitel *A Prose Poem.* Baudelaire hatte seiner Übersetzung dieses Buches einen längeren Auszug aus der Biographie von Griswold vorangestellt, in der dieser einen Brief Poes an einen seiner Kritiker aus dem September 1848 in extenso zitiert. Der vollständige Titel des Traktats lautet in Baudelaires Übersetzung *Eureka ou Essai sur l'univers materiel et spirituel;* eine kurze Vorrede Poes in Gestalt einer Widmung an seine Leser eröffnet ihn:

»Den so seltenen Menschen, die mich lieben und die ich liebe; – denen eher, die fühlen, als denen, die denken; – den Träumern und denjenigen, die ihren Glauben an die Träume als die einzige Wirklichkeit gesetzt haben, – biete ich dieses Wahrheits-Buch, nicht darum, weil es ein Wahrhaftiges Buch ist, sondern der Schönheit wegen, die in seiner Wahrheit vorwaltet, und die seine Wahrhaftigkeit bestätigt. Diesen lege ich diese Komposition lediglich als einen Kunstgegenstand vor, – sagen wir, als einen Roman, oder, wenn dies nicht allzu anmaßend ist, als ein Gedicht.

Was ich hier vorbringe, ist wahr; – also kann dies nicht sterben; oder sollten unglückliche Umstände es, heute, derart zermalmen, daß es daran stirbt, so wird es *auferstehen in dem Ewigen Leben.*

Dennoch wünsche ich, daß dieses Werk einfach als Gedicht beurteilt werde, wenn ich nicht mehr bin.«

Hierzu schrieb Baudelaire folgende Fußnote:

»Auf der letzten Seite dieses Buches findet der Leser einen Hinweis, in welchem Sinne das Wort *Ewiges Leben* zu verstehen ist, das der Verfasser in den letzten Zeilen des Vorworts gebraucht.

Das Wort wird hier in einem pantheistischen Sinne verwendet, und nicht in der religiösen Bedeutung, die gewöhnlich damit verbunden ist. Das *Ewige Leben* bedeutet demnach hier: *die unbestimmte Reihe der Existenzen Gottes, sei es im Zustand der Zusammenziehung, sei es in dem der Ausbreitung.*«

Die hier in chronologischer Folge angeordneten und in ihrer Gesamtheit zum ersten Mal (nach Œuvres/Pl II) ins Deutsche übersetzten Texte Baudelaires über Poe und zu einzelnen seiner Erzählungen oder Essays lassen erkennen, was ihn an diesem *frère spirituel* faszinierte und wie sich an Poe seine eigenen dichterischen, ästhetischen und politischen Überzeugungen schärften. Sie weisen aber auch mancherlei offen oder versteckt apologetische Züge auf: Poe dient Baudelaire zur Rechtfertigung gewisser Grundpositionen sowie, insbesondere der Mutter gegenüber, seiner eigenen Lebensführung in einer dem Dichter feindlichen Gesellschaft und Umwelt. Madame Aupick muß 1854 aus der überschwenglichen Widmung an Maria Clemm (siehe S. 308ff.) die vorwurfsvolle Klage herausgehört haben, die unverkennbar darin beschlossen liegt: ›Wärest du mir doch eine solche Mutter!‹

Von den Veröffentlichungen über Baudelaire und Poe seien genannt: Arthur-S. Patterson, *L'Influence d'Edgar Poe sur Charles Baudelaire,* Grenoble 1903; Louis Seylaz, *Edgar Poe et les premiers symbolistes français,* Lausanne 1923; Célestin-Pierre Cambiaire, *The Influence of Edgar Allan Poe in France,* New York 1927; Léon Lemonnier, *Les Traducteurs d'Edgar Poe en France de 1845 à 1873,* Paris 1928; ders., *Edgar Poe et la critique française de 1845 à 1873,* ebd. 1928; ders., *Edgar Poe et les poètes français,* ebd. 1932; ders., *Edgar Poe et les conteurs français,* ebd. 1947; P.F. Quinn, *The French Face of Edgar Poe,* Carbondale 1957; J. Kleinstück, *Poe und Baudelaire,* in: Die amerikanische Literatur in der Weltliteratur, Festschrift Rudolf Haas, Berlin 1962; W.T. Bandy, *Baudelaire et Edgar Poe, vue rétrospective,* in: Revue de littérature comparée, April/Juni 1967; Claude Pichois, *De Poe à Dada,* in: Revue d'histoire littéraire de la France, April/Juni 1967 (dort auch der Hinweis auf die erste deutsche Veröffentlichung über Poe: *Ein amerikanisches Dichterleben* von Theodor Creizenach, in: Frankfurter Museum, 16. November 1856; ein sichtlich von Baudelaire beeinflußter Artikel). W.T. Bandy, *Charles Baudelaire, Edgar Allan Poe, sa vie et ses ouvrages,* Text und Kommentar, University of Toronto Press, 1973. – Siehe auch Lloyd, 48-81.

[VORTEXT ZU BAUDELAIRES ÜBERSETZUNG DER ERZÄHLUNG *Mesmeric Revelation*]

15. Juli 1848, La Liberté de penser; 1908 Œ P.

Mesmeric Revelation war die erste Erzählung Poes, die Baudelaire übersetzte, unter dem Titel *Révélation magnétique.* Eine sorgfältig überarbeitete, von Fehlern gereinigte Fassung dieser Übersetzung erschien am 30. Juli 1854 in *Le Pays* und danach in HE. Der letzte Absatz dieses Vortextes stammt entweder von der Redaktion der Zeitschrift oder wurde auf deren Verlangen hinzugefügt.

S. 257, *14* Pierre Choderlos de *Laclos* (1741-1803), Verfasser des Briefromans *Les Liaisons dangereuses;* Baudelaire machte sich 1856/57 Notizen für ein Vorwort zu einer Neuausgabe dieses Briefromans; siehe Bd. V. – *Maturin:* s. o. zu S. 235, *35*. – *20* *Laurence Sterne* (1713-1768), Verfasser des humoristischen Romans *The Life and Opinions of Tristram Shandy* (1760-1767) und *A Sentimental Journey through France and Italy* (1768). – *32* *das Übernatürliche:* frz. *le surnaturalisme*. – *33* *Spür- und-Suchsinnigkeit:* frz. *esprit de chercherie*.

S. 258, 14 *Seraphitus:* Gemeint ist der Roman *Séraphîta* (1835) von Balzac, der um 1799/1800 auf einem Schloß in Norwegen spielt. Die Hauptgestalt ist ein androgynes Doppelwesen Séraphîtus-Séraphîta. Balzac folgt hier gnostischen Spekulationen und übernimmt gewisse Lieblingsvorstellungen Swedenborgs. – *15* *Louis Lambert* (1832), ein weiterer Roman Balzacs, den dieser später in erweiterter Fassung, ebenso wie Séraphîta, in seiner *Comédie humaine* unter die *Études philosophiques* eingegliedert hat. Auch hier folgt Balzac mystisch-okkulten Denkern, vor allem dem Illuminaten Louis-Claude de Saint-Martin (1743-1803). – *18* *Mesmers:* s. o. zu 250, 24. – *19* *Marats:* s. o. zu S. 155, 27. – Étienne *Geoffroy Saint-Hilaire* (1772-1844), bedeutender französischer Naturforscher.

EDGAR ALLAN POE
SEIN LEBEN UND SEINE WERKE

März/April 1852, Revue de Paris; 1908 Œ P.

Für diesen ersten großen Artikel über Poe hat Baudelaire, wie W. T. Bandy nachgewiesen hat, vor allem zwei Veröffentlichungen benützt: einen Nachruf John Reuben Thompsons, der im November 1849, und einen längeren Aufsatz von John Moncure Daniel, der im März 1850 im *Southern Literary Messenger* in Richmond erschienen war. Baudelaire kannte damals nur einen verhältnismäßig kleinen Teil von Poes Schriften. Der Text dieser ersten Studie wurde 1856 einer gründlichen Bearbeitung unterzogen, ehe er als Vorwort in die Buchausgabe der *Histoires extraordinaires* Aufnahme fand.

S. 260, *5* *Guignon:* Pech (von *guigner*, schief ansehen). – *8* *pas de chance:* keine Chance, kein Glück. – *19* *Was hat Hoffmann nicht getan ...:* Baudelaire entnahm diese Einzelheiten aus E. T. A. Hoffmanns Leben den biographischen Angaben, die dessen Übersetzer Loève-Veimars 1829-1833 im 20. Band der französischen Ausgabe von Hoffmanns Erzählungen mitgeteilt hatte.

S. 261, 7 Luc de Clapiers, marquis de *Vauvenargues* (1715-1745), französischer Moralist; stand zuerst in Militärdiensten, ehe er sich entschloß, als Schriftsteller in Paris zu leben; erst nach seinem Tode erschien 1746 seine *Introduction à la connaissance de l'esprit humain, suivie de réflexions et maximes*. – *9* *Ein Gemüt, das nach Luft verlangt ...:* Jean-Jacques Rousseau (1712-1778) im Seminar von Turin, wo er zum Katholizismus übertrat (um 1754 zum Protestantismus zurückzukehren). – *11* *Jenes närrische ... Talent:* wiederum E. T. A. Hoffmann. – *18* *Ténèbres:* Gedicht Théophile Gautiers (1811-1872) aus dessen *Comédie de la Mort* (1838); daraus die beiden im Text zitierten Verse. – *29* *Alfred de Vigny*

(1797-1863); Baudelaire spielt auf die in Dialogform abgefaßte Erzählung *Stello* (1831) an.

S. 262, *6 in einer seiner Biographien:* in dem Aufsatz von John Moncure Daniel. – *14 Anderswo behauptet ein Kritiker:* abermals Daniel. – *17 In einer Notiz ...:* von N. P. Willis, den Daniel zitiert. – *24 Make money ...:* Mache Geld, mein Sohn; auf anständige Weise, wenn es geht, aber mache Geld. Abgewandeltes Zitat aus Ben Jonsons (1572-1637) Komödie *Every Man in his Humour* (1598), wo die Stelle wörtlich lautet: *Get money; still get money, boy: / No matter by what means* / (II, 3): Schaff dir Geld; schaff dir nur Geld, Junge; gleichviel durch welche Mittel. – *25 Welch ein Krämergeruch!: Quelle odeur de magasin!* Dieser Ausruf findet sich in der sechsten Unterhaltung der *Soirées de Saint-Pétersbourg* (1821) von Joseph de Maistre (1753-1821). – *26* John *Locke* (1632-1704), englischer Philosoph; vertrat einen metaphysikfeindlichen Empirismus. – *27 Wenn man sich mit einem Amerikaner unterhält ...:* Baudelaires Bild von den Vereinigten Staaten stimmt in vielen Zügen mit dem eines Stendhal und mit dem überein, das sein Freund Philarète Chasles (1798-1873) in seinen 1851 erschienenen *Études sur la littérature et les mœurs des Anglo-Américains au XIXe siècle* gezeichnet hatte.

S. 264, *1 viele glaubten, er sei ein reicher junger Gentleman gewesen ...:* Auch Baudelaire hatte dies geglaubt; siehe S. 309. – *8 La Fayette:* s. o. zu 22, *3*. – *12 eine Tochter des englischen Generals Mac Bride:* Es handelte sich um eine Schwester des Admirals McBride. – *29* John *Allan,* Tabakexporteur in Richmond.

S. 265, *21 William Wilson:* Baudelaire entnahm den hier zitierten Auszug aus dieser Erzählung der *Tales of the Grotesque and Arabesque* (1840) dem Artikel von Daniel. Seine vollständige Übersetzung der Erzählung erschien im Februar 1855 in *Le Pays,* und anschließend in NHE.

S. 268, *11 dominie:* lat. dominus; hier soviel wie Aufseher. – *12 peine forte et dure:* schwere und harte Bestrafung, Prügelstrafe; auf französisch im englischen Original.

S. 269, *23 Oh! le bon temps ...:* Oh, welch eine glückliche Zeit ist doch dieses Eiserne Zeitalter! Zitat aus einem Gedicht Voltaires, *Le Mondain;* ebenfalls auf französisch im Original. Baudelaire bemerkt dazu in einer Fußnote: »Poes Werke sind voller französischer Sätze.«

S. 270, *1 Die fruchtbare Einbildungskraft der Kindheit:* wie die folgende durch Kursivdruck hervorgehobene Stelle ein Zitat aus *William Wilson.* – *19 Universität von Virginia:* in Charlottesville. – *32 nach Griechenland:* eine Legende; Poe ist niemals nach Rußland und Griechenland aufgebrochen. – Marcos *Botzaris* (1788-1823), Held des griechischen Freiheitskampfes gegen die Türken.

S. 271, *21 der Biograph:* Daniel. – *31* George Gordon *Lord Byron* (1788 bis 1824), der berühmteste Vertreter der Romantik in England. – *34 einen kleinen Gedichtband: Poems, Second Edition;* vorausgegangen waren zwei andere Ausgaben seiner Gedichte: *Tamerlane and Other Poems* (1827) und *Al Aaraaf, Tamerlane and Minor Poems* (1829).

S. 272, 2 James Russell *Lowell:* schrieb 1845 einen Artikel über Poe in *Graham's Magazine,* den Daniel zitiert. – *5 Griechischen Anthologie:* berühmte umfangreiche Sammlung griechischer Epigramme. – *6 nikäischen Barken:* Nikaia, blühende Handelsstadt im alten Bythnien an der Ostspitze des Sees Askania, in der 325 und 787 bedeutende Konzilien stattfanden. – *9 pastiche:* s. o. zu S. 192, *18*. – *21 die Todespforten ... kreischen:* wörtl. Zitat nach Daniel.

S. 273, *18 fripier:* Altkleiderhändler. – Alain-René *Lesage* (1668-1747),

Dramatiker und Erzähler; schrieb den Roman *Le Diable boiteux* (1707). – *24 sogleich ... keinen Heller besaß:* wörtlich nach Daniel.

S. 274, *5 der wohlbekannte kleine Band: The Raven and other Poems,* 1845. – *17 delirium tremens:* Säuferwahnsinn. – *36 mütterlichen Vorsorge:* Anspielung auf Poes Tante Maria Clemm, deren Tochter Virginia er geheiratet hatte.

S. 275, *18* François *Andrieux* (1759-1833), Fabel- und Komödiendichter, Professor für Literatur am Collège de France und seit 1829 Beständiger Sekretär der Académie Française. – Jean-François de *La Harpe* (1739-1803), literarischer Kritiker der Aufklärung; Literaturprofessor an dem 1785 in Paris gegründeten Musée, später Lycée. – *19* Marie-François *Baour-Lormian* (1770-1854), ein Gegner der »romantischen Schule«. – *21 Lyceen, Athenäen, Casinos: lycée,* sowohl Name der 1802 gegründeten höheren Lehranstalten als anderer öffentlicher Bildungsanstalten; *Athénée,* Name von Kunstvereinen und gelehrten Gesellschaften; *casino,* hier soviel wie Versammlungsorte, an denen Vorträge gehalten wurden. – *24 Prinzip der Poesie:* diese später auch als Essay gedruckte Rede Poes, *The Poetic Principle,* hat Baudelaire nicht übersetzt. – *32 work-houses:* Arbeitshäuser.

S. 277, *16 eine verwitwete Dame:* Mrs. Sarah Elmira Royster Shelton. – *18 Lenore:* Name der Geliebten in dem Gedicht *The Raven.* – *21 sehr reichen Dame:* Mrs. St. Leon Loud. – *36 siebenunddreißig Jahren:* Poe liebte es, sein Alter herunterzusetzen. Da er am 19. Januar 1809 geboren war, starb er im Alter von vierzig Jahren.

S. 278, *13 eine kurze Notiz:* Diese Notiz stammt aus der bei Redfield veröffentlichten Ausgabe der Werke Poes; Baudelaire entnahm auch diese Passage dem Artikel von Daniel.

S. 280, *23* Henry Wadsworth *Longfellow* (1807-1882), amerikanischer Dichter. Baudelaire übersetzte später Auszüge aus seinem Indianerepos *Hiawatha* (1855); siehe Etba II, 7-68. – Longfellows Brief war an John R. Thompson gerichtet, der ihn in seinem Nachruf zitiert. – *36 Evangeline:* ein erzählendes Gedicht in Hexametern, das 1847 erschienen war.

S. 281, *7 Erasmus* (1467-1536), der große Humanist, Verfasser des ›Lobs der Torheit‹. Baudelaire denkt an sein Porträt von Hans Holbein, das sich im Louvre befindet. – *10* Louis-Sébastien *Mercier* (1740-1814), Dramatiker und Prosaautor; sein wichtigstes Werk *Tableau de Paris* erschien 1781-1788. – *12 Voltaire:* Hier dürfte Baudelaire die Büste von Jean-Antoine Houdon (1741-1828) im Sinn haben. – *14 Joseph de Maistre* (1753-1821); Baudelaire kannte und besaß das von Pierre Bouillon gezeichnete und von Léon Mauduison gestochene Porträt de Maistres in der Ausgabe der 1851 erschienenen *Lettres et opuscules inédits.* – *26 Les Ressources de Quinola:* Drama Balzacs, das im März 1842 am Théâtre de l'Odéon uraufgeführt worden war und das Baudelaire nach seiner Rückkehr von der Ile Maurice gesehen haben dürfte.

S. 283, *6 dessen Name mir entfallen ist:* P. Pendleton Cooke; das Zitat stammt aus dem Nachruf von Thompson. – *30 die ganz und gar außer der Folge war:* wörtlich: *qui n'était pas du tout consécutive.* Asselineau erzählt die Begegnung Baudelaires mit dem hier erwähnten Amerikaner, zu dem er ihn begleitet hatte. »Ich erinnere mich vor allem, daß er uns sagte, M. Poe sei ein bizarrer Geist gewesen und seine Art zu reden *pas du tout conséquioutive.*« Asselineau, 94.

S. 284, *16* Johannes *Kepler* (1571-1630), berühmter Astronom; entdeckte die elliptischen Bahnen der Planeten. – Francis *Bacon* (1561-1626), englischer Philosoph und Politiker, theoretischer Vorläufer und Mitbegründer der modernen Naturwissenschaft. Die Anspielung auf Kepler und Bacon übernahm Baudelaire von Daniel. – *Swedenborg:* s.o. zu S. 88, *5*.

S. 285, *25 Whig: The American Whig Review.* – *30* Marc-Antoine Gérard, sieur de *Saint-Amant* (1594-1661), französischer Lyriker; schrieb unter anderem Trink- und Freßgedichte. – *31* Claude-Emmanuel Luillier, genannt *Chapelle* (1626-1686), burlesker Dichter, ebenfalls ein bekannter Freß- und Saufkumpan. Die im folgenden erzählte Anekdote stammt aus einem Buche von Saint-Mars, *Mémoires pour la vie de Chapelle* (Paris 1826). – Guillaume *Colletet* (1598-1659), Dichter und Stückeschreiber; verfaßte ein *Banquet des Poètes* (1646).

S. 286, *3 Pindar:* Pindaros (ca. 520-445 v. Chr.), griech. Chorlyriker, Schöpfer des erhabenen Odenstils. – *6 Rétifs Schule:* Nicolas-Edme Rétif de la Bretonne (1734-1806), Erzähler; schrieb an die 250 Bände Novellen, Romane, autobiographische Aufzeichnungen; darunter *Le Paysan perverti* (1775), *La Paysanne pervertie* (1776), *Les Contemporaines* (1780-1785), *Monsieur Nicolas ou Le Cœur humain dévoilé* (1796/97). – *8 Mercier:* s.o. zu S. 281, *10*. – *Rue du Coq-Honoré:* ehemalige Pariser Straße zwischen der Place de l'Oratoire und der Rue Saint-Honoré. – Den hier zitierten Ausspruch, auf den Baudelaire bereits in *La Fanfarlo* anspielt (siehe S. 95, 2), fand er in dem von Charles Weiss verfaßten Artikel *Mercier* in der *Biographie Universelle* (Bd. XXVIII, 1821). In der Fußnote spielt Baudelaire auf Victor Hugos Drama *Marion de Lorme* (1831) an. Im IV. Akt fragt Ludwig XIII. den Narren L'Angely: »Warum lebst du?« und dieser antwortet: *»Je vis par curiosité.«*

S. 288, *3 Solözismen:* Verstöße gegen die Sprachrichtigkeit. – *19 Un grand homme de province à Paris:* Titel des zweiten Teils der *Illusions perdues* (1837 bis 1843). – *27 Alfred de Musset* (1810-1857), Dichter, Erzähler und Dramatiker der französischen Romantik. – *Alphonse de Lamartine* (1790-1869), einer der Begründer der »Romantischen Schule«. – *33 Die Glocken: The Bells.* – *35 Longfellow:* s.o. zu S. 280, *23*. – Ralph Waldo *Emerson* (1803-1882), amerikanischer Philosoph und Essayist.

S. 289, *5 das erste Wort: Nevermore!.* – *23 Maturin:* s.o. zu S. 235, *35*. – *25 Tales of the Grotesque ...:* Baudelaire besaß damals augenscheinlich die 1845 bei Wiley and Putnam in New York erschienene Ausgabe der *Tales,* die er etwas später die »kleine Ausgabe der Erzählungen« nennt, nicht jedoch die 1839 bei Lea and Blanchard in Philadelphia erschienene Ausgabe der *Tales of the Grotesque and Arabesque.*

S. 290, *1 Konjekturismus:* ein Schlußverfahren auf Grund von Vermutungen. – *Probabilismus:* ein aus Wahrscheinlichkeiten folgerndes Verfahren. – *3 Der Goldkäfer: The Gold-Bug;* Baudelaires Übersetzung erscheint unter dem Titel *Le Scarabée d'or* in HE. – *33 Ein Sturz in den Maelstrom: A Descent into the Maelström; Une Descente dans le Maelstrom* in HE. – *37 Die Mordtat in der Rue Morgue: The Murders in the Rue Morgue; Double Assassinat dans la Rue Morgue* in HE.

S. 291, *18 Die Mesmerische Offenbarung: Mesmeric Revelation;* siehe S. 257 ff. und die Anmerkungen dazu. – *32 den Bericht einer Seele:* in *The Conversation of Eiros and Charmion; Conversation d'Eiros avec Charmion* in NHE.

S. 292, *2 The Man in the Crowd:* Der Mann in der Menge. – *15 Schwarzen Kater: The Black Cat.* Baudelaire zitiert hier die Übersetzung von Isabelle Meunier, aus *La Démocratie pacifique* von 1847. Seine eigene Übersetzung *Le Chat noir* erschien erst 1853 und später in NHE.

S. 295, *5 Berenice:* siehe S. 306f. und die Anmerkungen dazu. – *17 Distorsion:* wörtl. Verdrehung, Verrenkung.

S. 296, *6 incitamentum:* Anreiz, der die Träumerei auslösende Gegenstand. – *20 in der seltsamen Verkehrung ...:* Baudelaire zitiert Poe. Ähnlich heißt es in einem Brief Baudelaires vom 5. März 1866 an Jules Troubat: *»les affections me viennent beaucoup de l'esprit«.* – *36 daguerreotypiert:* Ein Verfahren, Bilder von Gegenständen durch die chemische Einwirkung des Lichtes festzuhalten, war schon 1810 von Niepce erfunden worden; Daguerre verfeinerte es 1839 und gab ihm seinen Namen. Aus dieser Daguerreotypie entwickelte sich die Photographie.

S. 297, 4 *Mademoiselle Sallé:* eine berühmte Tänzerin des 18. Jahrhunderts. – *que tout ses pas ...:* daß alle ihre Schritte Gefühle waren ... daß alle ihre Zähne Ideen waren. – *21 Dicebant mihi ...:* Meine Gefährten sagten mir, wenn ich das Grab der Geliebten besuchte, so würde mein Gram dadurch ein wenig erleichtert. – Der Satz steht bei Poe auch als Motto über der Erzählung; er wird einem Dichter namens Ebn Zaiat zugeschrieben.

S. 298, *31 George Sand* (1804-1876), Romanautorin, Sozialistin, die Freundin Mussets und Chopins.

S. 299, *13 La Mort de César:* Cäsars Tod, Tragödie von Voltaire; Uraufführung 1731. In seinem Vorwort von 1736 rühmt Voltaire sich, mit dieser Tragödie als erster »die englischen Musen in Frankreich bekannt gemacht zu haben«, indem er einige Szenen aus Shakespeares *Julius Caesar* entlehnte (und »verbesserte«). Voltaires »rühmliches Kunststück« besteht, seinen eigenen Worten nach, darin, daß er als erster in Frankreich eine Tragödie ohne Liebesintrige geschrieben hat, in der die Liebe zur Freiheit die einzige Triebfeder ist. – *21 Konchyliologen:* Schnekken- und Muschelkenner. – Bei dem von Baudelaire erwähnten Handbuch, *The Conchyliogist's First Book* (Philadelphia 1839), handelt es sich um eine Kompilation, die Poe sogar den Vorwurf des Plagiats eintrug.

S. 300, 4 *Der umständliche Bericht ...: The Narrative of Arthur Gordon Pym of Nantucket;* Baudelaires Übersetzung erscheint 1857 als Feuilleton und 1859 als Buch unter dem Titel *Aventures d'Arthur Gordon Pym.* – 11 äußerst einfach und von peinlicher Genauigkeit: franz. *excessivement simple et minutieuse.* Bei Daniel las Baudelaire: *»The execution of the work is exceedingly plain and careless.«* (Die Ausführung des Werkes ist äußerst kunstlos und nachlässig.) Vermutlich hat Baudelaire *plain* mißverstanden und *careful* statt *careless* gelesen.

S. 303, *5 näher darauf einzugehen:* Baudelaire hatte *Eureka* damals noch nicht gelesen. – *6 Die Mesmerische Offenbarung:* siehe S. 257ff. und die Anmerkungen dazu. – *33* Louis de *Saint-Just* (1767-1794), franz. Revolutionär, Parteigänger Robespierres, mit dem zusammen er das Schaffott bestieg.

S. 304, *6 Walter Scott:* s. o. zu S. 89, 34.

S. 305, *5 er wird euer Fürsprecher sein:* Auf einem der *Hygiène* überschriebenen Blätter, die nach Pichois vermutlich in das Jahr 1862 zu datieren sind, liest man: »Jeden Morgen mein Gebet verrichten, *zu Gott, dem Urquell aller Kraft und aller Gerechtigkeit, zu meinem Vater, zu Mariette und zu Poe,* als Fürsprecher; sie bitten, *mir die nötige Kraft zu verleihen,* alle meine Pflichten zu erfüllen ...« (siehe Bd. VII).

[VORTEXT ZU BAUDELAIRES ÜBERSETZUNG DER ERZÄHLUNG *Berenice*]

17. April 1852, L'Illustration; 1929, Léon Lemonnier, Enquêtes sur Baudelaire.

Den Text dieser Erzählung hatte Baudelaire in dem *Southern Literary Messenger* (März 1835) gefunden, den ihm William Wilberforce Mann geliehen hatte. In diesem Vortext resümiert Baudelaire einige längere Passagen seines Essays von 1852.

S. 307, *22 The Literati:* eine Sammlung literarkritischer Aufsätze, die 1850 als dritter Band von Poes Werken erschien.

[VORTEXT ZU BAUDELAIRES ÜBERSETZUNG DER *Philosophy of Furniture*]

Oktober 1852, Le Magasin des familles; 27. März 1853, Le Monde littéraire; 21./28. Mai 1854, Journal d'Alençon; 1854, als Sonderdruck in 20 Exemplaren, Alençon; 1931, Œ/Gautier.

Die Übersetzung folgt dem Erstdruck. Baudelaires Vorlage war der im Mai 1840 in *Burton's Gentleman's Magazine* erschienene Text des Essays, den er als erster ins Französische übersetzte und später zusammen mit den Übersetzungen zweier verwandter Arbeiten, *The Domain of Arnheim* und *Landor's Cottage,* in HGS aufnahm.

S. 307, *29 rêvoir:* ein Ort, ein Raum zum Träumen; von Baudelaire gebildetes Wort.

S. 308, *10* James Fenimore *Cooper* (1789-1851), amerikanischer Romancier; schrieb die berühmte »Lederstrumpf«-Serie. – *12 Einzig die Yankees ...:* Sämtliche durch Kursive hervorgehobene Sätze stammen aus Baudelaires Übersetzung.

[WIDMUNG DER *Histoires extraordinaires*]

25. Juli 1854, Le Pays; 1887 Œ P.

Nach dieser Widmung brachte *Le Pays* den Anfang der Erzählung *Souvenirs de M. A. Bedloe* (*A Tale of the Ragged Mountains;* späterer französischer Titel: *Une Aventure dans les Montagnes Rugueuses*). Der Abdruck erschien in zwei Ausgaben des *Pays,* in der für die auswärtigen Leser bestimmten Abendausgabe und in der Pariser Morgenausgabe; siehe Baudelaires Brief an seine Mutter vom 28. Juli 1854, S. 61.

Die Übersetzung folgt dem Erstdruck. – In der Buchausgabe der HE hat Baudelaire diese Widmung durch eine andere ersetzt. Man liest dort: »Diese Übersetzung ist Maria Clemm, der begeisterten und ergebenen Mutter, gewidmet, derjenigen, für die der Dichter diese Verse geschrieben hat: *Parce que je sens que là-haut dans les cieux ...;* folgt eine reimlose Wort-für-Wort-Übersetzung des Gedichtes *To my Mother: Because I feel that, in the Heavens above ...*

S. 309, *26 den Aufsatz:* Gemeint ist der Essay von 1852, den Baudelaire in die Buchausgabe seiner Übersetzungen aufzunehmen plante und den er dann einer gründlichen Überarbeitung unterzog. – *35 physiokratischen Gesellschaften:* Physiokraten nannten sich im 18. Jahrhundert die Anhänger jenes staatswissenschaftlichen Systems, wonach die Landwirtschaft, und nicht der Handel, die Hauptquelle des nationalen Reichtums ist. Baudelaire gebraucht das Wort *physiocrate* jedoch offensichtlich gleichbedeutend mit *zoocrate;* s. o. zu S. 233, 22.

S. 310, *10 Goodness, goddess!:* Güte, Göttin! So der sprachlich korrekte Text. Statt dessen las man 1854: *Goodness, godness!*

[NACHBEMERKUNG ZU DER ÜBERSETZUNG DER ERZÄHLUNG *The Unparalleled Adventures of One Hans Pfaall*]

20. April 1855, Le Pays; 1908 Œ P.

Poes Erzählung erschien zuerst in der Juni-Nummer 1835 des *Southern Literary Messenger;* Baudelaires Vorlage war die postume Ausgabe der Erzählungen, die 1850 bei Redfield in New York herausgekommen war. Seine Übersetzung erschien später, ohne diese Nachbemerkung, in HE unter dem Titel *Aventure sans pareille d'un certain Hans Pfaall.*

S. 310, *25 Ouvrages-canards:* s. o. zu S. 81, *12.* – *27 hoaxes: hoax,* wörtl. soviel wie Täuschung, Betrug, Finte, auch schlechter Witz, Streich, Fopperei. – *31 Mr. Locke's Moon Story ...:* Diese Artikelserie von Richard Adams Locke war 1835 in der *New York Sunday Times* erschienen, während Johann Friedrich Wilhelm Herschel (1792-1871), der Sohn Friedrich Wilhelm Herschels, sich in Südafrika aufhielt. Diese Artikel erschienen 1836 in Paris unter dem Titel *Découvertes dans la lune, faites au Cap de Bonne-Espérance,* »übersetzt aus dem Amerikanischen« (von Jean-Nicolas Nicollet) und unter Herschels Namen. Der von Baudelaire angegebene Titel erklärt sich vermutlich aus einer Erinnerung an eine der Fabeln Jean de La Fontaines: *Un animal dans la lune* (VII, 18).

S. 311, *2 jeu d'esprit:* (mehr oder weniger) geistreiche Spielerei.

S. 312, *2 Peter Wilkins:* Hauptgestalt des Romans *The Life and Adventures of Peter Wilkins* (1751) von Robert Paltock (1697-1767). – *34 Blättchen Jean Pauls:* Die Erwähnung dieser Gepflogenheit Jean Pauls, daß er, wie Pascal, seine Merkzettel auf einen Faden heftete, hat Baudelaire vielleicht in einem Buch seines Freundes Philarète Chasles (*Caractères et Paysages,* 1833) gefunden. – *36* Georges-Louis Leclerc, comte de *Buffon* (1707-1788), französischer Naturforscher, Verfasser einer 44 Bände umfassenden *Histoire Naturelle* (1749-1804).

EDGAR POE
SEIN LEBEN UND SEINE WERKE

25. Februar 1856, Le Pays (auszugsweise); März 1856 in HE; 3. Auflage 1857.

Vorlage dieser Übersetzung ist die dritte Auflage, deren Texte Baudelaire nachweislich selber korrigiert hat, um die Fehler der ersten und zweiten zu beseitigen.

S. 314 *erstes Motto:* Baudelaire hat Poes berühmtes Gedicht *The Raven* zweimal übersetzt, jedesmal in Prosa. Die erste Übersetzung erschien 1853/54 in *L'Artiste* und *Le Pays,* die zweite 1859 in der *Revue française,* zusammen mit einer Vorbemerkung (siehe S. 362) und einer Übersetzung des Essays *The Philosophy of*

Composition. Sämtliche Fassungen weichen voneinander ab; die Abweichungen erklären sich zum Teil daraus, daß Baudelaire mit der Zeit unterschiedliche Fassungen des Originals zugänglich wurden. Auch das Zitat aus der dreizehnten Strophe, das in EH als Motto steht, stimmt mit keiner der anderen Übersetzungen überein. Es lautet: »... *Quelque maître malheureux à qui l'inexorable Fatalité a donné une chasse acharnée, toujours plus acharnée, jusqu'à ce que ses chants n'aient plus qu'un unique refrain, jusqu'à ce que les chants funèbres de son Espérance aient adopté ce mélancolique refrain: Jamais! Jamais plus!«* – »... Ein unglücklicher Meister, dem das unerbittliche Verhängnis grausam und immer grausamer nachgestellt hat, bis seine Gesänge nur noch einen einzigen Refrain hatten, bis die Totengesänge seiner Hoffnung diesen schwermütigen Refrain aufgenommen hatten: Niemals! Nimmermehr!« – Das *zweite Motto* entnahm Baudelaire demselben Gedicht *Ténèbres* von Théophile Gautier (in *La Comédie de la Mort*, 1832), aus dem auch der Dreizeiler auf S. 315 stammt. »Auf seinem ehernen Thron tränkt das Schicksal, das dessen spottet, ihren Schwamm mit bitterem Essig, und die Notwendigkeit krümmt sie mit ihrer Zange.« – *18 pas de chance:* s. o. zu S. 260, *8*. – *34 guignon:* s. o. zu S. 260, *5*.

S. 315, *19 der Adler die Schildkröte:* Der Sage nach soll der griech. Tragiker Aischylos dadurch den Tod gefunden haben, daß ein über ihm vorbeifliegender Adler eine Schildkröte auf seinen Kopf fallen ließ. – *26 Ein berühmter Schriftsteller:* Alfred de Vigny; s. o. zu S. 261, *29*.

S. 316, *20 Zookratie:* s. o. zu S. 233, *22*. – *21 Jaggernaut:* Dschagannath, Beiname des Krischna, unter dem er in Puri verehrt wird. Bei den großen Wallfahrtsfesten wurde ein Standbild des Gottes auf einem Wagen durch die Stadt geführt; es kam vor, daß Pilger sich vor dessen Räder warfen, um sich von ihnen zermalmen zu lassen. – *Ein Biograph:* John Moncure Daniel. – *35 ein anderer:* derselbe Daniel. – *29 Wieder ein anderer:* N. P. Willis, den Daniel zitiert. – *33 Joseph de Maistre:* s. o. zu S. 263, *25*.

S. 317, *2 Rufus W. Griswold:* Poe hatte Griswold, mit dem er keineswegs auf bestem Fuße stand, einige Tage vor seinem Tode zu seinem Testamentsvollstrecker und zum Herausgeber seiner Werke bestellt. Am 9. Oktober 1849 hatte Griswold, der von diesem Auftrag nicht unterrichtet war, einen seiner Gewohnheit nach mit einem Pseudonym (»Ludwig«) gezeichneten, wenig freundlichen Nachruf auf Poe geschrieben, den er zum Teil für sein *Memoir* verwendete, das 1850 die von ihm herausgegebene Sammlung *The Literati* von Poe und 1853 den zweiten Band der ebenfalls von ihm edierten vierbändigen Ausgabe der Werke eröffnete. Siehe hierzu Joy Bayless, *Rufus Wilmot Griswold, Poe's Literary Executor*, Nashville 1943). – *3 George Graham:* Dieser Herausgeber des *Graham's Magazine* veröffentlichte im März 1850 in seiner Zeitschrift einen offenen Brief an Willis, in dem er Griswold einen Lügner nannte und ihm seine »unsterbliche Gemeinheit« vorwarf. – *11 Gibt es denn in Amerika keine Verordnung ...:* Baudelaire bedient sich hier eines Satzes von James Hannay, aus dessen Vorwort zu der 1853 in London erschienenen Ausgabe der *Poetical Works: »Have they not in America, as here, a rule at all cemeteries that ›no dogs are admitted‹?«*

S. 318, *30 Macchiavell:* Nicolo Macchiavelli (1469-1527), florentinischer Geschichtsschreiber, Verfasser eines berühmt-berüchtigten kleinen Traktats *Il Principe*. – *33 die Theologin des Gefühls:* George Sand; s. o. zu S. 298, *31*. – *34 der Philosoph der Zahl:* Émile de Girardin (1806-1881), französischer Publizist und Polemiker, den Baudelaire verabscheute.

S. 319, *2 das Ohr dem Wind geneigt: l'oreille inclinée au vent;* Ursprung des Zitats nicht nachweisbar. – *16 Großvater mütterlicherseits:* Wie der Kontext erkennen läßt, handelt es sich um den Großvater väterlicherseits. – *17 La Fayette:* s.o. zu S. 22, *3*. – *23 Mac Bride:* s.o. zu S. 264, *12*. – *35 1813 in Baltimore geboren:* Poes Geburtsjahr war 1809.

S. 320, *16 William Wilson:* siehe S. 265 ff. und die Anm. dazu.

S. 321, *2 hellenischen Freiheitskämpfen:* s.o. zu S. 270, *32*. – *32 kleinen Gedichtband:* s.o. zu S. 271, *34*.

S. 322, *5 daß das Fremdartige ...: »Le beau est toujours bizarre«,* liest man in Baudelaires erstem Beitrag zu der Weltausstellung 1855; siehe S. 231.

S. 323, *9 derselbe Griswold:* Die zitierte Wendung stammt von Daniel.

S. 325, *24 Schwarzen Kater:* siehe S. 292 ff.

S. 326, *6 Ut declamatio fiat:* Etwa: um der Entrüstung Stoff für ihre Rednerkünste zu bieten; Zitat aus den Satiren des römischen Dichters Juvenal (X, 167). – *15 ein Schriftsteller von untadeliger Ehrenhaftigkeit:* Gérard de Nerval (geb. 1808), der sich am 26. Januar 1855 in einem Anfall geistiger Umnachtung in der Rue de la Vieille-Lanterne erhängt hatte. – *21 Ein berühmter Journalist:* Louis Veuillot (1813-1880), ein militanter Vorstreiter des Katholizismus, am 3. Juni 1855 in *L'Univers,* wo er diesen Selbstmord dem Alkoholismus zuschrieb; siehe Pichois, in Buba VI, 6. – *35 Metempsychosen:* Wiedergeburten, Reinkarnationen.

S. 327, *9 John Neal:* amerikanischer Schriftsteller, Dichter und Journalist. – *George Graham* (1813-1894), Gründer des *Graham's Magazine*. – *10 Longfellow:* siehe S. 280 und die Anmerkung dazu. – *14 Ein Unbekannter:* P. Pendleton Cooke. – *23 in einem Stil ...:* siehe den Auszug aus dem Artikel von Willis, S. 278.

S. 329, *8 wird den Namen der Frau mit balsamischem Duft umhüllen:* Baudelaire übernimmt hier einen Satz aus seiner Widmung an Maria Clemm von 1854; siehe S. 309, *23*.

S. 330, *25 Frances Osgood:* Frances Sargent Locke, um die sich neben Poe auch Griswold bemüht hatte. – *37 Astor House:* vermutlich das von John Jacob Astor gegründete Hotel in New York. – *26 Lenore:* s.o. zu S. 277, *18*.

S. 332, *25 Ligeia, Eleonora:* Baudelaires Übersetzung der Erzählung *Ligeia* in HE; die Erzählung Eleonora hat Baudelaire nicht übersetzt. – *34 The Domain of Arnheim:* Baudelaires Übersetzung in HGS.

S. 335, *19 a worm that would not die:* ein Wurm, der nicht sterben wollte; Zitat aus der Erzählung *Morella,* deren Übersetzung Baudelaire in HE aufnahm; vgl. »... das ewige Feuer, Da ihr Wurm nicht stirbt, und ihr Feuer nicht verlöscht« (Mark 9, 45 f.). – *20 sich wieder zu verheiraten:* Baudelaire folgt hier Griswold. – *30 Annabel Lee:* das Schlußgedicht in Poes *Poems*.

S. 336, *26 Mnemonik:* Gedächtnis- oder Erinnerungskunst.

S. 337, *14 canards:* s.o. zu S. 310, *25*.

S. 339, *37 Titanide:* Anspielung auf Jean Pauls Roman ›Titan‹ (1800-1803), den Philarète Chasles 1834/35 in freier, verkürzender Bearbeitung übersetzt hatte.

NEUE ANMERKUNGEN ZU EDGAR POE

1857 NHE.

S. 342, *11 Farbenspielen der sterbenden Sonne:* vgl. das Gedicht *Le Coucher du soleil romantique* in *Les Épaves* (Bd. IV, S. 6). – *20 eingeschworenen Herren*

Professoren: les professeurs-jurés; Baudelaire übernimmt den Ausdruck aus der französischen Übersetzung von Heines ›Gemäldeausstellung in Paris 1831‹; s.o. zu S. 229, *19*.

S. 343, *15 ein unbesonnener Kritiker:* Jules Barbey d'Aurevilly (1808-1889), der in seiner Besprechung der *Histoires Extraordinaires,* am 18. Juni 1856 in *Le Pays,* Poe als einen *jongleur* traktiert hatte, der die Kunst durch das Künstliche ersetzt habe. – *26 Gespräch zwischen Monos und Una: The Colloquy of Monos and Una;* Baudelaires Übersetzung unter dem Titel *Le Colloque entre Monos et Una* in NHE. – *37 sondern auch als Possenreißer:* Der ganze erste Teil dieser neuen Anmerkungen scheint mehr oder minder gegen das *Journal des Débats* und dessen Direktor Armand de Pontmartin gerichtet; obwohl Philarète Chasles den Übersetzer Baudelaire dort in einer Rezension vom 20. April 1856 mit Anerkennung behandelt hatte.

S. 344, *11 Mesmeric Revelation:* siehe S. 257 und die Anmerkungen dazu. – *12 Verfasser des Diable amoureux:* Jacques Cazotte (1719-1792), dessen Novelle *Le Diable amoureux* 1772 erschien. – *21 Marginalia:* Die Sammlung dieser Aphorismen und Betrachtungen war 1850 in dem Band *The Literati* erschienen. Poe erzählt dort (CCIV), daß die Swedenborgianer ihn zu seiner *Mesmeric Revelation* beglückwünscht hätten. Aus diesen *Marginalia* stammten bereits die Anspielung auf die Blaustrümpfe (CXLIII; hier S. 342) sowie die Aphorismen über das Volk und den Pöbel (CCXXIX, XXVII). – *22 Die ungeheure Vermehrung: Marginalia* CLXXXI.

S. 345, *6 eine geheimnisvolle Kraft:* Baudelaire bezieht sich hier auf die Erzählung *The Imp of the Perverse,* die in seiner Übersetzung unter dem Titel *Le Démon de la Perversité* den Sammelband der NHE eröffnet. – *21 nachdem er sich eben dieser Schurken …:* ein Gedanke Joseph de Maistres, den Baudelaire weiter unten erwähnt.

S. 346, *8 Alle Gewißheit liegt in den Träumen:* ein verkürztes Zitat aus Poes Widmung zu *Eureka;* siehe S. 433 f. – *13 der sich der himmlischen Gefilde erinnert: l'ange tombé qui se souvient des Cieux.* Ungenaues Zitat eines berühmten Verses von Lamartine, aus dem Gedicht *L'Homme* (in den 1820 erschienenen *Méditations poétiques*): *»L'homme est un dieu tombé qui se souvient des cieux.«* – Der Mensch ist ein gefallener Gott, dem sich der Himmel erinnert. – *16 die unter dem glühenden Anhauch …:* Zitat aus *The Colloquy of Monos and Una.* – *22 Die Welt wird augenblicklich …: Marginalia* CCXLII. – *27 Charles Fourier* (1772 bis 1837), Sozialreformer; seine Anhänger gründeten 1838 die ersten *phalanstères,* ländliche kooperative Gemeinschaftssiedlungen mit völliger Gütergemeinschaft. – *28 Horace Greely:* ein Anhänger des Fourierismus, seit 1841 Direktor der *New York Tribune,* der 1843 den Arbeitslosen den Rat erteilte: *»Go West, young men, go West!«* – *34* Charles-Maurice de *Talleyrand*-Périgord (1754-1838), französischer Diplomat, der von der Französischen Revolution bis zur Restauration unter jedem Regime hohe Ämter bekleidete.

S. 347, *15 Der unaufhörliche Fortschritt …:* Pichois vermutet, diese *»phrase mirifique«* könnte Baudelaire in dem von ihm verabscheuten *Siècle* begegnet sein. – *17 griechischen Feuers:* eine von den Griechen zur Verwendung bei Seeschlachten erfundene feurige Materie, die auf dem Wasser brannte. – *23 die Mumie Allamistekeo:* die Hauptgestalt in Poes Erzählung *Some Words with a Mummy,* die Baudelaire unter dem Titel *Petite Discussion avec une momie* in NHE aufnahm. In dem wunderlichen Namen steckt die englische Wendung *all a mistake.*

S. 348, 4 *Italiam fugientem:* einem Italien, das vor ihnen zu fliehen scheint; Zitat aus Vergils Aeneis (V, 629). – *14 Animal dépravé:* ein heruntergekommenes, ein verkommenes Tier. Rousseaus Bezeichnung für den in Gesellschaft lebenden Menschen, der den Naturzustand verlassen hat.

S. 349, *14* A. *Bellegarigue:* Mitarbeiter des *Moniteur de l'épicerie* und Verfasser eines Buches *Les Femmes d'Amérique,* das 1853 erschienen und 1855 von Barbey d'Aurevilly in *Le Pays* verrissen worden war. Wenn man Champfleury glauben darf, hat Baudelaire selber Bellegarigue 1853 aufgesucht und ihm seine Mitarbeit an dem *Moniteur de l'épicerie* angeboten (Œuvres/Pl, II, 1239). – *18 Diese übertrieben großen Geldbeutel ...: Marginalia* CCXXXVI. – *26 Vitzliputzli:* mexikanischer Gott des Krieges und der Weissagung, dem Menschenopfer gebracht wurden. Dieser Gott wird in keinem gedruckten Text Mussets erwähnt, findet sich jedoch bei Heine, in dessen *Romanzero,* und bei Théophile Gautier, in seiner Novelle *Le Pied de momie.* – *28 Teutates:* Hauptgottheit der alten Gallier, der ebenfalls Menschenopfer forderte. – *37 Ihr zivilisierten Völker ...:* Der gleiche Satz findet sich, mit leichten Abwandlungen, in den *Fusées* (siehe Bd. VII). Die genaue Quelle ist nicht nachzuweisen.

S. 350, *32 abolitionistischen:* der für die Abschaffung der Sklaverei eintrat.

S. 351, *7 Franklin:* s. o. zu S. 209, *9.*

S. 352, *16 die Einbildungskraft die Königin aller menschlichen Fähigkeiten:* In der Überschrift des dritten Teiles seiner Besprechung des *Salon de 1859* (Bd. V) nennt Baudelaire die Imagination ebenfalls *»la reine des facultés«.* In der Unterscheidung von *imagination* und *fancy* folgt Poe dem englischen Dichter Samuel Taylor Coleridge (1772-1834) in dessen 1817 erschienener *Biographia Literaria.* – *36 ... die Intensität der Wirkung steigert:* Baudelaire folgt hier bis S. 354, *8,* einem Artikel Poes über Hawthornes *Twice-Told Tales* (1837-1842) in *Graham's Magazine* vom April/Mai 1842.

S. 354, *10 Genus irritabile vatum:* das erregbare, das erzürnbare Geschlecht der Dichter; Horaz, Epistulae II, 2, 102. – Baudelaire übersetzt hier das Fragment XXXXIX der *Marginalia.*

S. 356, *7 Es gibt kein langes Gedicht ...:* Baudelaire übersetzt fast wörtlich. – *35 pabulum:* Nahrung, Futter.

S. 359, *17 den Aufsatz: The Philosophy of Composition;* siehe ›Die Entstehung eines Gedichtes‹, S. 362 ff.

S. 361, *3 versus leoninus:* Hexameter, in denen Mitte und Schluß jedes Verses miteinander reimen. – *20 in einem Nachschlagewerk:* die *Encyclopaedia of American Literature* von Evert A. und George A. Duyckinck, New York 1856.

DIE ENTSTEHUNG EINES GEDICHTES

[Vortext]

La Genèse d'un poème besteht aus einem Vortext Baudelaires, der Übersetzung des Gedichtes *The Raven* und schließlich der Übersetzung des Essays *The Philosophy of Composition.*

S. 364, *1 Ténèbres:* Gedicht in Théophile Gautiers *Comédie de la Mort* (1838), aus dem Baudelaire im Hinblick auf Poe schon zweimal zitiert hat; siehe S. 314 und S. 315. – *7 Alcest:* Alceste, Hauptgestalt in Molières Komödie *Le Misanthrope.* Wörtliches Zitat – *»Nous verrons bien«* – aus der Szene (I, 2), wo sein Freund Oronte ihm ein selbstverfaßtes Sonett vorlesen will. – *Le Corbeau:*

Nach der Übersetzung des Gedichtes findet sich in der *Revue française* folgende »Interpolation des Übersetzers«: »Sehen wir nun die Kulisse, die Werkstatt, das Laboratorium, den inneren Mechanismus, oder wie immer Sie die *Méthode de composition* nennen wollen.«

HINWEIS DES ÜBERSETZERS

1934, Cahiers Jacques Doucet I, Baudelaire, Université de Paris; Œuvres/Conard IX, 233f.; Œuvres/Pl II, 347f. 1936.

Es handelt sich um ein Manuskript der Bibliothèque littéraire Jacques Doucet, das auf die Zeit zwischen 1860 bis 1863 zu datieren ist. Der Text, den Baudelaire am 30. November 1864 an den Verleger Michel Lévy sandte und der dann nicht erschienen ist, hätte als Nachwort zu seinen sämtlichen Übersetzungen Edgar Allan Poes gedruckt werden sollen.

S. 364, *31* *Le Vers vainqueur: The Conqueror Worm,* Der Eroberer Wurm. – *Le Palais hanté: The Haunted Palace,* Das Schloß der Gespenster. – *La Chute de la Maison Usher: The Fall of the House of Usher.* – *32* *Le Corbeau: The Raven.*

S. 365, *4* *Poes Causeries du Lundi:* Unter dem Titel *Les Causeries du Lundi* hatte Sainte-Beuve seit 1851 begonnen, seine wöchentlich in verschiedenen Tageszeitungen erschienenen kritischen und biographischen Essays zu sammeln; insgesamt erschienen bis 1862 fünfzehn Bände dieser Causerien.

LITERATUR ZU DIESEM BAND

Liste der Siglen und Abkürzungen

I. Allgemein

Album	*Album Baudelaire.* Iconographie réunie et commentée par Claude Pichois, Bibliothèque de la Pléiade, Gallimard, Paris 1974
AR	*L'Art romantique*
B/Asselineau	*Baudelaire et Asselineau.* Textes recueillis et commentés par Jacques Crépet et Claude Pichois, Nizet, Paris 1953
B/Contemporains	*Baudelaire devant ses contemporains.* Témoignages rassemblés et présentés par W.T. Bandy et Claude Pichois, Coll. 10-18, Union Générale d'Édition, Paris 1967
B/Urteil	Baudelaire im Urteil seiner Zeitgenossen. Auswahl und Anordnung der Texte von W.T. Bandy und Claude Pichois, Übersetzung und Bibliographie von Felix Philipp Ingold und Robert Kopp, Insel Verlag, Frankfurt 1969 (deutsche Ausgabe von B/Contemporains)
Buba	*Bulletin baudelairien,* publié par le Centre d'Études baudelairiennes, Vanderbilt University, Nashville/Tenn., U.S.A. Herausgeber: W.T. Bandy, James S. Patry, Raymond Poggenburg und, seit 1971, Claude Pichois
CE	*Curiosités esthétiques*
Corr/Conard	*Correspondance générale,* hrsg. von Jacques Crépet und Claude Pichois (Band VI), Bd. I-VI, in: Œuvres complètes, Conard, Paris, 1947-1953
Corr/Pl	Baudelaire, *Correspondance,* texte établi, présenté et annoté par Claude Pichois, avec la collaboration de Jean Ziegler, Bd. I/II, Bibliothèque de la Pléiade, Gallimard, Paris 1973
Etba	*Études baudelairiennes,* publiées sous la direction de Marc Eigeldinger, Robert Kopp et Claude Pichois, La Baconnière, Neuchâtel, seit 1969
Eureka	Edgar Poe, *Eureka,* Œuvres/Conard 1936
Expo 1957	Katalog der Ausstellung in der Bibliothèque Nationale, Paris 1957, aus Anlaß der Jahrhundertfeier des Erscheinens der *Fleurs du Mal*
Expo 1968/69	Katalog der Baudelaire-Ausstellung im Petit Palais, Paris, November 1968 bis März 1969
HE	Edgar Poe, *Histoires extraordinaires*
HGS	Edgar Poe, *Histoires grotesques et sérieuses*
Ico	*Iconographie de Charles Baudelaire,* recueillie et commentée par Claude Pichois et François Ruchon, Pierre Cailler, Genf 1960
Lettres/B	*Lettres à Baudelaire,* publiées par Claude Pichois avec la collaboration de Vincenette Pichois, La Baconnière, Neuchâtel 1973 (Etba IV/V)

Lloyd	Rosemary Lloyd, *Baudelaire's Literary Criticism,* Cambridge University Press, Cambridge 1981
Œ P	*Œuvres posthumes et correspondances inédites,* hrsg. von Eugène Crépet, Paris 1887
Œuvres/Conard	*Œuvres complètes de Charles Baudelaire,* hrsg. von Jacques Crépet (und Claude Pichois), Bd. I-XIX, Conard, Paris 1922-1953
Œuvres/Gautier	*Œuvres complètes de Charles Baudelaire,* édition critique par F.-F. Gautier, continuée par Y.-G. Le Dantec, Gallimard, Paris 1931
Œuvres/Lévy	*Œuvres complètes de Charles Baudelaire,* hrsg. von Charles Asselineau und Théodore de Banville, Michel Lévy, Paris 1868-1870
Œuvres/Pl	Baudelaire, *Œuvres complètes.* Texte établi, présenté et annoté par Claude Pichois, Bd. I/II, Bibliothèque de la Pléiade, Gallimard, Paris 1975/76
Qui était	*Qui était Baudelaire?* Essai critique par Georges Poulet, précédé de notices documentaires par Robert Kopp, Skira, Genf 1969
PA	*Les Paradis artificiels*
PPP/Kopp	*Petits Poëmes en prose,* Édition critique par Robert Kopp, Corti, Paris 1969
Pym	Edgar Poe, *Aventures d'Arthur Gordon Pym*
Ruff	Marcel A. Ruff, *L'Esprit du mal et l'esthétique baudelairienne,* Armand Colin, Paris 1955

II. Die Weltausstellung 1855

Bénézit	Emmanuel Bénézit, *Dictionnaire critique et documentaire des peintres, sculpteurs, dessinateurs et graveurs ...,* Paris [2]1976, Bd. I-X
Bortolatto	Luigina Rossi Bortolatto (Documentation) et Pierre Georgel (Introduction) *Tout l'œuvre peint de Delacroix,* Paris 1975
Calonne	Alphonse de Calonne, *Exposition Universelle des Beaux-Arts,* in: *Revue contemporaine,* Bd. XXf., 1855
Castex	Pierre-Georges Castex, *Baudelaire critique d'art, Étude et album,* Paris 1969 (52 Abb.)
Champfleury	Champfleury. *Le Réalisme.* Textes choisis et présentés par Geneviève et Jean Laçambre, Paris 1973
Courbet	Ausstellungskatalog: *Gustave Courbet,* Paris, Grand Palais, 30. September 1977 bis 2. Januar 1978, Paris 1977
Delacroix, *Journal*	*Journal d'Eugène Delacroix,* hrsg. von André Joubin, Avant-propos von Jean-Louis Vaudoyer, Paris [2]1960, Bd. I-III
Delécluze, *Beaux-Arts*	Etienne-Jean Delécluze, *Les Beaux-Arts dans les deux mondes en 1855,* Paris 1856
Delécluze, *David*	Etienne-Jean Delécluze, *Louis David. Son école et son temps,* Paris 1855

Dorival — Bernard Dorival, *La Peinture française*, Paris 1946

Drost — Wolfgang Drost, *Kriterien der Kunstkritik Baudelaires*, in: Beiträge zur Theorie der Künste im 19. Jahrhundert, hrsg. von H. Koopmann und J.A. Schmoll gen. Eisenwerth, Frankfurt 1971, 256-285 (22 Abb.). (Erweiterter Nachdruck in: *Baudelaire*, hrsg. von AS. Noyer-Weidner, Darmstadt 1976, 410-442)

Du Camp — Maxime Du Camp, *Les Beaux-Arts à l'exposition universelle de 1855*, Paris 1855

Dussler — Luitpold Dussler, *Raphael. A critical catalogue of his pictures, wall-paintings and tapestries*, London 1971 (mit Abbildungen)

Finke — *French 19th Century Painting and Literature*, hrsg. von Ulrich Finke, Manchester 1972

Friedländer — Walter Friedländer, *Hauptströmungen der französischen Malerei von David bis Delacroix*, Köln [2]1977

Gautier — Théophile Gautier, *Les Beaux-Arts en Europe 1855*, Paris 1856, Bd. I-II

Gebaüer — Ernest Gebaüer, *Les Beaux-Arts à l'Exposition universelle de 1855*, Paris 1855

Gilman — Margaret Gilman, *Baudelaire, the critic*, New York [2]1971

Goncourt — Edmond et Jules de Goncourt, *La Peinture à l'Exposition de 1855*, in: *Études d'Art*, Préface de Roger Marx, Paris 1893

Heine — Heinrich Heine, *Gemäldeausstellung in Paris 1831*, in: *Sämtliche Schriften*, Bd. 3, Hanser Verlag, München 1971

Horner — Lucie Horner, *Baudelaire, critique de Delacroix*, Genf 1956

Huyghe — René Huyghe, *Delacroix*, München 1967

Lavergne — Claudius Lavergne, *Exposition universelle de 1855. Beaux-Arts*. Paris 1855

Livret — *Exposition universelle de 1855*. Explication des ouvrages de peinture, sculpture, gravure, lithographie et architecture des artistes vivants étrangers et français, exposés au Palais des Beaux-Arts, Paris 1855 (Reprint: H.W. Janson, Hrsg., New York und London, Garland Publishing, Inc., 1977)

Mantz — Paul Mantz, *Salon de 1855*, in: *Revue Française*, Jg. 1, Bd. II, 1855

Mayne I — *Art in Paris 1845-1862*. Salons and other Exhibitions Reviewed by Charles Baudelaire. Translated and edited by Jonathan Mayne, London [2]1965 (72 Abb.)

Moss — Armand Moss, *Baudelaire et Delacroix*, Paris 1973

Perrier — Charles Perrier, *L'Art à l'exposition universelle*, in: *L'Artiste*, Mai bis September 1859

Planche — Gustave Planche, *Exposition des Beaux-Arts*, in: *Revue des Deux Mondes*, Jg. 25, Bd. XI und XII, 1855

Propyläen	Rudolf Zeitler, *Die Kunst des 19. Jahrhunderts,* Berlin 1966 (Propyläen Kunstgeschichte)
Roberts-Jones	Philippe Roberts-Jones, *La Peinture française et la critique en 1855* in: *Bulletin des Musées Royaux des Beaux-Arts de Belgique,* 12, 1963, 51-68
Rosenblum	Robert Rosenblum, *Ingres,* Paris 1968
Silvestre	Théophile Silvestre, *Les Artistes français,* Paris [2]1926, Bd. I-II
Sterling/Adhémar	Charles Sterling und Hélène Adhémar. *Musée National du Louvre. Peintures. Ecole française du XIXe siècle,* Paris 1959-1961, Bd. I-IV
Trapp	Frank Anderson Trapp, *The Universal Exhibition of 1855,* in: *Burlington Magazine for Connoisseurs* 107, 1965, 300-305
Viel-Castel	Comte H. de Viel-Castel, *Exposition universelle. Beaux-Arts,* in: *L'Athenaeum français, Revue universelle de la Littérature et des Beaux-Arts,* Jg. 4, 1855
Vignon	Claude Vignon (Pseudonym für Madame Noémi Rouvier, geb. Cadiot), *Exposition universelle de 1855. Beaux-Arts,* Paris 1855
Wildenstein	Georges Wildenstein, *Ingres,* London [2]1956

PERSONENREGISTER

Affre, Denis-Auguste 154, 398
Allan, John 264, 270f., 320, 436
Allan, Mrs. 321
Amic, Auguste 381
Ancelle, Madame 386
Ancelle, Narcisse Désiré 7f., 10, 12ff., 18, 20, 23, 28f., 38ff., 45ff., 49f., 55f., 58, 61, 69ff., 73f., 76ff., 377, 379, 382, 387, 408
Andrieux, François 275, 437
Antier, Benjamin 399
Argenson, Marc-René de Voyer, Marquis d' 22, 379
Ariost 252, 431
Arnauld, Antoine 381
Arnault, Alphonse 385
Arnold, Elisabeth 319
Arondel, Antoine-Jean-Marie 61, 384
Asselineau, Charles 81, 389, 400, 413, 432, 437
Aubigné, Agrippa d' 414
Augier, Émile 182f., 187, 407, 412
Aupick, Caroline (Dufaÿs) 7f., 14f., 18, 28, 34, 42, 52, 56, 60f., 68, 73, 78, 377f., 381f., 384, 386f., 434
Aupick, James 47, 377, 381f.
Autard de Bragard 377

Bacon, Francis 284, 437f.
Balzac, Honoré de 66, 121, 160, 163f., 173, 178, 186, 188, 232, 257f., 260, 263, 281, 289, 299, 306, 309, 312, 314, 326, 385, 389, 392, 394, 399, 401, 404, 408, 420, 424, 435, 437
Banville, Théodore de 392, 395, 400f., 405, 407, 409f., 412
Baour-Lormian, Marie-François 275, 437
Barbereau, Auguste 141, 372, 394
Barbey d'Aurevilly, Jules-Amédée 72, 349, 383, 386, 433, 444f.
Barbier, Auguste 399
Barrot, Odilon 146, 151, 397
Barthélemy, Auguste-Marseille 160, 399f.
Baschet, Armand 396, 402
Baudelaire, Alphonse 387, 390, 411
Baudelaire, Félicité 390
Beaumarchais, Pierre-Augustin Caron de 149, 397
Beauséjour, Antoine Bourreau de 22, 379
Bellegarigue, A. 349, 445
Béranger, Jean-Pierre de 402f., 408
Berchoux, Joseph 410
Berquin, Arnaud 187, 390, 408
Bignon, Eugène 407
Bocage, Pierre 220, 415

Boissard de Boisdernier, Fernand 392
Bonvin, François 204, 412
Borel, Pétrus 413
Botticelli 426
Botzaris, Marcos 270, 436
Boucher, François 423
Bouchon, Max 412
Bransby, Reverend Dr. 265, 268, 270, 320
Brentano, Clemens 371, 379
Bresdin, Rodolphe 404
Brillat-Savarin, Anthelme 119 f., 392 f.
Brizeux, Auguste 401 f.
Buffon, Georges-Louis Leclerc de 312, 441
Bugeaud de la Piconnerie, Robert 149 f., 397
Burch, Émile van der 385
Byron, George Gordon Lord 235, 252, 271, 344, 422, 428 ff., 436

Cain, Henri-Louis 415
Calderón de la Barca 406 f.
Campanella, Tommaso 415
Cardano, Girolamo 389
Cardanus, Hieronymus, s. Cardano, Girolamo
Carracci, Annibale 242, 426
Carrel, Armand 157, 399
Castille, Hippolyte 205, 408, 412
Catilina, Lucius Sergius 210, 413
Caussidière, Marc 398
Cazotte, Jacques 444
Chabot, François 156, 398
Champfleury (Jules Husson) 32 ff., 51, 152 f., 160, 167, 178, 204 ff., 371, 380 f., 385, 394, 396, 400 ff., 404 f., 407 f., 411 ff., 445
Champion, Ed. 395
Chapelle (eigentl. Claude-Emmanuel Luillier) 285 f., 438
Chasles, Philarète 381, 407, 436, 441, 443 f.
Chateaubriand, François-René de 407, 424
Châtel, Abbé 159, 399
Chatterton, Thomas 391
Chennevières, Philippe de, s. Falaise, Jean de
Chlodwig I. 419
Christophe, Ernest 32, 52, 380
Cimabue, Giovanni 192, 410
Clairon, s. Léris, Claire-Joseph
Clareties, Jules 409
Clemm, Maria 61, 278 f., 308, 327, 375, 384, 437, 440, 443
Clemm, Virginia (verh. Poe) 278, 323, 331 f., 437
Coleridge, Samuel Taylor 445
Colet, Louise 64, 385
Colletet, Guillaume 285, 438
Constant, Abbé 395

Cooke, P. Pendleton 437
Cooper, James Fenimore 308, 404, 440
Cormenain, Louis-Marie de 404
Corneille, Pierre 415
Corot, Camille 417
Courbet, Gustave 204 ff., 239, 396, 398, 411 f., 417
Cousin, Victor 385, 390, 406
Crabbe, George 235, 422
Crébillon, Claude-Prosper Jolyot de 389
Croly, Reverend 389

Daniel, John Moncure 436 f., 439, 442 f.
Dante Alighieri 252
Daubrun, Marie 29, 63, 65, 379 f., 383, 385 f., 414
Daumier, Honoré 191 f., 410, 425
David, Jacques-Louis 236 f., 414, 423, 425
Decamps, Alexandre Gabriel 417
Defayis, Charles (alias Ch. Baudelaire) 388
Delacroix, Eugène 244 ff., 339, 375, 404, 412, 414, 417 ff., 423, 425 ff., 429 ff.
Delaroche, Paul 388
Delécluze, Étienne-Jean 243, 418, 426
Dennery, Adolphe 385
De Quincey, Thomas 393
Déroy, Émile 389
Desnoyers, Fernand 409
Desnoyers, Louis 59, 383
Dickens, Charles 205, 412
Diderot, Denis 67, 188, 257, 281, 337, 385, 390
Drolling, Martin 393
Dubois, Paul-François 408
Du Camp, Maxime 383, 418, 420
Ducis, François 219, 415
Ducourneau, Jean 395
Dugué, Ferdinand 415
Duhomme 415
Dulaurens, Abbé Henri-Joseph 405
Dumas, Alexandre 159, 163, 196, 220, 384, 401, 404, 408, 410, 415, 429
Dupont, Pierre 169 ff., 204, 371, 375, 402, 404, 406 f., 412
Dürer, Albrecht 235, 421
Duval, Jeanne 23 ff., 36, 45, 48, 57, 378 f., 383, 386

Eichendorff, Joseph Freiherr von 371
Emerson, Ralph Waldo 288, 380, 401 f., 438
Émon, Jean-Louis 48, 382
Énault, Louis 418
Épagny, Violet d' 219, 415
Erasmus 281
Esquiros, Alphonse 371

Falaise, Jean de 163, 394
Faucher, Léon 187, 409
Fayis, Pierre de (alias Ch. Baudelaire) 404
Ferrière, Théophile de 389
Féval, Paul 163, 401 f., 404
Flaubert, Gustave 385, 412
Florian, Jean-Pierre Claris 401 f.
Foscari, Francesco 250, 430
Fourier, Charles 346, 371, 419, 444
Fournier, Marc 413
Fraisse, Armand 432
Franklin, Benjamin 209, 351, 413
Frère, Edouard 388

Gainsborough, Thomas 236, 422
Garnier-Pagès, Étienne-Joseph-Louis 404
Gautier, Théophile 63, 221, 246, 314, 363, 384, 386, 389 f., 392, 394, 400 f., 404, 408 f., 413 f., 416, 418 f., 421 f., 425, 429, 433, 435, 442, 445
Geoffroy, Charles 414
Geoffroy Saint-Hilaire, Étienne 258, 435
Géricault, Théodore 428
Girardin, Émile de 156 f., 398 f., 442
Girodet Trioson, Anne-Louis, eigentl. Girodet de Roussy 236 f., 423, 425
Godefroy, Louis-Stanislas 7, 377
Godwin, William 235, 422
Goethe, Johann Wolfgang von 210, 257 f., 372, 394, 424, 430
Goncourt, Gebrüder 418, 425
Goudall, Louis 387
Graham, George 317, 327, 442 f.
Greely, Horace 346, 444
Griswold, Rufus W. 317, 323, 325, 327, 330, 335, 433, 442
Gros, Antoine-Jean 219, 414, 423
Guérin, Pierre 236 f., 423, 425 f.
Guizot, François 406

Hannay, James 442
Hawthorne, Nathaniel 445
Hebel, Johann Peter 204, 412
Heine, Heinrich 190, 229, 371 f., 392, 409, 412, 419, 445
Herschel, Johann Friedrich Wilhelm 311 f., 441
Hoffmann, E. T. A. 120 f., 257, 289, 292, 306, 309, 314, 391, 393, 435
Hogarth, William 235, 422
Holbein, Hans 437
Hostein, Hippolyte 64, 66, 385, 414
Houdon, Jean-Antoine 437
Houssaye, Arsène 401 f.
Houssaye, Edouard 417
Hugo, Charles 429

Hugo, Victor 160, 173, 185, 249, 286, 362f., 399, 401, 404, 406, 415, 420, 429, 438
Humboldt, Alexander von 81, 388
Hunt, W.H. 422

Ingres, Jean-Auguste-Dominique 236ff., 375, 417f., 422f., 425f.

Janin, Jules 167, 220, 223, 380, 401f., 404f., 415
Jean Paul 257, 309, 312, 441, 443
Joanny 219, 415
Johnson, Samuel 391
Jonson, Ben 436
Journet, Jean 160, 400
Judicis, Louis 385
Juvenal 443

Karl X. 148, 397
Karr, Alphonse 247, 428
Kean, Edmund 128, 393
Kennedy, John 272f., 322
Kepler, Johannes 284, 437f.

Laclos, Pierre Choderlos de 390, 435
Lacordaire, Jean-Baptiste-Henri 154, 398, 403f.
La Fayette, Marie-Joseph Marquis de 22, 264, 319, 379
La Harpe, Jean-François de 275, 437
Lalanne, Ludovic 80f., 387
Lamartine, Alphonse de 363, 403f., 438, 444
Lamennais, Abbé Félicité de 371, 398
Lanjuinais, Jean-Denis de 22, 378
Lavater, Johann Caspar 241, 393, 425
Lebrun, Charles 253, 431
Lebrun, Pierre 173f., 406
Leconte de Lisle, Charles 409
Lecou, Victor 382
Ledoux, Francine 407
Le Gallois, Auguste 395
Leibniz, Gottfried Wilhelm 430
Lemaître, Frédérick 393, 399
Lemer, Mademoiselle (alias Jeanne Duval) 70, 379, 386
Lemercier, Népomucène 399
Leonardo da Vinci 235, 421
Leopold I. 152, 398f.
Lepage, Madame 386
Lepage, Monsieur 61, 384
Le Poitevin, Saint-Alme 408
Léris, Claire-Joseph 222, 415
Leroux, Pierre 185, 408, 421
Lesage, Alain-René 273, 436

Lesguillon, Hermance 160, 399
Lesguillon, Pierre-François 159, 399
Lévy, Michel 80, 382, 387 f., 432
Lhéritier 64, 385
Lireux, Auguste 219, 415
Locke, Frances Sargent 443
Locke, John 262, 436
Locke, Richard Adams 310 ff., 441
Longfellow, Henry Wadsworth 280, 288, 327, 437
Louis-Napoléon 380, 416
Louis-Philippe 154 f., 170, 392, 398, 404, 406, 428
Lowell, James Russell 272, 436
Lurois, René 26, 379

Macaulay, Thomas 380
Mac Bride, Admiral 264, 319
Macchiavelli, Niccolò 318, 412, 442
Maistre, Joseph de 262, 281, 316, 346, 371, 380, 396, 401 f., 436 f., 444
Malthus, Thomas Robert 183, 408
Mann, William Wilberforce 433, 440
Maquet, Auguste 415
Marat, Jean-Paul 155 f., 258, 398
Marietta 390
Mathieu, Georges 395
Mathieu, Gustave 407
Maturin, Charles Robert 235, 257, 289, 422
Meissonier, Ernest 393, 417
Ménard, Louis 392, 409
Mercier, Louis-Sébastien 281, 286, 401 f., 437
Mercœur, Élisa 196, 411
Mérimée, Prosper 389
Mesmer, Franz Anton 258, 430
Mésuré, Fortuné 395
Metternich, Clemens Wenzeslas Fürst von 153, 398
Meunier, Isabelle 307, 431, 438
Meurice, Paul 220, 415, 429
Meyerbeer, Giacomo 44, 382
Michelangelo, Buonarotti 234 f., 420 f., 425
Michelet, Jules 149, 397, 412
Michelot 219, 415
Middleton, Henry 271, 321
Millais, J.E. 421
Molière 391, 413
Monier, Casimir 35
Monnier, Henri 164, 405
Monselet, Charles 72, 386, 400 ff.
Montalembert, Charles de 398
Montégut, Émile 32, 380
Montyon, Jean-Baptiste-Antoine de 187, 409

Moreau, Hégésippe 406
Moreau de Tours, Jacques-Joseph 392, 394
Murger, Henri 379
Musset, Alfred de 349, 389, 392, 401, 404, 413, 438

Napoléon Bonaparte 124, 148, 242, 286, 398, 409
Napoleon III., s. Louis-Napoleon
Neal, John 327, 443
Nero 160
Nerval, Gérard de 372, 381, 409, 414, 443
Nicole, Pierre 381
Nicollet, Jean-Nicolas 441
Nisard, Désiré 116, 392

Olivier, Marguerite-Aline 39f., 47, 381
Olivier, Théodore 40, 49, 381
Orfila, Mathieu 159, 399
Osgood, Frances 330, 332ff., 443
Ourliac, Édouard 401 f.

Paganini, Nicolo 127, 393
Paltock, Robert 441
Panckoucke, Charles-Louis-Fleury 410
Panckoucke, Ernest 410
Panckoucke, Ernestine (geb. Desormaux) 196f., 410
Paracelsus von Hohenheim, Theophrastus 392
Paulyanthe (d.i. Chapponnier) 399
Pellerin, Monsieur 64, 385
Pelletan, Eugène 58, 383
Perrier, Charles 417
Perugino, eigentl. Pietro Vannucci 234, 421
Pindar 286, 438
Pius IX. 152, 398
Planche, Gustave 401 f.
Plotin 389
Poe, Edgar Allan 39, 46, 48, 58, 63, 80, 82, 252, 255ff., 371f., 375, 381ff., 386, 388, 396, 415, 420, 431ff., 445
Poliziano, Angelo 383
Ponroy, Arthur 415, 422
Ponsard, François 205, 412
Porphyrios 389
Poulet-Malassis, Paul-Emmanuel-Auguste 32, 50, 380, 382f., 388
Poussin, Nicolas 242, 426
Préault, Antoine-Augustin 205, 412
Privat d'Anglemont, Alexandre 395
Proudhon, Pierre-Joseph 16f., 185, 378

Quatremère de Quincy, Antoine 423
Quinet, Edgar 372

Rabelais, François 389
Raffael Santi 234 f., 239, 241 f., 421, 426
Raspail, François 155 f., 396, 398
Redon, Odilon 430
Regnault, Jean-Baptiste 423
Rembrandt 252, 431
Ré(s)tif de la Bretonne, Nicolas Edme 286, 402, 438
Reybaud, Louis 408
Reynolds, Sir Joshua 235, 422
Richardson, Samuel 390
Richomme, Charles 408
Robert, Clemence 63, 384
Robespierre, Maximilien de 404
Roqueplan, Nestor 382, 394, 413
Rothschild, James Baron de 152, 398
Rothschild, Meyer Amschel 398
Rouget, François 388
Rouget de Lisle 407
Roussean, Jean-Jacques 149, 348, 404, 435
Rouvière, Philibert 62 ff., 67, 218 ff., 248, 375, 384 f., 387, 413 f., 429
Royer, Alphonse 217, 414
Rubens, Peter-Paul 253, 423, 427, 431
Rumohr, Carl Friedrich von 419

Sabatier, Aglaé-Apollonie 379 ff., 386
Sade, Donatien-Alphonse-François Marquis de 408
Saint-Amand (d. i. Amand Lacoste) 399
Saint-Amant, Marc-Antoine Girard de 285, 438
Sainte-Beuve, Charles-Augustin 80 f., 174, 387 f., 401 f., 406
Saint-Just, Louis de 303, 439
St. Leon Loud, Mrs. 437
Saint-Martin, Louis-Claude de 435
Saint-Pierre, Jacques-Henri Bernardin de 401 f.
Saint-Victor, Paul de 62, 64, 384 f., 414 f.
Sallé, Mademoiselle 297, 439
Samuel, Henri 415
Sand, George 205, 402, 412, 415, 439, 442
Sandeau, Jules 408
Sauvage 415
Savage, Richard 391
Scott, Walter 248, 252, 390, 393, 428
Sedaine, Michel-Jean 402
Senancourt, Étienne Pivert de 407
Shakespeare, William 235, 252, 380, 414 f., 430
Shelton, Sarah Elmira Royster 437
Signorelli, Luca 234, 420
Soulié, Frédéric 385
Stendhal, eigentl. Henri Beyle 181, 407
Sterne, Laurence 257, 389, 435

Stolberg, Friedrich Leopold Graf zu 372
Sue, Eugène 395, 405
Sueton 408
Swedenborg, Emanuel 258, 284, 389, 435

Talleyrand-Périgord, Charles-Maurice de 346, 444
Thierry, Édouard 404
Thiers, Adolphe 146, 397
Thomas, André 402
Thompson, John R. 437
Thoré, Théophile 432
Tiberius 408
Tillot 59, 383
Tisserant, Jean-Hippolyte 211, 383, 413
Tizian 242, 425
Toubin, Charles 152 f., 160, 396, 398
Tramont, Charles de 59, 383
Trolley, Madame 69, 386
Troubat, Jules 439

Vacquerie, Auguste 415
Vaëz, Gustave 414
Vandérem, Fernand 395
Vaucanson, Jacques de 206, 412, 435
Vauvenargues, Luc de Clapiers, marquis de 261
Velazquez, Diego Rodriguez Silva y 235, 421
Vergil 237, 424, 445
Vernet, Horace 417
Veronese, Paolo 427
Veuillot, Louis 433, 443
Vignon, Claude 416
Vigny, Alfred de 64, 261, 385, 391, 404, 435
Viollet-le-Duc, Eugène-Emmanuel 185, 408
Vitu, Auguste 392, 395, 400
Voltaire 149 f., 190, 243, 281, 299, 397, 410, 414, 426, 436 f., 439

Walter, Judith (alias Judith Gautier) 433
Weber, Carl Maria von 251, 431
White, Thomas 273, 322
Wilkins, Peter 312
Willis, N.P. 278, 317, 324 f., 327 f., 330, 334, 436, 442
Winckelmann, Johann Joachim 227, 419

Zurbarán, Francisco de 235, 421

INHALTSVERZEICHNIS

BRIEFE 5

DIE FANFARLO 83

WEIN UND HASCHISCH 117

LE SALUT PUBLIC 143

PROSASCHRIFTEN

Champfleurys Erzählungen 163
Jules Janin und »Le Gâteau des Rois« 167
Pierre Dupont 169
Albumblatt 181
Die sittsamen Dramen und Romane 182
Die heidnische Schule 189
Die Moral des Spielzeugs 196
Da es ihn denn schon einmal gibt, den Realismus ... 204

SCHRIFTEN ZUM THEATER

Don Juans Ende 209
Plan zu dem Theaterstück »Der Trunkenbold« 211
Philibert Rouvière 218

DIE WELTAUSSTELLUNG 1855

I. Über die Methode der Kritik 227
II. Ingres 236
III. Delacroix 244

STUDIEN ÜBER POE

Vortext zu der Erzählung »Mesmeric Revelation« 257
Edgar Allan Poe, sein Leben und seine Werke 260
Vortext zu der Erzählung »Berenice« 306
Vortext zu »Philosophy of Furniture« 307

Widmung der »Histoires extraordinaires« 308
Nachbemerkung zu der Erzählung »The Unparalleled Adventures of One Hans Pfaall« 310
Edgar Poe, sein Leben und seine Werke 314
Neue Anmerkungen zu Edgar Poe 341
Die Entstehung eines Gedichtes 362
Hinweis des Übersetzers 364

ANHANG

Zu diesem Band 369
Zeittafel der Erstdrucke 1847–1857 375
Anmerkungen zu den Briefen 377
Anmerkungen zu »Die Fanfarlo« 388
Anmerkungen zu »Wein und Haschisch« 392
Anmerkungen zu »Le Salut public« und zu Baudelaires journalistischer Tätigkeit 394
Anmerkungen zu den Prosaschriften 404
Anmerkungen zu den Schriften zum Theater 413
Anmerkungen zur Weltausstellung 1855 416
Anmerkungen zu den Studien über Poe 431
Literatur zu diesem Band 447
Personenregister 451
Verzeichnis der Abbildungen 463

ABBILDUNGEN

1 Baudelaire par lui-même, Selbstbildnis Baudelaires im Haschischrausch, Aquarell (1844); Sammlung Baron Gilbert de Goldschmidt-Rothschild
2 Charles Baudelaire, Brief an Fernand Desnoyers, Ende 1853/Anfang 1854; Privatbesitz. Übersetzung siehe Band III, S. 405
3 Le Salut public, 2. Nummer, 1. März 1848, Titelseite, mit einer Vignette von Courbet; Übersetzung S. 153 ff.
4 Gustave Courbet, Foto von Nadar; Archives Photographiques, Palais Royal, Paris
5 Champfleury, Karikatur von Baudelaire (um 1855); Privatsammlung
6 Eugène Delacroix, La Mort de Sardanapale, Öl (1827); Musée du Louvre, Paris, S. 249
7 Joseph de Maistre, Porträt, Stahlstich; in: *Lettres et opuscules inédits,* Frontispiz, Paris 1851
8 Edgar Allan Poe, Daguerrotypie (1848); Sammlung John Henry Ingram, University of Virginia Library, Charlottesville, Virginia, USA
9 Baudelaire, Karikatur von Félix Nadar, Kreidezeichnung (1854); Bibliothèque Nationale, Paris
10 Charles Baudelaire, Photographie (1855) von Nadar; Archives Photographiques, Palais Royal, Paris
11 Charles Baudelaire, Selbstporträt, Radierung von Félix Bracquemond nach einer Zeichnung Baudelaires (1848); in: Charles Asselineau, *Charles Baudelaire*
12 Gustave Courbet, Charles Baudelaire, Öl (1847); Musée Fabre, Montpellier (Foto Claude O'Sughrue)
13 Gustave Courbet, L'Atelier du peintre, Öl (1855); Musée du Louvre, Paris; S. 411
14 Charles Baudelaire, La Fanfarlo, Federzeichnung (1847); Sammlung Armand Godoy
15 La loge de la Fanfarlo, Holzschnitt nach einer Zeichnung von Edouard Frère, Zweitdruck 1849; S. 106 f.
16 Weltausstellung 1855 (Exposition universelle de Beaux-Arts), Saal der Werke von Jean-Auguste-Dominique Ingres, Photographie; Bibliothèque Nationale, Paris, S. 238 ff.
17 Der Schauspieler Philibert Rouvière in der Rolle des Hamlet, Kupferstich von Charles Geoffroy (1859); Bibliothèque Nationale, Paris; S. 248

Dieses Buch wurde auf Recyclingpapier gedruckt.
Es besteht zu 100% aus bedrucktem Altpapier.
Das Papier des Schutzumschlages und das Vor- und Nachsatzpapier
des Buches wurden zu 75% aus Altpapier gefertigt.
Das Einbandleinen, das Kapitalband und das Leseband sind
aus 100% ungefärbter und ungebleichter Baumwolle.